유도라 웰티

34 세계문학 단편선

유도라 웰티

정소영 옮김

H
현대문학

차례

초록 장막

커다란 그물

황금 사과

초록 장막

A Curtain of Green and Other Stories

 3년 전에 우리 둘 다를 아는 친구들이 유도라 웰티를 데리고 루이
지애나로 나를 찾아왔다. 무더운 한여름이었는데, 그녀의 고향인 미
시시피에서 차를 몰고 왔고, 우리는 창문이란 창문은 다 열어 놓은
시원한 고택에서 담소를 나누며 즐거운 저녁 시간을 보냈다. 웰티 양
은 앉아서 듣기만 했는데, 비슷한 많은 상황에서 그렇게 주로 듣는
일을 했을 것임이 분명했다. 예나 지금이나 조용하고 차분한 모습의
겸손한 여성으로, 이 단편집이 증명하듯이 이야기 속 젊은 영국인과
는 달리 겸손을 보일 만한 자질이 아주 많다.
 그녀는 자신의 개인사는 거의 언급할 가치가 없다고 보는데, 엄청
난 우여곡절이 있는 생생한 개인사나 고난과 뜻밖의 행운, 먼 나라로
여행을 떠났다가 향수에 시달리며 고국의 뿌리를 찾겠다는 결심으로

돌아온다든지 너무 상반되는 일을 하면서 생기는 혼돈 등이 미국 작가들의 삶의 관습처럼 되었다는 걸 생각하면 그 자체로 놀라운 사실이 아닐 수 없다. 웰티 양은 미시시피의 잭슨에서 태어나 자랐고, 작고하신 부친은 한 남부 보험회사의 사장이었다. 가족생활은 풍족하고 즐거웠다. 그녀는 부모님 및 두 남동생과 무척이나 잘 지냈던 것으로 보인다. 남부에서 딸들에게 하듯이 지속적으로 너그럽게 교육을 받게 했고, 그녀가 원하는 만큼 진지하게 이루어졌다. 미시시피에서 학교를 다니다가 위스콘신대로, 그다음엔 뉴욕의 컬럼비아대로 갔고, 다음엔 다시 고향으로 돌아와 모친과 함께, 그리고 평생의 친구들과 지인들 사이에서 순박하고 쾌활하게 살고 있다. 그냥 그래야할 것 같은 마음에 한두 가지 직업을 가졌고, 홍보 일과 신문사 일을 했다. 하지만 실제로 직장을 가져야 할 필요는 없었으므로 그런 생각을 접고 글쓰기에 몰두했다.

그녀는 음악을 사랑해서 온갖 종류의 음악을 아주 많이 듣고, 화초를 아주 잘 기른다. 자신이 '그 동네에서 걸리적거리는' 사람이라고 말하는데 그것은 보통의 사교 생활을 한다는 뜻이다. 중간 규모의 남부 도시에서 보통의 사교 생활이란 꽤나 시간이 많이 드는 일이어서, 새로운 단편이 나오면 친구들이 하는 말이라고는 "아니, 유도라, 그걸 또 언제 쓴 거야?"라고 한다. 어떻게 썼느냐거나, 심지어 왜 썼느냐는 것도 아니고 그저 언제 썼느냐고. 그렇게 많은 시간을 함께 보내는데 도대체 글 쓸 시간이 어디 있는 거지? 하지만 그녀는 글 쓰는 일에 엄청나게 많은 시간을 들인다. "내 삶은 전혀 작가다운 삶이 아니다." 어디선가 그렇게 쓴 적이 있다. "별로 고백이라고 할 것도 없지만. 하지만 정말이지 내가 사랑하는 것들과 사랑하는 사람들이 진실한 인간 세상의 존재라는 생각이고, 거기엔 잡동사니 같은 건 전혀 없다…… 나로선 작가다운 삶이라는 걸 이해할 수 없을 것이다."

우리 역시 그녀만큼이나 그 주제를 아무렇지도 않게 치워 버릴 수 있다. 태어난 장소와 시대의 산물로서 어쩌면 스스로 의식하지 못하는 중에 빽빽한 경험과 외국으로의 여행과 직전 세대의 혼돈에서 혜택을 입었기에, 먼 길을 떠나 에스키모나 멕시코 원주민들과 생활을 할 필요라고는 없는 것이다. 살아 있음을 실감하기 위해 전쟁터를 따라다니며 죽음의 냄새를 맡을 필요도 없을 것이다. 죽음에 대해서는 이미 잘 아니까. 진지한 작가에게 알맞은 '삶'이 무엇인지 감을 잡기 위해, 그런 종류의 경험을 하기 위해 뉴욕에 가서 살 필요조차 없을 것이다. 자신이 타고난 근원에서 꼭 필요한 자양분을 얻고 있으니까. 지금까지의 경험이 그녀에게는 상당히 충분할 뿐 아니라 딱 알맞은 종류였으니 말이다. 타고난 작가인 그녀는 어릴 때 자연스럽게 글을 쓰기 시작했다. 딱히 장래 직업에 대한 계획이 없어도 계속 써 나갔고, 누가 격려해 주지 않았어도 계속해 나갔는데, 사실 격려 같은 건 필요하지도 않았다. 한동안은 자신이 화가가 되리라고 믿어서, 별로 힘들이지 않고 글을 쓰는 중에 꽤 진지하게 그림을 그리기도 했다.

내가 아는 남부 작가들은 거의 다 일찍부터 가리지도 물리지도 않고 계속 책을 읽었는데, 웰티 양도 확실히 이런 경향에 부합한다. 특정한 남부의 가정이 당연히 갖춰 놓는 전형적인 책들이 항상 가까이 있어서 자신이 책을 읽고 있다는 사실을 깨닫기도 전에 고대 그리스와 로마의 문학과 역사와 우화를, 셰익스피어와 밀턴과 단테, 18세기 영문학과 19세기 프랑스 소설을, 그리고 약간의 톨스토이와 도스토옙스키를 읽었다. 동시대 문학에 대해 처음 알게 뇌었을 때는, 한장

유행하기 시작한 W. B. 예이츠와 버지니아 울프를 먼저 알아보기에 적합한 나이였다. 하지만 처음부터 지금까지 내내 그녀는 민담과 동화와 전설을 무척 좋아했고, 자신들의 문화를 구전으로 수집하고 전승하는 오래된 마을에서 사는 사람들의 이야기와 노래를 듣는 일을 좋아했다.

그녀는 대학에서 글쓰기를 공부한 적이 전혀 없다. 어떤 문학 그룹에 속한 적도 없고, 첫 번째 단편집이 출간되기 전까지는 글쓰기의 기술적 문제에 관해 동료나 손위 예술가와 논의를 해 본 적도 없다. 내가 그녀에 대해 아는 점 중에서 이보다 더 맘에 드는 점은 없을 것이다. 젊은 예술가가 자부심과 독립심과 용기를 가지고 성장하여 진정으로 각자의 싸움에 용감하게 맞서는 것이, 실수도 하고 고쳐 나가면서 그 결과를 감당하고, 종국에는 단단하게 혼자 힘으로 서는 것이 나로서는 무엇보다 올바른 일로 여겨지기 때문이다. 글쓰기는 누가 가르쳐 줄 수 있는 게 아니라 각자가 나름의 방식대로, 나름의 시간을 들여 각자의 속도로 배울 수밖에 없다는 웰티 양의 본능적인 깨달음이 옳은 것이라고 나는 믿는다. 그것의 숙달 과정은 아주 복잡한 유기체에서 세포가 자라는 그런 식이기 때문이다. 그것은 태어난 바로 그날의 당신이라는 인간적 존재와 떨어질 수 없는 삶의 방식이나 존재 양식이므로 예술가는 오직 이 독특한 존재의 법칙에 따름으로써만 자신의 진정한 방향과 적합한 목표를 알 수 있는 것이다.

웰티 양은 잘못된 길로 인도하는 현시대의 파괴적인 모든 영향에서 기적처럼 벗어났다. 전문적 선생들이 재능 있는 유망한 젊은이들을 조직적으로 간섭하여 망쳐 놓는 경향 말인데, 이 선생 집단은 좀 단순화하자면 크게 두 부류로 나눌 수 있다. 소위 자신들이 가르친다는 그 기술과 관련하여 단 하나의 봐줄 만한 예도 창작할 능력이 없는 이론가들과, 자기 학생들을 문하생이자 모방자로 만들어 버리는 일을 인간적으로 제어할 수가 없는 훌륭한, 때로는 최고의 예술가들이 그들이다. 두 번째 부류에 대해서는 재능 있는 학생이라면 스승의 영향력에서 벗어나 자신만의 길을 개척할 수 있으리라는 얘기들도 많이 한다. 그러한 영향력은 그렇지 않아도 어려운 작가의 길에 새로운 장애물만 덧붙일 뿐이다. 웰티 양은 또한 현재 급진적인 지성의 차원에서 전투적인 사회의식 역시 모면하여, 공산주의 신념을 표방한 적도 없고 암묵적인 방식이 아닌 다음에야 정치나 사회 상황에 대해 어떤 식의 태도도 표명한 적이 없다. 하지만 그녀에게는 단단한 기반이 되어 주는 고대의 윤리 체계, 반박할 수 없는 필요 불가결한 도덕법이 있어서, 내가 보기에는 이것이 충분히 광대한 영역을 이루고 있다. 이 도덕법은 어떤 당파나 교리나 민족만의 특별한 소유물인 적이 없어서 진정한 인간 세상의 법과 관련되고 예술가는 그것의 살아 있는 한 부분이다. 예술가가 특정한 정치적 법칙, 곧 비인간적인 법칙을 따르느라 거기에서 벗어나게 되면 자신이 본래 속한 사회—살아 있는 사람들—로부터 떨어져 나오게 되는 것이다.

시의 경우는 아니라도 확실히 인문학 분야에 속할 만한 정치사회 이론의 문헌들이 존재하는 건 사실이다. 그것은 인류에 대해 위대한 희망과 고귀한 신념을 심어 주는 작품들이고 높은 상상력의 산물이다. 하지만 현실적으로 움직이는 모든 정치 체계는, 도덕적 위엄에 기원한다고 주장하는 체계조차도 인간 삶과 개인의 운명에 대한 멸시에 기초하고 그것을 통해 작동한다. 어떤 것이든 그런 체계를 받아들여 자신의 정신과 작품을 그에 맞추게 되면 예술가는 스스로를 비

인간화하는 것이고, 어떤 종류의 예술적 실천에도 맞지 않게 된다.

별로 조급하게 굴지도 않아서, 웰티 양이 첫 단편인 「어떤 외판원의 죽음」을 발표한 것은 스물여섯 살이나 되어서였다. 그것도 누구든 자신의 작품을 돈을 주고 사리라는 생각조차 하지 않았기 때문에 원고료도 줄 수 없는 작은 잡지사의 편집자에게 보냈다. 그 잡지는 《매뉴스크립트》지였고, 편집자인 존 루드는 그것을 기꺼이 실어 주었다. 좀 놀랍게도 그다음에 웰티 양은 《서던 리뷰》지의 문을 두드렸는데, 그곳에서 앨버트 얼스카인의 열렬한 환영을 받았고 지속적으로 돈독한 관계를 이어 갔다. 그는 웰티 양을 자신이 발굴한 작가라고 보았다. 그때 실린 작품은 「소식」이었고, 이후로 《서던 리뷰》지와 《애틀랜틱 먼슬리》지, 《하퍼스 바자》지 등에 계속 작품을 싣게 되었다.

그렇게 보면 그녀는 무시를 당하거나 제대로 대접받지 못하는 경험을 전혀 겪지 않았던 것이고, 자신은 그냥 운이 좋았다고 생각한다. 한 친구에게 쓴 편지에 이렇게 적었다고 한다. "포드 매덕스 포드 씨 생각만 하면! 네가 그분에게 내 이름을 알려 줬고, 그래서 그렇게 연로하신 나이에도 내 단편집을 위해 백방으로 출판사를 알아봐 주신 것 기억하지. 게다가 내게 너무나 멋진 편지도 수없이 보내 주시고. 당신이 아는 얼마간의 유망한 작가들을 위해 힘쓰시느라 있는 시간은 다 보내시는데, 그런 일이란 게 한없이 이어질 수 있는 거잖아. 한번은 《새터데이 리뷰》지에 그런 작가들에 대한 글을 투고하신 것을 읽은 적이 있는데, 출판사가 어쩌면 그렇게 그들에게 무관심하냐고 하면서 그 한 예로 나를 거론하신 거야. '이런 식의 상황이 지속된다면 앵글로색슨의 양쪽 영토가 다 어떻게 되겠느냐'는 항변으로 글을 맺으셨지. 정말이지 너무 놀랍고 그분답지 않아? 그분을 아는 다

른 독자에 비해 내가 더 강한 인상을 받았을 수는 있어. 그분을 알지
는 못하지만 그분답다는 건 알아. 그런데 결국 나 자신은 체제에 희
생당한 전도유망한 작가가 전혀 아니라 행운이란 행운은 다 갖게 되
었고, 세상이 나와 내 부류에게 주지 않는다고 포드 씨가 비난했던
그 모든 좋은 것도 다 갖게 되었으니 말이야."

　하지만 앞길에는 덫이 하나 놓여 있고 단편소설 작가라면 그것이
무엇인지 다들 안다. 바로 장편소설이다. 모든 출판사가 어떤 식으로
든 재능이 있는 단편소설 작가에게서 얻어 내려고 애쓰고, 결국 열
에 아홉은 얻어 내고야 마는 장편소설. 이미 웰티 양에게 이렇게 말
한 출판사들도 있었다. "일단 장편소설을 써서 주면 단편소설을 실어
주겠다." 이는 시인에게도 해당되는 덫이다. 좋은 시인은 좋은 소설
을 쓸 수 있고 실제 쓰는 경우가 많긴 하지만 말이다. 장편소설이 다
음 단계라는 게 수많은 권위자의 말이었기 때문에 웰티 양도 어쩌면
그걸 거부하는 건 잘못된 일이라는 젊은이다운 생각에서, 그 말을 충
실히 따라 공들여서 장편소설을 써 보려 했다. 하지만 그건 절대 다
음 단계가 아니다. 이 책에는 거의 완벽한 단편들이 있기 때문에 그
녀는 충분히 단편의 대가가 될 수 있다. 장편소설은 전혀 쓸 수 없을
수도 있고, 써야 할 이유도 사실 없다. 단편소설은 어려우면서도 특
별한 형식이고, 대중적으로 널리 퍼진 편견과는 반대로 통신학교에
서 공식을 배워 쓸 수 있는 그런 것이 아니다. 본인이 장편소설을 쓰
고 싶다거나 쓸 수 있다고 생각한다면 당연히 못 쓸 일은 없다. 내 말
은 단지 지금 현재 생생하게 만발하고 있는 그녀의 훌륭한 재능이 관
례적인 어떤 일을 해야 한다는 완전히 인위적인 요구로 인해 방해받
아서는 안 된다는 것이다. 상편소설에 비해 난편소설의 독사층이 적

은 것은 사실이다. 그러나 그것이 그 소수 장르를 아예 없애 버릴 충분한 이유는 될 수 없다. 어떤 독자가 어렵사리 특정한 분위기나 마음 상태에 적응했는데 금방 다른 종류로 바꿔야 해서 단편소설을 좋아하지 않는다는 편지를 편집자에게 보냈던 것을 기억한다. 만약 그게 주요한 장애물이라면 음악의 경우에도 마찬가지이다. 장편소설을 교향곡에, 그리고 단편소설집은 훌륭한 협주곡 연주회에 비유할 수 있다. 어쨌든 이런 불평을 가진 사람은 우리의 독자가 아니지만 분명 우리 독자는 존재하고, 좋은 단편소설이 더 많이 나오면 그런 독자는 더 많아질 것이다.

여기 실린 단편들은 놀랍도록 다양한 분위기와 진행 속도와 어조로 다양한 소재를 다루고 있다. 배경은 작가 자신이 아주 잘 아는 마을에 한정된다. 아무리 멀리 가 봐야 미시시피주를 벗어나지 않고, 많은 등장인물이 보스턴 사람들이라면 그다지 만나고 싶지 않을 그런 부류이다. 약간 모자란 릴리 도는 결과야 어떻게 되든 자신들이 그녀에게 가장 좋은 일이라고 생각하는 일을 하려고 작정한 열정적인 부인네들이 대표하는 사회적 힘에 휘둘리는 인물이다. 쫓겨난 인디언 처녀 킬라는 절름발이 흑인으로, 예이츠가 가장 불행한 유형이라고 보았던 인물, 즉 인물보다 그가 겪은 경험이 중요해서 그 경험이 인물의 이해를 완전히 넘어서는 인물을 재현한다. 하지만 이 단편에서 정말로 불행한 인물은 무지한 젊은 백인 청년으로, 그는 알지 못한 채 그 흑인에게 가해진 범법 행위에 일조하게 되고, 아주 복잡한 연유로 그에 대한 보상은 가능하지도 않고 피해자가 원하지도 않는다는 사실을 알게 된다…… 「내가 우체국에서 사는 이유」의 여주인공은 조현병의 무시무시한 예이다. 이 첫 번째 부류—여기 실린 단편들은 대충 세 범주로 분류할 수 있다—에서 그 태도는 풍자적이고 주된 정조는 블랙코미디이다. 이 중에서 「화석인」은 천박함—그 인간 이하의 상태가 바닥까지 무자비하게 드러난, 화학적으로 순전한 절대적 천박함—에 대한 훌륭한 병리학적 연구를 보여 준다. 우둔함과 원통함, 앙심, 자기 연민 등, 온갖 종류의 저속함은 그것이 저자의 정신에까지 자리 잡은 게 아니라면 단편소설의 아주 흥미로운 소재가 된다. 웰티 양의 정신에서는 천박함이나 좌절감은 조금도 찾아볼 수 없다. 그녀는 그저 예리한 눈과 귀를 지녔고, 명민하고, 말할 수 없이 올곧다. 이 책의 작품들에 기지와 관찰력, 신랄한 유머와 정당한 가혹함을 모두 쏟아부었다. 작가와 등장인물 사이에서 이루어지는 죄악에 가까운 결탁이라는 징후적 악에 대해 그녀는 조금의 관용도, 감상적인 무른 태도도 보이지 않기 때문이다. 이런 소재를 사용하면서도 끔찍하게 구차한 사소한 이야기를 원래 그것이 있던 자리보다 한참 높은 자리로 끌어올리고, 완벽한 사실주의가 종종 그러하듯이 사실적 묘사는 거의 캐리커처의 성격을 보이기도 한다. 하지만 그로테스크를 주제로 하는 화가들이 살아 있는 실제의 유형에 대해 보통의 눈으로 관찰할 수 있는 이상의 세세한 점을 그려 내듯이 웰티 양의 기괴한 인간들도 사실은 전혀 캐리커처가 아니라 정확하고 분명하게 그려진 개인들이다. 좀 더 자세히 파고든다면 어쩌면 사실주의에 반하는 경우일 수도 있겠다. 그녀는 「어떤 외판원의 죽음」이나 「어떤 기억」, 「닳고 닳은 길」 같은 아름다운 단편의 경우 다른 차원—다루는 주제가 더 풍부하다는 중요한 이유로—에서 더 뛰어난 실력을 보여 준다. 외적인 행위와 인간 상상력의 무언의 내적 삶이 거의 마주치며 꿈과 생시의 신비로운 문턱에서 서로 섞여 들어,

한쪽의 현실이 다른 쪽의 존재를 인정하거나 그에 따르기를 거부하지만 양자가 함께 같은 목표를 향해 나아가는 특히 이런 종류의 단편은 내가 개인적으로 무척 선호하는 작품이다. 생각한 만큼 성과를 내기 힘들지만 항상 시도해 볼 가치가 있는 일로, 웰티 양은 이 일을 아주 성공적으로 해내어 그녀로선 가장 친숙한 영역인 것으로 보인다. 끄트머리에서 흐리멍덩해지는 법 없이, 단단한 연속성의 길을 따라 단호하게 나아가는 활동적인 훈련된 상상력과, 말도 안 되는 꿈의 논리를 회상하며 기록하는 깨어 있는 낮의 이성을 분명히 찾아볼 수 있는 것이다. 여기 실린 어느 단편에서도 기본적인 의미의 자서전적인 면은 흔적도 찾아볼 수 없다. 작가란 어디에나 편재하고, 예술가들만이 처음 상상 속에서 그것을 경험함으로써 자신이 창조한 것을 알고 있다는 그런 의미에서 자신의 등장인물들을 다 알고 있을 뿐이다. 하지만 어쩌면 가장 훌륭한 작품 중 하나인 「어떤 기억」의 해변의 아이의 이야기에는 어린 시절 자신의 이야기가 약간 들어 있을지도 모른다. 아이라는 상태에 의해 어른 세계에서 소외된 아이는 모든 것을 바라봄으로써, 손으로 사각 모양을 만들어 눈에 들어온 것을 틀 안에 집어넣음―선택하고 배열하고 의도적으로 고정된 경계를 만들어 겉보기에 이질적인 것들을 조화롭게 만드는 천성을 가지고 태어난 사람의 동작―으로써 삶의 비밀을 알아내길 소망하는 것이다. 하지만 작가 자신은 젊은 나이에도 너무 많은 재능 있는 젊은이가 겪는 삼중의 저주인 자기애와 자기 연민과 자기에 빠져 있는 태도에서 이미 벗어나 놀랄 만한 객관성에 도달했다. 「늙은 마블홀 씨」, 「파워하우스」, 「히치하이커」 등의 단편에서는 정신적, 정서적 상태에 대한 대단한 감지력을 객관적인 보고와 결합하고 있고, 「클라이티」에서는 행위와 대사, 주인공과 그 가족의 외양과 복장에 대한 직접적인 서술로 광기의 모습을 독자의 눈앞에 생생히 드러낸다.

다양한 수준을 보이긴 하지만 어떤 단편에서도 거짓되거나 억지스러운 점을 발견하지 못했고, 관심사가 흐려진다거나 분위기가 갈팡질팡하는 것도 보지 못했다. 주제와 분위기는 절대 단순하지 않지만 접근법은 단순하고 직접적이고, 가장 단순한 이야기에서도 숨겨진 잠재력이 느껴져서 나로서는 시작으로서도 아주 인상적이지만 이것은 단지 시작일 뿐임을 굳게 믿게 된다.

"이제 이렇게 많은 것이 변하고 있으니 우리도 변해야 할 때가 아닐까? 우리 스스로를 조금씩 발전시키고 우리가 좋아서 하는 이 일에서 천천히 조금씩 우리의 몫을 해 나가도록 애쓸 수는 없는 걸까? 지금껏 우리는 어려움 없이 살아왔다…… 손쉽게 즐거움을 누리며 응석받이가 되었다…… 하지만 우리가 우리의 성공을 멸시하면 어떻겠는가? 우리를 위해 남들이 해 주었던 사랑의 노역을 처음부터 배워 나간다면? 이제 너무 많은 것이 변화하고 있으니 우리 스스로 초보자가 되어 본다면 어떻겠는가?"*

1941년 8월 19일
캐서린 앤 포터

---

* 라이너 마리아 릴케 『또 다른 나의 일기』.—원주

릴리 도와 세 부인
Lily Daw and the Three Ladies

미시시피의 엘리스빌 지적장애인 시설에서 편지가 왔을 때 와츠 부인과 카슨 부인은 둘 다 빅토리의 우체국에 있었다. 여전히 품에 편지를 가득 안은 에이미 슬로컴이 앞으로 달려 나와 편지를 직접 와츠 부인에게 건네주었고, 세 사람이 함께 읽었다. 와츠 부인은 발그레한 손으로 편지를 단단히 붙들었고 카슨 부인은 골무 낀 손가락으로 천천히 줄을 그어 가며 읽었다. 우체국에 있던 다른 사람들도 모두 무슨 일인가 궁금해했다.

"릴리에게 엘리스빌에 가게 될 거라고 말하면 뭐라고 할까!" 마침내 카슨 부인이 환하게 웃으며 입을 열었다.

"아마 좋아 죽을걸." 와츠 부인이 말했다. 그러고는 귀가 먹은 부인에게 설설한 목소리로 말했나. "릴리 도가 엘리스빌에 긴다고요!"

"나 떼어 놓고 릴리에게 가서 말할 생각일랑은 절대 하지 마요!" 편지 정리를 하러 종종걸음으로 우체국으로 들어가며 에이미 슬로컴이 소리쳤다.

"거기서는 릴리를 잘 보살펴 주려나?" 카슨 부인이 우체국에서 기다리던 한 무리의 침례교 신자 부인들과 대화를 이어 갔다. 그녀는 침례교 목사의 부인이었다.

"아주 좋은 곳이라는 얘기를 늘 들었어요. 그래서 붐빈다고." 그중 한 사람이 말했다.

"간밤에 서커스에서—" 다른 부인이 이렇게 말을 꺼내다가 급히 손으로 입을 막았다.

"괜찮아요. 그런 게 있다는 건 나도 다 아니까." 카슨 부인이 고개를 숙이고 가슴께에 늘어져 있는 줄자를 만지작거리며 말했다.

"오, 카슨 부인. 그럼, 어쨌든, 간밤에 서커스에서 그 남자가 부추겨서 릴리가 막 입장권을 살 참이었다니까요."

"입장권!"

"그래서 우리 바깥양반이 나서서 릴리가 머리가 좀 모자란다고 얘기했고 그래서 다른 사람들도 가세했어요."

부인들이 모두 혀를 끌끌 찼다.

"아, 쇼는 정말 훌륭했어요." 쇼를 보러 갔던 부인이 말했다. "릴리 행실도 훌륭했고요. 완전 숙녀처럼 그저 자리에 가만히 앉아 앞만 바라보더라고요."

"오, 충분히 숙녀답게 행동할 수 있지, 충분히." 카슨 부인이 시선을 위로 향하며 고개를 절레절레 흔들면서 말했다. "바로 그래서 가슴이 아픈 거예요."

"맞아요, 내내, 그 야단스럽던 게 뭐더라, 아, 실로폰을 뚫어져라 보더라고요." 상대방이 말했다. "왼쪽이고 오른쪽이고 한 번도 고개를 돌리는 적도 없이 내내. 내 앞에 앉아 있었거든요."

"중요한 건, 그래서 쇼가 끝나고 뭘 했나요?" 와츠 부인이 현실적으로 물었다. "릴리가 나이에 비해서 많이 성숙했잖아요."

"오, 에타!" 카슨 부인이 잠시 그녀에게 눈을 부라리며 못마땅한 투로 말했다.

"그래서 릴리를 엘리스빌에 보내려는 거잖아요." 와츠 부인이 하던 말을 마저 했다.

"준비 다 됐어요, 여러분." 얼굴에 온통 하얗게 분칠을 한 에이미 슬로컴이 뛰어나오며 말했다. "우편 정리 다 됐어요. 끝나서 얼마나 좋은지 몰라."

"뭐, 당연히 잘되기를 바라죠." 다른 부인들 중 여럿이 입을 모았다. 그들은 자신들의 우편물을 찾으러 곧바로 자리를 뜨지 않았다. 약간 따돌림 당한 기분이 들었다.

세 여성은 수조 아래쪽에 서 있었다.

"릴리를 찾는 건 또 다른 문제죠." 에이미 슬로컴이 말했다.

"도대체 지금 어느 구석에 박혀 있을까요?" 그렇게 말한 사람은 편지를 든 와츠 부인이었다.

"거리 이쪽이든 다른 쪽이든 그림자도 안 보이잖아요." 거리를 따라 걸어가며 카슨 부인이 말했다.

에드 뉴턴이 가게 앞쪽으로 길게 건 철사 줄에 레드버드 학교 명패를 매달고 있었다.

"릴리를 찾으시는 거라면, 좀 전에 여기 와서 자기가 결혼할 거라고 하던데요." 그가 말했다.

"에드 뉴턴!" 세 부인이 서로를 와락 붙잡으며 동시에 외쳤다. 와츠 부인이 곧장 엘리스빌에서 온 편지로 부채질을 하기 시작했다. 그녀는 검은색 미망인 옷차림이었으므로 아주 별것 아닌 일에도 너무 더웠다.

"당연히 그럴 일은 없어. 엘리스빌에 갈 거거든, 에드." 카슨 부인이 상냥하게 말했다. "와츠 부인과 에이미 슬로컴과 내가 우리 돈을 들여서 보내는 거라고. 게다가 빅토리의 총각들은 맹세를 했잖아. 릴리가 결혼하는 일은 없어. 그냥 어쩌다 그런 허황된 생각을 하게 된 거지."

"부인들께서 알아서 하시겠죠, 물론." 에드 뉴턴이 명패로 자기 엉덩이를 때리며 말했다.

기찻길 위의 다리에 이르니, 거기 에스텔 메이버스가 철로에 앉아 있었다. 오렌지 맛 니하이를 천천히 마시고 있었다.

"릴리 봤니?" 그들이 물었다.

"그렇잖아도 릴리가 오나 보려고 여기서 지키고 있는 거예요." 릴리가 아직 거기 오지 않은 듯이 그녀가 말했다. "주얼 대신요—릴리가 좀 전에 가게에 들러서 2달러 98센트짜리 모자를 집어서는 그냥 쓰고 가 버렸다고 했거든요. 주얼이 다른 걸 주고 그걸 찾아오라고 해서요."

"오, 에스텔, 릴리가 자기가 결혼할 거라고 했단 말이지!" 에이미 슬로컴이 외쳤다.

"그러니까요, 놀랄 일이죠." 에스텔이 말했다. 그녀는 뭘 제대로 이해하는 인물이 아니었다.

로럴리 앳킨스가 윌리스 나이트 자동차를 타고 지나가다가 무슨 얘기들을 하는지 궁금해서 경적을 울렸다.

에이미가 손을 번쩍 들고 도로로 뛰어나갔다. "로럴리, 로럴리, 우리를 릴리 도의 집까지 좀 태워다 줘요. 결혼을 할 거라면서 저쪽으로 갔대요."

"맙소사, 어서 타요!"

"잘도 맞춰 왔네." 다른 사람들의 도움으로 끙끙거리며 뒷좌석에 오르면서 와츠 부인이 말했다. "엘리스빌에 가는 게 더 좋은 일이라고 릴리를 설득하는 게 우리가 할 일이야."

"한번 생각해 보라고!"

차가 모퉁이를 돌 때 새벽녘 암탉의 우리에서 들리는 여린 소리처럼 슬픈 목소리로 카슨 부인이 말을 이었다. "우리가 아무것도 가진 것 없는 릴리의 모친을 땅에 묻었잖아요. 먹을 것이며 장작이며 입고 있는 옷가지도 다 우리가 준 거잖아요. 주일학교에 보내서 하느님의 말씀을 익히게 하고 침례교 신자로 세례도 받게 했지. 그리고 그 왜, 늙은 아비가 릴리를 때리기 시작하고 푸줏간 칼로 목을 베어 버리겠다고 난리를 칠 때, 바로 달려가서 릴리를 빼내다 따로 지낼 곳을 마련해 준 것도 우리고."

풍향계가 잔뜩 세워진, 칠도 하지 않은 목조 가옥은 한 부분이 3층까지 솟아 있었고, 앞쪽에는 노랑과 자주색 스테인드글라스 창문이, 현관 주위로는 연노랑 색깔의 창문이 달려 있었다. 한쪽으로, 그러니까 절길 쪽으로 가파르게 기울어져 있었고 앞쪽 계단은 사라지고 없었다. 부인들이 잔뜩 탄 차가 삼나무 아래 멈췄다.

"이제 릴리가 거의 다 자랐잖아요." 카슨 부인이 말을 이었다. "사실 다 자랐다고도 할 수 있지." 차에서 나오며 결론을 지었다.

"결혼에 대해 떠들다니." 와츠 부인이 괘씸하다는 투로 말했다. "고마워요, 로럴리. 이제 집으로 가요."

그들은 먼지를 뒤집어쓴 백일홍을 넘어 현관으로 갔고, 문을 두드리지도 않고 열린 문으로 들어갔다.

"확실히 이 집에서는 늘 이상한 냄새가 나. 올 때마다 하는 얘기지만." 에이미 슬로컴이 말했다.

릴리는 거기 있었다. 컴컴한 현관에서 작은 여행 가방을 열어 놓고 그 옆 바닥에 무릎을 꿇고 앉아 있었다.

그들을 보자 백일홍을 입에 넣고는 가만히 있었다.

"안녕, 릴리." 카슨 부인이 나무라듯이 입을 열었다.

"안녕하세요." 릴리가 대답했다. 곧바로 백일홍 줄기를 빨았는데 어치 울음소리와 똑같은 소리가 났다. 카슨 부인이 하지 말라고 노상 얘기를 했음에도 속옷을 드레스인 양 입고 앉아 있었다. 새 모자 아래로 희멀건 금발 머리카락이 아무렇게나 흘러내려 있었다. 이미 아는 사람이라면 목에 있는 구불구불한 흉터가 보일 수도 있을 것이다.

그중 뚱뚱한 카슨 부인과 와츠 부인이 2인용 흔들의자에 앉았다. 에이미 슬로컴은 화재가 난 약국에서 기증한 철사로 만든 의자에 앉았다.

"뭘 하는 거니, 릴리?" 흔들의자를 흔들며 와츠 부인이 물었다.

릴리가 미소를 지었다.

낡은 가방은 안쪽에 노란색과 갈색 종이를 둘렀고 짙은 원과 고리 모양 사이로 별표 문양이 있었다. 부인들은 아무 말 없이 마주 보며 저게 도대체 어디서 났는지 모르겠다는 시늉을 했다. 릴리가 가방 바닥에 잘 정돈할 참이었던 비누 두 개와 녹색 수건 말고는 가방엔 아무것도 없었다.

"자, 뭘 하는 건지 얘기해 봐, 릴리." 에이미 슬로컴이 말했다.

"짐 싸는 거지 뭐긴 뭐예요." 릴리가 말했다.

"어디 가는데?"

"결혼하려요. 아마 아줌마들도 내가 너무 부러울걸요." 릴리가 말했다. 그러다 갑자기 수줍음에 어쩔 줄 모르겠는지 다시 백일홍을 입속으로 집어넣었다.

"말해 봐, 애야." 카슨 부인이 말했다. "왜 결혼이 하고 싶은지 이 카슨 아줌마한테 말해 봐."

"싫어요." 릴리가 잠시 주저하다가 말했다.

"우리가 훨씬 더 멋진 일을 생각했는데." 카슨 부인이 말했다. "엘리스빌에 가는 게 어때!"

"정말 근사하지 않겠니?" 와츠 부인이 말했다. "아무럼, 근사하고말고."

"근사한 곳이야." 에이미 슬로컴이 자신 없게 말했다.

"아줌마 얼굴에 혹 났어." 릴리가 말했다.

"에이미, 괜찮다면 자네는 빠져 있지." 카슨 부인이 걱정스럽게 말했다. "자네만 함께 있으면 릴리한테 뭐가 씌는 것 같다니까."

릴리가 생각에 잠겨 에이미 슬로컴을 빤히 보았다.

"자! 지금 엘리스빌에 가지 않을래?" 카슨 부인이 물었다.

"싫어요." 릴리기 말했디.

"왜 싫어?" 부인들이 화들짝 놀라며 모두 그녀 쪽으로 몸을 기울였다.

"왜냐하면 결혼을 할 거니까요." 릴리가 말했다.

"그럼 누구랑 결혼을 하려는 거니, 애야?" 와츠 부인이 물었다. 그녀는 상대방을 꼼짝 못 하게 몰아서 앞서 얘기한 것을 부정하게 만드는 데 소질이 있었다.

릴리가 입술을 깨물었고 그 얼굴에 미소가 떠올랐다. 가방 안으로 손을 뻗쳐 두 개의 비누를 모두 쥐고는 흔들었다.

"말해 봐." 와츠 부인이 다그쳤다. "누구랑 결혼할 건데?"

"어젯밤에 만난 사람."

부인들이 다 헉하고 숨을 들이쉬었다. 정말 애인이 있을지도 모른다는 가능성이 여름날 우박처럼 난데없이 머리 위로 쏟아져 내렸다. 와츠 부인이 벌떡 일어나 균형을 잡고 섰다.

"서커스 단원이군! 음악가야!" 그녀가 외쳤다.

릴리가 감탄하며 올려다보았다.

"그 사람이―그 사람이 혹시 너한테 무슨 짓 했니?" 결국 나서서 알아볼 수 있는 인물은 여전히 와츠 부인뿐이었다.

"아, 그럼요." 릴리가 말했다. 릴리는 작은 손가락 끝으로 비누를 꼼꼼하게 쓰다듬다가 수건과 함께 다시 집어넣었다.

"무슨 짓?" 에이미 슬로컴이 일단 일어나 비틀비틀 걸어가며 악을 썼다. "무슨 짓을 했느냐고?" 현관에서 그렇게 소리를 질렀다.

"그런 건 묻지 마." 카슨 부인이 따라나서며 말했다. "말해 봐, 릴리. 그냥 그렇다, 아니다만 말해. 너 변한 거 없이 예전과 똑같은 거니?"

"빨간 윗옷을 입었어요." 릴리가 우아하게 말했다. "작은 막대기를 들고 펑퐁, 딩동, 그랬어요."

"아, 나, 어지러워 쓰러질 것 같아." 에이미 슬로컴이 그렇게 말했지만 다른 부인들은 그럴 리가 없다고 했다.

"실로폰!" 와츠 부인이 외쳤다. "실로폰 연주자! 저런, 비겁한 인간, 기차를 태워 이 마을에서 쫓아내야 해!"

"쫓아낸다고요? 지금쯤 벌써 여길 떴을걸요." 에이미가 외쳤다. "글자도 못 읽어요? 카페에 광고가 있었잖아요. 9일에 빅토리, 10일에 코모. 지금 코모에 있다고요, 코모에!"

"좋아! 다시 데리고 오자!" 와츠 부인이 소리쳤다. "나한테서 벗어날 수 없을걸!"

"쉿!" 카슨 부인이 말했다. "내 생각엔 그쪽으로 계속 생각해 봐야 아무 소용 없어요. 그가 우리 인생에서 영원히 사라져 버리는 게 결과적으로는 더 나을 거라고요. 그런 부류의 사람은 말이지. 그저 릴리의 몸만 탐했을 뿐이니, 우리가 쫓아가 마땅히 그녀와 결혼하라고, 뭐 총을 들이대서라도 그렇게 만든다 한들, 그런 인간은 절대 이 불쌍한 것을 행복하게 해 주지 못할 테니까요."

"그래도—" 에이미가 눈이 휘둥그레지며 말을 꺼냈다.

"입 다물어." 와츠 부인이 말했다. "카슨 부인, 당신 말이 맞아요."

"이게 내 혼수품이에요, 볼래요?" 부인들이 잠깐 말을 멈춘 사이 릴리가 공손하게 말했다. "제대로 보지도 않았잖아요. 비누랑 수건을 벌써 준비했어요. 모자도 있고요. 여기 쓰고 있는 거. 아줌마들은 제게 뭘 줄 거예요?"

"릴리야." 와츠 부인이 먼저 말을 꺼냈다. "결혼하는 대신에 엘리스빌에 가기만 하면 우리가 예쁘고 화려한 걸 잔뜩 줄게."

"뭘 줄 건데요?" 릴리가 물었다.

"헴스티치가 된 베갯잇 한 쌍을 줄게." 카슨 부인이 말했다.

"난 커다란 캐러멜 케이크를 주지." 와츠 부인이 말했다.

"난 잭슨에서 사 온 기념품을 줄게. 작은 저금통이야." 에이미 슬로컴이 말했다. "자, 그럼 갈래?"

"아니요." 릴리가 말했다.

"그럼 진짜 금으로 네 이름을 박은 예쁘고 작은 성경책을 줄게." 카슨 부인이 말했다.

"어깨끈을 조정할 수 있는 얇은 비단 브래지어를 주면?" 와츠 부인이 음흉하게 물었다.

"오, 에타!"

"왜, 있어야 되잖아요." 와츠 부인이 말했다. "피지 사람같이 속치마만 입고 엘리스빌에서 마구잡이로 뛰어다니면 사람들이 뭐라고 생각하겠어요?"

"**나라면** 엘리스빌에 가고 싶을 텐데." 에이미 슬로컴이 꼬시듯이 말했다.

"거기서 나한테 뭘 해 줄 건데요?" 릴리가 나지막이 물었다.

"오, 아주 많은 걸 해 주지! 바구니도 짤 수 있고, 또……" 카슨 부인이 막연히 다른 사람들을 쳐다보았다.

"아, 그럼, 거기 가면 온갖 바구니를 만들 수 있을 거야." 와츠 부인이 말했다. 하지만 그러고는 그녀도 더 말을 잇지 못하고 말꼬리를 흐렸다.

"아니에요, 전 결혼을 할래요." 릴리가 말했다.

"릴리 도! 무작정 고집을 피우는구나!" 와츠 부인이 외쳤다. "거의 갈 것처럼 굴다가 말을 뒤집다니!"

"우리 모두 하느님께 기도했어, 릴리." 카슨 부인이 마침내 이렇게 말했다. "그래서 하느님이 우리에게, 그리고 카슨 씨에게도, 네가 행복하려면 엘리스빌에 가야 한다고 말씀하셨어."

릴리는 경건한 태도를 보였지만 여전히 생각을 바꾸지 않았다.

"그냥 쟤를 거기로 데리고 가야 해요, 지금 당장!" 에이미 슬로컴이 난데없이 소리를 빽 질렀다. "혹시라도─! 어쨌든 여기 있을 순 없다고요!"

"오, 아냐, 아냐, 아냐." 카슨 부인이 황급히 말했다. "그런 생각은 하면 안 돼."

그들은 절망하여 침울하게 자리에 앉았다.

"내 혼수품을 가지고 가도 돼요? 엘리스빌에 갈 때?" 릴리가 그들을 곁눈질하며 수줍게 물었다.

"어, 그럼." 카슨 부인이 무심하게 대답했다.

그들이 다시 한번 말없이 자리에서 일어났다.

"아, 내 혼수품을 가지고 갈 수만 있다면!"

"지금까지 내내 중요한 건 혼수품이었어요." 에이미 슬로컴이 속삭였다.

와츠 부인이 짝 손뼉을 쳤다. "해결됐어!"

"하느님 감사합니다." 카슨 부인이 중얼거렸다.

그들을 올려다보는 릴리의 눈이 반짝 빛났다. 고개를 외로 꼬더니 자부심에 차서 누군가를 흉내 내며 말했는데 누군지는 전혀 알 수 없었다.

"좋았어─아가씨!"

부인들은 미소를 짓고 고개를 끄덕이며 문 쪽으로 움직였다.

"나는 남는 게 좋겠어요." 카슨 부인이 가다 말고 말했다. "어디서, 도대체 어디서 저런 흉측한 말을 배운 거죠?"

"짐을 싸야지." 와츠 부인이 말했다. "릴리 도는 기차를 타고 엘리스빌로 갈 테니까."

기차역에서 기차가 증기를 내뿜고 있었다. 빅토리 주민 거의 모두가 기차가 떠나기를 기다리며 주변에서 어슬렁거렸다. 따로 지시도 없었는데 빅토리시의 시 악단이 모였다가 군중 사이로 흩어졌다. 에드 뉴턴이 아직 시작도 아닌데 괜히 베이스 호른을 불었다. 나무 상자 가득한 병아리들을 플랫폼에 풀어놓았다. 모두들 릴리가 옷을 차려입은 모습을 보고 싶어 했지만, 카슨 부인과 와츠 부인은 선로 반대편에서 릴리를 몰래 기차에 태웠다.

두 부인은 릴리와 잭슨까지 함께 가서 기차를 갈아타는 걸 도와주고 그녀가 제대로 가는지 확인할 예정이었다.

머리를 단정히 빗어서, 주얼이 그 예쁜 모자 대신 준 작은 파란색 모자 아래로 말아 올려 핀을 꽂은 릴리가 플러시 천이 덮인 의자에, 두 사람 사이에 앉아 있었다. 와츠 부인이 지난여름 장례식 때 입었던 옷을 활용해 만든 여행복을 입고 있었다. 분홍색 띠가 화려하게 빛났다. 손가방과 성경책과 상자에 든 따뜻한 케이크를 모두 무릎 위에 얹고 있었다.

에이미 슬로컴은 부칠 편지들에 도장을 찍고 함께 묶는 일을 하고 있었지만, 지금은 기차 통로에 서서 눈물을 훔치고 있었다.

"잘 가, 릴리." 그녀가 말했다. 그녀는 감정이 풍부한 사람이었다.

"잘 있어, 바보같이." 릴리가 말했다.

"아, 엘리스빌에서 우리 전보를 받고 릴리를 마중 나왔으면 좋겠다!" 그곳이 얼마나 먼지를 새삼 생각하며 에이미가 슬픔에 젖어 외쳤다. "게다가 열 단어 이내로 그 말을 다 쓰기가 얼마나 어려웠는지."

"그만 내려, 에이미. 그러다 기차 출발하면 내리다 목 부러질라." 편안히 자리 잡은 와츠 부인이 멋들어진 부채를 흥겹게 부치며 말했다. "정말이지 너무 덥다. 여기서 몇 마일만 벗어나면 바로 코르셋을 벗어 버릴 거야."

"오, 릴리, 거기 가서 울지 마. 그냥 착하게 굴고 거기서 하라는 대로 해. 다 너를 사랑해서 하는 일일 테니까." 에이미의 표정이 슬픔에 일그러졌다. 그러고는 통로를 따라 왔던 길을 되짚어 나갔다.

릴리가 웃었다. 카슨 부인의 가슴 앞으로 손을 뻗어 창문 밖의 한 남자를 가리켰다. 그는 기차에서 내려 그저 거기에 혼자 서 있었다. 모자를 쓴 그는 외지인이었다.

"저거 봐요." 릴리가 대충 입을 가린 채 낮게 웃었다.

"보지—마라." 지금까지 한 얘기를 다 통틀어 엄숙한 이 두 단어가 모자란 릴리의 뇌리에 깊이 각인되게 하려는 듯이 카슨 부인이 아주 또렷하게 말했다. 그러고는 덧붙였다. "엘리스빌에 도착할 때까지는 아무것도 보지 말거라."

밖으로 나간 에이미는 너무 정신없이 울다가 그 낯선 사람과 부딪힐 뻔했다. 그는 모자를 썼고 키가 작았고 향수를 뿌린 것도 같았다. 그런 일이 가능하다면 말이다.

"말씀 좀 묻겠는데요." 그가 말했다. "릴리 도라는 이름의 어린 아가씨가 이 마을 어디에 살고 있나요?" 그가 모자를 슬쩍 들어 올렸는데 빨간 머리였다.

"그건 왜요?" 에이미는 자기도 모르게 그렇게 말이 튀어나왔다.

"좀 크게 말씀해 주시겠어요?" 상대방이 말했는데, 사실 자신은 거의 속삭이는 말투였다.

"떠났어요. 엘리스빌로 갔다고요."

"떠났다고요?"

"엘리스빌로 갔다고요!"

"아, 그거 다행이군요!" 남자는 아랫입술을 쭉 내밀어 머리가 들썩거리도록 숨을 내쉬었다.

"릴리와 무슨 볼일이 있는 거예요?" 에이미가 갑자기 큰 소리로 물었다.

"결혼을 할 예정이었죠. 그게 다예요." 그가 말했다.

에이미 슬로컴은 그 모든 사람이 보는 앞에서 비명을 지르기 시작했다. 남자 발치께 땅에 놓인 검은색 긴 상자가 눈에 띄자 거기 대고 손가락질을 할 뻔했다. 그러고는 소스라치게 놀라 뒤로 홱 물러났다.

"실로폰! 실로폰!" 그녀는 증기를 내뿜는 기차와 남자를 계속 번갈아 쳐다보며 소리쳤다. 어느 쪽이 더 끔찍할까? 종소리가 뎅뎅 울리기 시작했고 남자는 이렇게 말했다.

"엘리스빌이라고 하셨어요? 미시시피주에 있는 거?" 남자는 '영원한 사실과 자료'라는 제목이 달린 빨간색 공책을 번개같이 끄집어내더니 뭔가를 적었다. "제가 귀가 잘 안 들려서요."

에이미가 고개를 주억거리며 그의 주변을 돌았다.

'엘리스빌 처녀'라는 글자 아래 그가 줄을 긋고 있었다. 그러더니 잽싸게 두 개의 작은 부호를 그려 넣었다. "어쩌면 그 아가씨가 하겠다는 얘기를 안 했을 것이다. 어쩌면 안 하겠다고 했을 것이다." 속삭이던 그가 난데없이 아주 요란하게 웃었다. 에이미가 화들짝 놀라 뒤로 물러섰다. "여자들이란! 뭐, 나중에 미시시피의 엘리스빌 근처에서 공연을 하게 되면 한번 찾아가 보지. 안 갈 수도 있고." 그가 말했다.

베이스 호른이 악단에게 진짜로 연주의 시작을 알렸다. 기차 엔진에서 하얀 증기가 마구 뿜어져 나왔다. 대개 기차는 빅토리에 1분 정도만 정차했지만, 기관사는 릴리를 보면 손을 흔들 정도로 그녀를 잘 알았고 오늘이 그녀에게 중요한 날이라는 것도 알았다.

"잠깐만요!" 에이미 슬로컴이 째지게 소리쳤다. "잠깐 기다려요! 내가 릴리를 데려올게요. 잠깐만요, 기관사님! 아직 출발하지 말아요!"

다음 순간 그녀는 다시 기차에 올라 카슨 부인과 와츠 부인의 얼굴에 대고 소리를 질러 대고 있었다.

"실로폰 연주자! 릴리와 결혼할 실로폰 연주자요! 그 사람이 저기 있어요!"

"말도 안 되는 소리." 다른 사람들 너머로 에이미가 가리키는 곳을 내다보며 와츠 부인이 중얼거렸다. "저기 있는지 모르겠지만 난 안 보이는구먼. 어디 있다는 거야? 네가 가리키는 건 외눈박이 비즐리잖아."

"모자 쓴 남자 말이에요—아니다, 빨간 머리 남자요! 서둘러요!"

"저 사람이 진짜 그 사람이야?" 카슨 부인이 놀라서 와츠 부인에게 물었다. "맙소사! 정말 작기도 하네, 그렇잖아요?"

"난 지금까지 한 번도 본 적이 없는 사람이에요!" 와츠 부인이 외쳤다. 그러더니 느닷없이 부채를 접었다.

"빨리요! 우리가 타고 있는 이건 기차라고요!" 에이미 슬로컴이 외쳤다. 너무나 흥분하고 불안한 상태였다.

"알았어, 괜히 발작 일으키지 말라고, 이 사람아." 와츠 부인이 말했다. "가요." 잠긴 목소리로 카슨 부인에게 말했다.

"이젠 어디로 가요?" 그들이 릴리를 통로로 끌고 나오자 릴리가 물었다.

"결혼하러 가는 거야." 와츠 부인이 말했다. "카슨 부인, 지금 역에 계시는 남편분에게 전화를 하는 게 좋겠어요."

"하지만 난 결혼하기 싫어요." 릴리가 찡얼거리기 시작했다. "엘리스빌에 갈래요."

"조용! 나중에 아이스크림 사 줄게." 카슨 부인이 속삭였다.

기차 맨 뒤편의 계단을 막 내려오기 시작하자 악단이 〈독립 행진곡〉을 연주하기 시작했다.

실로폰 연주자는 여전히 그 자리에 서서 가볍게 발을 구르고 있었다. 그가 다가와 말했다. "안녕하세요, 아가씨들. 이건 뭔가요? 요술?" 그러고는 릴리에게 쪽 소리 나게 입을 맞췄고, 그러자 릴리는 부끄러워 고개를 숙였다.

"그래서 당신이 우리가 그렇게 얘기를 많이 들었던 바로 그 청년이군요." 와츠 부인이 말했다. 아주 환한 미소를 짓고 있었다. "당신의 릴리가 여기 왔어요."

"뭐라고요?" 실로폰 연주자가 물었다.

"마침 내 바깥양반이 빅토리의 침례교 목사예요." 카슨 부인이 크고 또렷한 목소리로 말했다. "정말 운이 좋잖아요? 5분이면 남편을 데려올 수 있어요. 지금 어디 있는지 확실히 알거든요."

그들이 실로폰 연주자를 둥그렇게 둘러싼 채로 모두 대기실로 들어갔다.

"아, 난 이런 때는 그냥 눈물이 날 것만 같아." 에이미 슬로컴이 말했다. 그녀가 뒤를 돌아보았고, 기차가 천천히 움직이더니 중심가의 다리 아래를 지나가는 게 보였다. 그러고는 모퉁이를 돌아 사라졌다.

"아, 혼수품!" 에이미가 비탄조로 외쳤다.

"그래서 지금 여기 있는 당신은 이름이 뭐죠?" 카슨 부인이 전화를 거는 동안 와츠 부인이 큰 소리로 물었다.

악단의 연주는 계속되고 있었다. 사람들 중에는 릴리가 기차를 타고 갔다고 생각한 사람들도 있었고, 다른 사람들은 가지 않았다고 맹세했다. 하지만 모두가 흥겨웠고, 누군가 던진 밀짚모자가 전화선 사이에 끼었다.

소식

A Piece of News

비가 오는 중에 그녀는 밖에 나가 있었다. 이제 오두막 화덕 앞에 다리를 쫙 벌리고 서서 몸을 숙인 채, 어리석은 짓이었다고 자책하는 고양이처럼 흠뻑 젖은 금발 머리를 좌우로 흔들고 있었다. 뭐라고 혼 잣말을 했는데, 조그맣게 후들거리는 소리일 뿐이라 휑한 방에서는 제대로 파악하기가 힘들었다.

"퍼붓는 비, 퍼붓는 비." 그것이 그녀가 마치 노래처럼 반복해서 중 얼거린 것이었던가? 그녀는 몸을 말리기 위해서 고개를 숙여 헝클어 진 금발 머리를 다 앞으로 내리고 쿼터 턴 스텝처럼 몸을 돌려 서 있 었다. 안쪽으로 따뜻한 기운이 들어가도록 치마를 얌전하게 밖으로 뻗쳐 붙들고 있었다.

그러더니 꽤나 달아오른 그녀가 탁자로 걸어가 작은 꾸러미를 집어 들었다. 빨간 글씨로 '샘플'이라고 적힌 커피 자루였는데, 그것을 감싼 젖은 신문을 풀었다. 그것도 아주 사랑스럽게 다루면서.

"이런, 이걸 신문에 싸면 어쩐담?" 그녀가 숨을 고르며, 양손을 번갈아 바라보며 말했다. 예삿일에도 깜짝 놀라는 걸 보면 평생 느릿느릿 외롭게 살아온 것이 분명했다.

커피를 정확히 탁자 가운데에 놓았다. 그러고는 신문 한쪽 끝을 잡고 질질 끌면서 꿈을 꾸는 걸음걸이로 마루를 가로질러 불 앞에 신문을 쫙 펴더니 그 위에 대자로 누웠다. 비에 대한 노래와 놀라움에 내지른 소리는 그저 그녀가 혼자 있을 때 재미 삼아 하는 예비 단계, 그저 장난스러운 비죽거림일 뿐이었다. 이제 기분이 좋아졌다. 불 가까이에 퍼질러 누워 있으니 젖어 헝클어졌던 머리칼이 말라 풀어지면서 할인 판매하는 실크처럼 등 뒤쪽으로 활짝 펼쳐졌다. 눈을 감았다. 입매가 문득 깊어지며 무의식적인 영악함의 표정이 드러났다. 하지만 기분 좋게 그렇게 미동도 없이 전적으로 혼자서, 거기 숨어 있는 듯했다. 화덕 화격자 위 불붙은 장작이 흔들리거나 떨어져 내릴 때면 그녀는 부르르 떨면서 갑갑하거나 절망스러울 때처럼 불쑥 팔을 뻗곤 했다.

곧 몸을 움직여 등 뒤에 깔린 신문을 빼냈다. 그러고는 쭈그려 앉아 금방 부서질 물건이라도 되는 양 신문의 인쇄된 글자들을 손으로 만졌다. 그냥 대충 보는 것이 아니라 아주 주의 깊게 바라보았다. 어린 여자애가 아기를 볼 때처럼 변덕스러운 무언가를 보듯이. 그녀가 누웠던 자리는 아직 젖어 있었다. 잔뜩 쭈그러들어 갈라진 빨간 손가락으로 구겨진 부분을 두드려 펴는 중에 얼룩진 어떤 그림과 아래쪽에서 단어를 이룬 커다란 글자를 보고 이따금 눈살을 찌푸렸다. 그렇

게 천천히 바라보고 철자를 따져 보고 하면서 가슴이 뭉클해지기라
도 하는지 입술이 파르르 떨렸다.

난데없이 그녀가 웃었다.

고개를 들었다.

"루비 피셔!" 낮게 내뱉었다.

맥없는 파란 눈과 부드러운 입매에 잔뜩 주눅 든 표정이 떠올랐다.
그러고는 겁에 질린 표정. 주변을 노려보았다…… 도대체 어떤 눈이
지금 그녀를 훔쳐보고 있다고 생각하는 걸까? 치마를 단단히 잡아
내리더니 신문에 적힌 여남은 단어들의 철자를 따라 읽기 시작했다.

단신에 이런 게 있었다.

"루비 피셔 부인이 이번 주 남편이 쏜 총에 다리를 맞는 불운을 당
했다."

단어를 하나하나 옮겨 가면서 그녀는 작은 소리로 중얼거리기만
했다. '불운'*이라는 긴 단어는 그냥 지나쳤다가, 끝까지 간 후 다시
돌아와 마치 대화를 하듯이 큰 소리로 전체를 읽었다.

"내 얘기네." 그녀가 아주 딱딱하면서도 공손하게 중얼거렸다.

장작이 미끄러져 떨어지면서, 그렇잖아도 지붕을 두들겨 대는 빗
소리와 바깥에서 계속되는 천둥 번개에 귀가 멍멍하도록 시끄러운
집 안에 느닷없이 우르릉 소리를 냈다.

"클라이드 이 작자가!" 마침내 루비 피셔가 벌떡 일어나며 빽 소리
를 질렀다. "어디 있는 거야, 클라이드 피셔?"

그녀가 문으로 달려가 벌컥 문을 열었다. 찬 기운이 열기에 데워진

* misfortune.

몸을 부르르 쓸고 갔고 분노와 당혹스러움이 채찍처럼 그녀를 내리치는 듯했다. 번개가 번쩍했고, 그것이 총을 겨냥한 그를 불러들이지 않을까 하는 생각이 어렴풋이 들었는지 그대로 서서 기다렸다.

다른 말 없이 문을 밀고 들어가 엉덩이로 문을 닫았다. 후미진 구석에서 기운이 화르륵 타오르듯 분노가 스쳐 갔다. 지분거리는 우유 부단함과 여태껏 건드리지 않았던 미스터리에 이끌리는 것처럼 커피 자루가 놓인 탁자를 능란하게 피해 가며 방 안을 불안하게 돌아다니기 시작했다. 창문은 하나가 있었는데, 이따금 그 앞에 멈춰 서서 비 내리는 바깥을 내다보며 기다리기도 했다. 가만히 있을 때는 수동적인 면모가 보였지만, 사실은 전혀 수동적이지 않은데 겉으로만 그렇게 보이는 것일 수도 있었다. 그녀의 내면에는 절대 멈추지 않는 무엇인가가 있었으니까.

마침내 다시 마룻바닥에, 펼쳐진 신문 위로 벌렁 드러누워 화덕 불을 빤히 들여다보았다. 오두막에 거울이 있을 법도 하고, 그랬다면 그녀는 손가락으로 머리칼을 쓸어내리며, 자신의 모습과 등 뒤로 다가오는 클라이드를 보려 애쓰며 거울을 갈수록 뚫어지게 쳐다볼 수도 있었을 것이다.

"클라이드?"

하지만 물론 그녀의 남편 클라이드는 여전히 숲에 있었다. 두껍게 쌓은 땔나무 지붕 아래에서 위스키를 마시고 있었다. 이렇게 엄청난 번개는 끔찍하게 무서워했으므로 무슨 일이 있어도 밖으로 나가지 않을 것이었다.

그러다가 그녀는 거의 경이로움을 느끼며 자신의 곤경을 이해하게 되었다. 총을 들어 자신을 쏘는 건 클라이드답지 않았다는 것이다.

그녀는 불 쪽으로 고개를 숙여 발개진 팔 위에 얹고는 혼잣말을 하기 시작했다. 말이 마구 쏟아져 나왔다. 그가 폰티액 차를 모는 커피 장수에 대해 들은 얘기가 있다 해도 나를 총으로 쏘지는 않을 거야. 클라이드 때문에 우울해지면 그녀는 밖으로 뛰쳐나가 길을 따라 걸었고, 그러다 차 한 대가 옆에서 속도를 줄이고 그게 운 좋게도 테네시주 번호판이면 빈 조면기가 놓인 헛간에서 오후를 보낼 가능성이 많았다. (여기서 그녀는 팔 위에 얹은 머리를 좌우로 굴려 보고 다리가 뻣뻣해지는지 고양이처럼 다리를 뒤로 뻗었다.) 클라이드가 그 말을 들으면 날 후려치겠지. 하지만 신문에 난 얘기는 틀렸어. 클라이드는 절대 날 총으로 쏘지 않았어, 단 한 번도. 뭔가 실수가 있었던 거야.

불꽃이 팍 튀더니 신문에 불이 옮겨붙을 뻔했다. 그녀가 화들짝 놀라 손가락으로 마구 두들겨 불을 껐다. 그러고는 중얼거리면서 아예 자리를 잡고 신문 위에 누웠다.

거기 사지를 뻗고 누우니 몸이 점점 따뜻해지며 졸음이 쏟아졌다. 클라이드가 내 다리를 총으로 쏘면 어떻게 될까, 크게 소리 내어 말했다. 정말로 화가 나면 내 심장을 겨냥해서 쏠 수도 있을까?

곧 죽어 가는 자신을 상상하기 시작했다. 심장에 총알이 박힌 채 잠옷을 입고 누워 있을 것이다. 그윽한 입매로 그렇게 누워 있는 자신을 보면 그것이 얼마나 기이하고 끔찍한 일인지 알 수 있을 것이다. 새로 산 잠옷 아래로 심장이 뛸 때마다 고통이 밀려왔다. 클라이드가 그녀의 단련된 살갗을 후려칠 때보다 몇 배나 더 심한 고통이. 루비는 극도의 고통을 느낄 때 하는 식으로 나지막이 흐느끼기 시작했다. 눈물이 조각보 깔개 위로 줄줄 흘러내릴 테지. 클라이드는 언젠가 한번 그랬던 것처럼 마구 자란 검은 머리를 어깨까지 늘어트리고 서서 그녀를 내려다볼 것이다. 예전엔 정말 힘도 세고 잘생겼었는데!

그가 말할 거야. "루비, 내가 네게 이런 짓을 했네."

그녀는 대답할 것이다. 겨우 들릴까 말까 한 목소리로. "정말 그러네, 클라이드. 네가 내게 이런 짓을 했어."

그러고는 숨이 끊어질 것이다. 바로 그 자리에서 인생이 끝나는 것이다.

그녀는 아름답고 사랑스러운 죽은 사람의 표정이라고 생각되는 표정을 지으려 애쓰며 잠시 가만히 누워 있었다.

클라이드는 자신을 묻기 전에 새 옷을 사서 입힐 것이다. 집 뒤쪽, 삼나무 아래에 깊은 구멍을 파서 무덤을 만들 것이다. 소나무 관에 그녀를 눕히고는 뚜껑을 닫고 못을 박아야겠지. 그리고 파 놓은 구덩이로 옮겨 바닥에 잘 놓고 흙을 덮어야겠지. 그러는 내내 정신이 사나워져서는 다시는 그녀를 털끝 하나 건드리지 않겠다고 결심하며 고래고래 소리를 지르겠지.

그녀가 몸을 살짝 움직였고 시선이 창문 쪽을 향했다. 앞이 안 보이도록 비가 퍼붓고 있었다. 내 무덤에도 이렇게 비가 내리겠지. 그리고 클라이드는 회한의 눈물을 흘리며 무덤을 내려다보며 서 있겠지. 이런 생각이 들자 숨을 제대로 쉴 수가 없었다.

나뭇가지처럼 사방으로 뻗으며 번개가 내리꽂혔다. 화덕의 온기와 가련하고 아름답고 강렬한 자신의 죽음에 둘러싸여 계속해서 창밖을 내다보았다. 천둥이 쳤다.

클라이드가 거기 서 있었다. 걸어 들어온 길을 따라 검은 물이 줄 줄 흐르고 있었다. 그녀가 자고 있다고 생각했는지 총의 개머리판으로 루비를 쿡쿡 찔렀다.

"저녁은 어떻게 된 거야?" 그가 으르렁대듯 물었다.

그녀가 벌떡 일어나 튕기듯 그에게서 떨어졌다. 그러고는 번개보다 빠르게 신문을 치웠다. 화덕 불 외에 다른 불은 없어 집 안은 어두웠다. 김이 오르는 그의 긴 그림자의 끝에 서서 그녀가 나불나불 떠들며 램프에 불을 붙였다.

그는 어안이 벙벙하면서도 사람 좋게 참아 주는 표정으로 서 있었고, 그렇게 계속 서 있었다. 진흙투성이 장화를 신은 발을 쿵쿵 굴렀고, 거대한 팔은 비에 젖어 무거운지 축 늘어졌는데, 빗물이 그 팔과 총신에서 뚝뚝 떨어졌다. 곧 그는 위엄 있게 식탁 의자에 앉아 당연히 흠뻑 젖었고 당연히 배가 고프다며 약간 소란을 피웠다. 그에게서 떨어진 빗물이 사방 천지에 작은 내를 이루어 흘렀다.

루비는 가만히 저녁 준비를 시작했다. 따뜻해진 맨발을 거의 까치발을 하고 서 있었다. 비스킷을 꺼내느라고 저장고 앞에 무릎을 꿇다가 클라이드가 자신을 쳐다보고 있는 걸 보고는 미소를 지으며 상냥하게 고개를 숙였다. 팔을 움직이는 품이 뭔가 묘하게 상냥하면서도 머뭇거리다가는 갑작스러웠는데, 마치 가슴에 통증이 있기라도 한 것처럼 여리고 연약한 태도였다. 쓸데없이 마루를 괜히 여러 번 왔다 갔다 하며, 나이프와 포크를 단단히 쥐고 김을 모락모락 피우며 아무말 없이 앉아 있는 클라이드 주변을 돌았다.

"그런데 어디 갔다 온 거야?" 그녀가 첫 번째 음식을 식탁 위에 놓자 기어이 그가 투덜거렸다.

"딱히 갔다 온 데 없는데."

"그딴 식으로 말대답하지 마. 또 지나가는 차 붙잡아 탔지, 안 그래?" 그렇게 말하는 입에서 낄낄거리는 웃음이 새어 나왔다.

그녀가 잠시 그의 눈을 똑바로 들여다보았다. 그의 말은 아예 듣지도 못했다. 행복감이 그득히 차올랐다. 커피를 따르는 그녀의 손이 떨렸다. 몇 방울이 그의 손목으로 튀었다.

그러자 그가 육중한 손을 식탁 위로 뚝 떨구었고 그 바람에 접시가 튀어 올랐다.

"당신 안에 있는 그 망할 악마 놈을 언젠가 박살을 내고 말겠어." 그가 말했다.

루비가 자동적으로 몸을 피했다. 식사를 하게 내버려 두었다. 그가 포크와 나이프를 접시 위에 올려놓자 신문을 가져다주었다. 다시 기쁜 마음으로 그를 쳐다보았다. 손으로 신문을 만지기만 해도, 그렇게 들려 가며 깜짝 놀라 부스럭거리는 신문의 조용하면서도 비밀스러운 소리만 들어도 기분이 달떴다.

"신문이네!" 클라이드가 얕잡아 보는 태도로 거칠게 낚아채며 말했다. "어디서 난 거야? 망할 것."

"여기 좀 봐." 단조롭고 작은 목소리로 그녀가 말했다. 그가 신문을 붙든 채로, 그녀가 신문을 펼쳐 심각하게 한 대목을 가리켰다.

내키지 않는 듯이 클라이드가 그것을 읽었다. 그녀는 그가 축축한 대머리를 천천히 숙이고 좌우로 움직이는 것을 지켜보았다.

목에서 그르렁 소리를 내면서 그가 말했다. "거짓말이야."

"신문에 그렇게 내 얘기가 실렸잖아." 루비가 똑바로 몸을 세우며 말했다. 접시를 집어 들더니 즐거워 죽겠다는 표정으로 그를 보았다.

그가 크고 비틀린 손가락으로 신문의 그 대목을 꾹꾹 찔렀다.

"당신을 쐈다는 그곳을 봤으면 좋겠네!" 갑자기 버럭 소리를 질렀다. 고개를 들었는데 무표정하면서 대범했다.

하지만 그녀는 여전히 빈 접시를 손에 든 채로 마음을 단단히 먹고는 꼿꼿하고 당당하게 그에 맞섰고, 두 사람이 서로를 뚫어지게 바라봤다. 각자의 무력감으로 가득한 순간이었다. 마치 갑절로 창피하고 갑절로 즐거워졌는지 둘 다 얼굴이 붉어졌다. 정말로 클라이드가 루비를 죽였고 루비는 정말로 그의 손에 죽임을 당한 것만 같았다. 드물고 불안정한 어떤 가능성이 그들 사이에 이방인처럼 쭈뼛거리며 서 있었고 그에 그들은 고개를 떨구었다.

흠뻑 젖은 부츠를 신은 그대로 클라이드가 성큼성큼 걸어가 잦아드는 화덕 불에 신문을 던져 넣었다. 신문은 잠시 위에서 펄럭거리다가 곧 화르륵 타올랐다. 그들은 가만히 서서 그것이 타는 모양을 지켜보았다. 방 안이 환하게 밝아졌다.

"이봐!" 클라이드가 갑자기 말했다. "저거 테네시 신문이잖아. '테네시'라고 쓴 거 보여? 저 기사는 전혀 당신 얘기가 아니라고." 언제나 자신이 옳다는 걸 보여 주며 그가 소리 내어 웃었다.

"루비 피셔라고 했다고!" 루비가 소리쳤다. "내 이름이 루비 피셔잖아!" 열을 내며 주장했다.

"아, 테네시에 사는 다른 루비 피셔였다고." 남편도 맞받아쳤다. "날 가지고 놀아, 엉? 저 신문은 도대체 어디서 났는데?" 그가 장난스럽게 그녀의 엉덩이를 찰싹 때렸다.

루비는 아직도 떨리는 두 손을 치마 속으로 집어넣었다. 구부정하게 창문가에 서서 안팎으로 사위가 다 고요해질 때까지 기다렸다가 저녁 식사를 시작했다.

바깥은 부옇고 캄캄했다. 태풍은 다리를 건너 사라지는 마차처럼 점점 희미하게 멀어지고 있었다.

화석인
Petrified Man

"괜찮으면 내 가방에서 가루 안 들어간 담배 하나만 꺼내 줄래요, 플레처 부인." 샴푸와 세팅을 하러 온 10시 손님에게 리오타가 말했다. "난 향내 넣은 담배 안 좋아하거든."

플레처 부인은 라벤더색 테를 두른 거울 아래의 라벤더색 선반으로 기꺼이 손을 뻗어 에나멜가죽 가방의 걸쇠에서 머리에 쓰는 망을 흔들어 끌렀고, 가방이 열리면서 쏟아져 나온 분첩을 재빨리 찰싹 손으로 눌렀다.

"아니, 땅콩 좀 봐, 리오타!" 플레처 부인이 놀라워하며 말했다.

"자기야, 그 땅콩이 오늘 하루 거기 있는 게 아니라 일주일은 거기 있었을걸. 파이크 부인이 사 줬지."

"파이크 부인이 누군데?" 플레처 부인이 자리에 다시 앉으며 물었다. 각각의 칸막이 공간에서 만족스러운 대접을 받고 있는 다른 손님들과 이 방은 라벤더색 회전문으로 분리되어 있었으므로 파마약과 염색 재료들이 가득한 이 좁은 방에 숨어 있는 동안은 궁금한 점을 마음대로 물어볼 수 있었다. 그녀가 기대감을 가지고, 담배에 불을 붙이려고 몸을 숙이자 눈에 들어온 리오타의 노란 곱슬머리 안쪽 검은 부분을 쳐다보았다.

"파이크 부인은 뉴올리언스에서 온 부인인데." 담배 연기를 내뿜으며, 빨간 매니큐어를 바른 튼튼한 손가락으로 플레처 부인의 두피를 꾹꾹 누르면서 리오타가 말했다. "손님이 아니라 친구예요. 그러니까, 지난번에 얘기했는지 모르겠는데, 나랑 프레드랑 샐이랑 조랑 같이 한바탕했잖아. 그래서 샐과 조가 집에서 나가 버렸고. 그랬으니 그 방을 세를 놓을 수밖에 도리가 있어? 그래서 파이크 부인에게 세를 줬어요." 그녀가 더러워진 수건이 쌓인 바구니 안에 담뱃재를 툭툭 털었다. "파이크 부인은 아주 확실한 금발이에요. 그 사람이 바로 내게 땅콩을 사 준 거지."

"귀엽겠네." 플레처 부인이 말했다.

"자기야, 귀엽다는 건 파이크 부인에게 어울리는 말이 아니야. 내 말하지만, 아주 매력적이라고요. 아주 한창이에요. 눈을 부릅뜨고 밖을 살펴보고 있다니까, 파이크 부인이."

빗으로 휙 허공을 가르자 염색한 플레처 부인의 머리카락이 작은 먹구름처럼 라벤더 빛에서 뭉게뭉게 떨어졌고 그에 그녀가 과장되게 손짓을 딱 멈추었다.

"머리카락 빠지네."

"오, 리오타."

"으응, 빠지기 시작한다고." 또 한 번 빗질을 해서 다시 머리카락이 구름처럼 떨어지게 하면서 리오타가 말했다.

"비듬도 있어?" 플레처 부인이 인상을 썼는데, 머리 쪽으로 붙었던 눈썹이 코를 향해 밀고 내려왔고 속눈썹이 반짝이는 주름진 눈꺼풀이 집중하느라 파르르 떨렸다.

"아뇨." 그녀가 다시 빗질을 했다. "그냥 탈모만."

"지난번에 여기서 한 파마 때문에 그런 게 분명해." 플레처 부인이 무자비하게 말했다. "기억나? 14분 동안이나 익혀 놓다시피 했잖아."

"14분을 했어야 했네요." 리오타가 똑 부러지게 말했다.

"뭔가 이유가 있어." 플레처 부인이 고집했다. "비듬이라, 비듬. 그런 게 우리 바깥양반한테서 옮았을 수는 없겠지?"

"글쎄요." 리오타가 결국 대답했다. "내가 어제 들은 말로는 말이에요, 셀마 마나님들 중 하나가 저쪽 셀마 자리에서 기계 안 쓰는 파마를 하고 있었는데, 내가 뭐 에둘러서든 단정적으로든 뭘 주장하려는 건 아니에요, 플레처 부인. 하지만 셀마의 그 손님이 어쩌다 보니 그 말을 입 밖에 낸 거지. 무슨 얘기를 하다 그랬는지는 잊어버렸는데, 그러니까 당신이 임신했다고. 그럴 때면 머리가 빠지고 상하고 별일이 다 생겨요. 그러니까 우리 잘못은 아니라는 게 내 생각이죠."

잠시 침묵이 흘렀다. 거울을 통해 두 여성이 똑바로 마주 보았다.

"그게 누구였어?" 플레처 부인이 물었다.

"자기야, 그건 말할 수가 없고, 자기가 그래 보인다는 얘기는 아니야." 리오타가 말했다.

"셀마 어디 있어? 알아내고 말겠어." 플레처 부인이 말했다.

"자자, 나라면 별것도 아닌 일로 쫓아가 난리를 치지는 않겠네." 플레처 부인의 머리칼을 붙잡아 앉히기라도 할 것처럼 리오타가 황급히 빗질을 하면서 말했다. "딱히 나쁜 마음이 있어서 한 소리가 전혀 아니에요. 그런데 얼마나 됐어?"

"기다려 봐." 플레처 부인이 말하고는 빽 소리를 질러 셀마를 불렀고, 셀마가 들어와 리오타의 담배를 한 모금 빨았다.

"셀마, 할 수 있으면 기억을 어제로 돌려 봐." 걸쭉한 용액으로 플레처 부인의 머리를 듬뿍 적신 후 목덜미로 흘러내리는 것을 차가운 젖은 수건으로 닦아 내면서 리오타가 말했다.

"손님 머리를 반쯤 말다가 온 건데." 셀마가 애매하게 말했다.

"1분밖에 안 걸려." 리오타가 말했다. "어제 받았던 그 손님이 누구지? 나이 든 말상을 한. 그냥 기억을 좀 되돌려서 어제 어쩌다가 이 손님이 임신했다는 말을 입 밖에 낸 네 손님이 누군지 기억해 보라고, 그러면 돼. 그걸 무슨 일이 있어도 알아야겠대."

셀마가 새빨간 입술을 축 늘어뜨리고는 플레처 부인의 머리 위로 거울을 들여다보았다. "자기야, 전혀 기억이 안 나." 그녀가 나직이 말했다. "정말 전혀 기억을 못 하겠는데. 하지만 무슨 나쁜 마음으로 그런 건 분명히 아니에요. 글쎄, 내가 머리 마무리까지 한 걸 까먹고 모르는 사람이 내 뒤에 있는 줄 알았다니까."

"허친슨 부인이었나요?" 플레처 부인이 지나치게 정중하게 물었다.

"허친슨 부인? 오, 허친슨 부인." 셀마가 눈을 깜박였다. "아니에요, 허친슨 부인은 목요일에 왔고 부인 이름은 입에 올리지도 않았어요. 부인이 임신했다는 것도 모를 것 같은데."

"셀마!" 리오타가 야무지게 소리쳤다.

"분명한 건, 그게 누가 되었건 언젠가 후회하게 될 거라는 거야. 뭐야, 나도 이제 겨우 알았는데!" 플레처 부인이 외쳤다. "두고 보라고!"

"왜요? 뭘 어쩌려고요?"

어린애 목소리였고, 그래서 세 여자는 아래를 내려다보았다. 어린 남자애가 싱크대 아래 바닥에서 파마용 알루미늄 집게를 가지고 텐트를 만들고 있었다.

"빌리, 어른들 말씀하시는데 끼어들면 안 되지." 리오타가 미소를 지으며 말했다. 경쾌하게 아이 등을 찰싹 치고는 등 뒤로 셀마에게 나가라는 손짓을 했다. "빌리 저 녀석 깜찍하죠? 이제 겨우 세 살인데 벌써부터 미장원 일에 저렇게 홀딱 빠져 있으니."

"쟤를 여기서 본 적이 없는 것 같은데." 여전히 화가 풀리지 않은 플레처 부인이 말했다.

"전에는 여기 없었으니까, 그래서 그런 거죠." 리오타가 말했다. "파이크 부인 아이예요. 일자리를 잡았는데, 그게 페이 모자점인 거라. 아이가 부인용 모자를 그렇게 마구 써 보면 안 되었던 거지. 눈 아래까지 푹 내려오는 게, 뭐 같았을지는 모르겠지만. 어쨌든 우스꽝스러웠을 거고 그래서 당연히 계속 쓰려고 했겠죠. 모자 말이에요. 그래서 주인이 파이크 부인에게 아이가 상점에서 얼쩡거리는 게 마음에 안 든다고 한 거지. 여기서야 뭐 망가뜨릴 것도 없으니까."

"흥! 난 아이들을 별로 안 좋아해." 플레처 부인이 말했다.

"저런!" 리오타가 침울하게 내뱉었다.

"흥! 이 아이도 지웠으면 하는 마음까지 있는데." 플레처 부인이 말했다. "허친슨 부인! 거리에서 만나 빤히 속까지 뚫어 보고는 나중에 등 뒤에서 침을 뱉어."

"아이를 지우기라도 하면 플레처 씨가 당신 머리를 후려칠걸요."

리오타가 사리에 맞게 말했다. "이만큼이나 돼서 말이지."

플레처 부인이 등을 꼿꼿이 세웠다. "플레처 씨는 내 털끝 하나도 못 건드려."

"못 건드리다마다!" 리오타가 거울에 비친 자신을 향해 눈을 찡긋했다.

"그럼, 당연히 못 건드리지. 나한테 목소리만 높여도 내가 두통 때문에 머리를 싸매고 누울 거고 그럼 함께 지내기 힘들어진다는 걸 아주 잘 아니까. 게다가 내가 정말 벌써 배가 불러 보인다면—"

"자, 자기야, 이건 꼭 알아줬으면 좋겠는데, 난 여기 손님들 중 아무한테도 얘기 안 했고 앞으로도 안 할 거야. 자기 머리가 빠진대도 말이지. 그냥 스토르커루어 임신복을 사 입고 걱정은 그만해요. 파이크 부인 말마따나 사람들이 알지도 못하는데 무슨 문제야."

"파이크 부인에게 얘기한 거야?" 플레처 부인이 퉁명스레 물었다.

"파이크 부인은, 그러니까 자기가 파이크 부인을 볼 일이라고는 없을 거고 파이크 부인이 자기를 볼 일도 없을 거예요. 그러니 결국 그게 무슨 상관이냐고?"

"내 그럴 줄 알았어!" 플레처 부인이 일부러 힘주어 고개를 주억거리는 바람에 리오타가 귀 뒤쪽에서 말고 있던 곱슬머리가 망가져 버렸다. "파이크 부인!"

리오타가 한숨을 내쉬었다. "아무래도 얘기를 해야 할 것 같네. 자기가 임신했다는 얘기는 절대 셀마의 그 손님이 한 게 아니에요."

"허친슨 부인이 아니라고?"

"아니죠, 절대! 파이크 부인이었어요."

"파이크 부인이라고!" 플레처 부인은 그저 씩씩거리기만 했고 그래서 파마약이 흘러 귓속으로 들어갔다. "나를 알지도 못하는 파이크 부인이 도대체 어떻게 내가 임신을 했는지 안 했는지 알 수가 있단 말이지? 뻔뻔스러운 인간들이라니!"

"자, 얘기가 이렇게 된 거예요. 일요일 기억해요?"

"기억하지." 플레처 부인이 말했다.

"일요일에 파이크 부인이랑 나랑 둘이만 있었어요. 파이크 씨랑 프레드는 물고기를 잡겠다고 이글호에 갔었거든요. 당연히 하나도 못 잡았지만. 그래서 우리는 파이크 부인 차에 앉아 있었는데, 그게 1939년식 닷지라ㅡ"

"1939년식? 쳇." 플레처 부인이 말했다.

"ㅡ잭스 맥주 하나씩 들고 말이지. 파이크 부인 말이 그 맥주가 뉴올리언스에서 제대로 만든 맥주라 다른 건 안 마신다고. 그런데 자기가 약국 앞에 차를 세우고 잠깐 안으로 뛰어 들어갔잖아. 아마 플레처 씨는 차 안에 있었던 것 같고, 자기가 곧 처방 약 같은 걸 들고 뛰어나왔지. 그래서 그냥 딱히 할 얘기가 없어서 파이크 부인에게 말했죠. '저기 저분이 플레처 부인이야. 차 안에는 플레처 씨인 것 같고. 우리 단골이지.' 그렇게."

"무늬 있는 옷을 입었었지." 플레처 부인이 자신 없이 말했다.

"맞아." 리오타가 맞장구를 쳤다. "그래서 파이크 부인이 자기를 꼼꼼히 뜯어봤는데, 그 친구가 원래 아주 관찰력이 뛰어난 데다 사람을 잘 보고 무지하게 매력적이에요. 그런데 그러고 나서 하는 말이, 잭스 맥주 한 병 거는데, 분명 임신 3개월이네, 그러는 거라."

"뭐 그런 여자가!" 플레처 부인이 외쳤다. "파이크 부인!"

"파이크 부인이 자기한테 달려들 일은 없어요." 리오타가 말했다.

"정말 사랑스러운 사람이라 자기도 알고 나면 아주 사족을 못 쓰게 될걸, 플레처 부인. 그런데 잠시도 집에 가만히 있지를 못해. 어제 일 마치고 순회 기형쇼를 보러 갔지 않았겠어? 일찍 들어갔어요, 9시쯤. 옆 빈 가게에서 했는데. 뭐라고요? 한 번도 안 가 봤다고?"

"안 가 봤어. 기형들은 혐오스러워." 플레처 부인이 단호하게 말했다.

"에이. 어쨌든 자기야, 임신 얘기가 나왔으니 말인데, 병에 든 그 쌍둥이를 봐야 하는데. 꼭 봐야 한다니까."

"뭔 쌍둥이?" 플레처 부인이 입 한쪽만 벌려 웅얼거렸다.

"그러니까 병에 든 쌍둥이가 있었다니까, 글쎄? 딱 붙은 채로 태어났대요. 물론 죽었지." 리오타가 목소리를 낮춰 나지막이 흥얼거리듯 말했다. "크기가 한 이만한데, 아, 죄송, 분명 열 달 다 채웠을 거야. 머리도 둘, 얼굴도 둘에 팔다리가 네 개씩인데 **여기가** 딱 붙어 있는 거라. 그게, 이 얼굴은 이쪽을 보고, 저 얼굴은 저쪽을 보고, 어깨 너머로 말이지. 불쌍하더만."

"웩!" 플레처가 못마땅한 듯 외쳤다.

"왜, 흉측해? 자기야, 내 말은, 그 부모가 사촌지간인가 뭐 그랬대요. 빌리야, 티니 아줌마 수건 쌓아 놓은 데 가서 새 수건 하나만 가져와라. 이게 아주 흠뻑 젖었네. 그 머리 마는 걸로 내 다리 그만 간지럽히고. 하여간, 아쉬운 게 없다니까."

"나랑 남편은 먼 친척뻘도 아닌걸. 그랬으면 나랑 결혼하지도 않았지." 플레처 부인이 평온하게 말했다.

"당연히 아니지!" 리오타가 힘주어 말했다. "내가 아는 한 프레드와 나도 그렇고. 그런데, 자기야, 파이크 부인은 피그미족을 맘에 들어 하더라고. 그 쇼에도 피그미족이 있었는데 파이크 부인이 아주 환장을 하는 거예요. 있잖아, 세상에서 가장 작은 종족. 그 엉덩짝을 대고 앉아 있다가 이리저리 굴러다니는데, 도대체 서 있는 건지 앉아 있는 건지 구분이 안 되더라니까. 이렇게 생각해 보라고요. 마흔둘쯤 되어 보이던데, 그 사람이 자기 남편이라고 생각해 봐!"

"플레처 씨는 5피트 9.5인치야." 플레처 부인이 재빨리 말했다.

"프레드는 5피트 10인치인데." 리오타가 말했다. "그래도 내가 이렇게 크니까 내가 프레드한테 땅꼬마라고 하지." 그녀가 플레처 부인의 반대편 관자놀이 위쪽으로 커다랗게 컬을 말았다. "그 피그미들은 좀 까무잡잡하더라고요, 플레처 부인. 피그미치고 못생기지는 않았어."

"그런 사람들 난 안 좋아해." 플레처 부인이 말했다. "파이크 부인은 그런 게 뭐가 좋아서 그러는 거야?"

"아, 나도 모르죠." 리오타가 말했다. "그냥 귀여운 구석이 있대. 그런데 또 이, 화석인이라는 남자가 있는 거야. 아홉 살 이후로 뭐든 먹었다 하면 소화가 된 다음에, 그러니까 파이크 부인 말이 그게 다 관절로 모여서 돌처럼 굳었다나."

"너무 끔찍해!" 플레처 부인이 외쳤다.

"그 사람도 마흔둘이었어요. 그 나이가 안 좋은 나이인가 봐."

"누가 그래? 파이크 부인이? 자기가 마흔둘인가 보지." 플레처 부인이 말했다.

"아냐." 리오타가 말했다. "파이크 부인은 서른세 살. 1월에 태어나서 물병자리지. 그런데 그 사람이 머리만 움직일 수 있어요, 이렇게. 당연히 머리랑 정신은 관절이 아니잖아요. 그러니까 위장도 관절이 아닐 테고. 어쨌든 아직은. 그런데 글쎄, 음식을 먹기만 하면 그게 쭉 내려가서, 응? 그리고 소화를 시키면"—리오타가 잠깐 까치발을 하고 섰다—"그게 관절로 가서 눈 깜짝할 사이에 돌이 되는 거라. 진짜 돌이. 그래서 점점 돌로 변하는 거예요. 그런 남자랑 결혼하면 어떻겠어요? 할 수 있는 거라고는 머리를 요만큼 움직이는 것밖에 없다니까. 당연히 **보기만 해도 끔찍하지**."

"당연히 그렇겠지." 플레처 부인이 냉랭하게 대꾸했다. "플레처 씨는 매일 밤마다 스트레칭을 한다고. 내가 시키거든."

"프레드가 하는 일이라고는 양탄자처럼 널브러져 있는 것뿐인데. 어느 날 아침에 눈을 떠 보니 일어날 수가 없다 해도 놀랍지도 않을걸요. 하지만 화석인은 그저 거기 앉아서 고개만 요만큼씩 움직인다니까요." 리오타가 그 모습을 떠올리듯 말했다.

"파이크 부인이 화석인도 좋아했어?" 플레처 부인이 물었다.

"다른 괴물들만큼은 아니었어요." 리오타가 책망 조로 말했다. "게다가 옷을 잘 입는 남자가 좋다나 뭐라나."

"파이크 씨가 그래서 옷을 잘 입어?" 플레처 부인이 미심쩍게 물었다.

"아, 그럼요." 리오타가 말했다. "하지만 파이크 부인보다 열두 살인가 열네 살인가 더 많은걸. 레이디 이밴절린한테 남편에 대해 물어보더라고요."

"레이디 이밴절린이 누군데?" 플레처 부인이 물었다.

"아, 기형쇼에 있는 독심술사." 리오타가 말했다. "엄청 용해요. 이름이 레이디 이밴절린인데, 1달러가 더 있었으면 다른 건 말고 나머지 손금도 봐 달라고 했을 텐데. 파이크 부인 말이 육감이라는 걸 가졌다는데, 내 살면서 그렇게 흉한 매니큐어 칠은 보질 못했네."

"그 사람이 파이크 부인한테 뭐라 했는데?" 플레처 부인이 물었다.

"파이크 씨가 부인한테는 말할 수 없이 충실하다고요. 게나가 끝

돈이 들어올 거라던데."

"흥!" 플레처 부인이 콧방귀를 뀌었다. "무슨 일을 하는데?"

"알 수가 없죠." 리오타가 말했다. "직업이 없으니까. 레이디 이밴절린이 내 성격이나 뭐 그런 거에 대해 제대로 말을 안 해 줬어. 그래서 다시 가서 그 녀석에 대해 알아보고 싶어요. 예전에 사귀었던 남자인데 딴 여자랑 결혼해 버렸거든요. 오, 제길, 그게 벌써 3년 반 전이니까 자기는 아직 잭슨의 로버트 E. 리 미장원에 다닐 때였겠지. 돈을 보고 그 여자랑 결혼한 거야. 다른 점쟁이가 그때 나한테 그렇게 말했거든요. 어쨌든 지금이야 그런 놈 마음에도 없지만, 게다가 프레드랑 결혼해서 살고 있으니. 하지만 파이크 부인 말이, 그래서 그 녀석이 행복하게 사는지 그냥 재미 삼아 레이디 이밴절린에게 물어보라고 하잖아."

"파이크 부인이 벌써 자기에 대해 그렇게 다 알아?" 플레처 부인이 믿을 수 없다는 듯이 물었다. "맙소사!"

"아, 그럼요. 안 하는 얘기 없이 다 하니까. 그러니까 그 언제냐, 처음 남자랑 데이트했을 때부터 지금까지 다." 리오타가 말했다. "그래서 레이디 이밴절린에게 그거는 물어봤지, 그의 결혼 생활이 행복하냐고. 그랬더니 물어봐 줘서 고맙다는 듯이 그녀가 이렇게 말하는 거라. '아니, 행복하지 않아요. 당신, 오늘 날짜, 1941년 3월 8일을 쓰고 거기에 이렇게 적어. 오늘부터 3년이 지나면 그 두 사람은 같은 침대에 눕지 않을 것이다.' 그래서 그게 지금 다른 날짜들과 같이 벽에 붙어 있지 않겠어요, 플레처 부인? 그리고 또 이렇게 말했어요. '당신은 그자와 결혼하지 않은 걸 다행으로 생각해야 해. 돈밖에 모르는 자니까.' 그러니 프레드랑 결혼하기를 잘했지 뭐예요. 프레드는 돈밖에 모르는 사람이 아니니까. 돈에는 요만치도 관심이 없다니까. 그래도 어쨌든 다시 가서 다른 쪽 손금도 보고 싶어요."

"파이크 부인은 그 점쟁이가 한 말을 믿는 거야?" 플레처 부인이 거만한 말투로 물었다.

"그럼요, 당연하지. 뉴올리언스 사람인데. 뉴올리언스에서는 온갖 해괴하고 으스스한 건 다 믿는다니까. 뉴올리언스가 습격을 당하기 전 어느 여름에 점쟁이 하나가 파이크 부인에게 말하길, 곧 여러 주를 돌아다니면서 머리가 허옇게 센 남자들을 만날 거라고 했는데, 정말로 시카고 미용사 대회에 가게 되어서……"

"오!" 플레처 부인이 말했다. "아, 파이크 부인도 미용사야?"

"그럼요." 리오타가 항변조로 말했다. "미용사죠. 할 수만 있으면 내 가게로 데리고 올 생각인데. 결혼하기 전 일이지만, 기술이 어디 가지는 않으니까. 여하튼 그녀 말이 정말로 그 여행에서 굉장히 중요한 역할을 했던 세 남자가 있었는데 전부 머리가 세었고, 함께 여섯 주를 돌아다녔다는 거예요. 그들이 크리스마스카드를 보냈대요. 빌리, 가서 셀마 아줌마한테 마른 수건 있나 좀 봐라. 플레처 아줌마한테서 물이 뚝뚝 떨어지잖니."

"파이크 부인이 파이크 씨를 어디서 만났는데?" 플레처 부인이 새침하게 물었다.

"다른 열차에서." 리오타가 말했다.

"난 플레처 씨를 대여 도서관에서 만났는데. 아니, 그가 나를 만났다고 해야겠지." 머리에 망이 내려오는 걸 보며 플레처 부인이 위엄 있게 말했다.

"자기야, 나랑 프레드는 8개월 전에 자동차 뒤쪽 접이식 좌석에서 만났는데, 반 시간도 안 돼서 사실상 결혼한 것과 진배없었다니까."

리오타가 걸걸한 목소리로 말하더니 머리핀을 입에 물고 열었다. "당연히 오래 못 갔죠. 파이크 부인이 그런 건 오래 안 간다고 하더라고요."

"플레처 씨와 난 지금도 결혼했을 때와 똑같이 서로를 사랑하는데." 리오타가 귀에 솜을 쑤셔 넣는 동안 플레처 부인이 공격적으로 말했다.

"파이크 부인 말이 오래 안 간대요." 리오타가 큰 소리로 되풀이했다. "자, 이제 드라이어 안에 들어가요. 알아서 켤 수 있죠? 이따 와서 마무리를 해 줄게요. 점심시간에 파이크 부인에게 얼굴 마사지를 해 준다고 약속했거든. 그러니까, 공짜로. 상점에서 일을 하고 있으니까."

"그래 마사지 좀 해야겠더라." 플레처 부인이 말하면서 반 회전문을 밀고 나갔는데 그게 닫히며 리오타를 쳤다. "오, 미안."

일주일 후, 예약 시간에 맞춰 온 플레처 부인이 리오타의 의자에 털썩 주저앉았다. 그에 앞서 의자에 있던 『사는 게 그래』라는 편의점 대여 도서를 치워야 했지만. 낙담한 표정으로 거울을 뚫어져라 보았다.

"이렇게 앉으면 이제 표시가 나지." 그녀가 말했다.

리오타는 딴 데 정신이 팔린 듯 라벤더색 천을 털며 서 있었다. 그러고는 아무 말 없이 그것을 플레처 부인 목 주위에 두르고 핀을 꽂았다.

"내가 이렇게 똑바로 앉아서 자기를 마주 보면 이제 확실히 표시가 나지 않느냐고 했어." 플레처 부인이 말했다.

"아냐, 자기야, 안 그래." 리오타가 침울하게 말했다. "나는 전혀 모르겠는걸. 거리에서 누군가 다가와 '플레처 부인이 임신했대!' 그런다 해도 난 '뭐라고, 전혀 그렇게 안 보이던데' 그럴걸요."

"누군가 그걸 알아내서 퍼뜨려서 그렇지, 안 그랬으면 여전히 그럴 수도 있을걸." 플레처 부인이 냉랭하게 말했지만, 리오타가 천을 너무 꽉 조여 핀을 꽂았기 때문에 숨이 막혀 제대로 말을 할 수 없었다. 허공에 대고 여러 번 손을 내저은 후에야 리오타가 느슨하게 해 주었다.

"들어 봐, 자기야, 자기는 몬조이 부인에 비하면 처녀나 다름없어요." 리오타가 여전히 생각은 딴 데 가 있는 채로 말했다. 의자에 앉은 플레처 부인에게 앞으로 숙이라고 한 후 한숨을 쉬면서 찻잔의 용액을 머리에 뿌리고는 양손으로 두피를 꾹꾹 눌렀다. "몬조이 부인 알죠? 남편이 별로 나이도 많지 않은데 백발이 성성한."

"트로이 가든 클럽 회원이라는 것밖에 몰라." 플레처 부인이 말했다.

"어쨌든," 리오타가 말을 이었는데, 꽤 지친 목소리였다. "몬조이 부인이 여기 온 게 출산 전주도 아니고 전날도 아니고 바로 그날이었다니까. 맙소사, 우리가 다 겁이 나서 죽는 줄 알았지. 진짜 온 거야! 샴푸와 세팅을 하려고. 글쎄, 플레처 부인, 그리고 한 시간 20분 후에 침례 병원에서 7파운드 아들을 낳았다니까요. 진짜 아슬아슬했지. 정말이지, 그날 그렇게 피곤하지만 않았으면 그날 밤 진 한 병을 비웠을 거야."

"대단한 여자네." 플레처가 말했다. "난 잘 모르지만."

"남편은 차에서 기다리고 있고, 짐은 다 싸서 차 뒷좌석에 놓고, 그렇게 완전히 준비가 된 상태에서 글쎄, 샴푸와 세팅을 하겠다는 거예요. 그러고는 진통을 하는데. 남편은 겁이 잔뜩 나서 계속 늘락거리는데 당연히 뭐 어떻게 해 볼 도리도 없고. 게다가 맨날 소리소리 지르는데, 내가 파마를 할 때면 늘 미친 듯이 소리를 질렀다니까요."

"미친 게 분명하네." 플레처 부인이 말했다. "어떻게 생겼어?"

"지랄!" 리오타가 말했다.

"대충 알겠네." 플레처 부인이 말했다. "봐 줄 수가 없겠지."

"그냥 아기 낳을 때 예뻐 보이고 싶었던 거지." 리오타가 대수롭지 않다는 듯 말했다. "당연히 우리로서야 그녀가 원하는 대로 해 줬으니 기뻤죠. 그게 우리 좌우명이니까. 하지만 한 시간 후엔 그 곱슬머리는 전혀 신경도 안 썼을 게 분명해. 머리그물을 써야 한다는 생각도 안 했을 거고. 그랬어도 별로 소용은 없었겠지만."

"그래, 소용없었겠지." 플레처 부인이 말했다.

"야 이 자식아! 그렇게 고래고래 소리를 질렀다니까요. 파마할 때처럼."

"남편이 좀 버릇을 고쳐 놔야겠네. 자기가 보기엔 안 그래?" 플레처 부인이 물었다. "남편이 좀 세게 나가야겠어."

"하, 할 수 있는 거야 많겠죠. 아마 무른 여자들도 있을 거고." 리오타가 말했다.

"아, 뭘 오해했나 본데, 물러져야 한다는 뜻이 아니었어. 전혀 아니지! 여자들이 당당히 자기주장을 해야지, 그건 당연한 거지. 하지만 내 얘기는 말이지―난 이따금 플레처 씨의 의견을 묻고 그에 대해 플레처 씨는 고마워한다고. 특히 어떤 중요한 사안에 대해서는, 그러니까 내가 파마를 할 때가 되었는지, 뭐 그런. 그렇다고 아기 가졌단 얘기를 했다는 건 아니고. 그러면 '그럼, 여보, 그렇게 해!' 그러는데, 그냥 그의 의견을 묻는 거야."

"허! 내가 프레드의 의견을 물었다면 아마 지금쯤 우리는 선상 가옥에 살면서 야주강에서 둥둥 떠내려가고 있을걸." 리오타가 말했다. "프레드라면 아주 징글징글해. 빅스버그에 가 버리라고 했는데."

"간대?" 플레처 부인이 물었다.

"그럼요. 그러니까 그 점쟁이가—방을 다시 세를 놓게 되어서 내가 가서 다른 쪽 손금도 봤거든요—내 연인이 빅스버그에 가서 일을 할 거라는 거예요. 그게 프레드가 아니면 누구 얘기겠어요? 게다가 프레드가 여기서 일을 하는 것도 아니고, 그건 분명하지."

"그래서 빅스버그에 일하러 가는 거야?" 플레처 부인이 물었다. "그리고—"

"그럼요. 레이디 이밴절린이 그랬으니까. 앞으로는 지금보다 나아질 거래요. 프레드는 가고 싶지 않다고 하지만 내가 절대 가만 안 둘 거니까. 집에서 빈둥거리면서 아무짝에도 쓸데없는 파이크 씨랑 입으로 떠벌리기만 하고. 자기가 가면 밥은 누가 하느냐고 하는데, 내가 언제 밥 먹을 시간이나 있었나. 제대로 된 식사를 말이에요. 빌리, 그로버 부인께 『스크린 시크릿』 가져다드려라, 잽싸게."

발을 쿵쿵거리며 문밖으로 나가는 소리가 플레처 부인의 귀에 들렸다.

"파이크 부인 아들이 여태 있어?" 조심스럽게 곧추앉으며 그녀가 물었다.

"예, 여태 있어요." 리오타가 혀를 삐죽 내밀었다.

플레처 부인은 보면서도 믿을 수가 없었다. "흠! 전혀 모르는 사람이 임신한 걸 알아채고 그 얘길 퍼뜨렸던, 그 예리한 눈을 지닌 매력적인 자기 새 친구는 어떻게 지내시나?" 그녀가 나정한 목소리로 물었다.

"오, 파이크 부인." 리오타가 굼뜨게 플레처 부인의 머리를 빗었다.

"피곤해 보이네." 플레처 부인이 말했다.

"피곤해 보인다고요? 벌써 오후 4시는 된 것 같아요." 리오타가 말했다. "우리가 얼마나 불행한 일을 당했는지 얘기 안 했던가? 프레드랑 내가 말이에요. 이렇게 망할 경우는 들어 보지도 못했을걸. 아마 **자기**는 파이크 부인이 예리한 눈을 가졌다고 생각할 수도 있겠지. 지랄, 그래도 정도가 있는 거지! 그러니까 샐과 조 펜트리스가 우리 찬장에 있는 수제 맥주를 마시는 바람에, 그 둘이 진짜 그랬다니까, 그래서 우리랑 한바탕하고 나간 후에 뉴올리언스에서 온 이 파이크 부부에게 방을 세놓았잖아요. 그래서 지지난 주 토요일에 이사를 왔겠지. 내가 나름 방을 정돈했어요. 소파 위에 쿠션도 놓아 주고 동자꽃도 꺾어다가 화병에 꽂아 주고, 그런데도 고맙다는 말 한 마디가 없는 거라. 어쨌든 그다음에 탁자 위에 옛날 잡지 몇 권을 놔뒀어요."

"친절하기도 하지." 플레처 부인이 말했다.

"잠깐만요. 그래서 프레드랑 프레드가 막 어울리기 시작한 파이크 씨가 낚시를 하러 간다며 나갔다가 그제 밤에 돌아왔겠죠. 둘 다 이렇다 할 직업도 없으면서. 우리 넷이 파이크 부부네 방에 둘러앉았어요. 파이크 부인은 거기 앉아서 내 책인 낡은 『경악할 만한 비밀경찰 이야기』를 읽고 있었는데, 중요한 게, 그 책은 내가 산 거라고요. 그런데 난데없이 그녀가 펄쩍 뛰는 거예요. 누가 봤으면 거미 위에 앉은 줄 알걸. 그러더니 '캔필드!' 우습죠, 그게 파이크 씨 이름이에요. '캔필드, 세상에 맙소사' 그러잖아요. '자기야, 우리 부자가 되었어, 그러니까 자기 일 안 해도 돼.' 어차피 지금까지 손 하나 까딱한 적도 없으면서. 그래서 나랑 프레드랑, 그리고 파이크 씨도 그녀 쪽으로 달려갔죠. 그녀가 내 책인 『경악할 만한 비밀경찰 이야기』의 사진을 손가락으로 가리키며 소리를 질렀어요. '이 남자 보여? 이 남자 페트리 씨잖아. 뉴올리언스 툴루즈가街에서 우리 아파트 옆집에 살던 페트리 씨.' '글쎄,' 파이크 부인이 1초도 참을 수 없다는 듯이 속사포처럼 말하더라고요. '페트리 씨가 캘리포니아에서 여자 넷을 강간해서 지금 현상금이 500달러래. 이 남자가 지금 어디 있는지 내가 알지.'"

"세상에!" 플레처 부인이 외쳤다. "어디 있는데?"

지금껏 그녀의 머리를 감기고 있던 리오타가 이제 뒤쪽 머리카락을 휙 잡아 올려 그녀를 똑바로 앉게 했다.

"어디 있었는지 알아요?"

"나야 당연히 모르지." 플레처 부인이 말했다. 두피가 온통 화끈거렸다.

리오타가 손님 머리 위쪽을 수건으로 덮었다. "다른 데도 아니고 바로 그 기형쇼에요! 파이크 부인처럼 나도 똑똑히 봤죠. 바로 화석인 그자였으니까!"

"누가 상상이나 했겠어!" 플레처 부인이 이해한다는 듯이 외쳤다.

"그래서 파이크 씨가 말했죠. '놀라운데?' 그러고는 사진을 뚫어져라 보며 휘파람을 불었어요. 파이크 부인은 이런 행운이 있느냐며 춤추고 노래하고 난리도 아니고. 그러니까 우리의 불운 말이죠! 다음에 점쟁이를 만나면 꼭 이렇게 얘기할 거예요. '봐요, 그 잡지가 우리 집에 한 달 동안 굴러다녔고, 내 미장원에서 엎드리면 코 닿을 데에서 밤낮을 가리지 않고 공연을 하던 그 기형쇼에서 페트리 씨가 그저 앉아 기다렸던 거 아뇨. 그런데 그 행운을 잡은 게 완전 타지 사람인 파이크 부부라니.'"

"대단한 여자네." 플레처 부인이 말했다. 수건을 머리에 터번처럼 만 채로 그냥 앉아 있을 뿐이었지만 개의치 않았다.

"점쟁이들은 신경도 안 쓰는 거야. 그리고 파이크 부인은 자기가 무슨 여신이라도 되는 것처럼 거들먹거리며 다니고." 리오타가 말했다. "그래서 그 둘이 내일 떠난답니다. 그동안 난 하루 종일 발아래서 걸리적거리는 이 못돼 먹은 꼬마 녀석을 데리고 말대답이나 듣고 있었으니."

"그래서 500달러 현상금을 벌써 받은 거야?" 플레처 부인이 물었다.

"뭐, 처음에는 파이크 씨가 그래서 뭘 하겠다고 나서질 않았어요." 리오타가 말했다. "상상이나 돼요? 난 그 늙은 친구 괜찮았는데, 우리한테도 잘해 줬고, 돈도 빌려줬고 말이야, 어쩌고 하면서. 그런데 파이크 부인이 나가 뒈져! 그랬고, 나도 이해가 되더라고요. '여섯 달 동안 일은커녕 손가락 하나 까딱 안 해 놓고, 내가 지금 2초 만에 500달러를 벌었는데 고맙다는 말은 못 할망정. 나가 뒈져, 캔필드!' 그러더라고." 리오타가 낙담한 목소리로 말을 이었다. "그래서 경찰에 전화를 했고, 경찰이 그놈을 잡아갔지. 내 두 눈으로 지켜보면서도 진짜 화석이 되는 줄로 믿었던 바로 그 기형쇼에서. 그자가 맞았어요. 페트리라는 진짜 이름을 쓸 때 그 짓을 저질렀대요. 캘리포니아에서 8월 한 달 동안 네 명의 여자를. 그래서 파이크 부인은 500달러를 받았죠. 내 잡지이고 내 미장원 바로 옆에 있었는데. 밤새도록 울었는데, 프레드가 소용없다고, 그냥 다 우연일 뿐이니까 잊어버리고 자라고 그러더라고요. 할 수 있는 게 아무것도 없지 않느냐고. 그러면서 방을 다시 세놓을 때까지 며칠 동안은 빅스버그에 가는 건 생각도 할 수 없다고, 이번엔 누가 올지 어떻게 아느냐고, 그러네요."

"하지만 여자 넷을 강간한 그놈을 누가 알고 있으리라고 도대체 상상이나 할 수 있나?" 플레처 부인이 계속 주장하면서 눈에 띄게 몸을 부르르 떨었다. "그를 기형쇼에서 봤을 때 파이크 부인이 **말을** 걸었어?"

리오타가 플레처 부인의 머리를 빗기 시작했다. "내가 물어보긴 했죠. 그자가 화석인일 때 자기가 반색하는 걸 눈치 못 챘는데—설마 그때 잘난 그 친구를 못 알아봤다는 얘기는 아니지? 그랬더니 얼굴에 온통 분칠을 해서 그때는 못 알아봤대요. 그냥 낯이 익다는 생각만 들었다나. 그러면서 '낯이 익어 보이는 사람은 많잖아' 그러더라고요. 하지만 그 화석인을 보고 누군가 생각이 나긴 했대요. 그게 누굴까, 그랬다나. 아는 사람 중에 생각이 나는 사람이 있는데, 그러면서 잠도 못 잤다나요. 그래서 사진을 보자마자 확 깨달았다는 거예요. 불이 번쩍하듯이. 페트리 씨. 아침 식사를 차려 주면 거기 앉아 머리를 움직이는 모양하며 자기를 바라보는 모양하며."

"아침 식사를 차려 줘?" 플레처 부인이 비명을 질렀다. "봐 봐, 뻔하잖아. 나 같으면 뭔가 느낌이 왔을 텐데."

"여자 넷요. 그 여자들은 그 당시에는 자기들이 나중에 파이크 부인에게 각각 125달러 가치가 될 줄은 생각도 못 했겠지. 그때 그 작자 나이가 얼마나 됐느냐고 물었더니 죽을 때가 다 되어 보였다나. 기가 막히지 않아요?"

"전혀 화석화되지는 않았겠지, 물론." 플레처 부인이 생각에 잠겨 말했다. 몸을 똑바로 세우며 결연히 덧붙였다. "뭔가 느낌이 왔을 텐데."

"지랄! 난 분명 느낌이 왔네요." 리오타가 말했다. "집에 가서 프레드에게 되게 우스운 기분이 든다고 말했어요. '프레드, 그 늙은 화석인 때문에 확실히 우스운 기분이 들어.' 그랬더니 '진짜 우스운 거야, 괴상해서 우습다는 거야' 이렇게 물어요. 그래서 괴상해서 우습다고 했죠." 그녀가 단호하게 빗을 공중으로 치켜들었다.

"당연히 그렇겠지." 플레처 부인이 말했다.

와드득 소리가 두 사람에게 들렸다.

리오타가 소리를 빽 질렀다. "빌리 이 녀석! 내 가방 가지고 뭐 하는 거야?"

"오우, 오래된 땅콩 좀 먹는 건데요." 빌리가 말했다.

"당장 이리 못 와!" 리오타가 저돌적으로 빗을 내던지며 소리를 질렀고, 그것이 머리핀이 잔뜩 들어 있던 재떨이를 치는 바람에 핀이 몽땅 밖으로 튀어 나가고 줄지어 서 있던 코카콜라 병들이 와르르 쓰러졌다. "더 이상은 못 참아!"

"잡았어, 내가 잡았어!" 플레처 부인이 낄낄거렸다. "내가 무릎 위에 붙들고 있을게. 이 못된 녀석, 이 녀석! 못된 녀석 엉덩이 때리는 법을 배워 두는 게 좋겠군." 그녀가 말했다.

리오타의 11시 손님이 문을 밀고 들어와 보니 리오타가 솔빗으로 열심히 아이 엉덩이를 때리고 있고, 아이는 화가 나서 몹쓸 소리로 악을 쓰고 있었다. 그 소리가 칸막이 방을 넘어 미장원 전체에 퍼져 사람들의 궁금증을 자아냈다. 미장원에 있던 여자들이란 여자들은 모두 모여들어 그것을 지켜보았다. 빌리는 온 힘을 다해 리오타와 플레처 부인을 발로 차 내고 있었지만, 플레처 부인에게는 전에 없던 딱딱한 미소가 떠올라 있었다.

머리가 엉망인 여자들을 헤치고 발을 쾅쾅 구르며 빌리가 문밖으로 나갔는데, 나가기 전에 이렇게 내뱉었다. "그렇게 똑똑하면서 왜 부자는 못 되는데?"

열쇠
The Key

외딴 작은 기차역 대합실은 밤 벌레 소리만 들릴 뿐 고요했다. 바깥 잡초 사이에서 수를 놓듯 움직이는 밤 벌레 소리를 들을 수도 있을 텐데, 어쩐지 밤에 가느다란 목소리로 이야기를 들려주는 그런 느낌이었다. 혹은 날벌레들이 나무 천장에 둔탁하게 부딪히는 소리나 그 커다란 날개를 쓸며 지나가는 소리가 들리기도 할 것이다. 노란 전구에 기를 쓰고 달려드는 날벌레도 있었는데, 향기도 없는 것에 무작정 달려드는 멍청한 벌이나 마찬가지였다.

날벌레가 다닥다닥한 그 전구 아래에 사람들이 두 줄로 앉아 있었다. 초췌한 얼굴에 몸은 비틀리고 불편한 채로 꼼짝도 않는데, 삼삼오오 잠을 청하지만 별로 잠든 기색은 아니었다. 시간이 지나도록 열차가 오지 않는데도 안달하는 사람은 없어 보였다. 어린 소녀가 잠에 한 대 된통 맞기라도 한 양 엄마의 무릎에 나자빠져 있었다.

엘리 모건과 앨버트 모건은 열차를 기다리는 다른 사람들과 마찬가지로 벤치에 앉아 있었고, 딱히 서로 할 말이 없었다. 커다랗고 불그스레한 가죽 여행 가방 위에 깔끔하되 다소 큰 글씨로 그 이름이 적혀 있었는데 걸쇠가 떨어져 나가 대충 끈으로 비끄러매어 닫아 놓았으나 결국에는 헤벌쭉한 입술처럼 벌어져 버렸다. '앨버트 모건, 엘리 모건. 미시시피, 옐로 리프.' 그들 몸에도 그렇고 가방에도 그렇고 손자국처럼 고운 모래 먼지 자국이 여기저기 온통 찍힌 걸 보면 분명 마차를 타고 마을에 들어온 모양이었다.

엘리 모건은 구식 장미처럼 분홍빛의 조밀한 얼굴을 지닌 몸집이 큰 여성이었다. 나이는 마흔쯤 되어 보였다. 반듯하게 네모난 검은색 백을 곧고 다부진 손목에 걸고 있었다. 이 여행을 떠날 수 있었던 건 그녀가 모은 돈 덕분이었을 것이다. 그런데 어디로 가는 거지? 의아할 수도 있을 것이다. 여행을 떠난다는 생각만으로도 뭔가 이름 붙일 수 없는 근심이 내면에서 솟아나 흘러넘치는지 네모난 돌처럼 육중하게 경직되어 앉아 있으니 말이다. 어떤 죽음—소통하고 싶은 욕구를 일으키는 고뇌에 대한 너무나 확연한 증거인—을 겪은 것처럼 얼굴이 씰룩거리더니 팽팽하게 긴장된 주름이 잔뜩 생겨났다.

앨버트가 주는 인상은 그보다 부드러웠고 느리게 다가왔다. 무릎 위에서 양손으로 모자를 부여잡고 엘리 곁에 꼼짝도 않고 앉아 있었다. 분명 그 모자는 한 번도 쓴 적이 없을 것이다. 부인이 밤에 혼자 앉아 있을 때 의식적으로 뜨개질하듯 떠서 어떻게든 용케 남편이란 걸 만들기라도 한 것처럼 그는 수제품으로 보였다. 햇볕에 그을린 아주 가는 금발 머리카락을 가졌다. 세상살이를 하기엔 너무 겁이 많다는 게 눈에 보였다. 얼마나 미동도 없이 모자를 쥐고 있는지 손이 판지로 만든 가짜 같았다. 하지만 또 모자 위를 바라보는 시선은 얼마나 아련한지, 꿈꾸는 듯 움직이면서도 그 갈색 표면이 두려운 것이다! 그는 부인보다 체구가 작았다. 양복도 갈색이었고, '쳐다보지 말아요—쳐다보지 않아도 돼요—난 없는 존재예요' 이렇게 중얼거리듯 신경 써서 말쑥하게 입고 있었다. 하지만 그런 표정은 조용한 아이들에게서도 볼 수 있을 텐데, 그런 아이들은 난데없이 거의 신이 나서 간밤에 무슨 꿈을 꾸었는지 거침없이 다 털어놓기도 하는 것이다.

이따금, 뭔가 미세한 것을 감지한 듯 그 작은 남자의 얼굴에 문득 감질난다는 기민한 표정이 은근히 어렸고 그러면서 주변을 조심스럽게 천천히 둘러보곤 했다. 그러다가 다시 고개를 숙이면 그 표정은 사라졌다. 내면의 원기를 회복해 줄 무언가를 얻지 못한 것이다. 그의 머리 뒤쪽으로 오래되어 때에 절은 포스터가 붙어 있었다. 옛날 열차가 베일을 쓴 여성들이 가득 탄 무개 관광용 자동차를 들이받기 직전의 모습이었다. 대합실에 있는 사람들 중 그 익숙한 포스터를 보고 겁을 집어먹을 사람은 하나도 없었고, 마찬가지로 오르락내리락 하는 머리 뒤로 그 포스터를 액자처럼 두르고 앉은 왜소한 사내에 대해 새삼 관심을 보일 사람도 없었다. 하지만 잠깐은 그가 잔뜩 희망을 품고 거기 앉아 있는 것으로 보일지도 모른다.

역에 있는 사람들 중에 건장해 보이는 젊은이가 있었다. 빨간 머리에, 모자도 없이, 남들은 다들 벤치에 앉아 있는데 혼자 벽에 기대서 있었다. 손에 작은 열쇠를 쥐고 손가락 사이로 이리저리 돌리기도 하고 불안한 듯 이쪽 손에서 저쪽 손으로 계속 옮기기도 하고 공중에 던졌다가 다시 잡기도 했다.

선 채로 재미 삼아 다른 사람들을 관찰하기 시작했다. 얼마나 광범위하게 얼마나 뚫어져라 보는지 누구라도 그의 시선을 따라간다면 커다란 배를 따라가는 작은 보트처럼 마구 흔들리는 느낌일 것이다. 그에게는 넘치는 에너지가 있어서 다른 사람들과 그를 갈라놓았는데, 열쇠를 던졌다 받았다 할 때 손을 놀리는 동작에는 소통을 바라는 마음보다는 어떤 과묵함 심지어 비밀스러움이 있었다. 이 마을 사람이 아니라는 건 추측할 수 있었다. 범죄자나 도박꾼일지도 모르지만 그가 눈을 크게 뜰 때면 상냥함이 보였다. 어디든 쉬지 않고 먼 길을 여행한 그의 표정에는 아주 다정하면서도 분명한 관심을 보이며 금방금방 집중하는 모습이 나타났다.

머리 색은 바람에 성냥불이 깜박이듯이 확확 튀며 변했다. 천장의 전구 불빛은 한결같지 않아서 순간순간 살아 움직이는 힘처럼 벌떡거렸고, 그로 인해 생각에 빠진 청년도 그 크기와 힘을 지닌 채 역시 벌떡거리는 모습이라 누런 벽에 그의 정확한 윤곽이 그려지지 않았다. 불에 떨어진 도롱뇽처럼. '조심해.' 그렇게 말하고 싶어질 것이다. 그리고 '이리 와' 이렇게도. 초조하게, 그리고 자기 재미에 심취해서 계속 열쇠를 양손에 번갈아 던지며 서 있었다. 그러다 갑자기 에라 모르겠다 하는 심정이 되었는지 한 손이 허공에서 멈췄고 뒤늦게 잡으려 손을 움직였지만 열쇠는 이미 바닥으로 떨어진 뒤였다.

앨버트와 엘리 모건을 뺀 모두가 잠시 고개를 들어 쳐다보았다. 바닥에 떨어진 열쇠가 싸움이라도 걸듯이 요란스러운 금속성 소리를, 심각한 소리를 냈던 것이다. 사람들이 놀라서 펄쩍 뛸 정도였다. 날벌레들이 천장에 툭툭 부딪히는 소리만 들리는, 각자 자기 물건 사이에 자리를 잡고 아무 의심 없이 열차를 타고 떠나기만을 기다리는 조용하고 평화로운 공간에서 그것은 일종의 모욕, 어떤 사적인 부분을 건드리는 것으로 여겨졌다. 그들 주변으로 책망하는 작은 벽들이 둘러섰다.

잠시 그를 향했다가 바로 제자리로 돌아간, 기겁을 했으면서도 자제하는, 고집스럽게 표정 없는 얼굴들을 바라보는 젊은이의 얼굴에 잠깐 재미있다는 표정이 반짝했다. 그가 열쇠를 주우러 걸음을 옮겼다.

하지만 열쇠는 바닥에 비껴 맞으며 미끄러져 이제 앨버트 모건의 발아래 흙 속에 놓여 있었다.

앨버트 모건이 열쇠를 집어 들었다. 마치 하늘에서 떨어지기라도 한 듯 얼굴과 손에 경이로운 표정을 가득 담고 아주 천천히 열쇠를 살펴보는 모습을 젊은이가 건너편에서 지켜보았다. 그는 열쇠 떨어지는 소리를 못 들었단 말인가? 앨버트에게 뭔가 문제가 있는 모양이다……

뭔가 결심한 듯 젊은이는 자기 열쇠를 돌려받아 그의 경이감을 끝내 버리는 일을 하지 않았다. 아래를 향한 눈이 어떤 관심이나 혹은 체념처럼 뭔가 헤아릴 수 없는 것으로 특이하게 반짝이면서 뒤로 물러섰다.

왜소한 남자는 아마 바닥만 내려다보며 생각을 하고 있었을 것이다. 그러다 난데없이 시커먼 그 바닥 위로 작은 열쇠가 미끄러지듯 나타난 것이다. 기억이 그의 얼굴을 사로잡았다가 일그러뜨렸다가 가만히 붙드는 것이 눈에 들어왔다. 이것이 어떤 순진하고 신기한 것을 다시 살려 낸 것일까? 어린 시절 햇볕이 가득 내리쬐는 시골 마을의 호수 수면 바로 아래에 있었던 물고기 같은? 이것은 그에게는 뜻밖의 사건이라 너무 놀라우면서도 어쩐지 의미가 있었다. 앨버트가 활짝 편 손바닥 위에 열쇠를 놓고 앉아 있었다. 장애가 있는 사람에게는 표현하고자 하는 노력이 얼마나 강렬하고 과장되면서도 사실 부질없는지! 뜻밖의 열쇠가 지닌 따뜻함과 무게를 그는 거의 눈부신 환희와 함께 느낄 수 있었다. 그러더니 부인 쪽으로 몸을 돌렸다. 입술이 정말 바들바들 떨렸다.

젊은이는 열쇠가 자신에게 어떤 필요가 있든 그 왜소한 남자의 기이한 환희가 더 우선이라는 듯이 여전히 기다렸다. 엘리가 네모진 백을 손목에서 풀어낸 뒤 손가락으로 남편과 대화를 시작하는 것을 보자 그는 문득 전율을 느꼈다.

역에 있는 다른 사람들 역시 엘리를 보았고 얄팍한 동정심이 대중 해변의 모래사장에 거품을 일으키며 밀려오는 더러운 파도처럼 대합실을 휩쓸고 지나갔다. 벤치마다 사람들이 서로서로 빠르게 중얼거렸다. "귀머거리에 벙어리네!" 젊은이가 보고 있는 것에 대해서는 그들 모두 얼마나 무지한지! 그 역시 엘리가 무슨 말을 하는지 알 방도는 없었지만 그 왜소한 남자가 분명 잘못 알고 있는 것 때문에, 오해로 인한 그의 경이감과 환희로 인해 무척 곤혹스러워 보였다.

앨버트가 부인에게 대답했다. 수화로 이렇게 말했다. "내가 찾았다고. 그러니까 이제 내 거야. 중요한 거야! 아주 중요해! 뭔가 의미가 있다고. 이제부터는 우리가 더 잘 지낼 수 있을 거야, 서로를 더 잘 이해하고…… 어쩌면 나이아가라 폭포에 도착할 때쯤에는 우리가 다른 사람들처럼 사랑에 빠지게 될지도 몰라. 어쩌면 우리의 결혼도 정말 사랑에서 나온 것이지 어떤 다른 이유 때문이 아니었을 거야. 그러니까 우리 둘 다 벙어리라는 같은 장애를 가져서 그 때문에 외로웠다는 그런 이유 말이지. 이제 당신은 내가 평생 지나치게 조심스럽고 느려 터지다고, 뭘 하든 시간이 많이 걸린다고 창피해하지 않아도 될 거야…… 희망을 가져도 되는 거지. 왜냐하면 내가 열쇠를 발견했으니까. 꼭 기억하라고—내가 발견했어." 그가 느닷없이 웃음을 터뜨렸다. 소리 없는 웃음을.

그의 손에서 피어나는 열띤 주장을 모두들 뚫어지게 보았다. 민망하기도 하고 뭔가 위기가 닥칠 것을 어렴풋이 의식하며 막연히 기분이 상한 듯했지만 차마 끼어들 수가 없는 것이다. 마치 그들이 벙어리에 귀머거리고 그가 연사인 것만 같았다. 그가 웃자 몇몇이 안도하며 무의식적으로 따라 웃으면서 고개를 돌렸다. 하지만 젊은이는 약간 떨어진 자기 자리에서 여전히 골똘히 그들을 지켜보며 가만히 서 있었다.

"이 열쇠는 정말 신비롭게 여기 온 거야. 그러니까 분명 뭔가 의미가 있다고." 남편이 다시 말을 이었다. 부인의 눈 바로 앞에 열쇠를 들어 보였다. "당신 항상 기도하잖아. 기적을 믿잖아. 자, 여기 이게 바로 그 대답이야. 내게 온 거라고."

부인이 남들을 의식하면서 주변을 둘러보더니 손가락을 움직여 말했다. "당신은 그렇게 맨날 말도 안 되는 소리만 한다니까. 조용히 해."

하지만 그녀는 내심 기뻤다. 그래서 남편이 늘 하는 모양으로 다시 천천히 고개를 수그리자 방금 한 말을 취소할 마음인 양 손을 뻗어 그의 손 위에 얹고 자신도 열쇠를 만져 보았다. 마음이 풀어지며 거친 그녀의 손이 그 위에 힘없이 얹혔다. 그 이후로 그들은 전혀 주변을 돌아보는 일이 없었고, 그들 자신밖에는 보이지 않았다. 그 상징을 완전히 이해하려 얼마나 골똘하고 얼마나 엄숙한지!

"이게 어떤 상징인지는 알겠지." 그가 다시 말을 꺼냈다. 너무 들떠서 손가락 움직임이 어설프고 모호했다. "뭔가를 상징하는 거야. 우리가 받을 만한 어떤 것, 그러니까 행복이지. 나이아가라 폭포에서 행복을 찾을 거야."

그러더니 불현듯 부인도 피하고 싶은지 약간 그녀에게서 몸을 돌리고는 열쇠를 주머니에 넣었다. 두 사람은 손을 무릎 위에 얹고 가방만 뚫어지게 내려다보았다.

젊은이가 천천히 그들에게서 몸을 돌려 애초의 벽 앞으로 슬슬 걸어가서는 담배를 꺼내 불을 붙였다.

밖에서는 기차역 주변으로 밤이 밀려들고 있었다. 이 희망의 순간을 보존하기 위해 미래가 사라진 이 작은 대합실은 마치 호박琥珀 속의 곤충처럼 그 안에 굳어 버린 순수한 돌과도 같았다. 몇 량 되지 않는 기차가 역으로 천천히 들어와서 멈췄다가 거의 소리도 없이 다시 떠나 버렸다.

안쪽의 사람들은 지금까지의 모습과는 딴판으로 자리를 떴거나 잠에 빠져들었거나 이리저리 걸어 다니고 있었다. 하지만 벙어리 부부와 젊은이만은 여전히 각자의 자리를 지켰다.

젊은이는 여전히 담배를 피우고 있었다. 읍내의 젊은 의사나 그런 부류처럼 옷을 차려입었지만 이 읍내 사람 같지는 않았다. 튼튼하고 활달해 보였지만, 자신의 몸에 그렇게 자신감이 있는 중에도 끊임없이 뭔가에 주의를 빼앗기고 심지어 심란해한다는 특이한 면이 있었다. 어떤 초롱초롱한 기민함과도 같아서 그의 힘이란 꽉 보듬어 탐욕스럽게 아름다운 것이 아니라 흘러가 버리거나 공중空中으로 흩어지는 그런 것이 되었다. 이제 젊음이란 그에게 중요한 점은 아닌 것 같았다. 활달한 움직임의 매개체인 건 당연했지만, 거기 그렇게 서서 인상을 쓰며 담배를 피우는 모습을 보면 젊고 튼튼하다는 사실이나 떨어져 서서 공감하는 일로, 어떤 직관적인 현재를 만들어 내거나 희생을 하는 식으로, 아니 어떤 식의 행동으로든 무엇이 되었건 삶의 욕망을 절대 표현할 수 없으리라는 불안감을 느낄 수 있었다. 이 세상에 그의 힘을 요구하는 일이 너무 많아서가 아니라 그 자신이 너무나 깊이 의식하고 있기 때문에.

그를 올려다보면 화들짝 놀라게 되고, 누리끼리한 대합실 전체에서 시선을 돌려 눈을 감으면, 대합실의 강렬함뿐 아니라 그의 강렬함이 그 자체의 그림자처럼, 어둠과 빛이 함께 있고 음과 양이 함께 어울려 상상력을 강하게 자극했다. 마음의 표면과 표면이 능숙하면서도 정확하게 맞닿으면서 어떤 무늬를 따라 그의 기쁨과 절망을 느끼게 된 것만 같았다. 이 낯선 존재의 인생이 지닌 충만함과 공허함을 느낄 수 있는 것이다.

역무원이 등불을 흔들면서 들어오더니 반원을 그리며 돌던 등불을 문득 멈춰 세웠다. 뭐가 편치 않은지, 다소 화가 난 기색으로 벙어리 부부에게 다가가서는 팔을 뻗어 연속적으로 격렬하게 움직이고 어깨를 들썩였다.

앨버트와 엘리는 너무 놀라 공포에 질릴 정도였다. 부인은 당장은 희망이 없다고 체념한 모양이었다. 하지만 그 왜소한 남자, 그의 얼굴에 드러난 허세 가득한 표정을 보면 당신은 깜짝 놀랄 것이다.

역에서 빨간 머리 남자가 큰 소리로 떠들었다. 혼잣말일 뿐이었지만. "저 사람들 기차를 놓쳤다고!"

재빨리 사과를 하듯 역무원이 앨버트의 발 옆에 등불을 놓고는 어디론가 서둘러 가 버렸다.

그리고 다시 원점으로 돌아오듯 빨간 머리 남자 역시 다가와 아무 말 없이 벙어리 부부 가까이 섰다. 책망하는 눈길을 남편에게 던지며 부인이 손을 들어 모자를 벗었다.

그들이 다시 대화를 시작했는데, 마치 한 사람처럼 정신없이 말을 주고받았다. 판에 박힌 묵은 감정이 다시 한번 그들에게 찾아들었다. 그들이 얼마나 닮았는지—그녀 머리도 금발이었으므로—가만히 보다 보면 두 사람이 어린 남매지간일까 하는 생각이 들 수도 있다. 아니면 주립 시설로 가는, 똑같은 장애를 가진 사촌이거나……

그건 은밀한 결탁이었다. 자신들은 모르게, 자신들의 의사소통 방식을 넘어 외부에서 짓누르는 것들의 책략에 맞서서 대항 책략을 꾸미는 것이다. 그것이 부인에게는 말할 수 없이 즐거운 일임이 분명했다. 하지만 그런 식의 대화에 혼이 빠진 듯한 앨버트를 보면, 그건 더 강하고 나이도 많은 엘리가 그에게 내내 가르친 거칠고 격렬한 게임이 아니었을까 하는 의구심이 들었다.

"저 사람이 왜 저러는 것 같아?" 그녀가 희미한 미소를 머금고 있는 빨간 머리 남자를 향해 고개를 까닥이며 앨버트에게 물었다. 그러는 그 눈빛이 얼마나 반짝거리는지! 바깥세상 전체에 대한 의심이 얼마나 가슴 깊숙이 담겨 있고 그래서 그것이 그녀를 얼마나 밀어붙였는지 그 누가 알 수 있을까!

"왜 그러는데?" 앨버트가 재빨리 대답했다. "열쇠!"

낭연하지! 사람들이 보지 못하게, 열쇠를 넣는 설 보시 못한 부인조차 모르게 열쇠를 숨긴 채 거기 앉아 있는 게 얼마나 좋았는지. 그가 몰래 손을 들어 열쇠를 만져 보았다. 열쇠는 그의 가슴께 어느 주머니엔가 들어 있을 것이다. 그가 가만히 고개를 끄덕였다. 열쇠는 난데없이 역 대합실 바닥 위에, 그의 시선 아래 나타났지만, 그렇게 의외의 일은 아니었다. 항상 일은 그런 식으로 일어나는 것이다. 하지만 엘리는 이 점을 이해하지 못했다.

이제 그녀는 아주 조용히 앉아 있었다. 단지 여행을 갈 수 없게 되었다는 심정만은 아니었다. 그녀 역시 남편이나 자신이 했던 얘기와는 별개로 열쇠에 대해 속으로 느낀 바가 있었을 것이다. 당신도 알겠지만 남편은 그녀에게 거의 다 얘기했다. 동시에 인상을 썼다 미소를 지었다 정신이 없었다. 열쇠를 내내 잘 간수하게 만든 무엇인가—거의 기억이 날 듯했지만 잘되지 않았다—가 있었다. 그는 그것을 알았고, 나중에 혼자 있을 때 기억하게 될 것이었다.

"절대 두려워하지 마, 엘리." 가만히 윗입술을 올려 살짝 미소를 띠며 그가 말했다. "내가 주머니에 잘 숨겨 놨어. 아무도 찾지 못할 거야. 구멍 같은 건 없으니 빠질 일도 없고."

그녀가 고개를 주억거렸다. 하지만 그녀는 늘 의심이 많았고 늘 걱정도 많았다. 심란해 보이는 손만 봐도 그렇다. 앨버트가 심지어 엘리보다 더 열쇠를 사랑하다니 얼마나 끔찍하고도 이상한 일인가! 기차를 놓친 것도 개의치 않았다. 온몸으로, 동작 하나하나가 그것을 말해 주고 있었다. 열쇠가 그와 가까웠다. 더 가까웠다. 등불의 불꽃이 확 커지듯 이제 그들에게 일의 전말이 밝혀졌다. 주위를 떠나지 않는 엘리의 걱정스러운 몸이 요람처럼 그를 감쌌지만, 비밀스러운 의미, 그 강력한 암시, 그가 그렇게 희망을 가지고 찾았고 그렇게 확실히 그가 누릴 자격이 있는 확신은 전혀 와 주지 않았다. 엘리에게 뭔가 부족한 것이 있는 것이다.

모든 것을 의심하는 엘리는 심지어 이런 일조차도 나름의 방식으로 이해하게 되었을까? 보잘것없는 불그레한 손은 얼마나 공허하게 불안에 떠는지! 얼마나 절박하게 말하려 하는지! 그렇다, 그녀는 그것이 그들 사이에 놓인 불행이라고, 공허함 이상이라고 보았을 것이다. 그것에 대해 걱정하며 얘기했을 것이다. 버터를 만들다 말고 현관 의자에 앉은 그에게 다가와, 사랑한다고, 늘 그를 돌봐 줄 거라고 말하는 것을 상상할 수도 있을 것이다. 얼룩덜룩한 시큼해진 우유를 손가락에서 뚝뚝 떨어뜨리며 그에게 말하는 모습을. 그런 말은 소용없다고, 그런 돌봄은 필요하지 않다고 그녀에게 말을 꺼내기만 하면…… 그리고 그는 곧 대답할 것이고, 뭔가 얘기하며 동의할 것이고, 그러면 그녀는 다시 자리를 뜰 것이고……

그래서 놀라움이 얼굴에 그대로 드러나는 앨버트를 보면 엘리와의 대화에 좀 이상한 점이 있지 않나 의구심이 든다. 그 전까지는 만사가 알아서 잘 돌아갈 거라고 만족하며 평온하게 지낼 수 있다고 그의 동그란 갈색 눈이 주장한다. 그냥 내버려 두기만 하면 특별한 일 없는 농장의 하루처럼 만사가 평온하게 굴러갈 것이다. 허드렛일은 해치우고, 여성들은 집 안에서 당신은 밭에서 일하고, 기대할 수 있는 만큼 곡물은 잘 자라 주고, 암소에서는 우유가 나오고 그 전체를 담요처럼 하늘이 덮어 주고. 그래서 당신은 망아지처럼 배가 부른 채 달리 부족한 게 없고, 당신을 필요로 하는 일도 없고. 하지만 당신이 손을 들어 말을 꺼낸다면, 조심하지 않는 다음에야 이러한 안정이 후다닥 달아나 당신에게서 멀어질 것이다. 그저 부인의 걱정에 대꾸하기 위해서라 해도 뭐든 말을 꺼내거나 뭔가를 주의 깊게 보게 되면, 모든 게 갑자기 덜거덕거리고 마구 흔들리며, 쟁기가 헤집는 땅처럼 까발려지게 된다. 당신은 그 뒤를 헐떡거리며 쫓을 뿐이고.

하지만 행복은 문득 나타나는 것임을 앨버트는 알았다. 당신을 위해 정해진 어떤 것, 손을 뻗어 집어서 가슴께에 숨기는 것, 살아 벌떡거리는 무언가를 떠올리게 하는 반짝거리는 것.

엘리는 아주 조용하게 앉아 있었다. 앞서 손가방을 열어 나이아가라 폭포 그림이 있는 작은 카드를 꺼냈었다.

"저 남자가 눈치채지 못하게 해." 그녀가 말했다. 정말로 그자가 미심쩍다고 본 것이다! 빨간 머리 남자가 좀 더 가까이 다가왔다. 몸을 숙이더니 나이아가라 폭포 그림을 알아보았다.

"저 작은 쇠 난간 보여?" 앨버트가 다정하게 말을 꺼냈다. 엘리는 자신에게 그런 말을 하는 그를 보는 게 정말 좋았다. 양손을 깍지 끼며 얼굴에 미소를 띠었고, 비뚤비뚤한 치아가 보였다. 갑자기 젊어 보였다. 그렇게 하면 아이처럼 어려 보였다.

"선생님이 환등기 슬라이드를 틀어 주며 바로 저기를 막대기로 짚었어. 작은 쇠난간. 저기 딱 서서 몸을 기대고 한껏 숙이면 나이아가라 폭포 소리를 들을 수 있대."

"어떻게 하면 들리는데?" 엘리가 고개를 주억거리며 간절히 물었다.

"온몸으로 듣는 거야. 팔과 다리와 온몸으로 말이지. 그러고 나면 듣는다는 게 어떤 건지 절대 잊지 못하는 거지."

유순한 그가 이 얘기를 한 것이 수백 번도 더 되는 게 틀림없었지만, 그래도 그녀는 고마운 마음으로 미소를 지어 보였다. 그리고 채색된 폭포 그림을 뚫어져라 들여다보고 또 들여다보았다.

곧 그녀가 말했다. "기차를 놓치지 않았으면 지금쯤 거기 있을 텐데."

그곳이 며칠이나 걸리는 먼 곳이라는 생각은 아예 하지도 못했다.

그러고는 눈을 부릅뜨고 빨간 머리 남자를 다시 쳐다보는 바람에, 결국 그가 시선을 돌렸다. 그에 앞서 그녀의 목에 앉은 흙먼지와, 아마 그녀가 깜빡했을, 실이 꿰인 채로 옷깃에 꽂힌 바늘이 눈에 띄었다. 그게 마지막으로 본 소소한 점이었다. 긴장한 그녀의 손에 주름이 잔뜩 졌다. 앞코가 딱딱한, 새로 산 메리제인 신발*을 신은 발을 치마 약간 아래에서 살짝살짝 흔들었다.

앨버트도 시선을 돌렸다. 기차를 놓치지 않았다면 바로 지금 나이아가라 폭포 소리를 들을 수 있지 않았을까 하는 생각에 문득 확 겁이 났다고 생각할 수도 있을 것이다. 어쩌면 함께 거기 서 있을 수도 있었을 텐데, 함께 그 작은 난간에 몸을 기대고, 서로에게 몸을 기대고, 그들의 인생이 그들에게 폭포처럼 쏟아지고, 그래서 바뀌고……그게 어떤 것이었을지 그는 어떻게 알았을까? 그가 고개를 숙인 채 부인을 보지 않으려 애썼다. 아무 말도 할 수 없을 것이다. 거의 간청하는 표정으로 그가 낯선 사람을 올려다보았다. 마치 '우리랑 함께 가지 않을래요?'라고 묻듯이.

"몇 년을 그렇게 일하며 애썼는데 기차를 놓치다니." 엘리가 말했다.

그렇지만 만족하지 못한 채 여전히 의아해하면서 미래를 기다리고 있다는 걸 그녀의 표정에서 알 수 있었다.

그리고 함께 나눈 대화를 계속 되씹듯이 그녀가 이것도 앉아서 계

* 보통 검은색의, 발등에 끈이 있는 신발.

속 되씹으리라는 걸 알 수 있었다. 모든 오해와 모든 대화를, 때로는 모든 걸 다 해결한 그들 사이의 합의에 대해서도. 심지어 남녀 사이에 존재하는 비밀스럽고 합당한 거리에 대해서도, 그들 각자를 그들답게 해 주는 것, 각자의 내밀한 삶과 과거에 대한 추억, 어린 시절, 그들 각자의 꿈에 대해서도. 엘리에게는 이것이 불행을 의미했다.

그녀가 어렸을 때 사람들은 남녀가 결혼을 하면 행복한 삶의 출발을 위해 보통 나이아가라 폭포로 신혼여행을 간다고들 했다. 그래서 그녀는 거기에 희망을 쏟아부었다. 희망 전부를. 그래서 돈을 모았다. 두 사람의 손을 비교해 보면 알겠지만, 남편보다 더 열심히 일했다. 좋은 시절도 있었고 나쁜 시절도 있었고 여자로서는 무리가 될 정도로 일했다. 해가 가면 갈수록 여전히 희망을 저만치 앞에 두고 살았다.

그리고 그는, 어쩐지 그는 이런 날이 오리라고는, 그들이 정말로 여행을 떠나게 되리라고는 한 번도 생각해 본 적이 없었다. 그는 엘리처럼 그렇게 멀리, 그렇게 깊이 보는 사람이 아니었다. 미래에 대해서, 마침내 나이아가라 폭포에 도착했을 때 그들의 삶이 함께 섞여들어가며 변화할 것에 대해서 말이다. 그에게 그것은 대출금을 갚듯이 계속 미뤄지는 어떤 것이었다.

그런데 짐을 다 싸서 그 가방을 발치에 놓고 이렇게 역에 앉아 있으니 이 여행이 진실로 일어날 수도 있음을 깨달았다. 열쇠는 이 모험이 얼마나 엄청난 것인지를 그에게 구현해 보여 주었다. 그래서 처음의 충격과 자부심이 지나간 후 그는 그저 열쇠를 잘 간직했을 뿐이었다. 주머니 속에 잘 감춰 둔 것이다.

그녀는 눈도 깜박거리지 않고 바닥에 놓인 등불을 쏘아보았다. 그의 얼굴 가까이, 환하게 밝혀진 그녀의 얼굴은 강인하고 무시무시해 보였다. 하지만 기쁨은 없었다. 그녀가 정말 담대하다는 것을 알 수 있다.

앨버트는 몸을 사리며 뒤로 물러서는 듯했다…… 떨리는 손이 다시 한번 코트 아래로 들어가 열쇠가 놓여 있는, 기다리고 있는 주머니를 더듬었다. 그것이 지닌 알쏭달쏭함을 기억이나 할 것이며, 그것이 정말 무엇의 상징인지 확신할 수 있을 것인가……? 순식간에 얇은 막이 덮이듯 그의 눈이 몽롱해졌다. 어쩌면 그것이 엘리와의 행복이 아니라 다른 어떤 것의 상징이라고 결론을 내렸는지도 몰랐다. 혼자서, 오직 그 자신만을 위해 평온하게 지닐 수 있는 어떤 것, 굳이 찾아다니지 않아도 그에게 저절로 오는 어떤 기이한 것……

빨간 머리 남자가 두 번째 열쇠를 주머니에서 꺼내 단번에 그것을 엘리의 불그레한 손바닥 위에 놓았다. 삼각형 모양의 두꺼운 판지가 달려 있는데, 그 위에 '스타 호텔, 2번 방'이라고 또렷하게 인쇄되어 있었다.

그러더니 무엇도 더 기다리지 않고 돌연 밤이 내려앉은 바깥으로 나가 버렸다. 잠시 가만히 서서 담배를 꺼냈다. 성냥을 가까이 대고 있는 동안 앞쪽을 똑바로 바라보았는데, 한순간 무언가를 찾듯 격해진 그 눈 속에는 분명 단순한 연민 외에 희극적인 면에 아주 익숙한 들썽대면서도 고단한 표정을 찾아볼 수 있었다. 자신이 한 일이 부질없다는 것을 스스로 알고 그것을 경멸한다는 것도 알 수 있었을 것이다.

쫓겨난 인디언 처녀 킬라

Keela, The Outcast Indian Maiden

어느 여름날 아침 아들들과 딸들이 모두 자두를 따러 나간 후 리틀 리 로이는 달랑 혼자서 현관에 앉아 저 아래쪽 숲에서 올빼미들이 뻑뻑거리는 소리를 듣고 있다가 뜻밖의 일을 겪었다.

처음에는 백인 남자들이 떠드는 소리가 들렸다. 고속도로에서 이어지는 길을 따라 두 명의 백인이 걸어오는 소리가 들렸다. 리틀 리 로이는 목을 움츠리고 숨을 죽였다. 그러고는 목발을 찾느라 손으로 뒤쪽을 전부 더듬었다. 집 아래쪽에서 닭들이 모두 튀어나와 계단에서 가만히 기다렸다.

남자들이 가까워졌다. 젊은 남자만 혼자서 열심히 떠들고 있었다. 그러나 울타리를 지나자 나이 든 쪽인 맥스가 갑자기 그의 말을 막았다. 그의 팔을 두드리며 엄지손가락으로 리틀 리 로이 쪽을 가리켰다.

그가 말했다. "친구, 저기 보라고."

하지만 젊은이는 뭔가를 해명하듯이 얘기를 계속할 뿐이었다.

"이봐." 맥스가 다시 말했다. "저기 보라고, 친구. 저기 혼자 있는 내 반족內反足인 검둥이가 내내 케인스프링스에 있었는데, 저자도 한 패거린가?"

그들은 리틀 리 로이에게 점점 가까이 다가와, 마당 한가운데에 멈춰 섰다. 하지만 젊은이는 얼마나 흥분한 상태인지 자신이 어디에 와 있는지 알아차리지 못하는 모양이었다. 한 스무 살 정도밖에 안 되어 보였는데, 햇볕에 새카맣게 그을었다. 손을 뻣뻣하게 들어 올렸다가 다시 약간 한쪽으로 움직이는 딱 하나의 동작만을 반복하며 끊임없이 말을 했다.

"빨간 옷을 입고 닭을 산 채로 잡아먹는다니까요." 그가 말했다. "제가 표를 팔았죠. 솔직히 돈 주고 볼 만한 구경이라고 생각했어요. 제가 해야 할 말을 종이쪽지에 적어 주었죠. 간단했어요. '쫓겨난 인디언 처녀 킬라!' 판지로 만든 메가폰에 대고 계속 그렇게 떠들어 대는 거예요. 그리고 닭을 산 채로 먹는 순간이 오면 객석에 대고 사이렌을 불어 댔죠."

"일단 대답 좀 해 봐, 친구." 황갈색과 흰색이 섞인 구멍 뚫린 스포츠 신발의 뒤축에 무게를 싣고 서서 맥스가 말했다. "저 검둥이가 그자야? 저기 앉아 있는 저놈 말이야."

리틀 리 로이는 얼굴에 미소를 띠고 눈을 깜박거리며 몸을 옹송그렸다…… 하지만 젊은이는 그쪽은 아예 보지도 않았다.

"그때 막 그 일자리를 구한 거였어요. 사실 그럴 생각이—그러니까 사실은 형이 배를 타고 있어서 포트아서에 갈 생각이었거든요." 그가 말했다. "제 이름은 스티브예요. 3개월 동안 쇼에서 표를 팔았는데, 그 사람이 아니었으면 그렇게 되리라고는 절대 생각도 못 했을 거예요." 움직이던 그의 손이 뚝 멎었다.

"그래, 어떤 사람인데?" 맥스가 포기한 목소리로 물었다.

리틀 리 로이는 공손하게 입을 다물고 있기 힘들 정도로 들떠서 두 백인을 번갈아 쳐다보고 있었다. 온몸을 덜덜 떨었고, 재미있다는 표정과 갑작스러운 생기가 눈에 드러났다.

"2년 전에 말이에요." 스티브가 갑갑하다는 듯 말했다. "그 낡아 빠진 트럭을 타고 텍사스를 여기저기 돌고 있었는데, 그러니까 여태껏 아무도 가까이 다가가지 못한 건 그들이 이렇게나 긴 쇠막대를 질러 놨기 때문이에요. 그러고는 누구든 가까이 오면 이렇게 쇠막대를 마구 흔들라고 했죠. 하지만 그건 사실 아무 말도 못 했어요. 그런데 알고 보니 그것이 지금까지 아무 말도 한 적이 없고 그냥 동물처럼 웅얼거리거나 으르렁거리기만 했다는 건 그 사람들 말이었어요."

"히히!" 리틀 리 로이에게서 낮게 그런 소리가 나왔다.

"다시 말해 보게." 맥스가 말했는데, 그 표정만 봐도 나이 든 그 남자 맥스는 누구나 아는 사람임을 알 수 있었다. "좀 이해가 안 돼서 말이야. 이게 그 녀석인가? 이 검둥이 녀석이 쫓겨난 인디언 처녀 킬라, 바로 그자야?"

위쪽 현관에서 리틀 리 로이가 재미나 죽겠다는 표정으로 맥스를 빤히 쳐다보다가 스티브가 다음에 무슨 얘기를 하려나 그쪽으로 몸을 쭉 뺐다.

"글쎄, 누구든 가까이 다가가거나 그 밧줄에 어깨만 슬쩍 스쳐도 그게 으르렁대면서 흥분을 해서는 쇠막대를 마구 흔드는 거예요. 닭을 산 채로 먹을 때는 얼마나 무시무시한 괴성을 지르는지, 정말 직접 들어 봐야 하는데."

"히히!" 그것은 리틀 리 로이의 꼭 다문 입술 사이로 비어져 나오기 시작한, 거의 못 믿겠다는 나직한 웃음, 기분이 좋아 튀어나온 작은 야옹 소리였다.

"거기서 이 닭을 던져 주잖아요, 그럼 그게 손을 뻗어 닭을 움켜잡아요. 엄지손가락으로 닭 모가지를 주무르다가 꽉 누르고는 머리를 뜯어 먹는 거예요."

"알았네." 맥스가 말했다.

"모가지에서 털이랑 그런 걸 벗긴 다음에 피를 쭉쭉 빨아요. 다들 말하길 그때도 닭이 살아 있다는 거예요." 스티브가 맥스 가까이 다가가 심란한 밝은색 눈으로 그의 얼굴을 뚫어지게 보았다.

"알겠어."

"그러고 나면 털을 아주 쉽게, 깔끔하게 벗기는데, 얼마나 순식간에 하는지 몰라요. 줄곧 무슨 신음처럼 그르렁거리면서요. 그러고는 하얀 속살을 먹기 시작하죠. 그때 제가 들어가서 보죠. 수천 번은 봤을걸요."

"그게 너니, 얘야?" 뜻밖에 맥스가 리틀 리 로이에게 직접 물었다.

하지만 리틀 리 로이는 그저 "히히!" 소리만 낼 뿐이었다. 계단 꼭대기에 작은 남자가, 계단마다 닭이 한 마리씩 앉아 있고, 그 아래 두 남자가 마주 보고 서 있는 모습이 피라미드를 이루었다.

스티브가 조용히 시키듯 손을 내밀었다. "그 사람들 말이 그러니까 제가 객석을 향해 메가폰에 대고 말한 게 그것이 오직 살아 있는 동물만 먹는다는 거였어요. 인디언 여자라고요, 그러니까 빨간 드레스에 스타킹을 신었으니 말이죠. 맨발이어서 발을 끌 때마다 다들 그걸 볼 수 있었어요…… 닭 염통이 나오면 그것도 먹었는데, 여전히 벌떡거리는 걸 순식간에 먹어 치웠어요."

"잠깐만 있어 보게, 친구." 맥스가 짧게 말했다. "이봐, 여기 백인 친구가 정신이 나간 건가?"

리틀 리 로이가 난데없이 변명조로 히스테릭하게 낄낄거렸다. 그러더니 말했다. "아뇨, 아닌 것 같은데요." 자신을 알아주기를 바라듯 열심히 스티브와 눈을 맞추려 애쓰며 외쳤다. "아니에요, 정신 나간 게 아닐걸요."

스티브가 맥스의 팔을 꽉 쥐었다. "잠깐! 잠깐만요!" 걱정스럽게 그가 외쳤다. "제 얘기를 안 들으시잖아요. 얘기를 해 드리고 싶다고요. 제 이름 못 들으셨죠? 스티브예요. 그 검둥이 얘기 못 들으셨죠? 무슨 일이 있었는지? 미시시피의 케인스프링스에 살았던 검둥이 말이에요."

"이봐." 맥스가 팔을 빼내며 말했다. "들은 얘기 없어. 보라고, 난 주크박스가 있어서 들을 필요가 없어."

"보세요, 사실은 내가 장본인이었어요." 미적거리며 나쁜 소식을 털어놓듯이 스티브가 좀 더 참을성 있게, 하지만 초조해하면서 말했다. 그는 말끔히 비질을 한 리틀 리 로이네 앞마당에서, 줄지어 심어진 아마란스와 통풍초를 따라 오르락내리락했다. 리틀 리 로이가 고개를 돌리며 눈으로 그를 좇았다. "내가 장본인이었다고요. 제가 하려는 말이 그거예요."

"맥스 플레이스에 들어와 자기 얘기 좀 들어 보라고 하는 얼간이들 얘기를 다 듣고 있으면 나야말로 미친놈이지." 맥스가 말했다.

"다 나 때문이었어요." 스티브가 말했다. "내가 알아요. 그 일이, 그 끔찍한 일이 발각되지 않고 계속될 수 있었던 원인이 바로 나라고요. 나 때문에, 내가 메가폰을 들고 객석에 대고 떠들어 댄 말 때문에요."

그가 우뚝 걸음을 멈추더니 절망한 표정으로 맥스를 빤히 보았다.

"이것 봐." 맥스가 말했다. 그가 계단에 앉았고, 그 바람에 닭들이 폴짝거리며 도망갔다. "난 그 누구도 아니고 그냥 맥스라는 걸 내가 알아. 맥스 플레이스를 갖고 있지. 그저 고속도로에서 50야드 떨어진 곳에서 가게를 운영하고 있을 뿐이야. 건물에서 한 20피트 떨어진 곳에 술을 묻어 뒀지만 지금껏 별문제는 없었어. 여기에는 한 번도 와 본 적이 없어. 뭐 어디든 가 봤다고 할 수가 없지. 사람들이 내 가게로 오니까. 자, 자네는 히치하이커야. 자네 말이 그랬잖아. 아는 게 엄청 많다고 했지. 난 뭐가 이해가 안 되면 그냥 이해가 안 되는 거지, 거기에 대해 이러쿵저러쿵하지 않아. 하지만 내 생각에 자넨 제정신이 아닌 것 같고, 처음부터 그게 내 생각이었어. 자네가 미쳤다고 생각해서 여기까지 자네랑 왔을 뿐이야."

"제가 지금도 그 말을 하나도 안 빼고 다 정확히 기억한다는 걸 아마 안 믿으시나 본데요." 스티브가 상냥하게 말했다. "밤이면 그 생각을 해요. 그 말이랑 공연장에서 울리는 북소리를요. 공연장에서 울리는 북소리 들어 본 적 있으세요?" 그가 말을 멈추고 맥스와 리틀 리로이를 공손하게 바라보았다.

"들어 봤지." 맥스가 말했다.

"참 슬프지 않나요? 북이 둥둥 울리면 제가 '신사 숙녀 여러분! 쫓겨난 인디언 처녀 킬라에게 손을 대지 마십시오. 쇠막대로 여러분 머리통을 박살 내서 뇌를 꺼내 먹어 치울 겁니다!' 이렇게 고래고래 소리를 질렀던 게 기억나요." 스티브가 팔을 공중에서 살살 흔들었고 리틀 리 로이는 꽥 소리를 지르며 뒤로 물러났다. "'절대 가까이 가시면 안 됩니다, 신사 숙녀 여러분! 경고하는 겁니다!' 그래서 아무도 가까이 간 적이 없어요. 가까이 갈 생각도 하지 않았죠. 그자가 나타나기 전까지는."

"그렇지." 맥스가 말했다. "그자가." 그가 눈을 감았다.

"나중에 그자가 아주 대담하게 다가왔던 그날, 공연장으로 와서 표를 사서는 텐트 안으로 들어가는 걸 봤죠. 죽을 때까지 절대 그자를 잊지 못할 거예요. 그자는 내게는, 뭐랄까—"

"영웅이지." 맥스가 말했다.

"어떻게 생겼었는지 기억이 나면 좋을 텐데. 얼굴이 희고 키가 큰 편이었던 것 같아요. 치아가 아주 엉망이었던 것 같은데, 아닐 수도 있고요. 인상을 무지 썼던 건 기억해요. 내내 인상을 썼어요. 표를 살 때마다 인상을 쓰는 거예요."

"이후로 본 적이 있나?" 맥스가 여전히 눈을 감은 채 조심스럽게 물었다. "찾아다닌 적은?"

"아뇨, 그런 적 없어요." 스티브가 대답하고는 말을 이었다. "악취 나는 텍사스의 작은 마을 두 군데에서 공연을 했을 때 매일 와서 인상을 쓰며 표를 샀어요. 닭을 산 채로 먹는 공연을 하건 말건 어떤 때는 하루에 서너 번씩 오기도 했죠."

"그래, 그래서 텐트에 들어갔다는 거지." 맥스가 말했다.

"그자가 결국 무슨 일을 했느냐면, 그게 묶여 있는 작은 전시장으로 곧장 걸어가 그 무대 널빤지 위에 손바닥을 펴서 올려놓은 거예요. 그렇게 손을 편 채로 거기 놓고는 진짜 나직하고 재빠르게 '이리 와' 그러는 거예요. 이렇게요."

스티브가 골똘히 인상을 쓰면서 손바닥을 펴서 리틀 리 로이의 현관에 내려놓았다.

"알겠네." 맥스가 말했다. "가짜라는 걸 눈치챈 거지."

스티브가 몸을 곧추세웠다. "사람들이 다들 저리 가라고, 비키라고 난리들을 쳤죠." 그의 목소리가 점점 커졌다. "그들이 시킨 대로 그게 으르렁대며 쇠막대를 집어 들고 마구 흔들어 댔으니까요. 그 난리 통을 지켜보는데, 세상에! 얼마나 겁이 나던지."

"자넨 그게 가짜라는 걸 몰랐으니까."

스티브가 잠시 침묵을 지켰고, 리틀 리 로이는 끝나 버리기라도 할까 숨을 죽였다.

"봐요." 떨리는 목소리로 마침내 그가 입을 열었다. "그러니까 내가 이렇게 죄책감에 시달릴 운명이었지, 당신들은 아니었어요. 내가 포트아서에서 출항하는 배를 타고 나가고 어쩌고 할 운명이 아니었던 거죠. 그게 아닌 이 일을 겪을 운명이었으니까. 당신들은 다 멀쩡하고. 내 책임이라는 느낌 말이에요. 당신이야 괜찮겠지만 난 아니에요. 정말 기분이 더럽다고요. 그 나이 든 불쌍한 인간을."

"자, 보라고, 그자가 바로 여기 있잖아." 맥스가 재빨리 말했다. "보여? 눈은 뒀다 뭐 하나? 멀쩡하잖아, 안 그래? 내가 보기에 저 사람은 괜찮아. 그냥 자네 생각이야. 자네가 머리가 좀 어떻게 된 것일 뿐이라고."

"있잖아요, 그자가 손바닥을 펴서 거기 얹었을 때, 글쎄 그게 그냥 쇠막대를 놓아 버리는 거예요." 스티브가 다시 얘기를 이어 갔다. "그냥, 쾅, 이렇게 떨어뜨리고는 어쩔 줄 모르는 거예요. 그러더니 그자가 서 있는 곳으로 기어가서 몸을 수그리고 온 힘을 다해 그 백인의 손을 꽉 붙들고는 아기처럼 엉엉 울더라고요. 그자를 때리고 싶지 않았던 거죠!"

"히히히!"

"그래요, 때리고 싶지 않았던 거예요. 그 대신 뭘 원했는지 아세요?"

맥스가 고개를 저었다.

"자기를 도와주길 원했던 거예요. 그래서 그자가 물었죠. '당신이 누군지 모르겠지만 여기서 벗어나고 싶은가?' 대답은 안 했어요. 그게 말을 할 수 있다는 건 다들 전혀 몰랐으니까요. 그렇지만 그냥 그 손을 놓으려 하질 않았어요. 그냥 매달려서 아기처럼 울기만 했어요. 그러자 그자가 말하길, 자기가 다시 올 때까지 기다리라고 했어요."

"그래서?" 맥스가 물었다.

"나갔다가 보안관을 데리고 다시 나타났어요. 우릴 다 감옥에 넣었죠. 하지만 사장과 그 아들만 실제로 복역을 했고, 난 풀어 줬어요. 그게 쇠막대로 날 안 때릴 줄 정말 몰랐고 그게 사람 말을 알아듣는지도 몰랐다고 거듭 주장했거든요."

"그래, 그렇게 얘기했겠지." 맥스가 말했다.

"그때부터 죄책감이 들었어요. 그때부터 내내 그랬죠. 다른 일을 찾아도 계속할 수가 없고 아무리 해도 한곳에 정착할 수도 없는 거예요. 보안관은 그걸 감옥에 넣고 말을 할 수 있는지 없는지 지켜봤어요. 첫날 밤엔 아무 말도 안 하고 가끔 울기만 했어요. 그래서 옷을 벗겨 봤더니 그게 쫓겨난 인디언 처녀가 전혀 아니었다는 거예요. 내

반족을 지닌 작은 검둥이 남자였대요."

"히히!"

"그래, 여기 이 녀석이라는 거잖아. 이자가 그자라고."

"얼굴을 다 씻겨 봤더니 사실 온몸에 빨갛게 칠을 한 거였대요. 다들 통이 났죠. 게다가 당신이나 나처럼 말도 멀쩡하게 잘하고. 말을 하지 말라고 해서 안 했던 거죠. 누구든 가까이 오면 널 잡아가려는 거니까 쇠막대로 재빨리 휘두르며 으르렁거리라고 시켰죠. 그래서 아무도 가까이 갈 엄두를 내지 못한 거예요. 그자가 나타나기 전까지는. 난 밖에서 가까이 가지 말라고, 가까이 가면 안 된다고 목청껏 소리를 질렀고. 그걸 두들겨 팼다는 걸 알 수 있었어요. 그 닭을 다 먹어 치우게 하려고 두들겨 패야 했던 거죠. 끔찍하게 더러웠어요. 보안관은 처음 그걸 잡아 왔던 고향으로 다시 돌아가게 해 줬어요. 텍사스의 리틀오일에서 미시시피의 케인스프링스까지 가는 기차표를 그들에게 마련해 주라고 했죠."

"기억력이 대단하구먼." 맥스가 말했다.

"어떻게 **시작된** 거냐면요." 스티브가 신기해하는 목소리로 말했다. "공연단이 낡은 트럭을 타고 전국을 돌아다녔는데, 그러다가 이 작은 기형의 검둥이 남자가 울타리에 앉아 있는 걸 보고는 그냥 잡아갔다는 거예요. 그 검둥이는 다른 방도가 없었고."

리틀 리 로이가 재밌어 죽겠다는 듯이 고개를 뒤로 젖혔다.

"나중에 다 알게 되었어요. 거기 애들 중 하나랑 대관람차에 같이 올라갔어요. 그 위에서 방해받지 않고 조용히 얘기 좀 하려고. 하는 말이 그냥 우연히 만났다는 거예요. 태풍이 지나가듯 삽시간에 일어나서 그쪽에서 어떻게 해 볼 수도 없었대요. 그냥 반짝 실려 간 서죠." 햇볕에 그을린 스티브의 얼굴이 문득 창백해졌다. "그리고 예전에 미시시피에 있을 때는 얼기설기 만든 목발이 있어서 그걸 딛고 뛰어다녔다는 거예요!"

"그래, 저기 있구먼." 맥스가 말했다.

리틀 리 로이가 목발을 들어 올리더니, 원숭이가 하듯이 획 돌렸다가 공중에서 다시 잡았다.

"하지만 그자가 아니었으면 아직까지도 난 몰랐을 거예요. 그자가 그렇게 대담하게 나서지 않았다면요. 자기가 뭘 할 작정인지 몰랐다면요."

"지금 말하는 그 사람 기억하나?" 맥스가 리틀 리 로이에게 눈길을 주며 말했다.

리틀 리 로이는 조심스럽게 내키지 않는 듯이 가만히 고개를 저었다.

"아뇨, 그런 사람은 기억이 나지 않는데요." 자기 아이의 신발에 막 내려앉은 참새를 내려다보며 그가 나직이 말했다. 그러다 뭔가 떠오른 양 신이 나서 덧붙였다. "이제 보니 **이 사람**은 기억이 나네요."

스티브는 고개를 들지 않았지만, 맥스가 소리 없이 몸을 흔들며 웃어 대자 옆구리에 경련이 일듯 문득 불안이 그를 휘어잡은 모양이었다. 고통스러워하며 저쪽으로 걸어가 플라타너스나무에 머리를 대고 그 그늘에 잠시 서 있었다.

"그자는 공연을 면밀히 살펴보다가 뭔가 문제가 있다는 걸 알아챘나 봐요." 그가 곧 다시 입을 열었는데, 목소리가 전보다 더 아득하게 들렸다. "하지만 난 몰랐다고요. 아무것도 살펴볼 수가 없었고 그게 뭔지 확실히 몰랐다고요. 나중에야 알게 된 거죠. 어떻게 된 건지도 알게 되고."

"그래, 그래도 넌 제정신이 아니야." 맥스가 다정하게 말했다.

"당신도 몰랐을 거예요!" 스티브가 난데없이 어린아이처럼 자기방어적으로 버럭 화를 냈다. 그러고는 나무 그늘에서 나와 거의 간청하듯 햇볕에 서서 리틀 리 로이 아래쪽 계단에 앉아 있는 맥스를 마주 보았다. "그들이 그것한테 그런 일을 하게 만들었을 때 당신도 그냥 그 공연이 계속되게 했을 거라고요. 내가 그런 것처럼."

"하지만 난 여자와 남자는 구별할 수 있고, 인디언과 검둥이도 구별할 수 있을 것 같은데." 맥스가 말했다.

스티브가 해어진 신발 뒤꿈치로 땅바닥을 차서 먼지를 피워 올렸다. 닭들이 결국 놀라서 사방으로 흩어졌다.

리틀 리 로이가 히죽거리느라 드러난 잇몸을 손으로 꼭꼭 누르며 환한 표정으로 두 남자를 번갈아 보았다.

스티브가 한숨을 쉬더니 달리 뭘 어떻게 해야 할지 모르겠다는 듯이 느닷없이 손을 뻗어 주먹으로 맥스의 턱을 갈겼다. 맥스가 계단 아래로 굴렀다.

리틀 리 로이는 갑자기 시커먼 조각상처럼 꼼짝도 않고 앉아 그 광경을 지켜보았다.

"말해요! 말하라고!" 스티브가 외쳤다. 휘파람을 불듯이 입술을 오므려 내밀고는 주춤거리며 땅바닥에 뻗어 있는 맥스 가까이 갔다가 다시 뒤로 물러났다. 너무 놀라 충격을 받은 모양이었다. "어때요?"

"기분 더러워." 맥스가 생각에 잠겨 말했다. "귀찮게 하지 마." 그가 팔꿈치 하나를 세워 몸을 일으키고는 그렇게 누운 채로 주변을 둘러보았다. 오두막과, 포치에 책상다리를 하고 앉은 리틀 리 로이와 손을 내민 스티브를. 그러고는 결국 일어섰다.

"당신처럼 건장한 사람을 어떻게 때려눕힐 수 있었는지 저도 알 수가 없네요. 그냥 그래야 했어요." 스티브가 말했다. "당신은 이해 못할 거예요. 때릴 수밖에 없었어요. 처음엔 내 말을 믿지 않더니, 그다음엔 신경도 안 썼죠."

"다 괜찮으니까, 입이나 다물어." 맥스가 말했다. "얼간이들이 맨날 뭔가 내막을 알려 줄 게 있다고 나를 찾아오지만, 내게 이런 짓을 하고도 모면한 건 이번이 처음인걸. 조심해야겠군."

"멍이 오래가지 않았으면 좋겠네요." 스티브가 말했다.

"가야겠네." 맥스가 말은 그렇게 했지만 여전히 미적거렸다. "킬라를 만나면 뭘 어떻게 하고 싶은 건데? 그를 만나러 이렇게 멀리 왔잖아." 그가 이제 눈을 크게 뜨고 관심을 보이며 스티브를 빤히 보았다.

"글쎄요, 혹시라도 정말 찾게 되면 돈이나 뭘 줄 생각이었는데, 지금은 가진 돈이 없네요." 스티브가 시비조로 말했다.

"알겠네." 맥스가 말했다. "여기 잔돈이 좀 있으니 그냥 받아. 자 이제 집 안으로 들어가. 어서."

리틀 리 로이가 아무 말 없이 돈을 받아 든 뒤 누런 목발을 짚고는 믿을 수 없을 정도로 빠르게 폴짝폴짝 뛰어 문 저쪽으로 사라졌다. 맥스가 잠시 그 뒤를 바라보았다.

"그리고 자네." 그가 몸을 툭툭 털고는 스티브 쪽으로 몸을 돌려 말했다. "마지막으로 뭘 먹은 게 언제야?"

"그 얘기도 해 줄 수 있어요." 스티브가 말했다.

"여기선 말고." 맥스가 말했다. "자네한테 무슨 질문 할 생각으로 온 게 아니니까. 그냥 따라와. 맥스 플레이스에서는 먹을 것도 팔지. 주크박스를 틀고 싶은 기분이네. 넌 먹고 난 주크박스를 듣고."

"글쎄요……" 스티브가 말했다. "하지만 열기가 좀 식으면 아무 차나 잡아타고 어디든 가야 해요."

"오늘 너희들 다 나가서 집에 아무도 없을 때 말이야." 그날 저녁 식사 자리에서 리틀 리 로이가 말했다. "백인 두 명이 여기 우리 집에 왔다. 들어오진 않았어. 근데 나한테 계속 말을 하는데, 그 옛날 내가 서커스단에—"
"그만해요, 아빠." 아이들이 말했다.

내가 우체국에서 사는 이유
Why I Live at the P.O.

내 동생 스텔라-론도가 남편과 막 이혼하고 다시 집으로 들어오기
전까지 난 마마와 파파대디, 론도 삼촌과 아무 문제 없이 잘 지내고
있었다. 휘터커 씨와 이혼을! 휘터커 씨가 처음 차이나그로브에 나타
나 '순회 사진관'을 열었을 때 그와 먼저 사귀기 시작한 건 물론 나였
는데, 스텔라-론도가 우리 사이를 갈라놨다. 내가 짝짝이라고 그에
게 말했던 거다. 한쪽이 다른 쪽보다 크다고 했는데 그건 계산된 의
도적인 거짓말이었다. 난 양쪽이 다 똑같으니까. 스텔라-론도는 나
보다 정확히 1년 뒤에 태어났고, 그 때문에 아주 제멋대로였다.

항상 차지하고 싶은 게 있었고, 차지하고 나면 버렸다. 걔가 여덟
살 때 파파대디가 정말 예쁜 애드-어-펄 목걸이*를 사 주셨는데, 진
주가 겨우 두 개 있는 그걸 아홉 살 때 야구 놀이를 하다가 어디다 던

져 버렸다.

그러니 결혼을 해서 집을 떠난 뒤 처음 한 일이 헤어지는 일이지! 그것도 휘터커 씨랑! 눈이 튀어나온 그 사진사를 믿는다고 했었다. 저기 일리노이의 어느 마을엔가 살다가 집으로 다시 왔는데, 우리가 다 기겁을 하게도 두 살짜리 아이를 데리고 왔다.

마마는 걔가 그 자리에서 팍 죽었으면 하는 마음이 잠깐 들었다고 했다. "이렇게 멋진 금발 머리 아이가 있으면서 엄마한테 한 줄도 써 보내질 않았다니." 마마가 말했다. "네가 창피해서 견딜 수가 없구나." 물론 전혀 창피해하지 않았다.

스텔라-론도는 그저 태연하게 모자를 벗었는데, 정말 당신이 그걸 봤어야 하는데. 그러더니 이렇게 말하는 거다. "아니, 마마, 셜리 T는 입양한 거예요. 증명할 수 있어."

"어쩌다가?" 마마가 말했는데, 나는 그저 "흠!"이라고만 했다. 그때 난 뜨거운 불 앞에서 이렇게 급작스럽게 닭 두 마리로 어떻게 다섯 명분을 만들어야 하나 고심하고 있었다. 거기다 전혀 예상도 못 한 아이는 덤으로.

"흠, 이라니, 그게 무슨 뜻이야?" 스텔라-론도가 말했고 마마도 거들었다. "나도 들었다, 애야."

난, 오, 별뜻 아니야, 라고 말했다. 그냥 셜리 T가 누군지 모르겠지만 파파대디가 수염만 깎으면 셜리 T랑 아주 판박이라는 거지. 파파대디는 물론 하늘이 무너져도 수염은 안 깎겠지만. 파파대디는 외할아버지로 맨날 뚱해 있다.

---

* 처음에 진주가 조금 달려 있는 채로 사서 이후 생일이나 다른 기념일마다 계속 진주를 사서 끼우게 되어 있는 목걸이.

스텔라-론도가 얼마나 길길이 뛰던지! 이렇게 말하는 거다. "언니, 언니가 정말 뻔뻔스럽고 늘 그랬다는 건 군이 말할 필요도 없지만 어쨌든 내 입양한 아이에 대해 앞으로 왈가왈부하지 않으면 정말 고맙겠어!"

"알았어." 내가 말했다. "알았어, 그래 알았다고. 당연히 휘터커 씨를 닮은 면도 있다는 건 바로 알아봤지. 저 인상 쓰는 거 말이야. 휘터커 씨와 파파대디를 합쳐 놓은 것 같네."

"내가 할 수 있는 말은 그렇지 않다는 것뿐이야."

"내가 보기엔 셜리 템플과 똑같은데." 마마가 그렇게 말했지만 셜리 T는 막 마마에게서 도망가 버린 뒤였다.

그래서 식탁에 앉자마자 스텔라-론도가 맨 처음 한 일이 파파대디와 나를 이간질하는 거였다.

"파파대디." 그녀가 말했다. 파파대디는 접시의 고기를 자르느라 정신이 없었다. "파파대디!" 난 그 소리에 간이 떨어지는 줄 알았다. 파파대디는 백만 살은 되었고 수염이 말도 못 하게 길었다. "파파대디, 언니가 그 수염은 도대체 왜 안 깎는지 이해가 안 된다고 그러던데요."

그러자 파파대디가 천천히 포크와 나이프를 내려놓는 게 아닌가! 파파대디는 돈이 엄청 많다. 마마 말이 그런데, 파파대디는 아니라고 한다. 파파대디가 말했다. "지금 내가 제대로 들은 건가? 내가 수염을 왜 안 깎는지 도대체 이해가 안 된다고?"

"아니, 파파대디, 당연히 이해되죠." 내가 말했다. "전 그런 말 입 밖에 낸 적 없어요. 생각도 한 적이 없어요!"

파파대디가 말했다. "되바라진 년!"

내가 말했다. "파파대디, 세상 누구보다 제가 그 수염을 깎기를 바라지 않는다는 걸 잘 아시잖아요. 그런 생각은 머릿속에 들어와 본 적도 없어요! 스텔라-론도가 저기 앉아서 닭 가슴살을 먹으면서 막 지어낸 거라고요."

하지만 그가 말했다. "그래, 우체국장께서 내가 수염을 왜 안 깎는지 이해를 못 하시겠다. 정부에 힘을 써서 그 자리에 앉혀 준 게 바로 나인데 말이지. '새 둥지'였나, 네가 그렇게 불렀지?"

그게 미시시피주를 통틀어 두 번째로 작은 우체국이 아닌 것도 아니면서.

내가 말했다. "오, 파파대디. 그런 말 절대 안 했어요. 그게 새 둥지라고는 상상도 한 적이 없다고요. 미시시피주에서 두 번째로 작은 우체국이지만 항상 감사히 생각했고요. 게다가 외할아버지한테 되바라진 년이란 소리 듣는 거 별로네요."

하지만 스텔라-론도가 말했다. "맞아, 그런 소리도 분명 했잖아. 귀가 멀쩡한 세상 사람들은 다 들었을걸."

"거기까지만 해." 마마가 나를 보면서 말했다.

그래서 난 내 냅킨을 다시 냅킨꽂이에 꽂고 자리를 떴다.

내가 식당을 나가자마자 마마가 하는 소리가 들렸다. "쟤 다시 데려와라. 안 그러면 굶어 죽든 말든 앞으로 절대 밥을 안 줄 테니." 하지만 파파대디는 이렇게 말했다. "이 수염은 내가 멕시코만 해안 지역에 살던 열다섯 살 때부터 길러 온 거야." 셜리 T가 일리노이에서 먹던 밀키웨이 초콜릿이 없어졌다고 하지 않았으면 아마 해가 질 때까지 그 얘기를 계속했을 것이다.

그래서 파파대디가 말했다. "난 나가서 해먹에 누워 있을 테니 너희는 다들 여기 앉아 내 말을 명심해라. 내 눈에 흙이 들어가기 전까지 내가 수염을 깎는 일은 없을 거야, 1센티도. 그에 대해 내가 너희에게 감사할 일도 없고." 그러더니 복도에 있는 내 앞을 바로 지나쳐 밖으로 나가서 해먹에 누우셨다.

그날은 공휴일이었다. 5분도 안 되어 론도 삼촌이 갑자기 복도에 나타났는데, 스텔라-론도의 희멀건 기모노를 입고 있었다. 전체가 비스듬히 재단된 옷으로 휘터커 씨가 아마 화려하다고 생각했을 것 같았다.

"론도 삼촌!" 내가 말했다. "누군가 했네요! 어디 가시는 거예요?"

"애야, 비켜라." 그가 말했다. "나 약에 취했어."

"그러면 파파대디 가까이엔 가지 말아요." 내가 말했다. "해먹 근처에도 가지 말라고요. 반경 100미터 안에만 들어가도 파파대디가 분명 삼촌 머리를 마구 때릴 거예요. 우체국 자리를 잡아 줬는데 제가 할아버지가 수염을 잘라야 하지 않느냐는 소리를 일부러 했다고 생각하시거든요. 아무리 아니라고 얘기를 하고, 하고, 또 해도 아예 귀에 들어오지도 않는 것처럼 그러세요. 분명 파파대디가 완전히 귀가 먼 거예요."

"그럼 날은 참 잘도 골랐네." 론도 삼촌이 그렇게 말하더니, 눈 깜짝할 사이에 마당으로 횡하니 사라졌다.

사실 무슨 일이 있었던 거냐면, 삼촌이 처방 약 한 병을 다 먹은 거였다. 그것도 무지하게 비싼 건데, 독립 기념일만 되면 어김없이 그랬다. 그러고는 해먹에 드러누워 드르렁드르렁 코를 골았다. 그래서 삼촌이 계속 갈지자로 비틀거리며 해먹 쪽으로 갔는데, 덜떨어진 사람처럼 보였다.

파파대디는 이런 요란한 소리에 잠이 깨어, 바로 그 자리에서 눈썹 하나 까닥하지 않고 론도 삼촌과 나를 이간질하려 했다. 난 파파대디가 하는 말을 하나도 빠짐없이 다 들었다. 글쎄 하는 말이 내가 여덟 살이 되도록 글자를 못 깨쳤는데 도대체 어떻게 우체국에서 편지를 받는지, 하물며 읽기까지 하는지 이해를 못 하겠다는 것이었다. 그러면서 그 자리를 얻어 주려고 얼마나 무리를 해 가며 애를 썼는지 론도 삼촌은 헤아리기도 힘들 거라 했다. 반면 스텔라-론도는 총명한 데다 이 마을을 떠날 생각을 했으니 그것도 높이 사 줄 만한 일이라는 것이다. 그렇게 말을 하는 내내 기분 내키는 대로 신나게 해먹을 흔들고 수염을 연신 둥글게 말았고, 론도 삼촌은 제발 그렇게 빨리 흔들지 말라고, 어지러워 정신이 나가 버리겠다고 우는소리를 했다. 하지만 파파대디는 그런 재미에 해먹을 좋아하는 것이었다. 그래서 론도 삼촌은 한동안은 너무 어지러워서 나와 관계가 틀어질 여력도 없었다. 삼촌은 하나밖에 없는 엄마의 동생이라 외골수의 아주 좋은 예였다. 아무나 붙잡고 물어봐라. 자격증 있는 약사가 어떤지.

그때 스텔라-론도가 위층 창문을 여는 소리가 들렸다. 결혼했을 때 개는 창문을 닫아걸어야 더 시원하다는, 그런 희한한 생각을 갖게 되었다. 그래서 밖에 있는 누군가에게 말을 하려면 일단 창문을 올려야 했다.

그래서 그렇게 창문을 올리더니 소리치는 거였다. "와아!" 누가 들으면 죽을 만큼 심하게 다친 줄 알 것이다.

론도 삼촌과 파파대디는 올려다보지도 않고 하던 일을 계속했다. 웃음이 나오지 않을 수 없었다.

내가 쏜살같이 계단을 뛰어 올라가 방문을 활짝 열어젖히고 물었다. "아니, 도대체 무슨 일이야, 스텔라-론도? 죽을 만큼 다치기라도 했니?"

"아니, 죽을 만큼 다친 건 아니야." 걔가 말했다. "하지만 부탁인데 창밖을 좀 내다보고 뭐가 보이는지 말해 줬으면 좋겠어."

그래서 난 손차양을 만들어 창밖을 내다보았다.

"앞마당밖에 안 보이는데." 내가 말했다.

"사람들 안 보여?" 걔가 물었다.

"론도 삼촌이 파파대디를 해먹에서 밀어내리려는 건 보여." 내가 말했다. "다른 건 전혀. 뭐, 창문을 다 닫아걸어서 집 안이 숨이 막히게 더우니 정신이 나가지 않으려면 독립 기념일이 끝나기 전에 나가서 해먹에 누워 있으려는 것도 당연하지."

"론도 삼촌한테 뭐 다른 점 안 보여?" 스텔라-론도가 물었다.

"글쎄, 별로. 나로서는 그걸 입고 죽으래도 그러기 싫은, 아주 봐 줄 수 없는 희멀건 복장을 하고 있다는 거 말고는." 내가 말했다.

"그걸 입고 죽을 일은 없으니까 걱정 붙들어 매셔. 그게 사실은 내 혼숫감 중 하나고 그걸 입은 내 모습을 휘터커 씨가 사진으로 수십 장을 찍었다고." 스텔라-론도가 말했다. "벌건 대낮에 제발 용서해 줘, 이런 말도 없이 내 혼숫감을 입다니 도대체 론도 삼촌은 무슨 생각인 거야? 내가 별거하고 집에 온 게 겨우 오늘 아침이라 마음이 너무 안정이 안 돼서 실내복을 화장실 문에 걸어 놨다는 걸 잘 알면서도 말이야."

"당연히 난 모르지. 그래서 내가 어떻게 해 줬으면 하는데?" 내가 물었다. "창문으로 뛰어내리기라도 할까?"

"아니야, 그런 건 전혀 바라지 않는다고. 그냥 론도 삼촌이 저걸 입고 있으니 바보 같다는 것뿐이야." 그녀가 말했다. "토 나올 지경이야."

"글쎄, 내 눈엔 괜찮기만 한데." 내가 말했다. "제정신 박힌 사람이라도 더 나을 수 없을 만치 괜찮아." 그렇게 내가 론도 삼촌 편을 들었다는 걸 독자 여러분은 부디 기억해 주길 바란다. 그리고 스텔라-론도에게 이렇게도 말했다. "너처럼 여태 전혀 언급도 없던 두 살배기 아이를 데리고 나타나서는 왜 헤어졌는지 한마디 해명도 하지 않는 마당에 나 같으면 그렇게 마구 남 험담이나 하지는 않겠다."

"내가 이 집에 발을 들여놓자마자 내가 입양한 아이에 대해서 앞으로 입도 벙긋하지 말라고 했고, 넌 그러겠다고 명예를 걸고 약속했잖아." 스텔라-론도는 그저 그렇게만 얘기하더니 '크레스'에서 산 싸구려 족집게로 눈썹을 남김없이 뽑기 시작했다.

그래서 난 방문을 쾅 닫고 나와서 아래층으로 내려가 그린 토마토 피클을 만들었다. 누군가는 해야 했으니까. 당연히 마마가 두 검둥이들을 다 보냈기 때문이다. 마마는 독립 기념일에는 지상의 권력을 그 누구도 지배하지 못한다는 지론을 가진 터라 붙잡아 놓을 시도도 하지 않았다. 나중에 알고 보니 제이팬은 호수에 빠져서 거의 죽다 살아났다고 했다.

마마가 종종걸음으로 들어왔다. 뚜껑을 열어 보더니 말했다. "흠! 지금 위태로운 론도 삼촌의 상태에는 아무래도 별로 안 좋은데. 입양한 불쌍한 셜리 T한테도 그렇고. 창피하지도 않니!"

그 말을 들으니 기운이 쭉 빠졌다. 내가 말했다. "그 희한하게 생긴 아이를 데리고 발발거리며 걸어 들어온 건 내가 아니라 스텔라-론도니까 스텔라-론도가 자기 팔자 탓을 해야 할걸요. 만약에 희한하게 생긴 두 살짜리 애를 데리고 일리노이에서 온 게 나였으면 내가 어떤 대접을 받았을지 생각만 해도 몸서리가 쳐지니, 식구 전체의 식단을 이래라저래라 하는 건 꿈도 꿀 수가 없을 테고요."

"일단 넌 휘터커 씨와 결혼도 하지 않았고 일리노이에 집을 구해 살지도 않았다는 걸 기억해." 숟가락을 내 코앞에서 휘두르며 마마가 말했다. "그게 만약 너였고, 네가 결국 그와 갈라서서 다시 집으로 왔다면 스텔라-론도와 똑같이 너와 입양한 네 아이를 보고 무척 기뻐했을 거라고."

"아닐걸요."

"엄마 말에 토 달지 마." 마마가 말했다.

그렇지만 엄마가 아무리 진이 빠지도록 계속 얘기해도 난 그런 확신이 들지 않을 거라고 말했다. 그리고 이렇게 덧붙였다. "게다가 걔가 입양한 애가 아니라는 건 나만큼이나 엄마도 잘 알잖아요."

"입양한 게 확실히 맞아." 마마가 조금도 굽히지 않고 말했다.

내가 말했다. "아니, 마마, 스텔라-론도가 그 애를 낳은 건 어디를 보나 확실한데 그저 그 잘난 자존심 때문에 인정을 안 하는 거잖아요."

"그런데, 얘가." 마마가 말했다. "우리가 다 함께 즐거운 독립 기념일을 보내겠다고 생각했는데 넌 한다는 일이 네 동생 말을 한 마디도 믿지 않는 거구나!"

"사촌 애니 플로가 피할 수 없는 삶의 진실을 부정하며 무덤에 들어간 것과 마찬가지죠." 내가 마마에게 일깨워 주었다.

"다시 한번 애니 플로 이름을 입 밖에 내면 따귀 맞을 줄 알라고 얘기했지!" 그러더니 마마가 내 따귀를 때렸다.

"좋아요, 두고 보시라고요." 내가 말했다.

"나는!" 마마가 말했다. "나는 말이야, 인간적으로 있을 수 있는 일이라면 그게 뭐가 되었든 내 자식 말은 믿는 사람이야."

200파운드나 나가면서 발은 엄청 조그만 마마의 모습을 한번 봐야 하는데.

바로 그때 완전 무시무시한 생각이 내게 떠올랐다.

"마마, 그 애가 말은 해?" 내가 물었다. 그것도 속삭이듯 작게 말이다! "마마, 혹시 그 애가, 있잖아요, 어떤 식으로든 말이야. 지금까지 누구에게든 단 한 마디 말도 하지 않았다는 거 눈치챘어요? 이런 표정으로 말이에요." 그러고는 어떤 표정인지 보여 주었다.

마마와 나는 거기 그렇게 마주 서서 서로를 빤히 쳐다보았다. 얼마나 무시무시한 일인지!

"조 휘터커가 자주 술고래처럼 술을 퍼마셨던 건 기억해." 마마가 말했다. "분명 **마약**까지 하는 거라고 철석같이 믿었었지." 그러더니 다른 말 없이 바로 계단 아래쪽으로 성큼성큼 걸어가 스텔라-론도를 불렀다.

"스텔라-론도! 어이! 스텔라-론도!"

"왜요?" 스텔라-론도가 위층에서 소리쳤다. 침대에서 일어나 나와 볼 예의조차 없는 것이다.

"네 애가 말은 하니?" 마마가 물었다.

"뭘 하느냐고요?" 스텔라-론도가 되물었다.

"말 하느냐고! 말!" 마마가 말했다. "옹알옹알옹알옹알!"

그러자 스텔라-론도가 꽥 소리를 질렀다. "걔가 말을 못 한다고 누가 그래요?"

"언니가 그러더라." 마마가 말했다.

"그럴 줄 알았어. 맹세하며 한 약속을 헌신짝처럼 버리는 사람이 이 집안에 또 누가 있겠어." 스텔라-론도가 말했다.

그러더니 곧바로 내가 살면서 들어 본 가장 요란한 양키 목소리가 목청껏 울렸다. "나 빠삐 서언원!"* 그러더니 누군가 위층 복도에서 펄쩍펄쩍 뛰는 게 들렸다. 1초만 그렇게 더 뛰었다면 집 전체가 무너져 내렸을 것이다.

"말만 하는 게 아니라 탭댄스도 출 수 있다고!" 스텔라-론도가 소리쳤다. "그런 점에서 굳이 이름은 말 안 하겠지만 누구보다 더 낫지."

"아이고 내 귀한 귀여운 아가!" 마마가 너무 놀라서 말했다. "정말 말도 못 하게 똑똑하구나!" 그렇게 혀짤배기소리로 말을 하더니 이제 내게 달려들었다. "얘야, 정말 창피스러운 줄 알아! 당장 위층에 올라가서 스텔라-론도와 셜리 T에게 사과해."

"뭘 사과하라는 거예요?" 내가 물었다. "그냥 애가 정상인지 궁금했을 뿐이라고요. 이제 정상이라는 게 증명되었으니 더 말할 건 없겠네요."

하지만 마마는 잔뜩 화가 나서 휙 돌아서더니 순식간에 사라져 버렸다. 바로 위층으로 올라가 아기를 꽉 끌어안았던 것이다. 마마는 그 애를 입양한 거라고 믿었다. 위층에서 스텔라-론도가 내내 엄마에게 내 험담을 늘어놓는 동안 난 뜨거운 불 앞에 속수무책으로 서 있을 수밖에 없었다. 그렇게 마마와 파파대디와 아기가 다 스텔라-

---

* 〈난 선원 뽀빠이〉, 만화 〈뽀빠이Popeye the Sailor〉의 주제가.

론도 편에 서게 되었다.

다음은 론도 삼촌.

론도 삼촌은 예전에 내게 여러 번 정말로 잘해 줬기 때문에 전혀 대비가 안 되었던 터라, 나중에 상황이 변했을 때 정말 놀라 자빠졌단 얘기를 꼭 해야겠다. 예전에 스텔라-론도는 삼촌에게 말도 못 하게 끔찍한 일을 저지른 적이 있었다. 플랑드르 전장*에서 온 행운의 편지를 끊어 버렸던 건데, 그래서 삼촌은 그녀에게 줬던 라디오를 빼앗아 내게 주었다. 스텔라-론도가 얼마나 화가 나 방방 뛰었는지! 이후 6개월 동안 그녀를 부를 때 스텔라-론도가 아니라 그냥 스텔라라고만 해야 했다. 안 그러면 대답을 안 했으니까. 난 론도 삼촌이 이 집 안에서 유일하게 머리가 있는 사람이라고 늘 생각했었다. 또 언젠가는 삼촌이 비용을 다 대서 날 매머드 동굴**에 보내 주기도 했다.

하지만 이날은 삼촌이 그 처방 약을 들이켠 독립 기념일이었다.

저녁 먹을 때 스텔라-론도가 론도 삼촌이 뭐라도 드셔야 한다고 강력하게 주장했다. 결국 론도 삼촌은 식은 비스킷과 케첩을, 딱 그것만 조금 먹어 보겠다고 했다. 그래서 바로 그녀가 그걸 가져다줬던 것이다.

"스텔라-론도의 희멀건 기모노를 입고 케첩을 그렇게 뿌리는 게 좋은 생각일까요?" 내가 말했다. 걱정이 돼서 그랬던 거다! 스텔라-론도가 자기 혼수품에 주의를 기울이지 않으면 다른 누구라도 해야 하니까.

"뭐 문제 있나?" 케첩을 있는 대로 다 들이부을 참이던 론도 삼촌

* 미군들이 묻힌 제1차 세계대전 시 전장 중 하나.
** 켄터키주의 석회암 동굴.

이 물었다.

"언니 말은 신경 쓰지 마세요, 론도 삼촌." 스텔라-론도가 말했다. "언니가 오늘 오후에 내내 한 일이란 게 제 침실 창문 밖으로 보이는 삼촌 모습을 비웃은 거거든요."

"뭐라고 했는데?" 론도 삼촌이 물었다. 론도 삼촌은 세상에서 제일 성질이 불같은 사람이다. 때가 안 좋으면 무슨 일에도 집을 다 결딴 낼 것처럼 난리를 쳤다.

스텔라-론도가 대답했다. "론도 삼촌이 저 분홍색 기모노를 입으니 너무 바보 같아, 그러던걸요."

자, 그 말을 누가 했는지 기억하는가?

론도 삼촌은 케첩을 온통 뒤집어엎으며 벌떡 자리에서 일어나 기모노를 마구 찢더니 벗어 버리더니 더러운 바닥에 집어 던진 후 발로 밟았다. 그 옷은 잭슨까지 다시 보내서 세탁을 하고 수선을 해야 했다.

"그래서 그게 너의 론도 삼촌에 대한 네 의견이었냐?" 삼촌이 말했다. "바보 같다 이거지? 더 이상은 못 참아. 이 집에서 하루 종일 할 일도 없이 있다가, 이제 네가 내 등 뒤에서 그런 험담이나 하는 걸 듣다니!"

"전 그런 얘기 한 적 없어요, 론도 삼촌." 내가 말했다. "누가 그런 얘기를 했는지도 얘기 안 할 거예요. 삼촌 보기 좋아요. 그냥 건강에 좀 신경 쓰시고, 드시면서 말씀하시는 건 하지 마세요. 가서 좀 누우시는 게 좋겠어요."

"눕는 거 좋아하고 있네." 론도 삼촌이 말했다. 삼촌이 뭔가 무시무시한 일을 할 작정이었다는 걸 그때 알았어야 했다.

상태가 상태인지라 삼촌은 그날 밤에는 별다른 일을 하지 않았다.

그저 마마와 스텔라-론도, 셜리 T와 보드게임을 하고 셜리 T에게 양쪽이 다 앞면인 5센트짜리 동전을 하나 주었을 뿐이었다. 아이는 그걸 보고 배를 잡고 웃더니 삼촌을 '파파'라고 불렀다. 하지만 다음 날 아침 6시에 가게에 가서 팔고 남은 5센트짜리 1인치 폭죽 한 박스를 사 와서는 있는 힘껏 내 침실에 집어 던졌고 그게 하나도 남김없이 다 터졌다. 불량이라고는 하나도 없었다. 누가 사든 보통 그중에 불량 하나쯤은 있기 마련인데 말이다.

나는 어떤 소리든 소리에는 말도 못 하게 민감한 사람이라, 의사는 살면서 나같이 청각이 예민한 사람은 처음 봤다고 늘 말하곤 했다. 그래서 난 그냥 뻗어 버렸다. 아무것도 먹을 수도 없었다! 사람들은 공동묘지에까지 그 소리가 들렸다고 했고, 지금까지 정정하게 지내시던 연로하신 젭 패터슨 아줌마는 최후의 심판일이 왔다고 생각하고는 식구들을 전부 만나 볼 작정을 하셨다. 이곳은 보통 아주 조용한 곳이라 그렇다.

그래서 내가 뭘 어떻게 해야 할지 결정을 내리는 데 1분도 안 걸렸다는 말을 해 둬야겠다. 이제 온 집안이 스텔라-론도의 편에 서서 내게 등을 돌려 버렸다. 내가 다른 건 몰라도 자존심은 있는 사람이다.

그래서 그냥 곧장 우체국으로 가기로 작정했다. 우체국 뒤쪽에 자리도 많아, 그러면서.

뭐! 내가 무슨 꿍꿍이속인지 식구들이 알아차리건 말건 전혀 개의치 않았다. 그래서 감추려고 하지도 않았다.

식구들이 처음으로 알아차린 건, 내가 다들 모여 노처녀 카드 게임을 하고 있는 곳으로 성큼성큼 걸어가 선풍기 코드를 뽑아 버렸다는 것이었다. 그래서 갑자기 너무 더워졌으니까. 다음으로는 큰 소파에서 파파대디가 기대고 앉아 있던, 내가 직접 손바느질을 해서 만든 긴 쿠션을 확 잡아채 버렸다. 파파대디가 "윽!" 하고 뒤로 넘어졌다. 스텔라-론도를 마구 닦달해 위층으로 함께 올라가, 마침내 서랍장 안, 넬슨 에디 사진 아래쪽에서 내 행운의 팔찌를 찾아냈다.

"그래서 그렇게 되었구면." 론도 삼촌이 말했다. 삼촌은 간식으로 햄을 먹고 있었다. "애야, 거기 놓을 데만 있다면 기꺼이 내 군대용 간이침대를 기부하지. 내가 평온하게 살 수 있게 지금 당장 이 집을 떠나 준다면 말이야." 론도 삼촌은 전에 프랑스에 있었다.

"침대를 주신다니 감사해요. 하지만 저라면 아침 6시 반에 처녀 침실에 폭죽을 집어 던진 후에 '평온'이라는 말은 입에 올릴 생각도 안 할걸요." 내가 그렇게 대꾸했다. "그리고 제가 어디 가는지에 대해서는, 제가 미시시피의 차이나그로브 우체국장이라는 사실을 잊으셨나 보네요. 제겐 언제나 우체국이 있어요."

자, 그들이 이제 다들 자세를 고쳐 앉으며 나를 주목했다.

난 앞마당으로 나가 우체국 주변에 심을 분꽃을 파내기 시작했다.

"야야!" 마마가 창문을 올리고 말했다. "그건 내 분꽃이야. 그 별 모양 화단에 심은 건 다 내 거야. 내 기억엔 네가 생전 뭘 길러 본 적도 없는 것 같은데."

"좋아요." 내가 말했다. "그럼 양치식물을 가져가겠어요. 양치식물에 물을 준 게 나라는 건 거기 그렇게 버티고 선 마마도 부정할 수 없을걸요. 게다가 어디에 상자 뚜껑을 보내면 온갖 종류의 씨를 한 천 개쯤 보내 주는지 잘 알아요. 같은 종류는 하나도 없는 데다 공짜예요."

"오, 그게 어딘데?" 마마가 알고 싶은 눈치였다.

하지만 난 이렇게 말했다. "늦었어요. 마마는 마마 집을 관리해요. 난 내 집을 관리할 테니. 라디오만 잘 들으면 그런 건 언제라도 알 수 있어요. 정말 놀라운 할인 행사들 말이에요. 원하는 건 뭐든 공짜로 얻을 수 있어요."

그래서 난 집 안으로 씩씩하게 들어가 그 라디오를 챙겼는데, 다들 얼마나 뿔이 났는지 손톱을 다 물어뜯을 수도 있었을 것이다. 전에 그 라디오를 차지했었던 스텔라-론도가 특히 그랬는데, 내가 주저하지 않고 소송이라도 걸 태세라 다시 돌려받을 수 없을 것임을 잘 알았기 때문이었다. 다음엔 내가 대부분의 돈을 내서 그 옛날 1929년 크리스마스 때 마마에게 사 줬던 재봉틀도, 그리고 응급처치가 적혀 있는 커다란 멋진 달력도 아주 공손하게 챙겼다. 단연코 온도계와 우쿨렐레도 마땅히 내 것이었고, 이제 사다리를 올라가 내가 만든 수박 껍질 절임은 물론, 모든 과일 잼이니 채소 절임 병을 있는 대로 다 챙겼다. 다음으로 식당의 아치형 입구에 붙여 놓은 파랑새 벽걸이 화병에서 압정들을 떼기 시작했다.

"그걸 가져도 된다고 누가 그러든, 프리스 양?" 마마가 있는 대로 부채질을 하며 말했다.

"내가 샀으니까 내가 간직해야죠." 내가 말했다. "우체국 창문 양쪽에 하나씩 걸어 놓을 테니까, 이게 보고 싶어 죽겠으면, 우체국에 편지 찾으러 와서 보시든가."

"난 안 간다! 내가 백 살까지 사는 한이 있어도 그 우체국 근처에도 가지 않을 거야." 마마가 말했다. "배은망덕한 것 같으니라고! 학교 보내느라 너한테 쓴 돈이 얼만데."

"나도 안 가." 스텔라-론도가 말했다. "내 편지가 거기서 썩든 말든 상관없으니 그냥 내버려 둬. 너한테 가서 단 한 통의 편지도 받는 일 없을 거야."

"그거 걱정이네." 내가 말했다. "그런데 누가 그렇게 책상 앞에 앉아 길고 긴 편지와 엽서를 잔뜩 써서 보낼 것 같아? 휘터커 씨? 그가 차이나그로브에 어쩌다 들른 유일한 남자였고, 그런 그 사람을 네가, 그것도 부당하게 차지했다고 해서, 도대체 왜 갈라서는 건지, 이 아이는 또 뭔지, 이유도 해명도 전혀 없이 떠나 버린 너한테 그렇게 긴 편지를 쓸 것 같아? 내가 너처럼 총명한 머리를 가지지 못해서 그런지 모르겠지만 그건 잘 모르겠다."

그러자 마마가 말했다. "얘야, 스텔라-론도는 그저 집이 그리웠던 거고 이 아이는 스텔라-론도의 애라기엔 너무 크다고 도대체 몇 번을 말했니. 자, 다들 들어가서 보드게임이나 하지 그래?"

그러자 셜리 T가 지독히도 못되게 나를 향해 혀를 쑥 내밀었다. 저렇게 버르장머리 없는 애는 세상천지에 없을 것이다. 그래서 언젠가 눈이 사시가 되어서 아예 안 돌아올 거라고 말해 주었다.

"이젠 붙잡아야 소용없어요." 내가 말했다. "어제쯤 했으면 모를까. 난 우체국에 갈 거고, 날 보고 싶으면 그곳으로 찾아오는 수밖에 없을걸요."

그러자 파파대디가 말했다. "혹여 어딘가 편지를 좀 보내 볼까 하는 생각이 떠오른다 해도 내가 그 우체국에 발을 들여놓는 일은 없을 거다. 그 낡아 빠진 조그만 창문 밖으로 전지가위를 쑥 내밀어 내 수염을 자르게 두지는 않을 거라고. 똑똑한 내가 그런 속임수에 넘어갈 줄 알고!"

"우리 다 안 넘어가." 스텔라-론도가 말했다.

내가 말했다. "그렇게 똑똑하면 휘터커 씨는 어디 있는 건데?"

그러자 론도 삼촌이 말했다. "이제 내가 엽서로 받는 주문서들을 다 읽어 보고 차이나그로브 사람들에게 뭐가 문제인지 떠벌리고 다니는 일은 없을 테니 고맙구나." 하지만 내가 말했다. "전 제 나름대로 결론을 내리는 거고 앞으로도 계속 그럴 거예요. 싸구려 엽서에 가장 내밀한 비밀을 써 보내는 일을 굳이 하겠다면 도대체 그걸 무슨 수로 말리겠어요, 론도 삼촌."

"우리가 엽서 한 장이라도 써 보내는 일이 있을 거라 생각한다면 너 잘못 생각한 거야." 마마가 말했다.

"그럼 남한테 해코지하려다 자기만 손해 보는 거죠, 뭐." 내가 말했다. "미국 우편국과 아예 상종을 안 하겠다고 작정한 거라면 이건 한번 생각해 보세요. 스텔라-론도가 휘터커 씨에게 자기를 데리러 오란 말을 전하고 싶으면 어떻게 해야 할까요?"

"아악!" 스텔라-론도가 비명을 질렀다. 걔가 울 줄 알았다. 스텔라-론도는 거기 주방에서 히스테리 발작을 일으켰다.

"얼마나 버틸 수 있을지 지켜보는 것도 흥미롭겠네." 내가 말했다. "자, 전 갑니다."

"잘 가라." 론도 삼촌이 말했다.

"오, 세상에나!" 마마가 말했다. "스텔라-론도가 휘터커 씨를 떠나서 깜찍한 입양아를 데리고 왔다고 해서 내 가족들이 독립 기념일에, 그리고 그다음 날에 이렇게 싸움질을 하게 될 줄이야! 다들 기뻐할 일이네 그래!"

"아악!" 스텔라-론도가 또다시 히스테리 발작을 했다.

"휘터커 씨가 스텔라-론도를 떠난 거예요, 제 말을 잘 들으시라고요." 내가 말했다. "휘터커 씨는 그런 사람이에요. 내가 잘 알아요. 사실 내가 먼저 그 사람을 알았던 거니까. 그 사람이 결국 재랑 헤어질 거라고 처음부터 누우이 말했잖아요. 무슨 일이 벌어질 건지 하나부터 열까지 다 예상했다고요."

"어딜 갔는데?" 마마가 물었다.

"자기에게 필요한 게 뭔지 안다면 아마 북극으로 가겠죠."

하지만 스텔라-론도는 고래고래 소리만 지를 뿐 아무 얘기도 하려 하지 않았다. 방으로 뛰어 올라가더니 문을 부서져라 닫았다.

"자, 네가 무슨 짓을 했는지 봐라, 애야." 마마가 말했다. "가서 미안하다고 해."

"시간 없어요. 가야 해요." 내가 말했다.

"그럼 뭘 기다리는 거냐?" 론도 삼촌이 말했다.

그래서 난 부엌 시계를 집어 들고 '잘들 사셔'나 뭐 그런 말도 없이 당당히 걸어 나갔고 스텔라-론도에게 절대 작별 인사도 하지 않았다.

바로 앞에서 검둥이 소녀가 작은 수레를 타고 지나가고 있었다.

"애야." 내가 불렀다. "이것들을 실어서 언덕 아래편으로 가야 하는데 좀 도와줄래? 우체국에서 살 거거든."

그 급행 수레로 아홉 번이나 왔다 갔다 해야 했다. 론도 삼촌이 현관에 나와 그 애에게 5센트 동전을 던져 주었다.

그것을 마지막으로 꼬박 닷새 동안 난 가족들을 보지 못했고 가족들도 나를 보지 못했다. 스텔라-론도가 휘터커 씨에 대해 말도 못 하게 끔찍스러운 얘기를 했을 수도 있지만, 난 들은 바가 없다. 모두에게 말했다시피 난 내 나름의 결론을 내리니까.

아, 그런데 여기가 마음에 든다. 거듭 얘기한 것처럼 아주 이상적이다. 보다시피 내가 좋아하는 방식대로 모든 걸 대각선으로 놓았다. 라디오 소리 들리나? 다 전쟁 얘기지만. 라디오, 재봉틀, 책 받침대, 다리미판 그리고 커다란 멋진 피아노 램프—평화로움, 그게 내가 좋아하는 거다. 줄이 묶인 곳마다 흰강낭콩 덩굴이 앞쪽으로 줄줄이 심어져 있다.

당연히 편지는 별로 없다. 우리 식구가 차이나그로브의 주 고객이었는데, 그들이 오는 편지든 가는 편지든 차라리 세상에 없는 셈 치겠다고 할 때는, 뭐, 나도 입도 벙긋하지 않을 것이다. 마을 사람들 중에는 내 편을 드는 사람들도 있고 내게 등을 돌린 사람들도 있다. 누가 어느 쪽인지 다 안다. 파파대디의 눈에 들려고 우표 사는 일을 단념하는 사람들은 항상 있다.

하지만 난 여기 있고, 계속 있을 것이다. 내가 행복하다는 걸 세상이 알아줬으면 좋겠다.

그리고 지금 당장 스텔라-론도가 날 찾아와 무릎을 꿇고, 휘터커 씨와의 사이에 있었던 일을 해명하려는 시도를 한다 해도, 난 그냥 손가락으로 귀를 막고 듣지 않을 것이다.

호루라기
The Whistle

밤이 찾아왔다. 수많은 겨울 내내 입었지만 늘 뼛속까지 한기가 스며들던 추레한 드레스처럼 얇은 어둠이었다. 그러고는 달이 떠올랐다. 칙칙한 죽은 이파리들로 덮인 깊은 숲이 끝없이 펼쳐진 곳에서 농장은 마치 물 위의 흰 돌처럼 꽤나 눈에 띄었다. 달빛보다 좀 더 가까이 다가가 자세히 살펴보면 모턴네 농장에 딸린 게 모두 보일지도 몰랐다. 집 가장 가까이에 줄지어 가지런히 심어진, 연약한 모습이 고스란히 드러나 가슴이 덜컹 내려앉는, 아주 작고 깃털 같은 회색 토마토 모종까지도. 달빛이 모든 것을 감쌌고, 지금 막 등불을 꺼서 그 무엇보다 어둑해진 농가에도 내려앉았다.

안에는 제이슨 모턴과 새러 모턴이 화덕 가까이 끌어다 놓은 매트리스 위에서 누비이불을 덮고 누워 있었다. 난로 가로대 안에는 여전히 불길이 펄럭거리며 이따금 나른한 소리를 냈고, 잦아드는 불빛이 마치 방에서 빠져나가려는 새처럼 벽면을 따라 위아래로 휙휙 움직이다가 서까래를 넘고, 노인들이 누워 있는 침대를 넘어갔다.

펄럭거리는 불길 위에 들리는 소리라고는 피곤에 지친 제이슨의 긴 숨소리뿐이었다. 문 쪽으로 얼굴을 향하고 모로 누워 누비이불을 덮은 그의 모습은 콩처럼 길쭉했다. 어둠 속에서 입을 벌린 채 숨을 내쉬고 들이쉬고, 내쉬고 들이쉬고 했는데, 대화를 하거나 얘기를 들려주듯이, 질문을 하고 한숨을 쉬듯이 천천히 오르락내리락하며 반복되었다.

새러는 입을 약간 벌린 채 등을 대고 누워 있었는데, 말은 없었지만 아직 잠이 들지는 않았다. 서까래 사이, 분간이 되지 않는 어두운 공간을 뚫어지게 보고 있었다. 부자연스럽게 늘어진 눈꺼풀 탓인지 눈을 지나치게 크게 뜨고 있는 듯했는데, 하도 잡아 늘여서 모양이 흉해지면서 아무 쓸모도 없게 된 어떤 구멍과도 같았다. 오래된 장작에서 노란 불꽃이 한 번 쉭 소리를 내며 솟아올라 환한 파란색 그림자를 만들며 작은 얼굴과 옅은 머리 색과 이불 끝을 쥐고 있는 한쪽 손을 잠시 비췄다. 그녀가 이불을 머리 위까지 완전히 덮어썼다.

밤마다 두 사람은 추위로 벌벌 떨었지만, 비참한 자신들의 상황에 대해서는 태풍에 호되게 시달리는 한 쌍의 창문 덧문만큼이나 서로에게 입도 벙긋하지 않았다. 때로는 며칠이고, 몇 주고 그들 사이에서 말 한 마디도 오가지 않았다. 정말로 노인들인 건 아니었다. 겨우 50세였으니까. 그럼에도 그들의 인생은 온통 피로하고, 말을 할 필요라고는 전혀 없고, 함께 얘기를 나눌 수도 없을 만치 지독한 재난처럼 서로를 하나로 묶을지는 모르지만 여전히 동정을 원치 않아 각자 떨어져 있게 만드는 가난으로 점철되어 있었다. 어쩌면 말을 하지 않는 이 오랜 습관은 수년 전에 화가 났거나 욱했던 마음에서 시작되었을지도 모른다. 이제 와서야 그걸 누가 알겠는가?

불이 점점 잦아들면서 제이슨의 숨소리는 점점 더 묵직하고 엄숙해졌고, 꿈도 꾸지 않는 상태가 되었다. 완전히 가려진 새러의 몸은 사탕수숫대처럼 가벼웠고, 몸 위에 덮인 이불 위로 거의 드러나지도 않았다. 새러는 때로 아무리 해도 따뜻해지지 않는 게 혹시 자기 몸이 너무 가벼워서가 아닐까 하는 생각을 혼자 하곤 했다.

추위는 정말 진절머리가 나! 추위가 여전히 할 수 있는 일은 그것뿐이었다. 진절머리가 나게 하는 것. 해마다 그녀는 추위가 끝나기 전에 자기가 죽을 거라고 확신했다. 책력에 따르면 지금은 봄이었다…… 하지만 해마다 늘 똑같았다. 모종을 모판에 심고, 늘 너무 일찍 옮겨 심고, 그러면 한파가 오고…… 한파가 없어서 모종이 충분히 크게 자라고 그래서 수확을 했던, 마지막으로 그랬던 때가 언제였더라?

허황된 꿈처럼 새러는 봄과 여름을 상상하기 시작했다. 처음에는 그저 초록과 빨강의 색깔과, 땅에 햇볕이 내리쬘 때의 냄새와, 나뭇잎과 익어 가는 토마토의 따스한 촉감을 생각했다. 그다음에는 전혀 안 보이게 이불 아래 숨은 채 출하기의 덱스터 마을을 상상하고 기억하기 시작했다. 거기 그녀의 머릿속에서 먼지 날리는 작은 덱스터는 거의 전설적인 축제의 장이자 재미 넘치는 장소였다. 마을로 들어가는 길목마다 함박웃음이 가득한 농부들이 너무나 탐스럽게 예쁜 토마토를 마차 가득 싣고 들어오는 것이다. 덱스터역의 포장 창고는 온통 화려하게 장식이—아니, 그냥 5월의 햇살이 눈부시게 비추고 있었다. 손짓, 발짓을 하는 키 큰 퍼킨스 씨가 한가운데에서 물건을 사고, 지시를 하고, 전보일 게 틀림없는 노란 종이를 흔들어 대고, 대단히 성마르게 큰 소리로 떠드는 것이다. 결국 이제 그가 그들의 농장을 소유하고 있으니까. 저 멀리까지 줄줄이 이어진 빈 화차가 하나씩 기다렸다가 짐을 싣고 나갔다. 추위의 위협에도 이렇게나 많은 토마토를 건져 낼 수 있었단 말인가? 물론 여기에는 플로리다의 포장 일꾼들이 흠잡을 데 없는 모습으로 줄지어 들어왔다. 저 멀리 플로리다에서 여기까지 온, 햇볕에 그을고 양말도 신지 않은 사람들. 그중엔 문신을 한 이도 있었다. 길 건너 카페에서는 뮤직 박스로 음악을 틀고 있었고, 오리처럼 뒤뚱거리며 걷는 절름발이 남자가 10센트를 받고 젊은이들과 사진을 찍으려 머리를 맞대고 포즈를 취하고 있었다. 술 취한 남자들이 의기양양하게 고함을 질러 대고 이따금 어디선가 총소리가 나기도 했다. 그늘에서는 아이들이 토마토 싸움을 하며 축하했다. 강하고 자극적인, 달콤한 향이 어디에서나 진동했다. 얼마나 흥이 났는지! 잠깐이라도 포장 일꾼들을 쉬게 해야겠다. 새러가 생각했다. 땀으로 얼룩진 그들이 이파리 무성한 나무 아래 몸을 쭉 뻗고 누우면, 그중 한 명은 기타를 칠 수도 있다. 여자 일꾼들은 일을 하면서 기타 소리를 듣는다. 토마토 즙으로 온통 빨개진, 갈색의 그 작은 손이라니! 얼굴은 늘 상기되어 있고 졸음이 가득하다. 남자들이 말을 걸면 깔깔거리며 웃는다…… 그리고 제이슨과 새러도 거기 서 있다. 첫 번째 창고 가까이 이글거리는 태양 아래 서서 그들의 토마토를 넘기고, 그 토마토가 포장 절차에 들어가 순식간에 모습을 감추는 것—분류하고, 싸고, 화차에 실려 사라지는—을 지켜본다. 얼마나 빠른지…… 퍼킨스 씨가 다부지고 재빠른 손을 내민다. 그리고 빠르게 혼든다! 얼마나 금세 그 모든 일이 끝나는지!

이불 아래, 있는 것 같지도 않은 새러는 잦아든 불에서 이따금씩 확 일어나는 불길처럼 토막토막 덱스터의 떠들썩한 축하를 생각하고 농익은 토마토를 떠올릴 수 있었다. 그러지 않을 때는 그저 추위만, 이전에도, 앞으로도 계속될 추위만을 생각했다. 지금 이곳의 한기는 그저 느낄 수밖에 없었는데, 그것은 전혀 생각할 거리가 아니라 어둠 속에서 덜덜 떠는 일이었을 따름이었다.

참아 가며 기침을 하고는 고개를 한쪽으로 돌렸다. 이불 위로 살짝 내다보니 화롯불이 결국 완전히 꺼진 게 보였다. 다 타 버린 발간 장작만 남았는데, 꼼짝도 않는 발갛고 구부정한 모습이 어쩐지 기우라고 던져 놓은 제이슨의 양말처럼 보였다. 그것 하나만을 위로 삼아 새러는 눈을 감고 잠에 빠져들었다.

부부는 이제 완전히 캄캄한 밤에 꼼짝도 않고 누워 있다. 서투른 늙은 곰이 고개를 까닥이며 나무를 기어오르려 법석을 떠는 듯한, 목이 잠긴 제이슨의 느릿느릿한 숨소리를 듣는 사람은 아무도 없었다.

시간이 갈수록 추위는 더욱 심해졌다. 이곳에는 내리지 않는 눈처럼 하얗고 강렬한 달은 긴긴밤 동안 점점 더 하늘 높이 올라갔고 땅에서는 점점 더 멀어져 갔다. 구불구불한 고랑에 심은 토마토 모종이 작은 혹 같은 집을 빙 둘러싼 농장은 자그마한 묵묵한 조개처럼 보였다. 내리누르는 하얀 손처럼 추위가 아래로 뻗어 와 조개껍데기 위에 내려앉았다.

덱스터에서는 한파가 몰려오면 요란한 호루라기를 분다. 어디서나 퍼킨스 씨의 호루라기로 알려져 있다. 이제 그 호루라기가 청명한 이 밤에 계속 울렸다. 시골 마을 전체에 농장 창문마다 불이 켜지기 시작했다. 퍼킨스 씨의 호루라기가 거듭 울리는 동안 남녀를 가리지 않고 밭으로 뛰어나와 있는 것이면 무엇이나 집어다 모종을 덮었다.

제이슨 모턴은 그 요란한 호루라기 소리에도 잠에서 깨지 않았다. 속 빈 나무에서 울리는 으르렁거림처럼 휑한 숨을 쉬며 계속 잠을 잤다. 어떤 깊은 꿈속에 들어갔었는지, 오른손이 밖으로 튀어나와, 방 한가운데로 움직인 한 조각 달빛을 받으며 찬 바닥에 놓여 있었다.

새러가 잠에서 깨어나기 시작했다. 퍼킨스 씨의 호루라기가 울리는 것을 알았고, 그게 무슨 뜻인지도 알았다. 이제 남은 건 제이슨을 깨워 밭에 나가는 일이었다. 느슨하게 풀어지는 느낌, 온기의 환상이 고집스럽게 그녀의 몸을 훑고 내려가 잠시 그녀는 그냥 가만히 누워 있었다.

그러고는 몸을 일으켜 앉아 한 마디 말도 없이 남편의 어깨를 쥐고 흔들었다. 그를 깨우느라 있는 힘이란 힘은 다 써야 했다. 으르렁거리는 숨소리가 멈췄고, 그가 기침을 하더니 일어나 앉았다. 그 역시 아무 말도 하지 않았고, 두 사람은 고개를 숙이고 앉아 호루라기 소리를 들었다. 잠깐 조용하다 다시 울렸는데, 점점 커지며 길게 울렸다.

제이슨과 새러가 재빨리 침대에서 나왔다. 추워서 옷을 다 입고 있는 채였으므로 신발만 신으면 되었다. 제이슨이 초롱에 불을 붙였고 새러는 이불을 팔에 걸치고 그를 따라 나갔다.

모든 게 다 하얘서, 얼어붙은 밭을 걸어가는 그들 눈에는 모든 게 끝없이 광대하게 펼쳐져 있는 것으로 보였다. 여름과 여름 사이에는 그냥 방치되어 긴 막대가 엎어져 있고 축은 뭉툭해진, 그늘진 구덩이 안에서 하얗게 빛나는 오래된 수수 방아가 꿈속의 기계처럼 서 있었다.

제이슨과 새러는 몸을 구부정히 숙이고 작은 모종을 만져 보고 땅을 만져 보았다. 자신들이 알고 있는 것과 손의 촉감으로 그들은 모든 게 다 사실임을 알았다. 추위가 닥쳤다는 것과 경보가 옳았다는 것, 그리고 행동에 나서야 했다는 것 모두. 모종 사이에 박아 놓은 막대 위로 이불을 하나씩 하나씩 덮었다. 천천히 머리를 써 가면서 잘 펼쳤다. 제이슨이 코트를 벗어서 집 옆에 심어진 작고 연약한 모종 위에 덮었다. 그러고는 새러에게 눈길을 주었고, 새러는 팔을 뻗어 원피스를 머리 위로 훌러덩 벗었다. 머리카락이 핀에서 풀려 흘러내렸고, 그녀는 곧바로 무지막지하게 떨기 시작했다. 다행히 옷이 길고 품이 넓었으므로 나머지 모종을 다 덮을 수 있었다.

새러와 제이슨은 잠시 서서 하릴없이 밭을 보고 하늘을 올려다보았다.

바람 한 점 없었다. 강렬하게 내리쬐는 하얀 달빛뿐이었다. 이 평온한 추위가 어째서 그들에게는 덫의 날처럼 살로 파고드는 걸까? 그들은 어깨를 움츠리고 말없이 집 안으로 다시 들어갔다.

집 안이라고 별로 따뜻하지도 않았다. 호루라기 소리가 얼마나 정신없이 울리는지 나가면서 문을 닫는 걸 잊었던 것이다. 앉아서 아침이 오기를 기다렸다.

그러다가 제이슨이 거의 하지 않던, 이상한 일을 했다. 아침이 오려면 멀었는데 불쏘시개에 등유를 붓더니 거기 불을 붙였던 것이다. 몸을 잔뜩 웅크리고 그 가까이 앉았다. 조금씩 서로 몸을 붙이고 그것이 다 타 버릴 때까지 꼼짝도 않고 앉아 있었다. 새러는 여전히 움직이지 않았다. 그런데 제이슨이 러닝셔츠와 파란색 긴 바지 차림으로 밖으로 나가더니 다시 한 무더기를 들고 들어왔다. 당연히 겨울 막바지를 위해 남겨 놓아야 하는 커다란 벚나무 장작이었다.

방이 지나치게 따뜻해지는 바람에 출하기의 텍스터를 떠올릴 때처럼 새러가 왠지 불안하게 들썩거리기 시작했다. 갈색의 긴 면 속치마를 입고 그 허리끈을 꼭 쥔 채로 몸을 웅송그리고 앉아 있었다. 이마 위쪽으로 색깔이 연해지는 짙은 회색 머리가 파티에 가는 아이 머리처럼 어깨까지 늘어져 있었다. 감각이 없는 덜렁거리는 가슴께로 무릎을 바투 끌어다 안고 타오르는 불을 빤히 들여다보는 그녀의 눈이 점점 커졌다.

제이슨도 화덕 앞 자기 자리에서 마찬가지로 불을 들여다보고 있었다. 잠깐이나마 피로함을 막거나 감추려는 양 빠르게 소리 없이, 가만히 숨을 쉬었다. 그가 팔을 들어 흉하게 생긴 손을 불 쪽으로 내밀었다.

드디어 장작이란 장작은 다 타서 없어졌다. 벚나무 장작이 다 재가 되었다.

갑자기 제이슨이 다시 벌떡 일어났다. 그 무엇도 아닌 쪽바닥 의자를 가져왔다. 마구 부숴서 조각을 냈다…… 그건 아주 밝게 잘도 탔다…… 새러는 입도 벙긋하지 않았고, 꼼짝도 하지 않았다……

다음엔 식탁이었다. 30년 동안 한자리를 지켜 왔던, 견고하고 안정된, 다리가 네 개 달린 그런 식탁이 그렇게 순식간에 다 타 버리다니! 새러는 춤추듯 일렁거리는 불꽃을 거의 탐욕스럽게 바라보았다.

그것도 다 끝나자 제이슨과 새러는 침대가 있었던 자리, 그 캄캄한 속에 앉아 있었는데, 전보다 더 추웠다. 식탁이 타오를 때의 불은 그들로서는 경이로웠다. 그들이 절대 말하지 않은 것, 말할 수 없었던 것 역시 결국 나름의 생명이 있었던 것처럼.

하지만 새러가 무릎을 다시 바투 가슴으로 모으며 덜덜 떨었다. 다시 겨울이 찾아오면서, 한밤의 추위가 찾아오면서, 두려움이랄까 허탈함이랄까, 완전한 무력감에 휩싸이는 느낌이랄까, 그런 기이한 무엇이 그녀를 사로잡았다. 불쑥, 고개도 돌리지 않은 채 그녀가 말했다.

"제이슨……"

그러고는 침묵. 하지만 곧 침묵을 깨며.

"들어 봐." 남편의 주저하는 목소리가 들렸다.

그들이 그전처럼 고개를 숙이고 가만히 있었다. 밖에서는 그들의 삶에서 뭐라도 더 짜낼 것처럼 호루라기 소리가 여전히 울리고 있었다.

히치하이커
The Hitch-Hikers

돌아다니며 사무 용품을 파는 서른 살의 톰 해리스는 정오가 좀 지났을 때 빅토리에서 나왔고, 미드나이트 앤드 루이스에 사람들이 있는 걸 봤지만 계속해서 멤피스 쪽으로 움직였다. 거기가 일종의 본사였고, 그날 밤 뭔가 하고 싶다는 생각을 하고 있었다.

저녁 무렵에 델타 지역을 반쯤 지났을 때 그는 두 명의 히치하이커를 태우기 위해 차의 속력을 줄였다. 한 사람은 오래된 나무뿌리처럼 발을 쭉 내밀고 길가에 가만히 서 있었지만, 다른 한 사람은 노란색 기타를 치고 있었고, 들판 위를 길고 곧게 뻗어 가는 늦은 오후의 햇빛이 기타에 닿아 반짝였다.

해리스는 운전을 하다 졸음이 오곤 했다. 길 위를 달리며 뭔가를 하면 마치 꿈속에서 하는 것 같았다. 그리고 하늘을 배경으로 기다리며 서 있는 히치하이커의 모습을 거듭해서 마주칠 때마다 어렸을 때 알았던 강렬한 느낌이 번쩍하며 찾아왔다. 자신을 건드릴 수 있는 건 없다는 듯 우쭐대며 가만히 서 있는데, 돌연 발아래서 세상이 동그란 구가 되어 빠르게 우주 공간에서 돌기 시작해. 서 있는 자신이 위태롭고 외로워지는 그런 느낌 말이다. 그가 차 문을 열었다.

"안녕하십니까?"

"안녕하세요?"

해리스는 히치하이커에게 거의 격식을 차려 말을 걸었다. 이제 다시 속력을 올리며 옆으로 조금 당겨 앉았다. 뒷좌석에는 사람이 탈 만한 자리가 전혀 없었다. 기타를 가진 남자는 기타를 다리 사이에 놓고 걸터앉다시피 했다. 해리스가 팔을 뻗어 딸각 라디오를 켰다.

"아, 음악!" 기타 주인이 말했다. 곧장 미소가 번졌다. "그 자리에서 거의 하루 종일 그렇게 있었어요." 그가 조용히 말했다. "해가 동에서 서로 움직이는 걸 다 봤죠. 물론 짬짬이 나무 아래 누워서 쉬기는 했지만요."

붉게 물든 구름 사이로 해가 지고 라디오 프로그램이 몇 번 바뀌는 동안 그들은 아무 말 없이 달리기만 했다. 해리스가 전조등을 켰다. 한번은 기타 주인이 라디오에서 나오는 알로하 보이스의 〈내 마음에 남은 한 송이 장미〉를 따라 부르기 시작했다. 그러다 쑥스러운지 중간에 뚝 멈추고는 굳은살이 박인 시커먼 손가락 끝으로 라디오 다이얼에 얼룩을 남겼다.

"사람들이 가진 커다란 전자 기타가 아주 맘에 들어요." 그가 말했다.

"어디로 가나요?"

"아마 북쪽?"

"북쪽으로 가는 길이에요." 해리스가 말했다. "담배 피울래요?"

다른 쪽 남자가 손을 내밀었다.

"음…… 웬만해선 안 피우는데." 기타 주인이 말했다.

예상 밖의 말에 해리스의 뺨이 씰룩했지만 그가 담뱃갑을 건네주었다. 세 사람 다 담배에 불을 붙였다. 말이 없는 남자는 그게 돈이라도 되는 양 엄지와 검지 사이에 낀 담배를 앞으로 내밀고 있었다. 담배를 피우는 것이 아니라 담배가 타는 걸 보고 있을 뿐임을 해리스는 알아챘다.

"이럴 수가! 또 밤이 되었잖아." 기타 주인이 사교적인 투의 놀라움이 담긴 목소리로 말했다.

"뭐라도 먹었어요?" 해리스가 물었다.

남자가 낮은 음 줄을 퉁기고는 그를 힐끗 보았다.

"산딸기요." 다른 남자가 말했다. 그게 그가 유일하게 한 말이었는데, 곰곰이 생각하는 듯 느릿느릿한 말투였다.

"먹음직한 토끼가 바로 옆을 깡충거리며 갔는데." 기타 주인이 해리스의 옆구리를 주먹으로 살짝 찌르며 말했다. "그런데 왔던 길로 다시 가 버렸어요."

다른 남자가 뭔지 알 수 없는 분노에 어찌나 푹 빠져 있는지, 해리스는 그가 토끼를 쫓아 목화밭 이랑을 뛰어 내려가는 모습이 떠올랐다. 그는 미소를 지었지만 돌아보지는 않았다.

"이제 잘 곳을 찾는 거죠, 그렇죠?" 그가 끈질기게 말을 걸었다.

다시 한번 기타 줄 퉁기는 소리가 나면서 그가 하품을 했다.

곧 작은 마을이 나타났다. 평지에 20마일에 걸쳐 불빛이 나타났다.

"저게 덜시인가?" 해리스도 하품을 했다.

"내가 지금까지 어떤 데서 잠을 잤는지 당신은 절대 모를걸요." 그 남자가 의자에서 몸을 돌려 해리스를 똑바로 보며 말했는데, 얼굴에 가득한 웃음기가 도로 표지판 불빛 아래 묘하게도 놀리는 것처럼 보였다.

"난 햄버거를 먹을까 하는데요." 해리스가 반사적인 회피의 동작으로 표지판 아래에서 차를 도로 밖으로 몰며 말했다. 창밖으로 눈길을 돌리자 빨간 바지를 입은 젊은 여자가 자동차 발판으로 뛰어올랐다.

"햄버거 셋, 맥주 셋?" 그녀가 고개를 들이밀고 미소를 지으며 물었다. "안녕하세요." 해리스에게 인사를 했다.

"잘 있었어?" 해리스가 물었다. "그렇게 줘."

"이런." 기타 주인이 말했다. "어린 선원의 빨간색 반바지잖아." 해리스는 기타 줄이 울리나 귀를 기울였지만 아무 소리도 나지 않았다. "하지만 예쁘지는 않군." 그가 말했다.

음식점 스크린도어가 끼익 소리를 내며 열리고 남자가 큰 소리로 불렀다. "이봐, 어서들 들어오라고. 여기 여자도 있어."

해리스가 라디오를 껐고, 창문에 파랑, 빨강, 초록 불을 연이어 비추는 음식점 안의 주크박스에서 나오는 소리가 들려왔다.

"안녕하세요." 여종업원이 쟁반을 들고 나오며 다시 말했다. "비가 올 것 같네."

그들은 한 마디 말도 없이 허겁지겁 햄버거를 먹었다. 식당에서 여자 하나가 손으로 창틀에 몸을 의지하며 밖을 내다보았다. 바로 뒤쪽에서 여전히 같은 한 쌍의 남녀가 계속 춤을 추고 있었다. 금관악기 비슷한 연주 소리와 함께 〈사랑, 오 사랑, 오 경솔한 사랑〉이라는 스윙 재즈 노래가 나왔다.

"어딜 가나 똑같은 노래라니까." 기타 주인이 가만히 말했다. "난 완전히 산에서 내려온 사람이지…… 닭 대신 부엉이가, 길든 개 대신 여우가 있지만 노래는 진실한 노래를 부른다고."

그가 말을 할 때마다 해리스의 뺨이 실룩거렸다. 그는 조그만 일에도 재미를 느꼈다. 또한 어떤 식으로든 마음을 털어놓으려는 시도를, 그러다 다시 황급히 단호하게 물러나는 것을 알아챘다. 그리고 누구든 말을 하면 할수록, 그는 기꺼이 들어 주는 입장이 되었다. 저이의 기타 연주를 들어 봐야겠군, 그가 생각했다. 듣는 일은 그가 수많은 밤낮을 보내는 사이 일종의 패턴이 되어 돈을 꺼내려 주머니에 손을 집어넣듯이 거의 자동이었다.

"저건 거의 발라드나 똑같은데." 손가락에 묻은 겨자 소스를 핥으며 남자가 말했다. "우리 엄마가 발라드라면 죽여줬어요. 미장이 흙손처럼 허리가 가늘었지만 성량은 끝내줬다니까요. 온갖 노래를 다 알았어요. 돌아가신 지 벌써 한참 되었지만. 아버지가 법원에서 술에 취해 외바퀴 수레처럼 비틀거리며 집에 오면 엄마는 그냥 짐을 싸서 현관 계단에 나가 앉아 언덕을 바라보며 노래를 했어요. 아는 걸 다 노래로 표현했죠. 이젠 돌아가신 지 한참 되었고 집도 다 불타 없어지고." 그가 맥주를 꿀떡꿀떡 마셨다. 발로 바닥을 톡톡 두드리면서.

"이걸로, 여기 어디 머물면서 이걸로 돈을 벌 수는 없나요?" 해리스가 기타 줄을 건드리며 물었다.

그들이 단순한 히치하이커가 아니라는 것을 즉시 알아본 것은 당연히 기타 때문이었다. 그들은 떠돌이였다. 아예 본격적으로 그 길에 나선 이들이었다. 두 사람 다. 하지만 기타 줄을 건드리자, 자신이 차를 세워 그들을 태운 것은 이 노란색 기타, 떠돌이의 팔에 들려 있던 화사하고 당당한 기타 때문이었다는 것을 어렴풋이 깨달았다.

기타 주인이 손바닥으로 찰싹 기타를 때렸다.

"이 나무통요? 나 혼자 좋아서 하는 거예요."

해리스가 기분 좋게 웃었지만, 왠지 그를 계속 놀려서 자신이 자유로운 영혼이라는 맹세를 하게 만들고 싶은 마음이었다.

"어디 머물면서 연주하지 않는다고요? 사람들이 춤도 출 수 있을 텐데? 노래도 다 알면서?"

이제 상대방이 껄껄 웃었다. 몸을 돌리더니 옆의 사람이 자기 말을 듣지 못하는 것처럼 말했다. "뭐, 지금으로선 **이 사람**이 있어서 말이죠."

"이 사람?" 해리스가 앞쪽을 뚫어지게 보았다.

"투덜거릴 거예요. 쓸데없는 짓 하며 돌아다니는 거 안 좋아해요. 잘되기를 바라니까. 파트너들은 항상 특별한 생각이 있잖아요."

다른 떠돌이가 트림을 했다. 해리스가 경적 위에 손을 올렸다.

"빨리 온 거예요." 가슴에 붙은 하트 모양 주머니를 열고 공손하게 그 안에 팁을 넣으며 여종업원이 말했다.

"오우, 강이여!" 기타 주인이 소리쳤다. 그들이 다시 찻길로 들어서자 다른 떠돌이가 맥주병을 들었고, 입에 음식을 가득 넣은 채 뭔가 간청하듯이 기타 주인을 빤히 보았다.

"차를 돌려요. 사비가 맥주병 돌려주는 걸 잊었대요. 다시 돌아가요."

"이미 늦었어." 해리스가 약간 단호하게 말하면서 속력을 높여 덜시로 들어갔다. 이제 저자에게서 지시를 받게 생겼구먼, 이렇게 생각하면서.

해리스가 광장의 딕시 호텔 앞에 차를 세웠다.

"고맙습니다." 기타를 집어 들며 남자가 말했다.

"여기서 기다려요."

그들은 보도에 서 있었는데, 하나는 가로등 불빛 아래, 다른 하나는 남부 연합군 군인의 동상 그림자 속에 있었다. 둘 다 순순히 응했고 먼지내를 풀풀 풍기고 한숨을 쉬며 시키는 대로 했다.

해리스가 마당을 가로질러 한 단짜리 계단을 올라 호텔로 들어갔다.

얼굴과 손에 온통 자잘한 검은 주근깨가 가득한 백발의 호텔 주인 진 씨가 고개를 들면서 동시에 팔을 내밀었다.

"왔구먼." 그가 환하게 웃으며 말했다. "거의 한 달이라고, 그렇잖아도 막 얘기를 하고 있었는데."

"진 씨, 난 그냥 가야 하는데 밖에 남자 둘이 있어요. 문제는 없어요. 그냥 오늘 밤 잘 데가 없을 뿐이지. 여기 뒤쪽 포치 있잖아요."

"그럼, 밖에서 자기에 아주 멋진 밤이지!" 진 씨가 우렁차게 외치더니 소리 없이 웃었다.

"방에서 자면 침대에 벼룩 옮길 거예요." 해리스가 자기 손등을 보여 주며 말했다. "하지만 그 낡은 포치 있잖아요. 그거 괜찮아요. 나도 한 번 거기서 잤는걸요. 어쩌다 그랬는지는 기억이 안 나지만."

호텔 주인의 입에서 폭포수처럼 웃음이 쏟아졌다. 그러더니 갑자기 정신을 차리고 말했다.

"물론이지. 알겠네." 그가 말했다. "잠깐, 마이크가 아파. 이리 와, 마이크. 해리스 아저씨가 지나가는 길이라네."

마이크는 엄청 나이가 든 콜리 개였다. 문간에 깔린 조각보 깔개에서 일어나더니 마치 탁자가 걷는 것처럼 뻣뻣하게 갈색 사각형 양탄자 위로 걸어와 두 남자 사이를 비집고 들어왔다. 긴 머리를 진 씨의 손과 해리스의 손으로 계속 번갈아 움직였고 해리스의 손바닥에 턱을 지그시 눌렀다.

"아픈 거야, 마이크?" 해리스가 물었다.

"이제 나이가 많아 죽을 때가 된 거지, 그런 거야!" 화가 난 말투로 주인이 불쑥 내뱉었다.

해리스가 개를 쓰다듬기 시작했는데, 친숙하던 손길이 느려지면서 머뭇거렸다. 마이크가 곁눈질로 올려다보았다.

"기운이 하나도 없잖아. 그렇지?" 진 씨가 애처롭게 말했다.

"저기요." 현관에서 목소리가 들려왔다.

"들어와, 케이토. 불쌍한 우리 마이크 좀 봐." 진 씨가 말했다.

"저게 당신 차인 줄 알았어요, 해리스 씨." 젊은이가 말했다. 그는 초조한 듯 빙 크로스비 사라사 셔츠를 마치 진짜 셔츠인 양 바지 안에 집어넣으려 했다. 그러더니 고개를 들고 말했다. "저자들이 당신 차를 훔쳐 가려 했어요. 차를 몰고 좀 내려가다가 한 사람이 다른 사람 머리를 병으로 내리쳐서 머리가 완전 깨졌어요. 난리 법석이 나서 들렸을 법도 한데. 사람들이 다 나와 있어요. '저거 톰 해리스 씨 차인데. 타지 번호판도 그렇고, 항상 싣고 다니는 저 물건들도 그렇고. 지금은 피투성이네.' 내가 그랬죠."

"죽진 않았어." 해리스가 차의 좌석에 무릎을 꿇고 앉아 말했다.

기타 주인이었다. 천장의 실내등이 켜져 있었다. 깨진 머리에서 피를 줄줄 흘리며 기타 위에 꼬꾸라져 있었다. 다리는 기타 주위를 둥글게 감싸고 팔은 양편으로 벌린 채 몸 전체가 안장 없이 말 타는 사람처럼 축 처져 있었다. 1미터도 안 되는 거리에 있는 다른 남자의 얼굴을 알아볼 수 있었다. 기타 주인이 사비라고 불렀던 남자가 도로 경계석에 서 있었고, 별 필요도 없는데 두 남자가 그를 붙들고 있었다. 오른손에 여전히 맥주병을 들고 있다는 점만 빼면 거기 모인 구경꾼들보다 더 구경꾼처럼 보였다.

"저 사람을 후려치려는 것 같았어. 저자가 저자를 기타로 후려쳤을 거라고." 누군가 말하는 목소리가 들렸다. "누굴 후려치기에 정말 좋지 않겠어. 빡!"

"내가 파악한 바로는 말이야." 어떤 여자가 남편에게 전말을 알려 주려는 듯 째지는 목소리로 말하는 게 들렸다. "저 두 사람을 그냥 두고 간 거야. 그래서 저쪽에 저 사람이 차를 몰고 도망가려 한 거지. 그러니까 나쁜 놈이고. 그래서 좋은 놈이 그런 거야. '아냐, 그러면 안 돼.'"

아니면 그 반대일까? 해리스가 몽롱하게 생각했다.

"그래서 다른 쪽이 죽어, 픽! 그런 거지. 그래서 머리를 후려친 거야. 얼마나 멍청해. 영화가 끝나서 사람들이 쏟아져 나오는 데서."

"차 열쇠 누가 가졌어!" 해리스가 계속 그렇게 소리치고 있었다. 그는 거의 무의식중에 남자를 받치고 있던 기타를 발로 차서 빼내고 뭔가로 머리를 눌러 출혈을 막았다.

다 무너져 가는 작은 병원이 어디 있는지 그에게 알려 줄 필요는 없었다. 델타에 갈 때 한 번 간 적이 있었으니까. 순경 하나가 종종걸음으로 뒤를 따르다가 안경을 한 손에 얌전히 꼭 말아 쥔 채 차 발판에 올라탔고, 수갑을 찬 사비는 다른 순경에게 끌려 따라왔다. 꽃무늬 셔츠를 입은 남자아이들이 자전거를 몰고 길게 열을 지어 따라오며 헤드라이트 불빛 속을 들락날락했고, 빗방울은 떨어지고 저 뒤쪽 호텔에서 진 씨는 뭔가 항변하듯 소리를 치고 마이크는 다른 개들이 짖자 따라 짖기 시작하는데, 해리스는 젖은 손으로 경적 위를 지그시 누르고 나무가 늘어선 긴 거리를 따라 조심스럽게 운전했다.

나이 든 의사가 인도를 걸어 내려와 차까지 와서 천천히 기타 주인의 어깨를 잡았다.

"곧 죽을 거라고 봐." 흑인 아이의 침통한 목소리가 들렸다. "그럼 저 나무통은 어떻게 되는 거지?"

2층 건물의 2층 방에서 해리스는 깨끗한 옷으로 갈아입었다. 진 씨가 침대에 누워 있고 마이크가 그의 배 위로 늘어져 있었다.

"아까 올 때 매고 있던 크리스마스 넥타이가 엉망이 됐구먼." 호텔 주인이 가쁜 숨을 몰아쉬며 말했다. "그 때문에 마이크가 완전 진이 빠졌어, 정말로." 그가 한숨을 쉬었다. "버드 밀턴이 그 중국인을 쐈던 때 이후로 마이크가 짖은 게 처음이야." 그가 고개를 들어 호텔 위스키를 한 모금 가득 들이켰고, 따스한 갈색 눈에 눈물이 어렸다. "베란다에서 그 짓을 했으면 어쨌겠어."

전화가 울렸다.

"봐, 자네가 여기 있는 걸 다들 안다니까." 진 씨가 말했다.

"루스?" 그가 수화기를 들고 말했는데, 목소리가 미안해 죽겠다는 투였다.

하지만 그것은 주인을 찾는 전화였다.

그가 전화를 끊고 말했다. "저 땅꼬마, 도대체 사태 파악이 안 된다니까. 순경 말이야. 구치소에 이미 흑인 하나를 집어넣어 놔서 맥주병 든 이놈을 어디다 가둬 놔야 하나 찾아다니다가, 그래 겨우 생각해 낸 게 호텔이란 말이야!"

"망할, 나랑 같이 여기서 밤을 보낼 거란 거예요?"

"그래, 거의 그런 얘기지. 건너편 방에. 맞은 사람은 죽을 수도 있다는데. 순경 말이 마을에서 열쇠로 잠글 수 있는 데가 은행 아니면 여기밖에 없다네."

"지금 몇 시죠?" 해리스가 뜬금없이 물었다.

"아, 별로 늦지 않았어." 진 씨가 말했다.

마이크가 나가도록 그가 문을 열었고, 마이크를 따라 두 사람이 천천히 계단을 내려갔다. 층계참 불은 꺼져 있었다. 해리스가 반쯤 열린 낡은 스테인드글라스 창문으로 밖을 내다보았다.

"저거 비 오는 건가요?"

"해 지고 나서부터 계속 왔는데 자네는 전혀 알아채지 못했구먼. 그럴 만도 하지." 카운터에서 그가 갈색 꾸러미를 내밀었다. "받아. 케이토한테 자네 줄 멤피스 위스키를 사 오라고 했지. 뭔가 할 일이 있어야 했으니까."

"고마워요."

"나중에 봄세. 아침 일찍 나서지는 않겠지. 그런 짓을 해도 꼭 자네 차에서 하다니, 정말 유감이야."

"괜찮아요." 해리스가 말했다. "이거 좀 마시는 게 좋을 텐데."

"그걸? 난 그냥 뻗어 버릴 거야." 진 씨가 말했다.

편의점에서 해리스가 루스에게 전화를 했다. 그 마을에 사는 아는 여자였는데, 집에서 파티를 열고 있었다.

"톰 해리스! 하늘이 보내 주셨네!" 그녀가 소리쳤다. "도대체 이 아가, 캐럴을 어떻게 해야 하나 고심하고 있었는데!"

"뭐가 문제인데?"

"지금 짝이 없어."

파티에 있는 사람 몇몇이 번갈아 인사를 했다. 그가 잠시 듣고만 있다가 그리로 가겠다고 말했다.

이 때문에 병원에 전화 거는 게 늦어졌다. 5센트 동전 하나를 더 넣었다…… 기타 연주자에 대해 이렇다 할 새로운 얘기는 없었다.

"이미 얘기했다시피." 의사가 말했다. "여긴 수혈을 할 시설이 없고, 그렇잖아도 많이 움직였으니 여기서 멤피스로 데려가는 건 어림도 없어요."

차를 사용하지 않으려고 걸어서 파티가 열리는 곳으로 가는데, 어둡고 축축한 거리에 들리는 소리라고는 그의 발자국 소리밖에 없었다. 나무 사이로 안개처럼 흩뿌리는 빗속에서, 희미하게 빛나는 채광창으로만 구별이 될 뿐 형체를 알아볼 수 없는 집들이 제대로 눈에 들어오지도 않아 그는 자신이 지금 어느 마을에 있는 건지, 어느 집을 찾아가고 있는 건지도 거의 기억이 나지 않았다.

짙은 색의 긴 드레스를 입은 루스는 열린 문에 기대서서 웃고 있었다. 안쪽에서는 적어도 두 사람이 피아노로 듀엣 연주를 하는 소리가 흘러나왔다.

"이런 식으로 홀딱 젖어서 온다니까!" 그녀가 어깨 너머로 안쪽을 향해 외쳤다. 뒷짐을 지고 기대 있었다. "귀여운 파란색 차는 어쩐 거야? 선물을 가져올 줄 알았는데."

그가 그녀와 함께 집 안으로 들어가 악수를 했고, 종이봉투에 싼 술병을 탁자 위에 놓았다.

"절대 잊는 법이 없어!" 루스가 외쳤다.

"위스키 마시자!" 모두가 다시 시끌벅적 떠들었다.

"그래서 이분이 다들 시도 때도 없이 얘기하는 유명한 '그 사람'이 군요." 흰 드레스를 입은 여자가 입을 삐죽거리며 말했다. "네 사촌이라도 되는 거야, 루스?"

"전혀 관계없어. 그냥 방랑자일 뿐이지." 루스가 말하면서 해리스의 손을 잡고 부엌으로 갔다.

내가 왔을 때 사람들이 날 '너'라고 불렀으면 좋겠어. 물린 듯한 기분으로 그가 생각했다.

"좀 많은 일이 있었어." 그녀가 그렇게 말하며 그가 새로 딴 술을 잔에 따르는 사이 그에게 소식을 들려주었다. 전혀 그를 탓하지 않고, 자기 기분은 신경도 안 쓴다는 그런 불평도 하지 않는 것으로 보아 그녀가 그의 차에서 벌어진 일에 대해 아직 들은 바가 없는 게 확실해 보였다.

그녀가 그를 찬찬히 뜯어보았다. "어디서 이렇게 새카맣게 탄 거야?"

"지난주에 걸프만 해안에 갔다 왔어."

"뭘 했는데?"

"뭐 맨날 하는 일이지." 그가 웃었다. 그러고는 베이세인트루이스*에서 있었던 웃긴 일을 들려주기 시작했다. 눈이 맞아 도망가는 한 쌍의 남녀가 주택가에서 그의 차를 세워, 옆 마을까지 태워 주지 않으면 자기들이 헤어질 거라고 협박을 했다는 얘기였다. 그러고는 돌아다니다 들렀던 다른 장소들에 대해 들려줄 때 루스 표정이 어떠했는지가 그에게 떠올랐다. 집 안 어딘가에서 전화가 계속 울렸고, 그는 무의식

* 미시시피주의 해안가 도시.

중에 놀라 펄쩍 뛰었다. 아무도 전화를 받지 않았다.

"당신 술 끊어야 한다고 봐." 그녀가 병을 집어 들며 말했다.

"마셨다 끊었다 하지." 그가 그녀에게서 병을 빼앗아 잔에 따랐다.
"그래서 내 짝이 어디 있어?"

"아, 릴랜드에 있어."

그들 모두가 두 차에 나눠 타고 그쪽으로 갔다.

그녀는 작고 가냘픈 여자였다. 잠옷을 작은 가방 같은 데에 넣어
들고 나왔다. 경적을 울리자 그가 집 안으로 들어가기도 전에 밖으로
나왔다……

"다리에 올라가서 소리 지르자." 앞쪽 차에서 누군가 말했다.

그들은 안개 자욱한 들판을 가로질러 좁은 자갈길을 따라 몇 마일
을 달렸고, 어딘지 모르는 허허벌판의 다리에 이르렀다.

"춤추자." 한 남자가 말했다. 그가 캐럴의 허리를 끌어안았고, 두 사
람은 나무다리 위에서 탱고를 추기 시작했다.

"나 보고 싶었어?" 루스가 물었다. 그녀는 길에 남아 그의 옆에 서
있었다.

"야호!" 그들이 소리를 질렀다.

"소리가 어떻게 다시 돌아오는지 알고 싶어." 한 여자가 말했다. "아
무것도 없잖아, 어디에도. 내 친척 중에는 그게 들리지 않는다는 사
람도 있어."

"그래, 재밌는 일이지." 해리스가 담배를 문 채 말했다.

"옛날에 행방불명된 오래된 증기선이라는 얘기도 있어."

"그럴 수도 있겠지."

그들은 차를 타고 돌아다니면서 비가 혹시 그치려나 기다렸다.

루스의 집으로 돌아와 불 켜진 방에 들어왔을 때 그는 자신의 짝인 캐럴이 묘한 눈길로 자신을 쳐다보는 걸 보았다. 쟁반을 들고 그녀에게 마실 것을 갖다주는 참이었다.

"당신이 다들 그렇게 입이 닳도록 얘기하는 바로 그 사람이에요?" 그녀가 손을 내밀기 전에 물었다.

"그래요." 그가 말했다. "먼 데서 왔으니까." 그가 약간 과장된 동작으로 쟁반에 있는 가장 독한 술을 그녀의 손에 들려 주었다.

"빨리 와!" 루스가 외쳤다.

루스가 식품 저장실에 들어와 그가 쟁반에 음료를 더 올리는 동안 곁에 서 있었고, 그를 따라 주방으로 나왔다. 나에 대해 뭐 궁금한 게 있는 건가? 그가 생각했다. 그들이 그냥 가까이 서 있을 때 잠깐 그녀의 입이 벌어지더니 멍하니 저 멀리를 응시했다. 질투 때문에 아무 신경도 안 쓰게 된 모양이었다. 뒤 포치에서 들이치는 비바람에 머리가 흩날렸다.

마치 어떤 환상에 이끌리듯 그가 쟁반을 내려놓고 그녀에게 두 히치하이커 얘기를 했다.

그녀의 눈이 반짝 빛났다.

"뭐 그런 멍청한 짓이!" 그가 쟁반을 집으려는데 격분한 그녀가 그것을 낚아챘다.

다시 전화가 울리기 시작했다. 루스가 그를 잔뜩 노려보았다.

마치 그가 히치하이커와 선약이라도 한 것처럼.

다들 부엌 문간으로 와서 그들과 마주 섰다.

"아하!" 남자들 중 하나인 잭슨이 외쳤다. "그자가 당신네 여자들을 속이려는 거야. 루스, 방금 누가 전화해서 톰 차에서 살인이 벌어졌단 얘기를 했어."

"그 사람 죽었나?" 해리스가 움직이지 않고 물었다.

"다 알고 있어!" 두 뺨이 발갛게 달아오른 루스가 소리를 질렀다. "해리스가 다 얘기했어. 차를 아주 망쳐 놓은 거야. 그렇지?"

"그런 말도 안 되는 일에 엮이지 않겠느냐고?"

"너무 착해서 그런 거야." 캐럴이라는 그의 짝이 하이볼 잔에 대고 울리는 목소리로 말했다.

"누가 전화했지?" 해리스가 물었다.

"대거트 부인이지. 허구한 날 전화해 대는 백 살도 더 먹은 할망구 말이야. 그 자리에 있었대."

해리스가 의사의 집으로 전화를 걸어 자는 의사 부인을 깨웠다. 기타 연주자는 여전히 그 상태라고 했다.

"정말 흥미진진한데, 다 얘기해 줘 봐." 뚱뚱한 젊은 남자가 말했다. 그는 50마일 떨어진 강 위쪽에 사는데 브리지 놀이를 하지 않을까 싶어 내려왔다는 걸 해리스는 알았다.

"그냥 싸움이 난 거였어."

"아, 얘기 안 해 줄걸. 얘기라고는 하는 법이 없으니까." 루스가 말했다. "내가 말해 줄 테니 가서 술이나 가져와."

그래서 그 사고가 얘깃거리가 되었다. 해리스는 만사가 너무 피곤해지기 시작했다.

"하여튼 맨날 누군가와 엮이고 뭔 일이 일어나는 거 보면 정말 놀랍다니까." 완전히 침울한 눈빛으로 루스가 말했다.

"오, 완전히 내 타입이야." 캐럴이 말하고는 뒤 포치로 나가 섰다.

"혹시 내일도 여기 있을 건가?" 루스가 해리스의 팔을 잡으며 말했다. "여기서 좀 더 머무를 건가?"

"그가 죽는다면." 해리스가 말했다.

그가 모두에게 작별 인사를 했다.

"다 같이 그린빌에 가서 콜라 마시자." 루스가 말했다.

"아냐." 그가 말했다. "잘 자."

"'오우 강이여.' 그 남자가 그렇게 말하지 않았어?" 흰 드레스를 입은 여자가 말했다.

"맞아." 비를 맞으며 해리스가 말했다. 거기서 밤을 지내는 것도, 차로 호텔에 데려다준다는 것도 거절했다.

사슴뿔이 걸린 호텔 로비에서 진 씨는 카운터 위의 전화기 옆에서 등불을 받으며 엎드려 자고 있었다. 자고 있을 때면 왠지 주근깨가 더 새카맣게 보였다.

해리스가 그를 깨웠다. "들어가서 자요." 그가 말했다. "어떻게 하겠대요? 뭐 별다른 일이라도?"

"그 몹쓸 놈이 지금 202호에 있다는 얘기를 해 주려고 그랬지. 침대에 수갑으로 묶어 놓고 이중으로 잘 잠가 놓긴 했지만, 그래도 알려 주고는 싶어서."

"아, 정말 고마워요."

"신사라면 당연히 해야 할 일이지." 진 씨가 말했다. 취해 있었다. "같은 지붕 아래 어떤 놈이 자고 있는지 주의를 줘야 하니까."

"고마워요." 해리스가 말했다. "곧 해가 뜰 거예요. 그러니."

"불쌍한 마이크가 잠을 못 자." 진 씨가 말했다. "숨을 쉴 때 뭘 긁어대는 소리가 나. 저쪽 남자는 숨이 끊어졌나?"

"여전히 의식이 없어요. 똑같아요." 해리스가 말했다. 주인이 건네준 열쇠 꾸러미를 받았다.

"자네가 가지고 있어." 진 씨가 말했다.

바로 다음 순간 해리스는 그의 손이 떨리는 걸 보았고, 그래서 열쇠를 받았다.

"살인자!" 진 씨가 숨죽여 내뱉었다. 주근깨가 몽땅 곤두서는 것처럼 보였다. "여기 있다고…… 할 말은 한 마디도 없겠지만……"

"아직 살인자는 아니에요." 해리스가 웃음을 지으며 말했다.

202호 앞을 지나가는데 아무 소리도 들리지 않았고, 듣는 사람도 없는데 병원 앞에서 수갑을 찬 채 사비가 내뱉었던 말이 떠올랐다. "까딱하면 이래라저래라 하고 뭐만 했다 하면 수선을 떠는 데 신물이 났을 뿐이라고."

해리스는 방에 들어가 옷도 벗지 않고 불도 끄지 않은 채 침대에 누웠다. 너무 피곤해서 잠이 오지 않았다. 갓도 없는 전구 불빛에 눈이 부셔 잘 보이지도 않는 채로 텅 빈 하얀색 회벽과 아무것도 없는 서랍장 위의, 마찬가지로 하얀 거울을 뚫어지게 보았다. 곧 일어나서는 방에서 뭐든 움직이고 소리를 냈으면 해서 천장 선풍기를 켰다. 어딘가 망가졌는지 돌 때마다 딸가닥 소리가 났고, 죽 그랬다. 그는 옷을 입은 채로 그 아래에 꼼짝도 하지 않고 누워 무의식중에 선풍기가 돌아가는 박자에 맞춰 숨을 쉬고 있었다.

문득 눈을 감았다. 눈을 감으니, 그 붉은 어둠 속에서 인내심이란 인내심이 모두 빠져나가는 게 느껴졌다. 마치 욕망의 시작과도 같았다. 하트 모양 주머니에 돈을 집어넣었던 여자가 떠올랐고, 뒷짐을

지고 기대선 루스, 아무런 의미도 없던 그 불편한 소유욕도 떠올랐다. 그 무엇도 자신을 붙잡지 못하리라는 걸 알았다. 생각이 두 방랑자들과 그들의 갈등으로 옮겨 가, 자신이 등을 돌리자마자 난데없이 터져 나온 그 잔인성이 기이하면서도 불쌍한 생각이 들게 된 것은 거의 다행스러웠다. 결국 어떻게 될까? 이런 긴장감 속이라야 자기 삶의 무력함이 그나마 받아들일 만했다.

이 밤에는 아무것도 용서할 수 있을 것 같지 않았다. 하지만 결과적으로 위안을 얻든 더 절망하게 되든, 옷을 입은 채 침대에 누운 이 상태에서 벗어나기에는 이 밤은 여타의 밤들과 너무 똑같고 이 마을은 여타의 마을들과 너무 똑같았다. 비까지도. 비가 내리는 적이 많았고, 파티가 있는 적도 많았고, 자신이 한 건 아니지만 다른 폭력이 벌어진 적도 많았고. 그의 차 안에서 벌어지지 않았던 다른 싸움들, 그렇게까지 무의미한 것은 아니었던. 싸움이든, 예고도 없이 튀어나온 고백이든, 갑작스러운 성관계든, 그 어느 것도 그가 한 일은 아니었고, 그가 계속할 일도 아니었고, 단지 지나치는 이런 마을에 사는 사람들에게 속한 일이었다. 뿌리박힌 그들의 과거와 흉내 낸 소풍에서 나오는, 그들의 시간에서 생겨난. 그 자신에게는 시간이 없었다. 묶인 데 없이 자유롭고, 그래서 무력했다. 기타 연주자 상태가 어떤지 알았으면 좋겠는데. 아직도 의식이 없는지, 고통스러워하는지.

그가 침대에서 일어나 앉더니 벌떡 일어나 창문가로 걸어갔다.

"톰!" 밖의 어둠 속에서 목소리가 들렸다.

자동으로 그가 대답을 하고 귀를 기울였다. 여자였다. 모습이 보이지는 않았지만, 분명 호텔 옆에 펼쳐진 작은 잔디밭에 서 있을 것이었다. 발이 다 젖으면 폐렴에 걸릴 텐데, 그가 생각했다. 그리고 너무 피곤했기 때문에 다른 마을의 딴 여자라고 생각했다.

내려가서 잠긴 문을 열었다. 뭔가에 확 밀쳐진 듯 여자가 로비 중간까지 달려들어 왔다. 파티에 있던 캐럴이었다.

"다 젖었잖아요." 그가 말하면서 그녀를 만져 보았다.

"계속 비가 오잖아요." 그녀가 뒷걸음질을 치며 그를 올려다보았다. "괜찮아요?"

"괜찮아요." 그가 말했다.

"궁금해서요." 그녀가 안절부절못하며 말했다. "불 켜진 방이 당신 방일 거라고 생각했어요. 괜히 다른 사람들을 깨우고 싶진 않았고요." 사비는 자고 있을까? 그가 속으로 생각했다.

"술 한잔할래요? 아니면 올나이트에 가서 콜라 마실래요?" 그가 물었다.

"아직 열려 있어요." 그녀가 손짓을 하며 말했다. "올나이트 아직 열려 있다고요. 방금 오면서 봤어요."

그들은 안개 속으로 걸어 나갔고, 그녀는 그가 걸쳐 주는 외투를 말없이 손사래를 치면서도 그냥 입었다. 어두운 거리에서 술 취해 하는 식이라기보다는 여성스럽게.

"파티에서 저 기억 못 하시더라고요." 그녀가 말했고, 그가 탄성을 질렀을 때도 쳐다보지 않았다. "사람들 말이 당신은 절대 사람을 잊는 일이 없다고 하던데, 그래서 어쨌든 그 점에선 사람들 생각이 틀렸다는 걸 알았죠."

"틀릴 때가 많죠." 그가 말하고는 서둘러 덧붙였다. "누구시죠?"

"예전에 여름마다 걸프만 연안의 매닝 호텔에서 지냈었잖아요. 전 그땐 어렸지만. 캐럴 템스예요. 그냥 춤추고 놀았는데, 당신은 막 여기저기 돌아다니기 시작했을 때고, 그렇게 다니는 중이었고, 그래도 당신이—당신이 중간에 얘기를 했어요."

그에게서 짧은 웃음이 나왔지만 그녀가 덧붙여 말했다.

"당신 얘기를 했죠."

비에 젖은 높은 교회 앞을 지나고 있었고 발자국 소리가 울렸다.

"아, 그렇게 오래된 일도 아니에요. 5년 전이죠." 그녀가 말했다. 목련 아래에서 그녀가 손을 내밀어 그를 멈춰 세웠고, 아이 같은 얼굴로 그를 올려다보았다. "그래도 오늘 밤 당신을 다시 보았을 때 어떻게 지내는지 알고 싶었어요."

그는 아무 대꾸도 하지 않았고, 그녀가 말을 이었다.

"예전에 피아노를 쳤었잖아요."

그들이 가로등 아래를 지나갔고, 그의 뺨이 살짝 씰룩거리는 걸 보려는 듯 그녀가 슬쩍 그를 올려다보았다.

"사람들이 춤을 췄던 커다란 포치에서." 그녀가 계속 걸음을 옮기며 말했다. "종이 등불⋯⋯"

"내가 그게 기억이 안 난다는 건 일단 분명한 사실인데." 그가 말했다. "당신이 사람을 잘못 봤을 수도 있어요. 사촌이 무지하게 많은데 다들 피아노를 치죠."

"당신이 피아노 건반에 손을 올리고 있는 품은 '자, 피아노는 이렇게 치는 거야!'라고 말하는 식이었어요." 그녀가 그렇게 외치고는 고개를 돌렸다. "하지만 내가 당신한테 홀딱 반했던 것 같아요."

"그때 나한테 반했었다고요?" 그가 성냥을 긋고 이 사이에 담배를 물었다.

"아니에요—맞아요, 지금도 그렇고요!" 마치 누군가 그를 거절하라고 몰아대기라도 한 양 그녀가 날카롭게 외쳤다.

그들은 쉼 없는 스위처 기관차가 쉭쉭거리는 작은 기차 차고에 다다라 어둑한 거리를 건넜다. 과거와 현재가 이렇게 만나는군. 그가 생각했다. 자주 있었던 일이 아닌데, 아마 앞으로도 다시 일어나지 않을 테고. 그가 그녀의 팔을 잡고 올나이트의 지저분한 스크린도어 사이로 이끌었다.

그가 카운터에서 기다리는 동안 그녀는 벽에 붙은 테이블에 앉아 손수건으로 얼굴 전체를 닦았다. 그가 약간 멀리서부터 그녀에게 미소를 보이며 블랙커피를 손수 테이블로 가져갔다. 거대한 나무를 잘라 내는 그림이 있는 달력 아래 자리를 잡았다.

별말은 없었다. 파리 한 마리가 그녀를 귀찮게 했다. 커피를 다 마신 뒤 그는 기차 차고 앞에 늘 서 있는 오래된 캐딜락 택시에 그녀를 태웠다.

택시 문을 닫기 전에 그가 얼굴을 찡그리며 말했다.

"고맙게 생각해요…… 당신은 좋은 사람이에요."

그녀가 손수건을 찢어 버리더니 그것을 얼굴에 대고 울기 시작했다. "뭐가 좋다는 거예요?" 그 얼굴에 나타난 황당한 표정을 그는 기억하게 될 것이었다.

"이렇게, 비도 오는데 여기까지 찾아와 줬으니까……" 약간 피곤해져서 그가 문을 닫았다.

그녀가 숨을 가다듬었다. "당신 친구분이 잘못되지 않기를 바라요." 그녀가 말했다. "제가 바라는 거라고는 그 사람이 나아지는 거예요."

하지만 다음 날 아침 그가 일어나 병원에 전화했을 때, 기타 연주자는 숨을 거둔 뒤였다. 해리스가 올나이트에 앉아 있었을 때 일어난 일이었다.

"결국 살인자가 된 거지." 진 씨가 마이크의 귀를 잡아당기며 말했다. "다른 뭣도 아닌 순전한 살인이었지. 누구라도 결투나 뭐 그런 걸로 생각할 여지는 전혀 없으니까."

사비라는 이름의 남자는 자백하라는 요구에 순순히 따랐다. 똑바로 서서 고개를 약간 돌렸고, 그를 보러 온 모든 사람에게 살짝 미소를 보이기까지 했다. 해리스와 함께 온 진 씨는 그를 한 번 보더니 문을 쾅 닫고 나가 버렸다.

밤에 잠을 잤는지 깨어 있었는지 모르겠지만 아무튼 그는 그동안 달리 할 말을 생각해 내지 못했다. "내가 그랬어요, 맞아요." 그가 말했다. "다들 보지 않았나? 장님이 아닌 다음에야."

그가 죽인 사람에 대해 물었다.

"이름은 샌퍼드예요." 뭔가 구체적이고 세세한 점을 기억해 내려 애쓰듯 발을 앞으로 내민 채 꼼짝도 않고 서서 그가 대답했다. "그런데 가족이고 뭐고 아무것도 없었어요. 나밖엔 말이죠. 그와 나는 2주 전에 함께 다니기 시작했어요." 자신을 응원해 주길 바라듯 그들의 얼굴을 올려다보았다. "하지만 아주 거만했죠. 자랑은 얼마나 해 대는지. 기타를 메고 다니면서 말이에요." 그가 우는소리로 말했다. "차를 몰고 도망가자는 건 그의 생각이었어요."

이발소에서 막 나온 해리스가 자신의 차를 세차하고 있는 주유소에 서 있었다.

밝은색 긴 셔츠를 입은 어린 남자아이들이 그와 차 주변으로 원을 이루어 둘러섰고, 흑인 아이들 몇이 그 뒤쪽에서 기다렸다.

"차 좌석이랑 운전대에서 핏자국을 다 지웠어요, 해리스 씨?"

그가 고개를 끄덕였다. 아이들이 와르르 가 버렸다.

"해리스 씨." 한 어린 흑인 아이가 가지 않고 남아 물었다. "저 나무통 필요하세요?"

"뭐?"

그가 샘플 상자들이 들어찬 뒷좌석의 한쪽을 손가락으로 가리켰다. "죽은 사람 기타요. 경찰도 안 가져가겠다고 하던데."

"아니, 안 필요해." 해리스가 말하면서 그것을 건네주었다.

어떤 기억
A Memory

어린 시절 어느 여름날 아침 난 공원의 작은 호수에서 수영을 하고 난 뒤 모래 위에 누워 있었다. 햇볕이 쨍쨍 내리쬐고 있었다. 정오가 가까웠으니까. 물은 강철처럼 반짝거렸는데, 저 멀리 수영하는 사람 뒤쪽으로 깃털처럼 잔무늬가 이는 곳을 빼고는 고요했다. 여기 이렇게 자리를 잡고 아주 밝게 빛나는, 사실 나를 쏘아보는 사각형 안을 보고 있었다. 태양과 모래, 물, 작은 정자, 따로 떨어져 한 자세로 붙박인 몇몇 사람들이 있고 그 주변으로는 거무죽죽한 둥근 떡갈나무가 성경책 삽화 가장자리에 새겨진 폭풍우 구름처럼 둘러서 있는. 그림 수업을 받기 시작한 후로는 항상 뭐든지 손가락으로 작은 액자를 만들어 그 사이로 바라보았다.

평일 아침이었으므로 한가하게 공원에 나와 있을 수 있는 사람은 할 일 없는 아이들이나, 삶에 두드러진 일도 규칙적인 일도 없고, 의식적으로 무엇에도 소용이 되지 않으려는 노인들뿐이었다. 그것이 당시 내가 관찰하여 적어 놓은 것이다. 난 모든 사람과 내 시야에 들어오는 모든 사건에 대해 나름의 판단을 내리기 시작한 그런 나이였다. 아무것도 아닌 일에 겁을 먹기는 했지만 말이다. 사람이나 어떤 사건이 내 의견, 혹은 심지어 내 희망이나 기대와 맞지 않는 것 같을 때면 자포자기가 되어 광폭해지는, 그래서 내 마음이 슬픔으로 갈가리 찢어지는 상상에 사로잡히며 두려움에 휩싸였다. 정원 격자 구조물을 타고 올라가는 덩굴처럼 잘 달래서 내 눈에 보이도록 엄격하게 제자리를 잡아 놓은 것 외에 다른 건 내게 전혀 보이지 않는다고 믿었던 부모님이 앞으로 올 것들의 허약하고 열등하고 이상하게 뒤틀린 예들이 얼마나 자주 내 앞에 모습을 보였는지 추측할 수 있었다면 말도 못 하게 걱정하셨을 것이다.

무엇을 보려고 기다렸던 것인지 지금도 난 알 수가 없다. 하지만 당시에는 언제 어디서나 그것을 보았다고 확신했다. 주변의 모든 것을 지켜보는 일을 욕심을 부리듯 단호하게 하나의 **필요**로 여겼다. 그 여름 내내 작은 호숫가 모래사장에 누워 손가락 끝을 맞대어 만든 네모를 눈 위에 대고, 이 도구로 모든 것을 보고자 했고, 그것은 일종의 영상처럼 보였다. 무엇을 보는지는 중요하지 않았다. 무엇이 눈에 보이건 삶의 비밀이 거의 드러났다고 결론을 내리곤 했다. 난 은폐와 관련된 생각에 강박적으로 집착했고, 낯선 이의 정말 별것 아닌 몸짓에서 어떤 소통이나 예감으로 보이는 것을 끌어내곤 했다.

이런 날아갈 듯한 상태는 당시 내가 처음으로 사랑에 빠졌다는 사실에 의해서 더 강해졌는데, 어쩌면 그로부터 생겨난 것일 수도 있었다. 사랑을 즉각 알아봤던 것이다. 사실을 말하자면, 내가 느꼈던 열정이 나의 내면에서는 그렇게 절망적일 만치 표현되지 못하고 바깥 세상에서는 너무나 기괴하게 변질되어 보였던 적은 그때 이후로 한 번도 없었다. 학교 계단에서 서로를 지나치면서 내가 친구의 손목을 슬쩍 건드렸던(우연인 것처럼 그랬고 그 친구는 모르는 척했다) 어느 날 아침이 이따금, 심지어 지금도 오롯이 기억이 나는 건 신기한 일이다. 그 아이가 사실은 내 친구가 아니었다는 말을 덧붙여야겠다. 그건 그렇게 신기한 일도 아니다. 말 한 마디 나눈 적도, 고갯짓으로라도 아는 척을 한 적도 없었다. 하지만 계단에서 우리가 겪었던 그 자잘한 짧은 만남을 그해 내내 끊임없이 생각하는 일이 나로서는 가능했고, 그래서 마침내 대단한 행사를 위해 아직 철도 아닌데 일부러 꽃을 활짝 피운 장미처럼 돌연하면서도 압도적인 아름다움으로 가득 차오르게 되었다.

내 사랑으로 인해 어쩐 일인지 주변에서 벌어지는 일을 관찰하는 일에 곱절로 준엄해졌다. 어떤 강렬함을 겪으며 난 관찰자와 몽상가라는 이중의 삶에 처하게 되었다. 어떤 일을 목격하건 그것이 나의 관념과 전적으로 일치해야 할 필요성을 느꼈다. 결과적으로 학교에 있는 동안 뭔가 뜻밖의 안 좋은 일이 생길까 걱정하며 하루 종일 조금도 경계를 게을리하지 않고 앉아 있었다. 규칙적이고 따분한 학교 생활은 내겐 보호막이 되었지만, 라틴어 시간에 내가 사랑한 소년(그에게서 한시도 눈을 떼지 않았으므로)이 갑자기 몸을 숙이며 손수건을 얼굴로 가져갔던 그날은 아주 또렷하게 기억한다. 빨간―선홍색―피가 손수건으로부터 각진 그의 손으로 흘러내리는 것을 보았다. 코에서 피가 흐르기 시작했던 것이다. 그 순간을 정확히 기억한다.

분위기가 흐트러지고 소란이 일자 상급 여학생 몇이 웃었고 그 아이는 교실에서 뛰쳐나갔고 선생님은 째지는 목소리로 주의를 주었다. 하지만 내 친구를 궁지에 몰아넣었던 이 작은 사건은 내게는 말할 수 없이 커다란 충격이었다. 전혀 예상치 못했지만 또한 일어날까 두려워하던 일이었다. 그것을 인식하면서 난 문득 팔에 머리를 떨구고 정신을 잃었다. 이 사건 때문에 그날 이후 내가 피를 보지 못하는 것일까?

그 아이가 어디 사는지, 부모는 누군지 전혀 알지 못했다. 그것이 내 사랑이 지속되던 그해 내내 내게 끝없는 불안감을 일으켰다. 그 애가 사는 곳이 큰 나무에 가려 보이지도 않는, 칠도 안 한 구질구질한 집이라거나 부모님이 추레하거나 정직하지 않거나 절름발이거나 돌아가셨다는 건 생각만으로도 참을 수가 없었다. 난 줄기차게 그 아이의 집이 처할 위험한 상황을 떠올려 보았다. 때로는 밤에 집에 불이 나서 그 애가 죽는 것을 상상했다. 다음 날 아침 그 애가 교실로 걸어 들어올 때 그 얼굴에 나타난 무심하고 좀 멍청하기까지 한 표정을 보면 그런 내 꿈은 온데간데없이 사라졌다. 하지만 그 애가 의식하지 못하기 때문에 내 두려움은 더 커져만 갔다. 난 그 애의 주변을 감도는 위험보다 더 심오한 어떤 미스터리를 느낄 수 있었으니까. 그의 일거수일투족을 보며 알아보고 해석하고 증명하려 했다. 지금도 하라고만 하면 그가 입던 스웨터의 거친 짜임새나 바랜 파란색의 정확한 색감을 그대로 그려 보일 수 있다. 책상에 앉아 있을 때 어떻게 발을 흔들었는지—가만히, 바닥에 닿을까 말까 하게—도 똑똑히 기억한다. 지금도 그것이 사소한 일로 느껴지지 않는다.

그 화창한 날 아침 해변에 누워 있을 때 난 내 친구를 생각하며, 내 손이 그 애의 손목을 스쳤던 그 사건을 확대하여 느릿하게 영원히 계속될 것처럼 떠올리고 있었다. 그렇게 하니 아주 긴 이야기가 되었다. 하지만 모래사장 위를 뛰어다니는 아이들과 하얀색 정자의 말끔한 뾰족지붕 위로 힘껏 솟은 떡갈나무와 도시에서 벗어나 물가에 배를 깔고 길게 엎드린 어른들의 서서히 변해 가는 태도들이 내 생각 속을 들락날락하는 바늘처럼 함께했다. 내 맘대로 꽃피우던 꿈과 수영하는 사람들 중 어느 쪽이 더 현실인지 아직도 말하고 싶지 않다. 그냥, 동시적인 것으로 내보일 뿐이다.

난 수영하던 사람들이 어떻게 거기, 그렇게 내 가까이로 오게 되었는지 알아채지 못했다. 어쩌면 내가 진짜로 잠이 들었고 그새에 그들이 왔을 수도 있다. 어쨌든 누워 있는 내 가까이에 시끄럽고 꼼지락대는, 서로 너무나 어울리지 않는 사람들 한 무리가 아무렇게나 대자로 누워 있는 모습이 나타난 것이다. 그들은 정말 황당한 우연으로 한자리에 모이게 된 사람들 같았는데, 서로를 모욕하려는 멍청한 의도만을 가지고 있는 듯했고 다들 얼마나 신나게 웃고 떠드는지 놀라서 가슴이 벌렁거렸다. 남자 한 사람, 여자 두 사람, 어린 남자아이 두 명이었다. 갈색의 거친 피부였지만 외국인은 아니었다. 내가 어렸을 때 '상놈'이라고 불렀던 사람들이었다. 색 바랜 낡은 수영복을 입고 있어서, 벌떡거리는 몸이나 피로감을 감추는 것이 아니라 오히려 그대로 내보였다.

남자아이들은 형제임이 틀림없었는데, 둘 다 머리칼이 하얀색 직모여서 붉은 햇볕을 받아 엉겅퀴처럼 반짝거렸다. 형은 너무 많이 자라 수영복 여기저기에서 살이 비어져 나왔다. 뺨이 얼마나 불룩한지 눈이 안 보일 지경이었지만, 그 애가 다른 사람늘 사이를 뒤뚱뒤뚱 뛰어다니고 꼬집고 차고 얼간이 같은 소리를 질러 대면서 이리저리 쏘아 대는 교활한 시선을 따라가는 게 나로서는 어렵지 않았다. 동생은 삐쩍 말랐고 반항적이었다. 이따금씩 괴롭힐 심사로 형이 마구 쫓아올 때마다 물속으로 다이빙을 하느라 달라붙은 하얀 앞머리가 그대로였다.

그 무리의 나머지인 남자 하나와 여자 둘은 얼기설기 함께 누워 있었다. 남자는 이글거리는 뜨거운 해에 완전히 몸을 맡기고 있었다. 가끔 편안하게 풀어진 눈을 가늘게 뜨고는 눈부시게 반짝거리는 물과 뜨거운 모래를 어렴풋한 관심을 보이며 바라보았다. 힘없이 늘어진 팔은 편안히 놓여 있었다. 옆으로 누워서 이따금 모래를 퍼서 나이 든 여자의 다리 위에 대충 쌓았다.

여자는 그가 별 의도 없이 느릿느릿 팔을 움직이는 걸 뚫어져라 보면서 미동도 하지 않았다. 몸의 모양과는 전혀 어울리지 않는 수영복을 입은 그녀는 부자연스러울 정도로 피부가 희고 살찐 걸 의식하는 모습이었다. 언덕의 산사태로 밀려 내려오던 흙이 중도에 멈춘 것처럼 팔뚝에 살이 덜렁거렸다. 어떤 식으로든 일단 움직였다 하면 그녀 자신이 밀려 내려오는 무시무시한 흙더미가 되지 않을까 겁이 났다. 큰 가슴이 축 늘어져 수영복 안에서 배처럼 쫙 벌어져 있었다. 두 다리는 그늘진 방어벽처럼 겹쳐서 뻗고 있었는데 버림받은 듯 울퉁불퉁한 그 위로 남자의 손에서 뿌려지는 모래가 지분거리는 망각의 위협처럼 높이 쌓여 갔다. 의식하지 못한 채 오래도록 내 귓속으로 들어오는 반복적인 느린 소리가 주머니처럼 벌린 채로 있는 여자의 입에서 끊임없이 나오는 웃음소리라는 것을 알아차렸다.

남자 발치에 누워 있던 그보다 어린 여자는 긴장하여 팽팽해진 몸을 동그랗게 말고 있었다. 연두색 수영복을 입었는데 내 느낌으로는 금방이라도 휘몰아치며 격렬한 연기가 뿜어져 나올 병처럼 보였다. 남자가 나이 든 여성의 두툼한 다리 위에 무심하게 모래를 쌓는 걸 지켜보는, 기어가는 것 같으면서도 동시에 가만히 누워 있는 듯한 그 왜소한 몸 속에서 램프의 요정 같은 분노를 느낄 수 있었다. 두 남자 아이는 다른 사람들 주변을 삐뚜름한 타원형으로 뛰어다니고 있었다. 아무나 마구잡이로 꼬집고, 남자가 무섭지도 않은지 모래를 집어 그의 거친 머리카락에 뿌렸다. 여자는 계속 웃었는데, 거슬리는 노래를 흥얼거리는 것처럼 들렸다. 모두들 대담하고 추한 각자의 존재에 대해 체념하고 있다는 걸 알았다.

이들은 서로 아무 말도 주고받지 않았지만, 난 그들이 축축한 모래에서 모락모락 피어오르는 김처럼 자신들을 휘감는 마구잡이의 저속함과 증오 속에서 나름의 방식으로 서로에게 던져 대는 대답의 진행과 순환을 이해하기 시작했다. 남자가 흐트러지는 모래를 손에 가득 쥐고는 깔깔거리는 여자에게 뿌리고 수영복 안쪽, 둥글납작하게 늘어진 가슴 사이로 집어넣는 것을 보았다. 볼품없는 갈색 모래가 거기 그렇게 쌓였고 다들 깔깔대고 웃었다. 화가 난 것처럼 보였던 여자아이도 웃었고, 그 억지스러운 흥겨움에 겨워 벌떡 일어나더니 물가로 달려가 쥐가 나서 뻣뻣해진 다리로 폴짝거리고 비틀거리며 돌아다녔다. 남자아이들이 손가락질을 하며 괴성을 질렀다. 남자는 헐떡대는 개의 얼굴에서 보일 법한 미소를 지으며 하릴없이 그들 모두를 바라보고 또 저 멀리 물을 바라보았다. 나도 바라보았고, 그렇게 시선에 담았다. 그때를 돌아보면 정신이 아뜩해지면서 그들이 다 죽었으면 하는 바람이 들었다.

그런데 바로 그때 녹색 수영복을 입은 소녀가 난데없이 휘젓고 다니기 시작했다. 비명을 지르는 아이들 쪽으로 뻣뻣한 팔을 뻗으며 그녀 역시 멍청하게 서로를 쫓아다니는 일에 뛰어들었다. 가장 어린 남자아이가 머리부터 물속으로 뛰어들었고 그 형은 작은 벤치를 향해 커다란 몸집을 던져 푸른 공중으로 뛰어올랐다. 난 그 벤치가 거기 있는 줄도 몰랐다! 야유를 보내며 그가 다른 아이들을 불렀고, 그가 뚱뚱한 몸으로 우스꽝스럽게 점프를 해서 벤치 등받이를 넘어 과장되게 아래쪽 모래로 구르자 다들 웃었다. 뚱뚱한 여자가 남자 몸 위로 몸을 기대며 히죽거렸고 아이가 그녀를 손가락질하며 꽥 소리를 질렀다. 그러자 녹색 수영복을 입은 여자아이가 벤치를 박살 내 버릴 기세로 그쪽으로 뛰어갔는데, 보는 내가 숨이 멎을 만큼 사나운 기세로 공중에 몸을 날려 벤치 위로 넘어갔다. 하지만 작은 남자아이 말고는 아무도 그것을 보지 못했고, 아이는 물에서 나와 그쪽으로 달려가서는 축하와 비웃음을 섞어 손가락으로 여자아이의 옆구리를 찔렀다. 여자아이가 그를 매섭게 밀어 모래에 내팽개쳤다.

그들과 그들의 몸부림을 보지 않기 위해 눈을 감았지만, 변함없이 내리쬐는 태양 아래 거대하게, 거의 금속성의 모습인 그들이 여전히 보였다. 눈을 꼭 감고 누워 그들의 불평과 광분한 외침 소리를 들었다. 그 흉한 몸들이 서로에게 부딪히는 둔탁한 소리와 살집의 충돌까지도 들렸던 것 같다. 거기서 빠져나와, 계단에서 사랑하는 소년의 손목을 스쳤던 내 가장 내밀한 꿈속으로 들어가려 애썼다. 눈을 감자 생겨난 어둠을 전율하는 내 바람이 나뭇잎처럼 흔들어 대는 게 느껴졌다. 늘 이 기억에 동반되었던 달콤함이 무겁게 내려오는 것도 느껴졌다. 하지만 기억 자체는 와 주지 않았다.

난 눈을 감았다 떴다 하며 누워 있었다. 눈이 부시게 밝았다가 캄캄해졌다 하는 게 낮과 밤을 번갈아 체험하는 것만 같았다. 내 사랑의 달콤함이 어둠을 불러와 잠깐 바람이 그친 사이 살며시 나를 흔드는 듯했다. 낯익음 속으로 잠겨 들어갔다. 하지만 내 사랑의 이야기, 계단에서 일어난 일의 그 긴 이야기는 자취를 감추었다. 난 내 행복의 의미를 더 이상 알지 못했고, 그래서 나 자신은 설명되지 않은 채 남겨졌다.

한 번 눈을 뜨고 올려다보니 뚱뚱한 여자가 웃고 있는 남자를 마주 보고 서 있었다. 몸을 숙여 거들먹거리듯이 수영복 앞자락을 끌어 내려 뒤집었고, 겹겹이 뭉쳐 있던 모래 덩어리가 쏟아져 나왔다. 그녀의 가슴이 모래로 변한 것 같아, 그 가슴이 하나도 중요하지 않고 그녀 자신은 신경도 안 쓰는 것 같아 난 너무나 강한 공포에 휩싸였다.

마침내 날 보호해 주던 꿈에서, 내 사랑의 막연한 엄격함에서 다시 벗어나 눈을 떴을 때 내 눈에는 텅 빈 해변만 부옇게 비쳤다. 낯선 사람들 무리는 모두 가 버린 뒤였다. 하지만 난 그들이 몸 둘레에 젖은 모래를 쌓다가 만 모래 벽 때문에, 태풍이 할퀴고 간 것처럼 해변의 모습을 완전히 바꿔 버린 그것 때문에 상처를 받은 기분으로 그냥 누워 있었다. 눈을 돌리자 시선에 들어온 것은 작고 낡은 하얀 정자였고, 문득 애처로운 마음이 솟구쳐 오르면서 난 울음을 터뜨렸다.

그것이 내가 해변에서 보낸 마지막 아침이었다. 한참을 더 거기 누워 손가락으로 액자를 만들며 겨울에 다시 학교에 가게 될 때를 미리 떠올려 보려 애썼던 걸로 기억한다. 내가 사랑하는 아이가 교실로 걸어 들어오는 모습을 상상할 수 있었고, 그러면 난 해변에서 보낸 이 시간이 되찾은 내 꿈과 함께하고, 내 사랑에 더해지는 중에 그 애를

바라볼 것이었다. 그 아이가 아무 말 없이, 아무것도 모른 채 날 마주
보는 것까지도 예견할 수 있었다. 적당한 몸집의 금발 머리 아이가
전혀 의식하지 못하는 눈으로 나를 지나쳐 무방비로 혼자 창문 밖을
내다보는 것을.

클라이티
Clytie

늦은 오후였다. 무겁게 드리운 은색 구름이 목화밭보다 더 거대하고 넓어지더니 곧 비가 쏟아지기 시작했다. 여전히 해가 비치는 중에 굵은 빗방울이 뜨거운 양철 헛간으로 뚝뚝 떨어져 파 조면 공장의 작은 마을에 줄지어 늘어선 하얀 겉치레 외관에 점점이 찍혔다. 암탉과 암탉을 졸졸 따르는 노란 병아리들이 화들짝 놀라 길을 가로질러 뛰어갔고, 흙바닥이 진흙탕이 되자 새들이 곧장 그리로 날아들어 작은 웅덩이에 들어앉아 목욕을 했다. 가게 문간에 앉아 있던 사냥개들이 일어나 꼬리까지 온몸을 한바탕 흔들고는 안으로 들어가 누웠다. 평평한 길에서 긴 그림자를 드리우고 서 있던 몇몇 사람이 우체국으로 자리를 옮겼다. 어린 남자아이가 맨발로 노새 옆구리를 차며 천천히 읍내를 통과해 시골 마을 쪽으로 움직였다.

모두가 비 그을 데를 찾아간 뒤에도 클라이티 파는 근시라 잘 안 보이는 눈으로 앞쪽을 빤히 바라보며 여전히 길에 서 있었다. 작은 새처럼 흠뻑 젖은 채로.

　그녀는 대개 오후 이맘때쯤에 커다란 고택에서 나와 급히 읍내를 가로질러 갔다. 예전엔 이런저런 핑계로 여기저기 뛰어다녔었는데, 한동안은 아무에게도 들리지 않을 작은 목소리로 변명을 늘어놓다가 그다음에는 청구서를 돌리기 시작했다. 파 집안이 아무리 다른 사람들과 어울리지 못할 정도로 잘난 사람들이라도 그 청구서의 돈을 낼 사람은 아무도 없을 것이라고 우체국장이 단언했다. 하지만 이제 클라이티는 그냥 나왔다. 매일 나왔고 이제 그녀에게 말을 거는 사람도 없었다. 어찌나 서두르는지 누가 말을 거는지도 모를 것이었다. 토요일마다 수많은 말과 트럭이 오고 가는 거리를 저렇게 이리 뛰고 저리 뛰다가 트럭에 치이고 말 거라 생각했다.

　더위를 식히려고 문가에 나와 선 여자들 얘기로는 그냥 정신이 온전하지 못한 거라고 했다. 그 언니가 그랬듯이 말이다. 그래서 누가 집에 가라고 할 때까지 그냥 기다릴 것이라 했다. 블라우스고 점퍼스커트고 긴 검은색 스타킹이고 입은 옷은 다 비틀어 짜야 할 거라고 했다. 액세서리 가게에서 산 밀짚모자를 쓰고 있었고, 모자에 고급스럽게 달린 검은색 낡은 새틴 리본을 목 아래에서 잡아매고 있었다. 이제, 여자들이 지켜보는 중에 쏟아지는 빗줄기를 견디다 못해 모자 양쪽이 천천히 내려앉더니 말에게 낡은 보닛을 씌워 놓은 것처럼 더욱 우스꽝스럽고 추레해 보였다. 그리고 뭐가 되었든 길 저편에서 내려와 자신을 피신처로 데려다주길 기다리는 양 쓸모없는 긴 팔을 양쪽으로 약간 벌리고 빗속에 그렇게 서 있는 클라이티의 모습은 정말이지 거의 동물처럼 끈덕진 것이었다.

잠시 후 우르르 천둥이 쳤다.

"미스 클라이티! 그렇게 비 맞지 말고 이리 나와요, 미스 클라이티!" 누군가 외쳤다.

나이 많은 노처녀는 돌아보지도 않고 주먹을 불끈 쥐어 겨드랑이 쪽으로 올리더니 암탉이 날개를 펼치듯 홱 바깥으로 뻗으며 거리를 달려 내려갔다. 불쌍한 모자가 귀 옆에서 펄럭이며 찌걱거렸다.

"미스 클라이티가 저기 가네." 여자들이 말했고, 그중 한 사람에게 그녀에 대한 어떤 예감이 찾아들었다.

연기처럼 고약한 냄새가 나는 젖은 검은 삼나무 네 그루가 서 있는 아래, 푹 꺼진 길로 콸콸 흐르는 빗물을 첨벙거리며 그녀가 집까지 달려갔다.

"도대체 어디 갔다 오는 거야?" 언니 옥타비아가 위층 창문에서 내려다보며 소리쳤다.

클라이티가 올려다보았지만 다시 창문을 가리는 커튼만 보였다.

그녀는 집 안으로 들어가, 현관에서 부들부들 떨며 기다렸다. 아무 장식도 없고 매우 어두웠다. 달랑 하나 있는 불이 달랑 하나 있는 가구인 오르간에 씌운 흰색 천을 비췄다. 상아 걸쇠에 붙잡아 맨 응접실 문 위의 빨간 커튼은 공기라고는 통하지 않는 집 안에서 나무등치처럼 미동도 없었다. 창문이란 창문은 다 닫혀 있고 블라인드도 다 내려져 있었다. 그 뒤로 빗소리는 여전히 들렸지만.

클라이티가 성냥을 집어 들고 헤르메스 청동상이 붙박이 가스등을 들고 있는 계단 난간 쪽으로 움직였다. 그리고 불을 붙이자 바로 그 위쪽으로, 그 집의 붙박인 유물 하나처럼 옥타비아가 층계참에서 기다리고 서 있었다.

그녀는 보라와 연노랑이 섞인 유리창 앞에 굳건히 서 있었고, 가만히 두지 못하는 주름진 손가락은 긴 검은색 드레스 가슴께에 늘 달려 있는, 풍요의 뿔 모양을 한 다이아몬드 장식을 쥐고 있었다. 그 장식을 만지작거리는 것은 전혀 시들해지지 않는 그녀의 당당한 행동이었다.

"우리가 여기서 배를 곯으며 기다리는 것으로도 모자라서—"클라이티가 아래에서 기다리는 동안 옥타비아가 말했다. "넌 그렇게 몰래 나가 불러도 대답도 없는 거니. 밖으로 뛰쳐나가 거리를 쏘다니다니. 천박해, 정말 천박해—!"

"신경 쓰지 마, 언니." 클라이티가 겨우 입을 열었다.

"그래도 항상 돌아오기는 하지."

"그럼……"

"제럴드가 일어났어. 아빠도 그렇고." 여전히 앙심에 찬 말투로 옥타비아가 말했다. 대개 소리쳐 부르는 게 일이었으므로 목소리도 컸다.

클라이티가 부엌으로 가서 나무 화덕에 불을 붙였다. 6월인데 얼어 죽게 춥기라도 한지 화덕 문을 열어 놓고 그 앞에 서 있었는데, 지난 몇 년 동안 밀짚모자를 썼음에도 햇볕에 그을린 그 얼굴이 곧 흥미와 즐거움을 내보이며 밝아졌다. 이제 어떤 꿈이 다시 시작된 것이다. 거리에 서 있을 때 그녀는 막 눈에 띈 아이의 얼굴에 대해 생각하고 있었다. 또래 아이와 함께 놀고 있던 그 아이는 장난감 총을 들고 친구 뒤를 쫓다가 그녀가 지나가자 쳐다봤는데 그 표정이 얼마나 숨김 없고 의심도 없이 평온한 표정이던지! 타오르는 불꽃처럼 발그레 상기된 그 평화롭던 작은 얼굴을, 다른 생각들은 다 쫓아 버리는 어떤 영감처럼 여전히 머릿속에 떠올리면서 클라이티는 거기 완전히 몰입해 길 한중간에 멈춰 선 채 꼼짝 않고 있었던 것이다. 하지만 비가 계속 쏟아졌고 누군가 소리를 질렀으므로 그 생각을 끝까지 이어 가지는 못했다.

클라이티가 처음 얼굴을 유심히 보며 생각에 빠지기 시작한 건 지금부터 한참 전이었다.

파 조면 공장에 흑인까지 통틀어 150명이 넘는 사람들이 있다는 건 아무나 붙잡고 물어도 얘기해 줄 수 있을 것이다. 하지만 그 얼굴들이 클라이티에게는 거의 한도 없이 많은 것 같았다. 그녀는 이제 얼굴을 천천히 주의 깊게 바라볼 줄을 알게 되었다. 전체를 한 번에 다 보는 건 불가능하다고 굳게 믿었다. 얼굴과 관련해 처음 발견한 사실은 늘 처음 보는 얼굴이라는 것이었다. 사람들의 실제 얼굴 표정을 살피게 되면서부터 이 세상에 낯익은 것이라고는 없게 되었다. 세상 전체에서 가장 심오하고 가장 감동적인 광경은 분명 얼굴일 것이었다. 그녀로서는 뭔지 모를 것들을 감추고 있는, 그러면서 여전히 또 다른 미지의 것을 넌지시 요구하는 다른 사람들의 눈과 입을 완전히 이해하는 게 가능할까? 교회 정문 옆에서 땅콩을 파는 노인의 신비로운 미소가 떠올랐다. 둘레에 사자 갈기가 새겨진 난로의 쇠문 위에 그의 얼굴이 잠시 머물렀다. 자칭 톰 베이츠 보이 씨라는 그에 대해 사람들은 수박씨처럼 완전히 무표정한 얼굴로 주변을 빤히 본다고 했지만, 그의 눈과 나이 든 누런 속눈썹에 모래알이 있는 걸 본 클라이티는 그가 어쩌면 이집트인처럼 사막에서 왔을 거라고 보았다.

그렇게 톰 베이츠 보이 씨에 대해 생각하고 있는데 무지막지한 바람이 휙 불어와 등을 때리는 바람에 그녀가 몸을 돌렸다. 긴 녹색 창문 가리개가 잔뜩 부풀어 올랐다가 툭 떨어졌다. 부엌 창문이 활짝 열려 있었다. 열어 놓은 건 바로 그녀였다. 가서 살살 창문을 닫았다. 무슨 일이 있어도 아래층까지 내려오지 않는 옥타비아이지만 창문이 열려 있었다는 걸 알았다면 그녀를 절대 용서하지 않았을 것이다. 옥타비아의 생각에 비와 태양은 황폐화를 의미했다. 클라이티는 집 안 전체를 돌아다니며 모든 게 안전한지 살폈다. 옥타비아에게 고통스러운 것은 황폐화 자체가 아니었다. 황폐화든 침해든, 심지어 가난한 살림에 너무나 귀중한 보물들에 그런 일이 생길지라도 그 때문에 그녀가 겁을 집어먹지는 않았다. 그저 밖에서 어떤 식으로든 엿보는 일, 그것을 용서하지 못하는 것이었다. 그것이 그녀의 얼굴에 오롯이 드러났다.

클라이티는 난로 위에서 세 사람의 식사를 지어 세 개의 쟁반에 놓았다. 세 사람이 각기 다른 걸 먹었기 때문이다. 적절한 순서대로 위층으로 하나씩 가지고 가야 했다. 올드 리시가 했던 대로 모든 음식을 제대로 준비해서 끝까지 제대로 만드는 일은 매우 힘들었으므로 집중을 하느라 미간에 주름이 졌다. 아버지가 처음 뇌졸중으로 쓰러졌던 그 옛날에 이미 요리사는 내보내야 했다. 올드 리시는 아버지가 어렸을 때 유모였으므로 아버지는 그녀를 무척 좋아했고, 아버지가 위독하시다는 얘기를 듣고 아버지를 보러 시골에서 일부러 올라왔었다. 올드 리시가 와서 뒷문을 두드렸다. 그리고 앞에서든 뒤에서든 무슨 소리라도 나면 늘 하던 대로 옥타비아가 닫힌 커튼 사이로 내다보며 소리를 질렀다. "저리 가! 가란 말이야! 여긴 뭐 하러 온 거야?" 만나 보게 해 달라고 올드 리시와 아버지가 함께 간청했지만 옥타비아는 늘 그랬듯이 소리를 고래고래 지르며 침입자를 쫓아 보냈다. 클라이티는 여느 때처럼 입을 꼭 닫고 부엌에 서 있다가, 결국 언니가 하는 대로 따라 할 수밖에 없었다. "리시, 저리 가." 하지만 아버지는 돌아가시지 않았다. 대신 사지가 마비되고 눈이 멀어, 할 수 있는 건 알아들을 수 없는 소리로 사람을 부르고 유동식을 삼키는 일뿐이었다. 리시는 여전히 이따금 뒷문으로 찾아왔지만 그들은 절대 그녀를 들이지 않았고, 노인네는 이제 들리는 것도 아는 것도 없어서 그녀를 만나게 해 달라고 애원할 수도 없었다. 그의 방에 들어갈 수 있는 사람은 딱 한 사람뿐이었다. 일주일에 한 번씩 약속을 잡아 이발사가 면도를 해 주러 왔던 것이다. 이때는 누구도 절대 입을 여는 법이 없었다.

클라이티가 먼저 아버지 방으로 가서 침대 옆 작은 대리석 탁자 위에 쟁반을 내려놓았다.

"내가 먹여 드릴게." 옥타비아가 그릇을 그녀에게서 건네받으며 말했다.

"지난번에 언니가 했잖아." 클라이티가 말했다.

그릇을 그냥 내주고는 베개 위의 뾰족한 얼굴을 내려다보았다. 내일은 이발사가 오는 날이었고, 피폐한 뺨에 온통 날카로운 검은 수염 끝이 바늘처럼 비죽비죽 나와 있었다. 노인네의 눈은 반쯤 감겨 있었다. 그가 어떤 기분일지는 절대 알 수 없었다. 그냥 방치되어 정말 멀리로 떠나 자유로워진 것처럼 보였다…… 옥타비아가 수프를 떠먹이기 시작했다.

아버지의 얼굴에 그대로 시선을 고정한 채 클라이티가 불현듯 언니에게 독한 소리를, 떠오르는 가장 거친 말들을 정신없이 쏟아 내기 시작했다. 그러다가 곧 큰 애들에게 떠밀려 물에 빠진 어린아이처럼 껵껵거리며 울기 시작했다.

"그만하면 됐어." 옥타비아가 말했다.

하지만 클라이티는 수염이 덥수룩한 아버지의 얼굴과 여전히 벌어진 그 입에서 눈을 뗄 수 없었다.

"그리고 내가 원하면 내일도 내가 먹여 드릴 거야." 옥타비아가 말하고는 일어섰다. 아프고 난 후 다시 자라기 시작한, 거의 보라색으로 물들인 숱 많은 머리카락이 이마 위로 흘러내렸다. 목에서부터 시작해 끝자락까지 이어진 잠옷의 잔주름이 그녀가 숨을 쉴 때마다 벌어졌다 닫혔다 했다. "제럴드는 잊어버린 거야?" 그녀가 말했다. "그리고 나도 배고파."

클라이티는 다시 부엌으로 가서 언니의 저녁을 가져다주었다.

그러고 나서 제럴드의 식사를 가져왔다.

제럴드의 방은 어두웠고 여느 때처럼 앞을 막아 놓은 것들을 치워야 했다. 위스키 냄새가 진동했다. 등에 불을 붙이려고 성냥을 그으니 심지어 불꽃이 일었다.

"밤이야." 클라이티가 곧 말했다.

제럴드는 침대에 누워 그녀를 쳐다보고 있었다. 침침한 불에서 보니 아버지랑 닮았다.

"부엌에 커피 더 있어." 클라이티가 말했다.

"커피 좀 이리 갖다줄 수 있어?" 제럴드가 물었다. 진이 빠진, 심각한 분위기로 그녀를 빤히 보았다.

그녀가 몸을 구부려 그를 일으켰다. 그녀가 눈을 감고 그렇게 몸을 숙인 채 가만히 있는 동안 그가 커피를 마셨다.

곧 그가 그녀를 밀쳐 내고는 다시 침대에 누웠고, 자신이 로즈메리와 결혼해서 길 아래쪽의 작은 집에 살았을 때, 완전히 새 집에 가스레인지니 전깃불이니 온갖 편의 시설들이 다 갖춰진 그 집에 살았을 때가 얼마나 좋았는지 늘어놓기 시작했다. 로즈메리, 그녀는 나와 결혼하기 위해 옆 마을에서 다니던 직장까지 그만두었는데. 그런데 어쩌다가 그렇게 금방 나를 버리고 떠나 버린 거지? 가끔씩 총으로 쏴 버리겠다고 위협한 건 사실 별 뜻 없이 한 일이었고, 가슴에 총부리를 갖다 댄 것도 정말이지 전혀 아무것도 아니었다. 그녀가 잘 이해를 못 해서 그랬던 거다. 만족감을 맛보고 싶었던 것뿐이었는데. 그냥 장난을 좀 치고 싶어서 그런 거였는데. 어떤 면에서는 자신이 삶과 죽음을 초월할 정도로 그녀를 사랑한다는 걸 보여 주고 싶었던 거다.

"삶과 죽음을 초월해서." 그가 눈을 감으며 되풀이했다.

클라이티는 아무런 응대를 하지 않았다. 옥타비아는 제럴드가 이렇게 나오면 꼭 응대를 했고 결국은 제럴드가 우는 것으로 끝났다.

닫힌 창문 밖에서 지빠귀가 울기 시작했다. 클라이티는 커튼을 열고 창문에 귀를 갖다 댔다. 비는 그쳐 있었다. 칠흑같이 새까만 나무와 밤공기를 뚫고 뚝뚝 떨어지는 물방울 사이로 새소리가 들려왔다.

"꺼져." 제럴드가 말했다. 베개 아래 머리를 묻고 있었다.

그녀가 쟁반을 들고 얼굴을 묻은 제럴드를 두고 나왔다. 그들 누구의 얼굴도 굳이 볼 필요가 없었다. 사이사이에 나타나는 게 그 얼굴들이었으니까.

서둘러 부엌으로 가서 그녀가 그제야 저녁을 먹었다.

그들의 얼굴은 그녀와 다른 얼굴 사이에 나타났다. 오래전에 그녀를 마주 바라보던 어떤 얼굴을 감추기 위해 그 사이로 밀고 들어온 것이 그들의 얼굴이었다. 그래서 이제는 그 얼굴이 어떻게 생겼는지, 처음으로 본 건 언제였는지를 기억해 내기도 어려웠다. 분명 젊었을 때였을 것이다. 그래, 덩굴시렁 아래에서, 그녀가 웃었던 것 같은데, 몸을 앞으로 숙이며…… 그러면서 나타나는 하나의 얼굴—약간은 다른 얼굴들과 비슷했다. 의심 없는 아이나 순진한 늙은 여행객의 얼굴, 심지어 욕심 많은 이발사나 리시의 얼굴, 혹은 문이란 문은 다 두들겨도 아무 대답을 듣지 못하는 떠돌이 행상의 얼굴처럼. 그러면서도 달랐다, 훨씬. 이 얼굴은 그녀의 얼굴과 아주 가까이 있었다. 거의 친숙하고 거의 닿을 수 있을 만큼. 그러다가 옥타비아의 얼굴이 불쑥 끼어들었고, 또 다른 때는 뇌졸중에 걸린 아버지의 얼굴이, 제럴드의 얼굴과 총알이 이마를 관통한 동생 헨리의 얼굴이…… 파 조면 공장의 거리에서 마주친 내밀하고 신비로운, 그리고 다시 나타나지 않는 얼굴들을 면밀히 살펴보는 것도 순전히 그 환영과 닮은 얼굴을 찾기 위해서였다.

하지만 늘 뭔가 끼어들어 방해했다. 누가 말이라도 걸면 그녀는 줄행랑을 쳤다. 거리에서 누군가와 마주칠 것 같으면 그 사람이 지나갈 때까지 덤불 뒤로 뛰어 들어가 숨어 있거나 작은 나뭇가지로 얼굴을 가리고 있다는 건 다들 알았다. 누군가 이름이라도 부르면 얼굴이 처음엔 빨개졌다가 다음엔 하얘졌다가, 그러고는 가게에 있는 여자가 표현한 바에 따르면 어쩐지 **실망한** 기색이 되었다.

게다가 그렇게 겁을 집어먹는 정도가 갈수록 심해졌다. 이제는 옷을 멋지게 차려입은 적이 없었기 때문에 알 수 있었다. 수년 동안 그녀는 이따금 소위 '정장'을 차려입고 나왔는데, 항상 사냥꾼들이 입는 녹색을 입었다. 양동이처럼 얼굴 아래까지 내려오는 모자나 녹색 실크 드레스나 앞이 뾰족한 녹색 신발처럼. 날이 화창하고 좋으면 그 옷을 하루 종일 입고는, 다음 날이면 그게 모두 꿈이었다는 듯이 다시 턱 아래로 끈을 잡아맨 낡은 모자에 색 바랜 점퍼스커트로 돌아가는 것이었다. 클라이티가 그렇게 잔뜩 차려입어서 멀리에서도 그녀를 알아볼 수 있었던 건 이제 아주 오래전 일이었다.

간혹 친절을 보일 셈으로, 혹은 그냥 궁금해서 이웃 사람이 뭔가—예를 들어 코바늘 뜨개질의 문양 같은—에 대해 그녀의 의견을 물을 때 그녀는 도망가지 않았다. 짓다 만 옅은 미소를 보이며 "멋있네요"라고 아이 같은 목소리로 말하곤 했다. 하지만 그다음에 여자들이 늘 덧붙이는 말은, 이미 오래전부터 파 집안 주변에 멋있는 거라고는 하나도 없다는 것이었다.

"멋있네요." 옆집 할머니가 새로 심은 장미 덤불에 활짝 핀 장미를 보여 주자 클라이티가 말했다.

하지만 한 시간도 되지 않아 그녀는 집 밖으로 뛰쳐나와 이렇게 고래고래 소리 질렀다. "옥타비아 언니가 그 장미 당장 치우래! 옥타비아 언니가 그 장미 당장 우리 담장 멀리로 치워 버리래! 안 그러면 죽여 버릴 거야! 저리 치우라고."

파 집안의 다른 쪽 이웃집에는 어린 남자아이가 있었고, 그 아이는 늘 마당에 나와 놀았다. 옥타비아의 고양이가 울타리 아래를 지나 그쪽으로 넘어가면 아이는 고양이를 품에 안곤 했다. 그러고는 파 집안 고양이에게 노래를 불러 줬다. 클라이티는 집 안에서 마구 뛰어나와 열을 내며 옥타비아의 말을 전해 주었다. "그런 거 하지 마! 하지 말라고!" 그러고는 몹시 괴로워하며 외쳤다. "또다시 그런 일을 하면 널

죽여 버려야 할 거야!"

그러고는 채소밭으로 다시 뛰어가 욕을 하기 시작했다.

욕하는 습관은 새로 생긴 것인데, 가수가 어떤 노래를 처음으로 부를 때처럼 나지막했다. 하지만 아무리 해도 그만둘 수가 없었다. 처음엔 스스로도 질겁했던 말들이 목에서 물이 줄줄 넘쳐흐르듯 흘러나왔고, 그러고 나면 어쨌든 기이하게도 긴장이 풀리고 마음이 편해졌다. 그녀는 평온한 채소밭에서 혼자 욕을 했다. 사람들이 못마땅하게 말하는 바로는 그녀가 언니 흉내를 낼 뿐이라는 것이었는데, 그 언니가 수년 전에 똑같은 채소밭에 나와서 그렇게 똑같이 욕을 했다는 것이다. 단지 무지막지하게 크고 고압적인 목소리라 우체국에서도 들릴 정도였다는 점만 빼고.

이따금 클라이티는 그렇게 중얼거리다가 창가에 서서 내려다보는 옥타비아를 올려다보곤 했다. 옥타비아가 마침내 커튼을 치면 클라이티는 말을 잃고 그 자리에 붙박여 있었다.

결국 두려움과 피로함과 사랑, 압도적인 사랑이 한데 뒤섞인 다정한 태도로 슬슬 걸어서 대문을 나서 읍내로 갔고, 갈수록 점점 걸음이 빨라지면서 나중에는 어처구니없을 정도로 바삐 걸음을 옮겼다. 똑같이 출발하면 이 동네에서 미스 클라이티를 따라잡을 사람이 하나도 없을 거라고 사람들이 말하곤 했다.

지금처럼 부엌에서 혼자 먹을 때면 그녀는 먹기도 빨리 먹었다. 묵직한 은 포크로 고기를 찍어 맹렬하게 물어뜯고 닭 뼈에 살점 하나 붙어 있지 않을 때까지 싹싹 발라 먹었다.

계단을 반쯤 올라가다가 제럴드가 커피를 더 달라고 했던 게 기억이 나서 그걸 가지러 다시 돌아갔다. 위층에서 쟁반을 다 가지고 내려와 설거지를 하고 난 뒤 모든 창문과 문이 완전히 꼭꼭 닫혀 있는지 확인하는 것도 잊지 않았다.

다음 날 아침, 클라이티는 아침을 차리다가 자기도 모르게 미소가 떠오르는 입술을 깨물었다. 몰래 열어 둔 창문 너머 저 멀리 햇살 아래로 화물 기차가 다리 위를 지나갔다. 흑인 몇이 고기를 잡으러 줄지어 길을 따라 내려갔고, 함께 가던 톰 베이츠 보이 씨가 고개를 돌려 창문 안쪽의 그녀를 쳐다보았다.

제럴드가 외출 차림에 안경을 쓰고 나타나 오늘 가게에 나가 보겠다고 선언했다. 오래된 파 가구점은 이제 찾는 손님이 별로 없었고 제럴드가 없다고 아쉬워하는 일도 거의 없었다. 사실 그가 있는지 알수도 없었는데, 철사에 커다란 장화를 줄지어 걸어 놔 새장 같은 사무실이 거의 보이지 않았기 때문이다. 고등학교에 다니는 여학생이 오는 손님은 다 상대할 수 있었다.

이제 제럴드가 식당으로 들어섰다.

"오늘 아침엔 기분이 어때, 클라이티?" 그가 물었다.

"괜찮아, 제럴드. 넌?"

"가게에 나가 보려고." 그가 말했다.

그가 뻣뻣하게 식탁에 앉았고, 그녀가 그의 앞에 식사를 놓았다.

위층에서 옥타비아가 꽥 소리를 질렀다. "도대체 내 골무 어디 간 거야? 클라이티 파, 네가 훔쳐 갔지? 내 귀여운 은색 골무 네가 가져 간 거지!"

"또 시작이군." 제럴드가 격하게 내뱉었다. 뒤틀리며 양옆으로 벌어지는 섬세하고 얇은, 거의 거무죽죽한 입술을 클라이티가 바라보왔다. "이렇게 여자들에 둘러싸여서 남자가 어떻게 살 수 있겠어? 도대체 어떻게?"

그가 벌떡 일어나더니 냅킨을 정확히 이등분으로 찢었다. 아침 식사에는 손도 대지 않은 채 식당을 나갔다. 다시 위층 자신의 방으로 올라가는 소리가 들렸다.

"내 골무!" 옥타비아가 다시 소리를 빽 질렀다.

클라이티가 잠시 기다렸다. 위층으로 올라가기에 앞서 작은 다람쥐처럼 몸을 구부리고 가스레인지에 놓인 자신의 아침 일부를 열심히 먹었다.

9시에 이발사인 보보 씨가 현관문을 두드렸다.

두드려 봐야 문을 열어 주는 사람은 아무도 없기 때문에 기다리지 않고 바로 문을 열고 들어가 작달막한 장교처럼 현관 앞 복도를 따라갔다. 오래된 오르간이 있었고 장례식 때 외에는 연주는 물론 덮개를 걷은 적도 없었는데, 장례식 때는 아무도 부르지 않았다. 까치발을 하고 선 남성 조각상의 팔 아래쪽을 지나 어둑한 계단을 올라갔다. 계단 꼭대기에 줄지어서 그들이 서 있었고, 모두들 혐오감을 내보이며 그를 바라보았다. 보보 씨는 그들 모두 제정신이 아니라고 믿었다. 심지어 제럴드는 아침 9시밖에 안 된 그 시간에 이미 술에 취해 있었다.

보보 씨는 작달막했는데, 일주일에 한 번씩 이 집에 드나들기 전까지는 자신의 키에 대해 자부심이 없지 않았다. 하지만 그는 파 집안 사람들의 길고 물렁한 목과 혐오감에 찬 냉랭한 그 도드라진 얼굴을 아래쪽에서 올려다보는 게 전혀 즐겁지 않았다. 자신이 무슨 수작이라도 걸면(마치 그럴 생각이 있기라도 한 것처럼!) 그 자매가 자신을 어떻게 할지는 상상만 할 수 있을 뿐이었다. 그가 층계를 다 올라오 자마자 그만 남겨 놓고 다들 자리를 떴다. 그가 턱을 치켜들고 다리 를 넓게 벌리고 서서 주변을 둘러보았다. 위층 복도에는 아무것도 없 었다. 앉을 의자 하나 없었다.

"한밤중에 가구를 다 팔아 버렸든지 너무 인색해서 쓸 생각을 안 하는 거야." 보보 씨가 파 조면 공장 사람들에게 말했다.

보보 씨는 거기 서서 자신을 불러 주길 기다리면서, 애초에 파 씨 면도를 하러 이 집에 드나들지 말았어야 했는데, 하는 생각을 했다. 하지만 처음 우편으로 편지를 받았을 때 그는 너무나 놀랐다. 편지지 가 오래되어 얼마나 누리끼리해졌는지 처음에 그는 한 천년 전에 쓴 편지가 지금까지 배달되지 않은 줄 알았다. '옥타비아 파'라고 서명 이 되어 있었고, '보보 씨에게'라는 의례적인 호명도 없이 본론으로 들어갔다. '추후 통지가 있을 때까지 금요일마다 아침 9시에 이 집으 로 와서 제임스 파 씨에게 면도를 해 주십시오.'

그는 딱 한 번만 가리라 마음먹었다. 그리고 갔다 온 후에는 절대 다시 가지 않겠다고 다짐했다. 특히 돈을 언제 줄 건지 전혀 알 수 없 었기 때문에 더욱 그랬다. 물론 파 조면 공장 마을에서 유일하게 그 집 안에 들어갈 수 있는 사람이라는 게 대단한 일이긴 했다. (그 외에 는 젊은 헨리가 자살을 했을 때 갔던 장의사가 유일했는데, 그는 그 때까지도 그에 대해 입도 벙긋하지 않았다.) 또한 파 씨처럼 상태가 좋지 않은 사람을 면도하는 일도 쉽지 않았다. 시체나 심지어 술김에 달려드는 농장 노동자를 면도하는 게 차라리 나을 것이었다. 당신이 이런 상태라고 가정해 봐라. 보보 씨가 그렇게 말하곤 했다. 얼굴을 못 움직여요. 턱을 올릴 수도 없고 턱에 힘을 줄 수도 없고, 심지어 면도날이 가까이 오는데 눈을 깜짝거리지도 못해. 파 씨 면도할 때 문제는 얼굴이 면도날에 맞설 만한 힘이 없다는 거예요. 축 늘어지니까.

"다시는 안 가." 보보 씨가 손님들에게 마지막으로 하는 말은 늘 그랬다. "돈을 줘도 안 갈 거야. 이젠 신물이 나."

하지만 그는 다시 여기 환자 방 앞에서 기다리며 서 있었다.

"이번이 마지막이야." 그가 말했다. "하늘에 맹세코!"

그러면서 저 노인네가 왜 죽지 않는지 의아해했다.

바로 그때 클라이티가 방에서 나왔다. 그녀는 우스꽝스럽게 옆 걸음질을 쳤고, 가까워질수록 더 천천히 움직였다.

"들어가요?" 보보 씨가 초조하게 물었다.

클라이티가 미심쩍어하는 그의 작은 얼굴을 보았다. 그 작은 초록 눈에 어쩌면 그렇게 공포감이 빠르게 스쳐 지나가는지! 욕심 많은 불쌍한 작은 얼굴, 그 얼굴이 길고양이처럼 얼마나 구슬퍼 보였는지. 이 욕심 많은 작은 인간이 그렇게 절실하게 필요로 하는 게 도대체 뭘까?

클라이티가 이발사 앞에 와서 멈췄다. 그런데 이제 들어가 아버지 면도를 해도 된다는 말을 하는 게 아니라 손을 뻗어 숨이 턱 막힐 정도로 다정하게 그의 옆얼굴을 만졌다.

그래서 잠시 그녀가 호기심을 보이며 그를 바라보고 그는 헤르메스 조각상처럼 가만히 서 있는 장면이 연출되었다.

그러다가 둘이 동시에 절망적인 외마디 소리를 내질렀다. 보보 씨는 몸을 돌려 면도기를 빙빙 돌리며 계단을 뛰어 내려가 현관 밖까지 단숨에 도망쳤다. 클라이티는 유령처럼 창백한 얼굴로 휘청거리며 난간에 몸을 기댔다. 베이럼 향수와 양모제의 끔찍스러운 냄새와 눈에 띄지 않는 거슬거슬한 수염의 흉측한 느낌, 툭 튀어나온 뿌연 초록색 눈―도대체 손으로 뭘 만졌단 말인가! 그 얼굴을 생각만 해도 참을 수가 없었다.

닫혀 있는 환자 방문 너머로 옥타비아의 고함 소리가 들려왔다.

"클라이티! 클라이티! 아빠에게 빗물을 안 갖다드렸잖아! 면도하실 때 쓸 빗물은 도대체 어디 있는 거야?"

클라이티가 순순히 계단을 내려갔다.

제럴드가 방문을 벌컥 열더니 그녀 등에 대고 소리쳤다. "이젠 또 뭐야? 이건 완전히 정신병원이야! 내 방문 앞을 누가 뛰어갔지? 다 들었다고. 남자들을 어디다 감춰 두고 있는 거야? 꼭 집에까지 끌어 들여야겠어?" 그러고는 다시 문을 요란스럽게 닫았고, 바리케이드를 쌓는 소리가 들렸다.

클라이티가 아래층 복도를 지나 뒷문으로 갔다. 오래된 빗물받이 통 곁에 서 있다가 문득 이것이야말로 지금, 적절한 순간에 친구가 되어 줄 수 있겠다는 기분이 들며 고마운 마음이 북받쳐 거의 양팔로 끌어안을 뻔했다. 빗물받이 통엔 빗물이 가득 담겨 있었다. 얼음과 꽃과 밤이슬 같은 묵직하고 어둑한 향내가 코를 찔렀다.

클라이티가 몸을 약간 숙여 미세하게 흔들리는 물을 들여다보았다. 거기서 얼굴이 보였다는 생각이 들었다.

당연하지. 그건 그녀가 찾던 얼굴, 지금껏 떨어져 있던 얼굴이었다. 신호를 보내기라도 하듯, 한 손의 집게손가락이 검은 볼에 닿았다.

이발사의 얼굴을 만지기 전에 그랬던 것처럼 클라이티가 몸을 더 숙였다.

흔들리는 그 얼굴은 헤아릴 수가 없었다. 고통스러운 듯 미간을 잔뜩 좁히고 있었다. 커다란 눈은 거의 탐을 내듯이 골몰해 있고, 못생긴 코는 울어서인지 얼룩덜룩하고 나이 든 입은 말이라고는 안 할 것처럼 굳게 닫혀 있었다. 머리 양쪽으로 짙은 색 머리가 봐 줄 수 없게 엉망으로 흘러내려 있었다. 기다림과 고통의 신호를 보내는 그 얼굴 어디를 보든 그녀는 충격을 받고 겁을 먹었다.

그날 아침 두 번째로 클라이티는 흠칫 놀라며 몸을 움츠렸는데 상대방 역시 똑같이 따라 했다.

너무 늦었다. 이미 그 얼굴을 알아봤으니까. 반쯤 기억나기 시작한 별 볼 일 없는 형상이 결국 그녀를 저버리기라도 한 듯 그녀는 완전히 상심하여 서 있었다.

"클라이티! 클라이티! 물 어떻게 됐어! 물!" 무지막지한 옥타비아의 목소리가 들려왔다.

자신이 할 수 있는, 생각할 수 있는 일은 단 하나밖에 없었고, 클라이티는 그 일을 했다. 앙상한 몸을 더욱 구부려 머리를 통 속으로 집어넣었고, 반짝이는 물 표면을 지나 특색 없는 상냥한 깊은 곳까지 쑥 내려가 머물렀다.

올드 리시가 발견했을 때 그녀는 검은색 스타킹을 신은 숙녀다운 다리를 거꾸로 집게처럼 벌린 채 통 속에 고꾸라져 있었다.

늙은 마블홀 씨
Old Mr. Marblehall

늙은 마블홀 씨는 한 일이라곤 아무것도 없는데, 예순 살이 되어서야 처음 결혼을 했다. 그가 산책을 나오는 모습이 보인다. 잘 보면 늙은이들이 스스로를 얼마나 소중하게 여기는지 알 것이다. 보호막을 잔뜩 세우고 구부정하게 음모자처럼 걷는 거며. 길모퉁이에 한참을 서 있으면서도 다른 사람들보다 더 조급해하는데, 마치 원하는 대로 아무 데든 갈 수 있도록 차량들이 그들을 알아보거나 말을 세우거나 차 브레이크를 밟기를 기대하는 것만 같다. 마블홀 씨가 딱 그렇다. 짧은 백발 머리를 앞으로 내리고 옷깃에는 금어초를 꽂았다. 선물로 받은 반짝거리는 커다란 지팡이를 짚으며 걷는다. 사람들이 그에 대해 생각하는 게 그렇다. 앞에서는 모두들 "정말 젊어 보이세요!"라고 하지만 뒤에서는 "갈 날이 멀지 않았어"라고 신나게들 말한다.

윤이 나는 두툼하고 아름다운 코트를 입고 있다. 트위드 모직이지만 따끔거리는 털로 둘러싸인 동물처럼 흡족해 보인다. 심지어 여름에도 그걸 입는데, 그는 늘 춥기 때문이다. 캐서린가街로 나와 아주 호사스럽게 산책을 하는 그는 고풍스럽게 비밀스럽고 뭐든지 할 각오가 되어 있는 것처럼 보인다.

집에 남아 응접실에서 선 채로 생각에 잠긴 그의 부인은 전기를 맞은 것 같은 머리에 한쪽 입술이 올라간, 몸집이 크고 길쭉한 노파이다. 그녀는 응접실 같은 턱으로 씹어 먹겠다고 달려드는 자의식에서 벗어나려 평생을 애썼다. 다 늦게 하게 된 결혼은 숲에서 몇 년 묵은 낙엽들을 코로 헤집으며 냄새를 맡는 레트리버처럼 그녀의 신경에 작용하기 시작했다. 방 안을 서성일 때의 그녀의 태도는 소원하면서 흐리멍덩한데, 아주 가혹하게 훈련을 받았을 것처럼 보였다. 안 그랬으면 전화를 받는다든지 모자를 쓰는 등의, 목전에 있는 실질적인 일도 하지 못할 것처럼 말이다. 하지만 그녀는 당신이 생각하는 이상으로 활동 범위가 넓다. 클럽을 다니는 것이다. 적절한 주장을 쏟아 놓는 다른 많은 여성에 둘러싸여 그녀 역시 '미국 혁명의 딸들'과 '단결한 남부 연합의 딸들' 소속으로 차 모임에 함께한다. 다른 여성들의 집 촛불 아래 우뚝 솟은, 길쭉하고 불안한 그녀의 모습은 어쩌다 생긴 우연처럼 보인다. 무슨 행사라도 있으면 그녀는 유니콘 뿔 모양의 머리를 했다. 심지어 노래도 하고, 노래를 불러 달라는 요청도 받는다. 노래 몇 곡을 지어 부르기까지 한다(〈오, 저녁 무렵의 나무여〉). 그녀의 목소리에 여자들은 오르간 소리 같다며 어리둥절해하고 남자들은 우물 아래에 대고 지르는 소리 같다며 재미있어한다. 입 안에서 물결치는 희망을 뚫고 나오는 빈 숨소리와 울림으로 가득했으니 말이다. 그녀의 한없는 놀라움을 사람들은 알까? 다시 안전하게 집으로 돌아와 어둑한 집 안에서 흐트러진 머리를 바르르 떨며 그녀는 궁금해했다. 내치즈 사람들은 다들 그녀 주변에서 입을 다문다는 걸 기억했다. 마블홀 여사잖아, 마블홀 씨 부인. 남부 여성들은 비 올 때 나가는 걸 무엇보다 싫어하는데도 그녀는 '멀리서 주문'했다는 커다랗고 말쑥한 비스킷 색깔의 덧신 장화를 신고 비가 오는데도 나간다. 그냥 둘러보며 다닐 뿐이다. 즐거움이라고는 모르고 남의 비위나 맞추는, 졸린 표정에 돈 많이 들고 괴로움에 시달리는 마블홀 부인은 남편의 식성에 자신의 생각을 핀으로 꽂듯이 꽂아 버렸다. 당신을 유혹하고 싶다고 그에게 말한다. 대령할 수 있는 것 중에서 뭐가 가장 먹고 싶어요?

조상 대대로 내려오는 마블홀 씨의 집이 있다. 원주가 네 개뿐이니까 그렇게 어마어마하게 크지는 않지만, 터널이 있으면 아무것도 보이지 않아도 늘 들여다보게 되는 것처럼 항상 쳐다보게 된다. 지금은 뒤쪽으로 강이 바짝 밀고 들어와 뒷마당은 분명 줄어들었겠지만, 미시시피강을 당혹스럽게 하려는 덫처럼 맨 끝에 네모난 미로가 있다. 빨간 벽에서 한참 들어가야 현관이 나오는데, 검은색 마호가니를 통째로 써서 만든 그 문은 엄청 묵직하고 아주 튼튼하다…… 그리고 알다시피 **그들** 중 한 사람이 언제나 그 안으로 들어간다. 숨을 헐떡거리는 물고기 모양의 쇠고리가 문에 달려 있다. 오래된 물건들이 늘어선 집 안이 어두컴컴하리라는 상상이 드는 것도 당연하다. 죽음의 분위기를 풍기는 커다란 태피스트리가 수도 없이 있는데 다 꾸깃꾸깃하고 얇아졌고, 이탈리아 동화에 나오는 사악한 여왕처럼 키가 큰 S. 브로케이즈 모양의 소파가 창문 앞에 수도 없이 모여 있다. 당연히, 애정은 없지만 꼼꼼하게 모든 것에 얇은 천을 드리우고 가리개를 하고 차양을 했다. 램프는 얼마나 밝은 장밋빛인지! 들리는 소리라고는 샹들리에가 살짝 흔들리거나 분광기에 숨결이 부딪는 소리밖에 없다. 조심스럽게 알맞은 순서에 따라 천천히 덧문 하나가 바깥을 향해 열리는 그 집은 나이 든 사람의 눈꺼풀 같다. 그러면 들창코와 뾰족한 귀에 머리 위쪽으로 가늘고 부드러운 곱슬머리가 흩날리는 어린 아들이 가만히 나와 고양이 새끼처럼 밖을 빤히 내다보는 것이다.

그 아들이 최악이었다. 마블홀 부부에게 아들이 있다니! 둘 다 무척 나이가 들어서야 이 놀랍고 매력적인 어린 아들을 낳았다. 사람들이 얼마나 질겁했을지, 그 생각이 떠오를 때마다 어떻게 몸을 홱 움직이며 손을 들어 올렸을지 알 수 있을 것이다. 적어도 마블홀 씨에게는 그런 그들이 보인다. 그는 내치즈 사람들이 하는 일은 아무것도 없다고, 그리고 정말이지 대부분이 그와 똑같은 일을 해 왔거나 그럴 수 있었다고 생각한다. 그 아들이 지금 여섯 살이다. 가까이 보면 원숭이 인상이면서 아주 예리해 보인다. 숱이 적은 동양인 머리에 작고 하얀 치아와 길고 쪼글쪼글한 손가락을 지녔다. 매일 비싼 옷을 느릿느릿 입고 가톨릭 학교에 간다. 마블홀 씨나 마블홀 부인과 밖에 산책을 나갈 때의 그 아이는, 부모가 걸음을 멈추고 기다리는데 장화 신은 작은 발로 조그만 녹색 벌레를 밟는 그 아이는 얌전하면서도 심술궂게 우스꽝스러워 보인다. 지나치는 사람들마다 생각하는 것은, 그저 자식을 가질 수 있다는 걸 보여 주기 위해 자기를 낳았다는 걸 아이 스스로 아는 것 같다는 것이었다. 알겠지만, 앙심이 가득한 이 상황이 그렇게 복잡해지는 것이다.

하지만 마블홀 씨가 햇빛 비치는 강 쪽을 향해 가능한 한 잰걸음으로 걸어가는 지금은 그를 원래의 흐릿함으로, 파티를 벌이는 그의 작은 마을로 다시 돌려보내야 한다. 뭐 하러 그를 두 번 보겠는가? 1818년에 〈두 맹인 바이올린 연주자의 어쭙잖은 싸움〉으로 끝나는 오트웨이의 〈베니스〉 공연을 하러 처음 들어온 이래 내치즈에는 언제나 나이 든 마블홀 씨—배우였던 것이다!—가 있었다. 마블홀 씨가 그리 대단한 사람은 아니다. 배우 명단에 들어 있고 다들 봐 주기는 하지만 그에게 신경 쓰는 사람은 하나도 없다. 죽는다 해도 별 관심이 없을 터였다. "아, 아직 살아 있어?" 이렇게 말하는 사람도 있다. 마블홀 씨는 끊임없이 걸어 다니고, 이따금 멍한 눈동자 같은 촛불 버너가 앞쪽에 달린, 술 장식이 있는 구닥다리 마차를 몰고 다닌다. 그래, 건강을 위해서라도 돌아다녀야 하니까. 하지만 그가 없다고 해서 무슨 문제가 있는가? 내치즈 말고 다른 곳이 있는 것도 아니고, 설사 다른 곳이 있어서 그곳과 맞닥뜨린다 한들 마블홀 씨가 변한다든가 하는 일은 거의 없을 것이다. 거대한 손가락이 강가 산책로에 있는 그를 반짝 들어, 대롱대롱 매달린 채 여전히 규칙적으로 늙은 다리를 움직이는 그를 동쪽이든 서쪽이든 하늘나라에든 내려놓는다 해도 그는 아마 내내 해 온 내치즈 산책을 계속할 것이다. 늙은 마블홀 씨에게, 이제 와서 무슨 일이 생긴들 뭐가 달라지겠는가? 내치즈에서 한두 주가 지나가도 여전히 똑같은 정도로 늙고 그만큼 생기 있는 마블홀 씨가 캐서린가를 따라 걸어가고 있을 것이다.

당연히 사람들은 따분해졌다. 사람들이 말했다. "그러니까 예순 살이 되어서야 결혼을 했는데, 결혼은 도대체 왜 하려고 한 거래?" 마치 그들이 따분하고 관심이 없는 건 다 그가 자초한 일이라는 듯이 말이다. 순례 주간에 순례 장소 바로 앞에서 뇌출혈로 쓰러질 수도 있다는 생각이 들어도, 그가 그렇게 뻔뻔하고도 위태롭게 젊어 보이고 싶어 안달이니 그건 누구의 잘못도 아닌 그 자신의 잘못이라는 듯이 사람들은 한숨을 내쉴 뿐이었다. 어린 흑인 아이라도 데리고 다녀야지. 아, 사람들의 기운을 북돋울 만한 이유는 전혀 없던 그 소중한 노년의 건강! 길을 건너려고 차량들 사이로 나설 준비를 하며 길모퉁이에 서 있을 때의 마블홀 씨의 표정은 격식을 차린 책망하는 표정이었다. 지팡이를 흔들어 대며 '이봐, 보라고! 내가 해냈어, 안 보여?' 이렇게 말할까 생각하듯이. 하지만 사실 아무도 그의 표정에 별다른 주의를 기울이지 않았다. 그들에게 그는 다른 사람들과 똑같을 뿐이었으니까. 밤마다 천국에서 천사 공연단과 춤추는 일도 충분히 할 수 있겠지만 사람들은 짐작도 할 수 없었다. 그가 이중생활을 하고 있다는 걸 알아낼 사람은 없어 보였다.

재밌는 점은 그가 최근에야 이중생활을 하기 시작했다는 것이다. 그걸 하려고 예순이 될 때까지 기다린 것이다. 미친 것 아닌가? 그 이전에는 아무것도 하지 않았다. 뭘 해야 할지도 몰랐다. 모든 게 자신의 첫 번째 파티와 아주 똑같았다. 하릴없이 시간을 보냈고 아버지의 책을 들여다보았고, 오래전에 프랑스에 갔지만 별로 마음에 들지 않았다.

언덕 아래 거리 아무 데나 돌아다니다 보면 곧 길을 잃게 될 것이다. 앞쪽 베란다가 있는 수십 채의 작은 집들이 거의 구별이 되지 않는 걸 알게 될 것이다. 처마 아래에 노랗게 물들어 가는 멀구슬나무가 있고 앞마당에는 잔디밭 군데군데 물린 자국처럼 둥그런 화단이 있는 걸 보게 될 것이고 현관 모기장이 끼익거리는 소리와 얼음 실은 마차가 느리게 굴러가는 소리와 아이들이 재잘대며 떠드는 소리를 들을 수 있을 것이다. 그런 집에 누가 사는지 알고 싶은 사람은 아무도 없다. 이들은 매일 이 시간쯤 되면 알아서 밖으로 나와 먼지가 날리지 않도록 호스로 길에 물을 뿌리고, 그런 뒤에는 현관 앞에 앉았다가 다시 집 안으로 들어가 두 시간 동안 라디오를 듣는다. 밖으로 들리는 라디오 소리가 그들을 위해 슬피 우는 것만 같다. 그리고 일찍 잠자리에 든다.

뭐, 늙은 마블홀 씨가 그 작은 집 앞 오솔길을 따라 줄지어 자라는 백일홍 가까이 서 있는 모습은 쉽게 볼 수 있다. 어디에도 무리가 가지 않도록 조심, 또 조심해서 몸을 숙여 꽃들을 바라보는 모습 말이다. 당연히 그가 심은 꽃들이니까! 온통 갈색이다. 하트 모양 꽃잎마다 주머니처럼 먼지가 잔뜩 들어찼다. 향기도 없다. 귀뚜라미 울음소리가 몇 배는 더 커지는 황혼 녘이라 뭐가 되었든 눈여겨보는 사람은 아무도 없다. 백일홍을 뭐 하러 그렇게 몸을 숙여 가며 보고 있는지는 어떤 식으로든 이해를 하려 해도 수수께끼였다. 하지만 그가 그렇게 눈에 띄게, 늙었지만 생기 있게 이중생활을 하고 있는 것이다.

밤이 그늘을 드리우는 포치의 양치식물 화분 옆에 서서 이웃에게 악을 쓰는 사람이 그의 또 다른 부인이다. 이 부인은 다른 부인보다 정말이지 더 형편없다. 몸이 더 탄탄하고 더 뚱뚱하고 작달막한데, 못생긴 건 아니지만 더 웃기게 생겼다. 우스꽝스러운 가구—작고 단조로운 우둔한 둥그런 머리에 작은 주택들 안의 아무 장식 없는 계단 난간 살 비슷하달까—, 아니면 검지로 여기저기 찌르면서 허공에 균열을 일으키는 바이에른 마녀의 목판화처럼 보이기도 한다. 하지만 그녀는 워낙 정적이라 두툼한 어깨에서부터 원통형 갈색 드레스를 지나 작달막하고 붕북한 슬리퍼에 이르기까지 서의 움직임이 없다.

가만히 서서 이웃들에게 고함만 지른다.

이 부인은 마블홀 씨의 이름을 버드 씨라고 알고 있다. 이렇게 말한다. "내 확실히 말하지만 버드 씨에게 잠이나 자라고 했다고, 그런데 저 꼴 좀 봐! 도대체 이해할 수가 없다니까!" 그녀의 헌신적 열정은 불과 같아 절망으로 화르륵 타오른다. 아는 건 맘에 담아 두는 법이 없다. 이웃들에게 이렇게 얘기한 다음 나중에 마블홀 씨에게도 말할 것이다. 둥글납작한 가슴을 가진 그녀의 아내다운 불평이 집 안에 가득하다. 다시 소리를 지른다. "가서 자라고 하면 버드 씨가 뭐 하는지 알아? 옷도 안 벗고 대자로 누워서는 한 마디도 안 하는 거야. 무슨 짓을 하는지 아느냐고?"

그러고는 마블홀 씨(혹은 버드 씨)가 몸을 숙여 백일홍을 바라보는 동안 그가 침대에서 무슨 짓을 하는지 계속 떠들어 댄다. 『무서운 이야기』나 『기상천외한 이야기』를 읽는다는 것이다. 도대체 그게 뭐라고, 내가 보기엔 무서워 죽겠는 얘기들이구먼. 그것은 벌거벗은 여자와 과학자들에게 벌어지는 무시무시하고 기상천외한 일들에 대한 것이다. 한 이야기에서는 등장인물이 장롱 서랍을 열자 여자 다리 하나가 스타킹에 밴드를 찬 채로 발견되기도 했다. 버드 씨가 읽던 잡지를 덮어야 했다는 것이다. 거기 나오는 표현들은 이랬다. '끈적끈적한 그림자', '뭔가를 중얼거리는 눈이 빨간 노파', '허벅지를 비추는 달빛', '고대의 태양숭배 제례', '미심쩍은 얼룩이 있는 제단'…… 마블홀 씨는 그런 것에 별로 겁을 먹지 않아서 계속해서 읽는다. 그냥 시간을 때우는 것이다. 공휴일 음식처럼 잔뜩 차려 놓았지만 맛은 별로 없는 그런 것. 시곗바늘은 자정까지는 미친 듯이 마구 돌아가다가 그다음부터는 느긋하게, 느긋하게 움직이니까. 시간이 지나갈 때 그에겐 귓속에 벌레가 들어간 것만 같다. 그러면 버드 씨는—그는 등불에 갓을 씌우는 것도 싫어한다고 이 부인이 점잖게 불평한다. 맨전구 아래에서 책을 읽는다는 것이다. 그녀는 그가 어떻게 쌓여 있는 많은 잡지를 한 번에 다 훑는지도 얘기해 줄 수 있다. "그 사람은 차라리 가족이 없는 게 나아." 그녀는 늘 그렇게 부당한 비난으로 말을 맺고는 마치 내내 작은 바퀴를 달고 있었다는 듯이 집 안으로 다시 굴러 들어간다.

하지만 가장 봐 줄 수 없는 건 또 다른 어린 아들이다. 앞선 어린 아들과 똑같은 어린 아들. 자질구레한 꾀와 장난이 머리에 가득한 채 이 단층집을 이리저리 돌아다닌다. 앞니가 빠져서 마블홀 씨의 다른 아들과는 약간 달라 보인다. 더 망측하다. 그것만 아니면 아무리 애를 써도 그 둘을 구분할 수 없을 것이다. 둘 다 교활한 어린 곡예사의 표정에, 집중 조명 아래에서 말도 안 되게 왜소한 모양으로 말없이 뭔가에 정신이 팔려 즐거워한다. 두 아이 모두 난데없이 성질을 부리며 난리를 치기 때문에 마블홀 씨와 각 엄마들은 혼이 나가도록 겁을 먹는다. 그러면 아이들은 원하는 건 다 가질 수 있는 것이다. 하지만 이 아이, 앞니가 빠진 이 아이는 더 똑똑했다. 오래도록 아이는 자기 엄마가 벌어진 두꺼운 발목에 이르기까지 완전히 견고한 존재라고 보았다. 그러나 바깥 현관에 나와 서서 이웃들에게 악을 쓰는 그녀를 보니 사람들이 밤에 거리에 피워 놓는, 그의 마음을 그렇게 사로잡았던 불꽃—단단한 검은 공이었다가 혀를 날름대듯 타오르는, 보는 사람을 꼼짝 못 하게 하는 사악하고 지속적인 막대기 위의 노란 불꽃—이 떠올랐다. 아버지가 어떤 생각을 할지 아이는 알았다.

어쩌면 어느 날 마블홀 씨가 백일홍 위에 가만히 몸을 숙이고 서 있을 때 이 어린 아들이 담벼락에 이렇게 쓰게 될지도 모른다. '아빠는 이중생활을 하신다.' 당신이 알아내지 못할 것까지 아이는 알아낸다. 원숭이니까.

그러니까 어느 날 밤 밖으로 나가는 마블홀 씨(혹은 버드 씨)의 뒤를 쫓기로 한다. 마블홀 씨는 평소와 다름없이 건강을 위해 나들이를 간다고 말한다. 그는 부친인 고 마블홀 씨와 아주 똑같이 여전히 우물에 가서 물을 마시는 그런 똑바른 나이 든 신사 중 하나이니까. 하지만 왜 걸어서 간단 말인가? 아이에게 이런 생각이 든 것이다.

그래서 아버지 뒤를 쫓는다. 읍내를 가로질러 계속 쫓아간다. 반짝거리는 강물이 구불거리며 흐르는 것을 본다. 마블홀 씨가 길을 꺾어 들어가 어느 집의 철 대문으로 들어가는 걸 본다. 말이 없는 덩치 큰 여자가 나와서 그와 함께 육중한 문으로 들어가는 걸 본다. 창문에 늘어진, 여러 겹으로 주름 잡힌 커튼 너머 장밋빛 램프도 놓치지 않을 것이다. 아이는 샘물을 끼고 돌아서, 모과나무를 끼고 돌아 계속 달려서 염소 위에 올라앉은 변발을 한 신하의 석상을 지나 계속 달려 그 집의 뒷문에 이른다. 거기서 낯선 위층 방을 올려다볼 수 있다. 그 중 한 창문에 주름이 많은 긴팔 잠옷을 입은 다른 부인이 거인처럼 서서 삐죽거리는 머리를 빗는데 빗질을 할 때마다 엉키는 머리를 잡아 풀 것이다. 옆 창문에는 다른 어린 남자아이가 몰래 어두운 바깥을 내다보고 있을 것이다. 그러다가 그를 본다. 못 볼 수도 있고. 그러면 흥미로울 텐데. 기이한 텔레파시의 순간처럼. (마블홀 씨는 그런 걸 상상할 수 있겠지.) 그러다 맨 끝 방에서 갑자기 갓이 없는 밝은 불이 켜진다. 아하! 아빠구나!

마블홀 씨의 아들은 그 집 나무에 거뜬히 기어올라 창문으로 들여다볼 것이다. 거기, 갓이 없는 맨 전구 불 아래, 그리핀이 새겨진, 네 기둥과 덮개가 있는 침대 위에 마블홀 씨가 대자로 누워 꼼짝도 않고 『무서운 이야기』를 읽고 있는 것이다.

그렇게 모든 게 다 밝혀질 것이다.

처음에는 아무도 믿지 않을 것이다.

어쩌면 경찰도 이렇게 말할 것이다. "닥쳐! 어디서 감히!"

어쩌면 그보다 다행스럽게 마블홀 씨가 직접 자신의 이중생활을 털어놓을 수도 있다. 어떻게 한 명이 아닌 두 명의 아들을 두고 완전히 다른 두 가족과 함께 완전히 다른 두 인생을 살았는지를 말이다. 얼마나 놀랍고 믿기 힘든, 짜릿한 고백이 될 것이며, 두 부인은 얼마나 기함을 하고 쓰러지고 두 아들은 민망함에 몸을 움츠리겠는가! 예순여섯 먹은 대부분 남자들은 말할 것도 없고. 스스로를 위안하는 마블홀 씨가 그런 생각을 한다.

아무 일도 일어나지 않는다면? 당신에게 그런 의문이 들 수도 있다. 이렇게 경이로운 삶에조차 절정이랄 것은 없다면? 마블홀 씨는 그저 계속 살아갈 것이고 시시각각 늙어 갈 것이고 여전히 몰래 이쪽저쪽을 오가게 된다면?

상관할 사람은 아무도 없다. 마블홀 씨가 자기를 속였다고 해서 신경 쓸 사람은 미시시피의 내치즈 주민들 중에 아무도 없다. 마블홀 씨가 사람들이 무슨 일을 하고 사는지 마침내 이해했다고 생각하더라도 아무도 신경 쓸 사람은 없다. 그러니까 이런 것 말이다. 사람들은 뭔가를 내적으로, 어느 기간 동안 몰래, 감내한다. 그것이 그들에게 과거를, 기억을 이룬다. 그렇게 삶을 쌓아 가는 것이다. 그가 한 일은 이러하다. 너무나 두드러지게 기만적으로 이중의 삶을 살아왔다.

그리고 점점 깊이 아래로 떨어지며 어떤 명예로운 결말, 엄청나게 폭발하는 폭로…… 미래를 상상한 것이다.

하지만 그는 여전히 시간을 때워야 하고 똑딱거리는 시계와 함께 밤을 지내야 한다. 아니면 자신이 눈부시게 빛나는 나비가 되어 그물을 꿰매는 꿈을 꾸든가. 그건 말이 안 되지만.

늙은 마블홀 씨! 어쩌면 그는 아직도 몇 년은 더 살면서 깃 없는 전구 불 아래 자다가 침대에서 벌떡 일어나, 가슴은 두방망이질 치고 눈물이 그렁그렁한 늙은 눈을 무섭게 부릅뜬 채 사람들이 자신의 이중생활을 알게 되면 놀라 숨이 멎을 거라고 상상할지도 모른다.

마저리에게 꽃을

Flowers for Marjorie

그는 겸손하고 얌전한 연갈색 머리 남자 중 하나였다. 늘 한편에서 기다리는 걸 더 좋아할…… 아래를 내려다보고 선 그의 발 옆으로 다른 발들이 줄지어 있었다. 그 너머로는 대낮의 눈부시게 환한 빛 아래 그림이 새겨진 받침대의 음수대에서 불규칙적인 소리를 내며 물이 뿜어져 나왔다. V 자로 선 발은 모두 꼼짝도 하지 않았다. 그러더니 아래쪽 벤치 끝에서 하나가 가볍게 발을 구르기 시작했다. 그것은 바람에 날려 가는 앙증맞은 분홍색 껌 종이를 향한 빈정거림이었다.

그는 고개를 들지 않았다. 껌 종이가 날려 발 앞쪽에 기우뚱하게 얹혔을 때 어떤 초대의 기미를 알아채고도 침을 퉤 뱉고는 발로 차 버렸다. 입에 이쑤시개를 물고 있었다.

누군가 말했다. "2시 시위에 참가할 거요?"

하워드는 그의 앞에 있는 헐렁한 코듀로이 바지의 무릎 정도까지만 시선을 들었다.

"시위……?" 아무 맛도 없는 이쑤시개가 입술에 달라붙었다. 그의 말은 정확하지 않았다.

하지만 결국 이빨로 이쑤시개를 부러뜨리더니 훅 내뱉었다. 그것이 작은 텐트처럼 풀밭 위에 내려앉았다. 그가 그 모습에 놀라면서 그렇게 멋지고 능숙하게 내뱉은 자신의 솜씨에 감탄했다. 게다가 그 조그만 것 하나에 비둘기들이 다 놀라 흩어졌다. 커다란 숟가락이 햇빛 속의 비둘기들을 휘저은 양 새들이 한꺼번에 정신없이 날아오르자 눈이 쓰렸다. 퍼덕일 때마다 색색으로 변하는 날개를 보다가 눈을 감았다.

그리고 그렇게 눈을 감자 마저리 생각을 하지 않을 수 없었다. 계속 미뤄 온 어떤 것처럼 이제 마저리 생각은 피곤할 때 그를 사납게 때리는 파도 같았다. 공원에 앉아 있으면 무시당해 납작 엎드려 있던 그것이 말도 안 되게 갑자기 머리 위로 치솟았다가 요란하게 떨어져 내리면서 남김없이 모두 쓸고 제자리로 돌아가는 것이다.

그가 일어나서 해의 위치를 보고는 천천히 그녀에게 돌아가기 위해 발길을 옮겼다.

네 층의 계단을 올라와 숨을 헐떡이면서 그가 어둑한 현관의 손잡이를 찾아 더듬거렸다. 문을 열자마자 어깨를 으쓱하고는 모자를 침대 위로 휙 던졌는데, 그러면 일자리를 찾아 콜럼버스 로터리로 나간 일이 어떻게 되었는지 마저리가 묻지 않을 것이었기 때문이다. 사실 그는 오늘 일자리를 알아보러 가지 않았다.

그녀가 아무 말이 없었으므로, 그는 무릎 위에 손을 펴서 올려놓은 채 잠시 소파에 앉아 있었다. 그러고는 눈을 들어 그녀를 보기 전에 방 안의 의자에 눈길을 주었는데, 아무도 사용하지 않는 그 의자 위에는 단춧구멍에 꽃을 꽂은 마저리의 코트가 놓여 있었다. 소리 없이 절망적인 웃음이 나왔고 곧 기침이 되었다.

마저리가 말했다. "동네를 돌아다녔는데, 그러다 발견한 거야." 그녀 역시 자부심에 차서 팬지꽃만을 바라보았다.

연한 노란색 꽃이었다. 가다가 눈에 띄었겠지, 하워드가 생각했다. 하지만 그녀가 어떤 영적인 힘이라도 과시한 것처럼 그는 속으로 움찔했다. 그로서는 그저 주머니에 손을 넣고 성냥을 만지작거리며 그저 앉아서 그녀를 빤히 바라볼 수밖에 없었다.

마저리는 풍만한 팔을 창틀에 얹고 창가의 작은 여행 가방 위에 앉아 있었다. 손을 둥글게 말아 턱을 얹고 있었는데 그 위에서 부드러운 머리칼이 이따금 리본 끝자락처럼 흔들거리고 넘실거렸다. 목소리가 큰 짙은 피부색의 신경질적인 여자들이 가득한 이 도시에 있으면 미시시피의 빅토리에서는 여자들이 다들 마저리 같다는 걸 잊기 쉬웠다. 그리고 다시 마저리는 자신의 고향 같다는 것을…… 과연 그런가? 달랑 하나 있는 작은 방에서 하워드는 어찌할 바를 모를 때가 있었다. 이제 마저리가 소원하게 느껴질 때가 많았는데, 그녀 가까이의 단 하나의 외로운 인생, 그녀 가까이의 정말 절박한 인생을 절대 알아채지 못하는 것은 어쩌면 그 풍만한 몸 안에서 삶이 넘쳐 나기 때문인지도 몰랐다. 그는 그저 그녀를 바라볼 수만 있을 뿐이었다…… 불편한지 잠시 몸을 뒤척이자 벌어진 입술 사이로 숨이 새어 나오며 휘파람 소리를 냈다.

하워드가 시선을 떨구었고 다시 팬지꽃이 눈에 들어왔다. 꽃잎맥과 가장자리가 암적색인 활짝 핀 노란 꽃이 환히 빛나고 있었다. 마저리의 하늘색 낡은 코트 위에 있던 꽃이 불안한 하워드의 눈 아래에서 원래 크기를 벗어나기 시작하더니 사막의 지평선 위에 솟은 완만하고 거대한 산맥의 곡선이 되었다. 꽃잎맥은 크레바스가 되고 섬세한 가장자리는 잠든 크레이터의 닳고 닳은 거대한 입구가 되고. 가슴이 철렁 내려앉았다……

그가 마저리의 코트에서 팬지를 홱 잡아채더니 꽃잎을 몽땅 떼어 바닥에 뿌리고는 일어나 쾅쾅 발로 밟는 것이 아닌가!

마저리는 말없이 그를 바라보았고, 그는 자신이 실제로 행동에 옮긴 것이 아니라 단지 끔찍한 상상을 했을 뿐임을 서서히 깨달았다. 공원에서 그가 배를 곯고 있을 때 비둘기들이 여전히 날아다녔듯이 팬지는 여전히 코트 위에서 타는 듯이 빛나고 있었다. 그가 자신을 사로잡았던 욕망과 연민으로 부르르 떨며 다시 소파에 털썩 주저앉더니 매섭게 물었다. "예정일까지 얼마나 남은 거야?"

"오, 하워드."

'오, 하워드'—그게 마저리였다. 그 상냥한 책망. 그걸 어떻게 막겠는가, 도대체?

"언제라고 했지?" 그가 다시 물었다.

"오, 하워드, 날짜를 따져 보는 일이 그렇게 안 돼? 늘 나한테 물어보지……" 그녀가 한숨 돌리고는 말했다. "3개월은 더 있어야 해. 8월 말이니까."

"지금이 5월이지." 그가 말했다…… 거의 경고의 말처럼 들렸다. "지금이 5월이잖아."

"5월, 6월, 7월, 8월." 그녀가 줄줄이 달을 읊었다.

"확실한 거야? 그러니까 당신이 말하는 그때 나오는 게 확실해?" 그가 그녀를 뚫어지게 보았다.

"그럼, 물론이지, 하워드. 그런 일은 예정한 때에 일어나게 되어 있어. 무슨 짓을 해도 아이가 나오는 건 막을 수 없어, 당연히." 서서히 그녀의 눈에 눈물이 차올랐다.

"울지 마, 마저리!" 그가 소리쳤다. "울지 마, 울지 말라고!"

"설사 당신이 원하지 않더라도 말이야." 그녀가 말했다.

그가 소파에 덮인 낡은 암적색 덮개 위로 주먹을 내려쳤다. 어떤 감정이 울컥하며 묘하게, 비할 데 없이 날렵하게 이 손에서 저 손을 따라 몸 전체로 기어오르는 게 느껴졌다. 그가 속절없이 눈을 감았다.

"그 전에 일자리를 구했으면 해, 하워드." 그녀가 말했다.

그가 놀라 자리에서 일어섰다. 그녀가 말하는 대로 되기를. 그 다정함에 눌려 그가 뭔가를 찾듯 방을 둘러보다가 가만히 코트에서 팬지를 빼냈다.

그것을 앞으로 내밀고 방을 가로질러 그녀에게 가서 진지하게 그녀 옆에 무릎을 꿇었다. 눈을 크게 뜨며 그녀에게 꽃을 주었다.

그녀가 속삭였다. "잠자리를 함께하지 않은 지 정말 오래되었네." 그녀가 차분하고 따뜻한 손을 그의 머리 위에 얹었다. 가르마 위쪽에 손바닥을 놓고 그를 몸 가까이 당겼고, 그는 팽팽해진 그녀의 피부와 통통해진 허벅지의 클로버 향기를 깊이 들이마셨다.

아니, 이럴 수는 없어! 그가 생각했다. 그렇게 그녀의 몸에 얼굴을 묻고 시간이 가도 변함없는 부드러움과 그를 감싸는 그녀의 맥박 소리와 함께 새로운 절망이 계속해서 밀려드는 것을 느끼는 동안 싸구려 알람 시계의 똑딱 소리는 점점 커졌다.

그녀가 다시 말을 이었다.

"3개월 동안 도로포장 일을 할 수만 있다면 거기서 조금이라도 떼어 어쩌면 유모를 둘 수도 있을 텐데. 그러니까 얼마간 말이야, 아기 낳은 다음에—"

바로 그 자리에서 사람들이 콜럼버스 로터리의 포장도로 위로 곡괭이를 내려찍기라도 한 것처럼 그녀의 말에 근육에 경련이 일며 그가 벌떡 일어났다. 그의 입에서 나온 매서운 말이 중얼거리는 그녀의 목소리를 집어삼켰다.

"일이라고?" 그가 그녀에게서 떨어지며 딱딱한 목소리로 말했다. 방 한가운데에서 큰 소리로 말했는데, 거의 공원의 선동가들의 자세나 말투를 흉내 내는 것 같았다. "내가 일을 한 게 도대체 언제인데? 1년 전인가…… 6개월 전인가…… 미시시피에 살 때지…… 기억도 안 나! 시간을 계산하는 게 당신 생각처럼 그렇게 쉬운 게 아니야! 설사 일자리를 얻는다 해도 이젠 뭘 어떻게 해야 할지 모를 것 같아. 다 잊어버렸다고! 이제 다 지난 일이야…… 그리고 이젠 믿지도 않아. 이젠 내게 일을 주지 않을 거야, 절대로—"

말을 멈춘 그의 얼굴에 신기루라도 본 것처럼 잠깐 어떤 표정이 환하게 떠올랐다. 어쩌면 매일 나오는 아침 식사와 함께 밤과 낮이 규칙적이고 꾸준하게 나뉘는 모습을 눈앞에 그려 보는지도 몰랐다. 그러더니 나지막이 웃으며 좀 더 뒤로 물러나 벽에 등을 기대고 섰다. 마치 마저리가 다른 세력과 결탁한 신의 없는 낯선 존재인 양 될 수 있는 한 그녀에게서 멀리 떨어졌다.

"아니, 하워드, 이젠 일자리를 구할 거라는 희망까지 버린 거야." 그녀가 조용히 말했다.

"당신이 아이를 낳을 거라서, 그 일이 일어날 수밖에 없어서, 아이를 한없이 배 속에 넣고 다닐 수는 없으니 정말이지 아이는 태어날 수밖에 없다고 해서, 그렇다고 해서 다른 모든 일도 당연히 일어나고 상황이 달라지지는 않는다고!" 벽에 기댄 채로 그가 절박하게 그녀를 향해 외쳤다. "그렇다고 내가 일자리를 구하게 되지는 않는다고! 그렇다고 우리가 굶어 죽지 않는 건 아니라고." 자포자기의 심정으로 그가 주머니에서 작은 가죽 지갑을 꺼내 격렬하게 앞뒤로 흔들었다. "당신이 잘 모르나 본데, 아직 멈춰 서지 않은 건 이제 세상에 당신밖에 없다고!"

지갑이 자그마한 추처럼 그의 손안에서 서서히 멈춰 섰다. 그가 골똘히 그녀를 바라보더니 움직이던 입이 축 늘어졌고, 될 수 있는 한 움직이지 않도록 지갑을 손에 꼭 쥔 채 서 있었다.

하지만 마저리는 과연 누가 저럴 수 있겠나 싶게 전혀 동요하지 않고, 고개를 한쪽으로 돌린 채 여행 가방 위에 그렇게 앉아 있었다. 그녀의 충만함이 한 번도 그의 몸에 닿았던 적이 없는 듯했다. 그렇게 멀찍이 떨어져 벽에 등을 기대고 서서, 그는 아이를 가져 안전하고 희망에 부푼 그녀의 안정되고 비옥하고 편안한 세계가 한없이 멀어지는 것을 바라보았다. 이 세계 역시 고통에 시달리지 않는 게 이상하다는 듯이.

"뭐라도 먹었어?" 그녀가 물었다.

그녀에게 혀를 내두르지 않을 수가 없었다. 그러고는 증오했다. 안전하게 들어앉은 채 그의 허기와 약점에 대해 묻다니! 그가 지갑을 바닥에 확 집어 던졌는데, 그것은 총에 맞은 새처럼 살며시 바닥에 떨어졌다. 텅 비어 있었으니까.

하워드가 비틀거리며 걸어 다니다가 가스레인지로 갔다. 손잡이가 흰, 깨끗한 작은 냄비를 집어 들었다가는 다시 내려놓았다. 그들은 이사를 갈 때마다, 방을 옮길 때마다 항상 그것을 가지고 다녔다. 눈이 안 보이는 것처럼 그가 찬장의 물건을 손으로 더듬었다. 고기 칼이 손에 잡혔다. 살며시 그것을 쥔 채로 그가 마저리 쪽으로 몸을 돌렸다.

"하워드, 앞으로 어쩔 거야?" 그녀가 예전에도 수없이 그랬듯이 자장가를 부르는 식의 참을성 있는 말투로 나지막이 물었다.

그들은 이제 무심하게 서로에게서 고립되어 아주 멀어졌다. 번개가 번쩍하듯 그가 칼 손잡이를 바꿔 쥐고는 그것을 그녀의 가슴 아래쪽에 깊이 찔러 넣었다.

손잡이 가장자리를 따라 피가 흘러내려, 편 채로 무릎에 올려놓은 손바닥에 규칙적으로 떨어졌다. 얼마나 기이한지! 그가 경탄하며 생각했다. 그녀는 여전히 한쪽 팔에 기대고 있었지만, 그것으로 버티기에는 너무 무겁게 늘어지고 있었는지 곧 고개가 천천히 앞으로 기울어 창틀에 닿았다. 뒤쪽의 머리카락이 앞으로 날려서 몇 분 만에 완전히 앞쪽으로 쏟아져 내렸다. 창틀에 올려놓고 있던 팔은 그대로 있었다. 방금 뭔가를 떨어뜨린 양 손가락에 힘이 풀려 있었다. 손톱에 작고 뿌연 하얀색 자국이 있었다. 완벽하게 균형이 잡혔어. 하워드가 팔을 바라보며 생각했다. 그 덕에 마저리의 팔이 떨어지지 않는 것이다. 마침내 그가 시선을 아래로 옮기자 온통 피바다였다. 사발에 담긴 듯 무릎에 피가 가득했다.

그래, 당연하지. 그가 생각했다. 다 있을 수 없는 일이었으니까. 그가 손을 씻으러 갔다. 똑딱거리는 시계 소리가 너무 무시무시해서 창밖으로 던져 버렸다. 한참 뒤에야 그것이 아래쪽 마당에 떨어지는 소리가 들렸다.

문득 머리가 깨질 것처럼 지끈거렸다. 몸을 숙여 지갑을 집어 들었다. 밖으로 나가서 가만히 문을 닫았다.

바깥 도시의 거리 위를 태양이 비스듬하게 비추고 있었다. 이발소 회전 간판 앞에서 거리를 바라보는 야윈 회색 고양이 위에도 내려앉았다. 하워드가 앞을 지나가자 지나치다 싶게 깨끗이 자기 몸을 핥으면서 그를 눈으로 좇았다. 그가 모자를 똑바로 고쳐 쓴 뒤, 줄넘기 가까이로 몰려나와 입을 헤벌린 채 노래를 부르며 주변을 경중경중 뛰어다니는 한 무리의 아이들 사이로 걸어갔다. 길을 건너다가 배달원 소년의 자전거 바퀴에 된통 부딪혔지만 아픈 줄도 몰랐다.

고가철도의 그늘 아래로 6번가를 걸어 올라가면서 거듭 모자를 바로 썼다. 작은 돌풍 때문에 자꾸 모자가 벗겨져 날아가려 했기 때문이다. 벗겨지면 얼마나 한참을 쫓아가야 하겠는가! 사람들이 잔뜩 모여 창문 뒤의 기계를 쳐다보고 있는 곳에 다다랐다. 기계는 아주 천천히 도넛을 만들고 있었다. 옆집으로 가니 또 창문이 나왔는데, 거기엔 성모마리아와 온갖 새와 동물의 컬러사진들로 도배가 되어 있었고, 아래쪽의 작은 회색 판지 상자로 만든 장 안에 장난용 미니 양변기와 소변기가 있고 중간 상자 안쪽으로 긴 관이 붙어 있는데, 거기에 연필로 '벌떡벌떡—모조 심장. 그녀에게 당신의 사랑을 보여주세요.'라고 적혀 있었다. 손풍금 연주자가 바로 모자를 벗고 〈발렌시아〉를 연주했다.

그는 계속 나아가 문간에 이르러 경매인이 자기 모자챙에 대고 담배 연기를 푹푹 뿜어 대는 몇몇 사람에게 아주 친근하게 몸을 내밀며 한 쌍의 금 촛대를 흔들어 대는 것을 바라보았다. 또 다른 장소를 지나쳤는데, 처음부터 눈에 잘 띄도록 똑같은 성모마리아 사진을 문외장에 침 핀으로 박아 놓았다. 그의 손 가까이 먼지 쌓인 탁자가 있고 그 위에 유리구슬 문진이 있었다. 쑥스러우면서도 기뻐하며 그가 손을 뻗어 만져 보았는데, 정말 자그마하고 둥글었다. 색색의 조각으로 꾸며 놓은 작은 풍경이 안에 들어 있었다. 유리 아래 밝은 나라였고 그는 거기 가고 싶었다. 그것을 보니 저절로 미소가 떠올랐다. 모든 게 작고 환히 빛나고 화사하게 피어난 것만 같아 지금처럼 너무 크지 않았다. 어떤 본능에 이끌려 유리구슬을 뒤집자 작은 눈보라가 일며 풍경 전부를 뒤덮었고 그는 놀랍지만 어쩔 수 없다는, 불쌍한 심정으로 그것을 바라보았다. 완전히 마음을 빼앗긴 채 잠시 서 있다가 문득 자신의 커다란 몸을 의식하며 문진을 원래 자리에 내려놓고 문가에 덜덜 떨며 서 있었다. 한 남자가 지나가다가 그의 벌린 손안에 10센트 동전을 놓았다.

그다음 정신을 차려 보니 지하철 통로 안에 있었다. 타일이 붙은 벽에 온통 '신이 나를 지켜보신다, 신이 나를 지켜보신다, 신이 나를 지켜보신다, 신이 나를 지켜보신다'라고 적혀 있었다. 걸어가는 동안 네 군데에. '입구'와 '출구 전용'이라는 표지판이 눈에 들어왔는데, 누군가 두 표지판 아래에 '멍청이!'라고 써 놓았다. 껌 자동판매기 유리로 자기 모습을 들여다보곤 모자를 다시 고쳐 쓰고 지하철을 탔다.

지하철 안에서 사람들 머리 위의 광고물 그림들을 바라보았고, 여러 남녀가 쌍쌍으로 끌어안고 웃고 있는 걸 보았다. 거지가 장님처럼 지팡이를 짚고 지나가면서 〈당신은 내 사랑스러운 연인〉이라는 노래를 불렀고 누군가 10센트 동전을 주었다. 하워드가 내리려는데, 안내원이 발을 조심하라고 했다. 그가 모자를 움켜쥐었다. 지하에도 바람이 불어서, 휘파람 소리를 내며 기차 꽁무니를 쫓아 달려갔다. 나이 든 두 명의 따뜻한 유대인 여성 사이에서 계단을 올라갔다.

다시 밖으로 나와 술집에 들어가 위스키를 마셨다. 술값을 낼 돈은 없었지만 지하철을 타고 남은 5센트가 있었다. 뒤편에서 슬롯머신이 돌아가는 소리가 들렸다. 그가 그쪽으로 가서 상냥한 두 남자 사이에 잠시 서 있다가 5센트 동전을 넣었다. 구멍에서 수많은 5센트 동전이 쨍그랑거리며 마구 쏟아지는데 멀미가 날 것만 같았다. 다리 위로 마구 쏟아지는 바람에 뒤로 물러나 칙칙한 빨간색 커튼에 기대고 섰다. 모자가 머리에서 미끄러져 바닥으로 떨어졌다. 사람들이 모두 달려와 동전을 줍느라 야단법석이었고, 어떤 사람들은 그의 손에 한가득 동전을 쥐여 주고 나머지 돈으로 그에게 술을 사 주었다. 누군가 말하는 소리가 들렸다. "이봐, 저렇게 사람들이 다 가져가게 두면 안 되지." 남부 사람이었다. 하워드가 그 돈으로 모두들 술을 마셔도 된다고, 자기 행운은 그들 모두의 것이기도 하다고 말했다.

하지만 밖으로 나와 한동안 걸어 다니는 중에도 여전히 딱히 갈 곳이 떠오르지 않았다. WPA* 사무실에 가서 미스 퍼거슨을 만나 보기로 했다. 미스 퍼거슨과 그는 아는 사이였고, 그는 지나가다가 들러 그녀를 만나 보는 오래된 습관이 있었다.

고객 담당 사무실로 들어갔다. 미스 퍼거슨이 언제나와 마찬가지로 타자를 치고 있는 모습이 문 너머로 보였다.

* 공공산업진흥국.

"오, 미스 퍼거슨!" 그가 자신 있게 앞으로 나아가며 조용히 불렀다. 모자를 벗으려고 손을 올렸지만 그녀는 여전히 타자를 치고 있었다.

"오, 미스 퍼거슨!"

모르는 여자가 방으로 들어왔다.

"방문 약속이 잡혀 있는 건가요?" 그녀가 물었다.

"미스 퍼거슨." 그는 타자기에서 눈길을 떼지 않으려 그녀의 불그스레한 팔 너머로 계속 시선을 주며 되풀이했다.

"미스 퍼거슨은 바빠요." 팔이 불그스레한 여자가 말했다.

미스 퍼거슨에게 모든 것을, 그의 인생사를 모두 털어놓을 수만 있다면! 하워드에게 떠오른 생각이 그랬다. 그러면 만사가 말끔해지고, 미스 퍼거슨은 작은 카드에 메모를 해서 그에게 건네주면서, 정확히 어디에 가서 무엇을 하면 될지 알려 줄 텐데.

불그스레한 팔의 여자가 사무실에서 나갔을 때 하워드는 미스 퍼거슨의 마음을 움직이려 애썼다. 그를 잘 이해해 줄 것이었다.

"당신이 타자를 칠 줄 안다는 얘기는 들었는데!" 그가 추어올리는 말투로 상냥하게 말했다.

미스 퍼거슨이 시선을 들어 그를 보았다. "네, 맞아요. 타자를 칠 줄 알죠." 그렇게 말하곤 계속 타자를 쳤다.

"할 말이 있어요." 하워드가 말하며 미소를 지었다.

"지금은 안 돼요." 타자기 소리에 묻히지 않게 큰 소리로 미스 퍼거슨이 대답했다. "지금은 바쁘다고요. 집에 가서 그냥 한잠 자요, 알았죠?"

하워드가 힘없이 팔을 떨구었다. 좀 기다리면서, 그에 대해 할 수 있을 대답을 절박한 심정으로 찾았다. 미세한 기포가 둥둥 떠다니는 냉수기를 뚫어지게 바라보면서. 하지만 아무런 대답도 생각해 낼 수 없었다.

그가 묘하게 쾌활한 태도로 모자를 들어 올렸는데 어쩌면 자존심을 보여 주기 위해서일 수도 있었다.

"잘 있어요, 미스 퍼거슨."

그러고는 다시 바깥으로 나왔다.

계속해서 걷고 또 걸었다. 커다란 아케이드 안으로 들어갔을 때는 늦은 시각이었다. 누군가의 뒤를 따라 돈을 내지 않는 개찰구를 들어갔을 때 한 여자가 그에게 씩씩하게 다가와 말했다. "라디오시티의 천만 번째 고객이십니다. 동부 시간으로 오늘 저녁 6시에 두 NBC 채널에서 전국적으로 방송이 될 겁니다. 성함과 주소, 전화번호를 알려 주시겠어요? 결혼하셨나요? 이 장미꽃과 라디오시티 열쇠를 받으세요."

그녀가 커다랗고 묵직한 열쇠와 선홍색 장미 한 다발을 그에게 주었다. 바로 다시 돌려주려고 했지만 그녀는 그럴 틈을 주지 않았다. 매처럼 생긴 얼굴의 남자들이 빙 둘러서서 카메라를 그에게 향한 채 플래시를 마구 터뜨리며 사진을 찍었다.

"무슨 일을 하시나요?"

"결혼하셨나요?"

깃털 달린 모피를 두르고 치아 하나에 작은 갈색 교정기를 낀 몸집 큰 여자가 대답을 들으려 그의 얼굴에 자신의 얼굴을 바짝 들이댔고, 뒤쪽으로 다른 사람들이 기다리고 있었다.

그가 빠져나갈 구멍을 유심히 찾다가 그들이 보지 않는 틈을 타 한

쪽을 뚫고 달렸다.

공포심에 휩싸여 있는 힘을 다해 6번가를 달려 내려갔다. 품에 안은 장미꽃이 고개를 끄덕이듯 흔들렸고 열쇠는 옆구리를 찔러 댔다. 남은 한 손으로 단호하게 모자를 꾹 눌렀다. 현관과 교차로가 휙휙 지나갔다. 실내가 환하게 밝혀진 식당이 옆에 있었지만 이젠 시간이 너무 흘러 배가 고픈 것도 몰랐다. 그저 집에 가고 싶을 뿐이었다. 제대로 보지도 않고 달렸는데도 그가 쏜살같이 질주할 때면 차들이 가만히 비켜 주는 것 같았다. 고가철도 아래에서 말들이 멈춰 섰고, 트럭들은 그의 앞에서 풀무에 올라앉은 양 쪼그라들었다. 아마 내가 죽은 건가 보다, 그래서 이제 결국 사람이든 사물이든 다들 내가 무서운가 보다, 그런 생각이 들었다.

집이 있는 거리에 다다랐을 땐 숨을 쉴 수가 없었다. 아이들이 놀고 있었다. 그를 보고 겁을 집어먹고는 길을 비켜 주었다. 그가 마당으로 뛰어 들어가다가 우뚝 멈춰 섰다.

진입로에 시계가 있었다.

뒤집힌 채였고, 태엽이니 용수철, 유리 조각들이 사방에 흩어져 있었다. 그가 몸을 숙여 조그만 파편들을 바라보았다.

드디어 계단을 올라갔다. 무슨 이유에선지 라디오시티에서 받은 열쇠로 현관문을 열려 했다. 하지만 문은 잠겨 있지도 않았고, 안으로 들어가 창문 쪽을 보자 거기 작은 여행 가방 위에 마저리가 있었다. 그때 장미에서 진한 향내가 뿜어져 나왔다. 그가 부드러운 잎을 어루만졌다. 마저리의 팔은 아래로 떨어져 있었다. 균형은 흐트러져 이제 바람을 쐬려는 듯 팔이 창문 밖으로 걸쳐져 있었다.

그제야 하워드는 모든 게 정지했음을 사실로 인식했다. 자신이 두려워해 왔던, 자신이 꿈꿔 왔던 그대로였다. 꿈이 실현된 거였다.

천천히 뒷걸음질을 쳐서 방을 빠져나왔다. 그러고는 다시 계단을 뛰어 내려갔다.

거리 모퉁이에서 처음 마주친 사람은 비둘기들이 날아가는 걸 지켜보던 경찰이었다.

하워드가 그쪽으로 가서 잠시 그의 곁에 서 있었다.

"저기 저 집 안에 무슨 일이 있는지 알아요?" 마침내 그가 물었다. 그렇게 아름다운 꽃을 안고 경찰에게 뭘 물어보려니 민망하고 당황스러웠다.

"무슨 일인데요?" 경찰이 물었다.

하워드가 고개를 숙여 눈과 코와 입을 장미에 묻었다. "여자가 죽었어요. 마저리가 죽었어요."

네거리 표지판이 바로 그들 위에 있었고 비둘기가 날아간 허공으로 6시를 알리는 시계 소리가 울리고 있었음에도, 경찰조차 잠시 그들이 어디 있는지, 지금 시간이 어떻게 되는지 알 수가 없는 모양인지, 자기 시계와 주머니 속 물건을 살펴보았다.

하워드가 당혹감으로 고개를 좌우로 젓고 있는 중에 경찰은 그저 "오!" 그다음엔 "그렇군요!"라고 반복할 뿐이었다. 그가 커다란 회색 눈에 옅은 갈색 머리를 지닌, 먼지를 뒤집어쓴 별 특징 없는 모습을 영원히 기억하려는 듯 지그시 하워드를 살펴보았다. "그리고 당신 바지에 있는 빨간 자국이 장미 꽃잎은 아닌 거죠, 그렇죠?"

경찰이 마침내 노려보고 서 있던 남자의 팔을 잡았다. "걱정 말아요. 내가 함께 가 보죠." 그가 말했다.

두 사람이 몸을 돌려 나란히 걸었다. 하워드의 팔에서 장미가 빠져

나와 인도를 따라 하나씩 거꾸로 떨어지자 여자아이들이 몰래 달려
와 장미를 주워 머리에 꽂았다.

초록 장막
A Curtain of Green

어느 여름 라킨스힐에는 매일 약간의 비가 내렸다. 게다가 규칙적으로 오후 2시경에 내렸다.

어느 날, 거의 5시가 되었는데도 여전히 해만 쨍쨍했다. 태양은 거의 반짝반짝 윤이 나는 창공에서 미세한 골을 따라 움직이는 듯했고, 그 아래로 거리에 줄지어 선 나무와 마을에 줄지어 만들어진 화단의 이파리들이 모두 거울 표면처럼 단단하게 햇빛을 반사하고 있었다. 여자들은 대부분 창문가에 나와 앉아 부채질을 해 대고 한숨을 쉬며 비를 기다렸다.

라킨 부인의 정원은 규모가 커서, 남편이 작고한 후 내내 혼자 살고 있는 작은 하얀색 주택 뒤에서 언덕 아래까지 이어지며 화초들이 빽빽하게 자라고 있었다. 그 여름 아무리 해가 쨍쨍 내리쬐고 소나기가 억수같이 쏟아져도 그녀는 하루도 빠짐없이 거기서 정원 일을 했다. 지금 낡은 남자 작업복의 소매와 바지를 다 걷어붙이고 있는 투박한 작은 그녀의 몸을 강렬한 햇볕이 두꺼운 이파리들과는 따로 족집게처럼 집중해서 내리쬐는 통에, 괭이를 들고 일하는 그녀가 노랗게 빛나며 기묘해 보였다. 지나치게 활력이 넘치면서 무심하고 남세스러운 것이다.

산울타리가 벽처럼 높게 둘러싸고 있어서 이웃들의 위층 창문에서만 눈에 들어오는, 갈수록 점점 더 과도해지고 정신 사납도록 화초가 우거져 가는 경사진 정원은 라킨 부인에게는 너무나 익숙해져서 이제 그녀는 다른 장소는 아예 떠올릴 수도 없을 가능성이 다분했다. 사고로 남편이 세상을 뜬 이래 그녀가 다른 데서 눈에 띈 적은 단 한 번도 없었다. 매일 아침 지저분한 작업복을 입고, 대개 빗을 생각도 하지 않아 엉킨 머리를 풀어헤친 채로 하얀 집에서 느릿느릿, 거의 쭈뼛거리며 걸어 나오는 모습을 볼 수 있다. 처음에는 자신 없이 머뭇거리며 잠시 화초에 맺힌 이슬에 다 젖도록 그 사이를 돌아다닐 뿐 손을 내밀어 만져 보는 법도 거의 없다. 그러다가 어떤 단호함이 그녀를 사로잡는다. 안정시킨다고도 할 수 있겠다. 눈가리개가 벗겨진 듯 잠시 가만히 서 있다가는 화초 사이에 무릎을 꿇고 일을 시작하는 것이다.

그녀는 쉬지 않고 일했다. 불규칙적으로 빽빽하게 자란 경사진 화단에 온종일 들어앉아 거의 보이지도 않았다. 저녁 시간이 되면 하인이 나와서 소리쳐 부르고, 그러면 순순히 따르기는 했다. 하지만 완전히 어둠이 내려앉은 다음에야 정말로 일을 그만두고 고분고분하게 축 늘어진 발걸음으로 문간에 나타나 뒤편의 작고 낮은 문을 천천히 여는 것이었다. 비가 올 때에도 잠깐 멈출 뿐이었다. 4월 중순이면 풍만한 이파리를 잔뜩 달고 거의 땅에 닿도록 늘어져 있는 정원 한가운데의 배나무 정자로 자리를 옮기곤 했다.

정원이 말도 못 하게 비옥해서 그것이 라킨 부인에게는 심취할 만한 일이자 동시에 도전이 되는지도 몰랐다. 끊임없이 움직여야만 이 거무죽죽한 비옥한 땅을 감당할 수 있는 것이다. 무더기로 자라는 꽃과 덤불과 덩굴을 자르고 떼어 내고 가지 치고 묶어 줘야만 그것들이 각각의 경계를 넘어 마구잡이로 퍼져 나가는 것을 막을 수 있는 것이다. 여름날 매일 내리는 비는 그녀를 더욱 부지런하게 하고 이미 도가 지나친 활력을 더욱 북돋울 뿐이었다. 그런데 라킨 부인은 자르고 분리하고 묶어 주는 일이 거의 없었다…… 어느 정도까지는 화단을 질서 있게 유지하려는 것이 아니라 마구잡이로 자라나게 놔두는 것 같았다. 의식적으로 정원 안의 삶 속으로 끝없이 조금씩 더, 더 깊이 빠져들어 가려는 듯이.

눈에 보이거나 주문 목록에서 주문할 수 있는 꽃이란 꽃은 다 구해다 심었다. 그 전에 잠깐 생각해 보는 일도 없이, 보기 좋은 마을 풍경이란 어떤 것일지, 어떻게 편안한 분위기를 만들지, 혹은 어떤 색깔로 조화를 이룰지 이웃들이 모여 함께 생각해 낼 만한 방안들에 대한 고려는 전혀 없이 서둘러 빽빽하게 심었다. 정확히 무슨 목적으로 라킨 부인이 정원에서 그렇게 열심히 일하는 건지 이웃들은 알 도리가 없었다. 이웃 누구에게도 예쁘게 핀 꽃 한 송이를 보내는 일이 없는 건 분명했으니까. 아프거나 죽더라도 절대 꽃 한 송이 보내지 않을 것이었다. 혹시라도 **아름다움**을 생각하는 거라면(그들은 이제 얼룩이 지다 못해 이파리 색과 비슷해진 그녀의 작업복을 바라보았다)

정원의 아름다움을 위해 열심히 애쓰는 게 아니라는 것도 분명했다. 그런 장소를 기분 좋게 바라보는 건 불가능하니까. 위층 창문에서 내려다보는 이웃들의 눈에 그것은 무심한 주인이 매일 가냘픈 몸을 감추는 일종의 정글 같은 모습이었던 것이다.

라킨 씨—이 마을은 어쨌든 그의 부친 이름을 따서 지어진 거니까—가 세상을 뜨고 처음에 이웃들은 적당할 만큼 자주 미망인을 찾아보았다. 하지만 그에 대해 고마워하지 않는다는 얘기를 서로 하게 되었다. 이제는 아침에 꼼꼼하게 머리를 빗으면서 이따금 침실 창문에서 그쪽을 내려다볼 뿐이었다. 외국 지도의 어떤 도시를 손가락으로 짚어 가며 찾듯이 정원에서 그녀가 어디 있나 찾아보고, 그렇게 멀찍이서 거의 호기심으로 그녀를 찾아낸 후에는 그냥 잊어버렸다.

그날 아침 일찍 그들은 라킨네 정원에서 나는 휘파람 소리를 들었다. 제이미의 휘파람이라는 걸 알았고, 그가 꽃밭 속 라킨 부인 곁에 무릎을 꿇고 앉아 있는 걸 보았다. 그는 동네에서 일용직 일을 하고 있는 흑인 소년이었다. 라킨 부인은 제이미를 부르는 일조차 겨우 가끔씩만 참아 줄 수 있다고들 했다……

오후 내내 그녀는 가끔씩 고개를 들어 그가 화초 옮겨 심는 일을 얼마나 빨리 해내고 있는지 확인했다. 비가 내리기 전에 끝내도록 해야 했다. 그녀는 새로 관목을 심으려고 마지막 남아 있는 빈 땅뙈기 하나에서 괭이로 땅을 고르느라 바빴다. 햇볕을 오롯이 받으며 몸을 숙이고 둔탁하면서 빠르게, 쉼 없이 호미질을 하고 있었다. 한번은 고개를 한껏 뒤로 젖히고 눈부시게 빛나는 하늘을 바라보았다. 오랫동안 안달복달했거나 당황한 사람처럼 눈이 뿌옇고 잔주름이 졌다.

입술은 꼭 다물고 있었다. 그녀는 입을 여는 법이 없다는 게 사람들 말이었다.

하지만 미리 경고를 하거나 절망감이 먼저 밀려오는 법도 없이 기억은 쉽게 그녀를 바짝 조여 왔다. 별것 아닌 장면을 위해 형식 같은 건 차리지도 않고 커튼을 홱 젖히듯이, 하얀 집의 바깥 현관과 그 앞쪽의 그늘진 거리와 퇴근하는 남편의 파란색 자동차가 다가오는 모습이 그녀의 눈에 순식간에 떠올랐다. 어느 여름날이었다. 작년 여름. 거리낌 없이 기쁜 마음으로 고개를 돌렸는데—호미로 흙을 고르는 지금도 기억이 떠오르면 무의식중에 하게 되는 동작인데—나무가 쓰러지기 시작하는 게 다시 눈에 보인다. 미리 위험을 알려 줄 만한 건 전혀 없었다. 거대한 나무가, 향긋한 멀구슬나무가 갑자기 기우뚱하더니, 먹구름처럼 느릿하고 시커먼 몸집으로 남편 쪽으로 기울어졌다. "당신이 다칠 리가 없어." 그녀는 앞 포치에 나와 선 채로 그를 향해 이렇게 부드럽게 말했는데, 그때처럼 친근감을 보인 적은 없었을 것이다. 하지만 나무는 쓰러졌고, 정확히 남편 차 위로 쓰러져 그는 그 아래 깔려 숨졌다. 그러고도 잠시 그녀는 꼼짝도 않고 현관에 그대로 서서 기다렸다. 다시 기억을 떠올리려는 듯이, 망각된 것들 깊숙이 손을 뻗어 뭔가 부적 같은 말을 끄집어내서 다시 해 보려는 듯이…… 벌어진 일을 통째로 바꿔 보기 위해서 말이다. 남편에 대한 자신의 사랑이 그를 보호하고 있는 중에 벌어진 정말이지 믿을 수 없는 사고였다.

그녀는 계속해서 호미로 땅을 파헤쳐 부수고 싱싱한 잡초를 뭉갰다. 그러다 모든 것이 축 처져 있는 중에 자신만이 유일하게 계속 움직이고 있음을 곧 알게 되었다. 이젠 바람도 전혀 없었다. 새들도 더 이상 지저귀지 않았다. 태양은 하늘 한편에 붙박이처럼 박혀 있는 듯했다. 모든 것이 다시 한번 완전히 정지했고 그 고요함이 화초 줄기에 최면을 걸자 잎들이 순식간에 습기를 잃었다. 정원 한가운데에 서 있는 배나무 그림자가 냉담하게 땅에 늘어져 있었다. 마당 건너편에 제이미가 무릎을 꿇고 앉아 꼼짝도 하지 않았다.

"제이미!" 그녀가 사납게 외쳤다.

하지만 그녀의 목소리는 빽빽한 정원을 뚫고 거기까지 이르지 못했다. 어떤 외부의 힘이 손가락으로 울타리를 벌리면서 나타나 자신의 외로움을 똑바로 가리키기라도 한 듯 그녀에게 불현듯 공포심이 밀려왔다. 잠시 손을 가슴에 갖다 대었다. 불분명하게 파닥거리는 느낌이 전해지자 더 겁이 났다. 네 가슴속에서 파닥거리는 그 새도 이렇게 탁한 공기를 가르지는 못할 거야…… 그 힘이 그렇게 시끄럽게 떠들어 댔다. 그녀가 무표정하게 정원을 빤히 보았다. 괭이를 꽉 쥐고 초록 이파리들 건너로 제이미를 뚫어지게 보았다.

화초 속에 무릎을 꿇고 앉은 흑인의 등에서 고분고분한 인상이 전해지자 화가 치밀어 올랐다. 그녀가 뒤편의 화초 사이로 아무 생각 없이 괭이를 질질 끌며 그쪽으로 걸어가기 시작했다. 억지로 그를 똑바로 보았고, 처음으로 그 모습을 꼼꼼하게 살폈다. 얼마나 아이 같은지를. 그가 고개를 약간 한쪽으로 돌리고 누런 손가락으로 설렁설렁 흙을 고를 때 그 얼굴에 어떤 무력한 의심과 허기와 함께 부드럽지만 다소 책망하는 미소가 어리는 것을 보았다. 어린싹을 옮겨 심는 동안 어떤 불가능한 꿈에 빠져 있는 것이다. 이제 휘파람도 불지 않았다. 그 소리마저 사라졌다.

그에게 가까이 다가갔다. 귀가 먹은 게 분명해! 마치 언뜻 눈에 들어온 그의 옆얼굴, 고개를 돌린 상태에서 보였던 그 미소가 어른어른하며 감질나게 하는, 순진하고 아름다운 비전인 양, 잔뜩 힘을 주고 헤매는 그녀의 눈에 비친 신기루인 양, 그녀는 느슨하게 풀어져 딴 데 정신을 팔고 있는 그에게 거의 살금살금 다가갔다.

하지만 조여 오는 느낌, 그에 대응해 생겨나는 거의 맹렬할 정도의 무력감이 놀랄 만큼 빠르게 그녀의 주변에서 자라났다. 그의 바로 뒤에 이르자, 아침에 정원 일을 시작하기 전에 보였던, 보호막이 쳐진 이상한 태도로 잠시 가만히 서 있었다. 그러더니 괭이를 머리 위로 치켜들었다. 어정쩡한 양쪽 소맷자락이 흘러 내려가 그을지 않은 하얗고 가는 팔을 드러냈다. 그 젊음이 충격적일 정도로 생생히 드러났다.

손잡이의 나무 재질을 확실히 느끼려는 듯, 있는 힘을 다해 그 표면에 고통의 자국이 남게 하려는 듯 그녀가 손잡이를 아주 세게 쥐었다. 그녀 아래, 숙여진 제이미의 머리는 멍청하면서도 무시무시하고 경이로운 게 그녀로서는 범접할 수 없는 것으로 보였는데, 그러면서도 그렇게 확실히 가까이 있으므로 틀림없이 파괴해야 할 존재를 나타냈다. 엉켜 있는, 햇볕에 달아오른 북슬북슬한 머리칼과 복잡해 보이는 반짝이는 귀, 여러 갈래로 갈라져 흐르는 갈색 땀, 그리고 터무니없는 꿈을 그렇게 대놓고, 그렇게 치명적으로 붙들고 있는 그 숙인 고개가.

그런 머리는 의도적으로 후려쳐서, 남자의 위험과 죽음이라는 결과, 망각된 그 원인으로부터 떨어뜨려 놓아야 한다는 것을 그녀는 절절히 의식했다. 그녀는 얼마나 무력한지. 너무나 무력해서 우연한 사고의 작용에, 삶과 죽음, 수수께끼 같은 일의 작용에 맞설 수 없는 것이다…… 삶과 죽음…… 그녀가 무거운 괭이를 꼭 움켜쥐며 생각했다. 삶과 죽음, 그건 이제 내게 아무런 의미도 없는데 어쩔 수 없이 그 두 손으로 끝없이 행사할 수밖에 없는 것이다. 보상할 길은 없는 건가? 벌을 주거나 항의할 길은? 이렇게 하염없이 물으면서. 길쭉한 이파리 하나가 바람에 정원으로 날려 들어온 듯 파리한 어둠이 잠깐 햇빛 사이로 나타났다.

그와 동시에 비가 내리기 시작했다. 치켜든 그녀의 팔로 첫 빗방울이 떨어졌다. 친근한 작은 소리와 함께 시원한 느낌이 그녀에게 닿았다.

라킨 부인이 한숨을 쉬며 괭이를 떨구어, 어린 화초들 사이에 조심스럽게 놓았다. 여전히 제이미와 가까운 그 자리에 서서 비가 쏟아지는 소리를 들었다. 무척이나 부드러웠다. 가득했다. 기다림이 끝났음을 알리는 소리로.

햇빛에 있을 때와 달리 빗줄기 사이로 보면 모든 것은 밖으로 반사하지 않고 정체성이라는 고요한 회랑 안에서 내적으로 빛난다. 작은 백일홍 순의 초록은 너무나 순수해서 거의 타오르는 듯하다. 빗줄기가 미치면 모든 작은 화초가 하나씩 하나씩 환하게 빛나고, 그다음엔 이리저리 뻗은 덩굴 차례이다. 배나무는 내려앉는 새의 날갯짓 소리처럼 나지막하게 부스럭거린다. 그녀는 밤이면 램프에 불이 들어오듯이 뒤편에서 집이 어떤 신호처럼 하얗게 빛나는 것을 느낄 수 있었다. 비가 내리는 것을 깨닫고 깜짝 놀라며 제이미가 고개를 완전히 그녀 쪽으로 돌리더니 의아함과 기쁨으로 더욱 환하게 미소를 지으면서 깨어난 몸을 쭉 펴며 일어섰다. 쑥스럽게 되지도 않는 말을 몇 마디 중얼거렸다.

그녀는 제이미에게 대답도 하지 않았고 움직이지도 않았다. 쏟아지는 빗방울 외엔 아무것도 느끼고 싶지 않았다. 제이미의 말 사이로 흩어지는 부드러운 빗방울 소리를, 붓꽃 줄기를 조용하게 어루만지는 소리를, 그리고 요리사가 문간에 세워 둔 항아리 안으로 떨어지는, 종소리처럼 청명한 소리를 들었다.

결국 제이미는 얼굴에 서린 당혹스러움을 씻어 내려는 듯 손으로 얼굴의 빗물을 씻어 내며 돈을 주기를 기다리는 것처럼 조용히 서 있었다. 비는 꾸준히 내렸다. 축축하고 짙은 향내를 담은 바람이 그녀를 때렸다.

그러더니 물이 넘쳐 일상의 제방을 무너뜨리는 식으로 부드러움이 뚫고 나와 축 처진 그녀의 몸을 휘감았다.

왔구나. 고개를 젖히고, 이미 변해 가면서 부드럽게 흩어져 가는 구름을 가까이 끌어들이는 하늘을 어떤 의미인지도 모른 채 올려다보며 그녀가 멍하니 생각했다. 거의 어두워졌다. 곧 요란스럽고 부드러운 밤비가 내릴 것이었다. 하얀 집의 가파른 지붕을 요란하게 두들겨 댈 것이다. 집 안에서 침대에 누워 빗소리를 듣겠지. 쉬지 않고 계속 내리고, 쏟아질 것이다. 오늘 정원 일은 이제 끝난 것이다. 피곤한 팔을 양옆에 두고 고요하고 평화롭게 침대에 누워 있을 것이다. 무궁무진하게 계속되는 그것이라면 막을 방도가 없는 것이다.

라킨 부인이 불쑥 꽃밭에 주저앉더니 아예 누워 버렸다. 정신이 아뜩해지고 몸이 조금씩 비에 젖었다. 화초 사이에 놓인 얼굴을 완전히 위로 향하고, 빗물에 머리칼이 아래로 쏠려 이마가 드러났다. 빗물이 떨어짐과 동시에 눈을 감았다. 천천히 입술이 벌어졌다. 잠을 청하느라 애처롭게 몸을 슬쩍 들썩이는 사람 모양으로 약간 움직인 것도 같았다.

제이미가 방방 뛰어다니다가 그 곁에 몸을 웅크리기를 반복했고,

발아래 뭉개지는 꽃 때문에, 그다음엔 형편없는 모습으로 가만히 땅에 누워 있는 사람 때문에 숨을 들이쉬기를 반복했다. 그러다가는 조용해져 약간 물러서더니, 퍼붓는 빗속에서 편안해 보이는, 아무것도 의식하지 않는 하얀 얼굴을 경외의 눈으로 바라보았다. 그녀가 자신을 내려다보며 뒤에 서 있다는 걸 느꼈을 때 그 무언가가 자신을 고요함으로 가득 채웠음을 기억했는데, 그는 그 순간 무슨 일이 있어도 뒤돌아보지 않을 생각이었다. 그러면서 비가 오기 시작하자 기억이라고는 없는 옆집 창문들이 요란하게 닫혔던 것을 기억했다…… 하지만 지금, 아무도 보지 않는 이곳에서 불쌍한 라킨 부인을 내려다보고 서 있는 것은 바로 그 자신이었다.

그가 몸을 숙여 겁먹고 애처로운, 간청하는 목소리로 그녀가 기적을 보일 때까지 계속 그녀의 이름을 불렀다.

"라크 부인! 라크 부인!"

그러고는 날렵하게 벌떡 일어나 정원에서 달려 나갔다.

자선 방문
A Visit of Charity

화창하지만 매우 추운 날 오전이었다. 시내 외곽의 '여성 노인 요양원' 앞에 버스가 서자, 열네 살쯤 된 소녀가 화분을 가슴 앞에 들고 밖으로 뛰어내렸다. 빨간색 코트를 입었고, 그해에 여자아이들이 다들 쓰고 다니는 뾰족한 하얀색 모자 아래로 금발의 직모가 찰랑거렸다. 시에서 요양원을 예쁘게 꾸밀 목적으로 심어 놓은 가시 많은 칙칙한 관목 곁에서 잠깐 걸음을 멈췄다가 다시 건물 쪽으로 천천히 움직였다. 회반죽을 발라 하얀 건물이 얼음 덩어리처럼 겨울 햇빛을 반사했다. 멍하니 계단을 올라가다가 화분을 다른 손으로 바꿔 쥐었다. 그러고는 육중한 문을 열기에 앞서 장갑을 벗기 위해 바닥에 내려놓았다.

"전 캠프파이어* 단원이에요…… 요양원 할머니늘을 찾아뵈어야 해서요." 그녀가 책상 앞에 앉은 간호사에게 말했다. 흰 간호사복을 입은 여자였는데 추위에 떨고 있는 것처럼 보였다. 머리를 아주 짧게 깎아서 머리 꼭대기의 머리칼이 곤두선 것이 파도와 똑 닮았다. 찾아온 소녀, 메리언은 이 방문으로 최소 3점의 점수를 더 받을 거라는 얘기는 하지 않았다.

"여기 아는 분은 없고?" 간호사가 물었다. 한쪽 눈썹을 추켜올리며 남자처럼 말을 했다.

"여기 계신 할머니 중에요? 아니요, 그러니까 아무 할머니나 좋아요." 메리언이 더듬거렸다. 화분을 들지 않은 손으로 과학 공부를 해야 할 때처럼 머리를 귀 뒤로 넘겼다.

간호사가 어깨를 으쓱하며 일어났다. "그 멀티플로라 시네라리아 예쁘네." 만나게 해 줄 할머니를 고르기 위해 닫힌 문이 늘어선 복도를 앞서 걸어 내려가며 그녀가 말했다.

바닥에는 헐렁하고 불룩해진 리놀륨이 깔려 있었다. 메리언은 파도 위를 걸어가는 느낌이었지만 간호사는 신경도 쓰지 않았다. 괘종시계 내부에서 날 것 같은 냄새가 났다. 사방이 다 고요했는데, 문득 어떤 문 뒤에서 할머니가 염소 울음소리처럼 큰기침을 하는 소리가 들렸다. 이 소리에 간호사가 결정을 한 모양이었다. 가던 길을 멈추더니, 우선 팔을 쭉 뻗어 구부린 다음 상체를 앞으로 내밀었다. 그게 다 손목에 찬 시계를 보려는 것이었다. 그러고는 문을 쾅쾅 두 번 두드렸다.

"방마다 둘씩이야." 간호사가 어깨 너머로 말했다.

---

* 걸스카우트나 보이스카우트와 비슷한 청소년 단체.

"뭐가 둘이에요?" 메리언이 생각하지도 않고 물었다. 염소 울음소리 같은 그 소리에 바로 뒤돌아 도망가고 싶은 마음이었던 것이다.

노인네 하나가 짧게 여러 번 꽉꽉 잡아당기며 문을 열더니, 간호사를 보자 묘하게 미소를 지었고 그 바람에 얼굴이 위험스러울 만치 뒤틀렸다. 난데없이 간호사가 성마르게 확 밀치는 바람에 메리언은 그 다음으로 다른 할머니의 옆얼굴을 보게 되었다. 심지어 더 나이가 많은 그분은 모자를 쓰고 침대에 똑바로 누워 침대보를 턱까지 끌어 올리고 있었다.

"누가 찾아왔어요." 간호사가 말한 뒤, 한 번 더 메리언을 앞으로 밀고는 복도로 나가 버렸다.

메리언은 양손으로 화분을 붙잡고 혀가 굳은 듯 아무 말 없이 서 있었다. 그 끔찍한 의례적 미소(환영의 미소였다)가 야윈 얼굴에 여전히 찍힌 채로 노인네가 기다리고 있었다…… 아마 무슨 말인가를 했을 것이다. 침대에 있는 할머니는 아무 말도 하지 않았고 돌아보지도 않았다.

메리언의 시야에 문득 손이 나타났는데, 새의 발톱처럼 재빠르게 허공을 가르더니 그녀 머리에서 하얀색 모자를 확 채 갔다. 동시에 다시 한번 발톱이 확 움직이며 그녀를 방 안쪽으로 끌어들였고, 곧바로 문이 등 뒤에서 닫혔다.

"자, 자, 자." 노인네가 곁에서 말했다.

메리언은 침대와 세면대와 의자에 둘러싸였다. 코딱지만 한 방에 가구는 많기도 했다. 어디서나 눅눅한 냄새가 났다. 맨바닥에서도. 그녀는 의자 등받이를 꼭 붙잡았는데, 흔들의자인 그것은 푹신하면서 축축했다. 심장박동이 점점 느려지고 손이 점점 차가워지면서, 할머니가 무슨 얘기를 하고 있는 건지 아닌지도 제대로 들리지 않았다. 제대로 잘 보이지도 않았다. 방이 얼마나 어두운지! 블라인드는 내려와 있고, 단 하나 있는 문은 닫혀 있었으니까. 메리언이 천장을 올려다보았다…… 도적들의 소굴에 잡혀 와 살해당하기 직전의 기분이었다.

"잠깐 동안 우리 손녀 노릇 하러 왔나?" 첫 번째 도적이 물었다.

그러면서 뭔가가 메리언의 손에서 작은 화분을 확 채 갔다.

"꽃이네!" 노인네가 소리쳤다. 그러면서 어째야 할지 모르는 태도로 화분을 들고 서 있었다. "예쁜 꽃이야." 그렇게 덧붙였다.

그러자 침대에 누워 있는 노인네가 흠흠 기침을 하더니 말했다. "예쁘긴 뭐가 예뻐." 돌아보지도 않았지만 아주 또렷하게 그렇게 말했다.

메리언이 갑자기 의자로 떠밀리며 엉겁결에 앉았다.

"예쁜 꽃이야." 첫 번째 노인네가 고집했다. "예뻐, 예쁘다고……"

메리언은 잠깐이라도 그 화분을 다시 받았으면 하는 마음이었다. 그렇게 줘 버리기 전에 제대로 봐 뒀어야 했는데. 도대체 어떻게 생겼더라?

"냄새 고약한 잡초야." 다른 노인네가 매섭게 말했다. 이마는 툭 튀어나온 데다 눈은 양처럼 빨갛다. 이제 그 눈을 메리언에게 돌렸다. 뭔가 목 안에 잔뜩 끼는지 다시 염소처럼 매애거렸다. "넌—누구—냐?"

놀랍게도 메리언은 자기 이름이 기억이 나지 않았다. "캠프파이어 단원이에요." 마침내 꺼낸 대답은 그랬다.

"세균 조심해야 해." 누구에게랄 것 없이 노인네가 양의 울음소리처럼 말했다.

"지난달에 하나가 우리를 보러 왔거든." 첫 번째 노인네가 말했다.

양이? 세균이? 메리언이 의자에 딱 붙어 앉아 몽롱하게 속으로 물었다.

"온 적 없어!" 다른 노인네가 빽 소리를 질렀다.

"왔어! 성경을 읽어 줘서 우리가 좋아했잖아!" 첫 번째 노인네가 이에 질세라 소리쳤다.

"좋아하긴 누가 좋아해!" 침대에 누운 노인네가 말했다. 그 입매가 의외로 애완동물처럼 작고 슬퍼 보였다.

"우리가 좋아했다고." 다른 노인네가 고집했다. "네가 좋아했고, 내가 좋아했잖아."

"우리가 다 좋아했어요." 메리언이 자신의 입에서 뭔 얘기가 나오는지도 모른 채 말했다.

첫 번째 노인네가 막 화분을 저 높이, 아래에서는 거의 보이지도 않는 옷장 꼭대기에 올려놓은 참이었다. 메리언은 어떻게 저기에 올려놓았는지, 어떻게 저 높이까지 손이 닿았을지 신기했다.

"애디 할망구한테 신경 쓰지 마." 그녀가 이제 메리언에게 말했다. "오늘 몸이 아파서 그래."

"그 입 좀 다물래?" 침대의 노인네가 말했다. "안 아파."

"넌 거짓말쟁이야."

"제가 잠깐밖에 시간을 낼 수가 없어서요―정말이에요." 메리언이 불쑥 말했다. 축축한 바닥을 내려다보며 자신이 이런 곳에서 병이 든다면 자기를 내보내 줘야 할 거라고 생각했다.

꽤나 법석을 떨며 첫 번째 노인네가 흔들의자에 앉더니―가구가 또 있었던 거였다!—의자를 흔들기 시작했다. 한쪽 손가락으로 가슴에 달린 아주 지저분한 카메오 핀을 만졌다. "학교에서 뭘 하니?"

"글쎄요……" 메리언이 말했다. 생각해 보려 했지만 생각이 나질 않았다.

"아, 하지만 꽃은 아주 예뻐." 노인네가 속삭였다. 의자를 흔드는 속도가 점점 빨라지는 듯했다. 어떻게 저렇게 빨리 의자를 흔들 수 있는지 알 수가 없었다.

"못생겼어." 침대의 노인네가 말했다.

"꽃을 가져다드리면—" 메리언이 그렇게 말을 꺼냈다가 입을 다물었다. 하마터면 캠프파이어 단원이 요양원에 꽃을 가지고 가면 1점을 더 받고, 성경을 들고 버스를 타고 가서 할머니들에게 읽어 드리면 두 배로 받는다는 얘기를 할 뻔했다. 하지만 노인네는 어쨌거나 듣고 있지 않았다. 의자를 흔들며 다른 노인네를 바라보았고, 그 다른 노인네는 침대에서 마주 바라볼 뿐이었다.

"불쌍한 애디가 아프다니까. 약을 먹어야 한다고, 보여?" 굳은살이 박인 손가락으로 탁자에 줄지어 선 약병들을 가리키며 그녀가 말했는데, 그러면서 얼마나 의자를 세게 흔들었는지 어린아이처럼 검은색 단화가 바닥에 떨어졌다.

"너랑 마찬가지로 안 아파." 침대의 노인네가 말했다.

"아, 너 아픈 거 맞거든!"

"너보다 분별이 있는 거지, 그뿐이야." 다른 노인네가 고개를 주억거리며 말했다.

"**너희들**이 오면 꼭 저렇게 어깃장을 놓는다니까." 첫 번째 노인네가 갑자기 친한 척을 하며 말했다. 깔끔하게 발바닥을 바닥에 탁 내려놓으며 의자를 멈춰 세우고 메리언 쪽으로 몸을 기울였던 것이다. 손을 뻗었는데, 약간 끈적이며 달라붙는 게 피튜니아 이파리 같았다.

"입 다물라고! 입 다물어!" 다른 노인네가 소리 질렀다.

메리언이 의자에 앉은 채로 뻣뻣하게 몸을 뒤로 뺐다.

"내가 너처럼 어린 학생이었을 때, 나도 학교에 다니고 다 그랬지." 노인네가 여전히 친근하면서도 위협적인 말투로 말했다. "여기 말고, 다른 마을에서……"

"조용히 해!" 아픈 노인네가 말했다. "네가 학교는 무슨 학교를 다녀. 등교든 하교든 한 적이 없잖아. 넌 아무것도 아니었어—내내 여기에만 있었지. 태어나지도 않았어! 넌 아무것도 몰라. 머리는 텅 비고, 심장이고 손이고 네 낡은 검은 지갑도 다 텅 비었지. 심지어 여기 올 때 가지고 온 그 낡은 작은 상자도 빈 거였잖아. 나한테 보여 줘 놓고. 그러면서도 맨날 말도 안 되는 소리를 떠들고, 떠들고, 떠들어 대지. 내가 정신이 나가 버릴 때까지 말이야! 너 누구야? 모르는 사람이잖아—생판 모르는 사람! 네가 생판 모르는 사람이라는 거 몰라? 도대체 사람한테 이런 짓을 할 수가 있는 거야? 생판 모르는 사람을 들여보내서 의자를 흔들며 계속 떠들어 대고, 자기가 살아온 그 장황한 얘기를 다 떠벌리게 하다니 말이야. 내가 낮이고 밤이고 허구한 날을 끔찍한 할망구랑 같은 방에서 살면서 버틸 수 있을 거라고 정말 생각하는 거야? 언제까지고?"

메리언은 그 노인네의 눈이 반짝거리며 그녀를 향하는 것을 보았다. 얼굴에 절망감과 계산속이 떠오르며 그녀를 바라보고 있었다. 작은 입술이 문득 벌어지면서 그 사이로 누레진 잇몸과 반쯤 있는 틀니가 보였다.

"이리 와 봐, 해 줄 말이 있어." 그녀가 속삭였다. "이리 와!"

메리언은 순간 심장이 완전히 멈춰 버릴 만큼 겁에 질려 부들부들 떨었다.

"자, 자, 애디." 첫 번째 노인네가 말했다. "그건 예의가 아니잖아. 오늘 애디 할망구가 진짜 왜 이 모양인지 알아?" 그녀 역시 메리언을 바라보았다. 한쪽 눈썹이 아래로 처졌다.

"이 모양요?" 메리언이 미련하게 되풀이했다. "왜 이 모양인데요?"

"왜긴, 오늘이 자기 생일이라 저렇게 잔뜩 뿔이 난 거지!" 첫 번째 노인네가 그렇게 말한 뒤, 자기가 낸 수수께끼의 답을 찾은 듯 낮지만 의기양양한 웃음을 내뱉으며 다시 의자를 흔들었다.

"생일은 무슨, 생일 아니야!" 침대의 노인네가 악을 썼다. "내 생일 아니야. 내 생일이 언제인지는 나 말고 아무도 몰라. 그러니까 더 떠들지 말고 제발 입 좀 다물래? 당장이라도 미쳐 버릴 것 같아!" 그녀가 다시 메리언에게 시선을 돌리더니 곧바로 나지막하고 탁한 목소리로 말했다. "상황이 아주 나빠지면 이 벨을 누를 거야. 그럼 간호사가 오겠지." 조각보 이불 아래에서 한쪽 손이 나왔다. 거대한 크기의 검버섯이 있는 깡마른 작은 손이었다. 가만히 있지 못하고 덜덜 떨리는 손가락으로 탁자 위 약병 사이에 있는 작은 벨을 가리켰다.

"연세가 어떻게 되세요?" 메리언이 속삭이듯 말했다. 그녀는 이제 침대에 누워 있는 할머니가 아주 자세하고 분명하게, 그것도 꿈처럼 사방에서 갑자기 들이닥치는 식으로 눈에 들어왔다. 할머니에 대해 궁금해졌다. 지금 이 순간 세상에서 그것 말고 궁금할 게 하나도 없을 것처럼 궁금했다. 메리언에게 이런 경험은 처음이었다.

"절대 말 안 해 줘!"

메리언이 몸을 숙여 내려다보는 중에 베개 위에 있던 늙은 얼굴이 서서히 주름이 지며 일그러졌다. 벌린 작은 입에서 나지막이 홀쩍거리는 소리가 새어 나왔다. 그 소리가 양 같았다. 어린 양. 메리언이 더욱 얼굴을 가까이 가져갔고, 금발 머리가 앞쪽으로 쏟아졌다.

"우시는데요!" 그녀가 첫 번째 노인네 쪽으로 발갛게 타오르는 환한 얼굴을 돌렸다.

"이제 애디는 네가 책임져!" 노인네가 심술궂게 말했다.

메리언이 벌떡 일어나 문 쪽으로 움직였다. 다시 한번 새 발톱이 날아와 그녀의 머리카락에 닿았으나 이번엔 충분히 재빠르지 못했다. 소녀가 모자를 썼다.

"제대로 된 방문이었네." 노인네가 메리언을 따라 문을 나서서 복도를 계속 따라오며 말했다. 그러더니 난데없이 뒤에서 날카로운 손톱으로 소녀를 와락 움켜잡았다. 가장된 카랑카랑한 목소리로 우는소리를 했다. "오, 얘야, 가진 돈이 하나도 없는 이 불쌍한 할미에게 1페니만 줄 수 있겠니? 우린 이 세상에서 가진 게 하나도 없단다. 사탕 사먹을 동전도 없어, 하나도 없어! 얘야, 5센트 동전 하나만, 1센트 동전 하나만—"

메리언은 잠시 늙은 손을 사납게 떼어 내려 애쓴 후에야 거기서 벗어났다. 그러고는 뒤도 돌아보지 않고 복도를 달려갔다. 책상 앞에서 《들판과 시냇물》 잡지를 읽고 있는 간호사도 쳐다보지 않았다. 간호사는 다시 3단계의 동작을 거쳐 손목시계를 들여다본 다음, 어느 시설에서나 찾아온 손님들에게 하는 질문을 기계적으로 던졌다. "좀 더 있다가 **우리**랑 저녁 함께 하지 않겠어요?"

메리언은 대답하지 않았다. 육중한 문을 밀고 찬바람 속으로 나와 계단을 달려 내려갔다.

가시 많은 관목 아래에서 몸을 숙여, 아까 숨겨 두었던 사과를 눈에 띄지 않게 재빨리 다시 집었다.

도로를 쌩하니 달려오는 커다란 버스를 잡아타려고 뛰어갈 때 하얀 모자 아래의 금발 머리와 진홍색 코트와 맨살의 무릎이 햇빛을 받아 반짝반짝 빛났다.

"세워 주세요!"그녀가 외쳤다. 황제의 명령을 듣기라도 한 양 버스가 끼익 소리와 함께 멈췄다.

그녀가 버스에 올라타 사과를 크게 한입 깨물었다.

어떤 외판원의 죽음

Death of A Traveling Salesman

14년 동안 신발 회사의 외판원으로 미시시피 일대를 돌아다녔던 R. J. 보면이 바큇자국이 깊게 팬 비포장도로 위로 자신의 포드를 몰았다. 오늘따라 얼마나 시간이 안 가는지! 시간이 정오라는 중간 장애물을 뛰어넘어 은은한 오후로 접어드는 일이 도대체 일어나지 않았다. 겨울에도 그 열기가 사라지지 않는 이곳의 태양은 여전히 중천에서 꼼짝도 안 했고, 보면이 먼지 덮인 차에서 창밖으로 고개를 빼고 길 앞쪽을 주시할 때마다 그 긴 팔을 쭉 아래로 뻗어 얼마나 세게 머리 꼭대기를 내리찍는지 모자까지 뚫어 버릴 기세였다. 오랜 여행길에 있는 늙은 드럼 연주자의 짓궂은 장난처럼. 그러면 그는 더욱 무력감이 들며 부아가 치밀었다. 신열이 있는데 길을 제대로 찾을 수가 없었다.

그날은 독감으로 오래 누워 있다가 처음으로 다시 일을 시작한 날이었다. 고열과 망상에 시달렸고, 그러느라 무척 수척하고 해쓱해져서 거울로도 그 차이를 알 수 있을 정도였다. 게다가 생각을 또렷이 할 수가 없었다…… 오후 내내 울화가 치미는 중에 엉뚱하게도 돌아가신 할머니 생각이 났다. 편안한 분이셨다. 보면은 다시 할머니 방의 그 커다랗고 푹신한 침대에 풀썩 몸을 눕히고 싶었다…… 그러고는 다시 잊어버렸다.

이 구릉 지역은 어찌나 황량한지! 게다가 길을 잘못 든 것 같았다. 왠지 다시 뒤로, 한참 뒤로 가고 있는 기분이었다. 집이라고는 하나도 보이지 않았다…… 다시 돌아가 침대에 누웠으면 좋겠다는 생각은 해 봐야 소용이 없었다. 호텔 의사에게 진료비를 지불하면서 말하자면 자신이 다 나았음을 증명한 거였다. 예쁘장한 정식 간호사가 작별 인사를 했을 때도 미련이라고는 없었다. 그는 아픈 걸 싫어했고, 도로 표지판이 없는 도로를 믿지 않듯이 그것 역시 믿지 않았다. 그저 화만 치밀었다. 간호사가 짐을 싸서 떠난다는 이유만으로 그녀에게 정말로 비싼 팔찌를 선물했다.

하지만 이제는—14년 동안 외판원 일을 하면서 한 번도 앓아누운 적이 없었고 사고 한 번 안 당했지만 그게 뭐? 그의 기록은 깨졌고, 이제 미심쩍은 마음까지 들기 시작했다…… 그는 이제 갈수록 더 큰 마을의 좋은 호텔에 묵었지만, 그래 봐야 어디나 다 변함없이 여름엔 후덥지근하고 겨울엔 외풍이 세지 않았던가? 여자? 여러 개가 들어 있는 중국제 한 벌 종이상자처럼 작은 방 안에 계속 작은 방이 들어 있는 기억만 날 뿐이어서, 한 여자를 떠올리면 그 방의 가구에서 풍기는 닳고 닳은 외로움만이 눈에 들어왔다. 그리고 그 자신은—그는 언제나 다소 챙이 넓은 검은 모자를 쓰고 다니는 사람이라, 저녁을 먹으러 아래층으로 내려갈 때 층계참에서 어쩔 수 없이 그 앞에 잠깐 멈춰 서는 굴곡진 호텔 거울로 보면 투우사처럼 보이기도 했다…… 그가 다시 차 밖으로 몸을 빼고 어김없이 태양이 그의 머리를 두드려 댔다.

보먼은 해 질 녘에 뷸라에 도착해 잠자리에 들어 피로를 풀고 싶었다. 그의 기억에 뷸라는 막 떠나온 마을에서 자갈길로 50마일 떨어진 곳이었다. 그런데 이 길은 소들이 다니는 흙길이었다. 어쩌다가 이런 길에 들어섰지? 한 손으로 얼굴의 땀을 훔쳐 내며 계속 차를 몰았다.

뷸라에는 예전에 가 본 적이 있었다. 하지만 이런 언덕이나 이런 식으로 이어지는 길—아니면 저런 구름도, 라고 위를 올려다봤다가 곧 시선을 내리며 그가 소심하게 생각했다—은 본 적이 없었다. 이런 날이 예전에 한 번도 없었던 것과 마찬가지로. 그냥 길을 잘못 들었다고, 그것도 한참 잘못 왔다고 왜 인정하지 못하는 걸까? 그는 모르는 사람에게 길을 물어보는 법이 없었고, 이런 사람들은 자기들 사는 곳의 도로가 어디로 이어지는지도 모르는 사람들이었다. 그리고 그다음엔 불러 세울 만큼 가까이 있는 사람조차 눈에 띄지 않았다. 밭이나 건초 더미 위에 서 있는 사람들이 이따금 눈에 띄었지만 너무 멀리 떨어져 지팡이나 잡초처럼 보이는 그 사람들은 혼자서 탈탈거리며 자기네 시골 마을을 지나가는 그의 차 소리에 고개를 돌리고, 차분하고 희멀건 겨울 먼지가 차 뒤로 커다란 호박 덩이처럼 풀썩풀썩 떨어지는 것을 바라볼 뿐이었다. 저 멀리 있는 그들의 시선이 꿰뚫을 수 없는 벽처럼 견고하게 그의 뒤를 따라왔고, 그가 지나가고 나면 고개를 돌렸다.

할머니 침대 위의 긴 쿠션처럼 구름이 한쪽으로 흘러갔다. 멀구슬 나무 두 그루가 하늘을 움켜잡을 듯 뻗어 있는 언덕의 가장자리에 선 오두막집 위로 지나갔다. 가다 보니 마른 떡갈나무 잎이 잔뜩 쌓여 있었는데, 그 위로 차를 몰자 양옆으로 가벼운 낙엽들이 팔랑이며 낭랑하면서도 구슬픈 소리를 냈다. 그보다 앞서 그 길을 지나간 차는 없었다. 그러다가 붉게 침식되어 푹 꺼진 골짜기 끝에 이르렀음을 깨달았다. 진정 여기가 길의 끝이었던 것이다.

브레이크를 밟았다. 있는 힘을 다해 밟았지만 제대로 걸리지 않았다. 차가 가장자리에서 기우뚱하더니 약간 굴러 내려갔다. 비탈에 걸친 게 분명해 보였다.

누군가의 못된 장난에 걸려들었지만 품위를 잃지 않으려는 태도로 그가 가만히 차에서 나왔다. 가방과 견본이 든 가방을 들어서 내려놓고, 뒤로 물러서서 차가 비탈 끝에서 굴러 내려가는 것을 바라보았다. 무슨 소리가 들렸다. 예상했던 요란한 굉음이 아니라 별로 우렁차지 않은 느린 타다닥 소리였다. 약간 염증이 일며 다가가 내려다보았더니, 그의 차는 팔뚝만큼 두꺼운 거대한 포도 덩굴이 잔뜩 엉켜 자란 곳으로 떨어져, 시커먼 요람의 기괴한 아기처럼 흔들거리고 있었다. 그러더니 그가 지켜보고 있는 중에 왠지 그가 여전히 안에 있는 건 아닌가 걱정하는 것처럼 차가 덩굴에서 벗어나 가만히 땅에 떨어졌다.

그가 한숨을 내쉬었다.

여기가 어디지? 그런 생각이 들자 가슴이 덜컹 내려앉았다. 왜 아무 조치도 취하지 않았을까? 분노는 이제 몽땅 빠져나가 사라져 버린 듯했다. 뒤쪽 언덕 위에 집이 있었다. 가방을 양손에 하나씩 들고 거의 아이처럼 흔쾌히 그 집을 향해 걸어갔다. 하지만 숨이 잘 쉬어지지 않아 잠시 멈춰 서서 쉬어야 했다.

언덕 위에 자리 잡은 그 집은 방 두 개와 그 사이에 개방된 복도가 있는 좁고 긴 집이었다. 여름부터 그냥 놔뒀는지 초록으로 밝게 무더기로 자라 지붕을 온통 덮고 있는 덩굴 때문에 집 전체가 약간 기울어 있었다. 입구에 한 여자가 서 있었다.

그가 우뚝 멈춰 섰다. 난데없이 그의 가슴이 이상한 반응을 보이기 시작했다. 로켓이 발사되기라도 한 듯 가슴이 벌떡거리며 불규칙하게 고동쳤고, 그 고동 소리가 머릿속으로 가득 쏟아지는 바람에 생각을 할 수가 없었다. 하지만 그렇게 소리가 사방으로 쏟아지는 중에도 고요했다. 거의 의기양양하게 엄청난 힘으로 솟구쳤다가는 곡예사가 그물로 떨어지듯 가만히 떨어졌다. 심장이 어마어마하게 두드려 대다가는 무책임하게 가만히 있었는데, 어떤 내적인 조롱처럼 처음에는 갈빗대를 치고, 다음에는 눈, 다음에는 견갑골 아래를 때리더니, 그다음에는 '안녕하세요, 부인'이라고 말을 하려고 벌린 입의 입천장을 때리는 것이었다. 하지만 심장박동 소리가 그에게 들리지는 않았다. 재가 내려앉듯 고요했으니까. 그래서 좀 안도가 되었다. 그래도 자신의 심장이 이렇게 뛰다니 보면으로서는 놀라 자빠질 일이었다.

혼란스러운 중에 꼼짝 않고 선 채로 가방을 떨어뜨렸는데, 가방들이 마치 묵직한 몸으로 느릿느릿 우아하게 공기 중을 떠가서 현관 계단 근처 잿빛으로 엎어져 있는 풀 위에 저절로 내려앉는 것만 같았다.

거기 서 있는 여자로 말하자면, 나이가 많다는 것을 바로 알 수 있었다. 그녀가 그의 심장 고동을 들을 리는 만무하므로 그건 모르는 체하고 이제 그녀를 자세히 뜯어보았는데, 몽롱하게 정신이 팔려 있는 상태라 입은 여전히 벌린 채였다.

그녀는 램프를 닦고 있던 중이라, 반은 깨끗하고 반은 시커먼 램프를 앞쪽에 붙들고 있었다. 뒤쪽으로 어두운 복도가 보였다. 몸집이 큰 여자였는데 햇볕에 그을린 얼굴이었지만 주름살은 없었다. 입술을 꼭 다물고 호기심에 적당히 환해진 눈길로 그의 눈을 바라보았다. 신발을 보았는데 그냥 대충 둘러싼 모양이었다. 여름에는 아마 맨발로 지낼 것이었다…… 여자를 보면 자동으로 나이를 가늠하는 보먼은 그녀를 쉰 안팎으로 보았다. 빨아서 대충 말려 꾸깃꾸깃한, 투박한 회색 천으로 된 펑퍼짐한 옷을 걸치고 있었고, 드러난 팔은 분홍색에 의외로 통통했다. 아무 말도 하지 않고 그저 램프를 붙들고 있는 정지된 자세를 유지했으므로, 그는 몸이 튼튼할 거라고 확신했다.

"안녕하세요, 부인." 그가 말했다.

그를 보는 건지, 아니면 그 주변의 허공을 보는 건지는 알 수 없었지만 그녀가 계속해서 빤히 쳐다보더니, 잠시 후 그가 무슨 말을 하든 들어 주겠다는 뜻처럼 시선을 내렸다.

"혹시라도—" 그가 다른 식으로 말을 꺼냈다. "사고가—제 차가……"

그녀의 목소리가 호수 건너편에서 들려오듯 낮고 까마득하게 들렸다. "서니, 없어요."

"서니?"

아들 얘기인가 보다. 내 차를 꺼내 올려 줄. 그가 막연하게 안도감을 느끼며 그렇게 단정했다. 그가 언덕 아래쪽을 가리키며 말했다. "차가 저 아래 도랑으로 빠졌어요. 도와줄 사람이 필요해요."

"서니 없어요. 하지만 올 거예요."

그녀의 말이 점점 분명해지고 말소리도 커졌으므로 보면은 그녀가 어디가 모자란 건 아니라는 것을 알았다.

자신의 여정이 말도 못 하게 늦어지고 지루해질 게 분명했지만 그는 거의 놀랍지도 않았다. 한 번 심호흡을 한 뒤 소리 없는 심장박동 소리를 배경으로 이런 말이 입에서 나왔다. "좀 아팠는데 아직 회복이 덜 되었어요…… 좀 들어가 있어도 될까요?"

그가 몸을 숙여 커다란 검은색 모자를 가방 손잡이 위에 놓았다. 겸손한 동작으로 거의 허리를 굽혀 인사를 하는 것과도 같았으므로 자신의 나약함을 그대로 다 드러내는 터무니없는 짓이라는 생각이 곧 들었다. 바람에 머리칼을 흩날리며 여자를 올려다보았다. 이 낯선 자세로 아주 오래도록 서 있을 수도 있었을 것이다. 그는 결코 참을성 있는 사람이 아니었지만, 아파 누워 있는 동안 약 먹을 시간을 기다리며 고분고분하게 머리를 베개에 박고 기다리는 법을 배웠다. 이제 그 여자를 기다렸다.

그러자 그녀가 파란 눈으로 그를 바라보며 몸을 돌려 문을 열었다. 그리고 곧 보면은 자신의 행동에 대해 확신하듯 몸을 똑바로 세운 뒤 그녀를 따라 안으로 들어갔다.

안으로 들어가자 어두운 실내가 전문적인 손길처럼, 의사의 손길처럼 그를 어루만졌다. 여자가 반만 닦은 램프를 방 중앙의 탁자에 놓은 후, 역시 전문가처럼, 안내인처럼 노란 소가죽을 씌운 의자를 손가락으로 가리켰다. 그녀는 평퍼짐한 옷 아래로 무릎을 끌어안고 화덕 앞에 웅크려 앉았다.

그는 처음에는 낙관적인 마음이 되어 안정을 찾았다. 심장박동은 앞서보다 조용해졌다. 방은 누런 소나무 판자로 둘러싸여 어둑했다. 복도 건너편으로 다른 방이 있었는데 철제 침대의 다리가 보였다. 빨갛고 노란 조각보 이불이 덮여 있었다. 지도 같기도 하고 그림 같기도 했는데, 그의 할머니가 어렸을 때 그렸다는 불타는 로마 그림과 약간 비슷했다.

시원한 공기를 너무나 갈망했는데, 이 방은 냉랭했다. 다 탄 석탄이 놓여 있고 구석에 쇠 냄비들이 있는 화덕을 뚫어지게 보았다. 화덕과 그을음 낀 굴뚝은 돌로 만든 것이었는데, 대부분 점판암으로 만든 굴뚝들이 언덕마다 삐죽삐죽 솟아 있는 것을 보았다. 왜 불을 안 피운 거지? 의아했다.

그리고 너무나 적막했다. 들판의 고요함이 안까지 들어와 익숙하게 집 구석구석을 돌아다니는 것만 같았다. 바람은 개방된 복도에서만 움직였다. 뭔가 알 수 없는, 고요하고 냉랭한 위험에 처한 기분이었다. 뭘 어떻게 해야 하지? 얘기를 해야지.

"저렴하고 괜찮은 여성 신발이 있는데요……"그가 말했다.

하지만 여자는 이렇게 대답했다. "서니가 올 거예요. 힘이 세요. 당신 차를 꺼내 줄 거예요."

"지금 어디 있죠?"

"레드먼드 씨네 농장에요."

레드먼드 씨, 레드먼드 씨라. 그로서는 절대 만날 일이 없는 사람이었고, 그래서 기뻤다. 왠지 그 이름이 별로 마음에 들지 않았으니까…… 보면은 불현듯 불안감과 함께 성마르게 울화가 치밀며 그녀가 자신이 모르는 남자들이나 농장 같은 건 입에 올리지 말았으면

했다.

"여기 둘이서만 살아요?" 신발을 팔 때면 달라지는, 그런 식의 질문
—실은 알고 싶지도 않은 것들에 대한—을 던지는 예전의 은밀하면
서 수다스러운 목소리가 귀에 들리자 스스로도 놀랐다.

"네, 우리 둘만."

그녀가 대답하는 방식에 그가 놀랐다. 한참 뜸을 들인 다음에야 그
렇게 대답했던 것이다. 또한 고개를 아주 크게 끄덕이기도 했다. 어
떤 예감 같은 걸 그에게 전해 주려는 것일까? 그가 씁쓸하게 생각했
다. 아니면 그저 그와 함께 얘기를 나눠서 그의 불편을 덜어 주지는
않겠다는 뜻일까? 왜냐하면 충격을 완화할 약간의 수다도 없이 낯선
것들을 받아들일 수 있을 만큼 몸이 건강하지는 않았으니까 말이다.
그는 머릿속과 자신의 몸 안에서가 아니라면 아무 일도 벌어지지 않
았던 한 달을 보냈다. 거의 아무것도 들리지 않는, 심장박동과 반복
되는 꿈들의 시간, 열에 들뜬 채 혼자서 보냈던 섬약했던 삶, 결과적
으로 너무나 허약해져서—어느 정도까지? 애걸복걸할 정도까지. 손
바닥의 맥박이 개울물의 송어처럼 펄떡거렸다.

여자가 왜 다시 램프를 닦지 않는 건지 거듭 의아한 마음이 들었
다. 무슨 이유로 방 반대쪽에 저렇게 앉아 조용히 자신의 존재감을
주장하는 것인가? 지금은 그녀가 허드렛일을 할 시간이 아니라는 걸
알았다. 표정이 근엄했다. 자신이 정말 옳았다는 생각을 하고 있는
것이다. 어쩌면 그냥 예의를 차리는 것인지도 몰랐다. 고분고분한 태
도로 그는 뻣뻣하게 눈을 크게 뜨고 있었다. 눈에 끈이 연결되어 있
고 그 끝은 그녀가 쥐고 있는 양 그의 시선이 마주 잡은 여자의 손에
붙박여 있었다.

그러더니 그녀가 말했다. "서니가 와요."

그로서는 아무 소리도 듣지 못했는데, 창문 밖으로 남자가 지나가는 게 보였고 곧 문으로 벌컥 뛰어 들어왔다. 개 두 마리가 옆에 있었다. 서니는 상당히 우람한 남자로 허리띠가 엉덩이쯤에 걸려 있었다. 적어도 서른은 되어 보였다. 더워서 얼굴이 벌겠지만 아주 차분했다. 진흙투성이가 된 푸른색 바지와 여기저기 얼룩이 지고 기운 자국이 있는 낡은 군인 외투를 입고 있었다. 세계대전에 참전했나? 보먼이 생각했다. 맙소사, 남부 연합 군복이잖아. 옅은 색 머리칼 뒤쪽으로 챙 넓은 더러운 검은 모자가 매달려 있었는데 보먼의 모자에 대한 모욕으로 느껴졌다. 그가 가슴에 달려드는 개를 밀쳐 냈다. 움직이는 그만의 방식에서 위엄과 묵직함이 나타나는 강인한 남자였다…… 그의 모친과 닮은 점이 있었다. 두 사람이 나란히 섰다…… 그는 자신이 왜 여기 있는지 다시 설명을 해야 했다.

"서니, 이분, 이분 차가 도랑으로 떨어졌다고, 혹시 꺼내 줄 수 있느냐고 그러는데." 여자가 몇 분 후 말했다.

보먼은 자신의 상황을 나서서 얘기하지도 못했다.

서니의 시선이 그에게 머물렀다.

그는 자신이 설명을 하고 보상에 대한 얘기도 해야 함을 알았다. 적어도 자신의 잘못에 대해 미안해하든지 권위 있는 모습을 보여야 했다. 하지만 그가 할 수 있었던 거라고는 그저 어깨를 으쓱한 것뿐이었다.

서니가 그를 스쳐 창문가로 가서 밖을 내다보았다. 두 마리 개가 열심히 뒤를 따랐다. 마치 눈에서 밧줄을 던지듯 시선을 던지는 모습에도 애쓰는 태도가 나타났다. 돌아보지 않아도 보먼은 그 자신의 눈으로는 아무것도 볼 수 없을 것임을 알았다. 너무 멀었으니까.

"노새가 있고, 도르래도 구할 수 있어요." 서니가 의미심장하게 말했다. "내 노새랑 밧줄을 가지고 갈 수 **있으니까** 당신 차를 금방 골짜기에서 끌어낼 수 있을 겁니다."

명상을 할 때처럼 저 멀리에서 떠도는 시선으로 그가 방 안을 완전히 한 바퀴 둘러보았다. 그런 후 굳게 그러면서도 조심스럽게 입술을 꼭 다문 뒤, 이번에는 개들을 앞세우고 고개를 숙인 채 성큼성큼 걸어 나갔다. 그의 힘찬 걸음걸이—거의 교대로 발을 구르듯이—에 단단한 땅이 울렸다.

그 소리가 던지는 암시에 얄궂게도 보먼의 가슴이 다시 벌떡거리기 시작했다. 그의 몸 안에서 쿵쿵거리며 걸어 다니는 것 같았다.

"서니가 할 거예요." 여자가 말했다. 그 말을 되풀이했는데, 거의 노래를 부르는 식이었다. 여전히 난롯가의 자기 자리에 앉아 있었다.

밖을 내다보지 않고도 고함 소리와 개 짖는 소리, 그리고 언덕 위를 종종걸음으로 뛰어 올라가는 노새 발굽 소리가 들려왔다. 몇 분후 서니가 밧줄을 들고 창문 아래를 지나갔는데, 가볍게 떨리는 반짝거리는 보라색 귀를 가진 갈색 노새와 함께였다. 노새가 정말 창문 안을 들여다보았다. 눈썹 아래 과녁 같은 눈이 그의 눈을 향했다. 보먼이 고개를 돌렸고, 흡족한 표정만을 담은 여자가 평온하게 노새를 바라보는 것이 눈에 띄었다.

그녀가 낮은 목소리로 노래처럼 몇 마디를 더 했다. 사실 그에게 말을 거는 것이 아니라, 주변에서 일어나는 일을 무의식적으로, 바라보는 것과 동시에 말로 표현하고 있다는 생각이 그에게 떠올랐고, 그건 상당히 신기했다.

그래서 그는 아무 말도 하지 않았는데, 그렇게 대꾸를 하지 않자 이번엔 두려움은 아닌 어떤 신기하고 강렬한 감정이 안에서 솟아나는 것이 느껴졌다.

지금 가슴이 벌떡거릴 때는 우리 밖으로 꺼내 준 어린 망아지처럼 무언가—그의 영혼일까—함께 팔딱거리며 뛰어다녔다. 광분한 듯 빠르게 움직이는 자신의 감정에 머리가 빙빙 도는 중에 여자를 빤히 바라보았다. 꼼짝도 할 수 없었다. 혹시 자신의 앞에 앉은, 늙고 볼품없어지는 이 여인을 끌어안는다면 모를까 달리 할 수 있는 일이 없었다.

하지만 그는 그 앞으로 몸을 던져 말하고 싶었다. 내가 오래 아팠는데, 그러면서, 그제야 내가 얼마나 외로운지 깨달았어요. 너무 늦었나요? 내 가슴이 공허한 삶에 항의하며 안에서 난리를 치고 있는데, 어쩌면 당신에게 들렸을지도 모르겠어요…… 이제 이 가슴이 깊은 호수와 같으니 그 가슴을 채워야 한다고, 그것이 다른 가슴과 마찬가지로 사랑을 품어야 한다고, 서둘러 그녀에게 말해야 할지도 모른다. 따뜻한 봄날이 찾아올 거라고…… 당신이 누구든 내게 와서 내 가슴을 받아 달라고. 그러면 온 강물이 밀려와 당신의 발을 적시고, 그러고도 계속 불어나 무릎 주변을 휘돌고 당신을 끌어 내릴 거라고. 당신의 몸 전체와 당신의 가슴도.

하지만 그는 떨리는 손으로 눈을 쓸고는 방 건너편에서 웅크리고 있는 차분한 여자를 바라보았다. 조각상처럼 꼼짝도 하지 않았다. 아차 하는 순간에 단순한 말과 포옹으로 어떤 기이한 것—늘 자신을 비껴갔던 어떤 것—을 전달하려 했을 거라는 생각이 들자 수치스럽고 진이 빠졌다……

햇빛이 들어와 화덕 안 멀찍이 놓여 있는 냄비를 비쳤다. 오후가 저물고 있었다. 내일 이 시간이면 그는 잘 닦인 자갈길 위로, 사람들에게 어떤 일이 일어나든 그보다 더 빠르게 그 모두를 지나치며 어딘가에서 차를 몰고 있을 것이다. 내일의 일을 내다보니 기분이 좋아졌고, 지금은 나이 든 여자를 껴안을 때가 아님을 깨달았다. 머리가 지끈거리는 걸 보니 움직일 때가 되었음을, 서둘러 떠나야 할 때가 되었음을 느낄 수 있었다.

"지금쯤 서니가 차를 꺼냈을 거예요." 여자가 말했다. "골짜기에서 금방 꺼낼 거예요."

"잘됐네요!" 직업상 의례적으로 하듯 대단한 관심을 보이며 그가 말했다.

하지만 기다리는 시간은 길게 느껴졌다. 어두워지기 시작했다. 내내 의자에 앉아 있던 보면은 다리에 쥐가 나는 듯했다. 기다리는 동안 틈틈이 일어나 돌아다녀야 한다는 건 누구나 다 아는 사실이었다. 너무나 고요하고 적막했기에 뭔가 죄책감 같은 게 느껴졌다.

그런데도 그는 일어나는 대신 귀를 기울였다…… 사위가 점점 어두워져 눈으로 분간할 수 있는 게 사라지면서, 숨도 제대로 못 쉬는 채로, 안절부절못하며 어떤 경고의 소리에 귀를 기울였다. 잔뜩 경계하면서도 그게 어떤 소리일지는 잊어버린 채. 얼마 지나지 않아 무슨 소리가 들렸다. 부드럽게 지속되는, 들릴 듯 말 듯한 소리.

"이게 무슨 소리죠?" 그가 물었는데 그 목소리가 어둠 속에서 펄쩍 뛰어올랐다. 그것이 고요한 방에서 아주 또렷하게 들리는 자기 심장박동 소리일까 봐, 그래서 그녀가 그렇게 얘기할까 봐 너무나 두려웠다.

"개울물 소리를 들었나 보죠." 그녀가 마지못해 대답했다.

목소리가 가까이서 들렸다. 탁자 옆에 서 있었다. 왜 불을 켜지 않는지 의아했다. 캄캄한 그 자리에 서서 램프에 불을 붙이지는 않았다.

보먼은 이제 그녀에게 절대 말하지 않을 것이었다. 때가 지나갔으니까. 당혹감에 자기 연민에 빠져 어둠 속에서 잠을 자겠지. 그가 생각했다.

무거운 걸음으로 그녀가 창가 쪽으로 움직였다. 흐릿하게 하얀색으로 보이는 팔을 옆구리에서 똑바로 들어 올려 어두운 바깥 어딘가를 가리켰다.

"저기 하얀 점이 서니예요." 그녀가 혼잣말을 하듯이 말했다.

그가 마지못해 고개를 돌려 그녀의 어깨 너머를 유심히 보았다. 일어나서 그녀 옆에 서기는 망설여졌던 것이다. 눈으로 어둑한 허공을 뒤졌다. 하얀 점이 강물 위의 잎사귀처럼 부드럽게 그녀의 손가락 방향으로 둥둥 떠왔고 하얀색이 어둠 속에서 점점 선명해졌다. 그건 마치 그녀가 자기 삶의 어떤 부분이랄까, 뭔가 비밀스러운 것을 보여주면서 설명이라고는 해 주지 않는 것만 같았다. 그가 시선을 돌렸다. 그녀도 나름의 고백이라 할, 말없는 선언을 했다는 느낌이 뜬금없이 들면서 거의 눈물이 날 지경이었다. 그가 손을 들어 가슴에 대었다.

그러자 발자국 소리가 집을 흔들었고 서니가 방에 들어섰다. 보먼은 여자가 자신을 버려두고 다른 남자의 곁으로 간 기분이었다.

"당신 차를 꺼냈어요." 서니의 목소리가 어둠 속에서 울렸다. "왔던 곳으로 되돌아갈 수 있게 그쪽으로 길 위에 올려놓았어요."

"잘됐군요!" 보먼이 일부러 목소리를 높여 말했다. "정말 고마워요. 나라면 절대 못 했을 텐데. 내가 얼마 전까지도 아파서……"

"별로 어렵지 않았어요." 서니가 말했다.

보면은 두 사람이 어둠 속에서 기다리고 있다는 걸 알 수 있었고, 그가 집을 나서면 한바탕 짖어 주려고 마당에서 개들이 헐떡거리는 소리도 들렸다. 묘하게 무력해지면서 억울한 마음이 들었다. 이제 떠날 수 있게 되자 여기 머물고 싶어졌다. 그는 무엇을 박탈당한 걸까? 거친 심장박동으로 가슴이 마구 흔들렸다. 이들은 그에게는 보이지 않는 뭔가를 소중히 간직하면서 음식과 따뜻함과 밝은 빛에 대한 고릿적의 약속을 그에게는 주려 하지 않는 것이다. 둘이서 공모를 한 것이다. 그녀가 어떻게 자신에게서 떨어져 서니에게 갔는지, 어떻게 그리로 흘러갔는지를 떠올렸다. 그는 추위에 떨고 있었고 너무 피로했으므로 이건 공평하지 않았다. 겸손하게, 하지만 동시에 성을 내듯이 그가 주머니에 손을 찔러 넣었다.

"당연히 수고해 주신 데 대한 보답은 할 건데요—"

"그런 일에 돈을 받지는 않습니다." 서니가 공격적으로 말했다.

"보답을 하고 싶어요. 하지만 한 가지 부탁만 더 들어주세요…… 여기서 지내게 해 주세요, 오늘 밤만……" 그가 그들 쪽으로 한 걸음 다가갔다. 자신의 모습을 볼 수만 있다면 자신이 진지하다는 걸, 정말로 그걸 원한다는 걸 알 텐데! 그의 목소리가 이어졌다. "아직 회복이 덜 되어서 멀리 걸어갈 수가 없어요. 어쩌면 차 있는 데까지도 말이죠. 모르겠어요, 여기가 정확히 어디인지도 모르겠고—"

그가 말을 멈췄다. 왠지 울음이 터져 나올 것 같았다. 그러면 저 사람들이 자기를 어떻게 보겠는가!

서니가 다가와 그에게 두 손을 가져다 댔다. 두 손이 가슴을 쓸고 (전문적이기도 했다) 엉덩이를 쓸었다. 자신을 바라보는 서니의 시선을 어둠 속에서도 느낄 수 있었다.

"밀주 단속관이면서 몰래 숨어드는 건 아니겠지. 총 없어요?"

이런 외딴 촌구석까지! 하지만 그가 온 건 사실이니까. 그가 엄숙하게 대답했다. "없어요."

"그럼 좋아요."

"서니." 여자가 말했다. "불을 빌려 와야 하는데."

"레드먼드네 가서 가져올게." 서니가 말했다.

"뭐라고요?" 보먼이 그들이 나누는 얘기를 들으려고 귀를 곤두세웠다.

"우리 불이 꺼졌잖아요. 서니가 가서 빌려 와야 해요. 캄캄하고 추우니까." 그녀가 말했다.

"하지만 성냥—나한테 성냥이—"

"그런 거 필요 없어요." 그녀가 당당하게 말했다. "서니가 알아서 가져올 거예요."

"레드먼드네 갔다 올게." 서니가 거드럭거리며 말하고는 나갔다.

잠시 기다린 후 보먼이 창밖을 내다보니 불이 언덕 위로 움직이는 게 보였다. 작은 부채처럼 옆으로 퍼져 있었다. 들판 위를 지그재그로 재빠르게 획획 움직이는 게, 전혀 서니 같지 않았다…… 곧 서니가 좌우로 흔들거리며 들어왔다. 등 뒤로 불붙은 장작을 집게로 쥔 그의 뒤를 따라 불길이 흐르면서 방 안 구석구석을 환하게 밝혔다.

"불을 피울게요." 여자가 불붙은 장작을 받아 들며 말했다.

불을 피운 후 그녀가 램프에도 불을 붙였다. 반은 어둡고 반은 환했다. 방 전체가 무슨 꽃이 피듯 황금색으로 환해졌고 벽에서도 그 냄새가 났다. 아무 소리 없이 불길이 휙휙 움직이고 깔때기 모양 불길 속에서 심지가 넘실대면서 벽도 흔들리는 듯했다.

여자가 쇠 냄비 사이에서 분주히 움직였다. 집게로 뜨거운 탄을 집어 쇠뚜껑 위에 얹었다. 저 멀리에서 들리는 종소리처럼 나지막한 울림이 생겨났다.

그녀가 보면을 올려다보았지만 그는 아무 대꾸도 할 수 없었다. 몸이 덜덜 떨려 왔다⋯⋯

"한잔할래요, 형씨?" 서니가 물었다. 그가 다른 방에서 의자를 하나 가져와 팔짱 낀 팔을 등받이에 얹고 거꾸로 걸터앉았다. 이제 우리가 서로를 볼 수 있구나, 보면이 생각했다. "예, 그럼요, 고마워요!"

"따라와서 나 하는 대로만 해요." 서니가 말했다.

다시 어둠 속으로 나가는 일이었다. 복도를 지나 집 뒤쪽으로 나가서 헛간과 지붕이 있는 우물을 지나갔다. 잡목이 마구잡이로 자란 곳에 이르렀다.

"무릎을 꿇어요." 서니가 말했다.

"뭐라고요?" 이마에 식은땀이 흘렀다.

잡목 아래 땅바닥에 있는 일종의 터널로 서니가 기어 들어가기 시작할 때에야 그는 무슨 뜻인지 이해했다. 그를 따라 기어가면서 나뭇가지나 가시가 소리 없이 살짝 건드리거나 몸에 달라붙었다가 마지못해 떨어져 나갈 때마다 자기도 모르게 흠칫 놀랐다.

서니가 앞에서 멈추더니 무릎을 꿇고 웅크린 채 두 손으로 흙을 파내기 시작했다. 보면이 조심스럽게 성냥을 켜서 불을 밝혔다. 몇 분 후 서니가 단지 하나를 끄집어냈다. 웃옷 주머니에서 병을 꺼내 거기에 위스키를 덜고 단지는 다시 묻었다. "갑자기 누가 문을 두드릴지 모르는 일이니까." 그가 말하고는 웃었다. "돌아갑시다." 그가 거의 격식을 차려 말했다. "돼지 새끼처럼 밖에 앉아 술을 마실 일은 없으니까."

불 옆의 식탁에, 각자의 의자에 마주 앉아 서니와 보먼은 병을 주거니 받거니 하며 술을 따라 마셨다. 개들은 잠이 들었고, 그중 한 마리는 꿈을 꾸는 듯했다.

"좋은데요." 보먼이 말했다. "딱 나한테 필요했던 거예요." 화덕의 불을 들이마시는 것만 같았다.

"서니가 직접 담근 거예요." 여자가 잔잔한 자부심을 보이며 말했다.

그녀가 냄비 위의 석탄을 치우자 옥수수빵과 커피 향이 방 안에 감돌았다. 남자들 앞에 있는 음식을 다 놓았는데, 감자 하나에 뼈 손잡이가 달린 칼이 푹 꽂혀 있어 그 사이로 노란 속살이 보였다. 그러고는 키 큰 몸을 바짝 붙여 잠시 그들을 내려다보았다. 몸을 약간 그들쪽으로 기울였다.

"이제 식사해요." 그녀가 말하고는 문득 미소를 지었다.

보먼은 하필 그때 그녀를 보고 있었다. 그가 못 믿겠다는 듯이 항의 조로 식탁 위에 잔을 내려놓았다. 고통이 두 눈을 지그시 눌렀다. 그녀가 나이 든 여자가 아니라는 것이 이제 눈에 보였다. 아직 젊은 나이였다. 나이가 어떻게 될지 짐작할 수가 없었다. 그녀는 서니와 비슷한 나이였고, 그의 여자였다. 그녀는 짙은 어둠에 잠긴 방 한구석을 뒤로한 채 서 있었는데, 길쭉한 몸을 구부려 불쑥 그렇게 소통을 할 때 그녀의 머리와 펑퍼짐한 회색 드레스에 흩어져 있던 흔들거리는 노란 불빛이 몸 위에서 바르르 떨었다. 그녀는 젊었다. 빛나는 치아에 눈도 반짝거렸다. 그녀가 몸을 돌려 느리고 무거운 걸음걸이로 방을 나갔고, 침대에 앉았다가 그다음에 눕는 소리가 들렸다. 조각보 이불의 무늬들이 움직였다.

"아이를 가졌어요." 서니가 한입 크게 넣으며 말했다.

보먼은 말문이 막혔다. 이 집 안에서 실제 어떤 일이 벌어지고 있는지 알게 되면서 충격에 휩싸였다. 결혼, 그것도 자손이 있는 결혼. 그 단순한 일. 누구라도 그런 일은 할 수 있을 것이었다.

일종의 희롱을 당한 게 분명했지만 어쩐지 화를 내거나 항의를 할 수도 없는 기분이었다. 이곳엔 외지거나 신비로운 건 하나도 없었다. 단지 사적인 삶만 있을 뿐. 유일한 비밀이란 고릿적부터 존재한 두 사람 간의 소통뿐이었다. 하지만 불 꺼진 화덕 곁에서 기다리던 여자나 불을 가지러 1마일 거리를 완강하게 다녀오는 남자에 대한 기억이, 그리고 드디어 가진 음식과 술로 저녁을 차려 내고 자신들이 가진 모든 것으로 얼마나 자랑스럽게 방 안을 가득 채웠는지에 대한 기억이 그의 내면에서 문득 너무나 또렷하고 어마어마해져서 그는 대꾸를 할 수가 없었다……

"보기보다 시장하진 않은가 봐요." 서니가 말했다.

남자들이 식사를 마치자마자 여자가 침실에서 나왔고, 남편이 평온하게 화덕 불을 바라보는 동안 저녁을 먹었다.

그러고는 남은 음식과 함께 개들을 밖으로 내보냈다.

"전 여기 불 옆에서, 그냥 바닥에 누워 자는 게 좋겠어요." 보먼이 말했다.

속임수에 넘어갔고, 그래서 이제는 관대해질 수 있겠다는 느낌이었다. 아무리 몸이 안 좋아도 그들에게 침대를 내달라고 하지는 않을 것이었다. 이 집에 뭐가 존재하는지 이해했으므로 더 이상 부탁을 하지는 않을 셈이었다.

"그럽시다, 형씨."

하지만 자신의 이해가 여전히 충분히 재빠르지 못하다는 사실을 그는 아직 깨닫지 못했다. 그들은 자신들의 침대를 내줄 생각이 없던 것이다. 잠시 후 두 사람은 일어나서 엄숙하게 그를 쳐다본 후 다른 방으로 들어갔다.

불이 점점 잦아들어 완전히 꺼질 때까지 그는 그 곁에 몸을 쭉 펴고 누워 있었다. 불꽃 하나하나가 날름거리다가 사라져 가는 모습을 다 지켜보았다. "1월에는 모든 신발이 특별 할인에 들어갑니다." 자신이 나지막이 그렇게 중얼거리는 걸 문득 깨닫고는 입술을 꼭 다물고 누워 있었다.

밤에는 얼마나 많은 소리가 있는지! 개울물이 흘러가는 소리와 불이 꺼져 가는 소리를 들었고, 이제는 자신의 심장 소리, 갈비뼈 아래에서 심장이 뛰며 내는 소리도 들리는 게 분명했다. 복도 건너편 침실에서 부부의 편안하고 깊은 숨소리도 들을 수 있었다. 그게 다였다. 하지만 점차 어떤 감회가 내면에서 차오르면서 그 아이가 자기 아이였으면 하고 바라게 되었다.

예전에 있던 자리로 돌아가야 했다. 그는 발간 석탄 앞에서 후들거리며 일어나 외투를 입었다. 옷이 너무나 무겁게 느껴졌다. 밖으로 나가면서 그는 주변을 보았고, 여자가 램프 닦는 일을 결국 마치지 않았음을 알았다. 어떤 충동에 사로잡혀 지갑에서 가진 돈을 몽땅 꺼내 세로로 홈이 새겨진 램프 유리 받침대 아래에 놓았다. 거의 과시하듯이.

창피해져서 슬쩍 어깨를 으쓱하고는 몸을 부들부들 떨면서 그는 가방을 들고 나갔다. 바깥의 냉기가 몸을 가볍게 하는 것 같았다. 하늘에 달이 떠 있었다.

비탈길에서 그가 뛰어 내려가기 시작했다. 어쩔 수 없었다. 그의 차가 달빛 아래 보트처럼 버티고 있는 길에 이르자 마치 탕탕탕 소총이 발사되듯이 그의 심장이 터져 나갔다.

공포에 사로잡혀 가방을 떨어뜨리며 길 위에 주저앉았다. 이 모든 일이 예전에도 일어난 느낌이었다. 심장에서 나는 그 요란한 소리를 누구라도 들을까 그가 두 손으로 가슴을 감쌌다.

하지만 들은 사람은 아무도 없었다.

파워하우스
Powerhouse

파워하우스 공연!

도시에서 그가 여기로 순회공연을 왔다―'파워하우스와 그의 키
보드'―'파워하우스와 태즈메이니아인'―스스로 붙인 이름들을 생
각해 봐! 세상에 그런 사람은 또 없어. 뭐라고 얘기할 수가 없다니까.
'흑인'?―오히려 아시아인이나 원숭이, 유대인, 바빌로니아인, 페루
인 같고 광신도이고 악마라고 봐야지. 열은 회색 눈에 두꺼운 입술,
도마뱀처럼 딱딱할지도 모르는 그 입술에 눈을 뜨면 큰 눈이 환하게
빛나지. 아프리카 사람처럼 엄청나게 큰 발로 양쪽 페달을 번갈아 두
발로 굴러. 완전 새카맣다기보다 음료수 같은 갈색이랄까, 입을 다물
고 있을 때는 목사님처럼 보이지만 그 입을 열면 얼마나 크고 음탕한
지. 게다가 한순간도 멈출 줄을 모른다니까. 뭐 없나 찾아다니는 원

숭이처럼. 즉흥적으로 가볍고 유치한 멜로디를 만들어 내면서, '쪽'하고 입으로 소리 내는 걸 얼마나 좋아하는지.

어떻게 이런 인물이 있을 수 있을까! 그를 불러서 연주를 시킬 때면 당신도 그런 느낌이 들 거야. 당신도 알다시피 무대의 사람들—게다가 피부가 검은 인종—은 보통 경이로우면서 무시무시하잖아.

이건 백인의 춤. 파워하우스는 할렘 아이들처럼 뻐기지 않아. 술에 취해 있지도 않고 미친 듯이 날뛰지도 않지. 무아지경에 빠져 있는 거야. 즐거움에 빠진 광신도. 그는 연주를 할 때와 마찬가지로 열심히 듣기도 해. 강렬한 황홀감이 가득한 흉측한 표정으로. 커다란 반원형 눈썹은 끊임없이 움직이지. 유대인 눈썹처럼. 떠돌아다니는 유대인 눈썹. 연주를 할 때면 피아노와 의자를 얼마나 두들겨 대는지 완전히 해어질 지경이고. 한시도 가만히 있지 못하고 들썩거리는데, 무엇이 그보다 더 음탕할 수 있겠어? 거대한 머리통과 불룩 나온 배와 짧고 통통하고 단단해 보이는 다리, 그리고 가만히 쉬고 있는, 마디가 누렇고 길고 크고 힘센 바나나만 한 손가락하며. 물론 당신은 그의 연주를 잘 알겠지. 음반으로 들어 봤을 테니까. 그래도 직접 봐야 해. 스케이트장에서 스케이트를 타듯이, 혹은 배에 타서 노를 젓듯이, 한순간도 쉬지 않고 달린다니까. 그래서 넬슨 에디의 장밋빛 포스터와, 말이 사람의 마음을 읽는다며 손으로 직접 쓴 추천사가 500배는 확대되어 붙어 있는 이 그림자 하나 없는 철골 구조물 공연장에 사람들이 다들 구름같이 모여드는 거잖아. 그러면 그는 아주 조용하게, 예언서에 손을 얹는 무녀의 침착함과 어떤 약속으로 건반 위에 손가락을 얹는 거지.

파워하우스는 말도 못 하게 대단해서 사람들이 그 외의 것은 다 잊어버리게 돼. 어떤 밴드든, 어떤 공연단이든 마을에 오면 그게 뭔가 해서 사람들은 늘 나가서 주변을 어슬렁거리고 가까이서 기웃거리잖아? 뭐 하는 사람들이지? 그러면서. 들어 봐. 곡예사들이 왔을 때 어땠는지 기억해 보라고. 유심히 살펴보고 한 마디도 놓치지 말고 들으라고. 특히 그들끼리 다른 언어로 나누는 얘기를—그냥 지나치지 말라고. 환각에 빠져들 수 있는 단 한 번의 기회, 마지막 기회니까. 그들은 머무르지 않으니까. 내일 이 시간이면 어디 다른 곳에 있을 테니까.

파워하우스는 가능한 한 신호로 말했다. 약한 모습을 감추려는 듯 웃어 대던 모든 사람이 곧 그에게 글로 쓴 신청곡을 건네줄 것이다. 파워하우스는 비밀스러운 표정—그러니까 가면 같은, 혹은 아무의 얼굴 같은 얼굴—으로 그 모두를 읽어 본다. 어떤 순간에 결정을 내린다. 눈꺼풀 아래로 작은 판이 쓱 지나가면 그가 말하는 것이다. "92번!" 아니면 다른 숫자를. 이름을 말한 적은 없다. 숫자가 나오기 전까지 밴드는 장난치고 서로 밀고, 다들 난리도 아닌 게 교실의 어린아이들 같고, 그는 그들을 조용히 시키는 선생님이다. 건반에 손을 얹고 엄하게 말한다. "다들 준비됐나? 진지하게 한판 할 준비가 되었나?" 기다린다—그러고는, 발로 쾅! 조용해진다. 다시 한번 쾅! 이러면 틀림이 없다. 그런 후 박자를 알려 주기 위해 발로 바닥을 리드미컬하게 두드린다. 그러면 오, 주여! 트럼펫의 영역을 한참 벗어난 눈이 그렇게 말하고, 안녕, 잘 가, 그러면서 폭포처럼 한꺼번에 첫 마디가 쏟아져 나온다.

이 곡조는 지금까지 알려진 모든 규칙의 종결을 나타낸다. 파워하우스는 그런 건 다 던져 버린 것 같다. 스스로 정신이 나가서—노래에 푹 빠져 소용돌이에 휩싸인 사람처럼 괴성을 지르고—단원들을 끌고 가는 것이 아니라—그냥 그들을 소리쳐 부르기만 하는 것이다. 하지만 그는 정말로 통달해 있다. 마구 울부짖지만 정확히 아는 것이다. "세상에!…… 내 말이!…… 예이!" 그러고는 리듬을 따라 흘러가며 귀를 기울이며—"드러머는 어디 있는 거야?"—드럼 소리를 찾다가 다시 무지하게 경쾌하고 요란하게 한꺼번에 쏟아붓는 것이다. 무척 자비롭게 관객들 얼굴을 하나하나 내려다보며 가사를 속삭여 준다. 이 순간 그가 〈마리, 새벽이 밝았어!〉를 연주하는 걸 당신이 들을 수 있다면! 두세 손가락만으로 매우 경멸적인 투의 셋잇단음표 리듬으로 건반을 짚어 올라가는데, 계속 올라가고 올라가서 피아노 끝에 다다라 절벽 아래를 내려다보듯 그 너머를 본다. 하지만 일부러 쇼를 하는 게 아니다. 노래에 빠져 그렇게 되는 것이다.

그는 밴드의 연주도 좋아한다. 그의 곁에서 연주하는 사람들 모두를. 멀찍이 있는 연주자들은 다들 안경을 낀 게 학구적인데 그들은 여기 안 들어간다. 파워하우스 둘레에서 연주하는 사람들만 진짜이다. 빅스버그 출신의 더블베이스 연주자가 있는데, 새카만 피부에 아주 젊은 사람으로 이름은 밸런타인이고, 연주할 때 눈을 감고 혼잣말을 한다. 파워하우스는 계속 그를 격려해 줘야 한다. "그래, 계속해, 힘을 내고, 다 끌어내!" 음반에서 그런 소리를 듣는다면 그가 정말로 간청하고 있다는 걸 알까?

그가 밸런타인에게 솔로 연주를 하라고 한다.

"뭘 연주할래?" 파워하우스가 피아노 뒤에서 상냥하게 바라보며 묻는다. 듣느라 입을 벌리고 혀를 내민 채.

밸런타인이 자기 악기에 기대어 아래를 내려다보다가 입술을 움직이지도 않고 말한다. "〈허니서클 로즈〉요."

그의 클라리넷 연주자의 이름은 리틀 브라더이고 다들 그의 연주를 좋아한다. 함박 미소를 지으며 "멋져!"라고 말한다. 리틀 브라더는 연주를 할 때 한 발 앞으로 나와 바로 앞쪽에 서는데, 눈의 흰자위가 물고기처럼 노닌다. 한번은 그가 낮은 키로 연주를 할 때 파워하우스가 음탕한 말로 칭찬하며 이렇게 중얼거렸다. "저 음을 내느라 완전히 거시기까지 내려갔구먼!"

한참 뒤 그가 코러스를 몇 번 더 할 건지 밴드에게 알려 주기 위해 손가락을 들어 올리는데, 대개 다섯 번이다. 그의 지시는 간결하게 신호로만 이루어진다.

오늘 밤 무대 밖 분위기는 안 좋다. 백인의 댄스파티인데, 따로 떨어져 지르박을 추는 몇 사람과 나이 든 두 남녀를 빼고는 아무도 춤을 추지 않는다. 다들 그냥 밴드 주변에 둘러서서 파워하우스를 지켜본다. 이따금 서로를 슬쩍 훔쳐보는데 이렇게 말을 하는 것도 같다. **저들**―흑인들―밴드 리더―이 어떤지 물론 알잖아. 관객이 단 한 사람만 있어도 한결같이 저렇게 가진 걸 다 쏟아부을 거라고…… 누가 되었건 가진 걸 전부 내놓으면 사람들은 민망해하는 것이다.

밤늦게 그들은 신청곡으로 딱 한 곡만 받는 왈츠를 연주한다. 〈이교도 사랑 노래〉를. 들썩거리는 어깨 사이에서 파워하우스의 머리가 빙빙 돌다가 추처럼 뚝 떨어진다. 신음 소리와 함께 손가락을 건반 위로 무겁게 질질 끌다가 곡조를 길게 내뽑다가 되돌아온다. 슬픈 곡이다.

"내게 무슨 일이 있었는지 아나?" 파워하우스가 말한다.

밸런타인이 꿈꾸듯 베이스를 연주하며 대답 삼아 흥얼거린다.

"집사람이 죽었다는 전보를 받았어." 파워하우스가 손가락을 이리 저리 움직이며 말한다.

"으응?"

손가락이 내키지 않는 듯이 3옥타브를 죽 따라 올라가는 동안 그 가 입술을 오므리며 상스러운 O 자를 만든다.

"집시가? 아니 어쩌다가? 바로 어젯밤만 해도 장거리전화로 통화 를 하지 않았나?"

"전보에 적혀 있었다고—정확히 이렇게. 당신 부인이 사망했음." 그가 사분의삼박자에서 잠깐 사분의사박자로 바꾼다.

"달랑 그렇게?" 이렇게 말한 건 드러머이다. 사람들에게 별로 인기 없는 스쿠트란 이름의 의심 많은 미치광이.

파워하우스가 거대한 볼을 흔든다. "도대체 뭘 어쩌려고 했던 거 지? 뭔 수작이었을까?"

"전보를 받은 거라면 누구 이름으로 온 거죠?" 스쿠트가 와이어 브 러시로 드럼을 쓸며 묻는다.

클라리넷 연주자인 리틀 브라더가 말은 못 하고 눈을 부라리며 상 체를 뒤로 젖힌다.

"유러너스 녹우드라는 이름으로." 파워하우스가 눈을 크게 떴다. "그런 이름 들어 봤나?" 카운터에 놓인 접시처럼 그의 입술에서 거품 이 튀어나온다.

밸런타인이 손바닥으로 줄을 천천히 두드리다가 푸른색 긴 손톱으 로 줄을 긁는다. 그는 왈츠를 좋아하는데 파워하우스가 끼어든다.

"난 모르는 놈이야. 누군지 모른다고." 밸런타인이 눈을 감고 고개를 절레절레 흔든다.

"이름 다시 말해 봐."

"유러너스 녹우드."

"그건 레녹스 애비뉴가 아닌데."

"브로드웨이도 아니고."

"그런 이름이 적혀 있는 건 생전 본 적이 없어. 심지어 경마장에서
도."

"제길, 그거 별 이름이잖아,* 안 그래?" 동시에 심벌즈가 요란하게
울린다.

"도대체 무슨 수작이냐고?" 파워하우스가 몸을 부르르 떤다. "말해
봐, 말해 봐, 말해 보라고." 셋잇단음표로 가더니 새로운 코러스를 시
작한다. 그가 세 손가락을 올린다.

"전보를 받았다고 했잖아." 이렇게 다시 시작한 사람은 참을성 있
고 께느른한 밸런타인이다.

파워하우스가 자세하게 설명한다. "그랬지, 내가 나가는데, 우리 숙
박을 잡아 준 호텔 아래층으로 가서 긴 복도를 따라가는데, 복도를
다시 쭉 따라가는데, 누군가 나와서 내게 전보를 건네줬겠지. 당신
부인이 사망했음."

"집시가?" 드러머가 드럼 위에 거미처럼 뻗어 있다.

"아아아!" 파워하우스가 고함을 질렀고, 근육을 풀 셈인지 힘센 두
팔을 밖으로 휙 내뻗어 세 박자 동안 두들기더니 그다음 저음에 내려
가 손가락을 움직인다. 눈이 반짝반짝한다. 때로 피아노를 드럼처럼

* 유러너스Uranus는 천왕성을 가리킨다.

연주한다. 왜 아니겠는가?

"집시가? 그렇게 춤을 잘 추나?"

"왜 그런 얘기를 에이전트에게서 직접 듣지 못했지? 왜 본부에서 얘기해 주지 않는 거지? **복도**에서 전보를 받다니, 그것도 아무 서명도 없는, 도대체 그게 무슨 일이야?"

그들 모두 웃는다. 코러스가 끝난 것이다.

"몇 시지?" 파워하우스가 다시 불러낸다. "도대체 여기가 어디야? 체인 달린 내 시계는 어디 갔어?"

"당신에게 걸어 주었는데." 밸런타인이 우는 목소리로 말한다. "거기 그대로 있겠지."

그건 불쑥 튀어나온 거대한 배 위에 걸려 있는데 그로서는 절대 안 보이는 아래쪽에 있다.

"좀 아까 분명 시계가 12시를 치는 걸 들었는데 말이야. **자정**일 게 틀림없어."

"중간 휴식 시간이란 얘기지." 파워하우스가 도장이 새겨진 반지를 낀 손가락을 들어 보이며 선언한다.

그가 코러스를 막판으로 끌고 간다. 특별히 재단된 거대한 턱시도 바지의 깊은 주머니에서 북쪽 지방 호텔의 커다란 수건을 끄집어내더니 거기에 이마를 박는다.

"그 사람이 자살이라도 했다면!" 그가 얼굴을 가리고 말한다. "벌떡 일어나 창문으로 뛰어내리기라도 했다면!" 그가 일어서서 머리에 수건을 쓴 채 살살 돈다.

"하하!"

"교주다, 교주!"

"그러지 않았을 거야." 리틀 브라더가 비싼 화병이라도 되는 양 클라리넷을 내려놓고 말한다. 그는 여전히 뱀에 둘러싸인 인정사정없는 신성한 동인도제도 여왕 같다. "장거리전화로 그렇게 말했다고 해서 사람들이 그걸 진짜 할 거라고 생각하면 안 돼."

"자, 가자고!" 파워하우스가 포효한다. 그는 이미 뒷문 앞에 가서 문을 활짝 열어젖혔고, 잔뜩 인상을 쓴 광분한 얼굴로 밤의 향기를 맡고 있다.

파워하우스와 밸런타인, 스쿠트, 리틀 브라더가 비가 억수같이 퍼붓는 바깥으로 나선다.

"물통을 다 비우나 보네." 파워하우스가 진정된 목소리로 말한다. 거리에서 손을 앞으로 뻗더니 체처럼 허연 손바닥을 위쪽으로 돌렸다.

기분이 좋아진 추레한 시커먼 흑인들이 공연장 처마 아래에서 말없이 우르르 몰려나와 그들이 가는 곳마다 따라온다.

"리틀 브라더가 더 줄어들지 않게 조심해." 파워하우스가 말한다. "지금 딱 좋은 크기라고. 클라리넷에 빨려 들어가지 않을 정도니까. 목이 바짝바짝 타는 거야, 리틀 브라더? 뭐 사막에라도 있나?" 그가 주머니에 손을 넣더니 얇은 민트를 꺼낸다. "자, 입에 물고 있어. 씹어 먹지 말고. 내가 가지고 다니는 게 한도 끝도 없이 나오는 건 아니라고."

"저 술집에 들어가 맥주 한잔해요." 앞서 걷던 스쿠트가 말한다.

"맥주? 맥주? 맥주가 뭔지 알아? 사람들이 맥주가 뭐라던? 맥주가 뭐야? 내가 어디 갔다 왔지?"

"저 아래 월드 카페라고 쓰여 있는 곳요. 괜찮겠어요?" 그들은 이제 흑인 동네에 있다.

밸런타인이 물을 튀기며 걸어가더니 다 젖어서 무척 언짢은 채로 조개껍데기처럼 틀어진 스크린도어를 붙잡았고, 비를 맞아 더 시커 멓게 얼룩진 그들이 발자국을 만들며 걸어 들어간다. 안으로 들어가 니, 실내에 갇힌 건조한 냄새가 빨간 체크무늬 천이 덮인 탁자 주변 을 칸막이처럼 둘러싸고 있고 탁자 중앙의 오벨리스크 모양 케첩 병 위로는 파리들이 꼬여 있다. 자정처럼 시커먼 벽에는 '책임 없음'이 라는 경고성 표지와 검은 인물들이 그려진 시커먼 달력들이 정신없 이 붙어 있다. 축 처진 채 묵묵하게 기다리는 그런 방이다. 불에 탄 것으로 보이는 주크박스가 있고 그 바로 옆에는 '가게 전화이니 길게 통화하지 말 것'이라는 딱지가 붙은 목이 긴 벽걸이 전화가 있다. 동 그라미를 친 전화번호들이 사방에 적혀 있다. 갓이 없는 가늘고 오래 된 분홍색 전구에 닳아 해진 공작새 깃털이 끈에 매달려 있는데, 입 김을 불기만 하면 천천히 돌고 돈다.

여종업원이 유심히 쳐다본다.

"맥주를 엄청나게 주문할 거니까 조각처럼 서 있지 말고 이리 와."

"당신들은 이 근처에서 한 번도 본 적이 없는데요." 종업원이 몸을 움직여 앞으로 나서며 천천히 입을 벌리자 치아 위에 덮인 작은 금박 과 금줄이 드러난다. 어깨와 가슴을 한껏 추켜올리며 이렇게 말한다. "당신들이 누군지 내가 어떻게 알겠어요? 도둑놈인지 아닌지? 딱 자 정이 되니까 불쑥 어둠 속에서 나타나 자리에 떡하니 앉아 있으니?"

"도깨비들이지." 파워하우스가 동굴에 있을 때처럼 천천히 눈을 뜨 며 말한다.

여자가 즐거워하며 짐짓 비명을 지른다. 오, 맙소사, 잡담과 무서운 걸 좋아하는군.

"여기 탁자 위에 가득 늘어놓을 만한 맥주를 어디서 가져올 건가?"

그녀가 팔을 구부리고 발을 끌며 주방으로 뛰어 들어간다.

"여기 5센트 동전이 쌔고 쌨다." 파워하우스가 그렇게 말하며 주머니에서 손을 빼내 동전을 좍 뿌렸는데, 마지막 동전은 남겼다가 마술처럼 사라지게 했다.

밸런타인과 스쿠트가 동전을 들고 슬롯머신만큼이나 낡아 빠진 주크박스로 가서 음반 제목을 하나씩 다 큰 소리로 읽는다.

"누가 연주하는 〈턱시도 정크션〉?" 파워하우스가 묻는다.

"누구 건지 알면서."

"주크박스, 내 네게 명하노니 〈공허한 붉은 블루스〉를 연주하고 베시 스미스가 노래하게 하라."

아무 소리도 없다. 그로써 그에 대한 판단이 내려졌다.

"그 동전 다 다시 이리 가져와." 파워하우스가 말한다. "저걸 좀 보라고! 이 술집 이름이 뭐라고?"

"백인 춤에 주중에 비는 오고, 집에서 한참 떨어진 미시시피 앨리게이터라니."

"그러게."

〈어제 당신을 부르러 보냈는데, 오늘 여기 당신이 오는구려〉 노래가 나온다.

종업원이 맥주가 담긴 쟁반을 뒤쪽 탁자에 놓고는 잔뜩 긴장한 데다 근심 가득한 표정으로 다가온다. "저기 주방에서, 작은 구멍으로 여기를 내다봤는데, 당신이 파워하우스 씨라고…… 사진에서 봤다면서……"

"제대로 본 거야. 바로 그분이니까." 리틀 브라더가 말한다.

"당신이 그 사람?"

"저분이 바로 그분이라고." 스쿠트가 말한다.

"한번 만져 보고 싶어?" 밸런타인이 말한다. "물지는 않아."

"지나가는 길?"

"이제 뭘 좀 아는군."

그녀가 두 손을 힘없이 앞에 모은 채 서서 기다린다.

"리틀 빗, 맥주 안 갖다줄 거야?"

그녀가 맥주를 가져다주고는 계산대 뒤로 가서 고개를 이리저리 돌려 가며 미소를 짓는다. 입 안의 금박이 반짝인다.

"여기 미시시피강 있는데." 한번은 그런 말도 한다.

이제 구경하던 흑인들이 다들 눈을 반짝거리며 조심스럽게 문으로 비집고 들어온다. 가능한 한 빽빽하게. 그중 하나는 은색 페인트가 덕지덕지 묻은 챙 넓은 밀짚모자를 쓴 어린 소년이다.

파워하우스와 밸런타인, 스쿠트, 리틀 브라더가 맥주를 마시는데 눈꺼풀이 커튼처럼 내려온다. 벽과 비와 시중을 드는 공손한 여종업원과 쳐다보는 다른 흑인들이 그들을 둘러싼다.

"들어 보라고!" 파워하우스가 케첩 병을 들여다보고, 빨간색 네모가 잔뜩 그려진 꾸깃꾸깃하고 축축한 식탁보 위에서 천천히 연주자의 손을 펼치며 말한다. "어떻게 된 건지 들어 봐. 집사람은 내가 너무 그리웠던 거야. 집시. 창문가로 걸어가. 밖을 내다보는데 거기서 뭐가 보이겠어. 거리겠지. 호텔 간판. 걸어 다니는 사람들. 누군가 올려다볼 수도 있겠지. 나이 든 노인이랄까. 집사람은 창밖으로 고개를 빼고 아래를 내려다봐. 그래서? 슉! 피용! 어떻게 됐느냐고? 밖으로 뛰어내려서 머리가 박살이 나 버린 거지."

그가 눈을 뜬다.

"그런 거야." 밸런타인이 맞장구를 친다. "그래서 당신이 전보를 받은 거고."

"당연히 당신을 그리워한 거지." 리틀 브라더가 덧붙인다.

"아니, 밤이었을 거야." 그의 말투는 얼마나 상냥한지! "그럼, 밤이었지. 집사람이, 지금 무슨 소리가 들린 거지? 그러는 거야. 현관을 걸어오는 발소리인가? 그 사람인가? 발소리가 나타났다 사라졌다 해. 하지만 내 발소리는 아니지. 난 미시시피의 앨리게이터에 있는데, 제정신이 아닌 거지. 온몸을 부들부들 떨면서 옛날 뮤직 박스에 달린 나팔처럼 귀를 쭉 늘리며 열심히 들어 보려 하지만 아무런 소리도 안 들리는 거야. 그래서 이렇게 말하는 거지. 그렇다면 좋아! 창문으로 뛰어내려 버리겠어. 그리고 잠옷을 입어. 내가 그 잠옷을 알지. 그러고는 잠깐 생각하고 말하는 거지. 흠, 좋아, 그러고는 뛰어내리는 거야. 나한테 그렇게 화가 난 거야! 정신이 나갈 정도로! **아무것도** 남기지 않고 말이지!"

"그래! 아하!"

"뇌랑 내장이 산산이 흩어져서, 하느님 맙소사."

구경하던 흑인들이 흥이 나서 들썩거리고, 그 흥을 더 돋우기 위해 그가 정겹게 말한다. "들어 봐! 여기 쥐가 있는데."

"틀림없이 그렇게 된 거야, 보스."

"그래도, 파워하우스, 그건 사실이 아니야. 너무 **끔찍한걸**."

"그래? 집사람을 누가 발견했는지도 아는데." 파워하우스가 큰 소리로 말한다. "징징거리며 달라붙어 떨어지지 않는 그 형편없는 기회주의자, 내 뒤를 졸졸 따라다니는 그 자식이야. 잡초처럼 내 뒤에 붙어서 내가 하는 일마다 따라 하고 내가 떠난 뒤에 그 자리를 엉망으로 만드는 그 자식. 내 곡조를 차지하고 내 노래를 부르고 미친놈처럼 내 에이전트에게 접근하고. 내가 나가면 바로 그 자식이 들어와. 딱 걸렸어! 그 자식이 보인다고.”

“누군지 안다고?”

“그럼, 그 늙은 유러너스 녹우드지!”

“아! 그래!”

“그래, 이제 그 자식이 와서 집시를 발견하는 거지. 저기, 모퉁이를 돌아오잖아. 그러면 집시가 마구 떨어져 내리는 거지, 오오, 조심해! 슉! 피융! 봐, 저기 오래된 잠옷을 입고 뇌와 내장이 다 튀어나온 채로.”

한숨이 술집 안을 가득 채운다.

“뇌 얘기는 하지 마. 내장 얘기는 하지 마.”

“그래! 하! 네가 지금 집시의 뇌와 내장 얘기를 하는 거야.” 파워하우스가 말한다. “늙은 유러너스 녹우드가 내려다보며 맙소사! 그러는 거야. 내가 걸어가는 이 자리에 뭐가 있는지 봐, 그러는 거지.”

그들이 한꺼번에 폭소를 터뜨린다. 파워하우스의 얼굴이 뜨겁게 달궈진 거대한 철제 난로 같다.

“그래서 그녀를 거두어 안고 가는 거야!” 그가 말한다.

“그렇지! 하!”

“왔던 모퉁이를 **다시** 돌아서……”

“오, 파워하우스!”

“그가 어떤 자인지 알잖아.”

“유러너스 녹우드!”

"그래!"

"우리가 없을 때 우리 부인들을 차지하지."

"우리가 나가면 들어오지."

"으응!"

"우리가 들어오면 나가고!"

"그래!"

"문 뒤에 서 있다가!"

"늙은 유러너스 녹우드."

"자네들도 알잖아."

"중간 몸집에."

"모자를 쓰고."

"그래, 맞아."

술집 안의 사람들이 모두 흥에 넘쳐 낮은 신음 소리를 낸다. 멋진 은색 모자를 쓴 소년이 종이로 싼 것을 열어 자기 수하들에게 젤리 롤을 나누어 준다.

둥그렇게 모여 선 숨죽인 사람들 사이로 누군가 눈이 툭 튀어나온 엄청나게 얼빠진 흑인 하나를 뒤에 달고 노예처럼 앞으로 나서서 말한다. "여기 이 사람은 슈거스틱 톰슨인데 줄라이 개천 바닥까지 다이빙을 해서 보트에서 떨어져 빠져 죽은 백인들을 몽땅 건져 올려요. 작년 여름엔 열네 명을 건져 올렸죠."

"안녕하쇼." 파워하우스가 고개를 돌려 그 위대하고 대담한 표정으로 전부를 빙 둘러보자 그들은 거의 숨이 막힐 것만 같다.

그들의 도구인 슈거스틱은 아무 말도 못 한다. 그저 다른 사람들을 돌아볼 뿐.

"심지어 헤엄도 칠 줄 몰라요. 그냥 숨을 참고 하는 거예요." 그 주인공과 함께 선 사람이 말한다.

파워하우스가 살피듯이 그를 쳐다본다.

"전 배다른 형제예요." 그가 말한다.

그들이 뒤로 물러난다.

"집시가 말하기를." 파워하우스가 이제 그들을 바라보며 우렁우렁한 목소리로 다시 상냥하게 말한다. "무슨 소용이람? 난 그냥 저 아래로 뛰어내릴 건데. 저 아래로…… 슉!"

"제발, 보스, 그만해." 리틀 브라더가 말한다.

"정말 끔찍해." 종업원이 말한다. "그 녹우드인가 뭔가 정말 싫다. 그게 다 진실이에요?"

"그자가 나한테 보낸 전보 보여 줘?" 파워하우스의 손이 커다란 주머니 안으로 들어간다.

"자, 잠깐, 잠깐 기다려, 보스." 그들의 눈이 전부 그에게 향해 있다.

"진짜인가 보네." 여종업원이 말하며 아랫입술을 물고 서글프게 반짝이는 눈을 창문 쪽으로 돌린다.

"아니, 진실이 아니야." 눈썹이 휙 올라가더니 그가 오븐처럼 거대한 입으로 그녀에게 속삭이기 시작한다. 손은 여전히 주머니 안에 있다. "진실은 더 지독한데 아직은 그 얘기는 안 하려고. 아직 내게 전해지지 않았지만, 앞으로 전해지지 않을 거란 얘기는 아냐. 그래서 그걸 내가 알게 되면 듣고 싶은가?" 그가 갑자기 코를 벌름거리며 숨을 들이마시더니, 눈을 뜨고 위를 쳐다보는데 한없이 멀리 나간다. 꿈꾸듯 미소가 어린다.

"그러지 마, 보스, 제발, 파워하우스!"

"오!" 종업원이 비명을 지른다.

"자 여기서 다들 나가!" 파워하우스가 벼락같이 고함을 지르면서 주머니의 손을 빼내 그녀의 빨간 드레스 뒤에 대고 박수를 친다.

빙 둘러서 있던 구경꾼들이 흩어진다.

"저것 보라고! 막간은 끝났어." 파워하우스가 말한다.

그가 지폐를 접어 유리잔 아래 놓고, 다들 나간 뒤 밸런타인은 몸을 기울여 뒤쪽에 있는 주크박스에 5센트 동전을 넣는다. 주크박스에 불이 들어오며 〈구나 구〉가 흘러나온다. 깃털이 가만히 매달려 있다.

"전보를 쳐야겠어!" 비가 내리는 거리에서 파워하우스가 난데없이 고함을 지른다. "답장을 보내야지. 이름이 뭐였지?"

그들은 약간 피곤해진다.

"유러너스 녹우드."

"알잖아."

"그래? 철자 불러 봐."

그들이 가능한 모든 철자를 다 댄다. 그러자 기가 막히게 기분이 좋아진다.

"답장은 이렇게 쓸 거야. 바로 여기서 떠올랐지. '도대체 뭔 소리를 지껄이는 거야? 아무 상관 없거든. 딱 걸렸어.' 서명, 파워하우스."

"그게 그에게 갈까, 파워하우스?" 밸런타인이 엄마 같은 말투로 말한다.

"그럼, 그럼."

모두 입을 다문 채 약간 거리를 두고 그를 따라 어두운 길을 올라간다. 비를 쫄딱 맞은 검은 유령들 같아서 너무 웃다가 죽는 게 아닐까 흑인들은 걱정이 된다.

파워하우스가 쏟아지는 빗속으로 거대한 머리를 다시 내미는데 희망찬 욕망의 표정이 어쩐지 벌어진 콧구멍에서 나온 증기처럼 그의 얼굴 위로 뿜어져 눈앞을 부옇게 한다.

"그에게 가서 반대쪽으로 나오지."

"맞아, 파워하우스, 바로 그거야. 그자가 보스에게 딱 걸렸어."

파워하우스가 길게 한숨을 내쉰다.

"그런데 다시 가서 집시에게 장거리전화 안 할래? 다른 데서 어젯밤에 한 것처럼. 거기 전화가 있더구먼…… 그냥 집에 있는지만 보면 되잖아?"

침묵이 길게 이어진다. 저 정신 나간 드러머는 언젠가 목이 부러질 날이 올 것이다.

"싫어." 파워하우스가 으르렁거린다. "싫다고! 도대체 오늘 밤 내내 싫다는 말을 몇 번이나 해야 하는 거야?"

그가 빗속으로 팔을 들어 올린다.

"며칠 밤을 그렇게 목청껏 노래를 불렀으니 아마 보스 부인에게도 건너가 닿겠지." 리틀 브라더가 낭패감을 보이며 말한다.

그들은 새처럼 간간이 빗물을 몸에서 털어 내며 거리를 따라 걸어간다.

댄스홀로 다시 돌아와 그들이 〈샌〉(99)을 연주한다. 바닥에 풍차라도 세워 놓은 양 지르박이 시작되고 노인들이 쌍쌍이 각자의 궤도—한 번 돌고 또 한 번 돌고 길게 나아갔다가 지그재그로—에서 몸에 익은 부드러움으로 평온하고 품위 있게 춤을 춘다.

파워하우스가 막간이 끝나고 다시 돌아왔을 때, 사람들 말이 분명 맥주를 잔뜩 마시고 왔는데, 다시금 자기 방식대로 밴드 조율을 했다. 음의 높이를 맞추기 위해 피아노 건반을 두드리는 것이 아니라 그저 입을 벌려 가성으로 울부짖으면—A나 D 등등—밴드는 거기에 음을 맞췄다. 그리고 난 후 마치 생전 처음 보는 물건이라는 듯이 피아노를 부여잡고는 팔꿈치로 한 옥타브를 연주하고 뚜껑을 열고는 안을 들여다보고 있는 힘을 다해 몸을 기대는 것이었다. 자리에 앉아 무지막지한 힘으로 몇 분간 연주를 해서 완전히 휘어잡은 다음에—바다 그물처럼 거칠고 깊숙한 저음으로—여리게 깜박거리는 연약한 어떤 소리를 지르고는 미소를 지었다. 그가 한 말을 누가 기억이나 하겠는가? 그저 영감을 받아 연기처럼 그의 입에서 흘러나오는 말일 뿐인 걸.

사람들이 〈누군가 날 사랑하네〉를 신청했고 그는 이미 열두 번인가 열네 번의 코러스를 도대체 어떻게 했는지 모르게 계속 이어 나가고 있었으므로 정말 끝내기라도 한다면 놀라운 일일 것이다. 이따금 그가 목청을 높여 외친다. "누군가 날 사랑하네! 누군가 날 사랑하네, 누구일까!" 그 목소리는 거의 화산이 폭발하는 소리 같다. "누구일까!"

"어쩌면……"그가 오른손 전체로 트릴을 연주한다.

"어쩌면……"쫙 벌린 손가락을 뒤로 빼더니 자기가 있는 위치에서 멀리 내다본다. 거대하고 비인격적인, 하지만 사나운 인상을 쓰느라 땀에 젖은 얼굴이 돌변한다.

"……어쩌면 당신인가 봐!"

닳고 닳은 길
A Worn Path

12월, 꽁꽁 얼어붙은 화창한 날 이른 아침이었다. 저 멀리 시골 마을에서 늙은 흑인 여자가 빨간 천 조각으로 머리를 질끈 묶은 채 소나무 숲길을 걷고 있었다. 이름이 피닉스 잭슨이었다. 아주 나이가 많고 자그마했는데, 괘종시계 추처럼 약간씩 좌우로 흔들흔들, 무거웠다 가벼웠다 균형 잡힌 걸음으로 어둑한 소나무 그림자 아래를 느릿느릿 걸었다. 우산으로 만든 얇고 작은 지팡이를 들고 앞쪽의 언 땅을 계속 두들겼다. 그것이 적막한 허공에 계속해서 엄숙하게 울렸는데 고독한 작은 새의 울음소리처럼 묵상에 잠긴 듯했다.

어두운 줄무늬 드레스가 신발 위까지 닿을 정도였고, 표백한 설탕 자루로 만든, 커다란 주머니가 달린 앞치마가 마찬가지로 길게 늘어졌다. 어디를 보나 말끔하고 단정했지만, 신발 끈이 풀려서 끌리는 바람에 걸음을 걸을 때마다 밟고 넘어질 뻔했다. 똑바로 앞만 바라보았다. 나이가 들어 눈은 푸른빛을 띠었다. 주름살이 여기저기 수도 없이 많은 잔가지를 뻗어 피부에 무늬를 만들었고, 이마 한가운데에는 아예 작은 나무 한 그루가 통째로 서 있는 모양이었지만, 그 아래로는 금빛이 잔잔히 퍼져 있고 두 뺨에 툭 튀어나온 옹이는 어둠 속에서 노랗게 타올랐다. 빨간 천 조각 아래로 금방이라도 바스러질 것 같은 곱슬머리가 목에 늘어져 있었는데, 여전히 검고 구리 냄새가 났다.

이따금 덤불 속에서 후드득 소리가 들리면 늙은 피닉스는 이렇게 말했다. "여우고 올빼미고 딱정벌레고 산토끼고 깜둥이고 들짐승이고 다 저리 비켜! 내 발치에서 물러나, 메추라기야…… 커다란 멧돼지도 내가 가는 길에 얼씬거리지 말고. 뭐든지 내 길을 가로막지 말라고. 갈 길이 머니까." 검은 주근깨가 덮인 작은 손이 마차용 채찍처럼 유연한 지팡이를 쥐고 숨어 있는 건 다 들춰내려는 양 덤불을 때려 대곤 했다.

그녀는 계속 나아갔다. 숲은 깊고 고요했다. 바람에 흔들리는 나무 위쪽의 솔잎이 햇빛을 받아 눈이 부시게 환히 빛났다. 솔방울은 깃털처럼 가볍게 떨어져 내렸다. 아래 움푹 팬 구덩이에 멧비둘기가 있었다—비둘기는 아직 급할 게 없었다.

언덕 위로 오르막길이 이어졌다. "이 정도 오기만 하면 꼭 다리에 돌덩이가 달려 있는 것 같단 말이야." 늙은이들이 혼자 있을 때 으레 그렇듯, 따지는 말투였다. "이 언덕에만 오면 늘 뭔가 붙들어. 가지 말라고 애원하면서."

꼭대기에 이르자 그녀는 뒤를 돌아 지금까지 걸어온 길을 엄한 눈길로 뚫어져라 보았다.

"소나무 사이로 올라왔으니, 이제 떡갈나무 사이로 내려가야지."
마침내 그녀가 말했다.

눈을 있는 대로 동그랗게 뜨고 가만가만 내려가기 시작했다. 하지만 언덕 기슭에 다다르기 전에 옷이 덤불에 걸리고 말았다.

집중해서 부지런히 손가락으로 덤불을 떼어 냈지만, 치마가 워낙 길고 폭이 넓은지라 이쪽을 떼어 내면 저쪽이 엉켰다. 치마가 찢어지게 두는 건 있을 수 없는 일이었다. "이게 다 가시덤불이구나." 그녀가 말했다. "가시들아, 너희야 해야 할 일을 하는 거겠지. 사람들이 지나가는 건 절대 허락할 수 없어요, 암요. 늙어 눈이 잘 안 보여서 너희들이 예쁘고 귀여운 **초록** 덤불인 줄 알았지 뭐냐."

드디어 온몸을 덜덜 떨며 겨우 덤불에서 벗어난 그녀가 잠깐 숨을 돌린 후 지팡이를 짚으려 몸을 구부렸다.

"벌써 해가 중천이잖아!" 그녀가 몸을 뒤로 젖히고 올려다보며 소리쳤다. 커다란 눈물방울이 눈에 어렸다. "여기까지 오는 데 시간을 다 보냈네."

언덕 아래에 냇물이 있고 통나무가 가로질러 놓여 있었다.

"자, 이제 고난의 길이야." 피닉스가 말했다.

오른발을 앞으로 내밀어 통나무 위에 올라간 뒤 눈을 감았다. 치마를 들어 올리고, 마치 무슨 축제에서 퍼레이드를 하는 인물처럼 지팡이를 아주 단단히 앞쪽으로 평평하게 들고는 나아가기 시작했다. 그리고 눈을 떴더니 안전하게 반대편에 닿아 있었다.

"생각만큼 내가 늙진 않았군." 그녀가 말했다.

하지만 자리에 앉아 잠시 쉬어야 했다. 치마를 주위로 활짝 펼친 채 둑 위에 앉아 무릎 위에 두 손을 모았다. 위쪽 나무에 진줏빛 구름처럼 겨우살이가 걸려 있었다. 그녀는 눈을 감을 엄두가 나지 않았다. 어린 남자아이가 마블 케이크가 담긴 접시를 그녀에게 가져왔을 때 그에게 말을 걸었다. "그 정도면 괜찮겠네"라고 말했다. 하지만 접시를 받으려 손을 내밀자 자신의 손만 달랑 허공에 있었다.

그래서 그녀는 나무 아래에서 일어났고, 다음엔 가시철사를 두른 담장을 지나야 했다. 계단을 기어오르는 아기처럼 무릎을 벌리고 손가락을 내밀며 기어가야 했다. 그러면서 커다란 소리로 혼잣말을 했다. 이제 와서, 이렇게 다 늦은 시간에 옷이 찢어져서는 안 되잖아. 게다가 중간에 철사에 된통 걸리면 팔이나 다리를 잘라 낼 돈도 없다고.

드디어 무사히 담장을 빠져나와 빈터에서 몸을 일으켰다. 거대한 고목이 팔이 하나밖에 없는 흑인처럼 다 말라 죽은 목화밭의 보라색 줄기 사이에 서 있었다. 거기 대머리 독수리가 앉아 있었다.

"누굴 쳐다보는 거야?"

고랑을 따라 걸음을 재촉했다.

"황소들이 나다닐 계절이 아니니 다행이지." 곁눈질을 하며 그녀가 말했다. "하느님께서 뱀이 겨울에 똬리를 틀고 잠을 자게 만드신 것도 그렇고. 지난번처럼 머리 두 개 달린 뱀이 저 나무에서 나오는 게 안 보이니 그것도 다행이야. 그해 여름에 그 옆을 무사히 지나가느라 한참 걸렸는데."

말라 죽은 목화밭을 지나 죽은 옥수수밭으로 들어섰다. 그녀 키보다 더 큰 옥수숫대가 흔들리며 낮은 소리를 냈다. "이제 옥수수밭을 지나야지." 그녀가 말했다. 달리 길이 없었기 때문이다.

그때 뭔가 크고 검고 반짝이는 것이 앞쪽에서 움직였다.

처음에는 어떤 남자인가 보다 했다. 밭에서 춤을 추는 남자일 수도 있지. 하지만 걸음을 멈추고 귀를 기울였을 때 아무런 소리도 나지 않았다. 유령처럼 조용했다.

"유령인가." 그녀가 새된 목소리로 외쳤다. "대체 누구 유령이야? 근처에 누구 죽었단 얘기는 듣지도 못했는데."

하지만 아무 대답 없이 바람 속에서 들쭉날쭉 춤추는 소리만 들렸다.

그녀가 눈을 감고 팔을 뻗었더니 소맷자락이 손끝에 닿았다. 만져 보니 코트인데 안에는 아무것도 없고 얼음처럼 냉기만 돌았다.

"뭐야 허수아비잖아." 그렇게 말하는 그녀의 얼굴이 밝아졌다. "영원히 입을 닫고 살아야 할까 봐." 그녀가 웃으며 말했다. "이제 제정신이 아니야. 너무 늙은 거지. 아는 사람 중에 이렇게 나이 먹은 사람이 하나도 없으니. 춤이나 계속 춰, 허수아비." 그녀가 말했다. "나도 같이 출 테니."

그녀가 고랑 위에서 발을 구르며 입꼬리를 쭉 내리고 으스대듯이 고개를 한두 번 흔들었다. 옥수수 껍질이 바람에 날려 치마 주변에서 띠를 이루며 휘돌았다.

지팡이를 좌우로 흔들어 길을 내며, 낮게 읊조리는 들판을 가로질러 다시 가던 길을 갔다. 드디어 길 끝에 이르니 붉게 바퀴자국이 팬 사이로 은색 풀들이 바람에 날리는 마찻길이 나타났다. 메추라기들이 눈에 띄지 않는 체하며 어린 닭처럼 앙증맞은 태도로 돌아다니고 있었다.

"예쁘게도 걷네." 그녀가 말했다. "여긴 편한 곳이군. 아주 태평스러워."

흔들거리면서 마찻길을 따라 헐벗은 고요한 밭을 지나갔고, 잎이 시들어 은색으로 보이는 줄지어 선 나무와, 날씨 때문에 역시 은빛인 오두막들을 지났다. 창문과 문을 다 판지로 막아 놓은 것이 다들 마법에 걸려 앉아 있는 노파처럼 보였다. "저들이 자고 있을 때 난 걷는 거야." 그녀가 고개를 활기차게 끄덕이며 말했다.

계곡에 이르러 속이 빈 통나무를 따라 고요히 흐르는 샘물로 갔다. 늙은 피닉스가 몸을 숙여 물을 마셨다. "풍나무 덕에 물이 달구나." 그렇게 말하며 물을 더 마셨다. "이 우물을 누가 만들었는지는 아무도 모르지. 내가 태어나기도 전부터 있었으니."

마찻길은 습지를 가로질러 이어졌고, 이끼가 레이스처럼 팔다리에 온통 하얗게 달라붙었다. "거품이나 보글거리면서 계속 자거라, 악어야." 그곳을 지나자 길이 나왔다.

높이 솟은 녹색 둑 사이로 길이 한참을 쑥 내려갔다. 머리 위에서 떡갈나무가 서로 맞닿아 동굴처럼 캄캄했다.

혀를 빼문 시커먼 개가 배수로 옆 잡초 더미에서 튀어나왔다. 명상에 빠져 있어서 대비가 안 된 터라 그녀에게 덤벼들었을 때에야 겨우 지팡이로 약간 후려쳤다. 박주가리 꽃송이처럼 배수로로 굴러떨어졌다.

그 아래에서 감각이 흐릿해지기 시작했다. 꿈을 꾸었는지 손을 위로 뻗었는데 그 손을 잡아 위로 끌어 주는 것은 아무것도 없었다. 그래서 그냥 거기 누운 채 곧 혼잣말을 하기 시작했다. "이 노인네야, 저 시커먼 개가 네 길을 막으려고 잡초 더미에서 튀어나와 이제 멋진 꼬리를 깔고 앉아 널 보며 웃고 있는 거야."

이윽고 어떤 백인이 지나가다가 그녀를 발견했다. 쇠줄에 묶인 개를 데리고 있는 젊은 사냥꾼이었다.

"아니, 할머니!" 그가 웃었다. "거기서 뭐 하는 거예요?"

"풍뎅이처럼 누가 뒤집어 주길 기다리며 누워 있는 겁니다, 젊은 양반." 그녀가 손을 뻗으며 말했다.

그가 그녀를 반짝 들어서 공중에서 한 번 흔든 뒤 내려놓았다. "어디 부러진 덴 없고요?"

"아니, 괜찮아요. 마른 잡초들이 워낙 푹신해서." 숨을 돌리고는 피닉스가 말했다. "이런 수고를 해 줘서 고마워요."

"어디 사세요, 할머니?" 두 마리 개가 서로 으르렁거리는 중에 그가 물었다.

"저 산등성이 너머 멀리 삽니다. 여기서는 보이지도 않죠."

"집에 가는 길이에요?"

"아니, 읍내에 나가는 길이랍니다."

"읍내는 너무 먼데요! 저도 집에서 거기까지 걸어가기는 하지만, 뭔가 필요한 게 있으니까 그런 수고를 하는 거죠." 그가 메고 있던 불룩한 가방을 툭툭 두드렸는데, 오므린 작은 발톱이 매달려 있었다. 메추라기 종류였는데 부리가 무지막지하게 구부러진 게 죽었다는 걸 알 수 있었다. "이제 댁으로 가세요, 할머니!"

"읍내에 꼭 가야만 한답니다, 젊은 양반." 피닉스가 말했다. "그래야 할 때라서요."

그가 사방이 쩌렁쩌렁 울리도록 다시 웃었다. "하여튼 당신네 늙은 흑인들이란! 읍내에 산타클로스 보러 가는 거 아닌가?"

그런데 뭔가가 피닉스를 꼼짝 못 하게 붙잡았다. 얼굴에 깊게 팬 주름살이 변하면서 사납게 빛을 발했다. 난데없이 남자의 주머니에서 반짝이는 5센트 동전이 빠져나와 땅으로 떨어지는 것을 두 눈으로 똑똑히 보았던 것이다.

"몇 살이에요, 할머니?" 그가 물었다.

"알 수가 없어요, 젊은 양반." 그녀가 말했다. "알 수도 없지."

그러더니 외마디 소리를 지르고 손바닥을 치면서 말했다. "저리 가버려, 망할 개! 봐요! 저 개 좀 봐!" 그녀가 놀랍다는 듯이 웃었다. "아무도 무서워하질 않는구먼. 커다란 시커먼 개가." 그녀가 속삭였다. "쫓아 버려요!"

"내가 어떻게 쫓아 버리나 잘 봐요." 남자가 말했다. "물어, 피터! 쫓아 버려!"

개들이 싸우는 소리와 남자가 뛰어가면서 나무토막을 던지는 소리가 들렸다. 심지어 총소리까지 들렸다. 하지만 그때쯤 피닉스는 천천히 몸을 앞으로 구부리고 있었다. 점점 더 앞으로, 마치 잠결에 하는 양 눈꺼풀이 점점 내려와 눈을 덮도록 계속. 턱이 거의 무릎에 닿았다. 앞치마 자락에서 누런 손바닥이 쓱 나왔다. 알을 품고 앉은 암탉 아래에서 달걀을 꺼내듯이 조심스럽고 우아하게 손가락이 땅을 스치며 나아가 동전 아래로 들어갔다. 그러더니 다시 천천히 몸을 일으켜 똑바로 섰고, 동전은 앞치마 주머니로 들어갔다. 새 한 마리가 앞쪽으로 날아갔다. 그녀의 입술이 움직였다. "하느님이 내내 지켜보고 계실 거야. 내가 도둑질을 하게 되다니."

남자가 돌아왔고, 개도 숨을 헐떡이며 따라왔다. "바로 겁을 줘서 쫓아 버렸어요." 그가 말했다. 그러더니 웃으면서 총을 들어 피닉스에게 겨눴다.

그녀가 똑바로 서서 그를 마주 보았다.

"총이 무섭지도 않아요?" 그가 여전히 총을 겨눈 채로 물었다.

"무섭긴요. 젊을 땐 바로 옆에서 총이 발사되는 걸 수도 없이 봤는데, 내가 무슨 짓을 해서 그런 것도 아니었죠." 그녀가 미동도 없이 서서 말했다.

그가 씩 웃으며 총을 어깨에 멨다. "할머니는 분명 백 살은 되었을 테고 무서운 것도 하나 없구먼." 그가 말했다. "돈이 있으면 10센트 동전이라도 줄 텐데. 하지만 내 말 명심해서 그냥 집에 붙어 있어요. 그럼 아무 일도 안 생길 테니."

"가던 길을 계속 가야만 해요, 젊은 양반." 피닉스가 말했다. 그러고 는 빨간 천 조각으로 싼 머리를 약간 숙였다. 그리고 두 사람은 헤어 져 다른 방향으로 갔지만 그녀는 언덕 너머로 거듭 울리는 총소리를 들을 수 있었다.

그녀는 계속 걸었다. 떡갈나무 그림자가 커튼처럼 길 위로 드리웠 다. 장작 타는 냄새도 맡고 강물 냄새도 맡고, 교회 첨탑과 가파른 계 단 위의 오두막도 보았다. 수십 명의 흑인 아이들이 그녀 둘레를 정 신없이 돌았다. 저 앞에 내치즈가 환하게 보였다. 종이 울리고 있었 다. 그녀는 걸음을 재촉했다.

도로 포장이 된 그 도시는 크리스마스 시즌이었다. 빨강과 초록 전 구들이 어디에나 줄지어 걸려 있었고, 낮인데도 다 환하게 켜져 있었 다. 눈에 보이는 걸 믿지 않고 익숙한 발걸음을 따라갔으니 망정이지 안 그랬으면 길을 잃었을 것이다.

사람들이 지나다니는 보도에 가만히 멈춰 섰다. 부인 하나가 빨간 색, 초록색, 은색으로 포장된 선물을 한 아름 안고 사람들 무리에 섞 여 걸어왔다. 그녀에게서 더운 여름날의 빨간 장미 향기가 났고, 피 닉스가 그녀를 멈춰 세웠다.

"아가씨, 내 신발 끈 좀 묶어 줄 수 있을까요?" 그녀가 발을 내밀었다.

"뭘 해 달라고요, 할머니?"

"내 신발 좀 봐요." 피닉스가 말했다. "시골에서야 이러고 다녀도 상관없는데 큰 건물에 이러고 들어가는 건 아닌 것 같아서."

"그럼 가만히 서 있어요, 할머니." 부인이 말했다. 꾸러미들을 옆 보도 바닥에 내려놓고는 양쪽 신발의 끈을 단단히 매 주었다.

"지팡이를 짚고는 내가 직접 할 수가 없어서." 피닉스가 말했다. "고마워요, 아가씨. 시내에서는 멋진 아가씨에게 신발 끈 매 달라는 부탁을 해도 상관없을 것 같거든요."

그녀가 좌우로 흔들흔들 천천히 움직이며 커다란 건물로 들어갔고, 발이 알아서 멈출 때까지 높이 솟은 나선계단을 빙글빙글 돌며 올라갔다.

문으로 들어가니 금색 인장을 찍어 금색 액자에 넣은 문서가 벽에 걸려 있는 게 보였고, 그것이 그녀의 머릿속에 꿈처럼 걸려 있는 것과 딱 맞았다.

"다 왔네." 그녀가 말했다. 예의를 차리느라 몸이 뻣뻣해 보였다.

"무료 진료 대상자인가 보네." 그녀 앞쪽의 책상에 앉은 직원이 말했다.

하지만 피닉스는 그저 머리 위쪽을 올려다볼 뿐이었다. 얼굴에 땀이 송골송골 맺히고 주름살이 밝은색 그물처럼 빛났다.

"말을 해요, 할머니." 여자가 말했다. "이름이 어떻게 되죠? 분명 여기 기록이 있을 테니까. 전에 오신 적 있죠? 무슨 문제가 있어요?"

늙은 피닉스는 파리가 귀찮게 하는 양 그저 얼굴을 씰룩거리기만 했다.

"귀먹었어요?" 직원이 소리를 질렀다.

그런데 그때 간호사가 들어왔다.

"아, 피닉스 아주머니예요." 그녀가 말했다. "본인이 어디가 안 좋은 게 아니에요. 어린 손자가 있어요. 시계처럼 규칙적으로 오시죠. 저 멀리 옛날 내치즈 산길에 사세요." 그녀가 몸을 숙이고 물었다. "피닉스 아주머니, 잠깐 앉으시지 그래요? 먼 길을 오셨는데 이렇게 서 있으면 안 되지." 그녀가 의자를 가리켰다.

피닉스가 상체를 꼿꼿이 세운 채 의자에 앉았다.

"손자는 좀 어때요?" 간호사가 물었다.

늙은 피닉스는 대꾸를 하지 않았다.

"손자는 어떠냐고 묻잖아요."

하지만 피닉스는 근엄하고 거의 완고해 보이는 얼굴로 그저 앞만 똑바로 바라보며 기다렸다.

"목은 좀 나아졌어요?" 간호사가 물었다. "피닉스 아주머니, 안 들려요? 지난번 약 타 간 뒤로 손자 목 상태가 나아졌느냐고요?"

노파는 양손을 무릎 위에 얹고 마치 갑옷이라도 입은 양 말없이 꼿꼿하게 앉아 가만히 기다렸다.

"이런 식으로 시간을 끌면 안 돼요, 피닉스 아주머니." 간호사가 말했다. "손자가 어떤지 얼른 얘기를 해야 일을 끝내죠. 죽은 건 아니죠?"

드디어 그녀의 얼굴이 반짝 밝아지며 말을 알아듣는 표정이 되었고, 그녀가 입을 열었다.

"아, 내 손자. 기억이 완전히 없어졌었네. 여기 앉아서는 뭣 때문에 이렇게 멀리까지 왔는지 잊었어요."

"잊었다고요?" 간호사가 이맛살을 찌푸렸다. "이렇게 멀리까지 와 놓고요?"

그러자 피닉스는 밤에 공포에 질려 잠에서 깬 후 품위를 지키며 용서를 구하는 노파처럼 말했다. "학교를 다닌 적이라고는 없어요. 남북전쟁이 끝났을 땐 이미 나이가 너무 많았으니까." 그녀가 나지막하게 말했다. "교육이라고는 못 받은 노인네예요. 그래서 깜박깜박한다고요. 내 손주, 그 녀석은 마냥 그래요. 그런데 들어오면서 완전히 잊어버렸네요."

"목이 전혀 나아지지 않는다는 거죠?" 간호사가 크고 분명한 목소리로 피닉스에게 물었다. 그녀는 이미 짧은 목록처럼 뭔가가 적힌 카드를 손에 들고 있었다. "그래요. 잿물을 마셨으니. 그게 언제였죠? 1월이죠? 2, 3년 전에—"

피닉스가 이제 묻지도 않았는데 술술 말했다. "아니에요, 간호사 아가씨, 안 죽었어요. 그냥 똑같아요. 이따금 목구멍이 막힐 때가 있고 그러면 아무것도 삼키질 못해요. 숨도 제대로 못 쉬고. 혼자선 아무것도 못 하죠. 그래서 때가 되면 내가 진통제를 받으러 오는 거잖아요."

"알겠어요. 할머니가 오실 수만 있으면 약을 드리라고 의사 선생님이 말씀하셨어요." 간호사가 말했다. "하지만 무척이나 차도가 없네요."

"내 어린 손주가 꽁꽁 싸매고 집에 혼자 앉아서 날 기다리고 있어요." 피닉스가 말을 이었다. "이 세상에 우리 둘밖에 없다우. 아파서 힘들 텐데도 절대 그것 때문에 짜증 내는 법이 없어요. 얼마나 사랑스러운 표정인지. 잘 버틸 거예요. 조각보 이불을 뒤집어쓰고 얼굴만 빼꼼 내민 채 작은 새처럼 입을 벌리고 있어요. 이젠 또렷하게 기억이 나네. 다시는 잊어버리는 일이 없을 거야, 그럼, 그 애가 버티는 동안은 절대로. 그 애는 그 어떤 존재와도 비교할 수 없지."

"알겠어요." 간호사는 이제 그녀의 말을 막으려 했다. 그녀가 약병을 가져다주었다. "무료 진료 대상자." 그녀가 장부에 체크를 하며 말했다.

늙은 피닉스는 약병을 가슴에 바짝 끌어안았다가 조심스럽게 주머니에 넣었다.

"고마워요." 그녀가 말했다.

"크리스마스 시즌이에요, 할머니." 직원이 말했다. "제가 몇 페니 드려도 될까요?"

"5페니면 니켈이죠." 피닉스가 뻣뻣하게 말했다.

"여기 니켈요." 직원이 말했다.

피닉스가 조심스럽게 일어나 손을 내밀었다. 그녀가 동전을 받은 다음 주머니에서 다른 동전을 꺼내 둘을 손바닥 위에 나란히 놓았다. 고개를 한쪽으로 기울이고 자세히 들여다보았다.

그러더니 지팡이로 바닥을 탁탁 두드렸다.

"뭘 해야 할지 생각이 났어." 그녀가 말했다. "가게에 가서, 거기서 파는 작은 종이 풍차를 사다 줄 거야. 손주 녀석은 세상에 그런 게 있다는 게 거의 믿기지 않을걸. 그걸 이 손에 단단히 쥐고 손주가 기다리는 집으로 돌아가야지."

그녀가 빈손을 들어 올리고는 고개를 살짝 까닥한 후 돌아서서 병원을 걸어 나왔다. 그러고는 느린 발걸음으로 계단을 내려가기 시작했다.

커다란 그물

The Wide Net and Other Stories

첫사랑
First Love

무슨 일이 일어나든 그것은 별스러운 때에, 꿈의 계절에 일어났고, 내치즈에서 그건 그 어느 때보다 혹독한 겨울이었다. 1807년 어느 1월 밤, 거센 북풍이 지치지도 않고 뼛속까지 파고들어, 정착민들의 길을 따라 쫓아 내려가서는 점점 더 멀리 몰아낼 셈으로 강굽이까지 무시무시한 소리를 내며 몰아치는 것만 같았다. 그다음에는 이상하게 감각을 무디게 하는 눈이 내렸다. 태양이 떠오르자 창공에는 번쩍이며 휘도는 갈매기 날개만큼이나 가까운 거리에 수천 가지 빛의 프리즘이 가득했다. 이후로 오랫동안 날씨가 얼마나 맑았는지 저녁에 밤길을 다니는 나그네들이 하늘에서 시리우스의 동반성까지 또렷이 볼 수 있었고, 갓 투명해진 하늘에서 제 갈 길을 가는 금성이 낮에도 환하게 보였다.

미시시피강은 부르르 떨면서 강바닥에서 몸을 일으켜 몽유병자처럼 새로운 장소를 찾아 떠밀리듯 뻗어 갔다. 둥둥 뜬 얼음이 물결을 타고 저 멀리까지 떠내려갔다. 평저선과 뗏목들은 여전히 계속해서 강 하류로 흘러갔지만, 승객들은 무슨 묶어 놓은 막대기처럼 아무런 감정 표시도 없이 유순하게 몸을 옹송그리고 있을 뿐이었다. 내륙에서는 그들이 살았을지 죽었을지 내기를 걸었지만, 어느 쪽이든 증명할 방법은 없었다.

아침이면 모습이 달라진 거리에 늘어선 나무 위로 푸르게 빛나는 화관처럼 얼어붙은 이끼가 뒤덮여 있었다. 베란다 딸린 작은 집이 있는 마을도 지붕 위에 눈을 덮어쓴 채 고요했다. 내치즈가 그렇게 빠르게 변하니까 온 세상이 마찬가지로 그렇게 변모할 게 틀림없어 보였다. 유일하게 들리는 떠들썩한 소리는 우리 안에서 고통받는 동물들이나 얼어붙은 사탕수수밭에서 매일 밤 점점 더 가까이 모여들어 울부짖는 삶의 울음소리뿐이었다. 추측할 수 있는 이상으로 많은 원주민이 끊임없이 제례의 춤을 추며, 다독이면서도 당당하게 태양을 향해 마음을 전하는 소리가 더 멀리로부터 들려오기도 했다. 얼어붙은 마을의 캄캄한 최면 상태에서 기다리는 사람들에게는 그들이 피운 불길이 벌겋게 타오르는 것도 보였다. 남자들은 추위에 꽁꽁 얼어붙어 덫에 걸리듯 침묵 속으로 가라앉았다. 비율이나 균형은 다 사라진 상태라 나그네 무리는 얼어붙은 내치즈 숲길을 정신을 바짝 차리고 더 바짝 붙어 조심스럽게 움직였다. 동틀 무렵 빽빽한 풀숲을 헤치며 움직이는 곤충들처럼 앞사람 꽁무니를 쫓아갔다. 마을 사람들 누구도 본 적이 없는 단신 나그네가 속이 빈 나무둥치에서 작은 짐꾸러미를 꽉 끌어안고 다람쥐처럼 허옇게 되어 옹송그린 자세 그대로 얼어 있는 걸 발견해서 그를 싣고 거리를 지날 때면 내치즈 사람들은 고개를 돌려 말없이 바라보기만 했다.

열두 살의 귀머거리 소년 조엘 메이스는 그런 남자가 들것에 실려 들어오는 걸 보고 이미 죽은 사람인 것을 알았다. 하지만 그의 눈은 뭔가 다른 것, 놀라운 어떤 것을 찾고 있었다. 사람들의 입에서 입김이 솟아나는 걸 보았고, 이제 어린애의 보드라움이 약간 사라진 검은 얼굴에서는 비밀스러운 욕망이 비쳤다. 말의 무한한 모양들이 허공에서 그렇게 가시적으로 형태를 이룰 때마다 그에겐 경이로웠고, 사람들이 서로 만나서 혹은 길에서 지나치면서 주고받는 말이 부드럽게 변하는 것을 경외의 눈으로 바라보았다. 다부지지만 꿈결처럼 몽롱한 고아의 발걸음으로 그는 적막 속에서 홀로 걸었다. 자기도 입술 사이로 숨을 내쉬어 공기 중으로 훅 내뱉으면, 그것이 무슨 단어가 되었든 입김은 탑 모양이 되었다. 그러면 누군가와 대화라도 나누는 양 기분이 좋아졌다. 여관으로 꺾어 들어가는 길 끝머리에 이르면 경망스러운 장난은 끝났다는 듯 항상 고개를 숙이고 걸음을 빨리했는데, 그는 그곳의 구두닦이 소년이기 때문이었다.

그는 여름 언제쯤엔 내치즈에 왔다. 잎이 무성한 엄청난 세계를 거쳐서 왔고, 버지니아에서 여기까지의 여정 전체가 그에게는 기억이 없는 상태에서 떠돌아다녔던 어린 시절이었다. 그는 언제나 혼자였다. 처음엔 항상 혼자였고, 부모님이 숲속에서 모습을 감췄을 때, 점점 멀어지더니 마지막에는 열심히 뒤를 돌아봐도 완전히 보이지 않게 되었던 그때 그를 데려갔던 올드맨 매케일럽과 함께 다녔던 그 이후에도 혼자였다. 목적지에 도착하는 데 여념이 없는 팔이 뾰족뾰족한 덤불 사이로 그를 마구 끌고 갔고, 잎이 하도 얼굴을 때려 대는 바람에 결국 어떻게라도 막아 볼 셈으로 손을 뻗었다. 구두닦이가 된 지금은 그 오래전 일에 대한 생각은 야박할 정도로, 거의 냉담할 정도로 하지 않는다…… 최근 올드맨 매케일럽이 다시 여관에 나타나기 전까지는 말이다. 꿈속에 나오는 노인들처럼 마구 헝클어진 턱수염에 어디로 가는 건지도 알 수 없었다. 그리고 유달리 묵직하고 진흙이 덕지덕지 묻은 그의 구두를 닦는 중에 옛날에 겪었던 일이 단편적으로 떠올랐다. 그것이 캄캄하게 딱딱한 껍질로 둘러싸여 거기 있었으니까…… 그래서 다시 찾아왔고, 다시 떠올리게 되었던 것이다……

그가 구두를 문지르며 부모님이 자신을 떠났던 그다음 날을 떠올렸다. 원주민들로부터 몸을 숨겨야 했던 날이었다. 정말 의외의 모습으로 근엄한 얼굴이 환해지며 올드맨 매케일럽이 그들을, 그 무리 전부를 빽빽한 사탕수수 숲으로 몰아 내치즈 숲길 깊숙이까지 데려갔다. 사탕수수가 얼마나 빽빽이 자랐는지 무슨 사나운 이빨처럼 서로 물려 있는 가장 울창한 부분으로. 거기서 남녀노소를 막론하고 모두들 웅크려 앉았고, 전혀 안전해 보이지 않는 은신처에서 서로를 쳐다보며 혹시라도 누가 움직이지 않나, 은연중에 기척을 내지 않나 본능적으로 열심히 살펴보았다. 덤불 곁에 웅크리고 앉은 조엘이 울음을 터뜨렸다. 갑자기 이해력이 몽땅 사라졌던 것인데, 아무것도 들을 수 없는 그로서는 아무것도 보이지도 만질 수도 없고, 세상의 그 어떤 친숙한 것도 찾을 수가 없었던 것이다. 그가 울음을 터뜨렸고, 올드맨 매케일럽은 일단 흥분한 개를 도끼 반대쪽 날로 후려친 뒤 험악한 얼굴을 그에게 향한 채, 다들 열심히 숨죽이며 지키던 적막을 보호해야 한다는 생각에 정신이 팔려 도끼를 공중으로 들어 올렸다. 조엘이 소리를 냈어…… 그가 숨을 헉 들이마시고는 생각할 겨를도 없이 급히 입을 땅에 박았다. 나뭇잎을 집어 입 안에 들이밀었다…… 사탕수수 숲에서 사람들과 함께 꼼짝도 하지 않고 누워 있던 그 긴 시간 동안 그는 다른 사람들에게 적막함이 어떤 의미인지 알게 되었다. 그 위험한 상황을 통해, 가까이 있는 동반자들의 존재, 예고도 없었던 말없는 포옹과 치명적일 정도로 강력한 결속을 극렬하게, 심지어 무시무시하게 절감했던 것이다. 그때 늙은 여성을 선두로 한 원주민들은 화살통에 든 불붙은 화살엔 신경도 쓰지 않고, 메기를 주렁주렁 매단 끈을 손에 들고 엄숙하게 한 줄로 지나가고 있었다. 그 줄은 노파의 늘어지는 하품만큼 길었다. 그러고 나서 매케일럽과 함께 있던 사람들이 하나씩 일어나 숨어 있던 곳에서 나왔다. 대화를 나누는 일도 거의 없이 약간 수치스러운 듯 발을 끌며 걸었다. 내치즈에 다다르자마자 그 작은 무리는 뿔뿔이 흩어졌다. 매케일럽은 작별 삼아 약간 쓸쓸해 보이는 표정으로 한 사람 한 사람 한참 바라본 후 여느 때처럼 뭔가에 몰두한 채 가 버렸다. 자신을 구해 준 그 남자를 조엘은 아무것도 바라지 않는 아이의 상냥한, 거의 무관심한 얼굴로 올려다보았다. 그의 머리 뒤편으로 하늘을 가로질러 날아가던 하얀 갈매기들이 지금에서야 기억이 났다.

조엘은 여관에 맡겨졌는데, 뒤쪽으로 강이 있는 그곳이 내치즈 숲길의 끝이었으므로 그로서는 달리 더 갈 곳이 없었다. 그래서 눌러앉았다. 어쩌다 보니 그런 식으로 정리가 되었다. 그는 거기 묵으면서 전혀 돈을 내지 않았고, 그들은 그가 하는 일에 대해 전혀 보수를 주지 않았다. 하지만 시간은 흘러갔고, 그는 시간이 그를 지나쳐 간 그 장소의 작은 부분이 되었다. 작은 침실은 그만의 방이 되었다. 돌이 깔린 어둡고 작은 그 방은 1층의 술집 뒤편에 있었는데, 둥근 천장 서까래가 남자 머리에 닿을 높이에 있었다. 화덕이 있고, 하나뿐인 창문은 늘 말들이 푸들거리는 소리가 끊이지 않는 마당을 향해 열려 있었다. 매일 밤 등받이가 높은 긴 의자에 몸을 웅크리고 누웠고, 날이 추워지면 주인은 덮고 잘 낡은 코트 한 무더기를 주었다. 그 방은 매일 밤 같은 자리로 기어 들어오는 길고양이에게 그랬을 것처럼 지나치다 싶게 온전히 그만의 방이었다. 그는 늘 촛대를 꼼꼼히 닦아서 통나무 탁자 한가운데에 놓았고, 밤에 촛불을 켜면 칼로 새긴 온갖 스페인어로 쓰인 사랑의 말들이, 깊게 도려낸 그 단어들이 스페인어를 아는 사람에게 읽어 보라고 들이밀듯 검은색 배경에서 도드라졌다.

밤이 깊어 거의 새벽이 다 되었을 때, 투숙객들이 분명 다들 후닥닥 장화를 벗고 침대로 쓰러져 버렸을 그때면 그는 습관처럼 일어나 촛불을 손으로 가리고 층계를 올라가 복도와 방을 돌며 장화를 거뒀다. 그걸 다 들고 자기 방 탁자에 앉아, 화덕의 불빛이 돌 깔린 바닥을 가만히 비추는 동안 천천히 시간을 들여 장화를 닦았다. 바로 그런 때면 다른 사람들은 다 잠든 사이 그의 온 삶이 나뭇가지의 새처럼 안전하게 내려앉은 기분이었고, 그는 자신이 원하는 대로 혼자만의 시간을 보냈다. 그는 장화를 전혀 멸시하지 않았다. 장화에 대해서 알게 되었으니까. 그의 손길에 장화는 온전해지면서 모양이 제대로 잡혔다. 이건 노예가 하는 일도 아니고 아이들이 할 일도 아니었다. 품격이 있었으니까. 잠든 남자들 사이를 돌아다니는 건 위험했다. 악몽을 꾸었든 의심 때문이든 진땀을 흘리며 잠에서 깬 사람에게 덜미를 붙잡혀 아주 혼쭐이 난 게 한 번이 아니었지만, 그런 거친 상황이나 누군가 자다 깨어 순식간에 광폭해질 때면 동물적 본능으로 민첩하게 대처했다. 그로서는 잠이 든 온 세상이 너무나 얕은 몽환 상태라 아주 약간의 움직임만으로도 어김없이 깨어나는 것만 같았다. 하지만 그는 살며시 여기저기 다닌 후 다시 방으로 돌아왔다. 한번은 장화로 손을 뻗었다가 방울뱀이 홱 머리를 내민 적도 있었는데, 그런 건 천년에 한 번 일어날까 말까 한 일이었다.

첫눈이 내리던 밤, 그에게 찾아온 새로운 모험은 그의 방 안에서 시작되었다. 밤이 아주 깊어 새벽이 가까워 올 무렵 조엘은 침대에서 벌떡 일어나 앉아 눈을 떴는데, 방 전체가 마치 햇빛을 받아 찰랑거리는 호수처럼 환하게 빛나고 있었다. 장화 같은 건 완전히 머릿속에서 사라진 채 그는 꼼짝 않고 앉아 있었다. 촛대의 초가 켜져 있었고, 화덕 안에서 불이 활활 타오르고 있었으며, 창문에서는 반짝이는 것들이 마구 휘날리는 게 보였는데, 그게 눈이라는 걸 처음에는 알아보지도 못했다. 조엘은 방 안의 그늘진 곳에 있었고, 그의 앞쪽, 기이하게 여러 겹의 불로 환하게 밝혀진 한가운데에 검은 망토를 입은 두 남자가 옆모습을 보이며 탁자에 앉아 있었다. 그가 다용도로 쓰는 유용한 탁자를 사이에 두고 마주 보며 함께 얘기를 나누는 두 사람이 아치형 서까래 아래에서 훤칠해 보였다. 내치즈 사람들이 아니었고, 그들의 이름은 장부에도 없었다. 둘 다 장화 위쪽에서 뭔가 반짝였는데, 눈이 쌓인 거였다. 앞쪽으로 잡아당긴 망토의 검은 주름 속에서 눈송이들이 막 녹기 시작했다.

조엘은 문을 두드리는 소리를 생전 들은 적이 없지만, 그게 어떤 소리일지는 알았다. 그리고 이 사람들이 방에 들어오기 전에 건성으로라도 문을 두드리지 않았을 거라 추측했다. 어느 순간 그는 알지도 못했고 동의하지도 않았는데 보아하니 두 남자가 구름에서 떨어져 내려 그의 식탁 의자에 내려앉아 모든 걸 자기들 맘대로 차지했다는 걸 알게 되었을 때, 지금 위층에서 코를 골고 있는 올드맨 매케일럽을 포함하여 지금껏 모든 남자를 바라보고 대면할 때 그랬던 것처럼 차분한 마음을 유지할 수 없었다.

침범당했다는 느낌을 바로 드러내지는 않았다. 그 대신 꼿꼿이 일어나 앉은 자세 그대로, 몰래 마음껏 훔쳐볼 때처럼 그들을 지켜보았다. 한쪽 눈은 보이지 않는 두 사람의 얼굴과 뺨, 반만 보이는 입—불빛이 환하게 밝힌 얼굴, 공통의 일을 회상하거나 짐작하느라 묘한 분위기를 띠는…… 아마 소리를 지르면 그들에게 들릴 것임을 알았기에 겨우 꾹꾹 누를 수 있었을 것이다. 그리고 한 사람이 공중에서 손짓을 했을 때 그는 가만히 기다리던 그 자리에 그대로 붙박이고 말았다.

한 사람이 오른팔—긴장했지만 부드럽고 편안한 동작으로—을 들어 올리자 축축한 검은 망토가 떨어져 내렸다. 조엘에게는 그날 밤에 이르기까지 온 세상이 살아 움직인 적이 없었던 것처럼, 그것이 생전 처음 본 최초의 움직임 같았다. 어떤 육중한 문이나 작은 방목장 문을 여는 신호처럼 경악을 금치 못할 만큼 순식간에 머릿속에 파노라마가 펼쳐졌는데, 무엇보다 먼저 깨달은 사실은 그는 그에 대해 결코 말하지 못할 거라는 점이었다. 그것은 눈을 뜨면 눈으로 가득 들어오는 밝은 빛처럼 그저 환한 빛일 뿐이었다. 모든 빛이 향하는 이 모임이 또 하나의 실내로 그의 방 안에 생겨났고, 그들이 하는 모든 말이 그 안에서 또 하나의 신비를 이루었다. 화덕 불을 배경으로 두 머리를 가까이 숙이고 가벼운 머리칼은 허공에 떠다니는 것처럼 보였다. 팔꿈치를 탁자 위에 얹고, 조엘이 비스킷을 먹다가 떨어뜨린 부스러기들을 흩뜨리고 있었다. 두 사람이 일어나 팔을 쭉 뻗으며 기지개를 켜고, 촛불을 불어 끈 다음 문으로 나가기까지 얼마나 오래 그 방에 있었던 건지 그로서는 전혀 알 수가 없었다.

아침이 되어 조엘이 다시 잠에서 깨자마자 맨 처음 한 생각은 원주민이었고 그다음이 귀신이었고, 그러고 나서야 밤새 있었던 일이 다시 머릿속에 떠올랐다. 장화 닦는 일을 까먹었다고 가볍게 매를 맞았는데, 그다음엔 매를 맞았다는 사실도 잊었다. 자신이 잠든 사이 얼마나 오랫동안 두 남자가 자기 방에서 회동을 했는지, 그들이 자신을 보기는 했을지, 그랬다면 자기를 어떻게 했을지, 팔을 붙들고 저 멀리까지 나뭇잎을 헤치며 끌고 갔을지 궁금했다. 간밤의 일 모두를 기억해 보려 애를 써 보니 기억이 났고, 그 전날 밤도 기억할 수 있었다. 그렇게 점점 깊어져 가는 긴 꿈을 꾸며 뒤늦게 장화를 문질러 닦았다. 그의 기억은 올가미를 던져 야생마를 잡는 식으로 작동했다. 휙 뒤로 던져져 부모님과 떨어졌던 그 순간에 멈춰 공중에서 파르르 떨었다가, 다시 방향을 바꿔 반대쪽으로 날아갔다. 미래의 형태를 좀 알아볼 수도 있었겠지만 그렇게 내버려 두지는 않았다. 그러는 사이 하루 종일 스쳐 가는 순간순간의 모든 것이, 모든 사소한 행동이 상당히 심각한 중요성을 띠게 되었다. 집 안에 벌어진 변화를 직감으로 알았다. 문의 각도며 타오르는 불의 높이, 신발로 장작을 건드렸는지 아니면 그냥 빈방에 던져 넣었을 뿐인지를. 그는 알 수 없는 신비에 완전히 사로잡혔다. 그리고 밤을 기다렸다. 그 자신의 방인데 이제 탁자 위에 서 있는 촛대는 자신이 없는 새 누군가 만졌고 자는 새에 누군가 보았다는 놀라움으로 물들어 있었다.

그 사람들의 정체가 불현듯 떠오른 것은 그가 다시 장화 닦는 일에 열중하고 있을 때였다. 명상을 할 때처럼 그 이름이 머릿속에 떠올랐다. 그 이름이 머릿속을 마구 두들기는 중에 그는 거리로 뛰쳐나갔고, 그러자 추위에 꽁꽁 묶여 있던 내치즈가 그 대단한 출현으로 인해 눈 덮인 무감각함에서 화들짝 벗어나 얼마나 요동쳤던지 기억이 되살아났다. 뛰어다니는 발소리로 왜 그렇게 마루가 흔들렸는지, 술집에서는 불안에 떠는 손이 왜 그를 그렇게 밀쳤는지 그 이유가 이제는 분명해졌다. 그들이 에런 버와 하면 블레너해셋이라는 걸 알려 줄 사람은 없었지만 그는 알았다. 어느 쪽이 어느 쪽인지 알 수 있도록 손가락으로 가리켜 주는 일도 없었지만 그것도 알았다. 손짓을 한 쪽이 버였다.

그들은 매일 밤 그의 방으로 왔는데, 사실 조엘은 그날 밤 오고 말거라 예상하지도 않았다. 첫 만남이 시작이 아닐 거라는 생각도 한 적이 없었다. 망토에 쌓인 눈이 녹기까지는 항상 어느 정도 시간이 걸렸다. 당시 내내 눈이 내렸으니까. 조엘은 어두운 구석에 눈을 크게 뜨고 앉아 혼자서 대화재를 구경하는 사람처럼 그들을 바라보았다. 작은 화덕 안에서 타오르는 열기로 달구어져 방은 점점 따뜻해졌지만 거기서 벌어지는 일 전부 불같이 타오르는 면이 있었다. 불길은 에런 버에게서 솟아 나왔고, 어떤 말이나 갑작스럽고 우아한 손짓을 통해 탁자를 가로질러 블레너해셋에게 닿는 것 같았다. 하지만 그들의 말인 입김은 그들 사이에서 타오르는 촛불처럼 단순한 것이 아니었다. 조엘은 여전히 옆모습밖에 볼 수 없었지만, 그 비밀이 말할 수 없이 복잡하다는 사실을 알았다. 이틀 밤 만에 다 말로 할 수 없다는 게 분명해졌으니까. 아무리 많은 말을 해도 대화는 끝나지 않았다. 늘 다시 만나야만 했다. 버의 반지가 거듭 불빛을 받아 그 위에 새겨진 인장의 난해한 무늬의 소용돌이 모양을 다시 반사했다. 여전히 초롱초롱하고 날렵한 그의 시선이 여기저기 옮겨 다녔지만 조엘 쪽으로 오는 적은 한 번도 없었다. 그들의 눈이 그의 방을 진정으로 본 적은 없었던 것이다…… 그가 반들반들하게 닦아 놓은 촛대라든지, 빵 부스러기를 말끔히 긁어내 깨끗해진 탁자라든지, 그 자신이 조심스럽게 살짝 손을 내밀고 앉아 있는 나무 벤치라든지…… 방 안의 모든 것이 정복이고 모든 것이 벽을 넘어 존재하는 기쁨과 힘에 대한 꿈이었으니까…… 불빛을 가득 받은 머리칼이 버의 뾰족한 이마 위로 흘러내리고 뺨은 긴장으로 팽팽해졌고, 난데없이 미소를 짓기도 했으며 입술 사이로 숨을 뱉어 냈다. 주로 듣는 쪽이라 입을 닫고 있는 다른 남자의 얼굴은 열의에서 우울로, 다시 열의로 변했다…… 조엘은 가만히 앉아서 두 사람을 번갈아 보았다.

처음에 그는 그들이 자신을 발견하지 못한 거라 믿었다. 그러다가 그들이 어쩌다 그의 존재를 알게 되었지만 그 때문에 하던 일을 그만두지 않았음을 알게 되었다. 어쩐지 그게 그를 질겁하게 했다…… 그 혼자라면 그의 방에서 한없이 얘기해도 괜찮다는 걸 알게 되었단 얘기니까. 그러다가 그들이 자신을 받아들인 거라고 보았다. 어느 날 밤, 그 사실을 처음 깨달았을 때 그의 장애가 일종의 따뜻한 환대가 된 듯했다. 기쁜 마음이 들면서 신이 났고, 장난기가 발동하면서 있던 자리에서 나와 그쪽으로 몇 발자국 다가갔다. 그러다가 마침내는 너무 나가게 되었다. 그들 대화의 테두리를 뚫고 들어가 부엌에서 가져온 음식과 음료수를 탁자 위, 두 사람 사이에 놓았던 것이다. 손이 덜덜 떨렸고, 그들은 멀찍이서 보듯이 그를 보았지만 놀라지는 않았다. 난롯불에 덥혀져 나그네들의 옷에서 피어오르는 시커멓고 축축한, 그에겐 익숙한 냄새를 맡을 수 있었다. 그러고 나서 그는 마룻바닥에 꼼짝도 않고 앉아 있었는데, 버의 망토가 바로 그의 어깨 위까지 늘어져 있었다. 그럴 때면 망토가 신기하게 호를 그리며 자신을 휘감을 것만 같아 현기증이 일었지만, 에런 버는 그저 고개를 완전히 돌리고는 넓은 이마 쪽으로 피곤을 모르는 눈을 한껏 추켜올리며 엄숙하게 내려다볼 뿐이었다.

그렇게 상냥한 눈빛에는 일종의 지배에 대한 약속이 있었다. 그가 처음 와서 얘기를 나누기 위해 의자에 털썩 앉으면, 그래서 불이 확 타오르고 눈 덮인 세상을 담아 온 모습이 밝아질 때면 투박한 탁자마저 본질을 바꾸며 의례의 한 부분이 되는 듯했다. 영혼을 불러내기 위한 완전히 다른 언어로 말을 했을 수도 있었다. 그의 모습이 또렷이 보일 때면, 동작과 표정 전부가 묘하게 끈기 있고 지혜가 가득하다는 환상을 불러일으키는 봉헌 의식의 일부처럼 보였다. 강변 저 멀리로 보이는 나그네의 모닥불처럼 눈에서 불빛이 반짝였다. 그는 항상 말을 했고, 마치 기억할 만한 눈도 코도 입도 없는 것처럼, 말하는 게 그의 겉모습 전부였다. 그의 얼굴에는 온갖 섬세함과 입담이 있었지만 현재에 대한 인식은 전혀 없었기 때문에 두드러진 특성이나 상냥함 같은 건 없었다. 바닥에 앉아 말을 하고 있는 그의 얼굴을 올려다보면서 조엘은 그것을 쫓아 팔을 뻗으며 손을 움켜쥐게 만드는 유혹과 고뇌의 비밀을 한순간에 깨달았다. 어디가 되었든 자신이 가야 하는 곳이라면 버가 자신을 어디로 데려가도 상관없을 것 같았다.

밤에 조엘은 간혹 그들이 자신을 내려다보고 있다는 확실한 느낌이 들어 분명 그들이 왔을 거라는 생각을 하곤 했다. 하지만 그것은 꿈이었고, 벌떡 일어나 앉으면 보이는 것이라고는 빈방을 가로지르는 잦아드는 불빛뿐이었다. 그러면 버림을 받거나 길을 잃은 묘한 기분이 들었는데, 지금껏 느껴 보지 못한 기분이었다. 그들은 동트기 직전에 온 적이 많았다.

그들이 와 있으면 다시 기운이 나서 앉았다. 그들이 화덕만큼도 그에게 관심을 보이지 않았음에도 그랬다. 그는 조달할 수 있는 음식을 죄다 꺼내 왔다. 자신의 저녁에서 약간씩을 떼어 두었고, 어느 날 밤엔가는 칠면조 파이를 훔치기도 했다. 때로 노는 아이들을 지켜보는 아빠처럼 미동도 없이 꼿꼿이 앉아 그들을 바라보는 품은 그가 그들의 안전장치라고도 할 법했다. 잠을 잤으면 하고 너무나 바란 나머지 결국 눈꺼풀 한 번 깜빡이지도 않고 얼이 나가 그들을 빤히 보기도 했지만, 그들이 떠났으면 하고 바란 적은 한순간도 없었다. 그들이 밤새도록 이야기를 나누는 때가 잦았다. 블레너해셋의 흐릿하고 넙데데한 얼굴이 열렬한 관심에서 점점 지친 표정으로 바뀌어 갔다. 하지만 늘 버가 팔을 쭉 뻗어 몽롱한 잠에서 그를 깨우려는 듯 어깨를 그러쥐었고, 그 자신의 얼굴이 발산하는 환한 빛은 언제나 시간이 가면서 점점 더 강렬해졌다. 그 만남의 본질이 완전히 드러나기를 기다리듯이 조엘은 조용히 앉아 있었다. 그의 모든 사랑은 말하는 사람에게 쏠렸다. 그것을 어떻게 숨길지 알 수 없었을 것이다.

한가한 아침이면 아침나절에 세상을 좀 살펴봐야 했으므로 그는 강 둔치로 내려가 머리 위로 잔뜩 기울어진 나무들 아래 서 있었다. 얼굴을 찡그리고 얼음 덮인 경주로 너머 저 멀리 강 위까지 바라보았다. 한 시간 정도, 강물이 독립된 요소와 힘이 아니라 숲의 한 부분이라도 되는 양 연기처럼 시커메지는 때가 있었다. 숲에 속해 있는 존재, 보살펴 줘야 할 여린 존재, 묶인 채 풀을 뜯는 숲의 애완동물처럼 보이다가 햇빛이 점점 높이 퍼져 가고 세상이 색색으로 물들 때면 강은 반짝이는 주변의 얼음에서 갑자기 튀어 올라 완전히 무르익은 삶의 급류가 되고, 휘돌아 흘러가는 그 모습과 기세에 조엘은 그것을 지켜보며 자신의 방에서 밤마다 펼쳐지는 주술에 사로잡히듯 거기에 사로잡혔다. 강에게 말을 걸 수는 없었지만—사실이 그러했고—그래도 푸른색 보라색 강물 타래에서 중대한 사건의 작동을 읽어 보려 했을 것이다. 이해하기가 어려웠다. 아무리 비밀스럽고 온전하더라도 인간이 짠 계획은 그것이 작동하는 바로 그 흐름에 의해 늘 부서질 수밖에 없는 것일까? 어느 날 그는 강 중간에서 뗏목이 박살 나며 사람들이 사방으로 떨어져 나오는 것을 고통스럽게 바라보았다. 그리고 헤아릴 수 없는 강을 바라볼 때면 가슴속에서 꿈틀거리던 모든 것이 자신이 품고 있는 그 두 사람과 그들의 천재성을 향한 희망으로 뻗어 나갔다.

에런 버의 반역죄에 대한 재판을 알리는 공고문이 술집 거울에 붙어 있는 것을 본 것은 그가 여관에 돌아왔을 때였다. 재판은 그달 말에 미시시피 보호령의 수도인 워싱턴에서, 많은 군중을 수용할 수 있는 제퍼슨대학 캠퍼스에서 열릴 것이라 했다. 그사이 이 술집에서는 무장한 전초 소함대의 도착을 기다릴 것이고 위스키의 가격을 올리는 일은 없겠지만, 몇 명이 투숙하는지에 따라 위층 침실의 가격이 약간 올라갈 것이라 했다.

그달이 천천히 지나갔고 이제 보름이었다. 깊은 밤, 달의 표면이 뺨을 들이대듯 가까워져 하늘은 온통 달이었다. 구름이 환한 산맥을 이루어 천체들을 하나씩 거치며 뻗어 갔다. 조엘이 시내를 통과할 때 지나가는 거리와도 같았다. 이제 사람들은 하늘을 흉내 내듯 집집이 불을 밝히고 오락을 즐겼는데, 그 중심에서는 늘 버가 여자들과 춤을 추고 남자들과 이야기를 나누었다. 사람들은 자신들을 위협하거나 유혹하는 그를 따라다니며 주변에서 코티용 춤 대형을 이루었고, 미뉴에트 춤은 솜씨 좋게 수면을 통통 튀는 물수제비 조약돌처럼 밤을 스치며 달려갔다. 조엘은 사람들이 편을 갈라 벌이는 논쟁이나 온갖 과장된 몸짓과 축배를 보았고, 그들이 버가 착한지 악한지를 결정할 거라고 생각했다. 하지만 그러는 내내 춤추며 돌아다니는 버를 볼 때면 그런 건 그에게 아무런 영향도 주지 않는다고 조엘은 믿었다. 그의 시선은 그곳의 그 무엇에도 머물지 않고 항상 방 너머로 뻗어 간다는 걸 조엘은 알았다. 춤이 끝나면 대개 어쩐 일인지 가장 아름다운 여성이 그의 팔에 안겨 있기는 했지만 말이다. 때로 사람들은 그를 마차에 태우고 강 둔치로 내려가 달을 가리키는 것으로 그 밤을 마무리 지었다. 거기 앉아 에런 버에게 모든 것을 다 보여 주었고, 존재할 리 없는 다리처럼, 내치즈 숲길의 서쪽으로 이어지는 연장선처럼 강 위에 곧게 뻗어 있는 얼음들을 향해 피로감에 가까운 장엄함을 담아 고개를 주억거렸다. 그러면 빗방울처럼 부드럽고 친밀한 광채가 그들의 손과 얼굴, 말의 코에서 깃털처럼 뿜어져 나오는 콧김에 쏟아졌고, 그들은 버만큼이나 품위 있고 장엄했다.

재판이 가까워지자 남자들은 매일 구석 자리에 모여 더욱 열을 내며 떠들었고 여관 술집은 논쟁으로 들썩거렸다. 매일 밤 버는 갈수록 화려하고 더 늦은 시각의 댄스파티에 초대되었다. 그리고 조엘은 기다렸다. 특정한 동의하에 비밀을 지속하고 완결 짓기 위해 공모하여 만날 수 있도록 버에게 이렇게 방해받지 않는 자유로운 시간이 새벽까지 주어진 것임을 그는 알았다. 안 가는 데 없이 다 다니면서 알게 된 것이었다. 그 때문에 그가 고통받게 된 것이었고, 그 고통은 남이 모르는 개인적인 조짐으로 가득했다.

어느 날 그는 모든 걸 알게 되었다. 작은 털모자를 받은 아침이었는데, 그는 그것을 머리에 얹고 길을 나섰다. 발길에 거무죽죽해진 눈길을 따라 내치즈 숲길을 계속 올라가 피어 지천支川까지 걸어갔다. 그날 커다란 나무들이 쓰러져 나가기 시작했다. 쿵쿵거리는 폭발 소리가 가라앉은 공기에 가득했다. 조엘에게 그것은 거대한 발이 땅을 쾅쾅 구르는 것으로 들렸다. 처음에는 함대가 강굽이를 돌아 나타날 거라는 온갖 소문과 기대가 현실화된 거라고 생각했는데, 그래서 두려워해야 하는 건지 자랑스러워해야 하는 건지 알 수가 없었다. 하지만 그때 강물을 가득 덮으며 살해당한 거인이나 전장의 영웅처럼 옆으로 누운 채 줄지어 떠내려오는 것이 온전한 나무들이라는 것을 알았다. 검은 삼나무와 대리석처럼 흰 플라타너스, 무성한 잎이 만발한 꽃처럼 반짝거리는 목련나무가 긴 행렬을 이루었다. 그러자 그에게 밀려온 것은 공포였다.

그는 길을 계속 갔다. 버에게서 빼앗은 원래의 소함대가 어떻게 생겼는지 보려고 길을 나선 사람은 그만이 아니었다. 다른 사람들도 아주 많았다. 약간 떨어진 곳에 올드맨 매케일럽도 있었다…… 들뜬 기대감을 보이지 않으려 애쓰며 조엘은 눈 덮인 절벽에 진을 친 민병대들 위쪽에서 명상을 하려는 듯 줄지어 선 작은 무리들을 뚫고 나아가 아래쪽 강물을 내려다보았다.

거기에 전함은 없었다. 아홉 척의 작은 평저선이 해안에 묶여 있을 뿐이었다. 얼마나 작고 연약해 보이던지 그는 충격을 받았을 뿐 아니라 괴롭기까지 해서 다른 사람들은 어떤지 주변을 둘러보았지만 그들은 침착하게 그를 마주 볼 뿐이었다. 보초를 선 사람들의 손에 들린 것 외에 배에든 어디에든 무기가 있다는 낌새는 전혀 없었다. 당밀과 위스키 통들이 익사한 사람들처럼 여기저기 굴러다니면서 서로 부딪혔고, 보트 하나에는 어둑한 한쪽 구석으로 기묘한 여러 종류의 담요와 종이 달린 은색 안장과 물에 젖어 불은 책과 그 길이만큼 얇게 눈이 쌓여 있는 작은 플루트가 묶여 있었다. 조엘이 서서 내려다보고 있는 바로 아래로 배들이 셋씩 무리를 이루어 떠갔는데 고요한 지천 위에서 수련처럼 조그마했다. 말도 안 되게 꽁꽁 싸맨 원주민들이 가득 탄 카누가 약간 거리를 두고 지나갔는데, 모진 입을 크게 벌리고 다들 껄껄 웃었다.

하지만 군인들은 추위로 다들 시무룩했고, 심각하거나 화가 나 있는 상태였다. 올드맨 매케일럽이 수염을 휘날리며 서서 무슨 예언자 같이 상류 쪽을 손가락으로 가리키고 있었다. 귀가 무척이나 얇은 사람들처럼 군인 몇몇과 여자들이 고개를 주억거렸고 한 여자는 아이를 가슴에 꼭 끌어안았다. 조엘의 몸이 부르르 떨렸다. 절벽 끝에 서 있던 두 젊은 남자가 갑자기 신명이 나는지 어깨동무를 했고, 걷잡을 수 없는 흥분이 얼굴에 서렸다.

내치즈 거리로 돌아왔을 때 조엘은 행진을 하는 민병대 일부와 마주쳤고 가슴이 두방망이질하며 빠르게 뛰는 중에, 쩡한 공기에 비스듬히 솟은 반짝이는 총들의 행렬에 거치적거릴라 뒤로 빠졌다. 그 뒤로 군인 두 명이 멋쟁이 젊은이를 끌고 오고 있었는데, 그가 (희번덕거리는 눈으로) 주변을 쏘아보았다. 붙잡혀 있는 그 자리에서 거듭 에런 버의 동작을 해 보였지만 누구도 거기 넘어가지 않았다.

조엘이 피어 지천의 민병대 막사에 간 것은 다 합쳐 세 번이었고, 마지막으로 간 것이 재판이 시작되기 전날이었다. 그때는 버드나무 너머로 군인 한 사람이 탄 보트 하나가 말없이 북쪽을 경계하고 있었다.

조엘은 얼어붙은 길을 따라 여관에 돌아와 비틀거리며 방 안으로 들어갔고, 버와 블레너해셋이 와서 함께 얘기를 나누길 기다렸다. 머리가 쑤셔 왔다…… 그렇게 쏘다녔는데 아무 소용이 없었다. 사람들은 어디에서 소식을 듣는 걸까? 어디 가면 찾을 수 있는 걸까? 얼마나 멀리 가야?

버와 블레너해셋은 탁자를 사이에 두고 앉아 얘기를 나누었고, 마지막 날 밤엔 늦게까지 이어졌다. 그러고는 반바지를 입은 블레너해셋의 부인이 손에 바이올린을 들고 문간에 서 있었는데, 남편을 집으로 데리고 가려는 것이었다. 그 바이올린은 여관 응접실을 가로지르다가 그냥 집어 든 것이었고, 조엘의 눈에 그녀는 입도 벙긋하고 싶지 않은 기분으로 보였다. 화덕 앞에서 기다렸는데, 아직 아이 같았고 남편과의 관계가 너무나 확실했기 때문에 그렇게 만났을 때 두 사람은 동시에 똑같이 갑작스러운 동작을 보였다. 뗏목 위에서 균형을 잡고 있는 사람들처럼 마주 보고 서 있다가, 그녀가 활을 들어 연주하기 시작했다.

조엘은 자신보다 별로 나이가 많지 않은 그녀를 가만히 바라보았다. 뺨에 바이올린을 댔다. 그는 바이올린을 찬찬히 본 적이 한 번도 없어서, 연주를 시작했을 때 거의 곤충 같은 몸짓과 사색하는 더듬이 같은 팔과 가면 같은 표정에 당황해하며 겁이 덜컥 났다. 연주하는 내내 전혀 눈을 깜박이지 않았다. 반바지가 멋지게 어울리는 다리를 약간 벌리고 무릎을 살짝 구부린 채 몸으로 가락을 짜 내려가듯이 앞뒤로 흔들었다. 움직일 때마다 코를 찌르는 위스키 냄새가 풍겼다. 가늘게 뜬 눈은 희부옜다. 그녀가 연주하는 노래는 그가 듣기에는 시작도 끝도 없지만 수많은 언덕과 계곡과 길게 이어진 호수에 대한 것인 듯했다. 남자들처럼 그녀도 그곳을 알았다…… 그들 모두 어떤 나라에 대한 얘기를 했던 것이다.

그리고 아주 뚜렷하게, 그리고 그로서는 전혀 의외로 조엘은 거의 잊었던 장면을 떠올렸다. 화덕 불 대신에 꽃이 만발한 미모사나무가 있었다. 버지니아의 그의 집 뒤쪽의 작은 밭이었고 엄마가 그의 손을 잡고 가고 있었다. 부서질 듯 연약하게, 마치 구름처럼, 나무가 창백한 둥치에서 솟아올라 긴 팔을 수평으로 뻗었다. 엄마가 나무를 가리켰다. 가늘게 떨리는 나뭇잎 사이로 솜털처럼 복슬복슬한 사랑스러운 꽃들이 일시에 내려앉은 극락조처럼 나무에 가득했다. 엄마가 전에 얘기를 해 줬기 때문에 그는 라밤 공주 이야기*를 알고 있었다. 얼마나 눈부시게 빛났는지 밤에 지붕 위에 앉으면 마을 전체가 환해졌다고. 정원을 밝힌 건 미모사나무인 것 같았다. 거기서 나오는 빛과 향기가 다른 모든 것을 덮었으니까. 자애롭게도 나무는 그들이 거기 있는 것을 참아 주면서 그와 엄마에게 찬란한 빛을 뿌려 주었다. 엄마가 다시 손가락으로 가리켰고, 그러자 아시아의 공주가 분홍색 계단 같은 가지를 오르락내리락하듯이 향기가 물결치며 다가왔다. 그

* 인도의 동화.

러고는 환영이 사라졌다. 에런 버는 화덕 앞에 앉아 있고, 블레너해셋은 그를 마주 보고 있었으며 그의 부인은 바이올린을 연주하고 있었다.

이 여성은 무슨 일을 하건 연민이 없다는 걸 그는 알았다. 단호한 유혹이라는 무시무시함만 있을 뿐. 아무리 애를 써도 그것을 이해할 수는 없었다. 그렇게 추정은 했지만. 대신 강렬한 고통이 몸을 쓸고 가서 손가락 끝이 따끔거렸다. 그는 처음에는 그녀의 노래가 들린다는 사실을 깨닫지 못했다. 살면서 그에게 들렸던 유일한 소리였다. 그러더니 돌연 활을 치켜들고 잠시 멈추었고 그는 그사이 헉 숨을 내쉬었다. 더 이상 그녀의 목적이 뭔지 알고 싶지도 않고 궁금하지도 않아서 고개를 숙이고 그녀가 바이올린 줄에서 울려 댈 곡조를 들으려 했다. 그때의 곡조가 얼마나 부드러운지 놀라지 않을 수 없었다. 푹신한 앞발을 베고 잠이 든 동물이 떠올랐다.

잠시 그의 사랑이 소리처럼 수백만의 삶으로 퍼져 나갔고 방 안의 모든 사람에게 골고루 전해졌다. 연주를 듣는 사이 버에게서 나오는 광채가 약간 잦아들었던지 아니면 그들의 광채가 그만큼 강해졌던지 그들 모두 똑같았다. 모두의 얼굴에서 밝게 빛나는 것이 하나 있었는데, 그것은 얼마나 고향으로부터 멀리 있는지, 그들이 아는 모든 장소로부터 멀리 떨어져 있는지였다. 다들 한없이 이어지는 곡조를 듣는 동안 조엘은 자신의 연민이 나타나지 못하도록 손을 들어 얼굴을 가렸다.

하지만 연주는 끝이 났다. 느닷없이 졸음이 온몸을 사로잡은 것 같았다. 바이올린을 내려놓고 양손으로 블레너해셋을 잡았다. 그 역시 피곤해 보였는데, 밤새 얘기를 나눴던 그 어느 때보다 피곤해 보였다. 그는 그녀가 이끄는 대로 밖으로 나갔다. 그가 그녀에게 팔을 두르고 외투 하나를 함께 걸쳤다.

버는 바로 떠나지 않았다. 우선 화덕 앞을 왔다 갔다 했다. 몸을 돌리는 강도가 점점 약해지더니 그와 더불어 외투가 돌아갈 때 빛과 어둠도 더욱 부드럽게 흐르는 듯했다. 그러더니 우뚝 멈춰 섰다. 화덕 불빛에 달라진 그의 표정이 보였다. 얘기할 사람이 아무도 없었다. 불에 너무 가까이 있어서 장화에서 냄새가 났다. 당연히 그는 조엘에 대해서는 까맣게 잊었기 때문에 혼자 있다고 보았다. 마침내 묘하게 자연스러운 태도로, 거의 절뚝거리면서 탁자로 가서 그 위에 대자로 누웠다.

그가 등을 대고 누웠고 조엘은 소스라치게 놀랐다. 여관 마당에서 벌어지는 결투에서 사람이 죽으면 그런 식으로 눕혔기 때문이었다. 게다가 바로 그 탁자 위에.

버는 곧장 잠이 들었다. 어쩌나 금방 잠이 들었는지 조엘은 그를 혼자 놔두면 안 되겠다는 생각이 들었다. 버의 잠든 얼굴을 바라보았다. 그는 시간과 공간을, 그리고 그렇게 열심히 추측해 보려 했던 버의 입에서 나온 말도 잊었다. 그 잠든 얼굴 말고는 아는 게 전혀 없었다. 고요했다. 눈꺼풀 아래로 가느다란 틈이 보일 뿐 눈은 거의 감겨 있었다. 뺨에 작은 상처가 있었다. 입술은 벌린 채였다. 할 수만 있다면 말을 할 텐데, 아니면 들을 수 있을 텐데. 조엘이 생각했다. 말을 하거나 들을 수 있었던 때가 있었는데…… 그래도 열심히 귀를 기울였다…… 이 세상에서 말할 수 있는 모든 것이 듣고 있는 듯했다. 버는 고요했다. 아무것도 요구하지 않았다. 아무것도…… 어린 소년이든 성인 남자든 가슴속이 너무나 외로워서 질문 하나 던지지 못할 수도 있다. 외로운 남자를 감싸는 그런 적막 속에는 아이 같은 간청이 있고 그러면 모든 사람이 팔을 벌려 그를 안고 싶겠지만 말은 오고 가지 않는 것이다. 그날 밤이 버의 마지막 밤이라는 걸 조엘은 알았다. 그가 없다고 가슴이 그렇게 아플 이유는 무엇이란 말인가? 들은 얘기가 아무것도 없기 때문이라는 걸 알았다. 마음속으로 꿈꾸던 순간이 왔을 때조차, 어떤 계시가 있었을 순간에조차 마음은 비밀스럽다…… 조엘은 미동도 없이 서 있었다. 버의 얼굴에서 시선을 들어 허공을 바라봤다…… 사랑이 언제나 비밀스러운 일을 한다면 그것은 과거로, 알 길 없는 어떤 시점으로 돌아가기 때문이다. 인식하는 그 순간 가만히 살려보게 된 슬픔이나 꿈을 하나의 역사로 만들기 때문이다. 조엘은 눈앞에 보이는 것을 큰 소리로 말하고 싶다는 무참한 희망에 시달렸지만, 가슴속 장소들과 그늘진 비극적 사건들이 일어났던 때의 이름을 찾아야 할 것이었는데 그 이름은 어마어마했고 마음속 전설처럼 영웅적이고 무시무시했다. 하지만 얼마만큼 알려져 있는지 알아낼 방법이 없었으므로 그가 죽는 순간까지 그와 다른 사람들 사이에, 다른 모든 사람 사이에는 금이 그어져 있을 것이었다.

곧 버가 고개를 흔들며 소리를 지르기 시작했다. 뭐라고 떠들면서 얼굴을 무지막지하게 찡그렸고 그것이 번갈아 반복되었다. 떠드는 것을 멈출 수가 없는 모양이었다. 조엘은 그 말이 겁이 났다. 누군가 엿들을까 봐 겁이 났던 것이다. 그게 무슨 말이든 그것은 꿈에서 억지로 끄집어낸 말이었다. 공포에 떨며 조엘이 손을 뻗었다. 그 손으로 절대 에런 버의 입을 막을 수는 없을 것이었으므로, 펼친 손가락 사이로 집어넣었다. 손가락이 오므라들었고 꽉 쥔 채 그대로 있었다. 그 힘이 점점 강해져서 손이 아파 왔지만 떠드는 소리가 멈췄음을 알았다.

조용한 사랑이 그가 새로이 배울 수 있을 것들을 알려 주기라도 한 양, 이제 조엘은 오직 이 기나긴 한 달의 시간이 가져다줄 수 있었던 지혜를 그의 손안에 쥘 수 있었다. 이글거리는 손을 어떻게 가만히 잡아 줄 수 있는지 알게 되었다. 자신의 영혼의 엄숙함으로 이 남자의 꿈의 격렬한 압력을 받아들였다. 이윽고 버가 다시 팔을 말없는 얼굴 옆으로 끌어당겼고 다 잊은 채 힘이 풀린 손이 잠든 어린애처럼 대롱거렸다.

다음 날 아침, 여관 주인은 버 씨의 재판을 보러 워싱턴으로 갈 사람을 위해 여관에서 매일 운송 수단을 선불로 대여해 줄 수 있다는 공고를 조엘에게 주며 술집 거울에 붙이라고 했다. 조엘은 나가서 모퉁이에 서 있다가 소년 무리가 민병대 뒤를 따라가는 걸 보고 거기 합류했다.

따뜻했다. '가짜 봄날'이었다. 원래 있던 것이든, 아니면 빌리든 대여를 했든, 있는 대로 다 치장을 하고 만면에 미소를 띤, 내치즈에서 온 작은 행렬이 웅장하게 거리를 따라 내치즈 숲길 쪽으로 올라갔다. 조엘의 눈에는 그 행렬 어디쯤, 높은 강둑 사이에 자리 잡은 푸른 대기가 부드러운 색깔의 안개로 모든 것을 감싸고 있는 듯했다. 마차 꼭대기에 달린 술이 흔들리고 깃발도 몇 개 휘날리고 어떤 신사가 멋부리며 휘두르는 칼이 햇빛을 받아 빛났다. 말 위에 높이 올라앉은 수많은 남자들은 에런 버가 한때는 자신들의 편에서 영웅적으로 싸웠음을 다시 보여 주기 위해 독립 전쟁 때 군복을 입고 있었다.

넓게 뻗은 떡갈나무 가지 아래에서 워싱턴의 재판은 축제처럼 시작되었다. 노천극장 공연이 있었고 행진도 있었다. 나무 아래 가판대를 세워 위스키를 잔으로 팔고 색 리본도 팔았다. 조엘은 군중 사이에 대충 자리를 잡았다. 미풍이 지나가며 노란색, 보라색 드레스들을 슬쩍 들척이고, 말들이 발굽으로 땅을 긁어 댔다. 그를 밀치며 들어오는 사람들은 꿈속 사람들보다 더 현실적이었지만, 그들의 무언극은 한꺼번에 몰려드는 파도처럼 움직이는 합창단원이나 연극단원의 몸짓 같았다. 그러다 누군가 망치를 두드리자 모든 관중이 일시에 주목하면서 조엘은 그들의 침묵이 엄청나게 견고해지는 것을 느꼈다.

버의 모습을 보기가 두려웠다. 어떤 식이든 공포에 질린 표시가 나거나 흉한 모습을 보일 거라 생각했으니까. 하지만 그는 예전의 품격을 되찾았고, 미소를 지으며 자신을 열심히 뜯어보는 얼굴들에게 인사를 했다. 그런 사람들의 밝은 모습을 앞에 두고 다른 사람들이 먼저 일어나 순서대로 열변을 토했고, 그다음이 버의 차례였다.

잠시 버는 여기저기 쌓인 눈이 남아 있는 풀밭에 그림자를 드리우며 이리저리 서성였다. 그가 다시 이야기를 하기 시작했는데, 이제는 모든 사람에게 경의를 표하며 말을 하고 있었다. 얼굴에 햇빛과 그림자가 슬쩍슬쩍 스쳤다.

그러자 조엘은 이해가 되었다. 버는 그가 한때 두려움이 들 만큼 대단하다고 보았던 것들을 다 해명하면서 수습하고 있었던 것이다. 햇빛을 받으며 우아하게 걸어 다니고, 프릴이 달린 소맷자락을 가볍게 돌리면서 그로 하여금 두려움에 떨게 했던 꿈을 아무것도 아닌 것으로 만들고 있었다. 바로 그 행위를 보러 다들 왔던 것이다. 조엘 주변의 사람들이 숨을 헉 내쉬기도 하고 미소를 짓기도 하고 서로의 팔을 꾹 누르고 고개를 주억거렸다. 여자들의 얼굴에는 상냥한 미소가 떠올랐다. 그들은 마침내 자신들의 우월함을 깨달으며 에런 버의 마력에 기꺼이 빠졌다. 이제 생색을 내듯이 그를 사랑할 수 있는 것이다. 몸을 앞으로 빼고, 그가 이리저리 움직이며 지어내는 멋진 광경을 즐겁게 지켜보았다. 그리고 그날의 일정이 끝났을 때 사람들은 서로 악수를 했고, 올드맨 매케일럽은 다음 날도 이만큼 훌륭하기를 기대하며 땅바닥에 침을 뱉었다.

블레너해셋은 그날 밤 오지 않았다.

버는 아주 늦어서야 왔다. 문으로 걸어 들어와 장화를 늘어놓고 앉아 있는 조엘을 내려다보더니 난데없이 몸을 숙여 그의 손에서 더러운 걸레를 뺏었다. 거기에 곧장 얼굴을 묻고는 힘주어 얼굴을 박박 문질렀다. 조엘은 그의 옷이 온통 더럽고 낡은 걸 보았다. 마지막으로 그가 칠면조 깃털이 달린 작은 모자를 썼다. 그러고는 방을 나갔다.

조엘은 컴컴한 집을 지나고 계곡을 거쳐 그를 따라갔다. 버가 하프 웨이힐 쪽으로 방향을 틀었다. 조엘도 그쪽으로 들어섰을 때 버가 천천히 언덕길을 올라 거대하고 육중한 대문을 여는 것을 보았다.

탑처럼 단단해 보이는 키 큰 동백나무 옆에 서더니 주변 땅 위에 무수히 떨어진 언 꽃잎 하나를 줍는 것을 보았다. 잠시 손바닥 안에 가만히 쥐고 있다가 다시 걸음을 옮겼다. 조엘도 뒤를 따라가며 똑같이 따라 했다. 꽃송이를 쥐고 그슬린 가장자리를 어슴푸레한 동녘 빛에 비추어 꼼꼼히 살펴보았다. 손안에서 꽃송이가 바스러지더니 여전히 무지갯빛으로 빛나는 작은 벨벳 껍질 같은 겹겹의 외피 안쪽에서 쪼글쪼글한 꽃이 나왔다. 사랑스럽게, 그러면서도 조심스럽게 그것을 쥐었는데, 이제 모든 참사가 처량하게 다 드러나 버려 약간 창피스러운 마음이었다.

외투를 입고 그늘진 언덕을 넘어와 양초 고리들 아래에서 종종 버와 함께 춤을 추었던 여자를 조엘은 알았다. 무도회에서 파트너였을 때 늘 그랬듯이 버가 조용히, 품위 있게 그 앞에 섰다. 그녀가 시키면 그의 몸과 하나로 합쳐졌다가 다시 떨어졌을 때 조엘은 찌르는 통증을 느꼈다. 이울어 가는 달이 다 늦게 떠올라 구름 밖으로 나왔다. 에런 버는 멀찍이 서서 구름이 발갛게 물들어 걸려 있는 서쪽을 향해 무슨 손짓인가를 했는데, 조엘은 어렴풋한 빛 아래, 그녀 역시 보았을 그의 모습을 보았다. 머리에 깃털 모자를 쓴 거며 우스꽝스러운 옷차림하며. 별나게도 그녀를 향해 복수심을 느끼며, 몸을 돌려 망토 안에서 더욱 옹송그린 채 멀어져 가는 그녀의 모습을 지켜보았다.

버는 언덕을 걸어 내려와 조엘이 서 있는 동백나무 바로 옆을 지나쳤다. 가짜 원주민 복장을 하고 얼굴에는 구두약을 얼룩덜룩 묻힌 채 뻣뻣하게 걸었다. 비범하고 놀라운 인물이 망신스러운 꼴로 변장을 했다는 건 내치즈의 코흘리개 꼬마도 다 알 것이었다.

버는 탁 트인 곳에 이르러 걸음을 멈추더니 다시 한번 손을 들었고, 한 노예가 달빛을 받아 반짝이는 마구를 얹은 풍채 좋은 말을 끌고 어둠 속에서 나타났다. 본래의 품위를 확실히 내보이며 버가 노예의 손을 밟고 말에 올랐고, 안장 위에 잠시 꼼짝도 않고 앉아 있었다. 그러더니 허공으로 채찍을 크게 휘두르고는 말을 몰고 가 버렸다.

조엘은 걸어서 리버티로路까지 그 뒤를 따라갔다. 내치즈 거리를 걷는데, 버가 그 길로 다시 돌아오지 않으리라는 생각에 묘하게 슬픈 마음이 들었다. 그가 변장한 채로 떠나긴 했지만 그의 얼굴에 가득한 갈증은 예전과 하나도 다를 바 없었다. 그는 판결을 회피했다. 그가 한 일은 그저 그것이었고, 조엘은 여전히 몸이 떨리는 중에도 마음은 기뻤다. 조엘은 이제 꿈의 진정한 경과도, 진정한 결과도 결코 알지 못할 것이다. 그가 느낀 것은 그게 다였다. 하지만 그는 얼어붙은 길 위로 황야까지 걷고 또 걸었다. 어떻게 다시 돌아갈 수 있을지, 여관의 구두닦이를 여전히 할 수 있을지 알 수 없었다.

얼마나 멀리 왔는지 모른 채 리버티로를 걷고 있을 때 뒤쪽으로 말을 탄 추적대가 달려와 그를 지나쳐 갔다. 그는 계속 걸었다. 얼어서 나무에서 떨어진 새들의 시체를 보았고, 그는 땅바닥에 엎어져 작별 인사도 하지 못했던 아버지와 어머니를 생각하며 펑펑 울었다.

커다란 그물
The Wide Net

존 프레이저 로빈슨에게 바침

1

월리엄 월리스 제이미슨의 부인 헤이즐은 아이를 가졌다. 하지만 그때는 10월이었고 예정일은 여섯 달이나 남아 있었는데, 딱 내일 아이가 나올 것처럼 굴었다. 남편이 방에 들어오면 무슨 말을 거는 게 아니라, 이글거리는 눈빛으로 가능한 한 아무것에도 시선을 주지 않고 똑바로 앞만 쏘아봤다. 손이라도 댈라치면 혀를 쑥 내밀거나 탁자 주변을 뛰어다녔다. 그래서 어느 날 밤 그는 친구 둘과 함께 길 아래쪽으로 내려가 밤새 술을 마시며 놀았다. 하지만 그것이야말로 최악의 선택이었다. 아침 일찍 집에 와 보니 헤이즐이 사라졌기 때문이었다. 보고도 믿을 수가 없어서 가뜩이나 잘 뻗치는 금발 머리칼이 위쪽으로 곤두선 채 두 손을 뻗어 균형을 잡으며 집 안을 샅샅이 뒤졌고, 그다음에는 부엌을 다 뒤집다시피 했지만 소용이 없었다. 그러다가 거실로 다시 돌아와서야 그에게 쓴 편지가 들어 있는 편지 봉투를 보았다. 그건 완전히 뒤통수를 치는 일이었다. 그가 편지를 꺼내 획 펼쳤고, 눈에서 멀찍이 들었다…… 대충 한 번 훑은 뒤 꼼꼼하게 읽기가 겁이 나서 바로 손안에서 구겨 버렸는데, 편지에는 더 이상 그를 참아 줄 수가 없으므로 강에 가서 빠져 죽어 버리겠다는 얘기가 쓰여 있었기 때문이었다.

"빠져 죽어…… 하지만 심각한 물 공포증이 있는데!"

그가 집 앞으로 뛰어나갔는데, 가로질러 뛰어간 수확 끝난 목화밭처럼 얼굴이 붉게 달아올랐다. 길을 따라 내려가며 버질 토머스를 큰 소리로 부르자 막 집 안으로 들어가려던 그가 다시 밖으로 나왔다. 버질은 한 발은 이미 집 안에 들여놓고 몸도 거의 들어간 참이라 뒤꽁무니만 볼 수 있었다.

농장 중간쯤의 나무 그늘에서 두 사람이 만났다.

"밤에 그만큼 놀고도 모자라?" 버질이 물었다. 바지는 온통 흙먼지와 이슬로 엉망인 채 마주 섰는데, 나머지 한 사람이 완전히 뻗어서 두 사람이 들고 왔어야 했다.

"헤이즐이 없어졌어, 사라졌다고. 물에 빠져 죽겠대."

"저런, 그건 헤이즐답지 않은데." 버질이 말했다.

윌리엄 월리스가 팔을 내밀어 그를 마구 흔들었다.

"내 얘기 못 들었어? 강바닥을 수색해야 한다고."

"지금 말이야?"

"봄까지 할 일도 없잖아."

"일단 집에 들어가서 엄마한테 자초지종 얘기라도 해야지. 그러고 다시 나올게."

"커다란 그물이 필요해." 윌리엄 윌리스가 말했다. 미간을 찌푸리고 혼잣말을 했다.

"어쩌다 헤이즐이 그렇게 된 거래?" 그들이 다시 길을 나섰을 때 버질이 물었다.

윌리엄 윌리스가 말했다. "너무 외로웠던 것 같아."

"외롭다고 물에 빠져 죽다니, 그건 말이 안 되지. 우리 엄마도 외롭다는데."

"글쎄, 헤이즐한테는 말이 되나 보지." 윌리엄 윌리스가 말했다.

"결혼한 지 얼마나 되었지?"

"1년이 다 되었지."

"그렇게 오래된 것 같지 않은데. 벌써 1년이라니!"

"작년 이맘때였지. 근데 더 오래된 것 같네." 윌리엄 윌리스가 놀라운지 나무에서 가지를 하나 꺾으며 말했다. 그들은 길가의 꽃들을 발로 차며 계속 걸어갔다. "집사람을 처음 봤을 때가 생각나는데, 정말 오래전 같아. 할머니에게서 받은 영계를 옆구리에 끼고 길을 걸어가고 있었는데, 닭이 아주 얌전히 있었어. 내가 아주 깍듯하게 그녀에게 말을 걸었지. 당연히 서로 이름은 알고 있었는데, 말을 섞을 만큼 잘 알지는 못했거든. 내가 그 영계를 어디로 가지고 가느냐고 물었지. 그랬더니 예의를 지키라고 하더군. 그래도 내가 계속 물었더니 잠시 후 집까지 함께 가고 싶으면 자기와 보폭을 맞추라고 하더군. 그래서 바로 그렇게 했지. 블랙베리가 가득한 들판을 가로질러 4마일만 가면 되었고, 언덕 꼭대기에 이르러 내려다보니 상당한 규모의 깨끗한 도버가 두 교회 사이에 펼쳐져 있더군. 아래로 내려갔을 때 내가 물었지. '이 우물물은 어떤 물인가요?' 그녀가 세상에서 가장 맛이 좋은 물이라고 하더군. 그래서 우물에서 두레박을 끌어 올려 국자로 떠서 그녀도 마시고 나도 마셨어. 뭐, 그렇게 대단한 물맛은 아니었지만 굳이 말을 하진 않았지."

"그날 밤 무슨 일이 있었어?" 버질이 물었다.

"닭을 먹었어." 윌리엄 윌리스가 말했다. "고기가 보들보들했지. 당연히 그게 다가 아니었어. 그날 밤 거기 식탁에 있는 건 다 먹어 봤는데, 맛있는 음식이 이 끝에서 저 끝까지 가득했어. 그녀 부친과 모친이 양쪽 상석에 앉고 우리는 마주 보고 앉았는데, 그 중간에 버터 덩어리가 있었던 게 기억이 나. 진짜 생버터에 나뭇조각이 우아하게 꽂혀 있었어. 그녀 모친은 먹는 게 남자 같았어. 내가 모자 한가득 블랙베리를 따 가지고 갔는데, 남편은 줄 생각도 않더라고. 헤이즐은 중간중간 벌떡 일어나 새로 짠 우유병을 가져다 잔에 따랐지. 그들이 교회에서 노래만 불렀다 하면 남자들이 그녀를 두고 싸움질을 했다는 얘기를 그때 들었지."

"아, 예쁘게 생기긴 했으니까." 버질이 말했다. "그런 여자가 나이를 먹고 그 엄마처럼 된다는 게 안된 일이지."

"그 엄마가 이 사실을 알고 당장 날 찾아올 거라는 게 또 안된 일이지." 윌리엄 윌리스가 말했다.

"널 아주 잡아먹으려고 할걸." 버질이 말했다.

"그렇잖아도 기회만 찾고 있다고." 윌리엄 윌리스가 말했다. "밤새도록 나가 놀 생각을 대체 왜 한 거지?"

"그냥 갑자기 뭐가 씌었던 거지."

"처음엔 그냥 카시지에서의 축제였잖아. 내 몸무게 맞히는 게임을 했었고…… 그다음엔……"

"휘영청 밝은 달빛 아래 도랑 안에서 네 목을 깔고 앉아 있는 거 신 났는데." 버질이 바로 끼어들었다. "그리고 불지도 못하는 하모니카 를 불겠다고 난리를 친 거하며."

"집에 들어앉은 헤이즐이 내가 술에 취했다는 걸 진짜 알았더라도 그 때문에 죽지는 않았을 거야." 윌리엄 윌리스가 말했다. "뭘 알게 되어서 죽을 지경이 된 적은 없었거든…… 게다가 헤이즐은 똑똑하 잖아, 여자치고는." 그가 말했다.

"뷸라의 사촌들보다야 훨씬 똑똑하지." 버질이 말했다. "특히 에드 나 얼보다는. 걘 깊은 생각이라고는 전혀 할 줄 모르니까. 에드나 얼 은 코카콜라 상표에서 C 꼬리가 어떻게 L 사이로 들어갔는지를 하루 종일 앉아서 고민할 수도 있을 거라고."

"헤이즐은 정말 똑똑해." 윌리엄 윌리스가 말했다. 그들은 계속 걷 고 있었다. "네가 식료품 창고를 한번 봐야 하는데. 문을 열자마자 병 이 한 100개는 늘어서 있다니까. 어떻게 180도 변해서 강물에 뛰어 들 수가 있지."

"여자들의 수법이야."

"전에는 나도 그렇다고 봤지. 그날 밤 전까지는—어젯밤 말이야."

"그래, 딱 하룻밤이잖아." 버질이 말했다. "그런데 한번 걸리기만 해 봐, 하고 기다렸던 거지."

"물을 죽도록 무서워했기 때문에 물로 뛰어든 거고, 그래서 더 나 쁜 거야." 그가 말했다. "내가 자기를 안고 떡갈나무 다리 위를 건너야 했던 걸 떠올렸겠지. 작은 시냇물을 건널 때도 얼마나 눈을 꼭 감고 내 목을 꼭 끌어안은 채 기진맥진해서 안겨 갔는지. 어떻게 강물에 뛰어들었는지 상상이 안 가."

"뒤로 떨어졌겠지." 버질이 말했다. "보지 않으려고."

그들이 큰길을 벗어나 연분홍빛과 푸른빛의 들판으로 들어섰을 땐 아직 이른 시간이었다. 걸을 때마다 달콤하고 쌉쌀한 냄새가 피어올랐다. 날벌레들이 힘을 아끼는지 약하게 탁탁 소리를 냈다. 나비가 서쪽으로 가며 공기를 갈랐고, 무심하게 날아다니면서 한결같은 곡조로 나른하게 울어 대는 저녁나절과 달리 새들이 불규칙하게 띄엄띄엄 지저귀었다.

"확실히 날은 진짜 좋네." 윌리엄 윌리스가 말했다. "화창한 날이야."

"그녀가 이쪽으로 갔다는 표시는 전혀 안 보이는데." 버질이 말했다.

"글쎄, 길에 뭘 떨어뜨린다든가 하는 일은 하지 않았을 거야." 윌리엄 윌리스가 말했다. "헤이즐만큼 어디 있었던 흔적을 안 남기는 여자는 본 적이 없어."

"자두씨 하나 없네." 버질이 풀을 발로 차며 말했다.

수풀 속은 얼마나 고요한지, 한번은 헤이즐이 어디 갔을까 속으로 의아해하는 소리가 들리기라도 한 것처럼 윌리엄 윌리스가 놀라서 펄쩍 뛰기도 했다. 빽빽한 숲속에서 어떤 기운이 스며들어 그가 토끼 한 마리를 쫓아가서 두 손으로 붙잡았다.

"토끼야…… 토끼야……" 하는 품이 토끼를 가슴에 꽉 끌어안은 채 얘기를 나누고 싶은 것 같았다. 벌떡거리는 토끼 가슴에 손바닥을 갖다 댔다. "자······ 자······"

"놓아줘, 윌리엄 윌리스. 놓아주라고." 버질이 막 딱총나무로 만든 호루라기를 질겅질겅 씹으며 그의 어깨에 붙어 섰다. "살아 있는 토끼로 뭘 어쩌려고 그래?"

윌리엄 윌리스가 쭈그리고 앉아 토끼를 땅에 놓았지만 여전히 위에서 손으로 누르고 있었다. 늙고 작은 갈색 토끼였다. 움직이려고도 하지 않았다. "봤지?"

"놓아주라고."

"원하면 갈 수 있어, 그런데 갈 생각이 없잖아."

그가 살짝 손을 들었다. 초록 그늘 아래에서 동그란 눈이 반짝거리며 그를 곁눈으로 보았다.

"하려고만 하면, 토끼를 가만히 있게 하는 건 누구라도 할 수 있어." 버질이 말했다. 난데없이 호루라기를 세게 한참 불자, 토끼는 번개같이 달아나 버렸다. "토끼 새끼를 잡으러 나온 거야, 부인을 잡으러 나온 거야?" 그가 들판 쪽으로 몸을 돌리며 말했다. "네가 이렇게 옆길로 새지 못하게 하려고 내가 가는 거야."

"이제 누구를 부를 거야?" 그들은 언덕 꼭대기에 서 있었고, 윌리엄 윌리스는 맘에 안 드는 듯 시골 마을을 내려다보았다. "멀론네는 어때?"

"난 멀론네는 무서워." 버질이 말했다. "너무 많다니까."

"오늘은 내가 그물을 써야 하는 날이니까, 걔네들은 조심해야 할 걸." 윌리엄 윌리스가 말했다. "멀론네나 도일네 몇 명이면 충분할 것 같아. 도일네 여섯 명하고 그 집 개하고 너랑 나. 거기에 흑인 애들

318

두 명하고 멀론네 두세 명이면 되겠어."

"충분하지." 버질이 말했다. "무슨 일을 하든."

"내가 멀론네로 갈 테니 네가 도일네에 가." 윌리엄 윌리스가 말했
고, 그들은 우물가에서 헤어졌다.

그를 따라오는 멀론네 형제들이 언덕 위로 막 모습을 드러낼 즈음
윌리엄 윌리스가 돌아와 보니 버질은 칙칙한 담황색 머리칼의 리폰
네 남자아이 두 명을 뒤에 달고 기다리고 있었다. 그들이 발길을 옮
기자마자 동생 브루시가 실없이 까불거리며 헐떡대기 시작했고, 앞
에 선 그레이디가 손을 들어 조용히 하라며 주의를 주었다.

윌리엄 윌리스가 머리를 토닥일 셈으로 손을 뻗자 브루시가 순순
히 고개를 숙이면서 클로버 잎처럼 흰 바탕에 순 초록빛인 동그란 눈
을 위로 뜨고 꿈을 꾸는 표정으로 그를 올려다보았다. 윌리엄 윌리스
가 그에게 5센트 동전을 주었다. 그레이디가 고개를 떨구었다. 하얀
색 머리칼이 작은 꼬리처럼 목덜미에 늘어져 있었다.

"그냥 따라오게 놔두지." 버질이 말했다.

"그럼 그냥 놔두는데, 그렇게 아무나 다 오라고 하면 사람이 너무
많아질걸." 윌리엄 윌리스가 말했다.

"이 꼬맹이들은 감지덕지할 거야." 버질이 말했다. 브루시가 끝에
구부러진 핀이 달린 기다란 빨간 실을 팔을 뻗친 채 들고 있었다. 하
릴없지만 열렬한 관심이 가득한 표정이 그레이디의 얼굴에서 끈으로
졸라매듯 삽시간에 도드라졌다. 두 눈─한쪽엔 다래끼가 난─이 앞
으로 내린 하얀색 앞머리 아래에서 간청하듯 반짝였고, 무슨 말을 하
려는지 입을 벌리자 턱에서 딱 소리가 났다……

"걔네 아빠가 펄강에 빠져 돌아가셨어." 버질이 말했다.

도랑 쪽에서 고함 소리가 들렸다.

"저기 멜론네 형제들이 오네." 윌리엄 월리스가 외쳤다. "올 거면 네 사람만 오라고 했는데, 제멋대로 다 데리고 왔잖아."

"쟤네들이 언제 안 그런 적이 있었나?" 버질이 말했다. "그리고 저기 반대쪽에 도일네가 오는데, 분명 얼굴에 묻은 비스킷 가루도 안 털었을걸. 그 모친 말마따나 이제 먹는 일 말고는 할 일이 없으니까."

"이제 흑인 애들 두 명만 오면 되겠네. 건장한 흑인 한 명이나." 윌리엄 월리스가 말했다. 그 말이 그의 입에서 나오자마자 두 흑인 소년이 어디를 가는지 앞뒤로 나란히 지나가는 게 보였다. 허리까지 오는 멜론 덩굴을 헤치며 걷기라도 하는 양 작업복을 입고 무릎을 높이 세우며 신나게 걷고 있었다.

"얘들아, 이리 와 봐. 이름이 뭐지?"

"샘 벨과 로비 벨인데요."

"강바닥을 훑으려고 하니까 같이 가자."

"들었어, 로비 벨?" 샘이 말했다.

그들이 미소를 지었다.

도일네는 소란스럽지 않게 다가왔지만 개들이 난리를 쳤다. 길고 대단한 눈썹을 지닌 여덟 명의 거구들인 멜론네 형제들은 이미 발을 쿵쿵 구르고 서로를 툭툭 치면서 당장이라도 출발할 기세였다. 모두들 함께 독을 만나러 올라갔다.

올드 독에게 커다란 그물이 있었다. 언덕 꼭대기 집에 사는데, 앞 포치에 놓인 흔들의자에 앉아 내려다보고 있었다.

"얼른 올라들 오라고!" 그가 계곡 건너에서 주절대기 시작했다. "추수는 끝났고…… 어느새 다들 그냥저냥 했지…… 면화도 다 따서 조면기에 들어갔고…… 건초도 다 잘라 놓았고…… 여기에선 당밀도 다 만들었고…… 한바탕 난리도 끝나 감독관들도 다 선출했고, 맘에 드는 사람도 있고, 아닌 사람도 있지만…… 전쟁 얘기가 나돈단 말이야!"

그들이 가까이 왔을 때 그가 하던 말은 이랬다. "부흥회에서 많은 사람이 구원을 받았잖아. 지난 주일에 도일네 한 명 포함해서 스물두 명이었는데, 한 명이 아니라 둘로 쳤어야지. 그들이 하늘에서 반짝이는 별과 더불어 도버 마을의 축복이 되기를. 무슨 일인가?" 그들이 코앞까지 와서 계단 주변에 둘러서자 그가 물었다.

"어르신의 커다란 그물을 지금 누가 안 쓰면 좀 빌려 갈 수 있을까요?" 윌리엄 윌리스가 물었다.

"자넨 한 달 전에 썼잖아." 독이 말했다. "아직 자네 차례가 아니야."

버질이 윌리엄 윌리스의 팔을 슬쩍 건드린 뒤 목을 가다듬고 말했다. "좀 특별한 경우라서 말입니다. 윌리엄 윌리스의 부인 헤이즐이 강물에 빠졌다고 볼 상당한 근거가 있거든요."

"강물에 빠졌다고 볼 근거가 뭐가 있는데?" 독이 물었다. 낡은 파이프를 꺼냈다. "남편에게 묻는 거야."

"집에 없으니까요." 윌리엄 윌리스가 말했다.

"사라졌어?" 그가 파이프 재를 떨며 물었다.

"흔적도 없이 사라졌어요."

"무슨 일이 생겼을지는 당연히 수천 가지 경우가 있을 수 있지." 독이 말하면서 파이프에 불을 붙였다.

"편지를 보여 드려, 윌리엄 윌리스." 버질이 말했다. "어르신이 저렇게 앉아 한가롭게 생각하시는 내내 한없이 서서 그물을 기다릴 수는 없다고."

"보자마자 바로 찢어 버렸어." 윌리엄 윌리스가 말했다. "하지만 느낌으로 알아요. 당장 펄강에 빠져 죽을 거라고, 그러니 당신 후회할 거라고 썼거든요."

"자네는 여기 무슨 관계가 있나, 버질?" 독이 물었다.

"윌리엄 윌리스가 밤새도록 정신없이 놀던 곳에 함께 있었고, 똑같은 일을 하며 놀다가 같은 시간에 집에 돌아왔어요."

"자네들이 나가서 신나게 놀고 있는 동안 자네 부인 헤이즐이 강물에 뛰어들었다, 그건가? 원인과 결과? 나와 사리를 따져 보고 싶은 사람 있어? 그럼 도일네랑 멀론네랑 나머지는 뭐야?"

"독은 동네에서 가장 똑똑한 분이셔." 윌리엄 윌리스가 고개를 돌려 진득하게 기다리는 도일네를 보며 말했다. "하지만 아무래도 시간이 좀 걸리지."

"이 친구들은 함께 강바닥을 훑으려고 부른 거예요."

"**나로서는** 그녀가 빠져 죽었다고 벌써 단정할 생각은 당연히 없지만." 독이 푸른 연기를 내뿜으며 말했다.

"그럼 어르신 생각은……" 윌리엄 윌리스가 양손을 불끈 쥐며 계단을 한 걸음 올라갔다. "누가 **납치했다고** 생각하시는 거예요?"

"이래저래 다 고려해 보면 그 가능성도 생각해 볼 수 있지." 독이 재빨리 말했다. "하지만 누가?"

멀론 형제 중 하나가 휘파람을 불었지만, 누군지 티가 나지는 않았다.

"도버 마을에서 결혼한 젊은 여자를 납치해 도망갈 놈은 없어." 독이 말했다.

"헤이즐이 늘 집시를 무서워하긴 했어요." 윌리엄 윌리스가 얼굴이 벌게지며 말했다. "그 옆을 지나가게 되면 꼭 반지를 만지작거리고, 예쁜 자기 얼굴을 보면 납치해 간다고 고개를 반대 방향으로 돌리고 걷곤 했죠. 집시는 여름이 끝날 무렵 오잖아요."

"그래, 집시들이 있지. 태초부터 납치범들이었던. 하지만 엄청난 몸값을 내는 게 자네여야 하나?" 올드 독이 얼마나 총명한지 깨닫고 다들 웃으며 윌리엄 윌리스의 등을 두드렸다. 하지만 그로 인해 드잡이가 벌어져 그들이 땅에 나뒹굴었다.

"당장 그만둬. 안 그러면 그물은 없어." 독이 말했다. "집사람 닭들이 놀라잖아."

"이제 가야 해요." 윌리엄 윌리스가 말했다.

커다란 개들이 짖으면서 남자들 가슴에 앞발을 올리며 안겼다.

"내 조언은 그대로야. 그냥 내버려 둬." 독이 말했다. "이 불가사의한 일이 결국 어떻게 결론이 나든 당분간 시끄럽게 떠드는 여자 입하나는 줄겠지. 하지만 자네 부인 헤이즐은 미시시피에서 제일 예쁜 여자이긴 하지. 지금까지도 그렇고 앞으로도 그렇고 그렇게 예쁜 여자는 다시 없을걸. 금발 여자라니." 언제나 사람을 놀래는 날렵한 동작으로 그가 벌떡 일어섰다. "나도 같이 가도록 하지."

그들이 가는 길은 늘 옛날 내치즈 숲길이었다. 깊은 숲속을 통과해 아래쪽 펄강으로 이어졌다. 거기서부터 상류 쪽으로 도버 근처까지 강바닥을 훑으며 갈 수 있었다. 그들은 윌리엄 윌리스에게는 아무 짐도 들리지 않은 채 말없이 그를 둘러싸고 걸었는데, 워낙 침침하고 적막한 장소라서 뒤에서 그물이 무겁게 질질 끌리는 소리도 들리고 양동이도 요란스럽게 달그락거렸다.

산목련이 빽빽하게 서 있는 숲을 지나자 높은 구릉이 나왔다. 내내 저만치 앞에서 뛰어가던 브루시와 그레이디가 멈춰 섰다. 기적 소리가 울리면서 저 멀리 아래로 긴 화물열차가 지나가고 있었다. 비밀 상자처럼 자그마한 분홍색과 회색의 화차를 달고 아무것도 모른 채, 혹은 꿈을 꾸듯 느릿느릿 먼 거리를 다니는 그것은 작은 축제 행렬처럼 보였다. 그레이디는 화차 하나하나를 또렷하게 볼 수 있는 듯 그 수를 세기 시작했고, 브루시는 물 마시는 새를 바라보듯이 숨을 죽이고 조심스럽게 움직이는 그레이디의 입술을 바라보았다. 문득 그레이디의 눈에 눈물이 어렸는데, 그것은 쪼끄만 남자가 기차 위를 걷고 있었기 때문이었다. 그 남자가 움직이는 기차 위에서 걸어 다니는 것이었다.

다시 내리막길이 나왔고 곧 강물 내음이 시원하고 은밀하게 숲 전체에 퍼졌다. 거대한 벽을 이룬 덩굴식물들과 무성한 시계꽃 사이로 발을 디딜 때마다 작은 생명들이 놀라 파드득 날아다녔다.

"우린 다른 시간대를 거쳐 가는 거야." 독이 말했다. "이제 금방이라도 달라질 테지. 더위가 가고 추위가 올 거고 그러면 통통한 돼지를 잡아서 신선한 고기를 먹을 수 있어. 요즘 같으면 밤에 여기 찾아와 하릴없이 돌아다닐 수 있고 주머니쥐가 나무 위로 도망가겠지. 늙은 서리 씨는 쏨쏨이를 줄일 테고 늙은 겨울 씨는 문간에 나와 서 있겠지. 히코리나무가 노랗게 물들 테고. 소합향나무는 붉게 물들고 히코리는 노랗게 되고 층층나무는 붉게 물들고 플라타너스는 노랗게 물들고." 그는 주먹으로 나무둥치를 두드리면서 걸었다. "목련과 떡갈나무는 절대 죽지 않아. 그걸 기억하라고. 감이 먹기 좋게 익고 견과들이 숲에서 온통 비처럼 후드득 떨어져 내릴 거야. 그러면 도망쳐라, 메추라기야, 도망쳐. 우리가 너를 잡으러 갈 테니."

계속 길을 가다 보니 문득 숲이 열리며 환한 빛이 보였다. 강가에 도착한 것이었다. 다들 걸음을 멈췄지만 독은 아무 일도 없다는 듯이 계속 앞장서 걸었다. "오늘만." 그가 말했다. "10월의 해가 비추는 오늘만 온통 금색으로 빛나지. 하늘이고 나무고 물이고 다. 변하기 직전엔 모든 것이 금으로 만들어진 것 같아."

너무 귀중해서 손을 댈 수도 없는 순금 물건처럼 집에 앉아 반짝이는 눈으로 똑바로 앞을 바라보는 헤이즐이 떠오르는지 윌리엄 윌리스가 밑을 내려다보았다.

아래쪽에서 햇빛에 어른거리는 살구색 강물은 좁고 잔잔했고, 얼마나 느리게 흐르는지 거의 정지해 있는 것처럼 보였다. 반짝이는 버드나무가 주변으로 잎을 늘어뜨리고 있었다. 그물을 펼쳤는데, 오래 써서 얼마나 낡았는지 금실로 짜고 묶은 금색 그물로 보였다.

다들 윌리엄 윌리스의 말을 기다리고 있는데, 강둑에 가만히 서 있던 그가 문득 놀란 목소리로 물었다. "이 강 이름이 뭐지?"

평생 물고기를 잡아 온 강 이름을 묻다니 정신이 나갔나, 하는 표정으로 다들 그를 바라보았다. 하지만 사람들이 이 강을 뭐라고 부르게 되었나, 고심하듯이 그의 미간이 잔뜩 찌푸려졌다. 아니면 다들 잘 아는 강의 이름에 어딘가에서 산맥을 관통하며 흐르는 멀고 거대한 급류에게 있을 법한 어떤 신비라도 담겨 있다고 생각하거나. 그들이 강 이름을 대지 못하는 걸 보니 꿈속의 강이라고 여기는 듯이 말이다.

"펄강 이름이 펄강인 건 모르는 사람은 없지." 독이 말했다.

갑자기 새소리가 요란해졌는데, 수심을 알아보기 위해 물에 돌을 집어 던지는 소리 같았다.

"여긴 깊어." 버질이 윌리엄 윌리스를 툭 건드리며 말했다. "기억나?"

윌리엄 윌리스는 여전히 강물이 정체를 알 수 없는 존재인 양 아래를 내려다보며 서 있었다. 강둑 끝에 선 그의 발아래로 보이는 강물은 양지에 놓여 햇빛이 가득 들어찬 오래된 유리병처럼 투명한 노란빛이었다.

독이 가진 장비를 요란스럽게 흔들었다.

그러자 갑자기 멀론네 형제들 전부가 여기저기서 뛰어내리고 강둑을 마구 달려 내려갔다. 특유의 고함을 질러 댔다. 브루시가 그들을 쫓아 내려가다가 뒤를 돌아보았다.

"자네 부인이 뛰어내렸을 것 같아?" 버질이 윌리엄 윌리스에게 물었다.

2

그물이 워낙 컸기 때문에 완전히 펼치자 강의 양쪽 둑까지 미쳤고, 무게 때문에 바닥으로 축 처졌다. 항아리에서 나는 듯한 소리가 허공에 가득하고 햇빛 속에서 물방울이 튀는 중에 그들은 물을 거슬러 오르기 시작했다. 엄청나게 끙끙 소리를 내며 멀론네 형제들이 강기슭 근처에서 헤엄치며 그물을 끌었고 도일네 형제들은 뒤쪽에서 그물을 밀었고 그들과 함께 있는 버질은 이러이러하게 하라고 지시했다. 끈과 핀을 든 그레이디와 브루시는 양동이와 줄을 잡아당기며 모래톱을 따라 종종거리며 걸었다. 햇빛에 반짝이는 알몸으로 샘 벨과 로비 벨이 항상 기슭에 떠 있는 노 없는 낡은 나룻배를 끌었고 그 안에 모자를 쓴 독이 몸을 곧추세우고 앉아 있었다. 그는 손끝에 물 한 방울 묻히지 않은 채 그물에서 눈을 떼지 않았다. 윌리엄 윌리스는 온갖 일을 다 했지만 대부분 물 아래에서 헤엄치고 다녔기 때문에 눈에 띄지 않았고, 그로서는 더 이상 할 말도 없었다.

개들이 물속과 숲속을 들락날락하며 이리저리 쫓아다녔다.

"그물이 너무 축 처지게 하지 마." 독이 몇 분마다 규칙적으로 말했다. "그러면 온갖 게 다 그물에 걸릴 테니."

"온갖 게 다 걸릴 테니, 온갖 게 다 걸릴 테니." 그의 앞쪽과 뒤쪽에 있는 샘과 로비가 노래를 부르듯 따라 했다.

저 앞의 모래톱이 뭔가 분홍색이나 보라색 무리가 물 위에 떠 있는 모습이었다. 햇빛이 양쪽 기슭을 번갈아 이리저리 움직이다가 수면에 떨어지면 잔잔한 검은 물 위에서 잎사귀 모양의 스팽글처럼 파르르 떨었다. 버드나무는 머루 덩굴을 잔뜩 얹은 채 기울어져 있고 아래로 늘어진 잎은 아침 공기 속 폭포 같았다. 적막하다고 생각하지만 사실 세상 모든 귀뚜라미와 메뚜기가 목청을 높였다 낮추었다 하며 끝없이 울어 대고 있었다.

윌리엄 윌리스가 그물에서 빠져나가는 커다란 미꾸라지를 잡을 때마다 멀론네 형제들은 한목소리로 외쳤다. "꽉 잡아!"

"너무 축 처지게 하지 마." 독이 말했다.

"메기들에게는 괴롭겠는걸." 한번은 윌리엄 윌리스가 그렇게 말했다.

크고 작은 물고기들, 진하고 연한 물고기들이 다 잡혔다. 좋은 거든 나쁜 거든, 옛날부터 늘 잡던 그런 물고기들.

"이렇게 많은 고기를 한꺼번에 보는 건 생전 처음인데." 그물에 걸린 걸 바닥에 풀어 주며 버질이 말했다. "가자고!" 바로 그렇게 외쳤다.

어린 리픈네 형제는 숲에서 그랬듯이 물에서도 저만치 앞서갔다. 맨 앞에 선 브루시가 폴짝폴짝 뛰기도 하고 양발을 번갈아 깨금발로 뛰기도 하며 나아갔다.

굽이굽이 흐르는 강은 나무뿌리가 삐죽삐죽 나온 높은 강둑 아래로 주름살 같은 물결을 지으며 깊게 흘러갈 때는 아주 고릿적 분위기가 났다가, 색색의 야생화가 비치며 빛날 때는 젊은 강으로 보이기도 했다. 새들이 내려앉은 자국조차 없는 물고기 모양의 모래톱들이 군데군데 강물을 가로질러 코를 맞대고 있었다.

"저기 악어들이 오네." 버질이 말했다. "지나가게 두자고."

그들이 강물의 그늘진 쪽으로 물러나자, 커다란 악어 세 마리와 중간 크기 악어 네 마리가 서두르지 않고 천천히 지나갔다.

"저 엄청난 이빨 좀 봐!" 째지게 외치는 소리가 들렸다. 그건 처음으로 목청껏 소리를 지른 그레이디였는데 사실 악어들은 이빨을 내보이지도 않았다.

"사람 잡아먹기 좋은 이빨이지." 나룻배에 탄 독이 그를 엄하게 쳐다보며 말했다.

"독, 아는 건 다 얘기해야 직성이 풀리는군요!" 버질이 말했다. "가자고!"

그들이 다시 움직이기 시작했을 때 처음으로 그물에 걸린 것은 새끼 악어였다.

"딱 우리가 원했던 거야!" 멀론네 형제들이 외쳤다.

그들은 자그마한 새끼 악어를 모래톱에 내려놓았고 악어는 웅크린 채 꼼짝도 안 했다. 악어가 움직이기 시작한 걸 거의 알아채지도 못했다. 얼굴색도 변하지 않고 악어의 놀라운 기술을 지켜보는 동안 개들은 한 번 크게 짖은 뒤 악어가 눈을 한 번 깜박할 때까지 호기심에 차서 공손하게 물러나 있었다.

"우리 거야!" 멀론네 형제들이 소리쳤다. "집으로 가져간다고!"

"그냥 새끼 악어잖아." 윌리엄 월리스가 말했다.

새끼 악어일지는 모르지만 무지하게 나이 많은 못돼 먹은 도마뱀처럼 보이지 않느냐는 듯이 멀론네 형제들이 그 말에 그저 코웃음을 쳤다.

"그걸로 뭘 어쩌려고?" 버질이 물었다.

"키우지."

"나 같으면 이 그물로 잡은 건 조심하겠어."

"묶어서 양동이에 넣어." 멀론네 형제들이 서로 떠드는 중에 독이 다시 말했다. "그게 자라고 난 다음에 나한테 뛰어와서 뭘 어째야 하느냐고 묻지나 말라고."

눈에 보이는 게 한도 끝도 없는지 계속 더 많은 고기가 잡혔다.

"봐, 여자 구슬 목걸이야." 버질이 말했다. "샘, 로비, 너희 가져라."

샘이 목걸이를 머리에 썼다. 매듭을 이마에, 목걸이 전체는 귀 뒤로 걸쳤고, 로비 벨은 뒤에서 따라가면서 그걸 빤히 바라보았다.

어둑한 지점에서 뭔가 허연 것이 날아올랐다. 백로였는데, 시커먼 나무 꼭대기 위로 사라져 버렸다. 윌리엄 월리스는 눈으로 새를 좇았고 브루시는 손뼉을 쳤지만, 버질은 뭔가 잃어버린 것을 찾아다닐 때면 보이는 것마다 다 어떤 신호로 생각되기 마련이라는 듯이 한숨을 쉬었다.

미꾸라지가 그물에서 빠져나갔다.

"꽉 잡아!" 멀론네 형제들이 소리쳤다. 그들은 악귀처럼 헤엄을 쳤다.

"멀론네는 물고기를 잡으러 왔구먼." 버질이 말했다. 정오 무렵에 강둑에서 약하게 부스럭거리는 소리가 들렸다.

"거기 누구요?" 버질이 물으며 손으로 가리켰는데, 거기엔 난쟁이처럼 작은 짧은 다리의 남자 하나가 작은 밀짚모자를 끈으로 묶어 쓰고 반대쪽 강둑을 따라 걸어가고 있었다.

"본 적이 없는 사람인데. 그 형제도 모르고." 독이 말했다.

아무도 그를 본 적이 없었다.

"누가 당신을 오라고 했어?" 버질이 사납게 소리를 질렀다. "이봐!" 그러면서 난쟁이 남자에게 이쪽을 보라는 손짓을 했지만 그는 쳐다보지도 않았다.

"여기서 보기엔 좀 정신 나간 사람인 것 같은데." 멀론네 누군가 말했다.

"그냥 신경 쓰지 마. 그러면 가 버리겠지." 독이 충고했다.

하지만 버질은 이미 헤엄쳐 가고 있었고 곧 그쪽 강둑에 올랐다. 그와 낯선 사람이 한 마디씩 말을 주고받나 싶더니 버질이 아이의 등을 토닥거리는 식으로 손을 내밀어 그 사람을 땅에다 납작 눌러 버렸다. 난쟁이 남자는 쓰러진 만큼이나 재빠르게 다시 벌떡 일어나 어깨를 으쓱하고는 모자가 기우뚱 눈까지 내려온 채 몸을 돌려 걸어가 버렸다.

버질이 돌아와서 말했다. "저자가 말하길 자긴 갓난아기만큼이나 아무 해가 되지 않는다는 거야. 그래서 괜히 뭐라도 건질까 이 강에서 기웃거리면 가만 안 둔다고 했지."

"가까이서 보니까 어떻게 생겼어?" 독이 물었다.

"생김새 같은 거 자세히 안 봤어요." 버질이 말했다. "하지만 누가 되었건 생판 모르는 사람이 여기서 쳐다보는 거 맘에 안 들어요." 그러더니 크게 외쳤다. "가자고!"

"너무 정신없이 일이 진행되는데." 독이 말했다.

브루시가 앞쪽으로 횅하니 뛰어나가더니 나뭇가지를 들춰 아래를 들여다보고 덤불도 뒤지며 다녔다.

"도일네는 말 한 마디를 하는 사람이 없네." 버질이 말했다.

"원래 과묵한 사람들이잖아." 독이 말했다.

하루 종일 윌리엄 윌리스는 다이빙을 해서 바다를 살폈다. 한번은 아주 아래쪽 컴컴한 물속까지 내려갔는데, 움직이는 것이라고는 없이 아주 고요하고 물고기 한 마리 없었다. 얼마나 어두운지 강 상류의 탁한 세계가 아니라 심해의 어두우면서 맑은 세계였다. 그래서 펄강 전체에서 여기가 가장 수심이 깊으니까 헤이즐이 여기 없으면 아무 데서도 못 찾을 거라고 믿은 것이 분명했다. 물속으로 들어간 지 한참이 지나도 나오지 않자 다른 사람들은 아래쪽에서 공기 방울이 보글보글 올라오는 물 표면만 뚫어져라 보았다. 그렇게 강물 깊숙이 혼자 내려가 헤이즐을 찾은 걸까? 그 깊은 물속에서 편지에 적힌 어떤 말로도 표현되지 않았던, 헤이즐이 처해 있던 진짜 문제, 진정한 어려움을 어떤 비밀처럼 눈치채게 된 것일까? 그들 모두 각자의 비밀처럼 기억하는 그 행복감에 그녀가 얼마나 그득히 차올랐었는지 (누가 알겠는가?). 가득 부푼 희망과 변화에서 생겨나고 때로는 그저 수확 절이라 생겨난 행복감, 머릿속을 계속 맴도는 어떤 노랫가락처

럼 자기 멋대로 생겨나는지라 그녀가 어떻게 할 도리가 없었던—그
들은 그걸 알았다—, 그래서 결국 이렇게 된 걸까? 윌리엄 윌리스가
어둑한 깊은 강물 아래에서 뒤적이며 찾아내려 하는 것은 그저 그 오
래된 어려움일 수도 있었다.

"여기 아래 봐 봐." 그레이디가 브루시에게 나지막이 말했다.

그가 물 표면을 가리켰는데, 거기에 둘의 잔잔한 무채색 그림자가
나란히 있었다. 감동을 주려는 듯 그가 살며시 동생을 건드렸다.

"너랑 나야." 그가 말했다.

브루시가 물가 끝에서 위태롭게 흔들거리고 있어서 그레이디는 작
업복 엉덩이 부분을 꽉 붙잡았다. 브루시가 쳐다봤지만 아무런 표정
이 없었다. 대신 뒤로 물러서더니 갑자기 재미도 시들해지고 기운도
빠졌는지 윌리엄 윌리스가 준 동전을 손바닥 위에 올려놓고 문질러
대기만 했다. 열에 들뜬 그레이디의 눈이 칙칙한 강물로 향했다. 전
혀 예고도 없이 뭔가가 눈에 띄었다⋯⋯ 어쩌면 강물 속 저 모습은
아버지가 아닐까—팔을 활짝 벌리고, 눈도 뜨고 입도 벌린 채 물에
빠져 돌아가신⋯⋯ 그레이디가 뚫어지게 보다가 눈을 깜박였고, 다
시금 무엇 때문인지 표정이 일그러졌다.

드디어 윌리엄 윌리스가 물 위로 올라왔는데, 너무 오래 물속에 있
어서, 그러니까 피와 심장의 차원에서 고통스러운 것 같았다. 말도
못 하게 비참해 보였다. 갈색 햇빛과 강물, 모여 서서 자신을 바라보
는 사람들이 눈앞에서 여리게 흔들리는 창백한 이 세계로부터 떨어
져 나와 한참의 시간이 지나기라도 한 듯 놀란 얼굴로 눈을 부릅뜨고
주변을 쏘아보았다.

"뭘 가지고 나온 거야?" 누군가 물었는데, 버질이었을까?

한 손에 뿌리까지 달린 초록색 물풀을 꽉 그러쥐고 있었다. 그가 깜짝 놀라며 집어 던졌다.

오후 나절이었다. 나무들은 가만히 가지를 펼치고 옅게 물이 든 구름이 수분을 머금고 낮게 깔려 있었다. 독수리 한 마리가 공중에서 천천히 몇 바퀴를 선회하더니 위쪽으로 사라졌다. 개들이 강둑을 슬슬 돌아다녔다.

"생선 먹을 시간이야." 버질이 말했다.

조개껍데기가 널려 있는 널찍한 모래톱으로 잡은 고기를 끌고 와서 불을 피웠다.

그러고는 독을 제외하곤 다들 반은 벗은 몸으로 한참 동안 냄새와 연기를 피워 올리며 메기를 구워 먹었다. 먹고 또 먹더니 멀론네는 신음을 하며, 도일네는 배를 깔며 뻗었는데, 그러고도 한참 후까지 샘과 로비는 삼나무 둥치를 식탁 삼아 앉아 끊임없이 먹었다. 그런 후 다들 말이 없이 조용해지더니 하나씩 곯아떨어졌다.

"생선만큼 좋은 게 없어." 윌리엄 윌리스가 중얼거렸다. 그는 다져진 모래 위 은은한 빛이 비추는 어둑한 부분에 등을 대고 대자로 누워 있었다. 햇볕에 탄 이마와 뺨이 불길에 달아오른 듯했다. 눈꺼풀이 처졌다. 버드나무 가지 그림자가 길게 늘어져 몸 위에서 흔들렸다. "세상에 생선만큼 좋은 게…… 없어. 펄강 생선만큼." 그러더니 미소가 서서히 얼굴에 번지며 잠에 빠져들었다.

하지만 거의 눈을 감자마자 펄쩍 뛰어 일어났고, 각자 자리를 잡고 누웠던 다른 사람들도 하나씩 일어나 앉아 그를 바라보았다. 중간에 깅가에서 잠을 자는 건 있을 수 없는 일이었으니까.

"어젯밤만큼이나 기분이 좋아 보이는걸." 버질이 고개를 한쪽으로 돌리며 말했다.

"슬픈 일이 있어서든 기쁜 일이 있어서든 나들이 나오는 건 어차피 마찬가지지." 독이 말했다.

하지만 윌리엄 윌리스는 그 누구에게도 대꾸를 하지 않았다. 사람들을 넘어, 밥 먹은 자리며 먹고 남은 생선 뼈를 넘어 사방을 마구 돌아다니는데, 모래를 쾅쾅 밟아 대면서 이리 뛰고 저리 뛰며 얼마나 미친 듯이 춤을 추는지 그러다 곧 쓰러져 죽어 버릴 것만 같았다. 커다란 메기를 하나 집어 낚싯바늘을 꽂아 벨트에 매달고 오르락내리락하는 바람에 다들 고함을 질러 댔고, 하도 웃어 눈물이 뺨을 타고 흐르자 그가 손을 들어 얼굴로 가져갔는데, 이틀 동안 자란 수염이 갑자기 연붉은색으로 도드라졌다.

하지만 느닷없이 모든 사람의 입에서 동시에 더 요란한, 거의 환호와도 같은 소리가 터져 나오며 윌리엄 윌리스를 향했던 손가락이 모두 강 쪽으로 옮겨 갔다. 강물 중간, 세 개의 연한 금빛 고리 모양 한가운데에서 처음엔 늙은 백발 머리─"수염까지 있어!" 누군가 소리쳤다─가 쑥 나오더니 파도처럼 굽이굽이 둥글둥글 불룩불룩, 시커멓고 긴 몸이 나타났고, 물결이 여남은 개의 동심원을 이루며 목걸이처럼 강 전체로 뻗어 나갔다.

"뱀 왕이다!" 멀론 형제들이 다들 몸을 앞으로 내밀며 높은 테너 톤으로 동시에 외쳤다.

"뱀 왕이야." 올드 독이 아주 낮은 저음으로 되풀이했다.

"네 눈을 똑바로 쳐다봤어."

윌리엄 윌리스는 있는 용기를 다 짜내어 뱀 왕의 시선을 맞받았다.

그 순간 앞으로 뛰쳐나간 것은 브루시였는데, 핀이 달린 작은 끈을 덜렁거리면서 물가로 다가갔다.

"그거 뱀 왕이야!" 항상 그를 보살피는 그레이디가 소리쳤다.

그 순간 뱀은 물속으로 들어갔다.

어린 소년은 한 다리를 공중에 들어 올린 채 동작을 멈췄다가 빙글 몸을 돌려 바닥에 주저앉았다.

"일어나." 그레이디가 작은 소리로 말했다. "뱀 왕이었어. 휘파람 소리를 내며 가 버렸어. 일어나. 다른 게 아니고 그냥 뱀 왕이었어."

브루시가 녹색 눈을 뜨더니 혀를 삐죽 내밀고는 발딱 일어났다. 다리는 무겁고 머리는 어질어질해서 일어나는 품이 표면으로 올라오는 거품 같았다.

그러자 강둑에서 떨어져 나온 돌이 굴러떨어지듯 천둥이 쳤다.

그들 모두 그물을 쥔 채 뜨악한 표정으로 모래톱에 서 있었다. 동쪽 하늘로는 익숙하게 보아 온 회색, 분홍색, 파란색의 성과 둥근 탑들이 있었는데 어두컴컴해지면서 천둥 번개가 마구 치고 있었다. 두꺼운 성벽을 따라 번개가 깜박거리는 게 보였다. 하지만 서쪽 하늘에는 햇볕이 얼마나 강렬하게 내리쬐는지 길게 이어지는 번갯불을 받아 하늘이 흑백으로 보였다. 세상에서 색이란 색은 모두 사라지고 모든 것이 금빛으로 빛나던 것은 과거의 기억이 되었으며, 어떤 마력이나 압도적인 힘처럼 열기만 머리 위로 쏟아졌다. 강 건너편의 빽빽하고 육중한 나무 주변에 긴 은빛 띠가 어른거렸고 바람이 그들의 이마를 스치고 지나갔다. 동시에 뒤쪽에서 길게 천둥소리가 울리기 시작해 산과 계곡을 오르락내리락하더니 머리 위를 지나갔고, 그들은 가만히 귀를 기울였다. 흉내지빠귀의 가냘픈 소리가 가까이에서 그 뒤를 따랐는데, 몸뚱이의 작은 흰색 줄이 버드나무 사이로 번쩍번쩍했다.

"여기서 폭풍우를 만나게 되었네." 버질이 말했다. "지나갈 때까지 여기 있어야겠는걸."

그들이 뒤로 약간 물러섰고, 곧 커다란 빗방울이 두꺼운 이파리 사이를 지나 어깨와 머리로 후드득 떨어졌다.

"폭풍우 속에서는 목련나무가 제일 요란스럽지." 독이 말했다.

빛이 달라지자 강물 색도 변하고, 거세지는 바람에 주변의 숲 전체가 점점 높이 솟으며 안에서도 바람을 불어 대는가 싶더니 문득 캄캄해졌다. 비가 억수같이 쏟아졌다. 거대한 꼬리처럼 허공을 가르고 강물은 은빛 생채기를 내보이며 부서졌다. 아무 말 없이 그들 무리는 커다란 나무둥치 옆에 쭈그리고 앉아 몸을 잔뜩 웅크렸다. 그 나무가 폭풍 속에서 향기를 가득 뿜어내며 묵직하고 든든하게 받쳐 주었다. 그 나무를 지나 골똘한 시선들이 향한 쪽에 또 나무가 있었고, 그 너머로 계속 이어져 강둑까지 이르렀는데, 하나같이 폭풍우 속에서 시커멓게 우뚝 솟아 있었다.

"바깥세상은 정말 견뎌야 할 게 많아." 독이 말했다. "늘 견뎌야 하지."

로비와 샘은 처음부터 서로를 부둥켜안고 잔뜩 쪼그린 채 앉아 있었다.

"벼락 맞는 게 우리 집안 내력이잖아." 로비 벨이 말했다. "벼락 맞은 쇠스랑이 할아버지 얼굴로 날아와 꽂혀서 돌아가실 때까지 빼지도 못했대. 아빠도 무지막지한 벼락을 맞아 3일 동안 거의 산송장이었다잖아. 저 도끼나 마찬가지로."

계속해서 빛이 번쩍거리고 천둥소리가 우르릉 울렸다.

"이제 너 아니면 나야." 샘이 말했다. "저기 벌레 한 마리 온다. 저게 왼쪽으로 가면 나고, 오른쪽으로 가면 너다."

하지만 그 순간 번개가 번쩍하더니 언덕 위 커다란 나무 한 그루가 그들의 눈앞에서 불길에 휩싸였다. 굵은 가지고 잔가지고 이파리고 할 것 없이 활활 타오르고 그 위로 구름이 자줏빛으로 걸렸다.

"완전히 쪼개지는 소리 들었어?" 로비 벨이 물었다. "그게 뼈가 갈라지는 소리야."

"어린 검둥이 녀석들이 뭔 말이 그렇게 많아!" 독이 말했다. "아무한테도 득이 안 되는 얘기를."

"우리 계속 이렇게 얘기했어요." 샘이 말했다. "지금은 다들 조용하니까 우리 얘기가 들리는 거죠."

반으로 쪼개져 활활 타던 커다란 나무가 꿍음과 함께 쓰러졌다. 바로 그 순간 건너편에 있던 비슷한 나무 하나가 완전히 두 동강이 나면서 양쪽으로 쓰러졌다.

"저 불덩어리가 강까지 굴러 내려와서 비늘 있는 물고기들을 홀라당 태워 버리는 일은 없었으면 좋겠다." 로비 벨이 말했다.

강물은 자줏빛으로 변했고 여기저기 급류가 생기고 소용돌이가 쳤다. 강둑 아래로 번갈아 고개를 숙이며 강물에 닿을 정도로 휘어진 어린 버드나무는 폭풍우로 거의 부러지기 직전이었다. 광풍에 젖은 나뭇잎 한 무더기가 거대한 장막처럼 날려 오는 바람에 다들 나뭇잎을 뒤집어썼다.

"이제 우리한테도 비늘이 생겼어." 샘이 울부짖었다. "우리도 물고기야."

"입 다물어, 검둥이 꼬마 녀석아." 버질이 말했다. "강바닥을 훑으라고 데리고 온 건데 그런 식으로 나오면 안 되지."

"불쌍한 부인의 귀신이 분명 우리보다 더 겁을 먹은 거야." 샘이 말했다.

"내가 바라는 거라곤 그저 부인을 찾지 못하는 거야!" 로비 벨이 악을 썼다.

윌리엄 윌리스가 몸을 숙여 둘의 머리를 서로 박았다. 그러고 나자 그들은 두 검은 머리를 서로에게 기대고 불룩해진 볼에 눈은 꼭 감은 채 폭풍우가 지나갈 때까지 말없이 서로를 꼭 부둥켜안고 있었다.

"저쪽이 도버야." 버질이 말했다. "우리가 여기까지 온 거지. 윌리엄 윌리스, 날카로운 바위 위를 걸어 다니더니 발에 상처가 났네."

3

도버에도 비가 와서 마을이 왠지 새것처럼 깨끗했다. 물탱크에서 쏟아지는 늦은 오후의 열기가 반짝이는 모기장처럼 마을 전체에 내려앉았다. 포장된 도로에 콜타르를 덧바른 너른 공간은 새로 코카콜라 뚜껑을 박아 놓은 것처럼 보였다. 가게에 붙어 있던 오래된 서커스 포스터는 거의 다 떨어져 나가서 백마의 몇 조각만 눈송이처럼 옆쪽에 남아 있었다. 어디서 시작된 건지 보이지도 않는 나팔꽃 덩굴이 지붕까지 덮었고 선로의 가로 버팀목 주변에도 달라붙어 있었다. 철로에 큰어치가 내려앉고 넓게 가지를 뻗은 멀구슬나무들이 이따금 양철 지붕 위에 물을 떨어뜨리며 마을 전체에 축축 늘어져 있었다.

각자 챙긴 물고기를 줄에 매달고 강으로 나갔던 무리들이 마을을 지나가고 있었다. 마을 우물을 향해 갔는데, 거기 헤이즐의 모친이 사는 집이 있었으나 그녀가 나오는 기색은 아직 없었다. 다들 바가지로 물을 떠 마신 다음에도 거리에 사람이라고는 눈에 띄지 않았다. 가게 앞 벤치조차 옥수숫대 인형만 앉아 있을 뿐 텅 비어 있었다.

하지만 누군가 왔다는 낌새를 느꼈는지 잠시 후 가게와 우체국에서 사람들이 바깥을 내다보았다. 졸다가 깬 사냥개들의 눈앞에 도일네 개와 엄청난 양의 물고기를 잡아 매단 수많은 남자와 소년이 나타났고, 그래서 너 나 할 것 없이 짖으며 뛰어나갔다. 도일네 개들도 신나게 짖어 댔다. 큰어치들이 휙 날아오르며 마을 저 높이에서 빽빽 울면서 굴 속 같은 멀구슬나무 안으로 횡하니 들어가 버렸다. 카페의 주크박스 안으로 5센트 동전이 땡그랑 들어가는 소리가 나더니 사랑 노래가 흘러나왔다. 물고기를 잔뜩 든 남자들이 다시 큰길로 나와 거리를 따라 마을 중심부를 가로지르자 나무와 양철로 만들어진 도버 마을 전체가 나이 들어 피로한 심장처럼 다시 고동치기 시작했다. 어찌나 진흙투성이에 비에 흠뻑 젖고 기진맥진한 몰골인지 다들 감탄하며 보지 않을 수 없었다.

윌리엄 윌리스는 아무것도 보이지도 들리지도 않는 듯이 마을을 지나갔다. 하지만 고기를 줄줄이 매단 끈은 다들 볼 수 있도록 높이 들고 걸었다. 버질이 윌리엄 윌리스와 똑같은 모습으로 그 뒤를 따랐고, 그다음에 겸손한 도일네가 멀론네에게 둘러싸여 걸었다. 멀론네는 악어를 높이 들었는데, 아버지가 아이에게 하듯 위로 던져 올리기까지 했다. 그 뒤로 권위적인 태도로 앞사람들을 가리키며 독이 천천히 걸었고, 샘과 로비는 여전히 그가 하는 말을 후렴구처럼 따라 했다. 그레이디와 브루시가 늘어선 줄 여기저기서 불쑥불쑥 튀어나왔다 들어가곤 했다. 목을 움츠린 그레이디는 막대기처럼 몸을 곧추세우고 한 발을 끌며 폴짝거렸다. 그 때문에 늘 건드리면 안 될 것처럼 화가 나 있는 것으로 보였다. 숨을 죽이고 나지막이 말했다. "다래끼야, 다래끼야, 내 눈에서 사라져서 지나가는 딴 사람한테 옮아라." 어깨를 잔뜩 움츠리고 절대 동생에게서 시선을 떼지 않으며 걸었는데, 날아다니는 왕풍뎅이를 줄에 매달고 다니는 것처럼 경계하면서도 자부심에 차 보였다. 입술을 소리 내어 퉁기며 브루시가 다시 앞쪽으로 튀어나왔는데, 윌리엄 윌리스의 물고기를 가리키면서 주위를 돌아다니고 애태우며 신나게 온 사방을 정신없이 뛰어다니고 있었다. 기분이 좋아서 이마에 새 발자국 모양의 인상이 나타났고, 미지의 환희의 세계에서 총총거리며 다니는 것이었다.

"저렇게 고기를 많이 잡은 거 본 적 있어?" 도버 사람들이 숙덕였다.

"고기가 도대체 얼마나 되는 거예요?"

"파는 건가요?"

"펄강 고기를 다 잡아 온 건가?"

"그거 다 얼마에 팔 수 있어요? 여러분 거 다요."

"3달러요." 윌리엄 윌리스가 난데없이 큰 소리로 말했다.

멀론네가 그를 덮치며 고함을 쳤지만 이미 늦은 뒤였다.

그리고 윌리엄 윌리스가 막 손에 돈을 쥐었을 때, 헤이즐의 모친이 현관에서 어엿하게 걸어 나오다 그 광경을 보았다.

"자네 장모는 막을 수가 없어." 버질이 말했다. "저기 화사하게 나오시는 것 좀 보게나."

하지만 윌리엄 윌리스는 그녀에게서 등을 돌려 버렸다. 결국 모든 사람에게 등을 돌린 것이었고 그것을 끝으로 수색대는 해산했다.

해가 막 기울어졌을 때 독은 뒤쪽 계단을 올라, 저녁이면 늘 앉아 있는 뒤 포치의 의자에 앉아 파이프에 불을 붙였다. 윌리엄 윌리스가 그물을 널고 돌아왔고, 버질은 함께 독에게 인사를 하고 가려고 기다리고 있었다.

"대체로 봐서 강바닥 훑기를 이보다 더 잘한 적도 없고 이보다 더 훌륭한 행동거지도 본 적이 없어." 그들이 다가오자 독이 말했다. "메기를 잡기 위해서 지브롤터 암벽*을 움직여야 했다 하더라도 이 정도면 그것도 해냈겠어."

"하지만 헤이즐은 찾지 못했잖아요." 버질이 말했다.

"뭐라고?" 독이 물었다.

"도대체 신경을 쓰지 않으시는구먼." 버질이 말했다. "헤이즐은 찾지 못했다고 했어요."

"누가 헤이즐을 찾아야 한다고 했어?" 독이 물었다. "애초에 거기 있지도 않았어. 여자들은 물을 안 좋아해. 명심하라고. 남편에게 앙갚음하겠다고 강으로 횡하니 가서 뛰어내리는 법은 없어. 다른 데로 가지."

"헤이즐이 거기 있다는 생각은 전혀 안 했단 말이에요?" 윌리엄 윌리스가 물었다. "내내?"

"단 한 번도." 독이 말했다.

"영리하신 분이야." 버질이 윌리엄 윌리스의 팔에 손을 얹으며 말

---

* 헤라클레스의 기둥이라고도 불리는 지브롤터 해안의 석회암 절벽으로 튼튼하고 단단하다는 의미로 '지브롤터 암벽 같다'라는 표현을 쓴다.

했다. "우리가 못 찾았으니까 그렇게 말하는 거야."

"어쨌든 그물 빌려주셔서 고마웠어요." 윌리엄 윌리스가 말했다.

"언제든 또 빌려 가게나." 독이 말했다.

집에 돌아가는 길에 버질은 거듭 이런 말을 해야 했다. "진정해, 윌리엄 윌리스. 진정하라고."

"그렇게 빼빼 마른 노인네만 아니었으면 그냥 목을 비틀어 버렸을 텐데." 윌리엄 윌리스가 말했다. "따라올 필요도 없었잖아."

"분수도 모르고 잘난 체하는 거야." 버질이 말했다. "뭐든지 다 아는 사람은 없는데 말이지. 그것도 그저 그물 하나 가졌다고. 그 그물은 왜 굳이 그 사람 거여서."

"노인네라 어쩔 수 없이 예의를 차린 거지, 안 그랬으면 통째로 가죽을 벗겨 버리는 건데." 윌리엄 윌리스가 말했다.

"아내라는 존재에 대해 사실 하나도 아는 게 없다고 봐. 그 할머니는 거의 귀가 먹었잖아." 버질이 말했다.

"헤이즐에 대해 알지도 못하면서." 윌리엄 윌리스가 말했다. "헤이즐을 아는 사람은 이 세상에 나밖에 없다고. 헤이즐이 강물에 뛰어들었겠느냐, 안 뛰어들었겠느냐. 난 뛰어들었다고 봐. 내가 잔뜩 술에 취해 노래 부르고 흥청거리고 있었으니 뛰어든 거지. 그래야 했던 거야. 독은 그에 대해 한 마디도 할 자격이 없어."

"진정해, 윌리엄 윌리스. 진정하라고." 버질이 말했다.

"만약에 그런 얘기를 한 게 너였으면 내가 네 뼈를 하나도 남김없이 다 부러뜨려 버렸을 거야." 윌리엄 윌리스가 말했다. "어디 그딴 얘기만 해 보라고. 넌 나이도 몸집도 나랑 같잖아."

"내가 그런 소리를 할 리가 있나." 버질이 말했다. "강바닥 훑는 이 일이 아무 문제 없이 잘 진행되도록 온종일 애쓴 게 나 아냐? 내가 없었으면 1미터도 나가지 못했을걸."

"뭐가 어째? 누가 없었으면?" 윌리엄 윌리스가 소리를 빽 질렀다. "널 위해서 강바닥을 훑은 게 아니야! 네 부인이 아니라고!" 그가 버질에게 달려들었고 둘은 싸우기 시작했다.

"그만 일어나게 해 줘." 버질이 숨을 헐떡거렸다.

"내 부인이라고 말해. 강바닥 훑은 것도 내 일이었다고 말해."

"그래 네 부인이고 네 일이었어!" 윌리엄 윌리스는 바닥에 쓰러진 버질을 누르고 입에 흙을 집어넣고 있었다.

"내 그물이었다고 말해."

"네 그물이야!"

"그럼 일어나."

그들은 다시 걸어가며 숨을 골랐는데 저녁 공기에 인동꽃 냄새가 가득했다. 언덕에서 윌리엄 윌리스는 아래를 내려다보았고, 동시에 야외에서 연주하는 달콤한 노랫소리가 바람에 실려 들려왔다. 한참 아래쪽, 교차로에서 아른거리는 오래된 흰색 교회 마당에서 '성스러운 하프 찬송'*이 벌어지고 있었다. 자세하게 살펴보기라도 하는 양 그쪽을 뚫어지게 보았다. 마치 흰색 옷을 입은 부인이 그늘에 약간 비스듬히 놓인 오르간에서 꽃무늬 덮개를 벗기고 건반의 먼지를 쓱 쓸고는 페달을 구르며 연주하기 시작하는 게 보이기라도 하는 양…… 그가 엄마나 헤이즐에게 하듯이, 살면서 만났던 노래하는 여

---

* 뉴잉글랜드에서 시작해 부흥기에 미국 남부에 널리 퍼진 찬송 전통.

자들에게 하듯이 희미하게 미소를 지었는데, 지금은 나무 아래에서 일어나 가장 길고 가장 오래된 발라드를 부르는 한 명의 여자아이를 향해서일 뿐이었다.

버질은 그에게 잘 자라고 하곤 집으로 들어가 문을 쾅 닫아 버렸다.

집에 도착했을 때 윌리엄 윌리스는 놀랍게도 거기엔 비가 전혀 오지 않았다는 걸 알았다. 하지만 그의 기억에 지금까지 한 번도 본 적 없는 것이 지붕 위에 둥글게 걸려 있는 게 보였다. 바로 밤에 뜬 무지개였다. 다시 하늘에 모습을 드러낸 달빛을 받아 자그마한 무지개가 부인용 여름 드레스나 별빛이 비쳐 보이는 얇은 베일처럼 얇고 투명해 보였다.

포치로 올라가 문으로 들어섰고, 완전히 기운이 빠진 채로 앞쪽 방을 지나 부엌에 들어섰는데, 그때 자신의 이름을 부르는 소리가 들렸다. 잠시 후 걷잡을 수 없는 가슴으로 그 무엇을 바랐건 집에서 자신의 이름을 부르는 소리를 듣는 것보다 더 좋은 일은 없다는 듯이 그의 얼굴에 미소가 떠올랐다. 목소리는 침실 쪽에서 들려왔다.

"원하는 게 뭐야?" 그가 꼼짝도 않고 서서 소리쳤다.

그러자 투덜거리는 투의 묵은 끼익 소리와 함께 방문이 열렸고, 거기 그녀가 서 있었다. 변한 데라곤 전혀 없었다.

"몸은 좀 어때?" 그가 물었다.

"괜찮아. 아주 괜찮은 건 아니고." 헤이즐이 아리송한 태도로 말했다.

"발을 다쳤어." 윌리엄 윌리스가 신발을 벗어 피가 나는 발을 보여 주며 말했다.

"도대체 어쩌다가 그런 거야?" 그녀가 한 걸음 물러나며 외쳤다.

"강바닥을 훑었지. 이젠 아프지 않아."

"조심했어야지." 그녀가 말했다. "저녁 다 해 놨는데, 도대체 집에 오긴 하는 건지, 아니면 어젯밤처럼 또 밤새 놀 건지 알 수가 있어야지. 봐 줄 수가 없으니까 가서 좀 어떻게 해 봐." 그녀가 그렇게 말하고는 휭하니 사라졌다.

저녁을 먹고 그들은 잠시 포치 계단에 앉아 있었다.

"오늘 아침 내가 집에 왔을 때 어디 있었던 거야?" 집 안으로 다시 들어가려던 참에 윌리엄 윌리스가 물었다.

"숨어 있었어." 그녀가 말했다. "편지를 쓰던 중이었거든. 당신이 찢어 버렸지만."

"그럼 내가 편지를 읽는 동안 날 보고 있었던 거야?"

"그래. 손만 내밀었어도 닿았을걸. 그 정도로 가까운 데 있었으니까."

하지만 그는 입술을 깨물더니 그녀를 가볍게 찰싹 때렸다. 그러더니 아예 엎어 놓고 엉덩이를 때리기 시작했다.

"그런 짓 또 할래?" 그가 말했다.

"나 때렸다고 엄마한테 다 이를 거야!"

"또 그런 짓 할 거냐고?"

"안 해!" 그녀가 소리쳤다.

"그럼 당장 일어나."

그녀를 쫓아가 다시 붙잡은 기분이었다. 그녀가 그의 팔을 베고 누워 미소를 지었다. 결국엔 예전에 쫓아다니던 때와 마찬가지였던 것이다.

"준비만 되면 또 할 거야." 그녀가 말했다. "다음엔 이번과는 다를 거라고."

그러더니 그녀가 들어갈 차비를 하며 일어나 계단 맨 위에서 멀리 내다보았다. 멀구슬나무가 있는 마당을 지나 반딧불들이 반짝거리는 저 너머 어두컴컴한 들판까지. 그도 일어나 그녀 곁에 서서 미간을 찌푸리고 그녀가 뭘 보는지 보려 애썼다. 그리고 몇 분 후 그녀는 그를 보듬듯 얼굴에 미소를 보이며 그의 손을 잡고 집 안으로 함께 들어갔다.

적막의 순간
A Still Moment

로렌조 다우는 경주마를 타고 전속력으로 옛 내치즈 산길을 달리고 있었다. 바람이 휙휙 지나가는 귓속에서 "영혼을 가져야 합니다! 영혼을 꼭 가져야 해요!"라는 순회 설교자의 외침이 울렸다. 영원히 멈추지 않을 것처럼 그 밤의 약속 장소로 말을 달렸다.

해 질 무렵이었다. 그가 구원한 영혼들과 구원하지 못한 영혼들이 높은 강둑 사이에 자욱하게 낀 안개 속에서 어둑한 형태로 나타났고, 얼마나 빽빽하게 수없이 많이 모여 있던지 길을 가로막은 모양새여서 다시 흩어져 안개 속으로 들어갈 기미라고는 보이지 않았으므로 가는 길이 한없이 고되리라는 우려가 찾아왔다. 구원받지 못한 영혼은 구원받은 영혼들보다 더 칙칙하고 불쌍해 보였고, 그런 신도들 무리에서 볼 수 있으리라 기대할 법한 광채는 여전히 없었다.

"제발 불을 밝히라고!" 그가 실망감에 못 이겨 소리쳤다.

그러자 한 무리의 반딧불이 순식간에 주변으로 몰려와 위아래, 앞 뒤 할 것 없이 빛을 밝혔다. 처음엔 하나의 금색 불빛이었다가 연이어 나타났는데, 영혼을 붙잡아 세우는 피로감이라고는 없이 반짝거렸다. 이것은 그가 능력이 부족해 구원받은 영혼들의 축적된 광채를 보지 못하기 때문에, 그리고 하느님의 축복받은 영혼들보다는 하느님의 반딧불이 더 눈에 잘 띄기 때문에 하느님께서 보낸 표식이었다.

"주여, 천국에 갔을 때 천사를 바라볼 수 있는 힘을 제게 주소서." 그가 말했다. "사랑이 가득한 제 마음을 제 눈이 따라가지 못하는 상태에 계속 매여 있는 일이 없게 하소서."

그가 가쁜 숨을 몰아쉬며 계속 길을 갔다. 결과적으로 스페인산 경주마를 갖게 된 것은 그날 말 매매 상황이 복잡해졌기 때문인데, 11월에 조지아에서 그 말값을 보내 줘야 했다. 거의 나는 기분이 들 때까지 말의 속력을 높이고 더 높이면서 마찬가지로 그렇게 빠른 속력으로 매사추세츠의 페기를 향한 사랑 가득한 생각이 떠올랐다. 멀리 있어도 사랑의 감정은 자연스럽게 금방 생겨났다. 자신의 비전을 보며 하느님을 사랑할 수 있는 것과 마찬가지로, 꽃이 만발한 나무를 바라보거나 페기를 사랑하는 일도 충분히 가능했다. 그리고 운명적인 말("나같이 보잘것없는 남자를 받아들여 주겠소?")을 건넬 때까지 말을 걸어 본 적도 없던 페기, 몇 시간 함께 지내지도 못했던 신부 페기도 첫 번째 편지인 그 편지에 자신의 마음도 그와 똑같다고, 자신이 두려워하는 것은 죽음뿐이지 떨어져 지내는 것은 전혀 두렵지 않다고 작고 동그스름한 글씨체로 분명히 표현했던 것이다.

발아래에서 쩍 입을 벌리는 것, 밤에 물결처럼 지나가는 것이 죽음이라는 것을, 그 고요함 속에서 새들이 노래를 부른다는 것을 로렌조는 알았다. 그는 어느 동물, 어느 새보다 죽음과 가까웠다. 계속 말을 달리며, 그 말이 지치면 다른 말을 타고 달리며 그는 늘 죽음을 향해 가거나 죽음으로부터 도망치는 것이었고, 주께서 그를 보호하실 마음으로 그의 방향을 인도해 주셨다.

바로 그때 원주민의 덤불숲으로 들어가는 바람에 그들이 새로 얻은 총을 그에게 겨누었다. 그중 하나가 앞으로 나서서 말고삐를 붙들었는데, 살짝 건드리자 말이 멈췄고 나머지가 그의 주위로 둥글게 원을 이뤘다. 총을 겨눈 채였다.

'몸을 숙여!' 늘 그렇듯 번개처럼 빠르고 단호한 내면의 목소리가 들려왔다.

총을 쏴 봐야 말에게만 위협이 될 뿐 그를 맞힐 수 없을 만큼 완전히 몸을 앞으로 숙여 부드러운 말갈기에 고개를 박고 몸은 말의 몸에 딱 붙였다. 그런 상태로 원주민들의 벽을 뚫고 달려갔고, 내면의 목소리에 그렇게 따르니 대담무쌍해지고 거의 기쁨으로 벅차올라 아무것도 상관없다는 심정이 되었다.

하지만 몸을 곧추세우고 앞으로 나아갈 때는 다시 조심스러움이 찾아왔다. 이교도적인 켄타우로스처럼 스스로를 반은 야수이고 반은 신적인 존재로 나누어 다시금 죽음을 모면했다. 하지만 늘 그런 변모에 의해서만 죽음을 모면해야 하는 것일까? 자신의 믿음을 모욕하고, 나약함이 아니라 자신의 힘과 논증을 인정하는 그런 식으로만? 그렇게 행동할 때마다 그로서는 그 순간 천사의 말이라고 여겼던 본능의 명령에 따랐던 것이었지만, 나중에, 뒤늦게야 악마의 말이었음을 깨닫는 것이다. 원수민늘을 향해 호랑이처럼 으르렁거리고, 물속에 잠겨 악어처럼 사납게 거품을 뿜어 대면 그들은 멀찍이 지나갔다. 곰을 만나면 죽은 듯이 꼼짝도 않고 엎드려서 피했다. 하지만 하느님께서는 내내 당신의 방식대로 그를 보살폈을 것이다. 서두르기보다는 신성한 방식으로.

지금도 그의 눈에 다 안다는 눈길을 보내며 내치즈 산길을 가로지르는 뱀이 보였다.

"이젠 네놈인 줄 다 알아!" 그가 소리를 빽 질렀고, 뱀은 불길이 다 꺼져 버린 눈빛으로 그를 한 번 보고는 두 번 휙 몸을 날려 쏜살같이 덩굴 속으로 사라졌다.

그는 기대에 부풀어 계속 말을 달렸고, 그로서는 언제 들렸는지 거의 의식하지도 못하는 새에 맹수들의 입을 빌려 계속 어떤 목소리가 그에게 말을 걸었다. '주를 찬양하라.' 그렇게 말했다. '우리를 서로에게서 구원하라.' 특히 새들이 한없이 보호하는 유일한 존재인 주의 사랑을 노래했다. 가시나무에서 새들이 정중한 말투로 수없이 건넨 말은 '평화, 평화롭게'였고, 그는 그에 버금가는 자애로움을 보이려 애쓰며 나뭇가지에 앉은 새들을 다 돌아다보았다.

목소리와 빛이 인도하는 대로 산길이 만나는 작은 네거리를 지나 계속 달렸다. 가장 자주 들린 건 전투 소리여서 그를 계속 앞으로 나아가게 했지만, 이따금 바다에서 들려오는, 길게 이어지는 파도의 철썩거림도 있었고, 그러면 그의 심장도 그만큼이나 무겁게 울렸다가 물러가기를 반복했다. 그러면 다시금 자신이 아일랜드에 배를 타고 가서 문을 막고 선 채 가톨릭교도들을 설득하려다가 "교황님께 경의를 표하라!"는 그들의 고함 소리에 도망가 버렸던 그때 실패의 경험을 떠올리며 절망했다. 하지만 그에게 노랫소리가 들려올 때 그것은 웨슬리 찬송의 날카롭고 전투적인 곡조가 아니라 시작도 끝도 없이 머나먼 곳의 부드러움만이 가득한, 지칠 줄 모르는 나지막하고 다정한 곡조여서 그는 그 모두가 사악함을 의미하는 건지 주님께 애타게 물었지만 대답이라고는 들리지 않았다.

곧 밤이 찾아왔고 저 앞쪽 전도 집회 장소에는 하늘의 별만큼이나 죄인들이 가득했다. 얼마나 그들을 만나기를 갈구했는지! 그는 횃불에 따라 얼굴이 바뀌고, 바뀌고, 또 바뀌는 동안 줄곧 기다려 온 무리들을 앞을 내다보는 사랑의 열망으로 둘러보았다. 하느님의 사랑과 그들을 위협하는 모든 것에 대한 충분한 경고의 목소리가 아니라면 그들에게 어떻게 충분히 줄 수 있을까? 그가 말에 더욱 박차를 가했다. 그는 약속을 이행하는 자였고, 온 세상을 헤집고 다니는 일이 그저 자신의 비전이라는 풍요롭고 넓은 직물 위를 움직이는 베틀의 북이 될 때까지 더 많은 약속을 이행할 뿐이었다. 집이 없이 떠도는 것은 스스로의 선택이었고, 그는 정해진 때에 모든 곳에 가 있어야 했고, 어디든 곧 이르러야 했다. 지금 나는 듯 달리는 말 위에서 황야를 급하게 달려가면서 그는 밤에 횃불을 밝혀 든 군중에게 때 이른 축복을 내려 주었다. 기다릴 수가 없었으니까. 안전하게 한 번에 한 팔씩 벌리면서, 그의 양철 나팔 소리에 그들이 모두 모이고 그 머리 위로 하느님의 말씀을 전할 때면 그는 자신이 온 세상의 완전하고 열정적인 삶에 대해 곱씹게 되기를, 이 세상 정의로움의 편이 되기를 바랐다.

그가 앞쪽을 응시했다. "시간의 거주자들이여! 이 땅 위 그대들의 영혼은 황야이니라!" 저 멀리 나무 꼭대기를 향해 그가 외쳤다. "네 영혼의 상태를 보고 싶다면 주변을 둘러보라. 그것은 주님께서 너희에게 보여 주고 경각심을 불러일으키기 위해 여기 펼쳐 놓은 것이니.

이 황량한 장소와 끔찍하게 외로운 이 산길들이 다른 어디가 아니라 바로 너희 마음속에 있는 것이니라."

　피부색이 검은 무법자 제임스 머럴이 대나무 숲에서 나와 로렌조는 보지도 않은 채 그와 나란히 말을 달리기 시작했다. 그의 얼굴에는 스스로를 권력이 마음대로 하는 노리개라고 믿는 사람의 오만함과 억울함의 표정이 번갈아 나타났는데, 젊은 시절에는 모르는 사람을 만나자마자 자신이 악마에게 이용당하고 있다는 말을 하거나 때로 "멈춰! 난 악마다!"라고 고함을 지르며 지나가는 사람을 멈춰 세우기도 했다. 지금 그는 말을 하면서, 필요 이상으로 말을 길게 늘이면서 나란히 말을 달렸는데, 진중하게 잘 조절된 그 목소리에 로렌조가 조금씩 말의 속도를 늦춰서 두 마리 말이 적당히 빠른 걸음으로 가게 되었다. 로렌조가 천상에서 내려왔다고 확신할 수 있는 목소리만을 듣는다는 것을 몰랐기 때문에 그는 상대방이 자신의 얘기를 도대체 듣기나 한 건지 의아할 수도 있었을 것이다.
　머럴은 미래의 희생물 옆을 나란히 달리며 계속 말을 이었다. 늘 머나먼 지방의, 아주 한참을 거슬러 올라간, 그리고 언제나 과묵한 남자를 중심으로 하는 긴 이야기를 떠들어 댔다. 어떤 이야기에서든 항상 먼 옛날 어떤 곳에서 과묵한 남자가 도둑질이라든지 살인 같은 나쁜 짓을 저지르는데, 그것은 결국 과묵한 남자가 사실 머럴 자신이고 그 긴 이야기가 어제 벌어진 일이고, 장소는 바로 **여기**, 내치즈 산길이라는 결론을 보여 주기 위한 것이었다. 진상을 깨달으며 드러나는 표정 하나만으로 피해자는 이 모든 것이 또 하나의 이야기였고 자신은 얘기를 듣는 중에 그 속에 빠지게 되었음을, 그리고 그 역시 다른 청자를 위해 시간(두려움이 망각되는) 속으로 멀어져 갈 것이고 그 청자를 위해 옛날 옛적의 존재가 될 것임을 알게 될 것이다. 현재를 파괴하라! 틀림없이 그것이 맨 처음 머럴의 마음속에서 속삭인 말이었을 것이다. 네가 계속해 나가려면 현재의 순간과 그 속에서 살아가는 인간이 죽어 없어져야 한다고. 그 여정─며칠이 걸릴 수도 있었다─을 언제나 어떤 의식으로 끝내는 것이 그의 관례였다. 얼굴을 돌려 그때까지 한 번도 쳐다보지 않았던 피해자의 얼굴을 들여다보며, 이제 이야기꾼이 아니라 말없던 주인공의 지위로, 드디어 말이 없어져 한 차원 더 주인공에 가까워진 존재로 갑자기 우뚝 솟아오르는 것이다. 그러고는 상대를 살해한다.

그런데 그것은 늘 다시 시작되어야 했다. 앞으로 나아가는 이자는 이야기와 함께 뒤로 돌아간다. 아무것도 눈에 들어오지 않았고 세상이라고는 보려 하지 않았다. 여정의 양 끝이 그를 그러당겨 그는 어느·후미진 곳에서 반쯤 잠든 상태로, 재치 있게 미소를 지으며, 자신의 곤경을 드러내 보였다. 그는 최후의 일격을 지나치게 오랫동안 미뤄 온 살인자였다. 자신이 태어난 황야 전체가 자신의 곤경인 양 그렇게도 지루하고 긴 시간의 끝자락에서 어떻게든 행동을 해야 했던. 하지만 앞뒤로 자신의 제물이 계속 보였고, 죽음의 순간에 고정되어 계속 머물러 있는 자가 보였다. 눈에 보이는 것을 아무리 부정해 봐야, 생전 처음인 듯 살려 달라고 손을 뻗는 자신의 제물. 경멸감! 그것이 머럴이 상대방에게 던져 주는 것이었다.

그렇게 서둘러 가야 하는 길이 아니었다면 로렌조는 머럴이 한 인간을 수중에 넣으면서 자기 존재의 신비를 풀고자 했다는 사실을 이해했을지도 몰랐다. 그것은 마치 그 자신을 뺀 다른 모든 사람이 공격을 받아 비밀을 쥐고 있던 손아귀가 풀어지며 그것이 죽음을 향해 마구 날아가도록 내버려 두는 것만 같았다. 그는 폭력을 행사하며 그저 수수께끼를 상대할 뿐이었다. 한곳으로 모이는 힘처럼 폭력이 우선 그의 몸을 뒤흔들었고, 그래서 이제 그가 안장 위에서 몸을 돌렸다.

로렌조에게는 황홀경만이 아니라 절망 역시 일단 불이 붙어야 하는 것이라, 그렇게 불이 붙지 않으면 절망도 찾아들지 않았다. 확 타오르는 불길 아래, 천사의 손이 턱을 들어 올린 듯 다들 얼굴을 치켜든 경외심 가득한 순간 이전에는 자신이 설교를 슬픔으로 시작할지 기쁨으로 시작할지 알 방도가 없었다. 하지만 지금 이 순간 머럴의 얼굴이 그를 향했고, 마침내 오롯이 혼자서 그를 향해 완전히 고개를 돌렸으며, 로렌조는 상대방의 마음속에 진실한 불길이 아닌 거짓 불길이 있음을 바로 확신할 수 있었기 때문에 그 즉시 그의 검은 외투 자락을 그러쥐고 지옥으로 떨어질 희생자에게 하듯 그를 마구 흔들어 댈 수도 있었을 것이다. 하지만 재빠를 때는 정말 재빠른 머럴은 그를 제지하듯 손을 내밀어 물결치는 스페인산 경주마의 몸에 내려놓았고, 말은 그 손길에 부르르 떨었다.

그들은 저지대 습지의 가장자리에 서 있는 거대한 떡갈나무에 도달했다. 이글거리는 태양은 팔짱을 낀 팔 위에 내려놓은 머리처럼 낮게 걸려 있었고, 자줏빛 나무가 길에 늘어선 위로 저녁은 사색에 잠긴 듯 고요했다. 로렌조는 꿈속에서 다른 많은 장소와 더불어 그곳을 보아서 잘 알았기 때문에 기꺼이 말을 멈췄다. 고삐를 당겼고, 머럴도 고삐를 당겼고, 두 사람 다 말에서 내렸다. 그가 한 걸음 나아갔고, 머럴도 한 걸음 나아갔다. 그리고 두 사람이 그렇게 가까이 있었음에도, 검은 긴 외투에, 그 위의 검은 얼굴이 더욱 어두워진 머럴이 빛을 구하는 형제처럼 그의 곁에 나란히 서 있었음에도 로렌조는 놀라지 않았다.

하지만 그 순간 갈래가 진 거대한 나무 옆에 잠시 멈추게 된 이는 두 사람이 아니라 세 사람이었다.

저 멀리에서 학생인 오듀본이 워낙 가뿐해서 아무것도 흩트리지 않는 가벼운 발걸음으로 황무지 바닥을 디디며 다가오고 있었다. 긴 하루 내내 아름다움에 빠져 있다 보니 이 멀리까지 오게 된 것이다. 와서 처음으로 그 수를 세어 봤던 보라색 핀치가 무리를 지어 머리 위로 날아갔다. 그는 미색 부리의 딱따구리가 내는 나직한 소리를 소리 나는 대로 적어 보았다. 그는 늘 "기억해야 한다"고 스스로에게 말했다.

내치즈 산길에 이르러 저 멀리 머리 위의 연기처럼 파랗고 고요한 키 큰 삼나무를 바라보았다. 은빛 뿌리가 이곳의 깊숙한 혈관처럼 양쪽으로 뻗어 있었고 그는 다음과 같은 사실을 기억 속에 집어넣었다. 이 땅은 조금씩 고갈되지만 바스라지거나 타락하거나 완전히 먼지가 되어 버리지 않을 것이라, 사람들은 그것이 이 세상의 다른 곳 이집트에서 지속된다고 한다. 하지만 곧 잊어버리고 말았다. 그가 소리를 내지 않고 걸었다. 모든 생명이 이 산길을 이용했고, 그는 똑바로, 혹은 비스듬히 길을 따라 제 갈 길을 가는 동물들을 보는 걸 좋아했다. 인간이 어디로 가고 싶은 건지 알아내기 전부터 그들이, 물소와 사슴과 깡충거리는 수많은 동물이 다니기 시작해서 그 길을 냈고, 그 길을 따라 새들은 광막한 창공을 날았으니까 말이다. 날아다니는 새 아래로 걸으며 오듀본은 도시에 사는 동안 바로 이 새들을 상상 속에서 보았고, 원할 때마다 큰 소리로 불렀다는 것을 떠올렸다. 심지어 예술가들이 겸손하게 계속 기다리면 유유자적한 손이 약속한 돈을 내미는 반질반질하게 반짝거리는 외부 응접실에서도 그랬다. 그는 가볍게 걸었고, 그날 새벽 2시에 크레용과 종이와 총과 작은 술병을 여기저기에 넣고 길을 나섰을 때처럼 조심스럽게 움직였다. (메모: '흉내지빠귀가 얼마나 순한지 지나가도 거의 비켜나지도 않는다.') 그는 세심하게 관찰했다. 이제는 더 이상 엄청난 풍요로움에 깜짝 놀라지 않고 각각의 존재들을 볼 수 있었다. 사람들 말이 내치즈에서는 기이하고 놀라운 새들을 많이 찾아볼 수 있다고 했다. 그에 대한 묘사는 완전하고 정확했지만 아주 천차만별이었고, 그래서 그는 그것이 다 만들어 낸 것이고 내치즈에서 유래한 모든 세속적인 것이 그렇듯이 정말 실제 자연 속에 들어가 찾아보면 창피스럽게도 존재하지 않는다는 게 증명될 거라고 믿었다.

계곡 나무 아래에서 그가 모습을 드러냈다. 이 땅 모든 것의 손길이 묻어 있고, 꽃이 만발한 습지의 자국이 남아 있는 듯 아주 확신에 찬 상냥한 남자의 모습이었다.

로렌조가 그를 환영하며 애정 어린 눈길을 주었다. 인간을 천사로 바꿀 수 있다는 희망이 그가 온 세상을 돌아다닐 수 있는 동력이고, 어떤 모임도 꺼리지 않고 어디에도 너무 오래 머무르지 않도록 하는 힘이었다. 이 희망이 그의 삶을 지속적으로 여행과 휴식이라는 두 부분으로 갈라놓았다. 이렇게 번갈아 오는 단일한 환희는 낮과 밤이나 사랑과 절망, 갈망과 만족, 그 무엇도 쪼개 놓을 수가 없었다. 모든 것은 '말'이었다.

"하느님이 세상을 창조하셨습니다." 로렌조가 말했다. "세상은 그것을 증명하기 위해 존재합니다. 삶은 혀일지니, 말하라."

하지만 말 대신에 깊고 깊은 적막의 순간이 이어졌다.

오듀본이 아무 말도 하지 않은 것은 며칠 동안 말 한 마디 하지 않고 지냈기 때문이었다. 그는 새와 동물에 대한 생각이 단번에 바로 말로 바뀔 수 있다고 생각하지 않았다. 플루트를 불기 시작한 지 오래되었지만 그것이 애초에 혼잣말하는 버릇에서 생겨난 것은 아니었다. 무언가를 지시하거나 묘사할 때도 말로 하는 대신, 인디언들에게 사슴 고기가 필요하다는 얘기를 하려면 사슴을 그리고 그 위에 선을 하나 긋는 식이었다. 말을 사용하는 경우란 말을 쓰지 않으면 날마다 각 사항에 대해 적어 놓을 수 있는 많은 부분이 사라지겠다는 생각이 들 때뿐이었다. 그래서 이제는 일기를 자주 쓰는데, 그 무엇이든 존재했던 그대로의 모습이 과거가 되어 사라지기를 바라지 않았기 때문이었고, 하루가 가면 '해가 지는 게 유감스러울 따름'이라고 적곤 했다.

기만적인 손에 총을 숨기고 있는 머럴은 그저 로렌조를 향해 계속 미소를 지을 수밖에 없었지만, 악의를 품은 그는 자신이 예전에 전도사로 위장한 적이 있었고 거기 걸려든 희생자에게 마지막으로 한 말이 "내가 전에 너 같은 사람으로 위장한 적도 있어"라는 것이었음을 기억해 냈다.

그리고 오듀본은 머럴에게서 '후천적 슬픔'이라고 보는 어떤 것— 하느님의 손이 창조한 그대로의 발가벗은 원주민들에게는 아직 없어서 몸이 가뿐한, 그 성가시고 암울한 특성—을 보았다. 그의 눈에 주목했는데, 틈새를 들여다보기 좋아하는 음흉한 유형으로 멀고 가까움, 빛이나 그늘, 경이로움이나 친숙함, 그 무엇도 보지 못하는 눈이었다. 심장을 수축하느라, 모면할 계획을 짜느라 눈이 가늘어졌다. 오듀본은 직접 만져 본 적이 있기 때문에 정교하게 당겨진 몸의 힘줄과 그 힘의 작용을 잘 알았고, 그다음 떠오른 생각은 인간이 뭔가를 보려고 눈이 커지면 그것은 곧 어떤 행위를 하거나 지어내기 위한 손의 움직임을 낳고, 눈을 가늘게 뜨면 그 손을 멈추고 심장을 수축하게 한다는 것이었다. 지금 머럴의 눈은 풀잎을 따라가는 개미를, 그 짧은 순간에도 수도 없이 오르락내리락하는 개미를 따라가고 있었다. 오듀본은 도둑이 숨어 살았던 케이브인록*을 조사한 적이 있었는데, 지금 이 남자를 둘러싼 동굴 같은 공기가 그 동굴 속 공기와 같아서 마찬가지로 칙칙한 게 부싯돌 냄새가 났다. 아, 은밀한 인생. 그가 생각했다. 저자가 동굴에 살던 자라는 비밀이 진짜로 폭로되지 못하고 감춰져 있는 것이 사실인가? 내 눈앞에 보이는 툭 트인 광경, 숲을 가로지르는 산길과 빛으로 가득한 강물과 새들이 지나가는 아치를 이룬 나무들이 자유로움의 꿈이라는 것이? 내게 내 근원을 알려 주지 않은 거라면 나의 종말 역시 알 수 없을 것인가? 내 눈에 보이는 광채가 두 어둠 사이의 간격에 갇혀 있는 건가? 그게 아니라 그것이 두 어둠 모두를 밝히고, 말로 표현되지 못할지라도, 감춰지고 잃어버렸다고 생각된 것을 마침내 찾아낼 수는 없는 것일까?

그 적막한 순간에 눈처럼 흰 백로 한 마리가 멀지 않은 어딘가에서 날아 내려와 습지의 물가에서 먹이를 찾기 시작했다.

그 단 한 번의 비행에 경주마가 귀를 쫑긋했고, 두 마리 말의 눈에 부드러운 석양빛이 가득 들어찼다. 남자들이 백로를 보느라 서쪽으

---

* Cave-In-Rock, 일리노이 하딩 카운티에 있는 동굴로 범법자들의 은신처로 유명했다.

로 고개를 돌리자 이제 그 눈에도 석양빛이 비쳤고, 모든 눈마다 어떤 야생의 기운이 번지는 듯했다.

로렌조는 보통 사람들이 자신들의 비전을 볼 때 그렇듯이 백로를 벅찬 승리감으로 바라보면서 생각했다. 하느님과 가까운 존재가 지금 여기 가까이 습지에 내려앉아 석양빛에 먹이를 먹고 있구나. 하느님을 찬양하라, 하느님의 사랑이 이렇게 눈앞에 보이니.

머럴은 미심쩍은 마음으로 다른 사람들의 시선을 좇아 눈을 끔벅거리며 연무 속을 들여다봤는데, 마치 가까이 밀려와 시선을 사로잡는 작은 야광 조개처럼 어둠에 둘러싸인 하얀색만 보일 뿐이었다. 손차양을 하자 엄지손가락에 낙인찍힌 'H.T.'가 시선에 들어왔고, 그가 새를 바라보는 동안 마치 반사된 밝은 빛이 빛살이 되어 나가듯 '신비로운 반란'의 계획 전체가 그로부터 뻗어 나갔다. 온갖 계획과 날짜와 지도가 낙인처럼 그의 뇌에 선명하게 새겨져 내치즈 카운티 전체의 노예와 도적과 추방된 자들의 지도자가 될 운명인 그가 자랑스럽게 바라보며 서 있자니, 노예들이 고개를 조아리며 줄을 지어 내려와 현수막에 색색으로 그려진 악마의 멋지고 위대한 그림을 펼쳐서 펄럭이는 예언의 순간을 맞이한 자신의 모습이 보였다.

오듀본의 눈은 멀리 있는 존재를 가만히 감쌌고, 마치 손에 가만히 쥐듯이 그것을 볼 수 있었다. 무리에서 떨어져 나온 눈처럼 하얀 백로였다. 진득하게 그것을 바라보며 염려하는 마음으로 반드시 나타날 하나하나의 것들에 주목했다. 먹이를 먹을 때면 발로 흙탕물을 일으킨다…… 백로와 관련된 세세한 사항들이 느린 속도로, 단 한 번만 일어나는 것 같았다. 예전의 호기심이 다시 강하게 밀려들었다. 파충류의 비늘과 백로의 깃털을 이어 준 건 어떤 생명 구조였을까? 그 지

식 또한 상실되었다. 그는 꼼짝 않고 지켜보았다. 새는 그 생명의 강
렬함을 빼고는 무방비인 채로 이 세상에 나와 있었고, 그는 뜨거운
피와 빠른 심장박동이 그것을 어떻게 지켜 줄 수 있을지 의아했다.
그러다가 언제나와 마찬가지로 완전히 새롭고 믿을 수 없는 일이라
는 듯이 시공간에서 그 새의 비상을 막을 것은 없다는 사실을 생각해
냈다. 어떤 새들은 자신의 존재감이 인간에게 전해진 다음에야 날아
가 버린다는 사실을 알고 있었기에 그는 기다렸다.

　머리 위에 긴 깃털이 솟아 있고 짝짓기 때가 된 화려한 깃털을 빛
을 내듯 뻗친 그것은 그 급박한 순간에 순백색의 옆모습으로 가만히
서서 물속의 작은 생물들을 착착 잘도 집어 먹고 있었다. 서로에게서
약간의 간격을 두고 선 세 사람이 그 광경에 압도되었다. 그 누구도
세 사람이 정말 만났었거나 그들이 살면서 서로 마주쳤던 이 순간이
정말로 있었거나 약속이 이루어졌다고 말할 수 없었을 것이다. 하지
만 그들의 눈앞에 있는 백로는 사위에 저녁이 내려앉은 풀숲에서 저
녁보다 더 가볍고 평온하게 쉬고 있었다. 비행의 시간들을 몸에 담아
둔 채로, 아름다움의 회로도 안에 담아 둔 채로, 눈에 보이는 고요한
새 한 마리, 제물로 바쳐진 듯 움직임도 차분한. 나의 비행을 받으시
길……

　각자가 바랐던 것은 그냥 **전부**였다. 영혼 전부를 구원하고, 인간 전
부를 파멸시키고, 이 세상에 가득한 생명 전부를 보고 기록하는 일,
전부, 전부를. 하지만 이제 세 사람에게서 잠깐 동안 단 하나의 연약
한 갈망이 솟아나 습지에 서 있는 한 마리의 수줍은 순백색 새를 향
해 뻗어 나갔다. 마치 세 개의 소용돌이가 어떤 중심으로 끌려 들어
가 거기에서 평온하게 먹이를 먹고 있는 순백색 백로를 발견하게 된

것만 같았다. 그것은 때가 되면 천천히 나선형의 비행으로 멀어져 가겠지만 지금 이 순간은 그들을 가만히 붙잡아 고요함으로 덮어 주었고, 그들은 잠시 모든 짐을 내려놓고 서 있는 것이다……

머럴은 복면을 쓰지 않았다. 그의 얼굴은 잠든 중에도 의식이 있는 얼굴이자 그를 위해 주변을 살피고 소리를 듣는, 기민하고 거의 잔혹하기까지 한, 음모가의 보초, 바로 그것이었기 때문이다. 외적으로는 민첩했지만 내면적으로는 느릴 수도 있었고, 시간을 늦추며 떠돌아다니고 음모를 짰지만 그의 전 욕망은 그의 내면에서 끝을 향해(황혼 녘에 먹이를 먹는 새의 모습, 이것이 그 끝일까?) 점점 고조되고 있었다. 끝없이 이어졌던 자신의 행위가 이제 가슴속에 빽빽하게 들어찼고, 그는 땅에 몸을 던지며 고단한 마음으로 생각했다. 이 나무들이 모두 잘려 나가고 내치즈 산길이 다 사라질 때면 앞으로 펼쳐질 나의 음모까지 다 만천하에 드러날 것이고 내가 죽여 돌로 묻어 둔 사체들이 다 끄집어내질 것이고, 그러면 사방 천지의 모든 사람이 불쌍한 머럴을 알게 되겠지. 위쪽을 응시하는 로렌조와, 총을 끄집어내는 오듀본을 향해 절박한 표정을 보이며 그가 간청하듯이, '언제쯤이면 내가 입을 열어도 되나. 언제쯤이면 당신들이 날 불쌍히 여길 건가?'라고 묻듯이 곁눈으로 그들을 보았다. 그리고 시선을 돌려 다시 새를 보았고, 만약 새가 자신을 쳐다본다면 무시무시하게 꿰뚫어 보는 그 시선이 자신의 심장을 채우고 충족시키리라는 생각을 했다.

살면서 무슨 행동을 하든 오듀본은 자신이 반쯤은 감추고 반쯤은 추구하는 신비로운 근원을 인식했다. 만나는 사람들마다 상냥하게든 무례하게든 그가 왕족으로 태어난 것이 사실이냐고, 잃어버린 황태자인 게 맞느냐고 물었고, 그것이 그의 비밀이라고 말하는 사람도 있었고 그가 죽기 전에 찾아내고 싶어 하는 거라는 사람도 있었다. 하지만 그가 밝혀내려는 것이 자신의 정체이든, 아니면 남자가 빼앗아 가져야 하는 그 이상의 것이든, 그에게 그 방법은 끝없는 탐구를 통해서, 그가 가는 길을 날아다니는 모든 새와 발아래에서 반짝이는 모든 뱀에 대한 관심을 통해서였다. 하나로는 충분하지 않았다. 어떤 특정한 맹수나 전설적인 새를 찾아 헤매듯 계속해서 더욱 깊숙이 찾아다녔다. 어떤 사람들은 내면을 보게 되어 있는 눈을 지니고도 고집스럽게 바깥세상만 보고 다니는데, 기쁘게도 하늘 아래 놀라운 세상이 펼쳐져 있는 것이다. 마침내 일종의 거울 표면을 맞닥뜨리게 되었을 때에도 자신을 마주 보는 세상을 보게 되는데, 계속 바라보면, 점점 더 가까이 바라보면 그땐 어떻게 될까? 바깥을 향하는 시선은 쉼 없는 훈련을 통해 불굴의 존재가 되어야 한다. 풀밭 속 머릴의 개미처럼 느리게 보고 로렌조의 하늘의 천사처럼 빠짐없이 봐야 한다. 그러면 분명 이렇게 보일 거야. 끝이 뾰족한 붓으로 생각이 몰리며 오듀본이 상상했고, 눈을 감으며 방아쇠에 놓인 손에 힘을 주어 잡아당겼다. 기억 속에서 백로가 홀로 모든 아름다움을 발산하고 있었다. 눈부시게 흰빛이 사방에서 동시에 보였고, 순수한 깃털 하나하나를, 겹쳐 있는 것들까지 남김없이 다 셀 수 있고 다 알 수 있을 것 같았다. 하지만 그가 그림을 그릴 수 있더라도 그 그림은 그런 기억에서 나오는 것은 아니었다.

눈을 뜨자, 감겨 있으면서도 빛을 발하는 로렌조의 눈과 마주쳤는데, 그것을 처음 알아차리게 된 것은 심연의 불길처럼 그 깊숙이 있는 공포를 보았기 때문이었다. 연한 파란색 눈에서 그렇게 순전하고 명료한 형태의 공포를 본 적은 지금껏 한 번도 없었다. 그가 가서 새를 집어 들었다. 달을 여성으로 여기듯이 그 새가 암컷이라고 생각했는데, 암컷이 맞았다. 새를 가방에 넣고 다시 길을 나섰다. 로렌조는 이미 느릿느릿 걸어가는 말 위에 비스듬히 몸을 숙이고 움직이고 있었다.

머럴은 혼자 남겨졌지만, 자기가 그렇게 다들 흩어지게 한 양 자부심이 들었다. 마치 세 남자가 그냥 함께 만나서 어떤 일을 하는 것만으로도 그 고집스러움으로 인해 각자 자부심을 느낄 수 있다는 듯이. 각자는 따로 제 갈 길을 가야 하고, 서로를 떠나보내야 했다. 그 자신은 일부러 세상에서 가장 험한 곳을 고수하며 애써 가장 외딴길을 찾아다녔다. 그가 흡족하게 주위를 둘러보고는 몸을 숨겼다. 여행객들이란 늘 순진하다고 그는 믿었다. 그의 확고한 믿음이었다. 그는 가만히 기다렸다. 순진함을 믿었고, 파멸에 대해 잘 알고 있었으니까. 게다가 그런 믿음과 앎이 흔들린 적이 있었던가? 자, 그 자신이 파악하지 못한 것이 과연 무엇이 있겠는가? 태양 주변의 구름처럼 생각이 겹겹으로 엄청난 무리를 이루며 주변으로 뭉게뭉게 피어났다. 행동 계획이 곧 그의 생각을 이루었고, 그것이 작동하면서 귀 주변에서 뒤섞이며 점점 커져 마치 황야의 소리를 압도했거나 그것과 하나가 된 암흑의 목소리를 들은 것만 같았다. 곧 밤이 올 터였다. 낮 시간은 그렇게 보내 버린 것이다.

흙탕물이 튀고 옷이 다 젖은 채 오듀본은 아직 따뜻한 백로를 손에 쥐고 다시 황야로 돌아왔다. 멍한 상태라 여전히 머리가 어질어질했다. 어느 일요일 아침 그가 자신의 그림들을 넘겨 볼 때면 삶의 갈등의 극적인 면모나 적확한 면으로 인해 그림들이 아름다워 보일 것임은 의심의 여지가 없었다. 그가 그릴 그림과 실제 본 것이 그 순간

하나로 겹쳐졌다. 하지만 곧, 그것도 로렌조의 공포와 총의 발사와 거의 동시에, 분명 그 혼자만이 그 가치를 충분히 이해했을 백로의 광경조차 오롯이 그의 소유일 수 없음을 알았다. 어떤 비전도, 심지어 어떤 단순한 광경도 그는 물론 다른 누구도 소유할 수 없다는 것도. 그가 만들어 낸 가장 최상의 것도 그의 손에서 떨어져 나온 뒤에는 살아 있는 것이 아니라 죽은 것일 뿐이고, 본질이 아니라 단지 부분의 합일 뿐이라는 것도 알았다. 그래서 언제나 낯선 이의 시선만을 만날 뿐 이 세상 다른 누군가의 머릿속에 있는 미의 개념과 하나가 될 수 없다는 것도. 바깥세상을 보려고 애쓰면서 죽음의 순간에 어떤 치명적인 방식으로 가장 순수하게 그 새를 보았을 때 그는 오랫동안 애써 온 결과가 한계에 다다른 바로 그 순간에 그것을 가장 적나라하게 보게 되었다. 어둠 속에서도 볼 수 있는 단련된 눈으로 여전히 조심스럽게 더 깊은 숲속으로 들어가, 눈에 보이는 모든 것과 들리는 모든 것에 주의를 기울이며 그것들보다 더 살살 움직였다.

아직 귀에 잔향이 울리는 숲속에서 로렌조는 천천히 말을 타고 가며 뒤를 돌아보았다. 머리칼이 곤두서고 추위로 손이 덜덜 떨리기 시작했는데, 불현듯 하느님 자신이 지금 막 '분리라는 관념'을 떠올린 게 아닌가 하는 생각이 들었다. 작은 백로가 날아와 먹이를 먹었던 앞선 그 순간에는 분명 그런 생각은 하지 않으셨으니까. 하느님께서 우선 '분리'를 주시고 그에 이어 경이로움으로 그것을 치료하는 사랑을 주신다는 건 이해할 수 있었다. 하지만 이 순서를 뒤집어서, 어느 쪽이 먼저이든 하느님은 상관없다는 듯이 사랑을 먼저 주시고 분리를 그다음에 주신 것이다. 어쩌면 하느님은 시간적 순간들을 전혀 따지지 않으시는지도 몰랐다. 사랑의 임무를 수행하는 중에는 로렌조 역시 그러하니까. 시간이라는 건 하느님께는 떠오르지 않는 것이다. 그러니까, 하느님은 그걸 알기나 할까? 시간과 분리에 대해 생각해 본 일도 없는 하느님의 이름으로, 온 세상이 한순간에 참사를 맞게 할 수도 있는 하느님의 이름으로 어떻게 시간과 분리를 설명할 수 있단 말인가?

로렌조는 차가워진 손을 마주 잡고 마치 새가 아직 그 자리에 있는 듯이 저 멀리 새가 있던 장소를 응시했다. 그에게 벌어진 일, 먹이를 먹는 새의 아름다운 비전을 그 무엇도 빼앗아 갈 수 없다는 듯이. 그 아름다움은 그가 말로 설명할 수 없을 정도로 엄청났다. 황홀함에 겨워 이마에서 땀이 흘러내렸고, 그가 습지를 향해 크게 소리쳤다.

"유혹자 사탄!"

그가 안장 위에서 앞쪽으로 휙 몸을 틀어 말을 전속력으로 몰았다. 전도 집회 장소는 아직 한참 남았고 지금쯤 무수히 많은 사람이 횃불을 켜고 모여들고 있겠지만, 그렇기 때문에 약속된 시간에 그가 적절하게 그들 사이에 모습을 나타내서 '모든 본심이 다 드러날 그날'을 주제로 설교를 할 수 있을 것이다.

그때 태양이 수풀 뒤로 뚝 떨어졌고, 가느다란 흰 초승달이 수줍게 서쪽 하늘에 걸렸다.

애스포델
Asphodel

구름 한 점 없는 날이었다. 둥그스레한 언덕에는 후끈한 바람이 불었다. 정오였고, 그늘 하나 없는 초록 덩굴 위로 둥근기둥들이 아주 똑바르게 한 줄로 솟아 있었다. 가볍게 떨리는 새소리가 들렸다. 세 명의 여자들이 고리버들 바구니를 함께 들고 폐허 앞 비탈면에 꼼짝도 않고 서 있었다. 젊은 편은 아니었다. 상을 당한 지 얼마 안 되어 보이는 똑같은 표정들을 하고 있었다. 기둥 쪽에서 바람이 불어왔고 팔꿈치의 흰 무명 옷자락이 펄럭였다.

"봐—"

"애스포델."

황금빛 폐허였다. 도리아 양식의 기둥 여섯 개 중에 처음 두 기둥의 엔태블러처*는 깨지지 않은 온전한 모습으로 진입로를 정면으로 향하고 있었다. 하늘은 맑다 못해 투명할 정도였고, 조개껍데기처럼 둥글게 언덕을 덮고 있었다.

아직도 목회 중인 듯한, 그리고 장례 행렬에서 했을 법한 자세로 세 여자가 가까이 다가갔다.

"이게 애스포델이야." 그들이 되풀이하면서 햇빛을 흠뻑 받아 그 빛으로 물든, 처녀들이 새겨진 띠 장식을 조신하게 올려다보았다. 그 앞으로 잎이 무성한 나뭇가지가 흔들리고 있었다.

"미스 서비나가 우리를 찾아 세상을 다 뒤져도 절대 와 보지 않을 단 하나의 장소가 있다면 그게 애스포델이야." 그들이 말했다. "자기가 금지한 곳이니까." 정숙한 말투였다. "우리가 여기 돈 매키니스 씨의 애스포델에 오도록 절대 놔두지 않을 거야. 아예 그 이름을 입에 올리는 것도." "장례식이 어제였고, 그래서 우리가 눈이 빠지게 울었잖아." 그 가운데 하나가 말했다. "그리고 돈 씨의 이름을 크게 떠드는 문제라면, 당연히 돈 씨도 세상을 떴으니까." 그러면서 그들이 서로를 마주 보았다. 헐렁한 여름 무명 드레스를 입고 점심 바구니를 든 코라와 피비와 아이린은 모두 노처녀였다. 길이 워낙 좁았기 때문에 작은 마차를 타고 와서 그다음엔 걸어온 참이었다.

그늘이라고는 없었다. 해가 중천에 있었으니까. 쥐엄나무가 머리 위로 늘어져, 벌을 닮은 그 꽃에서 웅웅거리는 벌과 함께 소리를 냈다.

"이런 날엔 정말 그냥 먹기만 할 수 있을 것 같아!" 코라가 열정적으로 외쳤다.

그들이 한 발자국 더 나아갔다. 진입로 중간, 돌과 돌 사이에 작은

---

* 기둥 위에 얹은 수평 부분.

시내가 흐르고 있었다. 거기서 신발을 벗었고 잔물결이 이는 물속으로 살짝 떨리는 자그마한 발을 담갔다. 숱이 적고 백발이 섞인 머리를 바람이 흔들고 지나갔다. 그들이 서로를 보며 미소를 지었다.

"예전엔 이 작은 공터를 무서워했는데." 피비가 말했다. "뭔가, 뭔가 사나운 것이 달려들어 나를 채 갈 것 같았거든."

그 말에 셋이 동시에 까르르 웃으면서 시내 건너편에서 발을 말렸다. 흉내지빠귀가 한낮의 공기 속에서 플루트 흉내를 내며 울었다. 마차에서 풀어놓은 말이 언덕에서 우적우적 풀을 씹고 있는 게 내내 눈에 보였다. 늙은 말인데 햇빛 속에서 갈기가 휘날리는 게 막 달려 나가려는 것처럼 보이고, 지금 막 매단 장식처럼 꼬리를 뽐내고 있었다.

이제 바구니 뚜껑이 열리고 자리가 깔리고 그 위에 향긋한 햄과 닭고기, 향신료와 젤리, 신선한 빵과 케이크, 복숭아, 바나나, 무화과, 석류, 포도 그리고 블랙베리 청을 담은 짙은 색의 가느다란 병이 놓였다.

"마차에 바구니 하나 더 있는데." 언제나 마지막에야 내놓는 아이린이 말했다. "조금 남겨 놓는 게 좋아서 말이지."

세 여자가 늘어놓은 음식을 앞에 두고 따뜻해진 육중한 기둥 받침대 옆에 비스듬히 기대앉았다. 위쪽으로 여섯 개의 기둥이 여름을 잔뜩 머금고 잠잠한 정오의 공기 속에 떠가는 듯했다.

그들이 입가에 묻은 석류 물을 눌러 지웠다. 그러고는 미스 서비나의 이야기를 하기 시작했는데 목소리가 차분하고 다 비슷했다. 그녀의 외모와, 젊었을 때의 전설적인 미모, 태어난 집과 거기에서 무슨 일이 있었는지, 나이가 들어 어떻게 되었는지, 얼마나 의기양양하게 살았는지, 그리고 스스로 그렇게 경멸하고 개탄해 마지않았던 지저분한 곳에서 외지인처럼 살다가 갑자기 쓰러져 세상을 떴던 가련한 종말까지.

"미스 서비나의 집은 높은 언덕 위에 서 있었어." 그렇게 말한 것은 코라였지만 나머지 사람들의 입도 함께 움직였다. 그것은 그들이 기억 속에 간직한 오랜 노래라고 할 수 있었다. 사람들이 별로 다니지 않는 구불구불 험하고 긴 산길―옛 내치즈 산길이 구부러지는 지점―을 사이에 두고 서로 떨어져 있지만 언덕 둘레에 사실상 등을 맞대고, 마치 화병의 반대쪽에 양각된 무늬처럼 상대에게 전혀 보이지 않게 자리를 잡은 두 집에 대한 이야기였다.

"아래편에 생겨난 읍내가 훤히 내려다보였지. 미스 서비나의 집은 대리석과 돌로 지은 사각형 모양이었고, 앞쪽은 목련나무 때문에 칠흑처럼 캄캄했어. 굳은 녹색 땅에는 풀 한 포기 자라지 않았지만 군데군데 뿌리가 뱀처럼 튀어나온 데도 있었지. 실내는 다 나무였잖아. 세로로 홈을 내고 무늬를 새긴 짙은 색 나무, 호두나무가 깔린 긴 복도와 거대한 계단들, 방을 다 차지한 흑단 침대, 심지어 천장에도 마호가니 장미가 붙어 있었고, 거기 샹들리에가 빨간 유리 과일처럼 매달려 있고. 완전히 캄캄한 방 하나가 있었어. 비너스니 헤르메스니 데메테르 같은 조각상에다 휘장을 단 받침대 위에 노래하는 바다 조개껍데기들까지, 집 안이 온통 미로 같았어.

미스 서비나의 부친이 돈 매키니스 씨를 집으로 데리고 와서 결혼을 제안했잖아. 그녀는 이제 구혼자들이 쫓아다닐 나이가 지난 데다가 부모님의 말씀에 순종하라는 가르침을 받았으니까. 결혼식 날 집 안은 불야성을 이루어 읍내 전체와 언덕을 오르는 하객들을 훤히 비췄어. 우리도 갔었잖아. 황금 화병이니 황금 잔, 다이애나 조각상, 온

갓 선물이 넘쳐 나고…… 그리고 신부는…… 어제 서랍에서 그걸 꺼냈을 때도 그랬지만 절대 잊히질 않아. 신부가 입었던 뻣뻣한 흰 드레스 말이야! 신부가 신랑에게 손을 내밀 때 바스락거리지도 않았지. 봄이었고, 꽃바구니에는 보라색 히아신스와 흰 백합이 가득했는데 더위에 모두 축 늘어져 푸른 잎맥이 다 드러났지. 그 향기에 부인들이 기절을 하고 신사들은 하나도 빠짐없이 다 취했고, 그리고 돈 매키니스 씨는 무슨 동물처럼 고개를 이쪽저쪽 휙휙 돌리면서 입을 크게 벌리고 웃었지."

아이린이 말을 이었다. "애스포델의 매키니스 남자들이 다 그렇듯이 불경한 위인이지. 돈 매키니스 씨 말이야. 미스 서비나와 마찬가지로 그 집안에 마지막 남은 핏줄이었잖아. 그가 마지막 희망이었고 자신도 그걸 알았어. 화를 벌컥 내듯이 난데없이 웃음을 터뜨리는 버릇이 있었는데, 그럴 때면 노란 눈썹이 뾰족하게 치켜 올라가고 얼굴도 달라 보였지. 그날 밤 두 다리를 쫙 벌리고 서 있었는데…… 방과 하객들과 꽃과 양초, 그리고 신부와 얼굴이 검붉어진 신부 아버지를 다 아우르며. '뭐라고 했죠, 미스 서비나?' 그렇게 큰 소리로 물었는데, 사실 그녀는 아무 말도, 단 한 마디도 한 적이 없었는데 말이지…… 그때쯤엔 양초 타는 냄새가 밴 뻣뻣한 드레스를 입고 그냥 기다리고 있었을 뿐인데. '뭐라고 했죠, 미스 서비나?'라는 그 우렁찬 목소리를 우리 다 기억하잖아. 그래서 나중에 모여서 자수를 놓을 때면 그게 처녀들은 답을 알 수 없는 무슨 수수께끼라도 되는 양 소곤거리며 얘기를 했지. 미스 서비나에게 그거 아닌 다른 말을 하는 걸 본 적이 없어. 그 첫날밤에 위험해 보였는데. 여기저기 흩어진 꽃들을 짓밟으며 술잔을 들고 비틀비틀, 모두의 눈이 쏠린 예식 장소로 들어왔지. 미스 서비나는 뻣뻣하게 그 옆에 서 있었고. 정말 매키니스 집안사람이었어. 집 안에 들고 들어온 횃불 같은 남자."

기둥 발치에 색 바랜 화관처럼 누운 세 명의 노처녀들은 말을 멈추고 평온한 침묵에 빠졌다. 온화하고 조심스러운 피비의 말로 이야기가 다시 시작되었는데, 사실 이야기 자체는 이제 기억의 한 부분일 뿐이라 그 시작과 끝이 뒤섞이며 언덕 위 푸른 대기로 자유로이 풀려 나가는 듯했다.

"세 아이를 낳았지. 아들 둘에 딸 하나. 그리고 어른이 되기만 하면 하나씩 세상을 떴어. 미너바는 결혼식을 앞두고 물에 빠져 죽었고, 시오는 법을 전공했는데 졸업식장에서 나오다가 어쩔 수 없이 야생마를 타야 했고 그러다 떨어져 목숨을 잃었잖아. 막내인 루시언은 백주 대낮에 잔뜩 취해서 주 정부 청사 계단에서 사람들이 다 보는 앞에서 총으로 자살했고. 도대체 이 세상에서 무슨 일이 벌어질지 누가 알겠어!" 피비가 말하고는 별 특징 없는 하늘을 평온한 얼굴로 올려다보았다.

"그 모든 일을 겪고도 미스 서비나의 자존심은 점점 더 강해졌지." 아이린이 말했다. "남들을 좌지우지하는 대단한 신분으로 태어났는데 이제 좌지우지할 사람이라고는 돈 씨밖에 남지 않았잖아. 하지만 그는 매키니스 사람이니까. 난봉꾼 기질이 있고, 그 피로연 날 밤에는 우리 모두 그런 면을 흠모했는데 그건 우리가 사랑할 사람은 아니니까 그랬지. 외도를 했던 거야. 늘 그랬을 수도 있고, 한 번이었을 수도 있고."

"그걸 전해 준 게 우리였지." 코라가 말했다. "우리가 단체로 언덕을 올라가, 울고불고하면서 집 안으로 들어갔잖아. 그의 이름이나 그가 한 짓은 차마 입에 올리지 못했지만."

"커다란 현관에 서 있는 사계절 석상 옆에서였지. 그녀가 서서 우리가 하는 말을 끝까지 다 들었어." 아이린이 소곤거렸다. "꿈짝도 하지 않았어. 눈도 깜짝이지 않았지. 우리가 감히 더 가까이 가지는 못하고 반원을 이루어 서 있었잖아. 그런데 우리 모두를 껴안을 것처럼 그녀가 두 팔을 뻗더니 주먹을 꽉 쥐었어. 반지가 살을 파고들 정도로 꽉 쥐고는 모든 사람을 들먹이며 하늘의 저주를 부르짖었잖아. 남편과 그 여자와 죽은 자식과 우리들까지. 그러고는 그 자리를 떴고 침실 문을 걸어 잠갔지."

"우리는 마구 도망갔고." 피비가 힘없이 말했다. "계단을 달려 내려가 회양목 정원을 가로질러 분수대를 돌아서, 누가 쫓아오기라도 하는지 서로를 잡아채면서, 울면서 저 멀리 거리까지 달려갔지. 그녀는 무슨 일이 있어도 눈물 한 방울 흘리는 법이 없었는데, 우리는 누구 일이든 펑펑 울었으니까."

코라가 말했다. "그때는 이미 부친은 작고하신 뒤였으니까 잘못을 바로잡을 사람은 하나도 없었지. 그래서 돈 씨만, 그 혼자만 승승장구한 거야. 여름이고 겨울이고 흰색 리넨 정장을 입었지. 그녀는 자신을 그렇게 파멸시킨 대가로 벼락을 맞을 거라 단언했지만 그런 일은 없었으니까. 밤마다 한숨도 자지 못했고 너무나 격분했고 너무나 망가졌어. 아무리 누가 뭐래도 밥 한술 뜨지 않았고. 우리가 별별 음식을 다 들고 갔잖아. 수프, 새고기, 포도주, 신기한 얼음과자나 블랑망제* 같은 걸 차례로 말이야. 하지만 그냥 밀쳐 버렸지. 짐승이 없는

* 우유에 과일 향을 넣고 젤리처럼 만들어 차게 먹는 디저트.

삶이 이 세상에서 갈망하는 유일한 거라고 생각했을 법도 하지. '아무리 증오해도 성에 차질 않아.' 그녀가 거듭 그런 말을 했잖아. '내가 가진 이 증오를 어떻게 그에게 보여 줄 수 있지?' 그러면서 우리에게 알려 달라고 간청했잖아."

"그가 여자를 데리고 애스포델로 도망갔다는 소식이 우리에게 들렸지." 아이린이 말했다. "그래서 미스 서비나를 찾아가 그 얘기를 전하니까 더 이상은 하느님의 심판을 기다리지 않겠다고 결심했잖아. 우리가 열심히 붙들고 말렸지만 결국 우리를 밀쳐 버렸지."

"돈 씨를 집에서 쫓아낸 거야." 건네준 과일 청을 받으며 코라가 말했다. "백주 대낮에 채찍을 휘두르며 쫓아냈지. 오늘 같은 여름날이었어. 목련 때문에 공기가 무겁고 나른했던 기억이 나. 막 저녁 시간이 지났을 때라 모두 다 나와 서서 마치 꿈을 꾸듯 속수무책으로 지켜보기만 했지. 악마처럼 문에서 갑자기 튀어나와 긴 철 계단을 마구 달려 내려간 다음 보라색 술이 달린 마차용 채찍을 휘두르며 그를 몰아냈지. 그는 기분을 맞춰 주려는 듯 손에 쥔 흰 모자를 높이 들고는 바로 그 앞에서 걸어갔고."

"그녀가 혹시 기절이라도 할까 봐 우리가 약간 떨어져 뒤따라갔잖아." 피비가 말했다. "그런데 그녀가 그를 대문 밖까지 몰아낸 후 거기 떡 버티고 서서 여자에게 나오라고 소리소리 지르는 바람에 거의 기절할 뻔한 건 우리였지. 바로 그 자리에서 그 여자에게 채찍질을 하고 싶었던 거야. 하지만 앞으로 나서는 사람은 아무도 없었고, 우리가 그 망할 인간을 숨기고 보호하고 있다고, 우리도 다 한통속이라고 욕을 해 댔지. 미스 서비나가 마을 전체를 싸잡아 엄청나게 비난했어."

"그날 밤 애스포델에 불이 났을 때 말이야." 코라가 말했다. "하늘로 맹렬하게 타오르는 불길을 보고 우리가 달려가서 말해 주니까 그녀가 아주 흡족해했잖아. 하지만 그 이후로는 위엄을 부리며 우리와 거리를 두었지. 그러고는 돈 매키니스 씨와 애스포델의 이름을 절대 입에 올려서는 안 된다는 법을 만들었던 거야……"

아래로 빛을 반사하는 거대한 기둥들이 그늘 하나 없이 한결같은 열기로 모두를 에워싸는 여름의 부드러운 빛을 받아 가늘게 떨리는 듯 보였다. 날아다니는 새들 때문에 깜박거리기도 했다.

"미스 서비나는 대문을 나서 거리를 활보하며 평생을 보냈고, 마을 사람들을 완전히 자기 뜻대로 휘둘렀지." 아이린이 말했다.

"얼굴에 아름다우면서도 무시무시한 화장을 하고 다녔잖아." 피비가 말했다. "남쪽 귀부인들이 나이가 들면 하는 식으로 눈 주위를 시커멓게 바르고. 어디가 아파서였는지 무슨 몹쓸 일을 당해서였는지 머리가 많이 빠지는 바람에 엄청나게 큰, 아주 새카만 가발을 쓰고 다녔지. 집 안 옷장에 모셔 두었던 두꺼운 양단을 걸치고 다녔는데, 지독히 업신여기는 태도를 일부러 보였고. 대충 묶거나 핀을 꽂아서 입은 게 다였으니까. 그 옷감이 얼마나 무거운지 무릎에 걸리적거려서 걷는 데는 영 마땅치 않았지만 그래도 계속 그러고 다녔어. 다른 사람들하고 얼굴이라도 마주치면 한번 해볼래, 하는 표정을 지었는데, 평화로운 사람들이 만나는데 왜 그런 쇠 부딪는 소리가 나야 하는 건지는 미스 서비나만 알 일이지. 그녀가 아름답다는 거야 **우리는** 다 알았는데. 손이 작았지만, 아이가 모르고 날카로운 다이아몬드에 손을 댈 때처럼 닿으면 화들짝 놀라게 되잖아. 한 손, 그러니까 오른

손을 둥글게 말아 황금 사자 머리 장식이 달린 흑단 지팡이를 꽉 쥐고 있었지."

"지팡이를 쥐고 거리를 따라 내려가며 자신의 힘을 선포하고 또 행사했어." 코라가 말했다. "하나도 빠짐없이 마을 사람 전부에게. 남녀노소, 백인, 흑인, 바보와 짐승을 가리지 않고, 심지어 외지인들에게도. 우리에게 법을 내려 주고 부를 분배해 주고, 박물관과 조각상, 급수 시설도 지어 주었어. 그래서 우리는 나이가 많든 적든 그녀가 두렵고 어려웠지. 오월제 때는 그녀가 지나가기만 하면 기념 기둥들이 속수무책으로 헝클어졌지. 호의와 질책이 백마와 흑마처럼 아주 확연하게 구별되었어. 모든 소식은 그녀에게 가장 먼저 전해졌고, 누구든 새로운 소식을 들려주면 항상 중간에 말을 막았지. '얘기 안 해도 돼. 애를 낳은 거지. 아기 아빠는 알고 보니 도둑놈이고.' 때로 거리를 돌며 집집마다 지팡이로 문을 두드려 대기도 했어. 예식이란 예식은 다 자기가 주도했지. 결혼식과 장례식의 시간을 정해 주고, 심지어 애 낳는 시간까지 말이야. 아기 이름도 자기가 지었고. 삶을 이리저리 지시하고 마을 안에서 이리저리 사는 곳을 옮기기도 하고, 사람들을 붙여 놓기도 하고 떼어 놓기도 하고. 옛날이야기의 여제들이 하듯이 신비롭고 엄격하게 그런 일에 전념했던 거지. 게다가 온갖 일을 미리 예언하기도 했잖아. 재난이 일어날 것을 예상해서 따뜻한 수프와 빵을 미리 준비했다가, 재난이 닥치자 흑인들을 시켜서 집집마다 돌렸지. 그리고 자신이 돌린 조리법을 사람들이 계속 한없이 이용하길 바랐지. 절대 다른 건 말고 자신의 것만. 그래서 지금도 미스 서비나의 케이크를 먹고 있잖아……"

"하지만 거리 끝에 미스 서비나가 절대 들어가지 않는 문 하나가 있었어." 피비가 말했다. "우체국 문 말이야. 우체국이란 건 세상에 존재하지도 않는 양 굴었지. 아니면 문을 활짝 열어 놓아 파리들이 득시글거리는 더러운 작은 방이라고 불렀고. 나이가 들어서도 마음속에 쌓아 두었던 모든 증오를 네 기둥이 있는 작은 회벽 건물인 우체국에 쏟아부은 거야. 그곳에서는 여전히 꿈속처럼 현실에서 좀 떨어져 있을 수 있었는데, 그녀는 그게 어떤 건지 몰랐으니까."

"하지만 종국에는 들어왔잖아." 아이린이 말했다.

"우리가 거기 있을 때였지." 그녀가 말을 이었다. "편지가 들어오는 시간이라 각자 편지를 손에 들고 있었잖아. 그녀가 거리 끝에 이르는 소리가 들렸지. 지팡이 소리에 맞춰 움직이는, 휘청휘청 육중한 몸집이 가까이 다가오는 소리가. 한순간 적막감이 감돌았어. 문간에 미스 서비나의 모습이 나타나자, 세상 모든 공간이 각자 서 있던 지점으로 쪼그라들고, 과거든 미래든, 세상의 오후는 그때밖에 없는 것 같았지. 그래서 우리는 멀리 떨어져 있거나 한순간에 사라질 것들을 필사적으로 붙들듯이 편지를 꽉 붙들었지. 비밀스러운 희망이나 기쁨, 혹은 그녀가 우리에게 요구할지도 모를 절망감까지 다 포함해서."

"들어와서 한가운데에 딱 버티고 섰을 때 말이야." 코라가 말했다. "강아지 한 마리가 그녀를 알아보고는 총총 나가 버렸잖아. 화재 경보에서 퍼지는 떨림 같은 놀란 기운이 공기 속 먼지들을 흔들어 놓았고 그와 함께 사람들이 가득 들어찬 우체국이 비틀거리며 흔들리는 듯했지. 우리는 그녀에게 지금껏 가져 본 적 없는 지독한 두려움에 사로잡혀 서로를 바라보았지. 이번이 마지막이다, 이것이 마지막 요구다, 라는 어떤 예감이 없었다면 바로 줄행랑을 치든지 말을 걸든지 했을 텐데."

"폭군이 죽을 때가 되었을 때, 아주 오랫동안 마음대로 해 왔던 어떤 자그마한 장소가, 작은 공동의 녹지가 침범당한 그런 식이라고 할까." 피비가 말했다.

세 노처녀가 나지막이 한숨을 쉬었다. 손바닥에 올려놓은 포도가 햇빛에 거의 투명해져서 안에 있는 씨가 다 보일 지경이었다.

"하지만 미스 서비나가 입을 열었을 때 거기서 나온 말은 '내 편지 내놔'였지." 아이린이 말했다. "하지만 그녀는 평생 편지라고는 받아 본 적이 없었잖아. 마을 바깥쪽에 아는 사람이라고는 전혀 없었으니까. 그래서 그녀에게 온 편지가 없다고 말했는데, 소리를 빽 지르며 같은 말을 했지. '내 편지 내놓으라고!' 우리가 편지가 없다고 말하면서 그녀를 안아 줄 셈으로 가까이 다가갔어. 그런데 그녀가 '그러면 그거 내놔' 이러면서 우리 편지를 빼앗아 갔잖아. '애인이군!' 그러면서 편지를 반으로 찢어 버렸어. 우린 그냥 하는 대로 내버려 두었지. 그런데도 그녀는 성에 차지 않았어. '이 문 열어!' 안으로 통하는 작은 문을 두들기며 그렇게 우체국장에게 말했지. 우체국장은 문을 열지 않을 수 없었고 미스 서비나는 안쪽으로 들어갔어. 우리 모두 가까이 몰려갔지. 마법에 걸린 사람들처럼 눈을 반짝이면서 서로를 슬쩍슬쩍 쳐다보았어. 다 없애 버리겠다는 심정으로 보였으니까."

"엄청난 분노와 쾌감이 동시에 내면에서 솟아올라 손끝에서 번개처럼 뿜어져 나오는 것 같았어." 코라가 말했다. "지팡이를 집어 던지고 맨손으로 다가갔지. 눈앞에 보이는 건 다 집어서 갈기갈기 찢기 시작했어. 편지 자루와 휴지통을 질질 끌고 다니며 그 안에 담긴 것들을 눈송이처럼 뿌려 댔어. 인주까지 벽에다 집어 던지는 바람에 포도 물이 든 것처럼 보라색 자국이 남아 나중에도 절대 지워지지 않았잖아."

"생전 그런 적이 없었는데, 그때 우리 앞에 있던 그녀는 완전히 뭐에 홀렸던 거야. 길길이 날뛰었잖아. 몸을 옆으로 마구 흔들며 춤을 추기도 했고. 들판에서 추수하는 일꾼처럼 손을 정신없이 놀리며 그 작은 방에 있는 건 모두 부숴 버렸지. 광분하며 편지란 편지는 다 갈기갈기 찢었는데, 그걸 삼켜 버리겠다는 듯이 찢어진 조각을 입에 넣기도 했고."

"그러다가 갑자기 그 작은 방 안에 우뚝 멈춰 섰어. 할 만큼 했던 거지. 다들 그냥 꼼짝 않고 있는데 바닥으로 고꾸라졌잖아. 가발은 벗겨지고 얼굴은 가면처럼 일그러진 채로."

"우리가 '뇌졸중'이라고 했지. 그런 식으로 생을 마감한 그녀에게 달리 어떤 이름을 붙여야 할지 몰랐으니까……"

소박한 음식을 차려 놓고 세 명의 노처녀가 환한 햇빛 아래 모여 앉은 이곳에서 미스 서비나는 완전히 종결된 옛날이야기였다. 어떤 시간과 장소에 취하면 그들은 그 얘기를 처음부터 끝까지 죽 읊었다. 이제 다 끝내고 여름 드레스를 펼친 채 바닥에 모로 누웠는데, 입가에는 옅은 미소가 떠오르고 눈은 반쯤 감겨 있었다. 피비는 수액이 흐르는 초록 이파리를 입에 물고 있었다. 그들 위쪽으로는 애스포델의 환한 기둥이 꿈처럼, 애통함의 다른 면 같은 꿈처럼 편히 쉬고 있었다.

난데없이 기둥을 타고 자란 덩굴이 흔들렸다. 눈이 부시게 내리쬐는 햇빛 속으로 한쪽 발을 앞으로 쑥 내밀며 수염을 잔뜩 기른 남자가 나타났다. 기둥처럼 가만히 서서 눈도 깜박하지 않고 세 여자를 차례로 바라보았다. 사자처럼 황금빛을 발하며 예의라고는 차리지 않았다. 아무 짓도 하지 않았고, 새들이 지저귀는 동안은 아무 말도 하지 않았다. 하지만 벌거벗은 몸이었다.

세 노처녀가 처음엔 윗몸을 일으켰다가 다음엔 벌떡 일어나 비명을 지르며 서로를 껴안는 사이, 깔아 놓은 하얀 천이 저절로 들썩이는가 싶더니 반쯤 먹다 남은 과일이 엎어지고 포도주 병이 박살이 났다. 소리는 없지만 공기의 진동을 듣기라도 한 양, 도망치는 행동 자체가 지체될 수밖에 없었다. 입을 모아 나지막한 비명을 내뱉는 중에 팔을 앞으로 쭉 뻗고 어깨 너머를 돌아보며 잠시 멈칫한 것이다. 그러고는 벗어 놓은 신발도 내버려 둔 채 세 사람은 줄을 지어 개울을 건너고 무더기로 핀 들장미 사이의 작은 길을 따라 들판을 가로질렀다. 난데없이 새소리가 나는 바람에 동시에 바닥에 납작 엎드렸다가 일어나 보니 요술이라도 부린 듯 '출입 금지'라는 표지판이 세워진 울타리 반대쪽에 있었다.

그들이 아무 말 없이 일어서서 옷을 털고 묻은 걸 떼어 내는 사이 늙은 말이 아직까지 와 본 적이 없는 이쪽 목초지를 가로질러 아주 한가롭게 걸어왔다.

수염이 덥수룩한 남자는 사실 전혀 움직이지도 않았었다.

코라가 말했다. "돈 매키니스 씨였어."

"아니야." 아이린이 말했다. "그냥 덩굴이 바람에 움직인 거야."

피비가 몸을 숙여 맨발에 붙은 가시나무 잎을 떼어 냈다. "하지만 그 사람은 죽었다고 알고 있잖아."

"여기 내 존재만큼이나 분명하게 그 사람은 돈 씨였어. 법정에서 선서를 하라면 할 수도 있다고." 코라가 말했다.

"발가벗고 있었잖아." 아이린이 말했다.

"실오라기 하나 없이." 코라가 말했다. "늙은 염소만큼이나 걸친 거라고는 하나 없었어. 분명 나이도 엄청나게 많이 먹었을 텐데."

"난 안 봤어." 피비가 단언했다. 하지만 운명적인 만남이라도 가진 양 한쪽에 서서 고개를 숙이고 부들부들 떨었다.

"그게 무슨 울 일이라고, 피비." 코라가 말했다. "돈 씨면 돈 씨인 거지, 뭐."

그들이 서로를 위로하며 말을 잡아 묶은 뒤, 옹기종기 모인 채로 뒤를 돌아보며 여전히 기다렸다.

"미스 서비나는 그를 볼 수만 있다면 무엇이라도 주었을 텐데!" 코라가 드디어 큰 소리로 말했다. "그에게 못 할 말이 뭐가 있고 하지 못할 짓은 또 뭐가 있었겠어!"

하지만 바로 그때, 그들이 폐허 쪽을 빤히 바라보고 있을 때 애스포델의 기둥 사이로 염소 무리가 나타나더니 폴짝거리며 언덕을 뛰어 내려오기 시작했다. 신경질적인 발굽 소리에 주변 공기가 온통 바르르 떨리고 고동쳤다.

"마차에 타!"

염소들이 달리 하고 싶은 일이 전혀 없다는 듯이 꼬리를 바짝 올리고 울타리를 뛰어넘었다.

코라와 아이린과 피비가 무개 마차로 뛰어올라 늙은 말에게 채찍을 휘둘렀다.

"수가 점점 더 많아져." 아이린이 외쳤다.

숫염소, 암염소, 어린 염소, 늙은 염소 할 것 없이 엄청난 무리가 몰려오고 있었다. 앞으로 내달리니 수염이 바람에 옆쪽으로 날려 신나게 팔랑거렸다.

"따라잡겠어." 아이린이 소리쳤다.

"뭐라도 던져 봐." 고삐를 쥔 코라가 말했다.

발치에 아껴 둔 점심 바구니가 있었는데, 냅킨에 싼 비스킷과 베이컨이 맨 위에 있었다.

"이거 먹어라, 염소야." 그들이 외쳤다.

마차 밖으로 팔을 내밀어 각자 소맷자락을 펄럭이며 두 손으로 비스킷을 던졌다.

"자, 염소야." 그들이 외쳤다. 하지만 염소들이 바로 옆까지 와서 깡충거리고 있어서 호기심에 찬 코가 마차 바퀴에 닿을 지경이었다.

"그거 가지고는 안 되겠어." 피비가 말했다. "만족하기는커녕 호기심만 더 자극한다고."

코라가 선 채로 전차를 몰듯 마차를 몰고 있었다. "그럼 구운 통닭을 줘 봐." 그녀가 말했고 그들이 닭을 뒤로 던졌다.

염소들의 고개가 한쪽으로 쏠리더니 달리기를 멈췄고, 뿔을 맞대고 전리품으로 모여들었다.

굽이를 돌자 애스포델은 시야에서 사라졌다. 길이 계곡으로 이어지고 굽이를 돌아 숲 그늘로 들어갔다……

"간신히 도망쳤네." 코라가 말했다.

"미스 서비나가 살아서 이 꼴을 보지 않았으니 다행이야." 아이린이 말했다. "맨발로 도망치다니 얼마나 우리를 창피스러워했겠어. 안 먹고 남겨 둔 점심 바구니도 절대 그렇게 내주지 않았을 거야."

"서 사람을 서렇게 넛대로 놀아다니게 누면 안 되잖아." 코라가 큰 소리로 말했다. 뒷다리가 아직도 부들부들 떨리는 늙은 말에게 달래듯 말을 걸더니 다시 이렇게 말했다. "난 충분히 신고할 마음이 있다고!"

미스 서비나가 살았던 커다란 저택이 앞쪽 언덕에 높이 솟아 있었다.

하지만 그들이 모퉁이를 돌자 피비가 커다랗게 웃었다. 목소리가 부드러운 게 여전히 은은한 꿈속에서 무의식적인 축하 파티라도 하고 있는 듯했다. 소풍이 이미 사정없이 과거로 밀려간 게 아니라 현재에도 계속되며 그들을 취하게 하는 듯이, 여전히 벌어지는 현상이고 소중한 날인 것처럼.

바람
The Winds

    처음 밤중에 잠에서 깨었을 때 조시는 마을의 언니들이 건초 타기를 하러 나간 줄 알았다. 즐거워서 질러 대는 비명과 합창 소리임이 분명해 보이는 소리가 바람을 타고 스며들어 왔기 때문이었다. 그것이 어디서 시작되었는지 곧장 떠올랐는데, 마을 외곽에 있는 옛 내치즈 산길이었다. 젊은이들이 찾아가는 오래된 어둑한 곳, 그래서 옛 내치즈 산길과 연인들의 길이라는 두 이름을 가진 곳. 들뜬 기분이 찾아들면서 그녀는 기울어진 마차가 달려오는 것을, 건초 더미 한쪽으로 흰 양말을 신은 여자들의 긴 다리가 술 장식처럼 매달려 있는 것을 상상 속에서 그려 볼 수 있었다. 그리고 말이 방향을 틀면 반대쪽으로 검은 양말을 신은 남자들의 다리가 보이고.

    그런데 그늘의 슬거움이 설성에 이르고 살방하는 그녀의 마음노 한껏 부푸는 순간 몸 아래로 팔이 쑥 들어와 그녀를 침대에서 들어 올렸다.

"겁내지 마." 무슨 비밀이라도 전하듯 아빠가 귀에 대고 속삭였다.

내가 다 컸나? 나도 이제 갈 수 있나? 그녀가 괴로워하며 생각했다.

합창 소리가 여전히 봄을 감싸고 있는 것 같았지만, 어둠 속에서 그녀는 아빠의 얇은 잠옷에 기대어 있을 뿐이었다.

"그래도 애들을 깨우는 건 안된 일이야." 문간에서 그렇게 들려온 것은 엄마의 목소리였는데, 그렇게 늦은 밤의 말치고는 묘하게 시비조였다.

그러고는 다들 잠옷을 입고 어둠을 흔들며 움직이기 시작했다. 엄마와 아빠가 그녀와 윌의 앞에서 걸었는데, 뭔가 보이지 않는 것에 이끌리는 듯 번갈아 손을 뻗었다. 침실용 발코니를 나와 방으로 들어갔다. 큰 아이들이 서로를 부르는 소리며 웃음소리가 가까워졌고 조시는 당장이라도 그들이 한목소리로 가장 좋아하는 돌림노래를 시작할 거라고 생각했다. "저어라, 저어라, 배를 저어라, 물결을 따라서— 신나게, 신나게, 신나게, 신나게—"

"불 켜지 마." 현관과 모퉁이를 집 안의 비밀로 남겨 두려는 듯 아빠가 말했다. 그들이 앞쪽 침실을 지났다. 엄마의 버베나 향주머니 냄새와 어둠 속에서 보이는 잘록한 거울로 알아차렸다. 하지만 방 안으로 들어가지는 않았다. 아빠는 그들에게 맞는 옷이 아닌 작은 외투를 걸쳐 주었다. 잠결에 그녀는 위층과 아래층 창문들이 모두 닫히는 소리를 들은 것만 같았다. 작은 쥐가 건초 안 보금자리에서 바스락대는 것 같은 소리가 별실에서 들려왔다. 조시는 그것이 굴러다니는 빈 침대의 바퀴에서 나는 삐거덕 소리임을 바로 알아채고 의기양양했다. 그다음엔 바로 곁에서 마룻바닥 위로 딸랑딸랑 작은 음악 소리가 들렸고, 조시는 그 소리를 알았다. 그것은 윌의 팅커토이 탑이 무너지면서 나무 고리와 막대기가 사방으로 흩어지는 소리였다.

"아, 이런!" 잠에 취한 중에도 윌이 팔을 높이 치켜들고 빙빙 돌기 시작했다. "집이 무너진다!"

"쉿!" 엄마가 윌을 붙들며 말했다.

"괜찮아." 조시의 머리를 쓰다듬으면서 그 머리 너머로 아빠가 말했다. "아래층으로."

비틀거리면서 천천히 아래로 내려가다 보니, 집에 있으면서 이렇게 늦은 시각을 느껴 본 적이 없다는 생각이 들었다. 조시는 다시 연인들의 길을 떠올렸다. 계단이 사슬처럼 불안정했고 괘종시계 안의 추가 덜덜 떨렸다.

응접실로 들어갔다. 여름 깔개가 바닥에 깔려 있어서 샌들로 디딜 때마다 볼록 튀어나온 부분이 꺼지며 갈라지는 소리를 냈다. 얼룩과 먼지, 얇게 바른 초록 광택제 냄새가 났고, 중국제임을 알 수 있는 그런 냄새도 났다. 피아노 위에 펼쳐져 있는 악보가 그들이 잠든 사이 아래로 까라져, 밖에서 흘러 들어와 어른거리는 기이한 빛 속에서 조개껍데기처럼 희미하게 빛났다. 조시가 엄마를 위해 여름 내내 그렸던 잔 다르크 석고상 그림이 졸업장처럼 책상 위에 돌돌 말린 채 놓여 있었다. 저걸 저렇게 놔두고 우리 다 가 버리는 건가? 그들은 이 집에 처음 온 사람처럼 고리버들 의자를 쳐다보며 잠시 돌아다녔다. 크레톤 천을 씌운 쿠션에서 젖은 돌 냄새가 났다. 밖에서는 간청하는 투의 외침 소리가 커졌다 작아졌다 하며 가까워졌다. 커튼은 크림을 부어 놓은 모양으로 창문 위에 거의 미동도 없이 걸려 있었지만, 탁자 위 화병에 담긴 장미에서 한꺼번에 꽃잎이 떨어져 산산이 흩어졌다. 신나게 즐기는 합창 소리가 거의 앞길까지 들어선 듯했지만, 밤에 십 대 아이들을 가득 태우고 돌아다니는 마차가 딱 그렇듯이 여전히 어느 정도 거리를 두고 있었다.

셔츠를 입은 윌이 눈을 감고 똑바로 서 있었는데, 돌아가는 팽이처럼 꼿꼿했다.

"내내 저렇게 잘 거야." 엄마가 말했다. "당신이 윌을 맡아. 내가 조시를 맡을게." 그러면서 살짝 밀어 둘을 떼어 놓았다. 엄마는 평소와 달랐다. 엄마와 아빠가 고리버들 의자에 마주 앉았다. 그러고는 기다렸다.

"달밤 소풍이야?" 조시가 물었다.

"태풍이야." 아빠가 말했다. 아빠는 그녀의 질문에 항상 격식을 차려서 딱딱하게 대답했고, 그건 밤낮을 가리지 않았다. "오늘이 추분이거든."

조시가 그 말에 자리에서 벌떡 일어나 앞 유리창으로 가서 밖을 내다보았다.

"조시!"

그녀는 길 건너 연립주택에 사는 언니를 찾는 거였다. 천둥소리는 들리지 않는데 기이하게 물처럼 흐르는 번개가 제비꽃이나 장미꽃처럼 하늘에 가득하다는 것을 이제야 처음으로 알아보았다. 그 빛에 연립주택이 눈을 떴다 감았다 하는 것처럼 보였다.

"조시, 이리 와."

"코넬라를 볼 거야. 추분이 되면 저기 하이힐을 신은 코넬라를 볼 수 있어."

"터무니없는 소리." 아빠가 말했다. "말도 안 되는 얘기야, 조시."

하지만 조시는 여전히 그들에게 등을 돌리고 서서 밖을 내다보며 말했다. "코넬라가 보일 거야."

"도대체 그 코넬라라는 애 생각은 그만하라고 몇 번을 얘기했니!" 엄마가 그 이름을 언급할 때의 말투는 아직도 전혀 수그러들지 않았다.

"코넬라를 볼 거야. 밖에 나와 있어, 엄마. 추분 때, 태풍이 오면 밖에 나온다고."

하지만 엄마는 대꾸도 하지 않았다.

"조시, 모르겠니? 우리가 다 함께 모여 있으려는 거잖아." 아빠가 말했다. 그녀가 고개를 돌려 아빠를 보았다. "언젠가 추분 태풍 때, 아빠랑 같이 있던 어린 딸이 바람에 저 들판까지 날아가 건초 더미에 떨어진 적이 있었어." 아빠가 잠에 빠진 윌 너머로 조심스럽게 말했다.

"바람이 코넬라를 쫓아갈 거야." 조시가 말했다.

아빠가 그녀를 불렀다.

앞길에서 커다란 드럼을 두드려 대는 듯 집이 흔들렸다.

엄마가 한숨을 쉬며 말했다. "여름도 다 끝났네."

조시가 위로할 마음으로 엄마에게 다가갔다. 땋아 내린 엄마의 짙은 머리칼은 팔만큼이나 따뜻해서 그녀가 머리칼을 잡아당겼다. 번쩍번쩍하는 번개와 추분이라고 사람들이 서로를 부르고 외치는 소리와 함께 여름은 과거로 내밀리고 있었다. 아주 오래전으로……

"추분이 뭐야?" 그녀가 물었다.

아빠가 설명해 주었다. "계절의 변화야, 조시. 겨울에 오는 태풍처럼. 기억나잖아."

"안 나요." 그녀가 말하고는 엄마에게 매달렸다.

"다음 날 아침만 돼도 기억이 안 날걸." 엄마가 말하면서 윌을 쳐다보았는데, 윌은 주먹을 꼭 쥔 채로 아빠에게 기대어 자고 있었다.

"겁먹을 것 없어, 조시." 아빠가 다시 말했다. "이 집이 아주 튼튼한 집이라는 건 아빠가 장담할 수 있어." 그 집은 조시가 태어나기 전에 지은 집이었다. 하지만 추분에 조시는 번개가 칠 때마다 그 빛에 아빠의 잠옷 무늬가 방 안 여기저기 찍히는 중에 엄마와 붙어 있었다.

반복되는 번갯불에 커다란 앞 유리창은 캄캄할 때보다 훤할 때가 더 많았고, 그렇게 환한 빛이 계속되는 바람에 잠에서 깬 뒤에도 계속 잠들어 있던 뭔가가 천천히 깨어나기 시작한 모양인지 엄마의 팔에 안긴 조시가 바들바들 떨며 몸을 뒤척였다.

"가만히 있어." 엄마가 말했다. "곧 지나갈 거야."

아라베스크 무늬 고리버들 의자와 꽃무늬 덮개에 이런저런 자세로 앉아 기다리는 동안 부모와 아이들은 마치 빙빙 도는 불 밝힌 바퀴를 사이에 둔 양 서로를 바라보았다. 바람이 더욱 거세어지자 엄마와 아빠는 순간 말이 없어지고, 윌이 눈을 뜨는 바람에 시선이 한꺼번에 만났다. 곧바로 윌의 얼굴은 다시 잠에 빠져들었다. 보트에 막 탔을 때처럼 집이 흔들렸다.

조시는 의자에 앉아 잠에 빠져들었고, 그러면서 여름을 거슬러 과거의 길로 흘러 들어갔다……

그녀로서는 원숭이 남자에게 시간을 더 주어야 할 것 같았다. 예감과 멀리서 들리는 오르간 소리와 집안의 위기, "페니 동전이 위층에 있게, 아래층에 있게?" 그리고 뒤를 따라와 둥글게 둘러선 아이들, 눈을 내리뜬 무아지경에 빠진 표정, 그리고 간청하는 작은 원숭이의 차가운 손에.

그녀가 잠에서 깬 것은 오직 요정들의 표식을 찾기 위해서였고, 새 발자국보다 작은 발자국만을 세고 다녔다. 모래 놀이터는 다 성 안으로 옮겨졌고, 배를 쭉 깔고 엎드려 입을 문 쪽으로 내미는 게 일종의 의식이었다. "오, 여왕님!" 그렇게 속삭이면 그 차가운 기운에 안쪽의 모래알이 들썩이곤 했다. 플라타너스 나뭇잎과, 발과 머리와 꼬리까지 그대로 달린 윌의 모피 깔개가 잔뜩 기대하며 마룻바닥에 펼쳐져 있었다. "영원히 충성하겠습니다, 여왕님. 항상 여왕님을 모실 것이고 여왕님의 사랑에서 벗어나지 못할 것입니다." 두 눈을 감고 한참을 기다리는 일은 달콤했다. 그러고 난 후 흉내지빠귀가 나무에서 지저귄다고 가정하고는 말했다. "제 첫 번째 소원은, 새의 말을 이해하는 것입니다." 그들이 그녀를 불러들인 것은 그들에게 마술의 기억이 없었기 때문이다. 심지어 왕풍뎅이도 잡았다 놓아주면 다른 존재로 변모할텐데, 사람들이 서로를 부르는 걸 보면 그런 건 다 잊어버린 것이다.

이처럼 잘 관리하기 때문에 시간을 불러올 수 있다는 듯이 터번을 두른 요리사는 거무죽죽한 현관 괘종시계를 윤나게 닦으며 이렇게 노래했다. "바다 밑바닥에 구멍이 있다네." 집 안을 뛰어 돌아다니며 그녀가 묻곤 했다. "내가 몇 살까지 살까, 조해나?" "아흔여덟 살." "윌은 몇 살까지 살까?" "아흔아홉 살." 그러고는 밖으로 나갔다. 그녀의 자전거는 황금색 프린세스였고, 그 이름이 긴 종이에 적혀 앞에 달려 있었다. 그녀는 가능한 한 일찍 그 자전거를 타고 나갔다. 아무것도 건드리지 않으려고, 그렇게 이른 아침에 어떤 자국도 남기지 않으려고 손도 안 대고, 발도 안 대고, 한 군데 외에 아무 데도 건드리지 않으면서 낙엽을 헤치고 이슬 내린 오솔길의 흔들거리는 검은 나무 판자를 따라 내려갔다. 그들이 그녀를 불렀다. 그녀는 미적거리며 포치에 있는 따뜻하고 묵직한 네 개의 둥근기둥을 차례대로 돌았다. 엄청나게 뿜어져 나오는 숨처럼 아치 모양의 초록 양치식물이 포치 바닥에 넓게 깔려 있었다. 포치는 넓고 깊숙했고, 하얗게 칠을 했고 천장은 파란색이었다. 길고 고요한 사슬에 매달린 그네 역시 상자의 세면처럼 하얀색이었다. 집이 자기네 것이고 자기들과 하나의 존재임을 확신하며 그녀는 내달리기도 하고 폴짝폴짝 뛰기도 했다. 윗입술의 굴곡처럼 몽환적인 아치형의 지붕이 현관 위로 보이는, 옅은 색의 부드러운 그 집에는 어떤 일도 생기지 않을 것처럼 보였으니까.

아이들이 모두 뛰고 달리며 놀았다. 그녀는 한련 줄기를 씹거나 분꽃에서 꿀을 빨아 먹으며 돌아다녔고, 무화과든 석류든 손에 들어오는 건 무엇이나 찾아다녔다. 장미 꽃잎을 입 안에 넣고 인동덩굴꽃과 보라색 클로버꽃에서 단물을 빨아 먹었다. 왕관을 쓰고 다녔다. 아침이 지나갈 때쯤엔 꽃목걸이가 더 생겼고 팔찌도 생겼고, '순간 이동 그림'—장미 바구니, 풍차, 콜럼버스의 배, 아테네의 유적—을 이마와 팔다리에 붙였다. 하지만 늘 언니들은 그런 건 안중에도 없이 저쪽 그늘에 비스듬히 누워 책 속에 꽃잎을 눌러두거나 네잎 클로버를 찾아 베이킹파우더 통 안에 가득 채웠다.

그리고 그렇게 아침이 지나가는 동안 연립주택은 처음부터 그 모두를 지켜보고 있었다. 낡고 오래된 그 집은 어쩐지 망신스러운 모습이었는데, 마치 처음 생겨날 때부터 그런 모습이라 어찌해 볼 도리가 없는 듯했다. 조시는 안됐다는 마음이 들었다. 생긴 게 얼굴 같아서, 위층 창문은 널찍이 떨어져 있고, 무너져 가는 두 포치 사이에 코처럼 칸막이가 있고, 양쪽으로 청각기관처럼 굴뚝이 솟아 있고, 두 집을 잇는 지붕에는 새들이 앉아 있었다. 집은 지켜보고 있었고, 마땅히 그래야 할 모습이 아니었기 때문에 헤아릴 수가 없었다. 언제나 집 안에서는 실망감이 섞인 소리가 들려왔는데, 한숨 같기도 하고, 뭔가 떨어지는 쿵 소리이기도 했다. 그 집에는 모두 여덟 명의 아이들이 살았고, 크기는 가지가지였지만 그 지붕 아래에서는 어떤 식으로든 다들 한 핏줄이라는 듯 모두 담황색 머리칼을 지녔다. 아이들은 헐벗은 앞마당에 한 옥타브의 음계처럼 순서대로 줄지어 서서 건너편 이웃을 빤히 바라보는 습관이 있었다. 마치 '이게 바로 우리야' 이런 발언을 무례하게 던지듯이. 모든 아이는 연립의 아이들과 노는 것이 엄하게 금지되었다. 그쪽에서 아무리 겸손하게 모습을 바꾸어도 마찬가지였다. 여름 동안 사람들이 들고 나면서 완전히 다른 아이들이 들어와도 마찬가지였는데, 어쩐 일인지 아이들 수는 늘 정확히 여덟이었다. 거의 다 자라 외양도 변할 나이가 된 코넬라는 같이 노는 것이 금지된 아이들에 속하지는 않았다. 하지만 이따금 단순히 그런 존재이고 싶은지 아이들을 뒤쫓거나, 원을 이루어 주위를 도는 아이들 한가운데에 우뚝 서 있곤 했다.

아침 시간은 코넬라가 준비하는 시간이었다. 항상 준비하는 게 일이었다. 다 큰 소녀들은 대개 게으르지만 아이처럼 분주한 코넬라는 햇빛에 열심히 머리를 말리거나, 아니면 늘 막 감은 듯한 머리를 말리러 바삐 나왔다. 연노란색에 놀랄 만큼 부드럽고 긴 머리칼이었는데, 고개를 앞으로 숙이고 머리칼을 폭포처럼 얼굴 앞쪽으로 쏟았다. 조시—그렇게 떨어져 내리는 것은 오직 조시의 눈에만 보였다—에게 그 머리칼은 정말 폭포처럼 끊임없이 쏟아지는 힘이었다. 코넬라, 코넬라, 머리칼을 내려 줘. 그러면 왕의 아들이 그걸 붙잡고 올라가지.

달리 쳐다볼 사람이 없었기 때문에 조시는 그녀를 바라보았다. 머리칼을 흔들고 그걸로 장난을 치다가 곧 머리를 빗기 시작하는 것을. 사람들이 다 보는 밖에서 계속해서. 하지만 그렇게 얼굴을 가린 머리칼 뒤에 숨어서 그녀는 밖을 보고 있었다. 꾸준하게 길 건너를. 조시는 그녀의 시선을 좇으며 마찬가지로 텅 빈 거리를 의식할 수 있었고, 어째서 그런 순간에는 마차를 타고 느릿느릿 지나가는 노인만큼 불쌍한 사람이 없고 그의 노래만큼 슬픈 노래가 없는 건지 이해할 수가 없었다.

"우유 있어요, 우유,

버터밀크!

고구마—감자—완두콩—그리고 버터밀크!"

하지만 코넬라는 조시의 사랑이 자신을 향하는 이 슬픈 순간에 감동을 받는 게 아니라 오히려 발을 마구 굴렀다. 화가 나서, 화가 많이 나서 말이다. 그때의 그녀를 보면 어떤 압박감이 밀려와 조시는 미동도 없이 서 있었다. 아직 이해가 되지도 않았는데 저녁을 먹으라고 부르는 소리가 들리면 그녀에게 어떤 확신이 들었다. 난 절대 따라가지 못할 거야. 아무리 나이를 먹어도 절대 코넬라를 따라가지는 못할 거야. 위험을 무릅쓰고 용감하게 도전해 봐야 허사라는 느낌이 들었다. 그녀는 이제 다시는 세상의 비밀이나 처벌을 알아낼 마음에 독 있는 야생 딸기를 입에 집어넣는 일은 없을 것이었다. 그녀가 사랑할 수도 있을 코넬라가 화를 내며 발을 굴렀고, 그것은 '넌 절대 날 따라

오지 못해'라는 얘기와 마찬가지였으니까. 여름 내내 쫓아다녔던 모든 것이 떠나가는 순간에 눈앞에서 생생하게 살아나면서 조시의 시야가 수많은 날개로 가득 찼다. 이미 잡았거나 때가 지나가기 전에 잡으려 했던 모든 것을 생각하느라 저녁도 제대로 먹을 수 없었다. 아침 먹기 전에 실을 매단 채 날렸던 바나나 묘목의 왕풍뎅이와 손바닥에 씁쓸한 냄새를 남긴 반딧불이, 맹렬하고 오만한 표정을 지닌 나비와 유리병 안의 벌. 달릴 때마다 앵앵거리는 소리와 날갯짓이 엄청난 폭풍우처럼 주위를 가득 채웠고, 그녀는 움직이기만 하면 저 앞에서 날아가는 무언가를 향해 손을 뻗지 않을 수 없었다……

"이런! 잠이 든 줄 알았지." 아빠가 말했다.

그녀가 의자 안에서 뒤척였다. 집이 흔들렸다.

"다니는 길을 보여 줘." 윌이 중얼거렸다. "그냥 길을 보여 달라고."

바람이 노래로 바뀌었는지 더운 여름 오후에 〈아름다운 오하이오〉를 C코드로 느릿느릿 연주하는 소리가 조시에게 들려왔다. 코넬라였다. 잡아 묶은 응접실 커튼 사이로 같은 머리 스타일을 하고 중간중간 레이스 장식이 달린 흰 드레스를 입은 다른 언니들이 닳고 닳도록 거리를 오르락내리락하며 하나의 왈츠를 한없이 연습하는 게 보였다. 수업을 듣고 있었던 것이다.

"언제 와서 나랑 놀자." "누가 숨도 안 쉬고 바나나를 끝까지 다 먹을 수 있는지 보자." 조시와 조시의 단짝은 그렇게 히죽거렸다.

각자 양산을 쓰고 종종걸음으로 돌아다녔다. 한여름이라 아무것도 없는 빈 들판에 멀구슬나무가 한낮의 구름처럼 어둑하게 서 있었다.

그 연약한 꽃이나 쓴맛이 나는 노랗고 둥근 열매들이 항상 발에 밟힌 채 땅에 한가득 깔려 있었다. 산울타리 사이로 그 나무까지 이어지는 작은 오솔길이 있었고 나무둥치쯤에 반쯤 만들다 만 오래된 낮은 벤치가 둘러져 있는데 그 위에는 대개 장난감들이 버려져 있었다. 지금은 유모 옆에 어린 꼬마들이 서 있었고, 똑바로 앞을 향한 꼬마들의 시선이 그들의 긴 양말에 달린 장미 모양 리본에 꽂혔다.

"안녕?"

"안녕?"

"너희들 전에 봤는데. 다들 어디 가니?"

"대답할 이유 없어."

둘은 동네 가게에 가서 서로에게 먹을 것을 사 주었다. 가게는 격자 모양 칸막이 뒤에 있었다. 색칠이 약간 한쪽으로 치우친, 판지를 잘라 만든 포도 무늬는 얼마나 익숙한지. 히아신스 향이 나는 차갑고 축축한 대리석 위로 팔꿈치가 스르륵 미끄러졌다. "너 먼저 말해." "아냐, 너부터. 넌 처음엔 날 사랑하지만 끝에 가서는 증오해." 단 과자를 실컷 먹고 나면 집까지 먼 길도 전혀 아무렇지 않았다. 달음박질로 공원을 가로지르고 식수대에서 물을 마셨다. 널찍하고 칙칙한 비둘기 등짝이 잔디 위의 햇빛처럼 느리게 움직였다. 그들은 걸음을 멈추고 클로버 목걸이를 만들어 석상에 걸었다. 떨어진 돈이 있을까, 야외 음악당 무대 아래 먼지 구덩이를 뒹굴며 찾다가 깃털이 빗물처럼 냉랭해진 죽은 새의 시체를 발견하고는 햇빛 환한 바깥으로 뛰쳐나왔다. 올드 비디 필릭스가 연설을 하러 와서는, 듣는 사람 하나 없는데 목청껏 소리를 질렀다. "시간은 눈 깜짝할 사이에 지나갑니다. 눈 깜짝할 사이에 지나가요!" 너덜너덜한 소맷자락 안에서 팔과 손이 박쥐처럼 날아다녔다. 시소 위를 걸어가며 그 때문에 그녀는 숨을 죽였다. 말 여물통에 목련잎을 띄우고 바람이나 파도라도 되는 듯이 잎을 움직이다가 문득 다시 정신을 차렸다. 타말레*를 파는 노점상 가까이 다가가 겁에 질린 눈으로 그의 상처와 들고 있는 등불을 바라보았다.

조시는 일단 오면 용을 만지지 않고 가는 법은 없었다. 물어뜯을 듯이 벌린 입 안에 동굴처럼 빗물을 담고 있는, 정원 구석의 중국풍 조각 말이다. 그 구석에서 언제나처럼 모든 아이가 작별 인사를 할 때야말로 미동도 없이 고요한 그것이 정말 돌이라는 인상을 주었는데, 그녀는 그렇게 그것과 단둘이 남았다. 용 석상들이 입을 쩍 벌리고 그날을 삼켜 버리겠다고 했다. 용은 여름을 집어삼키길 좋아했다. 조랑말 타던 일까지 그렇게 삼켜지는 건 생각만 해도 괴로웠다. 모든 아이가(연립주택의 아이들만 빼고) 바구니 속에 들어앉아 사탕 바구니의 꿀 아몬드처럼 머리만 쏙 내밀고 타던 그 모습 말이다. 그녀는 용 석상을 떠나 집으로 돌아갔다.

하지만 가만히 명상을 하면 연립주택을 마주할 수 있었고, 코넬라를 떠올릴 수 있었다. 그대 이름은 콘, 그대는 잘 익은 옥수수처럼 아름다운 코넬라. 그러면 얼마 지나지 않아 정말로 코넬라의 모습이 나타났다. 주택의 낡은 스크린도어에서 불쑥 튀어나왔고, 그 뒤로 양배추를 요리한 냄새가 끈덕지게 따라붙었다. 시간이 꽤 걸린 걸 보니 막 목욕을 하고 옷을 입었을지도 몰랐다. 밝은색 머리칼은 곱슬곱슬

---

* 옥수수 반죽에 채소와 고기 등을 넣고 옥수수 껍질이나 바나나 잎으로 싸서 찐 멕시코 요리.

풍성하게 뒤로 묶었을 것이고.

코넬라는 그 집의 딸도 아니었다. 조카인가 사촌인가 그래서, 해
주는 게 아주 빈약했다. 그녀는 그 빈약함을 풀풀 풍기며 밖으로 나
왔는데 모자도, 그 무엇도 없이 나왔던 것이다. 연립주택과 그 옆집
사이에는 무척이나 견고한 담이 세워져 있어서, 혹시 공이라도 넘어
갈라치면 절대 다시 넘어오는 법이 없었다. 담은 도로변까지 죽 이어
져 있었다. 그래서 코넬라는 도로 경계석까지 나와서 담장 끝을 넘
겨다보지 않는 다음에야 누가 오는지 어쩌는지 전혀 알 수가 없었다.
그런 일이 어떻게 벌어지는지 조시는 잘 알았지만 볼 때마다 늘 새로
웠다. 문이 열리면 작은 담황색 머리들이 막 쏟아져 나와 다들 입을
맞춘 듯 칸막이 건너편을 향해 뛰어가 사라졌다. 그러면 코넬라가 왠
지 비밀스럽게 몸을 좌우로 흔들고 치마를 이리저리 돌리면서 가벼
운 발걸음으로 계단을 내려와 진입로를 따라 걸어 내려왔다. 굽 낮은
루이 힐* 구두에 보도가 낮게 울렸다. 그러고는 아무도 없이 혼자 남
은 코넬라는 저 멀리까지, 아주 멀리까지 다 볼 수 있을 것처럼, 조시
가 방해해서는 안 되는 희망과 불안의 작은 팬터마임을 하듯 방향을
돌려 도로 아래쪽을 바라보았다.

하지만 어느 순간이면 조시는 자기도 모르게 가만히 손을 들어 올
려 코넬라에게 어떤 신호를 보냈다. 거의 이름이 입 밖으로 나올 뻔
하기도 했다.

그러면 코넬라는―코넬라는 길 건너로 뭐라고 소리친 것이었을
까? 화가 잔뜩 나 보였으면서도 그렇게 연약하고 가냘프게 번쩍하듯

---

* 바닥이 넓은 중간 높이의 하이힐.

날아온 말은 무엇이었을까? 단 하나의 단어였지만 그것은 발을 구른 것보다 더 화가 난 모습이었다.

조시는 팔을 내렸다. 겸손하게 갈구하는 마음으로 서서 코넬라와 함께하기 위해 수치스러움을 견뎠다. 코넬라 자신은 자랑스럽게 기다리듯이 가만히, 오만한 태도로 가만히 서 있었고, 그러다 보면 위층 창문에서 "코넬라, 코넬라!"라고 부르는 나이 든 사람의 갈라진 목소리가 들려왔다. 그러면 몸을 돌려 머리 리본과 연한 허리띠 리본을 등 위로 늘어뜨린 채 할머니를 보러 집 안으로 들어갔다.

그러면 조시에게는 앞머리의 햇살마저 너무나 뜨겁게 느껴졌고, 리본이 불쌍하다는 마음이 들어 마구잡이로 깡충거리며 뛰어다니다가 고꾸라지곤 했다.

월이 야만적인 원주민처럼 비명을 지르며 잠에서 깼다.

"자, 내가 안을게." 엄마가 말했다. 엄마의 목소리는 부드러웠다. 시간이 좀 흘렀나 보다. 엄마가 월을 무릎 위로 안았다.

조시가 눈을 떴다. 번개가 바다처럼 흘러가고 문간에서는 파도처럼 울음소리가 울렸다. 부모님의 얼굴에 아주 고요한 수백의 순간들이 자리를 잡았다.

"토마호크!" 월이 비명을 질렀다.

"엄마, 재 좀—" 조시가 불안해하며 말했다.

"괜찮아. 너도 잠꼬대하잖아." 엄마가 말했다.

그녀는 작은 충격을 받았다. 마치 영화관에서 여름날 오월제의 약간 부연 장면들이 화면에 나타나면서 리본을 손에 들고 한 번은 안쪽으로 한 번은 바깥쪽으로 묶는 그녀의 모습이, 세상 그 누구도 앞으로 그녀를 보지 못할 것처럼 잠깐잠깐 비치는 그 얼굴에 벌겋게 달아오른 체념한 표정이 나타났던 그때처럼 어떤 무심함의 충격을.

엄마가 손을 뻗었지만 조시는 그것을 뿌리쳤다. 베개에 얼굴을 묻고 엎드렸다…… 여름날은 어스름 속에서 광대하게 유백색으로 펼쳐졌다. 그녀가 뒷대문을 지나 들장미 동산 사이의 목초지로 나가는 동안 마음이 차분해지는 나른한 거름 냄새가 천천히 그녀에게 다가왔다. "데이지." 가장 작은 목소리로 그렇게 한 번만 말하면 되었다. 그 암소와 아주 친근한 느낌이 들었으니까. 거기서 먹지도 않고 걸었다. 부드러운 보라색 코를 지닌 작고 여린 저지종 암소인 데이지는 따뜻한 옆구리를 내주며 걸었다. 조시는 몸을 숙여 이마를 그녀에게 갖다 댔다. 눈에서 흘러나온 눈물이 반짝거리는 데이지의 굵은 털을 타고 흐를 수 있을 것이고, 데이지는 움직이지도 말을 걸지도 않은 채, 무한한 연민을 가지고 가만히, 참을성 있게 기다릴 것이다……

"이젠 무섭지 않지, 조시?" 아빠가 물었다.

"안 무서워요." 그녀가 얼굴을 묻은 채 말했다……

그녀는 그들이 빈 들판을 다 차지했던 그 저녁과, 석양과, 꽃이 만발한 산울타리 옆에서 신나게 했던 놀이를 생각했다. "공작님이 오시네, 말 달리며, 달리며, 달리며…… 뭣 때문에 여기까지 왔나요, 왔나요?" 그동안 성당에 걸린 종의 단단한 쇳소리가 누구에게랄 것 없이 해 질 녘을 알리며 뎅뎅 울렸다. "내 눈에 보이는 가장 아름다운 이는…… 런던 다리가 무너지네…… 달님 부인, 달님 부인, 신발을 보여 주세요…… 당신에게 보여 줄 사랑을 재고 있다네……" 붉은 창문 아래의 아이들은 얼마나 작은지. "아침에 여우!—저녁에 거위!—

몇 마리나 가지고 있니?—네가 잡지도 못할 만큼 많이!" 아이들도 장 밋빛으로 발개졌다. 요란스러운 고함 소리, 멀어져 가는 고함 소리가 뒤로 긴 그림자를 드리웠고, 그것을 바라보느라 그녀는 가만히 서 있 었다. 안개 자욱한 둥근 창공에 떠 있는 물체들 저 위로 하얀 보름달 이 있었다. 달이 둥글다는 게 정말이구나. 그녀가 생각했다. 기다리며 서 있는 그 자리에서 손 하나가 쑥 나와 풀어헤친 머리칼 아래로 그 녀를 안아 주는 듯했고, 머릿속 단어들이 목구멍에서 포도 알처럼 생 겨났다. 외로웠다. 뛰어가는 아이를 붙잡아 세울 수도 있을 것 같 다. "달이 둥글다는 거 알았어?" "알았지. 지난여름에 애니가 말해 줬 어." 놀이는 계속되었다. 달에 대해 다 알아내야겠어. 엄숙한 저녁 기 운 속에서 조시가 생각했다. 달, 그리고 밀물과 썰물. 아, 달이여! 아, 밀물과 썰물이여! 그대에게 묻노니, 그대가 뜨고 지는 곳은 어디인 가? 지금까지 마음속에 그 자리를 마련해 놓고 있었기 때문에 곧바 로 그 지식을 안에 들일 수 있다는 듯이, 둥글다는 걸 알게 된 달님이 앞으로 영원히 꿈속에서 절대 자신을 떠나지 않고 내내 떠 있을 듯이 계속해서 달을 올려다보았다. 앞으로 지내야 할 모든 외로운 시간들 이 가득한 둥그런 달도 그녀를 내려다보았다.

어둠이 내려앉을 무렵이 가장 아끼는 보물인 신발 상자로 만든 증 기선을 꺼낼 때였다. 배마다 옆면을 보름달, 반달, 초승달 모양으로 도려내 창문을 만들었고, 그 안으로 화장지로 만든 촛불이 흔들리는 게 보였다. 그녀는 한참 전의 일인 양 이 여행에 대해 미리 알았다. 배에 끈을 매달아 벽돌 보도 위로 끌고 갈 때 배에서 들리는 숨죽인 소리와 커다란 나무뿌리 위쪽으로 세모난 구덩이 위를 뛰어넘어야 했던 것, 저녁 공기 속의 따뜻한 밀납 냄새와 변해 가던 해의 색깔에 대한 기억. 반짝거리는 다른 배가 마치 저절로 움직이듯 미끄러지며 나타나 그 배를 맞이했다.

아이들은 땅거미 속에서 꿈꾸듯 서로 인사를 했다.

"빠—앙!"

"빠—앙!"

그러고 나서 뭔가에 끌리듯 고개를 돌리면 얇은 면 드레스를 입은 코넬라가 저쪽에 서서 그들을 건너다보는 것이 보였다. 도로가 그들 사이를 흐르는 강이라도 되는 것처럼 건너다보며 아무 말도 하지 않았다. 조시는 이해했다. 아무 말도 할 수 없었던 것이다. 휘영청 밝은 달빛 아래로 따뜻해진 자신의 배를 몰고 가다 보니, 코넬라는 할 수만 있다면 거기 연립주택 앞마당에서 나무로 변해 버릴 수도 있겠다는 생각이 들었다. 그리고 그렇게 의연하고 그렇게 희망에 찬 그 가슴이 다 드러나기 전에 나무의 속을 들여다볼 수 있을 거라는……

"쏴 죽여 버릴 거야!" 윌이 꽥 소리를 질렀다.

"쉿, 쉿." 엄마가 말했다.

아빠가 손을 들어 올리며 말했다. "들어 봐."

그때 집이 태풍의 한가운데로 들어섰다.

조시는 동물처럼 미동도 없이 누워서 공포에 질려 미래를 생각했다…… 바삐 잡아 뜯어 줄기 끝이 너덜너덜한 미역취와 누구에게든 선물하라고 삐죽이 내민 따스한 꽃들을 쥐고 들판에서 달려 나올 선명한 어느 날. 미래란 선물을, 계절이 주는 선물을 가져오는 자신이었다. 바람이 잦아들고 그들이 놀이를 다 끝내고 말없이 분수 테두리에 앉아 있고 남자 아이들이 발뒤꿈치로 견과를 부수는 그런 날은 언제 올까? 그런 날을 다시 한번 맞을 수 있다면 주어진 건 하나도 잃어버리지 않고 다람쥐처럼 견과를 쟁여 놓듯 잔뜩 쟁여 놓을 텐데.

생전 처음 이런 생각이 들었다. 똑같은 기적이 다시 오는 법은 결코 없는 걸까? 모든 기적은 각각 유성처럼 홀로 고유한 것이라 한번 떨어지면 아무리 찾아도 찾을 수 없는 곳으로 가서 파묻히는 걸까? 눈이 한 번 더 내려서 또다시 선생님이 달려가 창문을 열고 떨어지는 눈을 잡으려 검은 망토를 내밀고, 그러고는 재빨리 교실을 돌아다니며 그들에게 눈송이를 보여 줄 거라고 기대해도 되는 걸까?……

"엄마, 마셜필드에서 산 내 토시 어디 있어요?"

"잘 넣어 뒀지. 할머니 선물이었잖아." (하지만 그것은 저 먼 들판에서 온 것이었다.) "꿈꾸는 거야?" 엄마가 이마를 짚었다.

"토시에 손 넣고 싶어요." 당장이라도 갖고 싶었다. "엄마, 갖다줘요."

"가만히 있어." 엄마가 조용히 말했다.

아빠가 다가와 그녀에게 입을 맞췄고, 또 한 번의 입맞춤이 또 다른 기억을 몰고 오듯이 그날 밤이 떠올랐다…… 바로 그날 밤. 가장 가까운 그 시간을 어떻게 잊은 채 거의 망각 속으로 떠나보낼 수 있었을까?

저녁 식사 후 물을 뿌려 축축한 잔디의 습기가 거리 위로 유령처럼 일어나는 집들을 지나쳐 걸어가는 내내, 매미들의 예의 광란의 울음소리가, 솟아올랐다 잦아들기를 반복하는 그 너울이 저녁 공기를 가득 채웠다.

그들이 셔터쿼* 장소에 도착했을 때, 텐트 꼭대기의 구멍 너머로 낯익은 별 무더기들이 보였지만, 캔버스 천으로 된 벽은 한숨 소리를 내며 뒤척였고, 밖에서는 매듭지은 밧줄이 떨어졌다. 전시라서 어른들이 있었고, 커튼이 내려진 무대를 가로질러 놓인 화병에는 막대기에 매단 깃발들이 작은 뭉치로 꽂혀 있었는데, 그들의 눈에는 시들어 늘어진 꽃 같았다. 조시와 윌은 앞줄의 선박용 판자 위에 앉아서 뭉게뭉게 일어나는 톱밥 속에 발을 대롱거리며 기다리고 있었다. 커튼이 열렸다. 극단이 손을 든 채로 기다리고 있고 그 옆으로 '삼인조'라고 쓰인 표지판이 있었다. 다들 여성이었는데, 각각 빨간색, 하얀색, 파란색 옷을 입었고, 얼굴에 성냥을 긋듯 동시에 미소를 한 번 보여주고는 각각 피아노와 코넷과 바이올린을 연주하기 시작했다.

시작하는 순간 셔터쿼 텐트에 숨죽인 실망감이 가득 퍼졌기 때문에 처음에 그 연주는 숨은 사람들 모습이 군데군데 보이는 오래된 울타리처럼 성기고 빈약했다. 하지만 희망이 다 사라진 그때 다른 키로 음악이 바뀌면서 코넷 연주자가 앞으로 걸어 나와 악기를 들어 올렸다.

그 악기에서 음악이 아니라 나팔꽃이 튀어나왔더라도 조시로서는 아마 더 놀라거나 기쁘지 않았을 것이다. 쾌감으로 온몸이 짜릿해졌다. 열심히 움직이는 입술에서 떨리며 나오는 소리가 그녀에게는 아주 반갑고 달콤했다. 들려진 코넷과 그녀 사이에는 어떤 장벽도 없이, 오래된 텐트라는 쉼터의 기대에 들뜬 퀴퀴한 공기만 있을 뿐이었다. 코넷 연주자는 아름다웠다. 어쩐지 그늘져 보이는, 불꽃처럼 환한 빛 속의 그녀는 아주 멀리서 온 데다, 세상의 오랜 세월들이 주변을

---

* Chautauqua, 19세기 말에서 20세기 초까지 유행했던, 오락을 겸비한 문화 교육 운동.

감싸는 듯했다. 여왕처럼 푸른빛이 도는 흰색 옷을 겹겹이 걸쳤고 바이킹족 배의 선수상船首像처럼 단단히 힘을 주고 서서 위를 쳐다보고 있었다. 곡이 길게 이어지면서 볼에 작은 핏줄이 서서히 드러나는 것이 조시에게 보였다. 고음에 이를 때면 감은 눈꺼풀이 벌새의 날개처럼 윙윙거리고 떨리면서도 움직이지 않고 가만히 있는 것처럼 보였다. 들이쉬는 숨은 무시무시할 정도여서 그럴 때마다 가슴에 걸린 메달 같은 목걸이가 함께 솟았다. 조시는 그 연주가 어떤 방향으로 자신을 데리고 갈 것처럼, 어떤 운명이 자신에게 나타난 것처럼 점점 고조되는 관심과 긴장으로 연주를 들었다.

그리고 멀지 않은 곳에, 완전히 사나워진 표정의 코넬라가 있었다. 마찬가지로 연주를 듣고 있었지만 여전히 혼자였다. 왠지 정신이 바짝 들면서 고개를 돌려 코넬라의 부모님을 찾았지만 그들은 저 멀리 사람들 무리에 섞여 있었다. 코넬라를 보고 있지도 않았고 연주를 듣지도 않았다. 그녀는 자유로웠고, 조시는 악기 아래로는 꼼짝도 하지 않는 코넷 연주자에게로 다시 고개를 돌렸고 몸을 살짝 앞으로 숙이며 팔로 무릎을 감싸 안았다.

"조시!" 월이 그녀를 쿡 찌르며 속삭였다.

"그게 내 이름이긴 하지." 하지만 동생과 얘기를 하고 싶지 않았다.

그녀는 피곤에 지쳐 비몽사몽으로 집에 돌아왔었다. 하지만 침실용 포치의 불이 꺼지고 식구들이 그녀의 뺨에 입을 맞춘 후에도 그녀는 잠이 들지 않았다. 높은 포치에서 저 멀리 캄캄한 마을이 내다보였다. 유일한 불빛이라고는 가장 멀리 있는 나무의 윤곽선 너머로, 이글거리는 높은 굴뚝과 그 불빛 때문에 늘 바닷물이 들어오기를 기다리는 내륙의 배처럼 보이는 오래된 목화씨 제분소뿐이었다. 그날 밤 세상의 아름다움이 어떻게 표지판을 들고 찾아와 마을 전체를 성큼성큼 걸어 다녔는지가 떠올랐다. 코넷 연주자가 열정에 휩싸여 완전히 몰두한 표정으로 마지막 고음을 뿜어냈을 때 그녀로서는 무언가 선포가 되었고 그 이후로는 정신을 차리고 따라오지 않는 사람에게는 더 이상의 기다림도 없고 더 이상의 시간도 남아 있지 않을 것만 같았다⋯⋯

무언가 부서지는 소리가 났다. 첫 번째 천둥이었다.

"봐!" 아빠가 말했다. 그가 손바닥을 마주쳤고 그러자 다시 천둥이 쳤다. "이제 끝난 거야."

"침대로 돌아가. 다들." 이 모든 것이 그녀를 놀리기 위해 한 일이었고 거기에 맞선 끝에 이제 이겼다는 듯이 엄마가 말했다. 불을 껐다 켰다 했다.

"펑!" 그렇게 소리를 지른 윌을 아빠가 반짝 들어 팔에 안고는 위층으로 올라갔다.

그 이후로는 잔잔하게 내리는 빗소리만이 꾸준하게 이어졌다.

조시를 겨울 침대에 눕혔다. 엄마 아빠가 약간 의기양양하게 이제 잘 자라고 서로 입맞춤을 한 것을 보면 그녀가 잠이 들었다고 생각했을 것이다. 빗소리는 잠을 청하는 소리였다. 그녀는 밖에서 들려오는 간청처럼 창문에 부딪는 빗소리에 잠시 귀를 기울였다⋯⋯ 누구의 간청? 알 도리는 없었다. 코넬라, 향긋한 여름날, 작은 검은색 원숭이, 불쌍한 비디 필릭스, 코넷을 연주한, 입술 벌어진 여자? 저기 밖에 사납고 사랑스럽고 소외된 모든 것이, 그녀를 손짓하며 부르고는 떠나 버리는 모든 것이, 아름다운 모든 것이 있었다. 따라가고 싶었

404

고, 어떤 식으로든 변신해서 그들을 받아들이고 싶었다. 모두를, 하나하나 다……

조시는 다음 날 아침 일어나자마자 추분이 어떤 표식을 남겼는지 보려고 밖으로 뛰어나갔다. 해가 눈부시게 빛나고 있었다. 윌은 이미 나와 우악스럽게 스스로를 독려하며 중국으로 이어지는 예의 구멍을 계속 파고 있었다. 길 건너 연립주택은 마침내 그 노년을 맞이한 듯이 보였다. 창문가에 아무도 보이지 않았고 가까이에 아이들도 없었다. 부드러운 햇빛에 전면 전체가 까라지고 무너져 교회에서 잠든 할머니의 얼굴처럼 보였다. 마당 전체에서, 모든 나무에서, 숨이 하나하나 빠져나가듯이 잎이 천천히 하나씩 떨어졌다.

포치에 선 조시 발치에 뭔가가 있었다. 젖어서 파리하고 얄팍한 접힌 종이였는데, 바위 위로 거세게 몰려왔다가 다음을 기약하며 다시 밀려간 거대한 파도가 남겨 놓은 잔재라도 되는 양 허공에서 파르르 떨다가 기둥 받침대에 달라붙었다. 편지 조각이었다. 예의에 맞게 잉크로 쓴 편지가 아니라 지워지지 않는 연필로 쓴 거라 그 내용이 물에도 지워지지 않았다.

조시는 무릎을 꿇고 앉아 양손으로 편지를 집었고, 꼼짝 않고 거기 쓰인 걸 다 읽었다. 그러고는 방으로 올라가 그것을 자신의 가장 비밀스러운 장소인, 끈을 졸라매는 무용화 가방 안에 넣었다. 편지엔 코넬라의 이름과 함께 이렇게 적혀 있었다. '오, 사랑하는 그대여. 난 그렇게 오래 기다렸는데 언제나 내게 오려는지? 낮이나 밤이나, 단 하루도 빠지지 않고 언제, 언제, 언제, 이렇게 묻는다네.'

보라색 모자
The Purple Hat

술집에서의 일이었다. 조용하고 작은, 벽 안의 구멍 같은 술집. 오후 4시. 열린 문 너머로 비가 내리고 있었다. 햇빛이 아직 머물러 있는 공기 중의 빗방울은 짙은 바다 색깔이었다. 방의 빛이 쥐구멍을 밝히는 식으로, 물기 젖은 반사된 빛이 술집 안을 비췄다. 뉴올리언스였다.

그곳에 있는 바텐더의 얼굴은 아기 피부처럼 분홍빛 나는 코를 중심으로 빗으로 빗어 내리듯이 눈과 입이 아래로 처진 얼굴이었다. 언제든 한 마디 말을 하는 법이 없었다. 술집 의자는 검은색 유포油布를 씌운 둥근 손잡이 모양으로 해변의 여섯 개 자갈처럼 똑같은 생김새에 반들반들했는데, 그럼에도 두 명의 손님이 특별히 각자의 손잡이를 골라잡아 앉아 있었다. 두 사람은 빗속을 뚫고 따로따로 들어왔고 각각 끝 쪽에 앉았기 때문에 둘 사이에는 작은 바가 그대로 비어 있었다. 바텐더는 그 어느 쪽도 알지 못하는 게 분명했다. 눈을 쉴 셈으로 눈을 감았다……

좀 서글서글한 인상의 뚱뚱한 손님은 호밀 위스키를 달라고 했다. 면도도 하지 않은, 손을 떠는 젊은이는 먼저 들어왔음에도 앞쪽 카운터 위에 묻은 얼룩을 무시무시한 표정으로 노려보고만 있었고, 바텐더가 말없는 기도를 듣기라도 했는지 술을 가져다 그 얼룩을 덮었다.

뚱보가 술을 들이켜자마자 조금은 편안해지고 기운이 나는 모양이었다. 적당한 순간만 되면 금방이라도 얘기를 시작할 태세였다……

나직한 천둥소리가 들렸다. 로열가 위를 매일 지나가는 비구름일 뿐이었다.

그러고 나자 뚱보가 입을 열었다. "비가 오든 화창한 날이든, 그녀가 올 거야."

걸레로 바를 닦던 바텐더가 그 소리가 너무 크다고 생각했는지 걸레질을 멈추고 기다렸다.

"아니, '쾌락의 궁전'에 말이야." 뚱보가 말했다. 그는 단순히 뚱뚱한 게 아니라 사실 몸집이 크고 탄탄했다.

바텐더가 바에 올려놓은 손 위로 살짝 몸을 기울였다.

"그 부인이 '쾌락의 궁전'에 올 거라고." 뚱보가 졸음 섞인 목소리로 말했다. "보라색 모자를 쓴 부인 말이야."

그러더니 뚱보가 검은색 손잡이 의자에서 몸을 돌려 팔꿈치를 바에 세우고 손 위에 뺨을 얹었다. 그러자 바가 다 눈에 들어왔다. 잠시 그의 시선이 거기에서, 아주 짧고 통통해서 늘 손가락을 세게 되는 그 손 너머 거기에서 노닐었다…… 그렇게 큰 몸집의 남자치고는 정말이지 무기력해 보이는 손이었다……

젊은이는 별 호기심 없이 마주 보았는데 서글서글한 그 얼굴을 바라보는 품이 기차를 타고 지나가다가 작은 기차역을 빤히 내다보는 식이었다. 손만 겨우 제자리를 찾아 작은 잔에 놓여 있었다.

"아, 그녀가 쓰는 모자는 대단한 물건이지." 거의 꿈꾸는 말투로, 하지만 젊은이에게서 여전히 시선을 떼지 않고 뚱보가 말했다. 예의상 공손한 질문 한두 개를 한 것은, 적어도 하려 했던 건 사실 바텐더였는데도 단 한 번도 그에게 관심을 보이지 않으니 이상한 일이었다. "아주 오래된, 대단히 후줄근한 보라색 모자."

머리 위쪽으로 다시 우르릉 소리가 들렸다. 바로 천둥 아랫녘 세상에 살고 있는 것만 같았다. 뚱보가 피아니스트처럼 새끼손가락을 들어 소리가 지나가도록 한 뒤 말을 이었다.

"당연히 그녀는 매일 '궁전'에 오는 수천 명의 중년 여성들 가운데 한 사람이지. 무슨 일이 있어도 그 일을 그만두지 않는…… 대부분은 따분하고 칙칙한 노인네들인데, 다들 커다란 검은 가방 손잡이를 여행용 가방처럼 기신기신 쥐고는 걸어 들어오거든. 그 노인네들이 도대체 어떻게 집안일을 다 팽개치고 도박을 하겠다고 그렇게 몰려드는지 알 수 없는 노릇이지…… 남편들이 어떻게 생각할 것이며…… 집안일은 누가 할 것이며…… 돈은 또 누가 대는 것인지…… 어쨌든 그녀도 그런 부류이긴 한데, 그 모자도 그렇고 해가 가도 변함없이 늘 그녀를 맞이하는 젊은이 때문에 다른 거야…… 내 생각에 그녀는 귀신인 것 같아."

"귀신이라니!" 주문을 되풀이하듯 바텐더가 어정쩡한 투로 말했다.

"이유는 이러해." 뚱보가 말했다.

목소리에 회상 조의 말투가 깃들었고, 그에 말이 없던 마른 젊은이가 바짝 경계했다. 그가 병을 향해 손짓을 하려는 참이었는데 바텐더가 어느새 그의 잔을 채웠다.

"30년 동안 전혀 변하지 않았어." 뚱보가 말했다. "모자도 바꾼 적이 없지. 맙소사, 나방들이 얼마나 그 모자를 탐냈을까. 그래도 그 흉측한 모자를 아주 으스대며 계속 머리에 쓰고 다녔지. 게다가 생긴 모습이 아름답기라도 한 것처럼 색깔도 보라색이잖아. 많이 늙지는 않았는데 중년으로 보이긴 해. 그와 달리 젊은이는 다른 젊은이였을 거야. 분명 언제나 똑같은 젊은이는 아니었다고 봐." 그가 말을 이었다. "30년 동안 날이 좋건 비가 오건 가리지 않고 매일 오후 5시에 주사위 게임 테이블에서 젊은이를 만났어. 자정까지 게임을 하고는 작별 인사를 하면 늘 똑같은 젊은이처럼 보이는 거야—늘 젊은, 하지만 약간 김빠지고 피곤해 보이는…… 구레나룻이 지저분해지고, 젊은이들은 그녀가 구하는 거야, 아무렴. 어디서 구하는지는 모르지. 내가 늘 추측한 바처럼 뉴올리언스가 준비된 희생자들의 본고장이 아니라면 말이야."

"당신 누굽니까?" 젊은이가 물었다. 이따금 조용한 술집에서 종국에는 엄청난 광기를 쏟아 내기도 하는 께느른한 목소리였다.

"'쾌락의 궁전'에는 둥근 지붕 아래로 작은 보행자 통로가 있어." 뚱보가 말했다. 몸집이 큰 남자들의 경우 으레 그렇듯이 작고 애절한 입술이 이제 살짝 벌어지며 희미한 미소를 보였다. "난 도박장을 둘러볼 수 있는 눈을 가진 사람이야. 다들 잘 알듯이 그렇게 지켜보는, 그들이 하는 모든 것을 지켜보는 무장한 사람이지. 이런 내 지위에 무슨 직함이 있겠어." 그럼에도 그는 살짝 기분이 좋은 모양이었다.

"30년 동안 매일같이 지켜봤는데 그녀는 귀신이라고 봐. 그녀가 살해되는 걸 두 번이나 봤거든." 뚱보가 말했다.

바텐더의 슬프고 거대한 검은 눈썹이 유모차 덮개처럼 치켜 올라가더니 둥그런 눈이 나타났다.

뚱보가 통통하고 작은 다른 쪽 손을 들어 올리더니 새끼손가락에 낀 루비 반지를 살펴보았다. 아니, 자랑했다고 해야 할까. "혹시 가 본 적이 있는지 모르겠지만, '쾌락의 궁전'의 카펫은 빨간색이야. 하지만 위에서 내려다보면 이리저리 엇갈리는 낡은 복도 사이에서 잘 세공된 루비처럼 모습을 바꾸며 빛을 발하지." 이렇게 찬탄할 만한 비유를 할 기회를 계속 기다려 오기라도 한 양 선언적인 말투로 그가 말했다. "테이블과 샹들리에가 실내장식의 핵심처럼 한참 아래쪽에 있어…… 루비 속 삶이지. 그런데도 어쩐지 사람들이 하는 일은 다 명료하고 확실하고 진실해. 빨간 렌즈를 통해 축소된 것이 아니라 확대되기라도 한 것처럼. 나의 보행자 통로에서 세상만사를 다 볼 수 있어. 떠벌리는 거라 생각하면 안 돼……" 돌연 그가 반지에서 시선을 돌려 젊은이의 얼굴을 똑바로 보았다. 술을 마시다 잘못해서 위스키가 가늘게 방울을 이루어 뺨으로 흐르는 그 얼굴은 그 어느 때보다 더 핏기가 사라져 백지장처럼 하얗고 표정이 없었다.

"난 30년 동안 매일 밤 보라색 모자를 쓴 그 추악한 늙은이를 아주 또렷하게 보아 왔고, 그녀가 두 번 살해당했다고 확실히 믿어. 아마 세 번째가 필요한가 봐." 그러면서 매끄럽게 술을 들이켰다.

바텐더가 몸을 기울여 젊은이의 잔을 채웠다.

"그녀는 한 주 만에, 한 달 만에 다시 돌아와. 한번은 완전 정통으로 총을 맞아. 그게 처음이었지. 얼굴에서 피를 흘리며 실려 가는 걸 봤어. 알다시피 '궁전'에서는 그런 일은 다 쉬쉬하게 되어 있어. 그 다음에 아무 표시도, 아무 문제도 없는 거지…… 부드러운 빨간 카펫…… 한 달이 지나지 않아 그녀는 다시 돌아왔어. 5시가 막 지났을 때 테이블에서 젊은이를 만나는 거지."

바텐더가 고개를 외로 꼬았다.

"그 총질로 단 하나 좋았던 건 잠깐이나마 그곳에 평화가 찾아왔다는 거야." 뚱보가 말했다. "나라면 그렇게 코웃음을 치지는 않을 텐데." 그런 식으로 방해받으니 약간이라도 거슬리긴 하는 모양이었다.

"두 번째는 모자를 고려해야 했지." 그가 말을 이었다. "정말이지 그녀의 젊은이가 그때쯤에는 제대로 생각을 하게 되었다고 봐. 그 비밀에 대해 말이야. 뭔가 배운 바가 있었던 거지. 아니면 만사를 좀 더 조용히 처리하고 싶었거나, 아니면 아예 새로운 젊은이였거나……" 그가 바의 반대쪽 끝에 앉아 있는 젊은이를 참을성 있게, 연민을 보이며 바라보았다. 아니면 그의 볼 윤곽이 둥그스름해서 어쩔 수 없이 풍겨 나는 것일 수도 있었다. "당신에게 모자 얘기를 해 줄 때가 되었군. 대단한 모자지. 유행 같은 건 전혀 상관하지 않는, 유행이나 변천이라는 건 전혀 알지 못하는 커다랗고 넓고 깊숙한 모자. 겨울이나 여름에 그걸 쓰고 나오면 도움은 돼. 낡은 플러시 천 꽃으로 가장자리 장식이 되어 있었지. 장미던가, 양귀비던가? 남자는 그런 건 쉽게 구별을 못 하니까 말이지. 그리고 모자를 쓴 그녀를 그냥 마주쳐서야 모자 꼭대기 장식에 밀대가 달린 작은 유리병이 덧달려 있다는 걸 절대 알아차리지 못할 거야. 위에서 내려다봐야만 하거든…… 아니면 그 젊은이처럼 도박 테이블에서 그녀 곁에 자리를 잡든지. 저녁나절이 되면 어느 순간에는 모자를 벗어서 탁자 아래 무릎 위에 살며시 올려놓거든…… 그럼 그 작은 유리병을 볼 수 있는데, 얼마나 마음을 사로잡는지 그것을 떼어 내 화장실에서 마음껏 살펴보고 싶다는 마음이 들걸. 예를 들어 조화 꽃잎 모양의 빨간 유리로 만든 그 손잡이에 감탄하는 거지."

바텐더가 술잔이 들려 있기라도 한 양 난데없이 손을 입으로 가져가더니 거기 대고 하품을 했다. 마른 젊은이는 자기 술잔으로 탁자를 약하게 두드렸다.

"하지만 그게 다가 아니야." 부드러운 목소리에 약간의 짜증스러움이 섞인 채 뚱보가 말했다. "그녀가 연인이라는 얘기를 아마 내가 안 했나 본데, 아니면 당연히 그러리라고 생각했나? 맨날 바에서 술이나 팔지 생전 '쾌락의 궁전'에는 가 본 적이 없는 사람에게 명확하게 알려 주기가 어렵군. 그러니까 말이야……" 이제 그가 목소리를 약간 낮추며 의도적으로 젊은이에게서 몸을 돌렸고, 이후로는 그쪽을 보지 않았다. 하지만 젊은이는 술잔을 들지도 않고 그를 계속 바라보았는데, 마치 뭔가를 숨기는 둥그스름한 뺨을 보이는 옆얼굴에 뭔가 매혹적이고 혼을 빼는 게 있다는 식이었다.

"상상력을 발휘해 보라고." 뚱보가 상냥하게 바텐더에게 말했고, 바텐더는 그를 마주 보았다. "저녁이 되면 항상 어느 시점에 그녀가 보라색 모자를 벗는단 말이야. 대개는 늦은 저녁이지…… 거의 자리를 떠야 할 시간에. 그녀를 만나러 나온 젊은이는 그녀가 모자를 다 벗을 때까지 지켜봐. 갈구하듯이 말이야. 머리칼을 보고 싶어서일까? 글쎄, 보통 기대하기로는 연인인 귀신들이나 귀신인 연인들은 대부분 숱 많고 길고 검은 머리칼을 지녔고 그녀도 예외는 아니야. 물론 머리를 올려 핀을 꽂았지. 제멋대로 대충 하는 특유의 방식이긴 하지만. 그래도 젊은이는 머리 쪽은 전혀 눈길도 주지 않아. 모자에 완전히 반한 거야. 흉측한 플러시 천 꽃을 단, 얼마나 오래되었는지 나달나달한 어처구니없는 모자에. 테이블 아래쪽 자신의 추레한 무릎 위에 그걸 놓으면 젊은이가 그걸 어루만지는 거지…… 뭐, 이 마을에 그보다 더 괴상한 방식의 사랑이 없진 않겠지만, 어떤 특정한 방식의 사랑은 안 된다고 말할 수 있는 사람이 우리 가운데 누가 있겠어? 그녀 자신도 그게 아주 만족스러운 모양이고 말이지. 하지만 귀신이니까 만족스러우면 안 되긴 하지…… 그녀가 욕망을 어떤 식으로 추구하는지가 문제가 되나? 그녀는 일종의 가르릉 소리로, 그러니까 그 방에서 대화를 할 때 사용되는 가르릉 소리로 그에게 말을 거는 게 분명해. 그러면 젊은이는 그녀가 자신에게 바라는 게 뭔지 알 수가 없고, 그래서 그녀가 늘 그를 유혹하는 거지. 무슨 얘기를 하는 거냐고? 나도 모르지. 하지만 내 말을 믿어…… 그녀가 그를 유혹하는 거라고……"

바텐더가 한쪽 팔에 몸을 기댔다. 기이하고 애절한 일들이 닥치면 미래가 더 생기발랄해지기라도 하는 양 그때쯤 그의 얼굴엔 묘하게 쾌활한 표정이 나타나 있었다.

"겉보기에 그녀의 머리는 큰 편이야." 짤막한 손가락으로 입술을 누르며 뚱보가 말했다. "음, 얼굴이 넓게 퍼져 있다고 하는 게 낫겠다. 달덩이처럼…… 그 얼굴에 대해 많이 연구를 했지만 얼굴의 각 요소들이 각자로부터 점점 더 멀어진다고밖에 얘기할 수가 없어. 확장되는 거지. 무슨 뜻인지 알지 모르겠지만." 그가 손을 맞잡았다가 다시 떼었다.

바텐더가 관심 있게 뚱보의 얼굴을 빤히 바라보며 몸을 좀 더 가까이 숙였다.

"하지만 그 모자에 대한 얘기는 절대 끝낼 수가 없을 거야!" 뚱보가 외쳤고, 술집 어딘가에서 아이의 소리 같은 여린 한숨 소리가 들렸다. "물론 이 경이로운 낡은 모자의 다른 쪽에는 매력적인 자그마한 밀대의 무게와 맞추기 위해 그에 견줄 만한 것이 달려 있지. 바로 보석 달린 핀이야. 물론 모자를 안정되게 쓸 용도로 핀이 있는 거지! 모자를 벗을 때마다 일단 핀을 먼저 빼야 했으니까. 매일 밤 그 일을 하는 걸 볼 수 있어. 10인치인지 12인치인지 그 정도 길이에 코팅을 입힌 보통 바늘로 만든 건데, 모자를 벗고 난 후엔 다시 핀을 모자에 찔러 두지."

바텐더가 입을 오므렸다.

"두 번째 살해당한 건 어떻게 된 걸까? 그 일은 어떻게 벌어졌을까 궁금했나?" 뚱보가 몸을 돌려 의자 아래에서 발을 구르고 있던 젊은 이를 마주 보았다. "젊은 연인이 뭔가 알게 되었던지 아니면 어떤 결론에 이르게 되었던 거지." 그가 말했다. "물론 그다지 예민하지도 않은 늙은 무릎 위에 놓인 모자의 테를 쉽게 빙글 돌려서 **반대쪽** 장식을 빼 버릴 수 있다는 건 항상 뻔한 사실이었어. 핀이 갈비뼈 사이를 파고들어 심장을 관통했을 때 야단법석이나 소란 같은 것도 없었어. 아무도 보지 못했거든…… 당연히 나만 빼고 말이지. 난 약간은 그 일이 벌어지길 기다리며 지켜보고 있었으니까. 그때 게임에서 이기고 있던 늙은이가 서커스가 끝나고 텐트가 접히듯이 그냥 조용히 고꾸라졌을 뿐이야. 그런 광경을 본 적이 있다면 말이지만. 그녀가 들려나가는 걸 다시 보게 되었지. 워낙 무거워서 그때마다 세 명이 동원되는데, 그 가운데 하나는 늘 침착해서 그 오래된 보라색 모자로 임

414

시로나마 경건하게 그녀를 덮어 준다네."

바텐더가 혐오스러운 표정으로 눈을 감았다.

"'쾌락의 궁전'에 한 번이라도 가 본 적이 있다면 그곳은 평상시와 전혀 다를 바 없다는 걸 알 거야. 도박에 열중하는 사람들은 돌아보는 일도 없지." 뚱보가 말했다.

바텐더가 자신의 부드러운 옆 머리칼을 손으로 빗어 내렸다.

"문제는 말이야." 뚱보가 말했다. "젊은 연인들한테 있어. 그러니까 당신이 그러면 말이지……" 하지만 그는 이미 술을 마시는 젊은이에게서 몸을 돌렸기 때문에 그때 당장 연인으로 지목된 사람은 바텐더였다. "얼마간 시간이 지나고 사랑이 한창일 때, 그 모자가, 보라색 모자가 손으로 만지면 짜릿한 느낌을 준단 말이지. 작은 유리병에 대해서 더 이상 확신할 수도 없고. 둘만 따로 있을 때 사실 그 병이 비어 있다는 걸 알게 될 수도 있고. 그녀가 꼬리를 친다는 거야. 당신을 유혹하는 거지. 실상은 절대 알 수가……"

세인트루이스 성당의 종소리가 공기를 타고 비몽사몽 들렸다. 5시였다. 젊은이가 어느새 일어서 있었다. 술집을 나서 비 내리는 골목 길로 사라졌다. 그가 앉아 있던 자리의 바닥에는 발로 차고 대충 긁어서 작은 무더기로 쌓아 놓은 오래된 담배꽁초들이 있었다. 장미 모양 리본, 시계, 돌리는 게임 판이나 다른 어떤 것……

바텐더가 병을 코르크로 막았다.

"직접 가 봐야겠어." 뚱보가 말했다.

바텐더가 덥수룩한 커다란 눈썹을 다시 한번 추켜올렸다. 잠시 그들의 눈이 마주쳤다. 뚱보가 둘둘 만 거대한 지폐 다발을 꺼냈다. 마신 술을 다 계산하고 팁도 넉넉히 주었다.

"저 위 보행자 통로에 있으면 간혹 손가락만 움직여서 세계를 바꿔 놓을 수 있을 것 같은 느낌이 들어." 거대한 어깨가 올라갔다.

손에 지폐를 가득 쥔 바텐더가 비밀스럽게 카운터 위로 몸을 숙였다. "진짜 귀신이에요?" 그가 정말 속삭이며 물었다.

잠깐 침묵이 흘렀고, 그사이를 천둥이 대신했다.

"내일 알려 주지." 뚱보가 말했다.

그러고는 그 역시 자리를 떴다.

리비
Livvie

리비와 결혼했을 때 솔로몬은 그녀를 집에서 21마일 떨어진 곳으로 데리고 갔다. 옛 내치즈 산길을 따라 올라가 깊은 산골 그의 집으로 데리고 갔다. 열여섯 살이었고 그땐 외동딸이었다. 한때 사람들 말이 그가 거기까지 찾아올 사람은 아무도 없으리라 생각했을 거라고 했다. 그 길이 **사람들이** 오고 가던 통행로로 쓰인 건 한참 전이라고, 그녀는 알지도 못하는 옛날이라고 직접 그녀에게 말하기도 했다. 그녀에게 잘해 주었지만 집 밖으로 나가질 못하게 했다. 그녀는 자신이 돌아가지 못하리라고는 상상도 못 했다. 그녀의 고향 사람들이 말하길 그녀를 다시 몰래 뺏어 갈까 봐 노인이 세상 그 누구도 자기 부인을 찾아내지 못하길 바랐다고 했다. 솔로몬은 그녀를 아내로 삼기 전에 물었나. "행복하셌나?" 그것도 아주 위엄을 갖추고. 그는 자기 소유의 땅이 있는 흑인이었고 법정에도 그렇게 기록이 되어 있었으니까 말이다. "네." 그녀는 그렇게 말했다. 그는 나이가 많았고 그녀는 어려서 그저 하는 말에 대답할 뿐이었으니까. 겨울을 선택하면 봄을 그리워하겠느냐고 그가 물었고, 그녀는 "아니, 안 그래요"라고 대답했다. 그녀가 무슨 말을 하든, 그것은 늘 그가 나이가 많았기 때문이었다······ 9년의 세월이 흘렀다. 그동안 그는 더 나이가 들었고, 너무나 늙어서 기운이 다 빠지고 말았다. 결국 하루 종일 침대에 누워 지냈고, 그녀는 여전히 젊었다.

집은 안이나 밖이나 괜찮은 집이었다. 일단 방이 세 개였다. 거실엔 호랑가시나무 무늬 벽지를 발랐고, 늪에서 따 온 푸른 야자잎을 벽마다 세심하게 간격을 맞춰 걸어 놓았다. 벽난로 위에는 오려 낸 신문에 화려한 테두리를 단 것을 깔았고 그 위에 연한 노란색으로 인쇄된 나이 든 남자들과 젊은 남자들의 사진이 놓여 있었다. 솔로몬의 가족들이었다. 가구가 집 안에 가득했다. 거실만 해도 2인용 안락의자와 소용돌이무늬가 새겨진 높은 흔들의자와 오르간이 있고, 도처에 분홍색 대리석 상판이 깔린 탁자가 있었는데, 그 위에 세 개의 금색 다리가 달린 램프가 놓여 있고 안에 예쁜 암탉 깃털을 넣은 디저트 잔도 있었다. 거실 뒤쪽의 방 하나에는 왕좌처럼 반짝반짝 윤을 낸 동그란 손잡이가 달린 밝은색 철제 침대가 있고, 솔로몬이 거기에서 온종일 잠을 잤다. 창문에는 빳빳한 레이스 재질의 순백색 커튼이 걸려 있고 침대에도 레이스 침대보가 깔려 있었다. 하지만 늙은 솔로몬이 곤히 잘 때 덮는 이불은 '세계 일주' 무늬로 깃털 자수를 놓은 커다란 조각보 이불이었다. 솔로몬의 모친이 생전에, 그것도 노년에 직접 만든 이불로 스물한 가지 색깔과 440개 조각과 수백 미터에

달하는 실이 들어갔다. 성경을 놓아둔 탁자와 자물쇠 달린 트렁크도
있었다. 벽에는 달력 두 개와 솔로몬의 가족 누군가가 받은 졸업장이
걸려 있고, 그 아래 유일하게 리비의 것인 사진 하나가 박혀 있었다.
결혼 전 내치즈에 있을 때 그녀가 집안일을 했던 가족의 백인 아기
사진이었다. 그 방을 지나 부엌으로 가면 커다란 나무 화덕과 커다란
원형 식탁이 있는데, 식탁 위는 늘 축축했고, 디저트 잔 하나에 나이
프와 포크가, 다른 잔에 스푼이 담겨 있었다. 그 사이에 무늬가 새겨
진 식초병이 있고 거기에서부터 절인 복숭아와 무화과 설탕 절임, 수
박 절임과 블랙베리 잼 등을 담은 낮은 접시 여러 개가 늘 널려 있었
다. 교유기가 햇빛 드는 자리에 있고 저장소 문은 항상 두 쪽이 다 열
려 있고, 부엌에는 사방 구석에 하나씩 네 개의 쥐덫이 있었다.

집 외양도 근사했다. 페인트칠을 하지는 않았지만 포치 내부는 균
형이 잘 맞았다. 양쪽에 긴 스프링을 단 안락의자가 하나씩 밖을 향
해 놓여 있고, 그 위로 양치식물 바구니 화분이 천장에 매달려 있고
발치께 바닥에는 백일홍 모종이 자라는 양은그릇이 있었다. 문 옆으
로는 예쁘장한 철제 동그라미 모양인 쟁기 바퀴가 못에 걸려 벽 한쪽
에 걸려 있고 다른 쪽엔 청록색 빗을 테두리에 꽂아 놓은 네모난 거
울이, 그 아래로는 세면대가 있었다. 문의 손잡이는 끝에 보석이 박
힌 나무 손잡이로 솔로몬이 집에 있을 때면 그의 검은 모자를 거기
걸어 두었다.

앞마당은 말끔한 흙 마당으로 진득이 잔디를 뽑은 흔적이나 리비
의 빗질에 깊게 소용돌이 모양으로 땅이 팬 흔적이 여기저기 있었다.
달마다 작은 진홍색 장미꽃이 피는 장미 덤불이 계단 양쪽으로 세 그
루씩 뭉쳐 사났다. 마당 한쪽에는 복숭아나무가, 다른 쪽에는 석류나

무가 자랐다. 깊은 계곡 아래쪽 내치즈 산길에서 올라오는 길로 돌아 나가면 헐벗은 배롱나무가 줄지어 서 있는데, 줄기 끝마다 녹색이나 파란색의 유리병이 달려 있었다. 그게 무슨 목적으로 거기 있는지에 대해 솔로몬은 입도 벙긋하지 않았지만 나무에 주문이 걸려 있을 것임을 리비는 알았다. 나무에 병을 걸어 놓으면 악령들이 집으로 들어오는 일을 막아 준다는 얘기는 태어났을 때부터 내내 들어 알았으니까. 악령들을 색색의 병으로 유인해서 가두면 거기서 빠져나오지 못한다고. 솔로몬이 자기 손으로 그 나무를 9년에 걸쳐 만들었으니 나무 하나에 1년씩 공을 들인 셈이었지만 마음속에 조금이라도 불편한 구석이 있어 보이진 않았다. 악령이 집으로 들어오는 것을 막았다는 사실에 대해 집 자체에 대해서보다 더 큰 자부심을 가지고 있었기 때문인데, 때로 햇빛이 밝게 비출 때면 나무가 집보다 더 예뻐 보이기도 했다.

근사한 집이었다. 시간이 그냥 흘러가, 어느새 그렇게 다 지나간 걸 알고 놀라게 되는 그런 지점에 있었다. 어두워진 후에는 등불과 벽난로 불빛이 문밖으로까지 뻗어 살아 숨 쉬는 적막한 시골 마을 위로 장미와 병 달린 나무를 비추었고, 모든 게 고요했다.

하지만 그곳엔 사람 그림자라고는 전혀 찾아볼 수 없었다. 백인조차도. 게다가 혹시 누가 있더라도 솔로몬은 리비가 쳐다보지도 못하게 했다. 밭 일꾼들을 쳐다보거나 밭 일꾼들이 리비를 쳐다보지 못하게 했던 것처럼. 그녀에게는 금지된 구역인 세입자들의 오두막을 빼면 가까이에 집이라고는 없었다. 몰래 적막하고 깊은 내치즈 산길 아래로 갈 수 있는 데까지 가 보았지만 다른 집은 없었다. 거기를 가는 데도 땅 위에 낙엽이 무릎 높이까지 쌓여 강물을 건너가는 느낌이었고, 여기저기 긁히고 피가 흘러 도대체 어디로든 통하는 길이 아닌 것 같다고 말했다. 어느 날은 높은 둑을 기어 올라가 보니 교회 건물은 없이 묘지만 있는 걸 발견했다. 천사(거기 기어 올라간 이유가 천사의 날개가 눈에 띄어서였다) 주변으로 갈풀이 자라고 있고, 햇빛 아래 나무들은 천막벌레나방의 유충이 쳐 놓은 거대한 그물 집에 에워싸인 채 그 사이로 화염처럼 빛나고 있었다. 무시무시한 모습으로 서 있는 엉겅퀴는 솔로몬 집에 놓인 성경에 나오는 예언자처럼 보였다. 카스텔리야가 그녀 키보다 크게 자랐고 들리는 소리라고는 애절한 산비둘기 울음소리뿐이었다. 아, 이파리가 슬쩍 들썩이거나, 그물 집이 찢어지기라도 한다면! 하지만 귀신은 아니기를. 리비는 둑을 뛰어 내려가며 빌었다. 그러고 난 후 솔로몬이 잠든 이후에 밖에 나간 적은 딱 한 번뿐이었다.

리비는 자신이 누구의 시중도 들 수 있는 훌륭한 여자로 길러졌음을 알았다. 사람들이 깜짝 놀랄 만큼 멋지게 음식을 쟁반에 담아냈다. 다림질을 하면서도 노래를 부르지 않을 수 있었고, 침대 곁에 앉아 부채질로 파리를 쫓을 때에도 얼마나 소리를 죽이고 하는지 자기 숨소리도 들리지 않을 정도였다. 집 안 청소를 하면서 절대 물건 하나 떨어뜨리는 법이 없었고, 소리를 내지 않고 설거지를 했다. 교유기 소리가 그녀에겐 흐느끼는 듯 너무 슬펐기 때문에 밖에 나가서 우유를 저었고, 그 때문에 솔로몬이 지겨워진 건 아니라도 고향이 너무 그리워지면 생각을 하지 않으려 했다.

하지만 솔로몬은 눈을 떠서 그녀를 보는 일도, 그녀가 마련한 음식을 먹는 일도 거의 없었다. 무슨 병이 있다거나 마비가 왔다거나 어디가 아프다고 하는 건 아니었지만 분명 기력이 쇠잔해 가는 모양이었고, 아무리 훌륭한 음식을 따뜻하게 준비해 들고 가도 그는 자신의 몸에 뭘 더 어떻게 할 수 있는지 모르겠다는 양 빤히 바라보기만 할 뿐이었다. 제발 먹어 보라고 간청하기도 전에 그는 잠에 빠져들었다. 해 주는 음식의 맛도 보지 못하니 그를 놀랍고 기쁘게 해 줄 수가 없었고, 이제 그녀가 가져다주는 음식은 전혀 입에도 델 수 없을 것 같아 겁이 났다. 그런 식으로 어떻게 계속 산단 말인가?

어느 날, 아침 식사 시간이 되어 그녀가 계란과 옥수수 죽을 해서 쟁반에 받쳐 들고 들어가 그의 이름을 불렀다. 곤히 잠들어 있었다. 손목시계를 옆에 두고 침대 중앙에 위엄 있는 자세로 누워 있었다. 그날이 춘분이었는데도 한 손으로 이불을 턱 밑까지 끌어 올리고 있었다. 누가 볼을 한껏 부풀렸다 훅 불기라도 하는 양 하얀 레이스 커튼 사이로 바람이 훅훅 들어왔다. 밤새도록 늪에서 개구리들이 울어 방 안까지 무슨 난리가 난 것 같았지만 그는 꼼짝도 하지 않았다. 그녀만 지레 그의 잠을 방해할까 "조용히 해, 이 개구리들아" 그러면서 잠을 설쳤을 뿐이었다.

그가 좀 더 자고 싶은 걸로 보였으므로 그녀는 쟁반을 내려놓고 좀 기다렸다. 까치발로 다니며 무척 조용히 있었기 때문에 가벼운 상념이 주변을 감쌌고, 아주 가만가만히 움직일 때면 때로 이렇게 조용히 있는 것이 잠자는 아기를 위해서인 듯한, 자신에게 아기가 생겨 엄마가 된 듯한 느낌이 들었다. 솔로몬의 침대 곁에 서서 그를 내려다보면 이런 생각이 들었다. '참 잘도 자네.' 그래서 깨우기가 싫은 것이었다. 그를 깨우고 싶지 않은 건 다른 이유에서이기도 했는데, 심지어 자는 모습도 너무 엄해 보였기 때문이었다.

물론 침대 위쪽 벽에는 그의 젊은 시절의 사진—단지 그 인물이 누구인지 자꾸 잊어버릴 뿐이었다—이 걸려 있었다. 그때 그는 머리칼이 왕관처럼 이마까지 가득 덮고 있었다. 지금은 머리 위로 착 까라져 생기라고는 하나도 없었다. 솔로몬은 좀 밝은 피부색과 쥐똥나무 자라듯 듬성듬성하지만 억센 눈썹, 미래를 내다보는 능력이 있는 강인한 눈매, 깐깐한 입매와 황금 같은 미소를 가졌다. 그건 옷을 입고 있을 때의 인상이고, 대낮에 침대에 누워 있는 그는 몸도 왜소한 다른 사람처럼 보였다. 말똥말똥한 정신으로 성경을 쥐고 있을 때도 마찬가지여서, 그의 친척쯤 되어 보였다. 그리고 이따금 잠이 든 그의 곁에 서서 부채로 파리를 쫓고 있는 중에 그 위로 햇살이 비추면 얼굴이 완전히 달라 보였다. 얼마나 부드럽고 맑은지 창문 앞에서 비춰 본 디저트 잔 같아서, 그 이마 속을 꿰뚫어 보고 무슨 생각을 하는지 알 수도 있을 정도였다.

그녀가 부채질을 했고 마침내 그가 눈을 뜨고 그녀의 이름을 불렀지만, 그녀가 식지 않게 팬 아래에 놓아두었던 훌륭한 계란은 맛도 보려 하지 않았다.

그녀는 다시 부엌으로 돌아와 자신의 몫에 그의 몫까지 실컷 먹었고, 열린 문으로 밖에서 무슨 일이 벌어지는지 내다보았다. 하루 종일, 그리고 간밤에도 봄이 가까이에서 기지개를 켜는 느낌이었다. 마치 어떤 청년처럼 집 안에 존재했다. 달은 그믐에 가까울 때였고, 밖에서 사람들이 떼를 뒤집으며 완두콩과 콩을 심고 있었다. 타는 덤불에서 피어오르는 연기가 마치 짧은 치마처럼 하늘에 걸려 있는 붉은 밭 위아래로 흰 말과 흰 노새가 쟁기를 끌고 있었다. 드문드문 걸설한 고함 소리가 공기를 뚫고 들어와 그녀를 깨웠다. 마치 일은 안

하고 그늘에서 졸고 있고 그녀에게 "벌떡 일어나지 못해!"라고 소리라도 지르는 듯이. 그녀는 골을 이룬 밭고랑마다 모자를 단단히 쓰고 반짝이는 기다란 괭이와 쇠스랑을 걸쳐 멘 남녀들이 띠 깃발을 들고 어딘가 여행을 가는 듯이, 걸어서 혹은 노새를 타고 움직이는 모습을, 그리고 이따금 어떤 신호라도 받은 양 다들 한꺼번에 소리치고 고함을 지르고 구슬리거나 서로 부르고 대답하고, 뛰어다니고 서로를 덮쳤다가 다시 떨어져 나오고 고함 소리와 함께 땅으로 집어 던져지고, 그러다가 정오의 몽롱함 속에서 미동도 없이 누워 있는 모습을 볼 수 있었다. 나이 든 여인들이 오두막에서 나와 그들을 위해 마련한 음식을 가져다주었고, 그리고 난 후 다들 똑같이 나누어 함께 일했다. 어린아이들도 나와서 들판 위로 넘쳐흐르는 냇물처럼 통통거리며 남자, 여자, 강아지, 날아드는 새, 물결처럼 굴곡을 이룬 땅, 가릴 것 없이 들이덤볐는데 그 어린 목소리는 너무 톤이 높아서 잘 들리지 않았다. 중간쯤에 금은 탑처럼 건초 더미가 솟아 있었고, 검은 암소들이 주변을 돌며 가장자리를 뜯어 먹었다. 변천하는 들판과 집과 오두막, 그리고 해자처럼 그것들을 둘러막는 쑥 들어간 길, 그 모든 것의 한참 위쪽으로 흰 암말 꼬리 모양으로 길게 멀리까지 늘어진 구름이 흘러가는, 곧게 타오르는 불꽃처럼 평온하고 고요한, 변화무쌍한 하늘이 있었다. 그리고 자기 소유의 이 모든 것이 주변에서 움직이는 동안 깊은 잠에 빠진 솔로몬은 한가운데에 찍힌 작은 정지된 점 같았다.

집 안에서도 향기로운 땅의 숨결이 느껴졌다. 솔로몬은 리비가 닭장과 우물 너머로 나가는 것을 허락하지 않았다. 하지만 지금 저 밭 한가운데로 걸어 나가 다른 여자들과 마찬가지로 호미를 들고 일을 한다면, 그렇게 일하다가 땀에 절어 갈아엎은 흙에 뺨을 대고 땅에 대자로 누워 그런 소박함과 즐거움으로 그 노인네를 창피하게 만든다면 어쩔 것인가? 창피스럽게 하는 거야! 뒷문을 내다보는 사이 청하지도 않은 잔인한 소망이 그렇게 순식간에 찾아들기도 했다. 그녀가 설거지를 하고 식탁을 문질러 닦았다. 어린 양의 울음소리가 들렸다. 결혼식 이후로 한 번도 보지 못한 어머니가 한번은 이런 말을 했다. "어떤 종류의 남자라도 심술궂은 여자보다는 낫다."

그래서 오전 내내 그녀는 화덕 앞에서 계속 맛을 보며 닭 육수를 끓였고 딱 적당할 때 컵에 담았다. 그것을 들고 솔로몬에게 갔는데, 그는 꿈을 꾸며 자고 있었다. 무슨 꿈을 꾸는 걸까? 갓 낳은 달걀이라도 되는 양 마음속에 품고 있는 그것 전부를 흩뜨리고 싶지 않은 듯이 나지막이 한숨을 쉬었으니 말이다. 그러니까 노인네라도 뭔가 예쁘장한 꿈을 꾸는구나. 잠결에 결혼반지를 낀 손으로 이불을 말아 쥐고 푹 꺼진 눈을 감은 채 그녀의 꿈을 꾸기라도 하는 걸까? 지금이 몇 시일까, 그런 꿈을 꾸는지도 모른다. 잠자는 동안에도 시계처럼 시간을 따져서 시간이 얼마나 지났는지 알았고, 잠에서 깨어서도 절대 곁에서 떼어 놓지 않는 은 손목시계를 보지 않고도 시곗바늘이 어디 있는지 알았으니 말이다. 시계를 손에 쥔 채로, 심지어 놀이에 빠진 아이처럼 뺨에 올려놓은 채 잠이 들곤 했으니까. 아니면 증기선을 타고 내치즈로 가는 꿈을 꾸는 건지도 모른다. 하지만 그녀는 자기 꿈을 꾸는 거라고 생각했다. 하지만 그렇게 찬찬히 바라보는 중에도 침대 다리의 가로대가 목책처럼 둘 사이에 솟아오르는 듯했고, 그렇게 그녀는 한 사람은 잠을 자고 다른 한 사람은 깨어 있을 때 그 무엇도 확신할 수 없다는 말의 의미를 알 수 있었다. 어쩌면 곧 죽을 수도 있을 때에 자신의 꿈을 꾸고 있는 그를 보고 있자니 그가 그렇게 자신을 데려가기나 할 것처럼 약간 겁이 나면서 방에서 뛰쳐나가고 싶었다. 그녀가 침대를 붙들고 계속 버티다 보니 솔로몬이 눈을 뜨고 그녀의 이름을 불렀다. 하지만 아무것도 먹지 않으려 했다. 맛있는 닭 육수에 입도 대지 않으려 했다.

그런 후 얼마 안 되어, 그해 마지막으로 거실 벽난로의 재를 치우고 있는데 어떤 소리가 들렸다. 누군가 다가오는 소리였다. 그녀가 커튼을 닫고 그 사이로 내다보았다.

병이 걸린 나무 아래로 백인 부인이 길을 따라 올라오고 있었다. 처음엔 젊은 여자인가 싶더니 그다음엔 나이가 들어 보였다. 신기하고 놀랍게도 작은 차가 저 너머 밭길에 주전자처럼 김을 뿜으며 서 있었다. 길도 없는데 온 것이었다.

리비는 선 채로 오래도록 계속해서 문을 두드리는 소리를 들었다. 그리고 잠시 후 문을 빠끔 열었다. 부인은 몸집도 꽤 있었고 커다란 모자까지 썼는데도 그 틈새로 밀고 들어왔다.

"내 이름은 베이비 마리예요." 그녀가 말했다.

리비는 공손하게 그녀와 그녀가 손잡이를 쥔 채 몸에 바짝 붙이고 있는 작은 여행 가방을 적당히 오래 바라보았다. 부인이 눈으로 야자 나무를 하나씩 짚어 가며 거실을 둘러보는 동안 입에서는 이런 말이 나왔다. "제가 사는 곳은…… 저기 내치즌데…… 백인과 흑인 손님들에게 이 예쁜 화장품을 보여 주려고 나온답니다…… 안 가는 데 없이 여기저기…… 수년 동안 계속…… 두 가지 색깔의 파우더와 루즈…… 여자들이 전혀 집을 나서지 않고도 할 수 있는 그런 일이지요……" 더 열심히 집 안을 뜯어보면서 말도 더 많아졌다. 난데없이 그녀가 콧방귀를 뀌듯이 말했다. "화병에 깃털을 꽂아 두는 건 기독교인답지도 않고 위생적이지도 않아요." 그러더니 옷 앞쪽에서 금색 열쇠를 꺼내 여행 가방의 자물쇠를 열기 시작했다. 선명한 빨간색과 흰색을 바르고, 윗입술 양쪽 주름 사이에 하얀 분가루를 묻힌 얼굴이 빛을 받아 유난히 환했다. 깃털 장식이 달린 챙 넓은 모자의 녹슨 철사 아래로 짧은 빨간색 머리칼을 내보이며 이제 의기양양하면서도 비밀스럽게 가방을 열어 잘록한 병이고 통통한 병이고 있는 대로 다 꺼내 탁자와 벽난로, 소파, 오르간 할 것 없이 다 늘어놓았다.

"생전 이렇게 많은 화장품 본 적 있어요?" 베이비 마리가 물었다.

"아니요." 리비가 대답을 하려고 했는데 혀가 움직이질 않았다.

"화장은 해 본 적 있어요?" 베이비 마리가 다시 물었다.

"아니요." 리비가 겨우 대답했다.

"그럼 봐요!" 그 말과 함께 그녀가 마지막 것까지 다 꺼내 놓았다. "이거 한번 발라 봐요!" 그러면서 쥐었던 손을 펴니 금색 립스틱이 있는데, 요술처럼 열렸다. 향을 피운 듯 향기가 피어났고 리비가 갑자기 소리쳤다. "멀구슬나무 꽃이네!"

그녀의 손이 립스틱을 쥐었고, 바로 그 순간 그녀는 허공을 날아 봄날로 돌아갔다. 반쯤 잠에 취한 미소를 띠고 자줏빛 구름에서 아래를 내려다보니 문간의 뽈닭만큼이나 단정하게 이파리를 달고 있는 검고 매끈한 멀구슬나무가 보이고 그 아래로 자신이 떠나온 집이 있었다. 나무 한쪽 편으로 엄마가 묵직한 앞치마를 들고 있었는데, 그 안에 잘 익은 무화과가 가득 담겨 있는 게 보였다. 다른 편으로는 아빠가 연못 위로 낚싯대를 드리우고 있었고, 반짝이는 작은 물고기들이 표면까지 헤엄쳐 올라오는 게 투명하게 다 보였다.

"아, 아니, 멀구슬나무 꽃이 아니에요. 비밀 성분이지." 베이비 마리가 말했다. "내 화장품엔 비밀 성분들이 있어요. 멀구슬나무 꽃이 아니라."

"보라색이네요." 리비가 향기를 맡았고 베이비 마리가 말했다. "마음 놓고 써 봐요. 발라 봐."

리비가 까치발로 앞쪽 포치의 세면대로 가 거울 앞에 서서 립스틱을 발랐다. 물결이 이는 거울 표면에서 얼굴이 불꽃처럼 춤을 추었다. 베이비 마리가 그녀를 따라 나와 립스틱 칠한 것을 보고는 말했다. "그래, 그렇지."

리비는 새롭게 색이 칠해진 입술을 살짝 벌린 그대로 움직이지 않고 고맙다고 말해 보려 했다.

그때 리비 뒤에 선 베이비 마리가 어깨 너머로 거울을 들여다보며 그녀 머리칼을 꼬아 위로 올려 보였다. "그 립스틱, 단돈 2달러에 줄게요." 목 가까이에 대고 그녀가 말했다.

"하지만 전 돈이 없어요. 돈을 가져 본 적도 없는걸요." 리비가 말했다.

"아, 지금 안 줘도 돼요. 다시 올 거거든요. 원래 그래요. 나중에 다시 올게요."

"아." 그 부인을 기쁘게 해 주기 위해 다 이해하는 척하며 리비가 말했다.

"하지만 이번에 물건을 사지 않으면 아마 내가 여기 오는 건 오늘이 마지막일걸요." 베이비 마리가 매섭게 말했다. "분명히 말하지만, 여긴 너무 외진 곳이니까 말이야. 근처에 아무것도 없잖아요."

"맞아요. **돈**은 남편이 다 가지고 있어요." 리비가 부들부들 떨면서 말했다. "얼마나 엄한지 몰라요. **당신**이 여기 들어왔다는 것도 모른다고요, 베이비 마리!"

"지금 어디 있는데요?"

"지금 저기서 잠을 자고 있죠. 늙은 내 남편은. 뭐든 달라고 할 생각도 못 해요."

베이비 마리가 립스틱을 도로 받아 가방에 넣었다. 백인용 흑인용할 것 없이 유리병을 다시 다 거둬들이더니, 그것들을 꺼낼 때와 마찬가지로 의기양양하게 수선을 떨며 가방 안에 집어넣었다. 그러고는 자리를 뜰 채비를 했다.

"잘 있어요." 당당한 뒷모습을 보이며 그렇게 말하더니 마지막 순간, 문간에서 돌아섰다. "남편 좀 보게 해 줘요." 그렇게 속삭이듯 말하는데 낡은 모자가 기우뚱했다.

리비가 고분고분하게 까치발로 걸어가 반대편 방문을 열었다. 베이비 마리가 그녀의 뒤를 따라와 발꿈치를 올리고 안을 들여다보았다.

"맙소사, 왜소한 늙은이구먼, 아주 늙은이야!" 두 손을 맞잡고 그위로 고개를 절레절레 흔들며 그녀가 낮게 말했다. "저렇게 아름다운 조각보 이불에, 저렇게 왜소한 늙은이라니!"

"하루 종일 저렇게 잠만 자기도 해요." 리비가 자랑스럽게 속삭였다.

두 사람은 곤히 잠든 그를 잠시 바라보다가 돌연 서로 마주 보았다. 그는 미동도 없었으므로 왠지 그들 사이에 비밀이 생긴 것만 같았다. 그러자 리비가 공손하면서도 황급하게 문을 닫았다.

"좋아! 확실히 립스틱은 당신에게 주고 가야겠네!" 베이비 마리가 쾌활하게 말했다. 그녀가 문간에서 미소를 지어 보였다.

"하지만 전 논이 없다고 말씀드렸잖아요. 생전 가져 본 적도 없고."

"그래서 앞으로도 그럴까?" 끄덕거리는 백인 부인 머리 주변으로 밝은 후광이 생기듯이 사방의 공기 중에 진정한 봄기운이 가득 차올랐다.

"계란이라도 가져가실래요?" 리비가 상냥하게 물었다.

"아니, 계란은 많아요. 아주 많지." 베이비 마리가 말했다.

"하지만 돈은 없는걸요." 리비가 말했고, 베이비 마리는 가방을 들고는 다른 데로 가 버렸다.

멀어져 가는 그녀를 지켜보며 서 있는 내내 리비는 왼편의 심장이 쿵쿵 뛰는 게 느껴졌다. 손을 그 위에 대 보았다. 심장은 쿵쿵 뛰고 얼굴 전체는 고동치는 입술의 색깔로 확확 달아올랐다. 그녀는 솔로몬의 곁으로 가서 앉았고, 그는 눈을 떴을 때도 그녀에게서 달라진 점을 알아채지 못했다. '곧 세상을 뜰 거야.' 그녀가 속으로 말했다. 그것이 비밀이었다. 그래서 그때 신선한 공기를 마시러 집 밖으로 나간 것이었다.

그녀는 길을 내려가 내치즈 산길을 한참 내려갔고, 얼마나 멀리 갔는지 알 수도 없었다. 하지만 그리 멀리 가지 않아서 어떤 광경이 눈에 들어왔다. 환영처럼 보이는 어떤 남자였다. 그녀는 옛 내치즈 산길 이편에 서 있고 그는 다른 편에 서 있었다.

그녀의 모습을 보자마자 그가 자신의 모습을 살피기 시작했다. 맨 아래쪽 뾰족코 신발부터 시작해서 밝은색 양말 전체를 보기 위해 배기 바지 끝을 높이 끌어 올리며 살펴보았다. 품이 넓고 긴 초록색 코트를 문을 열듯 열고는 위까지 올라온 황갈색 바지를 살펴보더니, 깃이 만나는 지점부터 아래로 쓸며 바지 주름을 폈다. 광택이 나는 연분홍 새틴 셔츠를 입고 있었다. 마지막으로 접시 모양의 챙 넓은 자두색 둥근 모자 위로 손을 뻗더니 봄바람에 살랑거리는 에메랄드빛 깃털을 한 손가락으로 건드렸다.

지금 자신의 모습이 어떻건 절대 그 사람만큼 멋지게 보일 수는 없겠지만, 그녀는 그게 유감스럽기보다는 오히려 기뻤다.

그가 아래쪽으로 한 번, 위쪽으로 두 번, 그렇게 세 번을 뛰어 그녀의 곁에 왔다.

"내 이름은 캐시입니다." 그가 말했다.

그의 주머니에는 기니피그가 있었다. 두 사람이 함께 걷기 시작했다. 그냥 곁에서 걷고 있는 게 아니라 무슨 과감하고 화려한 행위라도 하고 있는 양 그녀가 그를 계속해서 빤히 쳐다보았다. 그렇게 그를 쳐다보고, 그가 당돌하게 마주 보는 데서 희망을 가지게 된 이유는 그저 그가 도시 사람처럼 옷을 입어서가 아니었다. 그녀의 눈이 초롱초롱해진 것은 단지 앞에 걸리적거리는 건 다 부숴 버리고 세상의 모든 걸 파괴할 것처럼 그가 꽃을 발로 차며 걸었기 때문은 아니었다. 그것은 어쩌면 그날 그렇게 모습을 나타내지 않았다면 그녀가 그를 그렇게 꼼꼼히 뜯어보는 일은 절대 없었을 것이었기 때문이었다. 언제 나타나는가, 그것이 중요한 것이다.

그들은 내치즈 산길의 고요한 초목 사이를 걸었다. 주변의 나무들 사이로 빛과 그림자가 어른거리고 강둑의 흰 붓꽃은 촛불처럼 빛나고 새로 돋은 양치식물은 떡갈나무 가지 사이에서 초록 별처럼 빛났다. 두 사람은 병이 걸린 나무를 비롯해 온갖 것들이 있는 솔로몬의 집까지 왔다. 리비가 걸음을 멈추고 고개를 떨궜다.

캐시가 어떤 가락을 휘파람으로 불기 시작했다. 리비는 그게 무슨 곡인지는 몰랐지만 전에 멀리서 들은 적이 있었고, 문득 계시처럼 깨달음이 찾아왔다. 캐시는 일꾼이었다. 완전 탈바꿈한 일꾼. 솔로몬에게 고용된 사람이었다. 그런데 작업복을 벗어 던지고 이렇게 차려입은 것이다. 거기 솔로몬의 집 앞에서 그가 웃었다. 두상도 둥글고 얼굴도 둥글고 어딜 보나 젊은 사람이었는데, 고개를 뒤로 확 젖히고 말총 구름이 떠 있는 하늘을 배경으로 둥근 모자 안에서 머리를 굴리며, 앞에 있는 솔로몬의 집을 보면서 그렇게 웃을 수 있었던 것이다. 리비가 바라보니 솔로몬의 검은 모자가, 세상 그 무엇보다 새카만 모자가 현관문의 모자걸이에 걸려 있었다.

"내치즈에 다녀왔어요." 하늘을 배경으로 고개를 빙빙 돌리며 캐시가 말했다. "내가 여행을 했다고요. 내가 부활절 맞을 준비가 되었고!"

아직 추수 전인데 어떻게 저렇게 멋지게 보일 수가 있을까? 캐시가 돈을 훔친 게 분명했다. 솔로몬의 돈을. 그가 길 위에 서서 쫙 펼친 손바닥을 거듭 올렸다 내렸다 하며 웃었다. 경중거리며 뛰기도 했다. 오싹한 기분이 그녀의 전신을 훑고 지나갔다. 캐시가 단단한 손을 움직여 북을 치거나 어떤 남자를 마구 후려치는 것만 같았다. 그의 웃음에는 그렇게 자유분방하면서 위협적인 기운이 있었던 것이다. 그녀가 눈살을 찌푸리며 그에게 다가갔고, 흔들리던 그의 팔이 순식간에 그녀를 끌어안았다. 성냥불로 붙인 불길에 성냥불 자체가 휩쓸려 꺼지듯이 공포가 그녀의 몸에서 바스러져 빠져나갔다. 그녀가 그의 코트 자락을 몸 위로 감싸고 빨간 입술을 그의 입에 대고 꼭 눌렀다. 그가 처음에 자신의 모습에 홀린 것처럼 그때 그녀도 자신에게 홀려 있었다.

그 순간 그녀는 입 밖에 낼 수 없는 무언가를 절감했다. 솔로몬의 죽음이 멀지 않았고, 이제 그녀에게 죽은 것이나 매한가지라는 사실을. 그녀의 입에서 비명이 터져 나왔고, 그 비명 소리와 동시에 몸을 돌려 집 쪽으로 달려갔다.

캐시도 곧장 몸을 움직여 뒤쪽에서 그녀를 쫓아 달렸다. 점점 가까워져 진입로 중간쯤에서 웃으며 그녀를 지나쳤다. 심지어 돌멩이 하나를 집어 병이 걸린 나무를 향해 던졌다. 그녀가 팔을 머리 위로 올렸고, 격분한 고함 소리처럼 병이 걸린 나무에서 와장창 소리가 났다. 캐시가 발을 쾅쾅거리고 지그재그로 몸을 던지며 앞 계단을 올라 문안으로 들어갔다.

그녀가 들어갔을 때 그는 주머니에 손을 넣은 채 거실을 천천히 돌아다니고 있었다. 작은 기니피그가 빼꼼히 내다보았다. 캐시 주위의, 벽에 꽂아 놓은 야자수잎이 마치 게을러빠진 사바나 원숭이가 사방으로 벽을 오르락내리락하며 찍어 놓은 녹색 발자국처럼 보였다.

그의 손은 여전히 주머니에 들어 있는데, 그녀가 방을 가로질러 지나갔고 다른 방으로 이어지는 닫힌 문에 다다라 문을 밀어젖혔다. 솔로몬을 부르며 그의 침대로 뛰어갔다. 노인네의 왜소한 몸은 여전히 한겨울인 듯 조각 이불에 꽁꽁 싸인 채 미동도 하지 않았다.

"솔로몬!" 그녀가 조각 이불을 홱 벗겼지만 그 아래 이불이 또 있었고, 그녀는 그 옆에 무릎을 꿇으며 주저앉았다. 그에게선 한숨 소리밖에 나오지 않았고, 적막 속에서 그녀는 거실에서 들리는 캐시의 생기 있고 가벼운 발걸음 소리와 침대에서 째깍거리는 솔로몬의 은시계 소리를 들었다. 그녀로서는 눈이 내리는 곳이리라 상상이 드는 어딘가를 걸어 다니는 듯이 경건하고 매정한 얼굴이 더 작아만 보이는 늙은 솔로몬은 잠에 빠져 저만치 멀리 있었다.

말발굽이 마룻바닥을 긁는 듯한 소리와 함께 문이 끼익 열리더니 캐시가 그녀 곁에 모습을 나타냈다. 올려다보자 캐시의 얼굴은 얼마나 새카만지 밝게 빛났고, 그렇게 밝고 동정심이라고는 없어서 그녀의 눈에는 오히려 사랑스러웠다. 그녀가 일어나서 고개를 꼿꼿이 들었다. 그녀에게 딱히 힘이 필요한 것도 아닌데 캐시는 얼마나 강력한지 그 존재만으로도 그녀에게 힘이 되었다.

내려다보는 두 사람의 시선 아래에서 솔로몬은 잠에 빠져 있었다. 잠이 든 사람의 얼굴은, 그 얼굴을 바라보는 사람은 헤아릴 수 없는 어떤 존재와 장소를 말해 준다. 그래서 리비와 캐시의 시선 아래에서 잠을 자는 솔로몬의 얼굴은 신비로운 이야기라도 되는 양 그가 평생 아주 조금씩 존경심을 쌓아 갔음을 말해 주었다. 운명적인 그 임무를 수행하는 데 딱정벌레도 그만큼 근면하고 기발할 수는 없었을 것이다. 위쪽에 걸린 사진에서처럼 젊었을 때의 솔로몬에게는 존경이란 무한한 것이어서 집 안에서 어떻게든 만들어 내어 지켜야 하는 존경은 한도 끝도 없었다. 우리를 짓듯이 동떨어진 집을 지었지만, 그것이 그에게는 대단하고 기념비적인 피라미드와도 같은 것이 되었고, 때로 그것을 높이 세우는 일에 흠뻑 빠져서 있는 힘이란 힘은 다 짜내어 매일매일 오로지 그 일에만 전념하면서도, 애초에 어떻게 시작되었는지, 무슨 의미가 있는지도 잊어버린 채 피라미드를 짓는 이집트의 노예처럼 되어 버렸다. 리비와 캐시는 이제 그가 평생의 노동을 끝내고 편히 쉬는 사람처럼 침대에 누워 있다는 걸 알았고, 이불에 둘둘 싸여 잠결에 편안히 한숨을 내쉬는 소리를 들을 수 있었다. 꿈속에서 그는 재료를 모아 등에 지고 가서 직접 손으로 건축물을 짓는 개미나 딱정벌레나 새일 수도 있었고, 미소를 지으며 모든 걸 홀홀 털어 버리는 인도의 노인이나 보자기에 싸인 아기일 수도 있었다.

그러다가 전혀 예고도 없이 산울타리 같은 눈썹 아래에서 솔로몬의 눈이 번쩍 떠졌다. 완전히 잠에서 깬 것이었다.

곧바로 캐시가 재빨리 팔을 들어 올렸다. 이마에 땀이 송골송골 맺혔다. 하지만 팔을 내리지는 않았다. 뭔가가 붙잡고 있기라도 한 양 그냥 공중에 가만히 들고 있었다.

리비는 아니었다. 그녀는 꼼짝도 하지 않았으니까. 뭔가 '기다려'라고 명령한 듯 그녀는 서서 기다렸다. 미동도 않는 눈꺼풀 아래로 눈이 이글거리는 중에도 뻣뻣하게 일그러진 입술을 벌리고, 팔도 뻣뻣하게 옆구리에 붙인 채 누워 있는 노인네와 헐떡이는 젊은이에게서 떨어져 꼿꼿이 서 있었다.

뭔가 움직임이 생겨났는데 그것은 솔로몬의 얼굴에서였다. 나이든 엄한 얼굴, 노쇠한 얼굴이었지만 덮개를 씌운 불빛처럼 그 뒤에서 숨바꼭질이나 뛰어 도망가기 놀이를 할 수도 있는, 그래서 늘 잡히지 않고 도망쳤던 생기가 나타났다. 어떤 수수께끼가 그의 내면에서 반짝였고 눈빛으로 초대했다. 캐시가 재빨리 팔을 들어 내려치려 했던 것이, 그리고 리비가 그것을 위해 울어 줄 수 없는 것이 바로 그 수수께끼였다. 하지만 캐시는 그저 팔을 올린 채 서 있었는데, 그 방법을 알기만 했다면 거의 숨 한 번 내쉬는 식으로 그 굉장한 힘을 살짝 잽싸게 쓰기만 했어도, 그 노인네와 죽음 사이의 장벽 너머로 그를 바로 보내 버릴 수 있었을 것이다.

부서질 듯 노쇠한 얼굴에서 약하게 나타난 빛이 그런 위태로운 순간을, 내려치는 일을 허용하지 않을 방 안의 어떤 신비를 초래했을 리가 없다면, 적어도 부활절 옷 아래로 심장이 고동치는 캐시가 한 남자의 활력을 예고도 없이 후려쳐서 끝장을 내는 것에 수치스러움을 느낀 것이 분명했다. 그가 팔을 내리고, 영문도 모르고 지진아 모자*를 쓴 채 눈이 휘둥그레진 학생처럼 리비 뒤쪽으로 물러났다.

"젊은 것들은 기다릴 줄을 모르지." 솔로몬이 말했다.

리비가 마구 몸을 떨기 시작했고, 눈물을 쏟으며 허리를 굽혀 물잔을 집어 그에게 건넸지만 그는 쳐다보지도 않았다.

"그래서 여기 리비가 기다리던 젊은이가 있구먼. 막을 것도 없지, 없어. 찬찬히 보니 내가 내내 알고 있던 놈이구먼. 면화밭에서 태어났을 때부터 알았고, 매년 쑥쑥 커 가는 걸 봤던 캐시 매코드야. 이제 다 커서, 결국 내 집에 들어올 만큼 컸구먼. 너덜너덜, 맨발로."

솔로몬이 혐오스럽다는 듯 기침을 내뱉었다. 그러고는 눈을 다시 꾹 감고는 기도문을 외우듯 입술을 움직이기 시작했다.

"리비가 결혼하기 전부터 그 남편은 대단한 사람이었어. 엄청난 돈을 주고 땅을 샀지. 처음 그녀를 집에 데려오던 날 마차에서 문 앞까지 플라타너스잎을 쫙 깔아 놓았지. 발에 흙이 묻지 않도록 말이야. 그리고 문안으로 들어갈 땐 안고 들어갔지. 그랬는데 이젠 나이가 들어 더 이상 안을 수도 없는데 그녀는 여전히 젊은 거야."

그의 말 한 마디 한 마디를 반복하는 나직한 선율처럼 리비의 흐느낌이 그의 말을 뒤따랐다. 그의 입술이 말없이 움직여서든 그녀가 너무 격정적으로 울어서든, 들리지는 않았지만 그가 자기 인생 전체를 얘기했을 수도 있었다. 그런 뒤 그가 말했다. "크건 작건 솔로몬의 죄에 대해 하느님께서 용서해 주시길. 너무나 어린 여자를 부인으로 삼

* 학업 부진아나 말썽쟁이에게 벌로 씌우던 원뿔형 모자.

아 여기 데리고 와, 가족들과 그녀를 다시 찾으려 아우성치는 모든 젊은 사람들에게서 떼어 놓은 것에 대해 하느님께서 용서해 주시길."

그가 침대 옆에 서 있는 리비를 향해 오른손을 들어 올려 자신의 은시계를 주었다. 그녀의 눈앞에서 그것을 흔들었고, 그녀가 울음을 멈췄다. 눈물도 그쳤다. 자부심에 찬 그의 손에서 늘 그랬던 것과 똑같이 째깍거리는 시계 소리가 잠시 들렸다. 그녀가 시계를 받았다. 그러자 그가 이불을 그러쥐었고, 바로 숨을 거뒀다.

리비는 솔로몬을 그대로 놔두고 방을 나왔다. 살금살금, 거의 소리도 내지 않고 캐시가 옆에서 따라왔다. 마치 그림자 같았지만, 반짝거리는 구두가 마룻바닥 위에서 스팽글처럼 움직이고, 모자의 초록색 깃털이 등불처럼 빛났다. 거실에 이르자 그가 길쭉한 검은 고양이처럼 날래게 그녀를 와락 붙잡아 허리를 붙들고 그녀의 발을 끌며 빙빙 돌렸다. 얼굴을 그녀에게 향한 채로 원을 그리며 돌았다. 그녀는 처음에는 한 팔과 그쪽 손, 그러니까 솔로몬의 시계를 쥔 손을 뻣뻣하게 가만히 두고 있었다. 그러다가 손가락이 스르르 풀어지고 온몸이 축 늘어지며 시계가 바닥 어디엔가 떨어졌다. 고요한 방 안에서 째깍거렸는데, 난데없이 밖에서 새들이 요란하게 노래하기 시작했다.

두 사람은 방 안을 빙글빙글 돌면서 움직여 환하게 열린 문간으로 나갔다. 거기서 그가 걸음을 멈추고 그녀를 한 번 흔들었다. 떨리는 그의 팔에 안긴 그녀는 둥지에서 쉬는 새처럼 아무 저항 없이 말없이 그대로 있었다. 밖에서 홍관조가 종횡무진 날아다니고, 나무에 묶인 병마다 햇빛이 가득하고 그 속에서 터질 듯한 봄의 기운으로 햇복숭아가 반짝이고 있었다.

랜딩에서
At the Landing

1

제니의 할아버지는 돌아가시던 날 밤 강물이 불어나는 꿈을 꾸었다.

여전히 꿈을 꾸면서, 말끔히 발라 먹은 닭 가슴뼈 같은 조그만 턱을 위로 치켜들고 그녀의 방문 바로 바깥에 서 있었다.

"왔어." 노인은 그렇게 말하고는 그에 대해 불평을 늘어놓았다.

제니는 침대에 가만히 누워 있었는데, 깨어 있었지만 방금 전 자고 있을 때보다 더 가만히 있었다.

"강물이 다시 불어났다고. 플로이드가 와서 얘기해 줬어. 교회 정면에 해가 환하게 내리쬐는데 플로이드가 길고 커다란 메기를 손목에 대롱대롱 매단 채 교회를 돌아 나오더라고. '불어나요. 강물 말이에요.' 그랬어. 아, 그럼 정말 왔구먼! 머리와 팔처럼. 말처럼. 갈기 같은 삼나무 꼭대기가 흔들리고. 덮쳐 와서 우리를 삼켜 버렸지. 플로이드 말이 맞았어."

할아버지가 앞에 걸려 있다고 생각하는 어떤 장애물—엄마가 있었을 때 문에 걸어 놓았던 가로대—을 들어 올릴 것처럼 손을 뻗었다. 힘에 부치는 모양이라 그녀가 소리를 지르려 했고, 할아버지가 문으로 들어왔다. 힘없이 걸을 때마다 걸치고 있는 양단 가운의 끈과 술이 사슬처럼 그를 짓누르는 듯했고, 그래서 그것을 입고 있는 일 자체가 불굴의 의지를 통해서만 가능한 양 발걸음이 무척이나 단호했고 대단한 의무감으로 가운을 끌며 다가왔다.

"마침내 하늘을 날 줄 알게 된 가난한 사람들처럼." 가운을 끌며 항의조의 목소리로 할아버지가 말했다. "랜딩의 모든 사람이, 온갖 상황에 처한 온갖 종류의 사람들이 미끄러지듯 저 위쪽 어둠 속으로 사라지는 거야. 예전에 내 딸이 연주했던 작은 만돌린, 그게 거품처럼 일어나 물로 가득 차네."

"할아버지!" 제니가 소리를 지르고는 일어나 요지부동의 그 왜소한 어깨를 붙잡았다. 달빛이 환했다. 눈을 뜨고 있는 게 보였다. "잠 깨요, 할아버지!"

"그 플로이드의 메기가 끈에서 풀려나 도망갔어." 대단한 소식이라도 전하는 투로 할아버지가 나지막이 말했다. "그러더니 갑자기, 세상에, 세상에나, 강의 생명으로 다시 살아나 눈부시게 반짝이며 교회 종탑 사이를 헤엄쳐서 강 아래로 내려갔지." 그 말을 끝으로 입을 꼭 다물었다.

그녀가 누 팔을 내밀었고 할아버지는 덜덜 떨며 그녀 품으로 무너졌다. 쿵쾅거리는 가슴으로 할아버지를 안고 어두운 복도를 지나 방으로 가서 침대에 눕혔다. 누운 할아버지 위로 달빛이 말라비틀어진 작은 낙엽처럼 살금살금 돌아다녔고, 할아버지는 더 이상 아무 말도, 미동도 없이 조용히 누워 있었다. 물 위를 떠가듯이, 지나가는 달에 이끌려 흘러가듯이. 가슴 속 제니의 심장이 밤에 들리는 째지는 새소리처럼 아침이 올 때까지 계속 두방망이질을 했다.

울퉁불퉁한 절벽 아래로 황금빛 연무가 깔린 강가에 저지대가 있었다. 산마루에서 산 아래 마을로 내려오는 길은 폭포처럼 급경사를 이루면서 맨 아래 풀이 가득한 곳에 이르렀다. 봄날이었다. 낚싯대를 메고 느릿느릿 움직이는 한 남자의 형체가 몽상가처럼 텅 빈 거리를 지나 길도 없는 연무를 뚫고 강으로 나아갔다. 그 마을은 여전히 랜딩이라고 불렸다. 강은 3마일 밖까지 밀려나 빽빽한 나무들 뒤쪽으로 숨어 보이지도 않았고 강 내음도 없었다. 홍수가 날 때만 강물이 여기까지 밀려와 지붕 위로 보트를 타고 다녔다.

집들이 드문드문 있는 언덕 위, 주랑이 있는 집에는 항상 노인과 손녀가 살았다. 그들은 랜딩에서 가장 눈에 띄지 않는 사람들이었다. 노인은 너무 나이가 많았고 손녀는 바깥세상을 무서워했으며, 할머니들이 하는 말로는 둘 다 너무 고상하셔서 밖으로 나올 수가 없었고, 그래서 집 안에서만 살았다.

평생 수줍음 많은 제니는 거실에 있을 때면 엄마의 그림 두 점인 〈새 장터〉와 〈로절리 요새의 대학살〉을 번갈아 볼 수 있었다. 아니면 식당에서는 식탁 주변을 걸어 다니거나, 엄마가 만들어서 의자에

440

꿰매 놓은, 서로 약간씩 다른 여덟 개의 자수 작품들 위에 하나씩 순서대로 앉아 보거나, 찬장 위에 세워져 있는 접시를 세어 볼 수도 있었다. 서재에서는 아무것도 깔리지 않은 맨바닥 전체를 크게 빙 돌면서, 지어낸 노래에 맞춰 아주 조용하게 아무렇게나 춤을 추거나, 제목이 달리지 않은 책 뒤표지를 빤히 보았다. 배와 달구지에 실려 물과 불을 헤쳐 오느라 불에 그슬고 색도 바래고 물에 붇거나 쪼그라든, 그리고 아름다운 작품인 양 손도 안 닿게 높이 진열해 놓은 책 말이다. 어디를 가든 프리즘이 손에 닿을 듯했다. 집은 프리즘으로 가득했다. 복도 그늘이든 방 안 햇빛이든 어디에나 있어서, 천장에 달린 등불 아래 흔들리고 창문 커튼에 줄지어 매달려 원을 그리며 달랑거렸다. 어느 방에서건 공기가 흔들리면, 혹은 그냥 그녀가 지나갈 때면 아주 희미한 음악 소리를 냈는데, 건드려졌기 때문이었다. 그녀가 직접 건드리는 것이 아니라 마술처럼 이루어지도록 하는 것이 그녀 방식이었는데, 바깥에서 불어오는 바람에 커튼이 흔들리는 것만으로도 또한 무지개를 이루곤 했다. 풍경이 그려진 화병들이 복도에 서 있었고, 두 개의 거울 사이를 재빠르게 지나가면 앞쪽으로 수없이 많은 모습이 반사되어 나타났다. 걸음을 멈추고 그것들을 다 만져 보고, 손가락으로 그림들을 따라가 보고, 그리고 다시 제자리에 둘 수도 있었다. 금지된 일이 아니었으니까. 하지만 차마 깨질까 엄두를 내지 못하는 그녀의 손길은 정령의 손길처럼 투명했을 것이다. 그녀는 아이들이 그렇듯이 차분했지만 정령의 차분함은 없었다. 하지만 아른거리는 하늘 전체를 고요하게 물들이는 저 멀리 번개처럼 하나의 인식이 늘 그녀 주변에서 전율하고 있었다. 언젠가는 자유롭게 나다닐 수 있으리라. 이따금 그 속에 숨고 싶어지는 거대한 옷장과, 상자처럼 생긴 커다란 덮개 달린 침대가 있고 시선을 위로 향한 엄마의 작은 사진이 벽에 걸려 있는 그녀의 방에서 지금 그녀를 구속하는 건 아무것도 없었다. 제니는 방마다 돌아다닐 수 있고 문간에 나갈 수도 있었다. 하지만 문간에 서면 할아버지가 뭐라고 중얼거리면서 그녀를 불러들이곤 했다.

해 질 녘에 할아버지와 손녀는 둔덕에 있는 정자에서 저녁을 먹곤 했다. 그것은 강이 코앞까지 밀려왔던 예전에는 경치 구경을 하던 정자였다. 여전히 강에서 산들바람이 불어왔다. 정자 주변으로는 마치 시집의 머리글자처럼 태곳적 가시 장미가 온통 둥글둥글 자라 있었다. 요리사가 나와서 마치 집 안에서 하인들을 혼내기라도 한 듯 과장된 위엄을 보이며 음식을 차려 주었다. 그럴 때면 그들 모두의 머릿속에 작은 그림 하나가 간직될 수도 있을 것이다. 검은 손이 부산하게 움직이고, 나뭇잎 그림자가 진 둥근 탁자를 사이에 두고 노인과 어린 소녀가 서로를 건너다보며 오랜 습관처럼 미소를 짓는. 하지만 할아버지는 손녀를 볼 때면 그 눈 속에 어떤 상념이 떠오르지 않은 적이 없었고, 그들 사이에서 다정하게 오고 가는 시선은 제니의 엄마에 대한 기억을 여전히 꼭 붙들고 있었다. 엄마가 돌아가신 지 몇 년이 흘렀는데, 엄마를 갈기갈기 찢었던 사나운 욕망이 여전히 그렇게 생생하면서 또 여전히 그렇게 아무것도 아니라니, 신기한 일이었다. 그 욕망은 내치즈를 향한 것이었다. 내치즈는 토요일이면 사람들이 모여들어 돌아다니는 멋진 마을이라고들 했다.

할아버지가 블랙커피를 저은 뒤 제니에게 미소를 지었다. 그는 발광을 그저 발광으로, 자연의 힘이라서 아는 척하거나 언급을 할 가치도 없는 그런 몹쓸 것으로 치부했다. 그렇더라도, 심지어 너무 늦은 지금이라도 제니가 애원이라도 할 수 있었다면……! 폭염이 찾아오면 요리사를 불러 부채를 가져오라고 하는데, 딸이 처음 발광을 했던 그때 그는 요리사를 불러 딸을 데리고 가서 다 끝날 때까지 곁에 앉아 있으라고 했다. 하지만 결국 딸은 그것 때문에 죽었다. 그래도 제니는 엄마를 위해 애원할 수 없었다.

작은 새처럼 허약한 할아버지가 들어가야 할 때를 알려 주곤 했다. 연구할 때 입는 공단 가운을 입고 천천히 일어나서 발톱으로 내리누르는 힘으로 무지막지하게 제니의 팔에 온몸을 실었다. 제니는 할아버지에게 순종적이었고, 그 누구에게라도, 만약 길에서 모르는 사람을 만나면 그에게도 순종적이었을 것이다. 자신을 위해서는 어떤 일도, 사소한 일조차 하지 않았고, 프리즘은 건드릴 생각도 안 했다. 그녀의 가슴속에서는 아무 일도 일어나지 않는 건지도 몰랐다.

정자에서 보자면 아무 일도 일어나지 않았다. 빌리 플로이드가 마을을 가로질러 오는 일 말고는. 사람들에게 잘 알려지지도 않았고 혼자여도 부족함이 없는 사람이었다. 그는 온다면 이 시간쯤 왔다. 아래편 길게 늘어진 그늘에서 그들은 반짝이는 물고기를 든 그가 길을 혼자 독차지한 채 촛불처럼 선명하게 움직여 저 멀리 푸르른 공기 속으로 사라져 가는 모습을 볼 수 있었다. 랜딩에서 그들은 움직이는 모든 사람이 시야에서 사라지는 걸 지켜보았고 그것이 매일의 삶에서 작은 정지의 순간이었다. 만약 날마다 어떤 희망의 순간이 꼭 와야만 한다면 제니에게 있어서 그것은 거칠고 저속한 플로이드가 자신이 잡은 커다란 물고기를 들고 랜딩을 통과해 갈 때였다.

파란 하늘 아래, 반원을 이루며 골짜기를 삼아 노는 스무 그루의 삼나무들이 묘지까지 이어져 있었다. 색 바랜 나무둥치가 빨갛고 하얀 장미꽃 색깔이었다. 제니는 허락을 받고 그 길을 올라 엄마의 무덤을 찾아가곤 했다.

묘지는 100년 전 배들이 세계를 돌아다니다 부두로 들어오던 옛 선착장 자리인 마을 위쪽에 시커먼 선반처럼 자리를 잡고 있었다. 오래된 탁자형 무덤이 맨 끝에 있었는데 뚜껑이 조금 열려 거기에서 인동덩굴이 자라고 있었다. 어디를 가든 묘지의 기이한 그늘 아래 이끼들이 늘어져 자라거나 돌들이 튀어나와 있었고, 거기서 나오는 빛에 비춰 보면 이끼는 돌로, 돌은 이끼로 되어 있는 듯했다.

어느 날 제니는 층계식 출입구에 앉아 있다가 골짜기 건너를 보았는데, 거기 플로이드가 햇볕이 내리쬐는 풀밭에 가만히 서 있는 게 보였다. 가운데는 비어 있는 채 밧줄처럼 양쪽에 길게 매달린 포도덩굴 사이로 볼 수 있었다. 밝은색의 직모였는데 빗질이라고는 해 본 적이 없으므로 이마까지 흘러내려 있었다. 큰 키에 어깨를 쫙 펴고 그녀 쪽을 보며 조용히 편안하게 서 있었고, 그 옆에서 록하트 집안 소유인 암적색 말은 풀 내음이 지독한 목초지에서 요란스럽게 풀을 뜯고 있었다.

마을 할머니들 말이 그는 밤에 낚시를 하기 때문에 오전 내내 잠을 잔다고 했다. 물러서지 않는 고요한 세상의 그 물러서지 않는 고요함에 질겁한 아이의 자세로 제니는 뻣뻣하고 근엄하게, 아래쪽 계단에 발을 꼭 붙인 채 앉아 있었다.

마침내 한숨을 내쉬면서 가려고 치마를 걷어 올렸을 때, 꿈속처럼 플로이드가 목초지를 가로질러 다가오는 것이 보였다. 골짜기에 다다라 어딘가 위험한 장소로 뛰어들어 가듯 양팔을 벌리고 뛰어내렸을 때 그녀는 출입구 계단에 가만히 서서 그 모습을 지켜보았다. 이제 가까워진 그가 샘물의 양치식물을 밟고 섰다. 바람을 맞으며 흩날리는 머리칼에서 소리가 나는 것만 같았다.

"돌아가." 그녀가 말했다. 그가 가까이 오기 전에 좀 더 지켜보고 싶었다.

그가 걸음을 멈추었고, 기분 좋게 쏠며 지나가는 바람에 몸을 맡기듯 탄탄한 목을 한쪽으로 기울인 채 그녀를 똑바로 바라보았다. 팔이 스르르 내려가더니 주먹 쥔 손을 풀었다. 하지만 그녀가 보기에 그의 눈은 하늘의 별처럼 소진되지 않고 환히 빛났다. 그래서 붙잡아 가까이 들여다보고 싶었지만, 손을 대고 싶지는 않았다. 하지만 그는 마치 그걸 막으려는 듯 그녀를 빤히 쳐다보며 서 있었다. 두 사람은 금방이라도 부리를 마주 부딪치며 춤을 출 두 마리 흉내지빠귀처럼 꼼짝도 하지 않았다.

그녀는 기다렸지만, 그는 미소를 보인 뒤 무릎을 꿇고 손으로 샘물을 퍼서 얼굴로 가져갔다. 오래 그렇게 물을 마셨고, 그동안 그녀는 바람이 치마를 펄럭거리거나 말거나 그냥 서서 얼굴을 들지도 않고 얼마나 오래 저렇게 물을 마실 수 있을지 보려고 기다렸다. 엄청나게 마신 뒤 그는 다시 들판으로 돌아가 늘어지게 하품을 하며 풀밭에 벌렁 누웠다. 풀이 워낙 무성하게 자라서, 찢어진 소맷자락 안의 햇볕에 검게 탄 한쪽 팔이 가만히 곧게 뻗어 있는 것만 보였다.

숲속에서 그를 보았던 그날, 그녀는 그의 순진함을 볼 수 있었으므로 자신의 순진함이 사라졌다는 생각이 막연하게 들었다. 그녀로서는 출입구 계단에 주저앉아 팔에 얼굴을 묻을 수밖에 없었다. 하지만 순진함이 사라지고 난 다음 무엇이 올지 여전히 알 수 없었다. 그가 잠에서 깰 때까지 기다릴 것이었다.

하지만 그는 그녀의 기대를 저버리고 죽은 사람처럼 계속 잤다. 그래서 자는 플로이드를 내버려 두고 할아버지에게 돌아갔다.

그 후 어느 날에는 작은 샘물 양편으로 좀 가까이에서 딸기나 이파리를 따며 얼마간을 걸었다. 목초지와 해와 풀 뜯는 말은 그의 편에 있었고, 무덤이 그녀의 편에 있었고, 그들은 상대편 쪽에 있는 것을 건너다보았다. 세상이 온통 나비로 가득 찬 듯했다. 한 발씩 내디딜 때마다 두 마리의 검은 나비가 똑같이 꽃 위에서 윙윙거렸는데, 허공에서 한 마리가 다른 한 마리 주변을 경쾌하게 맴돌거나 두 마리가 위아래로 함께 부드러운 파도처럼 좌우로 넘실거렸다. 암청색 나비들이 제니의 눈으로는 따라갈 수 없을 정도로 빠르게 날개를 움직였는데, 서로가 서로의 그림자인 양 늘 함께였고, 함께라서 아름다웠다. 제니는 일단 입에서 입으로 전하는 어떤 입맞춤도 그렇게 부드럽게 사랑을 전할 수 없으리라는 걸 알았다.

제니와 플로이드가 걸음을 멈추고 잠시 그 모든 나비를 바라보았지만 서로에게 전혀 손을 대지 않았다. 제니가 드디어 플로이드에게 손을 댔을 때, 그의 소맷자락을 건드렸을 때 그가 화들짝 놀랐다.

들판에 나오면 그는 귀 기울이는 동물처럼 기민해졌다. 말이 다가왔고, 그가 말에 손을 얹자 말은 귀를 쫑긋하고 그의 옆에 섰다가 획가 버렸다. 하지만 랜딩 어디에도 제니의 귀에 들리는 소리는 없었다. 그건 그냥 플로이드가 세상에서 벌어지는 건 다 알고 수많은 바깥 존재들을 들을 수 있기 때문일 것이었다. 그가 문득 고개를 뒤로 젖혔다. 그녀는 그가 미소를 짓고 있음을 알았다. 미소는 언제나 장벽이었다.

그녀가 그의 이름을 불렀다. 아주 가까이 있었으니까. 이름을 불러 본 건 처음이었다.

그가 여전히 움직이지 않았고, 그녀는 그가 자신의 즐거움에 빠져 따로 존재하고 있음을 알았다. 그 때문에 기이한 빛이 그가 있는 들판 쪽에 쏟아지고, 뒤에 남겨진 그녀에게는 세상이 온통 암흑이 되었을 수도 있었다. 무정한 존재와 마주한 듯 그녀는 너무 무서워졌다.

플로이드가 발을 들어 쿵쿵 굴렀고, 그 때문에 흥분한 말을 잡으려 무심하게 팔을 내밀었다. 그러고는 안장도 없는 말 등에 훌쩍 올라타더니, 누구든 들으면 어리둥절하며 겁을 먹을 만큼 큰 소리로 고함을 지르며 마구 말을 달렸다. 그녀가 풀밭으로 몸을 던졌다. 록하트 말이 그렇게 달릴 수 있다는 건 전혀 몰랐다. 플로이드는 경주를 하는 속도로 달렸고, 어떻게 그런 건지는 모르지만, 팔 아래로 훔쳐보니 너덜거리는 셔츠가 바람결에 물결처럼 흩날렸다. 가파른 들판을 세 바퀴 돈 후 노란 머리칼을 휘날리며 숲속으로 달려갔고 그와 함께 고함 소리도 점차 멀어졌다.

달려가서 그를 찾을 수만 있다면 아마 맨발로 쫓아갔을 것이다. 하지만 그를 찾아간다 해도 거기서 마주칠 것이 무엇인지 알았다. 그녀를 똑같이 현실적으로 대하는 그를 만나게 될 것이고, 그러면 그를 만질 수는 없을 것이다. 그녀 자신이 살아 있는 불가침의 존재이므로, 당연히 그 역시 그러했고, 그가 거기서 기쁨을 얻는데 어떻게 그에 대해 의문을 제기할 수 있겠는가? 그녀는 숲으로 걸어 들어가 무덤 주변을 돌아다녔다. 그러면서 사랑에 대해 알았고, 사랑이 다른 사람의 가슴속 신비에 대한 도덕적인 앎을 상실한다면 그것은 완전히 다른 이야기가 될 것임을 알았다. 그녀를 가까이 끌어당기는 플로이드의 어떤 면도 그녀는 겁이 나지 않았지만, 연약한 신비로움이 플로이드에게 있듯이 그녀 자신을 포함한 모든 사람에게 존재하고, 그녀가 어떤 일을 하건 결국 짓밟아 다치게 만들게 될 것이라는 것, 그래서 삶의 비밀이 바로 삶의 공포라는 것을 바로 깨닫게 되었다. 플로이드가 붉은 말을 타고 달렸을 때 그녀는 풀숲에 누워 있었다. 그녀 위로 뛰어 지나갈 수도 있었다. 하지만 사랑 때문에 허풍을 떨든 비탄으로 쓰러지든 그것은 그녀에게 해 주는 말이 아무것도 없었다. 아무것도.

바로 다음 날 제니는 계단 출입구에서 기다렸고 플로이드가 아침나절에 흠뻑 젖은 머리로 길을 걸어 올라오는 것을 보았다. 그쪽으로 와서 그녀를 볼 수도 있었으련만 먼저 록하트 집으로 갔다.

록하트 집은 길을 따라 있는 두 개의 긴 공터 사이에 있었다. 낮고 넓고 비틀린 집이었다. 두 모서리에서 굴뚝이 받치고 있는 지붕은 해먹처럼 늘어져, 나무껍질이나 색색의 작은 표지판들로 땜질이 되어 있었다. 거무죽죽한 홍수 흔적이 벨트처럼 집을 둘렀는데, 집을 단단히 붙들고 있는 게 오로지 그것뿐인 듯했다. 뭐라도 나오지 않으려나 하는 품으로 플로이드가 서서 문 안쪽을 들여다보았다. 유사流沙로 다 막혀 있긴 했지만 위쪽과 옆쪽의 채광창 달린 문은 보기에 아름다웠다. 문은 닫혀 있고, 앞 벽을 따라 놓여 있는 긴 우리 바닥에서 다람쥐들이 잠들어 있었다. 앞으로 기울어진 포치 아래로 진흙을 뒤집어쓴 암탉이 낡은 나룻배에 둘씩 앉아 있었다. 그렇게 플로이드가 보고 있는 사이 매그가 나왔다.

그가 알비노인 매그와 뛰놀기 시작했다. 매그는 하루 종일 잭나이프를 들고 꽃 위로 고개를 숙이고 끄덕거리며 화단을 손질할 때면 흰 머리가 아래로 물결치며 흘러내렸고, 누구라도 오는 게 눈에 띄면 찢어지는 소리로 웃곤 했다. 계단 출입구에 앉아 제니는 두 사람이 뒹굴며 노는 것을 보았다. 빠르게 달리는 청설모 아래에서 쳇바퀴가 돌았다.

적막한 한낮 공기를 가르며 매그의 목소리가 멀리서 들려왔다. "너 그거 아니거든!" "그렇지 않거든!" "아니야!" 그렇게 소리를 지르고 펄쩍 뛰며 도망가곤 했다.

플로이드는 매그를 땅에서 들어 빙빙 돌렸다. 매그는 뛰어 달아나고 물듯이 달려들고 버둥거리고 초록 장작불이 탁탁 타오르듯이 까르륵거리고, 그러면 그도 웃으면서 쫓아가 그녀를 잡았다. 그녀가 손가락질을 하며 그에게 물을 가져오라고 시켰고, 그는 우물에 가서 요란하게 덜거덕거리며 양동이를 던져 댔고 결국 그녀는 관두라고 해야만 했다. 그는 바로 자리를 떴고 매그는 암탉들과 함께 현관 계단에 앉아 진한 분홍색 팔을 문질렀다.

그러더니 갑자기 매그도 사라졌다.

제니는 손으로 이마를 짚었고 그다음엔 자신의 팔을 문질렀다. 매그가 거기 있었다고 믿었다. 매그가 느끼는 건 다 느꼈으니까. 만약 헛것을 본 거였다면 이런 경험은 처음이었다. 그리고 그 때문에 겁이 나지도 않았다. 자신이 아닌 다른 사람의 가슴속 감정을 느낄 수 있기 때문에 생기는 일일 뿐임을 알았다. 하지만 플로이드가 멀리 달아나는 사이 그녀에게 또렷하게 느껴진 것이 매그의 감정이었던 것이다.

풀 위에 드러눕자 풀이 그녀의 귀에 대고 속삭였다. 만약 절박감이 그저 어떤 나라라면 그것은 우물 바닥에 있을 것이다. 그녀는 거기 가고 싶었다. 전혀 모르는 어떤 다른 나라에 우아하고 무심하게 다다라 비밀스러운 그 하늘 아래 평평한 땅을 걸어 다니고 싶었다. 거울에 비친 상처럼 순식간이었지만, 갑작스러운 작별의 숨결에 벌떡 일어나 매그의 우물로 걸어가는 자신이 눈에 보이기도 했다. 계단식 출입구처럼 우물에도 계단이 있었다. 그 계단을 걸어 올라가 맨 위에 이르자 주변을 한 번 둘러본 후 컴컴한 아래쪽으로 내려가는 자신을 보았다.

하지만 할아버지가 날 부르실 거야. 그녀는 아래로 깊숙이 내려가는 동안에도 그런 생각을 했다. 돌아가야지. 엄마 무덤에 꽃을 가져다 놓았는지 물어보실 거야. 그러면서 록하트라는 결혼 후의 이름이 새겨져 있는 엄마의 묘비를 건너다보았다.

그녀는 손안에 있던 것을 와락 움켜잡았는데, 풀잎이었다. 그런 채로 계속 있었다. 두 엄지손가락으로 양 끝을 잡아 풀잎을 입가에 대고, 그 무엇이든 자신을 부르는 소리를 기다리며 그렇게 햇볕 아래 꼿꼿이 앉아 있었다. 풀잎을 불었다. 무심한 풀잎의 소리가 났고, 다시 한번 불었다.

2

할아버지가 돌아가신 다음 날 아침 제니는 풀 먹인 흰 드레스를 입고 언덕을 내려가 랜딩으로 들어갔다. 코바늘로 뜬 작은 가방에 리본을 달아 손목에 걸고, 그 안에 넣을 5센트 동전도 챙겼다. 끈으로 졸라맨 튼튼한 검은색 슬리퍼가 흙길에서 가볍게 움직였다. 할머니들은 늘 할아버지가 갑자기 돌아가실 거라고 했는데, 딱 그렇게 돌아가

셨단 소식을 전하려는 참이었다. 걸음을 뗄 때마다 주변을 둘러보며 이런 모든 일이 벌어지기에는 참 적적한 곳임을 실감했다.

쥐들만 득시글거리는 집을 지났고, 부엉이 한 마리가 예전에 자리를 잡고 밤마다 나다니던, 판자를 둘러친 거무죽죽한 상점도 지났다. 흑인들이 벽을 다 뜯어다가 겨울 땔감으로 태워 버리기 전에는 록하트 집안의 어린 송아지가 풀이 잔뜩 자란 방에서 코를 박고 풀을 뜯었었다. 줄지어 선 흑인 오두막집 앞쪽으로 낡은 보트의 목재로 만든 긴 울타리가 하나 있었는데, 강물이 밀려올 때 잠깐이라도 막아 보기 위해 세운 것이었다. 얼토당토않은 구실로 마을을 다 박살 내겠다고 작정한 거인을 막아 보겠다는 거나 마찬가지였지만.

길의 끝에 이르자 건너편으로 얼마 남지 않은 회랑에 다 쓰러져 가는 2층짜리 건물이 제니의 눈에 들어왔고, 거기가 그녀의 목적지였다. 상점과 우체국이 한곳에 함께 있었다. 양철로 된 차양을 따라 이끼에 고드름이 매달려 있고, 거기에 우체국장이 크리스마스 장식을 해 놓았다. 문 위로는 시든 겨우살이가 걸려 있고, 그것을 쏘아 떨어뜨렸던 총은 여전히 구석에 서 있었다. 앞 벽에 기대어 놓인 의자에 노인 다섯 명이 앉아 있었고, 그중 한 사람은 하얀 고양이를 안고 있었다. 계단에서 손 앨퍼드가 만돌린을 가지고 놀고 있었는데, 원래 제니 엄마 것을 준 것이었다. 빠른 곡조의 노래를 부르고 있었다.

그녀는 귀엽잖아
똑똑하잖아
두 번 보지 말기를
내 가슴이 찢어질 테니

모두들 내 여자를 사랑한다네.

그녀의 모습에 다들 고개를 끄덕였지만, 그녀가 그들에게 말을 걸지 않으리라는 건 다들 알았다.

안으로 들어가자마자 처음 눈에 들어온 것은 빌리 플로이드였다. 방 뒤편에 서 있는 그에게 우체국장이 말을 하고 있었다. "올해도 강물이 들어오겠지?"

그녀는 벽에 둘러싸이고 지붕이 얹힌 실내에서 그를 본 적이 한 번도 없었기 때문에 어쩐지 들판에서 본 사람과는 딴판으로 보였다. 그는 머리 뒤편으로 장화 한 켤레와 얇은 유리 램프들이 줄지어 걸려 있는 어둑하고 우중충한 가게 안에 서 있었고, 그래서인지 뭔가 친밀한, 끌어안듯이 친밀하고 닳고 닳은 세속적인 분위기가 어렸다.

"미끌미끌하고 아주 매끈하다니까! 물고기가 어떤지 알잖아." 두 사람이 어쨌든 함께할 수 있다는 듯이 우체국장이 두 사람을 보며 싹싹하게 말했다. "집이 그렇다고, 내내 물에 잠겨 있으면 말이야. 흑인들이 여기서 저 현관까지 계속 오르락내리락 미끄러지면서 이 안을 다 청소하는 모습이 아주 가관이었지. 물때는 바로 닦아 버려야지 안 그러면 나중엔 절대 없앨 수가 없어. 세상 천지에 그런 페인트는 없을걸." 그가 껄껄 웃었다.

플로이드에게는 뭔가 계속 만져서 닳고 닳은 분위기가 있었다. 냄새처럼 지독한, 랜딩의 노인네들이 거리에 탁자를 내놓고 매일 만지작거리는 낡은 카드의 냄새처럼 지독한 무엇.

"올해는 강물이 들어오겠지?" 우체국장이 다시 물었다. 두 사람을 번갈아 보았다.

플로이드는 1페니 동전만 쥐고 있을 뿐 아무 대답도 하지 않았다. 자신이 그와 출입문 사이에 버티고 있고 그가 사방이 둘러막힌 곳에 갇혀 있으므로 도도한 고개를 떨구리라는 생각이 잠깐 그녀에게 들었다. 그것은 곧 작은 가게 안에서 붙잡아 구석으로 몰면 그를 알 수도 있을 거라고 제삼자 앞에서 공언하는 것과 매한가지일 것이었다.

"오늘은 뭐가 필요하신가요, 제니 양?" 우체국장이 물었다. "화초 씨앗?"

하지만 그녀는 뭐가 필요했던 건지 떠올릴 수가 없었다. 끈을 완전히 조인 작은 가방만 가만히 붙들고 있을 뿐이었다.

그러는 동안 플로이드는 이글거리는 눈빛으로 그녀를 쏘아보고 있었다.

"물이 세상을 다 집어삼키는 걸 보면 때로 그런 생각이 든다니까." 우체국장이 말했다. "지난번엔 들고 갈 수 있는 건 다 들고 갔어. 언덕에서 내려와 문틈으로 집 안을 들여다봤더니 뭐가 보였는지 알아? 내 진열장이 둥둥 떠다니기 시작하는 거야. 정말 볼만하더군! 그걸 팔 생각은 도저히 들지 않았어. 그래서 진열장을 끌고 언덕을 올라갔는데 별로 멀리 가지도 못했지. 20분 만에 금고만 빼고 가게에 있는 걸 몽땅 챙겼다는 게 믿어져? 금고는 도저히 못 들겠더라고. 금고 문을 열어 놓고 그냥 떠났어. 닫힌 채 녹이 슬면 나중에 열지를 못하니까. 플로이드, 제니 양. 거기서 진흙이니 뭐니 다 긁어내는 데 얼마나 오래 걸렸는지."

세 사람 모두 잠시 말이 없었고, 우체국장이 미소를 지으며 더 나지막하고 친근한 목소리로 다시 입을 열었다. "여기를 지나가다 길을 잃은 한 외지인이 이렇게 묻더군. '왜 다들 여길 떠나지 않는 거예요?' 떠난다고?" 그가 제니를 손가락으로 가리키며 웃었다. "그런 얘기 들어 봤나, 제니 양? 우리가 왜 안 떠나나? 여기가 우리가 사는 곳이기 때문이지, 안 그래요, 제니 양?"

그때 그녀는 플로이드가 그렇게 노려본 것은 일종의 도전이었고 자신이 졌다는 걸 알았다. 그녀는 단단히 버티고 선 그를 그대로 놔두고 밖으로 걸어 나왔다. 그리고 우체국장이 그녀에게 손가락질을 했을 때 절대 빌리 플로이드에게 말을 걸어서는 안 된다는 할아버지의 명령을 기억해 냈다.

문밖에서 그녀는 우뚝 멈춰 섰다. 5센트 동전의 무게에 작은 가방이 흔들거렸고, 자신이 최후의 심판의 날을 망각한 것만 같은 기분이었다. 그녀에게 도전하는 플로이드 쪽으로 한 발자국 다가갔다. 그러다가 급히 서두르듯 다섯 명의 노인에게 각각, 그다음에 손 앨퍼드에게도 귓속말을 했는데, 횟수를 거듭할수록 간밤에 돌아가신 할아버지 생각에 점점 눈물이 쏟아질 것만 같았다. 그들이 그녀 주변으로 모이더니 얼른 할머니들에게 가라고 했고 그래서 집으로 돌아갔다.

하지만 내내 플로이드의 얼굴이 눈앞에서 번쩍거렸는데, 왠지 시야를 가리는 식이어서 다른 건 전혀 보이지 않았다. 죽음의 빛보다 더 밝았다. 그는 동전으로 성냥 한 통을 살 생각이었을지도 몰랐다. 떠나려면 필요했으니까. 그는 떠날 테니까. 홍수의 위험은 할아버지가 꿈에서 보았고, 상점을 운영하는 우체국장이 아는 것이었으니까. 요즘 날씨는 밤이나 낮이나 청명했다. 그래서 플로이드는 랜딩에서 오래 기다리지 않을 것이었다. 할머니들 말이 그랬고, 자기들 말이 맞나 두고 보라고 했다.

하지만 나중에 제니는 산책을 하는 중에 샘물에서 시작되어 저 멀리 미시시피까지 흘러가는 작은 강 옆에서 플로이드를 만났다. 그녀는 앉아서 클로버잎으로 목걸이를 만들었는데, 클로버 머리가 자꾸 빠져나왔기 때문에 도무지 길게 만들 수가 없었고, 만드는 내내 저 멀리 풍경을 넘어 하늘에서 구름을 찾아보는 그의 반짝이는 눈을 안심시키듯이 바라보았다. 그의 시선을 붙드는 건 잠시뿐이라 곧 저 멀리 가 버리곤 했다. 그녀는 아무 말도 할 수 없었다. '내가 이렇게 서투른 건 마음이 무겁기 때문이에요.' 누구도 그런 말을 할 수는 없을 테니까. 너무나 맞는 말이지만 변명조인 그런 말은 누구도 할 수 없으니까. '말로 표현할 수 있는 이상으로, 손으로 어떻게 할 수 있는 이상으로 사랑하는 이 무거운 마음을 용서해요. 내가 당신을 볼 때마다 날 마주 바라봐 줘요. 하지만 절대 동정하지는 말아요. 지금 이 순간 내 마음이 담고 있는 것이 당신이 주려는 그만큼의 것보다 나으니까.' 이렇게 말할 수 있는 사람은 아무도 없으니까. 그녀가 눈으로 그런 말을 하고 있었지만, 그가 그걸 알아챘는지 그 안에서 어떤 위협을 느꼈는지, 내색은 하지 않았다. '말이나 행동으로 보여 줄 수 있는 이상으로 내 마음이 당신을 사랑하지만, 동정은 하지 말아요. 그저 서투름이 모두 사라져 버렸을 때를 상상해 줘요.' 그녀는 모든 은총은 미래에 있으리라 추측했다. 하지만 그녀의 생각이든 추측이든 그는 그에 대해 해 줄 말이 없었다. 그는 그녀의 위쪽으로 두 다리를 굳게 땅에 디디고 서서 그 순간 내면에서 펼쳐진 풍경을 건너다보았다. 그와 나란히 랜딩 전체가 그의 시선 아래 펼쳐져 있었다. 주변 세상을 알지 못했으므로 그녀는 세상 속에 자리 잡은 랜딩이 어떤 모습일지 알 수가 없었다. 아는 것이라고는 인내심이 바닥나면 그가 그곳을 떠나리라는 사실, 그리고 빠르게 지나가는 이 강가의 시간이 그 한계에 이르러 가장 먼저 사라지리라는 것뿐이었다.

마치 꽃으로 장식한 듯이 그녀의 시선이 바람에 날리는 그의 연한 머리칼과 좁혀진 미간에서부터 천천히 아래로, 아래로 내려갔다. 아주 섬세하게 옆구리에서 살짝 떨어져 고정된 재간 있는 손을 지나 바닥의 모래사장까지 가만히 내려갔다. 그가 장화로 물장난을 치고 있는 모래 사이로 눈에 보이지 않는 홍합의 거품이 샘물처럼 보글보글 솟아올랐다. 그때 그녀에게 중요한 것은 벌떡거리는 그 작은 거품이었지 그도 그녀 자신도 아니었다. 그가 이미 떠나 버렸을 수도 있고 그녀는 이미 울어 버렸을 수도 있지만, 희미하게 빛나는 모래 사이로 그렇게 얌전히 솟아나는 작은 샘물을 열심히 바라보는 그 순간엔 마찬가지였을 것이다. 명징한 사랑은 **세상 속에** 있다. 그 사실이 물을 뚫고 올라오는 홍합의 거품처럼 끈질기게 다가왔다. 거품이 생겨나 지금 그 옆에 자리한 바로 거기에. 그것은 강에, 물속에, 거품 방울 안에 있고, 낮과 밤의 신비를 지닌 채 나름대로 변화하고, 우리가 오고 가는 건 상관하지 않는 것이다.

하지만 그 순간이 끝났을 때 그는 떠났다. 그리고 그가 랜딩을 떠나자마자 비가 내리기 시작했다.

매일 시커먼 먹구름이 거대한 보라색 꽃처럼 열리며 시커먼 천둥 번개를 쏟아 냈다. 낮 동안 지고 다닌 짐을 내려놓듯 밤마다 폭풍우가 집집마다 쏟아졌다. 빗소리와 배수로가 차오르는 소리, 여기저기 작은 강물들이 생겨나며 물결을 이루어 흘러가는 소리가 랜딩에 가득 찼다.

마침내 불어난 강물이 밀려왔을 때, 정말로 손과 팔처럼 앞쪽의 시커먼 나무들을 밀어내면서 왔는데, 그땐 새벽녘이었다. 제니는 매그록하트 뒤를 따라 다른 사람들과 함께 언덕을 올랐고, 포효하는 가슴께에서 죽은 어린 동물들이 까닥거리며 소용돌이치는 강물이 그 뒤를 따랐다. 구름이 낮게 깔리더니 다시 비가 쏟아지면서 초롱불이 다 나가 버렸다. 비가 퍼붓는 어둠 속에 울리는 아기 울음처럼 희미하게 배의 기적 소리가 울리기 시작했다.

제니는 언덕에 피신해 있던 하루 낮, 하룻밤 동안 한 마디도 하지 않다가 문득 누군가에게 졸리다고 했다. 그 누군가는 빌리 플로이드였다. 그는 그녀가 한 번도 보지 못한 배에 그녀를 태웠다. 제니는 반짝이는 플로이드의 눈을 들여다보고는 홍수가 소용돌이에서 가장 기세등등하듯이 그 눈 속에 홍수 전체가 담겨 있는 걸 보았고, 그것은 전혀 뜻밖의 거대한 모습이었다.

강물이 점점 밀려와 정점에 이르렀을 때 높은 언덕의 묘지까지 덮쳤다. 플로이드의 배를 타고 와 보니 강물이 시커먼 삼나무 꼭대기에서 찰랑거렸고 묘비들이 그들을 떠받치는 기둥처럼 배 아래를 긁고 지나갔다. 그래서 그녀는 할아버지와 엄마의 묘지 위를 지나가고 있음을 알았다. 머루 덩굴 이파리가 물고기 떼처럼 잔물결을 이루며 물 아래로 뻗어 있었다. 늘 같은 어둠이었다. 어딘가 멀리에서 불길이 붉게, 푸르게 타올랐다.

"저기⋯⋯" 그녀가 말을 꺼냈다가 멈췄다.

그가 인상을 쓰며 노려보았다.

그녀는 과거에도 그렇고 심지어 홍수가 난 지금도 자신의 인생에 얘깃거리라고는 없다는 것을 곧바로 깨달았다. 위험한 순간에 시간을 들여서 한 일이었으므로 그는 자신이 그녀의 생명을 구했다는 걸 이미 알고 있었다. 하지만 그녀가 고백을 할 수도 있었다. 말이 목구멍까지 올라왔다. 그는 여전히 인상을 쓴 채 노려보고 있었다. 하지만 그녀가 궁극적으로 하고 싶었던 것은 어떤 식이 되었든 고백은 아니었다. 그녀는 만약 말을 할 수 있다면 어떤 낯설고 아름다운 얘기를 하고 싶었다. 그의 입을 열게 할 어떤 얘기. 소통이란 다른 새로운 얘기가 대답으로 나올 수 있도록 전혀 새로운 얘기를 하는 것일 테니까. 가능한 것들이 세상을 덮은 구름처럼 허공에 걸려, 그런 꿈이 그녀를 완전히 사로잡았고, 그것들이 너무 아름다웠으므로 그녀는 그에 대한 순전한 믿음으로 미소를 지었다.

"저기⋯⋯" 자신을 데려온 좁은 길이나 자신을 붙잡아 둔 긴 밧줄을 멀찌감치 내려다보듯이 그녀가 지그시 그를 바라보았다.

그가 그녀를 잡아 배에서 내려서는, 풀숲에 마련해 놓은 향기롭고 보송한 장소에 데려다 놓았다. 짧을 수도, 길 수도 있는 얼마간의 시간이 흐른 후 그녀는 일어나라는 그의 목소리를 들은 것 같았다.

그녀가 눈을 떠서 또렷하게 그를 보았을 때 그가 그녀를 범했는데, 마음을 쓰거나 요구하는 것도 없이, 여전히 우물가에서 양동이를 덜거덕거릴 때처럼 명랑했다. 그다음엔 어떻게 보면 우아하다고도 할, 마찬가지의 무심한 동작으로 자신이 잡아 배에 실어 두었던 동물에서 살점을 베어 내어 바닥에 피워 두었던 불 위에서 구웠다. 주변에서 온통 물이 철썩거리는 소리가 들렸다. 그 소리 위로 그녀가 무슨 말인가를 속삭였지만 그는 널뛰며 타오르는 불 앞에서 단호하게 하던 일을 계속할 뿐이었다. 예전에 홍수가 났을 때 그곳에 있었던 사람들이 나무에 이름의 머리글자를 새겨 놓았다. 그녀가 목소리를 좀 더 크게 하면서도, 수줍어서 이번엔 사랑의 말이 아닌 어떤 바람을 얘기했지만 그는 여전히 돌아보지도 않았다. "당신과 내가 함께 멀리 가 버릴 수 있으면 좋겠어요. 어디 작은 집이 있었으면." 하지만 그는 아무리 그녀의 말에 주의를 기울여도, 자신의 불 둘레에 존재하는 것과 다른 어떤 존재가 있다는 생각은 귀에 들어오지 않는 모양이었다.

그가 물고기를 잘 싸서 움푹하게 땅을 파내 만든 구덩이에서 익혔다. 먹으라든가 그런 얘기는 전혀 없이 그저 불을 보며 미소를 지었을 뿐이지만, 그녀가 음식을 먹은 것은 그에게 순종하기 위해서였다. 그리고 그에게 그것은 전부 공짜로 주어진 것을 자유롭게 취하는 일이었다. 그럼에도 그녀는 세상에서 사람들이 먹는 것은 흙과 강, 야생의 사나움과 유연함과 불과 재라는 것을 그에게 들어 알았다. 사람들은 갓 생겨난 죽음과 뜨거운 불을 입 속에 넣어 그들 자신의 생명을 얻었다. 그녀는 그가 계속 먹는 동안은 자신도 게걸스럽게 먹었고 그가 취하는 것을 자신도 취했다. 그에게 그녀 자신을, 자랑스러운 허기를 보여 주려는 듯이, 이젠 상실한 원초적인 굶주림으로 그를 기쁘게 해 주고 기분을 맞춰 주기라도 하듯이 열심히 먹었고, 이빨로 물어뜯으면서 그를 올려다보았다. 하지만 그런 그녀를 보며 그는 유감스러워하지도 않았고 자랑스러워하지도 않았다. 나중에 탈이 나자 그는 저만치 걸어가, 자신이 기쁠 때 그녀를 혼자 내버려 두었던 것처럼 그녀의 수치스러움에서 거리를 두고 기다렸다.

음악 소리를 들었을 때처럼 그녀로 하여금 꼼짝 않고 가만히 있도록 했던 사랑에 대한 꿈은 그것이 들려준 첫 번째 나라에도 아직 그녀를 데려간 적이 없었다. 하지만 그녀 자신의 존재와 마찬가지로 확

실하게 그런 나라가 있었다. 그날 밤 달이 휘영청 떠올라 주위에 가
득한 강물과 그 위에 떠 있는 배 위로 점점 환해지는 걸 보았을 때,
달에서 어떤 끈도 내려오지 않았고 어떤 사다리도 갑자기 환한 빛을
받으며 내려오지 않았지만 이제 그들이 그렇게 물 위에서 높이 떠다
니고 있었으므로 생각보다 슬프지 않았다. 모든 꿈에는 절대 세상의
다른 것들로 고통받지 않도록 멀리, 아주 멀리 떨어져 있는 어떤 것
이 있어야 하는데, 지금 밝은 달이 바로 그것이었다.

3

　물이 빠졌을 때 제니는 언덕 아래로 내려갔고 플로이드는 보트를
타고 강 하류로 내려갔다. 두 사람은 너무나도 어색하게 서로를 쓰다
듬은 뒤 헤어졌다. 여전히 물을 뚝뚝 떨구는 축 처진 나무를 헤치며,
다시 매그 뒤를 따라 사람들의 발자국과 흔적을 쫓아 내려가는데 진
흙이 자꾸 달라붙었다. 허공에 재가 날아다녔고, 그것이 살에 달라붙
는 게 보였지만 아무 느낌은 없었다. 세상을 내려다볼 수 있는 계단
식 출입구에 이르렀다. 해가 지고 있었고 빠져나가는 강물을 따라 바
람이 불었다. 작은 마을이 강물 색을 바꿔 놓았고 쓰레기를 뒤집어쓴
나무들은 노란 자갈처럼 달그락 소리를 냈고 그 아래 찌그러져 왜소
해진 집들은 생채기투성이였다. 저 멀리 빠져나가는 강물 쪽으로 길
게 뻗어 있는, 연기 피어오르는 풀숲은 여전히 흔들리며 미끄러져 내
려가는 듯했다.
　랜딩의 집들은 치마가 치켜 올라간 여자처럼 약간 비틀린 모양이

었다. 록하트 주택의 전면이 떨어져 나갔고, 구석에서 떨어져 나와 강물에 쏠려 여기저기 밀려다녔던 가구들이 마루 한가운데에 서서 긴 머리채마냥 둥글둥글 말린 뒤쪽의 노란 세로결 무늬를 보여 주고 있었다. 문을 닫은 지 한참 된 한 허름한 가게는 흔적도 없이 쏠려 가 버려, 노인들이 그 터에 모여 서서 동전 같은 거 없나 하고 작은 작대 기를 쑤셔 대고 있었다. 수년에 걸쳐 작은 틈새로 떨어진 돈이 충분 히 있을 수 있었다. 15센트와 20센트 동전들, 그리고 스페인 동전 하 나가 발견되었고, 작대기를 쑤셔 대던 노인네들은 여자들처럼 깔깔 거렸다.

제니는 집으로 돌아갔다. 바람이 부는 누르스름한 빛 속에서 밤과 나무의 동굴로 돌아가려고 회랑을 자기 쪽으로 끌어당겼는지 자궁으 로 다시 돌아가려는 웅크린 아이처럼 보인다는 점만 빼면 집은 여전 했다.

하지만 집 안으로 들어가 한 걸음을 내딛자 완전히 새로운 흥분 상 태가, 깨끗이 치워서 집 안에서 강의 흔적을 다 씻어 버려야겠다는 흥분 상태가 그녀를 사로잡았다. 의욕적으로 양동이와 걸레를 들고 뛰어다녔다. 바닥을 벅벅 닦고 열심히 떼어 내고 강물의 흔적을 털어 냈다. 진흙 손가락이 심지어 책장까지 하나하나 펼쳐 가며 끄적거려 놓은 것 같았다. 흰 커튼과 침대보를 빨아서 말리고 칼에서 녹을 벗 겨 내 다시 광을 내고 프리즘마다 얼룩진 강물의 흔적을 다 닦아 내 는 그 긴 나날 동안 그녀는 사랑조차 잊었다. 깨끗이 치우기 위해서.

하지만 사랑의 충격은 남아서, 내내 뭔가에 쫓기듯 정신없는 중에 도 손가락이 떨리면서 쥐고 있던 것을 떨어뜨리거나 계단에서 발을 헛디뎠다. 그리고 다시 집이 말끔해지자 이젠 숨을 곳이 없다는, 숨을 방 하나 없다는 기분이 들었다. 마지막 엄마 방의 작은 문을 열어 보기까지 했지만, 방 안을 들여다보자 그곳에서 내내 감시를 당했던, 그렇게 홀로 지치지도 않고 버둥거렸던 엄마가 떠올랐기 때문에 숨을 장소가 될 수는 없었다.

랜딩을 전부 뒤져서라도 누구의 눈에도 띄지 않고 완전히 혼자일 수 있는 장소를 찾을 수 있다면 거기 갔을 것이다. 이 할머니든 저 할머니든 늘 지나가는 그녀를 불러 세워 무슨 얘기인가를 했고, 거리를 걸어갈 때면 늘 카드놀이를 하는 할아버지들을 지나치기 마련이라 그들 역시 그녀에게 말을 걸었다. 못생긴 사람들 얼굴이든, 아름답고 향기로운 꽃이든, 보고 싶지 않았다.

하지만 상처에서 출혈이 그치듯이 마침내 덜덜 떨리던 것이 사라지고 둔탁한 기운이 찾아왔다. 그리고 어느 여름날 마치 주먹을 쥐었다 폈다 하는 듯한 작은 몸으로 하늘을 나는 한 마리 새가 눈에 들어왔고, 그러자 더 이상 얼떨떨하지도 고통스럽지도 않았다. 그렇게 사랑의 충격에서 벗어났다.

플로이드가 이 세상에 있고, 그 자신의 삶을 살면서 이 밤과 낮을 보내고 있다는 생각이 들 때마다 매번 그녀에겐 새삼스러운 발견과도 같았다. 그게 침대에 누워 캄캄한 바깥을 내다보고 있는 밤이었다면 찬란하게 빛나는 엄청난 기운이 온몸으로 강렬하게 퍼지면서 그 숨결이 심장을 꽉 조였고, 그러면 그녀는 이렇게 소리 내어 혼잣말을 하곤 했다. "자야 할 시간인가?" 언제나 찾아올 그것은 사랑이었고, 그녀는 이번엔 잘 지키고 있다가 그것이 꽉 죄어 오면 같이 죄어 주고 그것이 붙잡고 있는 동안은 놓아주지 않았다.

그러면 찬란한 빛이 몸 안에서 움직이며 심장을, 머리를 건드렸다.

어쩌면 언젠가는 다른 빛이 그녀에게 와 닿으며 그녀도 한꺼번에 환하게 빛날 수 있으리라. 하지만 지금 그녀는 처음부터 모든 방이 캄캄한 집과 같았다. 그래서 누군가 천천히 방을 하나씩 돌아다니며, 어둑하게 느릿느릿 하나씩 불을 켜고 그다음 방으로 가야 하는 것이다. 그녀 내면에 존재하는 것은 조심스러움이나 불신이 아니라 그저 여행의 느낌, 무언가 일어날 것 같은 느낌이었다. 앞에 놓인 게 무엇일지 자신도 알지 못했다. 직접 본 적이 없으니까. 자신에 대해 알 수 있으려면 반드시 거쳐야만 하는 온당한 시간과 공간이 자신의 내면에 존재함을 의식하며 밖을 내다볼 뿐이었다. 그래서 궁극적으로 그녀가 내보이게 될 것은 그녀 자신이 아니라 여행자의 길이었다.

랜딩에서는 그곳에서 벌어진 온갖 종류의 사랑에 대해 많이들 알았고, 그것이 각 출입문을 떠나면 세 할머니의 형상을 띤 지혜가 되어 돌아다녔다. 어느 날 그 할머니들이 제니를 보러 온다면, 모자를 쓰고 그 햇빛을 받으며 터덜터덜 거기까지 걸어온다면 그것은 그녀의 파멸을 축하하기 위해서일 것이었다. 언덕을 올라와 이렇게 말할 것이었다. "왜 쫓아가지 않아?" 그리고 이렇게도. "이젠 그를 사랑하지 않는구면." 언제나 그런 말을 하러 찾아오는 거니까.

지금은 매그만이 옆 걸음으로 슬금슬금 다가올 뿐이었는데, 아마릴리스 다발을 가져와 얼굴을 붉히며 제니에게 내밀었다. 제니 역시 얼굴이 붉어졌다.

"다른 사람들에게 말을 걸지 않는 사람은 예쁜 꽃을 기르지 못해!"
제니가 꽃다발을 받자 매그가 의기양양하게 외쳤다. 아기 같은 머리칼이 바람에 휘날리고 부석부석한 길쑥한 뺨에 선명하게 미소가 새겨졌다.

"너와 말을 하잖아, 매그." 제니가 말했다.

산책을 다니는 동안 제니는 세 명의 할머니가 하는 소리를 들었다. 제니에 대해서는 이렇게 말했다. "엄마를 따라 엄마 무덤까지 갈 거야." 플로이드에 대해서는 할 말이 더 많았다. 도대체 어떤 사람인지, 어떤 출신인지 들은 바가 전혀 없었기 때문에 그를 '야만인'이라고 불렀다. 햇볕에 피부는 검게 그을리고 머리칼은 하도 바래서 길에 있으면 황금색으로 보였는데, 바느질거리와 더불어 그의 인생까지 들어다가 무릎 위에서 꿰매고 자르고 할 수 있다는 양 그가 다시 지나가는 모습을 보고 멋대로 생각을 하곤 했다. 늘 마지막엔 어쨌든 강에서 고기를 잡을 때마다 엄청나게 큰 물고기를 잡는다고, 그리고 지나갈 때마다 망측하게도 항상 그 길고 축축한 걸 손목에 걸치고 간다는 얘기로 돌아갔다. 한 할머니는 그를 집시라고 보았고, 그가 너무 자주 자기 집 현관 앞을 지나가는 바람에 한번은 그 뒤에 대고 "집시야!"라고 부르기도 했다. 또 다른 할머니는 그가 누군지 신경도 안 쓸 뿐더러 그가 누군지 알게 될 것 같지도 않고, 그가 살건 죽건 아무 차이도 없다고 했다. 하지만 세 번째 할머니는 약간 정신이 오락가락하기는 했지만 책을 읽는 사람이었고, 그래서 다른 사람들이 신나게 다 떠들 때까지 기다렸다가, 내치즈 원주민이 모두 몰살당했다고 알려져 있기는 하지만 플로이드가 그 혈통이라고 설명했다. 내치즈 원주민은 사라진 아틀란티스섬에서 온 사람들이야. 들어나 봤어? 바닷물이 덮쳐 섬이 가라앉았을 때 자랑스럽게도 거기서 도망쳤다고. 그녀는 그렇게 말하면서 책장 높이 책이 꽂힌 '여왕의 서가'를 향해 고개를 끄덕였다. 원주민이라면 다 아는 것이 있어. 마지막 불꽃을 절대 꺼뜨리지 말라는 그런 거. 그에 대해 자기들은 어떻게 생각해?

그들은 충격을 받았다. 그가 사실 체커 게임이나 하는 늙은이 누군가의 후레자식이라서 숲속에서 아무렇게나 자라게 내버려 두었다가 나중에 다 자란 후 돌아와 분란을 일으키는 그런 존재라고 내내 생각했기 때문이다. 이름을 댈 수도 있는 어떤 집안처럼 반쯤 미쳤고, 또 다른 집안처럼 살면서 반은 자기가 뭘 하고 사는 건지도 모른다고 했다. 자기 혼자 할 수 있는 것이라고는 동물처럼 다가오는 것의 냄새를 맡을 수 있다는 건데, 남자들이 다 그렇긴 하지만 어떤 면에서는 동물적인 데가 있다고 했다. 하지만 그들 말로는 그는 원래 그런 사람이라는 것이었다.

"왜 쫓아가지 않아?"—"이젠 사랑하지 않는구먼."

더한 사랑이란 어떤 걸까 제니는 궁금했다. 그러다 당연히 깨닫게 되었다. 더한 사랑은 아무 말이 없이 고요한 것이다. 그녀는 사랑으로 고요해질 때까지는 원하는 만큼 고요할 수 없을 것이었다. 모든 것의 한가운데, 태풍의 중심에 소중한 한 조각 고요함이 존재하고 그녀의 사랑은 그 고요함 속으로 갈 것이었다. 그녀의 사랑이 고요함으로 가득 차기 전까지 그녀에게 랜딩은 어딜 가나 쨍그랑거리는 요란한 소리로 가득했다. 항상 전해 줄 고요함이 있어서 세상의 수많은 곳을 찾아 끊임없이 돌아다니는 것과 똑같다는 생각이었다. 고요함을 전해 줄 빌리 플로이드를 오래도록 찾아다니다 보면 충분히 마음속에서 절박함이 생겨날 만했다.

하지만 그렇게 플로이드를 찾았다면, 결국 그것은 무엇이었을까?

그녀는 예전에 사람들이 엄마에게 가지고 놀라고 주었던 호박 구슬 목걸이를 쥐고 있었다. 호박 구슬을 바라보니 그 중심까지 들여다보였다. 표면의 광채와 내면의 광채가 어떻게 다른지 아무도 구별하지 못할 것이다. 그렇게 두 개의 세계가 있는데. 빛의 중심을 정확히 짚을 방법은 전혀 없었다. 산이라면 그 위를 지나는 구름이 아무리 위를 쓸고 가도 산의 중심은 건들지도 못할 것이고, 저 바다 멀리 섬이라면 파도가 아무리 해변에 밀려와도 섬의 중심에 다다를 수는 없는 것이다. 그녀는 반짝이는 맑은 눈으로 자신을 바라보던 플로이드를 바로 자신의 꿈속에서 보았고, 그의 마음이 그보다 더 맑게, 순진함 속 깊이 안전하게, 외부에서 멀리 떨어져 안전하게, 고요함보다 더 깊숙한 곳에 가만히 놓여 있음을 알았다. 그녀가 기억한 것은 기쁨에 겨워 자신의 손이 그에게 가 닿았을 때 그가 미소를 지으며 몸을 돌렸다는 것이다. 그녀에게서 몸을 돌린 것이 아니라 그 무언가를 향해서……

어떤 하나의 존재, 오로지 단 하나의 존재를 향해서였을까?

하지만 사랑이 무수히 많은 모든 존재를 끌어안은 듯 그 무엇도 홀로 있을 수 없게 되는 건 바로 사랑이 한 존재가 다른 한 존재를 향한 것일 때이다. 그녀에게 단 하나의 사랑이 있었고 그게 전부였지만, 자신이 길 양쪽에 도열하여 자신의 사랑이 행진하는 걸 보는 상상을 했다. 그녀 자신은 랜딩의 사람들보다 더 무수한 존재였고 그녀의 사랑은 밤새도록 그곳을 지나가면서도 단 한 번도 같은 얼굴을 보이지 않을 정도였다.

제니가 랜딩을 떠난 것은 7월이었다. 풀이 길게 자라 길에 난 바큇자국 사이에서 부드럽게 흔들거렸다. 미동도 없는 공기, 이제 얇은 막이 덮인 듯한 강의 고요함, 열기에서 나오는 광택과 무성한 여름

나무의 잿빛 광택, 그리고 낮과 밤의 적막함이 어디나 닿아 랜딩 전체에 스며들어 흠뻑 적신 듯했다. 작은 마을은 시간과 장소의 효과로 나른함과 어떤 아름다움을 띠었다. 혼절하여 늘어져 있었는데, 한창 자라는 남자아이 둘이 길가에 무릎을 꿇고 앉아 유리 조각으로 햇빛을 받아 불을 붙일 때는 잠자는 사람을 귀찮게 하는 것만 같았고, "와아!" 하고 소리쳤을 때는 꿈속에서 모험을 하는 소리로 들렸다.

땅에 떨어진 배는 뜨뜻해져서 시어지고, 무화과에는 벌들이 모여들고 새들은 각자 날아가 닿을 수 있는 세상 단 하나의 과일에 각각 구멍을 내서 자기 거라는 표시를 했다. 꽃송이가 잔뜩 달려 있는 백합에서 피어난 향기가 그늘진 길을 따라 졸졸 흘러 계곡의 황금빛 공기를 가득 채웠다. 애도하는 산비둘기가 세 가지 음조로 지저귀다가 잠깐 침묵—그게 애도였을까?—을 지켰다가 다시 세 가지 음조로 지저귀었다.

자신이 가만히 있는 동안 나비가 가득한 들판에서 플로이드가 말을 달리는 걸 알았을 때 제니는 아는 것이 가장 많았다. 그가 고기를 굽는 걸 보고 나서 그가 내려다보는 중에 그를 위해 고기를 먹었을 땐 어느 정도 알고 있었다. 그리고 이제 다시, 7월의 꿈속에서 그녀는 거의 아는 게 없었고, 다시 궁금함에 빠져들었다. 지금 그를 찾을 수 있다면, 아니 그가 마지막으로 지나간 곳이라도 찾을 수 있다면 그다음의 지혜를 얻을 수 있을 텐데. 이제 뒤를 쫓아가고 있었다. 혼자서 길을 찾기란 너무 늦었으니까.

그녀가 길을 나섰을 때는 해가 지고 있었다. 무궁화의 빨간 눈망울이 닫히고 있었고 도마뱀이 벽 위를 질주했다. 마지막 백합 봉오리가 초록빛으로 반짝거리며 열기 속에서 축 늘어져 대롱거렸다. 배롱나무가 매일매일 마지막 남은 빛까지 다 들이마셔 빛으로 가득 차기 시작하면서, 매미 울음이 들어찬 저녁 공기에 흰빛과 타오르는 붉은빛을 뿜어냈다. 늙은 미모사가 계곡을 덮고 있었다. 생명만큼이나 오래된 태곳적 이끼와 만지면 오그라드는 나무, 부드러운 그 모습이 기괴한. 친밀함과 어둠이, 심지어 흘러가는 구름도 그것에 영향을 주었지만, 그곳을 떠난 제니는 어디서도 그렇게 매혹적인 향내를 뿜어내는 나무를 보지 못했다.

그녀는 나무 아래로 내려가면서 마지막으로 뒤를 돌아보았다. 조개껍데기나 진주, 바다에서 건진 보물로 지어진 양, 집이 희미하게 흔들거리는 이파리에서 천천히 방울방울 떨어져 내리는 빛에 물들며 석양을 받아 반짝거렸다. 기다란 이끼가 해초처럼 부드럽게 하느작거렸다. 위로 펼쳐진 파란 하늘에 굴뚝이 산호처럼 가지를 뻗고 있었다.

이제 초록 가지들이 하늘을 덮었고, 그다음 발을 디디자 능소화와 머루 덩굴과 커다란 잎이 달린 덩굴들이 나무둥치 주위에서 기둥을 이루며 나무 주변마다 온통 둥글둥글하게 외벽을 만들고 있었다. 어깨 곁에, 발치에 시계꽃들이 흰색 보라색 빛살을 보이며 활짝 피어 있었다. 계속 나아가 울창한 숲의 뜨거운 산그늘 속으로 들어갔고 늘어진 덩굴 사이로 손을 뻗으며 갔다. 난데없이 서늘해지는 곳에서는 뱀이 나올까 두려웠다. 수천 개 은 종들이 울려 대듯이 개구리들이 습지에서 요란스럽게 울었고, 지나가자마자 뒤에서 사라져 버렸다.

한순간에 하늘이 활짝 열렸다. 강에 다다른 것이었다. 절벽 위에서 가만히 모닥불이 타고 있었고, 시선이 닿는 곳까지 차가운 물이 아른거리며 저 멀리까지 밀려 나갔다. 거대한 나선형 그물이 강물 옆에 놓여 있고 수면의 동그라미가 희미하게 하늘에서 반짝거렸다. 말리느라 줄지어 널어놓은, 미풍에 푸르게 보이는 그물이 조용히 물을 뚝뚝 떨어뜨리며 장막처럼 어디에나 늘어져 있어 그곳 전체가 그물로 둘러싸인 식이었다. 강과 하늘과 불과 공기, 그 모두가 같은 색깔로 보였는데, 눈을 감으면 그 뒤로 보이는 색, 전망과 절망이 하나인 그런 날의 색이었다.

어부 한 사람이 가까이 왔고 그녀가 빌리 플로이드의 이름을 대자 고개를 끄덕였다. 자신들은 비가 많이 와서 유속이 좀 느려지기를 기다렸는데 그는 그냥 나갔다고 했다. 그래서 지금 고기 잡으러 나가 있고 배가 뒤집혀 물에 빠져 죽은 게 아니라면 돌아올 거라고 했다. 그녀는 그가 이리로 돌아오는 거라면 여기서 기다리게 해 달라고 부탁했다. 어디서 기다리든, 얼마나 기다리든 아무 상관 없다고 그들이 말했다.

그녀는 그물 옆에 섰다. 약간 떨어진 곳에서 남녀가 무리 지어 음식을 만들기도 하고 먹기도 했으므로 물고기와 산짐승 굽는 냄새가 났다. 깊이를 알 수 없는 강물이 하늘 아래 흘러갔다. 흘러가다 어디에 걸렸는지 멈칫하다가, 힘들이지 않고 다시 풀려나 흘러가는 강물은 커다란 파도를 이루며 묵직하고 깊은 물속에서는 물고기들이 노닐었다.

그런데 어느 정도 시간이 지난 후 기우는 마지막 빛을 받으며 나무에 칼을 집어 던지고 있던 남자들이 뭍에 올려놓은 수상 가옥 안으로 그녀를 데리고 들어갔다. 그 널빤지 위에는 닭들이 서 있고, 버드나무 가지가 위로 축축 늘어져 지붕 위에서 이리저리 끌렸다. 사방에서 불이 타고 시끄러운 소리도 들려왔다. 숲에 돼지들이 있었다.

남자들이 하나씩 그녀 안으로 밀고 들어왔다. 사실 졸고 있는 닭들 사이에서 처음 그녀 안으로 들어온 남자에게 그녀는 말을 걸기도 했다. 막연하지만 기쁜 환영의 마음에서든지 아니면 그녀의 영혼 깊숙이 꿈틀대는 치욕스러움에서든지 이제 그녀는 누구에게나 말을 할 수 있었으니까. 그들 주변으로 온통, 그들의 숨결보다 더 가깝게 그들이 차고 있는 칼에 난 상처에서 피를 흘리는 나무의 냄새가 있었다.

그녀가 소리를 질렀을 때, 그것은 어느 누구의 이름도 아니었다. "저리 가"라고 하거나 뭔가를 물어보듯이 점점 커지는 외침이었고, 그리고 마지막으로는 항의의 울부짖음이었다. 상스러운 웃음이 그녀의 울부짖음을 덮었고, 왠지 어두운 밤 저 멀리 강으로 뻗어 나가는 그 두 가지 인간 소리는 쉽게 신나서 떠드는 소리로 들릴 수도 있었다. 모닥불 옆에서 남자아이들이 엄마에게 호되게 매를 맞고 있었다. 그녀에게 어떤 일이 벌어졌건, 햇빛이 완전히 사라진 후에도 하늘에서 깜박거리는 작은 빛처럼 처음 그 본래의 미소가 지금 제니의 얼굴에 퍼지며 그렇게 머물러 있는 것을 마치 알고 그러는 것처럼.

"잠들었어? 정신을 잃은 건가? 아님 죽었어?" 눈이 반짝반짝한 작은 할머니가 지나가다가 문간에서 들여다보며 묻더니 이제 밖에서 상념에 빠져 있는 남자들에게 슬슬 다가갔다. 그 질문을 얼마나 똑떨어지게 했는지 관절이 뻣뻣한 세 손가락을 들어 올리기까지 했다.

"빌리 플로이드를 기다리는 거예요." 그들이 말했다.

그녀가 고개를 끄덕이고, 저 멀리 흘러가는 강물 쪽으로도 고개를 끄덕했는데, 모닥불 불빛이 그녀의 얼굴까지 쫓아와 위엄 있는 표정을 비췄다. 젊은 남자들은 흩어져서 나무에 움푹하게 팬 그 자리에 번갈아 칼을 던졌다.

황금 사과
The Golden Apples

미시시피주 모개나의 주요 주민들

킹 매클레인
매클레인 부인(스노디 허드슨)
랜과 유진

코머스 스타크
스타크 부인(리지 모건)
지니 러브

윌버 모리슨
모리슨 부인
캐시와 로크

카마이클 씨
카마이클 부인(넬)
니나

필릭스 스파이츠
스파이츠 부인(빌리 텍사스)
우드로와 미시와 리틀 시스터

올드맨 무디
무디 부인(제퍼슨)

파넬

퍼디타 메이오
해티 메이오

페이트 레이니
페이트 레이니 부인(케이티)
빅터와 버지

그 외에 루미스네, 칼라일네, 홀리필드네, 네스빗네, 볼스네, 시섬네, 서저너네. 그리고 흑인인 플레즈와 루엘라와 텔리 모건, 엘버타와 투지와 이그점 매클레인, 블랙스톤과 주버

미시시피주의 모개나 마을과 매클레인 카운티는 허구의 장소임. 샌프란시스코의 등장인물들을 포함하여 모든 주민과 그들의 상황은 작가의 상상력의 산물로 실제 인물이나 상황과 관련이 없음.

황금 소나기
Shower of Gold

1

그게 바로 스노디 매클레인이야.

버터를 가지러 직접 왔지, 내가 버터를 들고 길 건너로 뛰어가게 놔두지 않았다니까. 어느 날 그 집 남편이 빅블랙강 제방에 모자만 달랑 남겨 둔 채 집을 나갔잖아. 거기서 말썽이 생겨날 수도 있었어.

모개나에서는 맘만 먹으면 그런 일이 갑자기 여기저기서 벌어질 수도 있었으니까. 킹이 무슨 일만 했다 하면 늘 그걸 따라 하는 사람들이 생길 수 있었거든. 그러니까 킹이 빅블랙강 제방에 새 밀짚모자를 놓아두었고, 그래서 그가 서부로 갔다고 생각한 사람들도 좀 있었다고.

스노디는 슬픔에 잠겼지만 예의를 갖춰 망자에 대해 슬퍼하는 식이었고, 그래서 그녀와 있을 때는 다들 그가 그녀에게 그런 짓을 했다는 생각은 하지도 않으려 했어. 남들이 비위 맞춰 주는 데 익숙한 사람한테 그걸 얼마나 계속해 줄 수 있을 것 같아? 뭐, 한없이 그럴수 있지. 하지만 난 얘기는 할 수 있게 되었어—지나가는 사람들한테. 그러니까 다시는 그녀를 볼 일이 없고 나를 볼 일도 없는 사람들. 당연히 난 버터도 만들 수 있고 얘기도 할 수 있으니까. 이 몸은 레이니 부인이니까 말이야.

그녀가 못생긴 편이 아니라는 건 알겠지. 초점을 맞추려고 눈을 찡그리면 눈꺼풀에 생기는 그 잔주름도 그렇고. 알비노이긴 하지만 이동네에서 그녀를 못생겼다고 할 사람은 아무도 없어. 갓난아기처럼 그렇게 부드러운 피부가 있으니 말이야. 그녀가 아기를 낳으면 알비노 아기들이 잔뜩 생기리라는 게 킹의 계산이었다고 말하는 사람들도 있어. 그래서 마음이 움직였다고. 아니, 난 그렇게 생각하지 않아. 그냥 고집이 세서 그렇지. 도대체가 앞날을 미리 생각하는 법이 없으니.

누군가에게는 너무나 별나고 고집스럽지. 어쨌든 그가 스노디와 결혼을 했어.

분별력이 그렇게 없는 그보다 더 형편없는 사람이라도 그런 일을할 사람은 많지 않을걸. 분별력이야 매클레인네보다 허드슨네가 많긴 하지만 그 어느 쪽도 셈을 해 보거나 걱정할 만큼 충분치는 않았으니까. 그땐 그랬어. 허드슨네 돈으로 그 집을 지었는데, 그게 다 스노디를 위해서 지어 준 거였지…… 간절히 바라는 마음으로 말이야. 하지만 킹을 보라고. 그에게 결혼은 분명 일종의 과시였을 거야. 그러니까 남자들이란 억지로 떠밀릴 때까지는 절대 결혼을 하려 하지 않잖아. 그다음엔 자기가 당장 실천에 옮길 수 있다는 걸 다른 사람들에게 뻐기며 보여 줘야 하는 거지. 그러니까 "자, 다들 보라고. 모개나와 매클레인 주 정부 청사와 둘 사이의 모든 것에 대한 내 생각이 이 정도야."—아마 더 나아가—"분홍색 눈을 가진 여자와 결혼하는 거 말이지." "맙소사!" 우리가 할 수 있는 말은 그것밖에 없었어. 그쪽에서도 그걸 원했겠지만, 나쁜 놈. 게다가 스노디는 얼마나 사랑스럽고 순한데. 물론 순한 사람들이라고 해서 다 네가 하는 대로 그저 따라오는 건 아니야. 잘난 체하는 그 인간이 곧 알게 되었지만, 절대 아니지. 그녀는 꿈쩍도 하지 않고 그를 눌러 버릴 테니까. 그러는 사이 그에게 고아 마을에서 자라는 자식들이 있다고 떠들고 다니는 사람들이 있었어. 그의 자식으로 알려졌건 알려지지도 않았건 여기저기 자식들이 있다는 거지. 그는 찾아오기만 하면 스노디에게는 말할 수 없이 잘해 주었어. 있는 대로 예의를 차렸지. 처음부터 그랬어.

세상천지가 다 그렇다는 거 몰랐나? 깍듯하게 예의를 차리는 남자를 조심해야 해. 그녀에게는 단 한 번도 언성을 높인 적이 없었는데, 그러다 어느 날 그냥 집을 나가 버리는 거야. 아, 그것도 한 번이 아니라니까!

그때는 사라진 지 한참 만에 다시 돌아온 뒤였어. 바다에 꼭 가야 했다나 뭐 그런 소리를 그녀에게 늘어놓았지. 그다음엔 1년도 넘어 2년이나 되었지. 아, 3년이구나. 그가 떠나 있는 사이 내가 아이를 둘 낳았고, 그 가운데 하나는 세상을 떴으니까. 그래, 그때 그가 그녀에게 미리 전갈을 보냈다지. "숲에서 만납시다." 아니다, 그렇게 명령조라기보다는 요청하는 식이었어. "숲에서 만날 수 있을까요." 밤에 만나자 했지. 그리고 스노디는 "뭔 일로요?"라고 묻지도 않고 그를 만나러 갔어. 페이트 레이니가 그랬으면 난 그렇게 묻고 싶었을 텐데. 어쨌든 두 사람은 결혼을 했고, 당연히 환하고 편안한 집 안에 들어앉아 얘기를 나누거나 좋은 거위 털 이불을 덮고 침대에 편히 누워 있을 만했지. 나였으면 거기 갔을 때 그가 나타나지 않을 수도 있다는 것도 고려했을 거야. 뭐, 스노디가 아무것도 묻지 않고 그냥 갔다면, 나야 스노디를 사랑하니까 아무것도 묻지 않고 얘기할 수 있는 거지. 그녀의 말에 따르면 두 사람이 숲에서 만나 자신들에게 최선의 것을 결정했다는 거야.

물론 그에게 최선의 것이지. 불길한 징조는 보면 알잖아.

'숲'이란 모건의 숲이야. 우리야 굳이 따지지 않아도 그가 말하는 숲이 어딘지 다 알지. 화살처럼 횡하니 바로 그 떡갈나무까지 갈 수도 있다니까. 가지를 넓게 펼치고 홀로 서 있는 나무. 내가 할 수 있는 얘기는, 거기가 **낮에도** 정말 어둑하다는 것뿐이야. 모건의 숲속을 걸어가면, 달빛 아래 그 나무에 몸을 딱 기대고 선 킹 매클레인이 눈에 선하지 않아? 게다가 3년 만에 나타나서 말이야. "숲에서 만날 수 있을까요." 세상에. 불쌍한 스노디가 그 거리를 건너뛰면서까지 그걸 어떻게 참았는지 나야 모르지.

그러고 나서 쌍둥이가 생긴 거야.

그리고 거기서 내가 등장하지. 그런 문제라면 내가 도움이 되니까. 그 집 우유로 버터를 만들어 가져다주다 보니 서로 친해지게 되었거든. 그땐 나도 결혼한 지 얼마 안 되었는데 남편이 이미 기력이 쇠해서 힘든 일은 그만두는 게 좋겠다고 생각을 하고 있었어. 우리 둘 다 어려서부터 무지 열심히 일했거든.

난 쌍둥이가 있으면 좋겠다는 생각을 늘 했어. 그 부부에게도 말이야. 쌍둥이라니, 말만 들어도 좋잖아. 매클레인 부부가 신랑 신부로 매클레인에서 모개나로 와서 바로 그 새집으로 들어갔어. 매클레인 씨는 외지에서 학교를 다녔는데, 법을 공부했다고 해. 여기서 아주 필요한 직업이지. 스노디는 롤리 허드슨의 딸이었는데 다들 잘 알았고, 부친이 유진 허드슨 씨로 주 정부 청사 건물 지나서 아래쪽 네거리에서 상점을 하고 있었잖아. 그래도 아주 괜찮은 사람이었지. 스노디는 외동딸이라 부모들이 교육도 아주 잘 시켰어. 그래서 사람들은 대개 그녀가 학교 선생님이 되리라 기대했지. 시집을 가는 게 아니라. 그 점에 대한 그녀 자신의 입장이 별로 분명하지 않았다는 게 유일한 문제였는데, 여기 코머스 스타크 씨와 관리자들은 그 집안도 잘 알았고, 스노디가 주일학교 아이들을 정말 잘 다루는 것도 알았기 때문에 그 점은 무시했던 거야. 그래서 학교를 막 다니기 시작했을 때 난데없이 킹 매클레인이 채 가게 된 거지. 마차를 몰고 학교 계단 바로 앞까지 가서 그녀를 기다리는 그가 내 눈에 띄기 시작한 게 아마 핼러윈 도깨비불이 그녀의 집 창문에 달려 있을 때였을 거야. 모개나와 매클레인 양쪽에서 그녀를 쫓아다녔는데 하루도 빠진 적이 없었지.

어디서나 비일비재하게 일어나는 그런 일과 하나도 다르지 않으니—더 빠른 것도 아니고 느린 것도 아니고—사람들이 나중에 얼마나 놀라게 되었든 왈가왈부할 새도 없이 두 사람이 매클레인 장로교회에서 결혼식을 올렸단 얘기는 굳이 할 필요도 없겠지. 그렇게 스노디에게 순백색 신부 드레스를 입히니 꿈꾸었던 것보다도 더 하얗다는걸 알게 되었고.

법을 공부해서 그 일로 여기저기 돌아다닌 게 그가 처음 했던 일이었으니까—그가 뭘 팔았는지는 곧 말해 주지—그녀는 집에 남아 요리를 하고 집안을 돌보았지. 흑인 하녀가 있었는지는 기억이 안 나는데, 있었더라도 어떻게 일을 시켜야 하는지도 몰랐을 거야. 그래서 본인이 눈을 부릅뜨고 직접 온갖 일을 하고 방마다 커튼을 만들어 달고 그랬어. 얼마나 바삐 일했는지 몰라. 처음에는 아기를 가질 것처럼 보이지도 않았다고.

그래서 상황은 내가 말한 대로 되어 갔어. 아주 쉽게 그렇게 되었고 사람들은 일찌감치부터 그걸 당연시했어. 그가 집을 떠났다가 돌아오면 그녀가 맞이하고, 또 떠나고 그녀에게 숲에서 만나자는 전갈을 보내고, 그리고 다시 떠나고, 결국엔 모자만 남기게 되었지. 킹이 얼마나 자주 떠났다가 돌아왔다 하건 이제 따져 보지 않겠다고 내가 남편에게 말했는데, 정말로 모자만 남겨 놓고 사라진 게 그리고 얼마 되지 않아서였어. 그게 그녀를 생각해서 한 일이었는지 잔인한 일이었는지는 지금도 모르겠어. 생각해서 한 거라고 믿고 싶지만. 어쩌면 그녀가 이긴 건지도 모르고. 그걸 왜 그렇게 따져 보려 하느냐고? 페이트 레이니가 워낙 흥미로운 구석이라고는 없는 데다가 그걸 자랑스러워해서 그러는 건지도 모르지. 페이트 말이, "자, 이제 여자들이 차분히 자리를 잡고 잠시 가족들 신경이나 쓰게 하자고" 그러거든. 할 수 있는 말이 그것밖에 없는 거지.

그래 봐야 오래 기다릴 필요도 없었을 거야. 스노디가 길을 건너와 소식을 전해 주니까. 색다른 걸음걸이로 우리 목초지를 가로질러 오는 게 보이는데, 꼭 계단을 내려가는 모양새라니까. 햇빛 가리개 모자에 달린 리본이 마구 들썩거렸지. 봄날이었어. 아직도 얼마나 허리가 가느다란지 봤어? 그런 몸에 무슨 힘이 있을지 정말 요지경 속이라니까. 날 보라고.

헛간에서 소젖을 짜고 있었는데, 그녀가 와서 저지종 젖소인 레이디 메이 머리 쪽에 버티고 서는 거야. 미리 생각해 둔 말로 조용하게 그 소식을 전했지. 이렇게 말했어. "내게도 아기가 생길 거야, 케이티. 축하해 줘."

나와 레이디 메이 둘 다 하던 일을 뚝 멈추고 그녀를 쳐다봤어. 그저 임신 소식이 찾아온 정도가 아니었어. 뭔가 그녀에게 마구 쏟아져 내리는 것 같았어. 환하게 쏟아지는 소나기를 맞는 듯이. 날이 훤해서 그런 것만이 아니야. 늘 햇빛 때문에 힘들어했고 온통 잔주름이 진 눈은 여전한데 그날은 모자챙 아래 사자처럼 당당한 눈빛으로 무슨 대단한 사람이 납시기라도 한 양 내 양동이와 마구간 안을 뚫어지게 바라보더라고. 불쌍한 스노디. 부활절 주간이라 파란 치마 뒤쪽으로 클로버가 군데군데 자란 목초지가 보였던 기억이 나. 그 남편이 팔았던 건 차와 향료였어. 그거였지.

그가 결연하게 떠나 숲과 들판을 가로질러서 '킹 매클레인'이라고 적힌 모자를 강둑에 놓고 사라진 후 정말로 아홉 달이 지나 쌍둥이가 나왔어.

내가 봤어야 했는데! 그렇다고 내가 그를 붙잡을 수 있었을 거라는 건 아니야. 이유는 모르겠지만 어쨌든 그를 봤으면 좋았을 텐데, 하는 생각이 들어. 하지만 아무도 본 사람은 없었지.

스노디를 위해서—사람들이 모자를 가지고 오고 난리 법석이 났으니까—마을 사람들이 빅블랙강을 9마일을 따라 내려가며 바닥을 훑었어. 아니면 8마일이었나. 보비나와 그 아래쪽으로, 빅스버그까지 다 전갈을 보내 강가로 뭔가 쓸려 오거나 강가 나무에 뭐가 걸리지 않는지 잘 보라고도 했지. 그럼, 아무것도 안 나왔어. 달랑 모자뿐이었어. 이 근방에서 지금까지 진짜로 빅블랙강에 빠져 죽은 다른 사람들은 다 찾았어. 가게를 하는 시섬 씨도 그 이후에 빠져 죽었는데 그 시체도 찾았지. 좀 더 멋지게 보이려면 모자만이 아니라 시계도 같이 놔뒀어야 한다고 봐.

스노디는 여전히 당차고 밝은 모습을 보였어. 그런 일로 무너지지 않았지. 나름의 생각이 있는 게 분명했는데 그 생각은 둘 중 하나였을 거야. 그가 죽었다는 게 하나—그렇다면 그 얼굴이 왜 그렇게 환하게 빛난 거지?—이고 다른 하나는 그가 이번엔 정말로 그녀를 버리고 갔다는 것. 그런데 사람들 말처럼 그럼에도 미소를 지었다면 그녀는 도대체 종잡을 수가 없는 거지. 그렇게 환하게 빛나는 얼굴이 내 맘에 들었는지는 잘 모르겠어. 왜 조금이라도 막 화를 내고 소리를 지르지 않는 거지? 레이니 부인일 뿐인 나한테라도 말이야. 허드슨네는 다들 잠자코 있었어. 항상 그랬지만 열심히 드나들던 내가 보기에는 스노디가 사는 게 뭔지 제대로 알았던 적이 없는 것 같아. 어쩌면 처음부터 말이야. 어쩌면 그저 그 **심각성**을 몰랐던 걸 수도 있고. 내가 알았던 그런 식으로 말이야. 심지어 오래전 열두 살쯤 되었을 때 눈에 뭔가 씐 것처럼 내가 알았던 정도로도.

그녀는 그냥 계속 집안일을 해 나갔고, 얘기했다시피 쌍둥이를 가졌으므로 배가 아주 불러 왔는데 거기 푹 빠진 것 같았어. 뭐라도 가까이 오면 발톱을 세우고 할퀴지 않을까 하는 생각이 드는, 바구니 속, 작고 하얀 새끼 고양이처럼. 얼마나 쓸고 닦았는지 아침나절에도 그 집은 매일 일요일 같았어. 발자국 하나 없이 새것처럼 말끔한 방과 집을 관통하는 어둡고 고요한, 정말이지 고요한 복도에서 기쁨을 얻었던 거야. 그리고 난 그런 스노디가 좋았어. 정말 좋았지.

우리 가운데 누구도 그녀와 **친밀하지** 않았다는 것만 빼면. 그게 뭔지, 그러니까 그녀가 왜 그렇게 다른지 말해 주지. 아기가 나오는 일 외에는 더 이상 기다리지 않았기 때문이야. 게다가 단순한 얘기도 아니지. 가까이 갈 수 없는 우린 분통을 터뜨리면서도 동시에 그녀를 보호했어.

말끔하고 예쁜, 앞 단추가 달린 드레스를 입고 나와 양치식물에 물을 주는데, 거기 화초가 정말 기가 막히지. 당연히 화초를 잘 키우는 모친의 능력을 이어받았으니까. 그리고 그만큼 나눠 주기도 했는데, 그렇다고 보통 우리가 하는 식은 아니고. 그녀는 달랑 혼자였어. 아, 그때 모친은 이미 돌아가셨고, 허드슨 씨는 14마일 떨어진 곳에서 다리를 제대로 못 써서 등나무 의자에 앉아 가게를 보고 있었거든. 그녀에게 있는 거라곤 우리가 다였어. 다들 시간이 날 때마다 찾아갔는데, 하루도 빠지지 않고 우리 중 누구라도 그 집에 뛰어 들어가 그녀와 대화를 하며 일상적인 얘기를 주고받았지. 리지 스타크는 그해 크리스마스 때 가난한 시골 사람들을 위해 모금을 하는 일을 그녀에게 맡기기도 했고, 뭐, 그런 식으로. 물론 온갖 자잘한 것들도 다 만들어 줬지. 그녀는 엄두도 못 낼 바느질 같은 거 말이야. 집에 워낙 쌓아 놓은 게 많으니 좋은 일이지.

쌍둥이는 1월 1일에 나왔어. 리지 스타크—남자들을 무지 싫어하고 자신을 정말 대단하게 생각하는데, 저기 보이는 굴뚝이 그 집 굴뚝이야—가 여기 의사 루미스를 부른 게 아니라 그 전날 밤 남편 코머스 스타크한테 자기 마차에 말을 매어서 빅스버그의 의사를 데려오라고 하고는, 불도 안 땐 자기네 방 하나에 집어넣고 자라고 했어. 의사늘 마차는 다리를 건너오다가 망가질 게 분명하다면서 말이야. 스타크 부인이 스노디 옆에 딱 붙어 있었고, 당연히 나랑 여러 명이 함께 있었는데, 진통이 시작되었을 때 스타크 부인이 거기 붙어서 모든 일을 도맡아 했지. 둘 다 아들이었는데 알비노는 없었어. 둘 다 완전히 아빠를 **빼닮았**지. 스타크 부인은 하나라도, 아니면 아예 둘 다 딸이길 바랐는데. 스노디가 그 자리에서 이름을 지었어. 자기 아버지와 외할아버지의 이름을 따서 루서스 랜들과 유진 허드슨이라고 했지.

모개나에 살면서 킹 매클레인이라는 이름이 별로 사랑스럽지 않다는 내색을 한 적이 지금까지 한 번이라도 있었다면 그게 유일한 경우였어. 하지만 뭐 대단한 내색은 아니었지. 도저히 더는 생각나는 이름이 없지 않은 다음에야 남편 이름을 붙이지 않는 여자들도 있으니까. 스노디의 경우에 심지어 **두** 아이에게 다 붙이지 않았다 해도 그녀가 변했다는 신호는 아직 아니었다고 봐. 불한당 같은 킹에 대해서 말이야.

아무리 죽어라 뛰어다녀도 시간은 꿈처럼 휭하니 지나가기 마련이고, 그동안 바깥세상에서 들려오는 얘기들은 많았지만 그렇다고 우리가 그걸 다 믿은 건 아니었어. 알잖아, 그런 얘기들. 누구 사촌이 킹 매클레인을 봤다더라. 면화와 목재를 다루는 코머스 스타크는 좀 더 나가서 세 번인가 네 번인가는 그의 뒷모습을 봤고, 한 번은 텍사스에서 머리 자르는 걸 봤다고까지 했지. 사람이 갑자기 사라지면 여기저기 찔러보느라 그런 종류의 얘기들이야 늘 나오기 마련이잖아. 거기에 뭔가 있을 수도 있고, 아닐 수도 있고.

그러다가 내 남편이 잭슨에 갔을 때는 정말 터무니없는 얘기까지 나오게 되었지. 한참 지나서야 말을 꺼내길, 바르다만 주지사의 취임식 가두 행진에서 킹과 아주 똑같이 닮은 사람을 봤다고 하더라고.

멋진 말을 타고 높으신 양반들과 높은 자리에 있었다나. 여기서 간 사람들이 몇 있었지만, 스파이츠 부인 말대로 그 사람들이야 주지사만 쳐다보고 있지 않았겠느냐면서. 아니면 새로운 주 의회 의사당에 정신이 팔렸거나. 킹 매클레인이라면 누구의 명예든 뺏을 수 있다는 게 자기 생각이라나.

그래서 어떻게 생겼더냐고 물었더니, 말 탄 남자를 보여 주듯 부엌 바닥 위로 다리를 들어 올리는 것 말고 달리 나오는 얘기가 없는 거라. 그래서 빗자루를 들고 쫓아갔지. 하지만 난 알았어. 그게 킹이었다면, '내가 지금껏 어디 있었는지 다들 궁금하다 못해 정신이 나갈 지경 아니겠는가!' 그런 모습이었겠지. 내 생각엔 바르다만 주지사가 나서서 킹을 붙잡아 뭐라도 빼냈어야 그게 이치에 맞는다고 남편에게 말했더니, 그이 말이 주지사가 왜 딱 한 사람을 집어 괴롭혀야 겠으며, 게다가 가두 행진 중이지 않았느냐는 거야. 남자들이란! 내가 바르다만 주지사이고, 모개나 출신의 킹 매클레인이 자격도 없는 주제에 나처럼 으스대면서 내 가두 행진에 끼어 있는 걸 본다면 당장 모든 걸 멈추고 그에게 따져 물을 거라고 했지. "글쎄, 그래서 당신에게 무슨 이득이 있는데?" 남편이 그러는 거야. 그래서 내가 아주 많다고 했지. 그때 내가 좀 흥분해 있었거든. "잭슨의 새 의사당 코앞에서 밴드가 연주하는 중에 그의 정체를 만천하에 폭로하면 그야말로 딱 마침맞은 경우고, 그게 훌륭한 남자가 할 일이지."

그렇잖아, 그런 인간은 만천하에 폭로해야 하는 거라고. 그렇다고 우리가 깜짝 놀랄 일은 아니지만. "그럼 주지사 취임식이 끝나고 시간 날 때 가서 그를 찾아보긴 했어?" 내가 물었지. 그랬더니 안 했다고 그러면서 그때 일을 다시 상기시키는 거야. 내가 새 양동이를 사다 달라고 했는데 크기가 다른 걸 사 왔겠지. 그런 건 홀리필드네 가게에도 쌔고 쌨는데! 그런데도 계속 킹이 아니면 그의 쌍둥이를 봤다고 우기는 거야. 쌍둥이는 무슨!

세월이 가면서 여기저기서 그에 대한 얘기가 들려왔지. 뉴올리언스와 모빌 두 군데서 동시에 그를 봤다는 얘기도 있었어. 사람들 눈이 어떻게 된 건지 알 수가 없는 거지.

내가 보기엔 캘리포니아에 간 게 틀림없어. 이유는 묻지 마. 그냥 거기 있는 모습이 보여. 서쪽 지방에, 황금빛으로 물든 그곳에 있는 게 보인다고. 어차피 각자 보기 나름이지만.

2

그러다가 뭔 일이 벌어졌는데, 그게 핼러윈 때였어. 겨우 지난주인데 벌써 어떻게 그런 일이 있었나 싶네.

내 어린 딸 버지가 바로 그날—나중에—단추를 삼켰어. 그 일은 실제로 일어난 게 맞고, 지금 생각해도 그런데, 이 일은 영 그렇지가 않아. 게다가 스노디를 위해서 입도 벙긋하지 않았으니까, 다른 사람들도 알아서 조심하리라고 믿어.

아기가 셔츠에서 떨어진 단추를 삼켜서 그 애를 거꾸로 들고 엉덩이를 두들겼다는 그런 얘기는 할 수 있고, 그럴 때 아기가 눈에 보이면—저기 달려가네—그게 다 말이 되잖아. 그런데 그냥 실제와 **비슷한** 그런 일을 얘기하려면—자, 침착하라고.

어쨌든 핼러윈 날 3시쯤 스노디네 집에서 천으로 견본을 오리는 일을 돕고 있었어. 아들들 입힐 옷을 내내 만들고 있었거든. 나로 말하면 옷을 만들어 입힐 딸이 있어서—바로 저기 옆방 침대에서 자고 있지—, 스노디와 달리 그런 행운이 있으니 좀 미안한 마음이 들긴 했지. 그날 쌍둥이들은 밖에 나가서 놀 생각을 안 하고, 가위랑 옷감 조각, 바늘꽂이 따위를 가지고 놀면서 발치에서 귀신이니 도깨비 옷을 차려입고 흉내들을 내고 있었어. 마음속에 핼러윈 생각이 가득했으니까.

당연히 가면도 쓰고 있었지. 버스터 브라운*식 단발머리를 뒤쪽으로 잡아 묶어서 말이야. 그 애들 모습이야 그때쯤엔 익숙했지만 난 가면은 별로 안 좋아해. 다 스파이츠네 가게에서 산 건데 5센트나 했지. 하나는 중국인 스타일로 완전 노란색이었는데, 찢어진 눈에 검은 말총 같은 아주 가느다란 수염을 단 비열해 보이는 얼굴이었고, 다른 하나는 여자였는데 거의 소름이 끼칠 정도로 상냥한 미소를 입술에 달고 있는 모습이었어. 하루 종일 봐도 도대체 그 미소는 마음이 안 가더라고. 유진 허드슨이 중국인을 하겠다고 했으니 루셔스 랜들은 부인 역을 할 수밖에 없었지.

그래서 꼬리와 작대기를 만들고 온갖 장난들을 치고, 식당에서 나랑 스노디가 셔츠와 바지를 자르고 남은 조각들을 죄다 주워다가 배와 엉덩이 할 것 없이 몸에 붙이고 난리였지. 이따금 아이들을 붙잡아 뭐라고 야단을 치기도 했지만, 사실 아이들에겐 별로 신경을 쓰지 않고 겨우내 물건값이라든가 노처녀 할머니의 장례식 등에 대해 얘기를 하고 있었어.

* 1902년 리처드 아웃콜트가 그린 연재만화의 주인공.

그래서 바깥 계단이 삐걱거리는 소리도, 포치가 내려앉는 소리도 전혀 듣지 못했던 거야. 천만다행이었지. 그리고 밖에서 그에 대한 얘기를 전해 준 사람이 없었다면 나로서는 그 일이 정말 있었다고 믿지도 못할 거고.

어떻게 된 거냐 하면 정말로 믿을 만한 흑인 하나가 매일 지나다니는 그 길을 지나가고 있었던 거야. 스타크 부인의 모친이 데리고 있는 흑인으로 다들 올드 플레즈 모건이라고 불러. 우리 집 너머 저 아래에 사는데, 정말 나이가 많아서 까마득한 옛날부터 마을 사람들은 다 알아. 나보다 더 아는 사람이 많아서 누가 누군지 다 알고 **귀하신** 사람들도 알지. 그래서 모개나에서 누군가의 정체를 제대로 알아볼 사람이 필요하면 올드 플레즈를 찾아야 하는 거고.

그래서 그가 한 걸음씩 길을 따라 내려가고 있었어. 스타크 부인하고 몇 사람이 아직 그를 놔주지 않아서 여전히 몇 집 마당 일을 봐주고 있거든. 워낙 일을 대충 하는 법이 없으니까. 얼마나 나이가 많은지 알 수도 없는데 아침 일찍 일을 시작하고 저녁에는 천천히 집에 돌아가지. 늘 길을 가다 말고 사람들한테 건강이 어떠냐고 말을 걸고 만나는 사람들마다 인사를 하고. 그런데 딱 그날만은 집에 가는 길에 **다른** 사람—그럼 누굴 만났는지는 곧 얘기해 줄게—은 한 사람도 못 만났다는 거야. 포치고 마당이고 나와 있는 사람이 아무도 없었다는 거지. 이유는 나도 모르겠어. 북풍이 불기 시작했다는 것 말고는 말이야. 다들 그걸 싫어하거든.

그런데 저만치 앞에서 한 남자가 걸어가고 있더라는 거야. 플레즈 말이 백인 걸음걸이였고, 또 아는 걸음걸이였다고 하지. 하지만 그게 햇수로도 아주 오래된 다른 시간대의 걸음걸이라는 느낌을 받았대. 그냥 바로 그 **시간**에 매클레인네 쪽으로 걸어가는—사실 그렇기도 했지만 말이지—아무나의 걸음걸이가 아니었는데, 만약 그런 거라 해도 누가 무슨 볼일로 거길 가는지 알 수가 없었다는 거야. 플레즈가 조심스럽게 속으로 생각해 본 바가 그랬다는 거지.

플레즈를 보면 아, 저 사람이구나 하고 알 거야. 그날은 모자에 장미 몇 송이를 꽂았더라고. 그 일이 있고 바로 그를 보았거든. 리지네가을 장미였는데, 남자 주먹만큼이나 크고 핏빛처럼 붉은 장미였어. 그의 낡은 검은색 모자 밴드에서 좌우로 끄덕거리고 있었고, 정원에있던 이런저런 작은 풀들이 챙 위에 놓여 있었어. 스타크 부인이 집어던졌겠지. 그날 비가 올 거라 그녀의 화단을 정리했다고 하더라고.

나중에 하는 말로는 자기가 전혀 급할 일이 없었다고, 급한 일이있었다면 아마 그 남자를 따라잡았을 거래. 저만치 앞에서 같은 방향으로 가고 있었고 누구랑 경주하고 싶은 마음은 별로 없어 보였다고. 그런데 정말이지 어딘가 낯익은 외지인이었다는 거야.

그 낯익은 외지인이 곧 걸음을 멈췄대. 그게 매클레인네 집 앞이었는데, 한쪽 발에 무게를 실은 채 엉덩이에 손을 얹고 조각상처럼 포즈를 취한 상태로 그냥 서 있었다는 거야. 하! 올드 플레즈가 말하길, 그래서 자기도 장로교 교회 현관에 기대서서 기다렸대.

그 외지인—아, 킹이구나! 그때쯤 플레즈는 혼잣속으로 그를 킹 씨라고 부르고 있었지—이 그다음으로 마당을 가로질러 올라갔는데다른 사람들처럼 곧장 안으로 들어가지는 않더래. 일단 주위를 둘러보았는데, 마당과 정자를 찬찬히 보고 살던 집 가장자리를 따라 심어진 삼나무와 뒤쪽의 무화과나무 아래와 널어놓은 빨래(몇 개인가 세어 보기라도 했나!) 아래를 죽 훑어보고 다시 콧방귀를 뀌듯이 앞쪽으로 왔다고 해. 플레즈 말이 장로교 교회 앞에 서서 그가 뭘 했는지 정확히 봤다고 맹세할 수는 없지만 그가 블라인드 사이로 안을 들여다본 건 보였다고 하더라고. 식당을 들여다봤을 수도 있어—세상에. 물론 우리가 스노디가 못 보게 서쪽 방향은 다 닫아 버렸지.

마침내 앞쪽 침실 아래로 심어진 꽃 주변을 빙 돌아 다시 현관문 앞으로 왔어. 거기서 멋지게 옷매무새를 매만지고 층계를 올라가기 시작했지.

계단 중간을 밟으면 소리가 나는데 우리는 그 소리를 듣지 못했어. 플레즈가 말하길, 멋진 테니스화를 신었더라고 했어. 그렇게 앞 포치를 가로질렀으니 이제 문을 두드려야지 뭘 할 작정이겠어? 왜 바깥을 둘러본 걸로 만족을 못 한 거지?

자기 집 현관. 어떤지 볼 셈으로 가짜로 문을 두드리는 척을 하더니 선물을 코트 뒤로 숨겼지. 당연히 그녀에게 줄 선물 상자를 가지고 왔으니까. 원래 생겨 먹기를 상대방이 마음이 찢어질 그런 선물을 가져오는 사람이거든. 그들을 놀라게 할 셈으로 다리 한쪽을 쭉 앞으로 빼고 섰지. 분명 얼굴엔 멋진 미소를 띠고 있었을 거야. 아, 계속하라고 하지 말아 줘!

스노디가 복도 쪽으로—식당은 맨 끝에 있고 접이식 문은 열려 있었거든—시선을 돌렸다가 그를 보게 되고, 그러면 "이리 와서 입맞춤을," 뭐 이런 분위기가 되리라 생각했던 거지. 그녀 쪽에서 그렇게 제대로 보였을지는 모르겠어. 하지만 나는 볼 수도 있었지. 바보같이 그쪽으론 고개도 돌리지 않았으니 그렇지.

그를 본 건 쌍둥이였어. 가면에 뚫린 쪼그만 구멍 사이로, 매의 눈으로! 그 쌍둥이들은 도대체 막을 수가 없다니까. 그는 아직 문을 두드리지는 않았지만 다시 한번 가운데 마디를 뺀 손을 들어 올린 참이었는데, 그때 아이들이 와르르 뛰어나와 "우우!" 소리를 지르며 팔을 위아래로 흔들어 댄 거지. 너무 무서워 정신이 나갈 정도로 말이야. 미리 알고 대비를 하지 않은 다음에야 정말 그랬을걸.

아이들이 밖으로 뛰어나가는 소리는 들었지만 그냥 지나가는 흑인을 겁주려나 보다, 그렇게 생각했어. 뭔 생각을 했다면 말이지.

플레즈 말이—인간적 실수를 감안하고 들으면—킹의 한쪽 옆으로 잔뜩 의상을 차려입은 루셔스 랜들이 구르듯 뛰어나오고 다른 한쪽으로는 역시 잔뜩 차려입은 유진 허드슨이 뛰어나왔다고 해. 그 애들이 롤러스케이트를 신고 있었다는 얘기를 어떻게 깜박할 수가 있었지? 아유, 오후 내내 그랬다고. 그 꼬마 녀석들이 얼마나 스케이트를 잘 타는지 보도는 필요도 없다니까. 두 애들이 쏜살같이 문밖으로 나가 손가락을 무시무시하게 세우고 팔을 휘저으면서 제 아비를 가운데 두고 빙빙 도는데, 그 버스터 브라운 머리칼도 함께 빙빙 돌았다지.

플레즈 말이, 루셔스 랜들은 뭔가 분홍색 옷을 입고 있었다고 하는데, 사실이 그랬어. 입고 있던 옷 위에 면 플란넬 천으로 만든 테디 베어 옷을 시침질한 채로 입혀 봤는데 그걸 입은 채로 뛰어나갔던 거지. 유진은 중국인으로 보였다고 했는데, 그것도 맞는 얘기고. 휙 달려들었을 때 둘 중 어느 쪽이 더 정신 사나웠을지 확실히 말하긴 어렵지만 내가 보기엔 여자애 얼굴에다 손가락엔 커다란 흰 면장갑을 늘어뜨린 루셔스 랜들일 것 같아. 아, 게다가 **내** 모자까지 쓰고 있었다고. 소젖 짤 때 쓰는 이 모자 말이야.

게다가 스케이트 소리가 엄청나게 시끄러웠다고 플레즈가 얘기하던데, 분명 그랬어. 오후 내내 스노디와 내가 대화를 나누기가 되게 힘들었던 기억이 나거든.

플레즈 말이 킹이 잠시 서 있다가, 그 역시 몸을 빙빙 돌려야 했다고 해. 아이들이 새소리처럼 높은 톤으로 "안녕하세요, 도깨비 씨?" 이러면서 스케이트로 그 주위를 돌았다니까. 혹시 아이들이 원숭이처럼 **될 수 있다면**, 그 애들이 딱 그 짝이었다는 거지. (하지만 가면을 안 썼다면 훨씬 예의 바르게 굴었을 거야. 허드슨 집안 피가 그 정도는 있으니까.) 제 아비인 줄도 모르고 그 주위만 빙빙 돌았다니! 불쌍한 것들. 어쨌든 핼러윈이라고 하루 종일 지나가는 흑인 한두 명 말고는 놀래 줄 사람이 하나도 없었고, 2시 15분에 Y&MV 기차가 기적을 울리며 지나가자 그걸 놀래 주겠다고 뛰어나가기도 했으니까.

그런데 원숭이처럼—! 아비 주위를 스케이트를 타고 빙빙 돌면서. 플레즈 말이 그 애들이 흑인이었다면 정글 속 작은 흑인 식인종 생각이 났을 거라는 말도 주저 없이 하겠더라고 하더라고. 아이들이 제 아비를 가운데 두고 계속 돌기 놀이를 하고 아비는 거기서 빠져나올 수가 없고, 그런 모습이 구경하는 사람도 마음이 불편해질 정도여서 플레즈가 한두 번 하느님을 불렀다나. 아이들은 높이 뛰며 한 번 돌고 그다음엔 웅크린 채 그의 무릎 높이에서 낮게 돌기를 계속하고.

킹이 재빨리 거기서 벗어날 수 없게 된 순간이 왔던 거지. 그냥 좀 어려워졌고 한 번에 되질 않았겠지. 정신을 가다듬었고, 킹은 6피트의 거구에 몸무게도 엄청 나갔지만, 당황했던 거지, 그럴 수 있잖아. 아이들과의 틈이 약간 벌어지자 마침내 악마가 쫓아오기라도 하는 양—아니면 악마가 그 안에 있는 양—횡하니 튀어 나갔대. 난간과 양치식물을 넘어서 마당을 뛰어 내려가 도랑을 건너 사라져 버렸지.

빅블랙강 쪽으로 풀숲을 마구 헤치며 달려갔고 버드나무가 그 뒤에서 흔들거렸지. 그래서 어디로 간 건지는 플레즈도 모르고 나도 모르고 아무도 모르지.

그렇게 그냥 올 것이 아니라 편지라도 적어 보냈어야지.

그래서 아이들은 입만 벌린 채 그의 뒤를 쳐다봤을 거야. 그리고 상황이 끝나고 나서야 갑자기 어떤 기분에 휩싸이면서 겁이 덜컥 났겠지. 식당으로 다시 들어와 보니 아무것도 모르는 엄마랑 아줌마가 있었고. 인상을 잔뜩 쓰고 카펫 위로 스케이트를 질질 끌며 다가오더니 우리가 유진 허드슨의 속옷을 재단하고 있는 탁자에서 뒤를 졸졸 따라다니며 치마를 잡아당기는 바람에 우리가 결국 쳐다봤어.

"뭔데, 말해 봐." 엄마가 그랬더니, 아이들은 이렇게 말했어. 도깨비가 앞 포치에 와서 나가 봤더니 "난 간다. 너희들은 여기 있어"라고 말했고, 그래서 계단 아래까지 그를 쫓아가 멀리 쫓아 버렸다고. "그런데 이런 얼굴로 뒤를 돌아보잖아!" 루셔스 랜들이 그렇게 말하며 가면을 벗고 둥근 파란 눈의 작은 얼굴로 표정을 지어 보였지. 그리고 유진 허드슨이 말하기를 도깨비가 대문을 들어설 때 보니 손에 피칸을 한 움큼 쥐고 있었다는 거야.

그러자 스노디가 손에 들려 있던 가위를 마호가니 탁자 위로 툭 떨어뜨리며 손을 그냥 허공에 둔 채 나를 쳐다봤어. 1분 정도를 빤히. 그러고는 입고 있던 앞치마를 일단 그러쥐었고 문을 향해 뛰어가면서 벗어서 복도에 내던졌지. 누가 되었건 아직 문 앞에 있다면 가다가 괜히 앞치마에 걸리지 않으려고 그랬겠지, 아마. 그렇게 뛰어나가자 응접실의 유리 프리즘이 흔들렸는데, 내 기억에 **그녀** 때문에 그게 흔들렸던 적은 지금까지 한 번도 없었을 거야. 현관에서 멈추지 않고 계속 달려 포치까지 나갔고, 양쪽을 살펴본 후 계단을 뛰어 내려갔어. 그러고는 마당까지 뛰어나가 거기 나무를 붙들고 서서 저 멀리까지 찾아봤지. 하지만 그 뒤통수를 보니 보이는 사람이라곤 전혀 없는 걸 알겠더라고.

내가 계단에 나가 섰을 때―곧장 뒤따라 나가고 싶지 않았거든― 거긴 모자를 들어 올리며 다가오는 올드 플레즈밖에는 없었어.

"플레즈, 지금 막 우리 집 포치에 왔던 신사분 못 봤어?" 스노디가 소리쳐 묻는 게 들렸고, 우리 생각처럼 그때 막 그 앞을 지나가는 참이라는 듯이 플레즈가 모자를 들며 천천히 걸어가고 있었지. 그리고 당연히 플레즈의 대답은 이랬어. "아니, 못 봤는데요. 읍내에서 여기까지 오는 동안 지나치는 사람은 그림자도 못 봤습니다."

아이들은 내 옆에 붙어 있었는데, 내 옷을 잡아당기는 게 느껴졌어. 내 딸은 그동안 내내 안에서 잠을 자다가 그때 막 깨어 단추를 집어삼켰지.

바깥은 나뭇잎이 바람에 바스락거리는 게 이 집에 왔을 때와는 사뭇 달랐어. 비가 오려는 거였지. 계절이 바뀔 때처럼 날씨가 두 얼굴을 보여, 한쪽엔 시커먼 먹구름이 있는데 길 위쪽 대기는 여전히 황금빛으로 빛나고 나무는 시커먼 하늘보다 더 환했지. 그리고 떡갈나무 이파리가 바닥을 구르며 흩어지다 바람에 날려 올드 플레즈에게가 부딪거나 슬쩍 스치고 지나갔어.

"정말로 확실해, 플레즈?" 스노디가 물었고, 그가 달래듯이 되물었어. "딱히 누가 오기로 한 건 아니잖아요, 그렇죠?"

스타크 부인이 플레즈를 붙들고 사실을 알아낸 것은 나중이었고, 나는 그 얘기를 그녀가 다니는 교회를 통해서 얼마 후에야 전해 들었지.

우리가 지금까지 내내 보살펴 왔는데 스노디 매클레인이 이제 와 다시 상처받는 걸 그는 원하지 않았던 거야. 그래서 거짓말을 했던 거지.

그가 가 버린 후, 스노디는 날이 추워지는데 겉옷도 입지 않고 거기 서 있었어. 내가 다가갈 때까지 저 멀리 논밭에 시선을 둔 채 손가락으로 치마의 실밥을 잡아당겨, 바람에게 친절을 베풀 듯 그걸 날리며 서 있었지. 울고 있지는 않더라고.

"물론 귀신일 수도 있죠." 플레즈가 스타크 부인에게 그렇게 말했대. "하지만 제 생각에는 귀신이 그 집 마님을 만나러 왔다면 기다렸다가 무슨 얘기라도 했겠죠."

또 그 사람이 킹 매클레인이었고, 집에 다시 찾아왔다가 생각을 바꾼 게 틀림이 없다고도 했대. 리지가 교회 여신도들에게 말하기를, 나로 말하면 난 흑인을 믿는다, 당신들이 나를 믿는 만큼 믿는다, 올드 플레즈의 정신이 아주 말짱해서 그의 얘기를 무조건 믿는다, 그랬대. "왜냐하면 바로 그게 내가 **알기로** 킹 매클레인이 하고도 남을 짓이니까. 도망가는 거 말이야." 그때가 내가 유일하게 리지 스타크의 말에 동의한 때가 아니었나 싶어. 그녀가 뭘 알겠나 싶긴 하지만.

여기서 많이 벗어나지 못했을 때 그 자식이 도망가다가 돌부리에 걸려 넘어져 그 잘난 콧잔등이 홀러덩 벗겨졌으면 정말 좋겠어. 못돼먹은 놈.

그래서 스노디가 이제 버터를 직접 가지러 오는 거야. 내가 가져다주길 기다리지 않고. 내 생각엔 그가 찾아왔던 날 내가 거기 있어서 나한테 감정이 있는 것 같아. 이젠 내 딸도 예뻐하지 않고.

그런데 그거 알아? 셰이브 날이 아마 킹이 핼러윈인 걸 알았을 거라는 거야. 그가 그런 식으로까지 핼러윈 장난을 했을 것 같아? 게다가 제 자식이 자기한테 그런 장난을 치라고? 페이트가 보통은 현실적이라 그렇게 허무맹랑하진 않은데 말이야.

킹 같은 남자에 대해 생각을 하자면 끝도 없지. 플레즈가 리지 스타크에게 아예 맹세하기를 바람처럼 돌아다닐 사람이라고 했대. 물론 그런 일로 맹세를 하는 법은 없으니까 마음을 바꿔서 그냥 말이 그렇다고 했지만.

그런데 내 저지 젖소 킹이 어디 가서 이렇게 돌아오지 않는 걸 보니 아무래도 어디서 새끼를 만들고 있나 봐.

왜 이런 얘기를 해 준 거냐고? 이런 얘긴 절대 남편한테는 안 하니까 듣고 잊어버리라고.

6월 발표회
June Recital

1

    로크는 엄마와 난리 법석을 치고 있었다. 여름 내내 엄마는 맘대로 할 수만 있었다면 그를 침대에 붙들어 두고 코코아 퀴닌*을 먹였을 것이다. 로크는 빽 소리를 질렀고, 엄마가 시럽이 가득 든 숟가락을 들고 기다리거나 말거나 철갑 무늬와 엄마 앞치마의 격자무늬를 다 훑어보았다. 그러고 나서야 호흡이 가빠져 시럽을 삼켰다. 엄마는 불룩한 그의 모자에 손을 얹고, 입맞춤 대신 머리통을 살짝 흔들고는 낮잠을 자러 갔다.

* 퀴닌은 해열, 진통, 말라리아 예방 효과가 있는 알칼로이드.

"루엘라!" 그녀가 올라오길 기대하며 그가 힘없이 불렀다. 그러면 그녀를 닦달해서 루미스네 뛰어가 자기 돈으로 아이스크림콘을 사 오게 할 생각이었지만 당연하게도 그녀가 부엌에서 쾅 하며 냄비를 내려놓는 소리가 들렸다. 결국 그는 한숨을 쉬고는 발가락—얼마나 말끔한지 자기 발이 끔찍이도 싫었다—을 쭉 뻗어 본 뒤 팔꿈치를 세우고 창문가로 몸을 올렸다.

옆집은 빈집이었다.

그의 식구들은 그 집이 아예 타 없어지는 게 낫다고 볼 테지만, 그는 여름의 사랑으로 그 집을 감쌌다. 로크네 집 팽나무 이파리와 줄지어 늘어선 삼나무와 멀리까지 펼쳐진 마당 너머로 길게 보이는 그 집 벽면은 풍파를 겪은 모습이었다. 그는 정말이지 아주 잘 아는 무언가를 보듯이 거기에 편히 시선을 두거나 스쳐 가며 죽 훑어보았다. 버려진 집의 윤곽, 깊숙한 뒷마당으로 무심하게 뻗어 가는 그 모습이 눈을 감아도 보일 정도였다. 집의 옆면은 사람의 옆모습과도 같았다. 그 사람이, 혹은 거인이 누워 잠을 자는 거라면. 내내 잠만 잔다면.

병 모양의 빨간 굴뚝이 전체를 지탱하고 있었다. 지붕은 앞쪽에서 쓰러져 내렸고 난간이 떨어져 나간 포치는 극장 무대 위의 절벽처럼 옆으로 비어져 나와 굴곡을 이루며 기울어져 있었다. 위험에 처한 카우보이 대신 제퍼슨 무디네 닭들이 길을 건너와 가장자리에서 날개를 퍼덕이며 그 위를 돌아다녔다. 그곳 그늘이 더 시원하고 흙은 더 푹신해서 앉기 편하고 시커메진 마룻바닥 아래에는 더 통통한 벌레가 있다는 걸 알게 된 모양이었다.

집 옆쪽으로, 위층에 두 개, 아래층에 네 개, 이렇게 여섯 개의 창문이 있었고, 굴뚝 뒤편 계단참에 열쇠 구멍처럼 생긴 작은 창문이 있었다. 절대 열고 싶은 마음이 안 드는 창문으로 로크네 집에도 비슷한 게 있다. 녹색 블라인드가 서로 다른 높이로 늘어져 있었을 뿐 커튼은 없었다. 식당에 식탁은 보였지만 의자는 없었다. 포치와 가늘고 선명한 대나무잎의 그림자에 가린 거실 창문이, 그가 아는 강가의 웅덩이처럼 어둑하면서도 선명했다. 거실에는 피아노가 있었다. 게다가 주일학교나 아이들의 잡화점 놀이에서 보일 법한 작고 화려한 의자들도 이 방향 저 방향으로 놓여 있었는데, 건장한 사람이 앉자마자 하나씩 부서질 것 같았다. 복도와 이어지는 곳에는 문은 없고 커튼만 걸려 있었다. 구슬 커튼. 바람이라고는 통하지 않아 커튼이 벽처럼 꼼짝도 안 했지만 누구든 그 뒤를 지나간다면 그 사이로 볼 수 있었다.

위층 뒤편 방, 그의 창문 건너편 창문 너머로 그의 침대를 마주 보고 침대가 놓여 있었다. 다리는 어디 갔는지 없어져 매트리스가 반쯤 미끄러져 내려왔지만 그 상태로 가만히 있었다. 언덕과 계곡 같은 매트리스의 굴곡진 부분을 따라 나무의 그림자, 가지와 이파리의 그림자가 천천히 지나갔다.

앞쪽 방의 창문은 오후가 되면 눈이 부시도록 빛났다. 창문이 올라가 있었으니까. 모자가 걸려 있는 높은 기둥 하나 외에 침대의 나머지 부분은 보이지 않았다. 그러니까 그 집에 한 사람—로크는 조만간 그를 떠올릴 것이다—이 산다는 게 사실이었는데 그 사람은 홀리필드 씨였다. 저 아래 조면 공장의 야간 경비라서 낮에는 늘 종일 잠을 잤다. 액자에 든 그림이 벽에 걸려 있는 게 보였는데 적당히 비뚤어져서 때로 똑바르게 보이기도 했다. 가끔 액자 유리에 바깥의 빛이 반사되거나 나뭇가지 사이를 날아가는 새가 비쳐 보였고, 그러는 동안 홀리필드 씨는 꿈을 꾸었다.

로크는 늘어선 삼나무 중간의 비어 있는 한 부분으로 건너다볼 수 있었는데, 마치 자기 소유이듯 전체를 쓱 훑어보는 중에 앞 포치부터 헛간 같은 뒤편과 그늘이 져서 캄캄한 정자까지 다 눈에 들어왔다. 그것은 썩어서 검댕처럼 시커메진 낙엽 냄새가 나는 완전히 다른 종류의 사랑이었다. 7월이 오기만 하면 몰래 무화과를 따는 네 그루 무화과나무의 그림자도 그렇고. 그리고 보트처럼 어둑한 그 모든 그림자 위로 전투하듯이 쏘아 대고 불처럼 뜨거운 파란 하늘이 이글거렸다. 그의 누이가 밤에 건초 타기(아빠의 반대에도 불구하고 엄마의 묵인하에 몰래 빠져나갔다)를 하러 나가면 다들 〈오, 이제 비는 안 올 거야〉를 소리 높여 불렀다. 그의 감은 눈에도 자리만 바뀌었을 뿐 빛과 그늘이 따로 나뉘어 있었다.

종종 밤낮을 가리지 않는 꿈속에서 그는 며칠 동안을 계속해서 카우보이처럼 사나운 인물이 되어 옆집에 살았다. 완전히 혼자. 올라와 그의 몸을 만져 보고 모자 아래로 손가락을 넣어 보는 아빠나 엄마 없이, 한 사람은 선풍기를 켜고 또 한 사람은 끈다든지, 혹은 자기들 얘기를 듣지 못하도록 그의 방 전등에 신문을 둘러 캄캄하게 만드는 일도 없이. 그럴 때는 캐시가 그에게 읽을 책도 절대 갖다줄 수 없었다. 한심한 여자애들 책이나 동화책 같은.

지난봄 비가 왔을 때 그 집의 홈통에서 물이 새는 소리에 로크는 잠을 깼다. 콸콸 쏟아지는 숲속 폭포처럼 그것은 달콤한 잠에서 깨어 어딘가 멀리 떠날 **수밖에 없게** 되었다는, 가야만 한다는 고통으로 그를 마구 흔들어 댔다. 심장이 마구 뛰었다.

그들은 그에게 하고 싶은 대로 다 할 수 있지만 그의 모자를 벗기

거나 그의 집을 없애 버릴 수는 없었다. 그가 침대 아래로 팔을 뻗어 망원경을 꺼냈다.

아빠의 망원경이었는데, 열에 들뜰 때면 아무도 뭐라 하는 사람 없이 망원경을 맘껏 볼 수 있었다. 장난감 총 대신 그에게 준 것이었다. 망원경이 들어 있던 서재 탁자의 서랍 냄새와 함께 놋쇠 냄새가 나는 그것은 지금까지는 가족들이 다 함께 월식을 볼 때 꺼내는 것이었다. 그리고 여자 조종사의 비행기가 지나가기로 한 날, 다들 찡그린 얼굴로 간절하게 하늘을 올려다보며 하루 종일 기다렸던 그날, 망원경은 앞으로 올 일에 대비해 식구를 보호할 무기라도 되는 양 아빠의 손에 커다란 막대기처럼 꽉 쥐어져 있었다.

로크는 긴 놋쇠 관을 고정한 후, 금지된 일이었지만 모기들이 들어오건 말건 모기장을 밖으로 밀고 망원경을 창밖으로 내밀었다. 멀리 무화과의 크기를 살펴보았다. 어제는 공깃돌만 했는데 오늘은 커다란 알사탕만 했다. 그런 걸 딴다 해도 훔치는 건 아닐 것이다. 방 안에 박혀 있다 보니 한편으로는 분노가 들끓지만 다른 한편으로는 달콤한 방종함이 침대 위의 그에게 찾아왔다. 애정을 담아 망원경을 그 집 쪽으로 움직여 지붕을 건드렸더니 지붕 위의 작은 새들이 고개를 갸우뚱했다.

눈에 망원경을 대고 있으면 그 집의 향도 한결 강해졌다. 오늘 오후 모개나의 향은 특하나 진했다. 마지막 모퉁이의 목련나무에 꽃이 흐드러지게 피었기 때문이었다. 바짝 다가온 카마이클네 지붕 끄트머리에 동굴 입구처럼 어렴풋이 서 있는 나무 가득 빽빽이 핀 꽃들이 등불처럼 반짝거렸다. 그는 지빠귀의 둥지와 지붕 위에 있는 우드로 스파이츠네 오래된 공과 포치 위에 흩날리는 색 바랜 선거 전단지를 보았다. 다시 빈집이었고 잡초에 가린 도자기 접시가 반만 보였다. 닭들은 항상 그 접시를 찾아갔지만 물이라곤 없이 말라 있었다.

로크가 망원경을 집 뒤편으로 가져가는 순간 도랑으로 막 뛰어 들어가는 선원과 여자가 잡혔다. 그들은 늘 팔을 흔들고 몸을 낮춰 뒷길 나뭇잎 아래로 뛰어다녔다. 여자는 극장에서 피아노를 연주했다. 오늘은 와일리 볼스네 식료품 가게의 종이 상자를 들고 있었다.

로크가 눈을 가늘게 떴다. 그는 선원이 무화과를 딸 날을 기다리고 있었다. 여자가 얼마나 그를 독촉하는지 봐라. 여자의 이름은 버지 레이니였다. 학교 다니는 내내 캐시와 같은 반이었고 지금은 열여섯이었다. 아무리 좋은 방안이라도 다 망쳐 버릴 것이었다. 말괄량이처럼 보이지만 사실은 그렇지 않았다. 하루는 선원에게 자기를 들어 달라고 하고는 손을 들어 나뭇잎을 만졌다. 처음 그에게 집을 알려 준 것도 그녀였고, 여기 오게 만든 것도 그녀였다. 무화과나무는 나이가 많아 칙칙했지만 작고 달콤한 푸른색 무화과가 열렸다. 익어서 벌어지면 분홍 황금색 속살이 보였고, 안쪽의 꽃 모양과 보글보글 일어나는 황금색 과즙이 가장 먼저 혀에 닿았다. 로크는 선원에게 시간을 주었다. 여기서 관용을 베푸는 것은 바로 로크, 그였으니까. 그에게 매일매일 시간을 주고 있었다.

무릎을 꿇은 채로 몸을 돌렸더니, 버지 레이니와 선원이 파랗고 하얀 선명한 작은 세상에서 빈집의 뒷문 쪽으로 반짝이며 뛰어가는 모습이 보였다.

그다음엔 파란 마차를 탄 나이 든 남자가 스타크네 집까지 갔다가 다시 카마이클네 모퉁이까지 오곤 했다.

버터밀크 드릴까?
버터밀크 있어요.
신선한 듀베리와
버터밀크가 있어요.

페이트 레이니가 부르는 노래였다. 지나가는 데 한참이 걸렸다. 로크는 망원경으로 말의 모자에 매일 다른 꽃이 꽂혀 있는 걸 보았다. 그는 스타크네를 지나 묘지와 흑인 구역을 한 바퀴 빙 돈 후 다시 돌아왔다. 노래처럼 곡조가 있는 그의 외침이 가까워지는가 하면 또 멀어졌다가 또 가까워졌다. 메아리인가? 메아리가 저런가? 아니면 누군가 깊은 동굴 속에서 길을 찾으며 마지막으로 외치는 소리인가. "여기요, 여기! 나 여기 있어요!"

어치가 시끄럽게 싸우는 듯한 소리가 들렸는데, 뒷문 쪽이었다. 두 사람이 뒤쪽 포치로 막 들어가려는 참이었다. 문이 억지로 열리며—하도 마구 기대서 늘어난 모기장이 일렁거렸다—사람이 비집고 들어가는 걸 보자 로크는 예의 분노가 치밀었다. 하지만 동시에 기쁘기도 했다. 침입자들은 자신을 보지 못하지만 그동안 그는 맨눈으로나 망원경으로나 그들을 볼 수 있기 때문이었다. 그리고 어느 날이든 그 광경을 혼자 차지할 때면 그들은 그의 것이었다.

루엘라가 아래 층계참에 나타나 빈집 쪽으로 더러운 설거지물을 쫙 뿌렸다. 하지만 그녀는 절대 말하지 않을 것이고 그 역시 절대 말하지 않을 것이었다. 살면서 그 누구와도 생각을 나눈 적이 없었다. 루엘라와도.

선원의 발에 밀려 결국 문이 열리고 위층 창문 역시 억지로 열어

막대기로 받쳐 놓고 나자 옆집에 적막이 내려앉았다. 보통 이 시간에 그의 집이 그렇듯이 적막감이 집 전체를 감쌌다. 하지만 그에겐 요란한 폭포와도 같아 졸음과 싸우며 깨어 있도록 했다.

아무도 눈에 띄지 않았던 처음엔, 그는 그저 방에 누워 광포한 사람들이 자기 집을 차지한다거나 자기 창문에 해당하는 옆집 창문 뒤로 거인이 몸을 접어 웅크리고 있다는 생각이나 하는 게 좋았다. 구름처럼 모인 반딧불이처럼 황금빛 무화과가 나뭇가지 속에서, 나뭇가지 사이에서 빛나는, 그래서 온 나무에 불이 타올랐다 꺼지고, 또 타올랐다 꺼지듯 반짝거리는 커다란 무화과나무는 어디를 보나 마법 나무였다. 달콤한 황금 과즙이 다가오고—꿈속에서 그는 혀를 내밀고 그러면 엄마가 입 안으로 숟가락을 집어넣곤 했다.

그 집 안에서 동굴이 움직이고 버터밀크 장수가 저절로 퍼지는 채찍으로 말 옆구리를 후려치며 빨간 장미를 꽂은 말을 몰고 여기저기 방을 들락거리는 꿈을 꾼 것이 한두 번이 아니었다. 혹은 아름다운 백마가 된 그 말이 혼자 이쪽으로 넘어와 그에게 뭔가 부탁을 할 것처럼 다가오거나. 위를 보며 가만히, 알아들을 수 있는 요청을 하고 그는 그것을 들어줄지 말지 아직 결정을 하지 못하는 것이다. 창문으로 이렇게 찾아오는 일은 아직 일어난 적이 없었다. 완전히는. 하지만 누군가 오긴 왔다.

그가 몸을 돌리며 외쳤다. "누나!"

캐시가 그의 방으로 와서 말했다. "네가 할 수 있는 게 있다고 말하지 않았어? 잭나이프 갖고 싶으면 저 악터건 비누 쿠폰을 잘 잘라서 세어 놓으라고." 그러고는 문을 쾅 닫고 가 버렸다. 지금은 때가 안 좋은 모양이었다. 방에서 뭘 하고 있었는지 모르지만 색색의 동그라미가 그려진 무슨 서커스 단원 같은 옷을 차려입고 있어서 누나처럼 보이지 않았다.

"그러고 들어오니까 진짜 우스꽝스러워!" 그가 소리쳤다.

하지만 저쪽 빈집의 적막감은 그를 놔두고 떠나는 그런 종류가 아니라 점점 가까이 다가오는 적막감이었다. 뭔가 아주 가까이 다가오고 있었는데, 계속 잘 따져 봐야 하는 그런 것이었다. 누군가 뭔가의 숫자를 세고 있었다는 느낌이 들었다. 그 역시 그래야 할 것이었다. 그런 쪽으로는 조심할 수 있었다. 하나씩 세건, 다섯이나 열씩 세건. 때로 팔을 눈 위에 얹고 입술을 움직이지 않은 채 속으로 수를 세었다. 어떤 숫자에 이르면 "다 숨었거나 말거나 이제 간다!"라고 외치며 팽나무 가지 아래로 뛰어가는 상상을 하며. 그렇게 소리를 친 적은 생전 없었고 얼굴에 얹은 팔은 무척이나 무거웠다. 그렇게 잠이 들 때도 많았다. 그러다 오후의 신열에 땀범벅이 되어 잠에서 깼다. 그러면 엄마가 그를 잡아당겼다 밀었다 하면서 차갑게 한 베갯잇을 베개 위에 얹은 뒤 다시 제대로 눕혔는데, 지금 엄마가 그러고 있었다.

"이제 가루약."

파티 갈 차림을 한 엄마가 항의하듯이 내민 그의 혀 위로 작은 분홍빛 종이를 기울이고는 더듬거리는 그의 손에 물컵을 쥐어 주었다. 가루약을 삼킬 때마다 엄마가 차분한 말투로 말했다. "루미스 선생님은 그저 널 치료하고 있다는 걸 내게 보여 주려고 이 가루약을 주는 거야." 사무실에서 퇴근한 아빠는 이렇게 말하곤 했다. "아들, 네가 말라리아에 걸린 걸…… (그에게 입을 맞춘다)…… 말라리아에 걸렸으니 다 감수해야지. 하하하!"

"정켓" 만들어 놨어." 엄마가 정색을 하며 말했다.

일부러 엄마를 괴롭힐 소리를 냈지만 엄마는 미소를 지었다.

"넬 칼라일네 갔다 와서 모개나 소식 다 들려줄게."

엄마에게 미소를 보이지 않을 수 없었다. 입을 다문 채로. 엄마는 거의 그의 편이었으니까. 엄마는 그에게 지갑을 한 번 흔들고는 룩** 파티에 갔다. 창밖으로 몸을 쭉 빼고 보니 모개나의 여자들이 더위를 피하려고 양산들을 쓰고 옷을 펄럭거리며 느릿느릿 행진을 하듯 걸어 넬의 집으로 가는 게 보였다. 그의 엄마도 맑게 떠가는 그 색깔 속으로 들어갔다. 퍼디타 메이오가 무슨 말인가를 하고 다들 여름 구두를 또각거리느라 소리가 들리지 않았다—뭔가의 소리가……

여린 가락이 대기를 타고 흘러왔는데, 그것은 빈집의 피아노 소리였다.

음악 소리가 다시 들려왔다. 자기도 모르게 홱 치워 버린 작은 손의 촉감처럼. 로크는 그 소리가 계속 들려오는 중에 똑바로 누워 있었다. 난데없이 눈에서 눈물이 흘러내렸다. 스스로도 놀라서 입이 벌어졌다. 그러자 여린 그 가락이 하루 종일, 여름 내내, 신열과 한기에 시달리던 그 시간을 통틀어 설명할 수 있는 유일한 존재처럼 느껴졌다. 그만의 개인적인 것. 하지만 어째서 그런지는 알 수가 없었다.

그것은 신호나 인사처럼 다가왔다. 숲속 나팔에서 나는 그런 종류의. 그가 반쯤 눈을 감았다. 그것은 다가왔다가는 점점 멀어지더니 근방의 허공 속으로 사라져 버렸다. 분명 소리를 들었는데, 어떻게

---

* 우유, 설탕, 향신료 등으로 만드는 디저트.
** 카드놀이.

그렇게 사라졌는지 의아했다.

그 소리에 그는 아주 오래전, 누나가 그에게 상냥했던 시절로 되돌아갔다. 사랑스러운 모습으로건 짜증스러운 모습으로건 엄마도 아빠도 들어오지 않는, 그만의 무한하고 신뢰 넘치는 나라인 다른 세계에서 그들이 서로를 사랑했던 때. 아르고스*처럼 눈을 부릅뜨고 사방을 경계하며 지켜봐야 하는, 지금의 고독한 세계와는 전혀 딴판이었던 세계.

하루 세 번 접시에 얹힌 숟가락이 들어왔다. 캐시는 자기 방에서 뭔가 여자의 일로 바빴는데, 적어도 그에게는 그 냄새가 지독했다. 머리카락 담아 놓는 통에 장미 꽃잎 모양의 색칠을 하고 그것을 말리다가 불이 붙었을 때만큼이나 지독했다. 아래층 복도에서 루엘라가 혼잣말하는 소리가 들렸다. "루엘라!" 그가 등을 대고 똑바로 누운 채 소리치자, 루엘라는 제발 자기도 좀 쉬게 해 달라고, 안 그러면 지금 당장 죽을 수도 있다고 되받아 소리쳤다. 창문으로 몸을 끌고 갔을 때 곧장 그의 눈에 들어온 것은 앞쪽 길을 걸어가는 처음 보는 사람이었다.

나이 든 부인이 오고 있었다. 아니, 휘청거리는 모습—그가 막 침대에서 일어났을 때처럼—의 펑퍼짐한 할머니였다. 파티에 가는 건 아니었다. 시골에서부터 걸어오는 게 분명했다. 그녀가 빈집 앞에서 걸음을 멈추더니 몸을 돌려 진입로를 걸어 올라가는 게 보였다.

촌스러움 말고도 다른 어떤 분위기가 풍겼다. 손에 아무것도, 손가방도 부채도 들고 있지 않아서 그런지도 몰랐다. 심지어 그 집에 사

* 그리스 신화의 눈이 100개 달린 거인.

는 사람이어서, 비가 오려나 하고 잠깐 나와 봤다가 이제 사무적으로, 할 일이 너무 많아 좀 고단한 모습으로 다시 안으로 들어가는 것처럼 보였다.

그런데 그녀의 걸음이 빨라지기 시작했을 때 로크는 그녀가 어쩌면 아들을 찾으러 온 선원의 엄마일 수도 있겠다는 생각이 들었다. 어쨌든 선원은 모개나 사람이 아니었으니까. 누가 되었건 그녀는 계단을 올라 흔들거리는 포치를 가로질러 현관으로 손을 뻗었고, 버지 레이니가 뒷문을 열었을 때처럼 수월하게 문을 열었다. 안으로 들어간 그녀가 구슬 커튼 사이로 보였는데, 그 때문에 잠시 그 윤곽이 흔들려 보였다.

문에 자물쇠가 단단히 걸려 있었다면—그랬다면 이런 일은 절대 일어나지 못했을 것이다. 금방이라도 뭔가 놓칠 것 같은 기분, 그리고 그것을 막을 수도 있다는 생각에 로크가 눈을 가늘게 떴다.

파티에 늦은 세 명의 부인이 숨을 헐떡이며 오리처럼 줄을 지어 지나갔다. 할머니의 모습을 아깝게 놓친 세 사람은 제퍼슨 무디와 메이미 카마이클과 빌리 텍사스 스파이츠였다. 그들이라면 무엇이든 막을 수 있었을 텐데. 다들 지나가 버린 허공으로 난데없이 나비들이 날아들어 정신없이 무리 지어 날아다녔다. 파닥거리는 날개가 결투하는 사람들의 칼처럼 허공 속에서 번쩍거렸다.

로크는 할머니가 열을 내며 계단을 올라간 일—이제 그 빈집엔 세 사람이 있는 것이다—에 흡족해하면서 이제 그녀가 긴사설을 늘어놓으며 그 둘을 쫓아내겠지 생각했는데, 거실의 샹들리에에 불이 들어오는 것을 보자 당황스러웠다. 다시 망원경을 창밖으로 내밀어 인상을 쓰며 들여다보았다. 그러자 할머니가 의자에 앉았다가 일어나기도 하고, 피아노 곁에서 옆 걸음질을 치기도 하면서 거실을 살살이 돌아다닌다는 것을 알았다. 발이 보이지 않았다. 바퀴가 달린 태엽 장난감처럼 이 구석, 저 구석으로 굴러가거나 가구 같은 데 닿으면 방향을 바꿔 다시 움직이면서 절대 거실을 벗어나지 않는 것이었다.

망원경을 1인치 올려 위층으로 시선을 돌렸다. 시원하게 맨몸인 매트리스—그는 면 보풀이 몸에 까슬하게 닿고 울퉁불퉁한 매트리스가 아래에서 흔들리는 걸 느끼며 그렇게 기울어진 매트리스 위에 벌거벗은 채로 등을 대고 누워 피클을 먹고 싶었다—위에 피아노를 치던 여자와 선원이 누워서 중간에 자루를 열어 놓고 피클을 먹고 있었다. 매트리스가 아래로 기울어져 있었기 때문에 여자는 자루를 잘 지켜보았고, 그게 아래로 미끄러져 내려가기 시작하면 두 사람은 까르르 웃었다. 피클을 담배처럼 입에 물고 서로를 쳐다보기도 했다. 아니면 다리는 M 자로 하고 사이에서 손을 맞잡아 몸을 대칭으로 하고 누워 있기도 했다. 누나가 신문을 접어서 오린 다음에 펴서 그에게 보여 주었던 종이 인형과 똑같이 말이다. 캐시가 지금 방에 들어와 그가 창문으로 저걸 보여 준다면 캐시도 기억할 것이다.

그러더니 종이 인형이 다시 접히듯이 두 사람이 겹쳐졌다. 진짜 사람들이. 커다란 메뚜기가 내려앉은 듯 두 사람의 팔다리가 접혀 들어가고 보호색을 띠며 죽은 듯이 작은 하나의 몸을 이루었다.

몸을 뒤로 기대며 베개의 차가운 면에 머리를 대고 눈을 감자 피로가 몰려왔다. 옆에 놓인 차가운 망원경을 움켜쥐자 손가락 끝이 작은 망원경 유리를 가렸다.

"불쌍한 망원경." 그가 말했다.

다시 밖을 내다보았을 때는 옆집 사람들 모두 분주했다.

위층에서는 선원과 버지 레이니가 방 안을 크게 빙빙 돌며 뛰어다 니고 있었는데 한 바퀴 돌 때마다 팔을 벌리고 부서진 침대를 뛰어 넘었다. 두 사람이 같은 거리를 유지하고 있었기 때문에 누가 누구를 쫓는지는 의미가 없었다. 찰리 채플린과 경찰처럼 둘 다 넘어지기를 바라듯 계속 돌고 돌았다.

아래층에서 선원의 모친 역시 마찬가지로 근사한 일을 하고 있었 다. 온갖 장식을 하고 있는 것이었다. (캐시가 이걸 보면 좋아할 텐 데.) 그날 무슨 파티라도 있는 것처럼 흰색 띠로 거실을 꾸미고 있었 는데, 알고 보니 신문이었다.

노인네는 거실을 나갔다가 들어오기를 반복—항상 문간의 구슬 커튼을 통해—했고 그럴 때마다 오랫동안 뒤쪽 포치에 쌓여 길을 막 고 있던 낡은 《뷰글》지를 한 아름 가지고 들어왔다. 가슴께에서 빵 부스러기나 보풀을 떼어 내는 듯한 동작을 보고 로크는 엄마들의 습 성을 알아챘다. 거기 핀이 꽂혀 있는 것이다. 학교 선생님처럼 신문 을 조심조심 똑바로 길게 찢은 다음 핀으로 이었다. 그렇게 신문 띠 를 만들어 피아노 위에 잔뜩 얹어 놓고는 거기서부터 시작해서 거실 전체에 걸고 있었다.

움직임이 가득한 이쪽 방을 보다가 진력이 나면 다른 방을 보았다. 장난치는 두 사람이 노인네의 머리 위에서 얼마나 들고 뛰는지! 애 초에 침대가 무너지기 시작한 것도 그래서였다.

로크가 창문에 얹은 손바닥 위에 턱을 대고 바라보는 동안 기이하 게도 이 모든 것을 전에 본 듯한 느낌이 들었다. 노인네가 잔뜩 장식 을 매단 피아노가 크리스마스트리나 오월제 기둥처럼 환하게 빛났다. 신문과 휴지로 만든 오월제 띠가 피아노에서 샹들리에로 서로 엇갈리며 줄줄이 나부끼고 거기에서 다시 꽃술처럼 방의 네 귀퉁이로 이어졌다가 여기저기 놓인 의자 등받이에 늘어졌다. 파티는 언제 시작하는 걸까?

곧 로크의 눈에 모든 것이 아주 아름답고 근사해졌다. 이제 그만해도 되지 않을까 싶었다. 하지만 노인네는 계속해 나갔다. 머릿속의 생각대로 하는 것일 뿐이었다. 자신이 만들어 다 이어 붙인 그 화려함 속에서 그녀는 그저 혼자였다. 그 무엇과도, 그 누구와도 관련이 없었다. 누굴 혼내 줄 마음이 없는, 집 안의 할머니 한 분. 한번은 우디 스파이츠와 그 여동생이 스케이트를 타고 들렀지만 당연히 그녀가 나가서 쫓아 버렸다.

한 번 집을 나갔다가 곧장 다시 돌아왔다. 제대로 방향을 잡지 못하는 바퀴가 달린 양 불안정하기는 하지만 결의에 찬 발걸음으로 길을 건너 카마이클네 마당으로 가더니 목련나무에서 푸른 잎과 꽃송이 하나를 치마에 담아 돌아왔다. 여자애들이 하듯이 치마 한쪽을 들어 올렸는데, 그 아래로 빼빼 마른 나이 든 다리가 보였다. 갈지자걸음으로 길을 건넜는데 엄마라기엔 너무나 과시적이고 속 편해 보이는 행동이었지만 엄마들이 때로는 그런 행동을 보이기도 하니까. 마치 깡충거리며 뛸 것처럼 팔꿈치를 들어 올렸다! 하지만 그녀를 보는 사람은 아무도 없었다. 그의 이마에 땀이 송골송골 맺혔다. 저 위쪽 넬의 집에서 열리는 파티에서 환성 소리가 들려왔다. 제퍼슨 무디가 엄청 신이 난 모양이었다. 로크 외에 노인네를 본 사람은 아무도 없었고 그는 아무 말도 하지 않을 것이었다.

산뜩 싸 들고 온 이파리를 서실로 가져와 피아노 위에 놓았다. 거기가 오월제 왕관이 놓일 자리였다. 그러고는 한 걸음 뒤로 물러나 고개를 끄덕이며 감탄하듯이 바라보았다. 마치 다른 사람이 해 놓은 일을 보듯.

 하지만 맘에 들 만큼 방을 장식한 후에도 그녀는 멈추지 않고 틈을 메우기 시작했다. 신문지를 더 가져와 창문 틈새를 다 막았다. 그때야 로크는 거실 창문 두 개가 다 내려와 상자처럼 폐쇄되어 숨 막히게 더운 곳에 그녀가 내내 있었다는 사실을 깨달았다. 뜨거운 기운이 파도처럼 그의 몸을 쓸고 지나갔다. 게다가 그녀는 《뷰글》지를 안고 이쪽에서는 보이지 않는 벽 쪽으로 갔는데, 거기에 벽난로가 있는 걸 그는 알고 있었다. 그 신문 뭉치를 벽난로에 집어넣은 것이다.
 다시 응접실 밖으로 나갔다가 돌아왔는데 속도가 정말 느렸다. 커다란 사각형 매트를 세워서 밀고 있었다. 자기가 먹기에는 너무 큰 것을 끌고 오는 거미처럼 매트 뒤에서 몸을 비틀고 구부리고 버둥거리면서 거실로 밀고 들어왔다. 로크는 불현듯 숨이 가빠지고 속이 비틀렸고, 몸을 앞으로 쭉 빼는 바람에 모기장에 이마와 코가 잔뜩 눌렸다. 그 계획이 이루어지기를 바라면서도 동시에 실패했으면 했다. 순간 빈집을 향해 늘 지니고 있던 소유욕과 분노가 모두 사라져 버렸다. 저 할머니가 집을 다 태워 버릴 작정인 거야. 그러면서 그녀가 그 일을 더 잘 해낼 수 있을 수천 가지 방법이 떠올랐다.
 매트리스를 가져올 수도 있을 것이다. 아주 잘 탈 테니까. 두 사람이 놀고 있는 그 매트리스를 가지러 위층으로 올라가면 어쩌지? 아니면 홀리필드 씨가 자고 있는 다른 침대의 매트리스를 침대보가 씌워진 채로 가지고 온다면? (그의 모자가 침대 기둥에서 미세하게 움직였다. 풍향계처럼 방향을 바꿨다.) 그녀가 시야에서 사라지면 그는 작은 계단 창문 쪽으로 시선을 옮겼지만 그녀는 위층으로 올라가지는 않았다.

그녀가 예전에 개의 잠자리에 깔았던 낡은 누비이불을 가지고 돌아왔다. 내내 뒤 포치에 걸려 있었기 때문에 반은 색이 바래고 반은 시커메져 있었다. 여자들이 하는 식으로 아슬아슬하게 피아노 의자 위에 올라서더니 이불을 앞쪽 창문에 걸었다. 하지만 떨어져 버렸다. 두 번을 더 올라갔고 세 번째에야 성공했다. 내가 들여다보는 이 창문만 막지 않았으면 좋겠는데! 하지만 그럴 작정이었더라도 이제 까먹은 모양이었다. 손을 계속 머리 쪽으로 가져갔다.

어느 순간부터 그녀가 하는 일은 다 엉망이었다. 궤도를 벗어난 것이다. 정말 필요한 것은 공기가 통하게 하는 것이다. 그런데 그 대신 공기를 다 차단해서 바람이 통하지 않는 방에 불을 피운 것이었다. 보통 여자들이 잘난 체하며 하는 일이 그랬다.

이제 안 보이는 구석으로 사라졌다가 다시 나타났는데, 손에 뭔가 알 수 없는 새로운 물건을 들고 있었다.

그 순간 루엘라가 그가 뭐 하나 들여다보려고 뒤쪽 계단으로 올라오는 소리가 들렸다. 그는 후다닥 자리에 누워, 전쟁놀이 때 죽은 역할을 할 때처럼 팔 한쪽은 뻗고 손 하나는 가슴에 얹고 입을 약간 벌렸다. 그런데 눈을 감는 건 잊어버렸다. 루엘라가 잠시 곁에 서서 보다가 까치발로 방을 나갔다.

로크는 다시 무릎을 꿇고 앉았다가 미닫이 모기장 아래의 창문으로 기어 나가 팽나무 가지를 붙잡고 예전에 그랬듯 나무 안쪽으로 들어갔다.

빈집 가까이 가장 길게 뻗은 줄기로 올라갔다. 위층 창문 가까이 갔을 때 선원과 여자가 그를 봤지만 정말 봤다고 할 수 없었다. 그가 더 아래쪽으로 내려갔다. 자리 잡을 곳을 찾았는데, 예전에 앉아서 병뚜껑을 세곤 했던, 두 가지가 갈라진, 나뭇잎이 버석대는 익숙한 곳이었다. 거기서 손으로 매달렸다가 발과 무릎으로 매달렸다가 하면서 안을 들여다보았다.

할머니는 지저분했다. 가만히 서서 몸을 약간 떨었다. 늘어진 뺨과 손을. 램프처럼 손에 들고 있는 게 이제 잘 보였다. 하지만 그게 뭔지는 알 수가 없었다. 오벨리스크처럼 생긴 작은 갈색 나무 상자였다. 문이 달려 있었고, 그녀가 그것을 열었다. 기계음이 났다. 꼭꼭 닫아 놓아 방이 공명판처럼 되었으므로 똑똑히 들렸다. 째깍거리는 소리였다.

그녀가 오벨리스크 모양 물건을 피아노 위에, 나뭇잎 위 왕관처럼 놓았다. 거기 있던 조각상은 밀어서 치워 버렸다. 째깍거리는 그 소리를 듣고 있자니 갑자기 할머니에 대해 희망이 솟았다. 무릎을 걸고 머리를 아래로 내려 향기롭고 자유로운 허공에서 흔들리며, 그리고 나무에 달린 사과처럼 어지럼증을 느끼며 생각했다. 저 상자 안에 다이너마이트가 든 거야.

팔을 벌려 바깥쪽으로 늘어뜨린 채 6월의 빛 속에서 눈꺼풀을 깜박이며 집과 하늘과 나뭇잎과 날아가는 새를 보았다. 다 보았지만 전혀 보이지 않기도 했다.

태어난 이후 한 번도 길을 건너는 걸 본 적이 없는, 스파이츠네 두 살배기 막내딸이 스케이트를 끌며 그의 아래쪽으로 왔다.

"안녕, 꼬마야." 그가 나뭇잎에 싸여 중얼거렸다. "너희 집으로 돌아가는 게 좋을 거야."

그때 할머니가 손가락을 하나 내밀어 어떤 곡조를 쳤다.

그는 날개 접은 박쥐처럼 여전히 매달려 있었다.

2

〈엘리제를 위하여〉.

침실에 있던 캐시는 가만히 시작하는 그 악절이 들리자 하던 일을 멈추고 고개를 들어 대답 삼아 말했다. "버지 레이니, 당케 쉔*."

놀라서, 하지만 후회하듯이 느릿느릿 청록색 물감을 젓던 손을 멈췄다. 마루 한가운데에 쭈그려 앉아 있다가 일어나서 카펫 위에 늘어놓은 접시들을 넘어갔다. 가만히 남쪽 창으로 가서 커튼을 들어 올리고는 젖은 손가락으로 창문에 점을 찍었다. 매클레인네 집엔 뒤퉁스러운 목 높은 신발을 신고 잠을 자는, 개똥지빠귀처럼 배가 불룩한 홀리필드 씨 말고는 아무도 보이지 않았다. 조면 공장에서 밤에 경비로 일하는 그가 낮에 내내 이 집에서 잠을 잤지만, 캐시 엄마는 전혀 상관없이 매클레인네 집을 '빈집'이라고 불렀다.

뭐라고 부르건 그 집은 실제 눈에 보이지 않을 때도 보게 되는 어떤 존재였다. 다시 세상의 한 부분이 되었던 것이다. 페인트칠을 하지 않은 옆면은 날이 가고 계절이 지나면서 천천히 변해 갔는데, 말하자면 강둑 같은 자연의 장소가 변하는 식이었다. 창문은 날이 선선

---

* 독일어로 '고마워'라는 뜻.

해지면 소합향나무 이파리처럼 되고, 해가 늦게 떠오를 때면 적갈색으로 변했고, 겨울에는 헐벗은 채 반짝거려서 지금보다도 더 벌거숭이에 더 외로워 보였다. 여름에는 너무 무성해졌다. 나뭇잎과 그 그림자가 집까지 바짝 밀고 들어와 강한 대조를 이루는 원호 모양의 빛이 하루 종일 정오처럼 꼼짝도 하지 않았다. 집 안을 돌보는 여자가 없다는 사실을 항상 내보였다.

비도 없고 바람도 없는 6월에는 밝은 공기와 모개나 읍내, 햇빛과 달빛에 빛나는 삶 자체가 얼마나 적막한지 만들어진 도자기 같았다. 지금 캐시에게 그런 게 느껴졌다. 하지만 적막하기만 한 것 같지만 빈집의 그림자 속에 움직임이 있었다. 어떤 삶이 휘젓고 지나갔다. 어쩌면 **옛날** 삶일지도 모르지만.

매클레인네가 이사를 가고 난 이래 그 지붕은 비가 새긴 했지만 사실 거기 살지는 않는 사람들 머리를 덮어 주었고, 들썽거리는 물결이 시커멓게, 자유자재로 그 주변을 흘러 다녔다(어떤 소리나 움직임이 있어서 새들을 놀래기도 했다). 모리슨네 삶보다 더 펄떡거리고, 어쩌면 더 의욕이 넘치는 삶일지도 모른다고 캐시는 불안한 마음으로 생각했다.

지금 저기 있는 게 버지 레이니인가? 몰래 숨어 들어가 피아노를 두들겼던 거라면 대체 어디 숨어 있는 거지? 언제 온 거지? 캐시는 궁금증이 일었다. 〈엘리제를 위하여〉를 정말 듣기나 한 건지 잠깐 의심스러웠다. 그녀는 쉽사리 자신을 의심했고, 파넬 무디가 늘 하듯이 주먹으로 가슴을 치며 한숨을 내뱉었다.

시 한 구절이 갑자기 귓속으로 밀려들어 왔다. 아니 밀려들어 오기 시작했다.

"비록 이 몸이 세상을 떠돌아다니느라 나이를 먹었지만……"

그녀는 자기 엉덩이를 거의 아플 만큼 찰싹 손바닥으로 후려친 후 몸을 휙 돌려 하던 일로 되돌아갔다. 맨발을 서로 교차해서 선 채로 단지와 접시들을 내려다보았다. 구름 사이로 햇살이 뻗어 나오는 문양을 그리기에 충분한 색색의 물감들을 다 섞어 놓았다. 스카프 홀치기 염색을 하려고 여기 틀어박혀 있었던 것이다. '다들 접근 금지!!!' 그렇게 적고 해골 모양의 위험 경고 표시까지 더해서 문에 붙여 놓았다.

사각형의 얇은 비단 크레이프를 사서 한 점을 정한 다음에 그 주변을 단단하게 실로 묶는다. 그렇게 계속해서 여러 곳을 모아 잡고 실로 묶는다. 그러고는 여러 가지 색깔로 물을 들인다. 실로 묶었던 곳은 하얗게 남아서 거미줄 같은 모양이 된다. 실을 다 풀었을 때 어떤 모양의 스카프가 나타날지 알 수가 없다. 하지만 미시 스파이츠 말이 지금까지 숨이 턱 막히게 훌륭한 건 없었다고 했다.

〈엘리제를 위하여〉. 이번엔 두 악절 정도가 이어졌는데 두 번째 악절의 E가 음이 많이 낮았다.

캐시가 가장자리를 돌아 다시 창가로 갔다. 심장이 철렁 내려앉으며 버지 레이니가 눈에 띄지 않기를, 아니 그보다는 버지 레이니가 자신의 모습을 보지 않기를 기도했다.

버지 레이니는 직업이 있었다. 교사직은 아니었다. 극장에서 피아노를 연주했는데, 매일 밤 두 번 공연 때 연주했고 주당 6달러를 받았지만 이젠 찾는 사람이 별로 없었다. 통합 고등학교의 졸업반—이제 막 졸업했다—일 때도 일을 했다. 하지만 어렸을 때는 옆집 매클레인네 사는 에크하르트 선생님에게서 함께 음악 교습을 받았다. 그

때 버지 레이니는 내내 〈엘리제를 위하여〉를 쳤었다. 그러면 에크하르트 선생님은 "버지 레이니, 당케 쉔"이라고 했고. 에크하르트 선생님은 어디로 갔을까? 그녀는 스노디 매클레인네서 세를 들어 살았다.

"누나!" 로크가 다시 그녀를 불렀다.

"왜!"

"이리 와 봐!"

"지금 못 가!"

"보여 줄 게 있어!"

"그럴 시간 없다고!"

오후 내내 방문을 닫아 놓고 있었다. 하지만 처음엔 엄마가 문을 열고 들어와서 몸에는 손도 대지 못하게 하면서 소리만 질렀고, 계속 부채를 부쳐 대는 통에 나가고 난 뒤에도 로즈제라늄 향만 잔뜩 풍기게 만들었다. 그다음엔 루엘라가 묻지도 않고 쳐들어와서 그날 밤 건초 타기 하러 갈 거라 숱이 많아 보이게 머리칼을 신문에 말고 있는 그녀를 한도 없이 쳐다보며 서 있었다. "나가 줬으면 좋겠어."

섞어 놓은 물감을 적당한 거리에서 바라보는 지금 캐시는 살짝 저 멀리 떠나가 있었다. 아마 9월에 들어갈 대학으로. 거기서 홀치기염색을 펼쳐서 보여 줄 수야 있겠지만 너무 눈에 띌 것이었다.

그런데 세 번째 〈엘리제를 위하여〉가 울리자 오늘 수요일 오후라는 중요한 현재의 무비판적인 자아가 천천히 전면에 나섰다. 마치 부름을 받기라도 한 듯. 무방비의 엄숙하고 조그만 모습이 마음속에서 너무나 또렷하게 나타났기 때문에 심지어 거울을 들여다보지 않아도 그 모습이 보였다. 속옷 차림으로, 조심한다고 했는데도 무지개처럼 색색의 물감이 가슴이고 치마고 여기저기 조금씩 묻은 채로 다시 겹에 질려 창문가에 서 있는 것이다. 옅은 색 머리카락은 신문 조각으로 온통 꼬아 놔서 너무 큰 모자를 쓴 것처럼 무겁게 얹혀 있었다. 가느다란 목으로 겨우 머리를 가누었다. 맨발이었고, 오른손엔 숟가락을 사나운 회초리처럼 쳐들고 있었다. 사랑받는 행복한 존재였는데, 거기 서 있는 모습은 노숙자처럼 처량하고 봐 줄 수가 없었다. 파도가 밀려오듯, 과거가 점점 거세게 그녀에게 밀려왔다. 다음번엔 아마 파도가 너무 높이 칠 것이었다. 주위에서 좌우로 왔다 갔다 하며 맑고 투명하게 시가 퍼졌다.

"낮은 고장이고 산세 험한 고장이고 할 것 없이
비록 이 몸이 세상을 떠돌아다니느라 나이를 먹었지만
그대가 어디로 갔는지 찾아낼 것이니……"

그러고는 파도가 일어 한참 위로 솟구치더니 쭉 내민 그녀의 머리 위로 쏟아져 내렸다.

수년 동안 캐시는 음악 교습을 받으러 갈 때면 버지 레이니 바로 전에 가거나, 약간 사이를 두고 바로 뒤에 갔다. 처음에는 캐시는 잘 못했고 버지는 아주 잘했기 때문에(다른 경우에는 그 반대인데!) 나름 체계적인 정신을 지닌 에크하르트 선생님이 일부러 그 둘을 붙여 놨을 수도 있었다. 두 사람은 월요일과 목요일 3시 30분과 4시에 갔고, 방학이 시작된 후 발표회까지는 아침 9시 반, 10시에 갔다. 에크하르트 선생님은 워낙 무섭고 시간을 정확히 지켰기 때문에 들고 나는 여자아이들이 구슬 커튼 사이로 모르는 사람처럼 종종걸음으로 서로를 지나쳤다. 오직 버지만이 눈에서 조롱의 빛을 보내곤 했다.

에크하르트 선생님은 거미만큼이나 지치지도 않았지만 워낙 꼼짝도 않고 학생들을 기다렸기 때문에 연습실에 있는 그녀는 뒤에서 보면 졸고 있는 것처럼 보이기도 했다. 모개나에서 유일했던 '연습실'이라는 게 세를 얻은 방에 불과했다는 사실을 캐시가 알게 된 건 얼마나 한참 지난 후였을까? 불쌍한 스노디 매클레인이 돈이 필요해서 세를 놓았던 방이었다는 사실을.

그 당시엔 작업실 전용이었다. 음악 소리가 조금이라도 죽지 않게 하려고, 검은색으로 칠해진 바닥엔 카펫조차 깔지 않았다. 한가운데에 코끼리 다리처럼 뒤틀린 다리가 달린 사각형에 가까운 검은색(흑단색이라고 그들 모두는 생각했다) 피아노가 있었다. 피아노 뒷부분에 무게가 어마어마해 보이는 악보들이 쌓여 있었는데, 그냥 무거워 보이려고 놓은 거라고, 그게 누구 악보이겠느냐고, 캐시는 생각했다. 몇몇은 갈라지고 몇몇 낮은 음은 아예 커피 색깔이 된 누런 건반엔 늘 땀이 얇은 막을 이루고 있었다. 높이를 한껏 높인 둥그런 의자의 앉는 자리는 하도 닳아서 사발처럼 꺼져 있었다. 그 옆에 놓인 에크하르트 선생님의 의자는 사람들이 보통 전화기 옆에 놓는 그런 낡은 것이었다.

황금색 의자들이 있었는데, 부서질 것 같은 다리에 불안정하게 놓여 있는 데다 건드리기만 해도 마룻바닥에서 미끄러져 만지는 것도 금지되어 있었다. 발표회 관객들을 위한 의자로 일부러 약한 의자를 준비한 것이었다. 둥글고 낮은 작은 탁자가 있고, 그 위엔 작은 분홍색 조각상들과 수국 색깔의 뿔 모양 조개껍데기들이 놓여 있었다. 수업 중에 누가 들어오기라도 하는 양 문간의 구슬 커튼이 흔들리며 달그락 소리를 냈는데, 학생이 올 시간이 아니라면 그건 한가로운 피리 새들이 자유롭게 마당을 돌아다니며 내는 소리일 뿐이었다. (매클레인네는 부엌을 쓸 때가 아니면 주로 위층에서 살았고 옆문으로 드나들었다.) 구슬에서 희미하게 달콤한 향기가 나서, 줄줄이 눈깔사탕이나 자주색 젤리가 가득 든 작은 사탕 병이나 감초 막대 사탕이 떠올랐다. 연습실이 어떻게 보면 『헨젤과 그레텔』의 마녀의 집 같다고 캐시 엄마가 말했는데, "마녀도 함께"라고 덧붙였다. 피아노의 오른편 구석에 있는 박하색의 작은 베토벤 조각상은 암소가 열심히 핥아 대기라도 한 양 가장자리가 다 둥글둥글해지고 코도 뭉개져 있었다.

아무도 나이를 모르는, 흑갈색 머리의 뚱뚱한 에크하르트 선생님은 수업하는 동안 특징 없는 의자에 앉아 있었는데 의자가 몸에 완전히 가려 보이지도 않았다. 자기 몸이나 의자나 똑같이 전혀 고려를 하지 않는 게 분명했다. 가만히 있다가는 초롱초롱한 눈빛으로 주위를 살피기를 반복했는데, 때로는 그게 파리를 너무 싫어하기 때문인 듯도 했다. 아래로 기울어진 무릎 위에 부채처럼 우아하고도 부드럽게 파리채를 쥐고 있었지만, 단단하고 둥글고 짧은 손가락은 너무나 금세 까먹는 것처럼 보였다. 곡을 치다 보면 실수를 했건 완벽하게 잘해 나가건 상관없이, 느닷없이 손등 위로 파리채가 찰싹 내려앉는 것이었다. 의기양양한 거든 미안한 거든 에크하르트 선생님 쪽에서는 아무 말이 없었고 아이들 쪽에서도 놀라거나 아픈 기색이 없었다. 사실은 무지 아팠다. 곡이 점점 어려워질수록 얼굴 표정도 점점 굳어져 가는 버지는 에크하르트 선생님이 끈덕지게 날아드는 파리에 대고 점점 더 세게 파리채를 후려쳤을지 모르지만 그중에 가장 아무렇지도 않은 표정을 보일 수 있었다. 학생들은 다들 수업을 들으러 드

나들면서 파리가 들어오거나 말거나 신경 쓰지 않았다. 밖에 놀러 나
갈 때 세상 사람 다 보도록 문을 활짝 열어 놓았던 매클레인 아이들
은 말할 것도 없었고.

에크하르트 선생님은 불쑥 옆에 딸린 작은 주방으로 가 버리기도
했다. 그녀와 그녀 모친은 흑인 하인이 없었고 매클레인 부인의 하인
을 부리지도 않았다. 잠깐 실례하겠다고 말하는 법도, 불 위에 올려
놓은 게 뭔지 얘기해 주는 법도 없었다. 그리고 어떤 때는, 아마 주로
비 오는 날이었을 텐데, 작업실을 뱅뱅 돌며 걸어 다니다가 문득 등
뒤에서 서는 게 느껴질 때가 있었다. 이제 딴 데 신경을 쓰나 보다,
하는 생각이 막 들 때쯤 그녀가 머리 위쪽으로 몸을 숙이고, 그럼 당
신은 마치 절벽 아래에 있는 것처럼 그 가슴 아래에 박힌 채, 연필을
든 그녀의 손가락이 눈앞의 악보로 다가와 연주하고 있던 마디 위에
'천천히'라고 느릿느릿 적는 걸 보게 되는 것이다. 또 어떤 때는 머리
바로 위에서 저돌적으로 마치 고양이라도 그리듯 긴 꼬리를 가진 동
그라미를 그려 보이곤 했는데, 그건 P 자였고 '연습해!'를 의미하는
것이었다.

일단 한 곡을 연주할 수 있게 되면 그녀는 거의 주의를 기울이지도
않았고 별 얘기도 하지 않았다. 행동거지가 다 생경하기만 했다. 그
때가 새로운 곡을 시작해야 할 때였다. 캐비닛을 열 때마다 새 악보
의 냄새가 갇혀 있던 정령처럼, 애완동물로 키우는 너구리처럼 거의
손에 잡힐 듯이 순식간에 풍겨 왔다. 에크하르트 선생님은 악보를 두
는 캐비닛을 항상 잠가 두고 열쇠는 입고 있는 옷의 옷깃 안쪽에 보
관했다. 자리에 앉아 펜에 잉크를 묻힌 다음 그 자리에서 계산서에
20센트라고 적곤 했다. 캐시에게 정교한 손글씨로 쓴 그 계산서가 또

렷이 보였다. 모차르트의 z는 내내 등호처럼 생겼고 모든 y는 꼬리를 얼마나 두껍게 그렸는지 종이 뒤로 배어 나올 정도였다. 그 꼬리는 수업이 끝날 때나 돼서야 겨우 말랐다.

아무 실수 없이 곡을 다 연주했을 때 선생님이 한 일은 무엇이었느냐고? 아, 저쪽으로 가서 새장을 손가락으로 두들기며 카나리아에게 말을 건넸다. "그냥 들어 봐." 그렇게. 그러고는 어깨 너머로 이렇게 말하는 거였다. "오늘 네 연주는 그만 들어도 되겠다."

버지 레이니는 몰래 꺾은 목련 꽃송이를 든 채 구슬 커튼을 열고 들어오곤 했다.

자기 집에서 올 때는 빅터 오빠의 것인 남자 자전거를 자주 탔다. 남자 자전거의 가로대에 상급 악보를 그냥 둘둘 말아(여자아이들은 대개 악보집에 넣고 다녔다) 끈으로 묶고 거기 다리를 벌리고 올라 앉아 타고 다녔는데, 카마이클네 나무에서 꺾은 목련꽃은 생채기가 나거나 말거나 핸들에 달린 철 바구니에 던져 넣은 채였다. 간혹 우유 배달을 먼저 해야 할 때는 한 시간 늦게 오기도 했고, 때로는 뒷문으로 들어와 이빨로 잘 익은 무화과 껍질을 벗기면서 걸어 들어오기도 했다. 또 어떤 때는 수업을 완전히 빼먹기도 했다. 하지만 자전거를 타고 올 때면 매번 마당 안까지 타고 들어와, 캐시가 '스카프 춤' 놀이를 하는 중에 격자무늬 목책에 앞바퀴를 쾅 들이박곤 했다. (그때는 건물 토대를 격자무늬와 화초 등으로 가리고, 스케이트를 타고 다니는 아이들이나 남자아이들이 접근하지 못하게 포치가 구부러지는 곳마다 다리 세 개짜리 양치류 화분대를 놓아두는 등 집을 보기 좋게 꾸몄다.) 그러면 에크하르트 선생님은 소심성 없는 ⊥ 바퀴에 작업실

기초가 흔들리는 게 느껴지기라도 하는 양 가슴에 손을 얹었다.

버지는 뜨거운 그릇을 들고 가듯 목련꽃을 들고 가서 에크하르트 선생님에게 내밀었다. 둘 다 뭘 몰라서, 아침을 먹은 직후엔 목련꽃 향기가 지나치게 진하고 달콤하다는 것도 몰랐다. 게다가 버지는 뭘 만지든 손가락을 뻗친 채로 했는데, 네 번째 손가락에 생긴 음악가의 물집이 무척이나 자랑스러웠던 것이다.

에크하르트 선생님이 목련꽃을 받긴 했지만, 버지는 캐시가 교리 문답을 암송하는 내내 기다려야 할 수도 있었다. 때로 에크하르트 선생님은 캐시가 맞힌 문제와 틀린 문제를 표시했고, 문제마다 V 자를 얼마나 크게 했는지 작은 종이 위에서 그 꼬리가 혜성 꼬리처럼 길게 뻗었다. 캐시가 까먹은 게 아닌가 보려는 듯 검은 눈썹을 한껏 찡그리기도 했는데, 어쩌면 자기 머릿속에서 빠져나가려는 뭔가를 기억해 내려는 것일 수도 있었다. 정확한 시간에(알람 시계의 창에 녹색 파란색 폭포 그림이 있었다) 캐시를 보내고는, 이제 버지가 준비만 되면 거기에만 신경을 쓰겠다는 듯이 그쪽으로 고개를 기울였다. 지금 껏 내내 손에 목련꽃을 쥐고 있었기 때문에 향기가 방 안에 가득했다.

버지는 피아노 쪽으로 천천히 움직여 악보를 펴고, 신경을 써서 정확히 자신이 원하는 방식대로 의자에 앉았다. 양손으로 헤엄치듯이 치마를 뒤쪽으로 휙 보냈다. 그러고는 에크하르트 선생님이 따로 말을 하지 않아도 피아노를 치기 시작했다. 편안한 표정으로, 확고하면서도 매끄럽게 연주했고, 빈둥거릴 때 그렇게 자랑하는 음악가의 물집이 무당벌레처럼 올라앉아 있었다. 어떤 때는 부드럽게, 어떤 때는 강력하게 연주했지만 절대 요란스럽지 않았다.

연주를 끝내면 에크하르트 선생님은 이렇게 말하곤 했다. "버지 레이니, 당케 쉔."

삐걱거리는 마룻바닥을 딛고 복도를 지나갈 엄두가 나지 않아 꼼짝도 않고 있느라 가슴이 뻐근할 정도인 캐시는 끝까지 기다린 후에야 달려 나가 집으로 갔다. 뛰어가면서 엔진 소리처럼 "당케 쉔, 당케 쉔, 당케 쉔" 하고 중얼거렸다. 엔진처럼 그녀를 움직인 것은 그 뜻이 아니었다. 당시엔 그게 무슨 뜻인지도 몰랐으니까.

하지만 그때 몇 년이 지나도록(2차 대전까지) '당케 쉔'이나 '마인 리버 킨트'*나 다른 말들이 무슨 뜻인지 아는 사람은 아무도 없었다. 누가 감히 물어볼 수나 있었겠는가? 고양이 목에 방울 달기나 마찬가지였다. 버지만이 그럴 배짱이 있었지만, 일단 다른 아이들을 위해서 그런 일을 해 줄 마음이 들어야 했다. 자기도 모르지만 상관없다고 했던 것이다. 그래서 그들은 그냥 학교 마당에서 놀 때 버지의 이름 뒤에 그걸 붙였다. 〈핫 페퍼〉 노래에 맞춰 줄넘기 놀이를 할 때나 남자아이들과 싸울 때마다, 또는 철자법 대회에서 맨 처음 단어에 'e-a-r, ear, r-a-k-e, rake, 이어레이크'**라고 말해 자리로 돌아가야 했을 때 그녀는 버지 레이니 당케 쉔이었다. 이름이 그렇게 굳어 버렸다. 때로는 극장에서조차 불을 켜고 피아노 뚜껑을 열기 위해 높은 굽 구두를 신고 가파른 나무판자 계단을 내려가는 그녀에게 누군가 희롱하듯 그렇게 소리치기도 했다. 성인이 되자 그녀는 턱을 약간 치켜들었다. 이마에 딱 붙인 곱슬머리로 볼썽사나운, 대리석 두상처럼 차분한 그 머리가 벽에 걸린 휘장을 지나서, 선풍기 아래에 박아 놓은 '극장 안은 시원합니다. 알래스카에서 불어오는 태풍 같은 바람을

* 독일어로 '애야' 하고 아이를 부르는 말.
** earache의 철자를 틀리게 말한 것.

즐기세요'의 글자 앞을 도도하게 지나가곤 했다. 쥐들이 발아래서 뛰어 돌아다닐 때도 많았다. 극장은 원래 스파이츠네서 말을 빌려주던 곳이었으니까.

"버지가 내게 행운을 준다니까!" 에크하르트 선생님은 얼굴에 함박 미소를 띠고 그렇게 말하곤 했다. 행운이 안 좋은 걸 수도 있다는 것이 그에 덧붙여 모두가 새롭게 알게 된 사실이었다.

열 살인가 열두 살 때, 버지 레이니는 타고난 곱슬머리였다. 매끄러운 머릿결에 짙고 숱이 엄청 많았는데 머리를 빗고 다니는 적이 없었다. 다른 엄마들의 마음에 들 만큼 자주 머리를 자르러 미장원에 보내지 않았고, 그러니 엄마들은 당연히 더럽기도 할 거라고 보았다. 불쌍한 그 엄마가 늘 시간에 쫓겨 허둥댔으니 아이들에게 버지의 뒷목이 요만큼이라도 보이는 게 어떻게 가능했겠는가? 세일러복 윗옷의 밑단은 어울리는 빨간색으로 둘렀는데 옷자락은 늘 느슨했고 빨간색 실크로 된 여밈 끈은 사실 숙녀용 신발 끈을 미국자리공으로 물들인 것이었다. 워낙 제멋대로라서 즐거워하건 성질을 내건 기분 내키는 대로였고, 그건 자신에게든 다른 사람에게든 똑같았다. 물론 절대 에크하르트 선생님에게는 아니었지만.

학교도 버지의 기운을 전혀 누그러뜨리지 못했다. 비 오는 어느 날 지하층에서 휴식 시간을 보내고 있는데 그녀가 머리로 벽을 들이박겠다고 말했다. 나이 많은 맥길리커디 선생님은 "그럼, 그러려무나" 라고 했고 버지는 정말로 그렇게 했다. 뚜껑 열린 보온병에서 나는 향긋한 냄새가 밀폐된 공간에 가득한 가운데 4학년 반 나머지 학생들은 감탄하며 기대에 차서 그녀 주위에 둘러섰다. 버지는 끓인 복숭아나 바나나 같은 걸 넣은 신기한 샌드위치를 싸 오기도 했고 그러면 모두들 자기 것과 바꿔 먹고 싶어 했다. 다른 아이들에게 버지는 집 시처럼 흥미진진했던 것이다.

참 희한하게도 버지의 자유분방함이 얼마나 마음을 끌었는지 심지어 주일학교 수업에서도 그녀의 미래에 대해 생각하게 되었다. 어딘가 떠날 거야. 어디 멀리로 선교를 하러 떠날 거라고. (파넬 무디도 예전엔 얼마나 천방지축이었는데 지금은 독실한 신자가 되었잖아.) 손에 턱을 괴고 그런 얘기들을 나눴던 것이다. 리지 스타크의 엄마인, 처량한 말투의 모건 부인은 버지가 미시시피의 최초 여자 주지사가 될 거라고, 바로 그게 그 애의 미래라고 말했다. 그런데 그것이 지옥보다 더 끔찍하게 들렸다. 캐시에게 버지는 비밀스러운 미움의 대상이자 비밀스러운 사랑이기도 했다. 캐시에게 버지는 에타 카마이클이 가진 《세인트 니컬러스 매거진》에 연재되는 〈행운의 돌〉에 레지널드 버치가 그리는 삽화와 닮았었다. 삽화 속 여자도 검은 머리칼을 똑같이 풀어헤치고 있었는데, 더러웠기 때문이었다. 사람 잡아먹는 괴물이거나 마녀라고 생각되는 사람들(저런! 사실은 아닌걸)과 맞서는, 창의적이지만 박해받는 어린 여자 영웅과 똑같이 다리를 벌리고 고개를 약간 기울이고 귀를 쫑긋 세우고 곁눈으로 비스듬히 위쪽을 보는 자세를 취할 때가 종종 있었다. 하지만 버지가 적을 만나면 용감하게 가로막고 설지, 아니면 생각 안 난다는 미소를 지으며 제 좋을 대로 도망가 버릴지는 알 수가 없었다.

그리고 향미료 냄새가 났다. 그녀가 말하기를 바닐라를 병째로 마셨지만 전혀 화끈거리지 않았다고 했다. 그렇게 한 이유는 자기 엄마기 집회에서 아이스크림콘을 판다고 아이들이 엄마를 아이스크림 레이니라고 부른다는 걸 알았기 때문이었다.

〈엘리제를 위하여〉는 언제나 버지 레이니의 곡이었다. 캐시는 수
년 동안 버지가 그 곡을 작곡한 줄로만 알았고, 버지는 한 번도 아니
라고 한 적이 없었다. 그 곡은 버지가 갑자기 쳐들어왔다는 신호였
다. 누구 것이든, 심지어 카페에서도, 피아노만 봤다 하면 그 첫 소절
을 두들겨 댔으니까. 〈엘리제를 위하여〉를 절대 그만두지 않았다. 더
어려운 곡으로 넘어간 뒤에도 여전히 그 곡을 쳤다.

버지 레이니는 재능이 있었다. 그건 부정할 수 없다고 다들 입을
모았다. 그걸 부정할 수 없다는 걸 보여 줄 셈이었는지 버지는 학기
내내 아이들이 행진해 들어올 때 피아노를 치고 봉 연습 반주도 할
수 있었다. 때로는 〈옛날 영국 춤곡, 도러시〉에, 또 어떤 때는 〈엘리
제를 위하여〉에 맞춰서 연습을 했는데, 다들 엉망이었다.

"내 생각엔 어떻게든 돈을 긁어모아서 음악 수업을 받게 했다고
봐." 캐시 엄마의 말은 그랬다. 옆집에서 버지가 건반을 오르락내리
락하며 연주하는 걸 들을 때면 캐시는 레이니 가족의 거실―학교에
서 올 때 레이니네 아이들과 함께 오지 않았기 때문에 실제로는 한
번도 본 적 없는―이 눈앞에 펼쳐졌다. 케이티 레이니 아줌마와 나
이 많은 페이트 레이니 아저씨와 사촌들인 베리와 올리버 메이휴, 그
리고 나중에 전사하게 되는 빅터가 탁자에 빙 둘러앉아 있고 버지는
앉아서 기다린다. 케이티 아줌마가 오래된 뼈 손잡이 칼로 동전들을
긁어모아 버터처럼 모양을 만드는데, 그때그때마다 음계가 올라가면
겨우 필요한 만큼을 모은 거고 음계가 내려가면 그만큼 모으지 못한
것이다.

에크하르트 선생님의 첫 번째 학생은 캐시였고, 캐시를 '받았던' 이유는 바로 옆집에 살았기 때문이었지만 거기서 무슨 영광을 본 적은 전혀 없었다. 버지가 '받아들여지기' 시작하자 에크하르트 선생님에 관한 것, 수업이나 그 밖의 모든 것을 분명하게 한 것은 버지였다. 그렇게 엄하고 사정없는 사람이었는데, 걸음걸이도 그렇고 유연성이라고는 손톱만큼도 없는 에크하르트 선생님이었는데 그 영혼에 소심한 구석이 있었던 것이다. 자그마한 약한 부분, 취약한 부분이 있었고, 버지 레이니가 그것을 찾아내 사람들에게 알려 주었다.

에크하르트 선생님은 메트로놈을 숭배했다. 음악을 가르치는 데 가장 소중한 무엇이라도 되는 양 그것을 벽에 달린 금고에 간직했다. 일곱인가 여덟 살밖에 안 되었음에도 입을 맘대로 놀리던 지니 러브 스타크는 그것이 에크하르트 선생님이 거기 보관해 놓은 물건 중에서 유일하게 제대로 된 크기일 거라고 말했다. 거실 벽에 도대체 왜 진짜 금고를 짜 넣었는지는 아무도 알 수가 없었다. 무한한 지혜로 세상을 움직이시는 하느님만이 아실 거라고, 언젠가 자신이 집을 떠난 후 누군가 모개나에 말을 타고 올 것이고 그 금고가 필요하게 될 거라고 스노디 아줌마가 말했던 걸 캐시는 기억했다.

점점 좁아지는 옛날 피리의 한쪽 끝 모양의 양철 판이 벽에 붙어 있는 것처럼 보이는 게 금고 문이었다. 에크하르트 선생님은 절도 있는 걸음걸이로 그쪽으로 걸어가곤 했다. 물론 엄밀히 말하면 금고는 눈에 띄지 않아야 했고, 스노디 아줌마가 세를 놓은 이후로는 오직 선생님만이 그에 대해 알아야 했다. 선생님 어머니조차 거기 들어갈 마음을 먹지 않았다. 그래, 선생님은 모친과 함께 살고 있었다.

아짐나절, 금고를 여는 때가 되면 캐시는 배려하는 마음으로 다른 쪽으로 시선을 돌렸다. 첫 번째 학생이라는 이유로, 그녀 캐시 모리슨이 보석 같은 건 전혀 없는, 보석과는 딴판인 것이 들어 있는 금고의 우스꽝스러움을 논리적으로 상기시켜야 할 수도 있다는 건 끔찍한 일이었지만 금방이라도 닥칠 일처럼 보였다. 그러던 어느 날 메트로놈이 앞에서 움직이기 시작하자—캐시가 막 자리를 뜨려는 참이었다—버지는 저걸 눈앞에 놓고는 절대 피아노를 치지 않겠다고 선언했다.

그 말에 에크하르트 선생님은 지체 없이—거의 지금까지 내내 그 말을 듣고 싶었다는 듯이—똑딱거리는 손을 세운 뒤 작은 금고 문을 쾅 하고 닫아 버렸다. 이후로 메트로놈이 버지 앞에 놓이는 일은 결코 없었다.

물론 다른 학생들 앞엔 여전히 나타났다. 카나리아 새장 덮개를 여는 것처럼 규칙적으로 매일 아침 금고에서 나왔다. 에크하르트 선생님은 버지 레이니만 예외로 해 주었던 것이다. 선생님은 처음엔 버지 레이니를 존중했지만 이젠 그녀의 무례함도 순순히 받아 주었다.

캐시가 버지 얘기를 일러바쳤을 때 캐시의 엄마는 메트로놈은 끔찍스러운 기계라고 말했다. "세상에, 그 끔찍스러운 기계를 놓고 하면 내내 똑같이 가잖아. 노래란 오르락내리락하는 맛이 있어야지."

"오르락내리락하다뇨? 엄마, 피아노 친 적 있어요?"

"애야, 이 엄마가 노래는 불렀지." 그러더니 음악 같은 건 다 저리 치우라는 듯이 손을 획 뻗는 것이었다.

메트로놈에서 기선을 잡은 이후 시간이 갈수록 버지 레이니는 에크하르트 선생님에게 더욱 무례하게 굴었다. 한번은 짧은 〈론도〉를 제멋대로 쳤고, 에크하르트 선생님이 그 때문에 너무 괴로워해서 수업은 전혀 진짜 수업 같지 않았다. 또 한번은 〈에튀드〉 새 악보를 펼쳤는데, 〈에튀드〉가 늘 그랬듯이 악보가 자꾸 다시 말리자 버지는 선생님이 보기도 전에 그것을 바닥에 내팽개치고는 발로 마구 밟았다. 정말이지 인정머리 없는 짓이었다. 그렇게 보란 듯이 한 뒤에는 머리를 귀 뒤로 넘기고 인형을 들어 올리듯이 가만히 손을 건반 위에 얹곤 했다.

에크하르트 선생님은 언제나처럼 의자를 몸으로 다 가린 채 가만히 앉아 있었지만 속으로는 음 하나하나를 다 듣고 있었다. 그렇게 듣고 있는 걸 알면 캐시는 아무 생각이 나지 않을 것이었다. 하지만 거지반은 그저 〈엘리제를 위하여〉였고, 에크하르트 선생님은 아마 그 곡이라면 눈을 가린 채 피아노에 등을 돌리고 서서도 칠 수 있었을 것이다. 버지가 선생님에게 무슨 짓을 하고 있다는 건 누가 봐도 뻔했다. 선생님이 아니라 그보다 못한 존재로 만들고 있었던 것인데, 선생님이 아니라면 에크하르트 선생님이 다른 무엇일 수 있단 말인가?

때로는 여름 파리 잡는 일도 제대로 할 수가 없었다. 그리고 그 누구보다 버지는 손등을 맞거나 말거나 신경을 쓰지 않았지만 에크하르트 선생님은 파리채를 들어 올렸다가도 차마 내리치지를 못했다. 파리 문제에 있어서 얼마나 고통을 받는지 다 보였다. 공중에 멈춘 파리채와 주변이 빨개진 에크하르트 선생님의 엄지손가락 아래에서, 매끄럽고 낭랑한 음악 소리가 흔들림 없이 아름답게 물처럼 흘러갔다. 워낙 싸우는 걸 좋아해서 심지어 남자애들도 버지를 때리기도 했는데 말이다.

애초의 출신지는 아니지만 에크하르트 선생님의 양키다움이, 끝까지 사라지지 않을 그 특성마저 거의 사라져 버릴 때도 있었다. 버지의 변덕 앞에서 기세가 꺾여 버렸던 것이다. 아이가 주도권을 잡았다. 캐시는 선생님의 기세가 이야기 모음집 안의 「피지와 빈지」에 나오는 말도 못 하게 유순한 물소처럼 되는 것을 보았다. 그렇게 길들인 후 조만간 버지는 선생님을 학대하게 될 것이었다. 다들 한바탕 난리가 날 거라고 예상했다.

곧 그 집 안에서 일상적으로 에크하르트 선생님을 괴롭히는 일이 생기게 되었다. 스노디 아줌마의 집에 다른 세입자가 들어왔던 것이다. 에크하르트 선생님이 학생들 연주를 듣는 동안 보이트 씨는 머리 위에서 걸어 다니고 계단이 구부러지는 데까지 내려오기도 하고 목욕용 가운을 벌리고는 늙은 칠면조 수컷처럼 옷자락을 펄럭거리곤 했다. 스노디 아줌마로서는 세를 준 남자가 그런 남자이리라고는 전혀 의심하지 않았다는 건 다들 알았다. 그는 재봉틀 판매상이었으니까. 그 적갈색 가운을 펄럭일 때 그 안에는 아무것도 입고 있지 않았다.

그가 원하는 게 우선 음악 수업의 중단이라는 사실은 에크하르트 선생님에게든 누구에게든 명백했다. 문을 닫을 수도 없었다. 구슬 커튼 외에 문이라고는 없었으니까. 그가 그렇게 반발한다고 스노디 아줌마에게 말할 수도 없었다. 괴로워할 테니까. 여자아이들 전부와 남자아이 하나는 수업 시간마다 보이트 씨가 나타날까 두려움에 떨었고, 실제 그 일이 벌어져 겨우 넘어갈 때까지는 불안에 떨어야 했다. 남자아이 하나는 공짜로 수업을 받는 쌍둥이인 '스쿠터' 매클레인이었는데, 입을 꾹 닫고 있었다.

한때는 특히 보이트 씨 같은 남자에게 대차게 맞섰을 에크하르트 선생님이 그에 대해서든 그의 못된 짓에 대해서든 속수무책인 것— 아마 스노디 매클레인 아줌마가 그랬을 것처럼, 아줌마가 어린 쌍둥이 아들들에 대해 그런 것처럼—은 다 버지 레이니에게 굴복했기 때문이라는 걸 캐시는 알았다. 심지어 보이트 씨가 내려와 아이들에게 겁을 줄 때에도 버지는 주도권을 쥐고 있었다. 그저 더 크고 더 분명하게 피아노를 계속 쳤을 뿐, 그가 내려오지 않은 척도, 모르는 척도 하지 않았고, 에크하르트 선생님이 아무리 애원을 해도 밖에 나가 얘기하지 않겠다는 약속도 하지 않았다.

"여기서 본 걸 누구한테라도 얘기하면 입에서 비명 소리가 나올 때까지 네 손을 때려 줄 거야." 에크하르트 선생님이 그렇게 말했다. 둥근 눈을 크게 뜨고 입을 오므린 채로. 선생님이 할 수 있는 얘기는 그게 다였다. 캐시가 보기에 그건 동화에 나오는 마술 경고처럼 부질없는 것이었다. 게다가 운율도 맞지 않았다. 캐시 자신으로 말하자면 아침 먹을 때 식탁에서 일어나 팔을 휘둘러 가며 보이트 씨에 대해 다 얘기했다. 하지만 아빠는 못 믿겠다고 했을 뿐이었다. 보이트 씨는 커다란 회사 직원이고 일곱 개 주를 담당하고 있다는 것이었다. 그러면서 에크하르트 선생님의 협박에 또 하나의 협박을 덧붙였는데, 앞으로 영화 보러 갈 돈은 없을 수도 있다고 했다.

그 뒤를 따라 나온 엄마의 웃음은 예의 부드러우면서 장난스러운 웃음이었지만 상황을 분명히 하는 데 별 도움은 되지 않았다. 여름날 아침 식사 시간마다 창문으로 들어와 아빠의 길쭉한 머리 주변에 맴도는 아침 햇살처럼 엄마의 웃음은 해를 등지고 앉은 아빠의 주변으로 서서히 견고한 실루엣을 이루었다. 아빠는 아빠의 신문을 늘고 더

글러스 페어뱅크*가 거대한 문을 열듯이 신문을 펼쳤다. 그건 정말로 아빠의 신문이었다.《모개나-매클레인 위클리 뷰글》의 책임자였으니까. 보이트 씨는 그 안에 들어설 자리가 없었다.

"남이야 어떻게 살든 상관 말고 네 일이나 신경 쓰렴, 캐시." 엄마가 짓궂게 말했다. 엄마는 캐시와는 달리 자신의 언행 불일치에 대해 후회하는 모습이 아니었다. 왜냐하면 때로 격정적으로 이렇게 말하기도 했었으니 말이다. "아, 옆에 딱 붙은 매클레인 집 정말 싫어! 내내 저렇게 붙어 서 있는 게 정말 싫다고. 스노디의 십자가도 정말 지긋지긋하고!" 후에 스노디 아줌마가 결국 집을 팔고 그 동네를 떠나야 했을 때 엄마는 이렇게 말했다. "뭐, 스노디가 결국 두 손 들었나 보네." 엄마는 나쁜 소식을 전할 때면 완전히 무표정한 얼굴에, 목소리도 성경을 봉독하듯이 무의식적이고 힘이 없었다.

버지 역시 보이트 씨에 대해 일러바쳤지만, 버지 말을 믿는 사람은 아무도 없었으므로 그 때문에 에크하르트 선생님이 학생을 잃어버리는 일은 없었다. 버지는 말을 어떻게 해야 하는지 모르는 사람이었다.

게다가 보이트 씨가 한 일로 말하자면 그에 대한 마땅한 표현이 없었다. 그걸 뭐라고 할 수 있겠는가? "자연연소라고 하자." 캐시 엄마가 말했다. 어떤 종류의 행위에 대해 사람들이 얘기를 안 하고 대충 넘어가는 것은 믿는 사람이 없어서뿐만이 아니라 마땅한 이름이 없어서라고 캐시는 믿었다. 오래지 않아—매클레인 아저씨가 잠시 머물렀던 때로 기억한다—보이트 씨가 다른 일곱 개 주를 담당하는 쪽으로 옮겨 가면서 그 문제는 막을 내렸다. 하지만 보이트 씨가 한 짓

* 미국의 배우.

은 가운 아래 아무것도 입지 않고 돌아다니면서 칠면조 수컷처럼 사람을 놀라게 하는 일 이상의 것으로, 더 공격적이었다. 그 가운데 가장 표현하기 힘든 것이 그 얼굴의 표정이었다. 정말 기이했다. 캐시는 지금 자기 방에서 그것을 떠올리면서 자신이 앙다문 이빨을 드러내며 광기 어린 표정을 지어 보려 한다는 사실을 깨달았다. 그때나 지금이나 보이트 씨를 제대로 표현할 수가 없었지만, 생각하지 않고도 보이트 씨가 **될** 수는 있었는데, 그게 더 무시무시한 일이었다.

조건부로 꿈을 꾸는 사람처럼 캐시는 자리를 옮겨 스카프 색깔을 바꾼 다음 다시 창문가로 갔다. 뒤쪽으로 손을 뻗어 접시 안에 놓인 네모난 초콜릿 조각을 집어 그 안의 마시멜로까지 꽉 베어 물었다.

마지막까지 에크하르트 선생님이 두려워했던 남자가 또 한 명 있었다. (킹 매클레인 아저씨는 아니었다. 두 사람은 두 개의 별처럼 서로 건드리지도 않고 지나쳤다. 어쩌면 서로에게 일종의 일식 효과가 있었는지도 모른다.) 선생님은 스파이츠네 가게의 신발 매장 점원이었던 핼 시섬 씨에게 다정하게 대했다.

캐시는 그 사람을 기억했다. 시섬 씨와 시섬네 식구들을 모르는 사람이 어디 있겠는가? 그가 느려 터진 기다란 다리로 손님들 시중을 들러 슬슬 걸어갈 때면, 옆에서 가르마를 탄 그의 옅은 갈색 머리칼이 털모자처럼 귀 위쪽에서 흔들렸다. 그는 신발을 산다는 게 인간이 지금껏 가진 가장 허황되고 가장 기이한 생각이라도 된다는 듯이 신발을 사러 온 사람들을 놀려 댔다.

에크하르트 선생님은 육중한 몸매에 비해 발목은 예쁘장했다. 스타크 아줌마는 그 많은 사람 중에 미스 에크하르트가 그렇게 예쁘장한 발목을 타고나다니 얼마나 놀라운 일이냐고 했는데, 발목이 없다는 얘기처럼 들렸다. 선생님은 가게에 들어가 자리를 잡고 앉아 모개나의 다른 모든 여성이 하듯이 시섬 씨의 발받침 위에 진지하게 발을 올려놓았고, 그는 아주 상냥하게 말을 걸었다. 그는 대개 넬 루미스나 거트 볼스처럼 몸집이 더 큰 부인들에게도 아동 의자에 앉으라고 권했는데, 에크하르트 선생님에게는 그러지 않았고, 선생님의 발에 대해 정말로 상냥하게 말을 하고 정말로 관심이 있는 듯이 다루었다. 심지어 여러 켤레의 신발을 꺼내 오기까지 했다. 대부분의 부인들에게는 딱 하나의 상자만 꺼내 와, 마치 신발이 예정된 어떤 것이라도 되는 양, "자, 손님 신발입니다"라고 했는데 말이다. 신발에 대해 워낙 잘 알았기 때문이었다.

에크하르트 선생님은 그의 매장에 더 자주 들를 수도 있었겠지만, 몇 번 오는 게 싫어서, 혹은 맘에 든 신발이 다 팔려 없어질까 봐 한 번에 두 켤레, 심지어 네 켤레까지도 사는 불가사의한 습관이 있었다. 그래서 시섬 씨에 대해 어떻게 해야 할지 도통 알 수가 없었다.

하지만 어느 쪽이든 그들이 할 수 있는 게 뭐가 있었겠는가? 함께 교회를 갈 수도 없었다. 시섬 씨는 날 때부터 장로교였고, 에크하르트 선생님은 꽤 멀리 떨어진, 예전에는 들어 보지도 못했던 루터교라는 종파의 교회에 다녔으니까. 시섬 씨는 이미 극장에 있는 사람이니까 함께 극장에 갈 수도 없었다. 그는 매장 영업이 끝난 후 매일 저녁 거기서 음악을 연주했다. 그럴 수밖에 없었는데, 그때는 극장에서 피아노를 구매하기 전이었고, 그는 첼로 연주를 할 수 있었기 때문이다. 마구간을 사서 극장을 연 시드 시섬의 청을 거절할 수 없었던 것이다.

에크하르트 선생님은 스타크네 마당에서 열리는 정치 연설에서 시섬 씨가 객원 밴드와 함께 연주를 할 때면 거기에 가곤 했다. 그때는 새 판자로 지은 연단 위에서 첼로를 앞에 두고 앉은 시섬 씨를 누구든 저녁 내내 볼 수 있었다. 진정한 음악인인 에크하르트 선생님은 축축한 밤 잔디에 앉아 음악을 들었다. 그 이상으로 두 사람이 함께 있는 모습을 본 사람은 아무도 없었다. 그러면 에크하르트 선생님이 시섬 씨를 좋아했다는 걸 사람들이 어떻게 알았단 말인가? 어쨌든 알았다.

시섬 씨는 어느 여름날 빅블랙강에 빠졌다. 혼자서 보트를 타다가.

캐시는 차라리 스타크네 마당에서 정치 연설이 열렸던 달콤하고 부드러운 밤을 기억하고 싶었다. 연설이 시작되기 전, 음악이 연주되는 동안 버지와 버지의 오빠 빅터는 여기저기를 헤집고 뛰어다녔고, 꽃이 만발한 멀구슬나무와 인동덩굴이 칭칭 감고 올라간 배롱나무 꽃 아래로 쌍쌍이, 혹은 서너 명씩 무리 지어 줄줄이 이어진 종이 인형처럼 손을 잡고 웃으며 돌아다니는 사람들을 마구 치고 다녔다. 꽃 향기가 얼마나 향기로웠는지! 누구나 그러고 싶었겠지만 버지는 완전히 제멋대로였다. 아무나 지니 러브 스타크의 그네를 탈 수 있었는데, 버지는 그네 타는 사람들 아래로 뛰어들거나 뒤에서 뛰어오르고 발로 차고 흔들어 댔다. 팔짱 끼고 가는 연인들 아래를 비집고 달려가면 아무도, 빅터조차 잡을 수가 없었다. 시골 사람들의 수박을 저 멀리 굴려 버리기도 했다. 음악이 연주되는 동안은 한순간도 쉬지 않았다가 마침내 땅에 털썩 몸을 던지고는 숨을 헐떡거렸는데, 짓밟힌 클로버 위에서 입을 벌리고 미소를 지었다. 때로 빅터에게 스타크네 조각상에 올라가라고 시켰다. 캐시는 짙은 녹음을 배경으로 한, 챙을 뒤로 해서 쓴 야구 모자 아래 하얀 얼굴과, 눈처럼 흰 여신들의 팔나리 위로 감긴 검은 타이츠의 긴 다리, 그리고 자랑스럽게 천천히 미끄러져 내려오던 모습을 기억했다.

하지만 버지는 그를 쳐다보지도 않았다. 정신을 잃고 나가떨어질 때까지 한 방향으로 빙빙 돌았고 〈빈의 숲〉이라는 음악이 연주될 때는 좀 천천히 돌았다. 지니 러브 스타크를 그녀의 백합 침대에 밀어 넣었다. 그리고 내내 뭔가를 먹었다. 아이스크림을 양껏 먹었다. 이따금 〈카르멘〉의 은은한 부분이나 〈윌리엄 텔〉의 폭풍 전─심지어 연설 중간에 분위기의 고조를 위해 잠깐 말을 멈췄을 때도─에도 아이스크림 레이니 아줌마가 재빨리 "아이스크림?" 하며 묻는 소리가 들렸다. 레이니 아저씨의 마차에 한 대인가 두 대의 냉장고를 싣고 와서 마당 아래쪽에 놓고 있었던 것이다. 그맘때는 아마 무화과 아이스크림이었을 것이다. 때로 버지는 무화과 아이스크림콘을 단검처럼 들고는 빙빙 돌았다.

버지는 잔디 위에 《뷰글》지를 네 장이나 활짝 펴서 깔고 혼자(선생님 모친은 그렇게 멀리까지 나오는 법이 없었다) 앉아 있는 에크하르트 선생님 주위로 점점 원을 좁히며 뛰어다녔다. 저 위쪽으로는 '팜비치' 상표 코트를 입은 시섬 씨─재봉틀에 앉은 늙은 재봉사처럼, 신발을 신길 또 하나의 발을 앞에 둔 신발 매장 점원처럼 매일 밤 극장에서 첼로 위로 몸을 굽히고 앉는─가 환히 빛을 내며 객원 밴드와 함께 등을 곧추세우고 아주 빠르게 연주를 하고 있었다. 그땐 머리칼이 내려와 눈과 코까지 가리지도 않았다. 감독관 후보처럼 주변을 주의 깊게 보았다.

버지는 클로버를 둥글게 엮어 에크하르트 선생님의 머리에, 모자─단 하나의 모자─에, 여기저기에 걸었다. 시섬 씨가 위에서 첼로 줄을 뜨는 동안 버지는 에크하르트 선생님에게 꽃을 걸어 주었다. 에크하르트 선생님은 꼼짝도 하지 않고 버지가 하는 대로 가만히 앉아 있었다. 아무 신호도 하지 않았고, 엮은 클로버가 흘러내려 가슴에 얹혀도 그냥 놔두었다.

버지는 신이 나서 깔깔거리며 손에 길게 엮은 클로버를 들고 그걸로 선생님을 묶다시피 하며 주변을 돌고 또 돌았다. 에크하르트 선생님이 고개를 뒤로 떨구었고 그때 캐시는 선생님이 공포에 질렸다고, 어쩌면 고통스러워하고 있다는 느낌이 들었다. 버지가 알려 준 이래로 그녀는 외부인의 공포나 고통을 쉽게 느낄 수 있었다. 잘 알지 못하는 사람에게서 고통을 보게 되면 놀랍게도 안쓰러운 마음이 들었다. 가까운 사람의 경우는 안쓰러운 마음이 드는 게 쉽지 않아서, 마지못해서 그럴 뿐이었다. 이런 밤 자기 자신에게는 고통—그저 한순간의 고통일 뿐이라도—이란 걸 상상할 수도 없다는 건 얼마나 기이한 일인지.

당연히 캐시의 식구 전부가 연설에 참석해서, 아빠는 대체로 사람들 사이를 헤치고 다니거나 이따금 연단 위에 올라가 카마이클 씨나 고개를 빙빙 돌리는 코머스 스타크 씨나 스파이츠 씨와 함께 앉아 있었다. 캐시는 엄마가 보이는 곳에 있으려고 애를 썼지만, 별로 쏘다니는 것도 아니고 그저 버지를 따라 뒷마당에 갔다 오거나 잔디에서 크로켓 공을 찾으러 가거나 공짜 아이스크림을 먹으러 아래쪽에 내려갔다만 와도 어느새 엄마는 사라지고 없었다. 늘 엄마를 잃어버렸다. 그 자리엔 세일러복을 입은 로크가 가만히 벗어 놓은 그녀의 모자 리본을 뺨으로 누르며 둥글게 몸을 말고 잠이 들어 있을 뿐이었다. 다시 돌아온 엄마가 하는 말은 이랬다. "지기 짐낀 내려가 후보자

한테 얘기를 좀 하고 왔을 뿐이야. 사라져 버린 건 너잖아, 무당벌레 야. 너야말로 어디론가 가 버리지."

캐시에게는 에크하르트 선생님만이, 섬처럼 고립된 공간에 놓인 거대한 그릇처럼 떨어져 앉은 선생님만이 밴드가 〈호프만 이야기〉를 연주하는 내내 움직이지 않고 흔들리지도 않은 것으로 보였다.

한번은 시섬 씨가 에크하르트 선생님에게 뭔가를 주었는데, 빌리 킨이었다. 빌리킨은 스파이츠네 가게에서 빌리킨 신발을 한 켤레 살 때마다 공짜로 아이들에게 주는 우스꽝스럽고 못생긴 인형이었다. 그 선물을 보고 선생님이 웃었는데, 선생님이 그렇게 큰 소리로, 그 렇게 낯선 소리로 웃는 걸 본 건 그때가 처음이었다. 연습실에 들어 온 아이들이 빌리킨을 집어 들 때마다 환한, 뒤틀린 그 뺨으로 눈물 이 굴러떨어졌다. 웃다가 지치면 나지막이 한숨을 쉬고는 인형을 달 라고 해서, 그게 무슨 신선한 빨간 장미라도 되는 양 작은 탁자 위에 가만히 올려놓았다. 선생님 모친이 어느 날인가 그것을 집어 들더니 무릎에 대고 두 동강을 내 버렸다.

시섬 씨가 물에 빠져 죽었을 때 에크하르트 선생님은 다른 사람들 과 마찬가지로 장례식에 갔다. 루미스네가 같이 마차를 타고 가자고 했다. 둥글둥글하고 견고한 그녀는 여느 때와 똑같았다. 계절에 어울 리지 않는 길이의 드레스를 입고, 맨날 쓰는 직접 만든 모자에 얇은 천으로 만든 꽃을 꽂은 선생님의 등은 아주 꼿꼿했다. 하지만 거대한 목련나무 아래 시섬네 가족묘 자리에 만들어진 시섬 씨의 자리로 관 이 내려가고 칼라일 목사님이 장례사를 읽자 에크하르트 선생님은 둘러선 사람들 무리에서 벗어났다.

모두 장로교도인, 각지에서 온 시섬네 친척들을 뚫고 앞으로 밀고 나가더니 가까이 다가가 내려다보았다. 루미스 씨가 붙잡지 않았으면 붉은 흙구덩이에 거꾸로 곤두박질쳤을 것이다. 사람들은 그냥 놔뒀으면 관 위로 몸을 던졌을 거라고들 했다. 나중에 숨진 빅터를 프랑스에서 데리고 왔을 때 케이티 레이니 아줌마가 그랬던 것처럼. 하지만 캐시는 선생님이 그저 보고 싶었던 거라고, 시섬 씨에게 뭘 어떻게 하는지 보고 싶었던 거라는 생각이 들었다.

발버둥을 칠 때의 둥근 선생님 얼굴은 다른 누구의 감정과도 닮지 않은 어떤 감정으로 인해 세로보다 가로로 더 넓게 늘어나는 것처럼 보였다. 딱히 슬픔이 아니었다. 거기에 자신의 가족이라고는 전혀 누워 있지 않은, 그 묘지와 아무 관계 없는 에크하르트 선생님은 볼썽사나운 겨울 백을 팔에 걸고 앞쪽으로 밀고 나가서는 고개를 끄덕이기 시작했던 것이다. 격렬하게, 이쪽으로 했다가 저쪽으로 했다가. 나무 아래에 선 선생님은 거의 작아 보이기까지 했지만, 부인들에게 떠밀려 선생님에게 다가가 팔을 붙잡았던 코머스 스타크 씨와 루미스 씨는 더욱 쪼그라들어 보였다. 선생님이 그들을 향해서도 고개를 끄덕이기 시작했고 절박함은 더해 갔다. 그건 선생님이 메트로놈을 거들며 학생들에게 박자를 빨리하라고 할 때의 동작이었다.

캐시는 스노디 매클레인 아줌마가 자신의 손을 꼭 잡았고 에크하르트 선생님이 괜찮아질 때까지 계속 그러고 있었던 것을 기억했다. 하지만 캐시는 한 번 쳐다봐서 눈에 들어온 것 이상으로 선생님의 태도가 머릿속에서 지워지지 않았다. 자신의 빌리킨 신발을 뚫어지게 내려다봤던 것이다. 엄마는 어느새 어딘가 가 버리고 없었다.

다들 하는 말처럼, 시섬 씨가 살아 있을 동안 에크하르트 선생님이 뭘 어떻게 해야 할지 몰랐다는 건 이상한 일이었다. 그러고는 이제

한다는 게 그거였다. 격렬한 끄덕거림은 그들 모두를 격려하는 것과
도 같았다. 이젠 안다고, 이걸 할 수 있다고, 그러니까 누구든 말을 걸
필요도 없고, 그게 최선이라는 생각에 정중함을 담아 이렇게 살짝 팔
꿈치를 건드리는 일이 아니라면 건드릴 필요도 없다고 말하는 식이
었다.

"피치카토."*

한번은 에크하르트 선생님이 문답 수업에서 그 단어를 정의하라고
준 적이 있었다.

"피치카토는 시섬 씨가 물에 빠져 죽기 전에 했던 연주 기법입니
다."

그건 캐시 자신이었다. 자신이 그렇게 말하는 게 들렸다. 그럴 용
기가 있다는 듯이 단단히 마음을 먹고, 에크하르트 선생님의 면전에
서 그렇게 얘기했을 때 과연 그게 어떤 식일지 알아보고 싶었던 것이
다. 선생님이 그 말을 듣고는 아무것도 하지 않고 단지 가만히 앉아
있었던 것이, 꽃이 머리 위로 떨어져 내릴 때 그랬던 것처럼 가만히
앉아 있었던 것이 떠올랐다.

묘지에서 그렇게 통곡—왜냐하면 그건 분명 통곡이었다고 사람들
은 결정을 내렸으니까—한 후 엄마들 몇몇은 딸의 음악 교습을 그만
두었다. 제퍼슨 무디도 파넬을 가지 못하게 했다.

캐시에게 소리가 들렸다. 옆집에서 들리는 쿵 소리, 예전부터 들려
온 천둥 같은 소리. 보이는 건 아무것도 없었다. 단지 뭔가가 긴 포도

---

* 현악기의 줄을 손가락으로 튕겨서 연주하는 기법.

덩굴을 이용해 건드리기라도 한 양 침대 기둥에서 하릴없이 반 바퀴를 돈 올드맨 홀리필드 씨의 모자뿐.

어느 여름 아침에 갑작스럽게 태풍이 몰려와 세 명의 아이들—버지 레이니와 어린 지니 러브 스타크와 캐시—이 연습실에 발이 묶였었다. 가까운 데 사는 큰 아이 둘은 사실 머리에 신문을 쓰고 집으로 달려갈 수도 있었지만 말이다.

에크하르트 선생님은 어쩌겠다는 말 한 마디 없이 피아노 위에 쌓아 둔 악보 더미를 이리저리 찌르다가 하나를 꺼내서는 자기 자리에 앉았다. 함께 듀엣곡을 쳤을 때를 빼면 캐시가 있는 데서 선생님이 연주를 한 건 그때가 유일했다.

선생님은 베토벤 곡이라도 되는 양 연주를 했다. 악보를 중간쯤에서 홱 펼쳤는데 낡은 새틴처럼 부드럽고 누런 것이 나달나달했다. 천둥이 치면 선생님은 미간을 찌푸리며 몸을 숙이거나 뒤로 젖혔다. 때로는 나무줄기처럼 견고한 몸이 좌우로 흔들거렸다.

곡이 워낙 어려워서 선생님은 잘못 치기도 했고 그러면 다시 돌아가 제대로 쳤다. 얼마나 길게 이어지며 마음을 휘젓는지 하루 날보다 더 긴 듯했고 그 곡을 연주하는 선생님의 얼굴은 완전히 달라 보였다. 뺨의 피부가 늘어나면서 팽팽해지고 입술도 달라졌다. 다른 사람의 얼굴이라고도 할 수 있었다. 딱히 여자의 얼굴이라고 하기도 어려웠다. 산이 지닐 법한 얼굴, 혹은 쏟아지는 폭포 뒤로 보일 법한 얼굴이었다. 비가 내리는 중에 비치는 햇빛 속에서 그 얼굴은 아무것도 보지 않는, 오직 음악만을 위한 얼굴이었다. 비록 자꾸 손가락이 미끄러지며 음이 틀려지면 다시 치긴 해야 했지만. 소나타가 이 땅의 어느 곳에서 처음 생겨났다면, 그곳은 버시소자 한 번노 가 본 적이 없고, 앞으로도 갈 수 없을 곳이었다.

연주 소리가 점점 커지면서 중간에 멈추는 일도 줄어들었고, 지니 러브가 까치발을 하고 다가가 악보를 넘겨 주기 시작했다. 에크하르트 선생님 눈엔 지니가 보이지도 않아서, 건반 위로 달리다가 아이와 몸이 부딪혔다. 에크하르트 선생님에게서 나오는 음악에 모든 학생은 불편해지고 거의 불안하기까지 했다. 뭔가 반갑지 않으면서도 흥미진진한 것이 어울리지 않는 사람의 삶에서 터져 나오는 것만 같았다. 매년 크리스마스 폭죽이 새로 신참의 손에서 갑작스레 터지듯이 주변의 대기를 꿰뚫고 후려치는 그것은 에크하르트 선생님에게서 나오는 것으로는 너무 화려한, 찬란한 어떤 것이었다.

선생님이 이 곡을 처음 배운 것은 젊었을 때였을 거라고 캐시는 짐작했다. 그러고는 거의 잊고 있었던 것이다. 그런데 여름 소나기에 다시 깨어났다. 뭔가에 찔린 듯이, 그래서 넘어진 뒤 잊고 있었던 상처의 딱지 아래에서 발갛게 배어 나오는 피처럼 그렇게 음악이 시작된 것이다. 밖에서는 비가 퍼붓는 중에 연습실에 자리 잡은 여자아이들은 서로를 마주 보았다. 세 사람이 문득 동등한 입장이 된 것이었다. 다들 생각을 하고 있었는데, 어쩌면 도망갈 생각이었을 것이다. 모기 한 마리가 캐시의 머리 주변을 앵앵거리며 돌다가 팔에 앉았지만 움직일 엄두가 나지 않았다.

자기 안에 귀로 겨우 듣거나 눈으로 겨우 볼 수 있는 것 이상이 존재한다고, 선생님이 오래전에 말해 줄 수도 있었을 것이다. 그 음악은 캐시 모리슨에게는 감당하기 힘들었다. 그것은 폭풍우 치는 아침의 한가운데에 놓여 있었다. 그날 폭풍우에는 거의 사나운 뭔가가 있었다. 에크하르트 선생님의 왼손에서 날아오는 충격을 피하듯이 몸 전체를 돌리고 시선은 벽에서 흐리게 반짝이는 둥근 금고 문에 둔 채 방 뒤쪽에 서 있었다. 선생님이 연주하는 음악 대신에 선생님이 겪었을 어떤 사건에 대해 생각하기 시작했다. 그게 하나의 방법이었으니까.

또 한번은 밤 9시경에, 어떤 정신 나간 흑인이 학교 울타리에서 갑자기 뛰어나와 에크하르트 선생님을 바닥에 누르고 죽여 버리겠다며 협박을 했다. 한참 전 일이었다. 어두워진 뒤 혼자 길을 걸어가는 중이었다. 그러면 안 된다고 말해 준 사람이 아무도 없었으니까. 루미스 의사 선생님이 치료를 해 준 후에도 선생님과 모친이 그곳을 뜨지 않았으므로 사람들은 놀라지 않을 수 없었다. 다들 그들이 동네를 뜨길 원했다. 불쌍한 스노디 아줌마를 뺀 모두가. 그러면 선생님께 일어났던 그 끔찍한 일을 늘 떠올리지 않아도 되니까. 하지만 이거나 저거나 무시무시하긴 마찬가지라는 듯이 에크하르트 선생님은 남았다. (결국 애초에 왜 여기 왔는지는 아무도 몰랐으니까!) 어쨌든 선생님이 제대로 이해를 못 하는 건 먼 나라에서 왔기 때문이라고, 봐줄 셈으로 사람들은 말했다. 집에서 바느질을 하면서 마을 사람들의 바지란 바지는 다 만드는 퍼디타 메이오는 선생님과 그 엄마가 수치스러워서 죽을 수 있을 상황인데도 그러지 않는 건 에크하르트 선생님이 **다르기** 때문이라고 했다. 다른 게 그 이유라는 것이다.

음악을 들으면서, 어쩔 수 없이 들으면서 캐시는 사람들이 에크하르트 선생님을 용서하지 못하는 이유는 무엇보다 선생님이 겪은 끔찍한 운명 때문일 거라는 생각이 들었다. 하지만 예감하고 감내한 일이든 극적인 순간들이든, 모르는 흑인이 밤 9시에 울타리에서 난데없이 덮친 일 같은 흉측한 일이든, 캐시에게는 그 모든 것이 마치 행성들처럼 나름의 본성에 따라 하늘에서 떴다가—그것도 다 똑같은 모습으로—졌다가 하는 게 아닌가 싶었다. 아니면 각자를 중심으로 도는 천체이거나. 페르세우스나 오리온, 의자에 앉은 카시오페이아 나 큰곰과 작은곰자리처럼. 종종 뒤집어진 모습일지도 모르지만 지독하게도 눈에 잘 띄는. 뜨고 지는 건 해와 달만이 아니니까. 밤이 깊어지면 루엘라가 침대 정리를 할 셈으로 이불을 펄럭일 때처럼 떠오르는 하늘이 문득 펼쳐지는 것이었다.

인생에서는 온갖 것들이 뜨고 지니까, 이제부터라도 잘 살펴보는 게 좋을 것이다. 고개를 뒤로 젖히고 그 빛이 내려와 뜬 눈에 닿는 것을 느껴 보기를.

연주를 하는 에크하르트 선생님은 수그러들 줄을 몰랐다. 가장 힘든 부분이 끝난 뒤에도 손가락은 바닷가 바위에 맺힌 거품처럼 잦아들지 않는 고집스러움과 오만함과 맹렬함으로 다 소진된 부분을 붙잡고 늘어졌다.

그러더니 손을 툭 떨구었다.

"또 연주해 주세요, 선생님." 깜짝 놀라 움츠리며 그들이 동시에 외쳤다. 육중한 몸집을 바라보며 사실은 전혀 원하지 않는 걸 해 달라고 간청했다.

"싫어."

지니 러브 스타크가 어른 같은 표정으로 그들을 쳐다보며 악보를 닫았다. 그때 나머지 둘은 그것이 전혀 다른 악보였음을 알았다. 그건 후고 볼프*의 노래를 묶어 놓은 것이었으니까.

"그런데 연주하신 곡이 뭐였어요?"

* 오스트리아의 작곡가로 주로 가곡을 작곡했다.

그렇게 말한 건, 구슬 커튼을 양손에 붙잡고 문간에 서 있던 스노디 매클레인 아줌마였다.

"모르겠어요." 에크하르트 선생님이 일어나며 말했다. "제목을 잊어버렸어요."

아이들은 더는 아무 말도 않고 비가 잦아든 바깥으로 우르르 뛰어나가, 지금은 비어 있는 집 마당에서 예전에 자라고 있었던, 젖은 털 같은 꽃을 달고 선 미모사나무 옆을 지나 세 방향으로 흩어졌다.

〈엘리제를 위하여〉. 다시 들리기 시작했는데 힘들여 치는 게 변변찮다. 남자가 한 손가락으로 치나?

버지 레이니는 음악 수업을 들은 후 곧바로 극장에서 피아노 연주를 하게 되었다. 예의 수완과 민첩함으로 캐시와 미시와 파넬이 거치고 있는, 스카프 염색이나 하는 일종의 중간 단계를 건너뛸 수 있었다. 그들 모두가 생각했던 것보다 더 거대해지기 시작한 권력과 감정의 세계로 버지는 곧장 들어갔던 것이다. 이제 버지는 기시 자매*나 탤매지 자매**의 세계에 속했다. 노란 연필로 양철 판을 때리면 발렌티노***가 사는 텐트가 열렸다.

버지는 극장에서 생길지도 모를 일에 대비해 밤마다 영화 진행을 따라가며 스크린 아래쪽에 앉아 있었다. 확실히 시섬 씨에게는 상황이 너무 앞질러 가지만, 버지에게는 그 무엇도 앞질러 가거나 감당하기 힘든 것이 없었다. 댐이 사방에서 동시에 무너져 내리거나 나지모

---

* 20세기 전반에 걸쳐 활동한 유명 배우인 릴리언과 도러시.
** 무성영화 시대의 유명 배우인 노마와 콘스턴스.
*** 이탈리아 태생으로 20세기 초반 미국에서 배우로 활동한 루돌프 발렌티노.

바*가 신지와 사느니 차라리 칼로 두 발을 잘라 버리는 쪽을 택할 때도 버지는 즉각 〈카메노이 오스트로프〉를 연주했다. 스파이츠 아줌마는 버지가 극장에서 연주를 할 때 문제가 딱 하나 있다고 했는데, 열심히 하지 않는다는 거였다. 때로는 숲 전체가 활활 타는 장면이 완전한 적막 속에서 펼쳐지도록 그냥 의자에 기대앉아 있다가, 헤어졌던 연인들이 겨우 만났을 때는 요란하게 딸깍 소리를 내며 자기 자리 불을 켜고는 천천히 진행되는 단조의 곡—아마 〈아니트라의 춤〉이었을 것이다—을 연주하곤 했던 것이다. 하지만 그건 열심히 하는 것과는 아무 상관 없는 문제였다.

지금 버지가 〈엘리제를 위하여〉를 연주할 때는 오직 광고가 나올 때뿐이었다. 볼스 식료품점 광고로 수박처럼 발간 색깔의 하늘 배경에 커다란 흰 닭이 화면에 나올 때나,《뷰글》지의 광고가 나올 때 소리를 나타내는 물결 모양 빛 안에 캐시 아빠의 젊을 때 사진이 끼어들면서 줄무늬가 있는 파란 하늘에 노란 나팔이 번쩍번쩍하는 그 곡을 우울하게 연주했다. 〈엘리제를 위하여〉가 제대로 끝나는 적은 한 번도 없었다. 시작해서 조금 치다가는 난데없이 요란하게 건반을 두들겨 댔던 것이다. 〈매일 밤 엄마를 보러 가야 해〉와 〈아발론〉을 멋대로 치곤 했다.

이제라도 버지가 리스트 협주곡의 첫 부분을 칠 수 있을 것 같진 않았다. 그건 버지 외에 누구도 칠 수 있으리라는 희망도 가지지 못한 곡이었다. 그걸 치면 세상이 버지의 연주를 들을 텐데. 에크하르트 선생님은 그렇게 말했는데, 그 열정적인 한마디로 세상을 얼마나

---

* 러시아 태생의 미국 배우.

모르는지를 아이들에게 드러낸 꼴이었다. 도대체 어떻게 버지의 연주가 세상에 퍼질 수 있단 말인가? 게다가 '세상'이라니! 도대체 지금 사는 데가 어딘 줄 알고 하는 말인지. 버지 레이니는 재능이 있으니 모개나를 떠야 한다고, 선생님은 거듭 말하곤 했다. 그들 모두를, 이 연습실을 떠야 한다고. 세상에 나가서 일생 동안 음악을 연구하고 연습해야 한다고. 이런 말들을 되풀이하면서 선생님은 괴로워했다.

그러는 내내 버지는 에크하르트 선생님의 피아노로 연습을 해야 했다. 어느 여름날 레이니네에 있는 빌린 낡은 피아노를 염소들이 들이박고 반은 뜯어먹는 일이 생겼다. 레이니네에서만 생길 수 있는 일이었다. 하지만 버지가 어디 다른 데 가서 공부를 하거나 연습을 하지 않을 것이고 자기 피아노를 갖게 되지도 않을 것임을 그들 모두 알았다. 그냥 그건 버지답지 않았으니까. 6월마다, 발표회 때마다 버지 레이니가 점점 더 어려운 곡을 점점 더 훌륭하게 연주하는 걸 들을 때나, 그것이 에크하르트 선생님에게 경직된 기쁨이나 기이한 비통함을 주는 걸 볼 때에도 역시 그 점을 확신했다. 선생님이 제정신이 아니라는 사실을 증명한 것이 바로 선생님 자신의 주제인 피아노 연주였던 것인데, 자신이 무슨 말을 하고 있는 건지도 몰랐던 것이다.

돌풍에 헛간이 날아가 레이니네가 더 이상 피아노 교습에 돈을 낼 여유가 없어졌을 때 에크하르트 선생님은 버지가 피아노를 그만둬서는 안 되므로 공짜로 가르치겠다고 했다. 하지만 나중에는 수업료 대신 여름에는 뒷마당의 무화과를 따라고 하고 겨울에는 앞마당에 떨어진 피칸을 주우라고 시켰다. 버지는 그러면서 선생님이 자기한테는 단 하나도 안 줬다고 했지만 그래도 버지 주머니에는 항상 피칸이 들어 있었다.

옆집에서 쿵쿵거리고 뛰어다니는 소리가, 분명 뭔가 떨어지는 소리가 캐시에게 들렸다. 그녀가 눈을 감았다.

"버지 레이니, 당케 쉔." 한번은 그 말이 비난하듯 무시무시하게 나온 적이 있었다. 이따금 에크하르트 선생님의 모친이 연습실로 바퀴를 밀며 들어오곤 했다. 그분은 휠체어를 타고 다녔다. 처음 몇 년간은 혼자 따로 지내서, 끼익 끼익 바퀴 소리를 내며 돌아다녀도 기껏해야 식당이지 더 오지 않았다. 모친은 나이가 아주 많고 인형처럼 희었다. 가까이서 보면 노란빛이 도는 머리는 꽃병에 꽂아 놓고 잊어버린 미역취의 꽃처럼 부서질 것 같고 스노디 아줌마 같은 곱슬머리가 다 백발이 되었다. 긴 치마 아래로 야윈 다리가 칼처럼 드러나 보였고, 투박하게 생긴 아픈 발을 예쁘지 않으냐는 듯이 앞쪽 휠체어 발판에 보이게 얹고 있었다.

시간이 지나면서 모친은 내킬 때마다 연습실로 휠체어를 밀고 들어왔다. 양치기 소녀 같은 곱슬머리를 하고 문보다 드나들기 쉬운 구슬 커튼을 뚫고 까닥거리며 들어왔다. 어느 정도 들어와서는 멈춰 서서 기다렸다. 수업하는 걸 듣는다기보다는 지켜봤는데, 딱히 박자를 맞추는 건 아니었는데도 손으로 휠체어를 탁탁 두드리는 모습이 오히려 더 눈에 띄었다. 한 손가락에 황동 골무를 끼고 있었기 때문이었다.

보통은 모친이 갑작스럽게 들어와도 에크하르트 선생님은 전혀 방해받지 않았다. 모친이 너무 빤히 쳐다봐서 파넬이 울음을 터뜨렸을 때도 선생님은 오히려 전보다 더 즐겁고 상냥해 보였다. 딸들은 엄마(딸들에게 꼼짝 못하는 엄마)를 **용서해야만** 하는 걸까? 캐시는 밤에 어둠과 거리를 사이에 두고 그 두 사람을 바라보는 게 더 좋았다. 침실 탁자에서 불 켜진 그 창문 너머로 모녀를 볼 때면, 에크하르트 선생님이 소리 없이 힘차게 엄마에게 달려가 시중을 드는 걸 볼 때면, 때로 모개나에서 아주 멀리 떨어진 예전의 두 사람을, 어려움을 겪기 전이나 이곳으로 오기 전 밝고 통통하고 사랑스러운 어딘가의 두 사람을 상상할 수도 있었기 때문이다.

한번은 버지가 에크하르트 선생님의 피아노로 연습을 하고 있었다. 아직 다 끝내지도 않았는데 늙은 모친이 빽 소리를 질렀다. "당케 쉔, 당케 쉔, 당케 쉔!" 캐시가 그 소리를 듣고 그녀를 보았다.

얼굴은 여전히 겁먹은 표정이었는데, 마치 버지 레이니를 매개로 온 세상을 향해 악을 쓰는 것만 같았다. 아니면 적어도 세상의 모든 음악을 향해. 그래도 괜찮지 않았을까? 그렇게 자기 딸을 조롱하곤 애매하게 미소를 지으며 앞 창문 밖을 내다보며 앉아 있었다. 물론 버지는 계속 피아노를 쳤다. 슈만의 〈숲의 정경〉 중 하나였다. 가슴에 단 브로치에 석류꽃(무디네서 딴, 얼룩무늬가 있는)을 꽂고 있었는데 그게 미동도 하지 않았다.

그런데 곡이 순조롭게 잘 끝나자 에크하르트 선생님은 작은 탁자와 의자 사이를 뚫고 연습실 반대편으로 갔다. 캐시는 마실 물이나 뭔가를 가지러 가시나 보다 했다. 그런데 선생님은 모친 앞에 이르자 손으로 모친의 입가를 후려쳤다. 휠체어 쪽으로 몸을 기울인 채—그동안 캐시에겐 분명 엄마가 딸을 후려친 것 같았다—잠시 더 서 있었는데, 열쇠가 가슴에서 미끄러져 줄에 매달린 채 앞뒤로 흔들리며 빛을 반사했다.

그리고 선생님은 등을 돌린 채로 캐시와 버지에게 저녁을 먹고 가라고 했다.

요리하는 냄새가 학생들이 거기서 했던 모든 일—집 안에 들어오고 커튼을 열고 악보를 넘기고 '쉬어 줄' 셈으로 손목을 흔들고—을 서서히 뒤덮었다. 하지만 어떤 음 높이가 틀릴 수 있는 것처럼 그 냄새도 영 틀린 것이었다. 그 누구도 맛보지 못한 그런 음식 냄새였기 때문이다.

마을엔 양배추를 요리하는 흑인은 하나도 없었고, 모개나에서는 양배추를 요리하는 일 자체가 없었다. 그것도 와인과 함께. 와인은 데이고 조가 직접 들고 와 현관에 갖다 놓았다. 화창한 아침에는 때로 연습실에서 향료를 넣고 조린 사과 향이 났다. 식료품점 주인인 와일리 볼스 씨가 한 말 때문에 다들 에크하르트 선생님과 그 모친 (그렇게 맞은 후 입이 여전히 비뚤어진)이 돼지 뇌를 먹는다고 알고 있었다. 불쌍한 스노디 아줌마!

캐시는 그것이 정말이지 그 누구와 겨뤄도 이길 수 있는 일이 되기를 간절히 바랐다. 정말로 양배추를 먹어 보고 싶었고 그날엔 심지어 돼지 뇌라도 입에 넣었을 것이다. 그거면 스파이츠 딸들 정도는 쉽게 무시할 수 있었을 테니까. 하지만 에크하르트 선생님이 "부탁인데, 저녁 먹고 가지 않을래?"라고 했을 때 버지와 캐시는 팔짱을 꼭 끼고 동시에 "안 돼요"라고 말했다.

전쟁이 시작되었고, 전쟁 내내, 심지어 1918년 이후에도 사람들은 에크하르트 선생님은 독일인이므로 카이저가 이기기를 바랄 거라고, 스노디는 그 사람들 없어도 사는 데 문제없지 않으냐고들 했다. 하지만 모친이 돌아가셨고, 스노디 아줌마는 자신보다 에크하르트 선생님에게 더욱 따뜻한 집이 필요하다고 했다. 에크하르트 선생님은 한 달에 6달러로 수업료를 올렸다. 그것 때문이건 다른 무엇 때문이건 메이미 카마이클 아줌마는 딸들을 더 이상 보내지 않기로 했고, 그다음엔 빌리 텍사스 스파이츠 아줌마도 그걸 따라 하느라 미시를 보내지 않았다. 오빠 빅터가 프랑스에서 전사하자 버지도 공짜 수업 받는 걸 그만두었는데, 그건 우연의 일치일 수도 있었다. 그때 버지는 열네 살이 되었으니까. 버지가 그만두면서 에크하르트 선생님의 행운도 영원히 날아가 버린 건지도 몰랐다.

그리고 교습받는 걸 그만두자 버지의 손은 기량이 떨어져 버렸다. 사람들이 하는 말이 그랬다. 어쩌면 다들 에크하르트 선생님에게 그랬듯이 버지가 모개나에서 뭐든 대단한 존재가 되는 걸 원하지 않았는지도 몰랐고, 사람들이 그렇게 말함으로써 두 사람은 여전히 그렇게 엮였다. 사람들이 함께 엮임으로써 얼마나 많은 일이 좌우될까? 스노디 아줌마조차 그렇잖아도 고약한 두 아들 랜과 '스쿠터' 때문에 힘든데 세입자와 음악 수업과 독일인과 엮이는 바람에 사는 게 더 힘들어졌으니 말이다.

곧 에크하르트 선생님에게는 학생이 거의 없게 되었다. 캐시 혼자였다.

캐시는 마음속으로는 이미 오래전부터 알고 있는 바였지만, 엄마는 에크하르트 선생님을 경멸하지 않을 수 없었다. 그저 너무 가까이 살아서였을 수도 있고, 아니면 아무도 좋아하지 않는 가난한 선생에 노처녀로 사는 그 자체 때문이었을 수도 있다. 그리고 엄마는 그렇게 경멸하는 스스로를 경멸한다는 걸 캐시는 본능적으로 알았다. 바로 그 때문에 엄마는 다른 모든 엄마가 에크하르트 선생님을 버린 후에도 캐시에게 조금 더 수업을 받게 했던 것이다. 단지 돈 문제가 아니었다. 그 돈이야 어차피 집세로 스노디 아줌마에게 갈 테니까. 딸은 엄마의 혐오감을 보상해야 했던 것이고, 그렇게 엄마가 진짜로 친절한 사람으로 남을 수 있게 해야 했다. 반면에 스노디 아줌마는 마음 속에서 항상 멀찌감치 거리를 둠으로써 내내 친절할 수 있었다.

캐시가 곡을 연주하면 박수갈채를 받았다. 발표회 관객들은 늘 버지보다 그녀에게 더 큰 박수갈채를 보냈다. 하지만 그러고 난 뒤 지니 러브 스타크에게 훨씬 더 큰 박수갈채를 보냈다. 그해에 장로교회에서 음악 장학금을 받아 대학에 간 건 버지가 아니라 캐시였다. 그러자 캐시는 자신이 '타고났다'는 기분이 들었다. 버지 대신 자신이 장학금을 탄 게 별로 놀랍지 않았던 것이다. 내세우지 않기 위해 그녀가 내세운 유일한 이유는 레이니네는 감리교도라는 것이었다. 하지만 사실 그녀는 근본적으로는 전혀 이해할 수가 없었다. 그리고 이제 그녀 앞으로 눈이 닿는 저 멀리까지 펼쳐진 것은 저 노란 시르머 음악 교본뿐이었다. 이후 평생토록.

하지만 에크하르트 선생님은 버지를 불러서 선물을 주었고, 캐시는 그 선물을 며칠이고 눈을 감고도 볼 수 있었다. 레이스처럼 오린 은 조각으로 만든 작은 나비 모양 핀으로 어깨에 다는 것이었는데, 걸쇠가 제대로 걸리지 않았다.

그렇다고 버지가 선생님에게 사랑한다고 말한 것도 아니고 선생님 말처럼 계속 피아노 연습을 한 것도 아니었다. 에크하르트 선생님은 버지에게 독일어로 된 음악 대가들의 전기를 한 무더기 주었지만 버지는 한 자도 읽을 수가 없었다. 그리고 페이트 레이니 아저씨가 베누스베르크* 그림들은 박박 찢어서 돼지 밥으로 줘 버렸다. 에크하르트 선생님은 온갖 것을 해 보았고, 애정이란 애정은 다 버지 레이니

* 유럽 신화에 나오는 '비너스의 산'으로 음유시인 탄호이저와 연결된다.

에게 주고 다른 애들에겐 하나도 안 준다는 원칙에 음악에서만큼이나 엄격하게 마지막까지 충실했다. 그리고 선생님에게 애정이란 음악 수업처럼 자의적이고 일방적이었다.

그 애정은 누구에게도 아무 득이 되지 않았다.

그리고 어느 날 선생님은 그 집을 나가야 했다.

문제는 스노디 아줌마가 그 집을 팔아야 했다는 것이다. 아줌마는 두 아들과 함께 7마일 떨어진 매클레인으로 다시 돌아갔다. 그곳은 아줌마의 고향이기도 했고 아저씨의 가족이 있는 곳이기도 했다. 아줌마는 그 집을 빈스 머피에게 팔았다. 그리고 곧 에크하르트 선생님은 쫓겨났고 피아노를 비롯해 선생님이 가지고 있던 것과 스노디 아줌마가 선생님을 위해 남겨 둔 것 모두를 빈스 머피가 가졌다.

그리고 얼마 안 되어 빈스 머피가 벼락을 맞아, 집은 딸 프랜신에게 넘어갔다. 프랜신은 늘 그 집을 수리해서 세입자를 들일 계획이었지만 당시에는 남자 친구가 있었다. 그래서 욕조나 집 안의 가구를 아무도 들고 가지 못하도록 임시로 홀리필드 씨를 들였다. 그렇게 집은 '수명이 다 되어 갔다'. 사람들이 열등함과 무심함과 희미해지는 희망에 똑같이, 영원히 딱지를 붙이면서 집이나 시계에 대해 똑같이 하는 말처럼. 캐시는 그렇게 생각했다.

에크하르트 선생님이 실제로 모친을 어떻게 했는지에 대한 얘기가 돌기 시작했다. 늙은 모친이 수년간 아팠는데 아무에게도 얘기하지 않았다고 했다. 어디가 아팠는지는 아무도 몰랐다. 하지만 사람들 말은, 전쟁 중이라 에크하르트 선생님이 학생이 하나도 없어서 먹을 것이 별로 없을 때, 모친이 밤에 소란을 피우거나 불평을 해서 동네 사람들을 깨우면 가뜩이나 없는 학생이 아예 없어질까 봐 아편 진통제를 먹여 밤새도록 자게 했다는 것이었다. 아예 아편을 먹여 모친을 살해했다는 말을 하는 사람도 있었다.

모건즈우드로路에 있는 옛날 홀리필드네 방 하나를 얻어 나간 에크하르트 선생님은 점점 나이를 먹고 약해져 갔다. 물론 눈에 띄게 마르진 않았고 한쪽 길을 따라 모개나에 걸어 들어왔다가 다른 길을 따라 집으로 돌아가는 모습이 이따금 보이곤 했다. 그 모습을 보니 사람이 완전 허물어진 걸 알겠다고들 했다. 하지만 선생님은 여전히 위엄이 있었다. 로크처럼 모르는 어린아이들을 길에서 붙잡고 위엄을 보이며 이렇게 물을 수 있었다. "그 공을 어디로 던지는 거니?" "그 나무를 아예 부러뜨릴 작정이니?"…… 물론 선생님이 어울렸던 사람들은 처음부터 끝까지 아이들뿐이었다. 스노디 아줌마만 빼고.

에크하르트 선생님은 어디서 왔고 결국 어디로 갔을까? 모개나에서는 대부분 사람들의 운명을 다들 알고 있어서 굳이 말할 필요도 없었다. 퍼디타 메이오를 빼고는 그 누구도 에크하르트 선생님에게 고향이 어딘지, 정확히 어딘지 물었거나 대답을 들었을 것 같지 않았다. 그리고 퍼디타 메이오는 신뢰할 수가 없었다. 목숨이 위험해서 이젠 말할 수 없다는 것이었다. 그리고 에크하르트 선생님은 어딘가로 사라져 버렸다.

어느 일요일 마차를 타고 가는데 아빠가 늙은 에크하르트가 카운티 농장에서 지금 호미로 콩을 파내고 있을 거라는 데 5센트를 걸더니, 아직도 흑인 남자 열 명 역할을 할 수 있으리라는 데 또 5센트를 걸었다.

어디 있건 선생님에겐 가족이 없었다. 지금쯤은 확실히 아무도 없을 것이었다. 그녀가 '가족'으로 원했던 사람은 오직 버지 레이니 당케 쉔뿐이었다.

미시 스파이츠는 만약 에크하르트 선생님이 사람들에게 편하게 이름을 부르라고 했으면 다른 부인들과 똑같았을 거라고 했다. 아니면 적어도 들어 본 적이 있는 그런 교회에 다녔거나 동네 부인들을 초대해서 함께 할 만한 뭐라도 있었다면…… 아니면 아주 형편없더라도 남편이 있었다면—다들 불쌍해하는 스노디 매클레인처럼 말이다.

캐시가 무릎을 꿇고 서둘러 스카프의 매듭을 다 풀기 시작했다. 네모지게 펼쳤다. 스카프 생각은 하고 있지도 않았는데 정말로 놀라웠다. 어떻게 이런 걸 만들 수 있었는지 정말이지 알 수가 없었다. 그럴 거라는 얘기를 듣기는 했다. 그녀는 그것을 말리기 위해 의자의 두 기둥에 걸쳤고, 스카프가 가만히 등받이 가로대를 덮자 어딘가, 맨 마지막에라도 쐐기를 박아 넣을 작은 틈이 에크하르트 선생님에게 있을 수도 있었다는 생각이 들었다. 문에 있는 작은 틈이랄까……

하지만 만약 내가 그 문이 열리는 걸 봤다면 다시 쾅 닫아서 영원히 막았을 거야. 그녀가 생각했다. 그랬을 거야.

시선이 창문가로 옮겨 갔는데, 꺼진 성냥의 연기처럼 가는 회색 줄이 올라가는 게 보였다. 벌새네! 매년 찾아오는 그 새를 그녀는 알았다. 캐시는 서서 새를 내려다보았다. 꽃잎을 여는 분꽃 앞에서 늘 멈춰 까닥거리는 에메랄드빛 작은 새였다. 금속처럼 반짝이면서도 희부옇고, 만질 수 있을 듯 만질 수 없고, 화려하면서 요정 같고, 희부옇게 보이지 않는 날개는 달무리처럼 신비로웠다. 누구든 그 새를 잡으려 해 봤을까? 캐시는 아니었다. 수백 년이고 매년 찾아와 잠시 그렇게 멈춰 있다가—말도 못 하게 목이 타서, 하나하나 다 세어 놓은 양 마당에 있는 모든 분꽃 속의 꿀을 남김없이 먹으면서— 순식간에 사라져 버리게.

"군사작전 같아."

캐시의 아버지는 온갖 전략이며 복장이며, 발표회를 준비하는 게 그런 식이라고 늘 말했다. 뜨거운 날, 몇 주에 걸쳐 비밀스럽게 준비가 진행되었다. 5월 내내. "프로그램에 대해 아무한테도 얘기하면 안 돼." 에크하르트 선생님은 수업 때마다, 리허설 때마다 말했다. 경쟁하는 다른 음악 선생님이나 다른 음악 수업이라도 있는 듯이, 그리고 매년 프로그램이 한 남자아이의 〈고집 센 흔들 목마〉로 시작해서 네 명이 필요한 〈군대행진곡〉으로 끝나지 않았다는 듯이 말이다. 이번에 버지가 발표회에서 친 것을 캐시(서서히 실력이 나아지는)가 그 다음 해에 쳤고, 그러면 그다음에 미시 스파이츠가 다시 쳤다.

이른 봄부터 에크하르트 선생님은 아이들이 각각 어떤 색 옷을 입을지, 어떤 색 띠를 하고 어떤 색 리본을 맬지 결정해서 엄마들에게 편지를 보냈다. 어떤 색 다음에 어떤 색이 나오는지가 중요하다고 아이들에게 설명했다. "무지개를 생각해 봐. 순서가 있잖아." 그러면서 돌연 빠르게 머리 위로 아치를 그리며 연필을 흔들곤 했다. 하지만 그들은 스파이츠네 가게를 생각했다. 네 벌의 옷이 한 번에, 그것도 가까이 붙어서 서로를 밀면서 나타나는 사중주는 특히 선생님을 걱정스럽게 했다.

작문 공책에 각 아이들에게 할당된 색깔을 기록했다. 엄마가 동의를 했다는 표시로 이름 옆에 작게 'v' 표시를 하고 그것으로 약속이 되었다고 보았다. 옷이 다 마련되어 풀도 먹이고 다림질까지 끝나면 이름 위에 선을 그었다.

그 당시 엄마들은 대체로 에크하르트 선생님을 무서워했다. 리지 스타크는 아무것도 아닌 양 웃었지만 그녀 역시 선생님을 무서워한 건 마찬가지였다. 에크하르트 선생님은 발표회를 위해 모든 아이가 새 옷을 입어야 한다는 걸 당연시했다. 퍼디타 메이오가 만들거나, 동생이 거들어도 퍼디타 메이오가 그 옷을 다 만들 수 없다면, 그럼 아이들의 엄마가 해야 한다는 식이었다. 드레스에는 끝에 길쭉한 장식이 된 장식깃이 달려야 하고 피코 주름 장식도 있어야 하고 띠도 있어야 했다. 그리고 무슨 일이 있어도 발표회 날까지는 절대 입어서는 안 되었다. 그런 종류의 것은 퍼디타와 대부분의 엄마들은 즉각 이해할 수 있는 것이었다.

게다가 그 이후에 입는 일도 거의 없었다. 다른 발표회 때 입는 일은 확실히 없었다. 그때는 '낡은' 드레스가 되니까. 발표회 드레스는 주일에 입는 옷보다 풍성하고 장식도 많았다. 결혼식의 플라워 걸 드레스 같았다. 니나 카마이클이 정말로 에타의 결혼식 때 입었던 플라워 걸의 드레스를 입은 적이 한 번 있지만 그건 특별히 봐준 것이었다. 드레스는 오건디 천으로 만들어야 했고, 치마 끝과 장식깃과 소맷자락에는 주름 장식이 달려야 했다. 새틴이나 태피터로 만든 띠를 둘러 뒤에서 나비 모양으로 묶는데, 끝이 화살표 꼬리처럼 생긴 긴 리본이 의자 위로 늘어지거나 여유가 된다면 바닥에까지 닿아야 했다.

5월 내내 에크하르트 선생님은 옷 만드는 일이 얼마나 진행되었는지 물었다. 퍼디타의 주문 목록에 너무 늦게 올려서 마지막 순간에 직접 서둘러 옷을 만드는 게 엄마의 방식이었기 때문에 캐시는 불안했다. 하지만 선생님에게 희망을 주어야 했다. 옷감이 여전히 제퍼슨 부디에게서 빌린 신문 견본과 함께 접힌 채로 장롱에 모셔져 있을 때에도 "단 정리를 하고 계세요" 그렇게 보고하곤 했다.

프로그램과 관련해서는 문제가 없었다. 논의할 것도 없이 다 만들어져 있었으니까. 에크하르트 선생님이 악보 캐비닛에서 찾을 수 있는 가장 어려운 곡이 한참 전인 겨울에 버지 레이니에게 배정되곤 했다. 틴지 루미스가 쳐야 했던(나이가 들어 피아노를 그만두기 전까지) 곡처럼 현란한 곡이 아닐 때도 간혹 있었지만 늘 가장 어려운 곡이었다. 그걸 배우는 건 버지의 능력에 대한 시험일 수도 있었다. 매년 버지에게 고난이 주어졌고, 힘들어하는 약한 모습조차 보이지 않고 매년 그녀는 그걸 해냈다. 프로그램 전부는 이 마지막을 향한 것이었으므로 굳이 해마다 상당한 정도로 바꿔야 할 만큼 중요하지도 않았다. 모두에게 연주할 곡이 주어지고 새 드레스가 시간에 맞춰 완성되고 비밀을 지키려면 5월을 견디는 일 외에 다른 할 일이 없었다.

발표회 일주일 전에 금색 의자를 진짜 금처럼 보이게 발표장에 가로로 쭉 놓았고, 여분의 의자는 그 뒤쪽으로 공간이 다 찰 때까지 한 줄씩 놓았다. 에크하르트 선생님이 처음엔 식당에서, 다음엔 어디든 구할 수 있는 데서 가져왔을 것이다. 물론 위층의 스노디 아줌마네 의자는 마음대로 가지고 내려왔고, 보이트 씨한테서도 가져왔다. 보이트 씨에 대해 어떻게 생각하건 발표회를 위해서라면 선생님은 그 방에 들어가 의자를 가져오는 건 전혀 주저하지 않았으니까.

스타크네를 통해 장로교 주일학교에서 피아노 한 대를 더 빌려서 다 함께 사중주의 최종 연습을 하기 위해 시간에 맞게 끌어다 놓았고, 당연히 조율도 했다. 모리슨네를 통해 프로그램 인쇄도 했는데, 아주 공을 들인 터라 작품 번호와 각 학생들의 성과 이름과 가운데 이름까지 들어 있고, 그리고 일부러 그런 듯 에크하르트 선생님이 월

별 고지서를 적을 때의 필체를 닮은 글씨체로 위쪽에 미스 로테 엘리자베트 에크하르트라는 성명 전체가 가로로 길게 적혀 있었다. 재능 없는 멀로니네 아이가 분홍색 과일 모양 접시에 프로그램을 담아 문가에서 나눠 주곤 했다.

발표회 날이 되면 모든 학생 집에 공주님 바구니에 담긴 글라디올러스나 카네이션이 배달되었는데, 그것은 루미스네가 아는 빅스버그의 화원에서 적당한 때에 주문하여 물 담은 양동이에 넣어 햇빛이 안 드는 매클레인네 뒤 포치에 보관해 놓았다. 그 꽃들은 적절한 때—인사를 하자마자 바로—에크하르트 선생님이 증정할 것이었다. 학생들은 셋까지 셀 동안—최종 연습 때 이것도 검은 우산으로 연습했다—바구니를 들고 있다가 다시 선생님께 드리게 되어 있었다. 선생님은 바닥에 그릴 초승달 무늬를 생각하고 있다가 그날 밤 꽃바구니를 하나씩 써서 그 안을 채우는 것이다. 지니 러브 스타크는 늘 이파리 한가운데 파머 제비꽃이 있는 꽃다발을 받았고, 꼭 그걸 자기가 차지해야 했다. "짜잔!" 이러면서. 한 번도 자기 꽃을 내놓으려 하지 않았고 그 때문에 의도한 효과가 제대로 나지 않았다.

어쨌든 발표회는 격식을 차린 행사였으니까. 예정된 시험으로 인해 수업이 일찍 끝나는 일도 정치 행사의 식전 불꽃놀이도 아닌 발표회야말로 6월을 축하하는 것이었다. 특정한 띠와 특정한 꽃만이 참가할 수 있고 오직 똑똑하고 예쁜 여자아이들만이 행사를 해 나가는 그 특별한 날이면 여자아이들은 두려움과 기쁨에 동시에 사로잡혔다.

그리고 에크하르트 선생님은 그 행사를 위해 자신을 새로운 차원으로 끌어올렸다. 철마다 피는 꽃처럼, 넬의 마당에 아직 잎도 나지 않은 채 밤새 활짝 피는 상사화처럼 매년 적당한 때가 되면 세심함이 선생님의 얼굴을 물들이며 피어났다. 다른 때라면 전혀 관심을 보이지 않을 것들—드레스나 띠, 명성이나 선례들, 미소와 인사—에 완전히 마음을 빼앗긴 채 여기저기를 들쑤시고 다녔다. 이상하기도 하고 흥미롭기도 했다. 그 모습이 네모진 작은 파티 초대장에 그려진 그림을 떠올리게 했다. 프릴 달린 옷을 입은 갈색 곰과 의자에 서서 거울을 보며 면도를 하는 검은 푸들 같은……

발표회가 끝나면 그 추진력과 세심함도 다 사라졌다. 하지만 그때는 모든 시련이 다 끝날 때였다. 끝없이 긴 방학이 시작되는 때였으니까. 아침이면 여자아이고 남자아이고 다들 맨발로 나다닐 수 있었다.

발표회가 있는 저녁은 항상 맑고 더웠다. 다들 발표회를 보러 왔다. 기대에 부푼 관객들이 푹푹 찌는 열기 속에 모습을 나타냈다.

에크하르트 선생님과 학생들은 아직 모습을 보이면 안 되었다. 문에 서 있는 건 스노디 매클레인의 몫이었고, 그래서 그녀는 그 일에 내내 관여했다는 듯이 충실하게 문가에 서 있었다. 아주 순진한 모습으로 모개나의 모든 여성을 맞이했다. 8시면 연습실이 사람들로 꽉 찼다.

케이티 레이니는 늘 미리 왔다. 자기가 연주를 하는 것처럼 흥분해서 몸을 떨었고, 젖을 짤 때 쓰는 그 모자를 쓰고 왔다. 그곳 상황에다 익숙해지면 즐겁게 깔깔 웃었고, 발표회가 진행되는 내내 상당히 눈에 띄었다. 곡이 끝날 때마다 가장 먼저 박수를 쳤고, 연주되는 곡이나 앉아 있는 금색 의자나 다 마음에 들어 했다. 버터밀크 장수인 올드맨 페이트 레이니는 아빠로서는 유일한 참석자였다. 내내 서 있었다. 발표회 드레스 대부분을 만든 퍼디타 메이오는 각 집에서 드레스를 받은 후 시침질을 다 뜯어냈는지 보기 위해 늘 맨 앞줄에 앉았고, 그 옆엔 그녀를 도왔던 말 없는 여동생 해티 메이오가 앉았다.

연습실에 사람들이 들어차는 동안 캐시는 얇은 커튼(그들은 다들 식당에 모여 있었다) 주변에서 밖을 빼꼼히 내다보며 엄마가 아예 안 오시는 게 아닐까 하는 두려움에 시달렸다. 아마 집이 워낙 가까워서였겠지만 엄마는 언제나 늦었다. 지니 러브가 좀 더 커서 피아노를 잘 칠 수 있기를 기다릴 뿐인, 그곳에서 가장 영향력 있는 엄마인 리지 스타크는 앞줄 의자에서 몸을 돌려 다른 엄마들이 누가 있나 확인하곤 했다. 그걸 알면서도, 그리고 딸의 발표회에 딱 어울리는 아름다운 꽃무늬 드레스를 차려입고도, 엄마는 겨우 2야드의 거리를 캐시가 숨넘어가지 않도록 시간 맞춰 걸어오는 일을 하지 못했다. 그리고 예를 들어 캐시의 〈봄의 속삭임〉은 굉장히 어려워서 스파이츠네 곡보다 더 어려웠지만, 에크하르트가 열심히 계획한 모든 것을 엄마는 아무렇지도 않게 포기할 수 있었다.

벽난로 위 선반에 천으로 물결무늬 장식을 두르고 움직이는 것마다 아래에 깔개를 깔아 움직이지 않게 하고, 하얀색 테이프와 흰색 가든 장미와 마지막 남은 매클레인네 스위트피꽃으로 만든 꽃다발이 여기저기에 늘어지고 군데군데 놓여 있는, 사탕 상자 속처럼 꾸며 놓은 연습실은 펄펄 끓는 듯 더웠다. 6월의 첫째 날이어도 매한가지였다. 음악이 연주되는 동안은 전기 선풍기가 돌아가지 않았다. 격식을 차려 닫아 놓은 메트로놈은 화병처럼 피아노 위에 놓여 있었다. 어디에도 악보는 보이지 않았다.

처음으로—그런 일이 보통 여러 번 벌어졌다—관객들 사이에 문득 적막감이 감돌면 방 안에서 움직이는 것이라곤 펄럭이는 야자수잎 부채와 깃털 부채뿐이고 이따금 메트로놈이 닫힌 문 안에서 저절로 똑딱였다. 온갖 장식과 들썩거림이 마구 섞여, 연주하러 나오는 아이들마다 극도의 현기증을 느끼며 창백해질 만도 했다. 누구라도 거기서 벗어나 보려 천장을 올려다보면, 샹들리에에서 마구 뻗어 나오는, 접은 종이를 잘라 만든 눈송이처럼 현란하고 속절없는 종이 문양 안에서 허우적대곤 했다.

이제 에크하르트 선생님이 검은 머리를 이마 위로 내린 완전히 다른 모습으로 들어와 조용히 하라는 손짓을 했다. 발표회용 드레스를 입은 선생님은 다른 때보다 몸집도 커 보이고 친근한 것 같았다. 오래된 옷이었다. 학생들에게 요구하는 규칙을 본인은 개의치 않는 것이다. 사람들은 그동안 그 옷에 대해 잊어버리고, 그럼 다시 그 옷을 입고 나왔다. 아주 말끔하게 세탁하지 않은 단정치 못한 주름이 가슴께에 모여 있고 외투처럼 양옆으로 묵직하게 늘어져 있었다. 황갈색 크레이프 새틴이었다. 갈색으로 물들인 레이스로 만든 보디스를 입었다. 모피처럼 진하고 강렬했다. 위 팔뚝이 의외로 우윳빛을 띠어서 정말 모피를 벗은 모습이었다.

조용해지면 에크하르트 선생님은 샹들리에 바로 아래 어둑한 지점에 섰다. 하얀색 신발, 시섬 씨가 신겨 준 영원한 하얀색 신발을 신은 발이 앞서 마룻바닥에 백묵으로 그려 놓은, 그리고 그녀가 이제 완전히 지워졌을 거라고 믿은 원 안에 놓였다. 얼룩덜룩 푸른 손톱에, 셀수도 있을 작은 근육들이 불거진 단단하게 준비된 한쪽 손이 다른 쪽 손으로 움직이고, 손안에 든 것도 없이 가만히 손을 모으고 있다가 힘을 빼고 가슴 앞으로 옮겨 와 뾰족탑과 뾰족지붕이 있는 우스꽝스러운 작은 집 모양을 만들었다. 피아노 가까이에, 도움을 줄 정도로 가까이는 아니고 적당히 가까이 서서 진행을 시작했는데, 앞으로 닥쳐올 참사를 막는 데 전심을 다하지는 않았다. 참사가 어린 여자아이들의 머릿속에서 여전히 떠나지 않았는데 말이다. 선생님이 나이 어린 애들부터 아이들을 불러냈다.

그래서 다들 연주를 했고, 버지를 빼고는 다들 최악이었다. 스스로도 놀랄 지경이었다. 파넬 무디는 자기 차례에 울음을 터뜨렸다. 하지만 선생님은 알아채지도, 신경을 쓰지도 않는 듯했다. 너무나 괴로워야 할 바로 그 순간에 얼마나 쉽게 잊어버리는지! 두 번째 엔딩을 반복하는 걸 까먹거나 열을 세고 커튼을 돌아 나오지 않아 매를 맞을 거라고 보았다. 그런데 그 대신 선생님에게선 기이한 미소만이 보였다. 마치 **뭘 어떻게 하든** 에크하르트 선생님은 결국에는 학생들에게 고마워하는 것만 같았다.

힐다 레이 볼스의 차례가 와서 에크하르트 선생님이 직접 몸을 숙여 의자를 12인치 정도 밖으로 꺼냈을 때도 계속해서 다른 데 정신이 팔려 있는 조심스러운 모습이었다. 의자를 빼내는 그 일이 다 큰 여자아이를 위해서가 아니라 그 자리에 없는 다른 누군가를 위해 조심스럽게 어떤 직무를 행하는 것도 같았다. 그건 힐다 레이의 곡을 작곡한 베토벤일 수도 있었고, 아닐 수도 있었다.

캐시가 연주를 했고 캐시 엄마는 어쨌든 캐시를 저버리지는 않아서, 다른 사람들과 앉아 있었다. 끝났을 때 엄마는 프로그램을 접어서 작은 모자를 만들었는데, 캐시는 그걸 달라고 그 앞에 몸을 던질 수도 있었을 것이다.

하지만 발표회는 뭐가 되었든 버지의 날이었다. 캐시가 보기에 버지가 살면서 가장 멋졌던 때—버지의 순서는 사중주 바로 전이었다

—는 크리스마스 장식의 빨간색 공단으로 만든 띠를 머리에 두르고 귀 위로 장미 모양 리본을 달아 뒤쪽에서 새 고무줄로 잡아 묶은 모습으로 등장했을 때였다. 풀 먹인 흰색 스위스 드레스의 팔 아래쪽으로 빨간 띠를 두르고 있었다. 버지는 열세 살이었다. 〈베토벤의 '아테네의 폐허'를 주제로 한 판타지아〉를 연주했는데, 연주를 마치고 일어나 인사를 했을 때 빨간색 띠는 몽땅 허리 앞쪽으로 몰렸고 가슴에 칼을 맞은 것처럼 땀에 절어 얼룩 천지에 정신이 혼미한 이마와 뺨으로 부럽기만 한 땀이 줄줄 흘러내리는데 그것을 혀로 핥았다.

몰래 앞쪽으로 나와 있던 캐시는 케이티 레이니가 그녀의 띠에 손을 얹으며 "오, 버지에게 여동생이 있으면 얼마나 좋겠어!"라고 얘기하는 바람에 간이 떨어지는 줄 알았던 그 순간에도 완전히 넋을 잃고 보고 있었다.

그다음에 사중주가 있었고, 난데없이 불협화음이 되어 버린 마지막 화음에 장난기 서린 웃음이 마구 터져 나왔다. 아이들은 입을 맞추거나 엉덩이를 두드리는 축하를 받은 후 풀려났다. 부인들은 손을 흔들거나 부채로 서로를 부르며 대화를 나누기 시작했다. 꽃다발을 높이 들고 자랑하고 던지기도 하고 누군가에게 주기도 했고, 여름 동안은 할 일이 없는 손이 어지럽게 조각조각을 내기도 했다. 붙잡는 손을 떨치고 나선 매클레인 쌍둥이는 똑같은 카우보이 복장을 하고 아래층으로 뛰어 내려와 장난감 권총을 여기저기 겨누고 쏘기도 했다. 두 대의 선풍기가 마룻바닥에 버티고 서서 덜덜거리며 돌아가고 그 바람에 떨어진 프로그램이 무리 지은 새들처럼 펄럭이며 날아다니는 중에 걸어 놓은 장식들은 어디에서나 마구 나부꼈다. 〈꼬리를 흔드는 샐리〉를 뚱땅거릴 때를 빼면 피아노에는 가까이 가지도 않았다. 어린 지니 스타크는 결국 넘어져 무릎이 까져 피를 철철 흘렸다. 다른 파티나 다름이 없었던 것이다.

"펀치*와 케이크!" 에크하르트 선생님이 나와서 알렸다.

스노디 매클레인이 대체로 꽃을 말리는 데 쓰는 뒤쪽의 커다란 매클레인 식당 문이 오늘 밤엔 활짝 열렸다. 펀치는 스노디가 남편에게서 받은 선물 중의 하나인 매클레인네 펀치 볼에 담겨 나왔고, 곧장 일어나 국자를 잡은 빌리 텍사스 스파이츠가 즉석에서 담아 주었다. 사람들은 스물네 개의 매클레인네 컵과 열두 개의 루미스네 컵으로 펀치를 마셨다. 에크하르트 선생님이 지치지도 않고 계속 내온 작은 케이크는 달콤하고 따뜻한 게 부담스럽지 않았고, 그 위에는 기차에서만 파는(아니면 그냥 사람들 생각이 그랬다) 유리 권총에 담긴 '탄환'이 뿌려져 있었다. 접시가 비었을 때 보니 거기엔 미끄러져 내리는 화환과 소란스러운 아기들 장식이 있었는데 금을 뿌려 놓아 이젠 금색 빵 부스러기만 남아 있었다.

손님들이 슈거 쿠키를 받아 들고 다시 돌아와 바닥에 과일만 남은 잔을 재빠르게 철철 넘치도록 따라 주는 국자에 갖다 댈 때 선생님의 볼은 발갛게 달아올랐다. (빌리 텍사스가 잔 수를 세기 시작하자 선생님은 "펀치 더 줄게요!"라고 외쳤다.) 4학년 교실 벽에 있는, 돼지를 먹이는 키르케처럼 머리가 이마 아래로 잔뜩 흘러내렸다. 딱히 누구에게랄 것 없이 모든 사람에게 미소를 보였다. 어디를 바라보건, 어디를 가건—파티 손님들이 무척이나 흩어져 있었으니까—, 연습실에서 식당으로, 포치를 들락날락하며 그랬고, 포치에서는 "여기 이

* 술, 우유, 레몬, 설탕, 향료를 넣어 만든 음료.

게 뭐지? 너희들은 집 안으로 들어가서 내 케이크 다 먹을 때까지 나오지 마! 마지막 부스러기까지 다 먹어야 해!"라고 소리쳤다. 그렇게 겉으로만 엄한 척하는 그런 말을 들으면 그들은 다 깔깔거렸다.

가끔 에크하르트 선생님을 '미스 설렁설렁'이라고 부르던 리지 스타크도 커다란 화환이나 웨딩케이크를 닮은, 자기가 가진 제일 화려한 모자를 썼고, 그 모자가 풍물 장터에서 사람들 머리 위로 떠다니는 풍선처럼 이리저리 오가는 게 내내 눈에 띄었다. 카나리아가 노래했다. 덮개를 걷었던 것이다. 장미꽃의 녹색 줄기가 화병 가장자리로 서서히 구부러졌다.

밤이 저물어 작별을 고하며 사람들은 에크하르트 선생님과 그 모친에게 축하 인사를 했다. 모친은 내내 문 가까이에 앉아 있었다. 스노디 아줌마가 손님들을 맞을 때 거기 앉혀 놓았던 것이다. 모친 역시 까만 옷을 입었는데 나뭇가지 모양 무늬가 있었다. 웃고 떠드는 엄마들과 이제 난리 법석인 아이들이 오고 가는 중에 눈만 끔벅거리고 있었지만 유모차를 타고 햇빛이 환한 밖으로 나온 아기처럼 유순했다. 스노디 아줌마가 상냥하게 지켜보는 중에 입가에 띤 미소가 저녁나절 내내 사라지지 않았다. 사람들이 자신을 쳐다보는 것도, 나중에 고맙다고 하는 것도 다 받아들였다.

밀치면서 자리를 뜨는 아이들을 막으며, 흔들리는 공주님 바구니와 갑자기 힘이 없어진 엄마들이 떨어뜨린 부채 사이를 쏘다니며 에크하르트 선생님이 버지 레이니를 부르는 소리가 들리곤 했다. 그러다가 그날 밤 겨우 〈장난스러운 고양이〉를 연주했을 뿐인 가장 어리고 이제 너무나 졸린 아이를 격식을 차리며 내려다보았다. 그날 밤 모든 학생이 버지 레이니의 특권을 나눠 가졌다. 에크하르트 선생님이 문으로 뛰어가는 아이들을 붙잡아 독일어로 뭐라고 하면서 안아 주었던 것이다. 고요한 밤공기 속에서 선생님의 드레스는 먼 길을 뛰어오기라도 한 양 축축하고 얼룩덜룩했다.

캐시는 귀를 기울였지만 〈엘리제를 위하여〉는 더 이상 들려오지 않았다. 그녀가 침대 발치에서 우쿨렐레를 집어 들었다. 조율을 한 후, 여러 음을 능숙하게 동시에 내고 손가락으로 줄을 긁으며 연주했다. 마르라고 널어놓은 스카프 주변을 천천히 돌며 한두 곡을 연주하고는 다시 창문가로 갔다.

그때 로크가 원숭이처럼 손발을 다 이용해 팽나무 가지에 매달려 가는 게 보였다. 저 멀리 반대편에 이르자 두 손으로 매달린 채 평소의 장난은 전혀 하지 않고 다이버처럼 꼼짝도 않고 있었다. 퀴닌을 먹으며 침대에 계속 붙어 있다는 게 저런 식이었던 것이다.

로크는 장난을 치려는 게 아니라 빈집 안에서 벌어지는 뭔가를 보고 싶어 했다. 들여다볼 수 있는 위치였다. 캐시는 소리를 지르려고 입을 벌렸지만 소리가 나오지 않았다.

그날 내내 로크가 불렀을 때 한 번밖에 대답한 적이 없는데, 지금 하얀 속바지를 입은, 날개를 편 독수리 같은 그의 등은 샛별처럼 멀어 보였다. 신이 나서 뛰어다니는 그의 순수함이 저기서 그녀를 향해 반짝이는데, 그 순수함을 지켜 줄 수 있는 어떤 방법도 그녀에겐 남아 있지 않았다. 로크는 침착하게 몸을 뒤집어 이제 무릎을 걸고 매달렸다. 그렇게 거꾸로 매달려 낡은 연습실 창문을 들여다보는 그의 머리에서 모자가 미끄러져 땅에 떨어지고 소년의 머리통에서 온통 머리칼이 뻗쳤다.

한번은 로크가 치마를 입고 세례용 잔을 연필로 두드리며 집 안을 돌아다니다가 물었다. "엄마, 나도 연주를 할 수 있을까요?" "그럼, 물론이지. 내 아들인데. 때가 되길 기다리기만 하면 돼." (엄마는 로크를 가장 좋아했다.) 그런데 절대 그러질 못했다. 기다리지도, 연주를 하지도 못했다. 캐시가 로크를 얼마나 사랑했는데! 로크는 음을 전혀 구별할 줄 몰랐다. "이게 〈예수 사랑하심은〉이야?" 시끄럽게 두드리던 손을 멈추며 그렇게 묻곤 했다. 지금 캐시는 오래전 그때처럼 마음이 상해서 그 얘기를 전해 주려고 조용히 재주를 부리고 있는 그의 모습을 지켜보듯 고통스러운 심정으로 그를 내다보았다. 창문에 서 있던 그녀가 가만히 우쿨렐레를 치며 노래를 했다. "은색 달의 빛, 빛, 빛, 빛, 빛에" 로크가 가장 좋아하는 노래였다.

그녀 자신은 절대 가지 못할 것이었다. 흐릿하게 빛나는 나뭇가지를 다리 삼아 기어 나가 너를 안으로 끌어당기는, 자꾸자꾸 끌어들이는 어두운 자석에 이를 수는 절대 없을 것이다. 자신이 미지의 어떤 일을 하는 모습을 떠올릴 수가 없었다. 그녀는 로크가 아니니까. 버지 레이니가 아니니까. 엄마가 아니니까. 그녀는 방 안의 캐시일 뿐이었다. 자신의 손이 닿지 않는 앎과 고통을 그저 바라보며, 창가에 서서 노래를 부르는. 오늘따라 자신의 목소리가 부드럽고 풍부한 게 예쁘게 들린다는 생각이 어중간하게 떠올랐다.

3

잠깐 앞이 캄캄해진 후 거꾸로 매달린 채 로크는 눈을 떴다. 아무 일도 없었다. 들여다본 집 안은 시계와는 다른 째깍째깍 소리가 계속되었을 뿐 아주 고요했다. 바깥에서 들리는 소리만 있었다. 누나가 아이들에게 불러 줄 노래를 우쿨렐레를 치며 또 연습하고 있었다. 부인네들의 파티 소리가 물소리처럼 거리 저 위쪽에서 들려왔고, 나무 건너 커다란 남자아이들이 노는 곳에서는 공 차는 소리가 들려왔는데 새소리처럼 경쾌하면서 아련했다. 하지만 지금 세상에서 들리는 어떤 소리보다 째깍거리는 소리가 더 매섭고 또렷해서 때로는 내내 누워 있던 침대에서 들리던 자신의 심장박동 소리처럼 아주 가까이 들리는 것 같았다.

만약 엄마가 그 빈집에 있었다면 아마 팔다 남은 콩을 들고 어슬렁거리며 집으로 가는 두 흑인을 불러 세워, 들어와 일을 하라고 시켜서 금방 끝내 버렸을 것이다. 하지만 선원의 엄마는 혼자 하고 있었다. 자기 마음에 들게 하고 싶었으므로 그 누구도 그 마음에 들지 않았을 것이다. 그리고 전혀 서두르지도 않았다. 피아노에 직접 모닥불을 만들고 있었고 다 준비가 되었을 때에야 다이너마이트를 터뜨리지 그 전엔 안 할 것이었다.

그녀의 행동을 보고 로크는 철사에 묶인 아래쪽 장치—피아노 앞판은 뜯어져 있었다—가 일종의 둥지임을 알았다. 도둑질하는 새처럼 주변에서 구할 수 있는 잡동사니는 다 집어다 엮어서 그것을 만들고 있었다. 아버지가 미는 시장 후보인 드루지 카마이클의 콧수염 난 얼굴이 두 군데서 보였다. 문간에 놓인 전단에서 찾았을 것이다. 그의 침대에 널린 악터건 비누 쿠폰 같은 것들을 보면 아마 기뻐할 테고, 그는 기꺼이 넘겨줄 수도 있었다.

그러다 로크는 거의 비명을 지를 뻔했다. 진싸로 시브시는 않았나는 자부심이 두 번째 비명처럼 그의 가슴에 차올랐다. 길 저 아래쪽에서 보안관 올드맨 무디가 패티 볼스 씨와 함께 오고 있었던 것이다. 하루 휴가를 내고 달 호수에 낚시를 하러 간 모양이었는지 낡은 낚싯대를 메고 있었지만 고기는 보이지 않았다. 신발과 바지가 진흙투성이였다. 두 사람은 홀리필드 씨의 친한 친구로 종종 이 시간쯤에 들러서 그를 깨워 조면 공장으로 쫓아 보내곤 했다.

로크는 팔다리를 북북 긁은 뒤, 아니나 다를까 두 사람이 터덜터덜 마당을 가로질러 걸어 들어오는 동안 고개를 아래로 한 채 기다렸다. 별난 상상력이 발동하며, 두 사람이 금방이라도 파란 하늘에 등을 대고 누워 치안은 나 몰라라 하고 신나게 다리를 흔들어 대는 모습이 눈앞에 펼쳐졌다.

올드맨 무디와 패티 볼스 씨가 피칸 나무둥치 앞에서 농담을 하며 양쪽으로 갈라졌다가 다시 만나며 "버터 바른 빵"이라고 했고, 그러고는 계단을 막고 섰다. 앞 창문의 커튼이 뭔가를 암시하듯 눈앞에서 펄럭였다. 그들이 새삼스레 서로를 바라보았다. 몸과 얼굴이 물고기처럼 미끈해졌다. 미끄러지듯 포치를 돌아가서 창문처럼 납작해져서는 창문에 코를 박았다. 바지 엉덩이 부분에 둥근 진흙 얼룩이 있었다. 바닥에 쭈그리고 앉았던 모양이다.

자, 이렇게 되었군. 로크가 생각했다. 집 안 가득 사람들이 있어. 위층에 두 명, 아래층에 두 명, 포치에 두 명. 그리고 피아노 위엔 째깍거리는 기계가 있고…… 로크 바로 아래로 점박이 개똥지빠귀가 잡초를 헤치며 요란스럽게 걸어 다니고 있었다. 부리를 총처럼 앞으로 쭉 내밀고는 인간이나 마찬가지로 세상살이에 바빴다.

노인네가 맥길리커디 선생님의 4학년 연극에 나오는 크리스마스 천사처럼 불안정한 모습으로 불붙인 양초를 손에 들고 나타났을 때 그는 자신의 오른손을 미동도 없이 가만히 들고 있었다. 부엌에서 쓰는 수지 양초였다. 모개나에 정전이 되었을 때를 대비해 홀리필드 씨가 상자 가득 담아 둔 데서 꺼낸 게 분명했다. 양초를 얼마나 높이 들고 얼마나 천천히 움직였는지 그가 있는 곳에서 장난감 총을 쏘아 맞힐 수도 있을 정도였다. 하얗게 센 짧게 깎은 노인네의 머리칼이 불빛에 환하게 빛났다. 그의 무게를 지탱하고 있는 흔들리는 가지의 맨 끝으로 노인네의 둥글게 자란 시커먼 눈썹 아래에서 반짝이는 커다란 눈이, 깜박이는 법도 없는 그 눈이 다 보였다. 올빼미 눈 같았다.

몸을 숙였는데, 힘겨워하는 게 그에게도 느껴졌다. 피아노 안에 만든 종이 둥지 안에 양초를 놓았다. 그 역시 불꽃이 꺼질라 숨을 멈췄고, 저린 손을 끄집어냈을 때 그도 따라서 손을 움직였다. 신문에 불이 붙으며 화르륵 불길이 솟자 노인네가 양초를 안으로 밀어 넣었다. 손을 허벅지에 붙인 채 노인네가 일어섰다. 할 일을 다 한 것이다.

불길이 소리 없이 밖으로 혀를 날름거렸다. 갑작스러운 폭우로 불어난 물처럼 갑절로 빠르게 길게 늘어진 종이 띠를 타고 단숨에 번졌다. 잦아드는 빠른 노란 불길로 방을 이리저리 가로지르고 천장에서는 바람개비가 떨어지며 자취를 감췄다. 그리고 그 위쪽, 천장 반대편에서는 처음 온 두 사람이 숨죽이고 있었다.

치안 담당자는 여전히 쭈그리고 앉아 있었다. 패티 씨와 올드맨 무디가 목을 양옆으로 길게 뺐다. 살진 목과 가느다란 목이었다. 로크는 모자처럼 비비대는 그 머리 위로 애벌레를 떨어뜨릴 수도 있었다.

"진짜네. 노인네가 해냈어." 패티 볼스 씨가 아무렇지도 않은 투로 말했다. 올드맨 무디의 어깨를 감싸고 있던 팔을 들어 자기 뒷주머니 쪽을 대차게 때렸는데, 올드맨 무디였으면 뼈가 부러졌을 수도 있었다. "맙소사! 우리 눈앞에서 **해냈네**. 자네 뭘 걸려고 했지?"

"아무것도." 올드맨 무디가 말했다. "봐. 바짝 마른 저 깔개에 불이 붙으면 부니 홀리필드도 곧 뜨끈한 기운을 느낄걸."

"부니! 이런, 그 사람을 잊었네!"

올드맨 무디가 입술을 꼭 닫은 채로 격하게 웃었다.

"이미 거기까지 불길이 가지 않았을까." 패티 씨가 낡은 낚시용 칼로 방 쪽을 가리키며 말했다.

"집에 불났어요!" 로크가 목청껏 소리쳤다. 팔다리로 가지를 오르락내리락하며 이파리를 흔들어 댔다.

올드맨 무디와 패티 씨가 그 소리를 들었을 수도 있었다. 약간 무시당했다는 투로 일어서더니 낚싯대를 들고 움직이기 시작했는데, 거실 창문 대신 일부러 식당 창문을 택했다.

모기장을 들어냈는데 패티 씨가 뜻하지 않게 그걸 발로 밟아 버렸다. 새시를 조금씩 밀어 올렸고 그 소리에 진흙투성이 발꿈치가 바짝 올라갔다. 이제 안으로 들어갈 수 있었다. 입을 벌리더니 소리 없이 웃었다. 워낙 으스대기를 잘하는 사람들이라 그때 그 자리에 모개나 전체를 불러 모을 수도 있었다.

패티 볼스 씨가 문틀 사이로 몸을 구겨 넣기 시작했지만 올드맨 무디가 준비가 되었으므로 그의 멜빵을 잡아당기고는 먼저 들어갔다. 창틀을 짚고 뛰어넘었고, 안에 들어가서는 둘 다 고함을 질러 댔다.

"조심해! 현장에서 딱 걸렸어!"

거실에서 노인네가 어두운 구석으로 몸을 숨겼다.

올드맨 무디와 패티 씨는 몸을 풀 셈으로 우선 식당을 둘러보고는 거실에 들이닥쳤다. 불꽃이 이는 깔개가 앞을 막아서자 발로 밟으며 안으로 들어갔다. 연기에 팔을 휘젓다가 서로를 치더니 창문을 올리러 달려갔다. 많이 듣던 두 사람의 기침 소리와 방 안쪽에서 불길이 퍼지며 탁탁거리는 소리가 로크에게 들렸다. 아직은 연기가 대부분 갇힌 채 안쪽에 있었다.

로크는 다시 팔다리를 북북 긁었다. 또 누군가가 오고 있었다. 워낙 화창한 날 아닌가! 곧바로 그는 저 금색 파나마모자와 그 아래로 보이는 깡마르고 탄력 있는 남자가 누군지 알아봤다. 그는 한때 저 빈집에 살았고 그 당시 로크에게 말하는 새를, "토끼다!"라고 말할 수 있는 새를 갖다주겠다고 약속했었다. 그리고 그곳을 뜬 후 한 번도 돌아오지 않았다. 수년이 지났지만 로크는 여전히 그런 새를 갖고 싶었다. 오늘 그게 딱 마음에 들었다.

"지금 그 집에 아무도 안 살아요!" 보이트 씨가 마치 자기 집인 듯 빈집으로 들어섰으므로 로크는 이파리 속에서 적당한 목소리로 외쳤다. "지금 들어가면 날아갈 거예요."

그의 어깨에는 아직 말하는 새가 없었다. 보이트 씨가 그 약속을 한 건 아주 오래전이었다. (그런데 자신은 얼마나 자주 그 약속을 기억하고 소중히 간직했는지! 이제 와서 생각하니 놀라웠다.)

저 멀리 이파리 속에서 들려오는 소리가 그저 잠깐 거슬린다는 듯이 보이트 씨가 고개를 빠르게 흔들었다. 울타리를 나뭇가지로 긁을 때처럼 타다닥 소리를 내며 계단을 뛰어 올라갔다. 하지만 문에서 펄럭거리는 덮개를 젖히고 들어가는 게 아니라 옆쪽 포치로 슬슬 가더니 창문 안을 한 번 들여다보았다. 안에서 벌어지는 일에 그가 깜짝 놀란 목소리로 외쳤다.

"왜 남의 집에 들어와 있는 건지 설명해 주시겠어요?"

"그러니까 도와줘요!" 패티 볼스 씨가 불붙은 모자를 들고 그를 똑바로 보면서 말했다.

올드맨 무디는 그저 이렇게만 말했다. "안녕하신가요. 더는 당신과 말 안 합니다."

"대답하라고요! 침입한 거잖아요, 그렇죠?"

"와우, 당신 집에 지금 불났거든요."

"내 집에 불이 났는데 이 집 사람들은 어디 간 거죠?"

"아, 잠깐 잊었는데, 이젠 당신 집이 아니에요. 프랜신 머피의 집이죠. 한발 늦었습니다. 선장님."

"이게 무슨 미친 소리야? 내 집에서 당장 나와요. 불은 끄고 나와요. 다들 어디 갔는지 말해 봐요. 아니, 됐어요. 어디 갔는지 알아요. 좋아요, 다 태워 버리든가. 누가 말리나?"

그가 팡파르를 울리듯 손바닥으로 벽의 판자를 탁 쳤고, 분명 그 사이로 그들을, 창문을 노려보았을 것이다. 지금 벌어지고 있는 일과 로크 사이로 끼어들어 왔던 것인데, 사실을 말하자면 그것만으로도 도를 넘었다.

올드맨 무디와 패티 씨는 살기등등한 표정을 주고받더니 거실 여기저기를 뛰어다니면서 순식간에 번지는 불길에 모자를 두드려 댔다. 마당에서 닭 떼를 막으려는 사람들처럼 한 팀이 되어 일하는데, 화가 잔뜩 난 사람들처럼 정신이 없었다. 이리저리 뛰다가 같은 불길을 때리기도 했다. 찾아낸 불꽃을 발로 차고 짓밟기도 했는데 때로는 진짜 불도 아니었다. 실제보다 더 큰 불이 난 것처럼 굴었는데, 그건 불길이 웬만큼 잡혔기 때문일 수도 있었고 보이트 씨가 와서 자기들을 비난했기 때문일 수도 있었다. 노인네들이 무례한 태도를 보이고자 할 때 하는 식으로 아랫입술을 꽉 물고는 한 마디도 하지 않았다.

보이트 씨의 몸 전체가 흔들렸다. 로크는 그가 웃고 있다는 걸 알았다. 이제 그는 쇼 구경하듯 집 안을 보고 있었다. "그래, 그렇지! 그거야!" 그러면서.

올드맨 무디와 볼스 씨는 함께 피아노 안의 불을 잡기 시작했다. 피아노 줄을 두들기고 퉁기며 힘겹게 싸웠다. 재미를 완전히 망치긴 했지만 올드맨 무디는 격렬하게 타오르는 목련 이파리를 신나게 쾅쾅 밟았다. 그렇게 그들은 불꽃 하나 남기지 않고 완전히 불을 껐다. 완전히 불이 꺼질 때까지 몇 번이고 다시 불길이 살아났던 깔개까지. 마지막으로 다시 불길이 살아났을 때 두 사람이 합심했다. 휘파람을 한 번 불고 각자 한 번씩 더 밟아 주자 완전히 꺼져 버렸다.

"잘들 했어요." 보이트 씨가 말했다.

그러자 노인네가 구석에서 모습을 드러냈다. "저건 또 누구야?" 보이트 씨가 외쳤다. 방 한가운데에서 노인네가 멈춰 섰다. 치안 담당자들이 버티고 서 있지 않았다면 아마 빈 두 손을 꽉 움켜잡고 이리저리 움직였을 것이다. 하지만 그러지 않았다. 여전히 절박한 심정이었으니까. 로크는 두 손으로 가지를 꽉 움켜쥐고 나무를 타면서 다시 소리를 질렀다.

"좀 들어오시지 그래요, 선장님?" 패티 볼스 씨가 외치고는 노인네에게 가까이 오라고 손짓했다.

"본론으로 들어가서, 왜 이런 짓을 했는지 얘기해 주면 좋겠네요, 어르신." 올드맨 무디가 말했는데, 손으로 눈을 문지르는 바람에 눈 주위가 시커메졌다. "이렇게 사람 고생을 시키고 말이죠. 무슨 불만이 있어서 그런 거예요?"

"꿀 먹은 벙어리가 됐나." 패티 씨가 말했다.

"나도 늙었지만 어르신도 늙었고, 왜 이런 짓을 한 건지 도대체 알 수가 없네요. 그냥 전혀 분별력이 없어서 그런 게 아니라면 말이죠."

"어디 살아요?" 패티 씨가 테너 목소리로 물었다.

"이 어릿광대들."

그 말을 던진 보이트 씨는 이제 잠자리처럼 가볍게 포치를 지나 현관을 통해 집 안으로 들어갔다. 문은 잠겨 있지 않았던 것이다. 다른 사람들—어릿광대들—이 난리를 치며 불을 끌 때까지 그냥 기다렸을 수도 있고, 어쩌면 자신은 너무나 귀한 존재라 들어가면 순식간에 타 버릴 수도 있을 거라고 생각했는지도 몰랐다.

로크는 그가 약간 흥분한 기색으로 복도에 걸린 구슬 커튼을 지나 거실로 들어서는 걸 보았다. 우선 잠깐 걸음을 멈추고는 지금 벌어진 일이 방금 벌어진 게 아니라 아주 오래전 일인 것처럼 담담하게 벽을 둘러보았다. 얼이 빠져 있지 않은 사람이라곤 그 혼자였기 때문에 그는 거기 있으면서도 없었다. 불탄 종잇조각들을 조심스럽게 발끝으로 치면서 예리하게 생긴 코를 찡그렸다. 냄새 때문이 아니라 해체되는 더 광범위한 것들 때문인 듯했다. 이제 창문가에 서서 눈을 굴렸다. 입가에 거품을 물었나? 예전에 한 번 그런 적이 있었다. 거품을 물지 않는다면 로크는 그에 대해 자신할 수 없을 것만 같았다. 그가 가장 잘 기억하는 보이트 씨는 거품을 문 보이트 씨였으니까.

"이분 누군지 알겠어요, 선장님?" 올드맨 무디가 조심스럽게 물었다. "이 방화범이 도대체 누구예요? 선장님은 여기저기 많이 다녔잖아요."

보이트 씨가 방 안을 슬슬 걸어 다니다가 부지깽이를 집어 들고는 재를 뒤적였다. 조개껍데기를 주워 들었다. 노인네가 그에게 다가오자 다시 집어넣었고, 그녀에게 다가가면서 모자를 벗었다. 아주 정중한 태도였다. 노인네의 얼굴 가까이에서 그가 고개를 갸웃했는데, 그녀는 그를 지나쳐 저 멀리를 보았다. 저 멀리 반대편 절벽에 있는, 보이지도 않고 들리지도 않지만 막 떨어지기 직전인 사람일 수도 있었다.

그때 째깍째깍 소리가 요란하게 들렸다. 패티 씨가 부니 홀리필드 씨를 잊었던 것처럼 로크도 다이너마이트를 잊고 있었다. 이제 그는 다시 폭발을 기대해도 되었다. 불은 어려움을 겪었지만, 저렇게 방 안에서 계속해서 고동치는 영원한 작은 기계와 다시 연결될 수 있었다.

("뭔 소리 들리지 않아요, 무디 아저씨?" 로크는 당장 그렇게 소리칠 수도 있었다. "보이트 아저씨, 들어 보세요."—"그래 알았어, 말해 봐—그 새를 지금 달라는 거니?" 그런 대답이 나올 수도 있었다. "다 없던 걸로 하자.")

"이봐, 뭔 소리지?" 패티 볼스 씨가 물었고, 올드맨 무디도 거의 동시에 물었다. "패티, 뭐 흉측한 소리 들리지 않아?" 마침내 그들은 그동안 내내 방 안에서 울리고 있던 째깍째깍 소리에 귀를 쫑긋했다. 서로를 쳐다보더니 어깨를 구부정하게 하고는 소리 나는 곳을 찾아 방 안을 돌아다녔다.

"방울뱀이잖아! 아니, 아니다. 하지만 비슷해." 패티 씨가 말했다.

온 방 안을 구석구석 찾아보았지만 약간 위쪽, 바로 눈앞의 피아노 위에 놓여 있는 것을 그들은 보지 못했다. 솔직히 보통 사람들이 물건을 얹어 놓을 만한 그럴듯한 장소는 아니었다. 두 사람은 서로를 더 뚫어지게 보고 더 서둘러 찾아다녔지만, 결과적으로 상대 발에 걸리고 의자에 걸려 넘어질 뿐이었다. 의자 다리 하나가 닭 뼈처럼 똑 부러졌다.

보이트 씨는 꼼짝도 하지 않았기 때문에 걸리적거릴 뿐이었다. 그는 입술을 깨물고 여전히 선원의 모친 앞에 서서 그녀를 쳐다보고 있었다. 정말로 여행 중에 만났을 수도 있었다. 이제 한결같은 여행에 지친 모습이었으니까.

결국 두 사람 중에서 그나마 더 똑똑한 올드맨 무디가 찾고 있던 걸 발견했다. 문이 열린 채 뭔가 작은 게 움직이는 오벨리스크. 일단 눈에 띄자 찾던 게 그것이라는 게 너무나 분명했기 때문에 그는 패티를 보며 그것을 가리켰다. 패티 씨가 까치발로 다가가 오벨리스크를 들었다가 바로 다시 내려놓았다. 그래서 올드맨 무디가 쿵쿵거리며 걸어가 그것을 집어 들고, 어부가 달 호수에서 잡은 괴상하게 생긴 물고기를 들듯이 비스듬하게 들고 자세를 잡았다.

노인네가 고개를 들더니 보이트 씨 뒤를 돌아 올드맨 무디에게 다가갔다. 손을 들어 그의 손에서 그것을 빼앗았고 그는 사람 좋게 내주었다. 올드맨 무디는 여자들 때문에 놀라는 법은 없는 모양이었다.

노인네가 그것을 커다란 회색 가슴에 꼭 안았다. 저 멀리 있던 시선이 가까이로 왔다. 자신의 내면을, 벌떡거리는 심장을 보여 줄 기세로 걸음을 멈추고 세 사람을 뚫어지게 바라봤다.

그러더니 그녀의 목소리가 작게 울려왔다. "그러니까…… 그러니까 매클레인 씨."

아무것도 터진 건 없었지만 보이트 씨(그녀는 그를 매클레인 씨라고 불렀지만)는 신음을 내뱉었다.

"아니, 이 어르신은 전혀 본 적이 없는 분이에요." 그가 말했다.

그가 뻣뻣하게 방을 걸어 나갔다. 바로 집을 나가서 마당을 가로질러 매클레인로 쪽으로 갔다. 길에 이르자 다시 모자를 썼고, 그러고 나니 초라하거나 궁색해 보이지 않았다.

로크는 나뭇잎을 한 손 가득 움켜쥐고 그 시원한 이파리에 얼굴을 묻었다.

"그 장난감 좀 한번 줘 봐요." 패티 볼스 씨가 아기 같은 미소를 지으며 말했다. 노인에게서 오벨리스크를 받더니 갑자기 표정이 변하며 있는 힘껏 그것을 창밖으로 던졌다. 곧장 로크 쪽으로 날아와 그 아래 잡초 사이에 떨어졌다. 여전히 째깍거리고 있었다.

"너무 성급한 거 아닐까, 패티." 올드맨 무디가 말했다. "증거를 그렇게 날려 버리다니."

"우리 생각을 해야지. 잘 들어 봐, 곧 터질 테니. 차라리 당신 마누라 닭들을 날려 버리는 게 낫잖아."

"글쎄, 내 생각은 다른데."

그렇게 얘기를 나누는 새에 노인네가 다시 시도했다. 무릎을 꿇고 녹은 양초를 잘 만지더니 바로 거기에 불을 붙였다. 벌떡 일어나 불안하게 양초를 머리 위로 들고, 두 사람이 그녀를 막으려 할 때마다 잘도 빠져나가며 방 안을 뛰어다니기 시작했다.

이번엔 그녀 머리칼에 불이 붙었다. 짧은 백발에서 불길이 올랐다.

올드맨 무디는 아주 재빨랐으므로 그녀를 붙잡았다. 어디선가 커다란 낡은 천을 집어 들고 노인네 뒤를 쫓았다. 둘 다 말도 못 하게 빨랐다. 결국 그가 몸을 던져야 했다. 세상 사람 누구나 언젠가는 부끄러운 짓을 할 수밖에 없다는 듯이 얼굴을 잔뜩 찡그린 채 뒤에서 몸을 던져 천을 머리 위에 씌웠다. 그러고는 손바닥으로 그 위를 찰싹찰싹 때렸다.

올드맨 무디와 볼스 씨는 노인네를 사이에 두고 빈집 포치로 나왔다. 불에 그슬린 검은 천을 머리에 뒤집어쓴 노인네는 이제 잠잠했다. 그녀 스스로 그것을 두 손으로 붙들고 있었다.

"어르신이 이제 어떻게 될지 알아요?" 올드맨 무디가 말을 걸 셈으로 상냥하게 물었지만 구겨진 천을 뒤집어쓴 그녀는, 8월에 그 빈집 문에 메뚜기 껍질이 달라붙어 있는 모습으로 손톱을 세운 채 손을 올리고 있을 뿐이었다.

"이젠 어르신 이름이 뭔지, 왜 이런 짓을 했는지는 아무 의미가 없어요." 볼스 씨가 낚싯대를 들면서 말했다. "이제 보니 어디 사는지 알겠어요. 잭슨이죠."

"얌전히 따라와요. 어떻게 하는지는 잘 알겠죠." 올드맨 무디가 말했다.

그녀는 따라가기는 했지만 누가 뭘 물어도 대답하지 않았다.

"결국 킹 매클레인한테 해코지를 할 생각이었나 보네." 패티 볼스 씨가 말했다. "그 여자 아냐, 맞지?"

나뭇잎 속에서 로크는 그들이 진입로를 내려가 읍내 쪽으로 가는 걸 지켜보았다. 노인네가 주저하는 걸음걸이로 조금씩 걸었기 때문에 천천히 움직였다. 어디로 데려가는 걸까? 나중에야 잭슨으로 가겠지만 지금은? 그들의 모습이 사라지자 로크는 손을 놓고 나무에서 뛰어내렸다. 바닥에 떨어질 때 꽤 큰 소리가 났다. 앞으로 뒤로 공중제비를 넘는 물구나무로 나무 주변을 돌기 시작했다. 염소 소리를 냈다가 메추라기 소리를 냈다가, 실없는 무디네 닭 소리와 사자 소리를 냈다.

물구나무로 나무 주변을 돌다 보니 오벨리스크가 잡초 사이에 똑바로 선 채로 기다리고 있었다. 그가 몸을 일으켜 그것을 바라보았다. 재깍대는 바늘이 밖으로 나와 있었다.

바늘이 꼬리처럼, 혀처럼, 지팡이처럼 움직였기 때문에 그는 새처럼 매혹되었다. 그것을 집어 들었다.

"자, 이제 해 봐. 터지라고."

잘 살펴본 결과 째깍거리는 바늘이 아래쪽이 아니라 위쪽으로 솟은 추라는 걸 알았다. 손가락을 대니 멈췄다. 움직이려는 힘이 느껴졌고, 오벨리스크의 무게는 2파운드는 되어 보였다. 바늘에서 손을 떼니 다시 째깍거렸다.

몸체 옆에 달린 작은 손잡이를 돌려 보니 그걸로 조절이 되었다. 바늘이 멈췄고, 그는 열쇠를 몸체 안의 원래 자리에 찔러 넣고는 문을 닫았다.

다이너마이트가 아닌지도 몰랐다. 패티 씨가 그렇게 생각했으니까 특히 그랬다.

그럼 뭘까?

셔츠를 열고 안에 집어넣고는 단추를 잠갔다. 방으로 가지고 올라갈 생각이었다. 결국 이거였다. 말할 줄 아는 새가 아니라.

그의 앞에 모래 더미가 있었다. 달궈진 맨 위 한 겹을 쓸어 버리고 앉았다. 째깍거리는 건 아무것도 없는데 잠시 가만히 앉아 있었다. 메뚜기 말고는. 빅블랙 다리 위로 두 량을 칙칙폭폭 끌고 지나가는 기차 말고는.

캐시는 앞 창문으로 가서 올드맨 무디와 패티 볼스 씨가 노인네를 데리고 가는 걸 보았다. 노인네는 어디가 아프거나 정신이 반쯤 나가 보였다. 뭔지 분간이 안 되는 부엌용 천을 머리에 뒤집어쓴 데다 핸드백도 들고 있지 않았다. 지금 어느 시설을 향하고 있는지 미리 알려 줄 법한 회색 실내복을 입고, 금방이라도 자신을 건드리고 찌르고 할 텐데도 별로 걱정하는 모습도 아니었다. 스타킹도 없이 신발을 신었는데, 발목이 얼마나 하얀지 몰랐다. 그 발목이 눈에 들어왔을 때 캐시는 창밖으로 완전히 몸을 내밀고 소리를 질렀다.

누구도 고개를 들지 않았다. 캐시는 방을 뛰어나가 계단을 마구 내려가 현관으로 나갔다.

로크는 캐시 누나가 속치마 바람에다 맨발로 진입로를 뛰어 내려가는 걸 보고 경악하지 않을 수 없었다. 누나는 완전히 제정신으로 읍내 쪽으로 방향을 틀더니 이렇게 외치는 거였다. "그분 데려가면 안 돼요! 에크하르트 선생님!"

당연히 이미 늦어서 캐시의 목소리는 누구에게도 들리지 않았지만, 로크는 그들이 누나 말을 듣기라도 한 양 모래 더미에서 삐걱거리며 나와 누나를 쫓아갔다. 누나를 따라잡았을 때 속치마를 잡아당겼다. 머리는 여전히 위에서 흔들거리는 채로 누나는 몸을 돌리더니 나직이 내뱉었다. "오, 맙소사!"

두 사람이 마주 보았다.

"미쳤구나."

"너야말로 미쳤네."

"저 뒤에 무화과가 얼마나 잘 익었는지 보여 줄게." 로크가 곧 말했다. 두 사람은 길에서 나와 나무가 있는 데까지 갔다. 하지만 그때 때마침 선원과 버지 레이니가 뒷문으로 도망치려고 뛰어나오고 있었다. 버지와 선원이 두 사람을 보았다. 다시 집 안으로 뛰어 들어가더니, 아주 무모하게도 앞 현관으로 선원이 앞서서 나왔다. 모리슨네 남매는 달리 피할 곳이 없었다.

올드맨 무디 무리는 이제야 다시 걷기 시작했는데, 노인네가 넘어지는 바람에 다시 일어날 때까지 붙들고 있어야 했기 때문이었다. 파티가 끝나 저 멀리 넬 부인의 집에서 요란한 소리와 함께 사람들이 쏟아져 나왔다. 선원은 그 두 무리의 사람들을 마주 보고 있었다.

보안관이 그의 뒤를 바짝 쫓았지만 그는 곧장 빽빽한 부인들 무리 속으로 뛰어 들어갔다. 부인들 여러 명이 일제히 "뭐야, 큐피 모펫"이라고 소리쳤는데, 그건 한참 커 버린 그에게는 이제 어울리지 않는 어릴 적 별명이었다. 그가 180도 돌아 반대쪽으로 달려갔고, 셔츠를 손에 든 채 상체는 벌거벗었기 때문에 옷깃만 아래로 처진 날개처럼 뒤에서 비죽이 서 있었다. 카마이클네 모퉁이에서 서쪽으로 갈까 하다가 동쪽으로 방향을 바꿔 강으로 가는 어둑한 지름길로 달려갔다. 너무 늦은 게 아니라면 거기서 킹 매클레인 씨를 만날 수 있을 것이었다.

"저거 봐!" 빌리 텍사스 스파이츠가 낭랑하게 외쳤다. "다 보인다, 버지 레이니!"

"엄마!" 캐시도 마찬가지로 낭랑하게 외쳤다. 캐시와 로크는 다시 집 앞에 나와 있었다.

빈집의 현관문이 버지 레이니 뒤로 가냘픈 소리를 내며 내려앉았다. 아까의 연기가 안개처럼 천천히 피어나며 그녀에게 밀려와 옅은 구름처럼 잠시 그 모습을 가리며 스치고 지나갔다. 하지만 집에서 만든 얇은 살구색 드레스를 입은 버지는 쇠줄이 달린 그물 백을 들고 바로 거기서 빠져나왔다. 계단을 뛰어 내려가 구두로 또각또각 소리를 내며 보도로 걸어 나갔다. 과거에든 등 뒤에서든 아무 일도 없었다는 듯이, 어떤 인물이든 자신은 항상 자유롭다는 듯이 버지는 항상 그렇게 또각거리며 걸었다. 부인들은 상품과 접은 양산을 꽉 붙든 채 입을 다물었다. 버지는 그들을 마주 보며 읍내 쪽을 향해 걸었다.

당연히 일하러 갈 시간이었다. 다음 모퉁이를 돌기만 하면, 루미스네 가게에서 늘 저녁으로 먹는 케이크와 코카콜라를 먹을 수 있을 것이었다. 그다음엔 극장 안으로 사라져 버리는 것이다.

버지가 캐시와 로크를 지나쳐 앞서갔고, 어쩔 수 없이 그래야 했겠지만 계속 나아가 보안관과 패티 볼스와 노인네도 따라잡았다.

"그쪽이 아니지!" 빌리 텍사스 스파이츠가 큰 소리로 외쳤다. "남자애를 따라가야 할 것 아냐!"

"남자애가 지금 저기 시골 사는 플루엘린네서 지내는 거 아닌가?" 퍼디타 메이오가 다른 사람들의 동의를 구하며 물었다. "그 엄마는 어떻게 됐지? 기억이 하나도 안 나네!"

로크의 팔을 단단히 붙잡아 앞에 세운 캐시는 이런 생각밖에 들지 않았다. 우리도 훔쳐봤어. 게다가 무슨 일이 생겨도 아무도 놀라는 법이 없었다. 그 두 사람밖에는. 사람들에겐 이런 일도 매클레인 씨가 왔다 가는 거나 매한가지였다. 그저 자신들의 시간이나 동네, 자기 엄마들이 어울리는 사람들 속에 어떻게든 집어넣을 수 있길 바랄 뿐이었다. 그러면 모개나도 그들을 받아들이고 종국에는 그들도 이런저런 존재가 되었다. 파멸을 내내 예상하고 있다면, 비록 그것이 다가오는 걸 잊었을지라도, 실제 일어나지 않았다고 아쉬워하는 일도 없을지라도, 실제 파멸이 왔을 때 사람들은 절대 놀라지 않는 법이다.

"에크하르트 선생님 옆에서 잠깐 설 거야." 캐시가 속삭였다.

버지는 옆을 지나가고 있었다. 선생님과 옛 제자의 시선이 마주쳤다는 걸 캐시는 알았다. 버지를 떠올리느라 선생님이 한 번 눈을 감았다 떴을지 그건 몰랐다. 어떤 것이든 늘 눈을 크게 뜨고 바라보셨는데. 사실로 말하자면 마주침이란 게 고작 버지가 옆을 지나간 것일 뿐이었다. 한 마디 말도 없이, 잠깐 멈추지도 않고 또각거리며 선생님 옆을 지나갔고, 또각거리며 파티에서 나온 부인들 사이를 곧장 뚫고 지나갔다.

잡지 못했던 물고기처럼 번들거리는 얼굴에 지저분한 올드맨 무디와 패티 볼스는 순순히 따르는 에크하르트 선생님을 앞세우고 버지가 뚫고 지나간 길을 따라갔다. 그런 후 부인들이 다시 한데 뭉쳤고, 빌리 텍사스는 난데없이 이성을 잃고 다시 소리를 질렀다. "남자애는 **반대** 방향으로 갔다고, 버지!"

"그만하면 됐어, 빌리 텍사스." 리지 스타크가 말했다. "아들을 땅에 묻기까지 했으니 걔 엄마는 그거 아니어도 속 터질 일이 너무 많아."

저 멀리서 양철 팬을 두드리는 소리가 요란하게 들리더니 아이들과 흑인 유모들이 큰 소리로 떠들었다. "미쳤대요, 미쳤대요!"

캐시는 로크에게 몸을 돌려 그를 가까이 끌어당기고는 어깨를 붙들고 흔들었다. 행주처럼 완전히 축축했다. 까뭇까뭇한 색깔의 커다란 모기들이 이마에 줄줄이 앉아 있었다. "그런데 넌 침대에 있지 않고 나와서 뭘 한 거야?" 사무적이면서 나무라는 말투로 그녀가 물었다. 로크가 흐뭇한 눈길로 그녀를 한참 바라봤다. "잠옷 안에 넣고 있는 거 뭐야?"

"누나가 상관할 바 아냐."

"이리 내."

"내 거야."

"네 거 아냐. 내놔."

"한번 해보시지."

"좋아. 뭔지 알거든."

"뭔데? 알지도 못하면서."

"그거 네가 못 가져."

"저리 가."

"엄마 아빠한테 이를 거야—날 때려? 나약한 여자를 때려?"

"누나도 못 갖는다는 거 알잖아."

"좋아. 매클레인 씨 봤어? 그분은 네가 태어났을 때 사라진 뒤 나타나질 않았어."

"그럼." 로크가 말했다. "봤지."

"오, 로크, 제발 그 모기라도 좀 쫓아!" 캐시가 울음 섞인 소리로 말했다. "엄마!" 아무리 로크였지만 바로 달아나 버렸다.

"엄마 여기 있는데 왜?" 엄마가 말했다.

"아!" 잠시 짬을 두었다가 캐시가 고개를 들고 말했다. "킹 매클레인 씨가 여기 있었는데 사라졌네."

"그 전에도 본 적 있잖니." 엄마가 잠시 후 그녀의 곁을 뜨며 말했다. "그게 네가 속치마 바람으로 밖에 나와 징징거릴 핑곗거리는 못 되잖아."

"이렇게 될지 엄마는 알았죠, 같이 있었으니까!"

엄마는 대답하지 않았고, 캐시는 터덜터덜 마당을 가로질러 갔다. 로크는 모래 더미 가까이 서 있었다. 입술을 꼭 다문 채, 불룩한 잠옷 앞자락을 붙들고 보고 있었다. 캐시는 로크를 다시 나무 아래로 몰아 뒷문으로 들어갔다.

"무슨 고아처럼 생긴 애들이 여기 있담?" 루엘라가 말했다. "고아들 어디서 왔어? 너희 여기 안 살잖아. 구립 고아원에 살잖아. 돌아가."

캐시는 로크를 부엌으로 밀고 들어갔다가 뒤쪽 복도에서 다시 잡아 멈춰 세웠다. 아빠가 오시고 있었던 것이다.

"이게 무슨 일이야! 매클레인네 집에 불이 났잖아! 연기가 보이는데!"

아빠가 매일 저녁 퇴근길에 가져오는, 둥글게 만 《뷰글》지를 흔들면서 진입로로 걸어 올라오는 게 보였다.

"홀리필드! 홀리필드!"

홀리필드 씨가 창문가에 모습을 드러낸 모양이었다. "누가 내 이름을 불렀나?" 그러는 게 들렸고, 그들은 어떤 예감에 한숨을 내쉬었다.

"다 꺼졌어, 윌버." 엄마가 문간에서 말했다.

"그 집에 불이 났는데 지금은 다 꺼졌다네." 아빠가 선거철에 단상에서 하듯이 큰 소리로 말했다. "내일 《뷰글》지를 보면 무슨 일인지 알 거야."

"들어와, 윌버."

그들은 파티 드레스를 입고 서서 방충망 문 위에 손가락으로 작은 무늬를 그리고 있을 엄마가 거의 눈에 보였다. "캐시 말이 킹 매클레인이 왔다 갔대. 불이 스무 번 난 것보다 그게 더 흥미롭잖아."

캐시의 몸이 부르르 떨렸다.

"어쩌면 이번 일로 프랜신 머피가 뭔가 조치를 취할지도 모르지. 공개적인 당신 수호자가 있잖아. 부니 홀리필드."

아빠가 말을 계속해서 캐시로선 다행이었다. 아빠를 불안하게 하는 게 있다면 그건 사람들이 겉모습을 보고 이편이겠다 싶은 그런 편에 서지 않는 일이었다. "매클레인이 이번엔 집을 잘못 찾았구먼. 우리 집에 불이 났을 수도 있잖아. 부니 홀리필드!"

엄마가 웃으면서 말했다. "그 늙은 원숭이가." 그녀로 말하자면 막 살아 돌아온 옆집 늙은이가 홀리필드가 아닌 것만으로도 약간 용서가 되는 모양이었다.

6시의 저무는 해가 여느 때처럼 문간에 선 엄마와 아빠를 비췄다.

"들어가자."

캐시와 로크는 뒤쪽 계단을 뛰어 올라가다가 문이 열리며 탄식하는 소리와 이때쯤 엄마 아빠가 주고받는 익숙한 낮은 웃음소리를 들었다. 주변에서 무슨 일이 벌어졌건, 무슨 일이 벌어지기 시작하건 그들은 집에 들어올 때 늘 하는 얘기를 하며 웃을 수 있었다. 그 웃음은 소소하지만 흥미로운 대상을 암시하는 것이었는데, 그건 발견할 수 있을 뿐 아니라 붙잡아 가질 수도 있는 것, 아이들에게는 금지되어 있을 뿐 아니라 터무니없는, 길고양이나 토끼처럼 팔팔하게 살아 있는 어떤 것이었다.

아이들은 어둑하고 가파른 뒤쪽 계단을 계속 올라갔는데, 워낙 가까워서 서로를 툭툭 치고 쿡쿡 찌르기도 했다. 괴롭히는 것이기도 하면서 애정의 표현이기도 했다.

"절대 나간 적 없는 것처럼 침대에 얌전히 누워 있어." 캐시가 충고

했다. "몸에 붙은 풀 좀 털어 내고."

"하지만 엄마가 날 봤을걸." 그가 방으로 가면서 어깨 너머로 말했다. 캐시는 대답하지 않았다.

캐시는 몸을 떨면서 방으로 들어갔다. 스카프가 있었다. 오랜 친구이자 반은 원수 같았다. 스카프를 얼굴로 가져가 입술을 갖다 대고, 연기 내가 나는 염색약 냄새를 들이마시며 볼을 거쳐 눈으로 밀어 올렸다. 이마에 대고 지그시 눌렀다. 그걸 들고 뛰어나갔다가 잃어버렸을 수도 있었다…… 불쌍한 에크하르트 선생님이 그걸 머리에 쓰고 사라져 가는 모습이 눈앞에 떠올랐으니까. 버지가 길 중간에서 넉살좋게 그것을 흔드는 모습이, 모르는 게 없는 지니 러브 스타크가 "좀 잘 챙길 수 없었어?"라고 묻는 모습이.

"넬이 파티 음식으로 뭘 내왔는지 얘기해 줄게." 로크의 엄마가 약간 뜸 들이는 목소리로 부드럽게 말했다. 엄마는 침대 발치에서 희미한 윤곽으로만 보였다.

"네."

"오렌지 속을 파내고 주스를 만들어 다시 넣었어. 잘라 낸 윗부분을 다시 덮고 당의糖衣 잎사귀로 장식을 하고 빨대를 꽂았지. 얇게 썬 파인애플 위에 설탕에 조린 고구마를 쌓아 올리고 빵으로 작은 손잡이를 달았고. 빵을 컵 모양으로 구워 그 안에 따끈한 크림소스 닭 요리를 넣었어. 복숭아 설탕 조림에 여러 색깔 크림치즈로 만든 꽃잎을 두르고. 백조 모양으로 만든 슈크림 빵도 있었어. 목은 빵으로, 깃털은 슈크림으로 만들고 녹색 당의로 눈을 만들어 붙였지. 대추야자를 인에 넣은 공깃돌 크기의 비스킷도 있었고." 엄마가 난데없이 한숨을 내쉬었다.

"배가 고팠어요?" 그가 물었다.

엄마는 딱히 그에게 얘기를 하는 건 아니었지만, 어스름이 내릴 때 제비를 보며, 그 지저귀는 소리를 들으며 엄마의 얘기를 자상하게 들어 주는 건 그였다. 늘 이 시간에 이런 목소리로 얘기를 했다. 딱히 로크에게가 아니라, 캐시나 루엘라나 아빠나 저녁에게가 아니라, 오히려 벽에 대고 한다는 게 더 맞았다. 심각하게 그의 위로 몸을 숙여 쪽 소리가 나게 입을 맞추고는 몸을 흔들며 방을 나갔다.

거리에서 노랫소리가 들렸다. 캐시가 엄마보다 작지만 마찬가지로 흐릿한 모습으로 방문 앞을 지나가는 게 보였다. 건초 마차가 캐시를 데리러 온 것이다. 처녀, 총각이 큰 소리로 캐시를 부르고, 지금까지 아무 일도 없었다는 듯이 캐시가 마찬가지로 대답하는 게 들렸고, 캐시를 마차 위로 끌어 올리는 소리도 들렸다. 매클레인 청사의 랜 매클레인이겠지. 아니면 항상 "어서요! 같이 가자고요!"라면서 엄마를 놀리는 그 동생 유진일까? 정말로 엄마를 데려가고 싶었던 걸까? 마차가 삐거덕거리며 움직이는 소리가 들렸다. 우쿨렐레를 치며 노래를 불렀는데 로크는 정확히 무슨 노래인지 알 수가 없었다.

로크는 냉큼 자리에서 일어나 다시 컴컴해진 늘 똑같은 나뭇잎 사이를 바라보았다. 빈집은 여느 때와 똑같았다. 깊어진 하늘에 낮게 깔린 구름이 하나의 긴 날개를 이루며 새로이 환하게 빛났다. 목적지 없는 황금빛 새가 날아오르기 위해 지금까지 기다린 것처럼 신비로웠다. 다른 모든 것이 다 쫓겨나고 난 지금에서야. 몸이 마구 떨렸다. 아마 열이 떨어지면서 한기가 오는 모양이었다.

하지만 루엘라가 저녁을 가지고 들어왔고, 그가 다 먹을 때까지 조용히 앉아서 기다렸다. 닭 수프를 만들어 왔는데 수프가 저녁 빛을 받아 다이아몬드처럼 반짝였다. 그러고 나면 디저트로 정켓 푸딩이 있었는데, 그는 혀 아래에서 녹는 그게 정말 싫었다.

"루엘라, 오늘은 푸딩 안 먹고 싶어. 루엘라, 들어 봐. 째깍거리는 소리 들려?"

"들리네."

루엘라가 쟁반을 들었다가 다시 앉았고, 그는 등을 대고 누워 위를 쳐다봤다. 하늘 높이 초승달이 밝게 빛나고 있었다. "밤중에 터지는 게 아닐까? 한번 봐 봐. 세면대 위에 있어." 달랑 혼자서, 자진해서, 그 작은 문을 날리며 터져 버릴지도 몰랐다. 지금 째깍째깍 소리가 들리는 것 같았다. 아니면 옆방의 아빠가 벌써 잠자리에 들면서 서랍 장 위에 놓아둔 손목시계 소리인가?

"네가 터지기를 바라면 터질 거라고 봐, 로크." 그녀가 어둠 속에 앉아 선뜻 그렇게 말했다. 그러고는 다시 이렇게 덧붙였다. "터진다고? 만약 그런 일이 생기면 네 목을 졸라 버릴 거야. 다음에 또 저 나무로 기어 내려가서 이상한 거 주워 가지고 들어오기만 해 봐. 뭔가 터지는 소리가 듣고 싶으면 습지에서 꽥꽥거리는 커다란 황소개구리 소리나 들으라고."

그는 사지를 사방으로 죽 뻗으며 귀를 기울였다. 비밀스러운 기대 감에 입이 살짝 벌어지고 심장이 고동치는 중에 그는 허공으로 떨어져 떠다니기 시작했다. 그렇게 떠다니는 중에도 미간이 잔뜩 찡그려지는 게 느껴졌고, 으르렁거리는 자신의 목소리와 이빨을 가는 소리도 들렸다. 그는 표면 가까이에서 꿈을 꾸었고, 그의 꿈은 그 여름 낮 시간에는 보이지 않는 색깔과 광란으로 가득했다.

나중에, 달빛이 비치는 침대에 누워 캐시는 생각했다. 머리칼과 팔 안쪽에서 여전히 건초 냄새가 났다. 입 안에 건조한 여름의 달콤함이 남아 있었다. 마음속에서는 아득하게 마차가 안에 올라탄 처녀들을 흔들어 대며 여전히 덜컹거렸다. 감질나는 불안감과 노랫소리, 달과 별과 흔들리는 나뭇잎 지붕, 물이 가득 차 찰랑거리는 달 호수와 그 위의 배 한 척, 미소를 지은 채 꾸벅꾸벅 조는 남자애들, 그리고 그 누구도 자기 손끝 하나 건드리지 못하게 했던 일. 생각은 거슬러 선원이 거리를 뛰어 내려가던 모습에 닿았다. 호수에 사는 인어처럼 옷이 반은 없는 이상한 광경이었지. 그리고 다시 적막감이 감도는 보도 위를 함께 가는 에크하르트 선생님과 버지에게로. 그녀가 확실히 알 수 있었던 건 마치 내내 여행을 하고 있었던 것처럼(선원은 이제 시작했을 뿐이고) 두 사람이 거쳐 간 거리였다. 그러면서 그들은 변했다. 일부러 끔찍하게 굴었던 것이다. 두 사람은 서로를 보았지만 어느 쪽도 말을 꺼내길 원치 않았다. 서로를 보며 몸서리를 치지도 않았다. 또한 그들을 어떻게 할 수 있는 사람은 이제 아무도 없을 것이었다.

당케 쉔…… 덩그러니 나와 있는 건 그 정도뿐이었다. 구출도 그렇고 감사의 마음은 그냥 이제 없는 것이었다. 그냥 과거지사가 아니라 다 낡아 빠져 던져 버린 것이었다. 에크하르트 선생님과 버지 레이니 둘 다 여전히 전혀 사로잡히지 않은 인간들로, 이 땅 위를 배회하고 있었다. 그리고 그런 사람들은 또 있었다. 길 잃은 짐승처럼 배회하는 인간들.

그 책에서 찾았던 시 전체가 머릿속으로 흘러 들어왔다. 완전히 머리를 가로질러서 마치 횃불 계주처럼 한 행, 한 행이 차례로 나타났다가는 자취를 감췄다. 행 전부가 그녀의 머리를, 그녀의 몸을 지나갔다. 잠을 자고 있었는데, 한 번인가 벌떡 일어나 앉아 큰 소리로 이렇게 말했다. "불길이 내 머릿속에 있었으므로." 그러고는 스르르 다시 잠에 빠져들었다. 얼굴 하나가 들여다보았다는 걸 꿈속에서만 봤을 뿐이었다. 다시 한번, 늘 그렇듯이, 그것은 채워지지 않은, 심각하면서도 환한 얼굴, 시 속에 있던 그 얼굴이었다는 것을.

토끼님
Sir Rabbit

1

그는 먼저 나무의 한쪽을 돌아보고 다시 다른 쪽을 돌아보았다. 말이라곤 한 마디도 없이!

"오오. 누구신지 알겠어요. 킹 매클레인 씨!" 매티 윌이 외쳤고 그건 발칙한 일—가까이서 그를 본 적이라고는 전혀 없고 그에게 말을 건다는 생각조차 해 본 적이 없었으므로 스스로도 놀라웠다—이었지만, 발칙함은 배회하는 봄바람에 실려 다 날아가 버렸다. "당신이 어떤 식인지 알거든요." 겁이 나건 아니건, 결국 그녀는 자신이 킹 매클레인과 그의 습성에 대해 들었다는 걸 보여 주고 싶었던 것이다. 그리고 겁이 나건 어쨌건, 공기 때문에 머리가 어지러웠다.

그가 킹 매클레인이었다면, 별안간 동시에 나무 양쪽에서 나타났다. 이쪽에도 저쪽에도 눈 두 개, 작은 울대뼈도 두 개에다 햇볕에 그은 저 많은 손이라니. 그녀는 눈을 감았고, 입도 다물었다. 발 앞에 괭이를 박고는 미끼통 곁의 자기 자리를 지켰다. 열다섯 살이니 무슨 일이 생긴 것처럼 소리를 지를 수는 없었지만, 앞에 한 말은 취소했다.

실눈을 뜨고 보니, 히코리나무 뒤에서 나오는 건 두 명의 매클레인이었다. 당연히 그의 쌍둥이 아들이지. 저렇게 어른이 되었으리라고 누가 생각이나 했겠는가? 뭐, 거의 어른이 되었다고. 보아하니 겁을 집어먹었으니까. 자기랑 비슷한 나이일 거라고 매티 윌이 생각했다. 사람들은 쌍둥이가 보통 아이들처럼 자라는 걸 잘 받아들이지 못했다. 늘 아주 작고 어딘가 어린 존재로 보는 것이다. 그런데 여기 이들의 모습이라니. 완전히 아빠인 킹을 빼다 박았다.

매티 윌이 그들을 기다렸다. 앞으로 사는 동안 그녀에게 겁을 줄 사람 대신에 전혀 상상도 못 한 고약한 어린것들이 오는 걸 보며 하품을 했다. (그때 마치 어디선가 작은 배가 호수 저 멀리 나가 돌아오지 않는 기분이 들었으니 이상한 일이었다.)

그 쌍둥이는 읍내 아이들이었다. 여름이면 토요일마다 우체국의 계단식 출입구 옆 음료수 가판대에서 살았다. 여기 시골에 나와서는 무릎 버클을 풀고 딸랑거리며 다녔다. 어둑한 나무 아래에서 이마의 금발 머리칼이 가볍고 부드럽게 들렸다 떨어지기를 반복했다. 아직 이른 봄이라 나무에 핀 꽃은 별로 없어서 셀 수도 있을 정도였다. 두 사람은 링글링 브러더스*에서 한 쌍의 조랑말이 음악에 맞춰 움직이

---

* 1884년에 링글링 형제들이 세운 유명한 서커스단.

듯이 종종걸음으로, 끝까지 서로의 어깨를 만지면서 작은 계곡을 건 넜다.

그들이 딸랑거리며 그녀 주위를 돌았다. 그녀 쪽에서 야단법석을 떨 여유를 주지 않고 그저 그녀가 세워 놓은 쟁기를 들어다 커다란 덩굴에 기대 세워 놓았다. 서로 미소 한 번을 주고받지 않았다. 대신 둘이 똑같이 이마에 주름이 잡히도록 얼마나 인상을 썼는지 손가락 으로 좍좍 펴 주고 싶을 정도였다.

하나가 그녀의 앞치마 끈을 붙잡고 다른 하나가 아래로 치고 들어 가 그녀는 쓰러졌다. 하나가 팔을 꼼짝 못 하게 누르고 다른 하나가 아무것도 신지 않은 맨발 위로 올라갔다. 입술을 깨물며 그들이 그 녀를 타고 앉았다. 얼마 안 된 반딧불이 냄새(그렇게 이른 계절이었 나?)가 나는 작은 손 하나가 그녀의 눈을 가렸다. 그녀가 먼저 알아 차렸던 그 숲의 신선한 내음이 진하게 밀려들었고, 눈이 보이지 않는 멍청한 벌레들이 기어 나오는, 갈아엎은 거무죽죽한 흙 위로 함께 뒹 굴었다.

때로 밝은 햇살이 화살처럼 뚫고 내려와 그들의 팔을 붙잡거나 축 축하고 엉클어진 머리에 내려앉기도 했고, 떼어 낸 해바라기 꽃잎처 럼 예쁜 옷 위에 흩어지기도 했다. 아기처럼 부드러운 머리와, 비비 대는 작고 차가운 코가 느껴졌다. 이건 누구 코고 저건 또 누구 코지? 쌍둥이를 바로잡는 게 그녀에게 주어진 역할이 아니었다면 아마 당 혹스럽기보다는 화가 났을 것이다. 그리고 그녀로서는 이제부터는 찾아온 사람이 마음대로 하도록 두는 게 혼을 내는 것보다 중요할 것 같았다. 늘 미소를 짓는 노인네인 올드맨 플루엘린을 작은 듀베리밭 에서 쫓아냈던 그녀가 말이다! 복숭아털처럼 고슬고슬한 털이 난 작고 뾰족한 귀를 이 사이에 집어넣었지만 깨물지는 않았다. 그러고는 고개를 돌려 이번엔 다른 쌍둥이에게 덤벼 그의 귀를 살짝 물었다. 세 사람이 다 함께 즐기는 거였으니까. 똑같이 여기에서, 그녀에게는 달이 뜬 밤처럼 고요한 지금, 그리고 까마귀들이 날개를 퍼덕이며 그 너머로는 까마득하기만 한, 갈아엎은 밭을 가로지르는 지금.

무릎을 세우고 둥글게 둘러앉아 그녀와 매클레인 쌍둥이는 막대 사탕을 먹었다. 살갗이 벗겨진 무릎 위로 햇빛이 샘물처럼 쏟아져 노닐었다. 사탕이 얼마나 많았는지 세 명분의 사탕을 한 봉지에 담아 먹는 기분이었다. 매클레인 쌍둥이는 여기 나올 때 사탕 봉지를 들고 와서 미리 안전한 곳에 두었다. 떡갈나무만큼이나 그 자리에서 멀리 떨어진 곳이었는데 쓸데없이 멀었다. 노인네들이 파이프를 물고 있듯 막대 사탕을 입에 넣고 빨고 있는 세 사람 모두에게 어떤 예감이 들며 우울한 기운이 내려앉았다. 까마귀 한 마리가 머리 위에서 깍깍 거렸고, 마치 시계 종이 울리기라도 한 것처럼 다들 일어섰다.

"지금이야."

쌍둥이가 한 그 말이 약간 개 짖는 소리처럼 느껴졌던들 그게 무슨 대수였겠는가? 작별 인사였으니까. 할아버지의 덩굴에 기대 놓은, 꺼진 바닥으로 좀 더 미끄러진 쟁기가 있었고, 양동이도 있었다. 그들이 멀어진 후에—왔던 길로 얼마간—그녀는 그들을 쫓아 버릴 셈으로 달려들며 앞을 가로막은 이파리 사이로 소리쳤다. "너희 엄마가 불쌍한 알비노라 놀아 준 거야!"

나중에 결혼을 해서, 잠깐 앉아 있을 짬—예를 들어 버터를 만들 때라든가—이 날 때 그녀는 이런 생각을 할 것이었다. "나이가 열다섯이나 되어서도 정말 지각도 없고 아무 걱정도 없는 사람이 누구였 겠어? 바로 개네들이지. 하지만 날 그렇게 놀린 건 잘못된 거야. 내 주 변을 빙빙 돌아서 어지럽게 만들고, 그래서 내가 처음 그 아버지에게 당했던 때를 생각하게 만들었으니. 무슨 상황인지 파악이 안 되었을 뿐인데 킹 매클레인 씨를 입에 올렸다고 그렇게 놀렸으니 말이야."

축축한 봄날의 흙 위를 솜털 보송보송한 매클레인 쌍둥이들과 뒹 굴었다는 건 주니어 홀리필드가 그녀에게 매질을 할 만한 일이었다. 만약 주니어와 결혼을 한 후 그에 대해 한 마디라도 했다면 그저 그 런 얘기를 지어냈다는 이유로 말이다. 아니면 **또다시** 그 따위 얘기를 하면 가만 안 두겠다고 했을 것이다.

딱한 주니어!

2

"오, 안녕들 하신가. 쏘지 말아요, 킹 매클레인입니다. 보통 이 부근 에서 사냥을 하거든요."

주니어는 막 말라 죽은 쌍 솔방울을 떨어뜨리고 블랙스톤은 전화 선을 겨냥하고 있을 때, 빠르게 연달아 말하는 밝은 목소리가 계곡 위쪽 나무 근처에서 들렸다.

"이 근처 새들이 예전처럼 여전히 맛이 좋을 것 같아서 말이죠." 그 러고는 짠—그러니까 잠깐 모습을 보였다가는 붉게 물들어 가는 소 합향나무 뒤로 사라져 버렸다.

하지만 가을이 되었든 아니든, 불쌍한 메추라기는 그의 관심사가 아니었다. 물론 멋으로 총을 들고 다니긴 했지만 풀 먹여 빳빳한 흰색 정장을 입고 나무 사이를 뛰어다녔으니까. 그게 매티 월의 생각이었다. 그녀는 시선을 멀리 던지며 아치를 이룬 두 나무 사이의 빈 공간을 꼼꼼히 살펴보았다. 그게 킹 매클레인이었다면 누구도 그에게 총을 쏘지는 않을 것이었다. **그 사람을** 쏜다고? 경고를 하거나, 키 작은 관목에서 마구 총을 쏘아 대는 걸 가지고 난리를 치는 일도 없이, 주일처럼 차려입고 나무 사이를 돌아다니는 그를 그냥 놔두었을 것이다. 그는 킹 매클레인이었으니까. 지금 저기 나뭇잎 뒤에서 신나게 웃는 그의 웃음소리가 들렸다.

주니어가 위를 올려다보며 말했다. "뭐, 우리야 오래된 탄환을 쓰러 나온 거니까." 그의 윗입술이 올라갔다. 솔방울을 또 맞혀 볼 생각이었다. 탕 하고 쏘았다.

"내 말 들었어?" 목소리가 말했다.

"내 생각엔 정말 매클레인 같은데, 주니어." 주니어처럼 머리가 안 돌아가는 척을 하며 매티 월이 속삭였다. 모자에 달린 수술 사이를 뚫고 뺨으로 내리꽂히는 햇빛에 그녀가 눈을 가늘게 떴다. 그러고는 남편 앞으로 비집고 나갔다.

"우리가 토요일에 오래된 탄환을 쓰러 나오잖아." 주니어가 말했다. "오늘은 토요일이고 말이지." 그러면서 그녀를 뒤로 끌어당겼다.

"이쪽에서 혹시 새 본 적 있나요?" 흐릿한 흰색 그림자가 예의 바르게 묻고는 다른 나무 뒤쪽으로 사라졌다. "그럼 내 사냥개는?" 보이지는 않고 휘파람 소리만 들렸는데 동쪽에서 바로 서쪽으로 이어지며 반원을 그리는 걸 똑똑히 들을 수 있었다. 킹 씨는 휘파람까지 예의 바르게 불었다. 그리고 친숙하기도 했다. 게다가 휘파람 소리가 똑같은 사람이 어디 있단 말인가? 매티 월은 자신이 분명 그 목소리를 들었고, 생각한 이상으로 가까이서 그를 본 적이 있다고 믿었다. 그 악당이 얼마나 휘파람을 멋들어지게 부는지 **말해 준** 사람은 아무도 없었지만, 그녀에겐 전혀 놀랍지 않았다.

홀리필드네 개 윌버가 꼬리를 마구 흔들며 둑을 단번에 뛰어넘었다. 물론 윌버는 내내 짖고 있었고, 이발소 앞에 늘어져 있는—눈앞에서 보는 것처럼 또렷했다—읍내의 몇몇 개가 그에 화답해서 가끔 짖어 주고 있었다.

"새 봤느냐고요? 뻐꾸기 한 마리밖에 못 봤는데." 이제 주니어가 대답했는데, 아기 같은 입의 입꼬리가 울 것처럼 처져 있었다. 그건 곧 그가 익살을 떨고 있다는 뜻이었고, 그래서 자두 관목 뒤에 멀찍이 있던 블랙스톤이 한 발로 깡충거리며 주니어 쪽으로 왔지만 주니어는 이렇게 말했다. "가만있어, 블랙스톤. 아직 네가 나서라는 얘기는 아니었어."

"그럴 리가요. 이 근방을 지나면서 저녁거리를 할 만한 통통하고 부드러운 새를 쏘아 잡지 못한 적이 없는데." 목소리가 말했다. 지금은 멀리서 들렸다. 매클레인 씨가 반대 방향으로 몸을 돌려 언덕 꼭대기에서 아래 풍경을 내려다보는 게 분명했다. 거기서는 모개나 전체가 보였고, 자기 집이 어디 있는지도 찾을 수 있을 것이었다.

"제 이름은 홀리필드입니다. 토요일이라 그냥 오래된 탄약을 쓰고 있던 중이었어요. 흑인 애랑 같이. 그러니까 너무 가까이만 오지 않으시면 댁을 쏠 일은 없을 거예요." **주니어**가 말했다.

그 말이 약간 메아리로 울렸다. 매클레인 씨와 주니어, 두 사람 다 그때 하필이면 고무나무 뒤에 있었다. 주니어가 나무 뒤에 있다니!

그리고 그녀는 그 중간에 있었다. 매티 윌은 웃음이 터져 나오는 입에 손을 갖다 댔다. 잡목 사이에 있던 블랙스톤이 나뭇가지를 조각 조각 내어 공중에 내던졌다. "댁이 그쪽에서 뭘 하든 우린 상관 안 할 겁니다." 주니어가 떨어져 내리는 나무 부스러기를 근엄하게 바라보며 말했다.

"좋습니다."

"사실은—" 주니어는 늘 이런 식으로 말을 이었다. 그로선 애석하게도, 식탁에서 밥을 먹을 때 그렇듯이. "매클레인 씨 당신이 새를 쫓고 있다고는 믿기 힘듭니다. 매클레인 씨가 맞는다면 말이죠. 여기 새가 있다면 그게 무슨 새가 되었건 그걸 쫓을 사람은 **우리**이고, 당신은 남의 땅에 무단 침입한 겁니다."

"무단 침입이라." 목소리가 곧바로 대꾸했다. "그럼, 그 때문에 날 쏘진 말아요."

"오호호, 주니어 씨! 그거 알아요? **저자**가 **우리**를 쏠 거예요! 우리를 쏠 거라고요!" 그 끝을 미리 알아내어 너무나 기쁨에 들뜬 나머지 블랙스톤이 트인 곳으로 튀어나와 박자에 맞춰 바지를 두드리며 새처럼 노래를 불렀다.

"입 다물어. 안 그러면 저 사람이 아니라도 내가 널 쏘아 버릴 테니." 주니어가 말했다. "이것 봐요, 총은 어디다 둔 거죠? 또 잃어버린 건가요?"

매클레인 씨는 종잡을 수 없이 돌아다녔고, 때로는 아주 빼빼한 야생 체리나무 뒤에서도 그 안으로 녹아들어 가기라도 한 듯 완전히 모습을 감추기도 했다.

딩!

"피리새 한 마리를 또!" 매티 윌이 한숨을 쉬었다.

"사냥하는 사람으로서 우리 양쪽이 서로 알아서 제 볼일을 봐야 하지 않겠어?" 느닷없이 커다란 소리로 매클레인 씨가 물었다. 계곡 맨 위쪽에서 무릎에 한 손을 얹고 내다보는 그의 모습이 부분적으로 보였다. "이봐요, 여긴 이 숲에서 내가 늘 가장 좋아하던 장소라고요. 댁은 다른 데 가서 사냥을 하는 게 어때?"

"저것 좀 보라지?"

매클레인이 그런 비난에도 사람 좋게 웃었다.

"당신 생각과는 다른 게 또 있어요." 주니어가 아주 홀리필드답게 말했다. "백인이고 흑인이고 날 따라다니는 여자는 없으니 괜히 애먼 생각 하지 말라고요."

갑자기 윌버가 그들이 미처 알아차리기 전에 다리를 벌리고 매클레인 씨가 있는 둑 바로 앞까지 걸어가 그에게 꼬리를 치기 시작했으므로 그들이 가서 잡아 와야 했다. 윌버라는 이름은 매티 윌과 주니어의 결혼을 신문에 실어 주었던 모리슨 씨의 이름을 따서 지은 것이었다.

매클레인이 뒤로 물러났고 주니어는 망치질을 하듯 윌버를 토닥거렸다.

"주니어." 매티 윌이 손을 둥글게 말아 입에 대고 나지막이 그를 불렀다. "저 남자가 정말로 겁을 먹고 도망간 것 같네. 그런데 누구였담?"

"세상에, 모습을 보여요, 아가씨. 소리만 들리지 볼 수가 없군요." 매클레인 씨가 곧바로 상체를 드러내며 소리쳤다.

그래서 가련한 주니어는 적어도 하나는 제대로 한 것이었다. 매클레인 씨는 내내 그걸 기대하고 있었고. 남편들이 날씨 좋은 날 22구경 총을 들고 밖으로 나올 때면 젊은 부인들은 집에 박혀 있는 게 아니라 대개 남편들을 따라 나온다는 것을 말이다.

"이리 나와서 내게 불가사의한 점을 설명해 주지 않겠어요?"

하지만 불가사의하다는 그 말은 지금 막 지어낸 것으로 들렸다.

무릎을 꿇고 웅크리고 있던 매티 윌이 고개를 숙였다. 나뭇잎에 앉아 있던 왕풍뎅이 한 마리, 때늦은 왕풍뎅이 한 마리를 떼어 냈다. 속으로 이런 생각을 하고 있었다. 저 사람은 수년 동안 여기서 돌아다닌 게 분명한데, 사람들 말이 다른 사람들처럼 모개나에 붙어살아야 한다는 생각은 절대 하지 않고 그저 이따금 매클레인 부인을 찾아오곤 했다지. 그냥 가진 돈으로 하염없이 시골 여기저기 돌아다니거나 북쪽이든 어디든 가서 살고. 아무 때나 나타났다가 자고 나면 또 사라지고. 오늘 저 사람이 이렇게 가까이 오리라고 누가 상상이나 했겠어?

"모습을 보여 봐요, 아가씨. 아가씨도 홀리필드 사람인가? 그건 아닌 것 같은데. 이리 나와 봐요. 물어볼 게 있으니." 하지만 그렇게 꼬드기는 중에도 바람에 흔들리는 등불처럼 환한 모습으로 이 나무 저 나무에서 불쑥불쑥 나타났다.

"나가기만 해 봐, 매티 윌. 바로 머리를 후려쳐 버릴 테니." 주니어가 말했다. "자기가 누군지 저자가 제 입으로 말하는 거 들었지. 저자가 어떤 놈인지 평생 들어 왔을 거고. 아니면 넌 여자도 아니야." 주니어가 22구경 엽총을 바짝 당겨 쥐고 겨누더니 곧장 말투가 달라져 약간 높게 억양도 없이 말했다. "고릿적부터 매클레인네가 그랬듯이 나무 뒤에서 총을 쏘아 원하는 건 다 가지는 그런 자야. 어른이 되자 자기 땅에 몰래 들어오는 사람들을 기분 내키는 대로 쏴 죽이기도 했고. 그 아버지가 그랬든지. 여기 정착을 하자마자부터 죽이기 시작했다고. 여기저기 싸지른 애가 몇이나 되는지 알 수도 없지. 지금 거기서 더 가까이 오게 두기만 해 봐."

매티 윌은 왕풍뎅이를 팔에 올려 오르내리게 두고는, 어렸을 때 부모가 모두 전염병에 걸려 병원에 들어가는 바람에 집에 아무도 없이 혼자 있을 때 모개나에서 온 매클레인 부인—그땐 그저 얼굴만 알고 있었던—이 농장에 와서 자기들을 보살펴 주고 밥을 해 줬던 일을 떠올렸다. 비스킷이 아니라 식빵 토스트를 만들어 줬고, 당밀은 전혀 쓰지 않았다. 진흙탕도 전혀 꺼리지 않았다. 예쁘장한 장로교 알비노 부인인 그녀는 늘 교회에 나갔다. 그녀 편에서의 잘못이 전혀 아니었다. 매클레인 부인은 작은 아이스크림 스푼에 아이스크림이 가득 담긴 모양의 진주 송이 핀으로 레이스 옷깃을 단단히 고정하고는 남편이나 아들 없이 혼자 교회에 나왔다. 복도를 걸어갈 때면 사람들을 의식해서 고개를 꼿꼿이 들었고, 사람들에겐 매클레인 부인이 천 마일이나 멀리 떨어져 있는 느낌이었다. 그러니 그들이 함께 교회에서 찬송가를 부를 때면 이런 노래를 부르는 것과도 같았다.

천 마일이나 떨어져,
천 마일이나 떨어져.

그러면 교회는 더 성스러워졌다.

"저자가 무슨 꿍꿍이속인지 알 수 있을 만큼만 강둑 위로 조금만 가 볼게, 주니어." 매티 윌이 그렇게 말하며 일어섰다.

주니어는 고집스러운 표정으로 그녀를 쳐다보기만 했다.

그녀가 그를 슬쩍 꼬집었다. "뭐 물어볼 게 있다는 말 못 들었어? 그렇게 촌스럽게 굴지 마. 물어본다니까 대답을 해 줘야지. 그리고 무단 침입이야 우리가 다 그런 거 아냐? 이 숲 전체가 누구네 땅인지 잘 알잖아. 스타크 노부인네 땅이지. 지금 당장 우리를 마을에서 쫓아 버리고 싶을걸." 그녀가 시선은 그대로 둔 채 위쪽 표지판을 손가락으로 가리켰다.

공고문
코뚜레를 했건 안 했건 돼지 출입 금지
사냥 금지
당신 얘기야.
스타크

그가 표지판을 쳐다보는 중에, 그리고 매클레인 씨 역시 그걸 보는 중에 매티 월은 강둑을 올라갔다.

"보여?" 주니어가 다시 외쳤다. "저기 매티 월이 간다. 다행히 나한테도 총이 있어, 매클레인 씨. 당신 아주 똑똑하군요. 그렇게 가까이에서 튀어나올 줄은 정말 몰랐어, 매클레인 씨. 눌러앉으려고 온 건가요? 자, 블랙스톤, 저자가 매티 월을 붙잡을 셈으로 조금이라도 움직이면 같이 바로 쏘아 버리자고. 그래서 우리가 어떻게 되건, 우리 총에 누가 맞건, 전기의자에 앉게 되건, 전혀 상관없어."

매클레인 씨가 떡갈나무 뒤에서 고개를 빼고 보더니 뼈를 던지던 식으로 산탄총을 한 번 갈겼다. 매티 월도 주니어가 사람들이 보는 네서 어떤 행동을 했는지 보여 줄 셈으로 혀를 비쭉 내밀었다.

블랙스톤이 자두나무 덤불에서 울부짖었다. "이제 우리가 본때를 보일 차례이고, 내 낡은 총도 찾긴 했는데 있는 총알을 거북이 나부랭이에 다 써 버렸잖아요! 봐, 보라고요."

매티 윌이 매클레인 씨를 올려다보았고 그는 환하게 웃어 보였다. 그가 다시 산탄총을 갈겼고, 이번 것은 강둑의 나무뿌리에 매달린 그녀를 넘어 주니어 머리 바로 위에서 터졌다.

그의 모자에 산탄이 쏟아져 작은 구멍들이 숭숭 뚫리며 얼굴이 벌게지듯 망신스러운 꼴이 되었다. 주니어가 자기 총을 집어 던졌다.

주니어가 붉고 커다란 손을 셔츠 위에 좍 펼쳐 올리고는(그는 자기 것 아닌 다른 사람의 총이 발사되기만 하면 늘 자기 가슴에 총을 맞았다고 생각했다), 공중으로 펄쩍 뛰어오르며 비명을 질렀다. 그러더니─홀리필드 씨가 사다리에서 떨어질 때처럼 어느 방향으로 쓰러질지 결심을 한 것처럼 보였다. 그 누구도, 홀리필드 씨조차 그 방식에 대해 그처럼 단호할 수는 없었다. 발을 구르며 뒤쪽으로 쓰러졌다. 거기 쓰러진 나무가 있었는데, 아무짝에도 쓸모없는 어떤 인간이 최근에 재미 삼아 베어 버린 커다란 목련나무였다. 주니어는 초록 이끼가 아닌 그 위로 쓰러지기로 결심을 했던 것이다. 머리와 상체를 한쪽으로, 다리를 다른 쪽으로 몸을 걸쳐서. 그렇게 그들의 눈앞에서 허리가 걸린 채 축 늘어졌다. 그렇게 완전히 정신을 잃었다. 숙인 몸의 방향만 반대일 뿐이지 교회에 앉아 잠이 들었을 때처럼 완전히 깜깜해졌다.

매클레인 씨가 계곡 맨 위쪽에서 모습을 나타냈다. 누르스름한 파나마모자를 쓰고 소매에 빨래판처럼 주름이 잔뜩 진 흰색 리넨 양복을 입고 있었다. 초자연적인 6월 자체처럼 보였다. 사뿐거리는 발걸

음으로, 개머리판을 페리윙클꽃 위로 무심하게 끌며 다가왔는데, 꽃
들은 개머리판에 잠깐 엉겼다가는 풀어졌다.

그는 큰 걸음으로 서너 걸음을 경중경중 뛰어 강둑을 내려와 우선
주니어에게 갔다.

몸을 숙이고 귀를 대 보았다. 멜론이 잘 익었나 보듯이 주먹으로
퍽 치더니 그대로 내버려 두었다. 얼굴에 핏기가 하나도 없었다. 몸
에 대고 성냥을 긋듯이 주니어의 갈색 바지 위에서 아래로 손가락을
쓱 움직이고는 물러났다. 햇빛 아래 거위 등처럼 새하얀 리넨 정장을
입은 매클레인 씨의 어깨가 으쓱 움직이며 공터에서 반짝했다.

등 뒤에서 보니 그렇게 커 보이지 않았고, 예를 들면 갓 일을 시작
한 전도사가 사람들 사이로 들어올 때처럼 그렇게까지 화려하고 멋
지지도 않았다. 그가 몸을 돌리고 모자를 휙 벗자, 숱 많고 곧은 담갈
색 머리가 드러났다. 그가 미소를 지었다. 넓적한 누런 치아가 보이
는 잔주름 잡힌 얼굴은 어린 남자아이 얼굴 같았다.

매티 윌이 둑 아래로 미끄러져 내려갔다. 매클레인 씨가 고개를 외
로 꼬고 서 있는 중에 바람이 일어나 둑 꼭대기를 가로질러 지나가면
서 주변의 초록 금색 이파리들을 온통 쑤석거렸고 그와 더불어 약간
의 낙엽 타는 냄새와 탄약 냄새, 목련나무 수액 냄새도 풍겼다. 그가
덩굴 속에 총을 눕혀 놓았다. 이제 매티 윌은 다가오는 그를 보았다.
"넌 뒤로 돌아서 자두나 주워!" 그녀가 손을 맞잡고 소리쳤고, 블랙
스톤은 적절한 때에 등을 돌렸다.

가까워진 매클레인을 보고 그녀는 깜짝 놀랐다. 너무나 기품이 있
었던 것이다. 그 순간 머리채를 휙 잡혔고 눈에 보이지 않는 곤봉으
로 후려 맞기라도 한 듯 땅으로 쓰러졌다. 곧장 께느른한 두려움으로

눈을 들어 바라보니, 선명하게 반짝이는, 나무의 꽃처럼 자신의 삶과는 동떨어진 흔들림 없는 눈이 위쪽으로 나타났다.

그가 능욕하는 몸으로, 또한 능욕하는 감각으로 그녀를 덮쳤다. 전혀 유쾌한 일은 아니었다! 그녀는 그의 행위를 통해 그가 아는 것을 받아들여야 했다. 어쩌면 그가 워낙 장엄했기 때문에 그것은 그에게 가시 같은 것이었는지도 몰랐다. 다른 대화 방식에 따르듯, 그녀는 이제 그의 무게를 감당할 수 있었다. 태평스럽고 우월하고 제정신이 아닌, 미소를 머금은 그의 존재를. 그리고 자신에게 무슨 일이 일어나든, 절대 매클레인 씨를 실망시켜서는 안 된다는 것을, 그러면 못 참고 다시 가 버릴 것임을 기억해야 했다.

이제 그가 그녀를 자기 어깨로 끌어당겨 안았고 그녀의 혀에서 마지막으로 단내가 느껴졌다. 팔이 다시 이끼 위로 툭 떨어졌고, 그녀는 이제 다른 사람들과 마찬가지로 매클레인 비운이나 매클레인 약점이었지, 주니어 홀리필드 부인도 매티 윌 서저너도 아니었다. 지금까지 늘 들어 왔던 그런 존재가 된 것이다. 그녀는 꼼짝도 하지 않았다.

그가 그녀를 땅에 내려놓고 멀어졌을 때, 말이 들리지 않을 정도로 멀리 숲으로 들어갔을 때, 그리고 새소리와 숲의 소리, 장작 패는 소리 등이 또렷하게 고동칠 때, 그녀는 말짱한 정신으로 팔꿈치 한쪽을 세우고 누워 있었다. 황금빛 연기 같은 빛 사이로 산비둘기 깃털 하나가 팔랑거리며 내려왔다. 손을 잽싸게 뻗어 붙잡아 턱을 쓸었다. 언제나 뭐든 잡는 걸 마다한 적이 없었다. 더 떨어져 내리는 건 없었다.

그녀가 몸을 움직였다. 그녀는 그 집안에서 가만히 못 있는 사람이었으니까. 벌떡 일어났다. 게다가 양동이에 자두가 떨어지는 소리가 들렸는데, 이때쯤엔 완전히 불만에 가득 찬 소리였다. 그녀가 블랙스톤 쪽을 돌아봤다. 자두를 따고 있었는데, 도마뱀 한 마리가 있어서 놀기도 했고, 처음 신나서 집어 던진 모자는 여전히 나무에 걸려 있었다. 홀리필드네 개는 블랙스톤 바지의 엉덩이 부분을 핥다가 줄레줄레 주니어 쪽으로 가서 돌멩이 같은 손을 핥다가 어깨 너머로 뒤를 돌아보았는데, 그 표정이 아무도 자기 노래를 제대로 듣지 않는 여자 솔로 가수 표정이었다. 그 개는 그렇게 오랫동안 주니어와 블랙스톤 사이를 수도 없이 왔다 갔다 했을 텐데, 지금 그녀는 개의 이름을 떠올릴 수가 없었다. 주니어가 도대체 깨어나지 않는 것처럼 도대체 생각이 나지 않았다.

사람이건 개이건, 그 누구도 깨워서 정신을 차리게 하지 않을 것이었다. 주니어는 여전히 정신을 잃은 채 나무에 걸쳐져 있었는데, 나무는 둘레가 워낙 두꺼워 상하체가 뻣뻣하게 뻗어 있었다. 리틀청키강 위의 다리처럼 허리를 중심으로 곡선을 이루며 구부러져 있었다. 바보들이 아무 생각 없이 올라설 수도 있을 것이었다. 그가 사고 싶어 했던 어린 노새도 그 위로 지나갈 수 있을 것 같았다. 낡은 갈색 바지 자락이 다리 중간까지 올라가 있고, 얇은 허리에는 누구든 그임을 알 수 있는, 백년이 지나도 알아볼 벨트가 반짝였다. 주니어의 J. 찌르는 듯한 고통을 느끼며 그녀가 한 걸음을 떼었다. 죽도록 겁이 났을 수도 있었다. 아, 아니, 잠든 얼굴은 그렇진 않았다. 여전히 '어쩌다가?' 하는 표정이나 앉아 있는 새의 꼬리처럼 미동도 않는, 이마의 그늘에 가린 얼룩덜룩한 눈썹을 봐도 말이다.

"교회 종소리라도 들려야 깰 텐데!" 매티가 윌버에게 말했다. "내일이 일요일 아닌가? 블랙스톤, 넌 올라가서 네 모자를 가져와야지."

숲에서 소리가 늘렸다. 마른 개울에 다시 물이 흐르는 소리나 모르는 남자가 외치는 소리, 둘 중의 하나라는 생각이 들었지만 그녀는 잠에 빠져 코를 고는 매클레인 씨에게 다시 다가갔다. 어둑한 데서 환히 빛나는 모자를 베개 삼아 나무에 등을 기대고 앉은 채 자고 있었는데, 코를 고느라 벌어진 입이 주위에서 녹색으로 변해 가는 세상을 향해 완벽한 하트 모양을 이루고 있었다.

발을 굴러 보았지만 아무 반응이 없자, 그녀는 가만히 다가갔고, 네발로 기는 자세를 하고는 그를 뜯어보았다. 머리카락이 자꾸 눈가로 내려와 입으로 계속 불어 올려야 했다. 고개를 앞뒤로 움직였는데 '아니야'라는 뜻으로 보였다. 당연히 이 세상의 그 무엇도 부정하지는 않겠지만, 지금은 맘 내키는 대로 보면서 연구할 시간은 있었다.

지탱을 하느라 엄마들이 하듯이 고개와 팔을 흔들흔들하며, 그녀는 잠에 빠져 요란하게 코를 고는 얼굴과 읍내의 작은 포치 기둥처럼 생긴 목을 들여다보고, 이쪽저쪽 손도 보고, 구부린 다리와 쭉 편 다리도 보았는데, 지금 자기 남편보다 더 기운이 넘쳐 보이지도 않았고, 말리려고 방앗간 옆 구덩이에 던져 놓은 사탕수숫대처럼 아무짝에도 쓸모가 없어 보였다. 사실 그랬고, 그렇게 될 것이었다. 그는 봄날의 개구리들이 몽땅 몸속에 있는 양 요란스럽게 코를 골았다. 하지만 그에겐 익숙한 소리일 것이었다. 혹은 자기 두 손으로 던졌다 받았다 하면서 절대 떨어뜨리는 일은 없는, 실바람 속의 작은 공이나 작은 종과 마찬가지이든지.

외투 앞섶이 풀려 늘어져 있었는데, 주머니에서 갑자기 편지 하나가 툭 떨어졌다. 백옥같이 하얀 편지가.

매티 윌이 팔을 땅에 대고 몸을 낮췄다. 엉덩이는 여전히 공중으로 들린 채여서 하늘이 작은 깃털로 살살 건드리는 느낌이 들었다. 그렇게 몸을 낮추고 세상이 돌아가는 소리를 들었다.

하지만 곧 매클레인 씨가 번쩍 눈을 뜨고는 과장되게 다리를 움직이며 펄쩍 뛰어 일어났다. 너무 놀라 질린 표정이었다. 내가 자는 걸 보고 있었다고? 그것도 매티 윌이? 그녀가 그에게서 뺏어 갈 것도, 뺏어 갈 수 있는 것도 없다는 걸 그는 알지 못했다. 킹 매클레인이?

밤 시간에,
딱 어울리는 시간에,
그래서 난 이해했지,
숲에서 춤을 추는 게
토끼님의 습관이란 걸—

매티 윌의 머릿속에 떠오른 건 그것뿐이었다.

"여기서 뭘 하는 거야?" 매클레인 씨가 눈처럼 흰 팔을 위아래로 마구 흔들었다. "저리 가! 가 버리라고! 저 멀리 가 버려!"

그녀가 일어나 서둘러 그 자리를 떴다.

그녀는 산사나무 관목과 체리나무 사이를 뚫고 나아갔다. 저 높이 나뭇가지가 시소처럼 흔들리는 걸 보니 저 앞쪽에서 다람쥐 쫓기가 벌어지는 모양이었다. 예전엔 모건네 숲이라고 불렀지. 통통한 새들이 높은 가지에 앉아 흔들리고 있었다. 땅바닥에서 작은 메추라기가 뛰어다녔다. 오래된 삼나무 길을 따라 올라와 아치를 이룬 나무 아래서면 매티 윌은 저 멀리 거대한 서쪽 부분을 내다볼 수 있었다. 윤곽 전체가 다 보여서, 작은 언덕들 아래로 멀리 뻗은 땅이며 빅블랙강이 보였고, 매클레인네 별장도 또렷하게 보이고, 스타크네 평야와 밭, 농장도 거의 보이고, 나무 위로 집이란 집은 다 보여서 하얀 뾰족지붕이 둥둥 떠 있는 매클레인네 집과 심지어 한번은 살인 사건이 있었던 블랙스톤 할머니의 오두막도 보였다. 그렇게 토요일 먼지에 덮인 거대한 해바라기처럼 모개나가 햇빛을 받으며 펼쳐져 있었다.

하지만 주니어를 부르러 이리저리 움직이며 나무와 덩굴을 헤치고 뛰어 내려가는 중에 그녀의 마음속에 어느샌가 그 어쭙잖은 매클레인네 쌍둥이 생각이 찾아들었다. 얼마나 부드러우면서 또 안절부절못하던지! 그날, 휘둥그레 떴다가 껌벅거렸다가 하던 반짝이는 갈색 눈과 툭 튀어나온 목울대─어린 사슴이나 그보다 훨씬 이국적인 어떤 동물 같았지…… 캥거루라든지…… 처음으로 매티는 그들이 불가사의하면서도 사랑스럽다는 생각을 했다. 지금 어딘지 모를 곳에서 신나게 뛰어다니는 그들이.

달 호수

Moon Lake

1

순교자 같은 그의 존재는 처음부터 다른 사람들에게도 영향을 미쳤다. 경멸적으로 나팔 안에 침을 뱉어 대는 소리를 들으며 그것이 불안할 정도로 익숙했다. 때로는 도대체 무슨 곡을 연주하는 건지 알 수도 없었다. 보이스카우트이자 인명 구조원인 로크 모리슨은 달 호수의 캠프에서 여자아이들과 일주일 동안 지내는 시련을 겪고 있었다.

여자아이들 반은 카운티의 고아들로, 빌리 선데이*가 마을을 방문

* 야구 선수였다가 복음 전도사가 되어 20세기 초반에 미국 전역에서 유명해진 인물.

한 후 네스빗 씨와 남성 성경 공부 모임이 떠넘긴 애들이었다. 하지만 고아이건 모개나의 처녀들이건 로크에게는 똑같았다. 어쩌면 두 명의 주 의원까지 포함해서. 그 일주일의 하루하루가 지긋지긋했다. 거의 입을 열지 않았고, 먼저 말을 꺼내는 법은 전혀 없었다. 때로는 나뭇가지를 타고 다녔다. 특히 니나 카마이클은 낮잠 시간에 뻣뻣하게 누워 있다 보면 이파리 사이 어디선가 그가 요란하게 옮겨 다니는 소리를 듣곤 했다.

잠깐 몸을 담그러, 혹은 오후 5시 수영 시간에 호수에 가 있을 때도 그는 벽에 몸무게를 지탱한 채 가게 문이 열리기를 기다리는 노인네들과 마찬가지로 대단한 인내심을 보이며, 팔짱을 끼고 다리 한쪽은 뒤로 끌어 올려 그 발뒤꿈치에 엉덩이를 대고는 나무에 기대서 있었다. 여자아이들이 나오기를 기다리며 그는 물결이 일지 않는 호수 저편을 바라보았다. 그는 그들의 곤경, 그러니까 대부분이 수영을 하지 못하는 걸 경멸했다. 이따금 조준을 하고는 그들은 절대 가지 못하는 저 멀리 뭔가를 향해 오른쪽 뺨에서 상상의 총을 발사하기도 했다. 그러고는 다시 앞의 자세로 돌아갔다. 이 지경에 처한 건 엄마 때문이었다.

그는 여자아이들에겐 너무 뜨거운 시간에만 달 호수를 이용했다. 재향군인회가 다이빙대로 사용하는, 커다란 떡갈나무에 못으로 박아 놓은 높은 가로대에서 다이빙을 했다. 엔진처럼 몸을 흔들고 휘저으며 내려가 첨벙 물속으로 들어간 뒤 기어 나와 침을 뱉고 다시 올라가 뛰어내렸다. 긴 수영복을 입었는데, 월요일에서 화요일로, 화요일에서 수요일로, 그렇게 계속되는 동안 점점 늘어나 진동 둘레가 한없이 입을 벌렸고, 무대에 서듯 구름을 배경으로 빼빼한 몸을 세우고 서 있을 때는 격식을 차린 검은색 민스트럴 쇼* 복장처럼 보였다.

그는 와서 자기 몫을 챙긴 뒤 등을 돌리고 개처럼 혼자 먹었고, 요리사처럼 따로 떨어져 텐트에서 혼자 지냈으며 여자아이들이 없을 때만 골라 호수에서 다이빙을 했다. 그런 식으로만 그나마 견딜 수 있을 것 같았다. 그의 삶은 그런 식이 될 것이었다. 이른 저녁, 달빛 아래 노래 부르는 시간에 보이스카우트이자 인명 구조원은 저 멀리 떨어져 있었다. 그들이 〈작은 배들이 다 고향으로 돌아올 때〉를 부를 때면 그는 멀찍이서 배회했다. 그가 대충 어디 있는지 그들은 알 수 있었다. 눈에 띄지 않는 곳에서 소등나팔을 불었는데 어찌나 아름답던지 때로 밤에 텐트에 있는 이들이 다 함께 울기도 했다. 쏙독새와 부엉이와 자그마한 메추라기들과 함께 사라져 저 아래 경사진 곳에 텐트를 치고는 거기서 잠을 잤다. 그러고는 기상나팔 시간이 되면 또 얼마나 침을 튀기며 나팔을 부는지.

기상나팔은 그의 몫이었다. 피라미들이 파르르 떨며 마법사처럼 물가에서 바삐 움직일 때면 숲에 대고 한없이 나팔을 불었다. 그리고 그때 잔뜩 이슬에 젖어 서로에게 어깨를 기댄 채 축축하고 커다란 꽃처럼 향기를 풍기는 숲은 얼마나 달라 보이고 사랑스러운 모습인지. 나팔을 불어 숲과 여자아이들의 존재를 깨웠고, 그러고는 미역 감는 걸 바라보았다.

"좋은 아침, 미역, 미역, 미역 씨. 당신의 물은 얼음처럼 차갑군요!" 그룬월드 선생님이 쉰 목소리로 노래했다. 무디 선생님이 자기는 못 하겠다고, 그냥 못 하겠다고 했기 때문에 그녀가 아이들을 데리고 나

---

* 남북전쟁 이후 유행했던 쇼로 백인이 흑인 분장을 하고 나와 춤, 노래, 촌극 등을 공연했다.

온 거였다.

고아들은 대개 뒤쪽에 몰려 있었고, 허드레옷이지만 빳빳이 다려 바짝 세워진 어깨선에 내내 다리를 꼿꼿이 하고 등을 뒤로 기울인 자세로 서서 앞을 뚫어지게 보았다. 수영복이라고는 없었으므로 속옷을 입고 들어갔다. 심지어 물에 들어가서도 그들은 등을 뒤로 기울인 자세로 서 있었고, 다들 앞쪽의 밧줄 위로 주먹을 쥔 채로, 그들 누구도 절대 넘지 못할 높은 산꼭대기라도 되는 양 평평한 수면 위를 바라다보았다. 심지어 이런 시간에도 뭔가 당장 해야 할 소소한 임무—절대 공표되지 않는 소소한 임무—를 기다리고 있는 듯했다.

그룬월드 선생님은 북쪽 출신이었으므로 '먹'이라고 발음했다. "좋은 아침, 먹, 먹, 먹 씨. 당신의 물은 얼음처럼 차갑군요!" 육중한 몸으로 뛰며, 노래를 부르는 아이들을 줄—맨 끝은 흐지부지한—을 세워 호숫가로 이끌고 가며 그룬월드 선생님이 그렇게 노래했다. 목욕 가운을 입어 더 펑퍼짐한 그녀는 아이들의 기운을 북돋울 셈으로 약간 몸을 흔들며 춤을 추기도 했다. 줄의 맨 끝에서 보면 한 모서리가 흔들리는 과자 상자처럼 보였다.

니나 카마이클은 생각했다. 미역 씨라는 사람, 그런 건 없어. 커피를 마시고 물 온도가 막 식은 비스킷처럼 되기 전에는 좋은 아침일 수가 없어. 줄 한가운데에서 열이 올라 재게 발을 놀리며 니나가 생각했다. 이렇게 줄지어 행진하는 게 정말 싫어. 숲을 다 망가뜨린다고. "야, 당신은 정말 상냥하네요." 그들이 미역 씨에게 노래했고, 그 동안 보이스카우트는 호숫가에서 기다리며 그들이 물속으로 들어가는 걸 지켜보았다.

"모기 조심해." 경고를 해 봐야 별 소용이 없었으므로 그들이 노래

를 부르듯 서로에게 말했다. 헐렁한 가운을 벗어 커다란 꽃에서 떨어
져 나온 꽃잎처럼 비탈 위에 늘어놓고 몸을 드러내자니 온몸 수백 군
데에서 작은 통증이 일어났다. 고아들은 드레스를 머리 위로 홀러덩
벗고 속옷 차림으로 섰다. 그중 한 명이 하는 걸 따라 다들 분주하게
삼나무 가지 하나에 옷을 산더미처럼 거는 모습이, 머리 꼭대기에 밝
은색 깃털이 달린 사나운 작은 새들이 떼를 지어 둥지를 짓는 것만
같았다. 이스터라는 이름의 고아 한 명이 우두머리처럼 보였다. 뒤집
어진 채로 옷을 친구에게 건네니, 그 친구가 다시 뒤집어 대신 걸고
는, 손가락을 깍지 낀 채 꼼짝도 않고 서서 기다렸다.

"뱀이 놀라게 고아들을 먼저 물에 들여보내요, 그룬월드 선생님."
지니 러브 스타크가 어른들에게 말할 때 쓰는 발랄한 말투로 먼저 제
안했다. "그러면 **우리**가 들어갈 때쯤엔 뱀이 다 사라질 거예요."

그에 이스터를 중심으로 속옷 바람의 고아들이 사방으로 흩어졌
다. 앞을 막아서는 각다귀의 실 때문에 손을 허공에서 마구 휘저어야
했다. 다시 다들 이스터에게 뛰어와 한 발로 깡충거리다시피 하며 신
이 나서 서 있었다.

"그냥 다 한꺼번에 들어가는 게 좋겠어." 그룬월드 선생님이 말했
다. 지니 러브가 한탄을 하며 그룬월드 선생님을 때렸다. 밧줄을 감
아 놓은 듯 견고한 그녀의 배에서 오히려 충격이 고스란히 손으로
전해졌다. "다들 손을 잡고, 행진! 물속으로! 나무 그루터기나 사이
프러스 뿌리에 다리 걸리지 않게 조심하고! 각자 최선을 다해라! 물
장구를 쳐! 가능하면 계속 물 위에 떠 있고, 필요하면 밧줄을 붙들어
라!"

그룬월드 신생님이 갑자기 지니 러브 곁을 떠나 목욕 가운을 벗더

니 거대한 물보라를 일으키며 호수로 들어갔다. 나머지는 그녀의 양키식 충고와 함께 둑 위에 남았다.

고아들이 멈칫하지 않았다면 모개나 여자아이들은 아마 절대 물속에 들어가지 않았을 것이다. 이스터가 달 호수 바로 앞에서 뚝 멈춰서더니 정말로 호수가 달 위에 떠 있기라도 한 양 눈을 가늘게 뜨고 보았다. 정말 달 위에 있는 거 아닐까? 참 이상한 곳이지. 있을 법하지 않은. 니나가 생각했다. 그러면서도 늘 미시시피의 모개나에서 3마일 거리에 있는. 모개나 여자아이들이 고아들의 손을 잡아 물속으로 끌고 들어가거나 갑자기 뒤에서 떠밀었고, 결국 고아들은 서로를 붙잡은 채 뻣뻣하고 얇은 입술을 움직여 '좋은 아침'을 부르며 한 무리가 되어 물을 헤치며 걸었다. 수영을 할 수 있거나 해 본 적이 있는 애라고는 없었고, 그저 허리까지 차는 물속에 서서 미역 감는 일이 끝나기만을 기다렸다. 모개나 여자아이들이 물에 떠 있는 게 정말 얼마나 힘든 건지 알아보려고 물장구를 치며 이쪽 나무에서 저쪽 나무까지 가 보려 애쓸 때 그 다리를 붙잡는 아이들도 몇 있었다.

"그룬월드 선생님, 쟤들이 우리를 물에 빠뜨리려고 해요."

하지만 그사이 그룬월드 선생님은 고래처럼 수면 위아래로 오르락내리락하고 있었다. 저 멀리 호수 한가운데에서 자신이 만든 파도와, 아마 스스로 만들어 낸 추위에 싸여 있을 뿐이었다. 모개나 여자아이들이 수영을 배워 집에서 1달러를 받든 말든 신경 쓰지 않았다. 그냥 버리고 갔다. 아니, 애초부터 진정 함께한 적도 없었다. 그녀가 버린 건 고아만이 아니었던 것이다. 물속의 그녀는 대부분 옆모습이어서 툭 튀어나온 한쪽 눈알이 무슨 작은 병처럼 보였다. 사람들 말이 그녀는 진화를 믿는다고 했다.

녹음 짙은 나무 아래 불그스름한 빛 속에서 보이스카우트는 나팔을 빙글빙글 돌려—나팔이 햇빛을 받아 반짝이며 불가사의한 문양을 만들어 냈다—침을 털어 내면서 베어 물듯 하품을 했다. 캠프 첫날 이스터가 네스빗 집사의 손을 깨물었던 만큼 재빠르게 그날을 베어 물기라도 할 것처럼.

"야, 당신은 정말 상냥하네요." 그들이 숨을 헐떡이고 물속에서 다리를 휘저으며 미역 씨에게 노래했다. 잠시 발을 가만히 두면, 보이지 않는 호수 바닥의 흙이 부드러운 털처럼 무릎까지 올라왔다. 그러다 전혀 예상치 못한 곳에서 날카롭고 딱딱한 옹이가 나타났다. 당연히 모개나 여자아이들은 목욕용 슬리퍼를 신었지만 진흙에 자꾸 신발이 벗겨졌다. 이 호수에서 악어는 쫓아냈지만, 물뱀은 여기저기 헤엄쳐 다닌다고 했다. 물뱀이 물긴 하겠지만 그렇다고 죽진 않을 것이다. 그리고 흑인들에게서 도망친 살무사 한 마리가 있었다. 흑인들이 여전히 그 살무사를 못 잡아 찾아다니고 있다면, 그것에 물리면 죽을 것이다. 이렇게 아래로 쑥 빨려 들어갈 가능성과 물뱀에 물릴 가능성, 집에서 3마일 떨어진 곳에서 죽을 가능성이 있었다.

황토색 물을 가슴께에서 가르며 이스터는 또랑또랑한 정신으로 웃음기라고는 없이 앞만 똑바로 보았다. 저렇게 뚫어지게 앞만 보는 걸 보면 그 전에 뭔가 커다란 걸 삼켰을 게 분명하다고 니나는 생각했다. 뱀의 입 안이 무엇으로 싸여 있든 상관없을 만큼 엄청나게 커다란 것이겠지. 그녀가 노려보는 시선 끝에서 인명 구조원의 모습은 거의 눈에 띄지 않을 정도였다. 그녀의 시선이 작은 회초리나 지팡이처럼 움직였고, 인명 구조원은 나팔로 몸을 긁거나 문질렀다. 그러면 마음이 편해지는 듯이. 그러나 검성파리 한 마리가 앞을 휙 지나가는 바람에 이스터는 화들짝 놀랐다.

그들은 밧줄을 붙잡고 헤엄을 치면서 허기진 배를 안고 기다렸다. 하지만 로크 모리슨이 나팔을 불 때까지는 달 호수에서 나오지 못하고 계속 기다려야 했다. 아침 식사 전부터 신나게 돌아다녔던 그룬월드 선생님은 진화를 믿으며 몇백 미터는 떨어진 곳에서 머리를 물속에 집어넣고 있었다. 선생님이 무슨 말을 하더라도 그들에겐 절대 들리지 않을 것이다.

2

걸어서 발바닥이 얼얼한 니나와 지니 러브는 그들에 앞서 이스터가 아래쪽 샘물가에 있는 것을 보았다.

왜냐하면 고아들은 무슨 수를 썼는지 처음부터 자기들끼리 샘물로 가는 길을 찾아냈고, 가는 길에 멈춰 서서 발을 들고 들러붙은 가시나 털 등을 떼어 내는 일도 없었으며, 또 모래 깔린 바닥을 달려 내려갈 때 절대 길의 상태가 어떤지 살펴보지도 않았고, 소나무가 우거진 등성이를 가로지르는 바큇자국 깊게 팬 길도 맨발로 미끄러지지도 않고 잘도 오르락내리락했기 때문이었다. 확실히 반질반질한 솔잎 위를 미끄러지듯 달리는 일이나, 봄날의 무른 흙 위로 발자국을 낸 뒤 그것이 바로 눈앞에서 다시 자취를 감추는 걸 바라보는 일을 지치지도 않고 할 수 있었다. 지니 러브 스타크가 거기 왔을 즈음 봄이 이미 진흙투성이가 되었다 한들 그게 그들에게 무슨 상관이었겠는가?

이스터라는 이름의 고아는 남자아이처럼 납작하게 엎드려 팔꿈치로 몸을 지탱한 채 샘물에 얼굴을 대고 두 손으로 물을 퍼서 마셨다. 지니 러브가 니나를 쿡 찔렀고, 다들 이스터가 물 먹는 걸 쳐다보는 중에 니나는 부채를 든 마나님 같은 기분으로 가져온 물컵을 열었다가 다시 접었다. 그러면서 하나의 생각, 하나의 사실을 곱씹는 것이었다. 여기 있는 사람 중 반은 고아이다. 고아. 고아. 그녀는 가슴이 미어지기를 바랐다. 하지만 그런 일은 없었다. 적어도 때맞춰 일어나진 않았다. 이스터가 물을 다 마시고는, 손으로 입을 닦은 뒤 물기를 말리려고 거의 뼈가 부러질 만큼 사납게 손을 털었다. 이제 니나가 컵으로 물을 마실 차례였다.

니나가 선 채로 허리를 숙였다. 차분하게 컵을 샘물에 담그고는 물이 차오르는 걸 지켜보았다. 구불구불 물이 차오르며 차가운 별처럼 반짝이는 걸 다들 볼 수 있었다. 물에서 입술에 닿은 은빛의 차가운 컵 테두리 맛이 느껴졌고, 얼마나 차가운지 간혹 이가 시렸다. 니나는 자신의 목으로 물이 넘어가는 소리를 들었다. 잠시 동작을 멈추고 미소를 지으며 주위를 둘러보았다. 다 마신 후 넥타이로 컵을 닦고 다시 접은 뒤, 작은 뚜껑을 덮고는 고리를 손가락에 걸었다. 그와 동시에 이스터는 팔 하나를 뒤로 젖히고 초록 둑 위로 돌진하더니 그 위에 올라섰다. 니나는 이스터가 그 위에서 봄날의 풍경을 두루 살펴보는 걸 알 수 있었다. 지니 러브는 몸을 숙여 수면에 입술을 대고는 닭처럼 물을 마시고 있었다.

이스터는 단연 고아의 우두머리였다. 못돼 먹어서 그런 건 아니었다. 예를 들어 주니버라는 애는 물건을 훔쳤지만, 이스터는 그녀의 어떤 성품으로 우두머리가 되었다. 때로는 꼼짝 않고 있는 것만으로도 그랬다. 고아들은 다들 호기심이 가득하면서도 동시에 극기심이 있었다. 모든 것에 엄청난 애정을 쏟았다가는 바로 다음 순간 다시 닫아 버리는데, 잘못된 방향으로 자라는 초록 새순처럼 아주 단단히 닫아걸었다. 그런데 그게 이스터의 신호에 따른 것만 같았다. 지금 이스터라는 이름의 그 애가 봄 풍경을 바라보며 저기 서 있었다. 허접한 이름이라고 처음 대놓고 말한 건 지니 러브 스타크였다. 이스터는 중간 키였지만, 짧게 자른 뻣뻣한 머리칼이 바람에 날려 이마에서 곤두서니 거의 지니 러브 스타크만큼이나 커 보였다. 다른 고아들의 머리색은 다들 검게 탄 얼굴색보다 연했다. 곧고 거친, 옥수수수염처럼 초록빛이 도는 노란색이지만 뿌리나 안쪽으로는 검은색을 띠었는데, 남자아이나 노인의 머리칼처럼 햇빛에 완전히 바랜 앞머리는 짧게 잘랐다. 밭에서 면화를 땄기 때문이었다. 이스터의 머리칼은 순전한 금빛이었다. 머리칼 아래 뒷목에 금팔찌 때문에 팔에 생긴 자국 같은 검은 띠가 있었다. 모개나 여자아이들은 그걸 보면 의기양양한 기분이 들었다. 그 띠는 순전한 때였던 것이다. 그걸 쳐다보거나 뒤늦게 그게 무엇인지 떠올리는 걸 좋아했다. 이스터가 이미 엎드려 물을 마시고 샘물가를 떠난 지금처럼. 뒤쪽에서 따라가며 뒷모습을 쳐다보는 걸 좋아했는데, 볏처럼 솟은 금발 머리에서 거칠고 단단한 발뒤꿈치까지 정말 장관이었다. 성경 수업 담당인 네스빗 씨가 이스터의 손목을 잡아 정면으로 돌려 세우고는 그녀의 정면을 쏘아보았다. 그녀의 가슴이 막 자라기 시작한 참이었다. 그래서 이스터가 어떻게 했느냐면, 헌금을 걷는 손인 오른손을 깨물어 버렸다. 위험천만하긴 하지만, 지금까지는, 혹은 입증된 바로는 나쁜 사람은 아닌 누군가와 함께 있다는 건 신나는 일이었다. 캠프 첫날 밤에 니나가 클로버잎 크기의, 납으로 만든 우산 모양인 크래커잭* 상품을 도둑맞았을 때, 범인은 이스터의 친구인 주니버였다.

직접 만든 손수건으로 얼굴을 닦은 뒤 지니 러브는 조끼 주머니에 몰래 숨겨서 가져온 카드를 꺼냈다. 선명한 파란색 카드를 샘물 옆 모래 바닥에 내려놓았다. "카지노 게임 하자. 다들 널 이스터라고 불러?"

이스터가 둑 위에서 뛰어내리더니 그들에게 다가왔다. "카지노가 뭔데?"

"그럼, 네가 하고 싶은 게임은 뭐야?"

"그럼, 칼 던지기 놀이 하자."

"그런 놀이를 네가 어떻게 한단 말이야!" 니나가 외쳤다.

"그건 알아서 뭐 해?" 지니 러브가 가까이 원을 만들며 말했다.

이스터가 잭나이프를 홱 꺼내더니 손톱으로 칼날 세 개를 꺼냈다.

"고아원에서 그런 걸 가지고 있어도 돼?" 지니 러브가 존경스럽다는 투로 물었다.

이스터가 상처투성이의 분홍색 무릎을 땅에 대고 앉았다. 때가 낀 게 보였다. "칼 던지기 하고 싶으면 나처럼 앉아." 그녀가 한 말은 그게 전부였다. "손이랑 얼굴 조심하고."

그들은 솔잎이 깔린 모래에 옹기종기 모여 앉았다. 새까만 개미들이 바삐 돌아다녔다. 눈을 가늘게 뜨고 보니 솔잎을 타고 넘는 개미들이 오렌지색 성난 조랑말처럼 보였다. 주니버가 나무 뒤에서 서성였지만 절대 가까이 다가오지도, 놀이에 끼려고도 하지 않았다. 그냥

---

* 캐러멜 입힌 팝콘의 상표명.

개미귀신을 잡는 척만 했다. 칼이 휙 솟아오르더니 이스터가 손으로 고른 모래 바닥에 꽂혀 부르르 떨었다.

"어떻게 하는지는 모르겠지만 내가 이길걸." 지니 러브가 말했다.

위로 향한 이스터의 눈은 갈색도 녹색도 아니었고 고양이 같지도 않았다. 뭔가 금속성의 느낌, 고대의 납작한 금속의 느낌이어서 그 안을 들여다볼 수가 없었다. 니나 할아버지에겐 고대 그리스와 로마의 동전이 가득 든 상자가 있었다. 이스터의 눈은 그때의 그리스나 로마의 것이라고도 할 수 있었다. 지니 러브는 그런 생각을 하다가 그만두고 그저 이스터가 칼을 던질 때 다치지 않도록 신경을 썼다. 이스터의 눈 색깔은 어딘가 저 멀리에서 찾아볼 수 있을 것 같았다. 저 멀리 사라진 나뭇잎 아래, 색색의 옷을 입은 개미처럼 기이한. 눈 가운데에 둥그런 검은 부분 대신 고대의 여자 머리가 있을 것도 같았다.

그 놀이를 워낙 많이 한 이스터가 이겼다. 이스터는 고개를 끄덕이며 지니 러브의 머리핀을 받았고, 니나에게서 어치 깃털을 받아 자기 귀에 꽂았다.

"네가 속임수를 썼다 해도 놀랄 일은 아니지. 그리고 네가 졌다면 뭐 줄 거나 있었을까 몰라." 지니 러브가 진지하게 말했지만, 또한 감탄하는 투였는데, 그녀의 대단한 면모이기도 했다.

자신의 승리에 대해 그렇게 말이 많았지만 이스터는 전혀 개의치 않았고, 아예 듣지도 않았다. 그런 무관심에 니나는 땅바닥에 드러누워 샘물이 한없이 흘러가는 소리를 들으며, 바람이 불 때마다 나무 아래 7월의 빛이 보라색 노란색 새처럼 깜박거리는 걸 바라보았다. 이스터가 고개를 돌렸고, 머리에 꽂은 깃털이 색깔을 바꿔 가며 반짝였다. 벌 떼가 검은색 깔때기 모양으로 공중을 지나가면서, 어딘지 모를 곳에서, 다른 행성에서 온 손님처럼 깔때기 모양의 그림자를 드리웠다.

"물컵을 놓고 한 번 더 해야지." 이스터가 상체를 흔들며 말했다.

니나가 벌떡 일어나 옆으로 재주를 넘었다. 초록과 파랑이 빙빙 도는 중에 가만히 손을 대 보니 가슴이 심하게 쿵쾅거렸다.

"네가 놀이를 망쳤어." 지니 러브가 이스터에게 알려 줬다. "넌 니나를 몰라." 그녀가 카드를 챙겼다. "네 생각엔 그게 낡은 옷 가방 주머니에서 나온 게 아니라 무슨 14캐럿 금으로 만들어진 것 같지. 그 물컵 말이야."

"미안해." 니나가 진심으로 말했다.

세 사람이 호숫가를 돌아갈 때 건너편에서 날아가던 새 한 마리가 길게 울더니 나무 사이로 쏜살같이 내려갔다가 다시 길게 울며 날아올랐다.

"들었어?" 둑에 앉아 낚시를 하던 흑인 가운데 한 사람이 물었다. 엘버타의 여동생 투지였는데, 마치 지금까지 오래 대화를 나누고 있다가 아주 순한 말투로 몇 마디 거드는 것처럼 말을 했다. "알아? 왜 그런지 알아? 저 새가 왜 하늘에서 스피릿, 스피릿*이라고 울다가 갑자기 훅 떨어지며 '고스트'라고 하는지 알아?"

"왜 그러는데?" 지니 러브가 반박하듯이 물었다.

"너희가 알지, 난 모른다." 투지가 하이 톤의 기운 없는 목소리로 말하고는 눈을 감아 버렸다. 거기서 더 뭘 알아낼 성싶지 않았다. 날이

* 영혼이란 뜻의 spirit으로 새의 울음소리가 그 단어와 비슷하다는 것.

좋을 때면 안 좋은 만남이 생길 위험이 있었다. 확실히 그런 위험이 있었다. "새가 왜 그런 소리를 내는지 **나야** 모르지." 누가 비난이라도 한 것처럼 투지가 불쌍하게 말했다. 한숨을 쉬며 말을 이었다. "너흰 도대체 눈을 제대로 뜨고 있질 않네, 다들. 이 숲속에 뭐가 있는지 하나도 몰라."

"뭐가 있는데?"

"커다란 총을 든 남자가 걸어가다가 확 덮칠 거라고. 낌새도 못 차리는 새에."

"홀리필드 씨 말이야? 그분이 가지고 다니는 거 손전등이야." 니나가 동의를 구할 셈으로 지니 러브를 바라보았다. 홀리필드 씨는 거기서 잡일을 하는 사람, 아니 그보다는 그냥 '틀림없이 캠프 주변에서 찾을 수 있는 사람'이었다. 재향군인회 보트 창고 포치를 한참 두드리면 찾을 수 있었는데, 누가 업어 가도 모르게 잠이 들기 때문이었다. "누구한테든 들이댈 총이라고는 없다고."

"누구 얘긴지 알겠어. 남자 애들 얘기지. 청년쯤 된, 매클레인 쌍둥이인가 뭔가 하는. 그런 애들을 누가 신경이나 쓴대?" 지니 러브가 회초리로 투지의 머리에 들러붙은 빽빽한 머리칼에 줄을 내고 쿡쿡 찌르고 살살 헤집었다. 투지의 곱슬머리에서 낚시질을 하는 시늉을 했다. "그럼 넌 왜 겁이 안 나는데?"

"나도 겁나지."

투지의 눈꺼풀이 떨렸다. 이미 밤잠에 빠져 낚시질을 하는 모양이었다. 긴 낚싯대를 드리우고 앉은 구부정하고 헌신적인 모습을 보고 있자니 그들의 모든 열정이 다시 집으로 날아가 가만히 옹송그리고 쉬었다.

캠프로 돌아갔을 때 지니 러브가 무디 선생님에게 커다란 잭나이프 얘기를 했고 이스터는 순순히 그걸 내놨다.

"내 물컵으로 물을 마실 수 없단 뜻은 아니었어." 그녀를 기다리고 서 있던 니나가 말했다. "단지 조심해서 다뤄야 한다는 거였지. 물이 새거든. 조각이 되어 있어서."

니나가 고리를 손가락에 걸고 눈앞에서 흔들었지만 이스터는 손도 대려 하지 않았다. 아무 말도 없었다. '예쁘다'는 말조차. 생각은 하고 있었던 걸까? 그것도 아니라면 도대체 무슨 생각을 했던 걸까?

"가끔 고아들은 귀머거리처럼 굴 때가 있다니까." 지니 러브가 말했다.

3

"니나!" 낮잠 시간에 지니 러브가 텐트 건너편을 향해 속삭였다. "너 도대체 뭐 읽고 있는 거야?"

니나가 『브라이언 켄트의 개조』를 덮었다. 지니 러브는 거의 맞닿아 있는 캠프 침대 위를 무릎걸음으로 걸어 이미 거트루드와 에토일을 넘었고 이제 주니버를 넘으며 니나에게 다가가는 중이었다.

지니 러브가 넘어갈 때 주니버가 한숨을 내쉬었다. 그녀의 자는 표정이 마치 자고 싶지 않은 사람 같았다. 속옷을 입고 수영할 때처럼, 달려가는 포즈로 갈비뼈를 정신없이 오르락내리락하며 잠을 잤다. 가슴 속 작은 상자가 중간에 잠깐의 쉴 틈도 없이 열렸다 닫혔다 하는 것이다. 오후의 땀이 송골송골 맺혀 뺨이 진주처럼 반짝였고, 고양이 같은 치아는 더 반짝였다. 지니 러브가 그 몸을 다 가리며 넘어올 때도 니나의 눈에는 여전히 그 모습이 보였다. 예방주사 자국조차 그 몸엔 너무나 커 보였다.

그렇게 밟고 지나가도 아무도 깨지 않았지만, 지니 러브가 니나의 침대로 툭 떨어졌을 때 이스터가 뒤늦게 꿈꾸는 듯한 소리를 냈다. 이스터는 심지어 지니 러브가 지나간 길에 있지도 않았다. 문가 침대에서 조개처럼 몸을 잔뜩 구부리고 두 팔로 머리를 감싸고 자고 있었다. 그것은 꿈을 꾸면서 어쩔 수 없이 입 밖으로 튀어나오는 허심탄회한 내면의 소리—다시 또 나왔다—였고, 니나와 지니 러브는 손을 잡고 재미있다는 표정을 지으며 마주 보았다.

이스터의 침대 너머로 이글이글 타오르는 오후의 햇빛은 눈꺼풀 안으로까지 파고들 정도로 강렬했다. 밖엔 타는 햇빛 외엔 아무것도 없었다. 물론 흑인들은 그 속에 살았다. 엘버타가 업은 아기를 흔들 듯이 호수에 갖다 버릴 음식 쓰레기를 담은 양동이를 등에 지고 햇빛을 가르며 천천히 움직였다. 나중에 그것 때문에 된통 혼이 날 것이었다. 밀짚모자가 팽이처럼 오렌지색 보라색 고리를 이루며 빙빙 돌았다. 견딜 수 없이 뜨겁게 태양이 내리쬐는 저 길 아래, 검은 목화만 한 작은 점처럼 투지가 모든 것에서 멀찌감치 떨어져 자리를 잡은 채 졸면서 낚시질을 하고 있었다.

마지막으로 낚싯대를 메고 돌아다니는 이그점이 있었다. 엘버타 말이, 전에 맹인하고 일한 적이 있어서 10센트 동전만 줘도 춤을 춘다고 했다. 열두 살짜리치고는 똑똑했다. 너무 똑똑했다. 쓰고 있는 그 모자도 어디선가 주워 왔는데, 주인이 전혀 보이지 않았다고 했다. 크기를 맞추느라 띠 안에 약간의 땅콩 껍질을 채운, 새것 같은 모자를 쓴 그 애는 작은 검은 땅콩처럼 보였다. 머리 위에 봉긋 서서 자꾸 돌아가는 품이 그를 열심히 따라가는 것처럼 보였다. 스파이츠네 가게에서 잔돈 대신 주는 만년필 심처럼 따라오는 식으로 말이다.

이스터의 한숨과 제대로 알아들을 수 없는 계속되는 중얼거림이 차오르는 열기처럼 이제 텐트 안에 가득했다. 숲속의 산비둘기 울음 소리처럼 세 단어씩 끊어진다는 사실을 니나는 알아챘다.

니나와 지니 러브는 혼자여도 지독한 '꿈나라 모기 퇴치 오일' 냄새를 둘이서 배로 풍기며 낮잠 시간을 견뎌야 하는 몽롱함 속에서 말 없이 누워 있었다. 자신들 역시 고아들처럼 팔다리를 서로 휘감고, 눈부시게 밝은 별을 향한 긴 망원경을 들여다보듯이 이스터의 침대 너머 텐트의 열린 틈을 바라보았고, 엘버타의 모자가 빙빙 돌며 돌아오는 것과 이그점이 나뭇가지를 뛰어넘어 건너편에서 먼지를 일으키며 춤을 추는 것을 보았다. 호수에서 로크 모리슨이 물에 뛰어드는 요란한 소리와 첨벙거리는 소리가 간헐적으로 들렸고, 다시 잠을 자며 떠드는 이스터의 알아들을 수 없는 소리도 들렸다.

하지만 니나와 지니 러브가 자신들은 뭔지 모를 그것을 향해 아무리 인상을 써도 이스터는 이의를 달지 않았다. 완전히 동의했던 것이다.

수영 시간을 알리는 나팔이 울렸다. 주니버는 하도 펄쩍 뛰어 올라 침대에서 굴러떨어졌다. 니나와 지니 러브도 눌러놓은 이파리처럼 서로 얽혀 있던 몸을 풀고 벌떡 일어났다. 흔들어 깨워야 했던 이스터가 약에 취한 듯 멍하게 침대에서 일어나 앉자 니나가 그쪽으로 달려갔다.

"들어 봐. 잠 깨라고. 오늘은 네가 내 수영 신발 신어도 돼."

팔을 뻗어 바나나처럼 늘어진 빨간 신발을 이스터 눈앞에 들이대면서 니나는 이렇게 친절한 제의를 하는 자신의 눈이 반짝거릴 거라는 생각을 했다. 하지만 이스터는 다시 침대에 털썩 누워 다리를 뻗었다.

"신발 같은 건 관심 없어. 난 내키지 않으면 호수에 들어가지 않을 수 있어."

"어떻게 그래? 그런 말은 들어 본 적이 없다. 누가 널 뽑았는데? 당연히 해야지." 다들 주위에 몰려서서 말했다.

"한번 해보시든지."

이스터가 하품을 했다. 눈을 깜박거리고 눈알을 굴렸는데, 그녀가 즐겨 하는 동작이었다. 지나가던 무디 선생님이 가만히 누워 반항하는 이스터 주위를 어정거리는 그들을 보고 환하게 웃었다. 지금 얌전을 떨다시피 서둘러 지나가는 모습으로 보건대, 내내 자신의 지도자 지위에 누가 도전할까 두려웠던 모양이었다.

"아, **나도** 알아." 쭈뼛쭈뼛 다가가며 지니 러브가 말했다. "나도 너만큼 안다고, 이스터." 그녀가 스텝을 밟으며 텐트 버팀목 주변을 폴짝거리면서 노래하듯 말했다. "가고 싶지 않으면 안 가도 되지. 사실이 그렇지 않아도 넌 가고 싶지 않으면 여전히 안 가도 되지." 그녀가 그들을 보며 자기 손에 입을 맞췄다.

이스터는 말이 없었다. 하지만 깨어 있을 때 신음 소리를 낸다 하더라도 잠들었을 때 하는 것과 똑같았다.

지니 러브가 수영 모자를 썼는데, 그게 흘러내려 눈을 가렸다. 앞이 안 보이는 중에도 그녀가 소리쳤다. "그러니까 너 혼자만 그런 척하지 말라고, 이스터. 늘 그런 건 아니야. 어떻게 생각해?"

"걱정스럽겠지. 울어 버릴 거야." 이스터가 사지를 쫙 펴고 누워 미동도 없이 말했다.

"바구니 짜는 시간에 도망가자." 그 주 후반에 지니 러브가 니나의 귀에 대고 속삭였다.

"그거 좋지."

"좋았어. 우리가 물에 빠진 줄 알겠지."

그들은 맨발로 텐트 뒤쪽 끝으로 나왔다. 이때쯤 그들의 발은 다른 사람들과 마찬가지로 튼튼해져 있었다. 무디 선생님은 아래쪽 해먹에 누워 『브라이언 켄트의 개조』를 읽고 있었다. (그게 누구 책인지는 아무도 몰랐다. 표지가 머리에 꽂는 빗처럼 말려 올라간 채로 내내 거기 있었을 뿐이었다. 어쩌면 니나가 그랬던 것처럼, 달 호수에서 누군가 그 책의 제목만 보고 캠프 생활과 관련된 줄 잘못 알고 읽어 보려 했다가 아무나 다음에 올 사람을 위해 그냥 두고 갔을지도 모른다.) 요리사의 고양이인 캣이 말뚝 위에서 햇볕을 쬐고 있다가 그들이 다가오자 병에서 뭐가 쏟아지는 모양새로 땅으로 내려와서는 앞장서서 그들과 함께 갔다.

그들은 로크 모리슨의 텐트를 지나 비탈길을 내려가 습지로 이어지는 길로 들어섰다. 거기서부터는 양옆이 벽처럼 솟은 길을 한 줄로 지나갔다. 팔을 들기만 하면 이쪽이든 저쪽이든 밀고 들어오는 듯한 습지에 손이 닿을 수도 있었다. 흙먼지가 발끝에서 솟아올랐는데, 점원이 새 아동용 장갑에 펌프질해 넣는 가루 같다고 지니 러브가 두 번을 말했다. 점쟁이 얼굴처럼 주름이 자글자글하면서도 반들반들한 손가락 모양의 아주까리 이파리가 움직이는 마차 뒤쪽의 커튼을 젖히는 집시의 손처럼 튀어나와 눈앞을 가로막았다.

모기가 달려들기 시작했다. '꿈나라 모기 퇴치 오일'이 더 이상 약효가 없었다. 앵앵거리는 소리가 '하기 싫다고……'라는 목소리처럼 치솟았다. 야생 당근과 딱총나무와 블랙베리 관목들이 꽃과 열매를 잔뜩 단 채 멜론 같은 뱀의 냄새를 풍기며 배수로 위로 늘어져 어깨에 닿을락 말락 했다. 반들거리는 배수로 바닥은 녹색이나 파란색으로 말라붙어 쩍쩍 갈라진 게 화병이 떨어져 깨진 것 같았다. "귀신이나 안 만났으면 좋겠다." 지니 러브가 쾌활하게 말했다.

다닥다닥 붙은 월계수와 사이프러스와 소합향과 참나무와 단풍나무가 빽빽한 벽을 이루었지만 그래도 덩굴 벽의 자리도 있었다. 땅에서부터 무더기로 시작해 겹겹이 나무를 감고 올라갔고, 나무 꼭대기에는 겨우살이가 시커멓게 탁자처럼 올라앉아 있었다. 대머리 독수리가 자신들에게 선택권이 있다는 듯이 습지의 이쪽에서 저쪽을 가로지르며 날았다. 지그재그로 하늘을 가르며 길에 그늘을 드리우기도 하고, 달빛처럼 흰 플라타너스의 가지 하나에 서로 어깨를 대고 앉아 있기도 했다. 입에서 말이 나오기도 전에 더 가까이에서 습지의 소리가 들려왔다. 귀 바로 옆에서, 꿈꾸는 마음에 더 먼저. 폴짝거리기 시작한 지니 러브에게 그것은 너무나 흥겨운 노래였다. 간간이 내려앉는 침묵은 쉰 목소리, 혹은 목이 쉬어서 괴로워하는 거라고 봐야지, 안 그러면 세상이 멈춘 게 아닌 다음에야 설명할 수가 없었다. 캣이 배수로의 거무죽죽한 끝 쪽에서 뭔가를 쫓아갔다. 들장미 따위야 캣에겐 아무것도 아니었다. 오히려 캣의 보트 모양의 긴 배 아래 눌려 길을 내주었다.

길이 다시 구불구불 돌아갔고, 저 앞으로 이스터가 걸어가는 게 보였다. 주니버와 에토일이 양옆에서 이스터의 그림자에서 서로를 밀어내며 장난을 쳤다. 그런데 뒤에 누가 따라오는지를 보자 갑자기 뒤를 돌아 캠프 쪽을 향해 달리기 시작했는데, 어린 닭처럼 지그재그로 달리며 먼지 구름을 잔뜩 일으켰다.

"다 알았으면서 뭐!" 지니 러브가 말했다.

이스터는 태평하게 계속 걸었다. 옷 뒤쪽에 초록 물이 들어 있었고, 손에 든 뭔가를 먹으면서 갔다.

"금방 따라잡을게, 너무 빨리 가지 마."

고아들이 저런 식으로 행동할 수 있는 건 우선 아무도 감시하는 사람이 없기 때문이라고, 니나는 생각했다. 자신이 무단 침입자 같다는 느낌이 막연하게 들었기 때문이었다. 그들, 고아들은 책임질 일이 없으니까. 누가 감시를 하더라도 이스터는 책임질 사람이 이 세상에 하나도 없었다. 아무도 상관하지 않는 것이다! 그래서, 그렇게 더없이 행복한 상태라서 **그녀**에게서 뭔가 나오는 것이다.

"어디 가는 거야?"

"같이 가도 돼, 이스터?"

블랙베리로 입술이 까매진 이스터가 대답했다. "이 길이 내 것도 아닌데 뭐."

그들은 이스터 양쪽에 서서 나란히 걸었다. 그녀를 보자 자동으로 혀가 삐죽 나왔지만, 팔로 이스터 허리를 감았다. 그녀가 잠시 그런 친밀감을 그냥 참아 주었다. 고아들 옷에 쓰는 풀 냄새가 났지만, 또 한 잠든 아기에게서 풍기는 낯설고 순수한 땀 냄새도 났다. 그리고 바로 코앞에서 보이는 이마의 피부는 얼마나 투명한지 핏줄이 벌떡 거리는 것까지 보였다. 그렇게 허리를 감고 있으니, 고집스럽게 터덜 거리며 걷는 그 허리가 아주 삭고 부드럽게 느껴졌다.

갈수록 부연 초록의 덩굴이 장관을 이루며 나무를 뒤덮고 분수처럼 그 위에서 노닐었다. 아래에는 검푸른 물이 흘러가고 있었는데 수련이 얼기설기 반은 덮고 있었다. 수평으로 자란 사이프러스 가지에서 새의 깃털처럼 연두색의 짧은 돌기가 자라고 있었다.

아래쪽 자그마한 농장에 이르렀는데, 진흙이 완전히 뒤덮기 직전에 있는 마지막 농장이었다. 작은 목화밭에 꽃이 피어 있고, 앞면에 회반죽을 바른 집의 말끔히 빗질이 된 마당 한가운데에는 검은 수탉처럼 작은 쇠 펌프가 있었다. 백인들이었다. 햇빛 가리개 모자를 쓴 할머니가 아연도금을 한 양동이를 들고 집에서 나와 마당에서 펌프질을 해서 가득 물을 채웠다. 그걸 핑계 삼아 지나가는 사람들을 보려는 것이었다.

이스터가 두 사람의 팔에서 가만히 몸을 빼면서 팔을 어중간하게 들고는 잠깐 몸을 돌려 손을 두 번 흔들었다. 하지만 그 정도에 반응할 노인네가 아니었다.

지니 러브가 말했다. "너희들은 저런 데서 살면 어떻겠어?"

캣이 여전히 앞서서 숲 가장자리를 따라 걷다가 이따금 들장미 터널 속으로 사라졌다. 반대편에서 나와서는 더욱 가면 같은 표정으로 그들을 슬쩍 돌아보았다.

"호수로 가는 지름길이 있어." 갑자기 앞으로 튀어 나가며 이스터가 말했다. 난데없이 땅바닥을 기어서 가시철사가 달린 울타리의 어떤 지점 아래로 미끄러져 들어갔다. 일어나서 안쪽으로 한 발 내디뎠는데, 갈수록 아래로 가라앉아 갔다. 니나가 지니 러브의 팔짱을 풀고는 따라갔다.

"가시철사 울타리를 지나가게 만들 거라는 걸 알았어야 했는데."

지니 러브가 배수로 쪽에 서 있다가 마치 낮은 의자에 앉듯이 그 자리에 쭈그려 앉았다. 한 번 벌떡 일어나기는 했지만 다시 앉았다. "이 바보야, 바보들아!" 그녀가 소리쳤다. "너희들 때문에 발목을 삐었잖아. 진흙탕을 뚫고 나가고 싶어도 못 한다고!"

예상치 못한 두 번째 울타리에서도 니나와 이스터는 그 아래를 지나 계속 나아갔다. 휘청거리며, 발이 계속 빠져 들어가는 걸 느끼며 나무로 손을 뻗었다. 지니 러브는 꿈속에서 사람이고 사건이고 다 획획 사라져 버리듯이 무정하게 혼자 남았다. 꽃수레에서 마구 던져지는 꽃과도 같았지만 약간은 축하하는 의미였다. 이제 시커멓지만 선명하게, 무시무시한 습지가 주위를 완전히 집어삼켰다. 숨을 쉬는 어떤 존재, 갑자기 몸을 뒤집을 수도 있는 어떤 존재의 가슴 안에 들어와 있는 것만 같았다.

그러자 전혀 딴판의 달 호수가 나타났다. 이스터가 앞쪽의 낮은 비탈을 기어올라 연분홍의 풀 덮인 가장자리에 이르렀고, 곧 앞이 완전히 탁 트였다. 고요하기만 하다가 운명처럼, 나지막하게 첨벙 소리가 한 번 들려왔다.

"뱀이 물속으로 떨어진 거 봤어?" 이스터가 물었다.

"뱀?"

"나무에서 말이야."

"넌 잡을 수도 있겠네."

"저기 있다. 이쪽으로 오잖아." 이스터가 손가락으로 가리켰다.

"다른 뱀일 거야." 니나가 지니 러브가 하는 투로 반박했다.

이스터가 양쪽을 본 후 마음을 정했는지 가장자리가 보라색인 연분홍 모랫길 위를 따라 걸었다. 푸른 그림자가 그 위로 길게 늘어섰다. 구부러져 돌아가더니 곧장 낡은 회색 보트로 갔다. 거기 보트가 있는 걸 알았던 걸까? 갈대에 둘러싸여 탈 수 있을지 좀 의심스러워 보였지만, 낡은 보트들이 그렇듯이 멀쩡했다. 이스터가 안으로 들어가더니 물 위에 떠 있는 쪽 끝자리로 한 발씩 뛰어갔다. 그러고는 몸을 낮춰 발가락을 걸고는 뒤로 누웠다. 뒤로 떨어지는 것만 같았다. 팔 하나를 들어서 머리 위로 쭉 내려 손가락이 물에 닿을 때까지 늘어뜨렸다.

버드나무잎 그림자가 진청색의 가늘고 긴 초승달 모양을 이루며 모래 위에서 가만히 움직였다. 보라색 말뚝으로 경계를 세운 백랍 빛깔의 호수 물은 고요했지만, 햇볕이 내리쬐는 지점은 거의 부글부글 끓듯이 격렬하게 흔들리는 것처럼 보였다. 분명 작은 조각 하나가 그 안에서 빙빙 돌고 있을 것이다. 니나는 얼룩덜룩한 모래톱에 주저앉았다. 반쯤 눈을 감고 눈꺼풀을 깜박였더니 세상이 달빛에 물든 것처럼 보였다.

"나도 왔어." 지니 러브의 목소리가 들렸다. 오래 걸린 건 아니었다. 평원에서 바람에 치마가 이리저리 날리듯이 길고 부드러운 머리를 흩날리며 모래톱을 따라 씰룩거리며 걸어왔다. "하지만 물새는 보트에 앉는 일은 없을 거야." 저 멀리에서 소리쳤다. "땅에 있을 거라고."

그녀는 니나가 자기 이름을 쓰고 있는 바로 그 자리에 앉았다. 니나가 손가락을 멀찌감치 움직여 딴 자리까지 길게 화살표를 그렸다. 모래는 구슬처럼 알이 굵고, 작은 조개껍데기들이 가득했는데, 딱 나팔처럼 생긴 것도 있었다.

"내 발목이 궁금해?" 지니 러브가 물었다. "생각만큼 심하진 않더라고. 근데 너 진짜 장소 하나는 희한한 데 잡았다. **올빼미**를 다 봤다니까. 학교 지하실 냄새가 나더라. 오줌 냄새랑 오래된 지우개 냄새 같은." 그러더니 입을 약간 벌린 채로 말을 멈추고는, 머릿속에서 뭔가 꺼져 버린 양 말이 없었다. 부드러운 눈길이 저 멀리 이스터에게로, 보트와 호수로 뻗어 갔다. 긴 타원형 얼굴이 무표정해졌다.

이스터는 부드럽게 흔들리는 보트에 뺨을 대고 누워 있었다. 지니 러브를 보고 다시 인사를 하지는 않았다. 들고 있는 손가락에 매달린 물방울을 봤을까? 거기 무지개가 어렸던가? 이스터에겐 보이지 않았을 것이다. 니나 생각엔 눈을 위로 치켜뜨고 있었을 테니까. 니나의 손이 모래 위에서 움직였다. 니나, 니나, 니나. 그렇게 쓰면서 자신에게서 자아가 떨어져 나갈 수도 있을 거라 상상했다. 멀리 떨어진 이곳에서 그 이름을 부르면서 자신의 자아에게 가라고, 아니면 그냥 있으라고 말할 수 있을 거라고. 지니 러브는 발 위에 모래성을 쌓기 시작했다. 하늘에서 움직이는 구름은 풀을 뜯는 가축들만큼이나 움직임을 느낄 수 없었다. 하지만 지나가는 산들바람에 보트가 덜컹하며 들렸다 떨어졌다. 이스터가 일어나 앉았다.

"보트 타고 나가지 않을래?" 낯설게도 무모한 결단력을 보이며 니나가 벌떡 일어섰다. "저 멀리로!" 이미 결과적으로 저 멀리 나가 있는 것처럼 그녀의 마음속에는 자신의 손가락이 가리키는 달 호수 저 멀리로 세 명의 여자아이들이 세 군데에 자리를 잡고 앉은 보트가 떠가는 그림이 떠올랐다. "그리로 갈게, 이스터!"

"성을 만드는 중이라 난 못 가." 지니 러브가 말했다. "어쨌든 물속에 말뚝이 있어서 배가 뒤집힐걸, 하하."

"무슨 상관이야, 난 수영할 줄 아는데!" 니나가 물가에서 소리쳤다.

"첫 번째 기둥에서 두 번째 기둥까지만 갈 수 있잖아. 그것도 캠프

바로 앞에서지 여기서는 아니라고."

피라미들이 가득한, 푹푹 빠지는 진흙에 단단히 발을 디디고 니나는 보트를 몸으로 밀었다. 곧 다리가 반이나 쑥 들어가 끔찍한 키스처럼 진흙이 발가락을 끌어당겼고, 온몸이 팽팽하게 긴장이 되며 땀이 솟아나는 게 느껴졌다. 물결 따라 흐르는 울퉁불퉁한 나무뿌리가 발을 휘감았다. 보트는 물 아래쪽도 묶여 있었지만 니나는 풀고야 말겠다고 작정을 했다. 배 안에도 흙탕물이 고여 있는 게 보였다. 그 위로 이스터가 이제 발그레해진 다리를 벌리고 앉아 있었다. 갑자기 만사가 수월해 보였다.

"풀린다!"

모래성에서 성공적으로 발을 빼낸 지니 러브가 마지막 순간에 급히 달려와 비명을 지르며 보트의 중간 자리로 기어 올라왔다. 보트가 내려앉으면서 곧추앉은 이스터가 함께 흔들렸다. 기운이란 기운은 다 빠져나간 모습이었다. 깔깔거리는 지니 러브의 얼굴 너머 축 늘어진 머리는 창백하고 평범했다. 가고 싶은지 아닌지 말이 없었다. 하지만 가고 싶은 게 분명했다. 배를 발견한 것도 이스터이고 내내 배 안에 있었으니까.

힘 좋은 팔로 니나는 잠깐 배를 붙잡고 있었다. 다시 배가 떠올랐다. 뒷마당 나무에 달린 흔한 껄끄러운 종류 말고, 기차에서 비싸게 파는 질 좋은 배 말이다. 하나하나 종이 깔때기로 싼, 좌우 대칭의 아름답고 깨끗한, 얇은 껍질의 배. 눈처럼 흰 속살은 얼마나 단물이 가득하고 연한지 한입 베어 물면 얼굴 전체가 환해지고, 얼마나 여린지 열심히 반을 먹었을 때 나머지 반이 어느새 갈색으로 변하는. 과일 전부에, 특히 그 질 좋은 배에 무슨 일이 일어난 것이다. 얼마나 순식간에 일어나는지 절대 그 전에 다 먹을 수가 없었다. 한순간에 사라져 버리는 건 꽃이 아니야. 니나가 생각했다. 그건 과일이야. 맛 좋게 딱 익으면 그 상태로 있질 않잖아. 그녀는 각운까지 맞춰 생각했다. '정원 대문 곁의 배나무, 얼마나 더 기다려야 하누?' 배를 따는 사람이 아니라 배가 그렇게 묻는 거라고 생각하며.

이제 그녀가 배에 올라탔고, 그들은 물 위에서 흔들리며 옆으로 움직였다.

"이제 어쩔 건데?" 지니 러브가 물었다.

"이거면 된 것 같은데." 니나가 말했다.

"노도 없는데? 하하."

"그럼 왜 진작 말 안 했어! 뭐, 상관없어."

"넌 네가 생각하는 만큼 똑똑하지 않구나."

"우리가 어디까지 가나 기다려 봐."

"이스터가 헤엄 못 치는 거 알지. 물에 발끝도 집어넣지 않을걸."

"그래서 보트가 필요한 게 아니면 뭐겠어?"

하지만 뭔가 가볍게 끌어당기는가 싶더니 보트가 멈췄다. 니나가 험악하게 잔뜩 눈살을 찌푸리며 몸을 돌려 아래를 내려다보았다.

"사슬이잖아! 오래된 못된 사슬!"

"하여튼 참 똑똑하다니까."

니나는 다시 보트를 끌어 올려야 했다. 당연히 아무도 도와주는 사람 없이! 사슬을 잡은 손에서 불이 나는 중에, 무릎을 꿇고 뒤로 잡아당기며 다른 쪽 끝을 풀어 보려 했다. 이제 갈대를 헤치고 보니 사슬은 오래된 그루터기를 둘둘 감고 있고 나무가 거의 그 위로 자라다시피 했다. 아마 보트는 지난여름부터 죽 그렇게 사슬로 매여 있었을 것이다.

"잡아 흔들어 봐야 소용없어." 지니 러브가 말했다.

잠자리 한 마리가 머리 위로 날아다녔다. 이스터는 실망감이고 뭐고 없이 보트 끝 자기 자리에 그냥 앉아서 기다리기만 했다. 이것이 큰 배라면 그녀는 등을 돌리고 하늘을 바라보는 모습의 선수상船首像일 것이다. 승객일 리가 없을 것이다.

"지금쯤이면 달 호수 한가운데에 가 있을 거라고 생각했지?" 지니 러브가 귀부인처럼 앉아 물었다. "근데 지금 이게 뭐야."

"오, 이스터! 이스터! 너한테 아직 그 칼이 있었으면!"

"그래도 아직 돌아가지는 말자." 호숫가에 올라와 지니 러브가 말했다. "별로 우리를 찾지도 않을걸." 그녀가 다른 쪽 발로 모래성을 짓기 시작했다.

"너 구역질 나." 난데없이 이스터가 말했다.

"니나, 우리 이스터가 여기 없는 시늉 하자."

"하지만 바로 쟤가 그러고 있는 거잖아."

니나는 작은 나무 막대기로 모래를 파서 '니나'라고 적고 다음으로 '이스터'라고 적었다.

지니 러브는 놀라서 망연자실해지며 두 손 가득 담은 모래를 손가락 사이로 흘려보냈다. "하지만 이스터가 무슨 시늉을 하는 건지 네가 어떻게 알아?"

이스터의 손이 내려와 자기 이름을 말끔히 지웠다. '니나'도 지웠다. 니나의 손에서 막대기를 뺏더니, 안 그러면 너무 많은 걸 알려 주기라도 할 것처럼 정중한 태도로 자기가 직접 쓰기 시작했다. 허리

부분이 긴 글씨로 또렷하게 '에스터'라는 이름을 모래 위에 적었다. 그러고는 벌떡 일어섰다.

"저게 누군데?" 니나가 물었다.

이스터가 엄지손가락을 자기 가슴에 갖다 대고는 서성거렸다.

"뭐야, 저건 에스터잖아."

"원하면 '에스터'라고 부르든지. 난 '이스터'라고 읽어."

"어, 좀 앉아 봐……"

"내가 직접 지은 거야."

"어떻게 그럴 수가 있어? 누가 그렇게 하래?"

"내가 하고 싶어서 했지."

"이스터, 난 네 말 믿어." 니나가 말했다. "하지만 철자는 제대로 썼으면 좋겠어. 봐, E-A-S-"

"걱정하겠지, 울어 버리겠지."

지니 러브가 모래성 지붕에 턱을 가까이 대고 말했다. "내 이름은 외할머니 이름을 따서 지은 거야. 그래서 지니 러브이지. 다른 것일 수는 없어. 더 나을 수도 없고. 봐. 이스터는 진짜 이름이 아닌 거야. 철자를 어떻게 쓰든 아무 상관 없어, 니나. 그런 이름을 가진 사람은 아무도 없으니까. 이 동네에서는." 턱을 아예 내려놓았다.

"내가 있잖아."

"그냥 제대로 된 철자가 뭔지나 봐 봐." 니나가 이스터의 손에 있던 막대기를 들어 다시 글씨를 쓰기 시작했지만, 이스터가 달려들지 않도록 몸으로 막아야 했다. "제대로 쓰라고, 그럼 진짜 이름이 되니까!" 그녀가 외쳤다.

"맞건 틀리건, 쌍 비 나." 지니 러브가 말했다. "그래 봤자 난 그런 것 가지고 열 내지 않아. 지금 떠오르는 생각은 오로지 집에서 무화과를 못 먹는 게 아닐까 그것뿐이라고."

"'이스터'는 정말 예쁜 이름이야!" 정신이 딴 데 가 있는 듯이 니나가 말했다. 이스터가 잠을 새도 없이 갑자기 막대기를 호수로 던져 버렸고, 햇빛이 가득한 호수의 소용돌이 속에서 막대기가 오르락내리락했다. "너를 문간에서 발견한 날이었을 거라고 봐." 그녀가 퉁명스럽게, 심지어 의심스러운 투로 말했다.

결국 이스터가 자리에 앉더니 다리의 모기 물린 자국을 손바닥으로 천천히 조심스럽게 문질렀다. 뻣뻣하게 솟은 머리가 아래쪽으로 기울어지자, 그걸 위아래로, 양옆으로 박자에 맞춰 살짝살짝 흔들었다. 이스터는 꼭 필요할 때가 아니면 뭐든 설명을 하려 한 적이 없었다. 상대에게 설명을 강요한 적도 없고 그냥 바람이 있을 뿐이었다. 절대 유감스러울 일이 없었으면 하는 바람. 정말 그랬을까?

"난 아빠가 없어. 살면서 한 번도. 도망가 버렸으니까. 엄마는 있어. 내가 걸음마를 시작하자 내 손을 잡고 가서 날 시설에 넣어 버렸지. 아직도 기억해. 난 가수가 될 거야."

니나를 놓아준 것은 목청을 가다듬기 시작한 지니 러브였다. 이스터가 아무 말도 안 했다는 듯이 이제 상냥해진 것은, 모르는 척 모래성을 손가락으로 파며 앉아 있는 지니 러브였다. 니나가 주먹으로 지니 러브의 머리를 때렸다. 머리칼이 얼마나 멋지면서 뜨거운지! 뜨거운 유리잔처럼. 부드러운 발을 뻗어 모래성을 무너뜨려 버렸다. 지니 러브의 머리가 깨지려나 궁금했는데 전혀 아니었다. 머리로 배울 수 있는 건 아무것도 없어.

"하하하!" 지니 러브가 고함을 치며 니나를 때렸다.

두 사람은 잠깐 투덕거리며 싸웠다. 그러고는 무너져 내린 모래언덕에 함께 등을 대고 가만히 누웠다. 사지를 뻗은 채 흰 뭉게구름이 솟아 있는 하늘을 바라보았다.

누군가 움직였다. 이스터가 잭나이프가 있었을 때 잘라 놓았던 비그노니아잎을 입으로 가져가고 있었다. 주머니에서 주방용 성냥을 꺼내더니 불을 붙인 뒤 뻐끔거리기 시작했다.

두 사람이 일어나 앉아 눈을 둥그렇게 뜨고 바라보았다.

"네가 정말로 가수가 되고 싶은 거라면 그건 별로 좋은 생각이 아닌데." 지니 러브가 말했다. "심지어 남자애들한테도 안 좋아. 성장 부진을 가져온다고."

이스터는 다시금 춤추는 그림자 속에서 잠을 자고 있을 때와 똑같아 보였다. 말 대신 더 불가사의한 것이 입에서 나오는 게 다를 뿐.

"피워 볼래?" 그녀가 물었고 그들은 그러마고 했다. 하지만 그들 것은 꺼져 버렸다. 나뭇잎 사이로 들어온 햇빛 속에서도 그 창백한 분홍빛 피부가 밝게 타오르면서 누구보다 아름다워 보이는 중에 지니 러브는 시선을 이스터에게 고정한 채 선생님께 고자질하는 상상을 하고 또 했다. 그러고 싶은 마음이 굴뚝같았다. 하지만 그녀의 입에서 나온 말은 이랬다. "캠프가 끝난 다음에도, 항상 널 기억할게, 이스터."

저 너머 빽빽한 숲에서 동화에서 나올 법한 소리가 들리더니, 대기가 갈라지듯 가늘게 떨리며 적막이 이어졌다.

"저게 뭐야?" 이스터가 새되게 외쳤다. 목울대가 떨리고 이마에 핏줄이 곤두섰다.

"로크 모리슨 씨잖아. 뿔피리 가지고 있는 거 몰랐어?"

다시 피리 소리가 들리고 대기가 갈라지고 부드러운 적막이 내려앉았다. 숲이 움직여 그것을 따라 마구 달리는 것 같았다. 세상 전체가 정신없이 허둥거렸다. 니나의 눈에는 저 멀리 금색 뿔피리를 치켜든 남자가 보이기도 했다. 몇 분 전만 해도 그녀의 시선이 지금 이 시간과 장소에서 멀리 떠났었는데, 지금은 피리 부는 남자가 상상 속에 자리를 잡았다.

"불지 마!" 이번엔 지니 러브가 벌떡 일어나 귀를 막고 달 호수 물가에서 발을 구르며 외쳤다. "그만하라고! 다 들리잖아!" 그러고는 다른 두 사람에게 단조로운 말투로 말했다. "자, 갈 시간이야. 이미 우리 걱정을 많이들 했을걸." 그녀가 미소를 지었다. "저기 캣이네."

캣은 언제나 뭔가를 잡았다. 뭔가를 입에 물고 있어서, 들려 올라간 수염 아래로 작은 발인지 새의 발톱인지가 파들거렸다. 딱히 의기양양한 모습은 아니었다. 그냥 할 일을 했다는 분위기일 뿐.

그들은 작은 보트를 뒤로하고 걸어갔다.

4

어느 맑은 날 밤에 캠프 대원들은 샘물 위쪽으로 모닥불을 피우고 빙 둘러 꽂은 나뭇가지에 냄비를 걸어 저녁을 지었다. 그리고 묘기 자랑과 거트루드 볼스의 「어떻게 그들이 겐트에서 엑스로 좋은 소식을 가져왔나」 낭송과 뼈와 관련된 귀신 이야기가 끝난 후 그들은 산등성이에 서서 숲을 향해 마지막 노래인 〈작은 메아리님〉을 불렀다.

모닥불을 끄고 나니 들여다볼 수 있는 밝은 지점이나 원은 하나도 없었다. 밤이 바로 곁에 서 있었다. 얇은 막으로 둘러싸인 짐승처럼, 전혀 윤곽이 빛나지 않고 반지나 귀걸이 같은 장식품만 반짝거리는……

"행진!" 그룬월드 선생님이 외치면서 아이들을 뒤에 달고 발걸음도 힘차게 오솔길을 걸어 내려갔다. 아직 온기가 남아 있는 솔잎을 밟으며 한 줄로 걸어 내려갔는데, 이젠 아무 소리도 나지 않았다. 멀지 않은 곳에서 나뭇가지 부러지는 소리와 유감이 묻어나는, 가볍게 부딪히는 소리가 들렸다. 로크 모리슨이, 다들 알다시피 저녁도 먹지 않은 채 혼자서 부루퉁하게 배회하는 것이었다.

아무도 불이 필요하지 않았다. 밤하늘이 청포도처럼 파리해서, 나무 위쪽으로 투명한 포도 속살처럼 걸려 있었다. 여자아이들 모두 긴 다리 모양의 날개를 가진, 귀부인처럼 아름다운 나방과 그저 나무껍질 조각 같은 작은 나방을 보았다. 그리고 한번은 스파이츠네 동생 바로 눈앞에 거미 한 마리―포도 알 같은 하늘만큼이나 신비로운 몸을 가진―가 밤하늘을 배경으로 매달려 있는 바람에 그녀가 꽥 소리를 질렀다.

주변에는 온통 반딧불이였다. 구름처럼, 나무처럼, 섬처럼, 무리 지어 떠다니며 잔잔한 빛을 이루어 텐트로 잘못 알고 들어갈 수도 있을 것이었다. 창백한 밤하늘에 별은 거의 눈에 띄지 않았다. 이렇게 밝은 세상에서 보이기엔 너무 작고 너무 멀리 떨어져 있었다. 그리고 이 여자아이들이 깨어 있는 한, 어떻게든 눈을 뜨고 있는 한 세상은 밝을 것이었다. 그리고 달이 빛나고 있었다. 당연하게도.

산등성이 아래로 날 호수가 홍수처럼 펼쳐졌다. 아래쪽으로 죽 이어졌다. 무디 선생님이 때로 저 멀리까지 배를 타고 나가곤 했다. 때로 읍내로 나가 '루디' 스파이츠나 '루디' 루미스 같은 남자들을 동반하고 밤늦은 데이트를 했고, 그러면 달이 휘영청 떠오른 뒤 저 멀리 밝게 빛나는 잔잔한 수면 위를 함께 떠다니는 게 눈에 띄기도 했다. ("거기서는 자기를 안으라고 하지." 지니 러브가 그들에게 그렇게 알려 주었다. "이렇게 말이야." 그러면서 하필 '틴포일'*과 운이 맞는 에토일을 끌어안았고, 에토일은 "손 떼"라고 했다.) 니나도 두 번인가 카누를 타고 달 밝은 호수를 떠다니는 게 눈에 띄었는데, 양 끝에 한 사람씩 타고 있어서 날개를 활짝 펼치고 가만히 있는 검은 나비처럼 보였다. 오늘 밤은 아니었지만!

오늘 밤엔 그저 일손을 도와주는 사람들이 낚시를 하고 있을 뿐이었다. 하지만 그 배 안엔 은빛 물고기들이 가득할 것이다! 배들이 저 멀리 물 위에 떠 있으면서도 아주 천천히 움직여 거의 고정되어 있는 것처럼 보이기 때문에 그렇게 신비로운 게 아닐까, 니나는 생각했다. 결국 그날 갈대 사이에 있던 그들의 작은 배도 이런 신비로움과 크게 다르지 않았던 것이다. 물과 하늘이, 달과 태양이 변하는 일은 늘 계속되었고, 그 와중에 이렇게 주저하는 배의 신비로움이 있었다. 그리고 배 안에 있으면 배가 떠다닌다기보다는 배의 존재를 통해 세상이 떠다니고, 망각하는 것이었다. 꿈속의 것과 꿈꾸는 주체가 뒤바뀌는 것이다.

달빛 비치는 야생의 숲을 떠나 캠프로 돌아가, 여자아이들이 줄을 지어 꾸물꾸물 텐트로 들어갔다. 텐트는 천 주머니처럼 후끈했다. 데

* 은박지.

이트 상대가 없는 무디 선생님이 촛불을 켜 놓았고, 선생님이 쓰는 선반 위로 유리잔에 담긴 칫솔과 직접 색칠한 셀룰로이드 파우더 케이스와 '허니 앤드 아몬드' 크림, 립스틱과 눈썹용 핀셋, 그리고 맨 끝으로 진짜 일각수초와 가짜 일각수초와 솜방망이풀이 섞인 혼합물 병이 타오르는 밤의 불꽃 아래 드러났다.

아예 방해할 생각이 안 들 만큼 사납게 인상을 쓴 무디 선생님이 늘어선 아이들에게 '꿈나라 오일'을 발라 주면서 부드럽게 떨리는 목소리로 노래를 불렀다.

용서해 줘요
오, 제발 용서해 줘요
당신을 울릴 생각은
전혀 없었어요!
당신을 사랑해요, 당신이 필요해요—

선생님이 노래를 부르는 동안 그들은 팔을 구부리고 몸을 숙이고 조용히 잠옷을 들어 올렸다. 그러다 정면을 마주 볼 때면, 잔뜩 부풀린 머리칼 깊숙이 이리저리 엉켜 있는 머리 장식과 어른들이 애원할 때 하는 식으로 위로 추켜올린 채 영원히 고정된 듯한 눈썹을 들여다볼 수 있었다.

그 무엇을 하든 안녕이란 말만은 하지 말아요!

그들은 거의 자동으로 '안녕'이라고 말할 뻔했다. 노래를 부르면서 그녀는 소녀다움 자체가 무한하긴 하지만 어쨌든 상품이라는 듯이 여자아이들을 똑같이 끌어당겨 문지르고 손바닥으로 찰싹찰싹 때렸다. ("저 간지럼 많이 타요." 지니 러브는 매일 밤 그렇게 말했다.) 애원하는 선생님의 표정은 그들에게는 말할 수 없이 위험천만해 보였다. 잠옷을 머리에서부터 뒤집어쓰며 노래를 부를 때조차 그 목소리는 높은 줄을 가로지르는 곡예사처럼 흔들렸다.

입맞춤을 하고 기도를 한 후, 이스터는 오늘 밤엔 추울 거라 예상한 듯 주니버와 함께 침대에 들어갔다. 주니버가 왕풍뎅이처럼 이스터의 등에 꼭 붙었다. 촛불이 꺼졌다. 무디 선생님은 보란 듯이 바로 잠자리에 들었다. 지니 러브는 엄마가 보고 싶어서인지, 무화과 때문인지는 모르겠지만 베개에 얼굴을 박고 울었다. 텐트 바로 밖에서는 시트로넬라가 잡초 위에 놓인 접시 위에서 타고 있었다. 시트로넬라라니, 여자아이 이름처럼.

그들에게는 물론 안 보이지만 달 호수가 어둠 속에서 환히 빛나며 흘러나왔다. 달빛 아래에서 호수는 때로 강물처럼 흐르는 것 같았다. 개구리 울음소리 너머로 어딘가 정박된 배의 소리가, 호숫가에 닿는 희미하고 어설픈 배의 소리가 들렸다. 눈에 보이지 않는 어떤 존재가 낸다고 알려진 그런 소리들. 언제 배에 눈이 있었을까? 언젠가 예전에? 밧줄로 경계를 지어 보호하고 있는 그들 쪽 호수를 지켜보는 건 아무것도 없었다. 골풀처럼 기둥 사이로 뻗어 진흙에 묻힌 채 흔들리던 밧줄은 지금도 있을까? 그것은 여자아이들이 헤엄쳐 갈 수 있는 경계를 표시했다. 그 너머는 물이 아주 깊어서, 바닥을 알 수 없을 정도라고 무디 선생님이 말했다. 발자국을 지우고 발뒤꿈치에 입을 맞추는 유사流沙가 여기저기 있었다. 독이 있든 없든, 뱀이란 뱀은 지금

다 나와 자유롭게 노닐었다. 달 모양의 자국을 길게 남기며 잡초 사이를 가르고 다녔다. 반짝했다가 휙 돌고, 또 반짝했다가 휙 돌고.

니나는 여전히 몽롱한 채로 누워 있었다. 아니면 밤중에 잠이 깼었거나. 거트루드 볼스가 꿈을 꾸며 배가 아플 정도로 거칠게 숨을 내쉬고 있었고, 에토일은 천천히 코를 골기 시작했다. 니나가 생각했다. 이제 저 사이에서도 생각을 할 수 있어. 무디 선생님이 안달하는 것조차 느껴지지 않았다.

고아! 그 생각에 너무 기뻐 가슴이 벅차올랐다. 다른 방식의 삶. 아무도 모르는 방식이 있는 것이다. 그녀가 생각했다. 시간은 금방 지나가잖아, 그런데 다른 사람들 하는 대로 생각해 왔어. 정말 격렬한 비밀을 시도하는 건 해 볼 만하고 흥미로운 일일 뿐이야. 그 속으로 빠져들어 가 완전히 달라지는 것. 잠시 거트루드가 되고 그룬월드 선생님이 되고 투지가 되고—남자애가 되고. 만약 고아로 태어났다면.

니나는 침대에서 일어나 앉아 열정적으로 눈앞의 어둠을 쏘아보았다. 비밀스러운 발걸음으로 돌아다니는, 으르렁거리는 창백한 어둠의 밤, 원주민의 밤. 밤의 이마가, 구슬처럼 반짝이는 별이 사려 깊게 그녀를 들여다보는 게 느껴졌다.

불현듯 생각에 잠긴 밤이 텐트 입구에 서 있었고, 내려진 자락을 벌리며 구부정하게 들어왔다. 그것, 그 남자가 텐트 안에서 몸을 일으켰다. 긴 팔을, 혹은 긴 날개를 늘어뜨리고 기둥이 서 있는 한가운데에 섰다. 니나는 조용히 몸을 끌어당겨 등을 대고 누웠다. 하지만 밤은 이스터에 대해 알았다. 다 알았다. 이스터는 주니버에 밀려 침대 가상자리에 누워 있었다. 이스터의 손이 손바닥을 바깥으로 한 채 아래로 떨구어져 있었다. 밤이여, 이리 와요. 거인에게, 그렇게 어두운 존재에게 다정하게 그렇게 말하는지도 몰랐다. 그리고 밤은 순순히, 정중하게 그녀 앞에서 무릎을 꿇을 것이다. 굳은살이 박인 이스터의 손이 완전히 텐트 안에 자리 잡은 밤 쪽으로 펼쳐진 채 늘어져 있었다.

니나는 이스터의 팔 맞은편에서 자신의 팔을 뻗었다. 손바닥도 저절로 벌어졌다. 검은 뺨, 그 밤의 시선 아래에서 그녀는 한참을 미동도 없이 누워 있었다. 그리고 밤은 이제 잠들지 않은 유일한 부분인 그녀의 손을 꼼짝도 않고 바라보았다. 손의 동작은 이스터와 똑같았지만, 이스터의 손은 잠들어 있었고, 그녀의 손은 의식하고 있었다―의식하며 움츠러들었지만 그래도 내주고 있었다.

"대신…… 대신 나를……"

움푹한 손바닥에, 차오르는 피부에, 손가락에 느껴지는 터질 듯한 무게와 고요함과 함께 니나는 느낄 수 있었다. 결국 하나인 연민과 경쟁을. 단 하나의 환희와 단 하나의 열망을. 왜냐하면 밤은 공평하지 않으니까. 아니, 다른 존재보다 더 사랑하는 존재가 있고, 다른 존재보다 더 잘해 주는 존재가 있으니까. 손가락에 눈이 달린 양 니나의 벌린 손이 그 상태로 오래도록 가만히 있었다. 그러다 손도 잠에 빠져들었다. 맹수가 자기 손을 마구 물어뜯는데도 아무것도 할 수 없는 꿈을 꾸었다. 기상나팔 소리에 잠이 깨어 보니 손을 깔고 누워 있었다. 손을 움직일 수 없었다. 마구 때리고 물고 나서야 벌 떼가 마구 쏘는 것처럼 따끔따끔하더니 감각이 돌아왔다.

5

그들은 도대체 뭘 어쩔 셈인 건지는 모르는 채—그럼에도 그답긴
했다—로 어린 이그점이 나무껍질처럼 거친 사다리를 힘겹게 꿈을
꾸듯 올라가, 이마에 잔뜩 주름을 잡고 주변을 열심히 살피며 나뭇잎
사이에 원숭이처럼 달라붙어 있는 것을 보았다.

이그점도 동떨어져 지냈다. 남자에 흑인이기까지 했으니까. 눈송
이처럼 눈부시게 빛나는 뻣뻣한 밀짚모자를 쓰고 로크보다 더 멀리
떨어진 언저리에서 끊임없이 움직였다. 그들은 습지의 매캐한 부연
공기와 그가 몸담은 환영 같은 풍경으로 인해 약간 고무된 이그점이
모자를 쓰고 어부의 낚시찌처럼 습지 가장자리를 따라 깐닥거리며
움직이는 것을 보곤 했다. 습지의 제방 아랫부분을 따라 조금씩 움직
이는 이그점은 작은 곤충처럼 집요했다. 낚싯대와 피라미가 담긴 통
을 들고 다니며 그들이 있는 쪽 호수에서부터 굽이를 따라가며 온갖
것을 잡았다. 이런저런 것들을. 흐뭇한 표정으로 잡은 건 다 차지했
다. 그것을 들고 달랑거리고, 아주 맘에 들어 하며 다른 사람들을 경
계하며 신이 나서 움켜쥐었다. 그 누구든 그걸 놓고 그와 싸울 사람
이 있을까? 보이스카우트가 전기뱀장어를 잡을 수 있느냐고 그에게
물었고 그는 흔쾌히 잡아 주겠다는 약속을 했다. 선물로. 그 도전은
낮잠 시간 내내 물속을 들락날락하며 계속되었다.

이제 눈을 이리저리 굴리며 그가 사다리에 붙어 있었는데, 무엇이
든 본다고 할 수는 없었다. 어디를 보나 보통 그의 모습이라 딱히 뭐
라고 할 것도 없었다.

그 너머로 다이빙대 위에 이스터가 서 있었다. 수영을 배우고 있는

다른 여자아이들보다 훨씬 높이. 맨발로, 꼼짝도 않고 서 있었는데, 작아져 버린 날염 옷을 입고 하늘을 아래에 두고 있으니 키가 커 보였다. 그들이 뭐라고 외쳐도 대답하지 않았다. 그들은 다이빙대에 걸친 굳은살 박인 연분홍 발 아래쪽에서 요란스럽게 물을 튀겨 댔다.

"어떻게 내려오려고 그래, 이스터!" 거트루드 볼스가 소리쳤다.

무디 선생님은 이해심 있게 미소를 띠고 이스터를 올려다보았다. 물속에 있을 때의 파넬 무디 선생님은 본래의 자신과 얼마나 달라질 수 있는 걸까? 그들로선 궁금했다. 앞쪽에 고무로 만든 나비가 달린, 카나리아처럼 노란 수영 모자를 불룩하게 머리에 썼다. 수영복 안에 브래지어와 속바지를 입었는데, 지니 러브의 말에 따르면 바로 그렇기 때문에 그녀가 정말 훌륭한 사람이라고 했다. 괜히 직접적인 화를 자초하고 싶은 생각이 없었던 것이다. 그날이 달 호수에서의 마지막 날이었음에도 말이다.

쪼글쪼글한 이그점의 검은 손가락이 노래를 연주하듯이 입술 위에서 움직였다. 바보같이 길기만 한 팔을 내밀더니 파란 버드나무 가지를 잡았다. 나중에 한 말로는, 다들 그를 보았다고들 했다. 하지만 이미 늦었다고. 보통 흑인들에게서 보이는 어떤 신념 같은 걸 보이며 그가 나뭇가지로 이스터의 발뒤꿈치를 아주 살짝, 부드럽게 쓸었다.

이스터는 새총으로 쏜 돌에 머리를 맞은 것처럼 뚝 떨어졌다. 나중에 그들이 돌이켜 봤을 때 그 몸은 전혀 돌아보지도 않고 똑바로 선 자세로 잠깐 새 힘이 빠진 뒤 떨어졌다. 푸른 허공을 만났고 거기 안겼다. 그러고는 허공이 다시 넘겨주듯이 계속 떨어져 갈색 물속으로 들어갔다. 거의 무디 선생님의 머리가 있는 지점으로 떨어져 바로 자취를 감췄다. 그렇게 사라지는 모습에 너무나 적극적인 분위기가 있었기 때문에 본능적인 경고에 따라 다시 떠오르기를 바라며 잠깐 기다렸다. 그런데 떠오르지 않았다. 그러자 이그점이 여자아이 같은 목소리로 괴성을 질렀고, 아래쪽에 불이 붙기라도 한 양 사다리에 꼭 매달렸다.

아무도 로크 모리슨을 부르지는 않았다. 기슭에서 그는 신중하게 나팔을 나무에 걸고, 신발을 벗어 엄청난 맨발을 드러냈다. 개구리처럼 물에 뛰어들었는데, 허공을 가로지를 때 그들은 고운 흙이 묻어 발바닥이 연보라색인 것을 보았다. 이제 그는 격렬하게 헤엄을 쳐서 여자아이들 사이를 뚫고 지나가 다들 손가락으로 가리킨 지점에서 이스터를 찾기 시작했다.

그렇게 찾는 동안 그들은 계속 소리를 질렀고, 그러느라 턱이 벌레 가득한 갈색 물아래로 떨어져 때로 입 안으로 물이 들어오기도 했다. 그는 그들 쪽은 돌아보지도 않았다. 잠수를 할 때마다 호수가 그 위로 뚜껑을 덮기라도 한 양 계속 물 아래 있었다. 간혹 끔찍한 것으로 짜인 녹색의 긴 리본이나 모양을 알아볼 수 없는 검은 물질, 누구 것인지 모르는 신발 따위의 흉측한 것을 손에 쥐고 입을 벌린 채 솟아올랐는데, 그들에게 보여 주는 게 아니라 세상 전체나 자기 자신에게 보여 주는 식이었다. 그러고는 다시 몸을 거꾸로 세워 물속으로 들어가 또다시 찾았다. 잠수를 할 때마다 그게 신호인 양 이그점이 다시 비명을 질러 댔다.

"시끄러워! 저리 비켜! 흙탕물을 일으키잖아!" 로크 모리슨이 그들을 비난하며 한번은 그렇게 빽 소리를 질렀다. 그들은 서로를 바라보고 한 번 크게 소리를 지른 뒤 입을 닫았다. 발목 깊이에, 허리 깊이에, 무릎 깊이에, 턱까지 잠겨, 각자 서서 기다리는 그늘을 가르며 흐르는 갈색 물속에 서서, 툭 튀어나온 나비 모자로 시야를 좀 가리는 무디 선생님을 선두로 하여 작은 V 자 대형을 이루고 있었다. 그들은 그의 모욕적인 말투를 느낄 수 있었다. 얼마나 가만히 서 있었던지 주변에 펼쳐진 무미건조하고 뜨뜻한 물길에 쓸려 갈 정도였는데, 그러다가 흐르지 않는 물이 묵직하게 끌어당기는 게 느껴졌다. 찢어져 끝이 말려 올라간 북처럼 그들의 그림자만이 각자 달 호수의 어느 지점에 솟아 있는지를 보여 줄 뿐이었다.

위쪽에서 이그점이 울부짖고 있었고, 더 위쪽으로는 불편한 마음을 담은 부연 구름이 잔뜩 하늘을 가리며 모란처럼 흘러가고 있었다. 이그점의 울부짖음은 위, 아래, 사방에서 들렸다. 그 소리에 요리사 텐트에서 열을 내며 엘버타가 나왔는데, 분명 그룬월드 선생님은 세상모르고 잠을 자든지 책에 빠져 밖에서 무슨 일이 벌어지는지 몰랐을 것이다. 안 그랬으면 지금쯤 가장 좋아하는 숲길을 따라 뛰어 내려왔을 테니 말이다. 뛰어 내려온 것이 지니 러브였음을 깨달았는데, 그녀는 기슭에 서서 뭔지 모를 신호를 보내고 있었다. 무디 선생님이 공들여 만든 흰 붕대를 팔과 다리에 감고 있었다. 옻이 오른 게 그날 아침 터져 나왔던 것이다. 이스터와 마찬가지로 지니 러브도 호수에 들어갈 생각이 없었다.

"와아아아!" 그가 그녀를 찾아내자 모두가 길게 소리를 질렀다.

당연히 그는 그녀를 찾아냈고, 손에 잡힌 그녀의 팔이 미끄러지고 있었다. 남자애들이 눈에 보이지 않는 상대가 먼저 잡아채지 못하도록 뭔가를 잡아챌 때 하듯이 이스터의 머리채를 잡아채는 게 보였다. 물 아래에서 그녀를 꽉 안았다. 입으로 물을 뿜으며, 엔진처럼 벌떡이며 그녀를 끌고 나왔다.

이제 그룬월드 선생님도 왔다. 약간 깡충깡충 뛰듯이 와서 제방 위에서 뚝 멈추더니 손을 흔들었다. 세일러복 스타일의 블라우스가 바람에 펄럭이며 꽉 조이지 않은 코르셋이 보였다. 빨간색이었다. 그들은 그것을 잘 기억해 두었다. 하지만 그 목소리는 명령조였다.

"지금 당장! 물에서 나와! 물에서 나와, 나오라고! 파넬! 질서를 지켜서 다들 데리고 나와!"

"누가 물에 빠졌어요!" 무디 선생님이 악을 쓰듯 외쳤다.

로크가 이스터 위로 몸을 세웠다. 기슭에 닿아 그녀를 바닥에 앉혀 상체가 숙여진 채로 팔을 두른 뒤 끌어서 물에서 완전히 빼냈고, 그제야 환한 빛 속에 놓인 둘둘 말린 보따리 같은 그녀를 바닥에 떨궜다. 개가 하듯이 햇빛에서 몸을 흔들어 물을 털어 내고, 코를 풀고, 귀의 물도 털어 냈는데, 그 모든 것이 한가로운 무아지경의 상태—자신이 뭔가를 방해하고 있다는 생각은 전혀 없는 듯한—에서 이루어졌으므로 그룬월드 선생님이 어찌하질 못했다. 이그점은 이제 악을 쓰며 미스 메리벨 스텝토를 불렀는데, 그녀는 작년에 캠프 주인이었지만 이제 결혼해서 델타에 살고 있는 사람이었다.

무디 선생님과 여자아이들은 이제 다들 물에서 나왔다. 굼뜬 동작으로 물을 뚝뚝 떨어뜨리며, 머리는 흠뻑 젖고 고무 신발에서 찌걱거리는 소리를 내며 물가로 나왔다.

로크는 다시 이스터에게 돌아가 사지를 펼쳐 눕혔고, 그제야 그들 모두 그녀에게 다가갔지만 무릎께에 고여 있는 물만 바라보았다. 햇볕이 짓누르듯이 내리쬐었다. 무디 선생님이 마구 달려와 이스터의 발목을 잡고는 외바퀴 손수레를 밀듯이 그녀를 밀었다. 보이스카우트가 이스터의 팔을 떠처럼 몸에 올리고는 어깨를 들었다. 그늘을 찾아 그녀를 옮겼다. 팔 하나가 툭 떨어져 땅에 끌렸다. 눈부시게 흰 붕대를 감은 지니 러브가 뛰어와 그 팔을 자기 손에 담아 들고 갔다. 다들 지그재그로 나아갔고, 지니 러브는 이스터의 팔을 든 채 몸을 숙여 달려가며 고개를 돌려 다른 여자아이들을 보았다.

결국 그곳에 있는 유일한 그늘인, 나무 아래의 탁자에 그녀를 내려놓았다. 그들이 밥을 먹는 탁자였다. 사다리나 다이빙대와 마찬가지로 탁자도 사실 거의 나무 자체였다. 캠프 탁자란 둥글고 아래가 나무껍질로 뒤덮이고, 나무를 베었을 때의 냄새가 나야 했으니까. 여기저기 쪼개진 표면과 그 위를 기어 다니는 개미들에 대해 그들 모두 알았다. 그룬월드 선생님이 잔뜩 볼을 부풀려 탁자 위를 훅 불었는데, 사실 천 같은 걸 깔아도 되었을 것이다. 선생님이 여자아이들과 탁자 사이에 섰다. 테니스 신발이 작은 코르셋처럼 발을 단단히 조이고 있었다. 그들은 이스터가 보이는 데 멈춰, 더 가까이 가지는 않았다.

"제가 할게요."

물속에 있을 때 인명 구조원의 표정은 온통 조급함이었지만, 지금 그것은 깨끗이 씻겨 나가 아무 표정도 없었다. 그가 이스터를 무디 선생님—그래도 어쨌든 선생님은 이스터의 끈을 말아 쥐고 있었다—쪽에서 자기 쪽으로 당기고는, 몸을 돌려 그룬월드 선생님의 시야를 가렸다. 이스터의 몸을 접어 자기 쪽으로 끌어당겨 완전히 탁자 위에 올리고는, 손을 움직여 자기 앞쪽으로 그녀를 눕혔다.

그들은 조용히 있었다. 이스터는 달 호수의 축축함을 그대로 머금은 채 옆으로 누워 있었다. 엉덩이뼈가 다리미처럼 뾰족하게 솟았다. 양팔과 양다리를 겹친 채 길게 누워 있는데 색도 이상하고 벌어지지 않은 이파리처럼 꼭 다물려 있었다. 양 가슴도 서로 맞닿아 있었다.

물에 젖어 더 짙어 보이는 이스터의 머리칼이 긴 양치류 모양으로 얼굴을 덮고 있었다. 무디 선생님이 그 머리칼을 뒤로 넘겼다.

"숨을 쉬지 않잖아." 지니 러브가 말했다.

이스터의 콧구멍이 늙은 촌부처럼 쪼그라들어 있었다. 옆구리는 숲속의 죽은 토끼처럼 축 늘어졌고, 드레스의 꽃무늬가 괴상하게 뒤섞여 뒤죽박죽인 그 사건을 뒤늦게 보여 주는 듯했다. 보이스카우트가 그녀를 내려놓은 것은 단지 그 자신이 탁자 위로 올라가기 위해서였다. 몸 위쪽으로 서서 손을 내려 그녀를 뒤집었다. 단단한 탁자에 그녀의 이마가 부딪히고, 엉덩이와 무릎이 부딪히는 소리가 마치 멀리에서처럼 들려왔다.

버드나무가 우거진 곳에서 이그점이 회초리를 맞는 소리가 들렸다. 그제야 그들은 엘버타가 이그점의 엄마라는 사실을 기억했다. "이 망할 흑인 녀석아!" 그런 고함 소리와 이그점의 울부짖음이 숲 사이로 들렸다.

보이스카우트가 이스터 위로 양발을 벌리고 서서 그녀를 들었다 내렸다 했다. 한 번 더 반복했고, 이스터가 자기 팔 한쪽을 깔고 떨어졌다. 그가 고개를 끄덕였는데, 그들을 향한 건 아니었다.

한숨 소리가 들렸지만, 고아가 아닌 모개나 사람에게서 나온 것이었다. 고아들은 앞으로 밀고 나오지도 않았고, 더 이상 이스터를 보호하겠다고 나서지도 않았다. 조금씩 서성거릴 뿐 아무것도 하지 않았지만, 그 무리에 섬세한 변화가 있었다. 여전히 세상이 얼마간 한가롭게 펼쳐진 니나의 머릿속으로 어떤 장면 하나가 떠올랐다. 벗나무 아래의 지붕에 앉은 새들. 버찌에 취한.

보이스카우트가 고개를 끄덕이며 이스터의 머리칼을 잡아 고개를 돌렸다. 얼굴이 그들 쪽을 향했다. 눈은 뜬 것도 아니고 완전히 감은 것도 아니었지만, 아까 떨어질 때 들렸던 엄청난 굉음이 아직도 귀에 들리는 것만 같았다. 눈꺼풀 아래로 보이는 흰자위가 창백하고, 수박씨처럼 미끈거렸다. 입도 딱 그만큼 벌어져 있었고, 치아에 검은 진흙이 묻어 있는 게 보였다.

보이스카우트가 손을 집어넣어 입에서 뭘 끄집어내기 시작했는데, 보고도 믿기지 않는 행동이었다. 그래도 달라지는 게 없었다. 몸을 일으켜 발가락을 움켜쥐더니 신음 소리를 내뱉으며 달려들어 마구 들었다 놨다 하고 손바닥의 불룩한 부분으로 거듭 갈비뼈를 눌러 댔다. 입에서 가늘게 물이 한 가닥 흘러내려 움직임 없는 볼에 검은 얼룩을 만든 것 외에 달라지는 건 없었다. 아이들이 서로 가까이 모여들었다. 인명 구조는 그들이 상상했던 것보다 훨씬 고약했다. 무심한 이스터의 몸보다 더 고약했다.

지니 러브가 다시 한번 나섰다. 모기들이 조금이라도 떨어져 나갈 수 있도록 수건을 흔들어 보려는 것이었다. 흰 수건을 골라 들었다. 깔끔한 팔을 들어 이리저리 흔들었다. 이제 그들을 마주 보고 있는데 표정이 차분해졌고 무슨 의식을 치르는 태도였다.

탁자에 누운 이스터는 자기 몸에 대고 뭘 하든 다 받아들이고 있었다. 그가 인정사정없었다면 그녀 자신도, 그녀의 몸도, 돌아와 주지 않는 그 생명도 마찬가지로 인정사정없었다. 보이스카우트가 제멋대로 날뛰는 말을 타듯이 잠깐 그녀의 등에 몸을 붙이고는 무릎과 주먹을 안쪽으로 밀어 넣으며 몸을 웅크렸다가 나름의 작전을 써서 좌우로 흔들며 뒤로 젖혔을 때도 그녀는 그대로였다.

하는 데까지 해보라지!

곧 니나가 의식한 것은 집의 향기와 어떤 어른의 손가락이 어깨에 닿으며 "이젠 또 뭐야?"라고 외치는 소리였다. 리지 스타크가 앞쪽으로 밀고 나왔고, 거기서 그 엉덩이와 검은 손가방이 흔들리다 딱 멈추며 모든 걸 가려 버렸다. 그녀는 지니 러브의 엄마였는데, 매일 그랬듯이 캠프가 어떻게 돌아가나 보러 막 도착한 것이었다.

전동차가 들어오는 소리는 들은 적이 없지만 대개 볼 수는 있었고, 피아노처럼 전혀 어울리지 않는 모습으로 저 멀리 풍경 속에서 움푹 팬 곳을 지나 이리저리 흔들리고 덜컹대며 사방에 먼지를 일으키며 오는 것을 지켜보곤 했다.

아무도 나서서 리지 스타크에게 말을 하지 못했다. 로크 모리슨이 끙끙대는 소리만이 들릴 뿐이었다.

"어떤 고아가 너무 나간 거야?" 그러고는 목소리를 더욱 높여 외쳤다. "그런데 쟤는 도대체 뭘 하는 거야? 그만두지 못해!"

모개나 여자아이들이 다들 몰려가 그녀의 치맛자락을 붙들었다.

"저리 비켜." 그녀가 말했다. "자, 이것 보라고. 나 심장 약하거든. 다들 알잖아. 저게 지니 러브야?"

"내버려 둬요, 엄마." 지니 러브가 수건을 흔들며 말했다.

니나의 어깨에 손을 얹고 있던 리지 스타크가 그녀를 흔들어 대며 말했다. "지니 러브 스타크, 이리 와. 로크 모리슨, 당장 탁자에서 내려와. 창피한 줄을 알아야지."

그에 울음을 터뜨린 것은 무디 선생님이었다. 가슴 앞쪽으로 수건을 말아 쥐고 리지 스타크에게 걸어가 울면서 말했다. "쟤는 우리 인명 구조원이잖아요, 리지 부인. 기억나요? 우리 보이스카우트. 아, 세상에, 당신이 와서 정말 다행이에요. 얼마나 오래 서러고 있는 선지 몰라. 이쪽 그늘로 들어와요, 리지 부인."

"보이스카우트? 아니, 그럼 당연히—당연히—난 가만히 두고 볼 수가 없는데, 파넬 무디."

"어쩔 수 없어요, 리지 부인. 누구도 어쩔 수 없어요. 쟤 일이잖아요." 그녀가 흐느꼈다.

"저건 이스터예요." 주니버가 말했다. "저기 있는 게."

"저 일을 다시는 못 하게 해야겠네." 리지 스타크가 말했다. 그녀는 앞쪽에서 자신을 대놓고 무시하는 지니 러브 때문에 니나의 어깨를 불편할 정도로 쥐어짜며 그들 한가운데에 서 있었고 니나는 그녀의 얼굴을 올려다볼 수 있었다. 얼굴에 마지막으로 바르는 흰 쌀가루 파우더가 옅은 콧수염 위에서 반짝거렸다. 고추와 레몬즙 향내가 났는데, 그들을 위해 마요네즈를 만든 모양이었다. 그녀는 담대하게도 자신이 보이스카우트에 대해 생각해 온 바—그가 밉살스럽다는 것—로 지금 그가 하는 일을 다 설명하려고 했다. 첫날 그를 캠프에서 봤을 때 아무렇지도 않게 던졌던 말은 이랬다. "이 악동 같은 녀석! 너 분명 저기 내려가 샘물을 다 더럽힐 테지." "아아뇨." 침울함을 처음으로 내보이며 보이스카우트는 그렇게 대답했었다.

"울어 봐야 무슨 소용 있어요, 파넬." 리지 스타크가 말했다. "누군가는 우는 게 뭔지도 모르는 모양이지만." 그녀가 그룬월드 선생님 쪽을 흘깃 봤는데, 그녀는 다른 높이에서 그 시선을 맞받았다. 의자를 가지고 나와 앉아 있었던 것이다. "게다가 마지막 날에. 특별한 걸 먹여 주려고 했는데."

그들이 주위를 둘러보니 리지 부인네 일꾼인 마빈이 쌍둥이를 안은 엄마처럼 두 개의 수박을 안고 오는 게 보였다. 탁자 가까이 와서 걸음을 멈췄다.

"마빈. 수박 내려놔. 탁자에 누가 올라가 있는 거 안 보여? 내려놓고 기다려." 리지 스타크가 말했다.

그녀가 나타나자 지금 벌어진 일 전부가 조금이나마 자연스러워 보였다. 그들로서는 리지 부인이 와서 얼마나 다행인지! 어쩌면 '캠프 엄마'로 리지 부인을 목청껏 원했던 게 이 때문인지도 몰랐다. 그녀가 지켜보니 보이스카우트의 행동의 중요성이 상당히 반감되는 듯했다. 거의 성가신 존재로 떨어져 버렸다. 모기처럼, 모기의 길쭉한 입처럼. "그만 떨어지라고 해." 걸쭉하면서도 무심한, 아무 소용 없다는 걸 아는 거의 유머러스한 목소리로 리지 스타크가 거듭 말했다. "아, 떼어 내라고." 그녀는 다른 어린 여자아이들 몇몇을 따뜻하게 껴안고 서 있었다. 오직 지니 러브에게만 매정한 눈길을 주었다. 그들은 그녀를 더욱 꽉 안았다.

그녀는 그들을 사랑하는 것이다. 여기서 빠져나가기가 더 힘들어질수록, 그들이 여기서 아주 힘든 시간을 보내고 있다는 걸 그녀가 알게 될수록, 그들을 더욱 잘 이해할 것이다. 보이스카우트가 이스터의 진흙투성이 등을 여전히 밀고 당기고 하는 와중에도 그들은 이제 기억할 수 있었다. 항상 리지 부인을 맞을 준비를 하고 있었다는 걸. 지금도 이미 텐트를 똑바로 세우고 갈퀴질을 해서 땅바닥도 청소하고, 저녁 식사용 차를 끓여 통 안에 담아 호수에 띄워 놓았지 않은가. 그러면 아니나 다를까 흑인이 키우는 개가 언제나처럼 차를 보고 짖기 시작하면 그녀가 와 있는 것이다. 그녀라면 이 모든 것을 중단시킬 수 있었을 텐데, 그런데 중단시키지 않았다. 처음 항의했던 것도 지금 보니 다 그렇게 되어 있었던 일 같았다. 그녀가 할 법했던 이야기. 어린 여자아이들 몇은 탁자에서 시선을 돌려 리지 부인을 바라보았다. 파우더를 바른 입술이 실룩거리고 눈꺼풀이 내려와 시선을 가렸지만, 그래도 여기 있었다.

탁자에서 보이스카우트가 침을 탁 뱉고는 새로이 이스터를 살펴보았다. 붙들 만한 머리칼을 다시 찾아 쥐고는 머리를 뒤로 당겼다. 이제는 입술이 살짝 벌어진 것이 아니라 완전히, 딱 벌어졌다. 그의 입도 마찬가지였다. 그녀를 툭 내려놓자 고개가 급작스럽게 기울어지며 뺨이 닿았고, 그는 다시 시작했다.

"이스터가 죽었어! 이스터가 죽—" 거트루드 볼스가 야단스럽게 외쳤고, 리지 부인의 손이 역시 야단스럽게 그 입을 찰싹 때리며 말을 잘랐다.

지니 러브는 그들로서는 상상도 못 했던 집요함으로 여전히 수건을 흔들고 있었다. 이스터가 감히 목숨을 잃음으로써 이 모든 것을 중단시켜서는 안 되는 이유가 혹시 지니 러브가 늘 옳은 편에 서 있기 때문일까? 니나가 생각했다. 생각하는 건 나야. 이스터는 전혀 생각을 하지 않지. 그리고 생각을 하지 않는 중에도 죽은 건 아니고 의식이 없을 뿐이야. 그건 더 어려운 일이지. 이스터는 그들 사이로 들어왔지만 아무도 건드릴 수 없는 존재로 온전히 자신을 지켰다. 물론 한 번 아주 가볍게 건드린 것으로도 그녀는 더럽혀져서, 그렇게 멀리, 그렇게 깊숙이 떨어져 버렸지만. 그때쯤엔 다들 그 흑인이 그녀를 물에 빠뜨리려고 의도적으로 그녀를 찔렀다고 얘기했다는 사실을 제쳐 두면 말이다.

"만지지 마." 그들은 서로에게 그렇게 조심스럽게 말했다.

"그만해! 그만해! 그만해!" 무디 선생님이 악을 썼다. 튀겨서 먹을 닭에 기름을 바르듯 그들에게 늘 똑같이 오일을 발라 주었던 선생님이. 리지 부인이 서슴없이 그녀 역시 찰싹 때렸다.

"만지지 마."

왜냐하면 모두들 계속 조금씩 가까이 몰려가고 있었던 것이다.

"이스터가 죽은 거라면 내가 걔 겨울 외투를 가질 거거든." 주니버가 말했다.

"조용히 해, 이 고아 녀석아."

"그럼 죽은 거야?"

"입 다물라고." 보이스카우트가 주변을 둘러보다가 주니버를 보며 숨을 헐떡였다. "내가 해도 된다고 할 때만 물어보라고."

다시 개가 짖었다. 다른 개들이 따라 짖었다.

"또 누구야?"

"총각이네. 랜 매클레인이 오잖아."

"그러시겠지."

모자를 쓴 그가 금방 모습을 드러냈다.

"저리 가, 랜 매클레인." 리지 부인이 그를 향해 소리쳤다. "너랑 개랑 총이랑 다 가까이 오지 말라고. 지금 여기 있는 것만으로 이미 벅차니까."

그녀는 그가 어떤 질문을 하는 것도, 탁자 위로 올라가는 것도 단호히 막았고, 어차피 왔으므로 그 자리를 뜨지도 못하게 했다. 모자 챙 아래로 랜 매클레인이 탁자 위의 로크와 이스터에게 시선—스물세 살의 노린한 시선—을 고정했다. 그 모두를 따져 보는 것은 막을 수 없었다. 총을 팔 아래 끼고 나무 아래에서 자리를 옮겼다. 개 두 마리를 그냥 풀어놓았고, 거의 눈에 띄지 않게 껌을 씹고 있었다. 그에게서 멀찍이 물러서지 않는 건 무디 선생님뿐이었다.

니나는 조금씩 탁자 가까이로 밀고 들어가다 보니 탁자 밖으로 튀어나온 이스터의 팔에 거의 부딪힐 뻔했다. 팔꿈치에서 꺾여 손바닥이 위를 향하고 있었다. 밤이 텐트 안으로 들어와 서 있었을 때, 니나가 아닌 이스터에게 다가갔던 그때와 똑같이. 그 하나의 손이었고, 그 하나의 순간인 것 같았다.

"만지지 마."

니나가 정신을 잃었다. 엘버타의 겨드랑이에서 나는 자른 양파 냄새에 정신을 차렸다. 그녀는 이스터와는 반대 방향으로 탁자 위에 누워 있었다. 집에는 그녀가 사랑하는 것이 너무나 많았지만, 지금은 앞마당을 떠올릴 시간밖에 없었다. 잔디 깎는 기계 뒤쪽 여기저기로 달콤한 향내가 나는 은빛 길이 나 있고 활짝 핀 분꽃이 눈부셨다. 그때 엘버타가 그녀를 일으켜 세웠고, 그녀는 탁자에서 내려와 다른 아이들이 있는 곳으로 돌아갔다.

"가까이 오지 마, 가까이 오지 말라고. 가까이 오지 않는 게 좋다고 했잖아. 나 좀 그냥 놔두라고." 로크 모리슨이 짧은 숨을 몰아쉬며 말하고 있었다. "내가 물속에 들어가 건져 냈잖아, 아냐?"

그들은 그가 정말 미웠다. 특히 니나가 그랬다. 이스터도 거의 그만큼 미웠다.

그들은 이스터의 입을 바라보았고, 눈을 보았는데, 눈을 보니 감각은 없지만 빛의 뒷면을 응시하고 있는 것 같았다. 그녀가 전에는 그들에게 겁을 주고 혐오감을 주었지만, 그들은 다른 종류의 매혹에 사로잡히며 생각하기 시작했다. 자신의 세계에만 빠져 살았던 이스터가 결국 그 반대의 해로운 쪽에서 그들을 큰 소리로 부르게 될 위험이 있는 게 아닐까? 소리는 없을지 모르지만 아마 눈에 보일 수도 있을 그녀의 비밀스러운 목소리가 덩굴처럼 저 끔찍한 입에서 꾸물꾸물 나와, 꽃을 잔뜩 달고 우쭐하며 튀어 오를 수도 있었다. 아니면 뱀이 튀어나올 수도 있고.

보이스카우트가 그녀의 몸을 짓누르자 입에서 피가 흘러나왔다. 그것은 그들 모두에게 말을 거는 것만 같았다.

"니나야, 너! 이리 와서 내 옆에 서." 리지 부인이 소리쳐 불렀다. 니나는 그쪽으로 가서, 갈라진 커다란 흰색 가죽처럼 드레스의 목 부분에서부터 골이 시작되는 커다란 가슴 아래쪽에 섰다.

지니 러브가 엄마와 눈이 마주쳤다. 물론 중간에 잠깐씩 쉬기는 했지만 이제 다시 하얀 팔로 하얀 수건을 들어 올려 대차게 흔들어 댔다. 그녀는 그들이 눈길을 줄 때까지 그들을 바라보았다. 마치 결국 파티는 자신을 위한 것이 될 거라는 듯.

마빈이 다시 차로 가더니 수박 두 개를 더 들고 와서는 여전히 그것을 들고 서 있었다.

"마빈. 아직 수박 먹을 때가 아니라고. 얘기했잖아."

"오, 랜. 어떻게 그럴 수가 있어? 오, 랜."

그건 여전히 제대로 표현을 하지 못하는 무디 선생님이었다.

이제 보이스카우트는 영원히 이스터의 일부이고 그녀는 그의 일부인 듯이 보였다. 그녀는 길게 누워 있고 그는 그 위에서 위아래로 계속 움직이고. 닥자 위의 치마는 거의 말렸지만 그의 몸에서는 여전히

물이 뚝뚝 떨어졌다. 그래서 어떤 면에서는 둘이 자리바꿈을 했다고
도 할 수 있었다. 시간이 흐르고는 있는 건가? 랜 매클레인의 개들은
끊임없이 흑인의 개를 사이에 두고 이리저리 뛰면서 놀았다.

시간이 흐르고는 있었다. 왜냐하면 이스터의 얼굴—곡선을 이루는
이마와 부드러운 윗입술과 희부연 눈—이 처음에는 추락—벌써 거
의 잊힌, 그 긴 찰나에 너무나 순수하게 푸른색으로 물들었던 추락—
의 멍한 황홀감을 함께 담고 있었다. 그런데 지금 그 얼굴은 빗물 같
은 색의 피튜니아 묘목, 아무도 원하지 않는 그런 묘목처럼 추하고
뻣뻣했다. 지금쯤 입은 너무 오래 벌린 채로 있었던 게 분명했고. 입
이 떡 벌어질 때나, 울거나 물거나 배가 고프거나 만족감에서 입을
벌릴 때보다 더 오래, 어느 한 사람의 슬픔이나 항의보다도 더 오래.

아이들이 다 그쪽을 쳐다보고 있었던 건 아니었던 데다, 이제 다들
고개를 숙이거나 까닥거리기 시작했다. 우는 건 다들 잊었다. 니나는
모래 위에서 작은 조개껍데기 세 개를 보았고, 나중에 할 수 있을 때
주워야겠다고 생각했다. 그러다 그것이 미래에서 찾아온 순간이라는
생각이 불현듯 들었다. 과거에서 찾아온 짧은 순간을 보았던 것처럼
말이다. 그것은 지금의 그녀를 한참이나, 아주 한참이나 앞선 것이었
다. 시간은 더 이상 흐르지 않는데 죽음의 순간을 넘어, 기억되는 순
간도 넘어 이스터는 작은 건물에 버려지고 자신은 하나, 또 하나, 또
하나의 조개껍데기를 줍는.

"너무 피곤해!" 거트루드 볼스가 말했다. "그리고 너무 덥고. 이스
터가 탁자 위에 저렇게 계속 누워 있는 거 지겹지 않아?"

"내 팔은 부러질 것 같아, 얘들아." 지니 러브가 일어나 팔을 끌어안
았다.

"이스터가 지겹다고." 거트루드가 말했다.

"그냥 빨리 죽어 버려서 끝났으면 좋겠어." 리틀 시스터 스파이츠가 말했는데, 그녀는 아무도 뭐라 하는 사람이 없어서 오후 내내 엄지손가락을 빨고 있었다.

"그만할래." 지니 러브가 말했다.

리지 부인이 손짓으로 불렀고 그녀가 그쪽으로 갔다. "나랑 니나랑 이스터 셋이 숲속에 들어갔었는데, 나만 옻이 올랐어." 그녀가 엄마에게 입을 맞추며 말했다.

리지 부인은 치맛자락에 붙어 있는 아이들의 팔을 나무라듯 손가락으로 꾹 눌렀다. 아이들이 다들 까치발로 일어났다. 그럼 이스터는 죽은 건가?

아슬아슬하게 붙잡고 선 상태로 잠시 넘겨다보자 비난의 대상이 된 형체가 기억에서 사라지지 않을 만큼 생생하게 눈에 들어왔다. 가면처럼 굳어 버린 얼굴, 탁자 밖으로 나온 손 하나와, 뭔가를 찾아 몰래 한 손 가득 쥐고 있는 듯 암상궂게 허리 아래에서 꽉 움켜쥔 다른 손, 쫙 벌어진 얼룩진 다리. 그것은 배반당한 모습이었지만 배반은 이미 끝나 기억이 되어 있었다. 그러더니 이제 기계적으로 몸을 내리누르던 중에 그 형체가 숨을 헉 내쉬었다.

"돌아와, 돌아오라고." 로크 모리슨이 지독하게 악문 이빨 사이로 내뱉으며 그 위로 몸을 숙였다.

숨이 돌아오자 그녀의 발가락이 바깥으로 쫙 벌어졌다. 허리 부분이 둥글게 솟으며 탁자에서 떨어져 올라갔다. 다시 아래로 떨어지긴 했으나 그러면서 보이스카우트를 차 버렸다.

우스꽝스럽게도 그는 뒤로 떨어졌다. 거의 리지 부인의 치마 안으로 떨어졌다. 그녀는 그 순간 몸을 접으며 땅에 주저앉았는데, 그러면서 치맛자락이 누군가 막 뭉개 버린 화려한 모자처럼 앞에 펼쳐졌다. 랜 매클레인이 급히 달려와 정중하게 그녀를 일으키려 했으나 그녀는 그를 사납게 내쳤다.

"집에 가라고—지금 당장!" 그녀가 말했다.

그들이 보는 앞에서 이스터가 무릎을 딛고 일어나 앉더니, 양 무릎을 끌어안았다. 무릎 위에 고개를 얹고 그들을 바라보면서 엉망이 된 드레스를 천천히 아래로 끌어 내렸다.

해가 지고 있었다. 따뜻한 손바닥이 닿듯이 등에서 직접 느껴졌다. 뭐 움직이는 게 있을까 내려다볼 것처럼 이스터가 탁자 가장자리로 몸을 기울이더니 코를 풀었다. 시골 사람들이 하듯이 손가락만으로. 그러고는 다시 똑바로 앉아 쳐다보았다. 그러고는 다리를 풀어 탁자 아래로 내렸다. 아이들은 노랑과 보라색이 섞인 먼지 사이로 그녀를 마주 보았다. 랜 매클레인의 소형 자동차 때문에 생긴 먼지가 지금 여기까지 몰려온 것인데, 나뭇가지에서 삼베 천이 떨어지듯 대기가 거칠었다. 이스터가 한 팔을 들어 눈을 가리려 했지만 곧 진흙 덩어리처럼 무릎으로 툭 떨어졌다.

그들이 한숨을 쉬는 소리가 들렸다. 처음으로 탁자 위의 낡은 바구니가 눈에 들어왔다. 그 안에 그들의 나이프와 포크, 양철 컵과 접시가 담겨 있었다.

"나 좀 부축해 줘." 이스터가 억양 없는 목소리로 말했다. "부축해 줘." 다시 한번.

그녀가 둔하게 두 팔을 내밀었다.

그때 랜 매클레인이 휘파람을 불어 개를 불렀다.

아이들이 한꺼번에 앞으로 달려갔다. 그룬월드 선생님이 커튼을 걸어 올리듯—아니, 그보다는 내리듯—주먹을 허공으로 치켜들더니 째지는 목소리로 노래를 했다.

고민거리일랑은 낡은 여행 가방에 다 싸 버리고
웃어요, 웃어요, 웃어요!

흑인들이 다들 야단법석을 떨면서 다가왔고, 그 틈을 타 이그점은 그 자리를 피해 풀려난 토끼처럼 앙증맞게 손을 흔들며 숲속으로 달아나 버렸다.

"저 사람은 누구였어? 저 큰 오빠." 에토일이 지니 러브에게 물었다.

"굼벵이 랜 매클레인."

"여긴 왜 온 거야?"

"그냥 캠프에 들른 거야. 다들 내일 사냥하러 올 거라서. 무디 선생님께 말하는 거 다 들었어."

"무디 선생님도 그 사람을 알아?"

"다들 알아. 그 쌍둥이 동생도 알고."

다른 아이들과 함께 앞줄에서 달려가던 니나가 한숨을 내쉬었다. 학교에서 시험지를 제출할 때 나오던 그런 한숨이었다. 한 발씩 내디딜 때마다 반발심이 솟아나는 게 느껴졌다. 그녀가 소리를 질렀다. "이스터!"

그들이 이스터에게 다가가 그녀를 붙잡던 격정적인 순간에 니나에게 수많은 감정이 밀려들었다. 서로 어울려 더해지는 것도 있었지만 서로 충돌하는 것도 있었다. 적어도 이스터에게 일어났던 일은 박사와 마찬가지로 세상 밖에 드러나 있었다. 그리고 그 뒤에도 매정하고 잔인해서 불가사의하고, 니나가 자신의 몸 안에서 느낀 그 무엇 때문에 살의에 차 있는 어떤 것으로 남았다.

이제 그들이 이스터를 텐트로 데리고 갔고, 그룬월드 선생님은 여전히 뒤쪽에서 폴짝거리며 아이들을 인도했다.

―낡은 여행 가방에!
웃어요, 소년이 아닌 소녀들이여, 그게 내 스타일!

우뚝 솟은 큰 키의 리지 부인이 신음 소리를 내며 따라갔다. 리틀 시스터 스파이츠를 붙잡고는 말했다. "네가 감히 날 무시해!" 곧 자신이 감독을 하겠지만 지금 당장은 앉을 자리와 차가운 물 한 잔이 필요했다. 아직 마빈에게 아무 말도 하지 않아서, 그는 수박을 탁자 위로 올려놓고 있었다.

이스터가 허공에 자유롭게 떠 있다가 창공의 손을 거쳐 거꾸로 떨어지던 것을 그들은 마음속에서 다시 떠올릴 수가 없었다. 그들 몇몇은 뒤를 돌아보았고, 벽처럼 솟은 나무들이 겹겹이 주위를 둘러싼 호수에 어느새 어둠이 내려앉은 것이 보였다. 리틀 시스터 스파이츠의 것인, 팔에 끼우는 튜브가 새처럼 하얗게 여전히 둥둥 떠다녔다. "난 다른 달 호수 알아." 어제 한 아이가 말했었다. "오, 애야, 달 호수는 세상천지에 있어." 그룬월드 선생님이 끼어들며 그렇게 말했다. "내가 아는 것 중의 하나는 오스트리아에 있는데……" 그리고 그 모든 호수에 여자아이가 빠졌다고, 그들은 이제 감히 생각하게 되었다.

호수는 점점 어두워졌고, 테두리를 두른 우물 속 물처럼 어슴푸레 빛났다. 이스터를 침대에 누이고 다들 조용히 텐트 바깥의 바닥에 앉았고, 리지 부인은 니나의 컵으로 물을 홀짝홀짝 마셨다. 나무둥치가 시작되는 지점에서 올려다보는, 가지를 넓게 펼친, 꽃이 만발한 미모사나무처럼 하늘에서는 온통 밝은 구름이 피어올랐다.

6

팔짱을 끼고 아래쪽 길을 따라 정처 없이 내려가던 니나와 지니 러브는 보이스카우트의 텐트를 보았다. 수박 파티가 끝나고 리지 부인도 돌아간 뒤였다. 얇은 드레스에 테니스 신발을 신은 무디 선생님은 옛날 '루디' 루미스와 데이트가 있었고, 그룬월드 선생님은 취침 시간 전에 노래를 부르며 아이들을 붙들어 두고 있었다. 이스터는 잠이 들었고 투지가 그녀를 지켜보았다.

니나와 지니 러브는 작별 인사처럼 흘러오는 노랫소리와, 사이사이의 환호와 고함 소리를 들었다. 가까운 나무에서 올빼미가 울었다. 바람이 대기를 흔들며 지나갔다.

텐트 반대쪽 벽으로 보이스카우트가 이리저리 움직일 때마다 납작한 다리 그림자가 부채처럼 열렸다 닫혔다 했다. 안에 랜턴이 있거나, 아니면 촛불밖에 없을지도 몰랐다. 그가 텐트 앞자락을 여는 바람에 그림자는 사라져 버렸다. 지니 러브와 니나는 길에서 걸음을 멈추고 오래된 야영객처럼 가만히 있었다.

보이스카우트인 로크 모리슨은 세상 사람들이 다 보든 말든 텐트 안에서 옷을 벗고 있었다. 옷을 하나씩 벗는 데 시간이 꽤 걸렸고, 벗은 다음엔 공을 던지듯 바닥에 집어 던졌다. 하지만 그것도 그에게는 일종의 명상인 것 같았다.

촛불—결국 있는 건 촛불뿐이었다—이 조금씩 흔들리는 중에 그는 그들 것과 똑같은 벽 거울 앞에 서서 햇볕에 탄 몸을 살펴보며 만져 보았다. 벌거벗은 몸 앞쪽의 작은 그것이 물 주전자의 주둥이에 달린 마지막 물방울처럼 달려 있었다. 살펴보는 일을 다 했든지, 그만두기로 했든지, 다시 텐트 입구로 나와 한 다리에 몸무게를 실은 채 한 팔을 올려 기대섰다. 그저 요란스러운 밤을 내다보았다.

그들이 보자니 그는 정말 할 일이 별로 없는 게 아닌가!

그의 모습을 그렇게 몰래 보기 전에 그는 분명 주먹으로 자기 가슴을 마구 두들기지 않았을까? 스스로를 대단히 자랑스러워하면서? 그가 분명 만들어 냈을 그 격렬한 자부심의 북소리가 고동치는 밤공기 속에서 여전히 들리는 것만 같았다. 한밤중에, 숲 한가운데에 따로 떨어진 그 텐트 안에서 그가 했을, 짧고 유치하지만 무엇보다 중요한 그 쇼를 충분히 상상할 수 있었다. 춤추는 촛불과 어울리는 피라미 같은 그것, 그것을 내놓고 벌거벗은 채 그는 자신이 눈부시게 빛난다고 생각할 것이다. 그렇지 않은가?

그렇지만 고개를 약간 기울인 채 팔을 위쪽으로 뻗어 울퉁불퉁 보이는, 텐트에 기대선 그는 오히려 하릴없이 빈둥거리는 것처럼 보였다.

"부엉이 소리 내 보자." 니나가 제안했다. 하지만 지니 러브는 앞일을 생각했다. "내일 모개나에 가면 다 일러바칠 거야. 보이스카우트 중에서 저렇게 잘난 체하는 사람은 처음 봤어. 게다가 안짱다리야."

그러고는 다시 덧붙였다. "너랑 나랑은 평생 결혼하지 말자."

그러고는 캠프로 돌아가 노래 부르는 아이들과 합류했다.

온 세상이 다 아는
The Whole World Knows

아버지, 아버지가 지금 어디 계시든 아버지와 얘기를 할 수 있으면 좋겠어요.

엄마는 이런 식이에요. 어디 갔다 왔니, 아들?—아무 데도 안 갔어요, 엄마.—그렇게 불행해 보이지 않았으면 좋겠구나, 얘야. 지금 당장 매클레인으로 돌아와 나와 함께 살아도 되는데.—그럴 순 없어요, 엄마. 제가 모개나에 있어야 하는 거 아시잖아요.

은행 문을 부서질 듯 닫은 뒤 소매를 걷어붙이고 잠시 길 건너 와일리 볼스 씨네 목화밭을 바라보며 서 있었는데, 그 때문에 거의 졸음이 쏟아지려다가 코앞에서 불이 켜진 것처럼 확 잠이 깼어요. 우드로 스파이츠가 떠난 지 낮 뭍이 지났을 때였죠. 차에 올라타, 거리를 따라 올라가다가 지니네 진입로(저기 우디가 가네요) 아래쪽에서 꺾여져 다시 내려갔어요. 낡은 우리 집 진입로에서 꺾여졌는데, 프랜신 아줌마가 스프링클러로 물을 뿌리고 있기에 다시 한 바퀴를 돌았죠. 모두가 매일 하는 일이에요. 자기들이 직접 하는 건 아니지만.

메이딘 섬롤이 약국 계단에 앉아 작은 녹색 손수건을 흔들고 있었어요. 차를 세워야 한다는 걸 잊었고, 뒤늦게 보니 손수건은 내려가 있었어요. 태워 주려고 차를 돌렸지만 이미 레드 퍼거슨의 차를 타고 가 버린 뒤였죠.

그래서 내 방으로 갔어요. 프랜신네 강아지인 벨라가 내내 밭은 숨을 내쉬고 있었어요. 아프거든요. 난 늘 뒷마당으로 나가 강아지에게 말을 걸어요. 벨라, 좀 어떤가, 아가씨? 덥지 않아? 널 이렇게 혼자 내버려 둔 거야?

엄마가 전화에 대고 얘기해요. 어디 나갔다 온 거니, 아들?—그냥 바람 좀 쐬러요.—해쓱한 게 안 좋아 보이는구나. 나한테 숨기는 게 있지. 난 이해가 안 된다. 너나 유진 허드슨이나 똑같아. 이젠 두 아들이 다 나한테 뭘 숨기는구나.—아무 데도 안 갔어요. 대체 어딜 가겠어요?—나랑 같이 매클레인 별장에 가서 살면 만사가 괜찮을 텐데. 프랜신과 함께 밥 안 먹는 거 알아. 비스킷조차 안 먹는다지.—지니가 만든 것만큼 맛있어요, 엄마.

하지만 유진은 캘리포니아에서 안전하게 살고 있어요. 우리는 그렇게 생각했죠.

은행 문이 열리자 퍼디타 메이오가 내 자리로 와서 소리를 질렀어요. "랜들, 소중한 네 마누라한테는 언제 돌아갈 거야? 이제 그만 용서하라고, 내 말 알아들어? 그렇게 계속 앙심을 품는 건 할 일이 아니지. 네 엄마는 네 아비한테 평생 앙심 같은 거 품지 않았다. 그놈 때문에 그렇게 사는 게 힘들었어도 말이야. 얼마나 힘들게 했게? 그래도 앙심이라곤 없었다고. 우린 어차피 다 사람이야. 우드로가 아침에 어디서 뭘 하느라 지각을 한 거야? 네가 뭐 어떻게 한 거야? 걔를 보면 아직도 버스터 브라운 머리에 반바지 입고 100달러나 하는 그 비싼 조랑말을 타고 다니던 꼬맹이 같아. 우드로, 약간 평범하지만 아주 똑똑하지. 필릭스 스파이츠는 손님에게 바가지를 씌운 적이라고는 없고, 빌리 텍사스는 지금 이렇게 되기까지 아주 한 일이 많았어. 그리고 미시의 피아노 솜씨는 늘 평균 이상이었지. 리틀 시스터는 아직 너무 어려서 뭐라고 얘기할 수가 없지만. 아, 이 몸은 흔들의자에 앉아서도 세상만사를 다 아는 사람이야. 그래서 하는 말인데 우리 다 살다 보면 뜻밖의 일이 생기기 마련이지. 어쨌든 부인에게 돌아가, 랜 매클레인. 내 말 알아들어? 영혼이 아니라 육체의 문제잖아. 곧 지나간다고. 서너 달이면 지니는 거기서 벗어날 거야. 알겠어? 그러니까 점잖게 돌아가라고."

"오늘은 더 덥네, 그렇지?"

메이딘 섬롤을 태우고 길을 달려요. 그 애는 시섬 마을 출신으로 열여덟 살이에요. "봐요! 도시 사람 같죠!" 그녀가 양손을 내 쪽으로 내밀며 말했죠. 새로 산 흰 면장갑을 끼고 있었거든요. 차를 태워 주면 메이딘은 그럭저럭 들을 만한 얘기들을 떠들곤 했어요. 시드 앤드 피드에서 점원으로 일하면서 장부 정리를 하는 일이나 그 가게 주인인 올드맨 무니 얘기, 시골에 살다 전분대를 졸업하고 모개나에서 일하는 게 어떤지 따위의. 첫 직장이었고 엄마는 여전히 마음에 들어 하지 않는다고 해요. 그리고 사람들이 참 친절하다고. 레드 퍼거슨과 코카콜라 트럭을 타고 가는 대신 때로 이렇게 나랑 집까지 갈 수도 있으니까. 그렇게 이제 내 얘기를 했어요. "처음엔 저를 만나 줄 거란 생각을 안 했어요, 랜. 이 장갑은 이 차를 타고 집에 갈 때 끼려고 아껴 둔 거예요."

눈이 좀 안 좋아졌다고 말해 줬어요. 그녀는 그것 참 안됐다고 했죠. 고지식한 시골 출신이라 유감스러운 심정을 꼭 말로 표현하는 걸 좋아해요. 몇 번을 더 하릴없이 차를 몰고 돌아다녔어요. 스텝토 씨가 우편물 자루를 끌고 우체국 안으로 들어가고 있었어요. 그와 메이딘이 마주 손을 흔들었죠. 장로교회에서 미시 스파이츠가 〈내 왕관에 별이 달릴까?〉를 연주하고 있었고, 메이딘이 귀를 기울여 들었어요. 거리에는 항상 똑같은 사람들이 문간에 서 있거나 차를 몰고 다니다가 내 차를 향해 손을 흔들어요. 메이딘도 파란 손수건을 열심히 마주 흔들어 주었죠. 내게 했던 것과 똑같이.

"그렇게 틀어박혀서 하루 종일 돈을 세고 있으니 눈이 안 좋아지는 것도 당연하잖아요, 랜." 나에 대해 뭐라도 말할 셈으로 그렇게 말하더군요.

메이딘은 모개나에서 누구라도 해 줄 수 있는 그 얘기에 대해 다 알고 있었어요. 처음 차를 태워 준 다음 이어서 네 번인가 다섯 번을 더 태우고 거리를 몇 바퀴를 돌았고, 조니 루미스네 가서 콜라를 사 줬고, 올드 포크스 옆의 집에 도착해 내려 줬는데, 그러는 내내 돈 세는 얘기처럼 상냥한 말 외엔 다른 말은 한 적이 없어요. 상냥한 애거든요. 개랑 같이 있는 건 혼자 있는 것 다음으로 좋아요.

집에 데려다주고 모개나의 프랜신 머피네 내 방으로 다시 돌아왔죠.

그다음 번에는 도로 끝에 이르러 스타크네로 들어가는 길로 올라
갔어요. 더 이상 참을 수가 없었거든요.

진입로 위쪽에 이르러 차를 세울 때까지 메이딘은 한 마디도 하지
않았어요.

"랜?" 그뿐이었죠. 뭘 묻겠다는 것도 아니에요. 그냥 자기가 함께
있다는 걸 상기시키는 거였는데, 그건 나도 알고 있었죠. 난 차를 내
려서 반대쪽으로 돌아가 그쪽 차 문을 열었어요.

"저랑 같이 저길 들어가자는 거예요?" 그녀가 물었어요. "제발, 안
그랬으면 좋겠는데." 그러고는 고개를 떨구었어요. 머리칼 속 아주
흰 살이 보였죠.

내가 말했어요. "그럼. 들어가서 지니를 만나자. 뭐 어때서?"

더 이상 참을 수가 없었거든요. 그래서 그런 거예요.

"널 데리고 들어갈 거야."

그렇다고 드루지 카마이클 씨가 매일 오후에 이런 말을 안 했다는
건 아니에요. "나랑 같이 집에 가자, 얘야." 그 커다란 파나마모자—
아버지 모자 같은 거 말이에요, 아버지—를 머리에 힘차게 눌러쓰면
서 주장했어요. "네가 우리 집 선풍기를 쐬며 시원하게 잠을 자지 않
는 건 말이 안 돼. 네가 건너편 그 집의 찜통 같은 방에서 지낸다고
메이미가 보통 화를 내는 게 아니라고. 5분이면 건너올 수 있잖아. 이
봐, 랜. 메이미가 할 말이 있다나 봐. 내가 아니라." 그러고는 문간에
서 삼산 기다려요. 편안함을 무기로 나를 협박할 것처럼 지팡이—그

가 시장으로 선출되었을 때 우디 스파이츠랑 내가 함께 사 준 지팡이예요—를 머리까지 들어 올린 채로 서 있다가, 내가 "고맙습니다만 사양할게요"라고 한 다음에 자리를 뜨죠.

메이딘이 내 곁에 있었어요. 열에 달구어진 스타크네 마당을 가로질러, 금방이라도 떨어질 것만 같은 과일처럼 늘어져 있는, 너무나 환하게 만발한 묵직한 백일홍 아래를 지나서 앞 포치로 걸어갔죠. 장모님—리지 모건 말이에요, 아버지—이 먼저 침실 창문으로 얼굴을 내밀었어요. 내가 돌아오면 제일 먼저 알 사람이 장모님이죠. 쇠로 된 코바늘로 커튼을 벌리며 랜들 매클레인이 대체 누군지 모를 여자를 데리고 자기네 문으로 걸어오는 걸 내려다보았죠.

"여기서 뭐 하는 건가, 랜 매클레인?"

내가 올려다보지 않자 코바늘로 창틀을 두들겼어요.

"스타크 집안엔 한 번도 들어가 본 적이 없어요." 메이딘이 말했고, 그제야 내 얼굴에 미소가 떠올랐어요. 신기하게도 마음이 홀가분해졌어요. 어디 가까이에 백합이 활짝 피어 있는 게 분명했어요. 산뜻한 향이 한가득 몰려왔거든요. 의식을 잃을 정도든 아니든. 덧문을 열었어요. 위층 어디에선가 장모님이 지니 러브를 소리쳐 부르는 소리가 들렸어요. 내가 마치 지니와 데이트를 하러 오기라도 한 것처럼.

지니는 크로케를 하러 나가지 않고, 다리를 벌린 채 현관 거울 앞에 서서 머리를 자르고 있더군요. 머리칼이 발 주변에 떨어져 있고. 주문을 해야 살 수 있는, 짚으로 만든 샌들을 신고 남자 반바지를 입고 있었어요. 가까이서 날 올려다보며 말했죠. "잘도 맞춰 왔네. 얼마나 잘라야 하는지 말해 줘." 앞머리를 자를 참이었거든요. 그러면서 미소를 지었는데, 그 모습에 입만 벌린 채 그 앞에서 울어도 괜찮을 사람이 올 때까지 아직 소리는 내지 않는 그런 아이가 떠올랐어요.

그러더니 다시 거울을 보면서 머리를 잘랐어요. "문득 잘라야겠단 마음이 들면 어쩔 수 없이—" 그때 메이딘을 보았고, 황새 모양의 가위로 다시 머리를 자르기 시작했죠. "너도 들어와. 장갑은 벗고."

그래요. 선견지명처럼 재빠르게 그녀는 첫째로 여름 더위가 참을 수 없어지면 내가 돌아오리라는 것과, 둘째로 그렇게 돌아올 때, 찾을 수만 있다면 뭐가 옳고 그른지 모르는 낯선 사람을 데리고 같이 들어오리라는 것을 알았던 거죠.

아버지, 나도 돌아갈 수 있으면 좋겠어요.

여기저기 비죽비죽한 지니의 머리통을 바라보고 있는데 장모님이 내려왔어요. 물론 신발을 갈아 신으려고 잠시 지체한 것일 뿐이었죠. 행진을 하듯이 계단을 내려올 수 있는 그런 신발로요. 다 모이자 함께 그 자리를 떠서, 아무도 짝을 짓지 않은 채로 복도를 따라갔어요. 각자 이름을 말하고 이런저런 얘기들을 하는 사이로 지니가 텔리에게 콜라를 가져오라고 소리를 질렀죠. 손가락으로 사람 수를 세었는데, 그렇게 바로 쾌활함을 되찾은 거죠. 약간 들떠서 울퉁불퉁한, 지니의 머리칼이 깃털처럼 널려 있는 깔개에 발을 디디자니 몸이 솟아올라 둥둥 떠오를 수도 있을 것 같았어요.

뒤 포치의 흔들의자에, 흔들지는 않고 다들 앉아 있었죠. 흰 고리버들 의자는 새로 칠을 했더라고요. 수도 없이 새로 칠을 했겠지만, 내가 지니를 떠난 후로는 처음이었어요. 눈부시게 하얀 햇빛이 쏟아지는 바깥 풍경이 눈에 들어왔어요. 주변에 가까이 놓인 양치식물이 화분대 위에서 숨죽이고 있었는데, 방금 물을 주었기 때문이었죠. 여자들이 떠드는 소리, 당연히 우리에게 벌어진 일에 대한 그런 얘기들이 토막토막 들려오긴 했지만 난 양치식물의 얘기를 들었어요.

아랑곳없이 그 얘기를 하고 있었죠. 그런 건 생각할 수도 없는 장모님 목소리가 아니고, 확실히 지니의 목소리도 아니고, 한 번도 그 얘기를 해 본 적 없는 메이딘의 맑은 목소리로 말이에요. 더 문제는 자기가 하는 말을 전혀 의심해 보지도 않은 채 그저 마을에서 떠드는 소리를 그대로 옮기고 마구 쏟아붓는 거죠.

그녀도 봤을 거라며 사람들이 떠드는 얘기를 하고 들은 얘기를 그대로 옮기는데—젊은 처녀들은 말을 할 줄 아는 기이한 새라고도 할 수 있어요. 언젠가는 **사람들**이 지은 노래를 부르는 법을 가르칠 수도 있을 거예요…… 심지어 장모님도 고개를 한쪽으로 돌리고 메이딘이 하는 대로 놔두었죠.

그가 부인을 버리고 집을 나가 짐을 싸서 길 저 아래쪽으로 가 버렸다잖아요. 이제 다들 그가 언제 다시 돌아올지 기다리고 있는 거죠. 사람들 말이 지니 매클레인이 자기보다 한 살 어린 우디를 식사에 초대했다면서요. 두 사람이 태어난 때를 다 기억한다고. 엄마 코 앞에서 초대를 했다고. 그럼요, 우드로 스파이츠를 부른 게 맞죠. 유진 매클레인도 가 버린 마당에 지니 스타크가 찾을 사람이 랜을 빼면 모개나에 그 사람 말고 또 누가 있겠어요? 네스빗네하고는 친척 간이니까. 정확히 언제 그렇게 되었는지는 말할 수가 없는데, 누군들 그걸 알겠어요? 모임에서, 프랜신네서, 주일학교에서 시작되었다고들 하고, 그래서 우드로와 결혼할 거라고들 했죠. 우드로야 좋아라 했겠지만 누가 되었든 랜이 먼저 죽여 버렸을 거라고. 그리고 랜의 부친이 있잖아요. 예나 지금이나. 기억하죠? 게다가 가끔 그를 막을 수 있었던 유진도 없고. 불쌍한 스노디. 다 업보죠. 다정한 사람이긴

했는데, 그 옛날부터 속에 악마 같은 면이 너무 많았다고, 랜이 말이
에요. 그래서 뭔가 못된 짓을 할 거라고. 이혼을 해 주지는 않고 못된
짓을 할 거라고. 다 죽여 버릴 수도 있고. 그런데 지니는 그런 건 하
나도 무섭지 않다고 한대요. 어쩌면 술병을 숨겨 두고 매일 술을 마
시는 걸 수도 있다고. 부친 쪽 피가 그렇잖아요. 그러면서 밖에 나올
때는 얼마나 얌전을 빼는지. 아, 그리고 그거 알아요? 그 세 사람이
매일 마주친다면서요. 당연하죠, 아무리 안 그러고 싶다 한들 이 모
개나에서 어떻게 안 그럴 수가 있겠으며, 어떻게 거기서 벗어나겠어
요? 모개나에서는 벗어날 수가 없으니까요. 아무것에서도. 알잖아요.

아버지! 그런 얘기 못 들었군요.

텔리가 우리 전부에게 화가 나 있었어요. 여전히 쟁반을 들고 서
있었거든요. 한 몇 센티 너무 높게 들고 있었죠. 메이딘이 흰 장갑을
낀 손으로 콜라를 받아 들고는 장모님에게 이렇게 말했어요. "하루
종일 가게에서 일을 해서 처음 보는 사람 집에 찾아오기엔 너무 행색
이 볼품없고 지저분하네요."

"여기서 네가 제일 쌩쌩하단다, 얘야."

메이딘이 자기 얘기가 아니면 달리 누구 얘기를 할 수 있겠어요?

하지만 그녀는 지니와 닮았어요. 지니의 어린 판이라 할까. 그때
때마침 지니가 처음으로 나를 지그시 바라보는 바람에 그 점이 단번
에 분명해졌죠. (아, 그녀의 표정은 늘 뭔가 혼탁한 것을 분명하게 해
줘요. 아니면 더 분명하게 하든가.) 그 유사성을, 말하자면 **사후에** 알
게 된 거죠. 그리고 곧장 그런 나 자신이 마음에 들었어요. 메이딘이
그 어린 얼굴에 무슨 조롱조의 흉내를 담고 있었다는 뜻이 아니에요,
절대 아니죠. 그냥 과거로 한참 거슬러 올라가면 지니에게 지금 메이

단의 어떤 면이 있었다는 거죠. 나로선 뭔지 몰라도 지금 지니에게는 절대 없을 면이지만.

천장의 선풍기―낡은 흰색 날개가 케이크 크림처럼 허옇고 그 위에 파리들이 앉아서 함께 돌아가는―가 천천히 돌아가면서 불어오는 미풍에 여자들의 머리칼이 누가 손을 스치기라도 하는 듯 팔랑거렸어요. 어깨까지 내려온 메이딘의 갈색 머리칼과, 망쳐 버린 지니의 짧은 갈색 머리칼. 원래 뭘 망치는 걸 좋아하니까 스스로 망쳐 버린 거죠. 메이딘은 지금까지 내게 했던 이상으로 공손했고, 물이 뚝뚝 떨어지는 양치식물처럼 간간이 말을 멈추면서 자신에 대해, 시드 앤드 피드에 대해 얘기했어요. 하지만 지니와 함께 있는 그 방에서 아직은 알 수 없는 무언가로 발갛게 상기되어 있었죠. 그리고 지니는 귀를 기울이지 않고, 영리한 미소를 띤 채 아직은 의자를 흔들지 않고 그냥 앉아 있었고요.

지니를 봤다가 메이딘을 봤다가, 다시 지니를 보니 어떤 칭찬의 말이 들릴 정도였어요. 어디선가―아버지인가요!―들려오는 내 감식력에 대한, 내 예지에 대한 칭찬 말이에요. 결국 그걸 끄집어내는 건 내가 아니면 안 되었던 거예요. 두 사람 사이에는 시간 차이밖에 없었으니까요.

밖에서 뭔가 신경에 거슬리는 소리가 계속 들려왔어요. 크로케를 하는 사람들 소리였죠. 우리는 콜라를 다 마셨고, 장모님은 그냥 더운데 거기 앉아 있었어요. 여전히 코바늘을 자처럼 똑바로 들고 있었지만 그걸로 죽도록 맞은 사람은 아무도 없었죠. 지니가 일어서더니 함께 크로케를 하자고 했어요.

하지만 이미 충분히 오래 있었어요.

그들—우디와 조니, 에타 루미스, 니나 카마이클과 지니의 사촌인 주니어 네스빗, 그리고 그들이 끼워 준 열네 살짜리 아이—이 뒷마당의 저만치 그늘 아래에서 천천히 이리저리 움직이고 있었어요. 우디 스파이츠가 삼주문 사이로 공을 때려 넣었죠. 그는 내 상대가 되기엔 너무 어려요. 올해나 들어서야 제대로 봤을 정도죠. 이제 막 출세하기 시작했으니까. 저기 마당 아래를 내려다보았는데 늘 있던 무리보다 좀 수가 적어 보였어요. 누가 빠진 건지 알 수가 없었죠. 지니는 이미 내려가 있었으니까. 빠진 건 나였어요.

엄마가 말했어요. *애야, 너 왜 그렇게 잠결에 서성이는 거니.*

퍼디타 아줌마가 와서 말했어요. "네가 어제 집에 돌아갔단 얘기를 들었는데, 입도 뻥긋하지 않고 다시 가 버렸다지. 그럴 거면 차라리 가질 말지. 괜히 앙갚음할 마음으로 사람들이 혀를 찰 일 같은 건 하지 마. 그러지 않을 거라는 건 알지만. 네 부친을 내가 알지. 내가 무지 좋아했고, 그가 올 때마다 좋고 가면 섭섭하고, 그리고 네 엄마도 좋아해. 세상에서 제일 다정한 사람들이고, 그가 집에 있기만 하다면 제일 행복하게 맺어진 사람들이지. 다음에 네 엄마를 보거든 내가 그렇게 말했다고 전해. 넌 소중한 네 부인한테 돌아가고. 돌아가서 아이를 낳으라고. 내 모임 사람들이 지니가 너랑 이혼하고 우드로랑 결혼할 거라고 단언하기에 내가 말했지. 어째서? 육체적 차원이니까 오래가지 않아. 그렇게 말했어. 여자 회원 하나가 네가 그를 죽일 거라고 하기에 또 내가 말했지. 이봐, 누구 얘기를 하는 거야? 자기 차 타고 다니는 내가 아는 그 랜 매클레인 얘기라면 그는 절대 그렇게까지 막 나살 사람이 아니야. 내가 그랬지. 그리고 지니 말인데. 지니를 혼내 줘야 한다는 얘기를 누가 지니한테 할 거야? 지니를 보면 어쩔 수 없이 웃음이 나오는데, 내 일이니까 참견하지 마요! 그러잖아. 우리가 철물점에 있었잖아. 홀리필드가 무시무시하게 인상을 쓰더라고. 지니, 어떻게 된 거야. 이 퍼디타에게 다 얘기해 봐, 이것아, 그랬지. 그랬더니 지니가, 오, 퍼디타 아줌마, 저를 좀 예뻐해 주세요, 그러는 거야. 저를 좀 예뻐해 달라고요, 그러더니 아무 일도 없다는 듯이 굴어. 정말이지, 그러더니 나보고 모개나 은행에 수표를 써서 가져가라는 거야. 우디 스파이츠가 거기서 일하는데, 지금 우디랑 랜 둘뿐이라고. 그래서 내가 우디에게 가서 수표를 현금으로 바꿨지. 그러면서 말했어. 얘들아, 너희들이 아무리 기를 쓴다고 어떻게 서로 안 보고 살겠니? 그럴 수가 없어. 어쨌든 네가 스파이츠네 사람들을 계속 마주치는 건 안된 일이지. 아, 카마이클네 아들들이라도 있었다면! 내가 종종 하는 말이 그거잖아. 하지만 네가 뭐가 되었든, 이건 끝을 낼 수 없는 거야. 육체 문제가 그래. 끝이 없는 거지. 게다가 모개나에서는 벗어날 수도 없어. 우리 작은 마을에서조차 그렇고.

내가 올드맨 무디에게 얼마 전에 말했어. 좋아, 지니가 랜 말고 딴 남자를 만났다, 딱 잘라 말하면 그렇게 되지. 지금 문제가 바로 그거야. 그게 핵심이지. 솔직히 얘기하자고. 데이브 무디에게 그렇게 말했어. 용감한 리지 스타크처럼 말이야. 여기서 남쪽으로 7마일이나 떨어져 있긴 하지만 스노디 매클레인도 또 용감한 사람이지. 불쌍한 빌리 텍사스 스파이츠는 도대체 알 수가 없고. 당신은 여기 시드 앤드 피드 주인이고 보안관일 뿐이지, 당신 의견이 도대체 내 맘에 들진 않아.

지니는 어릴 때도 악마 같은 건 무서워한 적이 없으니 스물다섯이나 된 지금도 당연히 그렇겠지. 게다가 리지의 딸이고. 게다가 우드로 스파이츠가 은행을 그만둘 것도 아니잖아, 그렇지? 가게보다 훨씬 깔끔하고, 게다가 가게도 가지게 될 거고. 그러니까 랜, 다 너한테 달린 거야.

나도 이제 내 법적인 배우자에게 가야겠다!" 퍼디타 아줌마가 내 자리의 창살 위에 두 손을 얹고는 목소리를 높여 말했어요. "너나 나나, 저 달에 있는 사람이나, 사람의 자존심이라는 게 있지, 서향으로 창이 난 프랜신 머피네 그 더운 위층 방에서 잠을 자는 건 말이 안 돼! 그것도 8월에 말이야! 그게 네가 어렸을 때 살았던 집이긴 하지만, 방이 다르잖아. 그리고 내 말 잘 들어. 거기에 **시골** 처녀 끌어들여서 망가뜨리지 마. 내 말 잘 생각해 보라고."

그녀가 공기를 끌어당기듯이 손을 내민 채로 뒤로 물러섰어요. 나는 최면에 걸린 채 누군가에게 귀를 잡혀 공중에 떠 있고 그렇게 그녀는 떠나 버릴 수 있는 것처럼. 하지만 그녀가 자리를 떠나 옮겨 간 곳은 옆 창구인 우디 스파이츠의 자리였죠.

난 프랜신 머피네의 내 방으로 돌아갔어요. 아버지, 그 방은 예전에 큰 옷 가방들을 두던 방이에요. 엄마의 조각보 이불과 결혼 예복, 그리고 아버지는 알지 못할 그 오랜 시간 동안 쌓인 온갖 끔찍한 것들이 있었죠.

퇴근한 후 난 프랜신네 뒷마당에서 풀을 깎거나 벨라를 조금이라도 시원하게 해 줄 다른 일을 해요. 그렇게 하면 어느 정도는 벨라에게 달려드는 벼룩들을 막을 수 있어요. 크게 소용은 없지만요. 뜨거운 열기는 계속되니까.

이른 오후에 지니네에 한번 가 봤어요. 남자들은 여전히 어린 여자 아이 하나를 끼워 크로케를 하고 있었고, 여자들은 자기들끼리 포치에 나와 앉아 있었어요. 이번엔 메이딘 없이 가 보려 했던 거죠.

식사를 할 수 있을 만큼 열기가 식기를 기다리는, 미시시피의 긴 저녁 시간이었어요. 장모님의 목소리가 흘러나왔어요. 조면기가 윙윙대는 소리처럼 흘러왔지만, 저녁은 여전히 고요했어요. 여전히 너무 덥고 조용했죠.

누군가 나에게 소리쳤어요. "우디가 오면 넌 죽었어." 그건 그저 땋은 머리를 한 윌리엄스네 여자아이들이었지요.

거기에 농담으로 대답을 할 수도 있었겠죠. 머리가 좀 어지러웠어요, 심각한 건 아니었지만. 언제나 내 것이었던, 빨간 띠가 둘러진 타구봉을 들어 올렸을 때 그건 정말로 아이에게 보여 주려고 한 거였어요. 그런데 그걸로 우디 스파이츠를 내려친 거죠. 그가 고꾸라졌고 땅이 흔들렸어요. 갑자기 공기가 솟구치는 게 느껴졌어요. 그래서 그를 두들기기 시작했어요. 머리끝부터 발끝까지, 여자아이 같은 부드러운 머리칼이 달리고 온갖 생각이 담긴 머리를 부숴 버리고, 발가락의 자잘한 뼈에 이르기까지 모든 뼈가 두 동강이 날 때까지 쉬지 않고 팼어요. 그때까지는 아직 우디 스파이츠를 끝장내지 않았던 거죠. 그래서 남자의 몸—아시겠지만 아무리 실질적이고 아무리 특별한 형태라 해도 상하지 않을 수 없는—도 아주 금방 끝내 버릴 수 있다는 걸 증명했어요. 한 번 한 번 요란하고 확실하게 후려치면 되는 거예요. 지니도 그걸 배워야 하는데.

바닥에 누운 우드로를 내려다봤어요. 그런데 그 파란 눈은 전혀 상하지 않은 거예요. 아이들이 만드는 비눗방울처럼 온전하면서도 그 무엇에도 영향을 받지 않을. 비눗방울 속으로 풀잎 하나를 통과시켜도 비눗방울이 터지지 않고 여전히 세상을 비추며 제 모습을 유지하는 거 보셨죠. 전 우드로가 죽었다고 단언했어요. "자, 잘 봐." 그가 말했어요.

고통스러운 기색도 없이 그렇게 말했죠. 그저 겨루기를 하는 날선 말투가 담겼을 뿐이었어요. 누구보다 야심이 큰 멍청이였으니까요. 나로선 야심이라는 게 언제나 불가사의했지만, 이제 그가 우리를 속이려고 하는 거였어요. 자기와 나 둘 다를. 다 부스러진 우디 스파이츠의 턱뼈가 어떻게 움직인 건지 알 수 없었지만 어쨌든 움직였어요. "자, 잘 봐." 그렇게 말하는 걸 들었으니까.

엉망이 된 잔디 위에 그가 죽은 채 누워 있었어요. 그런데 어느새 일어나 있는 거예요. 그 점을 확인시키려는 듯 통통한 어린 윌리엄스네 여자아이 엉덩이를 찰싹 때렸죠. 그 모습이 보이긴 했지만 소리는 들리지 않았어요. 세상 그 어떤 소리보다 익숙한 소리인데.

그리고 그때 소리를 질렀나 봐요. 다 치욕스러워! 사람의 고함 소리도 이렇게 늦은 저녁에는 메뚜기 소리처럼 엄청나게 커져서 뒷마당의 잔디밭까지 건너갈 수 있나 봐요. 물론 그 정도로 많은 수가 울 때 얘기지만. 발치에서는 그림자가 점점 빛을 잡아먹어 아예 그림자도 남지 않았고 메뚜기들이 긴 파장으로 '이-오, 이-오' 우는 중에 조면기는 계속 돌아갔어요. 8월의 우리 잔디는 바다 밑바닥 같고, 우리가 놀면서 천천히 그 위를 거닐다 보면 아버지도 아시다시피 어두워지기 전의 하늘은 초록으로 변하죠. 등으로 땀이 차올라 거꾸로 선 나무의 벌린 가지처럼 벌어진 팔과 다리를 타고 흘렀죠.

그때, "다들 들어와요!" 하는 소리가 포치에서 들려왔어요. 친숙한 등에 한꺼번에 불이 다 들어왔죠. 그들이 일부러 여자 목소리를 흉내 내서 우리를 부르고 있었어요. 지니만 빼고요. "바보들아, 캄캄한 데서 놀고 있으면 어떡해!" 그렇게 말했죠. "저녁 준비 다 되었다고. 누구 먹을 사람 있으면."

어둠 속에 밝게 빛나는 포치가 내 눈에는 강 위에 뜬 보트처럼 보였어요. 나는 타지 않을 유람선. 다들 알다시피 난 프랜신 머피네로 갈 거니까요.

매일 저녁 프랜신 아줌마와 세 명의 학교 선생님을 피해서 난 불타는 건물을 뚫고 나가는 사람처럼 현관과 포치를 냅다 달려 나갔어요. 무화과나무가 시커멓게 서 있거나 아니면 달빛이 비추는 뒷마당에서 벨라가 눈을 뜨고 날 쳐다보았죠. 두 눈에 각각 달이 비쳤어요. 벨라는 물을 먹기만 하면 토했어요. 그런데도 나를 위해 기를 쓰고 물그릇으로 가서 다시 물을 마셨죠. 벨라를 안아 줬어요. 불쌍한 벨라. 종양이 있는 것 같아서 밤에 한참 동안 벨라 곁을 지켜요.

엄마가 말했어요. 얘야. 너를 다시 보니 좋긴 하다만, 네 멋진 코트 주머니에 옛날 네 아버지 총이 보이는구나. 그걸로 뭘 할 셈이니? 네 아버지는 총을 좋아한 적이라고는 없어서 집을 떠날 때도 놔두고 갔어. 내가 아는 바로는 모개나 은행에 도둑이 드는 것도 아니고. 얘야, 돈을 좀 모으면 바닷가로 여행을 갈 수도 있잖아. 나도 같이 갈게. 걸프포트에는 항상 산들바람이 불어. 거의 항상.

지니네 진입로가 끝나는 지점에는 유카나무들이 있고, 텅 빈 앞마당엔 두 갈래로 갈라진 나무 주위를 빙 둘러 의자가 있을 뿐이에요. 학교 건물이 한참 뒤로 물러앉아 보이지 않는 어떤 통합 학교의 낡은 운동장처럼 말이죠. 그저 거미줄이 넝마처럼 축축 걸쳐 있는 제멋대로 자란 날카로운 유카나무뿐이에요. 마당을 빙 돌아 정자 옆의 오래된 대문을 열면 그 나무 아래를 지나 집에 닿을 수도 있어요. 그늘진 뒤쪽 어딘가에는 모건이 살 때 있었던 조각상이 있는데, 다리에 무슨 머리글자가 새겨져 있고, 온통 마맛자국으로 얽은 턱에 손가락을 대고 춤을 추는 소녀의 모습이에요.

메이딘은 그 조각상을 좋아하긴 했지만 이렇게 말했어요. "나랑 다시 집에 들어갈 거예요? 왠지 안 그럴 거란 생각이 들어서."

대문에 손을 얹었다가 내가 말했어요. "잠깐. 단추가 떨어졌는데." 그러면서 소맷자락을 내밀었죠. 갑자기 너무 나답지 않은 느낌이라 눈물이 쏟아질 것 같았어요.

"단추요? 저를 집에 데려다주면 달아 줄게요." 메이딘이 말했어요. 바로 그런 말을 해 주길 바랐는데, 그녀는 내 소매를 만지며 말했어요. 카멜레온이 나뭇잎 위로 쏜살같이 올라가 헐떡거렸어요. "그러면 엄마를 만나 볼 수 있을 거예요. 저녁까지 먹고 가면 더 좋아하실 텐데."

낡은 대문의 걸쇠를 열었어요. 땅에 떨어진 시큼한 배의 향이 훅 끼쳐 왔어요. 8월의 향이죠. 당연히 어느 때건 저녁을 먹으러 가겠다거나 그녀의 엄마를 만나겠다는 말은 절대 메이딘에게 하지 않았지만, 별로 알고 싶지 않은 사람들의 그 오래된 생활 방식이나 변함없는 예의범절에 대해서는 자꾸 잊어버리는 거예요.

"아, 지니가 지금 달아 줄 수 있겠다." 내가 말했어요.

"아, 내가?" 지니가 말했어요. 말할 것도 없이 정자에서 내내 우리 얘기를 듣고 있었거든요. 낡고 망가신 고리버들 바구니에 까만 점이 박힌 배를 가득 들고 혼자 나왔어요. 돌아가라는 말은 하지 않고 그냥 대문을 닫았어요.

내가 바구니를 대신 들고 메이딘보다 앞서갔는데 그녀가 뒤에 따라온다는 건 알았죠. 달리 뭘 어떻게 할지 몰랐을 테니까요. 화단에는 예의 개똥지빠귀들이 걸어 다니고 있었어요. 스프링클러에서는 이제 물이 똑똑 떨어지고 있었죠. 우리는 다시 뒷문을 통해 집 안으로 들어갔어요. 그러면서 손이 슬쩍 닿았죠. 텔리가 박하를 심어 놓은 곳을 밟아 버렸어요. 노란 고양이가 함께 들어가려고 기다리고 있었고, 문손잡이는 우리 손만큼이나 뜨거웠고, 나란히 올라가는 두 사람의 발아래, 계단 위에는 재료를 잘라 물에 담아 놓은 절임 병─"엄마 거야, 조심해!"─이 있었어요. 그런 식으로 집 안에 들어간 게 수천 번은 되었죠. 수천 마리 벌들이 윙윙대며 땅에 떨어진 배를 파먹었던 것처럼.

장모님이 기겁을 하며 소리를 지르더니 가슴을 치켜들고 갑자기 뒤 계단으로 올라가기 시작했어요. 그림자가 큰 코가 달린 곰처럼 옆 벽널에서 따라 올라갔죠. 하지만 끝에 이르기 전에 돌아섰어요. 조심스럽게 다시 내려오더니 내게 손가락질을 했어요. 조심해야 했겠죠. 어느 날 밤 코머스 스타크 씨가 술에 취해 뒤쪽으로 올라가다가 떨어져서 목이 부러졌던 바로 그 계단이었거든요. 나 때문에 그 생각이 나기라도 했을까요? 지니가 가 버렸어요.

"랜들. 어제 내가 했던 카드 게임 얘기를 안 할 수가 없군. 메이미 카마이클과 한편이었는데, 자네도 알다시피 카드놀이를 할 때면 자네만큼이나 상대에 대한 배려라고는 손톱만큼도 없는 사람이지. 어쨌든, 그녀가 스페이드로 시작을 했고 에타 루미스가 두 배로 올렸어. 내 패는 스페이드 하나와 킹과 퀸까지 포함한 클로버 다섯 장, 킹까지 포함한 하트 다섯 장, 그리고 아래 숫자 다이아몬드 두 장이었어. 내가 클로버 두 장을 걸었어. 파넬 무디는 다이아몬드 둘, 메이미는 스페이드 둘, 그다음엔 다들 패스했지. 그리고 내가 내 패를 내려놓았을 때 메이미가 그러는 거야. 아니, **내 짝아!** 왜 하트를 비딩하지 않은 거야! 그래서 내가, 그건 어렵지, 그랬지. 레벨 3에서 상대가 테이크아웃 더블을 하는데 말이야. 물론 그녀가 두 벌을 가지는 식으로 진행되었지. 에이스에서 잭까지 스페이드 여섯에 에이스에서 잭과 10까지 하트 넷에 내 클로버 에이스도 있었으니까. 자, 보라고, 랜들. 두 번째 라운드에서 메이미도 쉽게 하트 셋으로 비딩을 할 수 있었잖아. 그런데 안 했다고! 그저 자기 패만 보느라 우리가 두 장밖에 안 남게 되었잖아. 하트 다섯을 가질 수도 있었는데 말이야. 내가 하트 셋으로 비딩을 했어야 한다고 보나?"

내가 말했어요. "안 하셨어도 문제없습니다, 장모님."

장모님이 계단에서 울기 시작했어요. 분칠한 얼굴로 눈물이 겉돌았죠. "너희 남자들이란. 결국엔 우리를 깔아뭉개고 말지. 이제 나이가 들어서 그런지도 몰라. 아, 아니야, 그건 아니야. 왜냐면 네가 어떻게 우리를 깔아뭉갰는지 내가 말해 줄 수 있으니까. 우리는 너에 대해 속속들이 다 알아. 단지 네가 뭣 때문에 그렇게 괴로운 건지 모를 뿐이지. 그런 식으로 보지 마. 지니, 그 바보가 무슨 짓을 하는지 나도 다 알아. 하지만 네가 먼저 괴로워했잖아. 그게 바로 네가 괴로워한 것에 대한 지니의 대답인 거야, 랜." 그러더니 다시 나를 잔뜩 노려보고는 몸을 돌려 위층으로 올라갔어요.

제가 뭣 때문에 괴로운 건지 저도 몰라요, 아버지. 어쩌면 아버지는 알지도 모르죠. 장모님이 그렇게 할 말을 하는 동안 전 내내 요리용 배를 안고 서 있었어요. 나중에야 그 바구니를 식탁 위에 놓았죠.

지니는 작은 뒷방 서재에 있었어요. '엄마 사무실'이라는데, 풍경이 그려진 벽지에 남부 여성 연합 소식지와 선풍기 바람이 불면 벼락이 치듯이 쫙 갈라지는 지적도가 가득 들어찬 코머스 씨의 낡은 책상이 있었죠. 지니는 텔리에게 호통을 치고 있었어요. 텔리가 반짇고리를 들고 들어와서는 그냥 그녀를 쳐다보며 기다리고 서 있었죠.

"내려놓으라고, 텔리. 내가 준비가 되면 쓸 테니까. 이제 가 봐. 그 내민 입 좀 집어넣고, 알겠어?"

텔리가 바구니를 내려놓았고, 지니가 그걸 열어서 안에서 뒤적이며 뭘 찾았어요. 황새 모양의 가위가 떨어져 나왔어요. 내게 맞는 단추를 찾고는 텔리가 나가길 기다리더군요.

"당신이 아주 엉망이란 얘긴 들었죠." 텔리가 나갔어요.

지니가 나를 바라보았고, 별로 개의치도 않았어요. 난 아니었죠. 정통으로 총을 쏜 것이 한 번이 아니었어요. 아주 가까이에서. 우리 사이엔 난데없이 나타난 권총 하나가 겨우 들어갈 공간밖에 없었어요. 그녀는 그저 인상을 쓰고 바늘만 바라보며 서 있었는데, 그걸로 뭘 하려는 건지 기억이 나지 않았어요. 무슨 소음이 들려도 그녀의 손은 흔들리지도 않고 옆으로 삐치지도 않았죠. 흐릿하게 보이는 벽난로 위의 시계가 정시를 알렸어요. 권총 소리에도 그 소리는 묻히지 않았죠. 난 지니를 보고 있었고, 아이처럼 작은 볼록한 가슴, 가슴이라고 할 것도 없는 그것에 내가 쏜 총알 자국이 선명하게 마구 생겨나는 것을 보았죠. 하지만 지니는 느끼지 못해요. 그저 바늘에 실을 꿰고 있을 뿐이었죠. 드디어 해냈다는 표정을 지었어요. 언제나 한 번에 정확히 바늘귀에 실을 집어넣었으니까요.

"가만히 있어."

그녀는 결코 고통을 인정하지 않아요. 슬픔과 고통은 절대. 그녀가 원하는 것을 내가 줄 수 없을 때 그녀는 어떤 노래를 흥얼거리곤 했어요. 우리 방 안에서 그 목소리가 완전한 비난조로 낮고 부드럽게 계속되었죠. 그러면 그녀가 정말 사랑스러웠어요. 못된 바람둥이. 그녀가 내 소맷자락을, 무력한 내 팔의 소맷자락을 잡아당기며 바늘을 획획 움직이는 동안 그냥 기다렸어요. 마치 내 숨소리를 세는 것만 같았죠. 그와 함께 내 분노를 뱉어 내고, 그녀가 여전히 이 땅에 살아 있는 데 대한 순전한 실망감을 들이마셨죠. 그녀가 실을 이로 끊어 냈어요. 얼마나 멋있는지. 입을 떼어 냈을 때 난 거의 쓰러질 뻔했어요. 못된 바람둥이.

더 이상 작별 인사를 할 엄두가 나지 않았어요. "자, 됐어. 이제 크로케 하러 가도 돼." 그녀가 말했어요. 그러고는 위층으로 올라가 버렸죠.

부엌을 통해 나가다 보니 텔리가 뭔가를 스토브 위의 냄비에 퉤 뱉고는 요란하게 뚜껑을 닫더군요. 메이딘은 바깥 그네에 앉아 있었어요. 지니가 없는데도 다들 지니의 경기를 하고 있는 크로케 구장으로 내려가자고 말했죠.

내 방으로 가다가 빌리 텍사스 스파이츠가 둘둘 만 담요를 들고 나와 꽃을 피우도록 꽃나무를 감싸는 게 보였어요.

아버지! 제발 그 모든 게 깨끗이 사라졌으면 좋겠어요. 하느님께서 깨끗하게 싹 쓸어버렸으면. 아예 존재하지도 않게.

결국 프랜신 아줌마가 복도에서 날 붙잡았어요. "부탁 좀 할게, 랜.

내 부탁이니까 제발 불행한 벨라 좀 어떻게 해 줘. 학교 선생님들도 다 나보다도 나을 게 없어. 게다가 저녁 먹으러 오는 내 친구는 너무나 마음이 약하다고. 네가 해 줘. 네가 하고, 그리고 우리한텐 아무 얘기도 하지 마, 알겠어?"

어디 갔었니, 아들? 너무 늦었구나.—아무 데도 안 갔어요, 엄마, 아무 데도요.—네가 이 집에 다시 들어와 살았으면 유진이 떠나는 일도 없었을 거야. 엄마가 말했어요. 유진은 가 버렸고 넌 누구 말도 듣질 않고.—너무 더워서 잠을 잘 수가 없어요, 엄마.—난 전화기 옆에서 밤을 새운단다. 이렇게 우리가 다 떨어져 사는 게 하느님 뜻은 아닐 거야. 떠나고, 떨어져 나가 버리고. 서로에게서, 어느 작은 방 안으로.

"자네 결혼식을 기억해." 제퍼슨 무디가 내 창문 앞에 서서, 창살 건너편에서 고개를 주억거리며 말했어요. "이렇게 될 줄은 전혀 몰랐지. 내가 본 가장 아름답고 가장 길었던 결혼식이었는데. 이봐! 그 돈이 다 네 거라면 이 마을을 떠날 수도 있을걸."

메이딘이 나를 쫓아다니는 데 진력이 났어요. 아, 정말이지 신물이 났어요. 여전히 너무나 상냥하게 시드 앤드 피드에 대해 얘기할 때면 옴짝달싹할 수 없는 느낌이었어요. 내가 태어난 후 내내 올드맨 무디는 껍질 깐 옥수수나 새 사냥용 산탄 같은 걸 파이용 팬에 담아 보도에 죽 늘어놨으니까요. 창문은 얼마나 지저분한지 스테인드글라스처럼 보였죠. 그녀가 그 창문을 문질러 닦고, 안에 있는 큰 통, 둥그런 통, 작은 통, 자루 등을 들어냈고, 그러면 올드맨 무디는 햇빛 가리개를 쓰고 낮은 의자에 앉아 실뜨기 놀이를 했어요. 그녀는 모이를 새에게 내밀고. 창문과 문 맞은편으로 목화꽃이 피어 있었는데, 그다음엔 사탕수수이기도 했고, 그러면 그녀는 벌써 크리스마스트리를 생각 중이라고 내게 말했어요. 올드맨 무디의 크리스마스트리에 뭘 걸 건지는 얘기해 주지 않았죠. 그리고 이제 자기 엄마의 처녀 시절 이름도 알려 줬어요. 세상에, 서저너라는 그 이름이 기억해야 할 것들이 산더미처럼 쌓인 그 꼭대기에서 깐닥거리는 왕관처럼 내 머리에 놓였던 거예요. 잊지 말라고, 서저너라는 그 이름을 절대 잊지 말라고.

그리고 밤마다 윌리엄스네 딸을 집에 데려다줘야 했죠. 브리지 게임을 했어요. 메이딘은 절대 그 게임을 배우지 못했죠. 메이딘, 그녀에게 입을 맞춘 적도 없어요.

그런데 어느 일요일에, 그녀를 데리고 빅스버그에 가게 되었어요.

길을 나서자마자 벌써 브리지 게임에 가지 않은 게 아쉬웠어요. 우리는 이제 예전처럼 게임을 했거든요. 지니와 우디와 나. 그리고 니나 카마이클이나 주니어 네스빗, 때로는 둘 다 와서 구경하기도 했죠. 물론 장모님은 이제 우리를 버린 터라 네 번째 참가자가 되는 법은 절대 없어요. 우리가 각각 하는 일에 대해 전혀 편을 들지 않죠. 일단 네스빗과 같이 있을 수가 없어서 그래요. 내가 항상 이겼고, 니나는 그 전엔 많이 이겼는데, 네스빗 때문에 너무 신경이 쓰여서 게임을 제대로 할 수 없다는 건 누가 봐도 분명했고, 그래서 때로는 아예 오지 않거나 네스빗도 오지 않거나 해서, 우리는 가서 윌리엄스네 딸을 데리고 오고 또 집에 데려다줘야 했어요.

지금 메이딘은 말없이 있는 우리에게 어떤 참견도 하지 않았어요. 여성지를 들고 앉아 있었죠. 이따금 책장을 넘겼는데, 엄마처럼 먼저 손가락에 침을 묻혀요. 시선을 들어 내 쪽을 바라봐도 난 고개를 들지 않았어요. 밤마다 내가 그들 돈을 빼앗는 거니까요. 그리고 프랜신네에 돌아가면 병이 나곤 했어요. 선생님들이 궁금해하지 않도록 밖으로 나가죠.

"이제 애네들을 집에 데려다줘야지. 엄마들이 걱정하고 있을 거야."지니의 목소리가 들렸어요.

윌리엄스네 딸이 자리를 뜰 때면 메이딘도 같이 일어서고, 그럴 때면 그녀에게 어떤 일을 시키건 믿을 수 있다는 생각이 들었어요.

그녀는 너무 졸려서 정신이 멍해지곤 했어요. 스타크네 의자에서 몸이 점점 뒤로 기울어지곤 했죠. 우리와 함께 콜라 섞은 럼을 마시려 한 적은 없었지만 그냥 죽은 듯이 잠에 빠지곤 했어요. 집으로 가는 차 안에서 앉은 채 잠을 잤어요. 집에서는 처녀 적 이름이 서저너인, 놀라서 눈이 둥그레진 그녀 엄마가 똑바로 앉아 귀를 기울이고 있었죠. 메이딘을 깨워서 지금 어디로 가는 중인지 말을 해 줬어요. 윌리엄스네 딸은 아직 집까지 한참 남은 차 뒷좌석에서 올빼미처럼 말똥말똥한 얼굴로 재잘재잘 떠들곤 했고요.

빅스버그: 자갈길로 19마일을 간 뒤 작은 다리들을 건너 빅블랙까지 13마일. 그러고 나면 불현듯 모든 감각이 살아 돌아왔어요.

모개나를 너무 오랫동안 봐 왔어요. 거리가 하늘에 생긴 연필 자국처럼 될 때까지. 부채꼴 모양 붉은 벽돌과 두 개의 뾰족탑과 물탱크와 나뭇가지 우거진 나무들의 그 거리는 늘 똑같은 모습이었어요. 하지만 난 그걸 볼 때 사랑스럽게 바라보게 되질 않고 흔들리는 조면기를 따라 튀어 오르는 하늘 위의 연필 자국이 보였어요. 작은 장난감기차가 지나가듯이 건물의 빨간색 겉치레 외관이 절대 지울 수 없이 줄줄이 이어져 갈 때면 더 이상 어린 시절을 생각할 수 없었어요. 올드맨 홀리필드가 등을 돌리는데 멜빵이 뒤틀어진 것이, 심하게 뒤틀어진 것이 보였어요.

빅스버그에 이르러 운하 옆, 거리 초입의 벽 아래에서 차를 세웠어요. 투명한 빛에 눈이 부셨어요. 메이딘을 깨워 목이 마른지 물었죠. 그녀는 옷매무새를 가다듬다가 장벽 뒤로 포석 깔린 도로를 달리는 자동차 소리 같은 도시의 소리가 들리자 고개를 들었어요. 수상 택시가 운하의 좁은 물줄기를 따라 재게 노를 저으며 우리를 태우러 다가오는 게 보였어요. 아기들이 타는 목마처럼.

"고개 숙여." 내가 말했어요.

"여기예요?"

해가 지고 있었어요. 강 건너 섬은 아주 가까웠죠. 무성한 버드나무 줄기들이 노란색 초록색으로 헐렁하게 서로 꼬인 것이, 감당할 수 없이 빛이 쏟아져 들어오는 바구니 같았어요. 우리 모두 서서 자그마한 선실 천장 아래 고개를 수그리고 서서 손차양을 만들었어요. 통통배를 모는 흑인은 한 마디도 하지 않았어요. 타라거나 내리라는 소리조차. "가는 데가 어디예요?" 메이딘이 물었어요. 2분 만에 커다란 유람선에 닿았어요.

안에는 바텐더 외에 아무도 없었어요. 피로하고 오래된 헛간처럼 이제는 좌천된 듯한 조용한 장소였죠. 등의자 두 개가 놓인 뒤쪽의 카드 테이블로 럼콕 두 잔을 갖다달라고 했어요. 뒤쪽은 트여 있었어요. 우리가 앉아 있는 동안 섬 쪽으로 해가 지면서 반대쪽의 빅스버그가 완전히 선명하게 모습을 보였어요. 동쪽과 서쪽이 다 눈에 들어왔죠.

"나한테 마시라고 하지 말아요. 난 안 마실래요." 메이닌이 말했어요.

"그러지 말고 마셔 봐."

"아저씨는 마시고 싶으면 마셔요. 나한테 마시라고 하지는 말아요."

"너도 마셔."

그녀가 조금 훌쩍거리고는 손차양을 하고 앉아 있는 걸 바라보았어요. 낡은 덧문 위의 벌집에서 말벌들이 휙 내려와 그녀의 머리를 스치고 지나갔어요. 바다 비린내와, 섬 주변을 떠다니는 나무뿌리 냄새와 우리가 앉은 탁자에 깔린 기름 먹인 테이블보와 끝없는 송판 냄새가 났어요. 수상 택시에 올라탔던, 으깬 면화씨를 온통 뒤집어쓴 흑인 한 무리가 용암처럼 누런색으로 쏟아져 나왔어요. 형벌의 선고라도 받은 양, 양동이를 들고 줄줄이 반대편의 흑인용 유람선 안으로 사라졌어요.

"확실히, 마시고 싶지 않아요."

"이봐, 일단 마셔 보고 나서 맛이 없다든가 그런 소리를 하라고. 그럼 다 강물에 버릴 테니."

"그땐 너무 늦었을걸요."

덧문으로 어둑한 술집 안이 들여다보였어요. 두 남자가 검은 수탉을 팔 아래 끼고 들어왔어요. 별 소리 없이 진흙투성이 장화를 가로장에 올리고 술을 마셨고, 수탉들도 꼼짝 않고 있었어요. 섬 쪽의 유람선으로 내리더니, 뜨거운 열기로 어른어른 보이는 버드나무 사이로 순식간에 사라져 버렸어요. 아마 다시는 볼 일이 없겠죠.

열기에 물 위로 아지랑이가 폈고, 반대편에서는 오래된 흰 건물과 콘크리트 슬래브와 벽을 따라 아지랑이가 피어났어요. 바지선에서 보면 빅스버그는 어떤 낡은 거울에 비친 상같이 보였어요. 힘든 시절의 삶의 초상화처럼.

땅딸막한 카우보이와 그 여자 친구가 똑같은 걸음걸이로 들어왔어요. 주크박스에 5센트 동전을 넣고 함께 불렀어요.

물결치는 게 눈에 보이지는 않았지만, 의자 아래 물은 분명히 바르르 흔들렸어요. 겨울에 방 안에 피운 불에서 나는 소리와 마찬가지로 그것을 의식할 수 있었죠.

"당신은 춤이라고는 안 추죠." 메이딘이 말했어요.

한참이 지나서야 우리는 그 자리를 떴어요. 아주 많은 사람이 유람선에 나왔어요. 나이 많은 고든 네스빗도 와서 춤을 추었죠. 우리가 떠날 즈음엔 백인 유람선이나 흑인 유람선이나 다 사람들로 꽉 들어찼고 사위는 꽤나 어두웠어요.

불빛은 저 멀리 강기슭에 띄엄띄엄 있었어요. 헛간과 창고와 버팀목을 받쳐야 하는 긴 벽에. 저 높이 읍내 성벽 위에서 오래된 철제 종이 울렸죠.

"가톨릭 신자야?" 내가 불쑥 물었고, 그녀는 고개를 저었어요.

가톨릭 신자라고는 없었지만 난 그녀를 빤히 보았어요. 그녀가 내 바람을 저버렸다는 사실을 분명히 보여 줬고, 이국적인 종소리가 허공에 가득한 중에 그녀가 거기 서서 말했죠.

"우린 다 침례교예요. 아니, 아저씨 가톨릭 신자예요? 그런 거예요?"

우연히 무릎이 닿았던 것을 빼고는 전혀 손을 대지 않고 그녀를 앞세워 가파르고 울퉁불퉁한 길을 올라 내리막 쪽으로 기우뚱하게 내차가 세워져 있는 곳까지 갔어요. 차 안에서 그녀는 문을 닫지 못했어요. 내가 마시라고 한 술을 다 마신 뒤였고, 차 문이 묵직하게 헐린 채 난 밖에 서서 기다렸거든요. 그래서 문을 닫지도 못했던 거예요.

"문 닫아."

"떨어질 것 같아요. 당신 품으로 떨어질래요. 떨어지면 잡아 줘요."

"싫어. 문 닫아. 네가 닫아야 해. 난 못 닫아. 있는 힘껏 닫으라고."

드디어 해냈어요. 난 닫힌 그쪽 문에 몸을 기대고 잠깐 그렇게 있었어요.

덜덜거리며 가파른 언덕을 올라, 강변길에서 꺾어져 비탈진 제방 옆면을 따라가다가 다시 비죽비죽한 제방 아래, 깊게 바큇자국이 팬 흙길로 꺾어져 들어갔어요. 어두운 길을 빙빙 돌아 마구 내려가면서 말이에요, 아버지.

"나한테 기대지 마." 내가 말했어요. "똑바로 앉아서 바람을 쐬는 게 나아."

"그러고 싶지 않아요."

"고개 들어." 그녀가 하는 말을 더 이상 알아들을 수가 없었어요. "눕고 싶다고?"

"눕고 싶지 않아요."

"바람을 좀 쐬어."

"아무것도 하고 싶지 않아요, 랜, 그래요, 지금부터 계속, 쭉."

굽이굽이 내려갔어요. 강물이 거대한 짐 덩어리를, 거대한 쓰레기 더미를 이리저리 흔들고 들썩이는 소리를 이제 어둠 속에서도 들을 수 있었어요. 벽이 움직이는 듯한 소리가 났고, 그 위로 물고기니 파충류, 뿌리 뽑힌 나무와 인간들이 버린 것들이 하나같이 다 순진하게도 물을 튀기며 장난을 치고 기어올랐어요. 엄청난 냄새가 얼굴을 때렸어요. 이곳의 길은 거의 터널처럼 깊숙이 내려가거든요. 세상의 바닥에 내려왔다고 할 수 있었죠. 나무들이 서로 이어지고 가지들이 머리 위에서 빽빽하게 엉켜 있고 삼나무도 합쳐져서 그 사이로 모개나의 별들이 저 높이 저 멀리로 체에 거른 고운 씨처럼 뿌려져 있었어요. 멀리서 총소리가 들렸어요.

"저기 강이 있네요." 그녀가 말하며 곧추앉았어요. "강이 보여요, 미시시피강."

"보이긴 뭐가 보여, 소리만 들리지."

"보여요, 보인다고요."

"강을 한 번도 본 적이 없어? 아기구면."

"우리가 탄 보트가 강 위에 있었던 거 아닌가요. 이 강은 뭐예요?"

"길이 끝났어. 그건 보이겠지."

"그래요, 보여요. 길이 왜 이렇게 멀리까지 와서는 끊어진 거예요?"

"내가 어떻게 알겠어?"

"사람들이 뭐 하러 이 아래까지 내려와요?"

"세상엔 별사람들이 다 있으니까." 저 아래쪽에서 누군가 뭔가를 태우고 있었다.

"나쁜 사람들 말이에요? 검둥이들?"

"아, 어부들 말이야. 강에서 고기 잡는. 이제 꼈구면."

"길을 잃었다고 봐요." 그녀가 말했다.

엄마가 말했어요. 네가 그 지니 스타크에게 돌아갈 거라는 생각이 들면 참을 수가 없다.—아니에요, 엄마, 안 돌아가요.—걔가 너한테 무슨 짓을 했는지 세상이 다 알아. 남자와는 경우가 다르다고.

"길 잃은 꿈을 꾸었나 보지. 괜찮아, 좀 누워 있어도 돼."

"모개나에서는 길을 잃을 일이 없잖아요."

"잠깐 누워 있으면 괜찮아질 거야. 편히 누울 수 있는 곳을 곧 찾을 거야."

"눕고 싶지 않아요."

"내 차가 이렇게 가파른 길을 뒤로 올라갈 수 있다는 거 알아?"

"그러다 죽을 거예요."

"그런 말도 안 되는 일을 본 사람은 세상천지에 아무도 없을걸. 그런 말도 안 되는 일을 본 사람이 있을 것 같아?"

우린 거의 곧추선 채로 깎아지른 듯 가파른 제방에 매달려 오르락내리락했어요, 아버지. 차 뒷부분이 쿵 부딪혔다가 날고 싶은 양 솟구쳤다가 하며 우리를 들놓았죠. 마침내 꽃받침에서 빠져나오는 벌처럼 거꾸로 꼭대기까지 다시 올라갔다가 약간 미끄러졌어요. 마지막에 그 술을 마시지 않았다면 절대 하지 못했을 거예요.

그러고는 한참을 달렸어요. 어두운 공원에는 예의 오래된 조각상이 예의 똑같은 자세로 어디나 서 있고 돌로 만든 총들이 계속해서 언덕 쪽을 겨냥하고 있었어요. 언제나처럼 패배한 채로. 총들이 비난했던 망루도 언제나처럼 패배한 모습이었고요.

뭐가 뭔지 분간은 되지 않았지만 하늘에서 달을 찾아봤어요. 그믐이 가까운 달을. 거기 있었어요. 사위가 완전히 어둡지는 않아서, 희미하게 빛이 비치고 작은 소리도 떠다녔죠. 그건 달의 위치를 알고 그 달을 바라보며 늦은 밤공기로 숨을 내뱉고 있는 모든 세상 사람들의 숨소리였어요. 그리고 내가 탁 트인 세상을 달리며 별자리로 위치를 가늠하고 있다는 걸 내내 알고 있었죠.

떠오르는 달 아래로 황야를 달려갔어요. 메이딘은 깨어 있었는데, 마치 내게도 뭐가 있었으면 하듯이 낮게 한숨을 내쉬는 소리를 들었거든요. 유령처럼 하얀 모습의 너구리가 적군처럼 몸을 낮추고 길을 건너갔어요.

고속도로를 건너자 회반죽을 한 나무 안에서 등불이 타고 있었어요. 늘어진 이끼 아래로 회반죽을 바른 오두막들이 반원형으로 어둑하게 늘어서 있고, 그 주위로는 끝이 뾰족한 말뚝 울타리가 둘러져 있었죠. 헤드라이트가 그쪽을 비추자 작은 흑인 소년이 대문에 기대서 있는 게 보였어요. 기관사 모자를 쓰고 있었죠. 선셋오크 마을.

흑인 소년이 차의 발판으로 뛰어올랐고 내가 돈을 주었어요. 메이딘의 어깨를 붙잡고 가야 했는데, 결국 잠이 들었거든요.

"계단 하나 올라가." 문간에서 내가 그녀에게 말했어요.

우리는 옷을 입은 채로 철제 침대에 쓰러져 죽은 듯이 잠을 잤어요.

우리가 잠든 방에는 거의 꼬이지도 않은 긴 전선 끝에 달린 갓이 없는 전구가 한참 아래쪽에 걸려 있었죠. 얼마 후 메이딘이 일어나더니 불을 껐고, 우물 속 깊이 두레박이 내려가듯이 밤이 내려앉으며 난 잠에서 깼어요. 완전히 깜깜하지는 않았어요. 8월의 빛으로 환한 거대한 하늘이 너무나 쓸쓸한 창문을 통해 휑뎅그렁한 방 안으로 쏟아져 들어왔으니까요. 별똥별이 떨어지는 달이죠. 1년 중 이때가 난 정말 싫어요, 아버지.

메이딘이 옷을 벗는 게 보였어요. 아주 부드럽게 몸을 구부려 치마를 문질러 펴고는 탁탁 털어서, 비로소 방 안의 의자 위에 놓았죠. 딱히 그 의자가 아니라 아무 의자라는 듯이 아주 다정하게. 난 침대 머리말 가로대에 등을 기대고 똑바로 앉아 등을 지그시 눌렀어요. 한숨이 나왔어요. 깊은 한숨이 자꾸자꾸. 그 한숨 소리가 내게 들렸죠. 그녀가 침대로 다시 다가왔을 때 내가 말했어요. "가까이 오지 마."

그리고 내가 지닌 총을 보여 주며 말했죠. "이 침대 나 혼자 쓸 거야." 그녀에게 여기에 올 필요는 없었다고 말해 주었죠. 난 별 희망 없이 총을 그녀에게 겨눈 채 침대에 누웠어요. 아침에 잠에서 깼을 때 간밤의 꿈을 가슴에 보듬으며 누워 있듯이. 그리고 그녀는 그 꿈에서 나를 끄집어내려 다가오는 지니와 같았고요.

메이딘이 환한 밤빛에 뚜렷한 형체를 드러내며 눈앞의 허공에 나타났어요. 맨살인 팔을 끌어안고 있었죠. 엉망이었어요. 피를 흘리고 있었어요. 피와 치욕을. 아니, 그런 건 없었는지도 몰라요. 잠깐 그녀의 몸이 꺾이는 게 보였어요. 하지만 할 수 있는 한 똑바로 총을 그녀에게 겨누고 있었죠.

"가까이 오지 마." 내가 말했어요.

그러고는 그녀가 무슨 말인가를 하는 사이 내 귀에는 우리가 있는 그곳의 온갖 소음이 들려왔어요. 선셋오크의 개구리와 밤새들, 멍청한 흑인 소년이 울타리 이 끝에서 저 끝으로 뛰어다니는 소리. 막대기로 말뚝을 긁으며 끝까지 갔다가 다시 돌아오는.

"그러지 마요, 랜. 그러지 마요, 랜. 그러지 마요. 제발 그러지 마요." 그녀가 좀 더 다가왔지만, 그녀가 말을 하는데도 난 그 말이 들리지 않았어요. 꼼꼼한 사람들이 기차 안에서 창문 밖을 내다볼 때처럼 입술을 읽었죠. 밖에서는 흑인 소년이 내가 무슨 짓을 하든, 혹은 누가 어떤 일을 벌이든, 하던 일을 한없이 계속할 것만 같았어요. 막대기로 울타리를 긁으며 맨 끝까지 뛰어갔다가 다시 돌아오고.

그러더니 소리가 멈췄어요. 여전히 뛰고 있을 거야. 내가 생각했죠. 울타리는 끝났는데 그것도 모르고 뛰고 있는 거야.

내가 권총을 가까이 당겨 방향을 바꿨어요. 총구를 내 쪽으로 돌렸죠. 내 본능은 늘 잽싸고 열렬하고 굶주린 상태라 절대 때를 놓치지 않아요. 메이딘은 여전히 다가왔어요. 속옷 바람으로 계속 다가왔어요.

"그러지 마요, 랜. 제발 그러지 마." 그렇게 같은 말을 반복하며.

내가 방아쇠를 당겼어요. 끔찍한 소리가 울렸죠.

그러자 그녀가 말했어요. "자, 이제 알겠죠. 총알은 없었어요. 그거 이리 줘요. 그 물건 이리 달라고요. 내가 잘 둘게요."

그녀가 내 손에서 그걸 뺏었어요. 늘 그렇듯 단정하게 그것을 들고 의자로 갔어요. 예전부터 전해 온 총 다루는 법을 잘 아는 것처럼, 늘 그렇듯 얌전을 떨며 그걸 옷 사이에 집어넣었죠. 다시 침대로 돌아와 털썩 누웠어요.

곧 다시 손을 뻗어, 다른 방식으로, 차가운 그 손을 내 어깨에 얹었어요. 난 그녀와의 관계를 순식간에 끝냈어요.

그때 여전히 잠을 자고 있었을 수도 있어요. 거기 누워서.

"당신은 정말 거만해요." 그녀가 말했어요.

누워 있는데 또 얼마 후 무슨 소리가 들렸어요. 스스로가 불쌍한지 그녀가 내 곁에 누워 울고 있었죠. 아이가 벌을 받고 한참 후에 조심스럽게 내는, 생각에 잠겨 꾹꾹 누르면서 나지막하게 내는 그런 흐느낌.

그래서 난 다시 잠을 잤어요.

그녀가 자신에게 그런 짓을 하리라는 걸 내가 어떻게 알았겠어요? 날 속인 거예요. 그녀도 날 속였다고요.

아버지, 유진아! 두 사람은 떠나서 무엇을 찾은 거지? 이보다 더 나은 거였나? 그리고 지니는 어디 있는 거야?

스페인에서 온 음악
Music from Spain

1

어느 날 아침 유진 매클레인은 식탁에서 신문을 펼치다가 아내가 별것도 아닌 얘기—"턱에 빵 부스러기 묻었네"나 뭐 그런 얘기였는데—를 했을 때 자기가 도대체 왜 그런 건지 전혀 모르는 채로 식탁 위로 몸을 뻗어 그녀의 뺨을 갈겼다. 그들은 사십 대였고 결혼한 지 12년이 되었다. 아내가 나이가 더 많았는데, 이제 그게 티가 났다.

그는 아내가 "유진 매클레인!"이라고 하겠지 하며 기다렸다. 그녀의 뒤에서 오븐이 으르렁거리고 있었다. 두 번째 토스트를 하려고 프라이팬이 불 위에 올려져 있었다. 거의 태평한 태도—그러니까 한숨을 내쉬며—로 유진이 사리에서 일어나 신분을 쓱 쥔 채 부엌을 나갔다. 보통은 나가면서 에마에게 입맞춤을 하고 그녀의 손에 신문을 쥐여 주곤 했다.

그는 "유진?"이라는 말이 냉랭한 현관 복도로 그를 따라 나올까 귀를 기울였고, "왜 이러는데, 여보?"라는 말도 기다렸다. 복도를 지나면서 입가에 미소를 머금은 얼굴이 거울에 비친 걸 보았다. 어린 팬이 엄마에게 대답하면서 도망갈 때 하는 습관이 떠오른 거였다. 도망가는 팬의 뒤로 양쪽으로 땋은 머리, 처음으로 단단하게 허영심으로 꼬아 올린 금발 머리가 뻗쳤다. "그게 내 이름이야." 딸이 죽은 지 1년이었다.

그는 우비를 입고 모자를 쓴 뒤, 신문을 납작하게 접어 겨드랑이에 꽉 꼈다. 에마는 여전히 식탁과 스토브 사이의 자기 의자에 꼿꼿한 자세로 앉아 있었다. 앵무새 꼬리 모양의 실내복이 여기저기 불룩하게 솟으며 주위로 자리를 잡았고, 가장 화가 나는 게 **자기들**이라는 듯 너무 작고 통통한 발이 앞쪽으로 툭 튀어나와 있었다. 그는 지금 에마가 부엌에서 어떤 식으로 자신을 눈으로 뒤쫓고 있을지 알았는데, 그건 전에도 사람을 때려 본 적이 있어서가 아니라, 그녀와 관련해서는 뒤통수(**오직** 그의 뒤통수에만!)에 눈이 달렸다고 할 수 있었기 때문이었다. 지금 집 안에서 유일하게 따뜻한 장소에 앉아 숨을 가쁘게 쉬며, 자기최면에 걸린 채 자신의 영역에 앉아 있는 것이다. "내 부엌에서 당장 나가"와 "당신이 무슨 짓을 한 건지 도대체 알기나 해"와, 설탕 시럽에서 뻗어 나오는 줄에 뒤덮인 양 달콤하게 촘촘히 펼쳐지는, 상대를 뻣뻣하게 만드는 반짝거리는 아내의 막과 함께.

하지만 유진은 현관까지 내려가—이제 상처받은 아내의 울음소리와 토스트 팬이 비명을 지르는 소리가 메아리처럼 울렸다—아파트

문을 열고 나간 뒤 단단히 잠갔다. 누구든 자신의 이름을 공공장소에서 큰 소리로 부르는 것은 도대체 참을 수가 없는데, 아내는 여전히 문을 활짝 열어젖히고는 계단 아래쪽을 향해 "유진 허드슨 매클레인, 이리 와 봐!"라고 소리를 질렀다.

바깥 출입문을 열려고 애를 쓰는 팔 위로 전율이 흘렀고, 밖으로 나와 보니 완전히 고요한, 안개 낀 아침이었다. 참았던 숨을 내쉬자 모습이 나타났다. 이제야 눈에 들어왔다. 대기와 거리와 늘 한결같은 부드러운 회색 털의 갈매기가 같은 수준으로 눈에 보였고, 불현듯 자신의 숨결만큼이나 순수하게 느껴졌다.

흔들리는 진주 같은 갈매기 한 마리가 함께 갈 것처럼 존스가를 가로질러 걸어왔다. "여기 갈매기들은 샌프란시스코 생활에 너무 도가 텄어." 그는 버트싱어 가게로 걸어 들어가며 그런 발언—출근을 하면서 재미있는 발언을 던져야 하니까—을 하곤 했다. "이제는 심지어 교차로도 건너다닌다니까." 그가 에마에게 상처를 주는 일은 있을 수 없을 것이다. 그녀에겐 자국도 남지 않을 것이다.

아내는 그보다 더 튼튼했다. 부친 버트싱어 씨가 하도 구체적인 숫자를 알고 싶어 해서 알려 주었는데, 그는 139파운드, 아내는 150파운드였다. 그와 에마 매클레인은 다들 볼 수 있도록 언제든 나란히 나체로 서서 그걸 증명할 윤곽을 그대로 내보이는 모습을 신문에 실을 수도 있었다. 어쩌면 이미 그랬는지도. 에마는 자신이 그로 인해 상처받는 일은 없다는 걸 알았다. 그보다 더 잘 알았다.

그가 낮게 한숨을 쉬었다. 지금쯤—왜냐하면 아내는 상황 판단이 느렸으니까—한밤중에 전화가 울려서 받았는데 잘못 건 전화였을 때—"뭐, 오만가지 다른 일이었을 수도 있지"—, 그로부터 한참이 지나 생겨나는 것과 똑같은 붉은 반점이 맥박이 벌떡거리는 목 위로 나타났을지도 몰랐다. 금방이라도 가운뎃손가락으로 머리에 꽂은 머리핀을 하나하나 만지기 시작할 것이고, 명상을 끝내며 어떤 예방용 모자를 실로 박기라도 하듯 머리 전체를 짚고 넘어갈 것이다.

유진은 보석상인 버트싱어네로 향하는, 늘 다니는 언덕길을 걸어 내려갔고 늘 그렇듯이 아침 식사를 막 마친 그에게는 괴로울 정도로 강한 냄새를 코로 마시며 그날의 상태에 대해, 기온과 안개의 정도, 날이 개어 따뜻해질 가능성 등을 주의 깊게 살폈다. 버트싱어 씨가 그에게 다 물어볼 것들이고, 그다음엔 그가 옳은지를 말해 줄 것이었다. 도대체 뭣 때문에 에마를 때린 거지? 그의 행위—그로써 그것이 자신의 일부임을 증명했는데—가 그에게서 스르륵 빠져나가 몸을 돌리더니 질문의 형태로 마주 보았다. 새크라멘토가에 이르자 거의 노인 흉내를 내는 코미디언처럼 난데없이 약한 척을 하며 그의 옆에 붙어 서서 지나가는 차를 피해 다녔다.

유진이 자신이 아내를 때리는 짓 같은 걸 할 수 있으리라는 걸 몰랐다면 실제 그런 일을 할 태세는 더욱이 되어 있지 않았다. 언덕 아래편에서 안개에 잠겨 있는 유칼립투스나무들은 햇빛을 가득 받고 있을 때보다 더 커 보여서, 추운 날의 새들처럼 북슬북슬했다. 심지어 나무의 심장박동 소리가 들린다는 말도 안 되게 기이하고도 달갑지 않은 생각이 떠올랐다. 아주 가파른 언덕을 내려가느라 몸무게를 계속 뒤로 두어야 했다. 전에는 그 행동을 그런 식으로 본 적도 없었고, 창문에 비치는 자신의 모습을 특히 주목한 적도 없었다. 그의 머리와 목이 펭귄처럼 휙휙 움직였다. 아래를 내려다보니 발아래 떨어진 자주색 유칼립투스잎이 눈에 띄었는데, 별안간 그의 신발이 말발굽처럼 거칠게 그것들을 짓밟기 시작했다.

그와 에마 사이에는 말싸움이 벌어질 수도 없었다. 혹시 말싸움이 벌어질라치면 그녀는 정당하지 않은 방식으로 문제를 회피하곤 했다. 그냥 울었던 것이다. 에마가 다른 누구에게 그걸 증명해 보인 적은 한 번도 없었지만, 그건 처음 보는 사람이 에마를 소개받았을 때 받는 인상이기도 했다. 엄청난 양의 눈물을 감추고 있다는 것 말이다. 그가 계속 걸음을 옮겼다. 달보다 작은 태양이 안개 사이로 작은 바퀴처럼 움직였지만 아직 환한 빛은 내지 못했다.

살살이라도 아내를 때릴 일이 뭐가 있단 말인가? 슬픔으로 가슴이 무너지는 요즘 그들은 서로에게 다정한 상황은 아니었다. 그렇지만 폭력이란 일단 얼토당토않은 것이다. *때리면 안 될 건 또 뭐야? 그리고 한바탕하겠다고 나설 때까지 내가 거기서 얼쩡거릴 거라고 생각했다면 아주 잘못 생각한 거지. 앞으로 조심해서 자기 할 일이나 제대로 해야지, 안 그러면 이런 일이 또 생길 거고, 별로 상냥하지도 않을 거야.*

그에게 생각할 여유가 있었다면, 그냥 아침을 먹지 않겠다고 했을 수도 있었다. 그러면 그녀가 언짢아하리라는 걸 알았다. 에마가 "빨리 내려와요, 매클레인 씨!"라고 부르던 집주인이고 그는 불안한 하숙생이었던 시절부터 죽 그녀에게 **민감한** 부분이 어디인지 알았다. 당연한 얘기지만 사실 그는 밥을 안 먹는 일은 감히 하지 못할 것이었다. 어떤 상황에서라도. 그녀를 죽이고 싶을지라도 일단은 차려진 음식을 다 먹고 그에 대해 칭찬을 늘어놓아야 할 것이었다. 그녀의 첫 남편은 대단한 게인스 씨였고, 아내는 자신의 음식에 대한 칭찬은 영원히 좋아할 것이었다. "여기 앉아서 맛이 어떤지 말해 봐"라고 에마는 말할 것이었다.

지금 벌어진 일은 그녀가 그에게 전혀 악의 없는 어떤 말—악의는 없었지만 개인 신상과 관련된 것이었고, 신상과 관련된 것이면서 애정 어린 말은 아니었던—을 했고, 그런 말은 12년의 결혼 생활에서 수천 번도 했을 법한 말이었고, 아내로서의 특권을 행사한다는 것이 그저 몸을 숙여 어머니 같은 손길로 그에게 생겨난 불쾌한 상황을 제거하려고 했을 뿐인데, 오늘 그는 그녀의 뺨을 갈긴 것이다. 오늘은 왜 그랬을까? 이제 그 질문이 어떤 특정한 지점에서 그를 찔러 대기 시작했는데, 가장 근접한 표현이라면 무릎 뒤쪽이라고 할 수 있었다. 정강이를 뻣뻣하게 잡아당길 때마다 거기 자리를 잡고는 작은 종처럼 쿵쿵 때려 댔다.

아내를 때린 건 아내가 뚱뚱해서였어. 터무니없는 소리지. 아내는 늘 뚱뚱했고, 결혼했을 때는 적어도 통통했으니까. ("네 집주인은 뭔가 멋진 일을 하느라 늘 바쁘잖아!") 늘 그랬다고 해서 그게 터무니없을 건 없지 않나—하지만 그건 그녀를 때린 그의 명분이지 그녀의 명분은 아니지 않을까? 아내를 때린 것은 다른 사랑을 원해서였어. 사십 대의 나이. 심리.

그럼에도 어디선지 얼굴 하나가 그 속수무책의 아이러니 속으로 곧장 들어와 그가 내면의 시선으로 바라보는 세상을 곰곰이 따져 보았다. 어두운 정면의 얼굴, 신문에 인쇄된 얼굴처럼 불분명하면서 순종적으로 보이는, 시커먼 배경과 모자처럼 얹힌 시커먼 머리칼 아래에서 밖을 내다보는—존스가의 흐릿한 지점처럼 온통 그림자에 가렸지만 너무나 부드러운 얼굴. *딤더미 덤위디*, 시처럼 그 아래에 이

탤릭체로 쓰인 글씨를 여전히 읽을 수 있었다. 사려 깊은 표정. 의심을 해야 했을까? 그녀가 세상을 떴다, 기사가 그런 거였던가? 그러면 이제 당신을 사랑하긴 너무 늦었군요. 당신의 이 이야기를 증명하기엔 너무 늦었어요…… 신문에 실린. 비록 혹시라도 그런 언급이 있을까 하여 오른팔로 꽉 조이며 신문을 가지고 가고는 있었지만. 오늘 아침, 요절한 덤위디를 사랑하기엔 너무 늦어 버렸고, 그는 손바닥으로 아내를 후려쳤던 것이다.

유진은 여기서 순순히 걸음을 늦췄다. 도매 정육점에 이르면 늘 지나기가 힘들었기 때문이다. 아무 예고도 없이 고리에 걸린 빨갛고 하얀 소고기가 밴에서 나와 휙휙 보도를 가로질렀다. 피가 잔뜩 묻은 앞치마를 입은 도축자들이 때로 부인들을 위해서는 잠깐 하던 일을 멈추고 바깥쪽으로 물러나기도 했지만 남자들을 위해 그러는 적은 없었다. 고기들이 별문제 없이 길을 가로질렀고, 건너편에서 부랑자 하나가 지팡이에 몸을 기대고 바라보고 있었는데, 고깃덩이가 하나씩 지나갈 때마다 멋쟁이처럼 흘끔흘끔 곁눈질을 했다. 그렇게 계속 훔쳐보는 품이 퇴짜 놓기 일쑤인 어떤 도도한 여성을 본다고도 할 수 있었다. 칼을 든 도축자가 가라는 신호를 하자 유진은 한 걸음을 떼었다가 문득 다시 멈췄다. 그날 일을 하러 가야 한다는 것—그 점이 갑자기 기가 막히게 분명해졌다—은 의심의 여지가 없었다.

그런데 상황은 그가 생각한 이상으로 훨씬 심각해졌다.

누가 한번 해 보라고 부추기기라도 한 양 천천히 세심하게 우비 아래로 손을 넣어 더듬었다. 코트와 조끼와 은제 연필을 만져 보았다. 그는 단 하나 사소마한 깨달음에 매달렸다. 오늘 그는 시세들을 분해할 수 없을 거라는.

이제 겨우 캘리포니아가에 닿았을 뿐이었다. 엄청나게 가파른 길 꼭대기에서 움직이지 않고 아래를 내려다보며 서 있었다. 그가 에마를 때렸고, 그렇게 얻어맞은 그녀의 얼굴은 눈이 휘둥그레진 채 무표정했다. 시신의 뺨에 입을 맞추는 것과도 같았다.

그래도 손가락을 물 수도 있었잖아, 아닌가? 그러면서 짓궂게 약 올리는 어떤 정령이 그를 쳐다보았고, 입 모양으로만 신나는 말을 떠들고는 저 멀리 사라져 버렸다. 하지만 그는 너무 놀라 멍하게 가파른 경사를 내려다보았다. 행인 하나가 아무 말 없이 그를 피해 지나갔다. 그녀의 따귀를 때린 건 시신의 뺨에 입 맞추는 것과 같았다.

저 아래 가게의 버트싱어 씨는 이에 대해 뭐라고 말할지, 유진은 궁금했다. 어떤 긴 잔소리를 늘어놓을지? 그의 시계가 손바닥에서 열렸고, 그러자 그는 항의하듯 다시 걸음을 재촉하여 빠르게 언덕길을 내려갔다. 거리는 안개 속에서 갈수록 형체가 아련해지는, 축 늘어진 밧줄 같았다. 세상이란 그 노인네가 즐겨 입에 올리는 주제였지만, 그는 상대방에 대해서도 잘 알았다.

2

아래쪽 마켓가는 머리 위까지 안개에 잠겨 있지만 생활의 부산함이 나타나고 있었다. 유진도 바쁜 흉내를 낼 수 있었다. 다른 사람들에게도 이것이 서글프고 부조리할까, 유진—길게 떼어 놓는 발걸음 위에서 머리가 둥둥 떠다니는 것처럼 보이는—은 궁금했다. 세월이 흐르면서 마켓가가 압박 밴드와 패드와 자세 교정기와 인조 가슴과 의치와 유리 눈알의 거리가 되어 버린 게 말이다. 그리고 물론 보석 상도. 상어간유 알약이 밸런타인 카드처럼 레이스 달린 종이 위에 진 열되어 있는(사실 무척 멋지게 진열되어 있긴 했다) 건강식품 가게를 지났다. 이 모든 것이 얼마나 놀라운지. 그렇지 않은가? 오락실에서 선원 하나가 고릴라 인형의 품에 안긴 여자 친구의 사진을 찍어 주고 있었다. 유진은 누군가에게 그걸 보여 주고 싶은 마음이 들었다.

길 건너 2층에 걸린 간판을 읽었다. 졸츠 네이처 시스템, 정직한 존 압박 밴드, 이가 없는 날은 이제 그만. 전차 환승 표와 신문에 싼 데 이지 꽃다발을 든 부인이 '이가 없는 날은 이제 그만' 문에서 나와 계 단을 내려오고 있었다. 어떤 농담이나 야단스러운 장난질 소리를 들 은 양 자신 있게 미소를 지으려나? 그녀에게 굳이 말할 필요가 있을 까?

얼핏 에마(장담하건대, 에마는 여전히 식탁에 앉아, 천장까지 솟구 쳤다 내려오기라도 한 양 세심하게 마음을 가다듬고 있을 것이다)처 럼 보이는 어두운 사진 한 장이 파리 자국이 덕지덕지한 서점 창문에 있었는데, 그 아래 마담 블라바츠키라고 적혀 있는 게 보였다. 어떤 필요에 의해서이겠지만 마켓가는 한 집 건너 한 집이 보석상이었다. 그래서 당신이 '단단해서 헐거워지지 않는 자세 교정기'를 차고 있 다면 동시에 '금 외엔 그 무엇도 살갗에 닿지 않도록'의 나비 브로치 나 조이 손목시계를 찰 수도 있는 것이다. 그 모든 것이 남자로선 수 치심이 들 만했다. 펄쩍 뛰어올라 뒷발차기—아예 공중에서 맴을 돌 아!—를 하고 싶어지는 그런 수치심 말이다.

버트싱어네 맞은편에는 늘 룸비는 시상이 있었다. 유신은 섬세한 시계를 고치는 동안 하루 종일 즐겁게 게딱지를 내리치는 사람의 망치 소리를 들을 수 있었다. 지금 그 소리가 거리의 소음과 뒤섞여 열대지방 새들의 끼익 끼익, 까악 까악 소리처럼 더 분명하게 들려왔고, 둥근 통에 담긴 파란색 아이리스와 분홍과 흰색이 섞인 카네이션 색으로 출입구가 일렁거렸고, 선명한 분홍과 빨강과 오렌지색의 요란한 철쭉꽃이 단지에 담겨 한 줄로 늘어서 있었다. 아, 한 걸음만 더 가면 꽃을 키우고 있는데!

그리고 버트싱어 보석상.

양심의 가책에 유진은 노인네들이 하는 식의 잔소리를 했는데, 버트싱어 보석상은 그래도 대부분의 보석상보다 점잖은 편이라는 것을 깨달았다. 버트싱어 씨가 자리를 지키고 있었기 때문이다. 버트싱어 보석상은 자체적으로 만드는 라인석 페가수스와 루비 황새치와 한 뭉치의 장식물 같은 게 있었다. 창문 진열대를 가득 채운 다이아몬드 반지에는 각각 '완전한 보상 판매 특전'이라고 적힌 깔끔한 카드가 달려 있었다. 하지만 그 카드는 버트싱어 씨가 직접 쓴 것으로 구불구불하고 음영을 넣은 멋진 글씨였다. 그리고 버트싱어 보석상은 수선 파트에 있는 자신의 자리 위로 절대 네온사인을 걸지 않았다. 제대로 찾을 수만 있다면 어느 면에서나 얼마간의 품위가 남아 있었다. 유진이 문을 지나쳤다.

아들인 버티가 앞쪽에 나와 뭐라도 놓치는 게 있을까 망을 보고 있었다. 유진이 혼자 내기를 걸었는데, 역시 그랬다. 버티의 엄지손가락은 살짝 뒤로 구부러졌고, 덕테일* 헤어스타일이었는데, 젊을 뿐 아

---

* 1950년대 유행했던 헤어스타일로 양쪽 머리를 뒤로 빗어 넘겨 목덜미에서 가늘게 만드는 스타일.

니라 특권층처럼 보였다. 퇴역 군인 버튼에 다이아몬드 조각을 붙였는데, 그냥 재미로 했다고 했다. 어둑한 가게 뒤편에 있을지라도 그에게서 뿜어져 나오는 빛과 열정은 거리에서도 보일 정도였고, 마찬가지로 언제나 그의 목표물인 유진이 지나가는 걸 알아봤을 가능성도 있었다. 하지만 그때 그는 이발소에서 벌어지는 주먹다짐을 보려고 고개를 위로 쭉 빼고 문가로 나오는 길이었다. 곁눈질로 보는데도 눈이 반짝거렸다. 만년필 두 자루를 차고 있었는데, 여전히 군인처럼 떡 벌어진 가슴에 만년필 클립이 혀처럼 갈라져 나와 있었다. 유진은 그냥 지나쳤다.

유진을 불러 세우는 일도 없었고, 그렇게 시장 가까이까지 와서 들어가지 않았다는 걸 본 사람도 없었다. 생선 가게 유리창은 명절처럼 꾸며져 있었다. 팬에 올려놓듯 쟁반에 두 줄로 놓인 연어 스테이크가 있었고 또 다른 쟁반에는 뼈를 발라낸 가자미가 땋은 금발 머리처럼 이쪽저쪽으로 묶여 있었다. 커다란 닻 모양으로 진열된 적황색 철갑상어 알에 유진의 눈길이 갔을 때, 덧옷을 입은 젊은 점원이 그에게 말했다. "생선 알이에요. 저렇게 알을 꺼내게 그냥 두는 건 개인적으로 정말 유감스러운 일이라고 봐요." 그는 손을 양 허리에 대고 시장 입구에 서 있었고, 자기 시계를 고쳐 주었던 매클레인 씨를 전혀 못 알아봤다. 매일 그 똑같은 일을 하는 인간을 말이다. 문득 그 인간은 가벼운 장난을 하고 싶은 마음이 들어, 남부 사람처럼 모자에 손을 살짝 대면서 몸을 숙여 인사했다. 생선 알에게.

부드러운 빛이 들어왔다. 위를 올려다보니 푸른 하늘이 슬라이드처럼 안개 사이에서 나타났다. 솟구치는 동작으로 태양도 모습을 드러냈다. 바나나 색깔의 전차들이 오르락내리락하고, 늘어선 영화관들은 마치 바다로 나갈 것처럼 깃발과 색 테이프를 휘날렸다. 바다 위로 바람이 불 때처럼 햇빛이 나면서 실제로 번잡스러움이 더해진 중앙의 사람들 무리로 유진이 걸어 들어갔다.

거리에서 잠을 자던 늙은 부랑자 한 사람이 잠에서 깨어 눈을 비볐다. 비둘기와 갈매기가 주변으로 내려앉자 빵 부스러기를 던져 주었다. 새들은 농가의 닭처럼 수선스럽게 걸어 다녔고, 그는 그런 식으로 변한 모습과 식탐에 으쓱한 마음이라도 드는지 성자나 집의 안주인이 하듯이 두 무릎을 모은 자세로 서서 고개를 들어 세상을 향해 미소 지었다. 유진은 빵 부스러기와 비둘기 사이를 걸어 볼품없는 넓은 대로를 건넜고, 오른쪽을 보자 이제는 아주 선명하게 시야의 맨 끝으로 초록 섞인 갈색의 쌍둥이 산봉우리가 눈에 들어왔다. 양쪽 기슭의 집들은 환하게 빛나는데, 위쪽으로 움직인 청회색 안개 무리가 나무가 그늘을 드리우듯 그 위에서 가만히 흔들렸다.

도시에서 안개가 걷히는 순간, 매일 벌어지는 그 현상이 지금 그에게 어렴풋한 과거에 가졌던 것과 유사한 어떤 갈망을 불러일으켰다. 오래전 미시시피에 있을 때 가졌던, 세상을 보고 싶다는 갈망. 그가 가 보기를 갈망했던 곳이 있었지만 이젠 이름도 기억이 나지 않았다. 이제 세계 7대 불가사의를 볼 수 있을지는 의심스러웠지만, 샌프란시스코반도의 값싼 지역으로 간단하게 유람 여행—소박하게 버스로—이라도 다녀오자고 에마에게 제안을 했었다. 운이 없게도 하필이면 그 얘기를 한 것이 팬이 죽은 지 1년 되는 날이어서 아내는 그의 면전에서 문을 쾅 닫고 나가 버렸다.

여자들이 그렇지. 그는 이제 이해할 수 있었다. 엄청난 일을 겪으며 생겨난 불가침의 슬픔으로 인해 사소한 것들에 오히려 민감하게 반응하는 경향이 더 강해진 것이다. 그녀가 애도하는 대상에 대해 똑같이 애도하고 있었지만 그는 그 안에 받아들여지지 못했다. 받아들이는 건 다른 일이었으니까. 슬픔이란 살아 있는 매 순간을 얼마나 냉랭하게 만드는지! 아내의 눈은 대리석 문의 벌어진 틈과도 같았다.

그가 상냥한 남자였던 때가 있었던 것처럼 아내도 부드러운 여자였던 때가 있었다. 순수한 데다 부드럽기까지 해서 어린 팬처럼 부드럽던. 그리고 잠자리에 든 아이의 머리칼이 주변으로 온통 물결치며 흘러내려 비 올 때 쓰는 황금색 모자처럼 거의 턱에서 만나는 모습을 보면 그는 이렇게 말하고 싶어졌던 것이다. "아, 잠깐. 여기 좀 더 있어." 마찬가지로 다른 기억 역시 떠올랐다. 그러니까 팬이 걸어서 벽난로까지 갈 수 있을 정도로 자랐을 때 불에(그때 그들은 문이 없는 벽난로를 쓰고 있었다) 등을 대고 서서, 예의를 차리듯이 옷을 들어올리고는 세상 모든 여자가 하듯이 등을 덥히던 그 모습.

도시가 아주 부드럽게 열리며 저 멀리까지 아름답게 펼쳐지는 지금, 너무 뒤늦게야, 미시시피의 얼룩덜룩하고 무심한 겨울 들판과 칙칙한 색의 천을 두른 나무, 서두르지 않고 천천히 자라는 그 나무들, 이제 어딘지 모르는, 오래된 사탕수수가 엉망으로 쌓인 곳, 그리고 그의 쌍둥이 형이 아마도 여전히 사냥을 하고 있을 겨울의 습지에 대한 갈망이 피어났다. 유진은 꽃 파는 사람을 곁눈질로 보았다. 계절은 도대체 어떻게 된 건지. 너무나 싼값의, 다발로 묶인 여름철, 겨울철, 봄철의 꽃들이 당혹스러울 정도로 잔뜩 무리 지어 있었기 때문에 그는 튤립이 담긴 단지에 가격을 표시하고 있는 노인과 사지도 않을 거면서 차분하게 차례차례 꽃다발의 향기를 맡으며 각자 두 눈을 감고 서서 다른 세계로 옮아가는 세 명의 터번 쓴 힌두교 신자들을 질책하듯 바라보았다.

"문을 열어라, 리처드!" 칠흑같이 어두운 술집에서 목 쉰 소리로 누군가 노래했다. 알루미늄 롤러로 머리를 말아 올린 어린 중국 소녀가 혼자서 작은 명주 가방을 흔들며 유진의 주변을 빙빙 돌았다. 그녀를 잡으려고 거의 손을 내밀 뻔했다. 퐁파두르 머리를 한 다부진 남자아이가 탭댄스용 신발을 신고 그 옆을 지나가자 어떤 말이 유진의 목구멍까지 나왔지만 입 밖에 내지는 않았다. 말을 할 기회가 탭댄스 소리와 함께 경쾌하게 지나가 버렸다. 마지막 순간에 처음 보는 사람이 손목 안쪽에 나비 문신을 한 것을 보고는 왠지 더 애가 타 눈살을 잔뜩 찌푸리고 거리에 서 있었다. 손목이 아주 친밀한 부위로 보였던 것이다. 굳은살 박인 그 낯선 샌프란시스코의 손이 이빨 사이에 꽉 물린 담배에 불을 붙일 때 유진은 다시 한번 분명하게 나비를 알아볼 수 있었다. 파란색 잉크로 그려진 두 겹의 날개는 정맥을 다 덮었고, 더듬이 두 개가 손바닥 아래의 접히는 부분까지 뻗어 있었다. 반점이 얼마나 짙은지 위험천만하게 피부를 뚫고 들어간 것처럼 보였다.

바로 그때 유진은—사람을 평가하는 데 가장 느리면서도 가장 신랄한 버트싱어 씨가 보석상 창문 안에서 비칠거리며 다니고, 말해 주지 않아도 잘 아는(그 젊은이만큼 확신에 찬 사람도 없었다) 그 아들 버티가 기다리는 그곳으로 상상 속에서 한 걸음 내딛는 중에—자신이 잘 아는 사람은 전혀 도움이 되지 않을 것임을 전적으로 확신했다. 그가 내디딘 걸음이 있고 그가 한 일이 있으므로, 이제 멈출 수는 없었고, 계속 이 새로운 방향으로 나아가야만 했다. 거기엔 친구도, 도움도 없었다.

허둥지둥—그리고 놀랍게도 기뻐서 어쩔 줄 모르며—하며 낯선 사람을 찾았다. 이봐, 친구. 지금 막 마누라 상판대기를 한 대 갈겨 주고 오는 길이야.—만세!—내가 그런 일을 했다고.—그럼, 종종 그렇게 해 주는 것도 나쁜 생각은 아니야. 맘 놓으라고. 두 사람이 함께 술집에 자리를 잡고 맥주를 마실 수도 있었다. 그리고 상대방은 훨씬 더 고약한 짓을 했다는 걸 알게 되는 것이다. 사실, 어떤 일은 **그에게** 일어나야 했다.

사과를 깔고 앉은 삼색 고양이가 식료품 가게 창문 너머 그를 빤히 보았다. 끈으로 조인 듯이 둥그런 두 눈이 가운데로 몰렸다. 안쪽 골목의 호텔 1층 창문에, 내려진 블라인드와 유리 사이에 눈 주위가 파란색인 선홍색 불도그의 석고상이 놓여 있었는데 오늘 아침에 보니 사라졌다는 사실이 떠올랐다. 유진은 그것을 보지 못한 것이다. 그를 속여 빼앗은 것이다. 고양이가 다시 눈을 뜨는 순간 그는 무슨 일이 일어나든, 그날 샌프란시스코의 도심에서 도덕성을 위협하거나 변형할 어떤 일이 일어나든 자신이 다 알게 될 것임을 믿었다. 마치 도심과 그가 서로를 마주 보고 있는 것처럼. 익숙한 믿음에서가 아니라 흥미를 가지고⋯⋯ 대담함⋯⋯ 거의 무모함으로.

3

유진은 마켓가를 따라 계속 내려갔는데, 사무적으로 빠르게 성큼성큼 걷는 품이 이미 버트싱어 보석상을 지나친 지 한참 되었다는 사실을 감추려는 듯했다. 거리 이쪽 끝은 밝은 연무가 대기에 가득하여 페리 빌딩의 꼭대기를 가리고 있었다. 그런데 걸어가다가 같은 방향으로 걸어가는 키가 크고 두드러지는 한 인물이 저 앞으로 보였는데, 누군지 알아보았다. 어젯밤 에올리언 홀에서 기타 연주를 했던 스페인 사람이었다. 그가 여기를 걸어가고 있다니! 그리고 그 사이에 있는 사람들 머리 너머로 파악한 바로는 혼자 걸어가고 있었다.

유진은 그 사람의 정체에 대해 전혀 의심의 여지가 없었다. 어젯밤—그렇게 알아본 게 대단한 일처럼 여겨질 만큼 오래전 일로 느껴지긴 했지만—에마가 유진과 함께 콘서트홀에 왔었고, 알고 보니 그 공연은 저 스페인 사람의 독주였다. (아니, 당신과 하프문 베이에는 가지 않을래. 하지만 작은 공연장의 소박한 연주회에 가는 데는 동의했다. "당신이야 음악을 감상할 줄은 모르지만." 이렇게 덧붙이면서. 아마 둘 다 같은 생각일 것이어서 그는 아내의 어깨를 토닥였다. 음악을 감상할 줄 몰랐던 일은 예전에도 있었는데, 어린 팬을 위한 특별한 선물로 교향곡 연주회에 데리고 갔던 날이었다. 연주가 시작되자 아이는 작은 팔을 내밀며, 피에르 몽퇴*가 〈코끼리 바바〉**에 나오는 인물이라며, 이리 오라고 해서 엉덩이를 때려 주고 싶다고 했다. 에마가 정말로 경악하며 아이의 팔을 끌어 내렸고 유진은 큰 소리로 웃었다. 그때는 아니고 다음 장이 연주되는 중에.) 그의 이름은 기억이 나지 않았지만, 딱 한 번을, 그것도 새처럼 솟은 부인의 모자 너머로 봤을 뿐인데 이 거리에서 뒷모습으로 그를 알아봤다니 꽤 눈썰미가 있다고 할 만했다.

그는 저 앞쪽에서 사람을 유혹했다. 따라잡을 만한 완벽한 존재였

---

* Pierre Monteux, 프랑스 지휘자로 나중에 미국에서 활동하였다.
** 프랑스의 어린이책으로 1933년에 영어로 번역되었다.

다. 유진은 꾸준한 걸음걸이로 꾸준히 그를 바라보며 걸었다. 모르는 사람이지만 완전히 모르는 사람은 아닌 그가 앞쪽에서 규칙적이고 차분한 발걸음으로 가고 있었다. 머리와 어깨가 다른 사람들 위로 솟은 채 이 서부의 거리에서 유일하게 검은 옷을 입은 인물이.

그런데 바로 다음 순간 아주 끔찍한 일이 일어날 뻔했다.

기타리스트가 도로 경계석에 이르러 차가 다니는 길로 들어섰는데 —정말이지 그는 복장 터질 만큼 느린 동작으로 도심의 도로를 통과했던 것이다—그러다가 거의 차에 깔릴 뻔한 것이다.

그가 갑작스럽게 처한 위험에 유진의 앞에서 대문이 활짝 열렸다. 그게 전부였다. 생각할 겨를도 없이 자신을 보호하기 위해서인 양 앞으로 튀어 나갔다. 신문이 낱장으로 흩어졌고, 달리면서 발가락이 완전히 뒤쪽으로 뻗는 게 느껴졌다. 별로 놀랄 일은 아니었는데, 어렸을 때 고향에서 그는 달리기 잘하는 걸로 유명했기 때문이다. 미시시피의 모개나에서 그는 여전히 '스쿠터' 매클레인이었다.

그가 스페인 사람의 외투 자락—그러자 그 무게를 알 수 있었고, 그 냄새를 맡을 수도, 햇볕에 따뜻해진 것을 느낄 수도 있었다—을 붙잡아 휙 잡아당겼다. 너무 숨이 차서 웃음이 나는 채로 커다란 스페인 사람을 끌어당겼는데, 알고 보니 그는 당당한 몸집임에도 일단 무도장에 나오면 우아한 발걸음이 되는 뚱뚱한 여성처럼 발걸음은 아주 가벼웠다. 유진은 잠시 그를 안전한 경계석 위로 끌어당긴 채 담배 냄새일지 여행객의 냄새일지 모를 냄새를 들이마셨다. 하지만 그 긴 스페인 이름은 기억해 낼 수가 없었고, 그래서 한 마디도 하지 않았다.

뭐, 그게 무슨 상관이겠는가. 제때에 이 거구의 남자를 잡을 수 있어서 이렇게나 다행스럽고 이렇게나 기쁜데. 뜻밖의 선물을 받은 것처럼 기쁜데. 공개 석상에서 뭔가를 내보이듯이, 거대한 조각상의 베일을 벗기듯이 유진이 양손을 가만히 떼었다. 그러고는 곧 구조한 사람과 구조를 당한 사람이 악수를 했는데, 그 자의식적인 인사를 하는 와중에도 유진은 어떤 사실을 깨닫고는, 몸을 돌려 '이런 망할!'이라고 내뱉고 싶어졌다. 그 스페인 음악가는 영어를 할 줄 몰랐던 것이다.

적어도 그가 미소는 지었지만, 영어로 아무 말도 하지 않은 것이다. 그게 증거지, 그렇지 않은가? 유진은 완전히 쭈그러져 중도에 갑작스레 끊겨 버린 느낌이었다. 남자의 인생 자체에 실망을 금할 수 없었다. 마음을 진정할 시간을 벌기 위해, 이렇게나 당혹스러운 모습을, 혹은 이렇게나 실망한 모습을 보이지 않기 위해 탄탄한 팔을 계속 흔들어 댔다. 그는 말할 수 없이 놀랐던 것이다.

그런 후 벌어진 일은 두 남자가 함께 길을 따라 천천히 걸어가게 된 것이었다. 그것은 얘기를 나눌 수 없는, 고맙다고도, 뭐라고도 할 수 없는 바로 그 속수무책의 상황에서 나온 것이었다. 걸어가면서 유진은 수줍게, 여전히 존경스러운 눈빛을 그에게 보냈다. 새로 얻은 애완동물이 지금 막 자기 주인이 된 사람을 과연 알아보는 건지 완전히 확신할 수 없는 그런 남자의 눈빛이었다. 이제 와 다시 생각해 보니, 이 커다란 친구는 한번 잡아 보라고 자신을 유인하느라 일부러 자동차 앞으로 걸어 나간 것 같았다. 놀랍도록 침착한 것이―그렇지, 투우사처럼. 생판 다른 유형의 스페인 사람이 있지 않은가! 유진은 자신의 전리품을 아주 면밀하게 다시 쳐다보았다. 이제 담배를 피우는 예술가는 어젯밤 에올리언 홀의 무대에서 그랬던 만큼이나, 그 몸이 그렇게 큰 것은 아니지만 그만큼 태연자약해 보였다.

그때 그는 앞쪽으로 기타를 들고, 숱이 많은 검은 머리칼이 나타내는 것보다 수년은 더 나이가 들어 보이는 걸음걸이로 위풍당당하게 등장했었다. 청중에게는 눈길도 주지 않고 무대를 가로질러 갔는데, 길고 묵직한 꼬리가 달린 풍성한 야회복을 입은 모습이 거대해 보였다. 무대 앞쪽의 중앙에 다다르자 근엄하게—의사만큼이나 진지해 보였다—몸을 돌렸다. 검은 안경테가 눈을 둘러싸고, 아메리카 원주민이나 고향의 나이 많은 상원 의원처럼 뒤로 빗어 내린 머리가 거의 어깨까지 늘어져 머리도 널찍하고 길쭉하니 육중해 보였다.

그의 앞에 놓인 검은 천 덮인 길쭉한 물건 외에 무대에 있는 유일한 가구인, 등받이가 꼿꼿한 의자에 그가 앉았다. 산처럼 자리를 잡았다. 연주에 앞선 이런 부산함은 에마가 좋아하는 것이었다. 그녀는 공공장소에 나와 있을 때면 몸이 파르르 긴장하는 모습으로 즐거움을 가장 먼저 표현했는데, 지금 그렇게 몸이 바짝 긴장하는 게 느껴졌다.

기타리스트는 수없이 부드럽게 거듭 기타를 만져 본 다음에야 연주를 시작했다. 자신한테만 들리게 아주 소리를 낮춰 음정을 맞췄다. 그다음엔 뻗은 오른발에 또 뭔가를 했는데, 검고 긴 물체에 발을 얹어 놓게 되어 있었다. 그리고 무엇보다 손가락에 많은 공을 들여, 열 손가락을 다 구부려 보고, 고양이가 방석 위에서 발톱을 살펴보듯이 허벅지에 올려놓고 느긋하게 스트레칭을 했다.

검고 매끈한 피부에, 코에서 입의 양옆으로 주름이 죽 잡힌, 조명 아래 그의 얼굴은 전혀 흔들림이 없는 무대용 표정이어서 모욕감을 느끼는 것처럼 보이기도 했다. 그건 연주하는 동안이든, 곡이 끝날 때마다 박수가 나올 때든 변함이 없었다. 마지막 곡이 끝난 후의 마지막 박수갈채 때만 얼굴에 미소가 떠올랐고, 흐뭇해했다. 마법에 빠진 맹수의 얼굴에 서린 미소 같았다. 아주 힘이 드는 일인 양, 힘센 사람이 무거운 물건을 들고 버티는 딱 그 정도만 머물렀다 사라졌다. 하지만 석양으로 빛줄기가 지나가듯 명료하면서도 완만한 변화였다. 힘든 일이었음을 암시하면서도 그 미소는 청중과 마찬가지로 자신도 특별한 일을 아주 좋아한다는 것을 보여 주었다. 그의 손톱은 밝은 빨간색으로 칠해져 있었다.

"손톱에 빨간색을 칠했어." 에마가 고개를 돌려 바라본 그 순간 유진이 속삭였다. 그녀가 공식적인 상복을 벗고 그날 밤 썼던 파란색 모자의 챙 아래에서 던진 그 표정은 뭔가 의미가 있는 것이었다.

어두침침한 콘서트장의 조명에서도 두드러진 그 모자의 파란색(그녀의 언니는 '에마의 파랑'이라고 불렀다)과 그녀의 눈을 가린 새 안경의 반짝이는 검은빛과 약간의 눈물 자국이 찍힌 뺨, 그 모든 것으로 인해 그녀가 명령이라도 한 듯 고개가 그녀 쪽으로 돌아갔지만, 그 때문에 사랑처럼 감싸 오는 그의 영혼 속 깊은 어루만짐이 사라지지는 않았다. 그가 다시 앙코르 공연이 벌어지는 무대 쪽으로 가만히 고개를 돌렸다. 너무나 뜻밖의 곡이 기타에서 흘러나오고 있었다.

거대한 현재가 찾아들면서 그는 에마가 자신의 아내라는 모든 인식과 미래에 대한 이해가 잠깐 소멸하는 걸 느꼈다. 그런 느낌은 분명 1, 2분 정도 지속되었을 것이고, 나중에 다시 떠올릴 수 있었다. 얼룩이나 점처럼 확실하게 그 자리에 존재해서 그 테두리로 정체를 확인할 수 있었고, 그로서는 비밀처럼 다가왔다.

이제 일상적이고 공개적인 이곳에서 유진은 맥박이 점점 빨라지는 가운데 자신의 곁에서 걸어가는 시커먼 얼굴을, 사실 유진 매클레인 자신 덕에 생명을 유지한 스페인 사람의 얼굴을 의식하고 있었다. 그날의 비밀 뒤로 바투 쫓아오는 무수한 발걸음을 다시금 느낄 수 있었다. 일단 어떤 식으로든 앞으로 돌진하면 뭔가가 아탈란타의 사과처럼 우리 눈앞에 툭 던져지는 게 그렇게 이상한 일인가? 대문을 벌컥 열고 들어갈 수도 있을 손으로 유진이 스페인 사람의 팔꿈치를 슬쩍 건드렸다. 차분한 검은색 소맷자락 안에서 그의 팔이 흔들리는 균형 추처럼 반응했다. 건드리든 밀든, 이제는 다 신중하게 생각해서 하는 것이었다. 그리고 다음 교차로에서 유진은 그를 다짜고짜 밀어서 길을 건너게 했다.

한번은 신호등이 바뀌길 기다리며 서 있을 때 한 여성이 곁에 서 있어서 유진은 그녀에게 눈길을 주었다. 묘한 아름다움이 있어서 다른 사람들—보통은 그 자신도—은 보기 흉하다고 여길 모반이 있다는 사실을 몇 분 동안 알아차리지 못했다. 흑인이거나 폴리네시아 출신일 텐데, 드러난 피부가 나비처럼 온통 얼룩덜룩했다. 일부러 문양을 만들기라도 한 양, 곡선과 소용돌이무늬, 옅은 갈색 위에 짙은 갈색 등이 아름답게 온몸을 수놓았고, 눈가에, 뒷목에, 손목에 웅덩이 같은 얼룩이 있고 다리에는 새끼 사슴의 무늬 같은 것이 있는 게 스타킹 아래로도 보였다. 나무 아래 서 있어서 나뭇잎 그림자에 얼룩덜룩해진 것처럼 보였다.

소박한 갈색 옷을 입었지만 모자는 아주 이국적이어서 머리 둘레로 구불구불한 밝은 깃털이 꽂혀 있었다. 모습을 감추면서 동시에 과시하는, 피부와 마찬가지로 늘 존재했을 오욕이나 슬픔의 기운이 손에 잡힐 듯 유진에게 느껴졌다. 그 기운이 얼마나 강렬한지, 유진은 낮게 휘파람을 불면서 주변 사람들에게 그녀가 거기 없는 척을 했고, 스페인 사람이 그녀를 보지 못하게 하려 애썼다. 그가 그녀를 덮칠 수도 있었기 때문이다. 무슨 이유에서인지 그 순간 스페인 남자에 대해 불안한 마음이 들었으니까.

얼마 지나자 미소와 신호로밖에 소통할 수 없는 상태가 호의나 특권인 것만 같았다. 두 사람은 함께 천천히 길을 걸었다. 스페인 남자는 차에 치일 뻔한 자신을 구해 준 작은 남자와 함께 온화하고 부드러운 햇빛을 받으며 걸어가는 일이 상당히 흡족한 모양이었다. 이의를 제기하지 않았으니까. 서두르지도 않았고, 자신의 계획을 밝히지도 않았다.

세 개의 분홍색 화살표 모양 네온사인이 술집 방향으로 깜박거리고 있었다. 그의 스페인 친구와 그는 어디로 가는 걸까? 유진이 생각했다. 그들은 여전히 눈길을 끄는 조잡한 상점을 지나치며 마켓가를 걸어 내려가고 있었다. 이제 유진에겐 너무나 익숙한 허름한 지역에 가까워졌다. 그곳은 버트싱어 보석상과 그가 매일 점심을 먹는 식당 중간이었으므로 매일 지나치는 곳이었다.

예전에 점을 보는 집시들이 있던 쇠락한 건물에서는 작은 공연장이 영업 중이었다. 더러운 유리창에 포스터가 붙어 있고, 왕좌에 앉은 맥없는 남자가 표를 나눠 주며 하루 종일 "〈에마〉 보셨나요?"라는 말을 단조롭게 읊조렸는데, 그 말투가 얼마나 기운이 없는지 대놓고 노골적인 협박처럼 들렸다. 매클레인의 부인 이름이 에마였으므로 버티 주니어는 그게 무지하게 웃긴다고 생각했다. 그는 유진과 함께 점심을 먹으러 다녔기 때문에 그 말을 들었고, 매일 아침 유진이 들어와 그 앞을 지나치기 전에 "〈에마〉 보셨나요?"라고 물었다.

확대한 사진에 에마가 담겨 있었다. 엄청나게 뚱뚱하고 퍼진 모습에, 작은 이목구비가 얼굴 가운데로 제비꽃 다발처럼 옹기종기 모여 있었다. 하지만 그렇게 한군데에 쑤셔 넣어진 얼굴에도 표정이 있었다. 물론 비난하는 표정이었다. 사람들에게 잔인한 대우를 받아 온 인물의 모습은 무엇보다 무시무시하다고, 그 앞을 다시 지나치며 유진이 생각했다. 사람들의 시선을 몽땅 받으며 그 시선을 뗄 수 없게 하는, 엄마의 시선 같은 그것의 의미는 충분히 알아볼 수 있었다. 그들이 내게 몹쓸 짓을 했어.

사진 속의 에마는 레이스 바지를 입고 있고, 그 맞은편에 진짜 그 바지—레이스는 없는 바랜 빨간색 바지—가 옷핀에 걸려 진열되어 있었다. 거대하고 늘어지고, 하도 쏘다녀 먼지를 먹어 흐물흐물한.

유진은 어렸을 때 주일학교에서 모은 돈으로 셀마를 보러 갔던 일을 떠올렸다. 셀마는 사다리 꼭대기에 여자의 머리가 얹힌 착시 효과였다. 황금색 머리칼의 젊은 그녀가 유혹하듯 웃고 있었다.

문득 유진은 자신이 손님을 대접하는 주인이라는 생각이 들었다. 스페인 친구에게 들어가서 에마를 보자고 해야 하는 거 아닐까? 그 바람에 잠깐 질겁했다.

하지만 스페인 친구는 전면에 나선 에마의 모습에 고개를 살짝 기울이고는, 자신의 가슴을 가리키며 따뜻한 질문이 그득한 눈을 크게 뜨고 유진을 보았다.

정오였다. 거리의 부랑자들은 이미 그걸 알고 땀에 살짝 젖은 채 앉아 있었고, 장님 아코디언 연주자가 눈을 둥그렇게 뜬 채 입맞춤하듯 입을 내밀었다.

"자, 내가 대접하지. 점심을 먹자고." 유신이 말하면서 상대의 팔꿈치를 손가락으로 살짝 건드려 그를 돌려세웠다.

4

　괜찮은 레스토랑이어야 한다는 생각이 아주 순간적으로 유진에게 떠올랐다. 게다가 자신이 다니는 식당이 값도 싸고 음식도 괜찮았지만, 지금쯤은 커피를 앞에 놓고 경마 신문을 읽으며 한없이 앉아 있는, 강단 있지만 운은 없는 노인네들이 우글거리기 시작할 터였다. 특히 적대적으로 보이는, 노란 줄무늬의 연두색 스웨터를 입은 한 노인네가 다른 사람들이 원할 수도 있는 자리를 항상 차지하고 앉은 것만으로 그 식당의 전체 분위기가 달라지는 것 같았다. 어쩌면 자신들이 어디로 가는지를 적절하게 알려 주듯 미소를 지으며 유진은 메이든 거리의 한 레스토랑 문을 열었다.

　스페인 친구는 그저 검은 눈썹을 추켜올리고 주변의 마룻바닥을 온통 울려 대며 걸어서 역시 흔들리도록 계단을 디디며 위층의 작은 방으로 들어갔다. 사실 유진 자신도 생전 한 번도 와 본 적이 없었다.

　이 스페인 친구는 어딜 가나 제집처럼 편안해 보였다. 부들부들한 커다란 검은색 모자를 조심스럽게 위층 복도의 라디에이터 위에 놓았는데, 만져 보지 않아도 그것이 뜨겁지 않다는 걸 확실히 알 뿐 아니라 라디에이터가 난방을 위한 게 아니라 자신의 모자를 놓기 위한 곳이라는 식이었다.

　수석 웨이터가 말도 못 하게 뻐기며 자리를 안내했다. 커튼이 쳐진 창문가의 테이블로 안내했다. 테이블 위의 램프가 바로 켜졌다. 두 사람 사이의 넓은 공간에 캠프장의 텐트처럼 거대한 메뉴판이 서 있었다.

유진의 눈에 방은 왠지 오래된 무성영화의 한 장면처럼 네모반듯하고 구식이었다. 공과 비누 거품 문양이 튀어나올 것처럼 그려진 벽지에 둘러싸이고, 양귀비꽃 갓이 씌워진 불빛이 비추는 곳에서 연극 동작을 하는 듯한 사람들이 실제로 몸을 돌려 그들에게 인위적인 미소를 보였다. 어린애 벨트를 찬 필리핀 종업원들이 미소 띤 얼굴로 쌍둥이처럼 짝을 지어 말없이 잰 발걸음으로 끊임없이 움직이며 그릇을 치우고 식탁보를 깔았다.

기타리스트는 뭔가 진실하지 않은 슬픔의 표정을 띠고 뭘 먹을지, 혹은 뭘 안 먹을지 궁리하고 있었다. 손가락을 허공에서 살살 움직이더니 결정을 했다. 그가 웨이터에게 대답(성당의 신도처럼)할 때는 아마 프랑스어를 썼을 것이다.

음식이 나오자, 그러고도 또 나오자 유진은 허리를 곧추세웠다. 스페인 친구가 그렇게 많은 음식을 주문한 게 여전히 흡족하긴 했지만 얼마간은 깜짝 놀랐던 것이다. 그렇게 대단한가? 얼마나 대단하기에? 자신이 도대체 얼마나 대단한 사람이라고 보기에? 자신의 기타 실력이 얼마나 뛰어나다고 보는 걸까? 사실 이 모든 게 정말이지 불가사의한 일이었다.

송아지 고기를 주문한 유진은 속으로 지갑에 있는 돈을 셈해 보기 시작했는데, 셈을 놓쳐서 다시 시작했다가 또 놓치고 말았다. 한결같은 동작으로 고기를 씹으면서 다른 놀라움에 더욱 정신이 팔렸다.

간밤에 음악이 연주되는 내내 순간순간 이런 궁금함을 떨쳐 버릴 수기 없었다. 음악가는 연구를 하지 않을 때는 뭘 하고 지낼까? 예를 들어, 연주를 끝내고 나면 혼자 있을까? 아주 쓸데없는 질문은 아니었다…… 지금 생각해 보니, 사실 그는 나중에 그를 만나 가까워질 것을 미리 알기라도 한 것처럼 무대의 인물에 대해 추측을 하고 있었던 것이다. 마치 다음 날 아침 자신이 아내를 한 대 후려친 후 인생의 뭔가 새로운 것, 완전히 다른 어떤 것을 찾게 될 것을 알았던 것처럼.

유진은 한 가지에 대해서는 쉽게 만족할 수 있었다. 가공할 그 예술가가 묶인 데 없이 자유롭다는 것 말이다. 그에게 이래라저래라 하거나 지시를 할 사랑하는 사람이 없었다.

스페인 친구가 조개껍데기를 접시 밖으로 던졌고, 유진은 곧장 뭔가 기대하며 그에게로 몸을 숙였다. 그는 예술가의 동료이자 고문 역할을 하는 게 기뻤다. 어젯밤에 그 예술가가 그렇게 예언적인 방식으로 자신의 유일한 청중을 감지했을 것처럼. 이제 그는 한두 가지 생각을 꺼내 놓을 참이었다. 함께 할 수 있을 일을 제안할 셈이었다.

유진이 한 손을 들어 스페인 친구 앞 허공에 대고 모호하게 움직였다. 여자를 떠올리게 하려고 애썼다. 어쩌면 스페인 친구에게는 샌프란시스코에 있는 동안 바로 찾아가 즐길 아름다운 정부情婦가 어딘가에 있을지도 몰랐다. 신기한 모반이 있는 흑인 여성, 그녀라면 딱 어울리지 않겠는가? 그러면서 유진은 사랑하는 사람에 대해 절대 쓰지 않을 '즐기다'란 단어와 더불어, 그가 그녀를 위해 가져온 꽃다발을 두고 잠시 춤을 추는 어떤 무성(이번엔 외국의)영화를 그려 보았다. 그의 손이 눈에 보이지 않는 꽃다발을 들고 있었지만 스페인 친구의 시선은 그것을 그냥 지나쳤다.

유진은 손에 뺨을 얹고, 기분 좋게 뼈를 뱉고 있는 테이블 너머 자신의 손님을 보았다. 예술가는 웬만해선 누구도 자신을 기쁘게 해 주기 힘들다는 걸 알기에 밤에 혼자 있을 가능성이 많았다. 그냥 기타 연습을 하면서.

그러니 이 순간은 얼마나 소중한가!

그렇다면 낭비할 이유가 무엇인가? 도박장이라도 갈까? 운에 좌우되는 게임은 정말 재미있을 것이다. 손톱을 빨갛게 칠한 그 손(그런데 지금은 빨갛지 않았고, 그에 유진의 희망이 싹 사라졌다)으로 칩을 행운의 숫자에 놓을 수 있을 것이고, 누구도 상대가 되지 않는 예리한 귀로 휠 안에서 돌아가는 공의 알 수 없는 섬세한 소리를 들을 수 있을 것이다. 대개 유진은 그런 장소가 떠오르면 입술을 꼭 다물었다 떼었는데, 이 스페인 친구를 데리고—! 묶인 데 없는 젊고 근사한 젊은이들이나 이미 제정신이 아닌 망나니 같은 노인네들과 함께 담배 연기 가득한 금욕적인 방에서 룰렛 휠이 저녁 내내 돌아가는…… 그게 어떻게 가당키나 하겠는가?

예를 들어 유진이 평생 살면서 딱 하룻밤만 샌프란시스코에 있다고 해 보자. 여전히 미시시피를 떠나 여기에 정착한 것이 아니라 그냥 예술가로 이곳을 지나가는 길이라고 해 보자. 아니면 기타나 다른 악기를 연주하지는 않고, 그저 찾아다니는 중이라 해 보자. 딱히 특정한 사람을 찾는다기보다, 예를 들어 아버지의 흔적을 찾는달까? (실제로 찾는 일은 없기를! 아버지 킹 매클레인은 심술쟁이 영감으로 그에게 들러붙은 오명이었다.)

바로 여기에서, 샌프란시스코에 잠깐 들른 유진은 그 예술가에게 무슨 말을 해 줄 수 있을 것이다. 이 도시는…… 쏟아지는 밝은 빛에 삼신 실이 서 널리까지 내려다보이는 그 도시는 탁 트이고 자유로워 보일 때가 많았다. 하지만 굽이굽이 언덕과 층층이 구름이 명료한 한 가로움과 푸른 연기의 순수함 또는 투명함처럼 등에 등을 대고 어른 거리고 언제나 그곳을 굽이굽이 돌아다니는 화재 경보처럼 오르락내 리락하고 밝은 물색으로 서로를 뒤덮으며 쏘다니는 그곳은 여전히 어느 남자에게는 사방을 둘러싸는 벽이었다.

하지만 동시에, 에마와 그의 방의 벽이든, 저녁에 누군가를 가두 는 어떤 방의 벽이든, 벽이 커튼처럼 부드러워지면서 흔들리기 시작 하면 그것도 무시무시한 일일 것이었다. 북극광의 장막처럼 방의 벽 도 올라갈 수 있다는 환상을 준다면, 금방이라도 올라갈 것처럼 군다 면 말이다. 그건 대화재*가 반복되는 것과 매한가지일 것이다. 그럼. 샌프란시스코에는 그런 일이 언제든 생길 수 있으니까. 특별히 항상 도사리는 위험이었다. 하지만 그가 생각한 건 사실 그런 물리적인 게 아니었다……

유진이 마지막 빵 조각에 천천히 버터를 발랐다. 스페인 친구와 관 련해 마음을 바꿀 일은 없었다. 자신이 보여 주고 싶은 대로 받침대 위에 발을 얹고 조명 밝힌 무대 위에 자리 잡았던 이 진중한 사람이 혼자 어둑하고 으슥한 장소를 찾아가는 비밀스러운 습관이 없다거 나, 인생에서 더 심취할 것을 찾아 이방인의 수치이자 어쩔 수 없는 욕구인, 어떤 정해진 집을 찾아다니지 않을 거라고 생각하게 될 일은 없었던 것이다. 정말 제대로 된 예술가들이란 카멜레온 같은 존재라 고 생각하는 게 당연하기 때문이라고, 유진은 생각했다.

이 스페인 친구가 못 할 게 뭐가 있겠는가?

---

* 1906년 샌프란시스코에 지진과 함께 대화재가 발생하여 며칠간 지속되었다.

생뚱맞은 장면이 눈앞에 그려졌다. 스페인 친구가 대단한 무릎을 접고 검은 슬리퍼는 바퀴 가장자리에 놓인 듯 마구 돌아가는 채로 납덩이처럼 무거운 악어와 함께 연기 자욱한 불그레한 장소에서 춤을 추는 것이다. 묵직한 야회복 뒷자락을 휘날리며 뒤로 돌고 발로 땅을 차며 새처럼 날아올라 저쪽의 정확한 장소에 떨어진다. 액자에 넣어져 아버지 서재—아니다! 그땐 에크하르트 선생님의 '연습실'이었다—에 걸려 있던 무녀 시빌라의 모습처럼 어떤 책의 한 면을 손가락으로 짚으며, 사실은 근육질이지만 이야기 전개를 위해 여성적이라고 봐야 할 어깨 너머로 바라본다. 그리고 머리에 뿔이 난 채, 기다리거나 앞으로 나서는 스페인 친구! 그리고 잠깐잠깐 콧구멍에서 불길이 뿜어져 나오긴 하지만 그 진정한 삶의 허비로 늘 한결같이 가무잡잡한 얼굴!

실제 그대로의 스페인 친구의 존재가 생소한 만큼이나 실제와 다른 사람들의 장면들이 생소한 유진은 덜컥 빵이 목에 걸려 캑캑거렸다. 미시시피의 에크하르트 선생님과, 랜이 아닌 그가 받았던 피아노 수업은 완전히 잊고 있었는데. 어쩌면 음악의 기운이 가득한 지금 선생님을 기억하는 게 자연스러울 수는 있었지만 말이다. 시험 삼아 그가 민감하고 날렵한 왼쪽 손가락을 하나씩 테이블 위에 내려놓고 엄지와 새끼손가락을 번갈아 들었다 놨다 했다. 스페인 친구는 여전히 커튼 뒤에서 불길을 내뿜는 것 같았다. 테이블 너머 그의 콧구멍에서 담배 연기가 주전자의 쌍 주둥이에서처럼 끊임없이 뿜어져 나왔다. 그렇게 향기로운 냄새가 바로 그것이었다…… 그가 항상 좋아했고, 또 잘 칠 수도 있었던 〈고집스러운 흔들 목마〉의 늘어진 종지부가 들리는 것 같았다. 장문과 마당, 그리고 바로 그 나무도 보였다. 불꽃처럼 아래쪽이 푸르른, 뭉게뭉게 셀 수 없이 가득한 미모사꽃은 이런 열기와 빛 속에서는 오래 지속되지 못할 것 같았다. 〈고집스러운 흔들목마〉가 방울방울 빛이 되어 하나, 둘, 셋, 넷, 하늘과 나무를 통과해 땅으로 떨어져, 나무의 그림자와 반대되는 문양을 만들었다. 그런 날, 그런 시간, 그런 장소에서, 손가락을 내리누를 때마다 자신의 이마에도 방울이 지고 과즙이 뚝뚝 떨어지듯 즐거움이 흘러내리는 게 느껴졌다. 미시시피. 작은 물고기처럼, 뜨거운 대기 속 작은 초록 물고기처럼 벌새가 잠시 그의 눈앞에 머물더니 휙 몸을 돌려 사라져 버렸다.

그가 필리핀 웨이터의 물 주전자에 다시 컵을 갖다 댔다. 유진은 잠시 자신이 아버지가 남겨 둔 지리책 안에 들어 있던 판화 그림인 황야의 무릎 꿇은 남자로 보였다. 그 인물이 '여행객의 나무'에 한 번 도끼질을 한 뒤 입을 벌리면 나무에서 물이 콸콸 나왔다. 유진 매클레인에게 예술가든 외국인이든 방랑자든, 어느 것이 되었든 그런 인물의 삶에서 진정으로 마음이 가는 게 무엇이기에, 지금 그것이 이렇게 밀려오는 것일까? 그 삽화가 그의 아버지 킹 매클레인을 나타낸다고, 자신을 본 적도 없고 보고 싶어 하지도 않았던 그 아버지의 실제 모습이라고 유진은 한때 믿었다.

필리핀 웨이터 한 사람이 접시를 떨어뜨리는 바람에 접시가 산산조각이 나며 음식이 바닥에 다 쏟아졌다. 유진은 지탄하는, 하지만 동정하는, 진정으로 동정하는 소리가 튀어나오면서 자신의 표정이 매서워지는 걸 느꼈다. 그는 그 웨이터를 비웃고 있었다. 그리고 그동안 이 작은 불운이 얼마나 고통스러운지 아는 건 어쩌면 그 방 전체에서 그밖에 없을 것이었다.

하지만 마침내 그는 머릿속에서 자신의 돈 계산을 끝냈다. 동전 몇

개만 남고 거의 딱 맞게 이 식사비를 지불할 돈이 있었다. 그러는 바람에 지금 상황의 경이로움이 좀 까라졌다.

특식을 먹는 스페인 친구는 뼈를 뱉어 내고 빵을 물어뜯은 뒤 폭죽이 터지는 요란한 소리를 내며 씹어 댔기 때문에 그곳 사람들의 주의를 끌었다. 그의 검은 눈동자가 이제 쾌활하게 작은 파리 한 마리를 좇기 시작했다. 접시와 모자, 부인들의 코끝, 창문의 커튼 등을 골라 다니며 내려앉았다. 스페인 친구는 자기 자신과 가벼운 게임을 하고 있는 듯했다.

그가 기타를 치지 않을 때의 모습이 이러한 것이다. 그래도, 그렇게 나쁜 건 아니었다. 웨이터가 계산서를 들고 오자 유진은 그 어마어마한 액수를 거침없이 계산했다. 그의 맞은편에 앉은 초연하면서도 게걸스러운 얼굴, 진주처럼 반짝이는 밝은 창문을 배경으로 시커먼 그 얼굴과, 그곳에서 가장 훌륭한 음식을 뼈 무더기와 종이 장식만을 남기고 남김없이 먹어 치운 슬픔 어린 입의 모습과 그에 대한 기억—두 사람이 미소를 지으며 고개를 끄덕이고 자리에서 일어나는 동안 그에 대한 만족감으로 그는 점점 달아올랐다. 이제 벽지가 발라진 벽이 공작의 꼬리처럼 그들이 앉았던 자리에서 느릿느릿 펼쳐지기 시작했다. 테이블 사이를 걸어 나가면서 스페인 친구는 손을 뻗어 조심스레 여러 개의 성냥갑을 집었고, 산들거리는 바람에 쓸리듯 연이어 커다란 모자를 쓴 여성들이 꽃이 달린 챙이 서로 닿도록 몸을 가까이하며 이름을 중얼거리고 슬쩍슬쩍 쳐다보았다. 유진은 아무것도 안 들리는 듯, 하지만 자기 소유임을 주장하듯 그들을 돌아보며 인상을 써 보였다.

한낮의 해가 내리쬐는 거리에 나서니, 분노를 가장하거나 감추듯이 평범한 오후의 소란한 소리가 들려왔다. 보도에 잠깐 멈추자, 멀지 않은 저편에서 붐비는 거리를 뚫고 전차가 요란스럽게 달려왔다. 모인 사람들이 다들 느꼈듯이—공기 중에서 뭔가 엄청난 충격이 느껴졌다—하이힐을 신은 땅딸막한 여자 하나가 바보나 배신자의 분위기로 발이 걸려 앞으로 쓰러지기 시작했다. 꽃을 가득 담은 모자라도 되는 양 가방을 빙빙 돌리는 바람에 안에 있는 게 다 쏟아져 나오며 어처구니없게 온통 분홍색인 그녀가 전찻길로 쓰러졌다. 그리고 바로 전차가 그녀를 치고 지나갔다. 휙 솟아올라 길 저 앞으로 가서 떨어지더니 가만히 있었다. 전차가 그녀를 밟고 가지는 않았지만 죽은 거였다. 그 모든 과정을 지켜보았고 이제 상황을 처리해야 하는 경찰관 두 명이 흔들거리며 천천히 걸어오는 걸 보자, 다른 사람들과 마찬가지로 유진도 그 사실을 알 수 있었다. 그들은 서두를 필요가 전혀 없다고 보았던 것이다.

"사고야!" 유진이 소리쳤다. 그러니까 몇 번이나. 그 말투로 스페인 친구는 그가 이 사건에 특별한 관심이 있다는 걸 알아챘을 것이다. 커다란 그 친구가 담배 아래로 아랫입술을 쭉 내밀고 곁눈질을 하며 꼼짝도 않고 서 있었다. 의심할 나위 없이 아주 끔찍한 일이었다. 서두르는 사람은 아무도 없었다.

"죽은 거야. 확실해." 유진이 말했지만, 조심스럽게 말해야겠다고 마음을 먹었다. 가까이에서 떠드는 다른 목소리들도 있었다. 스페인 친구가 고개를 절레절레 흔들었다.

"구급차는 왜 안 오는 거야?"

"저 운전사 봐. 저 사람 잘못이야."

"여자가 백발이던데."

그러면서 고개를 절레절레 흔들었다.

"저거 다 집어서 가방에 다시 넣어 줘야 하는 거 아닌가."

"좀 덮어 줘야 하지 않아?"

"누군지 몰라."

"누구한테 알려야 하는 건지는 알까?"

다시 고개가 절레절레.

스페인 친구도 고개를 저었다.

"가자." 두 여자아이가 돌아서며 말했다. "네가 갈 거면 나도 가지."

하지만 가운데를 비워 놓고 둘러선 안쪽 사람들 무리가 희생자를 가리고 있었다. 그녀를 호위하듯 둘러싸고는 계속은 아니어도 이따금 그녀를 내려다보았다. 지체 높은 사람들을 감싸듯 촘촘히 붙어 섰다. 거기 계속 있을 모양이었다. 또 다른 무리인 가게 주인들이나 쇼핑 나온 부인들과 아이들은 뗏목의 승객처럼 스스로 가만히 바깥쪽으로 약간 물러났다. 엉덩이에 손을 얹고 선 한 젊은이는 발치의 참새를 한가로우면서 깊은 내면적 시선으로 내려다보고 있었는데, 갑자기 참새 발 옆으로 죽은 여자의 가방이 열린 채 떨어졌다.

"저런—"

두 사람이 모퉁이를 돌았고, 스페인 친구는 여전히 이따금 고개를 저었다. 언뜻 보기에 여기가 이제 별로 멋진 거리일 수는 없겠다고 생각하는 듯했다.

유진이 그를 커다란 호텔로 데려갔다. 향수 냄새가 나는 번쩍거리는 로비로 들어가 여기저기 미로 같은 통로를 다 헤맨 다음에야 유진은 남자 화장실을 찾아냈다. 자신이 가두 행진의 선두에 선 것처럼 몸집 큰 검은 스페인 친구에 대한 책임감을 느꼈던 것이다.

소리가 울리는 칸막이 사이 각자의 동굴에 서 있는 동안, 유진은 고개를 박자에 맞춰 위아래로 움직이고 한두 바퀴 돌리고 했다……

사실 어젯밤의 음악은 그가 예상했던 그런 건 아니었다. 그걸 미리 예상했는지 에마는 자신이 뭐라고 할지도 이미 다 알았었다. 음악은 전혀 신나지 않았던 것이다. 현란한 주법도 아니었고 소리도 전혀 크지 않았다. 스페인 친구의 곡은 옛날 곡이라 했다. 프로그램의 소개에 따르면 아주 오래된 곡이라 했다. 일부는 오르간이나 류트 연주용으로 작곡된 것인데, 기타리스트인 아무개가 그 곡들을 기타로 연주한다고 했다. 그는 무엇보다 지금껏 시도해 보지 않은 어려운 일을 추구한 것이었을까? 허영심 가득한 늙은이. 그래, 내가 연주하는 이 악기는 **기타**입니다. 그래요, 난 **기타리스트**예요. 그럼 뭔 줄 알았습니까?

마치 그 얘기를 무대 위에서, 영어로, 크게 떠들었을 때만큼이나 압도적인 정도로 그는 극도로 조심스러운 늙은이, 극도로 조심스러운 예술가였다.

유진은 느닷없이 그자가 갑갑해지면서 기분이 상했다. 자신이 연주하는 곡에 스스로 빠져 있다는 사실을 굳이 감추지도 않으니 다른 사람들이 그걸 듣고 기뻐하는지는 관심도 없고 알아차리지도 못하지 않는가…… 그렇겠지! 그리고 유진은 그 스페인 친구의 음악에 완전히 빠져들지도 않았다. 결코 그렇지 않았다. 마지막으로 그가 감당할 수 없이 빠르거나 너무나 미묘한 스페인 곡을 아주 은은하게 연주했을 때, 거의 소리는 들리지 않고 날개를 빠르게 파닥이듯이 공기의 진동만 들릴 정도로 은은하게 연주했을 때에야 유진에게 감동이 찾아왔다. 때로 그 소리가 기타 줄이 아니라 지상의 것이 아닌 어떤 탬

버린의 희미한 울림에서 나오는 것만 같았다.

다른 모든 곡에서처럼 사랑 노래에서도 예술가 자신은 여름날의 성실한 먹구름처럼 냉담했다. 몸집만 거대하게 보였을 뿐이었다. 깍듯한 인사로 공연을 마쳤다. 그때쯤엔 마치 열정은 자기 수중에 있는 것이고 사랑은 자신을 떠받드는 하인이며 절망조차 눈에 빤히 보이는 곳에서 폴짝거리는 길든 동물인 게 당연하지 않으냐는 식이었다. 인사는 극도로 우아했고, 몸을 폈을 때 그의 모습이 얼마나 커 보이던지 바로 눈앞에 있는 듯했다.

유진이 나왔을 때 스페인 친구는 몸무게를 재고 있었다. 화살표가 바르르 떨리고 그는 가만히 그걸 쳐다보고 있었는데, 자꾸 한숨을 쉬는 바람에 바늘이 계속 떨렸다. 유진은 그 숫자를 보고 눈살을 찌푸렸다. 겨우 240파운드. 그 친구가 그보다는 훨씬 더 나가서 적어도 250이나 255는 될 줄 알았던 것이다.

그 친구가 데이지꽃처럼 싱싱하고 환하게 그를 바라보았다. '이제 어디로 가나요?' 묻고 싶은 말이 그것일 것임은 너무 분명했다.

유진은 그를 거리로 데리고 나왔다. 팬이 앞에서 날듯이 뛰어갈 때 휘날리는 머리칼처럼 부드럽고 평평한 햇빛이 층계를 띠처럼 비추고 있었다. 남자 둘이 걷기 시작했는데 스페인 친구가 아주 기운차게 걸었다. 이건 운동을 하자는 건가? 광장엔 햇빛이 가득하고, 무릎에 펴놓은 거대한 회색 아코디언처럼 가파른 거리의 전면이 허공에 대고 빠르게 말을 쏟아 놓는 것 같았다.

5

햇빛을 받으며 도심 광장을 걸어가다 보니 뭔가 사색적인 분위기
가 내려앉으며 동의의 말처럼 두 사람을 묶어 주었다. 모퉁이에 익숙
한 두 쌍둥이 노인네가 우스꽝스럽게도 똑같이 격자무늬 재킷을 차
려입고, 같은 몸집으로 딱 붙어서 사람들이 한꺼번에 몰려든 전차 계
단을 서로 도우며 오르고 있었다. 유진과 스페인 친구가 동시에 그들
을 알아차리고 재미있다는 표정으로 마주 보았다. 그들도 계단에 올
라탔는데, 전차가 움직이기 시작했으므로 그냥 계단에 선 채로 갔다.
바다에서 파도타기를 하는 것 같았다. 뒤를 보니 배장기 위에 아이들
이 잔뜩 올라타 있었다.

깔끄러울 만큼 거친 머리칼이 부채처럼 솟은 흑인 아이 하나가 바
로 유진과 스페인 친구 사이로 머리를 디밀고는 튀어나온 눈으로 쳐
다보았다. 전차는 점차 따뜻해지는, 늘 봄비는 거리를 뚫고 흔들거리
며 올라갔다 굴러 내려갔다 하더니 드디어 서쪽 구역으로 꺾어져 들
어갔다. 유진은 흑인 아이에게서 고개를 돌리고 아이들의 아우성에
귀를 닫으려 애쓰면서 다 떨어져 가는 거리 표지판을 읽었다.

크고 뚱뚱한 흑인 여성 안내원이 지나치는 거리 이름을 신나게 외
쳤다. "디비서데로! 자, 디비서데로!" 벅 중고 레코드와 슈 마사지 숍
에서, 그리고 칠이 다 벗겨진, 전면이 화려하여 벽에 새겨진 것처럼
보이는 가파르게 늘어선 집—예전에 보았던, 기찻길 옆 깎아지른 절
벽 위에 홀로 서 있던 집처럼—에서 전차가 지나갈 때마다 안내원의
친구들이 나와 큰 소리로 그녀를 불렀다. 그러면 그녀도 차 밖으로
몸을 휙 빼서 "2시에 끝나!" "캣에서 보자고!" 식으로 마주 소리치곤

했다.

유진과 스페인 친구 사이의 흑인 아이가 눈알을 굴렸다. 함께 다니는 동안 스페인 친구가 **미소 짓는** 게 한번은 유진의 눈에 띄기도 했다. 흑인들은 그가 흑인의 생활을 다 이해한다고 생각할 것이다. 그 자신이 2시에 캣에 갈 수도 있다고. 아이들이 무리 지어 밀려왔다.

유진이 겨우 벨을 눌렀다. 스페인 친구를 전차에서 내리게 했는데, 사실 허리를 잡아 뒤로 끌어 내려야 했다. 더 이상은 견디기 힘들었으니까. 그들은 가던 방향으로 계속 걸어갔다. 여전히 해는 쨍쨍하고 여전히 언덕 아래쪽을 올라가고 있었다.

일을 하지 않는 사람들은 당연히 낮잠을 잘 시간이었다. 도시는 가까이서 보면 정말 흉물스러운데 멀리서 보면 무척 아름다웠다. 공기는 점점 신선해지고 햇살은 더욱 따스해지는 중에 한없이 언덕을 오르고 내리다 보니, 유진은 걸으면서도 잠에 빠지는 기분이었다. 두 남자 사이의 침묵이 마침내 꿈결처럼 충만해지자, 유진은 늘어선 언덕이 갈수록 꿈에서 오르는 계단처럼 느껴졌다.

똑같이 생긴 집들이 연이어 붙어 선 언덕이 그가 사는 존스가의 동네 언덕 위로 거듭 겹쳐졌다. 집들이 계속 나타났다. 다 같은 날 지어져 같은 나이인 집들이. 다들 단 하나의 운명을 지니고. 샌프란시스코에 또다시 대화재가 일어나 폭삭 무너지고, 미시시피 출신의 유진 매클레인이 도시를 다시 세워야 한다고 생각해 보라. 산처럼 쌓인 집쪽을 향한 눈이 반쯤 감겼다. 여기 집들은 다른 곳의 집이 그렇듯 벽처럼 늘어선 게 아니라 벌통처럼 부풀어 있었다. 벌통이 하나씩 줄을 지어 거대하게 솟은 계단을 따라 오르는. 그러면서 집 안에는 뭔가 열심히 만들어 내느라 생기가 가능한 것이다. 시계를 어떻게 조립할 수 있었을까?

노파 하나가 언덕을 걸어 내려왔다. 그런 노파는 늘 있으니까. 어깨걸이를 두르고 지팡이를 짚으며 늘 느릿느릿 당신 앞으로 내려오니까. 샌프란시스코의 여성들은 모두 스스로 의식하기도 전에 지팡이를 짚고 평생 저 언덕길을 오르락내리락했고, 나이가 들면 죽는 게 아니라 지팡이 두 개나 목발을 짚은 채 같은 길을 다니는 게 아닌가 하는 생각이 때로 유진에게 떠올랐다. 에마의 발은 앙증맞았지만 다리는 헐렁한 속바지처럼 두루뭉술하게 살이 붙어 있었다. 그녀는 아이를 낳고 그렇게 된 거라고 했다. 그걸 아이 탓으로 돌린 것이다. 슬픔에 빠져 있다가도 부르르 일어나 책임을 떠맡지 않는 분홍색 손가락으로 '여성의 희생'을 가리킬 수 있었다.

"당신 어린 딸이 '엄마, 목이 아파요'라고 했어." 유진은 큰 소리로 말했다. "그리고 사흘 뒤에 세상을 떴지. 네가 사무실에서 일하고 있는 동안 당연히 아이 엄마가 헤링 부인과 잡담을 하는 게 아니라 열병에 걸린 아이를 돌볼 거라 기대하지. 하지만 그런 얘기는 입 밖에 내지 않아. 그렇지? 절대 그런 일은 없지."

둥그런 각각의 집에는 계단이 있었다. 나선형이거나 덩굴손 모양에 드러나 있기도 하고 안에 감추어져 있기도 했다. 바깥쪽에 비상계단이 있었다. 복잡하게 걸려 있는 그 계단을 올려다보았다. 맨 꼭대기에 갈매기들이 앉아 있었다. 그에게 비상계단을 만들라고 하면 어떻게 만들 수 있으려나? 사다리로 된, 복잡해 보이는 비상계단, 무방비로 엉켜 다니는 차들, 둥글게 말아 올라가는 스프링, 여성의 레이스 장식, 그들의 가방 속 수많은 주머니—일상의 모든 생산품과 일과들이 얼마나 사람을 미궁에 빠뜨리는지 생각했다. 눈, 다리, 사다리,

발, 손가락, 덩굴 같은. 도시화된 세상, 그 세상의 일과가, 죽거나 덤비는 일이, 사람을 칭칭 휘감는 것이다. 필요한 부품마다 적당한 연장이 다 갖춰져 있고 하루 휴가까지 냈더라도 그는 존스가의 그의 집에 비상계단을 만들지 못할 것이다. 버트싱어 씨와 에마가 어서 해보라고 해도, 그의 인생이 거기 달려 있다고 해도. 그게 수치스러워해야 할 일인가?

"문을 열어, 리처드. 창문을 열어, 폴이든 자크든." 악마 같은 코미디언의 노랫소리가 레코드에서 흘러나왔고 유진은 잠깐 서서 그걸 다시 들었다. 옛날 일이 떠올랐다. 늙은 흑인이 한 명 있었는데, 그가 집에서 곤란에 빠지게 되면 모개나 사람들이 다 알았다. 가게로 들어와 노래 한 곡을 틀어 달라고 했던 것이다. 블라인드 보이 풀러의 〈침대의 바윗덩어리 #2〉를 틀어 달라고 했다. 지하실 창문 너머로 피아노가 보이고 커다란 몸집의 흑인 여성이 앉아 연주하고 있었다. 고향에서 멀리 떠나온 모습이었다. 그 연주 소리가 들리지 않았는데, 여기 거리에 소음이 엄청나다는 사실을 깨달았다.

"제 눈에는 해가 비치지 않는데요." 남자아이가 유진을 올려다보며 말했는데, 유진의 한 손이 그의 얼굴 위를 비스듬히 가리고 있었던 것이다.

"그러니, 얘야?" 유진이 상냥하게 말했다. 아이가 그 손을 움직이지 말라고 부탁하기라도 한 양 그가 다른 손으로 그 손을 잡아 치웠다. 아이가 귀엽고도 자신만만한 미소를 지었고, 그 미소가 유진의 시야에서 수많은 햇빛과 함께 뛰놀았다.

이제 그들은 바다에서 별로 멀지 않은, 번호가 매겨진 거리를 걷고 있었다. 섧은 방갈로가 나이 든 환자처럼 햇빛에 버무려져 서쪽을 향해 늘어서 있었다. 스페인 친구가 좀 뜻밖으로 앞으로 뛰어나가더니 커다란 몸을 휙 돌려 그들이 걸어온 아래 세상을 내려다보았다. 그가 다정하게 한 팔을 내밀었다. 오후 이 시간쯤엔 그곳 전체가 환하고 푸른빛으로 불타올랐다. 회색은 다 푸르고 흰색도 푸르렀다. 구획된 도시가 어떤 하늘빛 깃털로 문지른 듯 부드러운 빛이었다. 도시에게 물러가라고 하는 것처럼 그가 다시 팔을 내렸고, 두 번째로 불러들일 것처럼 다시 올렸다. 팔을 든 그의 모습은 정말로 멋졌다.

그들은 머리 위 하늘빛에 너무 눈이 부실 때까지 계속 걸었다. 두 번째 언덕에 오르자 바닷바람을 맞고 선 두 명의 수녀가 있었는데 불 타오르는 지붕의 굴뚝처럼 금방이라도 사라질 듯 보였다.

"아마 당신은 설마 그런 일을 할 수 있으리라는 생각은 못 했을 거야, 그렇지? 여자를 때리는 거 말이야." 유진은 다시 말을 하고 있었다.

스페인 친구가 그에게 어둑한 눈길을 돌렸다. 하지만 그것은 유진이 "당신은 기타리스트야"나 "여긴 프레시디오가야"라고 했을 때와 다름없었을 것이다. 그가 무리에서 멀리 떨어져 여기까지 와서 퍼져 자고 있는 늙은 주정뱅이 위로 차분하게 발을 옮겼다. 머리 위로 발이 지나가는 줄도 모르고, 머리를 아네모네에 박고 작은 화단에 사지를 뻗고 누운 주정뱅이의 하얗게 센 수염이 얼굴에서 거품벌레처럼 반짝였다.

"네가 저렇게 되어도 별로 상관 안 하겠지." 스페인 친구를 그대로 따라 뻗어 있는 다리 위로 발을 옮기며 유진이 말했다.

그러면서 불현듯 이따금 불가해하게 찾아오는 감정에 휩싸였다. 지금까지 살아온 세월의 반은 보지 못한 쌍둥이 형 랜 매클레인에 대해, 애인에게 느낄 법한 비밀스러우면서도 압도적인 애정이 밀려들었던 것이다. 랜은 잘 지내고 있을까? 정말 서로에 대해 아는 게 없구나! 그가 뭔가 비난받을 만한 일을 할 수도 있다는 걸 생각하면 근엄하면서도 다정한 손길이 필요할 텐데. 유진의 눈이 거의 감기면서 도시의 몸뚱이이자 오래된 혈관인 얼룩덜룩한 포장도로의 살갗으로 거의 정신을 잃고 쓰러질 뻔했다. 자그마한 데이지꽃이 피어 있는 부드러운 풀밭이 그의 이마를 보듬으며 눈을 맞춰 줄지도 몰랐다. 전차의 선로가 윙윙대는 소리가 들렸다.

스페인 친구가 그의 팔을 붙잡고 있었다. 머리 위쪽에서 커다란 얼굴이 동정과 기쁨으로 달아올랐다. "그럼, 당연하지. 이러려고 여기까지 온 거잖아!"라고 말하듯, 유진을 반쯤 들다시피 하며 길을 건넜다. 그러더니 스페인 친구가 여전히 관심이 가득한 표정으로 그를 살펴보는 동작을 했다. 살살 두드리고 똑바로 세워 보고 마지막으로 살짝 흔들면서 찰싹 때렸다.

그리고 빗방울이 떨어졌다. 고운 빗방울이 어루만지듯 허공에서 반짝거렸다. 유모차에서 눈을 뜨고 있던 아기가 고사리손을 뻗어 엄지와 검지를 꼭 쥐었다. 밝은 안개비를 쥐어 보려고. 언덕 꼭대기 정류장으로 전차가 미끄러져 올라가, 아이들의 다리가 신나게 흔들리는 마당 그네처럼 가정적인 모습으로 눌러앉았다. 그 위로, 오래된 묘지—스페인 무덤—에서 나무를 자르고 땅을 파는 작업이 벌어지는 공터 위 하늘에 직접 만든 연 두 개가 서로에게 달려들었다가 잡담을 하듯 고개를 끄덕이다가 했다. 바다에서 불어오는 바람이 온갖 쓰레기장 냄새를 몰고 와 정신병원 같은 냄새가 났다. 서서 기다리는 차를 대려고 초등학교 학생처럼 마구 뛰어가는 나이 든 중국 신사의 성긴 흰색 수염이 바람에 물결쳤다. 언덕 꼭대기의 그 바람이 유진을 스쳐 지나가자 때로 백일몽이나 욕망을 가만히 벗겨 내면서 더불어 기억까지 가지고 가는 상쾌함도 찾아왔다. 그가 스페인 친구를 올려다보면서 시연을 하듯이 숨을 크게 들이마셨다. 스페인 친구도 따라 했는데, 정말로 공감하며 하지는 않았을지 모르지만 몸집이 커진 것 같았다. 유진은 그의 거대하고 자애로운 가슴팍이 움직이는 걸 지켜보았고, 버클에 작은 수염 달린 동물 얼굴이 그려진, 은색 가장자리 장식이 있는 자신의 분홍색 멜빵을 슬쩍 보았다.

여전히 염려하는 듯한 표정—동시에 검은 뿔테 안경이 눈 주위를 두르고 있는 얼굴 전체를 그렇게 가까이서 보면 사색이나, 즐거움, 나른함, 완고함 같은 것도 보이는—이 1분 동안 계속 유진을 향했다. 그러더니 고개를 휙 돌리고는 뭔가를 향해 살짝 고개를 끄덕였고, 뒤쪽의 긴 검은 머리칼이 그에 따라 까닥거렸다. 그런 모습이 옛날 무성영화 시절, 단막극 무대에서 종을 울리던 닥터 칼리가리*를 닮았다는 생각이 문득 유진에게 들었다.

왜냐하면 그가 고개를 끄덕이며 바라본 곳은 아직 무너지지 않은 제방으로, 곧 삽으로 파헤쳐질 오래된 무덤 몇 개가 올리브나무 아래 군데군데 있었다. 그 앞쪽으로 고양이가 있었다. 우거진 풀 속에서 유서 깊은 자세를 취한 채로 미동도 하지 않았다.

고개는 그들이 서 있는 쪽으로 4분의 3쯤 향해 있었다. 여성스러운 눈썹을 지니고 있었다. 동물 특유의 이해력을 가득 담은 시선이 얼굴

* 1920년에 만들어진 독일 공포 영화의 인물.

에서 도드라졌다. 그 동그랗게 뜬 눈에 담긴 것이 위협이든 경계심이든, 그 얼굴은 볼록렌즈처럼 이글이글 불꽃을 쏘아 댔다. 그 눈은 한참이 지난 후에도 그 자신까지 시선의 힘에 잡아 두고 있는 듯했다. 온 힘을 다해 강렬하게 시선을 집중하며 몸을 웅크린 채 그대로 있었고, 유진으로서는 고양이가 만약 몸에 불이 붙는다 해도 그렇게 사로잡힌 상태에서 빠져나오지 못할 것 같은 느낌이었다. 자기가 보고 있는 것이든, 자신의 광포함이든, 무시해 버리려면 두 번은 다 티 버려야 할 것이었다.

지저분한 제방 위에서 시선이 갈 만한 또 다른 것이 곧 풀 속에서 바스락거리며 존재를 알렸다. 그 모습이 등을 쿡 찌르기라도 한 양 유진이 재빠르게 솔방울이 달린 묵직한 소나무 가지를 집어서 고양이에게 던졌다. 고양이의 옆구리를 맞혔다. 하지만 꿈쩍도 하지 않는 것을 보니 맞은 감각이 없는 모양이었다.

그가 고함을 질렀다. 그러는 내내 스페인 친구는 편안한 자세로 서서 지켜보고 있었다. 마치 파리에서 센강을 내려다보는 모습으로! 하지만 어젯밤 그의 연주에 담겼던 열정이 밖으로 내보인 것도 그런 초연함—유진 역시 의식하지 않을 수 없었고, 그래서 비통함이 느껴졌지만—이지 않았던가! 유진은 고집스럽게 지켜보았고, 날개의 회전이든 혀의 진동이든, 그 무엇이든 빈도를 더해 가면서 그의 흥분도 점점 강도를 더해 가는 느낌까지 들었다. 눈으로 감지하기엔 아직 너무 빨라서 그게 어디서 비롯하는지 알 수가 없었다. 어느 쪽이었을까? 회전이 제풀에 힘이 빠져 버린 것일까, 미끼 자체가 묵은 것이 되어 당연해진 것일까? 여기엔 시작과 끝이 있었다.

"풀숲에 있는 게 뭐야? 새야, 뱀이야? 뭘 것 같아?" 유진이 조용하게 물었다.

하지만 끔찍한 시선이 고양이와 또 다른 존재 사이에서 윙윙거리는 전선처럼 빠르게 움직이는 사이 스페인 친구는 그냥 참을성 있게 그 자리에 붙박여 있었다. 어떤 가련하고 열렬한 인생이 그 시선을 받고 어느 인생이 주건 그게 중요한가? 시계만큼 커다란 고양이의 눈이 눈물도 없는데 반짝거렸다. 홀연 유진에게 이런 생각이 떠올랐다—다 똑같아. 다 짐승 같은 것들이야. 알고 싶지도 않다고. 고맙네.

하지만 기다렸다. 그러고는 이번엔 풀숲에서 바스락거리는 것을 향해 돌을 던졌다. 당연히 그건 그저 고양이였다. 또 다른 고양이.

유진이 돌아봤을 때 스페인 친구는 그냥 담배에 새로 불을 붙이며 인상을 쓰고 있을 뿐이었다. 얼굴 근육이 흉측할 정도로 잔뜩 가운데로 몰렸다가 한 번 씰룩하곤 다시 다 펴졌다. 입술이 포도 색깔이고 담배 연기는 향긋했다.

"가자고." 유진이 말하며 그의 팔을 잡아끌었다. "가자고, 이 스페인 놈아."

6

맨 끝에 이르러 두 사람은 해안가로 내려갔다. 무척이나 휑뎅그렁했다. 처음에는 이렇게 날씨가 변덕스러운 날 늦은 시간이니 아무도 없나 보다 했다. 그런데 중간쯤에 바지를 걷어 올린 학생 하나가 책을 읽으며 바다 쪽으로 걸어가는 게 보이더니, 숲에서 혼자 사는 사람으로 보이는 남자 하나가 기품 있게 땔감을 어깨에 메고 가는 것도 보였다. 그보다 멀리 뿌연 풍경 속으로 계속해서 모자가 날아갈 것처럼 퍼덕이는 두 중년 부인의 모습이 문득 나타났다. 시계를 보는 품이 해넘이를 기다리는 모양이었다. 옅은 갈색의 고물차 한 대가 보였다. 방파제 출입구 옆에 세워져 있었는데, 문 하나는 열려 있고, 냉각 장치 앞면에 표백한 말의 두개골이 걸려 있었다. 작은 개 한 마리가 차 안에 앉아 있었다. 대기 중에 떠돌던 검은 연기가 사라져 갔다. 해변에서 피웠던 모닥불은 다 꺼진 뒤였는데, 바다 위에 배가 한 척 떠 있었다. 갈매기 몇 마리가 저 높이 롤러코스터의 툭 튀어나온 부분에 앉아 있고, 또 몇 마리는 셔터 내린 간이음식점 앞에 움츠린 목으로 꼼짝도 않고 서 있었고, 그들의 발치에는 찌르레기가 귀부인처럼 분주하게 돌아다니고 있었다.

어떻게 그곳이 적막하다고 생각할 수 있었을까? 그저 황량해서였을까? 소리가 귀에 들어오지 않아서 처음에 그렇게 황량해 보였던 것처럼. 사실 아이들은 한 명도 타고 있지 않은 회전목마가 돌아가면서 끊임없이 달가닥 소리를 냈고, 중간 어디에서는 지치지도 않는, 신이 난 웃음소리가 가득했다. 유진이 그 소리가 어디에서 나는 것인지 알아채고는 스페인 친구에게 그쪽을 가리켜 보였다. 가리키는 곳으로 몸을 돌리며 그가 희미하게 미소를 지었다. 실제 사람보다 큰, 기계로 움직이는 시끄러운 여자 모형이 잔뜩 옷을 차려입고 모자에 깃털까지 꽂고는 '환락의 집' 위층 난간에 서서 손짓을 하며 태엽 감긴 웃음소리를 내지르고 있었던 것이다. 어느 면을 보나 시선을 끌었다. 깃털이 달린 머리나 팔과 엉덩이를 흔드는 모습 역시 몸속 기계에서 나오는 소리만큼이나 요란스럽고 유쾌했다. 철썩거리는 파도 소리도 덤으로 받은 작은 조각처럼 그 작은 소리를 등에 태우고 가는 듯했다.

유진이 모래사장으로 내려가자 그 웃음소리는 바람에 산산이 흩어지고 자신의 모자가 펄럭이는 소리만 귀에 가득했다. 스페인 친구는 어느새 물가에 내려가 파도를 마주 보고 있었고, 어찌나 미동도 없이 붙박여 있던지 매력적인 부인들이 물러났다. 오직 한 쌍의 연인만이 방파제 가까이 서 있었는데, 역시 꼼짝 않고 가만히 있었다. 모래사장에 찍힌 그의 견고한 발자국만이, 땔감 줍던 사람이나 학생, 부인들, 연인의 발자국, 그리고 이미 사라져 버린 아이들과 개의 발자국을 모두 제치고 유일하게 똑바른 선을 이루며 나아갔다. 이제 유진의 발자국이, 밭장다리로 가볍게 그의 발자국 멀찍이 돌아 나아갔다. 해충이 해변 여기저기 흩어져 있었다. 언제 태풍이 왔더라? 이따금 유럽식으로 앞이 뾰족한 스페인 친구의 신발 끝까지 파도가 밀려와 부딪혔다. 마지막 순간에 순수한 혀를 내밀어 조심스럽게 입을 맞추고 물러갔다.

유진이 스페인 친구의 팔을 가만히 잡아당기고는 해변 위쪽의 절벽을 가리켰다. "땅끝이야!" 그가 외쳤지만 금세 파도 소리가 삼켜 버렸다. 그가 가만히 팔을 끌었다.

스페인 친구는 응하는 모습이었지만, 일단 팔을 빼내고는 모래사장의 성벽과 성을 부수면서 바닷물을 향해 오줌을 갈겼다.

그래서 두 사람은 방향을 돌렸고, 여전히 해변을 따라 얼마간 걸어갔다. 모닥불을 피웠던 검은 구덩이와 지천으로 깔린 흉한 해충들을 지나 바위 무더기에 다다랐다. 그것을 딛고 높은 방파제로 올라갈 수 있었다. 그 위에서 노란 머리칼을 온통 뒤로 날리며 어린 남자아이가 세발자전거를 타고 꿈꾸듯 두 사람 사이를 지나갔는데, 그 뒤에 꼬리처럼 들러붙어 끌려가는 해총이 1, 2미터는 되어 보였다. 스페인 친구가 진지하게 몸을 숙여 그 꼬리를 들어 올가미를 흔들듯 무심하게 흔들었다. 아이가 눈을 휘둥그레 뜨고 입을 동그랗게 벌린 채 뒤를 돌아보곤 바로 재밌어 죽겠다는 듯 꺅 비명을 질렀다. 자기를 놀리는 줄 알았던 모양이었다. 차고 너머로 들쭉날쭉 자란 검은 나무가 있고, 절벽을 따라 죽 이어지는 길 비슷한 것이 있었다. 적어도 예전엔 있었다.

유진과 에마가 여기 멀리까지 소풍을 왔던 적이 한 번 있었던 것이다. 적포도주를 몇 병 마시고는 바위 위 뜨거운 태양 아래에서 바닥에 등을 대고 무릎은 세우고 고개를 서로 붙이고 잠이 들었다. 하얀 에마의 살이 장미처럼 발개졌다. 그때 어린 팬은 어디 있었던 거지? 그날만은 그들은 신경 쓰지 않았다.

때로 파도가 바로 아래에서 부서지는 중에 두 남자가 그 길을 따라 걸어 올라갔다. 이제 해변은 없고 갈색 바위만이 펼쳐졌다. 간혹 바위가 살짝 움직이거나 어디선가 자갈이 우르르 떨어지는 소리가 들렸다. 길이 풀 사이로 끊어졌다 이어졌다 하며 가파른 언덕을 구불구불 내려가다가는 반들반들한 바위를 넘어 물가의 커다란 바위까지 닿았다. 낮은 관목이 발을 때리고, 스페인 친구의 검은 외투 자락이 펄럭이며 춤을 췄다. 유진은 바람을 맞자 힘이 났다. 바람을 뚫고 나아가든 그냥 맞고 서든, 다 할 수 있을 것 같았다. 숨이 막히게 할 수도, 떨어지는 걸 막아 줄 수도 있을 것이었다.

바람을 타고 갈매기들이 되돌아왔다. 창공 한가운데에서 다닥다닥 모여 반짝이며 떼 지어 오다가 한꺼번에 방향을 바꾸면서 다이아몬드처럼 명료한 비행의 면모를 보여 주었다. 유진은 바람을 훅 들이켰다. 이건 황홀감이었다. 새들이 날아갔다가 다시 날아오는 모습을 바라보았다.

"앞에 갈래, 뒤에 갈래?" 그가 물었지만 스페인 친구는 이미 앞에서 가고 있었다.

"네가 무슨 짓을 했는지 알아." 유진이 말했다. "네 아내를 때렸지. 그러면서 진짜로 그런 짓을 할 수 있으리라고는 전혀 몰랐다는 거야?"

스페인 친구는 돌아보지도 않고 저만치 앞쪽에서 나아갔다. 이제 길은 좁고 험해졌다. 속도가 느려졌다. 아니, 유진이 자꾸 뒤로 미끄러지고 위태롭게 허둥거려서가 아니라 스페인 친구가 느긋하게 절벽을 오르느라 그러는 것 같았다.

그러는 내내 아래쪽 다리와는 독립되어 움직이듯이 두 남자의 머리는 차분하게 바깥쪽을 향하며 시선이 저 멀리 풍경을 훑었다. 그러다가 그걸 비웃기라도 하듯, 한번은 스페인 친구가 머리 위로 손을 올려 모자를 찌그리면서 팔꿈치를 바깥쪽으로 뻗었다. 대충 '비스듬히 기댄 누드' 같은 여성의 포즈였다.

이 시간이면 종종 그렇듯이 길게 뻗은 구름이 짙어 가는 하늘을 반으로 갈랐다. 저 멀리 북쪽은 맑은데 그 아래 남쪽은 흰 구름이 가득했다. 맑은 하늘 아래의 파도는 어둑한 가운데 검푸른 입술을 내밀며 초록색으로, 검은색으로 밀려들어 왔다. ("허우적허우적, 바닷속에서 허우적거려요." 엄마가 책을 읽어 주는 소리가 들렸다.) 구름 낀 하늘 아래로 바다는 은빛으로 타오르다가 때로는 완전히 흰색이 되었다. 밀려들어 와서 마지막까지 그 모양을 유지하는 파도는 정지한 채 끝없이 펼쳐진 눈 같았다. 그들이 걸어온 도시와 해변 위로 먼지와 물안개가 가로지르며 그 풍경이 먼 전투의 모래바람과 깃발, 혹은 먼 과거의 소란처럼 깜박였다. 저 앞쪽으로 길게 뻗은, 완전히 또렷하고 단단한 바위가 똑같은 하늘빛이었다.

길은 점점 가팔라져 어느 지점을 지나자 전혀 의미가 없었다. 여기저기 최근에 굴러떨어진 커다란 돌덩어리가 길을 가로막았는데, 다시 비밀스럽게 살아나려는 듯 틈새가 축축했으므로 그들은 잡목을 붙들고 넘어가야 했다. 바위가 가로막지 않으면 풀이 웃자라거나 모래가 푹푹 빠지고 험했다. 물론 땅에는 어디나 문제가 있으니까.

유진은 간혹 자신이 내려갈 때는 비둘기처럼 홱 움직이거나 선원처럼 흔들흔들하고, 올라갈 때는 늙은 푸들처럼 축 늘어져 있다는 사실을 의식했다. 이러나저러나 매한가지였다. 한번은 걱정도 없이 뛰어다니기도 했다. 기우뚱거리든, 앞으로 튀어 나가든, 미끄러지든, 애써 따라가든, 이제는 고통스럽지 않았고, 자신의 속도대로 나아갔다. 고통이 느껴지지 않으면 세상이 고통을 주고, 그렇게 상황은 묘해져 갔다. 달라진 것이다.

해가 낮아짐에 따라 두껍게 내려앉았던 안개가 뼈다귀처럼 가느다랗고 연약해 보이는 좁다란 구름 띠가 되어 떨어져 나오면서, 그 사이로 붉은빛이 비쳤다. 스페인 친구는 차분하게 절벽 가장자리를 계속 걸었다. 이 친구도 전에 여기 와 본 건가? 그가 매끄러운 검은 신발로 펄쩍 뛰면 또렷하게 발자국이 남았다. 어느 길로 갈지는 그가 골랐고, 그렇게 고른 길은 늘 현명했지만 힘든 길이었다. 이제 길은 풀이 부성한 바위 사이로 거미줄처럼 사방으로 마구 뻗어, 백발의 수염처럼 춤추는 잡목을 붙들며 가야 했다. 아래쪽 축축한 돌들이 이제 희미한 빛에 잠겨 있었다. 멀리 수영하는 사람들인지 돌고래인지, 하늘색으로 물들어 떠올랐다 가라앉았다. 해 질 녘에 수영하는 외지인들은 늘 있었으니까.

유진은 스페인 친구가 가는 대로 갔지만, 항상 똑같이 하진 않았다. 길이 바다 앞에서 뚝 끊기는 곳에 동굴이 있었고, 스페인 친구는 거길 살펴보러 혼자 그쪽으로 갔다. 유진은 이제 큰 소리로 방향을 외치는 일을 하지 않았는데, 꼭 길 잃은 양이 매애거리는 것 같아서였다. 거대한 그 친구는 가파른 바위를 내려가, 기는 자세로 치과 의사가 관심 있게 입 안을 들여다보듯이 동굴 안을 들여다보았다. 쥐가 매끈한 표면을 달려 올라갔다. 커다란 쥐였다. 거친 들개나 야생마가 눈에 띄지 않아 크기를 가늠할 수 없듯이, 사람 사는 데서 볼 수 있는 그런 종류가 아니라, 사람이 다니지 않는 지리적 장소에서 볼 수 있는 그런 크기였다. 스페인 친구는 고개를 한쪽으로 기울이고 쥐를 눈으로 좇았다. 아무리 그라도 이런 바람에 담뱃불을 붙일 수는 없었다.

날이 저물면서 두 사람은 발걸음을 재촉했다. 용하게도 바다 바로 앞에 사는 검은 새가, 봄날에 잎이 무성한 나무에 막 둥지를 지으려는 도시의 새처럼 지저귀는 소리가 바람 소리를 뚫고 주변을 가득 채우기 시작했다. 부지불식중에 돌아가고 싶은 마음이 그들에게서 사라졌음이 분명했다. 어쩌면 그걸 바라기에 늦었는지도 몰랐다. 예전에 한 번 물에 빠져 죽을 뻔했던 유진은 물에 계속 떠 있으려는 의지가 문득 사라지던 것을 기억했다. 이미 늦어 소용없어진 후 얼마나 지나야 그런 상태가 되는지는 알 수 없지만 그런 건 늘 알게 되는 것이다.

해가 지고 있었다. 바닷물보다 더 축축해 보이고, 밝다기보다는 붉은 형체에 가까웠다. 뚝 떨어지더니 바다 위로 몰려드는 푸르른 안개 속으로 사라졌다. 잠깐 동안 사위보다 환한 물이 잔잔하고 부드러워지더니 안개가 날개를 펼치며 그 위로 내려앉았고, 유진의 얼굴을 쓸며 지나갔다.

"내 말 내내 듣고 있었지." 유진이 말했다.

하지만 스페인 친구는 유진에게 등을 돌린 채 몸을 숙여 마구 자란 풀 사이에 피어 있는 얼룩덜룩한 나리꽃을 들여다보고 있었다. 보드라운 꽃잎 아래쪽에 조심스럽게 손가락 끝을 대고 복슬복슬한 안쪽을 살펴보았다. 유진이 뒤쪽에서 기다리고 있는데 그가 손에 꽃을 들고 몸을 돌렸다. 돌연 스페인 친구가 초롱초롱한 눈을 크게 뜨고 미소를 지었다. 마치 한 달간의 깊은 잠에서 깨어난 사람처럼. 그가 손에 든 꽃을 바라보았다.

"마리포사."* 그가 한 음절 한 음절을 분명히 발음하며 말했다. 그가 내민 것은 너울거리는 얼룩덜룩한 야생 나리꽃, 흔한 마리포사 나리꽃이었다. "마리포사?" 그가 격려하듯, 심지어 그 말이 아름답게 들리도록 사랑스럽게 되풀이했다.

"네가 아내를 때렸잖아." 유진이 큰 소리로 말했다.

스페인 친구는 여전히 눈을 크게 뜨고 있었다. 빤히 쳐다보며 미소를 짓는 일이 무례한 일일지 모르지만 그와 동시에 그 멍청한 꽃도 내밀고 있었다.

"하지만 마음속으로는 말이야." 유진이 말을 꺼냈다가 뒷말을 잊어

* 스페인어로 '나비'라는 뜻.

버렸다. 그가 평생 지녀 온 문제인데, 중요한 순간이 왔을 때 절대 제대로 표현하질 못했다. 그래서 지금, 절벽 위에서, 바람을 맞으며……

유진이 불쑥 두 팔을 뻗어 상대방을 끌어안았다. 거대한 허리를 반도 못 감았지만. 하지만 발이 들리며 몸이 가벼워지는 걸 알아차렸고, 이제 한 번만 더 힘을 써서 그 무게를 무너뜨려 떨어뜨리기만 하면 되었다. 뚫어지게 쳐다보는 그의 시선 아래에서 상대방의 손이 풀어지면서 꽃이 떨어졌다. 바람을 타고 가다가 뚝 떨어졌다. 한 번만 더 힘을 쓰면 이자도 사라져 시야에서 없어질 거야. 저 아래로 떨어질 거야. 한 번만 건드리면.

유진은 이제 스페인 친구에게 꽉 들러붙었다. 거의 오랫동안 갈망하며 그를 기다렸던 것처럼, 그를 사랑하기라도 하는 것처럼, 지속적인 피난처를 발견하기라도 한 것처럼. 힘없이 늘어진 뺨에 엄청난 모공이 가득한 그 거대한 얼굴을 어루만질 수도 있을 것 같았다. 스페인 친구가 눈을 감았다.

그러더니 황소 같은 고함 소리가 그에게서 터져 나왔다. 거대한 머리를 마구 흔들었다. 크게 벌어진 입에서 도저히 인간의 소리라 할 수 없는 말들이 저녁에 먹은 음식 냄새와 함께 쏟아져 나왔다. 더 나올 뼈가 있는 건 아닐까 하는 생각까지 들었다. 유진에게 모든 것이 너무나 선명하게 보였다. 스페인 친구의 부릅뜬 눈하며 코털이 다 일어선 콧구멍하며.

유진이 문득 균형을 잃으며 거의 떨어질 뻔했기 때문에 어쩔 수 없이 그 거인을 붙들며 균형을 잡아야 했다. 쏟아지는 말을 듣는 것 외에 다른 도리가 없었다.

끔찍하게 장황한 얘기였다. 유진은 가능한 한 몸을 뒤로 빼고 곧 그를 노려보기 시작했다. 남자가 부끄러움도 자존감도 없이 이렇게 스스로를 까발리나⋯⋯ 무슨 고백할 거리를 캐내겠다고 이런 구경거리를 만들고 있단 말인가? 위안을 얻으려 누구에게 기도를 하고 있는 거란 말인가? 고함 소리가 그의 귀를, 정말이지 그의 몸 전체를 때려 대는 중에 유진은 손에 힘을 빼고 기다렸다.

난데없이 스페인 친구의 챙 넓은 모자가 바람에 휙 날리는 바람에, 마치 입을 마개로 틀어막듯 고함 소리가 그쳤다. 바다 쪽으로 갔나? 육지 쪽이었다. 유진은 왠지 이래야 할 것 같았다. 그러니까 스페인 친구를 잡고 있던 팔을 놓고 얼른 뛰어가 모자를 가져오는 것 말이다. 지금 모자는 저 앞에서 펄럭거리며 뒤집히며 절벽에 들러붙었다가는 다시 날아갔다. 유진은 좀 힘겹게 절벽을 기어올라야 했다. 모자가 눈에 띄었고, 손을 뻗어 덤불 속에서 퍼덕거리는 모자를 잡았다.

유진은 모자를 쫓느라 자기 모자를 잃어버렸다. 하지만 영감에 사로잡히며 스페인 친구의 모자를 썼다. 꼭대기에서 무릎을 구부리고 비옷을 휘날리며 그가 팔을 뻗어 모자를 자기 머리에 얹었다. 모자는 가만히 있었고, 동시에 그의 얼굴에 그늘을 드리웠다. 안쪽의 띠가 따스하고 여전히 향기가 났다. 길을 아는 첫 번째 주자처럼 기세등등한 기운이 그의 온몸을 훑고 지나갔다. 특히 작은 스냅사진이 구석에 꽂혀 있는 에마의 거울에 비친 자신의 모습이 보이기라도 하듯 극도로 조심하느라 손을 떨면서 모자챙을 매만졌다.

그가 바위 있는 곳으로 다시 돌아와 자리를 잡고는 챙 아래에 가린 눈으로 상대방을 마주 보았다. 그를 다시 붙들었을 땐 완전히 자신감에 넘쳤었는데, 이번엔—이렇게 잔인할 수가!—전혀 그를 움직일 수가 없었다. 1인치도 꿈쩍하지 않았다. 그는 호소하듯이 가만히 있는 스페인 친구의 팔에 손을 댄 채로 서 있었다. 그러자 이번엔 스페인 친구가 그를 붙들었다. 마치 갈퀴처럼 단단한, 굳은살이 박인 손가락 이었다.

스페인 친구는 저 아래에서 올려다본다면 작아 보일 것이었다. 기타도 손목시계처럼 작아 보일 것이다. 유진은 귀에서 사이렌이 울리기라도 하는 것처럼 기다리며 서 있었다. 그러다 내면에서 묘한 느낌이 솟아오르기 시작했다. 그 자체로는 묘했지만, 아, 무언지 알 수 있었다. 예전에 느껴 본 적이 있었다. 늘 아주 피곤할 때면, 늘 밤에 잠이 든 에마를 곁에 두고 침대에 누워 있을 때면 생겨나곤 했다. 뭔가 둥근 것이 입 안에 들어 있는 느낌. 그런데 이상한 건 그 크기였다.

그저 체리 하나를 삼키려 하는 것 같은데 문제는 자신이 체리 꼭지만 하다는 것이었다. 뭔가 거대한 것이 그의 입에 들어와 여기저기 살펴보고 있었다. 그가 기다리는 동안 그것은 점점 더 거대해졌다. 몸의 나머지 부분에 대한 인식과 감각이 사라지는 것이다. 침대 어디에 누워 있는 건지, 다리는 어디 있고 손은 어디 있는지를 설명할 수가 없어진다. 그의 입만이 감각이 살아서 그 거대함만을 실감하는 것이다. 몸에서 존재하는 거라곤 입을 제공하기 위한 아주 가늘고 허약한 끈 정도밖에 없는 느낌. 세상 전체가 혀 위에 있는 것만 같은데, 맛은 없었다. 오직 크기만 있을 뿐.

그가 스페인 친구를 붙잡고 팔인지 다리인지로 다시 한번 힘없이 그를 움직여 보려고, 꿈쩍이라도 하게 하려고 애썼다. 안개가 목구멍으로 넘어와 웃음이 터져 나왔다. 그 웃음소리가 어딘지 정확히 알 수 없는 저쪽 어딘가에서 반복되었다. 유진이 들은 것은, 그러고 나서 어쩌다 보게 된 것은, 밤이 내려앉기 전에 손전등으로 길을 비추며 바로 위쪽의 벼랑을 따라 움직이는 남녀 한 쌍이었다. 가까이에서 한 바퀴 돌고 있었던 것이다. 그들이 웃는 소리가 들렸고, 어스름 속에서 그가 고개를 젖혀 보니 그들의 하얀 치아가 빛나는 게 보였다. 행복에 겨워서? 쥐처럼 배가 고프거나 긴장할 때나 마찬가지로 이를 드러내는?

숨이 턱 멈추며, 달콤한 내와 짠 내, 정신병원과 바다가 똑같은 하나의 냄새로 그에게 다가왔다. 그 순간을 부옇게 지우며 약간은 그를 달래 주었다. 이제 잔잔해진 바다와 수천의 부드러움의 고동 소리가 모호한 어둠 속으로 밀려들어 왔다. 스페인 친구의 강한 팔이 자신을 들어 그의 맨머리를 넘어 그 위까지 올리는 게 느껴졌다. 이제 두 번째 쓴 그 모자마저 바람에 날려 갔다. 그를 누르는 짐은 이제 세상에 하나도 없었다. 거대한 힘에 얹힌 채 허공에서 그의 몸이 돌아갔다. 너무나 편안했다. 하루 종일 그의 마음을 떠나지 않던, 어쨌든 집의 문을 열고 계단을 올라 에마에게 가야 한다는 그 예감이 다시 찾아온 건 참 안된 일이었다. 내닫이창의 흰 커튼이 무겁게 사방을 둘러싼 앞쪽 그 방에서 그녀는 신부처럼 선 채로 눈물을 철철 흘리며 기다리는 것이다.

그의 몸이 다시 한번 돌아갈 때 회전하는 공처럼 다시 예감이 찾아왔다. 이번에 떠오른 상—가까운 미래의 어떤 선명한 틈새—은 에마 매클레인이 몸을 돌려 계단을 올라오는 그를 맞으려 중간까지 다가오는 모습이었다. 여전히 그의 온몸을 다정함과 불가사의함으로 떨리게 만드는 우르릉거리는 울림처럼 젊은이같이 가벼운 그녀의 발걸음이 마루를 가로질러 왔다. 그녀가 양팔을 들어 넓은 소매가 흘러내리는 중에 두 팔로 그를 안았다. 그는 외투와 모자를 놓아두는 현관의 빈약한 의자에 무너지듯 앉았다. 그러자 그녀가 그의 무릎 위에 올라앉아 폭풍처럼 그에게 입맞춤을 했다. 눈물의 짠맛은 전혀 없이 완전히 활기찬 모습으로 기막히게 좋은 맛을 돌려주면서.

말을 할 수만 있었다면! 다시 아이가 생길 수 있다면 그건 쏟아지는 눈물에서가 아니라 이런 무자비함에서일 것이었다. 이제 모든 걸 잠깐 접어 둘 수 있을까? 만약 지금 저 안쪽, 저 깊숙한 내면의 박동이 단단한 작은 주먹처럼 솟아난 봄날의 새순같이 흔들릴 때까지 모든 것을 멈출 수만 있다면!

스페인 친구가 그를 올려 무릎을 잡았고, 그는 몸이 거의 꼿꼿하게 서고 팔뚝이 서서히 펼쳐지며 새의 모양이 되었다. 콧구멍에, 편안한 눈가에, 맨머리 주위에 안개가 미세한 물보라나 입김처럼 와 닿았다. 위로 들린 채 팔을 펼쳤다. 그의 머릿속엔 오직 이 생각뿐이었다. 내 사랑이 온다.

자신의 것이 아닌 어떤 다른 목구멍에서 나온 요란하면서 감상적인 외침, 고함 소리가 들리더니 깊은 우르릉 소리로 사그라졌다. 스페인 친구였다.

그러더니 곧바로, "와, 이제 저 사람을 내던질 건가?"라며, 간절함을 담은 여성의 목소리가 외쳤다. 연인이 아래쪽 길로 내려가는 중이었다. "부끄럽지도 않아요? 자그마한 친구를 그런 식으로 놀래며 장난치다니." 여성의 목소리가 이어졌다. "그 사람 내려놓고 당신 상대가 되는 사람하고 해보라고. 아니면 빌리가 한 수 가르쳐 주고."

그러자, 아니면 이미 그 전에 유진은 다시 땅으로 내려왔다. 발 하나는 감각이 없었는데, 공중에 떠 있던 발이 바위에 부딪히면서 그 위에 내려섰다. 자줏빛이 나는 어둠 속에서 작은 성냥에 불이 붙었다. 이를 드러내며 웃고 있는 두 명의 평범한 연인이 그 빛 속에 서 있는 게 보이더니 만족스러운 표정으로 바로 안개 속으로 사라졌다.

머리칼이 온통 헝클어진 가면 같은 스페인 친구의 얼굴이 성냥 불빛에 여전히 빛났다. 얼굴이 좌우로, 위아래로 움직였다. 땀이 줄줄 흐르고 있었다.

7

그래서 이제 스페인 친구가 유진의 팔을 잡고, 성냥을 거듭 켜서 잠깐씩 밝히는 빛과 막 떠오르는 달무리 진 달빛의 도움으로 조심스럽게 그를 인도했다. 세상은 어둡다기보다 창백했다. 그들의 손가락에서 안개가 흘러가 발꿈치 뒤에서 구불구불 이어졌다. 두 사람은 함께 돌아가는 길을 찾았다. 위험한 지점에서는 손을 꼭 붙들었고, 잘못해서 늘어진 가시나무 덤불을 잡았을 때는 함께 비명을 내질렀다. 가다가 몇 번을 되돌아가서 다시 길을 찾아야 했다. 뭔가 지나가는 소리가 들리면 둘 다 펄쩍 뛰었는데, 스페인 친구는 앞서 쥐들을 쫓아 버렸을 법한, 흉내 낼 수 없는 스페인식 소리를 내뱉었다. 마침내 수월한 지점에 이르고, 그다음에 길로 들어선 것이 언제쯤이었을까? 그다음엔 축축한 안개 속에서 후추 향을 풍기는 방풍림 뒤로 바닷소리가 다 희미해졌다.

나무 사이가 열리고 그들이 도시의 모퉁이, 가로등 밝힌 보도에 이르렀을 때 두 사람은 너무나 추위에 떨었기 때문에 우선 커피를 마시러 가까운 카페에 들어가야 했다.

유진이 떨어져 나와 머리를 뒤로 빗어 넘긴 후 앞장섰다.

"커피 두 잔!" 카운터 자리에 앉자, 그가 썰렁한 안쪽에 대고 소리쳤다.

실내는 따뜻했다. 스페인 친구는 눈을 감은 채 담배를 피웠는데, 종업원이 왔을 때도 눈을 뜨지 않았다.

몸집과 골격이 큰, 중년의 여성 종업원은 느슨하고 위엄 있는 분위기로 다가왔다. 얼굴이 아주 컸다. 이목구비에 전부 실제보다 크게 화장을 해서, 실제 입술보다 큰 분홍색 입술이 있고, 실제 눈썹보다 1인치는 더 널찍하게 완벽한 곡선을 이루며 갈색 눈썹이 그려져 있었다. 눈은 작은 편이어서, 눈꺼풀에 시커멓게 아이섀도와 마스카라를 발라 놓으니 팔랑거리는 검은 나비처럼 보였다. 머리는 염색을 했는데 기름기가 좀 있었다. 유진이 보니, 다 합쳐서 11달러 25센트 정도 될 장신구—고리 모양 금 귀걸이, 보석이 박힌 펜던트, 네 개의 팔찌와 양손에 반지—를 차고 있었다. 그 몸 하나에서 금과 은과 다이아몬드에 대한 환상이 다 사라졌다.

"한 잔은 우유 넣고 한 잔은 블랙으로." 유진이 말했다. 그녀가 몸을 돌렸다. 응대하는 방식에 억양이 들어간 독백처럼 연극적인 데가 있었다.

"우-유, 우-유, 우-유 넣은 커피 한 잔 있어요." 카운터 뒤를 성큼성큼 걸어 다니며 그녀가 말했는데, 자리를 뜨지 않았지만 손님을 쳐다보거나 더 말을 거는 법도 없었다.

"그리고 페이스트리도."

"아, 페이스트리는 남은 게 없어요." 그녀의 목소리는 우울하면서 웅숭깊었다. 놀라운 억양과 더불어 그녀에겐 뭔가 호감이 가면서 이

해할 만한 면이 있었다. "샌드위치도 만들려면 한참 걸려요." 그녀가
고개를 절레절레 흔들었다. "오늘 밤엔 다들 기다리고 또 기다리네
요. 샌드위치 드실 거면 빵은 어떤 걸로 해 드릴까요? 그걸 꼭 알아야
하거든요."

"커피 두 잔요. 하나는 우유 넣어서." 유진이 말하고는 고개를 끄덕
였다.

종업원이 커피를 가져왔을 때 흘린 커피가 받침에 그득했고, 설탕
을 갖다주지도 않고 가 버렸다. 스페인 친구가 각설탕 세 개를 넣었
던 걸 기억하는 유진이 그를 쳐다보았다.

스페인 친구가 그를 마주 보았고, 커다란 검은 눈썹이 천천히 올라
가는가 싶더니 강아지처럼 간청하는 눈빛이 되었다. 모래가 들러붙
고 얼룩이 진 조개껍데기 테 안경을 벗어 잠시 손에 쥐고 있다가 다
시 썼다. 다시 간청하는 눈빛으로 유진을 쳐다보았다. 하지만 유진은
그냥 앉아만 있었다. 스페인 친구가 스페인 말로 종업원을 다시 불러
보다가 다음엔 커다란 팔을 흔들었다. 그녀는 처음에는 팔을 세워 커
튼에 기댄 채 뒤쪽에서 몽롱하게 바라만 볼 뿐 꼼짝도 하지 않았다.
그러다가 엉덩이를 묵직하게 흔들며 다가왔다. 그가 양손을 짝 마주
쳤고, 그것이 박수처럼 바로 그녀의 생각을 깨웠다. 주둥이가 달린
설탕 단지를 가져왔다.

"원하는 게 **설탕** 맞죠." 당연히 설탕을, 그것도 오랫동안 원한 게 아
니냐는 듯 특유의 억양을 넣어 아기한테 말하는 투로 스페인 친구에
게 말했다. 그녀가 그의 머리를 토닥거렸다. "망할." 그녀가 유진에게
웅숭깊게 말했다. "나도 내 나라에 살 땐 남편이 있었지. 작은 사람이
었는데, 당신처럼 작았어. 못되게 굴면 내가 반짝 들어서 벽난로 위

에 세워 놓았지." 그녀가 손바닥을 내밀었고, 유진은 그 안을 들여다
보지 않을 수 없었다. 그가 남은 돈을 탈탈 털어서 냈다. 이제 남은
돈은 한 사람분의 전차 삯뿐이었다.

"자, 이게 끝이네." 유진이 누구에게랄 것 없이 말했다.

스페인 친구의 몸엔 빵 부스러기와 모래와 설탕과 재가 묻어 있었
다. 밖으로 나와 다시 길모퉁이에 서서 두 사람은 거의 격식을 차리
며 서로를 마주 보았다. 헤어지는 순간에 유진에게 떠오른 생각은 이
것뿐이었다. 페이스트리가 있었으면 이 스페인 친구는 체면 같은 건
버리고 돈을 냈을까? 그러고는 횡하니 뛰어가 전차를 잡아탔다.

스페인 친구는 어두운 밤 도시 외곽의 모퉁이에 혼자 남아 다른 사
람은 뭔지 절대 알지 못할 무언가를 기다리며 서 있었다. 아마 이젠
그렇게 자존심을 세우진 못하겠지! 마지막으로 보았을 때 그는 하늘
의 작은 달을 바라보는 것처럼 보였다.

유진은 아파트 계단을 뛰어 올라가 문을 열었다. 뜨거운 차우더의
진한 냄새가 가득했다. 에마는 부엌에 있었는데 또 다른 여자의 잡담
소리가 들렸다. 에마의 친한 친구인 옆집 헤링 부인이 저녁을 먹으러
온 게 분명했다. 그들에게 아무 말도 하지 않는 게 좋겠다는 생각이
바로 떠올랐다.

"모자는 어디 두고 온 거야." 에마가 말했다. "그러다 폐렴에 걸려서
다음엔 당신 장례를 치러야겠네." 그러더니 발을 쿵쿵 구르며 와서
오늘 손에 뜨거운 기름이 튀었다며 그에게—그리고 두세 번째 보는
게 분명할 헤링 부인에게도—보여 주었다.

유진은 비옷을 벗으며 버트싱어 씨가 자기 집을 들여다봤을 리가

없다는 생각을 했다. 어쩌면 죽었을지도 몰라!

그들은 저녁을 잔뜩 먹은 후 테이블에 앉았다. 한가하게 치즈를 썰다가, 그리고 헤링 부인(막 여행에서 돌아온 헤링 부인을 위해 그들은 와인을 좀 마셨다)의 말에 참견하다가 유진은 아무래도 한마디는 해야 할 것 같은 기분이 들었다.

"오늘 그 머리 긴 기타리스트가 여기 사람이랑 다를 바 없이 거리를 걸어가는 걸 봤어. 그런데 이름이 뭐라고 했지?" 처음으로 궁금해졌다는 듯이 그가 물었다.

"바르톨로메 몬탈바노." 에마가 대답하고는 쭉 내민 혀 위로 포도 알을 던져 넣었다. 이렇게 덧붙였다. "그 사람 소화불량이 있는 것 같았어." 그러더니 포도를 삼키며 가슴을 두들겼다. "스페인 사람이잖아."

"스페인 사람? 오늘 아침 일찍 성당에 갔을 때 스페인 사람이 있던데." 헤링 부인이 말했다. "머리를 잘라야겠더라고. 어떤 여자랑 같이 앉았는데, 얼마나 큰 소리로 웃고 떠드는지. 교양이 없다고 생각했지. 물론 아직 미사가 시작되기 전이긴 했지만. 큰 소리로 웃더니 여자 다리를 찰싹 때리질 않나. 여행에서 막 돌아온 내 바로 앞에 베드로와 바울이 떡하니 있는데 말이야."

유진이 의자 등받이에 기대며 에마가 포도 알을 입 안으로 던져 넣는 걸 바라보았다.

"그 사람이 맞을 거야." 에마가 말했다.

방랑자

The Wanderers

1

"어제는 왜 안 온 거지?" 솔리테르 카드 판—카드를 섞을 때마다 총소리 같은 요란스러운 소리를 내는, 무늬가 새겨진 나무 판—에서 스타크 부인이 고개를 들며 하녀에게 물었다. 9월이었지만, 현관 쪽을 향한 등에서 10월의 기운이 느껴졌다.

"시골 여동생네 갔다가 이제 왔어요."

"케이티 레이니가 세상을 떴다고. 거기서 뭘 한다고 그렇게 바빴어?"

"으르렁대느라고요."

스타크 부인이 목소리를 높였다. "슬플 때건 기쁠 때건, 이제 내가

사람들을 위해 해 줄 수 있는 일이라곤 널 보내는 일밖에 없어. 지니
와 랜이 나중에 쏙 빠져 버린 거 알잖아. 그러더니 너도 가 버리고.
그래서 벌써 둘째 날이잖아. 내 아침 차려 주고, 너도 아침 먹고 거기
내려가 봐. 부엌에 가서 버지 대신 청소를 좀 해. 버지는 신경 쓰지
말고. 아직 통째로 있는 저 햄 가져가고. 장례식 음식을 만들라고. 다
른 사람들이 이미 다 해 놓지 않았다면 말이지."

"네."

"하루 종일 거기 나무 화덕에 서 있다 보면 네가 얼마나 좋은 부엌
에서 일하는지 감사한 마음이 들 테니."

"빨리 오려고 했어요. 동생네 집이라는 게 한번 발을 들여놓으면
도대체 나오기가 힘든 곳이잖아요."

스타크 부인이 딱 소리 나게 손가락을 튕겼다. "그놈의 여동생들!"
그녀가 자리에서 일어나 소녀의 걸음으로 앞 현관으로 나가 케이티
레이니네와 다를 바 없는, 불에 타서 얼룩덜룩한 언덕 너머의 잔디와
마른 잡목을 내려다보았다. 하지만 그녀 할머니만큼 나이를 먹은 할
머니 나무인 모건네 올리브는 꽃이 만발했다. 그녀가 어깨 너머로 중
얼거렸다. "내 평생 레이니네 집에 5분 이상 발을 들여놓을 일이 없
었어. 그러니 이제 와서 그쪽에서 나를 원하지도 않겠지. 하지만 나
이가 들면 서로에게 해 줘야 할 게 있는 거야. 너무 늦었더라도 상관
없어. 내 말 들려? 가서 깨끗한 앞치마 입고 와."

레이니네, 그러니까 케이티와 그 딸 버지는 여전히 매클레인로 길
안쪽의 집을 떠나지 않고 있었다. 거기 둔덕 위 양철 지붕의 빛이 포
치 양쪽에 붙어 선 아름드리 배롱나무와 쥐똥나무 아래로 떨어졌다.

이파리 가장자리가 타들어 간 칸나가 우물과 더불어 하얗게 바랜 마당 잔디에서 세 개의 친숙한 섬을 이루고 있었다. 케이티, 그러니까 페이트 레이니 부인이 나팔꽃의 선명한 파란색 옷을 차려입고, 힘겹게, 하지만 실패처럼 기계적으로 오고 갔다.

노년이 된 후 케이티의 좁고 단정한 맨머리에서 머리칼은 더 이상 마구 헝클어져 흩날리지 않았다. 밖에 나올 때면 조심스럽게 매만지고 조심스럽게 들고 다니는 머리가 새로 세운 우편함처럼 은빛으로 빛났다. 정해진 시간에 맞춰 모든 걸 순서대로 하는 이유는 전적으로 뇌졸중—5년 전, 자신의 설명에 따르면 "암소와 송아지를 갈라놓다가 가벼운 뇌졸중"이 찾아왔다—탓이었다. 오후에 버지가 집에 올 시간이 되면 케이티는 어두워지기 전에 우유를 짜지 못할까 봐 전전긍긍했다. 아직 근처 목초지에 풀어놓고 기르는 두 마리의 저지종 젖소가 있었다. 그녀는 앞마당에 나와 서 있거나 할 수 있는 한 앞뒤로 서성이며 버지를 기다렸다.

뉘엿뉘엿 해가 지면서 집의 옆쪽으로 줄지어 피어 있는, 타는 듯 붉은 깨꽃이 어둑해졌다. 그림자가 길게 늘어났음에도 그녀는 부드러워진 햇빛에도 전혀 나가는 법 없이 정해진 좁다란 길로만 걸어 다녔다. 낡은 가시나무 지팡이에 의지하며 거기서 버티는 것도 쉽지 않았다. 길가에는 햇빛에 바랜 의자 하나가 있었는데, 예전에는 건너편 멀구슬나무에서 그늘이 길게 드리워 거기 앉아 물건을 팔았다. 지금은 거기 나가 앉고 싶은 생각도, 차와 사람들 가까이에 가고 싶은 생각도 없어 보였다. 안전하게 저 위에 멀찌감치 떨어져 그녀는 세상이 부르르 떨리는 걸 지켜보았다. 밤낮으로 벌목꾼들이 모건 숲을 드나들었다. 그것도 그녀의 진을 뺐다. 이제 마흔이 넘은, 역시 옷을 차려입고 다니는 버지가 집에 와서 마땅히 해야 할 일인 보시와 줄리엣의 우유 짜는 일을 할 때까지 그녀는 목숨이 붙어 있는 한 기다릴 것—꼿꼿이 서서 정말로 기다렸다—이었다. 버지는 바로 숲의 벌목을 주도하는 네스빗 씨 회사에서 일했다.

케이티는 멀쩡한 손을 들어 햇빛을 가리지도 못했다. 그런데도 그녀를 지나치고 나면, 그런 자세를 한 그녀가 보였다. 진짜 보인 게 아니라도 눈앞에 떠올랐다. 주름이 많은 노인네 옷을 입고, 때로는 주일날 쓰는 낡은 모자까지 쓰고 나와 선 그녀는 혹시라도 누가 동정을 보일라치면 바로 쫓아 버릴 태세이기도 했다. 저기 길 굽이를 바라보며 노인네가 서 있네. 토요일에 시섬네나 서저너네, 홀리필드네의 나이 든 시골 남자들이 트럭이나 우마차를 타고 집으로 갈 때면 모자를 살짝 들며 그렇게 생각했다. 리틀 시스터 스파이츠 무리처럼 젊은 남녀들은 그녀를 보며 키득거렸지만 아이들이나 흑인들은 그러지 않았다. 그냥 올드더치 클렌저* 통에 그려진 여자처럼 당연시했다.

모개나의 노인들은 그녀를 보면 한때 그녀의 이웃이자 오랫동안 남편이 돌아오기를 기다렸던 스노디 매클레인을 떠올렸다. 막연하게 자신들 생각을 하기도 했는데, 그들도 나이가 들어, 그게 뭔지 이젠 정확히 알지도 못하고 설사 굽이를 돌아 내려온다 한들 알아채지도 못할 무엇인가를 여전히 기다리고 있다는 사실을 알기 때문이었다. 그 둔덕의 조금씩 길어지는 그림자 속에서 내다보는 케이티 레이니의 모습을 보면, 누군가 자신을 설득해서 집으로 들어가게 만들었으면 하고 바라는 듯도 했다. 이제는 누군가 자신에게 맞설 만도 하

---

* 20세기 미국의 대표적인 청소 세제.

다는 듯이. 하지만 과연 누가? 버지는 아니었다.

"우리 애 어디 갔어? 우리 애 봤어요?"

케이티는 그렇게 길에 대고 외쳤다고 생각했지만 사실은 아니었다. 창피스러움에 고개가 움츠러들었다. 바깥세상에서 여전히 그녀가 느낄 수 있는 게 하나 있다면 그것은 기사도의 부재였기 때문이었다.

기다리는 그녀의 귓가에 제비의 지저귐처럼 연인들에 대한 이야기가 맴돌았다. 재잘재잘 계속 맴돌았다. 교회에서의 잡담, 가게와 우체국에서의 잡담, 아마 이발소에서 남자들이 나눌 천박한 얘기. 절대 가까이서 들을 수 없었던 이야기들이 이제 그녀에게 다가왔다.

"저 노인네가 살아 있는 한 모든 건 노인네 모르게 이루어지지."

"그 딸내미가 엄마를 버리고 가지는 않을 거야. 자기도 나이도 들고 절름발이이니."

"한번 떠난 적이 있으니 또 할걸."

"그 녀석, 메이브리가 사냥을 하러 다니면서 이틀에 한 번꼴로 버지한테 메추라기를 한 자루씩 갖다주잖아. 다 보이게 뒷문으로 드나든다고."

"저런."

"메추라기가 지겨워지면 얘기하라고, 그럼 그만하고 떠나겠다고, 그렇게 말했다니까. 내가 들었다고."

"설마."

"게다가 난 인간이든 여자든 내내 그 많은 새만 먹고 살 수도 있다고 봐. 그 어미도 같이 먹는 거지. 아직 식성은 그대로라고!"

"쉿!"

"버지나 메이브나 메추라기 일을 그만두는 건 예의 바른 일이 아니지. 그가 들은 게 있더라도 말이야. 하던 대로 계속해야 하는 거지."

"아, 그럼. 페이트 레이니도 아무도 모르게 했으니까."

"전혀 몰랐다고?"

페이트 레이니에 대해 몰랐을지 몰라도 메이브리에 대해서는 알았다. 단지 케이티에게 들리는 얘기들이 처녀 시절의 얘기일 뿐이었던 것이고, 그것도 때로는 가물가물했을 뿐.

그녀는 거짓말엔 젬병이었기 때문에 간혹 버지에게 이렇게 서투른 거짓말을 하곤 했다. "지나가다 물어봤는데, 아무도 네가 어디 있는지, 시내에서 뭘 하느라 그렇게 오래 있는지 모른다고 하더라고."

하지만 내겐 여름도 이게 마지막일 텐데. 시간 맞춰 돌아와 우유를 짜야 할 것 아냐. 항상 그렇듯이 완고하면서도 불쌍해하는 마음으로 노인네는 그렇게 생각했다.

"지금 해가 어디 있나 봐라." 드디어 버지가 낡은 쿠페 자동차를 몰고 들어섰을 때 그녀가 외쳤다. 케이티는 버지가 불쌍한 송아지를 팔아서 저 낡아 빠진 차를 샀다는 사실을 자꾸 까먹었다.

"보여요, 엄마."

얇은 꽃무늬 드레스를 입은 버지가 하이힐을 신고 삐죽삐죽한 잔디 사이로 걸어 올라갈 때 숱이 아주 많은 검은색 긴 머리가 좌우로 흔들렸다.

"소를 데리고 들어와 어두워지기 전에 우유를 짜야 하잖아. 게다가 총 맞은 메추라기 네 마리가 싱크대에 널브러져 있으니 그것도 손질해야 한다고."

"들어가요, 엄마. 나랑 같이 들어가요."

"하루 종일 혼자 있었어."

버지가 몸을 숙여 엄마에게 입을 맞췄다.

그러면 케이티는 버지가 소를 데리고 들어와 우유를 짜고 우유를 배달하고 다시 돌아와 메추라기 요리를 하리라는 걸 알았다.

'놀랄 일이지.' 그녀가 생각했다. '저 아이가 이렇게 신경을 쓰다니 놀라우면서 얼마나 다행인지.'

케이티가 세상을 뜨던 날, 버지는 침실 바닥에 무릎을 꿇고 앉아 격자무늬 천으로 드레스 마름질을 하고 있었다. 일요일에 바느질을 해야 했다.

"진짜 뻣뻣한 격자무늬 천을 가지고 씨름을 하는 일만큼 버지 레이니가 좋아하는 일도 없지." 의외의 부위에서 문득 찌르듯 고통이 느껴지는 중에 케이티가 생각했다. 원래는 그녀의 몸을 반으로 가르며 단 하나의 선을 따라 죽 내려갔는데 말이다. 모든 여자의 몸엔 하나의 선이 있어야 하니까. 가로―그건 너무 쉬우니까―가 아니라, 양쪽이 각자 느끼고 알 수 있게, 각자 고통을 멈추고 결국엔 살펴볼 수 있도록 아래로 길게.

하지만 그녀는 버지의 격자무늬 천이 예쁜 깔개처럼 펼쳐진 그곳에 가서 주저앉고 싶었다. 거기에 힘겹게 버티며 서 있을 때 마지막으로 명료하게 들었던 생각은 다른 무엇도 아닌 무늬를 맞추기 힘든 버지의 격자무늬 천을 덮고 거기 눕고 싶다는 것이었다. 그러나 내부를 갈기갈기 찢는 의지의 힘으로 몸을 돌렸고, 지팡이를 두들기며 긴 복도와 방 두 개를 지나 자신의 방 침대에 누웠다.

"그거 그만하고 와서 부채질 좀 해라." 그녀가 큰 소리로 불렀다. 하지만 "난 꽃 판 돈으로 결혼할 생각이에요"라고 했던 버지의 말이 빠르게 머릿속을 지나갔다.

잠옷 바람으로 일을 하고 있던 버지가 핀을 입에 물고 들어와 그녀 곁에 섰는데 엄지손가락에 가위 자국이 선명했다. 종이로 엄마의 얼굴 위에서 부채질을 했다. 그 종이는 〈시장 회보〉였다.

죽어 가면서 케이티는 그 안에서 자기의 목록을 빠르게 훑었다. 안 달하는 발로 각 항목을 쾅쾅 밟듯이 하나하나 세면서 고쳤는데, 그런데도 계절을 까먹고 화초들이 어디서 자라는지를 까먹었다. 꺾꽂이용 보라색 접시꽃, 회양목, 15센트짜리 네 가지 색 칸나, 밤메꽃 씨 한 숟가락, 녹색과 보라색 달개비. 장미는 커다란 흰 장미, 작은 가시 장미, 아름다운 빨간 장미, 분홍 장미, 구식의 빨간색 여름 장미, 아주 향기로운 아기 장미. 다섯 가지 색의 버베나, 촛대 백합, 천사 백합, 사도 백합, 문주란, 참나리, 원추리. 천사나팔꽃 씨. 빨간 아마릴리스.

레이니 부인의 생각이 점점 더 빨라졌다. 빨간 깨꽃, 분꽃, 분홍색 꽃고비, 꽃꽂이용 제라늄, 줄고사리와 도깨비쇠고비, 용설란, 야자나무, 분홍과 흰색이 섞인 배롱나무, 게발선인장, 개나리. 화이트 재스민. 스노볼. 히아신스. 분홍 요정 백합. 하얀색. 요정처럼 하얀.

"더 부쳐. 부채질을 하다가 그만두면 아예 안 한 것만 못해."

이 어미가 가고 나면, 금방이라도 갈 거니까, 광고를 낼 수 있을 거야. 그녀가 생각했다. 조각보 이불! 두 개의 머루 송이, 더블린으로 가는 길, 별이 빛나는 하늘, 이상한 거미줄, 수많은 손 모양, 이중 결혼반지. 엄마는 조각보 이불이 아주 많단다, 얘야.

케이티는 침대보 위에 아무렇게나 누워 생각을 이어 갔다. 구름 사이로 햇살이 비치는 문양에 레이스가 많이 달린 코바늘 뜨개질 식탁보. 버지기 곁에 서서 규칙적으로 박자를 맞춰 부채질을 하고 있다는 걸 알았다. 곧 케이티의 입이 꽉 다물렸다.

생각이 이어졌다. 실수였어. 절대 버지가 아니었어. 신부인 나였지. 그들이 상상하는 이상의 것을 지닌. 버지, 떠나 버려. 그건 나였어.

그녀가 팔을 올렸지만, 항의하려던 그 손이 어떻게 되었는지 절대 알 수 없었다.

버지는 무릎을 꿇은 채 몸을 웅크렸다. 고개를 꼿꼿이 세웠는데, 입이 벌어지며 물고 있던 핀이 하나씩 바닥으로 떨어졌다. 죽음이 별로 두렵진 않았다. 자꾸 늦춰지는 죽음이든 갑작스러운 죽음이든. 두려움이 있어야 할 머릿속 자리엔 여전히 아무것도 들어오지 않았다. 그저 드레스에 대한 어떤 생각뿐.

벽에 걸린 오래된 거울과 마찬가지로 전혀 살가운 맛이 없는 짙은 색의 침대 머리—어릴 적 그녀에게는 무슨 좌우명이 숨겨져 있을 법한 거대한 아서왕의 방패처럼 보였던—가 엄마의 허리께에 머루처럼 짙은 오후의 그림자를 드리우고 있었다. 평생 동안 매일 자던 잠만큼이나 친숙한 오랜 그림자는 한 해의 이맘때면 늘 긴 쿠션을 따라 내려갔다. 따뜻하고 울퉁불퉁한 메달 모양—물려받아 지겹도록 썼던 엄마만의 문양—의 친숙한 침대보 아래에서 엄마의 검은 신발이 뾰족하게 나와 있었다.

침대 뒤편 창문 밖으로는 설탕에 절인 무화과 단지를 올려놓은 듯 무지근한 빛 속에서 온갖 꽃들이 부옇게 마구 달려들었다. 벌새 한 마리가 쏜살같이 날아와 꿀을 빨아 먹고는 다시 쏜살같이 날아갔다. 매일 오는 벌새였다. 목이 다홍색이었다. 물속에서 심벌즈를 치듯이 시계가 아련하게 쨍그랑 소리를 냈지만 제대로 울리지는 않았다. 그럴 수가 없었다. 하지만 엄청난 급류가 방 안으로 쏟아져 들어와 시계를 삼키면서 아주 달콤한 무언가를 잔뜩 얹은 듯했다.

버지가 포치로 뛰어나갔다. 흑인이 지나가길 기다렸다가 바로 소리쳤다. "교회에 가서 루미스 의사 선생님 좀 모셔 와!" 주일 옷을 차려입은 흑인이 쌩하니 달려갔다.

3, 4시쯤엔 집 안에 찾아온 사람들과 도와줄 사람들이 그득했다. 오는 사람마다 계단 옆에 노란 스펀지처럼 서 있는 거대한 죽은 회양목 앞에서 걸음을 멈췄다. 그걸 돌아 들어와야 했다. 화덕 위엔 따뜻하게 커피가 올려져 있고 복도엔 주전자에 담긴 아이스티가 있었다. 버지는 월요일에 입으려고 그날 아침 다림질을 했던 드레스를 입고 집 앞쪽에 서 있었다. 어떤 부인이 주위를 돌아다니며 양치식물에 물을 주고 응접실의 커튼을 매만졌고, 뭔지 알 수 없는 합계를 확인하고 수지를 맞추기라도 하듯 또 물을 주고 커튼을 매만졌다. 응접실과 버지의 방에 있는 의자엔 다들 누군가 앉아 있고 포치와 계단은 바깥에 서 있는 남자들로 삐걱거렸다.

캐시 모리슨이 검은 스타킹을 신은 다른 여자들의 빽빽한 다리 사이를 헤치듯이 응접실을 가로질러 닫힌 재봉틀 앞 의자에 앉은 버지에게로 왔다. 캐시는 금색 테를 두른 좁다란 커피 잔을 골라 가만히 들고 있었다.

"아버지가 조의를 전하셨어. 네 옆에 좀 앉을게, 버지." 캐시가 그녀에게 입을 맞췄다. "나도 겪어 봐서 알잖아."

"실례할게." 버지가 그렇게 말하고는 바로 사탕수수 의자에 앉은 채 잠이 들었다 다시 눈을 떴을 때, 더욱 많은 사람이 들어찬 방을 조심스럽게, 아무렇지도 않게, 마치 막 떠나려는 사람처럼 흔들리는 마음으로 바라보고 그 소리를 들었다. 자신이 웅얼거리는 사람들 사이를 돌아다니며 말을 걸고 입맞춤을 주고받는 소리도 들었다. 머리와 가슴과 엉덩이는 속수무책으로 흔들리는데, 사람들의 귀에 대고 줄에 매달린 종을 흔들어 대듯이 그들에게 보여 줘야 할 그런 걸음걸이를 하고 다녔다.

"쟤도 어쩔 수 없어요." 캐시 모리슨이 상냥하게 판결을 내리는 투로 곁의 사람들에게 말하고 있었다. "아직 제대로 실감이 안 날 테고, 우리를 잘 모르기도 하고요."

케이티의 방에서 응접실로 이어지는 문이 부자연스럽게 닫혀 있었다. 다들 알고 있듯이—말하자면 그 문이 열리길 기다리며—그 문 뒤에서는 스노디 매클레인이 케이티의 염을 하고 있었다. 나이 든 루미스네 흑인 둘만을 데리고 직접 그녀를 씻기고 옷을 입히고 있었는데, 스노디 역시 거의 일흔 가까운 나이에 7마일이나 떨어진 매클레인네에서 온 참이었다. 거기엔 뭔가 다들 마음에 들지 않는 구석이 있었는데, 아마 관례에 어긋났기 때문이었을 것이다. 다들 생각하기로는 에미 홀리필드가 염을 하고 리지 스타크가 전체를 관장해야 한다는 것이었는데, 리지 스타크는 오늘 너무 힘이 없어서 일어날 수가 없다고 전갈을 보냈고, 에미는 이미 세상을 떴던 것이다.

조문객 가운데 페이트 레이니 씨 장례식 이후 한 번이라도 이 집에 왔던 사람이 스노디 말고는 하나도 없는 건 사실이었다. 그러니 지금 버지가 이따금 그들을 빤히 쳐다보는 것도 놀랄 일은 아닌 것이다.

집에서 누군가 죽으면 항상 온갖 이야기들이 나와 분명해지면서 공적 영역에 속하게 되지. 버지가 생각했다. 죽은 사람의 이야기가 아니라 산 사람의 이야기가.

문간에 서 있던 랜 매클레인이 집 안에 들어서는 네스빗 씨와 악수를 하는 게 보였다. 예전에 시골 처녀를 이용해 먹는 바람에 그녀가 결국 자살하고 말았다는 사실이 표시가 나지 않나? 지금 그렇듯이 지난번 선거 때도 표시가 났지만, 단상에 서 있는 중년의 그에 대해 모든 걸 기억했음에도 그는 카마이클 씨를 이기고 시장에 선출됐지. 랜은 이제 어떤 시골 남자를 붙들고 미소를 짓고 있었다. 사람들은 그것 때문에 그에게 투표했다. 그의 이야기와 화려함, 매클레인 집안의 쌍둥이 중에 나쁜 쪽이고 스타크 집안 딸과 결혼한 후에 처녀를 망쳐 놓았고, 그래서 그녀가 어떻게 되었는지 하는. 올드맨 무디가 자기 가게—그녀가 거기서 일하고 있었으므로—바닥에 쓰러진 그녀를 발견했고, 팔에 안고 거리로 걸어 나왔었지. 그것이 다 드러났기 때문에 그에게 투표한 것이다. 그 얘기를 들으면 심장이 쪼그라들었고, 다시금 확실히 보여 줄 것이었다. 랜은 매 순간 그것을 의식했고, 거기 문가에서 그것을 견뎠다.

"기운 내, 기운 내라고." 그녀를 바닥에서 들어 올리기라도 할 것처럼 턱 아래를 손가락으로 건드리며 네스빗 씨가 그녀에게 말했다. 눈에서 눈물—그녀로서는 억지로 짜낸 거라는 생각이 들었다—이 흐르더니 곧 말랐다. "이리 와 봐." 그가 어깨 너머로 불렀다.

"버지, 이 마을에서 네가 누구랑 제일 친한지 시스비 씨에게 말해 줘." 회사에 새로 온 직원을 데리고 온 거였다.

"당신이죠, 비츠 씨." 버지가 말했다.

"모개나에서는 다들 날 비츠 씨라고 불러, 시스비. 자네도 그렇게 불러도 돼. 자, 또 있어. 아무도 널 고용할 마음이 없을 때 누가 널 고용했는지 말해 줘, 버지. 말해. 늘 너를 친절하게 대하고 네 편을 들어 준 게 누군지.”

그녀는 그 일을 다 끝내기 전에는 자리를 뜬 적이 없었다. 웬지 오늘은 더 쉽고 간단하게 여겨져 안심이 되었다.

“빨리 말해, 버지. 며느리한테 가서 기분을 북돋워 줘야 하니까.”

만삭의 네스빗 며느리인 니나 카마이클이 앉아 있는 게 보였는데, 무심한 잘생긴 머리를 들고, 통통한 하얀 팔 하나는 재봉틀 위에 걸치고 있었다. 그가 방 이쪽에서 그녀에게 눈을 찡긋했다.

“당신이에요, 비즈 씨.”

“이 비즈 씨 아래서 얼마나 오래 일했는지 말해 줘.”

“오래 일했죠.”

“아니, 정확히 얼마나 오래인지 말하라고. 빨리빨리. 내가 세 가지 다른 사업을 했어, 시스비. 얼마나 오래?”

“1920년부터 쭉이에요, 비즈 씨.”

“그리고 네가 편지를 쓰거나 계산을 하다가 혹시 실수라도 하면 네 편이 되어 회사를 설득한 게 누구지?”

“진심으로 조의를 표합니다.” 시스비 씨가 갑자기 그렇게 말하며 잡고 있던 그녀의 손을 놓았다. 그러는 바람에 그녀는 거의 넘어질 뻔했다.

“그런데 누구냐고. 누가 널 도와줬느냐고?”

빅스버그에서 같이 춤을 추자고 했을 때처럼 네스빗 씨가 팔을 활짝 벌렸다. 휙 몸을 돌리더니 저리로 가 버렸다. 마음이 상한 것이다. 무지하게 그녀에게 실망한 것이다. 그녀는 마음 상한 뚱뚱한 그의 등이 길을 잃은 듯 이리저리 돌아다니다가 니나 카마이클 앞에 서서 오래도록 그녀를 바라보며 즐겁게 해 주는 모습을 바라보았다.

음식—바나나 케이크 두 개와 구운 햄, 시커멓게 속을 채운 계란 요리 한 접시, 새로 만든 롤빵—과 꽃이 뒤쪽으로 계속 들어왔고, 응접실이 남자들로 점점 들어차는 것과 마찬가지로 주방은 여자들로 들어찼다. 버지는 다시 주방으로 들어갔는데, 역시 여자들이 하던 일을 멈추고 그녀를 쳐다보았다. 오늘만이 아니라, 그녀는 어떤 이유로든 요리하는 법을, 그들은 잘 아는 그것에 대해 알지 못한다는 듯이. 그녀가 화덕으로 가서 포크를 집어 닭고기 한두 조각을 뒤집었는데, 미시 스파이츠가 놀라서 사납게 눈을 크게 뜨고 그녀를 보는 게 눈에 들어왔다.

그래서 그녀는 그들 사이를 뚫고 지나가 조용한 뒤 포치에 나가 서서 남부의 산들바람을 맞았다. 음식이 들어찬 냉동고가, 거기 생긴 구멍을 누렇게 바랜 오래된 신문으로 막은 뒤 보이지 않게 마대 자루로 덮은 냉동고가 내일을 기다리며 개수 그릇 안에 놓여 있었다. 꽃꽂이용 꽃이 그늘진 양동이 안에 어떤 건 바로, 어떤 건 거꾸로, 아무렇게나 담겨 있었다. 버지는 문득 에크하르트 선생님의 발표회 날이 떠올랐다. 그녀의 차례가 되어 이름이 불리는 순간. 밖에서 기다리던 열세 살의 그녀는 술렁거리는 엄청난 관중 앞에 딱 섰을 때 마음이 차분해지도록 객석으로는 신경을 쓰지 않으려 애썼다. 그런데 이제 생각하니 한 방울이 흘러나왔다. 몸이 안 좋아질 정도로 시달렸던 불안감. 객석에서 사람들이 엄마의 모자를 비웃는 소리가 들렸던 것이다.

그녀는 응접실로 돌아갔다. 기다리는 사람들의 말소리가 숲의 중얼거림처럼 방 안에 가득했다.

문이 열렸다. 스노디가 안쪽에도 바깥쪽에도 시선을 주지 않은 채 문간에 옆으로 섰다.

곧바로 여자들이 일어나 복도로 몰려갔다. 몇 명은 벌써 들어가고 있었다. 응접실에서는 침대 아래쪽과 케이티의 발만 보였다. 나지막한 외침이 들렸다. "스노디! 아, 스노디! 정말 아름답게 꾸몄네!" 나머지 여자들이 까치발로 가까이 다가가, 침대에서 발길질하는 아기를 들여다보듯이 몸을 숙이는 게 보였다. 다들 다시 나왔다.

"가서 엄마를 봐."

명령조로 버지의 팔을 끌며 밝은 목소리로 그들이 말했다.

"내 몸에 손대지 말아요."

그들이 여전히 얼굴에 미소를 띤 채 말없이 더 세게 끌어당겼고 버지는 몸을 뒤로 뺐다. 머리칼이 내려와 눈을 가렸다. 고개를 흔들어 머리칼을 치우며 다시 말했다. "내 몸에 손대지 말라고요."

"얘야, 네가 아직 실감이 나질 않는 거야. 그래서 그런 거지."

다들 지금까지 한 번도 그녀의 몸에 손을 댄 적 없는 사람들인데 지금 상처받은 표정으로 그녀를 붙들고 용을 썼다. 괴로운 마음으로 몸을 가까이 기울여 간청하듯 손으로 잡아끌었다. 가장 세게 잡아끈 것은 플루엘린 부인으로, 그녀는 남편의 유언에 따라 그의 마지막 숨을 장난감 풍선에 담아 여전히 집에 모셔 두고 있었다. 그러니까 어떤 흑인이 훔쳐 가기 전까지는 그 대부분을.

그들이 벽처럼 둘러선 위로 퍼디타 메이오의 불그레한 얼굴이 나타났다. "네 엄마가 네겐 과분했지, 버지. 과분하다마다. 그래서 늘 그게 모녀 사이에 문제를 일으켰잖아."

그 진실을 마주하며 버지가 가벼운 마음으로 그들을 올려다보았고, 그들이 그녀를 일으켜 침실로 끌고 들어가 엄마를 보여 줬다.

엄마는 검은 공단 옷을 입고 있었다. 아기처럼 묵직한 그 옷을 옷 가방에서 끄집어낸 것인데, 버지가 태어난 후 딱 두 번 꺼냈을 뿐 그저 모셔 놓기만 해서, 콩알만 하게 작아진 좀약이 지금까지 내내 그 위에서 크리스털처럼 반짝이며 굴러다녔던 그 옷이 이제 완전히 삼각형으로 펼쳐져 있었다. 스스로 미망인의 자리로 여겨 머리를 두었던 긴 베개의 중앙에 머리가 놓여 있었다. 스노디가 엄마의 볼에 연지를 바른 게 보였다.

그들이 지켜봤지만 버지는 아무런 기색도 보이지 않았다. 그들의 손이 그녀를 쓰다듬다가 몸에서 떨어져 멀어지더니 앞으로 슬쩍 미는 게 느껴졌다. 쓰러지지 않아서, 그녀가 쓰러져야 그렇게 무너져 버린 몸을 그 손이 다시 받아, 일으켜 쓰다듬을 수 있는데, 그러지 않는 그녀의 몸에 대한 애석함이 손에서도 느껴졌다. 사람들이 쓰다듬을 때는 그 몸이 쓰러질 것을 예상하니까. 주의 깊은, 단 하나의 자신의 몸이.

그녀는 나중에 응접실에 돌아가 울었다. 사람들이 말했다. "저 밖에 앉아서 머루를 팔았었잖아. 저기 말이야, 보여? 저기서 이른 거든 끝물이든 자두도 팔고, 블랙베리, 듀베리, 끓여 먹는 작은 땅콩, 이런 거 다 팔았는데. 이젠 길이 딴 데로 나서 말이야." 슬픈 노래처럼 들렸지만 사실과는 달랐다. 당연히 그 길은 보개나에서 매클레인으로, 모개나에서 빅스버그와 잭슨으로 가는 똑같은 길이었다. 단지 이젠 사람들이 예전과 다를 뿐. 이젠 다들 트럭을 타고 아주 빠르게, 혹은 짐을 잔뜩 싣고 지나다녔고, 목재용으로 쓸 커다란 나무를 베어 싣기 위한 톱과 사슬 등을 날랐다. 그들은 머루를 먹는 사람들이 아니었

고, 가다가 서서 계절에 대해, 뭘 키우는지에 대해 물어보는 사람도
아니었다. 그리고 머루 덩굴도 다 말라비틀어졌다. 그들이 제대로 말
하지 않았기 때문에 그녀는 울음이 터졌고, 그들은 그녀에게 왜 우냐
고 묻지 않았다.

"메이브리 씨 불러와. 통곡을 하잖아."

이발소에서 막 나온 메이브리 씨가 버지의 손을 잡고 흔들더니 툭
놓았다. 그녀는 바로 눈물을 닦고, 그에게 고인이 누워 있는 방에 들
어가도 된다고 말하고 물러났다. 전에 그가 살금살금 이곳을 떠나던
걸 본 게 언제였는지 가물가물했다. 그가 고인을 내려다보는 동안 복
도에서 나이 든 시골 사람들이 정중하게 그에 대해 얘기를 나누기 시
작했는데, 그 얼굴이 딱 루비처럼 붉은 데다 방금 전에 찬사를 들은
얼굴이었으므로 곧장 그에 대해 잔뜩 관심을 보였다.

"아이브스 가까운 데에 갈 계획이라던데. 수탉 대신 부엉이를, 개
대신 여우를 데리고 살지 않아도 되는 곳으로 간다고, 그렇게 얘기하
더라고."

"그럼 대체 왜 모개나로 오지 않는 거래? 가까이 살고 싶으면 여기
보다 더 좋은 데가 어디 있다고?"

"아이브스가 더 좋대."

"그렇군."

하지만 이제 방문을 열어 놓았으므로 응접실에서는 대개 케이티를
대화의 주제로 삼는 게 예의에 맞는다는 분위기였다.

"버지가 지금쯤은 유제품에서 나온 돈을 모아 놓은 게 좀 있을 텐
데, 그걸 집안 살림이 아니라 다른 데 쓰겠지?" 버지로서는 누군지 알
수 없는 한 부인이 반쯤 그녀 쪽을 향한 채로 말했다. 항상 그랬듯이

그러면서 이따금 무게를 잔뜩 실어 그녀 쪽으로 몸을 기울였다. "예쁜 조각보 이불도 이젠 장터에 내놓지 못하겠네. 결혼도 안 한 버지가 뭐 집안 살림이나 그릇에 관심이나 있겠어, 응? 닭들은 어쩌려나 몰라. 케이티는 늘 마당에 온갖 종자들이 있는 걸 좋아했는데. 사슴을 그냥 놔두지 않을 생각이면 누구한테 줄지 모르겠네. 티쇼밍고에 살던 케이티 엄마가 짠 사슴 그림 말이야. 뿔에 겨우살이 관을 쓰고 떡갈나무잎도 있고, 케이티는 그게 세상에서 제일 예쁘다고 했는데. 머리와 손이 도자기로 된 헝겊 인형도 누구든 오면 가지고 놀라고 했고—"

"기니비어 말이지! 아, 지금 그게 있으면 좋겠다!" 캐시 모리슨이 장갑 낀 양손을 내밀며 말했다.

"양치식물 화분은 어떻고. 버지가 여기 계속 살면서 그걸 돌볼 일은 없을 테니까. 35년이나 된 베고니아도 있고. 버지랑 거의 나이가 비슷하잖아, 안 그래, 버지? 자기 조리법을 감리교 교회에 알려 줬겠지. 그랬을 거야."

"살아 있는 성자였지." 다른 부인이 이 말이 다른 모든 얘기와 맞아떨어진다는 듯이 말했다.

"내 다이아몬드 좀 봐."

랜의 부인인 지니 매클레인이 들어오며 말했다. 버지에게 다가가며 손을 내밀어 반지를 방에 있는 사람들에게 보여 주었다. "내가 다이아몬드 정도는 받아야 하지 않겠어." 손을 돌리며 그녀가 캐시 모리슨에게 말을 이었다. "랜에게 그렇게 말했지." 문득, 가만히 몸을 돌려 버지의 볼에 입을 맞추며 속삭였다. "들어가서 보지 않아도 되지, 버지?"

그때 스노디가 들어오는 바람에 다들 일어섰다.

"아무도 보지 않아도 되잖아!" 지니가 매섭게 속삭였다.

여전히 커피 잔을 들고 있던 버지는 밖으로 나가 포치에서 기다렸다. 스노디가 밖으로 나올 것을 알았기 때문이다. 지금은 적당히 사람들의 칭찬을 듣느라 응접실에 있었다. 그러고는 예의 상냥한 스노디가 나왔다. 곱게 주름이 잡힌 하얀 얼굴에 온화한 걱정이 비쳤지만 딱 그 정도였다. 나와서는, 바로 손차양을 만들어 예전에 살던 건너편 집을 건너다보았다. 그러고는 버지에게 입을 맞췄는데, 거의 하릴없는 투였다.

"모양새는 괜찮아, 버지."

알비노의 흰 손이 심하게 빨개졌다. 하지만 이젠 그게 잘 느껴지지도 않는 모양이었다. 흑백 점이 박힌 부드러운 드레스에서 늘 그렇듯 신선한 버베나 향이 났다.

"할 수 있는 한 잘해 줬어. 에미 홀리필드가 아직 살아 있으면 내가 생각 못 한 걸 생각해 내긴 했을 텐데."

하지만 그녀의 시선은 버지를 지나 길 건너, 이제 폐허가 된 옛집을 향했다. 두 여자가 서 있는 곳과 옛집 사이, 레이니네 마당에서는 부모를 기다리는 아이들이 바로 그 순간 어디를 봐야 할지 몰라 일제히 우뚝 서거나 넘어진 채로 가만히 귀를 기울였다. 억지로 메뚜기 울음소리에 귀를 기울였는데, 아이들이 문득 손바닥을 움푹하게 해서 귀에 대고 마구 두드리자 그것이 주변에서 세상이 돌아가는 소리처럼 들렸다.

"버지? 이미 오래전에 리지 스타크와 내가 화해한 거 알잖아. 랜과 지니 문제 때문에 안 좋았다가. 다 지난 일이야. 그런데 혹시 이런 상황에 옛날 감정이 다시 생겨서 여기 오지 않은 걸까?"

물어보는 중에 질문을 잊은 것처럼, 대답을 하면 오히려 그녀를 방해하는 일이 될 것처럼 스노디가 한숨을 쉬었다. 건너편엔 그녀가 오랫동안 살았던 집이 있었다. 버지가 그 나무 아래에서, 포치에서, 집 안에서, 강둑을 따라가며, 그리고 모건의 숲에서 랜과 유진과 함께 놀았던, 이젠 버림받은 옛 시절. 닭 뼈처럼 우둘투둘한 하얀 줄기의 길쭉한 삼나무들이 옛 집터에 여전히 늘어서 있었다. 뒤편으로는 오래전에 감춰 뒀던 뭔가가 이제 빼꼼 내다볼 듯한 오래된 정자가, 접합 부분이 맞지 않는 격자무늬가 안으로 기울어진 채 그늘 속에 여전히 서 있었다. 해가 들 때면 일어나 해를 맞이하는 작은 사원 같았는데. 커다란 멀구슬나무는 집에 불이 났을 때 다른 정원의 나무와 함께 잘라 버렸지만, 그루터기에서 뿌리 순이 수도 없이 뻗어 나와 분수처럼 보였다. 집에 그나마 남아 있던 벽면이나 지붕은 흑인들이 다 가져갔는데, 놀랍게도 굴뚝까지는 진출을 하지 못했다. 그래서 분홍빛 도는 회색의 높은 굴뚝이 여전히 건재하여 먼지와 초목 사이로 여기에서도 보였다. 사람 키만 한 아카시아와 아주까리나무가 사방에 자라고 무궁화도 다시 생겨나 나무로 자라났는데, 황혼에 물든 엉성한 꽃을 높이 쳐든 옛날 거인들처럼 덥수룩했다. 넝쿨이 마당이며 진입로며 바닥에 놓인 십자형 벽돌 길이며 나무까지 온통 뻗어 있었다.

버지가 자신의 허리를 감고 있던 스노디의 팔을 떼어 냈다. 두 사람은 오후의 빛을 받으며 조용히 서 있었다.

"케이티가 내 염을 해 주길 바랐는데." 노인네가 말했다. 약간 떨고 있었지만 들어가지는 않았다.

커다란 회양목 뒤쪽에서부터 그들에게 들리지 않도록 조용히 걸어

온 킹 매클레인이 층계를 걸어 올라왔다.

"버지 알지." 여전히 미동도 않고 스노디가 작게 말했다.

"케이티 블레이즈도 알지. 우리가 네 엄마를 그렇게 불렀단다." 킹 매클레인이 버지에게 고개를 끄덕이며 말했다. 입술 아래 군데군데 난 수염—부드럽지 않고 거친, 분홍빛이 나는 흰색의—이 되새김질을 하듯 흔들렸다. 흑인 하녀인 비올라가 그에게 저녁을 차려 준 후 여기까지 태워다 준 것이었다. 이제 주방으로 가려고 뒤편으로 가는 게 보였다.

"예?"

"별로 마실 생각이 없는 것 같은데, 아직 식지 않았으면 그 커피나 달라고. 케이티 블레이즈. 스타킹 신은 다리에 성냥 긋는 일에서는 감히 아무도 네 엄마한테 덤비지 못했다는 얘기 들은 적 없나? 화르륵! 무릎까지 불길이 솟았거든! 어떤 때는 양쪽 다리에 다. 여자아이들이 신는 그 면 스타킹은, 정말 부슬부슬하거든. 여자아이들 중에 다리에 불붙이고 싶은 사람은 아무도 없었어. 어릴 적에 불에 탈까 봐 동네 사람들이 꽤나 겁을 먹었지."

"저녁 먹었어?" 스노디가 그를 돌아보며 물었다.

버지는 작은 잔에 담긴 블랙커피가 조금씩 흔들리기 시작하는 걸 보았다. 저 노인네에겐 뭔가 무시무시한 게 있었다. 나이가 너무 많기도 했고.

"활활 타올라!"

그러더니 자리를 떠서 남자들이 있는 복도로 들어갔다.

"저 양반은 도대체 어떻게 해야 할지 모르겠다니까." 이제 사위가 고요해진 만큼 조용하게 스노디가 중얼거렸다. 본인 스스로는 그 말을 입 밖에 낸 줄도 몰랐다. 어디론가 떠나 버렸던 남편이 몇 년 전에 예순이 넘어 돌아와서 아예 집에 눌러앉았을 때, 사람들은 그녀가 절대 그 충격—처음엔 떠나 버렸던, 그다음엔 다시 돌아온—에서 벗어나지 못할 거라고들 했다. "전혀 돌아오고 싶은 마음이 없었을걸. 그러고는 이제 자기 부인을 넬리 루미스하고 혼동하잖아."

"버지, 음식은 군대를 먹이고도 남을 만큼 충분해." 미시 스파이츠가 복도 저쪽에서 소리쳤다. 케이티의 앞치마를 풀면서 다가왔는데, 팔이 발갛게 빛났다. "햄, 닭고기, 감자 샐러드, 속 채운 달걀, 케이크에 사람들이 보낸 잡다한 것들까지 있어."
"그렇게 많이 필요한 거야?" 버지가 그쪽으로 다가가며 물었다.
"잘 보라고. 타지에서 오는 친척들은 항상 배가 고프다니까!"
분주함 때문에 미시에게는 거의 난공불락의 자유분방함이 보였다. 그 뒤에 파넬 무디가 서서 감자 다지개 구멍의 물기를 하나하나 닦고 있었다. 다른 사람들은 달그락달그락 식기 정리를 하며 한담을 하고 있었다.
"우리 남편이 날 한 시간이나 기다리고 있는데."
"킹 매클레인 씨가 아주 낮잠을 늘어지게 잤대. 비올라가 깨우려고 귀에 대고 고함을 질렀다고 하더라고."
"내일 장례식 때 일찍 올게, 버지. 너만 괜찮으면 여기서 밤을 보내도 되는데." 캐시가 섬세한 눈썹을 찡그리며 예전에 한 번도 와 본 적 없는 부엌을 살펴보았다. "나라면 원하면 다들 있으라고 할 텐데."
"우리 집 꽃을 다 꺾어 왔으니 다행이야." 미시가 문 뒤에서 코르셋을 조이며 소리쳤다. "버시, 여긴 꽃이라곤 하나도 없잖아."

그녀는 여기 머무를 스노디를 제외하고 모두들 마당의 차에 타거나 진입로를 내려가 길로 나서는 모습을 지켜보았다. 떠나면서 그녀의 시야에 있던 어떤 신비로운 대문이나 장벽을 치워 버리는 것 같았다. 밝아진 저 멀리, 강촌에 가기 전에 있는 마지막 둥근 언덕과 밭을 바라보았다. 세상이 은은하게 빛났다. 목화밭은 일요일인데도 분주해 보였다. 목화를 따지 않을 때에도 목화꽃은 마찬가지로 피어났다. 늘어선 연약한 나무들이 여전히 거리를 재고, 끊어 내고, 나눴다. 스타크네와 루미스네와 스파이츠네와 홀리필드네를, 그리고 여름과 비를. 하나의 이파리처럼, 반은 머리칼처럼 고운 잎맥이고 반은 초록의 얇은 막인 나무 사이로, 오래되어 잔뜩 눌린 듯한 그 여름날의 가지 사이사이로 처음 찾아온 미심쩍은 바람이 지나갔다. 대기에서 바로 그 향기가, 9월의 끝자락 내음이 났다.

먼지가 내려앉기 시작하는 길을 따라 오래된 차 한 대가 왔다. 여기로 꺾어져 들어올 것이었다. 올드 플레즈는 죽기 직전까지 스타크네로 다니는 길에 항상 들러서 케이티 레이니를 위해 소젖을 짜고 닭에게 모이를 주었다. 여전히 시골에 사는 그의 손주들이 오늘 올 것이었다. 차가 덜컹거리며 언덕을 올라왔다. 세계 지도의 조각 그림 퍼즐처럼 여기저기 깨져 있었는데, 오늘을 위해 짐짝에 쓰는 철사를 펴서 붙잡아 매었다. 내일이든, 내년이든, 그 차는 네 바퀴가 사라지고 차축만 남아 앞마당에 장식용으로 놓여 있을 것이다. 타이어는 여자들과 아이들이 나눠서 두 개는 화단으로, 두 개는 그네로 쓰게 될 것이다.

그들은 자기들 앞마당에서 맨드라미와 설악초를 꺾어 왔다. 차를 돌려 다시 움직이는 데 한참 걸렸다. 어린 남자아이가 흰 강낭콩과

오크라가 담긴 프라이팬을 들고 뛰어왔다.

"시간 나면 다들 장례식에 와!" 그녀가 뒤에 대고 소리쳤지만 이미 너무 늦은 뒤였다.

버지도 언덕을 걸어 내려가 길을 건넌 뒤, 옛 매클레인 집터와 목초지를 가로질러 강가로 내려갔다. 갈대가 무성한 강둑에 섰다. 오후의 탁 트인 강가는 환하고 고요하고 평화로웠다. 그녀는 옷을 벗고 강물로 들어갔다.

아무것도 비치지 않는 물속으로 허리가 사라지는 걸 보았다. 하늘로, 어떤 탁한 하늘로 걸어 들어가는 것 같았다. 대기와 물과 그녀의 몸, 모두가 하나의 따스함이었다. 하나의 무게, 하나의 물질이었다. 고개를 집어넣고 눈을 감으니 빛이 눈꺼풀 아래로 비집고 들어와 그 물질이 반투명해지는 느낌이었다. 강과 하늘과 그녀 자신이 햇빛이 가득 들어차는 그릇이 되고. 헤엄을 치기 시작했다. 몸을 살살 다루고 싶기에 조심스레 나아갔다. 어루만지며 스쳐 가는 물결을 느끼는 그녀의 가슴은 그 순간 새의 날개 끝처럼, 곤충의 더듬이처럼 예민했다. 모래를 만져 보았다. 톱니가 달린 작은 바퀴처럼 섬세한 모래알, 오래전 바다에서 밀려온 조각난 조개껍데기와 끈처럼 엉킨 수많은 물풀과 진흙이 그녀를 어루만지고는 떠나갔다. 사랑스러울 수도 있었을 어떤 구속을 암시했다가, 이제 떨어져 나와 길을 잃고 물러나듯이. 그녀는 모호한 감정의 끝자락과 사라지는 불투명한 의지, 이미 헤쳐 온 물에 대해서나 앞으로 헤쳐 갈 물길에 대해서나 매한가지일 태평함만을 의식하며 하늘의 구름처럼 움직일 뿐이었다. 사라져 가는 9월의 세상에서 자두들이 조금씩 익어 가기 시작하는 강둑은 어딜 보나 같은 모습이었다. 그녀에게 기억은 약간의 술렁거림으로 이 파리들을 통과하는 창백한 빛 정도의 그림자만을 던질 뿐이라 잠깐 어둠을 드리우고는 사라졌다. 하지만 오래 알아 온 강물에서 느껴지는 쇠 맛은 달콤했다. 눈을 뜨면 파란색 유리병이나 물 위를 달려가는 수생곤충들이 보였다. 몸이 부르르 떨렸다면 그것은 무릎 위를 건너가는 물고기나 뱀의 미끈함 때문이었다.

물의 흐름으로 봐서는 하류인지 상류인지 분간할 수 없는 강의 한가운데에서 양팔을 펴고 누워 숨도 쉬지 않은 채 떠 있었다. 버지는 그것이 가하는 충격조차 느끼지 않은 채 금방이라도 어떤 존재로 변해 버릴 수도 있는 그런 지점에 이르렀다. 행복감에 취해 정지해 있는 법을 알듯이 빅블랙강 위에 정지해 있었다. 저 멀리 서쪽에서 구름 한 조각이 손가락 모양으로 태양 위를 지나가는 바람에 그녀는 첨벙대며 움직였다. 일어서서 부드러운 진흙 바닥을 딛고 걸어서, 따스한 빗방울처럼 그녀의 등을 어루만지는 버드나무 가지를 잡고 물 밖으로 나왔다.

저 멀리 모래톱 위 석양의 붉은빛 속에 발가벗고 누워 있던 두 남자아이가 나뭇잎 속으로 사라지는 그녀를 바라보았다. 움직이거나 말을 하지는 않았다.

높은 하늘을 올려다보니 달이 시시각각 제 빛을 찾아가고 있었다. 개똥지빠귀가 지저귀기 시작했는데, 한참을 조용히 있더니 다시 울었다. 버지는 다시 옷을 입었다. 항상 지금 막 누린 것보다 조금씩 더 바라는 버지는 담배 생각이 간절해졌다.

반대쪽 세상의 피라미드처럼 긴 그림자를 드리우며 거대한 개미총이 환하게 빛나는 목초지로 다시 돌아가 암소를 몰고 집으로 갔다.

배롱나무 꼭대기에 마지막 남은 꽃들이 있었는데, 원래 흰색이었 겠지만 지금은 살짝 누리끼리했다. 바닥에는 떨어진 나무껍질이 널려 있고, 사람의 사지처럼 분홍색에 따스하고 유연한 나뭇가지가 밝게 빛났다.

그녀는 우유를 짠 후 집으로 돌아왔다.

복도에서 엄마의 방 안을 들여다보았다. 어스름으로 창문과 방이 하나같이 푸른빛을 띠었다. 단지 검은 옷만이, 빽빽한 그 치맛자락만이 푸른 호수 위 허공을 날아가는 어떤 시커먼 조각처럼 또렷하게 찍혀 있었다.

스노디 매클레인이 처음으로 '고인의 곁을 지킬' 주자로 뽑혔다. 어둠 속에서 베일처럼 빛나는 드레스를 입은 채 침실의 흔들의자에서 잠이 들었는데, 고치 같은 고개는 옷 위로 떨구고 부채는 바닥에 떨어져 있었다.

2

버지가 아침에 눈을 떠 보니 샛별이 밭 위에 걸려 있었다. 이렇게 일찍 뭘 할 생각이었지? 그녀는 커피를 끓여 마시고 우유를 짜고, 안개를 헤치고 소를 목초지로 몰고 가, 장작을 팼다. 그리고 드디어 마당에 웃자란 잔디에 덤벼들었다. 어제만 해도 장례식 전에 레이니네 잔디를 다 깎는 건 거의 불가능해 보여서, 남자들을 불러 모아 낫을 들려 준다 하더라도 성공을 보장할 수 없었다. 버지는 자기 방의 격자무늬 천 뭉치에서 바느질 가위를 꺼내 밖으로 나왔다. 이른 아침의 발그레한 빛 속에 쭈그려 앉아 한 번에 한 줌씩 쥐고 잔디 위쪽—이미 다 씨가 열렸다—을 잘라 냈다. 틈에 박혀 있던 장미 가시에 손이 긁히며 버지는 깜짝 놀랐다. 다리에 핏방울이 떨어졌다. 잊고 있던 스노디가 포치에 나와 그녀를 부르는 바람에 안으로 들어가야 했다. 한참 동안을 성을 내고 많이 울기라도 한 양 그녀는 스노디가 자신을 집 안으로 몰고 들어가 아침을 차려 주는 대로 놔두었다.

커튼 틀을 들고 충충이 선 아이들을 뒤에 달고 리지 스타크네 주바가 도착해서, 스노디와 함께 커튼을 다 떼기 시작했다. 반 시간 만에 커튼이란 커튼은 다 뒷마당으로 나가 틀에 걸려 성경에 나오는 '가데스 광야'의 텐트처럼 놓였다. 곧 여자들이 다시 북적거리며 부엌을 환하게 밝혔다.

"우선, 어제 날 미시 스파이츠라고 부르던데, 나 결혼했어." 미시 스파이츠가 버지에게 말했다.

"아, 그래, 기억하지."

"그러니까 미시 스파이츠 리틀존이고, 아이가 셋이나 있어. 결혼한 지 꽤 되었으니까."

"그래, 기억해, 미시."

케이티 쪽 친척들이 장례식 시작하기 한참 전인 정오쯤 도착했다. 메이휴라는 성의 몸집 크고 피부색이 짙은 사람들이었는데, 남자나 여자나 다 사각 턱 중간이 옴폭 들어가고 파란 눈을 가졌다. 담황색 머리칼의 아이들이 바나나를 마저 먹으며 줄을 지어 따라왔다. 버지는 메이휴 집안사람들을 다 기억하지도 못했고 누가 누군지도 몰랐다. 한꺼번에 그녀에게 몰려왔다. 포치에서 문을 두드려 그녀를 불러낸 후 서로 먼저 하겠다며 차례로 입을 맞추고서야 집 안으로 들어가 얼음물이나 아이스티, 혹은 둘 다를 달라고 했다. 그들은 테네시 경계 근처 스톡스틸과 래스팅웰 마을에서 여러 대의 트럭에 나눠 타고 왔고, 그 트럭이 이제 포치 옆에 섰다. 가장 몸집이 큰 메이휴 남자가 들어서자마자 한 일은 파리채로 파리를 잡던 미시 스파이츠의 어린 딸을 붙잡아 마구 간지럽힌 것이었는데, 아이가 비명을 지르자 진지하게 이렇게 말했다. "잠깐, 넌 내가 누군지 모르는구나."

레이니 집안에서는 몇 년 전 페이트의 장례식에 왔었고 이후로 연락이라곤 없던 바로 그 노인만 왔다. 마찬가지로 자기가 마실 커피를 가져왔다. 마찬가지로 앞 포치를 장례식 전에 고쳐 주겠다고 했고 역시 사람들이 만류했다. 레이니 집안에서 자기만 올 수 있었다고 했다. 대부분 세상을 떴고, 밭일을 그냥 두고 올 수 없거나 너무 멀어서 기차표를 살 수 없었다고 했다. 그 노인네는 예전과 똑같이 그런 얘기를 하고 그 오랜 세월이 지나며 프랑스 이름이 어떻게 되었는지도 설명했다.

"그래, 안 보이는 사람들이 있네." 퍼디타 메이오가 도착해 늘어선 친척들을 보고 버지에게 말했다. "하지만 너도 연락을 했고, 나도 너 대신 연락을 했으니, 장례식에 사람이 많지 않아도 우리 잘못은 아니야."

요란한 소리가 집 주위에 울렸다. 매클레인네 어린아이들과 유모가 할머니 집인 리지네에서 도망쳐 레이니네 마당에서 놀려고 온 것이었다. 점차 루미스네와 멀로니네 아이들도 매클레인네 아이들의 마력에 끌려 마당에 나와 놀았는데, 다들 한 번도 와 본 적 없고 그날은 특히 음침한 그 집에서 노는 매력에 푹 빠져 버렸다. 어린 메이휴네 아이들은 그 무리에 같이할 때마다 다시 집 안으로 끌려 들어갔고, 그럴 때마다 울었다. 큰어치가 아침 내내 지붕 위에서 꾸짖는 투로 울었고 벌목꾼 트럭은 커튼을 망가뜨릴 정도로 요란스럽게 사슬을 덜컹거리며 지나갔다.

침실에 들어가 사람들과 둥글게 모여 앉은 퍼디타 메이오가 이야기를 하고 있었다. "언니는 장례식이 끝난 후 새 신발을 다시 찾아 신을 수가 없었어. 왜냐하면 묘지에 있을 때—" 갑자기 퍼디타 메이오가 방에서 불쑥 나왔는데, 자신이 아직도 이야기를 계속하고 있다고 생각했지만 사실은 아니었다. 관이 도착하는 소리를 듣고 그걸 보러 뛰어갔던 것이다. 철물점의 홀리필드 씨가 손자인 휴이와 듀이 홀리필드에게 채소 트럭에 싣고 가라고 했다. 손자들이 집 안으로 들어와 메이휴 식구들이 지켜보는 중에 관을 잘 내려놓았다.

"저 메이휴 식구들이 다 어디서 잠을 자지?" 할 일이 없는 레이니 네 노인이 무화과처럼 보라색인 엄지손가락으로 메이휴 식구들을 가리키며 버지에게 물었다.

"여기서 자지 않을 거예요. 장례식이 끝나자마자 스톡스틸로 떠날 거예요." 버지가 말했다. "점심 먹을 것을 챙기면 바로요." 그리고 그들은 침대를, 케이티의 침대를 가져가겠다고 했다. 침대에 누워 있던 침대 주인을 옮기는 것을 보면서 말하기를, 그것을 트럭에 놓을 수 있겠다고 했다. 그러면 집에 갈 때 아이들이 트럭 뒤에 서서 가지 않고 거기 앉아 갈 수 있다는 것이었다.

레이니 씨가 고개를 설레설레 흔들었다. "안된 일이군. 저들과 친분을 나눌 기회가 전혀 없다니." 그가 끝이 구부러진 손가락을 들어, 아침 햇빛에 흐릿하게 빛나는, 복도 벽에 걸려 있는 그녀 아버지의 오래된 반조의 줄 하나를 건드렸다. 하지만 곡조를 연주하지는 않았다. "꽤 돌아다녔었지." 이윽고 입을 열어 이렇게 말했다. "그리고 모험을 즐기느라 이 근처에 정착한 거고."

집에서 기른 꽃은 일찍 왔고 화원의 꽃은 늦게 왔다. 네스빗 씨는 금테 안경을 쓴 이발소의 관리인 편으로 장례식 때 여기 없겠다고 전갈을 보내왔고, 분명 빅스버그에서 샀을 커다란 글라디올러스 십자가와 높은 양치식물대—네스빗 씨의 카드가 위에 붙어 있는—를 들고 흑인 하인이 그의 등 뒤로 나타났다. 메이휴 식구들이 다가와, 장례식이 진행되는 동안 바라보면서 기억을 할 수 있도록 다른 꽃들—뒤 포치에서 계속해서 화환을 만들고 있던—의 앞쪽에 그것을 놓았다. 마차에 실린 주일학교 의자들이 도착하자 메이휴 식구들이 문간에서 그것을 받아 대각선으로 줄을 맞춰 놓았다. 리지 스타크가 올 수 있었다면 다른 식으로 했을 텐데. 사람들이 그렇게 말했다.

킹 매클레인 씨는 오늘 다시 레이니네 집에 와야 하는 게 별로 맘에 들지 않는 모양이었다. 씩씩대면서 부엌으로 다시 들어갔다.
"1918년이나 그 언저리에 네 엄마와 많은 얘기를 나누진 못했어." 스타크의 S가 들어간 냅킨을 접고 있는 버지에게 그가 말했다. "너도 알겠지만 내가 그 시절엔 워낙 여행을 많이 다녀서 여기 사람들은 잠깐씩밖에 못 봤지."
스노디도 거기 서서 냅킨을 접고 있었다.
"오고 가고 할 수야 있는데, 마지막이 잘못된 거야, 그렇지 않니?" 그러면서 난데없이 좀 격하다 싶게 미소를 지었는데, 두 여자를 향한 것은 아니었다. 그는 풀 먹인 하얀 양복을 입고 있었는데, 버지는 나이 많은 신사가 그렇게 빳빳하게 풀 먹인 양복을 입은 것은 본 적이 없었다. 옷깃이 귀처럼 뽀족 선 것이 옷 역시 격해 보였다. "네 엄마가 분홍색 모자를 쓴 걸 보았어. 발그레한 볼에. '안녕하쇼.'—'맙소사, 킹 매클레인, 길에서 얼쩡거리는 게 여전하네요. 몹쓸 인간.'—'이것만 대답해 봐요, 가장 가지고 싶은 게 뭐가 있어요? 내가 해 주려고 물어보는 거요.'—'회전의자요. 아무 데도 쓸데없는 남편이 뭐라 하지만 않으면 길가에 앉아 뜨개질한 거랑 복숭아를 팔고 싶거든요.' 아, 그 사랑스러운 페이트는 우리도 다 알았지. 우리한테는 정말 잘해 줬는데. '하, 그건 너무 쉽지. 뭐 다른 거 얘기해 봐요. 당신이 바라는 건 내 다 해 줄 테니.'—'얘기했잖아요. 그럼, 믿겠어요.'

다음 날 정오에 세 명의 흑인이 마차를 타고 그 집에 가서 문을 두드렸지. '오, 킹 매클레인! 이렇게 빨리 갖다주다니!'

하지만 나로 말하면 그때 내가 어디 가 있었는지는 나도 몰라. 그녀로서는 자기가 기뻐하는 모습을 보는 것도 기다리지 못하는 인간으로 보였을 거야. 해야 할 일은 너무 많고, 나의 앞길에 있는 것에 워낙 정신이 팔려 있어서 말이지. 자기가 얼마나 마당을 이리저리 뛰어다녔는지 모른다고 직접 말해 줬어. '조심해! 내가 내려놓으라고 할 때까지 절대 내려놓지 말라고!' 흑인들이 그걸 들고 이리저리 다니게 만들었다고. 그러고는 길 바로 앞에 놓았어. 가능한 한 가장 가까이.

의자는 그녀에겐 늘 너무 컸지. 그 작은 발이 땅에 닿지 않았으니까. 드루지 카마이클 같은 남자가 쓰기에도 큰 의자야. 사실 그의 의자였거든. 내가 미망인을 설득했지. 아, 케이티 레이니는 정말 볼만했어. 회전의자를 빙빙 돌리며 앉아 있는 걸 수없이 봤지. 내가 길을 내려오거나 여행을 떠나는 걸 보면 손을 흔들었지. 얼마나 많은 계란을 팔았는지 넌 상상도 못 할 거야. 아, 그리고 페이트 레이니가 어떤 면이 부족한지 알았던 거야. 좋은 사람이긴 했지만, 자기가 원하는 걸 한 번도 해 준 적이 없었지. 내가 그녀를 왕비처럼 만들었다고!"

"그 의자를 어르신이 해 주신 건지는 전혀 몰랐어요." 버지가 미소를 띠며 말했다.

그는 문득 슬픔이 북받치는 것처럼 보였지만, 스노디는 고개를 절레절레 흔들었다.

"뭘 좀 드세요. 저기 햄이랑 감자 샐러드—"

"오, 햄이 있어?"

버지가 그를 데리고 복도를 내려갔다. 흑인들이 파리채를 들고 테이블 옆에 서 있었다. 그녀가 접시 위에 햄과 함께 야채 겨자 절임을 좀 놓아 주었는데, 그는 그녀가 음식을 주는 대로 계속 접시를 들고 있었다.

버지가 응접실로 돌아오자 지니 매클레인이 다가와 인사를 했다. 두 사람의 위치가 바뀐 것처럼.

어렸을 때는 나이에 비해 아는 게 많아 보였던 지니는 삼십 대가 된 지금은 이상하게 아이 같았다. 옛날부터 있던 괴벽일까 아니면 또 다른 계산일까? 그녀 역시 바짝 다가와서 미시 스파이츠가 그랬던 것처럼 버지의 손에 있는 화상과 상처 자국을 쳐다보았다. 자신의 여성다움과 어울리지 않는 어떤 것의 성혼인 것처럼.

"버지, 너 이젠 결혼을 해야지. 더 이상 미루지 마." 자기가 말을 하면서도 얼굴을 찌푸렸다. 기혼 여성의 철제 가면을 쓴 채로 인상을 썼다. 모두를, 심지어 전혀 관심도 없는 버지까지도 자신과 마찬가지로 기혼 상태로 몰아가는 일이 아주 절박한 모양이었다. 그래야만 다시 진정한 자아인 지니 러브 스타크로 돌아갈 수 있으니까. 바로 그자리에서 버지의 남편감을 고르기라도 하듯 그녀가 방을 둘러보았다. 그러더니 시선이 버지의 머리 너머 랜 매클레인—그럴 줄 알았지—에게 머물렀다. 버지의 입에 희미한 미소가 번졌다. 격정적인 두 남녀가 사람들이 가득 들어찬 이 공간에서 무심하게 등을 돌리고 서 있다는 느낌이 예고도 없이 그녀에게 찾아왔다.

이제 아주 많은 사람이 모였다. 안에도 있고 밖에도 있고, 듣는 사람도 있고 그렇지 않은 사람도 있고. 일찌감치 뒤쪽 좌석을 맡아 놓은 젊은이들은 손을 잡고 앉아 있었다. 메이휴 식구들 몇 명이 관을 들고 응접실로 들어와 벽난로보다 높게 놓은 네 개의 식탁 의자 위에 얹었다. 의자 다리를 가리기 위해 화환을 세워 놓았다.

"우리 아이들은 뭘 하고 있지?" 지니가 황급히 속삭이면서 앞마당이 보이게 커튼을 열었다. "우리 딸이 오늘 도마뱀을 잡으려고 작정을 했구나. 도마뱀 귀걸이를 하고 있잖아! 저 작은 이빨에 물려도 어떻게 저렇게 괜찮은지 몰라!" 지니가 창문에 자리를 잡고 즐겁게 웃었다.

"내 옆에 앉아, 버지." 벌써 손수건을 눈에 대면서 캐시 모리슨이 말했다. "지금이 제일 슬플 때야. 거의 그렇지."

식이 시작되기 직전에 새로 누군가 왔다. 레이니 부인이 어렸을 때 북 미시시피의 콜드크리크에서 세례를 해 줬던 목사의 아들인 굿나이트의 댐피어 목사가 그녀를 보내기 전에 꼭 한 번 더 봐야 한다며 온 것이다. 버지는 댐피어 목사를 한 번도 본 적이 없었다. 그가 그녀를 재어 보더니 입을 맞췄다. 옆 걸음질로 관의 뒤쪽으로 걸어가 정면으로 몸을 굽혀 고인을 살펴볼 때 셔츠 주머니에 꽂힌 소리굽쇠가 보였다.

"날씨 좋은 일요일에 다들 제 십자로 교회에 오십시오." 몸을 세워 살아 있는 사람들에게 한 말은 그게 다였다. 그로선 어떤 좋은 말을 해 줄 만큼 돋보이는 면을 고인에게서 찾을 수 없다는 투가 두드러졌다. "피아노 구입을 위한 헌금을 좀 해 주셔도 분명 뭐라고 할 사람도 없습니다." 역시 옆 걸음으로 자리를 뜨며 그가 덧붙였다.

"예의라곤 찾아볼 수가 없네! 물론 그렇다고 쫓아 버릴 수는 없지만." 스노디가 버지의 뒤에서 속삭였다. "이런 데 오는 게 그의 특권이니까." 그녀가 부채를 앞뒤로 크게 부쳤다. 묵직한 꼬리가 허공에서 흔들렸다. "전혀 모르는 사람이면서, 저 밖에서 케이티의 사슴뿔에서 나온 부채를 나눠 줬잖아. 목사니까 모두에게 하나씩 주더라고."

"지금은 고인에게 마지막 작별을 고하는 시간이 아니야." 파넬 무디가 타고난 선생님 투로 말했다. 하지만 어린 메이휴 식구들이 바로 댐피어 목사 뒤를 따랐다. 주니 메이휴 부인이 부추기는 목소리가 들렸다. "셔런? 케이트 숙모 볼래? 가서 봐, 빨리. 케이트 숙모가 네 삼촌 베리를 맡아 키웠잖아. 지금 아무도 없을 때 빨리 가서 손을 잡아 봐. 그러면 가슴에 담아 두고 기억을 하게 되지." 그래서 그들은 고개를 떨어뜨리고 서로를 잡아끌며 왔다. 가장 나이가 많은 남자아이가 폴짝거리며 왔다. 그날 어느 시점엔가 그가 발에 못이 찔린 걸 다들 기억했다.

"형제자매 여러분." 윌리엄스 목사가 앉아 있는 사람들을 마주 보았다.

버지가 바로 일어섰다. 벽난로 선반 위 분홍색 도자기 단지 안에 누군가 복숭아나무 가지라도 되는 양 엄마의 오래된 지팡이를 꽂아 놓은 것이다. 거기서 꽃이라도 필 것처럼. 댐피어 목사가 헛기침을 했다. 그게 그의 일이니까. 그를 비롯하여 모든 사람이 쳐다보는 중에 그녀가 앞으로 성큼성큼 걸어가 지팡이를 꺼낸 뒤 복도로 나가 모자걸이의 동그란 부분에 넣었다. 다시 자리에 돌아와 앉자 윌리엄스 목사가 성경을 열고 식을 시작했다.

이따금 킹 씨가 다정해 보이는 고개를 갸웃하고 오른손으로 허공을 찌르면서 까치발을 하고 살금살금 복도를 내려가 식탁의 햄을 께지럭거렸다. 그것도 아무도 보는 사람이 없다는 듯이. 복숭아색 옷을 입은 어린 메이미 C. 루미스가 〈오, 나를 보내지 않는 사랑〉을 부르는 동안 킹 씨는 작은 뼈를 쪽쪽 빨다가 기우뚱한 머리를 들어 양쪽이 다 열린 케이티의 침실 문 건너로 거만하게 버지를 쳐다봤다. 뒷자리에서 손을 잡고 있던 위버 루미스와 리틀 시스터 스파이츠조차 이제 노래를 들으며 울기 시작했지만, 킹 씨는 지저분한 입술을 쑥내밀 뿐이었다. 그러더니 소리 없는 고함을 지르듯이 버지를 향해 험상궂게 인상을 썼다. 그것은 모든 것―죽음도 포함하여, 그걸 빼놓지 않고―을 향한 고함이었고 지금의 적개심을 버지 레이니에게 쏟아붓는 일도 전혀 개의치 않았다. 사실 그녀를 일부러 선택한 것이다. 그러더니 이빨로 뼈를 우두둑 씹었다. 작지만 날카로운 그 소리에 문득 그녀는 기운이 나는 느낌이었다.

그녀가 꼿꼿이 앉아 머리를 만졌는데, 여느 때처럼 머리카락이 손가락으로 휙 튀어 올랐다. 고개를 돌려, 마당에서 시끄럽게 떠들며 노는 매클레인네 어린아이들 소리가 들려오는 밝은 창문 밖을 내다보면서 순간 또 다른 연대감을 느꼈다. 그것은 랜에 대한 것이었을까, 킹 씨에 대한 것이었을까? 어쩌면 그들 모두 그렇게 혼동했던 것이 랜의 마음에 커다란 상처가 되었을 거라는 생각이 동시에 떠올랐다. 하지만 그게 누구를 대상으로 한 것이든 그 동질감이 어떤 것인지 그녀는 알았다. 친하지 않아도, 심지어 정체성이 생기기도 전에 찾아올 수 있는, 심지어 깔보듯이, 무례하게, 슬퍼하는 중에도 불쑥 디밀고 들어올 수 있는, 지울 수 없는 존재라는 것을. 그녀에게 아주 드물게 어떤 형태로 나타날 때를 제외하면 그것은 과거도 없고 미래도 없었다. 하지만 그렇게 드문 존재조차 언제 신의와 연대의 문제가 되는지 알았다.

"얘야, 넌 아직 실감이 안 나는 거야." 식이 진행되는 중에 해티 메이오가 말했다. 해티가 그녀에게 했던 말 중 기억나는 건 그것밖에 없었다. 그리고 그건 다른 사람들이 먼저 했던 얘기이기도 했다.

리지 스타크—결국 장례식에 오기는 했으니까—가 체인으로 이어진, 검은 시폰으로 된 자기 부채를 버지의 뺨 옆에서 부쳐 댔다. 리지는 아주 편안해 보였는데, 캐시 모리슨과 자리를 바꾸는 데 성공한 참이었다. 버지의 허벅지에 자기 손을 털썩 올려놓고는 치울 생각을 안 했다.

복도에서는 킹 매클레인이 파란 하늘을 뒤로하고 선 채 커피를 달라고 해서 한 모금 마시더니 뜨거운지 혀를 내밀고 식혔다. 사람들이 〈주여, 당신께 더 가까이〉를 부르는 사이 밝은 분홍색 그 혀를 아이처럼 흔들었다.

"들어가." 응접실에서 나오며 사람들이 버지에게 말했다. "우리랑 자리를 같이하기 전에 엄마랑 단둘이 시간을 보내야지."

"이제 세상에 달랑 너 혼자구나." 메이휴네 식구 하나가 말했다. 메이휴 식구들은 케이티를 래스팅웰 교회로 옮겨서 거기 묻고 싶다고 했지만, 레이니 식구들이 마찬가지로 자기 고향으로 모셔 가고 싶어 했던 페이트 씨도 그렇고 빅터도 모개나 땅에 묻혔다는 사실에 수긍했다. "너도 그럴 거고." 버지에게 결론 삼아 그렇게 말했다.

사람들이 미적거리는 동안 버지는 뒤로 물러났는데, 사실 응접실에 가 보니 혼자가 아니었다. 어린 지니 매클레인이 신발과 양말을 손에 들고 관 위로 몸을 숙여 대담하게 안을 들여다보고 있었다. 모기장을 억지로 비틀어 열고 창문으로 기어 들어온 것이었다. 귀에 자그마한 용수철처럼 녹색 도마뱀이 매달려 있었는데, 눈과 턱이 아주 바삐 움직이고 있었다. 다른 집이었다면 그들 모두 더 조심스럽게 행동했으리라는 걸 버지는 알았다. 하지만 이 집에서는 아이들은 몰래 창을 넘어 들어올 수도 있는 것이다.

지니가 고개를 들어 버지를 보았다. 얼굴에 실망감이 어렸다.

"안녕, 지니."

"이건 별로 관처럼 안 생겼어요. 옷장 서랍을 쓴 거예요?"

"아직 뚜껑을 안 닫아서 그래."

"그럼 지금 뚜껑 닫아 줄 수 있어요?"

"사람들 따라가. 뒷문으로 나가라." 버지가 말했다. "잠깐, 도마뱀을 어떻게 귀에 달고 있을 수 있는 거야?"

"머리를 꾹 누르면 돼요." 지니가 어깨 너머로 귀찮다는 듯 말했다. 손에 든 신발 두 짝을 가볍게 두드리며 걸어 나갔다.

버지는 창문 쪽으로 걸어가 지니가 밀고 들어온 모기장에 이마를 댔다. 저 멀리, 밭을 지나 저 아래 낮게 서 있는 나무까지 시선이 이어졌다. 이 창에서 볼 수 있었던 묵은 환영이 떠올랐다. 등불을 단 종이 뱀과 그 안으로 흘러가는 빅블랙강.

"여기 있구나." 퍼디타 메이오의 말소리가 들렸다.

행렬—관이 늘어선 사람들 사이를 뚫고 나가 이제 앞장을 섰다— 이 울퉁불퉁 어설프게 길을 따라 내려갔다. 일렁거리는 오후 햇빛 아래의 사람들은 꼭 밤중에 일어난 사람들 같았다.

이때는 아이들 세상이었다. 지금까지 기다려 왔던. 대단한 일을 하는 양 환해진 얼굴로 어린 지니가 어린 킹—정확히 장례식 시간에 맞춰 와서 지금 분꽃을 빨고 있는—곁에 섰다. "좀 비켜 봐, 클라라." 그녀가 유모에게 말했다. 그들은 도망가는 아이들과 아이들을 보호하는 팔(지금 클라라는 담배를 피우고 있긴 하지만) 너머로 눈물을 철철 흘리며 부축을 받아 움직이는 어른들을 바라보는 게 정말 좋았다. 혹시 관이 떨어져서 그 안의 시신이 튀어나오는 걸 볼 수 있지 않을까 하며 운구 행렬을 지켜보는 것도 좋아했다. 하지만 오늘은 그럴 가능성이 좀 적어 보였다. 공짜로 바나나를 먹을 수 있을까 해서 화물차가 탈선하기를 아무리 빌어 봤자 그런 일이 일어나지 않는 것과 마찬가지로, 자기들이 지켜보고 있는 동안 시신이 튀어나오는 일은 없었다.

"그런데 매클레인 씨, 웬만하면 칼로리 높은 음식은 멀리해야 해요." 갈림길에서 스노디가 남편을 이끌면서 말했다. 그들은 다른 일행과 함께 묘지로 가지 않았다. 아무도 그걸 기대하지도 않았다. 기다리던 흑인 운전사가 차를 다른 방향으로 돌렸다. "집에 가면 달 호수에서 잡은 맛 좋은 무디 물고기가 있어요."

버지는 신비하면서도 약해 보이는 노인의 등을 바라보았다. 전혀 신비롭지 않은 스노디가 이끄는 중에도 그는 여전히 뭔가를 먹고 있었다. 오늘 언젠가 그녀는 이렇게 말했다. "버지, 난 부모님이 가진 돈을 남편을 찾는 데 다 썼어. 잭슨의 주피터 탐정 사무소에 말이지. 지금까지 아무한테도 얘기하지 않았지. 아예 찾지도 못하거나 딴 사람을 찾았을 뿐이야. 하지만 그를 그렇게 찾아내려 한 나 자신을 절대 용서하지 못할 거야." 버지는 "용서하세요"라고 말하고 싶었지만 그 말을 입 밖으로 꺼내지는 못했다. 게다가 말했다 한들 스노디에게 그렇게 중요하지도 않았을 것이고.

"할아버지는 거의 백 살이야." 어린 킹이 똑 떨어지게 말했다. "백 살까지 살면 팡 터져."

노부부는 작별 인사를 할 생각도 안 했다. 매클레인 씨가 앞으로 나섰는데, 목덜미의 흰 머리칼이 산들바람에 구부러졌다.

넓은 데 나서면 휭하니 달아나기라도 할 거라 생각했는지 다시 양쪽에서 손이 버지를 붙잡았다. 리지 스타크가 하도 꽉 붙잡은 탓에 버지는 온몸이 아팠다. 길에 세운 스타크네 차로 그녀를 데려갔는데, 랜이 운전석에 앉아 기다리고 있었다. 줄줄이 늘어선 차와 트럭이 움직이기 시작했다.

"불쌍한 메이브리 씨. 결국 오질 못했네." 상기된 퍼디타 메이오의 얼굴이 잠깐 창밖으로 보였다. "감기로 몸져누웠대. 어제부터 그랬는데, 내 보아하니 그럴 것 같더라고."

묘지에 가려면 모개나를 완전히 가로질러야 했다. 가축 탈출 방지

용 도랑을 지나고 나니 안은 넓고 조용했다. 하지만 스타크네 차창 너머로 어디를 보든 버지에게는 빅스버그 공원에 늘어선 똑같이 생긴 탑처럼 코머스 스타크 씨, 팀 카마이클 씨, 터셔스 모건 씨 등의 묘비가 계속 눈에 보이는 듯했다. 똑같은 덩굴에 덮여 똑같이 허물어진 비석이 서 있는 시섬 씨의 무덤은 두 번인가 본 것 같았다. 그녀가 증오했던 예전 피아노 선생님인 에크하르트 선생님이 장례식 날 몸을 던지려 했던 그 무덤. 그리고 땅딸막한 검은 비석이 서 있는 에크하르트 선생님 본인의 무덤을 찾은 것도 한 번 이상은 되었다. 전에도 목격한 바이지만, 가까이 다가갔다가 그냥 그 앞을 지나치면 비석이 알아서 몸을 돌릴 텐데. 그러더니 좀 더 지나자 늘어진 돌로 된 머리칼이 먼저 눈에 띄는, 앉은 자세의 천사가 늘어진 날개를 보이며 옆에서 갑자기 나타났다.

"마음에 들어?" 랜의 옆에 앉은 캐시가 물었다. (지니는 아이들과 함께 집에 가야 했다.)

그러니까 모리슨 부인의 천사인 거군. 언제나 명랑하고 변덕스럽던 캐시의 엄마는 어느 날 아침 방을 나가 스스로 목숨을 끊었다. "그 점이 자랑스러웠는데." 캐시가 말했다. "결국 내가 가진 모든 걸 앗아갔지."

"요즘 로크는 어디 있지?" 랜이 물었다.

"랜, 잊었어? 뉴욕시에 있잖아. 거기가 좋대. 편지는 쓰거든."

로크는 너무 어려서 모개나에서 그녀가 잘 아는 축에 들지도 않았다. 그가 참전했을 때 사람들은 그가 늘 예의 바르다고, "너무 착하다고" "너무 젊다고" 했다. 그녀가 기억하는 거라곤 자기 아버지 인쇄소의 나무 계단을 올라가는 모습뿐이었다. 성심껏 고개를 숙여 보였는데, 너무 어렸고, 이미 너무 소원했다. 하지만 죽진 않았잖아! 그녀가 생각했다. 그건 특별한 거지.

"뭐라고 했어, 버지?"

"아무것도 아니야, 캐시." 젊은 모습이 없어졌다고, 완전히 사라졌다고 잠깐 상상해서인지 모르겠지만, 어떤 점에서 캐시의 마음을 상하게 한 게 틀림없었다.

버지가 몸을 빼서 어린 시절에 돌아다녔던 작은 둔덕에 있는, 시커멓게 된 양을 찾아보았다. 어떤 부인(넬 루미스네 베이비시터임이 분명하다는 생각이 지금 떠올랐다)이 유산한 태아의 무덤이었고, 양 석상은 비바람에 마모되어 작은 탁자가 되어 버렸다. 거기서 도토리깍정이를 벗 삼아 온갖 상상을 하고 그러고는 탁자를 타고 달려가는 시늉을 했었는데.

"모개나에 계속 있을 거야, 버지?" 넬의 저음이 들려왔다. 응접실에 있을 때와 똑같이 차 안에서도 말이 계속되었다.

"떠날 거예요. 내일 아침에." 버지가 말했다.

"살림 다 팔고?"

버지는 더 이상 말이 없었다. 그 말을 내뱉는 순간 결심한 거였으니까. 자신의 말을 들으면서.

"오른쪽으로 꺾어서 차를 세워, 랜."

그것이 리지가 처음으로 한 말이었다. 자기 차 안에 너무 사람이 많다는 느낌에 지금까지 입을 다물고 있었던 모양이었다.

랜이 차를 세우고 여자들을 내려 줬다. 뚱뚱한 세 사람—랜과 서로 부둥켜안은 리지와 넬—이 뒤뚱거리며 앞장서 걸었다. 레이니네 묘지는 한참 뒤쪽 나무 아래 있었다. 캐시가 버지의 손에 깍지를 꼈다.

유카에 종 모양 꽃이 가득 달리고 크게 자란 천사의나팔꽃은 말처럼 얼룩덜룩했다. 타는 듯 붉은 목련 열매와 그 갈색 껍질이 가라앉은 모습으로 눈꼬리 쪽으로 들어왔다. 그쪽으로 빌리 텍사스 스파이츠의 모습 역시 눈에 들어왔다. 와도 된다고 했던 것이다. 선거 날에 입었던 복장인 보라색 옷을 입고 있었다.

"스노디가 와서 저걸 보지 않았으니 다행이지." 퍼디타 메이오가 해티보다 먼저 말했다. "랜도 있긴 하지만 랜은 전혀 개의치 않으니까."

누가 옆구리를 찌르기라도 한 양, 버지는 '주의 뜻이 이루어졌으니'라는 묘비명이 새겨져 있는 불쌍한 시골 처녀의 무덤 근처에 이르렀음을 알았다. 서저너네 묘지 터에 묻혀 있었다.

쟤 정말 싫어. 버지가 고개도 돌리지 않고 담담히 생각했다. 저 무덤도 싫어.

홀리필드 씨가 잔디를 깎으며 옆을 지나다가 의미심장하게 모자를 들어 올렸다. 버지는 아버지 무덤의 낯익은 비석을 보았다. 라파예트라는 이름이 새겨져 있고, 그 옆의 빨간 구멍은 뜯겨 나갔다. 꽃이 잔뜩 있었음에도 그곳은 여전히 땅을 판 흑인들의 땀내와, 잘려 나가 평평한 무덤 바닥에서 축축하게 아른거렸던 삼나무 뿌리 냄새가 가득했다. 빅터 무덤은 반대쪽에 있었다. 아마 그 안엔 아무것도 없을 것이다. 전쟁터에서 전해진 상자, 그 안에 뭘 담아 가족에게 보냈을지 누가 알겠는가? 뒤편 어딘가에서 미안해하는 메이브리 씨의 헛기침이 들렸다. 물론 그의 헛기침일 리는 없지만. 결국 그는 참석하지 못했으니까.

댐피어 목사는 아직 자리를 지키고 있었다. 한쪽 다리에 몸무게를 실은 채 맨 앞에, 메이휴 식구들보다 앞쪽에 서서 관이 내려지고 흙이 채워지는 과정을 지켜보았다.

윌리엄스 목사의 기도가 끝난 후 흙무더기에서 흙 부스러기와 흙덩이가 마구 쏟아져 내렸다. 흙이 생물처럼 순식간에 걷잡을 수 없이 활달해졌다. 버지는 꼼짝도 하지 않았다. 사람들이 순서대로 나가 주변에 화환을 놓고, 천천히 종이 뿔에 담긴 꽃다발을 흙덩이에 꽂아 고정시켰다. 꽃다발은 어느 것도 제대로 서지 못하고 이리저리 기울어진 채로, '자리를 잡기'까지 세로보다 가로로 더 늘어진 괴상망측한 모습으로 불룩한 분홍색 봉분의 가장자리를 빙 둘렀다.

사람들이 자리를 뜨는데 종이 뿔 하나가 떨어지면서 그 안에 잔뜩 담긴 붉은 백일홍이 쏟아졌다. 가서 다시 세우는 사람은 아무도 없었다. 지금까지 정신없이 움직였고 날씨도 곧 나빠질 것 같은 기분이 사람들에게 찾아들면서 무엇보다 품위에 대한 인식을 일깨웠고, 그래서 이제는 무덤으로 돌아갈 수는 없었던 것이다.

사람들은 아무것도 쳐다보지 않고 묘지를 떴고, 몇몇은 입구에서 헤어지기도 했다. 어차피 모든 건 마멸된다는 지혜가 그들에겐 있었다. 이미 내일의 비가 요란스럽게 무덤 위로 퍼붓고 흙탕물이 된 강물이 흐르듯 봉분 옆구리를 타고 물줄기가 빠르게 흘러내리면서 모두가 함께 끈기 있게 이루어 놓은 것을 벌써 끝장내고 있었다. '일부러 만든' 꽃 고정 장치 하나만이 아니라 전부 무너질 것이었다. 그래서 이미 그렇게 된 거고, 그렇게 될 수밖에 없는 것이다. 이제 이것도 과거지사였다.

댐피어 목사가 작별 인사를 하고 노새에 올라탔다. 여기 참석하려고 노새를 타고 20마일을 온 것이었다. 오늘 일이 그럴 만한 가치가 있었는지에 대해서는 밝히지 않았다.

들쭉날쭉한 면화밭이 경사를 이루다 서쪽 강에 이르러 절벽을 이루는 저녁 들판에는 해가 떨어진 뒤에도 분주한 황혼 속에서 사람들도 여전히 바삐 움직이고 있었다. 조문객 대부분은 뭐 좀 먹으려고 다들 레이니네 집으로 돌아갔다. 버지는 피곤해진 리지의 팔에서 빠져나온 뒤 아직 들어가지 않았다.

네 명의 어린 메이휴 아이들이 낡은 회전의자에 새처럼 올라앉아 그녀를 기다리고 있었다. 그들이 폴짝 뛰어내려 그녀의 무릎을 껴안고는 아직 집에 들어가지 말라고 애원했다. 길에서 보니 불을 환하게 밝힌 집의 지붕이 접은 종이처럼 아주 가팔라 보였다. 날개처럼 활짝 펼친 멀구슬나무 가지의 빽빽한 이파리들이 날씨의 변화를 말해 주는 바람결에 길 위쪽에서 부르르 떨었다. 반짝거리는 어둑한 두 갈래 제비 꼬리 뒤로 아름다운 저녁 하늘과 사랑스러운 동녘을 볼 수 있는 그달의 마지막 날이었다.

햄과 바나나 케이크와 월하향 냄새가 흘러나왔고, 아이들이 거기에 끌려 달려갔다. 이른 황혼이 머무는 구석에서 양치식물들이 스멀스멀 기어 나오거나 버려진 포치 의자 사이로 갑자기 폭포수처럼 쏟아져, 포치 가장자리에서 발을 밖으로 내밀고 앉아 있는 늙은 레이니 씨 위로 내려앉는 듯했다. 주바가 뛰어나와, 들어와 함께 먹자는 리지의 말을 전했다.

버지는 어떤 순간 자신이 냉담해지면서 모든 게 부옇게 되는 느낌을 종종 받았다. 다른 사람들도 그런 경우가 있다는 건 알았다. 부채질을 하는 동안 침대 위의 엄마가 달라졌던 그때만도 아니었다. 버지는 살면서 어떤 순간이 지나고 나면 누구도 자신을 꿰뚫어 보거나 내면을 들여다볼 수 없다는 느낌이 들었다. 새로워지는 느낌이랄까. 하지만 킹 매클레인 씨, 그 노인은 자신이 수용할 수 없거나 인정할 수 없는 벽이 있으면 염소처럼 들이받았다. 단단한 뿔이 아니면, 살고자 하는 순전한 열망으로 달려와 머리를 들이받는 일이 아니라면 어떤 요새가 과연 무너져 내리겠는가?

전에 그런 순간을 겪었다는 느낌이 집에 돌아온 순간부터 강렬해졌다. 버지가 너무 여려지는 순간 말이다. 시간이 좀 필요했었는데, 지금이 바로 그랬다. 조문객들이 뒤를 바짝 따라와 그녀를 둘러쌌다가는 지나쳐 갔던 그 길에서, 그리고 지금 그녀도 없는데 자기 집 식탁에 앉아 있는 그사이, 그녀는 바짝 긴장하여 이중의 귀환이라는 감정에 맞섰다.

"천천히 들어와, 버지." 레이니네 노인이 나직이 말했다. 일어나서 그녀를 기다리지 않고 안으로 들어갔다.

열일곱 살 때 집으로 돌아오면서 그녀는 Y&MV 기차의 높은 계단을 훌쩍 뛰어내렸다. 처음 땅이 발에 닿았을 때 전혀 흔들리지 않고 얼마나 안정적이었는지 황홀할 정도였다. 직전까지 창밖으로 빠르게 스쳐 가던, 개의 등처럼 무성한 잔디가 고요하게 펼쳐진 바깥세상에서 막힌 것 없이 널리 뻗쳐 가는 햇빛을 받아 갈색으로 빛났다. 귀에 들어온 것이라고는 사라져 가는 기차가 한숨처럼 내뱉는 기적 소리와 쨍한 7월에 한 번 우르릉 내리친 마른천둥 소리뿐이었다. 기차역 건너에 모개나가 있었다. 마음속에서 따져 봤던 대륙들처럼 기억에 여전한 떡갈나무가 거대한 푸른 하늘을 배경으로 서 있었다. 멤피스에서부터 느리게 움직이는 기차 안에 끝도 없이 앉아 있다가 이제 막 밖으로 뛰어내리자 뭔가를 위해 돌아왔다는 생각이 들었다. 그래서 떠날 때 가지고 간 게 별로 없었으므로 여전히 든 것 없는, 신발 상자처럼 가벼운 가방을 들고 그것을 향해 뛰기 시작했다. 가벼워서 뛰는 게 수월했다.

"소젖 짤 시간에 딱 맞춰 왔구나." 그녀가 도착하자 엄마가 그렇게 말하더니, 모자를 벗겨 둘 사이의 마룻바닥에 내동댕이치고는 딸의 얼굴을 올려다보았다. 그녀의 집에서는 아프다 해도 아무도 울 수 없었다. 두 남자, 남편과 아들을 보낸 레이니 부인 자신이 아니라면 말이다.

버지에게 귀환과 함께 곧바로 실질적인 변화가 시작되었다. 음악도 극장의 일자리도 피아노도 없는.

하지만 기차에서 내려 집까지 오는 동안 그녀는 뒷길로 돌아 걷다가 뛰다가 하면서 들뜬 마음으로 주변을 둘러보았다.

버지는 지금까지 달리 생각해 본 적이 없었고, 이 세상의 대립적인 존재가 모두 가까이 붙어 있다는 사실을 의심한 적도 없었다. 사랑과 증오, 삶과 죽음, 그리고 그 무엇보다 희망과 절망이 가장 밀접한 관계였다. 때로 둘을 구분할 수가 없고, 둘이 겹쳐지는 순간이 있고, 그러고는 겹쳐진 상태에서 또 겹쳐지고, 좀 수정할 수는 있지만 완전히 되돌아가는 법은 없는 것이다.

그 길을 가던 그때는 한낮이었고, 오직 그날뿐 다른 날은 없을 것처럼 대지가 자신의 멋을 한껏 뽐내도록 태양빛이 주변에 가득했다. 들판은 깊은 연못처럼 빛나고 그 가장자리부터 한없이 뻗은 나무는 거의 백합과 마찬가지로 금빛이나 어둑한 빛으로 활짝 열린 듯했다. 그녀는 언제나 하루 중 그때가 가장 좋았는데, 지금 무엇에도 구애받지 않고 혼자 있으니 어깨춤이 절로 났다. 본질의 차원에서 상처받았다는 사실을 아직 스스로 알지 못했고, 그래서 행복했다. 귀뚜라미의 합창이 별의 반짝임처럼 시간에서 벗어난 듯 항상 그 자리에 있는 듯했다.

돌아온 후 그녀는 바로 일에 전념했다. 반쯤 전념했다. 손의 힘을 쓴 것은 대체로 사무실에서 타자를 칠 때였지만 가장 정신을 차리고 힘을 쓴 것은 차례로 암소들 젖을 짤 때였으니까. 그 짐승의 곁에서 눈먼 상태를 매일 뒤지고 또 뒤지듯이. 머리를 박을 살아 있는 진짜 벽, 벗어나야 할 감옥, 살에 살로, 고뇌에 고뇌로 반응할 육신의 가장 실제적인 어리석음, 아무 생각 없이 무심한, 그녀를 부르는 몸을 그 안에서 찾을 수 있을 그런 눈먼 상태를. 그리고 어느 겨울밤의 꿈처럼 원시적인 한순간이 지난 후 자신의 손에 닿은 피아노가 음매 우는 암소로 변하면 그건 그녀 자신의 욕망에 의한 것이었다.

그녀가 집 안에 들어가 사람들에게 음식을 주고, 메이휴 식구들("와서 우리랑 살면 좋은데. 이렇게 좋은 집을 떠나는 게 뭣해서 그렇지." 그들이 그녀에게 그렇게 중얼거렸다)에게 제대로 된 길(올 때 그린우드 쪽으로 돌아서 왔더랬다)을 알려 주고 난 후, 그리고 레이니네 노인이 맨 위층 침실에 잠을 자러 올라간 후, 버지는 주바가 가까이에서 따로 먹고 있는 치우지 않은 주방에 앉아 식사를 했다. 처음에 닭을 조금 먹고, 그다음에 햄, 그리고 베이컨과 달걀을 먹은 뒤 우유를 마셨다. 그런 후 주바를 집에 보내고 여기저기 켜져 있던 불을 다 껐다.

방에 들어가 그 불까지 껐는데, 포치에서 위압적으로 발을 구르는 소리가 들렸다.

열린 앞쪽 현관문으로 걸어 나갔는데, 축축한 밤바람에 잠옷이 휘날렸다. 몸을 부르르 떨며 복도의 불을 켰다.

길고 느슨한 드레스를 입고 진흙이 묻은 장화를 신은 노파가 채광창 너머로 들어오는 빛을 뒤로하고 선 게 보였다. 그녀가 시커먼 종이에 싼 하얀 물건을 내밀었다.

"너구나." 노파가 불쑥 말했다. "애야, 넌 날 모르겠지만 난 널 안단다. 여기 뭘 좀 가져왔어. 너무 늦었지? 밤에 피는 우리 집 손가락 선인장이 오늘 밤 꽃을 피웠는데 네게 가져다주지 않고는 못 배기겠더라고. 받아. 풀어 봐."

버지는 어둑한 포치에서 얼굴처럼 커다랗고 창백해 보이는, 야광처럼 빛나는 미묘한 꽃을 바라보았다. 순간 문간에 나올 때보다 더겁이 났다.

"네게 주는 거야. 잘 간직해. 죽은 사람에게야 아무 쓸모도 없지. 아침이 되면 비튼 닭 모가지처럼 보일 거야. 그러니까 밤에 봐."

어두운 길에서 말이 발을 구르며 낑낑 소리를 냈다. 노파는 집 안에 들어가지 않겠다고 했다.

"아, 아니야. 네가 어렸을 때 극장에서 피아노 연주를 했잖아. 그때난 젊었을 때고 시내에 살았어." 어둠 속에서 몸을 돌리며 그녀가 큰소리로 말했다. "엄마 일은 안됐어. 너처럼 전혀 힘들이지 않고 그렇게 아름다운 연주를 할 수 있다고는 생각도 못 했어. 네가 세상에서제일 예쁜 애라고 생각했었지."

버지는 여전히 부들부들 떨고 있었다. 꽃이 마음을 심란하게 했다. 아래쪽의 잡초 속으로 던져 버렸다.

예전에 가을 달이 환한 밤이면 잠을 이루지 못하고 술에 취해 가곤했던 강가에는 지금 안개가 물 위와 나무 사이로 가득하고 두 눈에서달까지 원뿔형의, 긴 뿔 모양의 하얀 빛이 이어지리라는 것을 그녀는 알았다. 그것은 허공의 머리칼처럼 자아와 달을 이어 주는, 다시 아이가 된 자아를, 한참 거슬러 그 옛날의 딸이 된 자신을 느낄 수 있게 하는 눈에 보이는 끈이었다. 그러고 나면 밤공기보다 따뜻하고, 문득 한기가 찾아든 자아보다 따뜻한 물이 보이지도 않게 강어귀로 흘러가면서 여타의 팔처럼 몸을 아래로 받아 주었다. 그때 지나치게 날을 세운 당돌한 마음으로 강물 위에 둥둥 떠 있다 보면 잠깐잠깐 안개가 옅어지면서 수면과 강둑에서 보석처럼 반짝이는 눈빛이 나타나곤 했다. 때로 잡초 사이에서 반딧불이가 그녀가 있는 동안 밤새도록 깜박깜박 빛을 냈다.

저 바깥 공터에 세워 둔 차 안, 권총 옆에 놓인 다 해어진 벨루어 주머니에 숨겨 놓은 담배가 있었다. 그녀는 차 안으로 기어 들어가 습관적으로 성냥불을 손으로 가리고 담뱃불을 붙였다. 주변에선 온통 개들이 짖었다.

3

'길에서 처음 만나는 사람에게 암소를 팔아야지.' 아침에 눈을 뜨며 버지가 생각했다.

우유를 짜고 목초지에 몰고 간 다음 돌아와 보니 스타크네 하녀 주바가 부엌 문가에 서 있는 게 보였다.

"떠나는 거예요? 일단, 벌써 귀신을 봤어요." 주바가 말했다. 그녀가 접시를 집어 들었다. 신문으로 그릇을 싸면서, 떠나기 전에 살림을 종이에 싸서 가방에 잘 넣어 놔야지, 안 그러면 고인에게도 그렇고 떠나기에도 합당하지 않다는 게 스타크 부인의 생각이라고 설명했다. 버지가 스타크 부인의 집에 찾아와 작별 인사를 해야 한다고 했다. 그것도 오전에.

"아직 집 안에 있어요." 주바가 말했다. "귀신 말이에요."

"귀신 얘기는 듣고 싶지 않아." 버지가 말했다. 두 사람은 도자기 그릇이 든 찬장 선반 앞에 함께 웅크리고 있었다.

"그래요?"

버지가 접시 두 개로 요란하게 쨍그랑 소리를 내는 걸 주바는 예의 바르게 못 본 척했다. 물건? 버지 아가씨는 아주 비열한 사람보다도, 갑자기 튀어나오는 귀신보다도 물건을 더 멸시하나 봐.

"그래. 귀신은 안 좋아하니까."

"봐요!" 그녀가 확언하듯 말했다. "하지만 이건, 그러니까 여기 마님은 두 동강이 났다든가, 거꾸로 떠다닌다든가, 뭐 그렇진 않아요, 아직. 가게 진열장에 있는 것 같은 폭신한 대형 소파 위에 누워 있고, 우리 네댓 명이 부채질을 해 주고 있었는걸요."

"그래도 듣고 싶지 않아." 버지가 말했다. "그냥 빨리 있는 거 다 싸서 정리하고 가."

"알겠어요. 여기 마님 귀신은 편히 계신데. 어떤 귀신처럼 강한 의지를 가지고 있거나 그렇지 않아요. 전 귀신들이 계속 머물면서 걸어다니고 하는 게 보여요. 하지만 여기 마님은." 귀신 흉내를 내기 위해 주바가 가슴에 손을 얹고 고개를 한쪽으로 돌린 뒤 숨을 멈춘 채 눈썹을 가만히 떨었다. "그래요, 저쪽 벽에 계세요. 주바, 버지에게 말해 줘. 버지가 고마워할 거야. 그런다고요."

"그릇은 내가 다 싸게 만들고 괜히 방해나 될 거면 뭐 하러 온 거야?" 버지가 말했다. "이 집 정리를 빨리해야 하는 거 알잖아."

"이 깨끗한 커튼을 다 놔두고 갈 거예요?"

"주바, 내가 진짜 곤경에 처해 있을 때 사람들을 다 겁을 줘서 쫓아 버렸는데, 그거 알아? 이젠 그렇게 겁을 주지는 않아. 랜 매클레인처럼. 랜도 이젠 안 그렇잖아." 버지가 물건을 싸면서 무심코 말했다.

주바가 뭣 때문인지 모르지만 신이 나서 웃었다. "귀신이 되면 겁을 줄걸요."

"서둘러."

"난 여기서 산 사람보다 죽은 사람을 더 많이 봤어요. 흑인, 백인 다. 둘 다 많이 봤죠. 버지 아가씨, 타고날 때부터 뭔가를 볼 수 있는 사람이 있어요. 애를 써도 안 되는 사람이 있고. 모리슨 부인이 길 건너에서 하얀색 긴 잠옷을 입고 있는 것도 봤어요. 머리가 없이 진입로에 있었죠. 주근깨가 난 팔을 보고 알았어요. 본 적 있어요? 난 여기서 봤는데. 고통스럽게 돌아가셨나요?"

주바가 가식적으로 눈꺼풀을 내렸다.

"무척 고통스러웠고, 난 절대 보고 싶지 않아." 버지가 일어섰다. "돌아가. 가서 스타크 부인에게 얘기해. 너 없어도 나 혼자 더 잘할 수 있다고. 근데 있는 걸 다 싸야 해?"

"네, 마님 생각은 그래요." 주바가 말했다. "누군가 짐을 풀러 올 때를 대비해서 완전히 다 싸 놓아라. 그리고 전 할 수 있는 한 잔뜩 몸을 구부정하게 하고 있어요. 하나도 떨어뜨리지 않고 그 소용돌이 문양 접시를 다 들고 있죠."

"마님한테 가서 그렇게 해."

주바가 몸을 일으켰다. 많이 줄어든, 설탕이 잔뜩 들어간 잼과 녹이 슨 베이킹 소다 통, 월계수 잎이 든 유리병, 시커메진 홀쭉한 바닐라 병 등 오래된 것들이 정신없이 놓인, 문 열린 찬장 앞에서 고개를 절레절레 흔들었다. 20년 된 이쑤시개 상자에 시선이 붙박였고, 버지가 그걸 보고 그것을 집어 주었다.

"주바, 다 가져가." 그녀가 말했다. "접시고 나이프고 포크고, 포치의 화분까지 원하는 건 다 가져가. 트렁크에 든 것도. 미너바랑 나눠 가져." 그러다가 갑자기 주바에게 버럭 소리를 질렀다. "그리고 내가 미너바 다 봤어! 엄마의 부분 가발을 슬쩍하는 거 봤다고. 젊을 때 노란색 머리라 이제 어울릴 리가 없으니 그냥 트렁크에 넣어 둘 수밖에 없었는데, 근데 그게 종이 자루 안에 들어 있는 걸 봤다고. 게다가 오빠와 내 아기 때 옷, 노란색에 레이스가 달린 그것도 다 훔쳐서 미너바가 우산에 숨겨 가져가는 거 다 봤는데, 그냥 놔둔 거야. 개한테 얘기해. 우리 물건 훔쳐 간 거 알지만 신경 안 쓰는 거라고 얘기하라고."

주바가 고개를 끄덕이더니 화제를 바꿨다. "남자 옷까지 줘서 고마워요, 버지 아가씨. 불쌍한 레이니 씨의 희끗희끗한 색 옷 말이에요."

"엄마가 다 보관하고 있었으니까." 버지가 잠시 후 말했다.

"놀랍기도 하시지."

"이제 가 봐."

"이런, 비가 오잖아. 비 정말 싫은데."

주바가 갔다가 다시 돌아왔다.

"그거예요." 페도라 쓴 모습으로 다시 부엌 문간에 나타나 나직이 말했다. "그래요. 울어요. 울라고요."

"여행 가나? 나도 함께 갈 수 있는데." 늙은 레이니 씨가 말했다.

"항상 넓은 세상을 보고 싶었거든." 그러면서 찬찬히 그녀를 뜯어보았다.

"제발, 그러지 마세요! 그래요, 아마 멀리 갈 거예요—"

그가 그녀를 한번 안아 주고는 커피를 마셨다.

"우리 암소를 트럭에 싣고 가실래요?" 그가 뭐라도 받았으면 하는 마음에 그녀는 머릿속에 떠오르는 건 다 주었다.

버지는 비 오는 아침에 밖으로 나가 차에 올랐다. 덜컹거리며 언덕을 내려갔다. 길을 지나가는데 새처럼 비를 맞으며 즐거워하는 매클레인네 오래된 멀구슬나무가 창문을 스쳤다.

모개나를 통과하는데 어떤 차가 경적을 울리는 소리가 들렸다. 캐시 모리슨이었다. 캐시가 나란히 차를 몰며 소리쳤다.

"봄에 마마즈네임 피면 보러 와, 버지. 오늘 아침 비 내리기 전에 구근을 다 나눴거든. 그러니까 정말 예쁘게 필 거야!"

"너희 집 앞을 지나갈 때 늘 보는걸." 버지가 마주 소리쳤다.

"버지! 지금 네 기분이 어떨지 알아. 그건 평생 사라지지 않을 거야, 절대!"

길을 따라 나란히 차를 몰며 두 사람은 서로에게 소리쳤고, 비포장 도로의 자갈들이 튀어 요란하게 두 차에 부딪혔다.

"어쨌든 꼭 오라고."

"캐서린이라고 쓰려면 수선화가 아주 많이 있어야겠다." 캐시가 앞질러 가지 않자 버지가 외쳤다.

"구근이 232개라고! 그 주변을 케이티의 히아신스로 두르고 그 사이에 제비꽃을 심었어. 여름에 그 자리를 알아야 하니까 말이야!" 캐시의 목소리는 점점 커지면서 동시에 염려와 겸허함이 강해졌다. 마음이 상했다거나 뭘 의심하는 게 아니라 그냥 염려할 뿐이었다. 하지만 버지가 시내 쪽으로 차를 몰고 간 것은 캐시 때문이었다. 그녀의 눈에 띄지 않으려고. "꼭 와. 그 여름날 우린 친구였잖아—"(버지는 부흥회 천막에서 캐시와 자신이 〈물 건너 생명줄 던지어라〉를 부르며 서로의 어깨에서 벌레를 떼어 주던 것을 기억했다.) "와서 피아노 쳐도 돼. 내 학생들 말고는 치는 사람도 없어."

버지가, 그리고 캐시도, 묘지 둘레를 한 바퀴 돌아 다시 모개나를 가로질렀다. "어디 가는 거야? 어디 정해 놓은 데 있어, 버지?"

캐시가 자기 집 쪽으로 꺾어 들어갈 때 버지는 속력을 줄였다. 매클레인네가 앞서 살았던 때—에크하르트 선생님이 살았을 때—만 빼면 모리슨네 집은 늘 똑같았다. 지금 문간에는 검은 우편함들이 파리처럼 바글바글 모여 있었다. 도로 인부와 벌목꾼들을 위해 그 자리를 내준 것이다. 불쌍한 모리슨 씨를 가둬 두려 했던 위층 구석방엔 여전히 블라인드가 내려와 있었지만, 그녀는 그가 망원경으로 내다보고 있는 기분이 들었다. 봄이 오기를 기다리며 앞마당을 가로질러 심어 놓은 마마즈네임 주변으로 제비꽃이 테두리를 이루고 있었다.

버지가 손을 들었고, 두 사람은 손을 흔들었다.

"로크처럼 떠나는구나." 캐시가 계단에서 소리쳤다. "자기만의 삶을 찾아 멀리 떠나는 거지. 너나 로크 같은 사람 보면 잘됐다 싶어. 정말로."

버지는 매클레인까지 구불구불 7마일의 길을 계속 달려 주 정부 청사 앞에 차를 세웠다.

이런 일을 종종 했다. 비록 코카콜라를 마시며 빌리 허드슨의 약국 앞에서 몇 분 쉬었다가 바로 차를 돌려 돌아갔지만. 매클레인 마을을 보면 기분이 좋았다. 뜨는 햇빛과 지는 햇빛을 받는, 물이 별로 없는 물탱크와 떨어진 별똥별처럼 엄청 무거워 보이는 교회 마당의 오래된 철제 종. 청사 건물도 마음에 들었다. 널찍한 것도 그렇고, 사면으로 널찍하게 사이를 두고 선 기둥과 벽에 딱 붙어 있는 연두색 블라인드, 검은색이 점점이 박힌 잔디에서 철책 위로 이어지는 계단식 출입구까지. 그리고 지금 메추라기가 마당을 가로질러 달려가고 있었다. 떡갈나무의 줄기는 이제 벗겨져 하늘에서 비가 아니라 검댕이 내리기라도 한 듯 흑백으로 얼룩덜룩했고 잘린 가지 끝은 축축한 눈 모양이었다. 그리고 높이 위쪽으로는 지붕처럼 넓게 펼쳐진, 빗물에 반짝이는 초록 이파리들이 말을 하려고 입을 벌린 아이들의 입술처럼 흔들렸다.

버지는 차에서 나와 가는 빗방울 사이를 뚫고 계단 출입구까지 달려가 비를 피하려 나무 아래 앉았다. 닳은 자국을 손으로 만져 보았다. 발자국 때문이라기보다는 사람들이 하도 앉아서 닳은 것이었다. 이 정도 거리에서 보니 수직 통로의 남부 연합 군인은 노인이 이로 갈아 놓은, 잘근잘근 씹힌 양초처럼 보였다. 그 너머의 창고에는 무지개처럼 연한 오래된 서커스 포스터가 달려 있었는데, 이젠 외관을 훼손하는 존재가 아니라 훼손된 존재일 뿐이었다.

빗속에 나와 있는 사람은 아무도 없었다. 청사 맞은편 땅은 예전에 버질 매클레인 씨의 공원이었다. 킹 매클레인의 부친 말이다. 거기서 사슴을 키웠다. 이젠 티눈처럼, 한때 투명하게—사슴이 뛰노는 공원이라는 것이 버지에게는 기이할 정도로 투명했으니까—반짝거렸던 눈에 생긴 백내장처럼 줄지어 선 상점의 전면과 매클레인 극장과 삼나무 언덕에서 보이는 묘지가 있을 뿐이었다.

거기 매클레인 씨와 스노디네 집안인 허드슨네 사람들이 묻혀 있었다. 그녀의 기억에서 사라진 유일한 매클레인 남자인 유진도 버질이 세상을 뜬 후 여기에 묻혔다. 유진은 오랜 기간을 저 멀리 다른 곳에 살았고, 그렇게 떠나 있는 동안 그저 알고 싶다고 해서 대답을 찾을 수 있는 건 아니라는 것을 배웠다. 이곳 사람들은 그의 부인을 전혀 알지 못했고, 어디에라도 자식이 있는 건지 아예 자식이 없는 건지도 분명히 밝히지 않았다. 전보를 보냈음에도 부인은 장례식에조차 오지 않았다. 외국인이었나? "뭐, 저 남부 유럽 사람이어서 우리한테 안 알린 걸 수도 있지." 결핵으로 세상을 뜬 그의 왜소한 몸이 누가 물어보기라도 할까 봐 고개를 돌려 외면하며 모개나의 거리에서 머뭇거리는 듯했다. 젊었을 때 이따금 시내에서 위를 올려다보며 이상하게 독하고 모호한 말을 내뱉곤 했지만 (평생 아버지와 화해할 수 없었고, 노인이 된 그에게도 냉소적이었다는 게 사람들 말이었다. 어머니 스노디와 꽃만을 사랑했다고.) 아무도 괴롭힌 적은 없었다. "단 한 사람도 성가시게 한 적이 없어." 그의 어린 시절을 잊은 채 사람들이 그날 묘지 옆에서 그렇게 말했다. 그리고 킹의 가족들이 모두 누워 있는 삼나무 언덕은 청사 건물보다 컸다. 남부 연합 부서에 있던 아버지 버질과 그의 어머니와 그의 할아버지—누가 그의 이름과 그가 한 일을 기억할까? 이름이 비석에 있긴 했다.

사람을 죽인 게 아닐까? 어쩔 수 없이 그랬거나? 알려지지 않은 긴 내막, 과시와 방랑의 이야기는 어떤 것일까?

그리고 에크하르트 선생님도 저쪽에 있었다. 에크하르트 선생님이 잭슨에서 세상을 떴을 때 스노디가 데려와 여기 묘지에 묻었다. 유진의 무덤 가까이에. 어제 죽은 사람을 혼동하며 버지가 찾았던 땅딸막하고 시커먼 비석이 있었다.

그녀 앞에는 빗물색을 띠는 양철 지붕과 붉은 벽돌 건물이 있었는데, 비바람에 시달린 문이 강물의 소용돌이와 빛깔을 닮았다. 교도소 위로 자란 덩굴의 갈색 잎이 침대처럼 폭신해 보였다. 계단 출입구에 앉은 버지 바로 건너편의 매클레인 극장에 걸린 두 장의 포스터가 빗물에 반짝였고 조금 더 안쪽으로는 네모난 노란 카드("들어가서 얘기를 나누려면 예치금을 내야 합니다")가 우울한 여행객 앞의 불 밝힌 창문처럼 늘 걸려 있었다. 네스빗 씨가 오후에 그녀의 일을 끝내주면 그녀는 간혹 혼자 매클레인 극장에 가곤 했다.

보도에서 백인의 발자국 소리가 들렸다. 처음엔 네스빗 씨라고 생각했는데, 그와 아주 비슷한 다른 사람이라는 걸 알았다. 뭔가에 집중한 채, 비를 맞아서 단단히 화가 난 채 말없이 서둘러 가고 있었다. 여기서 완전히 혼자. 다른 얼굴과 떨어져 지금 다른 얼굴로 대체되지 않은 그 둥그런 얼굴이 신기하게도 깊고 헌신적이고 여성적으로 보였다. 네스빗 씨의 쌍둥이가 지금 바로 그녀 앞을 지나쳤고, 길 아래에서 현란한 동작으로 몸을 돌리더니, 마구 물을 튀기며 웅덩이를 지나 그의 건물임이 분명한 문안으로 들어갔다.

자기도 모르게 다닥냉이를 잡아 뜯던 버지는 메이브리 씨도 보았다. 우산을 쓰고 누군가를 찾는 그 사람은 정말 메이브리 씨였다. 지독하게 품위를 지키면서 아직은 별로 불안해 보이지 않는데, 감기는 또 얼마나 계속되는지! 메이브리 씨는 마침내 그녀에게 왔다고 상상하는 건데, 그녀는 진정으로 보호를 받기 위해 뒷걸음치며 그에게 온 것이었을까? 그녀는 그냥 제자리에 서 있지 못하고 계속 뒷걸음질 쳐 왔다. 버키 모팻(그런데 그는 어디 있는 거지? 죽은 건 절대 아닌데! 그녀가 다닥냉이의 씨를 물어뜯으며 미소 지었다)의 제멋대로의 영혼에서 벗어나, 그녀를 원하지 않았던 주정뱅이 사이먼 서저너를 지나 쑥스러워하는 메이브리 씨에게로. 그리고 그의 뒤로는 그녀의 편이 되어 주길 원했던 시끄럽고 무해한, 무시무시한 네스빗 씨가 기다렸다. 그녀는 메이브리 씨에게 이르렀지만 그냥 지나쳤고, 그래서 어디로 가는지는 상관없었다. 지금 여기 있으니까. 그가 자신—모자도 없이 빗속에 앉은, 이제는 숨어 있지도 않은, 엄마 잃은 버지 레이니—을 꿰뚫어 볼 거라는 느낌으로 계단에 앉아 허리를 꼿꼿이 폈고, 과연 그랬다. 그가 성큼성큼 지나갔고, 이제 그녀는 혼자였다.

그랬을까? 그녀는 과연 자신이 향하는 그곳에 있을 수 있을까? 그렇게 될까? 에크하르트 선생님이 유럽에서 가져와 벽에 걸어 놓은 그림 중에 무시무시한 게 있었다. 사전 위쪽에 걸려 있었는데 사전만큼이나 시커멨다. 메두사의 머리를 들고 있는 페르세우스 그림이었다. "지크프리트*와 용*과 같은 거지." 에크하르트 선생님은 차선의 것이라는 듯 가끔 그렇게 말하곤 했다. 때로 얼마나 어둑한지 창문의 빛을 다 가리기도 했던 그 그림은 꽃무늬 에나멜 액자에 담겨 있었는데, 그건 늘 자명하게도 에크하르트 선생님의 자부심을 보여 주는 것이었다. 그 순간 버지는 그림에서 액자를 없애 버렸다.

과시하는 그 모습, 높이 들어 올린 그 팔이 그녀가 기억하는 것이

---

* 용을 죽인 독일 신화의 영웅. 바그너의 〈니벨룽겐의 반지〉가 그 신화를 다루고 있다.

었다.

메두사의 머리를 베어 버린 것은 삶의 공포를 눈앞에 보여 준다는 점에서 아마 영웅적인 행위일 수 있겠지. 그 공포는 동시에 사랑할 때의 공포인 분리일 것이고. 버지는 생각했다. 어려서 에크하르트 선생님을 두려워했을 때 예언처럼 영웅주의를 목격했는지도 몰랐다. 지금 다시 예언처럼 볼 수도 있겠지만, 그녀는 전혀 예언자는 아니었다. 버지는 어떤 소리가 들리듯이 어떤 것이 보이기도 했기 때문에—그리고 어쩌면 페르세우스와 마찬가지로 메두사도 믿었기 때문에—그녀는 내려치는 칼을 한 순간이 아니라 세 번의 다른 순간으로 보았다. 셋을 세는 중에 파멸이. 아니, 그것 자체는 배려하는 마음도 없기 때문에 상처가 되지도 않는 비밀만이. 아름다움과 내려치는 칼과 공포 너머로 시간 속 그들의 존재가 있었다. 저 멀리 영원한, 수많은 밤을 가슴으로 읽어야 하는 별자리.

버지가 그럼에도 증오하지 않았던—에크하르트 선생님의 증오를 받았고, 그다음엔 사랑을 받아서 거기에서 가시와 과잉을 빼 버렸기 때문에 오히려 사랑하는 쪽에 가까웠던—에크하르트 선생님은 자신이 보려고 그림을 벽에 걸었다. 영웅과 희생자를 다 흡수한 후 굳센 모습으로 베토벤이 펼쳐진 피아노 앞에 앉을 수 있었던 것이다. 자신의 증오와 자신의 사랑, 그리고 그것을 갉아먹는 소소한 감정으로 버지에게 베토벤을 주었다. 주고, 주고, 또 주었다. 그리고 어린 시절, 주어진 것보다 더 많은 걸 받아들이는 아이의 신기한 지혜로 버지는 용의 피와 함께인 것처럼 그 베토벤을 받아들였다. 그것이 그녀가 손가락으로 만졌던, 그렇게 떠내려왔다가 그녀를 떠나 버렸던 선물이었던 것이다.

회상이 멀리 뻗어 가는 중에 곡조 하나가 가만히, 저절로 떠올랐다. 페르세우스가 메두사의 머리를 내려칠 때마다 누군가 박자를 맞추고 그리고 곡조가 나왔다. 한없는 메두사, 그리고 역시 한없는 페르세우스.

빨간 닭을 한 팔에 낀, 온몸을 둘둘 만 늙은 흑인 여성이 다가와 버지 아래쪽 계단에 앉았다.

"안녕하세요."

빗방울이 이따금 차가운 손가락처럼 버지의 머리와 뺨에 떨어지거나 팔을 타고 흘렀다. 예전에 전혀 그런 적이 없었던 것처럼, 지금은 손가락이 아니라 하늘에서 떨어지는 빗방울일 뿐. 미시시피 들판에 내리는 10월의 비. 가을비, 어쩌면 남부 전체에, 모르긴 몰라도 어디에나. 그 광활함을 응시했다. 그것은 비츠 씨의 그림자를 쫓아 버리고 가련한 메이브리 씨로 하여금 거리에서 찾아다니게 만든 것만이 아니었다. 대기와 땅이 내뿜은 숨결이었고, 그래서 왔다가는 또 가기도 하는 것이었다. 지금 그녀 자신에게도 아낌없이 시원하게, 그녀의 바깥 어디에나 겸허함이 내리는 것처럼 그녀는 좀 더 계단에 앉아 있었다.

장례식에서 킹 매클레인이 끔찍하면서도 매력적으로 인상을 쓰던 모습이 영상처럼 눈앞에 떠올랐을 때 딱 한 번 그녀의 얼굴에 미소가 어렸다. 그것도 다들 의식하듯 그가 다음 차례인 그때에. 그조차 말이다. 그리고 그녀와 늙은 거지, 흑인 도둑놈은 각자 혼자이지만 또한 함께 커다란 나무 아래서 비를 피하며, 세상이 그들의 귀에 대고 연주하는 마법적인 북소리를 들으며 앉아 있었다. 내리는 빗소리를 뚫고 말과 곰이 달려가는 소리, 표범이 앞발을 휘두르는 소리, 딱딱

한 껍질의 용이 미끄러지듯 나아가는 소리, 희미하게 빛나는 백조의
요란한 울음소리도 들려왔다.

상상의 방랑자, 그 내면의 갈망

유도라 웰티는 윌리엄 포크너와 함께 대표적인 남부 작가이자 미국에서 가장 사랑받는 작가 중 하나로 퓰리처상을 비롯한 많은 문학상과 훈장을 받았다. 장편 『낙천주의자의 딸』로 퓰리처상을 받긴 했지만 웰티는 단편으로 작품 활동을 시작해서 단편에 수여되는 상인 오헨리상을 여러 번 받기도 한 만큼 단편에서 그 작품 세계의 정수를 찾아볼 수 있다. 이 책에는 웰티의 대표적인 단편선인 『초록 장막』과 『커다란 그물』, 『황금 사과』의 단편들을 묶었다.

많은 작가들이 파란만장한 삶을 살았던 것과 반대로 웰티는 미국의 남부 중에서도 남부인 미시시피주 잭슨의 안정적인 중산층 가정에서 태어나 90 평생을 거의 그곳에서 살았다. 잭슨을 벗어난 때라고는 위스콘신대와 컬럼비아대에서 공부했을 때와 구겐하임 장학금을 받아 유럽 여행을 했을 때, 그리고 오랜 친구 관계였던 존 로빈슨을 따라 잠시 샌프란시스코에서 살았을 때 정도이다. 겉보기에 단조로운 웰티의 삶은 단지 지역적인 면에 그치지 않아서, 결혼은커녕 제대로 연애를 한 적도 없고, 순종적인 딸로 병든 어머니를 돌보며 대부분의 생을 보냈다. 캐서린 앤 포터가 웰티를 방문했을 때, 마흔이 넘은 웰티가 포터의 방문에 대해 어머니의 허락을 구했다는 사실을 알고 격분한 일화는 전통적인 공동체적 삶에 매여 살았던 웰티의 삶의 단면을 잘 보여 주는 예이다.

웰티의 단편도 대부분 한 마을에서 여러 세대를 거쳐 사는 미시시피 마을의 지역 공동체를 배경으로 하지만, 풍부하다고는 할 수 없을 자신의 경험의 한계를 뛰어난 상상력과 기법으로 훌쩍 뛰어넘어 좁은 공동체와 개인의 관계를 풍부하고 심오하게 그려 낸다. 소위 '지방색'이 두드러지는 단편들로 시작하여 호평을 받았는데, 이후로 새로운 기법과 형식, 주제에 대한 탐구와 실험을 계속하여, 세 권의 단편집이 한 작가의 작품인가 의심이 들 정도로 서로 다르다.『초록 장막』의 단편들은 마크 트웨인이 떠오를 만큼 남부 방언과 유머가 두드러지는가 하면,『커다란 그물』의 여러 단편은 그와는 무척 다르게 시적이고 사색적인 특성이 강하고,『황금 사과』는 각각 독립된 단편이지만 모개나라는 마을을 배경으로 인물들이 중첩되면서 마치 하나의 소설 같은 독특한 구조를 취한다.

어머니를 돌보기 위해 뉴욕의 삶을 포기하고 잭슨으로 돌아간 웰티는 사진 찍는 일에 재미를 붙이고, 공공산업진흥국의 홍보 담당이 되어 미시시피 전역을 돌며 사진을 찍고 사람들의 얘기를 듣게 된다. 아마 이때 만난 사람들과 그들의 이야기가 특히『초록 장막』의 소재가 되었을 텐데, 각 단편들은 평범한 보통 사람들의 삶의 단면을 사진을 찍듯이, 혹은 영상으로 담듯이 보여 준다. 그러는 중에 가족 중심의 지역사회와 개인 사이의 갈등이나 거기서 생겨나는 아이러니 등이 「내가 우체국에서 사는 이유」처럼 때로는 풍자적으로, 「클라이티」처럼 때로는 비극적으로 그려진다. 「호루라기」나 「마저리에게 꽃을」에서는 미시시피를 돌아다니며 목격했을 가난한 삶이 감상성은 배제된 채 절제되면서도 통렬하게 나타나고, 표제작인 「초록 장막」은 남편의 갑작스러운 죽음으로 인한 감당할 수 없는 상실감을 실제적이면서도 상징적인 방식으로 독특하게 표현한다.

남부의 지역성을 뚜렷하게 내보이는 삶의 단면을 구체적으로 생생하게 그려 내던 『초록 장막』과는 달리 『커다란 그물』은 사색적이거나 신화적인 면모가 강해진다. 이는 특정한 지역의 삶에서 나타나는 개인과 공동체의 관계나 공동체의 틀 안에서 꿈틀거리는 개인적 갈망을 어떤 보편적인 차원으로 승화하려는 노력으로 보인다. 「첫사랑」이나 「적막의 순간」에는 각각 미국의 부통령을 역임했다 반역죄로 재판을 받은 에런 버와 조류학자 존 제임스 오듀본이라는 실제 인물이 등장하지만 그 분위기와 서술 방식은 꿈처럼 몽롱하고 시적이면서 사색적이다. 초기 단편과 유사하다 할 표제작 「커다란 그물」조차 강바닥을 훑는 실제 사건을 다루면서도 뱀 왕의 등장을 비롯한 신화적인 분위기로 인해 일상적인 행위조차 일종의 제례적 분위기를 띤다.

예이츠의 시에서 따온 제목에서부터 이미 두드러지듯이 『황금 사과』에서는 신화적인 모티프가 전면에 나서며 작품 전체를 묶어 주는 틀의 역할을 한다. 첫 단편과 마지막 단편에 잠깐 등장하는 킹 매클레인이 가장 중요한 신화적 모티프로서, 실제 주요 인물로 등장하는 경우는 「토끼님」뿐이지만 매클레인 집안만이 아니라 모개나 마을 전체에서 보이지 않게 영향력을 끼치는 신비로운 인물이다. 그는 첫 단편 「황금 소나기」에서 이미 나타났다 사라지기를 반복하는 종잡을 수 없는 인물로 등장하는데, 그를 만나 아이를 가진 스노디를 묘사하는 데 쓰인 '황금 소나기'는 제우스를 환기하는 명백히 신화적 함의를 가진다. 그가 다시 등장하는 마지막 단편의 제목 「방랑자」에서 알 수 있듯 그가 지닌 상징성은 좁은 공동체에서 벗어나 어딘지 모를 곳을 돌아다니는 존재이다.

사실 제목이 '방랑자'가 아니라 복수 '방랑자들'인 것처럼 모개나에는 킹 매클레인 외에도 여러 방랑자들이 있어서, 그 단편의 주인공 버지 레이니는 물론이고 로크 모리슨과 유진 매클레인, 에크하르트 선생님 등이 그러한 인물이다. 공동체 안에 머물러 있을 때조차 외부인처럼 동떨어져 있던 이들은 이런저런 방식으로 모개나를 떠나게 된다. 분명 웰티는 개인주의적인 북부와 달리 주민들이 서로의 삶에 깊숙이 관여하고 가족의 틀이 견고한 남부의 전통적인 공동체에 애정을 가지고 있었지만, 그러한 생활 방식이 어쩔 수 없이 개인성이나 개인적 열망을 가로막고 그것과 충돌한다는 사실을 잘 알았다. 선집에 많이 실리는 유명한 단편인 초기의 「내가 우체국에서 사는 이유」에서도 이미 개인과 가족/공동체의 충돌을 경쾌하면서 유머러스한 방식으로 그린 바 있는데, 『황금 사과』에서는 그 문제가 전면적이고 깊이 있게 다루어진다고 할 수 있다. 공동체의 특성과 장점이 부각되는 장례식을 중심으로 하는 작품인 「방랑자」의 버지 레이니가 마을을 떠나기에 앞서 마을 사람들의 무덤을 돌아보는 장면은 어쩌면 예전 같은 공동체의 죽음이 머지않았음을 보여 주는지도 모른다.

「6월 발표회」에서 과거와 현재를 오가며 모개나의 삶을 바라보는 캐시 모리슨은 웰티와 마찬가지로 순탄한 삶을 살며 끝까지 모개나에 남는 인물이다. 피아노는 버지가 더 잘 쳤지만 장학금을 받아 음악을 전공한 것은 캐시였고, 이제 여느 처녀들처럼 스카프 염색을 하고 마을 젊은이들과 건초 타기를 하러 다니는 그녀는 스스로도 자신이 어떤 미지의 일을 할 수 있으리라는 건 상상도 하지 못한다. 마흔이 되도록 여전히 미혼으로, 돌아가신 어머니를 위해 정원에 이름 모양으로 꽃을 키우는 「방랑자」의 캐시는 여러 면에서 웰티 자신과 닮아 있다. 캐시는 비록 고향에 머물며 어떤 모험에도 나서지 못하는 인물이지만 마을 사람들과 그들의 삶을 지켜보고 이해할 수 있고, 그 안에서 꿈틀대는 개인의 갈망과 욕망을, 모험에 나서는 방랑자들을 알아보고 응원할 수 있다. 떠나는 버지에게 "자기만의 삶을 찾아 멀리 떠나는 거지. 너나 로크 같은 사람 보면 잘됐다 싶어. 정말로"라고 소리치는 그녀야말로 직접 모험을 떠나지는 못하지만 늘 동경과 갈망을 안고 사는 평범한 우리의 모습을 가장 잘 보여 준다. 거의 평생을 남부의 고향 마을에 붙박여 살면서 그 갈망을 다양한 이야기로 풀어낸 웰티의 작품이 틀에 박힌 삶을 사는 지금의 우리에게 절절하게 다가오는 것도 그 때문이 아닐까 싶다.

유도라 웰티 연보

1909   4월 13일 미시시피주 잭슨에서 출생.

1925   미시시피주립여대에 입학하여 1927년까지 다닌 후 위스콘신대학
으로 옮겨 영문학을 공부한 뒤 1929년에 졸업.

1930   뉴욕으로 건너가 컬럼비아대학에서 경영학을 공부하면서 할렘의
재즈 클럽과 극장에 커다란 관심을 갖게 됨.

1930   잭슨으로 다시 돌아가고 이듬해 아버지 사망.

1933   다시 뉴욕으로 가지만 어머니의 요구와 집안의 경제 사정 등으로

인해 곧 잭슨으로 돌아감. 이때부터 주로 흑인 구역에서 사진을 찍기 시작함.

1935   공공산업진흥국의 홍보 담당으로 미시시피의 전역을 돌며 인터뷰를 하고 이야기를 수집하고 사진을 찍으면서 흑인 사회를 비롯한 미시시피의 삶을 광범위하게 접촉하게 됨.

1939   첫 단편 「어떤 외판원의 죽음」이 《매뉴스크립트Manuscript》지에 실리고 그 단편이 주목을 끌면서 《스와니 리뷰The Sewanee Review》, 《뉴요커The New Yorker》, 《월간 애틀랜틱Atlantic Monthly》 등에 단편을 발표.

1941   첫 번째 단편집 『초록 장막A Curtain of Green』을 캐서린 앤 포터의 서문과 함께 출간. 「닳고 닳은 길A Worn Path」로 오헨리문학상 2위 상.

1942   「커다란 그물The Wide Net」로 오헨리문학상 1위 상. 중편 『도둑 신랑The Robber Bridegroom』 출간.

1943   단편집 『커다란 그물The Wide Net』 출간. 「리비Livvie」로 오헨리문학상 1위 상.

1946   첫 번째 소설 『델타의 결혼식Delta Wedding』 출간.

1949   단편집 『황금 사과The Golden Apples』 출간.

1954	중편 『폰더의 마음 *The Ponder Heart*』 출간. 연극으로 각색되어 1956년 브로드웨이에서 상연.
1963	흑인 지도자 메드거 에버스 Medgar Evers 가 암살된 후 살인자의 시각에서 쓴 단편 「목소리는 어디에서 들려오는가? *Where is The Voice Coming From?*」 발표.
1971	대공황 시기를 다룬 사진집 『한 시기, 한 장소 *One Time, One Place*』 출간.
1972	『낙천주의자의 딸 *The Optimist's Daughter*』이 출간되고 그 작품으로 1973년 풀리처상 수상.
1980	대통령자유훈장을 받음.
1984	하버드 강연을 기초로 한 회고록 『작가의 시작 *One Writer's Beginnings*』 출간. 하버드 대학 출판사에서 출간한 책 중 최초로 《뉴욕타임스》 베스트셀러가 됨.
1986	미국국가예술훈장을 받음.
1991	국립도서재단훈장을 받음.
1998	미국 문학의 고전을 펴내는 비영리 출판사 '라이브러리 오브 아메

리카'에서 작품집 출간. 생존 시 작품집이 출간된 최초의 작가가
됨.

2000   국립 여성 명예의 전당National Women Hall of Fame에 입성.

2001   7월 23일 사망.

세계문학 단편선을 펴내며

세상의 모든 이야기는 단편으로 시작되었다. 성서와 그리스 신화를 비롯해 인류의 많은 신화와 설화는 단편의 형식으로 사물의 기원, 제도와 금기의 탄생, 운명이라는 이름의 삶의 보편적 형식을 설명했다.

〈세계문학 단편선〉은 모든 산문의 형식 중 가장 응축적이고 예술성이 높은 단편소설에 포커스를 맞추어 세계문학을 바라보는 새로운 관점을 제시하고자 한다. 단편소설을 언급할 때 빼놓을 수 없는 작가들의 작품들은 물론이고, 한두 편의 장편소설로만 우리에게 알려진 세계적 작가들이 남긴 주옥같은 단편들을 통해 대가의 진면모를 총체적으로 바라볼 수 있게 할 것이다. 또한 우리에게 문학의 변방으로 여겨져 왔던 나라들의 대표적 단편 작가들도 활발히 소개할 것이며 이미 순문학과의 경계가 불분명해진 장르문학의 형성과 발전에 크게 기여한 작가들의 작품 역시 새롭게 조명해 나갈 것이다.

에드거 앨런 포는 문학작품은 독자가 앉은자리에서 다 읽을 수 있을 정도로 짧아야 한다고 했다. 바쁜 일상의 삶을 사는 현대인들에게 〈세계문학 단편선〉은 삶과 사회, 나아가 세계를 바라볼 수 있게 하는 더할 나위 없이 좋은 친구가 될 것이라 확신한다.

21세기인 현재에 이르기까지 단편소설은 그리스 신화가 그러했듯이 삶의 불변하는 조건들을 응축된 예술적 형식으로 꾸준히 생산해 왔다. 그리고 새로운 문학적 기법과 실험적 시도를 통해 단편소설은 현재도 계속 진화, 확장되고 있다. 작가의 치열한 예술적 열정이 가장 뜨겁게 반영된 다양한 개성으로 빛나는 정교한 단편들을 통해 문학의 진정한 존재 이유를 독자들이 느낄 수 있기를 소망하며 이번 〈세계문학 단편선〉을 펴낸다.

현대문학 편집부

현대문학 세계문학 단편선

유도라 웰티

초판 1쇄 펴낸날 2019년 9월 6일

지은이 유도라 웰티
옮긴이 정소영
펴낸이 김영정

펴낸곳 (주)현대문학
등록번호 제1-452호
주소 06532 서울시 서초구 신반포로 321(잠원동, 미래엔)
전화 02-2017-0280
팩스 02-516-5433
홈페이지 www.hdmh.co.kr

© 2019, 현대문학

ISBN 978-89-7275-852-5 04840
세트 978-89-7275-672-9

* 책값은 뒤표지에 있습니다.
* 이 도서의 국립중앙도서관 출판예정도서목록(CIP)은 서지정보유통지원시스템 홈페이지(http://seoji.nl.go.kr)와 국가자료공동목록시스템(http://www/nl/go/kr/kolisnet)에서 이용하실 수 있습니다. (CIP 제어번호: CIP2019033079)